# 走三边

李丹 著

（上）

陕西新华出版传媒集团
太白文艺出版社

图书在版编目（CIP）数据

走三边/李丹著.—西安：太白文艺出版社，2018.5

ISBN 978－7－5513－1457－2

Ⅰ.①走...　Ⅱ.①李...　Ⅲ.①长篇历史小说－中国－当代 Ⅳ.①I247.5

中国版本图书馆CIP数据核字（2018）第080840号

走三边
ZOU SAN BIAN

作　　者　李　丹
责任编辑　耿　英　刘　涛
封面设计　可　峰
出版发行　陕西新华出版传媒集团
　　　　　太 白 文 艺 出 版 社（西安北大街147号　710003）
　　　　　太白文艺出版社发行：029－87277748
经　　销　新华书店
印　　刷　西安市建明工贸有限责任公司
开　　本　787 mm×1092 mm　1/16
字　　数　738 千字
印　　张　53.5
版　　次　2018 年 5 月第 1 版　第 1 次印刷
书　　号　ISBN 978－7－5513－1457－2
定　　价　118.00元（全2册）

# 第一章

谁敢横刀立马，吞神杀天？

镇边县衙门的典史章金升，自从单骑亲历了北草地上东乌审的阿拉昭寺庙，便经常暗地里这样拷问自己。由此衍生了一种持久的折磨，令他的脾性疯张起来，体现在吃饭睡觉说话行事上，与正常人形成一种既明显又不甚明显的反差，于是人送外号“章疯子”；而章金升本人，则时刻自觉地坚强地把握、掩藏着自己，对关于他的这个流传说法从不理会，甚至心里暗笑，可见这时他尚处于神魂正常的阶段。直到那一天鸡叫之际他真的犯了疯癫之疾，却已是无从意识了。

那是农历六月初头的一天，率一队捕快在柠条原镇哨探义和团动向的章金升禁不住心间猫挠一般的难受，决意撇下手头的公务，只身再往北草地上东乌审的阿拉昭寺窥探一番。他是一个一旦打定主意就要付诸行动的人，稍事安顿后即动身出发。

章金升座下的大青马雄健异常，践踏着酥松绵软的沙草地，一团黑旋风般朝东北方向卷去，第二天前晌就赶到了寺院附近。像前几番一样，他做出放野尻（方音读“gōu”）子的架势，躲入一片枝叶肥大的杨柳林子，动作利索地卸去长袍大褂的官服，换了普通商客行头。之后，原地叉开腿，唰唰地溺了一泡，冲开一个豁豁牙牙的串洞。之后，牵着马出来，爽脱、霸气地咳嗽两声，混入熙攘的蒙、汉香客人流，朝位于山梁之上的寺院挤去。

阿拉昭寺拥有耕地百顷、牧场数处，富甲一方。寺主活佛来自藏域，全寺大小喇嘛十五六人。寺庙落成年代无考，不晓得从何年起逐渐成为东乌审佛教活动的中心。寺院占地约五亩，寺前耸立一座白塔。院内建筑沿袭了黄教传统格式，结构独特，样貌生煞，内外装饰混杂了藏、蒙民族特色。寺院从南向北三进院落，前院建主殿堂，两侧各有配殿，一为文殊殿一为普贤殿，皆红砖黄瓦、飞檐斗拱、雕梁画栋，金碧辉煌里尽显庄严、肃穆和神圣的气象。正殿前檐正中悬有风磨铜铸金鹿和法轮，熠熠放光，几里之外遥遥可见。四围墙壁彩绘连幅，雕刻精美，经幡、幌伞、宫灯、彩帘、法器或罩或悬或挂或列，令人头晕目眩。地上展铺两排羊毛地毯，通红一片，用于诵经、拜忏等大小佛事活动。殿内正中释迦牟尼佛祖端坐高盈两尺的莲花底座之上，座壁环塑一组大小不等的佛像。佛祖躯体铜铸，佛首金光耀眼，却是用纯金塑铸。莲花座下，金樽金碗摆列，盛装净水、素果供奉；烛台、香炉、酥油灯盏一应器物尽为纯银打造。寺中后院阔大，另辟坐北面南的藏式小院，乃是一个清静处，里头住着寺主活佛。东头一排为僧舍、库房、僧用膳房。僧用膳房中有一口一人深浅、口径丈余的铸铁大锅，逢遇四月初八庙会或是香客稠密的日子，几个火头僧就用巨锅煮制奶茶，供不可计数的朝圣敬香者饮用解渴。西侧则是厩棚、草房、茅房，有向佛的杂役侍弄马匹。

章金升拉低带檐的毡帽，在前院细细观察一番，再转游到后院，从拥塞的人群里挤上前去喝了一碗奶茶，抹了一把沾濡奶汁的大嘴，径直朝活佛的住舍蹭去。透过半掩的窗扇空子看到了打坐养神的活佛。活佛头颅长大，毛发稀疏，脸膛红润，一寸长的两绺白眉尽显佛风佛骨，令人敬怯；一串长长的猫眼石念珠挂在胸前，佛光闪烁，深不可测，特别惹眼惊心。舍内经书满柜，一袭镶着金边的红色袈裟和一顶尖顶桃形黄色僧帽挂在褐紫色的木质衣架上，圆盘形的脚托旁搁了两只红色厚底皮靴，彰显了主人十分尊贵的身份。桌橱之上散置些金银玉质的饮漱器皿及一把紫红色玛瑙鼻烟壶。又见炕桌上搁一盏金玉莲花灯,圆台状羊脂玉石底座,纯金包边,金绦缠护,灯柱高约三寸,托起一朵绽放的白玉莲花……章金升看得眼痴,涎水长流。此刻,滚热的奶茶在肚腹中几经打转回旋酝酿出一个大屁,却是夹之不住终究蹦出一个巨响。惶恐之间正欲抽身走开,蓦然感觉被一股异常粗重的奶腥汗息团团笼罩——一个体量骇人面目凶悍的黑脸膛喇嘛手执五尺长的粗大铁棒铁塔一般逼近身子,眼中放射出锥子一样的光焰。章金升强抑惶恐颤悸,双手合十,口诵"阿弥陀佛",恭恭敬敬退出小院。直至跨上马背走出老远,贴着马腹的小腿肚子犹自战栗不止,宽大的额头虚汗滴滴。

大青马七八岁，正当英年，一口气跑出了苍茫的草地。

赶第二天后晌时分，嘚嘚的蹄声中，章金升出现在镇边县通商大镇柠条原的西街口。缓行至骡马市场通往主街的巷口，正待下马，大青马突然白蹄奋起，一个腾纵将他掀下马背，结结实实摔倒在地。大青马原地兜了一圈，马展了一回，安静下来，若无其事地立在章金升身旁，只是两眼不时地扫视主人，现出歉疚之色。一股人围拢过来驻足观望，内中几人识得他是县衙门的典史老爷，小声议论，说这匹大青马是章老爷花大价钱买得的，却似有妨主之嫌。章金升强忍疼痛爬将起来，盘算着把这畜生拉到泰和居客栈猛抽一顿以泄愤恨。这时候，一个打扮干练的毛头后生牵一匹小口的枣红马走过来，望着大青马呆了一呆，禁不住啧啧赞叹："立地五尺，龙头高举，耳如撇竹，眼如鸟目，真是一匹神驹！——并非妨主，只是鞍架出了毛病。"说罢，径自去了。章金升叫道："毛头小子给老爷我回来，凭甚说鞍架有毛病?"毛头后生反身说："你把鞍架卸下检查检查。"章金升大惑不解，过去卸下鞍架。大青马登时欢畅，就地又打了个马展，喷着响鼻，精神抖擞，威风凛凛。章金升已觉得蹊跷，抱着鞍架细细打量，果见贴靠马背的一侧有一颗铆钉凸突出来，心中释然，于是对毛头后生生出喜爱之心，更想试巴一下深浅，便粗声大气地说："看你像个马贩子，你给老爷我过来，回老爷我问话——你说老爷我这马几岁哩?”

“小口，七八岁光景。”

“究竟几岁?”

“那要看口齿，如是下中齿黑窝消失就是七岁，下隅齿黑窝消失就有八岁。”

“那你说这马是什么种系?”

“伊犁大青马。”

“值多少银子?”

“要看在哪里买卖，如果在柠条原马市，该值二百两银子。”

“一天能跑多少路?”

“看精气神，除去途中歇脚、喂饮，搭个成人，一个白天跑五百里上下。”

章金升十分惊讶，心服口服，心下打定主意，二话不说牵了马，一把拽住毛头后生的胳膊，脚步开阔，朝泰和居客栈走去。

泰和居是镇上最体面的客栈，大院四五亩，处在东西主街中央北侧临街位置，门脸是一排硬山式前后廊起脊双檐大瓦房，入深九檩，宽敞大气。东头三间另辟一院，以伙山墙伙院墙相隔，檐下门楣之上高悬“济世堂中药材行”黑底金字大匾。大门典雅，清水脊，蝎子尾，仰合瓦；门楹上镶嵌长方的石匾，镌刻山水人物，并无文字；门墩系青石打磨，敦实方正，棱线笔直，浮雕了一对朱色麒麟。院子主人李函玉，外号李铁拐，增生出身，通晓医道，做药材生意；父亲是大清贡爷，在县城“济世堂”医馆坐诊，医术高超，享誉三边。西边客栈也是李函玉的业产，原是一爿生意红火的商铺，李函玉一日从县城拜见父亲回来，便决然地停业关张了。这显然是他对自己违逆父命、弃医从商行为反省过后的一个行动，也是为改善与父亲的僵冷关系所做出的一种妥协和努力。后来，他摆脱不开商业习惯，便以自欺自慰的方式将闲置的房屋出租给挑担（连襟）石长和开了客栈。坊间流传说，石长和认死理，又害怕赔钱，客栈开张后，变了主意，对外人说他一个揽工汉，哪有本账开店，店院是东家的，开店的本账也是东家的，客栈自然也是东家的哩，他只做“掌柜”代为经管，其实就是一个伙计，并且一脸惶愧地向李函玉做了交代。李函玉没奈何，也就认了，放话说就当你家的店开，我不干涉不过问不染指。客栈就这么貌似松散、粗放地经营起来。石掌柜笑脸迎客，一步不虚，熬累几个年头，竟把这爿店做成了镇上人气最旺的大客栈。据说，挑担二人的结账方式更为特别：每至年底，石掌柜必定会亲自揣着账簿提着银子褡裢向东家细细交割一年的收支明细，而李函玉却从来不问盈余多寡，也不看账面流水，只吩咐内人李赵氏亲自下厨弄几样小菜，和挑担对饮一番，然后码出银两作一年的薪资、抽成，再添加若干的谢酬。这种生意搭伙的过程和方式，以及斯抬斯敬、主仆和谐相处的象况，自然成为镇上流传的动人故事，更被解读为主人李函玉先生所秉持的一种礼道准则，令人仰视叹服。

“石家贤侄，赶紧的，给老爷我上一桌酒席，酒要山西老汾酒，猪羊牛肉只管上，老爷我饿日塌嘞！赶紧的，再去把东家函玉贤侄请来，有喜事说给他听！”章金升一进客栈就大声嚷嚷着，又转头以主人的口气吩咐毛头后生拴了大青马，饮水添料精心伺候。石掌柜不敢怠慢，小跑着安顿厨房赶紧备办。又一溜小跑出了前庭，直进药材行，告知东家衙门章老爷已在后堂雅间坐等的事情。

客栈里院西边厩棚比连，毛头后生熟练地卸去鞍鞯之物，拴好大青马和自个儿的枣红马，先打半盆子净水给大青马饮水，一举一动却是与众不同：大青马每饮一口，他即将水盆移开，隔等片刻再让它饮一口，如是反复多遍。章金升大口喝着褐色的边销砖茶水，透过半开的窗扇空子瞅着，大声吼道：“你这小伙子还一颗童心，咋不叫马一回喝饱？”毛头后生回应说：“老爷，这匹神驹刚刚出了大力，暴饮冷水弄不好会炸了马肺，还是一口一口慢慢喝的好。”章金升骑了半辈子马，却不懂这个道理，想一想也对，由是心间更喜，发狠地嘟哝道：“非得把这小子弄到手不行！”

马厩外头，石掌柜的小子石云秀尻裆夹一把秃扫帚，串亲戚的外甥女冯巧巧手握一根马鞭，二人玩着骑马马的游戏，弄得黄尘飞扬。石云秀七八岁模样，长方头长脸颊，长一双大眼，一纵一跳骑着马马，口里念念有词。冯巧巧只有五六岁，已经开始裹脚了，此刻尖声喊着“嘚啾嘚啾”，手里的鞭子不歇气地抽击拖在石云秀尻子后头的扫帚头，瞅着石云秀一进一退一纵一伏的动作，捂住嘴巴乐弯了腰。章金升看着两个娃娃戏耍，也觉可爱，就踱出雅间，来到跟前，瞅空子一把捏住石云秀胯裆的牛牛，逗弄说，你这小子屌子不大，骑马倒有模有样的。石云秀被捏得生疼，吼叫说：“等我长大一刀子割了你驴日的老汉汉的老毛×！”这时，石掌柜回到里院，听见儿子这么没大没小没王法的混账话，十分气恼，抢上前扇了他一个耳掴子，骂道：“愣种子，你也不看看章老爷是什么身份的人？你龟子孙出言无状，快快给章老爷赔礼！”石云秀并不理茬，龇牙咧嘴坚持不道歉，执拗得像一头驴条子。章金升心境正好，也不计较，瞥一眼冯巧巧，说：“这是谁家的女娃，长得花骨朵一样？”石掌柜说：“是我外甥女，跟她娘过来串亲戚，闲住几天。”章金升噢了一声，说：“原来是老家银佛坪冯占山表侄的千金，还认不得。”他转眼打量着石云秀这个倔小子，扬声大笑，说：“石家贤侄，这就是你家那个活捉偷糜子贼的小子吧？”石掌柜连忙赔着笑脸说：“正是犬子，正是犬子。”章金升极有兴致，要囫囵听一回故事，石掌柜觉得脸上有光，就一五一十地学说了一遍——

有一回，他娘想给石掌柜打一件羊毛褂子，就叫儿子去邻家借一副竹扦子。石云秀借得扦子出来时，却瞅见一个大汉扛着一个口袋从另一户邻居家大门钻出，正是天色朦胧，看不清面目，他觉得不对劲，就轻手轻脚溜过去，拿起竹扦子狠劲戳了一下口袋，悄悄说："主家来哩，赶快跑！"那大汉背着口袋挣命地跑了。第二天一早，邻家大喊大叫，说自家的仓窑让贼娃子撬开了门锁，一口袋黄糜子不见哩！很快聚拢了一群人。石云秀说："我晓得谁是贼娃子——你们一股大人抄上家伙跟我捉贼去！"五六个庄稼汉半信半疑，抄了铁锨、斧杖跟在他尻子后头，向东庄走去。赶到一户人家门前，石云秀说："就是这家！"主家出来，矢口否认。石云秀指着地上零零星星的黄糜子颗粒说："我们从西庄一路跟着糜颗籽走，你贼娃小子休想抵赖！不交出糜子，拿你见官！"那大汉只得认栽。

章金升听完故事，发出一串爽朗的大笑，直夸石云秀脑瓜灵心眼稠，将来长大不得了！这时候，李函玉拄着拐杖一颠一颠走出后庭廊下，章金升笑嘻嘻地和他打了招呼，二人厮跟着进了雅间。趁着间隙，李函玉打问丁知县最近的情形。章金升露出得意之色，说："镇边县志编修正值收官之时，丁知县忙于订正谬误、删繁补缺、总纂誊抄，已将治安诸事交付于我。"李函玉知道章老爷喜欢显摆，却不恭维，又进一步探问朝廷对义和团的态度。章金升说："据传京、津、山东各地义和团势力日渐壮大，打出'扶清灭洋'的旗号，到处除灭洋人、诛杀传教士，老佛爷以为'拳民忠贞，神术可用'，朝廷发布了维护义和团诏令。丁知县态度明朗，不作限制、打压与取缔，有意扶持，只嘱本官游走察探、往来巡风，遇有变故，可临机处置。"李函玉长舒一口气，却愤愤地说："我泱泱中国，国学博大精深；洋人之学，多为另类。即便人生信仰，儒、道、法、佛源远流长，何所择从，是我中国人之自由，何需洋毛子指手画脚，强制推销！什么天主教，分明是对华夏子孙的精神侵略！"章金升连连称是，表示义和团起事之日，定当助一臂之力，一举铲除柠条原的传教势力。他瞅着李函玉额头上落下的伤疤，关切地说："贤侄一介儒生，在柠条原洋人布教之事上就不要再出头露面哩，看老夫出手去收拾耶莫支、赵世昌这股蛮子！"李函玉说："但愿事成，吐一口浊气！"

客人身份尊贵，石掌柜亲自端酒端菜。酒是从瓷坛里舀出又烫温的陈年汾酒，下酒菜全是章老爷平素喜欢吃的烧鸡、牛筋、猪头肉、风干羊排、醋熘绿豆芽、老醋泡花生、清油炝苦菜，又添了陈醋蒜泥和芫荽、韭菜几个小碟，石掌柜进进出出，额头汗涔涔的。章金升一则腹中饥饿，二则揣着心事，不再与李函玉闲话，吩咐石掌柜把院子里的毛头后生请来一搭吃喝。李函玉和石掌柜均感怪异，章金升饶有兴致地把前头稀奇之事叙说大概，李函玉点了点头，连说："后生可畏，正应验了'三百六十行，行行出状元'的古语。"石掌柜却不以为然，说："这后生是定边盐场堡的一个马贩子，马贩子识马有甚稀奇？近一二年间经常住在这里的下等客房，眼下还赊欠着店脚钱哩。"章金升撕下一只鸡腿猛吃一气，见石掌柜还在那里犯糊涂，没好气地喝道："叫你去请就去请，还愣着干甚？"石掌柜慌忙出门，碎步来到厩棚前，朝毛头后生扬一扬手，说："徐二驹，你小子撞大运哩，章老爷有请——"他把这个"请"字咬得特别长。二人厮跟着过来，石掌柜走在前边，小声嘱咐说，若是章老爷有赏，得先把店脚钱结清，可不敢再拖沓哩。

章金升示意徐二驹入座，徐二驹涨红了脸却是不敢，立在那里，手足无措。章金升问过姓名、籍贯，冲他说："徐二驹——这名字就跟马相干，老爷我今天这顿饭就是冲你后生上的，老爷我要雇你给我章家养马相马买马，做我章家的大马倌！"李函玉见徐二驹还不敢入座，就说："徐家小兄弟，坐吧坐吧，不必拘礼。"石掌柜掂量餐桌是圆形的，自己坐在李函玉下首，拉徐二驹在自己下首坐下，与章金升隔了几个空位。"章家是三边的名门望族、数一数二的大户人家，这可是天上掉馅饼的好事嘞！"石掌柜这么说着，斟满两杯酒，恭恭敬敬给章金升和李函玉敬了一回，戳了徐二驹一把，说："瓷眯愣瞪，赶紧的，敬酒敬酒！"徐二驹笨拙地斟了酒，连同石掌柜敬过一轮，又憨实地作揖鞠躬，说："就怕伺候不好老爷的马，惹老爷害气！"章金升摸着花白的胡楂哈哈大笑，拍了一下桌子，就算板上钉钉了。

章金升喝了两壶烧酒。当宽大的脑门冒出亮闪闪的油汗的时候，不觉讲述了东乌审阿拉昭喇嘛庙富丽堂皇的气象，叹息堆山的金银财宝就是章家人老几辈子也不曾见识过！又自然提起胖大的黑脸膛喇嘛，说这秃驴体重足足有三百斤，手执一根铸铁大棒，足足有五六十斤之沉，据传练就一身好武艺，一棒下去能把磨盘大小的石头砸个粉瓜扬碎，三五个人近不得身。说着，忌惮之色挂在他的脸上。几个人却不明就里，只当生煞的故事听，对藏传佛教更多几分神秘感。直至天色黑麻麻时，酒席才散，石掌柜吩咐徐二驹搀扶已然大醉的章老爷到上等客房歇息，自己挽着李函玉的胳膊一路送出送入。

柠条原地处与边墙（长城）并行的一条古道的一侧，南通关中西近甘宁东达山西北界内蒙古，以其区位优势，在明代时已成为陕北塞上通商集镇。传说清咸丰年间，镇内“居民万余，三街六巷，七十二处双梁双榨油坊”，晋冀鲁豫津甘宁蒙川黔鄂粤陕十三省地盐商、皮毛商、甘草商、清油（麻油）商纷至沓来，或坐庄收购或输运转销或就地加工，形成商业大埠，声名远播，因而有“驮不完的柠条原”之说。但好景不长，至同治年间，西北回民因不堪清廷政府的压迫和歧视，于同治初年陆续举起反抗清王朝的大旗，清廷派汉兵镇压，于是演变为一场回汉民族的血腥仇杀，战火吞噬陕北，深重的灾难在同治七年正月初三从天而降，毁灭了古镇。新编县志对这场劫难及后来的情形做了记载：“镇无堡寨，环城只有堑壕。居民在街内据守，街外驻官兵抵抗。回军初至，只以小股人马为疑兵在庙畔出没。晌午，忽然狂风大起，一时飞沙走石，天昏地暗。回军趁风从北冲来，官兵溃败。回军冲入街道，大肆砍杀，镇内青壮年大部巷战而死，妇女服毒、投井、悬梁自尽者不计其数。出逃的人因环城深壕一时难越，互相践踏而死，直至尸体将堑壕填满，始有人逃脱。这场浩劫死难居民（难民）数万，焚毁房屋无数……继之瘟疫流行，县境内大批人口死去，十室九空，田园荒芜，蒿草成林，恶狼成群。”

和饱受战火摧残的西北各地一样，这方边地从死亡中复活，柠条原镇也在蜗行中恢复元气。这个过程极其艰难，尽显沧桑。

一些年后，一个比利时国叫耶莫支的金发碧眼连鬓胡子的大个头男人从宁夏来到柠条原。这人身穿黑色神袍，胸前挂着光灿灿的十字架，在人们惊奇的目光里四处晃荡转游，逢人搭讪，一口一个“你好”“亲爱的”，企图与人捏手、搂抱甚或贴脸、亲嘴，但一律遭到生硬惊愤的拒绝。奇怪的是，他这些厚脸的行为动作竟不避人，且不分场合不分男女。曾有人疑心他骚情、勾引婆姨女子，手提斧杖尾随盯梢，结果均未发现越轨之举。于是人们开始挑剔编派他高大的个码和异族的相貌，一致认为整个看上去活像一根会走路的望桩，头发像马鬃，圈脸胡像猪毛，鼻子像捣蒜槌子，脸色像臭狐子，眼窝像牛卵子，体毛像毛野人。有人妄测他尻裆长一杆类似叫驴的东西，趁他进茅圈时隔墙偷窥，结果并不显著，偏大。

未久，耶莫支使银子铺路，与本地财主赵世昌几个人结识，在南沙口租住下来。他从早到晚忙于布教，操着带京腔的汉话，到处讲读诵传“圣父圣子圣神”“天父创世”“人的原罪”“人类救赎”“地狱天堂”“忍耐顺从”，开头庄户人个个莫名其妙，黯昧不明，以为他是个丢了魂灵的外国的愣疯子，听得多了也就明白了一些。后间，得了不少银子的赵世昌带头顺了教，煽导鼓动富户和穷家加入。不知不觉里，耶莫支身边有了人群，开始教唱圣歌、办告解、领圣体、做弥撒……耶莫支似乎有使不完的银子，出手大量购买土地、籽种和牛犋，封赵世昌做了二掌柜，四处放话说，谁家入了教就可便宜租地，并可获得教方免费提供的糜子籽种和牛犋。于是，不少受苦人经不住诱惑入了这个生煞的“糜子教”或是“牛犋教”。

那时，李函玉还是一个血气方刚的小伙子，为人正派，乐善好施，有一副忧国忧民的心肠，虽是书生出身，但在柠条原商界已然崭露头角。他为耶莫支的种种行为而惶惑不安，联络乡绅，以“域外洋人行为鬼魅，传播邪教，贩卖信仰，蛊惑人心，扰乱地方”为由，写成一纸诉状告到县衙。耶莫支去到县衙应诉，据理申辩，并出示清廷护照，知县老爷傻了眼，不敢禁止，草草收场。

乡绅们见天主教势力蚕食周边、日渐坐大，惶恐起来，明里暗里设置障碍牵制对抗，双方屡屡发生纠葛，甚至大打出手，耶莫支一方经常处于下风。其间，宁夏教会组织拨来一批洋枪，耶莫支让赵世昌承头组建了洋枪队，吸收一股泼皮、无赖、二杆子，挎着洋枪，行使“维持管制权”，随意拘押、侮辱、罚没与教会组织唱反调或阻碍传教的乡民，宣称享有治外法权，柠条原教区俨然国中之国。乡绅们惧怕洋枪威力，只好听天由命，放任自流。

耶莫支坚韧不拔地传播着他那从遥远的地方带来的宗教。他动作不断，在柠条原东向红柳河东岸坡崖挖掘土窑洞十几孔，设坛布教，教区向东拓展。光绪八年，又在附近的小桥畔庄置买了沙荒地十余垧（三亩/垧），修筑砖木结构人字形教堂一座，从此有了正规的活动场所。三年后，又雇佣民夫大兴土木，夯筑寨墙圈地成堡。堡寨周长一百六十丈，墙高二丈，底阔一丈五尺，收顶五尺，砌置垛口以作防卫。堡内陆续建起住舍、库房、棚圈及学校、诊所，并掘水井一眼。自此，小桥畔教堂成为三边及毗邻地区天主教活动的中心之一。

不久发生的一场官司和一个报复行动，使教堂的武力得到凸显，营盘随之进一步巩固和壮大。红柳河是无定河的一条上游小河，历史以来有渡口无桥梁，梗阻交通，往来行人涉水渡河，苦不堪言。耶莫支为方便管理、联络和出行，也为感服民心，出资修建了一座木桥。竣工之初，赵世昌从中发现玄机，怂恿在木桥上做足文章，耶莫支认为有理，全权委托。于是，教堂张贴告示，规定凡教民身份的人可自由通行，非教民身份的行人一律收取规费。由此招来了商旅行人和附近乡民的怨怼，双方时常因为过桥发生争吵、谩骂、厮打甚至群体对峙，教堂洋枪队动辄鸣枪示威，寸步不让。此事激怒了李函玉，以强占官道、无理收费、扰乱交通为由提起诉讼，红柳河两岸数百人自发前往县衙声援。原告、被告各执一词，知县老爷调解不成，眼见酿出大事，又不敢得罪洋人，搜索枯肠谋得一策，裁定双方都有理有据，官司不论胜败，由县衙府库出资另修一桥，方便交通。县老爷果然全身而退，一场风波息去。赵世昌失去一笔收入，又陷教堂于不义，把怨毒撒在李函玉身上，伺机报复。一天傍晚，李函玉从县城老家返回，行至渡口，被几个蒙面人扑倒，暴打一顿，险些丧命。打是一种原始古老而简单有效的解决问题、征服对手的办法。这一打打得教堂声威大张，从此无人敢于承头对抗。

至光绪二十五年前后，镇边境内陆续建起六座教堂，教民扩至七十一户、三百余人，准教民二百余人。这期间，三边教会组织先后租得边墙沿线汉、蒙边地四千七百三十五垧，另外趸买沙地千余垧，成为“大地主”。在控制了土地资源命门的同时，他们培植信徒，蓄积武力，多管齐下，继续朝着建立宗教领地的既定目标进发，其势浩荡。

六月初六起庙会。早饭时光，镇上便呈现人流如织、商摊遍地、骡马衔尾、牛羊塞道的繁荣气象。官路、小道上，趱赶的脚步还在继续。操着汉、蒙、回不同口音的商客和江湖艺人一拨一拨揳进镇子，展阔的街道拥堵不堪，终于冒沿挤塌，人流溢向镇外。

西沙口的娘娘庙红火起来。这里前些日子就来了一拨山东义和团的杂耍艺人。他们在庙院里鼓捣出一种爱国的气氛：戏楼上，高高悬起红布横幅，上书“强身健体，练拳灭洋”八个铁色大字；铁旗杆上，插起一面迎风飘扬的杏黄旗，写着“反帝爱国，扶清灭洋”八个铁色小字。三通鼓响，从演艺台幕布下抢出一个山东大汉，一脸黑须，浑身虎气，头上拢着黄包巾，腰间束着红绸带，上身精赤，先朝黑压压的人丛鞠了躬，再行抱拳礼，声若洪钟：

“在下青山道人，奉白莲圣母之命前来贵地宣传义和团运动。我们的口号是‘行道练拳，扶佐极贫极弱我大清国；打倒列强，赶走洋毛子、铲除二毛子；兴我中华，救同胞于水深火热！’”台下听懂话的几个读书人带头鼓掌叫好，人群里响起盲目的掌声。青山道人从兜里掏出一副竹板，在“叭嚓叭嚓叭叭嚓”的叩击声中说唱开来：

神助拳，义和团，只因鬼子闹中原；
劝奉教，自信天，不信神，忘祖先。

天无雨，地焦旱，全是教堂止住天；
如不信，仔细观，鬼子眼珠俱发蓝。

升黄表，敬香烟，请下各洞诸神仙；
仙出洞，神下山，附着人体把拳传。

兵法艺，都学全，要平鬼子不费难；
拆铁道，拔线杆，紧急毁坏大轮船。

大法国，心胆寒，美英德俄尽消然；
洋鬼子，尽除完，大清一统靖江山。

一阵掌声后，只见道人扎开马步，双臂屈伸，做气沉丹田、酝酿神功状，接着使出不同的拳路，先是少林拳，再是武当拳，又是太极拳、劈挂拳、螳螂拳……喝彩声中，道人收拳开腿，就见脚下风起，后蹬腿回旋腿连环腿撩阴腿螳螂腿，腿腿连环。要到兴头，道人嗨的一声，朝立在台边碗口粗的石柱道具一头撞去，砰的一声，石柱断为两截，道人浑然无事，台下掌声爆响。

道人的两个法名海灯和海船的徒弟开始第二场表演。海灯眉心长一颗硕大的黑痣子，惹人注意。只见他仰卧在一张八仙桌上，脑袋、四肢悬空；海船搬了一扇钉满二三寸长铁钉的狼牙红盖钉板，钉尖朝着肚皮放好，上头又覆了一扇半尺厚的石磨；又从人群间唤上来镇上党记铁匠铺的两个愣头学徒，手抡铁锤像平时打铁一样重重锤打起来，只见锤下火星四溅，乒乓之声不绝。这样折腾了一会子，两个愣头学徒累得大口喘气，臭汗淋漓，扔下大锤。海船让二人抬开磨盘，取下钉板，却见装死的海灯用手指弹了一下黑痪子，一个鲤鱼打挺跳到一边，肚皮上只留下星星点点发红的印迹。海灯连说“献丑献丑”，向观众鞠了几个躬，台下响起一片狂呼。接下来，海船表演头顶破砖。他把六块铁邦生硬（铁疙瘩一样生硬）的青砖码成一摞搁到头顶，端跪在地，只见海灯手执一柄锋利异常的大刀，运足气力，一刀自天劈下——咔嚓一声，六块青砖齐刷刷断成十二截；海船仍旧跪立在地，面不改色，而台下却有几个灰胆子的人吓得尿了裤子。青山道人师徒精彩、凶险、诡异的表演令人折服，安边堡的李鞋匠和乌审旗的蒙古人帖木尔抢先报名，请求加入义和团。三四十个热血小子按捺不住，纷纷上台。这一股人当即行了叩拜之礼，成为青山道人的新弟子。

又一通鼓响，青山道人的师妹红莲道姑和七八个女弟子登台表演。她们一个个正值妙龄，身着红装，一手拎红灯一手拎长剑，从幕布两边闪出，一露面，两队女子二话不搭，抡起长剑对阵厮打。至激烈处，只看见红灯点点、剑光闪闪，哪里辨得清人和剑、剑和灯、灯和人。正当大家眼花缭乱之时，红莲道姑一声喝令，这帮女子打着筋斗蹦跳至前台，施展轻功，一个个燕子似的嗖嗖嗖飞上戏台墙头，足尖轻点，再飞上戏楼之顶，又是一番腾挪闪跃，像一群扑闪闪的花蝴蝶，楼顶的灰色瓦片竟安然无损。又一声莺啼，女子们这才收紧柳腰，团身而起，凌空飘落，像一片片彤云、红花从天上散落……红莲道姑插起招徒彩旗，镇上正路人家的女子心存艳羡却是不敢妄想，唯有王香香、吴爱爱几个家道破落无人管束暗里放了脚丫的野女子不管不顾，做了弟子。

庙会结束后，义和团在镇子的复兴店扎下营盘，又在娘娘庙设下祭坛，没有显露出开拔远走的迹象。白日里，男男女女喝符念咒，男子修炼气功及刀剑不入之术，女子修炼飞檐走壁的轻功本领，热闹景象里潜藏着一股腾腾的杀气。一个多月过去，义和团吸纳汉、蒙两族团民四百余人，羽翼渐丰。

青山道人拜会了章金升典史，提出攻打小桥畔堡寨、除灭传教的洋人，章金升一心想夺取几杆洋枪，一口答应。青山道人大喜，分派李鞋匠和帖木尔各自返乡招募勇士，串联起事。

七月十五夜里，天穹沉积了乌黄的云彩，月光惨淡。青山道人所部义和团四百余人，帖木尔所率鄂尔多斯草地的鄂托克、札萨克、乌审三旗蒙兵四百余人，安边堡李鞋匠招纳的乡勇二三百人及章金升所带四五十名马快、步快，于子时在镇子西沙口完成集结。青山道人披发仗剑一声令下，山东嫡系弟子做先锋，一千多号人马高举火把，操着长矛梭镖大刀钢叉鸟铳，马蜂群一般朝南沙口漫涌过去。教堂神职人员和当差的杂役天黑前听到风声，早吓得屁滚尿流逃往小桥畔中心教堂，联军冲杀进去，里院空无一人，于是捣毁祭器，撕碎圣像，又四下里放火，人字形的教堂在冲天的烈焰中轰然倒塌。联军队员张狂失道，嗷嗷叫着，纷纷叉开腿朝火堆撒尿，嗞嗞嗞的响声中，废墟里蒸腾起呛人的尿臊气。

约莫丑时，联军像决堤之水越过红柳河谷冲向小桥畔教堂。

堡寨内聚有外籍传教士十数人、教徒百余人，拥有洋枪数十杆、子弹四五千发。自打镇上闹起义和团，教会组织即加紧训练备战，令枪手全副武装昼夜巡风，此刻正严阵以待。

耶莫支借着暗淡的月光，在垛口探头张望，发现黑水一样的人群已将堡寨团团围定，便下令枪手子弹上膛，但有攀爬攻击者格杀勿论。一通鼓声响过，李鞋匠头顶铁锅、手提大刀冲在前头，乡勇二三十人用大绳拽抬着巨大的杨木大梁紧随身后，向东寨门冲去，数百人呐喊拥上。这时，堡内突然打出一个油浸的棉花火蛋，将寨门口堆放的糜草垛引燃，霎时火光冲天，寨门附近亮如白昼，垛口上的枪手一个排子枪射来，李鞋匠和七八个乡勇中弹死去，攻城人马惶恐退走。

章金升见洋枪果真厉害，强攻难下，献了一计。于是从第二天起，联军队伍撤至远处分兵埋伏，只派小股人马绕堡而行，或放肆挑逗或起哄辱骂，企图引诱对方出兵而聚歼之。连着三天如是行事，堡寨内却无任何反应。青山道人再与众首领谋划破寨计筹。到第四天拂晓，联军兵分四路，各抬云梯，趁夜色疾速向堡寨运动。堡内早有准备，墙头探出吊着火蛋的柳椽头，枪手一齐开火，偷袭受阻。青山道人大怒，下令实施强攻。一时旌旗摇动，喊杀连天，土炮、鸟铳、弓箭、梭镖一齐向寨墙高头打击，团勇突击队员架起云梯攀登，鱼贯而上。寨内迅速组织反击，密集的枪声里，教徒一拨一拨登城，掷土弹、抛火球、扔砖头、泼滚水，并施用滚木礌石砸击。双方激战多时，联军伤亡惨重，教徒六七人死伤。其间，比利时国传教士叶司铎潜近垛口，拥一个单管望远镜窥探联军阵势，被团勇鸟铳咬住，面部中数十粒铅弹屑而死。战至日头冒花花时光，强攻再以失利告终，联军退远，双方又陷于僵持状态。

章金升在焦躁中又生一计。从这一天起，联军白天休战，夜间擂鼓呐喊，偶尔实施偷袭又迅速撤出，暗里组织一批身强力壮的团兵昼夜不息从远处挖掘地洞，逼近堡寨。

二掌柜赵世昌见联军一连多天佯攻不断，好生奇怪，登上寨墙用望远镜观察，终于瞧出端倪。于是连忙向耶莫支报告，说联军正在挖地洞，必定图谋从地洞运兵至堡内，而后里应外合一举夺寨。耶莫支陷于惊惶，叹息道："魔鬼掘洞偷袭，天主圣明，给你们以启示，可用什么办法破解呢?"赵世昌说："只要在寨墙墙根隔不远埋置一口瓷瓮，或注水或空置，派人日夜监测监听，打洞的地方必定发生震动，根据水波或空音即可测定准确的位置。如此，我们可伺机而动，大开杀戒，一举捣毁!""天主保佑，天主保佑，聪明的孩子们，曙光是主为了让睡醒的人开心而造设的，战争是主为了让他的孩子们获得永久的和平而默许的……阿门!"

耶莫支在胸前用手掌自上而下自左向右画着十字圣号。

这个主意果然奏效，赵世昌一股人准确地测出了打洞的方向和位置，杀手手执利刃守株待兔。这天夜里，洞内破开地皮，七八个团勇接踵钻出——一声枪响，守候在左近的杀手呼啦啦拥上，顷刻一个个剁翻在地。青山道人已布排好人马，预备从东南两个方向实施攻击，直至破晓，仍不见寨中传出讯号，正自狐疑，忽然发现寨墙上竖起几根高竿，上面悬挂着七八颗人头！联军营内大放悲声，青山道人怒不可遏，不顾天色放亮发动强攻。海川带团众攻打东门，抢至寨墙下，刚刚架起云梯，被一颗子弹击中头顶，扑地死去。王香香和吴爱爱顺云梯飞身跃上墙头，挥动长剑劈死两个教徒，未及闪入壕堑，双双中弹，从寨墙栽下，皆口鼻出血而死。率领蒙军攻打小南门的帖木尔搭弓箭射杀两个教徒，却在啪啪啪的枪声中倒下……接连折损几员首领，联军只得鸣锣收兵。章金升带着人马只在远处踯躅观战，见几番不能破寨，已是垂头丧气，而对洋人威猛的快枪却更加着迷了。

联军围而不攻，双方进入持久对峙。过了一个多月，传来惊天消息，有说八国联军占领了北京城，老佛爷携光绪皇帝逃往西安；有说老佛爷在移驾避难途中迫于内外压力，下令各地官兵剿灭“拳匪”义和团。章金升的人马第一家撤跑，联军人心涣散。青山道人半信半疑，勉强支撑。没过几天，风传陕西巡抚衙门已派员带兵赶赴三边弹压。情势急转直下，蒙兵北撤，团众和乡勇作鸟兽散去，青山道人一股山东人也消失在肃杀的秋气里。

第二年，宁夏教会组织将三边教案一宗事闹到北京，借列强威力向清廷提出抗议，要求追查地方政府责任，并做出一应赔偿。清廷诏令陕西巡抚衙门会同伊克昭盟相关三旗王府查办调处。很快，蒙古三个旗和三边的几个涉事官员遭到罢黜，丁知县和典史章金升自是丢了官帽。经多方调停、屡次协商，此案降为地方事件处理。五月二十八，双方各派代表，在柠条原镇签订了《三边教案和约》，约定由乌审、鄂托克、札萨克三旗赔偿白银十四万三千五百两。乌审旗分担四万五千五百两，因无款可筹，将大淖碱池作抵押。鄂托克、札萨克共承担九万八千两，缴付三万四千两，剩余六万四千两无力筹缴，将边墙外约六千四百八十平方公里的扇边地[①]做抵押。双方约定，抵押期以十五年为限，届期无偿归还。

面对丧权辱国的不平等条约，李函玉联络镇边、定边、安边地方士绅数十人，以“地属汉民，不应当作蒙地抵与外人”为由向榆林、陕西署衙提出抗议和诉讼，辗转二三年，花费甚巨，无人理会，不了了之。

三边教案以割地赔款了事后，教会组织外依列强内结官府有恃无恐，操纵了这一方边地的土地权，把持了行政、司法权，加紧兴建教堂，发展教民，宗教领地大大拓展，在远离沿海和城市的内陆腹地建立了一个享有治外法权的国中之国。仅镇边境内，二三十年间，教会组织以小桥畔为中心，先后在毛团圐圙、旧伙场、死羊湾等村庄新修教堂十座，总数达十六座。鼎盛之时，教区向东扩展至芦子河流域，教民达三千五百余人，准教民两千余人，约占全县总人口的十分之一。——直至历史踉跄百年步入二十一世纪的今天，他们的后人依旧半精明半糊涂、半虔诚半糊弄地信奉着天主教，抱守着与本土不同的信仰，可见影响之深远。

随着传教范围的扩展，洋教士凭借土地抵押特权，勒令各地汉、蒙民缴纳地租，以“三七”“五五”或“四六”计收。教堂聚敛地租、高利放贷迅速致富。所敛钱财除了拓修堡寨、大量买进枪支弹药强化武力等用度，多被调往中国境内其他教区，用于宗教侵略扩张。

---

① 汉、蒙边地，原为清乾隆八年准由三边汉民永久居住、耕垦，并向内地完粮纳税。这片土地之可耕地大部位于三边境内，东西长约一百八十公里，南北宽约三十六公里，约合六千四百八十平方公里。

# 第二章

章金升在镇边县城南街自家宅子铺了栽绒地毯的炕皮上趴了一月之久，茶饭不思，只一股劲地抽水烟，添了不少白头发，脸色变得黧黑，身体也消瘦了一大圈。这一天，他终于走出戚伤、怨愤和失落，心里飘忽起新的希望。几天前，县衙新上任一位王知县，据说是翰林出身，做过京官，操一口河南腔。在鸣锣开道的入城仪式上，章金升从人缝里细细打量了一回，凭借多年官场摸爬滚打练就的察言观色的本领，他觉得王知县对履任地处边陲、荒僻贫瘠的镇边心存怨艾和厌弃，因此必定会绞尽脑汁敛取些银子贿通上司以图调迁。返回家里，他就一直琢磨，自己虽遭革职但却侥幸脱免牢狱之灾，眼下仅只想谋个衙役捕头的差使，若送上些银两或可成事。这一刻，想到自高祖父起，章家代代出人物，不曾料及落到自己这一辈却为了做个衙役捕头而大伤脑筋，又免不了一阵吁叹伤情，禁不住扑簌扑簌滴下几颗英雄气短的眼泪珠子。

章金升祖籍甘肃华池县元城川，高祖父张班头曾任镇边县衙衙役班头，尚武嗜赌，身有蛮力。有一年到陕甘交界的南梁公干，与当地一个姓史的大财主赌钱，劈头赢了一褡裢银子。史财主是个性情中人，年轻气盛，仗着家业丰厚扯住张班头约定两人摇单双单挑。一场豪赌开始，史财主中了张班头的“槽子宝”，一褡裢一褡裢的银子哗哗地抖搂出来，像马勺泼冷水。史财主眼睛瞪得牛铃一样，愈输愈犟注码下得愈大，先是把家中现银输光，又现场书写文书捺下手印以宅院、田亩作价接着赌，直至最末把老婆押上，在输得赤条条一毛不剩之后，咆哮一声，目眦尽裂，一头撞死在梁柱上。张班头一夜暴富，厚葬了史财主，在坟头三叩首，举起砍刀咔嚓一下剁掉了自己的右手食指，从此金盆洗手。他变卖了赢到手的宅院、田亩，将史财主年轻貌美的老婆搁到骡子背上，带着金银财宝来到镇边县宁塞堡洛河川的银佛坪落脚。

张班头洞达世道人生，拥有一副非凡卓越的脑筋和强悍进取的意志，他见识、闻听过达官贵人的奢华日月和威仪排场，开始集中心力实施自己立足长远的计划，要让儿孙后人通过科举入仕成为上流人物，筑建起一座正宗体面、荣耀长传的门第。他改名换姓，隐去衙役出身的贱民身份，置田买地，起房造屋，专心哺育栽培子嗣。这人依旧崇尚武功，重金聘得武师教授儿孙，由是尚武家风代代相传。他的愿景终于实现，章家子孙繁盛，几代人里，连出八个武举，名震三边，成为豪门望族，其中几支顶戴花翎外任离乡。

古训说，富贵传家，不过三代。银佛坪留遗的几支开始走向平庸。章金升这一支系本门嫡传，家底殷实，势力颇强，也未能实现赶超，他只落个捐监出身，捐得一个不入流的典史头衔的文官职。

在水烟壶子呼噜噜呼噜噜的声响里，章金升捋掐着天下之事，觉悟出一个道理：世事嬗变就如一群在原野上奔跑的马，朝廷就是头马，头马朝哪里奔跑马群就跟在尻子后头朝哪里奔跑，无论前方有草没草有水没水都不关马群的事。他由吃草吃料的大牲口马联想到吃屎吃肉的小畜生狗，忽然间又联想到官场的衍变、升迁，那就是一个从狗到人的过程！缩在脚底的柴狗自然是衙役一类了，爬在顶头的真人当然是皇帝了，夹在腰胯的则分明处于半狗半人的状态。而唯这中间层的人狗或狗人最是有趣，一个个穷其一生猫着腰子朝高处爬缘，以期人味重些或混出人模样。当他们人味重些或混出人模样之时，竟都是一副三十年媳妇熬成婆的嘴脸，即是要属下在自己面前成为一只纯粹的柴狗。而官饭不好吃，最令人狗或狗人头痛的是，一不操心站错了队跟错了主子或嘴一贪手一长或丢一个盹儿卖一个呆呆，自己就要沦为柴狗了！他为自己这些个规律性的发现而振奋，思想渐渐凝结在一个节点上——重操先祖旧业是命运使然非为人谋。反复咀嚼品味这个人生断语，他得到了一种深切的抚慰和鼓舞，心间平和、淡定了许多，紧蹙的眉头舒展开来，陷于遐想。他平生至为钦敬、佩服的即是高祖张班头，那是一个富有传奇色彩的英雄，因而思绪总在他身上转游逗留。高祖父以低贱、贫穷之身独闯江湖尚能一举开启家道中兴的新纪元，自己从士绅起身，也是响当当硬邦邦一条棍儿，又得两个儿子相助，焉能蹉跎时月输给先人？迷迷幻幻间，一张冷峻、悍猛的面孔出现在眼前，高祖父伟岸的身躯骑在阿拉昭寺风磨铜铸法轮之上，发射着万道金光。高祖父指戳着堆山的财宝说：“小子，世间的官帽、银钱原本没有姓氏，在乱人手里倒腾来倒腾去——能把人家的倒腾成自家的，那才叫本事！”他从惝恍中觉醒，心一蹦一蹦，血一涌一涌。

章金升脸色亮豁了。他爬将起来，收拾了烟具，冲着守候在门厅探头探脑的女佣赵刘氏猛猛吼了一声：“赵家，上酒上菜，老爷我饿哩！”赵刘氏此刻正忧心自家病恹连天的男人老赵毡匠这会儿好也歹也，却不敢在老爷还没有用过午餐之时贸然离开，闻声吓了一跳，一边慌忙答应着，一边颠着小脚紧张地温酒热菜。不大工夫，她端了一个肉、汤、酒、饭俱全的大盘过来，小心翼翼地一碟一碗一盆搁在硕大的紫檀木的炕桌上。章金升抓起一块猪骨头，头不抬眼不睁大啃起来，腾出手喝了一大盅子烧酒，咂着油嘴说：“赵家手艺又高哩，老爷我从来没吃过这么喷喷香的肉！”看着老爷吃得眉开眼笑，赵刘氏舒了一口气，趁机说：“家里的老和尚又犯病哩，等伺候老爷吃喝罢想早些回去。”章金升爽快地说："你叼开空就回去看看，老赵毡匠也可怜，一个病秧子。"赵刘氏正要说感恩的话，章金升补了一句："银佛坪那边捎来话，说太太前天已从老家起身，过来住几天，约估今后晌就到哩，待伺候他们用了餐，你就回去。"赵刘氏咽回话，便忙着备办去了。

院外传来铃铛的脆响，大门开启，门道边，章鸿儒从骡背上将母亲章刘氏抱下，搀扶着进来，下人提着行囊跟在后头。徐二驹从马厩钻出，连声请安，牵了白骟马和大黑骡子进了马厩，忙忙地喂饮去了。章刘氏四十开外，一身珠光宝气，小脚趱行，两只石榴石耳坠晃晃悠悠，一双金灿灿的镂花手镯滑落到腕前。赵刘氏紧忙上前搀住，小心翼翼扶进前厅，倒水沏茶，问了短长，又忙忙张罗饭菜去了。章鸿儒酷似父亲的倒梯形的眉脸间显出焦躁之色，抖落银灰色长袍和黑缎马褂上的尘土，摘下礼帽挂在衣架上，又顺了顺脊背上粗壮的辫子，说："大，听说你的官帽叫狗日的撸哩？这瞎眼窝朝廷！""混账小子，口无遮拦，不敢乱嚼。"章金升瞪了儿子一眼。章鸿儒不经意地说："大，依我看，大清国运江河日下，内忧外患，根基动摇，气数将尽，眼下就成了一块唐僧肉，洋鬼子是脚不是脚都揣进来想割一刀子吃……"章金升打量了儿子一眼，从他炯炯的目光中看到了一种桀骜不驯和成熟果敢，不觉颇为欣赏，却还是板着脸孔，提高嗓门训诫说："百足之虫，死而不僵。这些杀头的话，只能装在肚子里头，不可乱嚼舌头！"章刘氏早已憋不住，说："他大，自打听说你出了事，我一夜一夜睡不着，早想过来看看。——朝廷今儿挺义和团，明儿又打义和团，这义和团是谁家的团练？这风一阵雨一阵，阴阴晴晴的，倒究咋回事？挺也罢打也罢，你都跟着忙乎，咋反倒把自个儿日塌哩？"章金升哼了一声，说："塞翁失马焉知非福？你们解不开世事，就不要瞎说溜道。"母子二人明显地感觉到老爷子浑然无事精精神神的，也就不再多言，只章刘氏翻腾些前场糜子后场谷的屑事。

吃饭中途，章鸿儒将自个儿准备约几个朋友到关中贩一趟烟土的事说了一遍，得到父亲的力挺，他十分自得，显然以为自个儿已能捉事了。章刘氏有些不安，说："听说那东西一吸就上瘾，好好的人一个个变成了霉鬼二流子，可不准你吸。"章金升用手指戳指着儿子，瞪起三角眼，厉声说："老子早有交代，贩卖赚钱可以，你小子若是敢沾染这个东西，老子打断你的腿！不信你试试！"章鸿儒哈哈笑着，说："大，你隔着门缝看人哩，儿子还想干一番大事，咋会不知深浅作践自个儿。"

日头澄山（落山）时，赵刘氏手里攥了章刘氏赏给的五个铜圆，急急火火出了南门，绕过一道峁梁，向下头阳坡的一处窑院走去。她一边走一边仔细翻看手心里汗渍渍的铜圆，心里好生奇怪，竟有些疑惑：这几个铜圆崭新崭新的，一面光滑一些，另一面却刻满了硬涩的字码，是什么钱？她只记得章太太说这新钱镚子叫什么光绪元宝，是朝廷刚刚发行的，一百个兑换银圆一块，旧铜圆已不时兴哩。反正是钱，管用，这样盘算着，心歇下来，就不再计较样貌的生煞了。

陕北三边不晓得是从刀耕火种的远古时代还是哪朝哪代起就成为一个半农半牧的地方，盛产毛货。毛毡夏秋防潮、冬春保暖，加上耐磨损、价钱不贵，自然而然成为所有穷家和富家土炕上的必备之物。把一卷子一卷子的羊毛或牛毛加工成毛毡的过程叫擀毡，老赵毡匠就是其中手艺呱呱的一员。擀毡分弹毛、铺毛、喷油、撒黑豆面、洗毡、定尺寸六道工序。弹毛既是受苦活又是技巧活。据说，老赵毡匠使一张八九尺长的大弓，弹毛时双手并用，左右开弓，板结的绒毛一根根松开，上下飞舞，有如仙女散花。更不寻常的是，大弓发出的声音嗡嗡铮铮，节奏有致，高低起伏，美如琴弦，听得人发痴发醉，传说常有主家的女儿和小媳妇哄伙着躲在门外偷听。铺毛是个极为细腻的活计，跟巧媳妇刺绣一样。老赵毡匠手似轻燕，前后翻飞，虚浮的绒毛絮片飘摇落去，恰中地方，层层叠叠，薄厚均匀，满满当当，不见虚空。这一手绝活为人称道，他的三儿子学了两三年硬是学不到手。朝毛毡上喷油看似简单，却讲究功夫。老赵毡匠噙一口清油，噗的一声响，就会浮现一个偌大的扇子，薄如蛛网，细若轻雾，趴在跟前觑瞅，才见毛毛细雨似的油珠儿早已沾在绒毛上了。据说，有吝啬的主家老是怀疑他偷着把清油咽进肚子里，结账时扣了他几顿饭钱，闹出一个笑话，也传为美谈。撒黑豆面是瓷实加固的过程，须抛撒得匀称、适度，这样毛毡才会瓷实硬朗。老赵毡匠的过人之处在于只用别人一半的黑豆面就收到硬邦邦的效果。洗毡是擀毡最为关键的一环。使劲小了，绒毛疏松成不了好毡；使劲大了，搓成窟窿眼窍。老赵毡匠的本事谁人也看不明白，反正他擀的毛毡、绒毡铺过三十年依然齐整不见窟窿。毡大毡小毡长毡短得根据土炕的大小宽窄定尺寸，也就是量盘出毡，老赵毡匠不用手拃尺量，只消眯缝一只眼掂量一下就行了。——有书匠的书词为证：猫逼老鼠狗照门，赵毡匠的眼窝两盏盏灯。

老赵毡匠老家原在西芦子河西的鱼沟，吃这碗饭已有三十多个年头，大半辈子擀了数不清的山毡绵毡绒毡牛毛毡，靠手艺和人品在三边一带混出了名声。镇边城、柠条原镇、安边堡、定边城有钱的人家多请他去做细活好活，因此也积攒下一点银子。为方便招揽生意，五六年前，老赵毡匠在镇边城南门外二三里远的阳坡上置买了几十亩坡地，打了五孔土窑，又用青砖罩了窑面，从鱼沟搬家过来，打算开辟新的光景日月。他精心擀制了两块绒毡坐垫做礼品，拜请“济世堂”医馆坐诊的老贡爷给三个儿子取官名。老贡爷沉吟半晌说，民以食为天，播哩种哩熟哩成哩，方得果腹而四季无忧，就取名“伯成”“仲成”“叔成”吧。人谋不如天算，两三年后，喝罢一场通宵酒，老赵毡匠害了怪病，周身发黄浮肿，精神萎靡，乏软慵懒，从此趴在炕皮上不能行动。赵刘氏以为得了邪症，请阴阳拨料，搬巫婆跳神，全不济事。又在城里的老爷庙、城隍庙、祖司庙烧香许愿上布施，还不见起色，这才想到找大夫。老贡爷号了脉象、瞧了舌苔，摇摇头说，看得迟哩，懒黄病，急性转成慢性。开出青矾散、甘露消毒丹一些药剂，并嘱咐家人于饮食等项施行隔离，谨防传染。老赵毡匠服药一段日子，症状竟显著改善。正打算扛上长弓出门，病如山倒，又趴在炕皮。如此数番，老贡爷说不要瞎葬钱，这人废哩！

赵家米缸、面柜刮出刺耳声的时候，三个儿子雀儿一样陆续飞走，家也空寂了。赵伯成一身蛮力，却不立事主，变成一个游手好闲的混混。因为母亲在章家做女佣，有机会出入，经章金升荐引做了县衙的一个白役，自此四出拿人，催粮索款，混吃混喝，在镇边街头也是一个小小人物。赵仲成成年在外揽工谋生，去年入赘怀远县①一户黄姓人家。赵叔成子承父业成为小赵毡匠，手艺却不似父亲那样精湛，生意上有一嘴没一嘴，实在混不下去，今年春期搬回鱼沟老家种地去了。

赵刘氏颠进土窑，瞅见地上清扫得干干净净，炕上拾掇得利利索索，女儿月娥头上包着头巾，正跪在一边拿着小调羹给父亲喂谷米汤，便长长舒了一口气。老赵毡匠脸色蜡黄蜡黄，精神尚好，想要自己端碗喝，月娥不依，起了争执，父女二人却谁也不嗔恼，有说有笑。赵刘氏很是熨帖，正要拎水桶去沟湾担水，瞥见水缸盛得满满沿沿，又一脸喜惑。月娥会意，说是梁峁上劈崖面打窑的徐家哥哥担的水，一共担了五担，够咱吃几天的。赵刘氏感动得红了眼圈，说咱命好，攀上这么个仁义厚道的邻居，又一搭在章老爷家揽活儿，相互照照应应的。说罢，打量一眼女儿微微凸起的胸脯，脸上浮起一丝甜笑。月娥给父亲喂完米汤，一边洗锅一边说："前晌扶着大（方言，父亲）到城里串了一回，顺便去了济世堂，麻缠着贡爷大夫开了几服草药，一会儿熬成汤给大喝，总可以缓解缓解的。"赵刘氏瞅着手里的几个铜圆，说："老是赊欠贡爷的药钱，赶明儿先还些。"月娥显出开心悦意的样子，说："这回抓药的没赊，现开哩。"赵刘氏有些疑惑，发现月

① 怀远县1914年改称横山县。

娥朝父亲眨眼，更觉蹊跷，上前拉下她的头巾——两条大辫子不见了！赵刘氏省悟过来，是月娥卖了辫子给父亲抓的药，她愣了一刻，厉声说：“剁了你的嫩爪子！女娃娃没辫子丑死哩，将来还咋嫁人？再不准瞎闹！”老赵毡匠已是泪水长流，默不作声。月娥不以为意，说：“过一些时光，头发就会长长的。”

柳栅子大门咔啦响了一声，赵伯成飘手舞脚进来，朝窑门杵去。“又灌黄汤哩，你这个不成器的瞎骷子！”赵刘氏闻到一股浓烈的酒气，瞪了一眼，恶声叱骂。赵伯成爬上炕沿，嘿嘿笑着，不屑置辩，从衣兜里掏出一把钱币欻啦扣在炕桌上，几个铜圆从指缝蹦出，嘟噜噜响着，旋转一气倒伏。“抢的还是偷的？哪里来这么多钱？”赵刘氏吃了一惊。老赵毡匠和月娥也一脸惊疑。老赵毡匠有气无力地说：“伯成，咱再穷再苦，可不敢做昧良心的瞎瞎事，得靠自个儿的双手挣干净的钱！”“是不是抢的偷的？”赵刘氏盯视着儿子，厉声追逼。“麻烦死人哩，一见面就叨咕什么偷的抢的……钱是好东西，管他姓张姓李？我大趴在炕皮上，抓药不是正缺钱？”赵伯成侧歪在炕上，烦躁地摆了摆手，眼里却放出亮光，冲着母亲快意地说，“头前我去章老爷家闲转，章老爷强留我喝酒，大少爷也亲自作陪……”月娥禁不住摇摇头：“你好不识羞，人家章老爷、大少爷甚身份，还请你陪你？就不怕闪了舌头。”赵伯成瞪圆了眼睛：“这可不是玄谎，谁玄谎谁是四条腿！”赵刘氏训斥他这么大的人还跟自家妹子赌咒发誓，探问说：“那人家凭甚请你？”赵伯成说：“章老爷说，过一阵子他必定会当上衙门里的捕头老爷，叫我到时候跟着他干，保证吃香的喝辣的……这不，还赏了我一把大钱！”赵刘氏这才放下心，念叨了半晌章家淳厚的人情，叮咛儿子一定得好好听话，好好伺候章老爷。赵伯成说：“章老爷虽是倒了霉，毕竟是一棵大树，我……”赵刘氏眯缝着眼睛，一个一个搓数着铜圆，脸上绽出笑容：“老二仲成好歹算是结婚哩，你这个老大还打着光棍！你的钱妈不动，给你攒着，过两年娶一房婆姨！”　“几个铜子也能娶婆姨？净做杏儿黄的梦……等我做了正役的捕快，既有工食银，又有外快，手头就阔哩……”赵伯成戏说着，浮想着，身子歪倒，口里涎水流淌，打起了磨豌豆似的呼噜。

镇边县城处在白于山系向鄂尔多斯高原过渡地带的丘陵尽头，前身是万里边墙一个拐弯处的一座城堡。城堡由一围黄土质的城墙绕连圈成，半山半滩，远观似一把翘背的躺椅。东芦子河和西芦子河沿东西两边的河谷穿流而过，在城北受两旁山崖夹峙而汇合北流，又形成了三面环水的山城景观。县衙坐北朝南，位于滩地东南。整座建筑显示出北方庭院对称的风格，由中轴和东西两侧副线上的十几个单元、五十余间房屋组成，主体为大堂、二堂、三堂及吏舍、厨院、狱房。大堂、二堂、三堂均为三间七架，历经三十余年风雨剥蚀，已是老态龙钟，梁栋黄土剥落，屋顶灰瓦、兽脊间衰草丛丛，院内阴暗处和犄角旮旯锈满斑驳的苍苔。从大堂后壁正中小门出去入一门就是二堂，从二堂后壁正中小门出去再入一门就是三堂，这里是历任知县老爷及家眷所住的内宅。

镇边治所原址在距此一百几十里的西南边墙脚下、白于山腰地山大沟深的新城堡，堡城即县城。据旧志载，同治六年六月中旬，甘肃蒙城外号马三元帅的回军首领率兵攻打新城堡，时任曹知县詈骂拒降，率城内官民全力抵抗，激战四五日城破，曹知县死难，官民逾千人被杀，房屋尽毁。回军又长途闪击镇边堡，破城后其童子军一马当先操刀砍杀，官民数百人死难。回军忙于攻掠，旋即撤出，城郭因而毁损不大。两年后，新任梁知县以新城堡山高路远不便交通且城垣残破、房舍毁废为由上书请求迁治，遂将治城移至镇边堡。梁知县重修衙署，招抚流亡，赈济灾民，劝勉垦殖，战火留遗下的累累伤痕逐步抚平。梁知县也留下了不泯的官声。

王知县履任伊始，先是翻阅了前任丁知县所编《镇边县志》，对境内军政沿革、历史人物、各业兴废及风土人情有了轮廓的印象，也想着效仿几位前任做几桩实事善事，上可无愧朝廷，下则不负黎民。于是，在秋初之时，引领一班长随、师爷、书吏、乡绅及皂白衙役，离开县城，去踏勘舆地，体察民情。

一行人或乘骡驾轿窝或骑马骑驴，往西迤逦而行。西北的柠条原古镇，以一圈海壕为御敌屏障，见所未见，而汉、蒙、回各族客商辐辏往来，边市红火，给王知县留下了深刻而奇特的印象。小住间，特地问询教民区情事。绅商俱言，自教案发生，教堂一方整饬教规，收敛气焰，并无窜扰挑衅，而乡民苦于生计，多有投顺，及今新老入教者累计已破四百丁口。王知县以为教方虽自成一域，不过蕞尔之地、区区丁口，对县政尚不构成威胁，无碍士农工商，只嘱地方上凡事不得招惹，皆以井水不犯河水为上。

起程向东北一径行去，却是沙丘起伏，一派荒芜，有茅庵草舍零星散落，牛羊寥寥，土著民个个灰眉土脸，一身腥膻，令人作呕。

中途打尖歇息。有地方牌头户长殷勤款待，献上大壶奶茶和酸奶。众人正饥渴，痛快了一回。王知县称誉酸奶乃是一种美食，解渴又泻火。牌头户长叩首谢恩。又有黑脸村妇闻听父母官到此，特地献上肉食。王知县发现村妇手背有黑垢，且所献猪蹄羊首上体毛未净，皱眉不食。官、绅诸人各拣干净处撕吃一点，而轮到衙役们，则乱抢一气，大口嚼吃。王知县瞧着情形，摇头叹息。

东向折北，行出百里，远远瞭望见一座杀气笼盖的白色古城。王知县诧异，跟随的乡绅说，那地方眼下只有残垣断壁和遍地瓦砾，已荒无人烟；此地也是县界尽头，东邻怀远县，北接蒙古乌审旗。王知县询问古城的由来，众绅都摇头。唯老贡爷博学，说此城俗名白城子，实名统万城，乃是五胡祸乱之时大夏国的都城，亦是“统一天下，君临万邦”的帝王舞台，曾有“崇台霄峙，秀阙云亭，千榭连隅，万阁接屏”的“恢恢圣姿”。贡爷还说，坐朝的原是个匈奴单于，名字叫赫连勃勃。后间，大夏国为北魏所灭，延后此城曾为夏州治所。至宋朝年间，朝廷为绝北方枭雄据城自雄，下令毁废，迁其民二三十万于银绥①二州。而源出于此地的党项羌人李氏却又在贺兰山下、黄河之滨扯起西夏国大旗，与宋王朝抗衡、对峙近二百个春秋。贡爷强调说：“西夏”之“夏”即“夏国”之“夏”，称谓源自中国初始的夏王朝，这些胡羯人都以为他们是夏王朝贵族的后裔。王知县对史上祸乱中华的胡羯心怀厌恶之情，放弃了亲往勘察的念头，叹息说：“三边这荒蛮地带，胡、汉杂居，民风剽悍，违迕成性，乃匪盗刁民之乡，古来便不寻常！”

一行人转道向南，进入亦名桥山、横山、长城岭的白于山地。羊肠小道，崎岖难行，日行不过二三十里。此地人烟不盛，山民掘穴而居，形容邋遢，衣不蔽体。沿途形势却令王知县更为吃惊：高山深谷绵延无际，几十几百几千几万座几百丈高的山头呈现独特地貌，光秃秃黄乎乎，竟连一块袒露的石头也寻不着看不见，只不知人世间哪里还有这般高大厚实、苍凉茫远的黄土地？而在黄土山峦与深谷巨壑构成的纵横千里的白于山地，边墙逶迤，城堡密布，满目尽是古战场的残迹，景象峥嵘，气势浩然，意韵凄苍，似乎自人类社会进入文明时代的那一日起，这地方就金戈铁马、狼烟不绝，天天上演慷慨壮烈的故事！

一行人最后一程来到镇边县与安塞县交界的芦子关。老贡爷说，芦关岭是延河与大理河二水源头的分水岭，北低南高，三起三伏，状若葫芦，因而得名。芦子关为古代名关，秦直道从中通过，古来战事频仍，传说纷纭，唐时落魄文人杜甫路过此地，作有《塞芦子》一诗传世。王知县登高看时，遥见三座废城分北、中、南凸起，四五条古道交集于芦关岭北端仅只五六丈宽窄的崾崄处，形势险恶，烟霭缠绕，阴气森森，隐隐有唳哭之声，他倒吸一口气，已然兴致全无。老贡爷不善察色，犹自感叹说：“芦岭瀑冰，在城儿河一带，山畔瀑布，经冬悬冰，望之如玉，山耸天

---

① 今榆林、米脂一带。

半，乃是镇边八景之一!”王知县听了好生恶心，说本官眼浊，这穷山恶水凶关险道粗砺莽荡，还有什么看头!

镇边五堡一镇，地域广大，王知县的踏勘草草收场，慨叹黄道台所言不虚。原来，半年前，延绥兵备道黄道台巡游属地，睹物抒怀，作了一首《七笔勾》，赠与时任翰林大学士、奉旨巡视的京官王培棻笑阅。王培棻回京后在奏章中引用了《七笔勾》，不承想光绪帝龙颜大怒，下旨将黄道台革职为民，发配至怀远县石湾镇，以示惩戒。嗣后，又将王培棻辗转贬为镇边知县。

王知县这回亲历三边，阅览风土人情，感受良多，于是伏在三堂内宅书案上，就着清油孤灯，对着黄道台的《七笔勾》原文吁叹一番，又作删改修校，成文如下:

## 七笔勾

万里遨游，百日山河无尽头。山秃穷而陡，水恶虎狼吼。四月柳絮稠，山河无锦绣，狂风阵起哪辨昏与昼。因此上把万紫千红一笔勾。

窑洞茅屋，省去砖木全用土。烈日晒难透，阴雨不肯漏。沙土筑墙头，灯油壁上流，肮脏臭气马粪与牛溲。因此上把雕梁画栋一笔勾。

客到久留，奶子熬茶敬一瓯。剁面调盐韭，待人实亲厚。猪蹄与羊首，连毛吞入口，风卷残云吃净方丢手。因此上把山珍海味一笔勾。

没面皮裘，四季常穿不肯丢。葛履无需求，褐衫耐久留。裤腿宽又厚，破袄亦将就，毛毡铺炕被褥皮袄凑。因此上把绫罗绸缎一笔勾。

唯叹儒流，一领蓝衫便罢休。方才入黉门，文章便丢手。匾额挂门楼，荣华尽享够，嫖风浪荡不向长安走。因此上把金榜题名一笔勾。

可笑女流，鬓发蓬松灰满头。腥膻狰狞口，面皮赛铁锈。黑漆钢叉手，衣裤不遮丑，云雨巫山哪辨秋波流。因此上把粉黛佳人一笔勾。

塞外沙丘，鞑靼回番族类稠。形容如猪狗，性心似马牛。语出不离屎，礼貌何谈周，圣人传道此地偏遗漏。因此上把礼义廉耻一笔勾。

——这《七笔勾》就此流传了。后世三边文人愤愤不平，屡作“新七笔勾”加以挞伐和批判，仅文学性而论，却鲜见品位深湛、显艳者。想来这黄、王二人不只会作八股文章，也有老辣的文学道行，以至难以超越和颠覆，是为憾事。

翘首盼得王知县巡游返归，章金升动手了。

官场沉浮多年，章金升自然明白，县衙门是知县老爷的独家天下，唾一口唾沫砸一个坑，就和悍霸威严的老家长一样，其他的都是儿子孙子重孙玄孙。衙门权力运作、油水差事分派，里头机关玄妙，即便是堂堂县丞，说话不见得比一个小小的长随管用。本来做个捕头只要王知县点个头就行了，不必一一打点，但他为着博得同情、平息嫌怨，下狠心花费一笔银子获取一个人场。这一阵子，他强烈地感受到了自己的卑小，直如一根不起眼的鸡毛。大街小巷偶尔遇面，许多旧人故友竟似陌路，眼光高过头顶，好在这号官场上的炎凉早在预料之中，他强自忍耐，不放在心上。跑官的第一道卡子是司执帖门的门政大爷，因为要见的人多，章金升特意多给了一个小红包，门政由假作的生面孔立时转作一副熟脸，一路小跑，一家一家传帖去了。几天过去，章金升分别拜见了县丞、主簿、新任典史各位老爷和刑名、钱谷二位师爷及各房书吏，还有长随，个个递上红包做了安顿。于是好消息接连传递出来。这一天早间，棒鼓声中，章金升昂首挺胸进入县衙正门，大步流星径往三堂而去。

王知县刚刚盥洗罢，精神还好，端坐在太师椅上。章金升伏地三叩首，涕泪交流。他申述了在职时如何如何尽职尽责忠于朝廷，而对解职责罚又如何如何甘心担当而无一丝怨艾，为今只愿谋求捕头之职再为朝廷效力等等的情由和祈求，王知县眼皮耷拉，不置可否。章金升行事直爽，不讲究儒雅的或乖滑的过门，直端从怀里解出一大包银两，趋前撂在桌底，只说些许土产，请大人笑纳。王知县闭上眼睛，仿佛不曾瞧见。少顷，仿佛醒来，叮问他的职事选项，章金升作答。王知县做出大感意外的模样，告诫说捕役乃贱民身份，依大清律例，不允参加科考、不允选任官职，且子孙三代之内不得逾越，打算派他去西乡宁塞堡做一名散绅，打理堡内各牌事务。章金升情知各堡是清水衙门，净做些清厘户口、上报下传一类鸡零狗碎的营生，表示自己天生干不了文差，只愿在老爷手下混个武差，当个捕头。这是个疯张怪异的选择，为君子所不屑，士子所不齿，却与银子拐弯抹角沾了边。王知县已闻听了一些流传说法，心下也明白，便爽快地应允了。

章金升上任的头一桩事，就是给总捕头常三爷孝敬了一根皮软管儿。那常三爷，外号酒神爷，柠条原镇上人，原是顺了教的，并且做到教堂一个片区的掌柜，只因嗜酒如命，屡犯教规，屡教不改，被戈云密神甫逐出教门。又因为拳脚了得，做事老辣，在黑道著名，丁知县任上时特招入衙，一步步攀上总捕头位置。章金升请起皮匠师傅，用熟牛皮的材料特制了一根软管儿，鸡肠似的细长细长，一头装了玉嘴和银质的阀门，另一头吊了金坠，手感柔软细滑，看着古怪亮眼。这物件的功用是喝酒省事。人躺进被窝，把软管儿一端像乳头一样含进嘴里，旋开阀门，床柜上搁的瓷罐里的酒液便自动地顺着管子流淌下来，流入嘴，吮之则大流，不吮则滴流，操作方便，用着自如。常三爷人胖身懒，动弹费力，最嫌麻烦，最喜省工。自从得了这物件，视作一宝，甚是惬意称心，而烧酒的消费量也与日俱增了。

常三爷早先还是章金升的属下，而今打了颠倒，自觉难堪，不好相处。自从接下那宝，一番细密考量，索性将侦缉密探、传唤拘捕、巡夜防盗的差事悉数交由章爷执掌，自个儿落个清闲，只管饮酒，当然，外差、内差孝敬的银子是不会少的，那些个捕头班头都是他一手栽培的铁杆。章金升本分行事，每每前往访晤禀告，不提差事曲直，案情黑白，只把外差的驴马费鞋袜费伙食费茶水费和那内差的投到礼挂牌礼铺堂礼散班礼等等的规费一一念叨清白，抹捋精细，该分发、犒赏的，该交割、孝敬的，样样交由三爷裁夺理处。常三爷老于江湖，长了另一只眼，暗里又有耳报，却总也找不出丝缕的破绽，渐渐心安心服。而令常三爷感念的是，章爷办差回来，即使是夜静人定，必定会赶过去请安探视，且不忘适时地送上一坛冷滴子的原酒。直至大半年后常三爷起不来床，卧着吃酒之时，章爷仍旧殷勤如初，人情如初。

常三爷白日独酌，夜里吮饮，乐于酒事，身子给酒精浸泡成了虚包，从头到脚每一寸皮肤都泛溢了鲜艳的红色，连毛孔也散发着酒气，发梢也滴沥着酒汗；特别是那张肥脸，所有的毛细血管都鼓胀起来，潮红潮红，潮得发腻，红得欲滴。章金升三五日便潜去与他豪饮一回，二人酒逢知己，畅谈烧酒的种种妙处，把酒放歌，笑说人生，其情恰恰，其乐融融。饮到酣处，常三爷头不摇了，手不颤了，腿脚也灵便了，兴致来时，竟能去到院里要闹一回拳棒。

常三爷的身子一日不如一日，自觉去日无多，便呈上条陈，禀以实情，请准退职让贤。王知县允准。章金升却坚辞不就，说三爷在一日，在下便不敢僭越。中途又苦劝三爷戒酒，免得淘空身子。三爷只靠烧酒养着，寸步难离，哪里戒得了。衙内于是传为美谈，捕头班头个个敬服。常三爷阅人无数，独服此人。赶至秋风来时，常三爷病势重了，念叨说还有一样夙愿未了。这一日晚间，着人安排了一桌酒席，摆起香案，又着宗刀客、景麻子几个徒弟请来章爷。烛火高烧，香烟缭绕。常三爷由几个徒弟搀扶着从炕上下来，与章爷并肩跪倒，三拜九叩，结成拜识弟兄。弟子们跪了一地，行礼如仪，拜认了师叔。众人欢庆间，三爷章爷各灌一碗猛酒，却听得嘣的一声，三爷身子爆炸一样塌倒，鲜血从不同地方迸出。章爷大哭，捶胸顿足说，都是烧酒误了三爷呐！

黄土高原北部、镇边县宁塞堡南端的白于山群山里有个地方叫吴起镇，据说战国初期军事天才吴起曾于此屯兵戍边，故而得名。由北向南的乱石头川和由西向东的头道川、二道川、三道川及由东北向西南的宁塞川的多条涓涓溪流汇合于吴起镇周围，再往东南方向奔流，形成滔滔的北洛河。这里川道开阔，河道两岸土地肥沃，旱涝保收，当地人称作吴起地面的天心地胆。东南距吴起十余里处的河川东北侧、林草茂密景色秀丽的峰峦脚踝下，有个惹眼的村庄，叫银佛坪。庄里有一座四合头的院落式石寨，平地杵起，气势悍霸。里头建有高大宽敞的石窑洞四十余孔，一条青石甬道坚实地伸展开来，两侧矗立了庄严的拴马石桩，桩上嵌揳了拴马的铁环，桩脚横亘了一方方长条的上马石，显示出主人身份的卓尔不群。更引人注目的是，石寨大门洞上方中央镶嵌了一块长方形的石匾，上雕“武魁”二字，隶体书法，蚕头雁尾，字口深峻，传递了一种尚武的精神。这就是威震一方的章家老院。

秋寒时节，庄稼上场。晌午时光，院外的场地上，伙计们踩着展铺开来晾晒干透的糜卜子，头对头两人一组舞动连枷吧嗒吧嗒对打；金灿灿的糜颗籽脱去糜衣，从穗头滑落下来，渗漏沉积到底下，把糜草秆子垫浮起来，一脚踩上去软绵绵滑溜溜的。二少爷章杰儒仰躺在场地畔一把躺椅上，跷着二郎腿，一双倒三角眼像一把扫帚，不时把场子唰唰扫上一圈。伙计们没谁人敢于偷奸怠工，他们精明，只有做好了活计才能理直气壮背上东家一斗一升量盘出的陈粮回去做全家人一年的口粮。

遵循古例，每到秋底，佃户们按年前或几年前依照土地等级议定的“四六”或“五五”或“三七”的租息，各自会把干干净净的粮食一口袋一口袋背来驮来或是用木轮车一车一车推来，章家的粮仓便一囤一囤盛满了新粮。陈年的粮食轮次抬出饲喂大牲畜和猪、羊、鸡，抑或在米价贵时粜出，另外的用项就是高利出借和结算工钱。结算工钱其实就是以时价折算成粮食，一斗一升一合量盘给伙计们。二少爷掌管这些屑事，抹捋得井井有条、光光堂堂，表现了逼仄中有大度、小气里见大气的性格，也显示了灵慧的头脑和非凡的治家才干。伙计们服信他敬畏他，以至每到结账时都爱听他的一句话：“新粮、陈粮一样的吃法，陈粮颗籽干得嘎嘣嘣响，瓷实得一颗顶两颗。”

章杰儒从躺椅上下来，绕着场地转了一圈，仔细查看边边角角穗头秆梗上的颗籽有没有打净，眼脸上荡出满意的笑纹，大声说：“赶后晌打完这场糜子，管一顿扛硬饭，明儿起收拾倒腾仓窑，到收租子、开工钱的时光哩。”伙计们脸膛涨红了，一个个紧缩腰身攒起劲来。

大少爷章鸿儒此刻侧身卧在铺了大红栽绒毯的炕上，右手握了烟管有一尺来长的红铜烟壶，就着清油灯吸水烟。呼噜噜的声响里，深深吸一口，从粗大的鼻孔悠悠吐出，再噗的一声把烟渣烟灰吹进一个硕大的玉石烟缸里，又捏一小撮金黄柔软的烟丝捺进烟钵。他心里盘算着一桩事情。庄里的远房亲戚冯占山家有二十多垧河滩地，四棱八瓣的地块紧挨了章家的地，他曾谋划着把这几块零散的地氽到手，这样，章家这一处河滩好几百亩的地就连成一整片了。可是，这姓冯的既不卖地又不对换，荤素不吃，章鸿儒每每走到自家地畔，瞅着两家土地中间凸起的一溜长满白草冰草灰条苦菜菊芋的地界和栽得端溜溜的石头界桩，心里就极不舒展。前不久傍黑时，他发现冯占山像一只郎猫悄悄钻进了水萝卜家的窑里，里头传出打情骂俏声，便开始在这上头琢磨文章。

水萝卜是章鸿儒不远不近的外甥女，丈夫有一年钻进梢林打野物，给一群狼围定扑倒吃了，自此守了寡。她家底厚实，周打方围也算一个富户，只是形单影只，荒旱在那里。这女人二十多岁，白皙的脸蛋透着迷人的鲜红，颇有几分姿色。特别惹眼的是，一对大奶子把胸脯撑垫成两座小山，走路一弹一弹、颤颤悠悠，招蜂引蝶自是难免。几年前的一天夜里，章鸿儒仰脖子灌下半瓶酒，揣了银子拱进门去。水萝卜半推半就说不能不能，你是我舅舅。章鸿儒借着酒意逗她：我是你舅舅不假，可尻裆的鸡巴绝对不是你舅舅……从此，舅舅外甥女如胶似漆，久而久之竟不避邻居熟人。于是吴起地面传出一首《舅舅挎外甥》的信天游，极尽戏谑嘲弄淫猥荒唐。可章家势大豪强，从未有人敢于当面吟唱，章鸿儒只作不知，我行我素。

这冯占山槽头抢草，想两个贼娃子歇一家店，岂不是当众朝自个儿脸上浇尿？章鸿儒开初着实气恼忌恨了一番，曾打算以外家客的身份当场捉奸暴打一顿，但又很快否定了这个愚蠢的念头。这刻，在缭绕的烟雾里，他反复推演,一个挖坑抬埋冯占山的计谋已是蛇钻窟窿铁入木了。章鸿儒过足烟瘾,拔下烟筒,噗地吹掉灰渣,又噗地吹熄油灯,一纵下炕,打开箱子揣了一包烟土、一杆烟枪和一锭银元宝。出了院子,朝水萝卜的窑院大摇大摆走去。

章鸿儒进门时水萝卜正撅着尻子一颤一颤擀杂面，纤细的腰身和凉粉坨子似的尻子发散着摄魂的诱惑。他一扑上去从后腰搂住，嘴里骚情着心尖尖毛蛋蛋的软语，又一把举起颠过身子横揽在怀里，大嘴乱拱几下，急火火递上炕去。水萝卜斜眉吊眼咯咯笑着，说扒灰鬼急死鬼等人家擀好杂面再闹耍不迟。章鸿儒三下两下丢剥了她的衣裳，又三下两下丢剥了自个儿的衣裳，说舅舅等得起裆里的你二舅舅等不及哟！这水萝卜一经男人上身就酥软得没了筋骨，仿佛一团大弓弹虚的棉花，如此奇异的感觉令已有两房太太的章鸿儒神魂颠倒，念念不忘，更不在乎世人不关痛痒的说短论长。二人精光了身子熟练地颠鸾倒凤，在急风暴雨中享受着一波一波神奇的战栗，水萝卜发出一串串肆无忌惮的猫号。

一个月后的初冬时节，冯占山已然囫囵囵沉醉迷恋于鸦片烟所致的奇丽幻境了。每当断顿烟瘾发作，就会出现眼睛迷离、鼻涕长流、口水滴滴、哈欠连连的情状，更陷于一种似有一群蚂蚁在筋骨间爬蠕噬咬的痛楚和恐惧里。这种异乎寻常、摇曳心旌的享受与痛苦万状、惶恐丛生的折磨在章鸿儒刻意的摆布下轮回交替，冯占山仿佛跌落于苍茫、腾卷的黑水，一回一回折断企图复活的膀子，没入愈发幽深的暗流。岁月在走。人在滑。光景在滑。冯家厩棚里的骡马一匹匹贱卖了，接着开始把祖宗传下的黄金宝地一块一块踢打了。在冯占山困兽似的眼光里，极端重要的是永久地留住飘飘欲仙的快感和搂着水萝卜棉花包一样的身子鏖战到天明的豪壮，而浮财、土地这些东西都是身外之物，比不得眼前的紧急迫切，以至于越到后来越不放在心上。

冯石氏是个顽强、厉害的婆姨。在试遍了一个女人所能想到的那些温柔体贴乖哄劝导威吓及搬动娘家人施压的种种办法后，从全部失败的教训中，她想到了最后一招——打！

她体弱力怯，便毅然联合了两个懂事的娃娃。娘儿们三个决定用打架的办法解决问题。瞅准丈夫困乏无力或是夜半沉睡的机会，冯石氏使出眼色，娘儿们三个便一拥而上，将冯占山扑倒捂住，用麻绳捆死，然后由冯石氏放手抽打，恣意折腾，甚至给他嘴里灌茅粪，期望逼出那植入体内的毒素。直至冯占山被折磨得奄奄一息，在两个娃娃苦苦的哀求中，她才歇手。可冯占山也蓄谋着报复。一旦吸过烟，他就虎一样威风起来，一个打三个，直打得冯石氏头破血流瘫在那里，两个娃娃鼻青脸肿缩在墙角。可是，发泄过了，他又会把娘儿们三个搂抱在一起，痛哭失声，自己撕嘴，扇耳光，发毒誓戒烟。然而，他的毒誓一般仅能维持几个时辰，只要一打哈欠，就决然地反悔了。这种发生在冯家的纷乱惊心的打打闹闹持续了大约一个年头，直至冯占山变得神经兮兮，冯石氏陷于极度的萎靡疲累，两个娃娃成了惊弓之鸟，双方终于打不动了。

两年过去的春天里，银佛坪出现了一个新生事物。后间，冯占山受到一种激励和鼓舞，树起男人的雄心，并完成了一次企图改变命运的挣扎——

清明节过去不久，章鸿儒骑着走马从关中回来，褡裢里装了一种叫罂粟的细小的黑籽，向章杰儒交代了半晌。章杰儒喜欢算账，拨拉着算盘珠子，以平常收成预估产量，把人工、牛工和成本各项刨去，按行情市价计算了一亩地的净利，拍着大腿说这叫造银子嘞！

开犁的时候，为慎重起见，章杰儒亲自过来盯工，在从前属于冯家而经过一纸捺了鲜红手印的买卖文书演变为章家的土地上，看着伙计用骡车一车一车运来粪土，均匀抛撒开来，而后驱赶着一匹黑骡子耕犁耱耙，做好开种前的各项准备。待地气厉厉（进一步）转暖，他和伙计赶着骡子来到耱耙好的疏松的地里，盯着伙计将耧犁斗子的漏眼缩放到最小，将拌了油沙的罂粟籽倒进去，说先试火（试验）一回。伙计把扶耧犁吆喝牲口开沟下种，他趴伏在新豁开的犁沟上，觑瞅籽种的疏密稠稀，探进手捏搓查看。几经试火调适，伙计得窍儿，便将拽耱子的绳头系在腰间，正式开始往返耕播了。

两三个月后，章家河滩地里的罂粟秆子已是绿油油肥嘟嘟齐胸高低了。不经意间，直立的秆头纷纷顶起花苞，开出四瓣瓣赤身裸体的若即若离的大红桃红紫红纯紫纯白的花朵，仿佛几个种群的花蝴蝶扑扇翅膀慌慌急急去往野滩里寻春闹春，却撞到了一起。奇幻的美丽引来庄里人驻足观赏，一时议说纷纷。章杰儒说：“这叫罂粟，是一种中药材，将来结果取汁经医生炮制成药能治跑肚拉稀咳嗽气喘。”庄户人都说好日怪好艳炸的药材，章家人就是窍道多！这罂粟花期极短，一地的美丽娇艳没待人们看饱，三四天就落英满地，只留下瘦腰的茎秆和狭长椭圆的大叶扇随风摇曳。不久，茎头顶出一个个头戴帽盖的卵球形或椭圆形的蒴果，一日日往大膨胀，满地一片墨绿的小球。待蒴果长到核桃大小，章鸿儒兄弟二人带着家中十几个家丁、伙计，章刘氏引了三个儿媳妇和老妈子、丫鬟，各人手拿新近打制回来的弯弯刀，来到罂粟地里。章鸿儒不会做却会说，依着听来的经验和技巧指指拨拨，反复强调说：小心捏了罂粟壳壳，抻住劲儿轻轻割，就有白奶子冒出来——别把壳壳划穿哩！各人兴冲冲地依葫芦画瓢，开始动手采汁。果然，罂粟壳上有奶水似的浆汁流出，却很快发暗，变成褐色、茶色，在弯弯刀上凝结成疙疙瘩瘩。

半夜时光，章鸿儒兄弟俩也不使唤伙计，亲自到灶房点火熬烟。章杰儒腰间扎了围裙，把一季采收的罂粟疙瘩拎来一桶，倒进大铜锅，又注入大半锅水。罂粟疙瘩一遇水即溶解成褐黑色的糊浆，至温热时开始冒出纷纷缕缕奇异的幽香，即刻浮游至院子里，又向庄子上空漫飘。一庄人和牲牲口口都不知不觉沉醉于莫名的香气里，夜行的猫子对窜游的田鼠也没了兴趣，趴伏墙头吸起鼻子。水汽将干未干，香气浓郁厚重，章杰儒觉得自己火候把握得分毫不差，果断停止添柴，吸着鼻子，喜滋滋地说："成嘞成嘞！"这时，传来嘭嘭嘭叩击大门的声响，冯占山鬼魅似的吼叫："大兄弟、二兄弟！你们偷得抽好货，还瞒着老哥哥？快快开门！好香哟，香死人哩……"章杰儒怕露馅，恨声恨气地诅咒着，不打算理睬。章鸿儒安顿把熬好的烟膏连锅端进住屋，待凉下来整理打包，自个儿亲自去开大门。冯占山使劲吸着鼻子，嚷嚷着要尝尝鲜儿。章鸿儒说："今儿黑里管老哥抽个够！"他将冯占山引进自家的前窑，问道："冯哥，你带没带家具？"冯占山忙不迭地说："带哩带哩！"一边从衣襟里抽出一杆枸杞木的烟枪，就要上炕。章鸿儒改了主意，拉住他，向门口窥探的章杰儒说："把咱新产的好货挑一块，送给咱冯哥尝尝。"章杰儒不满地嘟哝说："就你大方，这就是挑一块银子！"他出去挑了一匙用油纸包好送过来。章鸿儒晃了晃油纸包，说："老哥，不是兄弟不留你，你弟媳还在后窑睡觉哩，你拿回去抽吧——可不准打什么歪怪主意！"冯占山一把抢过油纸包，双手捂着，顾不得说话，一溜烟出了门，身轻如燕地飞走了。

第二天清早，冯占山从水萝卜家出来，在往回走的平路上，扑猛绕过来一股鬼旋风，他一躲，就叭嚓跌了一个马趴，门牙磕在了硬地上。这一跤跌得鬼，仿佛天不照应，却跌醒了他的脑子，他猛然明白了一桩事：章家兄弟明明种的是洋烟，却蒙哄庄里人说种的是什么罂粟药材——鬼屌子！他恶狠狠地骂着，吐出一颗撞掉的牙，一口血糊子。一个念头倏地冒出来：章家鬼屌子能种，咱为甚不种？冯占山青白色的脸上泛溢了红光，当下直奔章家老院。

工夫不大，冯占山从章家出来，肩头扛着一个虚胖的大口袋，一溜歪斜朝自家院子奔去。隔着院墙，他扯开嗓弦喊道："我说孝先娘的，你从今儿起再不用怨天恨地抹眼泪哩！咱家的地从此就不用卖哩！过不了三年两载，我就把那些地原封不动给你赎回来，槽头再添几匹大骡子大马，咱的光景就圆圆活活哩……"冯石氏脸色蜡黄，病歪歪的，听也懒得听，说："这死骨殖架子就没散架的一天哩！"对男人她已经绝望，多少回想绾一根吊绳结果性命，可心里系着两个娃娃，绾好再解开。此刻，女儿巧巧和儿子孝先蜷卧在母亲身畔，紧张地谛听着父亲的脚步声，观察着母亲的反应，眼睛里充满了惊惧、哀伤和无助。冯占山丰神异彩进了门，解开扎口一抖，哈喇喇一阵乱响，核桃大小的罂粟壳子满地滚跑舞蹈。"这就是银子嘞！"他虎声虎气地宣布，"明年开春咱家开种罂粟，入夏采收后就能赚到一笸箩的银子！从此后，咱自个儿抽两口就像抽旱烟一样省钱省事省心！"

冯占山决意将手头仅存的十几亩滩地全部种成罂粟，并毅然买了一圈粪土肥地。依章杰儒的成功经验，雇佣牛工统统深翻了一遍，以求土壤疏松透气。旖旎春光里，开犁、耱耙、下种，一切顺当。在播后十来天见到翡翠绿的嫩芽芽时，冯占山像一个受尽委屈的毛头娃娃跪在地头放声大哭……时光随五彩缤纷的罂粟花朵一瓣瓣谢去，又出溜溜爬上一颗颗初结的墨绿的蒴果，冯占山终于打熬到采收的季节。

这一天，日头又登上了西山，洛河川自西向东忽悠悠地阴暗下来，河水向着东南静静地流淌，水面不见了粼粼波光。庄户人扛着擦拭干净的锄头，拎着装满畜草的筐子，散漫地走出庄稼地，顺带再薅些地塄地畔的野草，各自径往家中去了。此刻，章鸿儒却圪蹴在冯占山家种满罂粟的地畔，神态悠然，仿佛是在欣赏自家地里的罂粟长势。冯占山从瘦削的肩头卸下锄头，笑嘻嘻地打招呼："大兄弟，老哥的罂粟长得壮不壮、肥不肥？你看，这肥头奓耳的罂粟卜子足有婆姨女子个头高低，绿宝石一样的果子跟小娃娃的锤头一样大小！"章鸿儒笑吟吟地拍打着裤管上的草屑，说："辛苦你哩，好是好，可也该给兄弟我还种子钱哩。"

"甚种子钱？"

"罂粟么。"

"你当时不是白给我的？"

"白给你的？我给你立下字据哩？说得轻巧，那你咋不把你家的地白给我？"

"那……那得多少钱？"

"嘿嘿，不是棉蓬籽、苜蓿籽，是金籽、银籽。当初我可是花了大价钱从关中籴的，光路费盘缠就花了半褡裢银子，来回走了二十多天，还差点遭山匪抢劫送了命……"

"那你是想……分红？"

"这个自然。"

"那地可是我冯家的，再咋说也得占九成的大头！"

"婆姨没男人腿裆忽撴不下娃娃，再好的地没种子能种出值大钱的罂粟？一亩罂粟收入抵上几十亩的糜子，你凭良心说谁该占大头？"

"那咋分成？"

"三七分吧。"

"你三我七？"

"你三我七！"

"我死也不同意！这叫讹黑人，这叫豪夺明抢！"

"那好，地是你的，种子、苗子自然是我的，赶明儿我叫家丁、伙计把一地的罂粟连根拔光，咱弟兄俩就谁也不欠谁喽。"

“我豁出性命跟你打官司!”

“县衙明令禁烟，你公开种大烟，还要打官司?”

“那也是你章家种在先头!”

“我家上年种的那个叫罂粟，是药材；你家种的这个叫洋烟，是毒品。”

“倒没王法哩，由你说了算? 这官司打定哩!”

“兄弟我瞌睡正伺等个枕头哩，再说县衙门你章叔的那帮人手，皮鞭铁铐麻绳丢了一地，正愁没营生嘞! 不行我明天捎话叫他们过来? 呵呵……”

哇的一声，冯占山口喷黑血，栽倒在地。章鸿儒哈哈大笑，头也不回地去了。

# 第三章

章鸿儒大太太章宗氏在接连生产了几胎女娃后停歇了几年，经过辛苦的上香叩头和虔诚的布施许愿，肚腹又一回鼓凸起来，赶至春天里，终于产下一个带把儿的。这个大胖小子一到人间就扯开嗓弦大哭，声音凄厉尖锐，刺人耳鼓。庄里的接生婆献媚说，她一辈子接生了数不见的娃崽子，从没见识过小少爷这么张扬大气的啼哭声！章宗氏的窑门上绾了一束瓷盆大小的红绸子花朵，章家老院沉浸在盈盈喜气中。章鸿儒觑探过襁褓里的儿子，激情难耐，从武库里翻腾出沾满灰尘的长枪、大刀，依着祖传的武术套路，似一只苍鹰，在院子里腾纵飞扑，一会子使枪一会子抡刀，噼里啪啦，间发咆哮之声，直耍得黄尘四起、鸡飞狗跳。说也奇怪，章鸿儒兔起鹘落之时，窑里的婴儿竟小眼珠瞪成铃铛，止住啼哭，侧着耳朵谛听。守候在一旁的章刘氏笑吟吟地唠叨说：“我的小祖宗哟，婂婂（陕北方言，奶奶）的宝贝疙瘩，从娘胎里一钻出来就喜好枪棒，章家莫不是又出了个耍武的？”

章家得了小少爷的消息不胫而走，庄里庄外的佃户不论光景歪好，婆姨们纷纷送糖随喜。喜帖也送出去了，亲戚陆人（指众亲戚）趱赶过来，就连堡里景散绅、宗帮查和各牌牌头家的妇道人也拎着礼品登门道贺，章家老院见天人烟吵闹。病歪歪的冯石氏犹豫再三，还是不敢得罪，决定看望一回。她让女儿巧巧搀扶着，拎了一个装了十来个鸡蛋和一包红糖的小篓三步一歇进了章家。章刘氏和章宗氏十分感动，婆媳俩同情她守寡、灾病及家道衰败的境遇，好言抚慰，连声叹惜，说：“汉怕入错门、女怕嫁错人是千古的道理！”章刘氏细细打量了冯巧巧俊俏的脸蛋、水汪汪的眼睛和匀称的身材，赞不绝口，说：“这女娃子真是一朵黄花，只是单薄、瘦弱些。”母女二人告辞出门时，章刘氏亲自送到大门外，爱怜地望着冯巧巧的背影，莫名其妙吁叹了一回。

冯占山死了。

自从吐罢黑血，他就一病不起。章杰儒出面全权处理了与冯家罂粟分红的事体，前后时光不长，经三个回合就摆平了。头一回，在完成采收、熬制一应活计后，章杰儒揣了一包烟土，带着账单、算盘来到冯家。噼噼啪啪的响声里，人工、牛工、粪钱、籽钱、收成、红利一宗宗的汤清水利拨拉出来，当面锣对面鼓敲明叫响，冯占山听了眼珠子瓷成杏核子。章杰儒抱怨说：“主要是采收时雇工们不识行道，把果壳壳都划穿哩，只产了一茬烟汁。狼吃大女子——糟蹋了好东西！而且壳壳里的籽儿也熟不了，收成只比种糜子强一黑豆。”冯孝先听到这里，眼睛睁得圆溜溜的，说：“你玄谎，我明明看见你们用弯弯刀割了几回！”章杰儒从身上摸出一把干瘪的破壳丢在炕上，说：“试打着割了两回，果壳走风漏气韶成干枣，早没奶奶哩。”冯占山不懂这个，见果壳果然一颗颗全都割穿，里头有些秕籽儿，摇一摇都没瓷实的响声，不禁诅咒那帮雇工黑爪子太硬太粗，干不了细活！章杰儒起身告辞，表示很快会把烟土按“三七”的份子分开，送上门来，各卖各的。冯占山不晓得从哪里滋长出来一股劲儿，噌地从炕上扑下，拽住他的腿腕子，摆出一副纳老命的架势，不让走。章杰儒从怀里取出烟土包，丢在地上，说：“晓得老哥气不顺，这包是家里从前留下的，白送你，抽两口气就顺哩。”冯占山登时松开手，说：“这还差不多，不的话我就泼老命！另外，算盘也得重拨拉，不能由你们一家说了算!"

第二回，章杰儒一脸惊慌趱赶来，进门就说："大事不好！你家种洋烟的事不晓得叫什么人告发了，县衙门将出票出人前来抄查，还要拿人！听说洛河川刘砭庄的刘老抠也种了洋烟，叫我大带捕快们给查抄哩，人也逮进了大狱!"冯占山一听浑身打战，尿湿了裤子。章杰儒喘着粗气，说："老爷子专门捎话回来，眼见捂不住，让统统就地销毁!"冯石氏瘫倒，哭哭啼啼，哀求章家看在搭伙生意的份上出手捞一把。章杰儒跺着脚，说："我真后悔当初提供了种子，闪戏得自家人也脱不了干系!"说罢，匆匆去了。

第三回是冯占山撵上门去倒催的。他拄着拐棍，一步三摇进了章家老院，不问长短，先讨了两个烟泡，一口气吸完。章杰儒告诉他，自己刚从镇边城返回，已花了一笔银子打点，可事情还搁在半空中。冯占山说他断顿哩，就是去死、去坐牢也得亲口尝尝自己种下的新烟！章杰儒二话不说，取来一包撂过去，说："冯哥你放开抽，东西暂且还在咱手里，宁当撑死鬼不当饿死鬼。"二人很快达成协议：一、烟土以"三七"分成，统由章家经管、设法售卖，责任由章家一方承担；二、章家负担冯家一年的人头口粮，一次性量盘给付，同时代付冯家当年应纳的皇粮国税；三、章家以上两笔开销与冯占山个人所消费的烟土均从分成中扣除。冯占山要求写在纸上、签字捺手印，章杰儒表示这号事不能留下红纸大印的东西，免得让官家揪住辫子。冯占山怕他反悔又惧节外生枝或冒出什么夹生账，犹犹疑疑不肯离去。章杰儒悟觉了他的心思，说："吃亏还能吃死人？人心都是肉长的，那笔贿赂银子就不朝你老哥头上摊哩，若是犯了事，事大事小由我一家红黑死挨，我以章家名节担保，你就一百二十个放心。"冯占山悬着的心放下，连声称谢。

冯石氏掐指头、数豆子前前后后算了一账，虽说不胜丰年的收成，倒也有吃有喝，又省了四时的劳作和烟土的花销，而地也没卖，更重要的是没遭官家的祸害，好歹保住了一口子人，于是从惊惶愁怅中解脱出来。两个娃娃见母亲神色转好,身子轻快了,也都高高兴兴。只冯占山一个时常觉得似乎受了蒙蔽和捉弄,指猪骂狗,说老子谋得一宝,倒叫外人凭空占了大头,日你八辈先人!

第二年夏初的一天,冯孝先去到章家领烟土。章杰儒指戳着账单说,大侄子,你家老掌柜把烟土当饭吃,一个顶三个,连本带利都吸进了肚子——账单上白纸黑字,又捺了手印,咱两清哩,再拿货得掏钱买。冯孝先剜了他一眼,也不看账,空手回去,学说一遍。冯占山登时精神垮塌,一头栽在炕上,眼珠发白,浑身搐缩,鼻涕吊了半尺长。巧巧慌了,急忙用针头将烟枪里里外外的残渣抠下刮下,让父亲吸了两口,冯占山这才挺起精神,活了。随后,他一声不吭,爬下炕,爬出门,一路爬往章家老院去了,像打折了两条后腿的柴狗。

此后的日子里,冯占山隔一月半月便会揣着地契爬往章家,章杰儒总是显出不耐烦的神情拖延不办。他屡次赶到冯家,当着婆姨娃娃的面,摊开双手,倾倒怨愤和苦水:"你们看你们看,咱沾亲带故庄邻院舍的,不是我章家占便宜强买你家的地,猫不上树狗撵着,是你家掌柜尻子后头撵着追着死缠磨缠磕头礼拜硬卖!不买吧,不忍眼睁睁看着冯哥难活受罪;买吧,庄邻扇舌头簸簸箕,闲话淹人;最好的法子,是赶紧请郎中针灸也罢灌药也罢治好毒瘾,祖上的业产可不敢再踢打哩……"

这样晦暝的时月延伸到洛河川河道里的浮冰破塌消开的新春。一天,冯占山连着吸食了两个烟泡,一骨碌爬起,硬硬朗朗地说:"孝先娘的,我的阳寿到哩,快快把咱儿子叫来,我有话安顿!"还未等冯孝先冲进门槛,冯占山已似干草捆子歪倒在炕头,眼珠子从深陷的眼眶里凸出来,眼角淌下浑浊黏稠的血泪,凝滞在半脸上。至此,冯家的土地仅剩五六亩一圪了。

章金升在泰和居订了一小桌饭,郑重地邀约了李函玉。酒过三巡时告诉李函玉说,章家终于有了顶门立柱的,鸿儒得了小子,自个儿明天就赶回老家去，给大孙子红红火火过个满月！他抑制不住欣喜之情，说：“盘算多日，已给大孙子取了小名叫旺子，取官名还须烦劳函玉贤侄你这样的谦谦文士。”李函玉欣然应诺，当下问了章氏宗族的班辈字，沉吟半晌说：“宋朝曹勋《满庭芳》中有‘地偏芝桂长，境胜烟霞异’一句，可取‘廷芝’为名。”又就“廷”与“芝”结合的寓意略作解释。章金升连连点头称是。正说话间，石掌柜进来，将一个精致的木匣递上。李函玉把匣子推到章金升面前说：“犬子安桥年前满月时承蒙世叔抬爱，相赠一块玉佩，愚侄感恩在心；早先欣闻鸿儒得子，无以致贺，略备薄礼，还望笑纳。”章金升开启匣子，从中拿起一把光灿灿的银锁，见工艺细腻精美，刻铸了“平安是福”四个楷体字，掂了掂分量，眉开眼笑：“谢哩谢哩，贤侄既如此用心，恭敬不如从命，老夫愧领哩！”

章金升走后，石掌柜收去堆在脸上的笑容，埋怨说：“这把银锁花了四块银圆，而章捕爷上年送给安桥外甥的不过是随手在地摊买来的一个挂件！”李函玉微笑不语。石掌柜又忍不住说：“章家父子行事狠辣，路人皆知，还是离远点才好！”李函玉平淡地说：“人不负我，我不负人；人负天下，我不负天下。”

章金升带着宗刀客、景麻子、赵伯成几个得力手下，马不停蹄一路向南，翻山涉河抄捷径趱行，二日后回到银佛坪。一进院子，他打雷一般扯开嗓弦喊道：“快快地，叫老爷看看我的大孙子嘞——”章家院里立时升腾起欢乐的气氛，章鸿儒亲自抱着捂了毛毯的小儿从窑门出来，说：“大，你看看，虎头虎脑的一个愣小子！”章金升双手接过戴了一顶虎头小帽的小孙子，嗷嗷嗷呼了三声，举了三举，故意拿粗硬的胡楂蹭小儿的脸蛋，小儿不惧，反倒咯咯地笑个不止。章金升愈发开心，他的眼光显然已透视到了孙子的未来，朗声说：“王侯将相，宁有种乎？再过二十年，我这大孙子说不准就是摇山撼海之人！”

章家以前所未有的铺排张罗了一场庆典。杀猪宰羊的事就忙活了一天，尤以杀猪场面最为刺激。猪圈栅栏外头早早簇了一群人，一个个伸头探脑——圈里躺了一头异常愣实的土种黑毛猪，长着脸盆一样的大嘴和小簸箕似的巨耳，尾巴根足有锄把粗细，有人约估毛重在六七百斤，据说章家用洋芋菜头精颗籽和稠泔水喂养了三年。当宗刀客手拎一把寒光闪滑的杀猪刀走近猪圈的时候，人群里开始涌动兴奋。只见四五个相帮的后生过来，打开圈门小心进入。他们从未见过这样的巨猪，害怕与普通的猪猡不同，一口能咬死人，一个一个战战兢兢进一步退半步地靠近。巨猪一动不动，懒得看人。他们胆子大起来，远远地探出棍棒试着戳打，企图将它驱赶出圈。巨猪见有骚扰，发出愣声愣气的哼哼，却躺着不动。宗刀客背抄着手，嘻嘻笑了一回，骂道："囊糠孙们连猪也怕，还能做成甚事！"几个后生发窘，一齐用棍棒乱戳乱捅，巨猪受不了疼痛，嚎叫几声，挣扎几番，终不能立起，喷着粗重的鼻息，恼怒地转动着眼珠，依然卧在那里。人群里发出声声惊叹，说这猪胖得都瘫哩！几个后生更是尴尬，嘀嘀咕咕包围上前，嗷的一喊，一齐扑上，掀尾的掀尾，揪耳的揪耳，拽蹄的拽蹄，却是拉扯不动，于是干脆用身体抵着压着，合力将巨猪死死控制，嚷嚷说："宗捕爷快快动手！"宗刀客是堡里宗帮查的二儿子，原是个屠户出身，此刻想卖弄手段，嘿嘿一笑，喝散几个后生，说："老子一个人就行！"待几个后生四散跳开，在人们疑疑惑惑的目光里，宗刀客手拎杀猪刀，独自上前，绕着喘气休息的巨猪踱了一圈，呔的一声，手腕抖动，身子鬼魅似的一闪，刀尖直指巨猪脖颈——当啷一响，杀猪刀抛在身后数步远处，却见血流喷射，巨猪四蹄乱刨痉挛一气，已然毙命。众人几乎不相信自己的眼睛，沉默片刻，齐声喝彩。

章家大摆筵席，邀请了宁塞堡和毗邻新城堡执事的头头脑脑和亲朋好友，又以前所未有的仁义大方，囫囵端了庄里送糖或没送糖的男女老幼全体庄客。这一天早间，打怀远县请过来的瞎子书匠手弹三弦甩打腿板，唱起《害娃娃》，从正月里的"妙妙扎下根”一直说唱到十月里的“虎眉喜眼笑盈盈”，逗得众人哄哄乱笑。正当午时，大太太章宗氏头上拢了红包巾，怀里抱着旺子，从窑门出来“亮丑”：旺子剃去了胎毛，只在额头留了“锁锁”，后脑勺留了一撮“后扯毛”，歪戴老虎帽儿，脚蹬老虎鞋儿，脖子上挂了长命锁，此刻，扑闪扑闪眨巴着眼睛，惊奇地四下张望，又胡乱挠抓蹬踢着，咯咯笑开了。婆姨女子们争相拥上，口称“脏样样，愣小小……”瞎子书匠适时唱道：“天上月儿圆正圆，地上花儿红又红；主家有喜过满月，逢喜说喜迎亲朋。主家坐了小男童，前庭饱满后心平；才貌胜过美潘安，前程无量做大官。四柱八字生辰吉，栋梁奇才看未来；熟读古今知孔孟，步步高升到龙廷……”

待客的席棚分作两处，小棚里是穿着长袍马褂的乡绅富人，八人一桌，上酒，配有坐席的小椅子小板凳；大棚里全是破衫烂裤的平头百姓，十数人挤一桌，不上酒，尻底坐的是木墩椽棒。饭菜却是一视同仁，一排一排的炕桌上摆满花花样样的“八碗”，主食是猪肉烩粉、炖羊肉和点了红点的白面蒸馍、油炸糕，一大盆一大盆一盘子一盘子，源源不绝。总管宗帮查出出入入，尽着职事，进入小棚，脸上便堆了笑，殷勤招呼众乡绅尽管享用，吃好喝好；拐到大棚这边，就会把辫子甩起，吼喝道：“各位庄客放开肚皮吃！想喝酒的到烧酒摊上过瘾去。”

烧酒摊上，景麻子、宗刀客、赵伯成三个彪形大汉做酒官，小碗代盅，三拳两胜一碗酒任意放对。景麻子酒量大拳路好一展手就赢，好似没开拳时就能猜出对方出几喊几，打遍全庄没对手。他得意至极，索性脱去皂衣，拍打着长满黑毛的胸膛，说：“打马城马城开，谁不服信谁就来！”庄里几个嗜酒的汉子不服信，结果一回回败下阵来，个个涨了鸡冠脸，摇摇摆摆，不能把持。实在喝不下去的被宗刀客和赵伯成揪了耳朵，罚唱酒曲儿：

二刀刀韭菜哟扎呀扎把把，
好不容易遇到一搭搭。

烟墩山高来张家畔低
我把这盅烧酒敬呀嘛敬给你。
……

一爱你伶俐二爱你怪，
三爱你说话有口才，
四爱你又穿一对红毛鞋，
五爱你走路软格摆摆。
……

生来我个一十九，
吆上牲口赶码头；
远走那山西汾阳府，
路过再走绥德州。
周家崄的果馅到口酥，
麒麟沟过来又喝四两酒；
石湾街，月牙路，
柠条原上我驮回两篓油。
……

整个银佛坪淹没在吃喝嬉闹声中，唯有冯孝先饥肠辘辘，却蜷在家里，拗着不来。章杰儒在应酬间偷出空子催促冯石氏和巧巧快去找找。冯石氏死拉硬拽终于将他带入门洞。在见到大块的猪羊鸡肉之际，冯孝先的眼睛突然发绿，猫了腰子冲过去，两手各抓了一块大口啃啖，脸蛋鼻头沾满油腥。章杰儒端详着他饕餮鬼一样的吃相，舒了一口气。他热火地拉着冯孝先在桌子旁坐下，安顿说："小贤侄，慢慢吃，好好吃，不敢呛哩噎哩！"

镇边城南街济世堂医馆里，徐二驹爬跪在地，叩求老贡爷出诊，说他婆姨月娥难产，大出血，眼见得要出人命哩！老贡爷顾不得让他起来，从抽屉里找了急救的药丸，又抓了生地黄、当归尾两味草药，带了一瓶黄酒，说："赶紧走!"

赶到家中，产妇月娥已止住了惨厉的号叫，接生婆白贺氏用沾满血水的指头从瘦弱的婴儿口里往外掏着黏稠的羊水，又用嘴吸，婴儿哇地啼哭开来。月娥失血过多，昏死过去。老贡爷也不说话，从皮夹中取出一枚毫针，刺入人中穴，轻轻捻转，一边吩咐将药丸灌服。月娥回春苏醒，听到婴儿啼哭，眼里泪水涌流。贡爷吩咐将两味草药细研、用黄酒煎沸、去滓滗汁备用。待月娥服过一剂汤药，他把了脉象，银眉舒展，扶一扶石头眼镜，叮咛不可贪睡，不得活动，不得喝水，日服汤药三回，又安顿多吃红枣、花生、枸杞、红糖以滋补养血。

徐二驹给这个婴儿起了"壮壮"的小名。后间，老贡爷依据徐家的班辈字，取官名为"徐壮民"。

赵伯成随章金升回到镇边城，得知妹夫徐二驹得了一子，想着送一点红糖看望一下妹子、见一见外甥，可是，摸遍口袋，找不到一个大子儿。章金升擩来一吊麻钱，说代老爷给徐家送一点糖。赵伯成千恩万谢，只买了一包红糖、两包挂面，径往徐家。

亮过礼品，赵伯成挺直腰杆，盘腿坐在炕上。他不顾母亲的恨声怨气，连着吃了两碗原是给月婆预备的面条。揩去嘴角的油腥，开始备细地讲述章老爷给大孙子做满月的排场、豪放，一再强调章家全盘端了庄客，那酒那肉都是放开肚皮管饱吃喝的。他端详着瘦弱的婴儿，脑袋摇得像拨浪鼓，说："这不像一只瘦猴子？章家大孙子到底是有钱人家的种代，前庭饱满后心平，活像一只虎崽子!"徐二驹憨厚地笑着，不计较他的话。月娥却拉下眉脸，说："你嫌贫爱富，净说些溜尻子拍马屁的话，哪里有个当舅舅的模样!"赵刘氏用指头戳指着，数落说："金窝银窝不如自家的草窝，你变成细狗怕撵狼变成粗狗怕吃糠，奔三十的行货哩，挣一个弄两个，至今还打光棍，赵家先人的脸都叫你丢光哩!"赵伯成瞪起眼，怨道："自古父欠子妻，哪个当儿子的婆姨是自个儿娶的？还不是遭逢上了有本事的老人！”赵刘氏气得脸白，啪地扇了儿子一个耳光，骂道：“你大病恹连天趴在炕皮上，你个不争气的东西瞎了眼？老二、老三，还有你妹夫，哪个不是揽活受苦的，哪个不是自己给自己娶的婆姨？”赵伯成语塞，涨红着脸下了炕，一边往外头走一边说：“你们等着，我赵伯成也是五尺男儿，挣不下大钱我不回来！”

镇边县衙短短九年间换了八任知县，正应验了“铁打的衙门流水的官”这句古话。境内也因此流传了几句民谣：“正月里天上把雪下，县官一年换一茬；当官如同走马灯，终究苦了老百姓。”这些年，每一任知县老爷千里做官只为钱，十分精神七分用于攀结、索取，坊间说，前脚走了饱狼，后脚来了饿狼，却不晓是公狼还是母狼！以至于断处诉讼和催讨赋税成为经营牟利的首要选项。凡有诉讼，知县老爷本着“衙门八字朝南开、有理没钱莫进来”的守则主持审断，戥秤上称输赢，天长日久，境内发生的官司竟愈来愈少，于是催讨赋税经常成为一任一任县官权力寻租的最终选项。而章金升最擅长的本领，就是在每位县官上任之初即能迅速准确地掐住他的七寸和软肋，因而尻底的位子倒似铁打的一般。他长期把持了衙门侦探缉捕和催讨地粮丁银、工商各税的大权，与每任知县都打得火热，进退自如，游刃官场，展示出卓越的决断、机变能力。这样的象况又持续了二三年，直至清廷派任的最后一名进士出身的知县乔装逃离方告终结。

见着诉讼日稀、收入日少，衙署内又噪起嫉恨、攻讦、毁谤之声，章金升渐渐对总捕头的差使淡了兴致。而令他萌生退意的却是去年春期县衙门发生的一桩事。户房书吏白文翰因不满闫知县唯钱审断讼诉和私吞地粮丁银的丑行，愤而去职，据传投了反清帮会西北哥老会三边堂。闫知县羞恼，派章金升追踪缉拿。——白文翰是镇边城人，尚武卖艺之家出身，会些拳脚功夫。幼时好学，靠书院窗外偷听偷看粗识文字，并写得一手好字。后间，博得先生青睐，特准以书院杂工身份半工半读，学业大有长进。丁知县任上时，招他入县衙做了誊抄、校对的差事。因为人行事口碑甚好，一步步做到户房书吏。——章金升对白文翰颇多赏识，更喜其江湖义气，不愿树敌，只带人在白家城外的宅院去了几回，装装模样，缉拿之事不了了之。后来得知白文翰在哥老会混上了坐豹子皮的“老毛”的位子，更是避之不及。哥老会的崛起令他恐慌难安，觉得天下将要崩乱，改朝换代在即，这个人人唾弃、到处结怨的差使不可继续做下去了，于是开始紧锣密鼓筹划一桩大事。

初秋时光，章金升筹集了一笔大额的银子，从绥德、榆林的黑市分批购置了枪支弹药，藏匿在家。其中一把匣子枪上面刻了洋码子，烤蓝闪闪，他十分珍爱，天天藏在身上。衙门没事的时候，他就会带着宗刀客、景麻子、赵伯成几个回到老家，潜入陕甘交界的梢林地带，以打猎为名练习枪法，一批狐子、兔子、野鸡、獾子死在枪口之下。前一阵子，章金升又亲赴阿拉昭寺庙探察了一回——他自己也记不清这是第十几回了。庙里晨钟暮鼓，木鱼声声，一切如故，只是喇嘛们脑门上添了几道皱纹，连黑脸膛喇嘛也体力不胜从前。庙里唯一的变化是寺主活佛独居的小院添建了两间储藏室，铁门铁窗，应当是又添了不少财宝。虽是“十年磨一剑，霜刃未曾试”，章金升已然觉得这班手持冷兵器的喇嘛不足为惧，然事关章氏一门身家性命、百年名节、宗族荣枯，必须做得天衣无缝、干净利落，因而一分一厘一丝一毫不敢马虎。他缄默其口、隐介藏形，就是在枯望枯等挥剑出手的最佳时机。

农历九月间，传来小道消息，说南方爆发了武昌起义，全国各地纷纷响应，各省独立，天下大乱，宣统皇帝的龙位眼见不保。隔了不久，白文翰骑一匹枣红马从关中返回镇边城南的家中。闫知县听说他已做了三边堂的龙头大爷，不敢缉拿，暗里打发乡绅前去盘扯探问。白文翰口风甚紧，只说回家伺候病重的父母，哥老会之事绝口不提，但言语间还是佐证了“武昌起义”“各省独立”的传闻。闫知县得了确凿消息，从此不理政事，对外放风说，他早先已上书朝廷，将回到湖北黄冈老家去任职。此后，坊间消息愈传愈多，什么榆林府的新军在哥老会大头目的率领下赶走知府抢班夺权，什么哥老会会众引领百姓四百余人进驻绥德城南、逼迫知州交出了官印，什么延安府清兵乱了营盘、剪辫子转投了起事的新军……而忽然一天，闫知县神秘失踪了！——有人在通往关中的官路上遇见并认出了他——闫知县神色慌张，脚夫打扮，骑一头黑骟驴趱行，驴背上还驮着一个鼓鼓囊囊的毛线口袋。这个惊天消息像大雪地里凶悍刚劲的白毛风，迅速向城乡席卷而去，众到五处的庄户人三五成群圪蹴在向阳的圪捞，议说闫知县乔装逃跑的事，议说大清朝倒塌乱包的事，议说男人要不要留辫子、女人要不要缠小脚的事。这种惶惶不安和茫然失措在持续了一些时日后被一种冷漠和淡定所取代——是嘞，世古人说，天塌下来自有大个子顶着，谁人见过哪朝哪代当官的夺了受苦人手里种地的铁锨把？离开咱老百姓，当官的只有吃屎喝尿的份哩，啖×事！

正月初头，章家老院靠东一排中间的一孔石窑里呈现了忙碌的气氛，章金升谋量的一宗事经他和两个儿子整整一天秘而不宣的重体力劳动终于大功告成：父子仨利用伙计、家丁们或赶脚出门或回家过年的空当，把一盘顺山大炕上胶泥坨制的炕板一块块揭起码好，在炕膛中央横向挖掘了一个六尺宽窄、五尺深浅、一丈长短的暗穴，放置了一口硕大的油松质的木椁进去，再用厚重的木板将暗穴苫盖严实，便形成一个隐秘的地下暗室。最末，他们用青砖在炕膛里活垒了烟道，将炕板一块一块重新覆好，恢复成从前样貌。清理完窑洞里挖出的浮土，章杰儒抱回柴草点火烧炕，一股浓烟从窑顶的烟洞口汹涌而出。“好吸的灶火，重盘一回就是不一样！”章金升立在院子里观望，粗声说，“成嘞！成嘞！”章刘氏从正窑门出来扫了一眼，絮叨说：“父子三个魑魅魍魉不晓瞎捣鼓个甚！”

之前一天日落时光，章金升突然宣布要祭拜祖宗。他不说一句话，紧紧攥着两个儿子的手进入祠堂。焚香磕头罢，当着列祖列宗的牌位，对两个儿子十来八年间拓取百数十亩良田的治家业绩大加赞许，却又神神道道说这些都是抬不上桌面的屑事，上不得大秤。说罢，扔下他俩就掉头走了。章鸿儒和章杰儒迷茫不解，却共同感觉到父亲近年间说话行事越来越让人摸不着头脑，确乎是有些癫狂疯张了。晚间，闭门锁窗，又招他俩议事。那已是夜静时分。一支烛泪满身的蜡烛高高烧着，火苗随粗重的气息瑟瑟抖颤。章金升来回走动，喘咳不止，汗水滴沥，泪落纷纷。在两个儿子一脸茫然惶骇之际，章金升终于开口，诡秘地道出了冻结多年的夺宝大计。他一口气说了下去，不容插嘴。他认为那是一笔“生辰纲”，迟早必为绿林好汉所劫取，与其如此，不胜犯险一搏！他脸孔扭曲，神色痛苦，浑身颤抖，老泪涌流，却大笑着说：“富贵险中求，乱世出英雄，成者王侯败者寇。老子再年轻二十年，真敢搦了大刀一路杀进延安府夺了鸟位，别说是宰杀几个秃驴取些财宝哩！”章鸿儒这才晓得压塌父亲脊梁的这个吞神杀天的事体，惊诧之际，热血冲顶。他急于表明自己的态度，甩打着大辫子，说这清家的玩意儿也快没用哩，趁乱取财，正是时候！章金升泪打衣衫，嘶哑地号啕起来。

章杰儒反倒表现得稳练持重。起初，他对父亲的抢劫大计心存惊恐和忧疑，经过连宿的缜密琢磨就不再踌躇了。显然，他觉得父亲胆略、心机双双过人，历经十几年谋划，不至鲁莽，大事必成；而自己如若不去，则必定矬矮一头，在将来的财产分配上必定会吃大亏。

章金升原打算只带大儿子，临出行前一天见二儿子执意要去，觉得历练历练也好，反正只能放手一搏，多一个人多一份胜算，没有退路，就同意了。他骑着大青马沿着院里的甬道行至大门洞前“武魁”石匾下的时候，不禁悲壮地长叹一声：“自古英雄敢涉险，君子谋成不谋败，打虎怕的亲弟兄，上阵还看父子兵——咱章家豁出去嘞！”

当章金升和章杰儒骑着快马翻山越岭赶至柠条原与蒙地城川口之间一处渺无人迹的破庙附近时，前期趱行并联络了宗刀客、景麻子和赵伯成三个人的章鸿儒已在庙院的墙头探头探脑。六个人在庙里坐定，各自啃食蒸馍、肉干，一边喝着牛皮囊子里储备的清水。章金升掏出一盒烟卷，一人发给一根，说这是从绥德捎回来的英国“老刀牌”洋烟卷。他指着烟盒上一个持刀的海盗影像，对宗刀客三人说：“你们猜猜这个拿刀的家伙是谁？这是个抢客盗匪。洋毛子来大清国做甚？就是当抢客盗匪来哩。清朝已然溃灭哩，却送给我们一个乱世。眼下的世事只有一个道理：有枪就是老子，没枪就是孙子！今儿咱们也要做一回老子，闯到草原上最富有的庙里打一回猎，当个抢客盗匪——去抢阿拉昭寺的金银财宝！干成这单子营生，你们三个一辈子睡在炕头，天天吃香的喝辣的抱软的都花销不完！”宗刀客三人既惊且喜，露出本相，鼓噪起来，凶恶起来。那攫取的疯狂，那躁动的样貌，那一拍即合的情形，令章杰儒将预备拿来考验他们忠诚和胆气的话语咽了回去。

章鸿儒激情难耐急欲抽烟镇定，磕打了半天火镰，却是取不得火种，气咻咻地骂道：“他大这×骨殖！”章杰儒说：“我来。”他从腰带上解下一把铁条上刻了麒麟喷火纹饰的火镰，从牛皮缀包里取出火石、火绒，左手攥了火石，食指将沾了硫黄粉的火绒捺在火石上头，右手挥动铁条朝下猛力撞磕，只几下，迸溅的火星燃着了火绒，又嘬着嘴唇轻轻吹旺，点着了烟卷。他赶紧把烟卷递给父亲，章金升猛咂两口燃旺，几个人互传了火种点着各自的烟卷，恶狠狠地抽起来。赵伯成兴奋地说：“这洋烟卷也有股劲头，还夹了一种香气，比旱烟卷好抽多哩！”章鸿儒说：“大兄弟，干成这桩买卖，你就是赵大爷哩，那钱一辈子抽大烟也抽不完，别说这号洋烟卷。”赵伯成意识到自个儿的身份正在悄悄转变，就觉得脸大了，腰粗了，就重重地咳嗽了一声。宗、景二人窃笑，却同声同气喊道：“赵大爷！”

天空前几日已开始变脸阴沉，酵酿一场晚雪。这一顿早饭吃罢，云层越发绵延厚重，形成一个苍苍茫茫的穹隆，沙漠草地陷入窒息。雪花个头肥大，零零散散，在寒风里舞蹈着飘落，触地碰碎，却不消融。章金升端详天象，布满血丝的眼珠鼓突起来，判断一二日间必有一场大雪，一股人皆以为天助。他耐心细密地述说了阿拉昭寺庙周遭的地形地势、寺中各建筑方位和财宝聚集的处所，以及已然发现的或可能储存的地方，强调根本的策略在于长途闪电偷袭，一举制伏僧侣。说到这里，章金升从后腰皮带上抽出手枪，龇着血红的眼珠，厉声喝道："在制伏喇嘛之前，谁人胆敢像红眼疯狗一样擅自抢夺宝物，格杀勿论!"他又用枪头点着两个儿子说："你两个也一样，否则老子一枪打出你的花红脑子!"五个人头上冒出冷汗，诺诺连声。章金升一一检验了各人所带的枪支、匕首、绳索、脸罩诸物，喝令趁着风雪即刻开拔！六个人穿好皮袄、捂严脸孔，俨然一副冬日远行的客商模样，各自上马，出了庙院。每匹马后头又用绳索各拴一两匹，驮着装满草料的毛线口袋。

一行人马朝东北方向去了，一路换乘保持飞速。雪花慢条斯理纷纷扬扬，鄂尔多斯草地裸露着的荒凉、枯槁渐渐隐去或披上雪装，融入银色世界。闷钝的蹄声里，雪急猛起来。偶尔传来几声草原狼饥饿而孤单的长嚎，旋即消逝在漫天飞舞的雪花里，平添几分恐怖，荒原愈显空旷、寂寥。

黄昏时分，白毛风骤起，挟卷了飞雪扑打过来，各人的眉毛、胡子被覆了雪花，又随滚热的喘气消融成水，一滴滴落下。章金升已是年近六旬，犹自精神抖擞，轻车熟路，快马加鞭，遥遥领跑。至子夜时光，一行人马抵达距离山顶寺庙不足二里的坡坬下，隐入那片脱尽叶子的杨柳林子里。六个人喑哑着从马背上滑下，按预定的程序各自拴好马匹，戴好笼嘴，一边取食物充饥，一边紧张地做最后的准备。雪夜朦胧，高远处的寺庙尽显孤寂，蜷缩成了一小坨。院墙遮蔽了建筑的大半，只露出披了雪纱的殿脊和几抹惨淡的灯光。视野之内方圆几里，山川各物影影绰绰，陷于沉睡之中；唯有尖厉的北风一刻不闲，撩起一团团的落雪随意摆弄，不断拢出或布下大大小小的雪坡雪堆雪坑雪窝。

六个戴了黑色面罩的黑影鬼魅一样向寺庙潜行。至高墙根下，搭起人梯攀上，用绳索将墙下的人一一拽上墙头再一一缒入院内。正殿里亮着灯火，传出扯锯一样的鼾声。章金升在前，五个人呈扇形包抄过去。从门缝觑探，飘忽的酥油灯火下，地毯中央，两个值夜喇嘛尻底坐着蒲团背靠背依偎在一起，身旁横了两根铁棒。章杰儒持枪在手，于门口处望风；章金升用匕首轻轻撬拨门闩，缓缓推开两扇钉满铜铆、沉重异常的厚门，握枪上前，四个人手执匕首踩着猫步跟进，两个喇嘛没有任何反应。章金升努嘴眨眼，章鸿儒和宗刀客插回匕首，各抄铁棒对准喇嘛脑袋打去——嘭嘭两响，两个喇嘛软塌塌倒地，昏死过去。景麻子和赵伯成各取绳索捆缚，用匕首划破僧衣撕下棉襟塞进嘴里。章金升威严地一挥手，一行人反身退出大殿，侦查偏殿无人，窜向后院。章杰儒持枪潜近寺主活佛的小院门口；景麻子和赵伯成分左右埋伏在一排僧舍两侧持枪把守；章金升带着章鸿儒、宗刀客逼近黑脸膛喇嘛所住僧舍。哐啷一声，章鸿儒一脚踹开门板，与宗刀客豹子似的双双窜入，黑暗中一齐向炕上扑去——呼嗖呼嗖，两团黑影惊叫着从漆黑的屋里飞出，咚隆咚隆摔砸在门外十数步远的雪地上，又一团庞大的黑影从里屋腾飞而出，在空中秃鹫似的翻卷了一个筋斗，粗大的铁棒挟着厉风劈空直下点向雪地上挣扎的黑影——砰砰两声枪响，黑脸膛喇嘛铁塔一般的身子打了一个趔趄，铁棒蹭着章鸿儒的腰肋扑哧一声深深插入冻土。章金升一个箭步扑上，枪口咬着黑脸膛喇嘛的背心再次扣动扳机，随着一个闷响，黑脸膛喇嘛终于像一座大山轰然崩塌。章、宗二人仍瘫卧在地，惊骇万分。章金升提刀四顾，一声厉喝，章鸿儒和宗刀客从地上爬起，三人直奔小院。

此刻，活佛住舍亮起灯火，门板徐徐开启，白眉皓首的活佛披着袈裟从内踱出，环视左右，双手合十，阿弥阿弥地诵念着谁也听不懂的经文，声音沙哑、低沉而凄苍。顷刻之间，活佛遭到粗暴的捆缚，枪口抵了后脑勺，向外押去。十几个阔袍长袖的喇嘛和几个杂役此时纷纷从僧舍出来，有戒律僧执了铁棒、朴刀，多数人两手空空，哄拥上前，呆呆瞅着倒在血泊里的黑脸膛大喇嘛。众僧正不知如何间，瞅见几个枪手簇拥着五花大绑的活佛从小院出来，又见屋舍两侧钻出端枪的黑影，声气阴恶，便一个个陷于惊傻。活佛近前，瞅着黑脸膛大喇嘛半裸上身光着脚丫的尸体，轻轻摇头，诵经声却变得飘逸空灵了，显然，这位得道高僧已卸载了钱财与情愫的负累，走向淡泊清净、超然无我。喇嘛们没有谁再反抗，一个个被捆绑了双手，塞死嘴巴，关押进一间僧舍，外头咔嚓上了锁。

章金升大口喷着白气，急令砸开储室的铁门，一股人擁着灯盏冲进，四下翻腾。撬开壁橱下一只大铁柜，众人啊呀一声——里头盛了半柜子的金砖金条金元宝和马蹄子银锭及一摞摞封好的银圆！几个人合力推翻柜子倾倒出来，撅着尻子朝毛线口袋里抢装，呜里哇啦地叫着。章金升抽身进入活佛住舍，将猫眼石念珠、金玉莲花灯、玛瑙鼻烟壶等数十件宝物分别用被单、绢帕、僧帽打包，小心装入口袋。一股人收拾完这头，将装满财宝的口袋背负、拖曳至前院，又一身臭汗抢入正殿及两侧配殿，尽收金银玉器。章金升望着佛祖闪亮的金首，吆喝众人抬来一根长长的檩木，一齐抱着合力撞去，只听咔啦一声，佛首跌落在地，打了几个滚儿，却是空心。章金升抱起佛首掂了掂，说足足有三十斤！

接近黎明，天色变得黧黑，雪花稀薄了，风声却紧急起来，数丈之外开始混沌。一行人马原路返回。由于数度迷失方向，加之雪深埋过马膝、人与马背负沉重，行进速度十分缓慢，直至又一天凌晨方才抵近破庙。云头向南游移，天穹蛇蜕皮似的一层一层卸去重负，转向亮豁，风卷雪的张狂天气瘫软下来。这一股强盗疲累至极，一到庙里纷纷倒伏，沉沉睡去。只章金升一个全无睡意，一边饲喂马匹，一边瞭望观察。他一遍遍捋掐、排查了整个行动过程里可能泄露出或遗留下的蛛丝马迹，在确信没有任何把柄落于人手的时候，下一步棋已然成竹在胸了。

后晌时光，雪霁云散。马匹在饮过雪水吃过草料睁一只眼闭一只眼歇息之后恢复了精神，不时打着响鼻清除鼻腔里的异物，声息格外清亮。章金升吃饱喝足，却依旧无法入睡，也不敢入睡，傍了一堆小火一根一根抽着洋烟卷。过一会儿，会把烟蒂小心丢进火堆；偶尔发现一个两个前几日丢落在地的烟蒂，也会撅着尻子捡起，看着它化为灰烬。几个人陆续醒来，各自急匆匆排泄了久积的宿便，一个个闪动绿哇哇的眼珠扫视着一口袋一口袋的财宝，就着雪团猛吃干粮。肚腹添充了食物的快感与一夕暴富处于巅峰的兴奋令他们血脉激荡，气势如虎。章金升重重咳嗽一声显示了威严，分派众人消除一切踪迹，包括牲畜和人的粪便。几个人领悟过来，打心眼里钦佩，忙活一气。章金升把人马分为两支，一支由他带领，章杰儒、宗刀客随行，以从定边盐池贩咸盐返家为名，向南绕过柠条原，经宁塞堡、张千户沟、李家渠、吴起至银佛坪；另一支由章鸿儒带领，景麻子、赵伯成随行，以从安边堡驮运皮货为名，向东南绕经小桥畔、新城堡、二家畔，沿周河南下，过巡检司、顺宁川抵达银佛坪。严令三日内务必在章家会齐，然后同饮庆功酒、大秤分金银，金盆洗手，安享一生。

归程仍出乎意料的顺利。大雪封山，又逢正月天，除了红白喜事报讯没人出门，乡绅富户和穷家百姓理所当然圪蹴在暖窑热炕享受一年四季难得的清闲和喷香的年茶饭。瑞雪兆丰年，沿路稀落的人家灯笼高悬，似乎直要挂到正月尽头才会摘下。两处人马各自日夜趱行，极少遇到赶路的人，更无节外生枝的事情发生，只是人和马匹都遭了大罪，疲惫不堪。当早先一步赶回家的章金升终于在晨风里听到嘚嘚的马蹄声时，发出一串剧烈的咳嗽，吐出一大口黑乎乎的血痰。

宗刀客、景麻子、赵伯成三个人一觉睡到凸月初升才醒来。

洗漱停当，三人伸展懒腰，迈着轻快的步子，向一孔窑洞走去。赵伯成临进门把清朗的天空瞪了一眼，威风地吼道：“娘的，好大的月儿，簸箕一样！”

一张硕大的四方长腿的桌子上早已整盘整盆摆得满满当当，狗肉羊腿牛筋烧鸡兔肉咸鱼野猪肉山鸡肉应有尽有，丰盛至极。这些以外，章金升还吆喝下人将陈年竹叶青抱来两坛、老刀牌洋烟卷蹾下一条、蒙地砖茶酸奶大碗端上。三个人口水长流，泪水长流，感叹这许多个昼夜以来，饱受惊吓和熬累，终于可以放开肚皮海吃海喝一回嘞！酒菜上齐，章金升打发了下人，关上窑门。他眼窝深陷，目光迷离，却精神不倒，亲执酒坛满满斟上，先干一碗，再向三人敬了一圈，大声嚷嚷说：“喝酒不拉荆州（不扯别的），今夜一醉方休，明天大贵大富！”

第二天一早，章家老院乱作一团——宗刀客、景麻子、赵伯成三人僵死在炕头！而令章家满门大放悲声的是，章老爷于鸡叫时分突然在院里发出鸱怪子一样阴森森的啼笑，此后竟然变得疯疯癫癫不解人事，一个人傻笑，见了人嘻嘻笑，又四处奔跑纵声大笑，赶天黑时竟狂笑而死。

景散绅和宗帮查接到报信过来，与后脚赶到的赵家的女婿徐二驹一起，在章杰儒的导引下进入窑洞做了一番查验：三具僵直的尸身呈现焦黄、炭黑颜色，没有一星一点的外伤，七窍见干黑的血疙瘩淤积凝结，舌苔、口唇燥裂发赤，背腰串结了燎焦的火泡疤痕。又请乡间曾做过衙门仵作的大夫验尸，大夫断言三人系大量饮酒后，在火热的炕上盖覆羊毛被胎的被子蒙头大睡，而被体内蒸腾的烧酒活活烧死。章鸿儒和章杰儒痛哭流涕，备述前情，称从定边盐池和安边堡赶脚回来，长途跋涉，人人熬累，聚在一搭喝了一场酒，之后各自死猪一样睡去，不承想竟酿成如此惨祸！

景家、宗家和赵家与章家或牵扯亲戚或属于主仆，各人十分犯难，见章家院里恸哭连天，举家忙于张罗章老爷的丧事，只得接受现实，选择妥协。经一番协商，又只得接受了死者每人由五十块涨到一百块银圆的命价而了事。章鸿儒对三方人好言宽慰，当即免除景家的一笔借债，聘请宗帮查的长子做了章家的大管家，许诺今后一定会帮衬各家的后人。赵伯成没有成家，多给了二十块银圆的女儿骨钱。由章家出资，雇佣了大牲畜，把尸体缚好驮上，各自还家抬埋去了。据传，后间在赵刘氏的一再催促下，依三边风俗，赵仲成和赵叔成用这笔银子给大哥赵伯成买回一具女儿骨和一口上好的红松棺木，将一对尸骨合葬，成全了一门冥婚。

打从擦洗章金升的遗体、换上寿衣到噙了口含钱、抬放到散铺开的谷草秆上并在脸上蒙了黄表纸之时起，章鸿儒就主持了家政。二掌柜章杰儒有条不紊操办了一场异常隆重而豪奢的葬礼：分派女眷们裁剪白绫、丝线缀边做成报丧的“岁数纸”，高挂墙头；恭请方圆百里最负盛名的阴阳先生打“阳单”，书殃文，择阴宅，放日子；雇请了四班子洛河川一等一的吹鼓手，轮流登场，响吹细打丝弦不断；“盛函”之时，礼炮三响，哀号长鸣，全体庄客到场，所有亲戚挂孝，章家户族孝子孝妇们麻捻扎腰一身缟素跪了一片，在阴阳先生古怪、空灵的铃铛声里，众人抬的抬、扶的扶，将穿戴了七上六下十三件内衬、夹衣、锦衣的章金升的遗体置入一口十几个后生才能抬得动的“四块瓦”的柏木巨棺里；停灵祭拜的几天，几个纸匠合力打造了一座特大院的纸火，亭台楼阁金山银山男僮女仆碾磨家具瑞麟神骏一应俱全，又用绫罗做成两挂巨大而精美的素幡和彩幡；几个身穿长袍头戴黑帽的道士，念诵了《度人经》《三官经》，又吹拉弹唱，做了度亡道场；章家宰牛宰猪宰羊宰鸡待客三日，在履行了“外家人上话”“开吊”“跪祭”“领羊”“领猪”“撒路灯”“路祭”“扯丧”“扬幡招魂”一应繁缛俗礼后，将章金升的遗体埋葬于后山峁老坟园新箍砌的青砖墓穴中。

此后，又经历了庄重的“复三”“七七”“百日”的祭奠孝道，章鸿儒兄弟二人这才长舒一口气，从悲痛中走出。

岁月流水，转眼过了周年祭奠。当章鸿儒撕下臂上黑底白字的孝标时，章刘氏郑重其事地对他说：“章家子嗣单薄，你头房、二房净生丫头，只得一个小子，快快再娶一房！”章刘氏说她看中了冯巧巧，那女子脸蛋俊俏，尻子大大的一副宜男之相，还铰得一手好窗花。又絮叨说，就是班辈差了圪塄，不过门坡远骞哩，也不妨事，只是冯家败了家道，门不当户不对的。章鸿儒早有此意，极是开心，说：养儿不图数，宁要一只狸猫子，不要一群灰老鼠。我倒不在乎她能不能养儿抱蛋，只是稀罕她的秀色！至于家道不家道的，不打紧不碍事。章刘氏细细捋掐了一个晚上，拿定了主意，就托媒婆子去提亲。

冯巧巧已是十八九岁的女子，出脱得一朵桃花似的。母亲冯石氏杂病缠身，卧床已有数年，弟弟还小撑不起门面，又在私塾里读书，她早早地挑起了一家人过活的担子。由于脚小体弱，起初操持重体力的活计吃尽了苦头，连挑一担水都要歇上好几回。风里雨里熬煎了几年，她的身体反而壮实了许多，尻子滚圆滚圆的，早已引起章刘氏的注意。冯巧巧长着一双巧手，剪窗花远近有名。每逢过年，总有一股婆姨女子趴在她家窗台跟前喊喊喳喳，那满窗格子的花鸟鱼虫飞禽走兽个个活灵活现，扑棱棱地鸣着跳着，曾有妖精婆姨逗趣说：可不敢张嘴，忒儿一声惊走一大群！而这手女工也是章刘氏所属意的，每年都会亲自登门请冯巧巧剪上几幅，贴在自个儿的窗格上显摆显摆。

当媒婆子登门报喜时，却遭到冷遇。冯石氏心里怨恨章家，极力推托，说：“一来年龄相差十大几岁，二来系着亲戚，班辈不对，这事不成！”冯巧巧冷鼻子冷眼，坚决不同意。媒婆子大感意外，悻悻地走了。章刘氏埋怨惋惜了一顿，打算从别处物色一个媳妇。章鸿儒说：“妈，你哪里也不要打问，这女子我娶定哩！”

春耕时节，冯家即遇到了头痛的事情。冯巧巧向庄邻租借骡子使唤却没人敢答应，因为章家放出话了。她只得领了冯孝先拿老镢头翻地，姐弟俩落下一手黑血泡，勉强种上五六亩滩地。不幸的事终于发生——冯孝先去拔猪草，路过章家的玉米地，他瞅着这块从前姓冯而今姓章的土地，瞅着绿旺旺的玉米林，起了念头，就悄悄溜了进去，像驴驹尥蹶子似的踢打折几株解气。不巧让章杰儒撞见，瞪着眼珠子抢上，揪住他的耳朵骂道："碎孙，瞎心眼子，跟庄稼也有仇？老子一把给你拧下来！"冯孝先一口咬住章杰儒的指头，疼得他直叫直甩，狠狠掼了冯孝先几个耳光，又踢倒蹂踢了一顿。冯孝先犹自不服软，说："我赔！"章杰儒吊起眼白冷笑一声："嗬呀，像冯家的汉子，既要赔咱就得好好算算账。"他说，"几卜玉米秋底能结几百颗籽儿，下年又能种几百卜玉米，下下年则能种几万卜玉米，对不对？你是长鸡吊蛋的汉子就立下文书字据，老子就要下下年的粮颗籽，赔不来，你家的那块地就姓章嘞！"冯孝先惊得瓷愣，不敢应承，被章杰儒拽进章家老院扣住不放。冯石氏闻知，心急火燎，拄了根棍子跌跌撞撞出了门，打算去章家乞求老太太宽饶。行至半道，经不住风吹，跌了一跤，骨碌到崄畔底，昏迷了一夜竟咽了气。

章鸿儒放了冯孝先。姐弟俩抱着母亲冰冷僵硬的尸体号啕大哭，二日不绝。正值五黄六月，家里粮柜空空，翻不出几个铜圆，可怜的母亲总不能穿着旧衣裳不动响器埋进土里，冯巧巧打算再卖一亩地。转了一道庄打问，却无人敢买。这个时候，章鸿儒亲自上门了，送来一口上好的红松棺木和一套绸缎寿衣，搁下一只羊阏阆和几袋子现成的米面，说："娃娃们，大热天，不敢把人放坏哩！过事埋人当紧！这些东西先用着，等你们以后有了钱再还不迟。"他不容姐弟俩推拒，以亲戚身份出面主事，吆喝庄邻婆姨们相帮给死人清洗身子、更衣梳头，男人们挖墓坑、搭灵棚办理丧事。石掌柜从柠条原匆匆赶来，苦于天气炎热，尸体不便打动久留，只得谢过章鸿儒，扶灵下葬。复三后，石掌柜打算依时价偿付棺木、寿衣和肉食、米面的费用，章鸿儒说："大哥你错看兄弟哩，兄弟也是一条汉子，哪能袖手旁观！平心而论，章家也有对不住冯家的地方，这区区棺木寿衣权当兄弟我尽一份人情，还一份亏欠！你若强留，就留给这一对没老子没娘的娃娃吧，来日方长，娃儿们还得过日子哩！”石掌柜见他态度真诚，不好强鼓硬塞蹭破脸皮，只得给两个外甥留下一笔银圆，却叮嘱须得一文不少还给章家！自己返回柠条原去了。

冯家百日祭扫后，章刘氏在两个丫鬟的陪侍下亲自登门探望了冯巧巧。她拽着冯巧巧的手不放，好言宽心，念叨说十分情愿娶她做儿媳。话音没落，冯巧巧竟一口应允，提出要五百块银圆的彩礼，还要求与章鸿儒单独说话。章刘氏喜出望外，也不嫌彩礼重，笑吟吟揽承下来。当晚，章鸿儒拎着沉甸甸的钱袋过来。冯巧巧清算了埋葬母亲所欠的费用，提出由章鸿儒亲自把弟弟送到舅舅处安顿好，再请舅舅过来证婚，她才肯嫁，否则就上吊跳井。章鸿儒受到触动，对她另眼相看，痛快地答应了。

当石掌柜再一回出现在银佛坪后，冯巧巧领着舅舅来到父母的坟地。坟地长满茂密的蒿草，齐裆深，有野兔隐匿间拉下的粪便，老坟堆上散布了黄鼠活动的爪踪和毁刨开的显眼的黑洞，新坟这边缺少生命气象，棉蓬、莠子才长到一拃高，稀稀拉拉，旱得快蔫塌了。冯巧巧爬跪在一堆新土跟前，哭得撕心裂肺死去活来，两只手疯狂抠抓，指甲全都抠折绊掉，鲜血淋淋。石掌柜禁不住牛嚎几声，在自己的脸上掴了一掌，说：“老妹子，老哥哥没本事没骨气，对不住你，好歹会把你儿子孝先拉扯成人的！”

# 第四章

洛河川杏叶红艳的季节，章家操办了一场规模不小的纳妾婚礼，用一顶八抬大轿将冯巧巧官官样样娶进了家门。这是上年的事。

三太太丰满的身子滑溜溜而富有弹性，明显与大太太、二太太绵塌塌的感觉不同。令章鸿儒缺憾的是，三太太在交媾中似一根木头似一泓死水，被动而冷漠，任他如何热烈奔放、乖哄戏逗，她只是一味顺从，毫无主动而积极的配合回应，甚至从未听到一声娇羞或颤颤的呻唤。这又令他有些愠恼、郁堵和羞辱，甚或产生一丝不安，但觉得她年龄尚小也不计较。当春天的一个清晨发现三太太有过呕吐的迹象后，凭借经验揣测她是怀上了自己的种子，兴奋之余也宽下心来，倒对她产生了一份特别的爱怜。章鸿儒把这个事告诉了母亲，章刘氏笑吟吟地说："你妈我是做女人的还不晓得?"老太太早已吩咐女佣按时按点悉心照顾了。

仲夏晴丽的一天。三太太腆着隆起的肚腹从窑门走出闲转去了。章鸿儒隔着玻璃窗空惊讶地发现，从背影看，三太太的身材线条分明，不见怀孕的臃肿慵懒，倒似丰腴婀娜翘尻子的女子。一种幸福感飘上心头，他缱绻迷醉地笑着，揪了一个大红枕头支垫在胳肘下头，斜躺下去，掴起红铜水烟壶，就着清油灯，一锅一锅吸起来，袅袅香烟里，渐渐陷于沉思。在章鸿儒眼里，娇妻美妾不过是男人的一种玩偶，一个影子，男女在断耍欢娱间有意无意埋下了种子，生根发芽就是儿女，不同于种庄稼，没有那种赤裸裸的目的性。他心里清楚，女色是刮骨的钢刀，不可沉溺，免得淘空了身子。此刻，身体里流淌的一种从少年时代滋生的熟悉的骚动令他浑身充满活力，一个清晰的念头蹦上心来：自己是一块堪做大活的材体，生来便是闹事的，所寻找的是一把舒心的椅子，一个公认的明码标示的身价，不能就这么断守了金银财宝窝屈在银佛坪这个山沟圪塄里，不能沉溺于优渥奢靡的日月，不能在桃红柳绿的温柔乡里迷醉下去！他顺着这个思路梳理，首先想到的却是父亲。

父亲是他人生的旗幡和心目中的神佛，虽然父亲官没做大、比不过上几辈武举出身的先人，甚至做过人所不齿的衙役捕头，那是因为官场变数太大，而非父亲不具备做大官高官的素养和能力。父亲的眼力更是惊世骇俗。那是一种洞穿江山的眼力，尻子下坐着清廷的椅子，眼睛却盯着那个姗姗来迟的民国，盯着改朝换代间那个震颤的缝隙。关于父亲蓄意除灭宗刀客几个混混的事情，他也有了新的看法：父亲并不是想独吞财宝而是另有深意，父亲是蔑视他们粗鄙的出身行藏和行尸走肉的微贱人生，忧虑他们管不住自己的臭嘴迟早捅下乱子，惹得东窗事发，因而才果断下手拔除祸根、抹擦身后的。对父亲的疯癫以至死亡，他坚定地认为是殚精竭虑所致。念头及此，心里涌上一股悲痛和惋惜——一棵大树倒下，从此无以背靠歇凉，一切都凭靠自己了！“乱世出英雄，英雄敢涉险”“老子再年轻二十年真敢掮了大刀一路杀进延安府夺了鸟位”，父亲极具张力的豪言在耳畔鸣响，令他敬意涌荡，活力潮起。胡吹冒撂是男人的天性，而父亲践行了他的英雄人生——成功洗劫阿拉昭寺庙的豪壮之举岂是懵懂凡人所能企及?！章家自此拥有了几辈子花不完的真金白银，一举开创了列祖列宗所不及的基业……

章鸿儒抚平跌宕的心境，继续梳理心事。他觉得，人生在世，有钱只是个富，还得做官，那才叫贵，唯有富贵双全才有了势，才能镇得住人，这也正是章家目下所面对的难题。大清朝去了，新民国还不时兴买官卖官的风气，若是公开买卖，至少买他一顶相当于“知府”的官帽……当盘算到自己仅只几年私塾的学问，已迫近中年，而唯一的儿子还咂着奶头不放，他心中鼓涌起一股焦躁不安。章家家大业大，一切须从长计议。眼下社会动荡，吃大户的匪劫之事屡有耳闻，单从保全章家的财产出发也得赶紧筹建一支武装，枪杆子攥在手心里天不怕地不怕；而与官场联接的纽带和通往仕途的入口也许就在这里，个人的前程兴许就从这里扬帆起航。

章鸿儒收拢思绪，使唤门外的下人去请七爷过来叙话。

自父亲去世后，章鸿儒为凝聚户族人心，已颁令晚辈、下人一律改了称呼。依祖父这一门排序，章鸿儒为老六，章杰儒为老七。对于老七，章鸿儒以为这个胞弟论文论武论胆略都在自己之下，但老七有一样长处，就是头脑精明，反应敏快，心思绵密，持家有方。章家这一支人手单薄，唯有兄弟合力才会攥成拳头，因此他格外注意沟通兄弟间的心迹和感情。——看着老七进来，章鸿儒赶紧欠身让座，把手中的水烟壶擩了过去。闲扯几句，章鸿儒直端地问道：“老七，你如果想娶二房，只管跟哥说。”章杰儒瞅着章鸿儒落在烟嘴上的口水，没有去揩，直接含进嘴里，捻了一撮烟丝装好，对着清油灯湛蓝的火苗深深嘬了一口，说：“六哥，我这人不好女色，自打大前年添了儿子廷祥，心就安然哩，只想把老父亲留下的产业料理好，该添置的一样一样添置，该经营的一刻也不耽误，图个锦上添花。下来嘛，廷芝、廷祥俩兄弟也得上劲抚养栽培，做好学问，即便将来当不了官至少有本事守得住咱家的大摊场。”老七口气沉稳，显然有了长远的打算。章鸿儒有意试试，问说：“老七，你说眼下咋守?”章杰儒不假思索：“眼下最缺扛硬的人手。咱这一辈的叔伯兄弟，只剩五哥珍儒还强撑着，其他几门人不成器，祖上分割的家当日塌得差不多哩，也没什么人才可以倚重。咱这一门财旺，树大招风，连本族人暗里也眼红，别说外人。这么大的家业光指靠几个家丁、几条快枪怕是不行，得招兵买马!”“老七，你说得太对嘞!”章鸿儒连连点头，“大清朝土崩瓦解，新民国还是个鞋楦子一样的小儿，将来长甚样的眉眉眼眼还闹不精明，为今之计，先取自保。自保之策，在于人手，在于枪杆子——老父亲不是说过，有枪就是老子！我打算招募一些精悍的人马，置买一批枪支弹药，组建一支民团。另外，银佛坪是咱的根基、气脉所在，须得整修堡寨，打成铁的营盘——这事老七你亲自担当，动动脑筋，筹划拾掇吧。”章杰儒庄重地点点头：“赶明儿就动手!”

洛河川的冬天来得迟晚些，当镇边县西北的柠条原和再西边的安边堡、定边城飘落了第一场小雪的时候，银佛坪还处于十月末的早晚清冷、午间暖和的小秋天里。章杰儒终于赶在地冻前完成了章家石寨的加固重建。他精心设计，亲手布排，拆除了原先石窑顶部低矮的石墙，改筑宽盈三尺、高达六尺、留置垛口的高大石墙，四角嵌入耸立的哨楼，与寨墙、窑背墙连作一体，远远望去，一座堡寨巍然矗立，展现出雄浑大气。

章鸿儒经一夏一秋风尘仆仆的奔波，也办结了手头的事。章家老院陆续出现二十几张陌生的面孔，连同六七个家丁，已有三十多个彪悍的汉子。这拨人来自洛河川、新城堡、镇边堡、柠条原、安边堡众到五处，以章金升的捕快旧部为班底，有穷汉小子，也有纨绔子弟，一色不务正业，从吃喝嫖赌的染缸出来，但个个身有蛮力、拳脚了得，好勇斗狠。枪支弹药花了大钱，是从榆林、绥德、延安各地黑道黑市陆续置买的，长枪共计三十多杆，有老毛瑟、老套筒、汉阳造，短枪几把，有匣子、撸子。章杰儒表现出心机缜密的一面，早先时候，模仿民国新军灰色军服的样式，已于柠条原的裁缝铺统一定做了团服。当某一日一声尖厉的哨响之后，这拨人统一换上了新装，挎上了配枪，于是，镇边县乃至三边地区首屈一指的一支私家武装诞生了。

银佛坪地处群山一隅，与镇边城、柠条原和安边堡、定边城山水远隔，交通极为不便，讯息传递迟滞、缓慢。获取讯息把握时势，抓住战机迅速反应，是章鸿儒从长途奔袭阿拉昭寺庙的实践中总结出的成功经验，而要做到这些，离不开胯下之马。父亲一生爱马，他也与马结下不解之缘，没有马就像打折了腿。于是，章鸿儒在操练团丁的同时，派人四处籴买马匹，石寨里三孔窑洞倒腾出来做了马厩。买回的马品种不一，有伊犁马、三河马、蒙古马，还有叫不上名堂的混血马，因种群不同，习性有别，互相踢打、厮咬，成天乱哄哄的。而且，老七还发现，这些花了大钱的马，老迈的老迈毛躁的毛躁还有不服水土病瘦的，显然缺少一个好把式，为此一连骂跑打跑了几个马倌。这时候，章鸿儒记起了一个人——徐二驹，这人谙熟各种马的脾性，驯服、饲喂手段与众不同，现下正需这样的硬把式。于是，章鸿儒捎书传信要他赶紧过来。腊月里不见人影，正月将尽依旧没有落音。章鸿儒十分恼火，专门打发宗管家去了一趟，结果还是一个人回来，说徐二驹左推右推不愿来，已在老贡爷门下做了杂工。他思忖再三，决定亲自前往好言恭请，如若不从，绑也得绑来。

日光温润，融消了去年腊月间留下的裸露的雪堆雪坑雪窝，只在山头滩地背阴处现出豁豁牙牙的残雪和一坨坨湿漉漉的地皮。二月的风从芦子河南边曲曲拐拐的河槽绕行过来，似一把剪刀一路向北剪去，把镜子一样的浮冰一层一层剪开，河水开流，荡起散碎的银花。岸边毛头柳树的枝头泛绿起苞，在微风中摇颤。两只栗红色额头的沙百灵从西芦子河岸滩的沙草间腾空而起展合翅膀扶摇直上，在澈澄的空中平衡着身子，悬翔成两个麻点，开口鸣唱清越的歌。唱了三五声，骤然垂直坠落，像两枚箭镞直插地面，在眼见插入之时双翅倏地打开向前弹起，又肩并肩重新悬空唱起歌来。

河岸之南的山坡上，从徐徐的南风里飘逸出来一个七八岁的毛头小子，手执一根木棒，正泼命追打一只獾子。这是一只去年出生的猪獾，猪闶阆子似的个头，通体灰色，长着酷似猪的狭长的嘴头和鼻子，耳梢泛白。此刻，它弹开四蹄向上坡逃窜，行动略显迟钝，显然是刚刚冬眠醒来，钻出洞穴溜到河湾饮水解渴，不料遇到袭击。只见毛头小子飞步追上，一棒打去，獾子抽身躲开，一甩头咬住木棒一端，咔嚓咬下一截。它瞪起双眼盯着袭击者，张开长嘴露出尖利的牙齿，发出刺耳的嚎叫示威。毛头小子浑然不惧，又一棒打下，正中獾子被满针毛的脊梁，獾子杀猪似的嚎叫一声，立时收缩脑袋紧拢四蹄变成一颗圆球，骨碌碌顺坡滚落下去，旋即弹开四蹄立起，朝坡上大模大样瞭了瞭，倏忽不见了踪影。毛头小子跺着脚放话："臭獾子，你不要皮干，等爷爷再一回收拾你狗日的!"

这时候，斜背面阳坡上传来月娥的呼喊："壮壮——又哪里疯去哩？快回家吃饭!"徐二驹背着背篓拾粪回来，早已瞭见追打獾子的儿子，嘻嘻笑着说："这愣小子没打得獾子，正一个人在那头害气哩!"月娥指戳着他，数落说："笑，你还笑，养下这么个土匪小子，三天不打上房揭瓦，还把你日能的！哪一天叫獾子咬伤哩，看你后悔死……"徐二驹说："壮壮娘的，你就放心吧，咱儿子机灵着哩，力气又大，愣獾子哪里是他的对手。"婆姨汉说话间，壮壮骑着棒子作马马从坡底蹿上来，嚷嚷说："大，妈，我骑马回来哩。"月娥没好气地说："回来就回来，还给你放上几个响炮?"壮壮眨巴着大眼，兴奋地说："头前瞄上一个獾子，打了它一棒。这家伙脊梁跟铁砣一样硬实，挨了一棒尿都不尿……"徐二驹疼爱地摩挲着儿子的脑袋，说："给你说过，打獾子要打鼻头的要害处，不能瞎打。"壮壮嘿嘿笑着，说他一发急没打准，以后就不会瞎打哩。月娥瞅着儿子一身的灰土、草屑，发现裤子又撕开两个大口子，很是气恼，朝他尻子上掼了一掌，骂道："费缰绳的驴驹子，裤子刚前天补过就张开了嘴？以后不准一个人出去打獾子，獾子的獠牙好尖好利，能一口咬断手腕子!”壮壮不理会，就地翻了两个筋斗，朝里院奔去，一边嚷嚷：“我就打，谁怕它，尿也不尿！打死哩，我还要看它尻裆长个甚东西，是公的还是母的……”徐二驹和月娥对望一眼，扑哧笑出声来。

徐二驹过上了舒心安稳的圆活日子。他已三十几岁，经过十多年的辛苦打熬，在这距城不远的阳坬上创立了一个充满希望的小家，过活的盼头就是和月娥日出而作日落而息，瞅着儿子壮壮一天天长大。章金升死后，章家镇边城庭院里的马厩就空闲下来，章家虽是从未讲清辞不辞工的话，却不再付给工钱，雇佣关系显然已经解除了。徐二驹用多年积攒的钱买下十几亩坡地，又用镢头开荒十几亩，种的粮食虽是够一家三口吃喝，却要顾及岳父岳母两个，光景过得紧巴巴的。他重操旧业，农闲时出门贩马，一则贴补家用，二则孝敬岳父岳母一些看病抓药钱。叨开空隙，就去到济世堂医馆相帮，和打杂的白文翰的长子白志魁搭手，干些装卸、切割、捣研的杂活，有时也给炮制配伍成药的老贡爷打打下手。时候久了，老贡爷离不开他，就时常给些粮食或散碎的银子、铜板，算是临时报酬，徐二驹推辞不过也就受了，而家里的光景也便添了一份滋润。

章鸿儒携带重礼先去了县署。张知事新到任不久，是四川人，嘴里“龟儿子”“妈拉×”咒骂着用人唯钱的省府官员和水恶山秃的镇边辖地，毫不客气地收下银子，也不问长短，在他筹建民团的申请文书上签了字。章鸿儒毕恭毕敬朝张知事鞠了一躬，嘴里说着“日后还请县老爷多多关照”的话，退出三堂内宅，直奔警察事务所。这里有头戴大盖帽、一身黑色制服的警察出出入入。马君臣警佐是章金升过去的手下，自然多了几分亲热。寒暄罢，章鸿儒塞去包了十两银元宝的“小意思”，马警佐额头上的纹路舒展了，亲自给他补办了准许筹办民团的登记手续，拍着他的肩头说：“大兄弟，你好好弄事，县里有老哥罩着，遇甚事情只管招呼。”

章鸿儒随后来到济世堂拜见老贡爷，以“世伯”相称，恭恭敬敬行了叩首礼。他以母亲章刘氏的名义送上红枣、茶叶、糕点几包礼品，叙说了痛失家严之后如何不堪持家重负以至家道向衰的情形。老贡爷表示了关切和同情。章鸿儒又讲到吴起地面不安定的象况，称陕甘交界的南梁一带常有土匪出没，杀人越货，百姓居无宁日，为保一方平安，他泼出家产决计筹办民团；眼下正招募乡勇，置买马匹，却苦于当地人多不识马，以至饲养驯服陷于困局；如今长途跋涉，专为马倌徐二驹而来。说到这里，他从椅子上起来，给老贡爷深深作了一揖：“愚侄已知徐二驹在府上做活，咋奈事不由人，看着先父薄面，还请世伯大人玉成！”正说话间，徐二驹从门进来，问候过，尴尬地立在一边。老贡爷与章家隔墙邻居数十年，自不好再说什么，就对徐二驹说：“君子成人之美，不成人之恶。你既从前在人家奉事，又无退辞在先，言必信，行必果，依老夫看，还是去吧，也正好解你生计的困顿。你上有岳父、岳母两床老人，负担可是不轻！”徐二驹见老贡爷发话，只得实说：“山高路远的，老的老，小的小，家里没人手，放心不下！”章鸿儒说：“你若实在不放心，不如带上婆姨娃娃，保你一家饿不着冻不着，远胜你种几亩地。”徐二驹犯难犯愁，说岳父岳母有病在身，两个妻哥子女多、生计苦寒，全凭月娥照顾，月娥是不会去的。章鸿儒摸出五块银圆，说权作一点心意，又表示章家镇边城的宅子就让月娥接替母亲代为照看，清扫料理，也会多给些报酬的。老贡爷说：“鸿儒贤侄意在保境安民，实属义举！又如此慷慨盛情，而你家中可添固定的收入，两全其美，去吧去吧。”徐二驹没有退路，只好答应。章鸿儒探起身，强行将银圆塞入他的衣兜。

章鸿儒盯上了柠条原团总常玉麟的人枪。夏末秋初的时光，在接到五哥章珍儒传来的消息后，他留下一半人马看家护院，亲率十五六骑一清早从银佛坪出发，抄捷径沿吴起、李家渠、张千户沟、宁塞堡一路向北。

第二天后晌时分，扮作客商的团丁牵着驮了毛线口袋的马匹三三两两陆续住进泰和居客栈。石掌柜赶紧招呼，让伙计张罗酒菜，客人却个个言称不喝酒只吃便饭，将扎紧口子的毛线口袋拎进客房。这股人一色虎背熊腰，眼光霸气，石掌柜暗暗称奇，约估着有事情发生，特意叮嘱伙计小心伺候，不得冲撞招惹，又专门向李函玉学说了情形。李函玉不以为然，说店大不欺客，则客大不欺店，任其自然。

章鸿儒骑着父亲的大青马径往牙行去了。这匹马年岁大了，体力明显下滑，已被弃用，而自徐二驹接手喂养后，数月间竟焕发了青春，一身油光，响鼻如雷，便又成为章鸿儒的坐骑。吁的一声，大青马在牙行铺面前稳稳站定，章鸿儒从马背跳下，章珍儒和水萝卜忙忙迎出门厅，伙计牵了马入后院喂饮。

水萝卜自打章鸿儒娶过三太太即遭冷落，章珍儒经不住她扭着圆嘟嘟的尻子嗲声嗲气五舅长五舅短的诱惑，顺手接了老六的班，两人勾搭在一处。春夏的时候，章杰儒从县署办签了牙帖手续，在客商辐辏的柠条原置买了一处临街的房产，开设牙行。他重金贿通张知事，谋取了在镇上代办牙税的肥差，牙行年内只向县署缴纳定量的牙税，代征代管，可从总税中抽取分成，收入颇丰。限于自家人手不足，请出章珍儒做经纪人代为掌管。章珍儒四十几岁，嫖风浪荡，家产经不起踢打捉襟见肘，自从干上这差事，银钱源源入手，日子阔绰了，索性把水萝卜从银佛坪接来，对外言称这个远房的外甥女是雇请的女佣。

“六舅哟，多时不见，哪一阵风把你吹来哩？”水萝卜媚眼飞飞，一边用一只粉白的手掌拍打着章鸿儒身上的土屑，叼空子暗里扭了一把，嘴里却妖天里地叫唤着。章鸿儒庄重地咳嗽了一声，说：“妇道人家晓得个甚？快快备茶，六舅口渴哩。”水萝卜不敢怠慢，扭着腰肢去了，一身的缎子衣裳抖抖闪闪的。章鸿儒赳赳地大步踏进里间，章珍儒尾随进来，压低声音说：“老六，姓常的带了几个喽啰刚刚钻进泰和居，这会儿正喝酒哩……”章鸿儒说：“泰和居是函玉兄的地方，不宜动手，伺等他喝醉酒回到老窝连锅端，这个屌子货！”

常玉麟原是镇上一个粗悍的泼皮，肚大腰粗头发畔子高，绰号气死牛，曾赤裸着上身抱起一个碾碌碡转圈圈展示牛力，一举成名。这人依靠输打赢要的手段耍赌博起家，在北园子置买大宅，又在镇上开设常记牙行牟利。自从章记牙行开张，失了近半生意，因而怀恨在心，时常带着亲信喽啰寻碴滋事，屡屡当街殴打章家跑街的伙计，甚至当众辱骂章珍儒，口出恶言，什么“日你章家八辈先人！”“把你张班头先人从墓坑刨出来跟老子赌一把！”又几回肆无忌惮地揣摸水萝卜的大奶子和肉尻子，并扬言迟早踢了章家的摊场。常玉麟有奶便是娘，与老庄窑子教堂洋神甫勾连，充任会长，经常出没乡里，对不肯顺教的乡民、未足额缴纳租子的教民或念经迟到者、耽误弥撒者任意辱骂、捆绑、杖责、鞭笞，变着花样处罚，劣迹斑斑，人人避之不及。他深得教会组织信任，去年，洋神甫从小桥畔教堂调拨长枪十余杆、短枪一把，着他招罗黑皮、刺头组成一个治安团，随后又出资在教堂北侧修建了一处治安所，由他们担负教堂保卫和教民区治安。常玉麟自此越发骄横放肆，每出行便有枪手前呼后拥，踩得柠条原街皮嘎巴巴响。

吃罢晚饭，章鸿儒闭门不出，啜饮着酽酽的砖茶水，前前后后琢磨着此番行动的凭据、理由和后果、退路。他认为，宰杀这么一个人人切齿的瞎孙，既解心头之恨又名利双收，甚至不惧怕官府的追究。对于洋人传教，他从心底反感排斥，这伙黄发碧眼大鼻子的外国佬吃饱饭撑得慌跑到三边来混摊场，父亲当年遭遇解职罢官就坏在这茬人手上……黑魆魆的子时光景，水萝卜趁章珍儒睡着，踩着偷人贼的虚步贴墙溜了过来，吱呀推开了房门——章鸿儒正盘算着事情，听到响动，欻地从后腰拔出手枪对准了她。水萝卜啊哟一声，惊慌失措，章鸿儒吁了口气，说不许声张！一纵下炕，从厩棚牵了大青马走出院子，翻身跨上，顺着街巷向西南疾驰。

章鸿儒的大女婿蔺长财早已带着十几个杀手做了侦查，此刻正潜伏在距教堂二里远的一片枝叶茂密的杨树林子里伸长脖颈等候。章鸿儒下马，蔺长财凑上前小声报告了侦查情况，说姓常的和四个团丁大醉，前一个时辰才从柠条原摇摆回来，大院除了一个站岗的其他人都睡死了。章鸿儒传令就地拴好马匹，又细细叮咛了下手的办法和应急措施，一扬手，众团丁分成一大股两小股向远处的院落迂回包抄过去。

微弱的星光里，蔺长财一大股潜行至背墙根下，搭人梯攀上高大的墙头，四个人悄无声息攀上房顶占领了制高点；又四个人备好绳索隐伏在背檐两侧墙头，等待暗号缒入院中；另两小股分东西潜近大门。这时，院里传来狗吠。一个团丁学着夜猫叫了几声，从身上取出下了砒霜的熟牛肉疙瘩抛进里院，一阵撕剥、吞食响过，没了声息。从门缝望去，值夜的岗哨斜挎着长枪，离开北屋檐下，向大门方向走来，一边揉搓眼睛，嘴里骂骂咧咧，显然是被狗叫声惊醒。只见两条黑影从北屋一侧闪出，猫步跟上，岗哨未及反应早被卡住喉咙，咔嚓拧断了脖颈。大门撬开，七八条黑影拥入，分两拨朝北屋两道门口窜去。哗啦几声，两道门同时被暴力踹开。睡在大通铺被窝里的团丁哪里见识过这样的阵势，一个个惊恐万状被生擒活捉。东首屋里，常玉麟惊醒，从枕头下摸出手枪，未及推弹上膛，三条黑影借着手电光扑上，抡刀砍向胳膊，手枪掉在一边。常玉麟牛吼一声将三人反扑在地，拎起灯柱，飞身下炕，击倒一人，夺门而出——砰砰两响，两道火光里，常玉麟背部中弹，胖大的身躯趔趔趄趄，倒在地上。章鸿儒拎着手枪踱到跟前，揪住头发拎起脑袋，扬声大笑："老子姓章——银佛坪章家，有本事爬起来跟老子赌一把！你个该死的二毛子！"常玉麟连声告饶，章鸿儒在他的脑袋上又补了一枪。

章鸿儒以恫吓和利诱的手段顷刻瓦解收拢了常玉麟的人马。这些个混混竞相邀功，一路引领连夜奔袭常家大宅，大肆抢劫后提着几十个大大小小的包袱消失在夜幕里。

这桩事情传得沸沸扬扬，章家的悍猛威壮震动三边。

见天在街上游走示强的武装教徒缩回了教堂，柠条原镇恢复了平静安宁，商业规则和市场秩序得到重塑，商客、市民人人称快。李函玉见洋教势力受到打压，对章鸿儒刮目相看，说这是三边地方扛大旗的汉子！石掌柜却对章鸿儒的抢劫行为大惑不解，叹惜外甥女嫁给了一个悍匪！

据说，石掌柜的那个脑瓜灵心眼稠的儿子石云秀，受到刺激和鼓舞，撇开庄稼活儿，领着冯孝先从镇罗堡老家赶到柠条原，四处拈香结拜，撺掇拉山头当好汉踢闯世事，甚至在镇上的党记铁匠铺定做了大刀、长矛。石掌柜得悉，趁他夜间睡觉，用一根麻绳捆住，暴打一顿，手指着鼻子臭骂，臭骂他天生吃狗屎命还妄想成大器！又亲自押送回老家，教训说，咱石家祖祖辈辈安分守己，你好好种地，做个本本分分的庄户人，把孝先给我拉扯成人！若再心存妄想惹是生非，老子剁了你的爪子，跟你泼命！

在接下来的两三年里，章鸿儒拾掇了洛河川周围几股民团武装，又收拢从南梁过来打食的散匪数十人，人马增至一百几十号，在三边及陕甘交界一带声名大噪。为求不被官府疑忌、追究，他重金贿通了县署新任杨知事。很快地，二人推杯换盏，称兄道弟，打得火热。

冬初的一天，章鸿儒携带狐皮、獾皮一堆山货进城拜望。饮酒中间，倾吐心事，称章家的武举先人曾个个红顶花翎在朝为官，都有名分；而今已入民国，气象不同前朝，自个儿招募乡勇保境安民为国家效力，却像一支黑军，在官家的名册里无名无分，实为不公，有伤志者庶士报国寸心。又大倒苦水，诉说养活一百几十号人马也不是易事，眼见踢光祖产，坐吃山空，因此请求县署准予开征地方维持杂费以养军。杨知事觉得干系重大，不敢应允，却指了一条道，说自己跟刚刚出任陕北镇守使的井岳秀大人是关中蒲城同乡，交情甚笃，愿意举荐他到井大人的骑兵混成旅任职，只是须得打点打点。章鸿儒喜出望外，随即返回银佛坪，与章杰儒商量，一致认为傍倚大树好乘凉，章家入仕之门行将再度开启，决定投军。章鸿儒忍痛割爱，从暗室取出一对金碗和一盏金玉莲花灯等宝物，旋返镇边城。杨知事得了一疙瘩金元宝，二人骑马径往榆林。

这一去，章鸿儒迎来了命运的重大转折——

井岳秀在镇守使衙门的官邸与二人见面。此前杨知事已将一对金碗和两疙瘩金元宝送往私邸做铺垫，因而会见叙谈进行得和谐、热火。井岳秀是个胖大的关中汉子，长一对深邃的蛇眼，有一身的拳脚功夫，陕西革命党出身，曾参加著名的“蒲案”“西安起义”等反清运动，以骁悍著称。他刚到陕北履新，急于笼络地方豪强扩充实力稳固地盘，见章鸿儒仪表堂堂，谈吐不俗，出手阔绰，很是喜欢，特地安排了一桌酒席款待。杨知事显然做好了功课，酒席间，将章氏祖上武功出仕的豪猛及章鸿儒自创武装保境安民的业绩捧抬一顿，又大谈武术之道，称章氏武术兼容并蓄，自成一派，并吹嘘章鸿儒拳脚了得，有侠客之风。井岳秀好武，果然兴致勃起，当下即与章鸿儒就拳脚、刀枪之术相切磋，各抒心得，所见略同，于是场面气氛更趋融洽。章鸿儒表达了仰慕、敬拜和追随左右的心意。杨知事乘着酒兴撺掇二人结义，井岳秀也是性情中人，拊掌大笑，欣然同意，遂当场互递了帖子，结为换帖兄弟。这一顿酒喝罢，井岳秀便颁下军令，拨给骑兵混成旅第四团的番号，任命章鸿儒为团长，准许招兵买马，并命令所部即刻开拔至安边堡接受改编，就地驻防。

军令紧急，章鸿儒不敢轻慢，从榆林连夜动身，一路疾驰，返回银佛坪。他决定携带三太太母女随军。大太太、二太太哭哭啼啼，老太太表现得镇定、大度，说：“收起哭丧相，不准扯后腿。这叫入朝门，老章家又吃皇粮哩！”她除了心疼两个孙小子，还心疼三太太跟前的小孙女雨枝，忧心小孙女落群孤单，叮咛说：“我的小雨枝要是想家哩，就紧紧给我送回来！”章鸿儒将家中巨细之事全权托付章杰儒，留下二十多个可靠的团丁看护寨子，便带着马队直奔安边堡履任去了。

大年过罢，章杰儒着手安排聘请先生的事体，这是老早就打定的主意。旺子和兴子都不小了，这些年教授了他俩几路武术，见天练习，身板都很结实，像两只小豹子。两个秃小子使拳弄棍之外，不是爬树掏鸟、上房揭瓦就是撩猫戏狗、打架生事。旺子更显顽皮，做过的瞎事难以计数：在老母猪耳朵上穿花；给老公鸡戴狼尾巴草的笼头；往母瓜花张开的母蕊里插入十几根公蕊；朝流鼻涕的小娃嘴里塞鸡屎；放狗追咬讨吃子；掷梭镖扎伤牛屁股；拿弓箭射穿猪娃的耳朵；用刀子割断瞎子书匠的三弦弦索；扔土圪蛋打伤老汉汉的脑瓜；打架踢伤对方的卵蛋；探起棍子挑动叫驴胯裆的驴屌；从茅圈墙钻开窟窿偷窥婆姨女子尿尿；命令庄里的碎脑娃娃称呼他“大王”、磕头作揖礼拜他，并率领他们盗窃瓜农的西瓜……总之这小子竟一意引人堕落，兴子经不住诱惑和刺激已显露出学坏的迹象。——得赶紧请先生施教管束，识文断字，学为强人。他认为，科举入仕虽已废除，但瞽蒙之人终究上不得厅堂，举凡成大器者肚腹之中岂无经纶？眼下的社会乱马营阵，只有靠武吃与靠文吃双管齐下，才能相得益彰，左右逢源。章家的学馆关停多年，充作教室的那孔大石窑灰尘积垢，蛛网缀织，潮湿的背墙苔衣斑驳。章杰儒使唤伙计们重新拾掇泥裹一新，又置办了桌椅板凳、文房四宝一应用物。经人举荐，章杰儒备了厚礼亲自前往毗邻的甘肃华池县城恭请周秀才做私塾启蒙先生。周秀才早年是个才童，十六岁即以县试头名得中秀才，熟读四书五经、诸子百家，在华池遐迩闻名，门下弟子数百人，多为有用之才。因年事已高，近年闭馆养生。章杰儒毕恭毕敬、费尽口舌，又开出优渥束脩，老秀才出于章家世代迭出举人、门楣光大的考量，觉得与自己身份当对，斟酌再三才答应了。

开学这天清晨，章杰儒早早起来，喊醒旺子、兴子，一边猫着腰身用纸钉磕打纸钱，预备香烛祭品。俩小子没有睡足，噘着嘴巴，经过一番乖哄才勉强跟在尻子后头。先入祠堂做了叩拜祈祷，又一路来到松柏苍郁、碑石林立的老坟园祭祖。章家老坟园坐落在一道临川的山脊上，面朝洛河，背靠苍岭，左右山包聚绕，气脉畅达，据传是那位一夜暴富的张班头重金请托一位老阴阳先生“三年寻龙、十年点穴”才相中的一处“龙山向水”的风水宝地。章杰儒在各处坟头都压了纸钱，最后来到父亲坟前。点燃香烛，摆上祭品，奠洒酒水，焚烧纸钱。晨风里，他撩起绸袍，跪倒在地，一边用棍子拨拉烧残的纸钱使完全燃烧，一边念叨说：“大，寻钱来！爷爷，寻钱来！媲媲，寻钱来！列位老先人都寻钱来！”又扯展身子三叩首，祈求先人荫佑子孙读书向上，学为强人。旺子和兴子在一边模仿他的动作，嬉笑不止，各自禁不住念诵起来：“大，寻钱来！爷爷，寻钱来……”章杰儒哭笑不得，做出严肃的口气指拨了一顿，俩小子才明白过来。

周秀才首先从《三字经》开讲。他神态庄严，捻着花白的胡须，一字一顿唱诵：“人/之/初——性/本/善——性/相/近——习/相/远——”旺子和兴子鼓大眼睛，学着先生庄严的神气，兴致勃勃跟着诵读。窗子外头，趴了章家四五个女娃，好奇地朝里头觑探，窃窃议论，指指戳戳，特别对先生马尾巴一样的辫子感兴趣。二太太的小女儿够够说，只有先生才留辫子，不留辫子就不是先生，女娃们认为说的有理。最小的是雨枝，五六岁，扎着两条羊角辫，长一对美丽异常的丹凤眼，粉嫩的脖颈上戴了一串翠绿的璎珞，一身无法掩藏的灵秀。雨枝是老太太前几日专门派人从安边堡接回老家来的。她不参与讨论，跟着周秀才小声诵读，吐字清晰，声音悦耳。

熟读多遍，周秀才依着课文讲了一个长长的故事：从前有一家兄弟两个，父母去世后同时娶了媳妇，又各自生了一个儿子，请术士算命，一个是状元命，一个却是乞丐命……周秀才最后讲道，本是状元命的却沦为乞丐，本是乞丐命的反成了状元。周秀才总结说：人与人之间的不同，不是与生俱来的，根本原因在于接受了不同的教育，然后才使他们有了不一样的人生。旺子、兴子和窗外的女娃们听得痴痴迷迷，觉得念书是一桩极有意思的事。女娃们都想加入，连雨枝回到老太太身边也嚷嚷着要念书。几房太太把女娃们的心思讲给老太太，章刘氏龇着豁牙的嘴笑了半天，说稀奇日怪的事都出在咱章家，女娃娃也念书？要念就念吧！章杰儒觉得天下已改朝换代，女子读书的新事屡有耳闻,女娃们闲着也是闲着,便豁达地表示谁愿念就念去,几个女娃欢呼雀跃。章杰儒又添置了几张桌椅几套文具,女娃们便进了学馆。周秀才问说是不是只教她们女学？章杰儒说先生随便吧,束脩自会加码的。

周秀才早晨讲学，午后教字，也教算术，偏授《女儿经》，终日不辍。旺子和兴子天资聪颖，一教就会，起初成绩遥遥领先，两个讥笑雨枝临帖写仿捉不了毛笔的狼狈模样，嘲讽这几个女子脑瓜里都装了石子儿。日子久了，旺子顽皮偷懒，叼空子耍长枪抡大刀，念书不甚热心。逢遇小考，成绩时有不好，屡屡挨先生的手板，他噘着嘴不睬，也不惧怕抽打，先生不在时还吹嘘自己手掌练出了功夫，像铁砣子一样硬实！半年很快过去，周秀才把《三字经》讲完，又对各科进行了通考。结果兴子顺利过关，旺子于背诵、仿写两科都挨了板子，手掌被打得红肿。而令周秀才啧啧称奇的是，年龄最小的雨枝竟然偏科正科背诵如流，且仿写娟秀，连珠算“三回九”也打得噼里啪啦不差分毫！这事让老太太得知了，直夸雨枝聪灵，二话不说赏了周秀才两块大洋。

第二学期，旺子印象最深刻的一桩事当数火烧野蜂窝了。那是下学后的事情，周秀才自然管不了他。久久以来，旺子就记挂着背山崖壁上一个杂草掩蔽的窟窿——里头扎了一窝细腰子的野蜂，棚起一个牛卵子似的蜂房，三三五五采花粉采蜜汁的野蜂见天出出进进。旺子鼓起勇气，爬到窟窿下方，捅一根棍子朝蜂房乱捅一气。他发现棍子一头沾了蜂蜜，舔了一舌头，蛮甜。又企图抓吃，伸手之际，愤怒的野蜂一只只从窟窿里飞出，嗡嗡轰鸣着结群围袭过来，旺子吓得从崖壁跌落，抱头鼠窜。野蜂哪里肯饶，俯冲下来一路追袭，纷纷从尻尖弹出毒刺照准他的脑袋蜇去，旺子号哭着逃回家里。待大太太抱住脑袋瞅时，已然凸起十几个疙瘩，面孔肿胀大如尿盆。大太太诅咒天杀的野蜂，埋怨旺子太过顽皮，在他脑袋上用剥去皮的蒜瓣擦拭又擦拭，宝宝蛋蛋乖哄又乖哄，向周秀才告了假，让旺子在家调养。待过几天，肿胀渐渐消去。旺子一声不吭备下一个碗口大的棉花蛋，蘸上清油，吊在长棍一端捐在手里向背山走去。临到崖壁下，他用衣裳严严实实包裹了脑袋，只留两个眼洞，这才放心地掏出火镰取火，引燃棉花蛋。旺子爬近野蜂窟窿，将燃烧的火蛋擩了过去——野蜂受烟火熏烤，乱了秩序，争先恐后从边角旮旯钻出，未及起飞，双翅即被烧毁，身子也被烧爆。窟窿里头更是响起爆米花似的噼啪声，散出一股焦臭。极个别的脱逃成功，惊恐万状，顾不得蜇人，向遥远处窜飞而去。旺子张开嘴巴大笑不止，一边骂道："日你妈，再骚情，敢在爷爷脑上动土!"

章家开馆的第三个秋天在西北风里悄然而至。很快，像往年一样，一早一晚天气变得凉哇哇的，得套上厚实的衣裳，午间日头火烧，又得脱去换成褂子。洛河川里，玉米棒子尖嘴上的缨须变得焦脆，手一触碰就散碎了。荞麦秆子赤红叶子发红，只在枝丫间花花挖挖扑棱几枚绿叶或黄叶，一串一串三棱子的颗籽已然饱满瓷壮。簇在山腰间的杏树霜打过后一片通红，成为乡野美景，仿佛一团一团的火焰，从这座山上燃烧到那座山上又燃烧到远处的山上，形成蜿蜒爬行的火幔火带，蔚为壮观。仍像往年一样，庄户人用眼睛度量秋底的收成，掐指估算在刨开耕种锄耪收割的人工和牛工费用、留足下年的籽种、偿还了借粮再缴纳过田租税捐后，自家能实收多少颗籽，够不够整整一个冬季和来年青黄不接时的口粮。霜打三遍后，没熟的庄稼也熟了，进入收割、打场、交租的时节。银佛坪周边三四百个小村庄大部分人家租种了章家的土地，忙活过半月二十天，依照议定的分成，各家各户陆陆续续开始缴送租子。团丁照例挎着快枪在收谷场上往来巡察。章杰儒有条不紊安顿宗管家和伙计们一家一户斗量升盘，晾晒数日，而后一口袋一口袋入仓。

三年来，周秀才依照既定的规程，讲授了《弟子规》《千字文》《朱子家训》《增广贤文》《幼学琼林》，本着温故而知新的原则和理念，布置从头温习功课，并庄重宣布：明春开讲四书五经。旺子却在一边哂笑，谋量如何如何才能把这个白胡子老汉整得趴下、卷铺盖走人。对于念书，对于什么子曰诗云、之乎者也，他已是十二分的厌烦，甚至听见周秀才抑扬顿挫的诵读声就好似吃了毛蛐蜒狗夹子，恶心得想吐。

周秀才晚上照例在写过几幅柳体大字、拾掇了文房四宝、舒展懒腰饮下一杯淡茶之后才解衣睡觉。在钻进被窝前，他习惯地把灰白色的细瘦的辫子捋了一捋，却发现辫梢上缀了一束带蔓的打碗碗花——这才明白后晌时一群学生瞅着他嬉笑的缘由。“竖子可恶!”周秀才气冲冲摘下花草扔到地上，盘算准是廷芝干的损事，赶明儿定当严加责罚！当他把辫子塞进枕底，却感觉底下似有异物，用手一摸，滑溜溜凉飕飕的，待掀开来，定睛一瞅，吓得几乎昏厥过去——一条盘了几盘的花皮胖草蛇赫然卧在那里！

章杰儒倒梯形的面孔上落了一层冰霜，把旺子和兴子从被窝揪出，带到自己的窑里，喝令二人端端正正站好，坦白交代是谁干的坏事险乎吓坏先生。兴子一头雾水，旺子一脸茫然。审问了半晌，二人都大喊冤枉，态度生硬，各自详细叙说了从早到晚的经过，包括屙屎尿尿，并称谁谁谁可以做证。章杰儒击掌大笑，没事似的说：“我考你们一个谜语：日怪日怪，骨殖长在皮外——你两个猜，这是个甚东西?”兴子抢先说：“指甲!”旺子说：“羊角牛角都长在皮外，这算什么日怪?”章杰儒又说：“蛇又称小龙，灵异之物，不长膀子会飞，这个日怪不?”兴子摇头不相信。旺子兴奋了，嬉笑着说：“敢哩，说不准飞累哩，从半空中掉下来，又钻进了先生的枕下。”章杰儒上前一把揪住旺子的耳朵，厉声喝道："活蛇不会飞，死蛇更不会飞！给老子老老实实交代！"旺子被逼无奈，只得实说：他在山上草丛里打死一条胖草蛇，藏在袖筒里带回来，趁周先生出寝室尿尿的空子溜进去放在了枕头底下。旺子索性说自个儿早已不想念书，一进学馆就瞌睡，一见周先生就发晕，说念书比吃屎还难活！章杰儒愠怒至极，踢打两脚，揪了他的耳朵，让给周先生赔礼道歉。旺子倔得像一头牛犊，叉开双腿趾拽在地，哪里肯去。大太太深感惭愧，亲自过去请来周秀才，说了一箧箩的好话，表示一定严加管束。章杰儒当着周秀才的面照准旺子的尻子踢了两脚，又扇了两个耳光，以示惩戒。大太太这边却拉下脸，把旺子搂到怀里，一把鼻涕一把泪嫌打得重了，絮叨不止。周秀才自叹"养不教父之过，教不严师之惰"，只得作罢。

没过三天，当周秀才腋下夹了课本走进学馆时，发现讲桌上铺了一溜仿纸，上头有一个肉疙瘩蹦来蹦去，仿纸上血迹斑斑。他走近跟前，揉一揉眼，凝神细视，竟是一只剥去皮囊、血肉模糊的蛤蟆，两只眼睛直戳戳朝他瞪着！台下几个女娃娃胆寒，早已蒙了眼不敢看。兴子埋头看书，旺子嬉皮笑脸十分得意。

周秀才打定主意请辞还家。章杰儒打躬行礼真诚致歉，并许以薪酬加码，周秀才彷徨不定。最后请来老太太亲自讲和，周秀才勉强答应，却提出一个苛刻的条件——廷芝须得暂且退学，闭门思过！章杰儒决定先让旺子休学一段时间缓和矛盾，打算嗣后加以劝导，如若双方态度没有转变，赶年底干脆闭了学馆，总不能让儿子读书向上，侄子弃学瞎混，这么对在外踢闯的六哥也不好交代。

旺子虽然摆脱了念书的烦恼，却闲得无聊，于是背了一杆矛子跑到吴起镇上学吹唢呐——在他的印象里，吹手是个引人注目的角色。他脑瓜灵光，一拨就转，不几天就换气自如，学会吹奏《百鸟朝凤》里的一个段子。正逢集日，人头攒动，有一队娶亲的吹吹打打过来，人们自觉地让开一条道。旺子想显露一手，持了矛子、唢呐，横眉竖眼迎面挡住，提出和掌字的吹手比试高低。

这个生煞的举动吸引了乡下人，很快挤得密密层层，连卖瓜卖菜卖鸡蛋的也丢脱手头生意引颈观望。掌字的吹手也不示弱，欣然应战。二人比试吹奏《百鸟朝凤》，掌字的先吹，果然身手不凡，一时春回大地，百鸟鸣啭，众人喝彩。轮到旺子，吹奏中间，别出心裁模仿公鸡打鸣、草鸡呱蛋，妙不可言，惊倒众人。掌字的见他一身锦衣，又持长矛，眉宇间有强悍霸道之气，打问得知是章家大少爷，吓了一跳，不敢较真，只得认㞞。旺子哈哈大笑，收起家伙，一扬手说："开路！"

不几天，这事传到章鸿儒的耳朵里，嫌丢人败兴，又嫌他荒疏了课业，黑着脸专程赶回。那天，章鸿儒用一根麻绳将旺子捆起来，朝尻子连踢十几脚，旺子昂着头，踢倒又爬起，不喊不叫，木桩子一样杵着。章鸿儒火起，又将他反绑在拴马桩上，马鞭蘸冷水，一口气抽打了几十皮鞭，旺子脊背、尻子血水渗出，女娃们吓白了脸，大太太哭成泪人，他却打死不叫饶。老太太眼泪汪汪，祷告说："羔羔，这是请了家法，你就不能说句软话？"旺子哼了一声："没门，绝无可能！"老太太见鞭子狂舞，急了眼，颠着小脚抢过去，趴护在孙子身上，怨怒地冲儿子吼喊："老匠人把你们做就哩，一种八代！一种八代！有本事你打死我！"章鸿儒揩了揩额头的汗水，扔脱鞭子，冲儿子哈哈大笑："有种！你比老子那时候棍儿硬！"

旺子将挨打的账记在了周秀才头上，看见影子都是黑的。他觉得周秀才当众开除自己是一桩极其丢人的事，从解知人言直至长这么大小还头一回遇到一个外人如此明目张胆在自己头上垒窝窝！老太太、大太太自从出了这些事，心上也不快活，成天骂他费缰绳、不成器，旺子更是窝火憋屈，闷头想了几天，决计拔除这根眼中钉。他缠着马倌徐二驹给自己做一副弹弓，说是要打麻雀。弹弓做好，旺子兜里装满小石子，天天练习打鸟。时候长了，准头极有长进，先前几天打不中一只麻雀，而今一天能打十几只，而且中弹多在头部。他身后时常跟了一只大郎猫，喵喵叫着，随时准备窜上前逮吃死麻雀。银佛坪庄里的场院、屋脊、树头各处啸聚的麻雀远远望见旺子拎着弹弓过来就唰地一哄散去，躲到更远的地方。有一天，几只野鸽子降落到场地上晃头晃脑啄食，旺子匍匐过去藏身于糜草垛一侧，扯开弹弓打出一发石子，一只鸽子嘴头中弹，喷射出一溜血滴，当场毙命。旺子欢喜异常，拎了死鸽子一溜烟跑回家，让女佣立马给他炖肉吃。下学后，他端着鸽子肉，舍不得吃，向兴子、够够、雨枝几个吹嘘说他一弹弓打下两只鸽子！兴子说他吹牛，碗里明明只是一个鸽子脑袋。旺子说另一只是吓死的，让他吃光哩。旺子赏给他们一人一块鸽子肉，都咂着嘴说比鸡肉好吃。章杰儒听说了这个事，特意问了女佣，女佣开头说是两只，见七老爷目光犀利，又改口说大少爷只拿回来一只鸽子，却反复叮嘱须得说成两只！章杰儒搔着头皮琢磨，说："这小子×籽大的人玄谎还留后手，不是个凡胎！"

周秀才喜欢用罢午餐去河滩散心，徜徉之间，仰望高山，俯视流水，吟诗作赋，抒发读书人的情怀。旺子掐准时间早早藏匿在崄畔底下一处石头旮旯，瞭见周秀才背抄双手吟诵着诗文从对面的斜坡悠悠然而来，就扯开弹弓筋条瞄准，嗖地一枚石子射出，周秀才啊哟一声惨叫，一手捂了眼睛，血水从指缝流出，脚下一滑一个趔趄跌倒，从坡上碌碡一样直滚到坡底。旺子急忙顺着旮旯攀上，一个鹞子翻身上了崄畔，环顾四下无人，一溜烟不见了，兜里的弹弓却掉在爬上来的地方。周秀才一手捂着不断流出血水和黑水的眼睛，趺趺撞撞爬上崄畔，发现地上的弹弓，一把抓起，捶胸顿足，大放悲声。

周秀才被打瞎一只眼的事情震惊了章杰儒，他懊悔自己强留先生以至于此，忧心不好交代，顾不得理会周秀才，一溜过去，把假装呼呼大睡的旺子拍醒，铁青着脸叮问他打人时是否被人看见？旺子开始还想抵赖，章杰儒说周先生手里攥了你的弹弓！旺子慌了神，只得如实交代，又说周围一个人也没有。章杰儒叮咛他千万不敢承认，只玄谎说弹弓昨天已叫贼娃子偷走，与此事毫不相干，旺子领悟，说：“七大，你放开手脚打我，我死也不承认！”

章杰儒急匆匆来到周秀才屋里，问长问短，上药包扎，一边慨叹说人老乏力打摆摆，走平地栽跟头自个儿撞坏自个儿的事时有耳闻！周秀才睁开另一只眼，扬一扬手里的弹弓，悲戚无限地说：“杰儒哪，分明是廷芝这竖子用弹弓故意毁伤，你可要替老朽主持公道哪！”章杰儒做出惊愤痛苦状，当即使唤人叫来旺子，狠狠一掌掴在他的脸上，骂道：“果真是你这畜生所为？”旺子的鼻血被打出来，流了一地，却立眉竖眼一口咬定说他的弹弓昨天已叫贼娃子偷走，此事与他无干，并指天发誓说谁打了先生谁叫龙抓去得哩！老太太和大太太先后进了门，忙不迭地给旺子止鼻血，一边问询。旺子眼睛瞪得牛蛋一样死不认账，编出种种谎话为自己开脱。老太太和大太太见周秀才瞎了一只眼，觉得事大，当场表示只看见旺子一撂下饭碗就睡觉去哩，没人瞅见他出门，老太太拍击脑勺，又确凿地证明昨天就听说旺子丢了弹弓。章杰儒摊开两手，口气冷峭地说：“周先生，喝冷水也能噎坏人，八成是跌跤后叫石子戳坏哩！”周秀才干号一声，说：“‘身体发肤，受之父母，不敢毁伤，孝之始也……’老朽平生鼓吹仁义忠恕，启愚蒙、传圣道，童叟无欺，‘见贤思齐焉，见不贤而内自省也’，不承想落个如此下场！”章杰儒无限同情，盛赞周秀才不顾年高不辞劳苦启蒙育人的功德，愿意另外馈赠银圆二十块作为一份心意。又关切地表示，伺等先生休养数日，将派人用轿窝送归华池。

这天夜里，周秀才独守清寂正自叹息，突然窑门大开，旺子眼露凶光，拎着一只癞蛤蟆进来。他一声不响，跪在地上朝周秀才磕了三个响头，站起身来，当着周秀才的面用手撕剥了蛤蟆的皮囊，把两根钉子噌噌插进鼓凸的眼珠，严肃地说：“咱师生从此恩断义绝！——你若敢多取我家一个铜子，说上我家一句瞎话，小心给你来个蛤蟆晒肚膛，钉了你的另一只眼！”说罢扬长去了。周秀才惶悚不安，顾不得收拾行囊，连夜出逃。一个人爬沟溜坬磕磕绊绊奔回老家去了。

# 第五章

两年后。三边地方发生的事情逐渐稠了。

首先是镇边出了一任史上最为短命的县官——刘知事，榆林人，据说毕业于北京公教大学，通晓法理，为人刚正——而之所以短命却与白文翰有些关联。

盛夏时节，镇边城南门外西山南坡的白家院落进来几个庄户人模样的人，他们蹑手蹑脚，怯生生地朝窑里张望。白家的大黑狗见有陌生人擅入，狂吠起来，并试图冲上前扑咬。白贺氏手脚麻利地从窑门出来，朝它喝了一声："死吔！"大黑狗立时摇摇尾巴呜儿一声乖乖蜷在一边，吐出长舌，悠然地伸缩扇动着。上门的都是客，白贺氏习以为常，客气地将几个人让进家里，倒水端茶。

他们来自芦子河下游东岸一个叫八里滩的庄子。自"三边教案"发生那年起，天主教势力向芦子河流域渗透扩展，河西的旧伙场早已建起一座教堂，教会组织买走上千亩沙地和七八十亩河滩地据为教产，继续着以土地为抓手的改变信仰的布教事业。今年入伏以后，天不下雨，旱象日重，连河滩地里的庄稼也蔫头耷脑，眼见旱死，沿东河岸居住的庄户人联合投工临时筑小坝拦水，企望引水浇地。教堂文神甫借口河滩筑坝威胁教产安全，指使二掌柜贾胖子带领武装前往拦阻。贾胖子张口胡说，宣称芦子河水已归教堂所有，不允非教民引水，指挥武装教徒拔掉坝桩、砸毁工具、豁坝放水。慑于教堂的枪杆子，多数人选择了隐忍退避，偏有一个叫冯青山的年轻汉子咽不下这口气，哄伙一股人与他们对抗，几番冲突都吃了亏，于是商量着来找哥老会龙头大爷白文翰拿主意。

白文翰盘问清楚事情的来龙去脉，把旱烟锅子当啷磕在炕桌上，骂道："芦子河从古流到今，甚时候变成了洋教的私产？这帮洋毛子、二毛子，无法无天，欺人太甚！"当即动笔拟写诉状，一边让冯青山几个速速回去，鼓动所有受害的人家联合行动。

第二天，冯青山带二百多人早早赶来，由白文翰承头去往县署告状，人群闹哄哄拥入县署大院，黑压压一片。刘知事接案大怒，当即调集警察，亲自赶赴旧伙场，召集大会，主持审断。

刘知事当场痛斥了文神甫霸占河水、欺诈百姓的不法行为，责令教堂不得干涉公众筑坝引水，赔偿一应损失，并处罚糜子十石。文神甫见事情闹大，谎称不知情，承诺撤走武装，执行县署裁决。官司落地后，冯青山组织投劳，小堤坝很快筑成，受旱的庄稼灌上了水。东岸一股庄户人隔河起哄，放炮庆贺。

教堂权威受到挑战，文神甫担忧传教事务遭遇进一步的限制阻遏，借口刘知事辱骂教士、粗暴干涉教区事务，亲赴榆林提起诉讼。审断之事在传言中很快有了结果——榆林道尹公署专员得了重贿，以事涉先朝定例和国家外交为由，裁断教堂胜诉。不久，刘知事被免职调离。

刘知事离任那天，心怀歉疚的白文翰和镇边小学堂校长高先生一股人特意送行。他们在北门台摆下一张大方桌，上面放了酒具和文房四宝。刘知事牵马过来，白文翰作揖敬酒，高先生请求赐赏墨宝以志纪念。刘知事饮了三杯酒，稍作沉吟，挥毫写下一首无题诗：

何必名利苦缠绵，找个山庄住几年；
盖两三间临水阁，置他几亩种花田。
时为清风明月主，往结闲花野鹤缘；

从此跳出三界外，逍遥诗酒做神仙。

放下狼毫，刘知事打躬作揖谢过，翻身上马去了。据说，从此赋闲，一生再不做官。

这场闹水风波断送了刘知事的前程,却成就了一门姻缘。白文翰两口子一眼相中了冯青山,后间,托起媒妁,将大女儿嫁给了他。

末伏将尽，白家院落一天里来了几拨客人，见面互相抱拳施礼，出口夹杂暗语黑话，他们是当年参加过武昌起义的西北哥老会三边堂的一班同袍。白文翰一家忙里忙外酒饭款待，极尽地主之谊，尤其是白贺氏的一手羊肉臊子剁荞面令弟兄们大饱口福。

暮色拢来，中间一孔窑洞的窗户透出清油灯昏暗的光亮。白文翰盘腿坐在掌炕的正中位置，环视一周，见炕上地下二十多个弟兄各依从前山堂中的座次坐定，便朗声说：“自辛亥年推翻帝制，革命成功，我同袍夙愿得偿，足慰平生！不想水涨哩（黑话：意即形势不好），山堂遭遇新政府打压，又倒打码子（起内讧），活动反而趋少。本龙头目睹炎凉翻覆，厌弃政治，又念父母老迈、子女尚幼，已淡出江湖，会堂事务多不参与，唯愿堂前尽孝，抚育儿女。而今传帖约见诸位老弟兄，实属不得已而为之，是有一桩要事相商。”众弟兄敛容静听，白文翰顿了顿，威严地大声说：“弟兄们，当初咱们拈香结拜、歃血为盟时丢过什么海誓（丢海誓：赌咒发誓）?”众弟兄齐声诵道：“有忠有义桥上过，无忠无义剑下亡!”白文翰说：“于国为忠，于友为义，而今就有一桩忠义之事!”他将陕西靖国军杨将军坚持护法、不甘接受北洋军阀政府改编，兵败关中、北避陇东的事叙述了一番。众弟兄扼腕叹息，个个不平。

当年，他们奉西北哥老会总堂传令前往湖北武昌途中，经历了一场突发事件，与杨将军结识。三边堂弟兄夜宿关中蒲城地面的一个小山村，遭遇百十号响马的袭击，四十余人被包围在一座破庙里。响马喊话，要他们留下财物和马匹。白文翰报上名号，响马以为他们是一伙外地押镖的，哪里肯信，施放火箭威吓。随即，响马发动强攻，分两路越墙杀入，混战中，三边堂五六个弟兄负伤。眼见寡不敌众，传来一声号响，村道两头喊杀连天，响马们乱了阵脚，夺山道逃去。解围的队伍是蒲城“中秋会”的弟兄，首领十八九岁，叫杨虎城。当他得知三边堂弟兄作为陕西一支义军奉令南下革命，竟大为感动，重新抱拳施礼，冲手下喊道：“弟兄们，这都是从陕北过来的英雄，咱们救对了人！”白文翰见他威武彪悍，行事仗义，谈吐不俗，早已心生爱慕之情，连忙还礼，说：“大恩不言谢，如蒙不弃，只愿跟小兄弟义结金兰！”杨虎城击掌大笑：“小弟正有此意！”二人当下在庙里点香结拜，白文翰年长十岁，杨虎城以“白大哥”敬称。停留的几天里，二人形影不离，探讨革命，切磋武艺，大有相见恨晚之感慨。

武昌起义战火中，三边堂弟兄折损近半，却没有得到任何的抚慰，众人起了怨意。嗣后，城中混乱，争权夺利，白文翰寒心，带领剩余的二十多人北返。因起身仓促，一路备尝艰辛困顿，卖了几匹马勉强维持。至蒲城地面，一行人已是衣衫褴褛，面黄肌瘦，只剩一匹枣红马了。杨虎城得信，驰马相迎，就近安顿住宿，盛情款待，一行人休养数日。令弟兄们不能忘记的是，开拔前，杨虎城又赠银圆五十块、干粮五袋，并给各人送粗布衣裳一套、布鞋一双。白文翰执手洒泪作别，说：“两番得小弟援手，情义盖天！日后但有用得着的地方，三边堂弟兄愿肝脑涂地！”

往事历历，扯动感恩之心，众弟兄都是性情中人，个个情绪激荡，表示愿为杨将军牵马坠镫，以报万一。白文翰说：“如今杨将军落难，千里传信，打问地方情形，想从陇东东进三边暂避。——弟兄们，一个好汉三个帮，咱们报恩的时候到哩！”众弟兄齐声喊道：“我等袍道上行走，绝不拉稀（中途逃离、下软蛋）！”

秋风撩起的时节，一支疲惫不堪、携带家眷的部队开进三边高原，约一千五百人。队伍沿边墙下的盐马古道东进，于安边城郊区驻扎下来。一二日后，一部继续向东开来。

消息纷传，柠条原镇陷于恐慌，商号关门，小贩撤摊，人流涌向吊桥出口，顷刻街巷空空。部队在西关打住脚步，当晚露天宿营，一夜无事。日头登高，军需官领着一股子伙头兵进了镇子，敲打粮铺门板，一家又一家，无人应声——里头都用木棍死死顶着。这股军人情绪激动，声气不好，却没有砸门强闯，退出了镇子，显然是奉了严令。

白文翰带领哥老会的弟兄于午间赶过来，直奔司令部所在地西关娘娘庙。庙里的壮年军人闻报，口里叫着“白大哥”！迎出庙院，与白文翰击掌拥抱，与弟兄们握手寒暄，脸上的沮丧、疲累撤退干净——这人就是杨将军。

安边堡商会会长王文舫随后赶来。他和白文翰是拈香拜识，已与杨将军结识，拥军的态度十分明显。王文舫向白文翰叙述了安边堡处置驻军与地方关系的做法，白文翰说就照这个办法行事。随后，二人一同上门请来柠条原商会会长李函玉和区公所的几个掌事人，军方客客气气，沏茶招待。杨将军神情悲愤，数说了北洋军政府公然践踏法律和民意、独断专行排除异己的种种劣迹，申明自己坚持护法革命、践行三民主义的主张，又毫不隐讳地讲述了关中战败、陇东再败、退避三边的经过，声明不会滋扰地方并将保障一方平安，承诺驻军期间将力所能及做些有利民生福祉的实事善事。李函玉甚为宽慰，表达了对杨将军的敬慕之情，双方达成五项互助协议。此后数日间，经商会敲打铜锣大做宣传，商人、市民目睹驻军白天训练、夜晚露宿、纪律严明、待人和气的情形，都放下心来，镇子恢复了红火热闹，人心安定。

这一年，三边大部地区遭受了旱灾，粮食歉收。白文翰建议在陕、甘、宁交界的几个收成好的地方筹措粮草物资，杨将军全权委托，封他为“粮台官”，抽调一个排的精干兵力协助。白文翰与李函玉、王文舫联手，一个秋天下来，陆续运回数百石粮食，保证了部队的伙食供给。关中士兵不耐严寒气候，一过仲秋就叫苦连天。冬衣无着，杨将军很是愁怅。白文翰说：“虎城，这号事你不要犯愁，有钱就行！”他亲自带着几十号兄弟，化装成商贾模样，以安边堡和柠条原商会的名义，南下关中趸买布匹、棉花，运抵三边，为部队解决了一茬冬衣。白文翰干净利落做成几桩大事，深得杨将军敬重，二人无话不谈。杨将军诉说了许多难言之隐，说他与陕北镇守使井岳秀系关中蒲城老乡，同为陕西革命党出身，此番落难，井岳秀出于多种考量施以援手，并以所部暂编步兵团的名义收编了他的部队，准许驻防三边，但毕竟是道不同志不合……白文翰看出一些门道，说他志在高远，岂肯寄人篱下，一准是养精蓄锐、扩充兵力以待时机。杨将军笑而不答。

杨将军做了几桩黄亮醒目的事情，从而成为三边人眼中黄亮醒目的人物。

可是，一开头，杨将军却并没有收获到预期的治理效果：那些红红绿绿的告示被人揭去揩了屁股；遣送回娘家的童养媳偷着跑回了婆家；捉拿起来的神汉神婆刚刚释放即被连夜请上了神坛；没收退还的“高利贷”神不知鬼不觉回到债主手里……而且，无论大户小户、文士粗人，无一表现出所期待的拥护的热情，许多人恐惧骇怕，一些人冷眼旁观，不少涉事人家则往往公开辱骂或激烈对抗。而且，三边地面上流言飘传，说这是“吃饱了撑的”，是“狗撵老鼠多管闲事”，是“吃了疯狗肉”。

白文翰说，虎城，是骡子是马你得拉出来遛遛，闹腾这些虚的没用！

未久，军方即实施了强悍的或是公益的行动——

定边县堆子梁教堂的高神甫，首先接到一纸措辞严厉的公文，命令他们废除私刑，减免地租，并限期缴纳糜谷二十石、大洋五百块的罚粮罚金；盘踞在三边境内的宁夏马家势力的盐政局被一举捣毁，花马池、苟池等几个盐湖的所有权、管辖权、经营权回归三边，由军方与定边县署联合设立盐务局共管，并颁布降低盐税税率和废除垄断经营、准许自由贩运的新法程；军方颁行新政，从盐税收入中拨出专款，派出督导组，于定边、安边、柠条原等地督导办学……

第三年春上的一天，杨将军邀请白文翰、李函玉、王文舫几个好友喝酒，白文翰一杯一杯喝着，闷闷不乐。杨将军摸不着头脑，问道："白大哥，谁又招惹你啦？"白文翰踌躇半晌，终于开口："虎城，我知道部队开销大，老弟你手头也紧，可众到五处的学校都建起来哩，在柠条原小学你还亲自题写了'为民育才'的牌匾，为甚撇下镇边小学堂不管？学堂如今还沿用晚清时的那个崇正书院的校舍，风吹雨敲，墙倒房歪，破塌得不成样子，县署历届知事借口财政拮据、无力整修，撒手不管——可你虎城得管呀！"杨将军说："好事嘛，小弟正有此打算。不过，你得问一问你们的董知事。"白文翰不解。李函玉笑说了缘由。原来，新任董知事也是关中蒲城人，因与杨将军政见不合，素无往来，虽闻杨将军斥资兴学，却不甘觍颜相求，以致于此。白文翰说："为了个人的面子，耽搁了娃娃们的一辈子，这闹得甚事？"杨将军羞惭，说："白大哥所言极是，男儿当负天下之重，当有大格局，是小弟鸡肠鼠肚啦！——这就动手！"随即传令从盐税收入中再挪支一千银圆，交由龙头大爷亲自掌管，负责镇边小学堂的扩建重修。

白文翰获取款项后，想把盘子做大，与董知事商议，组建了校董会，聘请老贡爷、龙州堡阎老总、宁塞堡章杰儒等知名士绅和富庶人士为校董，发起捐输。老贡爷带头捐银圆二百块，李函玉以商会名义捐五百块，白文翰捐一百块，阎老总捐一百块，章杰儒捐一百块，其他校董均有捐献，新建学堂的经费得以全盘落实。白文翰以执行董事的身份领料并参与了营建事体，在完成勘察、规划、设计后，全部拆除危房，筹备砖瓦木料，雇请匠工，动工开建。五个月后，一座青砖灰瓦颇具规模的高等小学堂终于落成。

校董会择优招聘先生，新置一茬桌椅板凳和笔墨纸砚的设施、用具，择良日吉时举行落成典礼。杨将军受邀专程赶来，只带两个卫兵，入北门即下马，步行进入校门。他头戴礼帽，身着长袍，一副士绅打扮，见过董知事和乡绅们，一一握手问好。一番推让，董知事宣布典礼开始，几挂鞭炮燃放，学生方阵和围观的人群发出欢呼之声。董知事恭请杨将军发表讲话，杨将军却恭让老贡爷先讲。老贡爷从椅子上起来，没有去前台，站在那里，捻着雪白的长须说："管子曰：'一年之计，莫如树谷；十年之计，莫如树木；终身之计，莫如树人。一树一获者，木也；一树百获者，人也。'国家、民族兴旺在于少小，杨将军功德无量！"台上台下齐声喝彩。杨将军向台下深深鞠了一躬，发表了关于时局、关于革命、关于教育、关于人才的演讲，博得阵阵掌声。董知事原先算计杨将军必定会大张旗鼓而来，反客为主而行，未曾料及这位鼎鼎大名的老乡如此轻车简从、礼贤下士、态度谦恭，及至听完他一腔热血、慷慨激昂、忧国忧民的讲话，早已折服，自觉惭愧难当。

不久，风传西北军冯玉祥将军发动"北京政变"。接着，井岳秀通电拥护，出任陕北国民军总司令。杨将军被任命为前敌总指挥，决定率部南下回师关中。开拔前夜，杨将军特意请来白文翰、李函玉、王文舫三个人，在柠条原兵营设宴款待。杨将军拿出一罐陈年秦酒，分四个碗倒开，念诵了自己二十多岁时所作的一首诗：

西北山高水又长，男儿岂能老故乡；
黄河后浪推前浪，跳上浪头干一场。

四个人神情激动，共举酒碗，当啷一碰，一口气喝尽。第二天，李函玉和王文舫将倡捐的粮食、物资交付部队，与杨将军道别。白文翰却带了十几个三边堂的弟兄随部队南下。几年后，就有打动人的故事在三边流传：

河南镇嵩军首领刘镇华率领十万大军向西北民军发起进攻，一夜之间包围了古城西安，形成"二虎守长安"的危局，两下里（两方）相持达八月之久。从初秋起，城中粮米告急，开始吃麸皮、油渣，继之杀狗宰马勉强维持，直至树皮、老鼠、虫子食尽，数万贫民活活饿死；尸体柴捆子一样垛在城墙下，脓血横流，蛆虫遍地，惨绝人寰。仲秋的一天，白文翰在北城门楼观察敌情，一个念头从心中闪过。城外驻扎了敌军的一个先锋营，掌管一处物资供应点，两日前运抵一批粮食，因围城旷久，防备懈怠。白文翰与守城军官相商，组织了一支二百余人的敢死队，经过临时演练做好了突袭准备。第二天，敌兵午睡之时，突然城门大开，白文翰挥着牛耳大刀率队冲杀，潮水般涌入敌阵。敌人猝不及防，一百多人被歼，余者溃散。敢死队打开粮仓抢出米面两万多斤，旋即撤回城里。这批米面缓解了燃眉之急，守军信心大增。杨将军闻讯赶来，重重拍击着白文翰的肩膀，说："白大哥，你真是贼大胆!"

未久,西安之围解除。这个时候,家中传来父亲病危的消息,白文翰伤心落泪,决计辞去粮台官一职,脱离戎马返回三边老家。临行,杨将军亲自送出北门外五里之远,赠送大洋六百,又将自己的一把防身手枪相赠,说:"白大哥,带上家伙,权做个纪念吧!"

此后大约十年头上，又有一则故事流传：共产党领导的中央红军经过两万五千里的跋涉进入陕北地界，毛泽东审时度势，欲与杨将军达成默契，互不侵犯，共同抗日。当获知白文翰与杨将军交情甚笃，毛泽东和周恩来曾于腊月从保安县派出时任中央外交部特别联络员的白志坚代表中央去请父亲白文翰出山当说客。白文翰没有推辞，过了年即骑着一匹骡子南下关中，于西安止园面见杨将军。他坦言毛泽东的主张和中共南方红军落脚陕北后的所作所为，没好气地质问杨将军说："虎城，你革了多少年命图的是甚？为甚放着破开国门，骑上脖子的小日本不打，偏偏跟北上抗日的红军过不去?"杨将军望着这个心直口快的老大哥，表示一言难尽，却动情地说："白大哥，你放心回去，我不会把你的话当耳旁风!"

月娥听从了老贡爷的规劝，决定让壮壮去镇边高等小学堂继续念书。当月娥低着头给儿子一针一线缝书包的时候，壮壮兴奋得一冲跃上一丈多高的墙头，打了一个尖厉、响亮的呼哨，呜里哇啦乱吼一气。月娥疼爱地瞅着墙头的儿子，嗔怪道：“天爷爷哟，你都十五六的后生哩，还像个费缰绳的驴驹子!”

自从徐二驹去了银佛坪章家，月娥的负担沉重了许多，除了照料章家的庭院，还得侍弄庄稼，照顾父母，实在顾揽不来，家里的二三十亩坡地撂荒了大半。老赵毡匠终于抵不住病灾的持久折磨抚着弹毛大弓死去，死在女婿家的炕上——这些年，抓药看病，他挣下的几十亩坡地和接面子窑洞的业产都变卖了。抬埋死人的钱，按说应由儿子负担，可两个哥哥子女多、拖累大，穷得吊鼻子，连棺木钱都凑不起，月娥是个孝女，贴补了大半，家底抖空了。办完丧事，赵刘氏跌了一个猛跤，得了中风，半身不遂，便溺不能自理，连说话也变成了“嗷呜嗷呜”。两个儿子商议，打算接母亲回家养老，一家轮一年，赵刘氏表情愤怒，连连摇头，嘴里含混不清地吵吵着，用手指自己，又指月娥。月娥说：“二哥三哥，妈不愿跟你们去，还是我伺候养活吧!”赵刘氏连连点头，安静了。事情就这么定下，两个儿子叹着气羞羞臊臊走了。

赵刘氏瘫也瘫了，嘴头上却不省事，成天抱怨，抱怨老死鬼当年搬家冲撞了太岁，惹得祸事接二连三，白眼狼的老二和老三娶了婆姨忘了娘、不来觑一眼死活，两旁世人个个嘲笑她、都欺负她瘫哩，邻家的狗跟上了毛鬼神、半夜里咬得太凶；要么就是叮咛月娥给章老爷家擦碗架时注意抹净边边角角，出了大门记着上好那把铜锁，最要紧的是出出入入手脚要放干净……这些反反复复滔滔不绝的话语，几乎中间每隔两三个音，全都 夹塞了“嗷呜嗷呜”，这是壮壮听了无数遍后删掉无用的部分整理出来的。他倒是有应对的办法，烦得要命时就躲出门去。月娥的耳朵则早磨出了茧子，受不了折磨时就冲她娘恶狠狠地发凶，手里捏一根穿了线的胖针，诈唬要缝嘴，缝住这个黏罐子，老婆子就吓着了，就把嘴捂住，把头蒙住，乖乖地躺在那里。可是隔上一半天，老婆子仿佛浑然不记得一样，盘踞在脑壳里的顽固东西复活了，又开始放肆地嗷呜嗷呜起来。

又一个药罐子趴在炕皮，徐家的光景日月黯得发霉，而月娥却坚持让儿子壮壮去念书。壮壮的伙伴一个个去念书了，壮壮水汪一样的眼眸里流泻出软软的羡慕，她不忍心看见。这个决定得到徐二驹的坚决支持。

壮壮念了两年初小，却死也不念了。于是，开始做饭，捡柴，拾粪，担水，背粪，掏地，锄耢，收割，打场。许多的营生，从给母亲打下手到母亲给他打下手，不断发生着角色转换。月娥只一样事不让儿子插手，那就是给赵刘氏揩尻子、换内衣、擦身子，还有洗刷屎尿毯子，壮壮说他不嫌脏臭，月娥还是一直不依。

而在今年春天里，这个家终于迎来了雪亮的光明——赵刘氏在嗷呜嗷呜的啼声里气竭而死。月娥痛快淋漓哭了一场，感觉彻底解脱了，才重新拾起过活的信心。

吃罢早饭，月娥从箱子里取出一套新衣和一双半新的纳底鞋，笑眯眯地瞅着儿子一件一件换上，又拿起梳子蘸了清水给他梳了头发，用濡湿的破毛巾揩了一遍脸，这才摩挲着他的脑袋安顿说："打今儿起，你就成了文脉人，把贡爷起的那个官名再用上，省得人家笑话！"壮壮尽情地享受了母爱，顽皮地说："妈，你先叫一声，我听听。"月娥甜滋滋地叫道："徐——壮——民——"

"噢——"

徐壮民去学堂缴了费报了名，直接上了初小三年级，书包里装了新发的国语、算术、修身、常识一些课本和文具，还有一摞仿纸。先生说今年新报名和转校过来的新生多，还没开课，让他回去准备准备，赶后天八点准时入学。校园里，徐壮民远远望见了李安桥和白志坚，两个冲他招手、扮鬼脸——都是儿时的伙伴，赤尻子耍大，如今人家已是高小六年级的学生了。他心里产生了一种莫名的失落和沮丧，朝两人挥了一下拳头，不再理会，拎着书包出了校门，径直朝章家院子走去，打算相帮母亲里里外外清扫一遍一起回家，或者像以前一样待在章家东厢房里看一会儿书。

章家院子空落了多年，家里的老式家具原封未动，铺盖、锅碗也都留着，时常有家人或下人进县城办事或路过就在这里歇住。晚间固定照门的是城里一家食堂的大师傅杨德生，徐壮民叫他“杨叔”。徐家和杨家相处友好、默契，一家遇事，另一家自觉顶替照料。一墙之隔是老贡爷的庭院，临街三间平房就是济世堂医馆，见天人进人出。徐壮民没事时像父亲当年一样经常过去做些杂活，与一家人相熟。他和李安桥、白志坚几个三六九地在这条街上或章家的院子里玩耍，“扛角子”“打马城”“打毛猴”“甩泥炮”以至爬树掏鸟、摔跤打架、拔河角力，没有人能敌得过他，是一个以“费事”出名的娃娃头。

徐壮民一路乱七八糟地盘算着，觉得自己已远远地落在了伙伴们的后头，得好好念几年书趱赶。进入大门，见外头已清扫得干干净净，正准备去里屋相帮拾掇，母亲说自己一个人就行，让他只管读书去。徐壮民也不说什么，钻进东厢房看起书来。

前晌时分，大门外的街道上远远传来嘚嘚的马蹄声和叮当的铃铛声。那铃铛声脆生生的，响亮悦耳，低头看书的徐壮民心间打了一个激灵，似有一种说不清的预感倏然飘来，不由自主跑出了大门。街口过来一队掮枪骑马的人，两个模样英俊的少年在前边骑行，好奇地四下里观望，显然是头一遭过来。马队中间，是两匹骡子驾行的一顶轿窝，上搭篾篷，下结绳兜，褐红的绸帘四四方方遮蔽形成一个穹隆，里头不知坐着什么人。骡子朝前行走，轿窝颠簸摇摆，就像一只小船在起波的水中漂荡。徐壮民伫立在大门口，目光痴迷，直到一个少年大喝一声“滚开”，他才慌忙躲到一边。轿窝行至大门前停下，两个轿夫从两侧把稳，帘子掀起，从中钻出一个穿了一身绸衣的美丽少女，一个大丫头急忙上前搀扶，少女已然自个儿跳下来，款款走了两步，瞅见徐壮民正出神地凝视着自己，咯咯笑了一声，飘进院子。徐壮民明白了，这一拨人是章家的人，听父亲说过，大少爷叫章廷芝，二少爷叫章廷祥，还有一个特别聪明精怪的女娃叫雨枝。他没有在意别的人，眼睛里只看到一个如花似玉的少女，而这个少女拨动了他的某一根神秘的神经,他觉得怪怪的痒痒的。这会不会就是雨枝？带着这样的疑问和一种莫名其妙的熨帖舒悦,徐壮民径出南门回家去了。

章家送子女念书阵势不小，黄昏时分，宗管家骑着一头脖子上绕了红丝缨子的大黑叫驴也进了院子。这是一个长着一颗明光灿烂的秃脑袋的中年人，鹰钩鼻子又大又长又尖，从脸部中间生猛凸起又匍匐延展拉长拉低，显示出一种阴险和智慧。宗管家坐在东厢房炕头吃饭之时，下人已将黑叫驴喂饮过了。黑叫驴饱食之后，恢复了精神，胯裆里的阳物自然地耷拉下来，时而壮大如棒，盲目地捶打肚膛，尽显阳刚之气。章廷芝和章廷祥在院子里玩耍，指指戳戳，傻笑了一回。这头驴是东路的“葭米”种驴，与骒马交配所产的驴骡显示出杂交优势——个头高大、性情温顺、耐久力强，是难得的役畜，因而一直喂养在章家堡寨的厩棚里，并成为宗管家的坐骑。宗管家行事老练敏快，吃罢饭，一边抽水烟一边向几个下人安排了伺候饮食起居的职事，一一叮对清楚。第二天，他骑着驴早早去了学堂，为章廷祥和雨枝报过名、领上书本文具仿纸，顺路从商铺给即将过来陪读的三太太籴回一摞铰窗花的花花绿绿的油光纸。之后，又带着下人，往返几趟，从市场、店面置办了一茬米面、肉食、菜头、调料，还有柴炭之物。他斜躺在东屋炕头一锅一锅抽水烟之际，一切已安置得妥妥帖帖、清汤利水了。吃罢早饭，宗管家爬上黑叫驴的脊梁，嘚啾嘚啾地吆喝着，赶回银佛坪去了。

雨枝是学堂唯一的女生，自然是一道醒目的风景，也很快成为大街小巷市民们指指点点窃窃议论的对象。令徐壮民觉得意外的是，雨枝和章廷祥也念了三年级而且同自己分在一个班里。开课这天，他陷入兴奋和欣喜之中，先生讲了些什么，根本没有听进去。听母亲说，章家老太太下了命令，要三太太过来专门陪读，大少爷带着马队到安边堡接人去了。徐壮民想象着三太太的模样，认为必定和雨枝一模一样，从此能与这一对美丽可人的母女相处，心里充满了不可名状的憧憬。

日头登上西山顶，从西山寨高耸的庙脊无声滑落，镇边城的街巷就沉浸在后晌的阴凉中，只有远远的东山坡上还逗留了几抹零散、亮丽的日光，一蠕一蠕向山顶爬去。学堂传出几声懒散的铃铛响，放学了。章廷祥在前头走着，雨枝背着书包一路蹦蹦跳跳，徐壮民不远不近溜达在后头。穿过街口到了章家大门前，雨枝朝后望了一眼，问徐壮民说："你是谁？你家在前面？""我……"徐壮民瞅着大门停住脚步。月娥从门里出来，一边向雨枝问好，一边嘱咐儿子："壮民，你先回家去，三太太到哩，妈还得一阵子。"雨枝听说母亲来了，欢喜得双手一拍，却又惊讶地笑道："原来你是月娥婶子的娃娃？"这时，三太太推开半掩的门扇走出，抢上几步，一把搂住女儿，高兴得眼泪婆娑，亲热了一阵子。她稀罕地瞧着流连不去的徐壮民，说："你就是徐师傅跟月娥大姐的小子吧？又是雨枝的同学，快快回家坐一会儿。"三太太果然模样俊美，温和可亲，徐壮民心里水波荡漾，也不看母亲的脸色就拔腿进去了。

章廷芝从上房钻出，打量着徐壮民说，这不是那天堵在大门口的那个小子？当弄明白怎么回事，他掂量掂量徐壮民结实的身体和高高的个头，嘴里啧啧有声，说："你干脆不要念㞞书哩，跟我当兵扛枪去！"说着，将徐壮民拽回屋，提出比试掰手腕。三太太和月娥在院子里拉话；雨枝笑吟吟地钻进屋里看他俩如何掰手腕，章廷祥也从侧屋过来看热闹。

章廷芝不容推拒将徐壮民搽在饭桌一头的椅子上，自己在对面坐定，伸出右手，说："小子，来！"徐壮民不觉技痒，也不说什么，伸出右手迎上。二人依游戏规则互相紧紧扣在一起，肘部各自抵在桌面上。章廷芝喊道："一——二！"二人同时反方向用力，相持良久，却是谁也掰不倒谁。雨枝和章廷祥不由自主向章廷芝这边扭腰拧胯鼓劲，也不济事。章廷芝见不能取胜，提出比试左手。二人又掰扯一气，结果一样。他兴致勃发，揩了一下脑门上的汗水，把后腰裤带上别的手枪拔下交给章廷祥拿着，又提出去院子里鞑子砍跤。徐壮民二话没说跟了出去。月娥见状慌忙上前，训斥儿子说：“你这娃娃愣头愣脑，咋敢跟大少爷掼跤！”徐壮民说：“那就算哩。”章廷芝不依不饶，说：“好不容易碰上个对手，今儿要一回，非得比个公鸡草鸡！”徐壮民也有同感，心劲涨起，说来就来！二人脑袋抵着脑袋，胳膊互相缠住，扯前退后，各显本事，扭作一团，像两头狂躁的牛犊顶来顶去，结果竟然还是谁也撂不倒谁，却谁也不肯撒手。摔得正酣间，章廷芝忽然用异样的眼神望着对方的身后，徐壮民不知是计，叼空回头一觑，章廷芝一个扫堂腿打来，扑通一声，把徐壮民扑倒在地。他乌溜溜的眼睛眯得细长，嘴角翘起，一副明显的挑逗、戏弄和得意的表情。徐壮民气恼地说：“你耍诡计！”章廷祥笑出了泪花，说这叫兵不厌诈！

第二天早上，学生们端端正正坐在教室里聆听先生讲课的时候，窗外传来马蹄声。接着，教室的门被人嗵地撞开，章廷芝从外头大模大样进来，手里拎着一根马鞭。先生和学生们大眼瞪小眼，弄不清楚咋回事。他叭地甩出一个脆响，喝道：“你们竖起耳朵听着，以后谁敢欺负我妹子跟我兄弟，小心老子把你狗日的抽死！”他一边说着，一边竖眉立眼扫视一圈，见学生们个个吓得不轻，很是快意；又摇头晃脑对着讲台上发傻的先生说:“老夫子你不要怕,好好教你的书。——雨枝、廷祥,好好念书,大哥走嘞——”说罢,昂首阔步出了教室,翻身上马,驾的一声,飞驰而去。

章家新宅经过两三个年头的建造，终于大体落成。这是一处四合头的层次分明的三进院，坐落在安边城内的东南位置，占地十数亩。门楼是一座牌坊式石材建筑，高大雄壮，青石头戴呈歇山式，雕刻精美，瑞兽远眺，气势恢宏，显示出绥德、米脂一带东路匠人细腻的手艺和卓越的匠心。更抢眼的地方，是大门外头两只蹲守护卫的石狮子，体格壮猛雄健，口衔巨珠，逼视前方，做狮吼状。进入里院，迎面一堵庞大的影壁，上雕一丛枪戟枝杈的青竹，以断鬼魅来路；一左一右两排倒坐南房，设有传达室和侍卫室；东西各建一排排对称的营房、厩舍，可容纳几百号人马；院子中间是一个狭长的带廊房的过厅，青砖灰瓦，飞檐斗拱，设有会客厅。过廊向北伸进西正院，正房为抱厦式建筑，厢房一色硬山明柱出檐式，是章杰儒一家的住所，眼时还空闲着。西厢房一头建有一座大餐厅，形如伞盖，别具一格，可容纳百十人一同进餐。东北一道月亮门通进东正院，是章鸿儒一家的住所，规模、格局与西院相仿，只在正北靠东多了两间祠堂。这一处豪宅倾尽章杰儒的心血，在安边城属于头一份。没有人晓得章宅耗费了多少银两，却都晓得章家的钱掌柜是老二，而老二又是一个极其有责任心的人，是他与东路的大匠人们一起完成了大宅的规划设计和建造施工。坊间传说，章家老大管外事是打天下的，老二管家事是守江山的，弟兄俩在祠堂立下重誓，说好一生一世不分家。

章鸿儒谋量一桩事已经很久了。此刻，他正与王文舫坐在东正院客厅的靠椅上闲谈，一边啜饮着砖茶水。两人神态轻松悠然，说说笑笑，显示出彼此已是熟不拘礼了。

自打离开银佛坪当了团长，章鸿儒走过西安、银川、包头几个大地方，深感世界之大，豪强林立，踏出三边，章家算不得什么。经过多年的谋量算计，他的目光只盯在三边，为此在安边城修建了大宅，盘下了几处门面铺子和一处叫万发店的骡马店，还在安边东滩置买了上千亩土地。据说，早先时候，井岳秀曾打算调动章团的驻防，被章鸿儒堵了回去，因而受到冷落。这些年，章团只得到仅够维持一半人马的军饷配给，其余的空缺通过定边县署和安边商会从盐税和摊派中筹措，扩展人马受到极大限制，兵员维持在三百人左右。部队缺少马匹，装备落后，弹药不足，无力与井部嫡系抗衡。章鸿儒已年近半百，自感老之将至，称霸三边的夙愿恐难实现，就将目光移到儿子和侄子身上，已向章杰儒表明了态度，让他早做打当。弟兄俩形成一致认识，既然一个厌恶读书，那就索性放开手脚让他去闯荡磨砺；一个喜欢读书，则可学为强人，徐图前程。为今之计，就是掌控安边周边，扎稳营盘。安边堡有多支民团武装，其中一支实力不可小觑，团总王文舫兼任商会会长，精明强悍，心机极深，不好对付。章鸿儒见过他的大女儿王雅芝，年龄十八九，模样稍嫌丑陋，却是贵慧娴雅，知书达理。他已深思熟虑并放出口风，有意与王文舫结为顶头儿女亲家。

章廷芝依着父亲的嘱咐，再次返回安边城。在他拎着马鞭进入章家大宅会客厅的时候，章鸿儒吹去水烟壶烟钵里的灰渣，指着儿子向王文舫介绍说："文舫贤弟，这就是犬子，已是虎背熊腰的大后生哩。"章廷芝躬身施礼问好。王文舫见章廷芝英俊潇洒、一身虎气，满心欢喜，却不动声色，岔开话题，和章鸿儒说道一些筹款养军如何如何不易的屑事。章鸿儒让儿子给客人敬烟、点火、续茶，章廷芝见客人身份尊贵，一一依礼而行，王文舫不住点头。工夫不大，王文舫客气地告辞，拍了拍章廷芝壮健的肩膀说："后生可畏，持重练达！""还得请文舫贤弟日后多多指教！"章鸿儒笑着说。送走客人，他哈哈笑着，对儿子说："你王叔家大业大，既是团总又兼商会会长，你看做你丈人咋向？"章廷芝随口说："听说王家女子比我大两三岁，哪有婆姨比汉大的？"章鸿儒说："俗话说，女大三，抱金砖，这不正好。"章廷芝说："他家女子长得俊就行长得丑就没门儿。"章鸿儒呵斥道："混账东西，女人再漂亮再好看，你还能把她搁到碗架上天天瞅？木墩子粗陋，倒是可以稳稳地坐在尻子底下。只要你坐得稳实哩，世上好女人一茬一茬的，还愁找不到第二房？"章廷芝有些不服，却不敢犟嘴。"亲事就这么定哩，找个媒人跑跑腿动动嘴，赶年前娶过门。"章鸿儒说，"大丈夫行事得动脑筋，着眼大处远处，娶媳妇结亲家大有文章！"

章廷芝从安边返回银佛坪不久就黏上了马倌徐二驹。事出偶然，他去马厩瞎溜达，无意间发现厩里的马在尿尿屉屎的时候竟然无一例外地自动走到窑口的沙坑边完成排泄，再觑瞅别的马厩情形也大致如此。于是，他非常好奇，凑上前拽住徐二驹的衣襟问道：“徐叔，这些马为甚溜达到一个地方尿尿屉屎?”徐二驹端着簸箕在槽沿埋着头添草料，不经意地说：“牲口有灵性，跟人一样听话。”章廷芝说他玄谎，徐二驹也不搭话，他对大少爷没有多少好感。章廷芝瞅了一会儿，发现无论徐二驹走到哪个厩里的哪一匹马跟前，吆喝一声，马十分听话，乖得像绵羊，并且个个显出一副欢欣、亲近的模样，心里更觉神奇。记忆里，这个闷声不响的马倌是爷爷亲自挑选的，父亲和叔父也另眼相看，所开的工钱比哪个伙计都高，自个儿打小就与众不同地称呼他“徐叔”。恍惚间，章廷芝似乎觉得马对于自己必定和枪一样不可或缺，一种冲动涌荡，喊了一声：“徐叔，我要拜你为师!”徐二驹不敢相信自己的耳朵，怔怔地望着他。章廷芝就要行拜师礼，徐二驹这才醒过神，连忙拦住，说：“这算什么本事，还要拜师?大少爷有兴致的话，以后就多给你念叨念叨。”

这几年，章廷芝使拳弄棍、骑马打枪，练就了一身好功夫，三五个人近身不得。章杰儒认定他是个武将的材体，刻意打磨、雕琢，已将带团的事一点一点托付，期望他顶起大梁。章廷芝成天和一股团丁混在一搭，也学会了不少技艺，诸如打扑克、打麻将、玩和牌、掷色子、摇单双、押明宝，无所不通且般般都是高手，团丁们的钱让他赢了不少，都㞞他，据说连吴起镇上要老千的赌博汉也㞞他。他酒量也蛮大，斗酒“打杠子”一招最是厉害，眼疾嘴快妙到毫巅，你喊“鸡”他就是“老虎”，你喊“杠子”他就是“虫”，节奏有时候似乎慢了针尖大的一丝丝，却不易察觉，因而战无不胜。只是有一样不敢沾染，那就是烟土。章鸿儒瞪着牛眼屡屡发下狠话：你小子若敢抽上一口，老子一枪崩出你的花红脑子!章廷芝酷爱玩枪，两年前，后腰牛皮裤带上就别了一把撸子。他的枪法是在尚武精神的激励下，跟打弹弓一样苦练出来的，左手不输右手，举枪十中八九，这令章鸿儒兄弟俩颇为满意，也令团丁们折服。叔父当团总，他自然成了副手，一声令下，莫敢不从。在这座阴森森的石寨里，他带兵的权威地位正在一步步完成奠基，团丁和下人们的阿谀奉承、乖巧逢迎好似田里滋润禾苗的水肥滋润着他的狂傲、凶悍和放荡。他的身体发育已趋成熟，开始有意无意地瞄扫年轻女人，并有一则笑话传出：当某日早上醒来发现自己的牛子莫名其妙变得硬邦邦时，他觉得好玩又有些紧张害怕，就去向祖母打探个中曲直，章刘氏在他的脑袋上拍了一掌，乱笑一通，说婕婕的宝疙瘩想媳妇嘞！

当章廷芝从徐二驹口里获知马匹固定地方尿尿屉屎是经过长期调教驯服所养成的习惯后，他愈加着迷，想探取更多的学问。经不住死缠烂打，徐二驹将关于如何相马如何通过口齿判断马的年龄如何接近亲近马匹而友好相处如何从小马驹开始调教卧倒站立起跑后退，一一讲给他听。而关于马的睡觉马的眼力马的耳力马的鼻嗅，徐二驹更说得神乎其神。他说马随时随地可以睡觉，即便是站着也能入睡，睡觉时总是睁一只眼闭一只眼；说马眼至多能看一里远近，可长了一双夜光眼，漆黑的夜里也能看清东西；说马的耳朵十分灵光，马耳转动必定有动静；说马鼻子特别灵敏，几里之外即能闻到水草气息，即可识别主人，识别臊烘烘“起槽”的同伴。有一天，章廷芝听得发痴，一时兴奋从家里找出一包烟土塞给他，徐二驹吓得脸色如土，连说：“使不得使不得！”他晓得那一包烟土值太多的银钱，无论如何拿不得，却也被大少爷的诚意与大方所打动。令他不解的是，大少爷咋会对牲口和喂牲口的下人发生兴趣？一种被抬举受崇拜的熨帖、奇异的感觉让他容光焕发，心境难平。他是一个谦卑、谨慎而自信的老伙计，靠一手侍弄马匹的绝活连着赢得东家三代主人的信赖和青睐，二十余年和睦相处，在章家所有伙计中占了独份。章杰儒主管家事，眼里揉不进不入辙的马糊事，二人打搅最多，竟从未斥责过他一回。结算薪俸更是通情达理，薪俸讲定是年俸，年终不以老例量盘旧粮折算，而拿现银结账，自是体悯他往返一趟的不易。还不止于此，平时只要开口，可以随时支借一些以应家中的紧急。发生在寨里寨外的大事小情毕竟太多太多，徐二驹自觉不自觉晓得许多许多，但他恪守伙计的本分，嘴上挂着一把铁锁，从不碎嘴碎舌，这又成为赢得东家好感和信任的另一个长处，连常年在外的章鸿儒都说老徐实受靠谱没一点麻达！徐二驹心安理得拿着薪俸，也十分珍惜这独一份的关系，小心翼翼维护着。眼下，既然是大少爷喜欢马，麻缠着学艺，那就尽心尽力教授吧！

整整一个秋天及至冬闲时光，徐二驹手把手向大少爷传授了许许多多关于识马相马喂马驯马骑马的学问和经验。大少爷超人的记性和悟性令他惊异不止，叹息这个后生怎么就不把心思放在求学上进的正事上，整天赌博喝酒、骑马打枪，不务正业不走正道？徐二驹独居马号睡不着觉的时候常常感到困惑，自己早起晚睡喂牲口，一年挨过又一年，远离妻儿，饱尝离别之苦，像一个孤单的照庙和尚，连拔腿走人的权利也没有，人与人的差距咋就这么大？他依据人生经验很快找到了具有规律性的达观的答案——人各有命，富贵在天。自古至今，世上有一大茬人天生下来就是圪蹴在地上靠吃苦过活的，而有一小茬人天生下来却是圪蹴在头上靠吃人过活的。他坚定执着、心地踏实地拨拉着自己的算盘，勾勒着人生的蓝图：再熬几年，攒一笔钱，给儿子壮壮娶一房媳妇！

早在深秋时光，就有一桩公案到处传扬。老庄窑子教堂的洋人执事戈云密被人戳破喉管死在沙窝里，裆里的鸡巴也被割掉，死雀儿似的丢在一边，腰里别的匣子枪不见了。小桥畔教会组织派出武装教徒侦缉凶嫌，又知会县署和柠条原驻军要求协查，却始终未能获取任何有价值的线索。教堂方面情知戈云密平素不遵教规，喜欢饮酒，酒后经常持枪外出，游走猎色，瞅见独行的婆姨女子每每小恩小惠诱奸或强行奸污，恶名在外，于是判断此案系仇家所为，不敢过多刨掘、声张，案子不了了之。

石云秀和冯孝先突然间双双失踪，这些日子，石掌柜像睡在圪塄上，担（硌；困）得慌。经李函玉提醒，他骑着骡子去新城堡、镇罗堡的亲戚家和儿子的朋友家打探了一圈，竟发生同样的事情，亲戚、朋友家的几个后生在石云秀来过后一个个失踪了。石掌柜又转到镇边城外的白家。白文翰与石云秀也是拜把子弟兄，还系着干亲——石云秀的婆姨多年不产，抚养了白家的二女儿。白贺氏一脸惊诧，说：“掌柜的还在关中杨将军军营做事，从未回家，他石干大也没来过。”她心里牵挂着二女儿，叨叨不休，一同焦躁起来。石掌柜只得强装笑脸反过来安慰一番，心里越发不是滋味。

他疑虑重重，回到柠条原，向李函玉倒了一通苦水：“这混账小子把婆姨娃娃撇下，怕是哄伙一帮人当土匪去哩！”李函玉倒是不急不躁，揣摩着说：“云秀幼时胆大心细，顽皮至极，向为娃娃头儿，善于交往，好打抱不平。又读过三年私塾，肚腹里有些墨水，常见他手捧《水浒》《三国》，说古论今，谈吐不俗，志向不在稼穑。由此看来，当是投军，决计不会为匪。”石掌柜十分沮丧，说：“羞先人哩！我石家世代务农，安分守己，名不大户不小，咋出了这么一个忤逆子？他还学会了赌博，大前年，跑到镇罗堡一个赌场去混，跟人家押宝；输了钱，揪住出宝的赌博汉，撅骂人家出老千，踢倒就打，直把人家腿打折！害得我赔情道歉，出了不少钱才私了哩，这事我一直捂着，也没脸给你学说！”李函玉说：“这都是小节，年轻人嘛。我说石哥，时逢乱世，云秀志在高远，忠孝不能两全，你就不要瞎急躁哩。”石掌柜说：“我家两代单传，至今没添一个男丁，这一尥蹶子走哩，谁晓得将来是红是黑？还有，我那外甥女把孝先托付给我这个当舅舅的，如今也撇下婆姨娃娃瞎混去哩，一旦有个七长八短，我哪有脸见我那死骨殖的妹子！”李函玉宽心说：“云秀年过而立，为人行事当有分寸，不会乱来的。”石掌柜摇头叹息，泪水长流。

石云秀带着冯孝先在沙窝钵子诛杀了戈云密，得了一把大肚匣子和二十余发子弹，连夜哄伙了事前秘密串联好的表弟商云桂和十多个拈香拜识，携带鸟枪、马刀、矛子，窜往南山落草去了。几天后，他们来到镇边、保安与甘肃华池县的交界地带，这里地处边远，山大沟深，梢林茂密，而几道河川两侧的山崖下却是人口稠密。这一伙强人昼伏夜出，蒙头遮脸，踹门砸窗，专吃为富不仁的大户人家，抢枪劫财。时候不长，抢得十来杆老毛瑟、老套筒、五眼钢的长枪、猎枪，还有几把撸子，新入伙七八人，积攒下一笔银钱。冯孝先念念不忘家仇，依着他的主意，他们长途行进潜入银佛坪背山，欲对章家下手。侦探几天，见寨墙高耸、防备严密，又惧章家枪械精良、人强马壮，只得作罢。寒露前后，石云秀认为这片地方经过一阵子翻搅人心惶惶，富豪之家均加强了防范戒备，不可久留，于是率部北上，进入镇边县东南芦关岭的小河、天赐湾一带地区活动。不久，突袭了盘踞在老鸹山上的一小股土匪，枪毙匪首，收服匪众，占山为王。后来，石云秀打出“陕西绥靖保安团”的旗号，整肃军纪，申明拉把起事绝不是做土匪，严令不许糟践欺负老百姓。他们以“治安团”的名义缉匪拿盗，断处纠纷，维持治安，形成一个方圆百十里的势力范围，流匪再不敢滋扰。地盘稳固下来，石云秀又谋量壮大实力，扩展影响，便插起招兵旗帜，当地揭不开锅的穷汉小子纷纷投军，人数很快就发展到四十余人，人手一杆枪。

初冬时光，石掌柜终于打探到儿子的下落，骑了一匹骡子跋山涉水赶去。这天前晌，他进入老鸹山的一孔大石窑里，石云秀早已背负一束刺条跪伏在地。石掌柜脱下皮袄，二话不说，左右开弓扇了儿子几个耳光，口里骂道：“老子亏人哩，咋养下你这么个贼娃子！”石云秀满嘴是血，却一动不动，眨着大眼说：“大，你老人家想打只管打，多会儿打得手麻哩，熬哩累哩，咱再慢慢说道。”石掌柜气鼓鼓地坐在炕上，拒绝喝茶水，看儿子如何交代。石云秀唤来一帮弟兄，指名道姓一一介绍，问父亲说：“你老人家吃的盐比我们吃的米多，你仔细看看，哪一个不是正派的庄户人？哪一个又是祸害老百姓、杀人不眨眼的土匪?”他向父亲叙说了各人贫寒的出身和屡受乡绅土豪欺负的经历，讲述了自个儿铲除作恶多端的洋毛子执事后的所作所为，又历数当今社会官场腐败、军阀混战、弱肉强食、民不聊生的种种情形，申明他们一股人效法古来草莽英雄共举义旗，目的在于替天行道、除暴安良、劫富济贫、保一方平安，让老百姓过个安生日子。商云桂、冯孝先一股人一齐跪倒，指天发誓，表示甘愿追随石大哥闯荡江湖，绝不祸害百姓！石掌柜沿途已打听过“保安团”的名声，听了这一番表白，确信儿子这帮人没有干过伤天害理的瞎瞎事，默然无语。他木呆呆坐着，抽了一锅烟。——从儿子坚定不移的神情里，老汉意识到九头牛也拉不回这个犟小子了，眼下生米煮成熟饭，不论如何使悍性使家法也是枉然，便嗐了一声，一跳下炕，径出窑门，骑上骡子下山去了。石云秀打发冯孝先追来，递上干粮、水袋，他哞地牛嚎一声，却是接下了东西。

不久一天的傍黑时分，负责巡山的商云桂报告说，山下来了一股土匪，有六十多人枪，为首的叫郝老二，腰间别两把撸子，据称是在安塞川作了案被井岳秀部高双成团长的驻军一路追赶逃到这里。石云秀下令吹响牛角号,全体进入临战状态,把守了上山要道。这股土匪未敢闯山,宿在山脚。后半夜时,石云秀命人摸黑在各处山头插了旗帜,并对附近村庄和各道口居住的老乡如此如此做了安顿。他连夜写好一封信,找来商云桂细细交代了一番。

第二天前晌，商云桂腰间别着两把匣子枪，骑一匹马下了山。郝老二见一个信使竟挎着两把大肚匣子，不敢耍大。他目不识丁，又自矮三分，只好觍着脸请商云桂念信。在得知“石团长”愿与自己携手闯天下、大秤分金银，并许诺一旦入伙就让自己出任二当家后，郝老二眼也不眨，一口答应了。原来，他早间曾放出探子在周围村庄打探了一圈，晓得“石团长仗义疏财，人手过百，武器精良，威名远扬”，而自家仅六十来号弟兄，又因犯事被官军追剿而走投无路，如不归顺则无异于再树强敌。郝老二久历匪道，上山前又狐疑起来，便暗里遣人沿路探摸“保安团”的家底，结果无二，这才捉牢主意。

郝老二带领荷枪列队的弟兄进入山寨，“一连长”冯孝先所部三四十人鼓噪相迎。远处的场院里，有十几个庄户人模样的人正在跑操，商云桂说那是三连新招的一个排。未久，石云秀骑一匹高头大马带两个马弁从“二连”的山头视察回来，传令在聚义厅里摆酒设宴，款待新入伙的弟兄。大碗喝酒大块吃肉的侠义氛围里，郝老二无意间得知一个消息，说石团长前一阵子派出几拨人马前往绥德、榆林一带置买枪支弹药去了，将不日返回，心中的疑惑自此一扫而光。

郝老二一门心思劫财，入伙第二天，亲自领了十几个弟兄下山行抢，周围几个村庄传来抢砸、哭喊之声。晌午时分，他们斩获归来，牵着一头牛犊和十几只羯羊，拎了二三十只公鸡草鸡。郝老二吹嘘自己老辣的眼力，说从一户不起眼的人家的炕洞里搜出一包烟土！说着，脱鞋上炕，点燃清油灯，掏出大烟枪。石云秀当众称赞二当家行事干练、出手不空，却打定主意立马除灭这个孽障。他大声唤来商云桂，吩咐赶紧磨刀宰杀了这头牛犊，为二当家庆功！郝老二十分开心，将两把撸子从腰间皮带上摘下，塞进枕头底，优哉游哉过起烟瘾。石云秀向商云桂使了个眼色，借口有事出去了，商云桂尾随出去。过了一会儿，商云桂抱着一块磨石返回来，取下插在背上的马刀，蘸上水开始磨刀，噌噌一收一送间竟满头大汗。郝老二是个大胖子，过足烟瘾，困倦袭来，慵懒地瞅了一眼商云桂，不禁笑开，揶揄他手无缚鸡之力，磨个屄刀还出一身水！又傻笑着自言自语：“杀鸡焉用牛刀，杀牛还得牛刀！”说罢，仰面躺下，未久，鼾声大起。“如若露馅，就依‘孟德献刀’之计脱身”，商云桂默想着石云秀安顿的话，已是大汗淋漓。鼾息声里，他提着马刀猫步摸近，悄悄爬上炕去，正待抡刀砍杀，猛然发现郝老二双目圆睁，愣得头发倒竖，急欲“献刀”，却又见他止住鼾声翻过身去。商云桂心中犹疑怯惧，抖作一团，屏住呼吸从炕上下来，退出了门。这刻，屋里鼾声复起，一声比一声沉重，震得窗棂子发响。商云桂从门旮旯觑探，恍然悟出这个惯匪练就了睁着眼睛睡觉的功夫，心中稍安。他咬咬牙缓缓推开门扇，蹑手蹑脚爬上炕，抡起马刀照准脖颈砍去，却砍中肩膀。郝老二惊醒，暴喝一声，从枕下抓枪，商云桂闭着眼睛连砍十几刀，鲜血飞溅，郝老二气绝毙命。商云桂睁开眼睛，却发现郝老二双眼凸出锥子似的盯着自己，吓得毛骨悚然，鹤唳一声，一纵下炕破门而出，望山下狂奔去了。

从此，商云桂精神失常，被送回家中休养。石云秀赠给他家一包银圆，既作补偿也表达对表弟的一份歉疚。直至五十年后的七十年代，商云桂疯病依旧，嘎小子们一吼叫"郝老二来哩"就吓得团缩起来。

地方文史资料记载了石云秀此后的去向：

时隔不久，石云秀又收服了盘踞在镇罗堡一座土寨子的一股民团武装，手下人马已达一百二三十号，势力范围向北推进。各堡乡绅、富户陷入恐慌，纷纷上书县署，要求请兵剿除这支黑军。石掌柜寝食难安，拜托李函玉出面从中周旋，说服县署招安。事情进行得极是顺当，石部人马投归县署，被编为清乡队，石云秀出任队长。这年深冬，柠条原驻军骑兵旅二团奉令扩编，到处插旗招兵。石云秀觉得已与本乡田地的一茬乡绅、富户结怨，而清乡队的职事看不到前程，有意投军。经李函玉牵线，很快与驻军任团长谈妥条件，清乡队易帜集体投归，石云秀出任连长。嗣后，调往榆林北部黄河畔的府谷县城驻防。

# 第六章

腊月初头的一个清早，捂了一场雪，约莫二寸薄厚。对于地处毛乌素沙漠南缘干旱半干旱地带、季风气候明显的镇边县而言，天上下雨下雪简直如同下清油一样，湿漉漉凉哇哇的气息扑面打来，令人产生一种异乎寻常的熨帖和舒悦，就想美美吼喊两嗓子信天游。吃早饭的时刻，雪天的视觉景象变得壮观无比，镇边城南逶迤的山峦一派银白，雪花打不到的地方裸露出一坨坨土黄色、褐黑色，衬托了黄土高原的苍茫、峥嵘和浩然之气；四下里天掌云彩沉滞，迷迷蒙蒙，日头如鼓隐匿云中，扫射出一大圈雄奇的亮豁，仿佛一把巨伞撑在当天。

镇边高等小学堂昨日放了寒假，按照预约，李安桥、白志坚、白宝霖、柴向东、章廷祥、章雨枝，还有已经打理好铺盖准备回家的从定边、横山县毗邻山区过来求学的牛振武和李子竹，一个个踩着嘎吱嘎吱的雪响，陆续来到徐壮民家里，两孔土窑洞一时十分拥挤、嘈杂。同学们念着不同的或同一的年级，天天见面，意气相投，彼此照应，亲密无间。只有章廷祥还隔点距离，他当初不甚喜欢穿戴乱七八糟的同学，却耐不住孤单寂寞，是在雨枝的煽导哄伙下才加入这个群落的。月娥依着儿子的嘱咐早早向三太太告了假，备办了一顿剁荞面腌猪肉臊子洋芋疙瘩汤的早饭款待娃娃们。

徐壮民一脸豪情，一边招呼同学们上炕取暖，一边屈伸长臂拉动风箱。灶膛冒出杏树柴强硬峻烈的火焰和燃烧散发的木香，热气从锅盖透出，满窑水雾腾浮。月娥娴熟地使着剁面刀，噔噔噔的响声里，皮筋一样的面条从刀口弹出，蹁跹起舞。家里从来没有这么多人聚会，碗筷不够用，一人剁面也不赶锅，只得轮着吃。雨枝和章廷祥自然受到月娥分外的抬举，以二人年龄小为由头，催着先动筷子。章廷祥毫不客气，吸溜吸溜一口气吃了两碗。搁下碗筷，用指头戳开窗户纸，惬意地观赏着外面的雪景。雨枝边吃边指戳，嫌怨他不懂礼貌，随便把人家的窗纸戳开个窟窿，章廷祥醒悟，有些不自在。几个乡下同学被礼让到前头，一人吃了三碗，各自揩着头上的大汗，吃意未尽，却不好意思，纷纷放下碗筷。月娥给他们一人强鼓着又捞了一碗。章廷祥撇撇嘴，说："八十年没吃过饭，肚子这么大!"徐壮民动作潇洒地拉着风箱，笑道："廷祥少爷饱汉子不知饿汉子饥。你们几个吃饱，不听他瞎臊聒。"最后剩下李安桥、白志坚、徐壮民三个，净碗筷没了，雨枝试图表现一个女生的本分，相帮洗碗洗筷子，却手不应心，不是把水泼出就是把筷子碰落地上，显得十分狼狈。牛振武和李子竹跳下炕动手洗涮，讥笑她大小姐出身不会做家务，雨枝咯咯笑着也不嗔恼。

徐壮民最后一个撂下碗筷，说："咱们走!"出了窑巷，同学们登时兴奋了，呼啦啦拥了出去。他从院子里拉了一把铁锨和一把大铁夹子，看到李安桥、白志坚、白宝霖、章廷祥几个住在城里的都扛了镢头、铁锨，喊了一声"好嘞"，大步走在前边，引领同学们向远处的南山沟坡走去，那里有一处他预先侦探好的獾子洞。一路上，雪地打滑，不时有人摔个猪啃地、马趴子或仰面吃天，同学们嘻嘻哈哈大笑一气。雨枝没有见过獾子，手里攥了一条四方的花围裙，言称用来包裹獾子，惹得一股后生乱笑。徐壮民兴致勃勃地向大伙讲述了他用大半截古城砖砸死一只獾子的故事：去年夏末的一天晌午，他从西芦子河湾耍水上来，发现河岸滩的西瓜地里一只狗獾怀里抱了半个啃剩的西瓜呼呼大睡，像人一样打着响亮的呼噜。他从西山下捡来大半截古城砖，悄悄溜过去，照准狗獾的鼻子砸去，狗獾挣扎了几下就死了……雨枝听得入迷，问他后来是如何处置獾子的？徐壮民说："自然是扛回家剥皮吃哩。那獾子肉美味可口，油、肉在锅里炼好装进罐子慢慢吃；獾皮火壮，我妈害了风湿性腰腿疼病，冬天铺着暖和。"大伙纷纷说没咋见过獾子，让他再讲一些。徐壮民说："獾子偷吃庄稼，从人嘴里夺食，也不是什么好东西。只是有一样好处——獾油特别滋润，能治烧伤、烫伤，手心擦抹了，日头一晒，能从手背渗出，油渍渍明光光的。"雨枝满心好奇，让他细细地讲一讲獾子偷庄稼的故事。徐壮民说："一到秋天，庄稼颗籽成熟，獾子就结伙出洞，白天夜里偷着掰玉米棒子，啃食糜谷穗穗、荞麦颗籽。獾子偷盗荞麦颗籽有一手绝活，先是在荞麦绺子上乱钻一气，待粗长的脊毛里夹满颗籽就会向远处的洞穴驮去，一路弱风扶柳一样碎步行走，保持身子不动荡不摇筛，钻进洞里抖搂下来，储备在一个地方供冬天吃用。"他说，"獾子腿短跑得慢，却狡猾得厉害，如在山梁上追赶，在你举起家伙往下打时，獾子就会猛地翻一个跟头，四爪将头紧紧抱住，蜷缩成一个圆球，顺着山梁疾速滚落。"雨枝意兴甚浓，追问滚下去会不会摔死？徐壮民说："獾子耐摔打，一着平地就噌地弹开四爪立起，东张张西望望，发现没有危险就会大摇大摆走开，如若还有危险情况就会一溜烟窜进沟圪塄。"

沿途笑闹着跌滑着，一行人爬上一道大沟畔。徐壮民指着沟底支支岔岔的山洪冲刷出来的干水沟，说："这些水沟直通芦子河，是獾子冬天的饮水道。"白宝霖几个和他争辩，都认为獾子是冬眠动物，睡得跟死猪一样，咋会出来喝水？徐壮民说："獾子有冬眠的习性，但不是死睡一冬，天气暖和的时候也出来溜达，晒晒日头，尿尿屉屎，刨吃筒萱（一种野草）根子，溜下河湾舔冰解渴。"大伙都说他一肚子学问，这些事连大人也恐怕不懂。正说话间，后边传来哈哈的笑声，大伙回头看去，却见章廷芝气喘吁吁赶过来。原来，他刚到镇边城，是专程接三太太几个回安边城的，听说一群同学到这边挖獾子，也想瞧瞧红火。

他们来到一处洞穴跟前，瞅见地上有野兽的粪便，并闻到一股令人作呕的气息。徐壮民说："这是狐臭，这个洞穴必定是獾子从前打下的，狐子故意在洞里尿尿屉屎熏走獾子，占为己有。"并解释说，"獾子讲究卫生，只要是狐子折腾过的洞穴必定放弃不会再住，只得灰眉土脸倒窝哩。"大伙嬉笑间，嗖的一声，一只毛色灿烂的红狐从洞穴窜出，尻子一撅放出一股恶臭，拖着肥大的尾巴向坡上逃去。大伙紧一声慢一声地惊呼，纷纷把鼻子捂住，这狐臭奇臭无比。章廷芝兴奋得吼了一声，从后腰裤带上拔出手枪，正待击发，红狐一团火似的在梁坬上一闪不见了。他懊恼慢了半拍，骂道："你给老子有本事跑慢些，一枪把你狗日的打得趴下！"牛振武几个见他带着手枪，都面露怯色，没人敢和他接近。徐壮民觍着脸说："大少爷，能不能叫我放上一枪？""你小子跟我当兵去，就让你放。"章廷芝引逗说。徐壮民嬉皮涎脸："那你把这枪送给我，等我练好了卦子，就跟你当兵去。"章廷芝捣了他一拳，笑道："贼小子！就是当兵你也得先扛长枪，当官的才配用手枪。"

徐壮民走到一丛酸刺前站定，指着附近的一坨粪便说："那就是獾屎。"大伙近前细细瞧了一回，有的说粪蛋子像猫屎，有的说比猫屎大些像猪娃屎。在徐壮民插下铁锨的地方，见到一个指头长短的旮旯，周遭却没有明显的不同。徐壮民努努嘴，小声说："就这儿！"大伙兴奋地围拢过来，仔细觑瞅，发现旮旯下方的土是浮土，显然是经过精心的伪装。按照徐壮民的布排，在指定的位置，一群后生一齐上手挖土刨坑。天寒地冻，挖掘艰难，他们砍来几抱柠条、酸刺点燃，烧热地面，一层一层掘下去。章廷芝和章廷祥不愿做受苦活，沿着沟畔转悠，看有没有野物可打，雨枝喊了几回让两人出把子力气，都不理她。约莫过了一个时辰，大伙一个个满头大汗，手上磨起了水泡，终于在洞穴前掘出个可容数人的大坑。徐壮民用铁锨铲去堵在旮旯下方的浮土，朝里掘进一尺左右，找到了獾子冬天用于观察外头情况的拐窝，看到里边宛如小儿脚印的新鲜的踪迹，长吁一口气，回填浮土将洞口封死，说："看我的！"他跳进坑里，贴着洞穴笔直的走向开始新挖一个侧洞。地皮冻深二尺许，下头是潮湿的黄土，掘进速度很快。几个伙伴配合着往洞外、坑外翻运源源挖出的浮土。半个时辰过去，一个两丈深浅、仅容一人匍匐进出的洞穴挖好，徐壮民满身土屑从洞内钻出，说："成嘞！足足挖到獾子睡觉的老窝旁边哩。"他刨开堵在獾洞口的浮土，叮嘱众人抄起家伙把守在大坑的四周，小心獾子窜出伤人！

徐壮民拉着铁锨又钻进侧洞去，爬行至洞掌，挥动铁锨一阵猛烈敲击，隔壁洞里的獾子受惊，纷纷朝洞口窜去，外边传来一声声的惊呼。待徐壮民钻出洞口，便见五只大大小小的猪獾已跌进偌大的深坑，一个个惊慌失措，发出猪猡一般的锐叫，来回扑冲，企图脱离困境。雨枝探下身，大着胆子用铁锨攮了一下一只棕黑色体毛间夹杂了几道白纹的大獾，大獾狂躁无比，张开嘴巴咬住铁锨，只听咯嘣嘣几声，铁锨头上留下几个破洞，雨枝咿呀尖叫一声，脸色煞白，丢了铁锨躲在一边。章廷芝大眼圆睁，英气勃勃，嚷着要用手枪把它们一个个打死。徐壮民制止了他，说："一枪打不死，獾子会痛苦挣扎，越发不好收拾。"他不慌不忙举起一把铁锨，探下身子照准一只獾子的鼻头猛猛打去，獾子口喷血水，应声而倒。一阵啪嚓啪嚓猛击，獾子一个个倒在坑里，只有一只花面小獾还在嚎叫扑窜。章廷芝不甘示弱，取过大铁夹，一个猛子夹住小獾的脖颈，把它从坑底拽出，兴奋地喊道："看我的！"他让身旁的白宝霖把夹子捏紧，腾出手，从皮靴筒抽出一把匕首，三下两下把獾子的肛门剜出，一手攥住肛头，喝令放开铁夹！小獾脱身，向前疾奔，哧溜溜一声，尻子后头拽出一条一丈来长热气腾腾的肠子——小獾扑地而死。大伙胆寒至极，不忍目睹。白宝霖气恼地说："晓得你这么残忍，我就不捏夹子，放生哩!”雨枝眼里噙着泪花，斥责哥哥太过狠心。章廷芝神气至极，哈哈大笑，说：“西洋景好看不？你们哪个敢？一股㞞包!”

一共十个人，五只大小不等的獾子，在如何分配的问题上产生了严重的分歧。章廷芝抢先揪住一只二三十斤重的大獾，说：“这个姓章哩。”章廷祥不管三七二十一也霸占住一只大獾不腾手。雨枝一只手扬着花围裙，一只手划着自己的脸蛋，说：“羞不羞，臊不臊？你两个专挑大的抢，就不兴别人拿?”她声称自己害怕獾子，也不敢吃肉，不参与分配。牛振武、李子竹、柴向东三个掂量情形，都说自己家远路远，携带不便，推让不要。徐壮民认为各人应该给家里的大人拿一点獾肉回去滋补身体，又说獾皮獾油都是宝，坚持或皮子或油肉人人有份。章廷祥见同学们都瞪着他，脸上发烧，丢开獾子，踹了一脚，说他嫌这野物脏兮兮的，也不大想要。徐壮民眨巴着眼睛想了想，说：“老贡爷家和白文翰大叔在重建学堂的事体上出了大力，理应各赠送一份，以表同学们的敬意！——咱来个举手表决。”同学们纷纷举手赞同。章廷芝和章廷祥不举手，嚷嚷说他们家也捐过钱粮，认为不公。李安桥和白志坚也不举手，推辞不干，说办学出力应归功于杨将军和众位乡绅，自家不能多拿。徐壮民宣布六个人同意、少数服从多数，赠份的事定哩。接着再次提议，李安桥和白志坚本来就有份子，加上老贡爷和白大叔的份子，各得一只个头稍大的小獾；章家三个人得一只大獾；他与剩余的四个人得一只大獾、一只小獾。章廷芝瞪着眼睛说：“稍大的小獾比大獾只差六七斤，这么算账章家人明显吃了亏!”同学们纷纷说，如按出力大小计算，则徐壮民一人得一只大獾也合情合理，章家除去雨枝是女的，他弟兄二人只做了搂柴放火的事，一直没动手。雨枝担心章廷芝拔枪闹事，坚持把她刨开不算数，说两个哥哥得一只个头最大的大獾一点也不吃亏，一边说一边还着急地向章廷芝使眼色。章廷芝其实对獾子不感兴趣，只是争个高低，哈哈一笑，说：“那就听雨枝的，这么分开算×哩!”

为了彰显章氏一脉已在此地扎下深根并转为一地之主，章鸿儒毫不犹豫地选择在安边城为儿子举行婚礼；镇、定两县知事，三边驻军长官和柠条原、安边堡有头有脸的人家几乎都收到章团荷枪的大兵恭恭敬敬呈上的烫了金字的大红请柬。这一天，章家大院张灯结彩，宾客如云。最热闹的地方当数大餐厅，从吃炖羊肉荞面饸饹带油炸糕的早饭起就呈现人头攒动、一派喧嚷的景象。酒宴开始，宗管家身披彩带，从容布排，“安客”“起客”一拨一拨有序进行；数十个跑堂办事的“客到哩”“油来哩”“肉来哩”地吼叫着，各展身手显示自己的存在，企图引起主人的瞩目。

正午时光，从西北街王家大院传出一声长号，旋即，唢呐锣鼓镲钹各显神通，气势浩大的迎亲和送亲的队伍迤逦而行，就见万炮齐鸣，一路爆炸到二里外的东南街巷，临近章家大院势头愈烈，又添几排子扬威的铁炮声，偌大的安边城淹没在硝烟和乱炮声里。

婚礼很快进入另一个高潮。当司仪依照程序宣布开始“站大小、放拜礼”之后，喜庆的唢呐声戛然而止，围观的人群自觉让开一条就尊位的巷子，章刘氏喜笑颜开，在章鸿儒的躬身搀扶下扭扭摆摆过来，款款坐入主席。老太太眯缝了眼睛瞅着跪在红地毯上叩首的长孙长媳，“一——二——三——”数着，惬意地说：“托各位亲朋的福，章家立马就要四世同堂嘞——”饮过一对新人敬上的两盅喜酒后，她颤颤悠悠撩开大襟，从怀里摸出一对十两开外黄灿灿的金元宝，作为回馈新人的拜礼，咯噔咯噔蹾在披了红绸的礼案上。围观的宾客、亲友群里涌起响亮而热烈的啧啧之声，无不为章家的豪富所震慑和折服，也为自己座上宾的身份备感荣光。

夜色里，嚣喧还未散尽，章廷芝一身酒气扑入洞房。不待闹房的姐夫客、小姑子、小叔子们尽兴，便将他们轰走，哗啦插上门闩。此刻，身体里涌荡了一种莫名的骚动，令他十分向往女人身上的神秘。新娘子王雅芝已摘去了红盖头，在炕沿正襟危坐，沉静自若。她大着胆子瞄了一眼新郎，眼睛异常明亮地闪了一下，脸上泛起几抹红晕——新郎魁梧英俊，显然出乎意料。瞥视之下，她似乎陷入一种失衡的难堪，一时手脚也战栗了。章廷芝醉眼迷离，打量了新娘的模样，有些沮丧，僵立良久，重重叹了一口气。炕橱上的一对红烛静静燃烧着，柔和的光亮照射在红幔红纱红衣红花上，反弹出一屋子温馨祥和的红光，王雅芝的身影无声息地映在印花的地毯上，拉得修长，轻微地抖动着。章廷芝的目光从新娘乌黑的发髻、红白的脸庞向下游走至高高隆起的胸脯至纤细的腰身至丰腴的臀部至红罗颤颤的双腿之间，只觉体内青春的野火扑哧燃起，顷刻熊熊燃烧，将整个身躯熔化。他呼吸紧促，摘去身上佩戴的红花抛在地上，上前拥住新娘，颤抖着说："姐姐……咱两个……闹闹！"话音未落，哈腰将新娘像小娃一样轻轻抱起，野牛一般纵跃上炕。他或许生来便是一个征服者、攫取者，在初次亲近接触女人之时，已显示出一种炽烈的贪婪和狂野的霸道，虽是不知自己要去的地方的准确位置，却有一个异常清晰的目标区，一种直奔目标、直戳要害的性格倾向性显露出来。这瞬息里，他已不顾一切，野蛮地丢剥了她的衣裤、红裹肚，扯去自己的衣裤，将壮实的身躯覆压在她光洁白皙的胴体上。慌乱无序，未及入港已然泄去。

章廷芝惊呆了酥软了迷失了，侧歪在那里傻笑，连说好耍吔好耍吔！王雅芝羞红了脸腮，像一只受惊的白毛兔儿，满炕爬蠕，一边遮掩着自己的下身，一边解纱帐摊被褥放枕头，哧溜一下钻进了被窝，把头蒙住。章廷芝体内野火再举，钻进她的被窝，说："姐姐再耍一回！"绫罗激荡的波涛里，一阵紧张茫然的搜寻探访，随着一声痛楚的呻吟终于进入一个福地，他只觉得躯体里托起了一座虚幻的五色的高塔，自己颠在塔尖，荡在空里，接着便闪现了一种电光石火的震颤，轰然倾覆了。这种毛孔骨节摇颤的快感令章廷芝如小儿吮乳不知疲倦，睡意遁到天外，而每一回流连往返间又收获了新的鲜艳和灿烂，又令他锲而不舍，神游不归——

在王雅芝的一声声轻微而甜腻的呻吟中，他喃喃地念叨道：“女人真是个好耍的儿!”

西北局势动荡，井岳秀部骑兵二团奉令调往濒近黄河的府谷驻防，柠条原的防务出现空当。正月的一个早晨，章鸿儒率领一百多号骑兵从安边出发，两个时辰后，镇子西街就响起马蹄的踢踏声。马队在泰和居和章记牙行的院落分开驻扎。章鸿儒拜会了商会会长李函玉，又召见了区长赵天孝，表达了驻军的意愿和军需供给的期望，并提出夯筑土寨子一座充作军营，以图长远。李函玉认为，柠条原乃三边商业重镇，亟须部队驻防以维持秩序、强化治安、防备匪乱、保障各业，并可挤逼、遏制天主教势力，表示全力支持，愿与宿怨很深的赵天孝合作，共同担负费累。章鸿儒极是感动，保证绥靖地方，不让天主教势力进一步扩展。赵天孝兼任小桥畔教堂的二掌柜，自知天主教无力掌控全镇，又不敢得罪章家，也表示支持。于是，由章鸿儒出面运作，二人破例携手，召集商号代表和各村长聚会商讨，公议在镇西娘娘庙一侧圈出公地，募集钱粮，征派民夫，筹建军营，并议定参照从前模式，驻军军需费用不足部分由地方和商会按比例分摊负担，相关事宜由区公所、商会具文呈报县署备案。

赶至仲夏时节，土寨子筑成，修建营房、马厩三十余间，章团一个新编骑兵营驻入。不久，发生了一桩“红狐皮事件”，章家军威信大增。

有一天，章团一个绥德籍的马班长领着两个士兵前往城川口办差，途中迎面遇到一个庄稼汉模样的独行路人，此人赤手空拳，只肩膀上搭了一张火红色的狐皮。狐皮贵重，上乘的市面上能卖到五六块银圆。马班长见财起意，丢出眼色，两个士兵举枪逼上将狐皮抢夺到手，扬长而去。这人其实是受章家雇派往来于汉蒙边地联络皮货生意的一个掮客，他径直来到柠条原面见章鸿儒陈述前情，章鸿儒大怒，问他狐皮有何记号、抢客是否认得？他说狐皮火红火红且鼻疙瘩上穿了一绺红绸子，抢客的模样也记得。章鸿儒安顿他封死嘴巴，配合行事。第二天，全体士兵列队出操时，章鸿儒领着这个掮客过来，转了一圈，一一指认了抢劫者。章鸿儒下令将三个贼子拿下拷问，很快一一招供。三人已将狐皮卖给街上的党铁匠，得了五块银圆，马班长三块，两个士兵各一块。章鸿儒派人从党铁匠那里赎回狐皮，下令全营紧急集合整肃军纪。军号声里，三个五花大绑的案犯被押到前台；寨门大开，市民拥入围观。章鸿儒当众陈述抢劫一案始末，重申了军纪，铁青着脸说："我部驻防三边，接防柠条原，吃的喝的全靠父老乡亲，穿的用的也靠父老乡亲，父老乡亲是我们的衣食父母！如若我们保护不了一方平安反而苦害父老乡亲，那我部不就成了土匪响马？那我们就成了罪人！"训完话，他亲手将狐皮退还原主并赔情道歉；又带泪下令，将指使抢劫的马班长拉出去执行枪决，两个士兵各打五十军棍，以儆效尤。

而令所有军人感服并产生广泛民间影响的是，章鸿儒自掏腰包为马班长置 买了一副棺木、一套寿衣，亲自主持入殓仪式，又派柩车送回绥德老家，并对死者家属予以抚恤。

在章鸿儒扩张势力的这一年，章杰儒在自己的人生履历上也濡了军人的一笔，章氏门中便又多了一个做过营长的人——

他常年经管家业，心中颇有些嫌怨，又思量儿子廷祥一天天长大也该有一个久远的打算，掐来算去，心中有了主张。出门这天，刻意在一张算账的草纸上画了一个圆圈，却迟迟疑疑地留了一个口子。他骑马来到安边城，拐弯抹角向章鸿儒提出了想法，说自个儿久待银佛坪窝屈得难活，情愿到柠条原部队上混个一官半职长长见识，将来好教给廷祥一些带兵的本事，同时也让廷芝在老家承起头来历练历练。章鸿儒在地上转了三个圈儿，参透了他的暗示，一口应允，当下任命他为驻扎柠条原的新编三营营长。章鸿儒情知他不谙军务，遂派自己的大女婿蔺长财充任副营长。章杰儒随即返回银佛坪，将家事一样样一桩桩极其细密地托付给章廷芝，再返柠条原，穿上了一身笔挺的中校军官服。待了不足三个月，他眉头的疙瘩愈结愈大。军营生活死板单调、枯索无味，在章杰儒眼里，折腾来折腾去尽是一些出操、训练、比赛、巡逻、值勤的烂事，什么“口令”“报告”“立正”“稍息”“齐步走”的喊叫像驴毛一样塞了一耳朵。他心里系着一桩更要紧的事情，就在章鸿儒跟前说，眼下社会动荡，民团林立，土匪窜扰，章家石寨依山而建，防御抗守存在软肋，他谋量利用石寨对面西南山的一处天险之地，起筑一座新的堡寨，凭险据守可保无虞。章鸿儒对他的深谋远虑大加赞许，认为银佛坪乃章氏一脉发祥之地，既是精神柱石，也是财源粮仓，其位置无与伦比，不可替代，承诺永久保留他的营长职位，廷祥随时随地可以接任，让他大放宽心暂且搁下军中事务返回老家速速筹划上马。章杰儒心头得到安抚，想着草纸上的那个圆圈可以合口了，却口气平淡地说：“六哥，兄弟我也就是训练一下耐性韧性、长长见识；至于你那侄儿，注定就是个文官的料子！”

到了庄稼、野草噌噌往大长并争先出穗扬花的处暑时节。

后晌放学吃罢饭，徐壮民肘弯里挎了柳条筐出门拔猪草，猪圈里一头黑毛的闶阆子猪（没长大的猪）每到这个时候就会侧棱着眼珠拱打圈门哼哼闹食。雨枝蓝衫黑裙，膏药似的黏在尻子后头，徐壮民一肚子的野菜野草的见识和虫鸟走兽的故事令她着迷至极。

从去年秋天起，不知不觉中，雨枝已区分开了韭菜和麦苗、软糜子和硬糜子、谷子和谷莠子。更感自豪的是，认得了苜蓿苦菜甜苣黄花灰条沙葱沙芥这些既能人吃而牲口也十分喜欢的野菜野草，晓得了辣辣草芨芨草沙芦草隐子草龙须草狗尾草长茫草鹅冠草冰草沙蓬棉蓬稗子筒萱冷蒿这些牧草里哪些是猪羊吃的哪些是驴马牛大牲畜吃的，并晓得猫眼草、牛心秧、醉马草不可混杂到牧草里让大牲畜吃。

徐壮民也有被考住的时候。有一种叶子青灰、细小的野草叫郎胖儿，红艳艳胖乎乎的根茎，筷子粗细，一拃长短，嚼入口又脆又甜，咽下去舌苔上会留下淡淡的苦涩，久久不去——雨枝喜欢吃，徐壮民常给她挖。郎胖儿混杂在苦艾林里，极难发现，挖的时候，徐壮民总是画一个圆圈圈住，小心刨挖去周围的土，然后一把攥住拔出。雨枝观察他神秘的举动，嚷着说郎胖儿是一种有魂灵儿的仙药，会隐身匿迹，不是野菜，也不是野草，徐壮民摸着脑瓜说不清楚，雨枝颇为得意。

雨枝还弄懂了不少稀奇古怪的事。春夏之交的夜里镇边城外芦子河畔的柳树上会响起“布谷布谷”无止无歇的啼鸣，声音凄凉哀怨。徐壮民说这号雀儿叫布谷，学名小杜鹃，芒种前后从南方飞来，自己笨得不会做窝，常常飞到画眉的窝巢里下蛋，只下一个，混在画眉的蛋里，却把画眉的一个蛋刨出窝巢，这样由画眉把它的蛋抱孵成儿子，抚育长大。雨枝颇觉奇怪，问他咋晓得的？徐壮民说，一回，他藏身在一棵枝叶茂密的柳树上，偷听画眉鸟撩人的歌声，却见到一只瘦鸽子一样的布谷飞来，三蹦两窜，溜进树冠枝杈间画眉搭建的毛草窝，鼓一下劲儿，尻子后头蹦出一颗蛋。布谷左右窥探，将窝里的一个画眉蛋迅速刨出，那个带彩的鸟蛋滑跌在地，变得粉碎。而他在此后的日子还观察到，画眉窝里有一只小布谷伸长脖子张开嘴巴伺等着老画眉给自己喂虫子。雨枝据此认为布谷又懒又贼，叫声像号丧，是个奸心眼子的东西。徐壮民给她讲了一个杜鹃啼血的故事，雨枝听了黯然伤神，又觉得布谷忠义可敬，犯一些小错也情有可原。

此刻，雨枝尖着眼睛到处搜寻，终于拔到一株黄花菜，她咯咯笑着，把一指长的顶端托着小小黄花的茎筒塞进嘴里咀嚼，欢欣地说好脆好甜！话音未落又惊喜地发现一株马奶草，上头吊垂了四五个大肚子的马奶奶，她摘下一个最大的往嘴里送，嚼了几口，沮丧地吐出，说老牛咬不下！柳条筐里的猪草塞得瓷瓷实实，徐壮民欣然打了一个呼哨，一尻子坐到土坎上，抽出别在裤带上的一个小册子，埋头看起来。雨枝悄悄溜过去，从背后呔了一声企图吓唬人，徐壮民却不理她，继续看书。雨枝瞅见册子封皮上印着“共产党宣言”几个字，很是好奇，脑袋瓜凑过去，一搭看起来。

那是在放暑假的一天，徐壮民去西山坡白家串门，院里进来一个高身材长方脸浓眉毛大眼睛的大后生，他向白贺氏躬身行礼，自称是保安县芦子沟人，叫刘志丹，在榆中上学，受父亲之命专程过来打探白干大的消息。白贺氏迷瞪半晌，才悟出这后生是自家掌柜的拈香拜识刘培基的儿子，喜辣地说：“他刘干大的小子一表人才！早前常听你白干大提起你，我是你白干妈……”白贺氏絮叨了白文翰随杨将军闯荡在外的烦心事，大呼小叫唤来五个儿子，一一与干弟兄刘志丹相认，夸赞刘志丹仁逢礼至，一肚子学问，小小年纪就当上了榆中的什么学生会主席的大头儿。徐壮民立在一旁，瞪大眼睛盯视着。刘志丹笑眯眯地问他是谁？白贺氏介绍说是前沟畔徐家的小子，跟她家四小子志坚一搭在城里的学堂念书，当年是她一手接生的，可是个好娃娃！刘志丹冲他友好地点点头，和他握了手，徐壮民心里热火火的。当刘志丹得知白志坚秋季开学将去榆中读书，十分高兴，约定暑假返校时顺路过来接人，路上也好照应。

刘志丹果然准时来到白家，正好李安桥也去榆中上学，石掌柜赶一匹骡子送行，驮了三个人的行李。徐壮民把他们送过北门河，再送到十几里外的张家畔，瞅着两个伙伴依依不舍。刘志丹见他义气诚实，身强力壮，颇有好感，从怀里取出两本油印的小册子相赠，拍着他的肩膀说：“兄弟，没事的时候认真看看，好男儿志在四方！”

雨枝看了半晌却似看天书，没了兴趣，又不好意思说明，就用拳头捶着徐壮民的脊背撒娇说：“壮壮哥哥，书上说的也不是故事，不如你给人家讲个故事，好不好？”徐壮民也是一头雾水，只觉得此书分明是鼓动穷人去造反，似是反书，心里有些吃惊；见雨枝骚扰，他把册子卷起别进裤带，说："天快黑哩，猪也饿哩，咱回家去，以后再给你讲。"雨枝噘着小嘴说："不准哄人！"徐壮民从裤兜摸出一把绿莹莹的杜梨果，在她眼前一晃，雨枝顿时欢喜了，一把抢过，朝嘴里丢了几颗嚼吃，却酸得直倒牙，徐壮民笑开了，说："愣瓜女子，杜梨儿还生着哩！"

校长高先生原是清末秀才，精熟国学，为人爽直，思想开明，对"五四运动"以来兴起的新思想、新文化、新风尚并不排斥；鉴于国共两党实现合作，对学生的文化活动和政治倾向不予干涉。徐壮民毫无顾忌地把《共产党宣言》和《新青年》两本小册子带进学校，牛振武和李子竹也带来了《向导》《共进》等刊物、杂志，在伙伴中公开传阅，一股新鲜、活泼的空气在校园弥漫开来。同学们经常聚会探讨，各抒己见，畅所欲言，有时互相辩驳，争得脸红脖子粗。对于"爱国"与"自救"，"民主"与"科学"，同学们俱能积极接受和支持、推崇，所见大略相当。对于《新青年》之《中华女界联合会改造宣言》所述"最近这解放的福音吹到东方来，就是被阴阳尊卑的孔教压迫而失了精神上呼吸的中华女子，也得着一点新鲜空气"的说法和"要求（女子）得入一切学校上学，与男子受同等教育"，"要求女子有选举权、被选举权及从事其他一切政治活动的权利"，以及"男女同工同酬"等内容，雨枝总是第一个击掌赞同，甚至悻悻地诘问："男女同是人，同享天赋人权，凭什么你们男人高高在上？"同学们普遍表示支持拥护，认为女人在社会上不享基本的政治权利甚至不能求学、没有官名，是对女性的欺辱和蔑视，也是显失公道的。对于俄国发生的"十月革命"，则众说纷纭，褒贬不一，乱哄哄争吵一番只达成一个比较明朗的认知，那就是人类社会的贫富不均是由社会制度造成的，是可以改变的而非上天注定的。而对于《共产党宣言》中关于"全世界无产者联合起来""消灭私有制""推翻资产阶级的统治，由无产阶级夺取政权"，以及"共产党人不屑隐瞒自己的观点和意图……他们的目的只有用暴力推翻全部现存的资本主义制度才能达到”诸如此类的理论观点，同学们在认识上却出现了严重的分歧和对立。牛振武、李子竹、徐壮民、白宝霖、柴向东一派认为，《宣言》主张顺应历史潮流，正确合理，这黑漆的社会早该打烂重塑；而章廷祥和阎家骥几个富豪子弟却坚决反对，指责这是离经叛道是煽动造反。阎家骥是龙州堡士绅阎老总的儿子，称他父亲是省政府的议员，父亲坚决反对共产党这一套蛊惑人心的主张。白宝霖和他发生争论，阎家骥说：“你舅舅是县里的警察局长，不服信你和你舅舅说去，看他不给你两个耳掴子！”

一天自由活动时，柴向东与章廷祥两个人又为谁对谁错吵得一塌糊涂，甚至一个揪了一个的领口眼瞅着就要打架。高先生闻讯过来，呵斥一顿，两人方才撒手。高先生情绪激动，对同学们进行了严厉的批评，称主义、理论和思想之争乃意识形态与个人认识的问题，校园里探讨探讨即可，何至于伤了和气甚而拳脚相见？认为究竟哪个对哪个错得凭践行才能验证。又以“五四运动”为例阐释自己的观点，称“五四运动”似一把利斧砍伐了祖宗数千年的文化之树，其实就是刨挖自己的祖坟，是过激的甚至是残暴的做法，中华民族的文化精髓是经五千年的积淀形成的，独一无二，举世无双，岂可如此放肆糟践？但是，国门需要打开，中国需要自由新鲜的空气，需要爱国与自救，需要科学与民主，需要文明与进步，需要变革与创新，而这又是“五四运动”的千古功勋！高先生总结说，同学们相争相持之事，都是国家之事、大人之事，而学生至关重要者是发愤读书，积极向上，学为好人，唯肚腹之中储存了道德精神和文化知识，中西贯通，扬长避短，从屑微之事做起，学会从践行中辨别是非，方可成为栋梁之材，报效国家民族。

高先生训导一番离开了。李子竹有些不服，向同学们讲说了横山县立高小前半年所发生的一桩事：蒙古地乌审旗一个牧民为儿子交学费运来二斗食盐在县城售卖，却被盐务局无端没收。学生会主席高岗认为显失公道，发动学生闹学潮，痛打了盐务局长，又带领学生去县署公开抗议，一直闹腾到榆林。最终榆林道尹公署以调离县知事、撤换校长了事，学潮斗争取得胜利，震动了陕北高原。同学们听了很是兴奋，七嘴八舌夸赞高岗厉害，算个小子娃娃！徐壮民说："社会不公，人人有权出头，咱学生也一样！"章廷祥冷笑，嚷嚷说："那个姓高的瞎折腾多哩，迟早得背罪蹲监，你们也一样！"柴向东瞪了他一眼，又欲理论。牛振武说："算哩，算哩，高先生刚刚训导过，咱们不要惹事哩！"

在章廷祥半裸着身子从东芦子河河湾一个深水塘钻出又攀上一棵大榆树，悄然逼近树股杈上垒筑的老鸹窝的时候，时序已进入下一年的初夏了。

雨枝因为一群男同学大半精赤着尻子在塘里游泳、戏水，羞怯得不敢过去，只好躲在大榆树下瞎磨蹭。这棵榆树三四丈高低，枝叶葳蕤，荫蔽了半亩大小的地方。她隐在阴凉里，一个人惊喜地望着东岸山坡上灌木丛里的一群野鸡。起初，一只红胸绿尾的公野鸡不时摆动颀长的尾翼，向几只羽毛朴素、尾巴短小的母野鸡示爱，并发出"克哆哆"温柔而清脆的啼鸣。过了一会儿，又飞窜来一只公野鸡，也及时地扇掼翅膀翘摆长尾炫示着自个儿的美丽，期望吸引母野鸡们的眼球。突然，两只公野鸡拍翅窜扑格斗起来，互相鸽对方的脑袋，爆发出一阵尖锐的咯咯声。未久，一只公野鸡战败落荒而逃，另一只用长喙梳理着羽翼，发出"克哆哆"阳刚而得意的啼鸣。雨枝好生奇怪，在整个格斗的过程里，母野鸡们视而不见，仿佛事不关己，一个个漫不经心地啄食草芽草叶，只是不时抬起头机警地向四下里张望，似在探听动静、提防敌害。她满脑子疑问，打算伺等男生们玩耍尽兴回去时向徐壮民求解。

大榆树上搭窝的两只老鸹，每至黄昏或是夜晚就会发出"剐剐"的叫唤，声音单调枯索、阴冷凄厉，令人产生一种死亡逼近的恐怖感，雨枝晚间听到这号叫声就会用被子蒙住脑袋。但自徐壮民给她讲了一个故事，她竟然再不害怕也不嫌烦了。此刻，她独自傻笑，沉醉于鲜活的故事情节里……很远很远以前，老鸹的窝搭在天上，周身也不是猪黑的。有一年，王母娘娘过寿，百鸟忙着在树林里挑拣美丽的羽毛打扮自己。凤凰个头大，拣到的羽毛多，却尽是黑不溜秋的；她忧虑王母嫌弃，心生一计，对百鸟说："姐妹们，咱把拣到的羽毛伙在一搭，挨个挨个打扮吧，这样保准个个美丽！"说罢立在那里展开双翅。百鸟见她人高马大，说得也在理，个个响应，一齐动手，不一会儿，凤凰被妆饰得五彩缤纷，双翅一振，连天空也变得艳丽无比。接下来，百鸟轮流打扮，一个个扑棱着翅膀飞走了，唯独剩下憨实的老鸹，她忙前跑后只顾服侍别人反倒把自己忘在一边。凤凰痴迷于自我欣赏，没有飞走，老鸹只好央求她为自己打扮一下。凤凰一瞧，彩色的羽毛已经全部用完，哼着鼻子说："你脑子进水哩！"她把地上剩下的黑色羽毛胡乱插在老鸹身上，看看时候不早，两个结伴急急飞往瑶池。觐见的时候，王母瞧着凤凰一身彩衣美艳绝伦，就赐封她做了百鸟之王。百鸟朝凤之际，王母瞥见老鸹通身漆黑，十分厌恶，没好气地呵斥说："老鸹形如黑鬼，不吉不利，罚她下凡充作报丧之鸟，即刻逐出瑶池！"凤凰摇头摆尾，连忙说："谨遵懿旨！"朝老鸹啐了一口，一膀子扇来，将她扫出天庭。老鸹在空中打了三百个滚儿，跌落在人间池塘边的一棵大榆树上。当她从水中看到自己一身丑陋的猪黑，恓惶至极，怨恨如涛，声嘶力竭地喊道："我今生今世拼了性命也要把你狗日的凤凰身上的彩衣剐完剐尽！"从此，老鸹天天悲愤地呼叫"剐！剐！"

章廷祥瞪圆眼睛猛拆老鸹窝巢，雨枝惊醒，在树底大喊大叫，不让他使坏。这时候，两只老鸹从远处返回，陷于焦躁，在空中盘旋一圈，从两个方向冲章廷祥发起凌厉攻击，嘴里发出尖锐的剐剐声。雨枝吓得护住脑瓜，呼喊让他快快下来，小心鹐伤抓伤！章廷祥嘻嘻笑着，不理她，却迅捷地折断一截股杈，照准俯冲而来的一只老鸹狠狠打去，老鸹向上疾弹仓皇躲开，他敏快反手向另一只横扫过去；如此格斗三四个回合，两只老鸹被打脱几根羽毛，精疲力竭，终于泄气，绝望地降落在远处的一棵大杨树上，悲啼不已。章廷祥拆除了老鸹窝，骑在股杈上，手里捧着一团细软的毛草，一个人嘿嘿地乐了半天。他从毛草里摸出几个老鸹蛋，在空中抛了几抛，摔到树下；自个儿哧溜溜滑下来，瞅着地上摔得粉碎的老鸹蛋，兴冲冲地喊道："雨枝——你快过来看，蛋里头有老鸹儿子，身上还长着毛毛哩！"雨枝悻悻地诅咒道："坏良心，龙抓你鬼掐你！"

正在这时，水塘边传来一片惊呼声。他俩朝那边跑去，远远望见一个人赤条条一头扎进水里。待赶过去时，两个落水的旱鸭子学生已被救出，趴在岸头哇哇地呕吐，徐壮民赤裸着身子心急火燎地拍打着二人的脊背。原来，在同学们玩耍尽兴纷纷穿衣离去之时，不意水塘边两个光屁股打水仗的碎脑子滑入深水，发生沉溺，幸亏徐壮民最末一个上岸，及时施救。嘈杂间，徐壮民吁了一口气，立起身子，却猛然发现雨枝夹在人群里正怔怔地望着自己的裸体，吓得双手捂住下身，圪蹴在原地不敢动弹。同学们见他这副窘相，明白过来，就嘻嘻哈哈一齐乱笑。雨枝醒过神，连忙转过脸去，羞得无地自容。章廷祥揶揄说："瓜女子，不走还等着看哩？"雨枝双颊绯红，慌慌乱乱向坡坬上跑去。

发生溺水事件的第二天早间，学校专门召开整顿纪律的师生大会，明令禁止下河游泳。高先生点名批评了星期天下河游泳的同学，宣布每人处罚站课一节，并写出书面保证。同时，对徐壮民同学救人的事迹予以口头表扬，免予处罚。

这年暑假里，徐壮民受到刺激和鼓舞，一种朦胧的追求社会正义的激情和一种模糊的攻击性的理想在他的胸怀里奔突冲撞，就像一个刚学了点功夫的青头后生急欲展示拳脚，与人打上一架。

李安桥做东，请徐壮民和白志坚下了一回馆子。三个人模仿大人的样子进入恒丰客栈，要了一个雅间。店伙计见是三个读书人，大感生煞，报了一串菜名，探问他们咋个吃法？李安桥说我们不是专门吃饭——饮酒闲话。他按人头只点了三个荤、素菜，要了一壶烧酒。三个人都是头一回喝酒，不知如何摆布，李安桥年长一点，正襟危坐；徐壮民佯咳着，拿眼看白志坚；白志坚发觉自己年龄最小，只得动手斟酒。三个人拿出架势，碰饮了一回，在泛着糟糠味的酒香里，就觉得自己俨然成为大人了。

借着烧酒上头的劲气，三个读书人用他们的学问、见闻和眼光开始探讨一些发生在从前和眼前的大小事情。从武昌起义推翻帝制、孙中山让出大位、宋教仁改组国民党、袁世凯复辟称帝、军阀混战割裂国家、“五四运动”兴起新思想，直至共产党崛起、国共合作、国民大革命局面的形成，信马由缰，各抒己见，时而面红耳赤吵成一团。店伙计起先以为是吵架，窃听半晌，才晓得是读书人在“拍壳子”。不知不觉话头绕到榆林。白志坚称井岳秀就是陕北的土皇帝，对他的独裁统治和荒淫糜烂的私生活大加挞伐。徐壮民力挺，认为早该像《共产党宣言》中说的那样，陕北的无产者应当团结起来，推翻这个土皇帝。李安桥显出老成持重，不温不火，对两人的观点、态度表示了一定程度的支持，但认为井岳秀对陕北、对榆林是有贡献的，诸如办学校开化愚蒙、兴实业振兴经济、避纷争维稳地方等等。白志坚对这一点虽持异议，也不全盘否定，而徐壮民对外界的事所知甚少，更想探听一些讯息，于是，论战停歇，碰了一回酒，话题绕到榆林的国民革命运动上来。

白志坚说：“榆林城里，进步的主张和革命的思想以榆中为据点传播得迅速而猛烈，革命的活动已从城里蔓延到乡下。榆中校长杜斌丞先生倡导民主，锐意革新，兼容并蓄，招贤纳士，几年来，先后聘用魏野畴、李子洲等一批青年才俊执教。在他们共同的影响下，榆中学生革命热情高涨，以刘志丹为主席的学生会组织开展了张贴标语、散发传单、集会演讲、游行示威、下乡宣传、抗议苛捐杂税等等活动，校园内外、城里城外呈现勃勃生机。”徐壮民听得痴迷，感叹自己窝屈在镇边这个小地方，像井底之蛙！白志坚兴冲冲地说：“新建的绥德师范由李子洲先生出任校长后，也成为陕北革命思想传播的另一高地，陕北高原眼见要燃烧起来哩！”他说，“革命是一个暴力的过程，离不开枪杆子，这已成为智者的共识——只这二三年间，陕北即有十几个学生南下广州投考黄埔军校，义兄刘志丹就是其中一位，已于去年秋天考入黄埔四期学习军事，连镇边高小高先生的弟弟也去了。”说到这里时，李安桥显出忧虑的神色，插了一句，说他姐夫杨啸天榆中毕业后，经于右任先生举荐考入黄埔一期，他姐当时还蒙在鼓里；眼下姐夫在南方的国民革命军里任职，听说要随军北伐，姐姐一家人提心吊胆的。徐壮民讥笑他思想保守、胆小怯懦，认为男人生来就是闯荡天下的，窝屈在家里能有什么出息？李安桥显然接受不了这种讥诮，二人抢白一顿，白志坚斟酒劝架，三人又碰一轮归于和谐。

白志坚讲了一桩极为有趣的事，徐壮民对横山县学生高岗的印象更深了。白志坚说：“高岗一脸麻子，个头戳天，胆子贼大！有一天榆林城内四方台前唱戏，人山人海，井岳秀的儿子井文龙嫌人挤，指使随从打了一个姓苗的同学，引起榆中学生围攻。井文龙见情势不好，躲回家去，几天不敢上学。一天去莲花池玩耍，高岗突然蹿出，将他拎小鸡一样拎起，又踏倒，当众暴打一顿。事情沸沸扬扬传开，人人称快，也都为高岗捏了一把汗。后间，井岳秀特意召见了高岗，竟然赏给他五十块大洋，说高岗有两下子，敢打我儿子，有出息。”徐壮民显出莫大的兴致，却弄不明白其中曲直。李安桥分析说：“井文龙打人后，榆中学生罢课抗议，井岳秀被迫让儿子退了学，他没有下令拘捕高岗还奖赏他，说明一是自己理亏，二是众怒难犯，三是他阴险狡猾、玩弄收买人心的伎俩。”白志坚连连点头，认为他说的有道理。徐壮民追问最后的结果，李安桥说：“高岗不久被开除，离开学校，据说跑到伊蒙一带闹腾去了。”徐壮民又追问说闹腾什么去哩？二人都说不晓得。

话题最后扯到镇边城。徐壮民头回喝了这么多酒，脸膛涨红，口气放肆，说："咱这个地方还是一潭死水，县衙门像一只虎，张开大嘴吃人，老百姓像一只只绵羊，任由宰吃！"白志坚也很兴奋，怂恿他闹腾出一点动静来。李安桥听了连连摇头，认为时机不成熟，不可惹事上身，还是洁身自好为上。徐壮民虎着眼说："国共合作，全国各地都在放火烧荒，咱也点一把火，让平等、自由之歌响彻三边，响彻陕北，响彻全中国！"

三个血气方刚而所见或同或不同的读书人就这么天上地下瞎说了半天，天黑时才要了三大碗荞面饸饹，吸溜吸溜一气吃完，揩着油嘴散了。店伙计对这种久占座位而吝啬消费的行为表示了不满："三个酸秀才，×的钱也不花，倒似吃了疯狗肉，在这里漾灰气！"

光阴荏苒，又一年的夏天来到跟前。

晨曦熹微，映在窗上。三太太着一身银花点点的素白的绸衣，盘腿坐在铺毯的炕上，开始动手剪窗花，恬静得似庵里做心斋的尼姑。她的身子，失去了往昔的结实丰腴，瘦削孱弱，亮白的晨光里，却更显阴柔之美。那是一个在自己的世界里独步徜徉的背影。那一双纤手似一个精灵，在云雾里浮游，在百花中曼舞。那剪刀咬啮过的地方，流动了生命，飘起了山歌，燃烧了激情，舞蹈了梦想。

此刻，细弱的沙沙声里，剪刀旋出一绺女子纤细、茂密的睫毛——她剪制的一幅《仙女下凡》的大窗花已处于收官之际。绘制的底样上，仙女模样俏丽神态脱俗身材颀长裙摆飘飘，胳膊弯挎了一只竹篮，篮中盛装百花，脚踩云头自天而降，一只秀手把带了绿色茎叶的赤橙粉黄的百花抛撒人间。三太太的心思除了疼爱美丽聪颖的女儿和惦念远在军中的弟弟，剩余的全部消磨在了小小的剪刀上，这已成为她不可或缺的生活。那些辛酸的往事随着岁月的流逝渐渐淡漠，作为女人她也无可奈何，远离纷争嚣喧、傍守清静寂寞是一种莫大的享受，章家的荣华富贵仿佛远在天的一方。

三太太已记不清自个儿是七岁还是八岁开始学剪窗花，那时捉住剪刀口里总是念叨“髽髻娃娃手拉手，瓜子娃娃一溜溜”“佛手寿桃两碗碗，石榴牡丹两碟碟”，只描一个大样，凭借印象、感觉和想象剪出小子女子和花鸟鱼虫，剪出猪羊牛鸡和龙虎猫狗。也不知从哪年起，她的精怪灵巧应验了“生女子要巧的”的民俗，成了远近有名的巧女子。而今她却遇到了女儿的挑战——雨枝从母亲那里秉承了灵秀之气，也剪得一手好窗花。比之母亲，在窗花图案的设计、绘画与剪裁上又有新的招数，她利用尺具刀笔先勾拉出图案轮廓，精心摹画，再依样剪裁，既加快了剪制速度，也免除了走样之虞。三太太大为激动，慨叹自个儿多少年苦心经营的绝活，原属传统老旧封闭落后，全凭心中感应和手上功夫，与女儿新颖的技巧、手法不可同日而语；但她也敏锐地发现了自己的长处，那就是让意念的翅膀张开，自由飞翔，脱离刻板、呆滞，摒除匠人气息。这也激发了她创作的热情和灵感，揣摩出了增亏贴补的方法，近年间，母女合作，剪制了十几幅《花肚兜》《龙凤呈祥》《鸳鸯戏水》的巨型窗花，粘贴在宣纸上，四下里加以装帧，竟形成一幅幅美艳而野怪的挂画，透着一股子浓浓的泥土腥味，以至于成为章刘氏的一个别样收藏，并成为章鸿儒送礼的一个特别选项。就连月娥也被感染，艳羡不已，小说小念，雨枝大方地赠送了她一幅。月娥好生欢喜，挂在家里土窑洞的窑壁上，逢有人来总得炫耀一气。

三太太忙活了半个早晨，完成了《仙女下凡》的裱褙、装帧。月娥相帮着在画轴两头系了彩线，挂上墙壁。二人近前退后欣赏之际，屋门哐当一声撞开，雨枝惊慌失措闯入，哭喊道：“壮壮哥哥跟几个同学叫黑狗子抓走关进大牢哩！”月娥啊的一声，脸色煞白，身子打了一个趔趄，一头栽倒，不省人事。三太太慌慌忙忙去了济世堂。老贡爷赶步过来，也不施银针，只用拇指指甲掐住人中穴，月娥轻吁一声醒转，却哇地号啕起来。

——徐壮民把自己大胆的想法告知牛振武、李子竹、柴向东、白宝霖及章雨枝几个志趣相投的同学，得到他们一致的激越的呼应。起初，他们把秘密写好的小字标语于夜半时分张贴在县城的大街小巷，内容尽是“提倡民主，反对专制”“弘扬科学，破除迷信”“男女平等，反对妇女缠足”“联俄联共，扶助农工”“拥护三民主义，拥护共产党”等等一些口号。当翌日人群围观、窃窃议说之时，他们尚有些惴惴不安。暗里观察，黑狗子们瞎诈唬一气，再没有什么反应，就放下心来。后间，他们索性把能想到的民主政治的口号全部写成大字标语，并利用学校的油印机印制了一批传单，于是，十几条街巷甚至县政府的大门两侧，贴满了标语，赶集的庄户人手里也各捏了塞来的传单。日子一长，人们司空见惯不以为奇。有聪明的人想到纸张的用处，带头撕剥捡拾，人们又一股风争抢着加入，墙壁上的标语和散落在地的传单一扫而光，都被拿回去引火、卷烟或是揩尻子了。学生们眼睛发蓝，十分沮丧，抱怨老百姓不可理喻、愚昧至极。徐壮民不服气石头焐不热，利用星期天和节假日，带一股学生拐进街巷或转到附近村庄里，鼓吹革命道理，了解商家和庄户人纳税完粮负担的情形。大人们用异样的眼光打量这一股疯疯癫癫的学生，对他们的革命宣传像听天书一样愣愣怔怔没有反应，也没有兴趣；而对自家所担负的税捐名目倒是一清二楚，背书一样张口就来。镇边城里的市民郭学文记性最好，一口气念出一大串，什么斗税盐税特种税牌照税禁烟善后税，什么印花税屠宰税货物税所得税土地增值税建筑改良税行为取缔税，什么亩捐房捐兵捐匪捐公荒收租，另外还有名为杂课的各种实物摊派。学生们大为震惊，个个激愤，掏出小本子一一记录下来。郭学文喜好编歌谣，顺嘴唱道：

知县换罢知事忙，
饱狼走了来饿狼。
打猛子又换个贺县长，

梭牛牛马奶奶也不放。

……

同学们都说他编得生动、形象。郭学文却说："秀才造反，三年不成；一群学生，屁事不顶。"

正月开学后，牛振武和李子竹两个建议切近现实进行宣传，大伙同意。嗣后，街巷出现了"反对苛捐杂税，打倒腐败政府""取缔不合理杂税，铲除不合理杂课""全世界无产阶级团结起来，推翻资产阶级的统治""共产党万岁""打倒贪官污吏""国民大革命马上就要成功了"等等一批大字标语。学生们总结经验，比对现实现场讲解，城里的市民和进城的庄户人围观谛听，纷纷诅咒税捐沉重、敲骨吸髓，诅咒县衙门的贪官污吏黑心烂肺吃人不吐骨头。此风蔓延，越吹越远，县府赋税征收竟然时常遇到抗辩、抵触。

新任县长大为不满，专程巡视学校，责令高先生从速整肃，不准学生公开发表反对政府言论，践踏国家纲纪。高先生迫于压力召集学生大会，申明纪律，宣布对徐壮民等几个违规学生将施行处罚。不料潮起喧嚷，柴向东带头呼喊"不准压制民主、限制学生自由"的口号，学生们群起响应，口号一波高过一波，会场乱成一锅粥。高先生一筹莫展，只得宣布散会，分派各位先生约见谈话，却收效甚微。城里乱象持续，标语、传单铺了一层，无人撕剥捡拾，县政府只得派出警察负责清除。可是，白天撕夜里贴，拾得快撒得欢，越管越乱，甚至几个警察还遭到半砖头、土圪垯和弹弓的袭击，被打得头破血流。

入夏不久，传闻蒋介石在上海发动了军事政变，号令铲除共产党。学生们哪里肯信，依旧折腾不休。雨枝掏钱买了一百张大红纸、五百张仿纸，徐壮民五六个人写了两天，夜间一齐出动，第二天大街小巷全是红乎乎、白花花的标语传单。

不远的一天，一骑快马驰入县政府大院，县长办公房随即传出一声呵呵的长笑。发笑者是贺继昌县长，也是镇边由"知事"

变“县长”的第一任，延安以南鄜县（今富县）人。他手叉腰间，在地上迈着方步，向警察局长马君臣传达了榆林方面下达的“清党令”。马君臣说：“蒋总司令英明神武，控掌了西北，‘联俄联共’翻了篇，天下一统哩！这茬闹事的狗×猫屌的学生娃娃早该收拾哩！”“抓！”贺县长说。二人嘀咕一气，拟定了拘捕名单。碍于章鸿儒的面子，贺县长将“章雨枝”的名字划去。马君臣为外甥说情担保，他又将“白宝霖”的名字划去。

在侦知徐壮民、牛振武、李子竹、柴向东四个正各自在教室听课的情况后，由马君臣亲自带队，二三十个持枪的警察将几个教室包围，分头逮住四个学生，踢打蹂踏一顿，反捆双手，押出校门。这刻，又发生一出儿戏——雨枝吓白了脸，却盯着白宝霖啐道：“你个叛徒小子！”学生们都唰地看他，白宝霖脸涨得通红，说：“谁是叛徒？”一冲追过去，当院拽住马君臣，吼叫道：“我跟他们一样样的，你为甚不捉我？”马君臣啪地扇了他一个耳光，骂道：“我们捉的是大头头，你不过是个跟屁虫，还以为自个儿值一瓣蒜？”白宝霖瓷在那里。

徐二驹接到口信，慌急得快要疯了。他向章杰儒支借了十块银圆，离开银佛坪，昼夜兼程步行赶回。半夜时分敲开家门，月娥扑进他的怀里又捶又打，嘤嘤哭泣，徐二驹抚着婆姨，也哑哑地哭了。婆姨汉两个打凑积蓄，加在一起，拢共不到二十块银圆，忧心不够，胡乱猜说、计议着，枯坐到天明。第二天，联络到前后脚赶到的柴皮匠等另外三个家长，各人都带些钱，按份子算账，先凑了五十块银圆的礼包。众人议说，将这些钱擩进衙门，总该抹捋出个向向哩。可背上猪头找不到庙门，又为送钱的事犯愁。最后，还是徐二驹熟人多，打问一番门径，托起经常给贺县长送食盒的大师傅杨德生。杨德生办事踏实，有见过官的经验，脑筋也不笨，接下活儿，鬼不觉地把钱藏在食盒里，就轻松顺利地完成了行贿。过了一日，贺县长接见了几个家长，训了一通话，表示会把这些钱用在监狱伙食上，不让娃娃们受苦。至于案子，只说上峰有令，须得依令执行。衙门的水太深，几个家长吸冷气，傻呆了。

高先生见久不放人，硬着头皮去了县府。没等他开口说事，贺县长吹胡子瞪眼一顿训斥，并言称要追查责任、撤换校长，高先生灰塌塌无功而返。徐二驹晓得白文翰去年秋底已从关中回家，和柴皮匠几个上门求助。白文翰径往县府，却被阻在门外，只得亮出杨将军的牌子，才得进入。他以学生年少无知为由请求放人，并愿作保。贺县长表示未见杨将军手谕及上峰传谕，不便回旋行事，又称闹事学生系共产党嫌犯，将予严惩，以儆效尤。

众人无奈，一齐想到了一个人物——老贡爷。这位老者可是硕德饱学之人，口碑载道，贺县长必定会给些面子的。——众所周知，小六十年前回民举义回汉仇杀之初，贡爷一家百余口被回军活活烧死在镇边堡的一个山洞里，他背着襁褓中的幼子舍命冲出，跳下悬崖逃过追杀。自此带领乡民拼死反抗，保护了一方百姓性命的周全。嗣后，战火平息，瘟疫滋蔓，贡爷悬壶济世，不取酬资，广行义诊，救治官民无数，时任梁知县亲笔题写“济世堂”的匾额以示敬重。只这两宗功德便奠定了一世的口碑，数十年间，历任知县、知事履新之初个个专程拜谒，无不景仰推崇，贡爷的话从来不曾落在虚处。于是，白文翰和高先生、徐二驹、柴皮匠一股人上门拜望请托，老贡爷一口应允。果然，贺县长迎出府门，客客气气让座敬茶。贡爷言明学生幼稚懵懂、清纯如水，其忧国忧民之心当可褒奖，虽言行过激于法不合却也情有可原，祈望体恤、宽宥，解除羁押之苦，使之学为好人。又诵吟了一段圣人语录作为劝诫之词：“有子曰：‘其为人也孝弟，而好犯上者，鲜矣；不好犯上，而好作乱者，未之有也。君子务本，本立而道生……’”贺县长点头称是。高先生和白文翰申述理由，甘愿具保。贺县长推托不过，只得宣示了惩处办法：四个承头闹事的学生延续关押一月，不得探视；期满，各人处罚银圆五十块，交清罚金，再具结担保，方可放人。

一月头上，老贡爷和三太太各自捐出银圆五十块，白文翰捐三十块，高先生捐二十块，徐二驹和柴皮匠几家打凑了五十块，由老贡爷、白文翰、高先生联名具保，徐壮民四个人获释。一个个灰头灰脑，脸色煞黄，瘦了一圈，全没了从前的活泼模样和张狂的精神。

这一段日子，学校里最为得意的当数章廷祥了。那天放学回家的路上，他终于憋不住，对雨枝吹嘘说："瓜女子，咋向？二哥唾一口唾沫也能淹死人！我说那帮讨吃毛小子看了几本破书就癞蛤蟆爬上花椒树——蹄蹄爪爪都麻哩。贴标语、散传单，拿鸡蛋堰（顶，挡）碌碡，结果乖乖蹲了大牢；而今一个个蔫头耷脑的，劁骟了一样，嘻嘻……"雨枝噘着嘴巴，剜了他一眼。章廷祥又讥讽说："从此后，那些愣毛呆贴标语、散传单的纸张笔墨费用就不用章家大小姐掏腰包喽！"雨枝俏脸涨红，从地上捡起一块砖头朝他掷去，章廷祥灵巧地闪身躲开，用手指刮着自个儿的脸颊继续攻击："再见——我要当女革命家去嘞——"雨枝急出一头汗，恨恨地抢上前欲抓他咬他，章廷祥扮着鬼脸跑了。

章杰儒得意于自己的大手笔，以为自高祖而来章氏一脉于建筑行当有巧思妙想者无出其右。

多年前，当他伫立石寨向西南眺望之时，倏然发觉三道川与洛河交汇处的豹梁山果真极像一只弓背扑起的豹子，西北、东南临天然冲沟，突兀向前的梁峁酷似豹首，褶皱起伏的梁脊有如豹身，一条长尾弯弯曲曲探进洛河。闲暇时，他曾多次登上豹梁山巅，俯瞰山下，洛河川、杨青川、二道川尽收眼底，视野开阔，达数十里之遥。当下亦曾暗自思忖，如若据占此山，高筑堡寨，东西南北俱为天然屏障，地势险要，易守难攻，乃是一处难得的军事形胜之地。在他决计大兴土木之初，几经勘察、规划，心中业已勾勒、描摹出一幅宏伟的堡寨建筑构图。据此，他开始一步步完成实践，并表现出非凡的组织运筹能力。

银佛坪一带，章家据有山梁数座，更拥有号称吴起地面天心地胆的河川地一千多亩，周遭数百个村庄上千户人家租种章家的山坡地、河川地，章家可随时剥夺其中任何一家的租地权，加上手中的枪杆子，章杰儒对用工派夫的事体并不担忧。动工之初，他以维护川道治安、防备匪患为由，派出团丁逐村逐户按地亩、人丁强行征派民夫役差，宣称对拒不出工者一律就地惩处示众。乡民一盘散沙，哪敢怠慢。在实施劈斩崖面、夯筑寨墙、打券箍窑、起房盖屋这些极为耗费人工的工程期间，豹梁山上、洛河川道人头攒动，服役的精壮苦力达到四五百人之众。章杰儒坐镇指挥，工头负责监督，匠人领班施工，团丁荷枪巡查，各司其职各得其所各尽所能。伙房一年四季烟喷雾罩呈现忙碌景象，担水的担水劈柴的劈柴做饭的做饭送饭的送饭，大师傅、打下手的一个个黑水汗脸，到茅圈尿尿拉屎也一路小跑。天暖工多的时候，就连马倌徐二驹也加入忙碌的行列。他做活实诚，打草铡草、上草添料之余，自觉地下河湾打水或到灶前相帮。伙房的二师傅和他配合默契，一个猫着腰身抱来一捆捆的大白菜抑或一盆盆的腌酸菜，不声不响蹲跪在铡墩跟前，一个嚓啦一声拉起铡把，像给牲口铡草一样，一个一抱一抱摞上，一个一铡一铡铡出。

民夫的伙食由章家供应，一天两顿，一顿每人两碗。章杰儒为提高工效，别出心裁设立了奖励办法：领班的认为谁出了大力可另外奖赏一碗。这一碗饭发挥了巨大的诱惑力，一茬大肚汉为此从早到晚头不抬眼不睁地做活，章杰儒甚为开心。起初吃的是洋芋、菜叶、黄米或谷米熬成的稀和饭，为了保证受苦人的体力，章杰儒调整了伙食，隔一天吃一顿稠的，米饭熬菜或窝头熬菜。每遇一项工程告竣还能吃到一两片腌猪肉。章杰儒看着工程进展比预想的还要顺利、快捷，吩咐宗管家派人把存储了多年的几大缸发腊起霉的猪油抬来，做饭时铲一铁锨放入，菜汤里飘起一层亮闪闪的油花花。章杰儒经常指着油花花大声嚷嚷：“不会伺候的伺候丈人，会伺候的伺候匠人，不要当老章家人情寡淡，舍得嘞！”

赶至头一年的天冻时光，寨墙夯筑、防卫设施建造工程告竣。堡寨占地十五六亩，寨墙大略呈长方形，周长一百二十丈，底阔一丈五尺，高三丈，顶宽六尺。寨子四角各筑墩台式哨楼，又用石头砌成堞墙垛口，一圈连贯。西北侧寨墙留置砖拱门洞，是通往外头的唯一门径。堡寨里头的工程自翌年解冻之时接茬开工，依山势平整、铺建六道巨型条台达山顶。山顶宽敞的平台上箍起一排石窑，窑面为打磨光滑的青砂石块砌成，棱线分明，做工讲究。窑院设计别具一格，窑顶前沿搭一排硬篷，飞檐翘角，檐柱浑圆，形成穿厦式建筑样式。门窗、檐柱一色雕花，朱红油漆，显示富贵之气。各层条台及平坦的底院盖满房屋，两厢对称，俱为砖木结构瓦房，计有六七十间。另有马厩二十余间，粮仓两栋。底院掘凿水井一眼，水源旺盛，水质清冽甘甜，取之不竭。堡寨东北角掘有一处倒斗形的地窨子，深数丈，注入齐胸深的水，窨口搭置檩木、椽子、石板，黄土覆盖，留进出口一个，仅容一人通行，这是章杰儒煞费苦心一手设计的关押人犯的水牢。距东北寨墙三十丈远处有一天然砂石崖，崖畔至谷底深达二三十丈。章杰儒的另一杰作是花费了一年半的时光，由一群石匠昼夜轮班施工，在光滑如削的悬崖中央仅凭铁锤、钢钎凿掘成崖窑一处，可容五十余人食宿，并与堡寨暗道连通。

当放了暑假的章廷祥随同伯父从安边回到银佛坪时已进入一年之中最为炎热的大暑节令。他一跳下马，叼空子从章廷芝腰间偷出匣子枪，熟练地打开大小机头，闭着眼睛朝天上放了一枪，呜哇大吼一声，爽快至极。在遭到父亲饱含疼爱的禁斥后把枪还给章廷芝，顾不得洗漱、吃喝，拽着伯父的衣襟嚷嚷立马去豹梁山寨子瞧瞧。章鸿儒平时遇有空隙便回来察看，但见侄子兴致甚高，不忍拂了章杰儒的爱子之心，就抖擞精神说咱先看看吧。章杰儒大为感动，赶紧走在前边引路，一边喋喋不休地叙说工程的最新创意，慨叹在经历了漫长的吃不好睡不香的煎熬之后终于可以让列祖列宗安眠九泉大放宽心哩！路上，他又对章廷芝大加赞赏，说："这小子经办了不少事，扛起了大梁，尤其是把一班团丁操练得个个如虎，派差执勤从不误事。"章廷芝受到褒奖心中高兴，做出一副大人的模样，掏出一把糖果塞进章廷祥兜里，并不时提醒一惊一乍的小兄弟小心绊跤。章杰儒心中温暖，对章鸿儒说："俩小子比一个娘一个老子生的还亲!"

施工场地，烈日炙烤，散生的杂草抽筋似的奄奄一息。庄稼汉和匠人们个个脱去破衫褂裸露着上身做活，焦黑的皮肤上沾满土末、石粉、灰尘，经汗流冲拉，现出一道道醒目的渍痕，斑斑驳驳，脏不兮兮。受苦人见到章鸿儒亲自视察，哪个还敢偷奸耍滑，争先卖力，挥汗如雨。章鸿儒颇为满意，伟人一样招一招手，喊道："老乡们好——老乡们辛苦啦——"

章廷祥从暗道钻入崖窑，在洞口探出脑袋大呼小叫一气，扔下几块石头砸向深谷谛听遥远的回响。又从暗道折回，钻进水窨子折腾一顿钻出，连声呼道："这窨子是关押坏人的好地方，铁打的皮囊关不过三天保准屄得尿裤裆!"章杰儒摩挲着他的脑袋，说："乖儿子有眼力，这原本就是关押坏人的水牢。"章廷祥指着远处的崖窑说："万一这里失守，可以从容退到那里，任谁×也不唤!"章廷芝说："兄弟说对哩，咱章家从此进了保险箱，天是老大，咱就是老二，怕×甚!"章鸿儒统统看了一回，各项工程业已进入扫尾阶段，冬前即可举家迁入。他暗自称奇，这个貌似平庸的兄弟竟如此心思奇巧、谋划周密、组织有方、行事干练、动作快捷，实非等闲之人，心里不由得添了几分敬重。几个人爬上豹梁山巅的平台，章鸿儒一手叉腰，一手指天画地，朗声说："咱老章家后方稳固，前方崛起，如日中天!"

# 第七章

时序转过一年。

一场不晓得多少辈子人从未见过和听说的大年馑降临到陕北，并囫囵囵摧毁了高原。

任芸芸众生如何许愿打卦，抬炉祈雨，肠肚掏空，机关算尽，苍天绝情绝意，从上年秋天经一冬一春一夏一秋滴水不下，陕北各县干土三尺，赤地千里，刀镰未动，颗粒无收。米价从夏季开始一路疯涨，一升发霉的谷米卖一块银圆，三升粗糠麸皮也卖一块银圆。时隔未久，粮摊尽收，举凡吃的东西有价无市。从秋底起，家底薄弱的农家便吃光了存粮，再也不敢伸长脖颈盲目伺等，一伙一伙脸孔浮肿的庄稼汉扶老携幼望南而逃，村落荒废，难觅炊烟。无力逃生的，不愿离开故土的，被家人抛弃的，一色饿得肠肚拧绳绳肝花摇铃铃，一旦瞄扫见可以啃食的东西，个个两眼火星喷溅，争相扑抢，不管是苍蝇、老鼠还是蛐蜒、臭虫。高原上的榆叶、杏叶、桑叶被捋食殆尽，榆树更是遭遇了灭顶之灾，从树根、树干至股杈、树梢的肉皮被剥削得一干二净。接着，人们争相刨食草根，嚼不碎的囫囵吞进肚子里。当屡屡出现卡噎而死的情形后，有人家尝试烹食僵硬卷翘的瓦瓦泥和充满咸味的观音土，结果又一个个胀坠死去。在边隅旮旯散居的庄户，当饥饿的黑云压迫得只剩一口气的时候，人们抛弃了伦理亲情一切性命之外的虚无，变成披着人皮的野兽，大人下手吃娃娃、儿子下手吃老子、男人下手吃婆姨。冬夜漫漫，朔风横扫，不值钱的生命和灵魂一个接一个无声消失、陨落。镇边城周遭十里的大道小路上，数日间出现百十具东倒西歪、面孔狰狞的饿殍，旋即遭到饿疯的野狼、野狗们肆意的抢掠攫夺、撕裂啃啖，干毛草一样的头发和白森森的头颅、腿骨到处遗弃，一片狼藉。苍天无语，大地冰冷，一种灰败苍凉凄惨绝望的气象笼盖人寰，生命的力量到了最为弱小和可怜的时刻。

距徐家不远的一处阳坡上新起了一座大大的黄土坟堆，徐壮民把父亲的几绺头发和头颅残骨、大腿骨殖渣子及条条绺绺沾血的破衣打包在一起，与母亲的僵尸装殓于一口新割制的柳木棺材里合葬了。丧事办理的过程十分冷清，灾荒异常的年月，死几个人像踩死几只蚂蚁已无人关注。没有阴阳铃铛的响动，没有鼓乐响器的喧腾，也没有仪式的烦琐拖沓，抬棺打墓的是三舅赵叔成和两个表兄弟，另外相帮的只有西峁上的白文翰一家和住在城里给马君臣当勤务的伙伴白宝霖。父亲的老家远在定边县花马池畔的盐场堡，还有一个从未谋面的大伯父，路程远窎，不知生死，无以打招呼，因此也就没有了本家房头的走动聒噪。在吃过一顿晚饭——拜谢、送走亲朋客人后，两孔偌大的土窑里只剩徐壮民一人。外头漆黑，鸱怪子阴森、凄厉而活跃的叫声不时响起，给人一种不祥的预示，或许注定又有将死的灵魂在徘徊游荡，他丝毫不觉惊慌恐惧，也不觉孤单寂寞。消沉的清油灯火下，他从灶坑的灰堆里摸出一个油纸包，小心打开，露出一把小五封子手枪。靠近灯火，用衣襟仔细擦拭着，胸膛里的复仇之火熊熊飙扬啾啾作响。

案发多日，县警察局已做现场勘查和尸检，并进行了调查取证，可案子仍悬在半天，凶手依旧逍遥法外；徐壮民多次催案，并不见任何响动，他决意到县政府起诉，同时，也做好了最瞎的打算，那就是踏上复仇之路，用这把枪里的子弹亲手击碎仇人的脑袋!

未及放暑假，大年馑的恐慌气氛蔓延到学校，学生们纷纷辍学离开，先生们心慌意乱也一个个去了，学校大门上挂了一把大铁锁。

学完高小课程的章廷祥在父亲的鼓动下已决计报考榆林中学。雨枝也想继续读书，怂恿徐壮民一搭报考，并磨缠母亲分担壮民的学费，三太太笑眯眯应允了，徐壮民却坚决不干。月娥也不同意儿子继续念书，认为已然识得几笸箩的照门字，早就成了文脉人；既已长大成人，就该当撑起门户来。鉴于章家一直横竖不肯放人，徐壮民打定主意学一手养马的本领，顶替父亲，让父母团聚，共度晚年。雨枝因徐壮民放弃读书本已心烦，不料又遇变数。章鸿儒早已知晓女儿跟一帮穷学生厮混，曾参与闹事，他专程过来，瞪着三角眼第一回冲宝贝老幺女发了脾气，斥责她是脑子里灌了红水子的人，早该收心务正，不准许去乱糟糟的榆中濡染；安排娘儿俩去安边长住，女眷们都已经从老家搬了过去。雨枝心里有气就要泼使性，嚷嚷坚决不去安边。三太太言称想回老家住一些时候，瞧瞧娘家的那几间瓦房和出租的几亩地，给父母上坟添土。章鸿儒拗不过女儿，也为抚慰三太太，只得同意。当雨枝得知徐壮民打算顶替父亲去银佛坪喂马时，心里的阴霾一扫而空，见天黏着他，也不再闹别扭。三太太临行前把家里剩下的一些米面统统赠送给了徐家，月娥感激得泪流满面。她把粮食分几个地方藏起来，掐算着老伴回来，天天喝米汤面汤，兴许能撑过这个可怕的年馑，而儿子去章家正好托出了一张嘴，因此甚是宽心。

章鸿儒留下一个骑兵班护送，三太太一行起程南归。一路上，娘儿俩坐在轿窝里，徐壮民和轿夫步行，小心地牵引驱赶骡子。前头后头是八九个荷枪的骑兵，各自小心侍应。因双骡一前一后行走，中间担着轿窝，难以快捷，行进缓慢。雨枝耐不住寂寞，无聊时常钻出来和徐壮民并行嬉戏。走不动时，就会缠络着徐壮民将她囫囵抱起递进轿窝，徐壮民只好照办，雨枝总是发出一串甜笑。三太太提醒女儿已是大姑娘哩，就不害羞？雨枝朝母亲扮个鬼脸，说壮壮哥又不是外人！晚间，一行人在过山小客栈歇息。徐壮民依着母亲的嘱咐，不待当兵的献殷勤早早去给三太太和雨枝打洗脚水，店家声称，天旱得水井眼见干涸，勉强够人吃喝，哪里有富余的水。众人叹息一番。

夜里，三太太盘腿坐在炕上剪窗花，雨枝抓耳挠腮无事可做，把徐壮民叫过来。叫过来还是找不到相宜的事情来做，她就让徐壮民看她的指纹，说她的十个指头都是箩箩，把一双纤手伸展来。徐壮民捉着手一个一个端详，真的清一色箩箩，说："你有福。"雨枝捉了徐壮民扇子似的大手，一个一个瞅，惊奇地说："全是簸箕！"徐壮民自己看了一回，确认无误，说："那我是没福的。"雨枝嘻嘻笑了："壮壮哥，咱两个过家家，你拿簸箕簸，我拿箩箩装，比谁家都粮多！"三太太的目光从手中的窗花上挪开，瞥了女儿一眼："没心没肺的疯丫头！"雨枝呵呵笑着，忽然想到了打发时间的办法，从自己的行囊中取来几本小人书，有《封神榜》《岳飞传》《王先生》，是章鸿儒托人从西安捎买的。徐壮民要看《岳飞传》，雨枝想伙着看《王先生》，不让他看《岳飞传》，把书夺来藏在身后，徐壮民只得放弃。雨枝拉过来两把椅子，两人头挨着头就着油灯看故事书，不时窃笑一回。

三太太偶尔瞄扫一下，眼里充满爱怜。她一直很是喜欢徐壮民，瞅着他一年年长大，出脱成一个身材魁梧、浓眉大眼的后生，特别是那一张棱角分明的国字脸，隐隐透出一股子英气。女儿今年已是十五岁了，高挑的个子，纤长的睫毛，一对丹凤眼鸟雀一样扑扑闪闪，胸脯上隐隐突起发育的轮廓，正当一天一变的青春妙龄。俩娃娃四年来朝夕相处，耳鬓厮磨，她心里时常飘忽起一丝不安和忧虑，却也不愿往深里探究。这一夜就这么过去了，而三太太心中的不安和忧虑却扎了根，她敏感到女儿对这个大小伙子产生了一种难以自拔的情感依赖！

三天后，一行人抵达银佛坪。这里也是满天流火，河滩上地皮龟裂，拔节、抽穗的庄稼一色枯黄死蔫，叶子干得卷翘起来。河床裸露，遍地石头、沙子，河水已变成一条细线，行将断流。川道两侧的村庄行人稀少，一派寂寥，据说许多人家逃荒走了。章家于去年冬天搬迁进了豹梁寨子，老寨内能搬走的都搬走了，只剩两窑陈粮和一圈骡马，还有猪猪羊羊，大门紧闭，由十来个团丁和几个下人看守照料。大门洞上方的“武魁”二字依然醒目，只是没有了人气的烘托，显得孤零零的，失去了往日森森的霸气。

徐壮民心潮澎湃，匆匆上山拜望久未见面的父亲去了。

三太太牵着雨枝的手，去往冯家老宅。

荒草堙路，土墙破塌，进得大门，三太太眼圈开始泛红了。院子里，满地乱蓬蓬的杂草一律枯死，寻不见一片绿叶。三太太从衣襟下摸出一把磨得光滑的铜钥匙，战战栗栗打开锈迹斑斑的门锁，轻轻推开门扇，一股干燥腐朽的味道扑入鼻孔，只见破旧的家具上落了一层厚厚的灰尘，哪里还有一丝的人气！这时，雨枝踩翻一个破盆，随着一声颤响，十几只辫成蒜辫倒吊着睡觉的蝙蝠被惊醒，扇动干涩的膜翼盘旋翻飞，吱吱唳鸣着，乖巧地避开障碍从窗户窜出，唬得雨枝脸色发白，双手抱头，三太太早已泪水长流、泣不成声了。

看到儿子的那一刻，徐二驹陷于失态的惊喜里。他颤颤抖抖点着一锅旱烟，专注地瞅着儿子酷似自己的方宽的脸颊高挺的鼻子和不似自己的清纯而光采的眼睛……直至儿子被瞅得有些羞赧才意识到自己觑瞅得太久了。在儿子转身打量他陈设简陋凌乱的屋舍时，他顾不得点燃熄死了的烟末，又贪婪地觑瞅起儿子魁伟的身体宽展的肩膀浑圆的腿肚粗实的胳膊……他心里显然涌动着热烈的父爱，在一遍一遍默叨：“这就是我的儿子！我的儿子就站在眼皮跟前！”

在明白了儿子的意愿后，他陷入沉默。良久，他只用“不行”

一句简短的话表示了决然的否定。徐壮民瞅着父亲雪白的头发、佝偻的脊背和满手的死茧，磨盘一样的负疚覆压在心，觉得必须软磨硬泡了。夜里，他给父亲洗脚。徐二驹的脚指甲因长期懒于修剪而窝屈变形、厚壮卷曲，脚跟、脚掌、指头板结了一层死茧，经儿子一番精细修理、搓洗，顿觉清爽利索，连心情也轻松、愉悦起来，惊奇一双脚片子也与人的精气神关联。

徐壮民从包裹里取出一双母亲做的千层底的布鞋和一套衬衫衬裤，让父亲先试试新鞋子的大小，徐二驹说："这是你妈一手做的，还用试?"他换上了衬衫衬裤，翕着鼻子，惬意地嗅闻着衣裳上散发的新土布气息，说："壮壮，这千针万线的，你妈又熬了几个通宵吧?"徐壮民嗯了一声。他拿过父亲脱下的内衣，闻了闻，汗渍味浓重，说："大，好长时光没洗了吧?"徐二驹不在意地说："一个人，好对付。"就着油灯，徐壮民开始专心捉虱子、掐虮子。他发现父亲内衣上的虮虱并不多，而虱子个个瘦瘪，爬蠕艰难，想来是父亲身子精瘦、人老皮糙，虱子嗑不开吸不上血，处于半饥饿状态的缘故。"大，你衣裳上的虱子不多，痒不?"徐壮民问说。"不痒。说也奇怪，我身上的虱子都吃不胖，半死拉活的。"徐二驹回应着儿子的话，点燃一锅旱烟，却不由得嗐了一声，"你说你这个娃娃，把你妈一个人撇在家里，那不是越发孤单哩!""大，是我妈趱着叫我过来的，我妈的话你总得听吧？这趟过来就不回去哩，非得把你顶替回去。""娃娃，这不是你盛（待）的地方……"徐二驹摇了摇头。"大，我如今都是大人哩，早该顶门立柱哩，你老人家大半辈子在门外揽活，早该回家歇缓歇缓哩!"徐壮民的话音里带着明显的负疚和感喟，更有一股子自信和豪迈。围绕顶替这个事，父子二人争争吵吵，拉扯了半宿，儿子口气坚决，父亲只是摇头叹气。

徐二驹做了一个奇怪而沉重的梦。先是梦见家里过喜事，房头娘舅客都来了，摆了一桌一桌的酒席，一班子吹手吹吹打打的。交后晌炮仗炸响，儿媳妇从骡子背上下来，在面孔朦胧的送人婆姨的陪引下，走上硷畔，进了院子。站大小、放拜礼时，月娥喜得直哭，说老和尚，咱熬煎了半辈子总算熬煎出头哩！可是，直到进入洞房窑，点亮两支红蜡烛，儿媳妇却迟迟不肯抹下红盖头，也不让儿子揭去，以致儿子无法看到她的模样，显出心焦气躁。就在他为儿子犯急的当口，那红盖头猛然掉落了，竟露出月娥的一双充满忧郁、怨艾的眼睛，直戳戳地盯视着自己，泪水像燃烧流滴的烛泪，滚落一串……徐二驹惊醒，心怦怦跳着，直至听到身畔儿子清晰酣甜的鼾息，才释然了。他再也睡不着，披上衣裳盘腿坐起，驼背顶着墙壁，垂耷了焦黑的头脸，吧嗒吧嗒抽着烟。中途提着马灯出去给牲口添了夜草和黑豆料。回来，依旧枯坐，细细捋掐着梦象，呆呆愣愣直到天明。

徐二驹从儿子夜夜圪蹴在地上给自己洗脚的服侍中享受了融融的父子亲情和天伦之乐，也勾起对婆姨的无限思念。多少年来，他感激月娥不嫌贫寒嫁给自己并备尝孤苦恓惶为老徐家抚育出一个膀阔腰圆的后人，就是跪伏在地侍候她终生也难以报答。她是他心目中的一尊菩萨，他觉得自己是一个罪人，一个平庸无能的罪人，欠下了一笔来生也还不完的情债！经历了重重的忧虑，慑于大年馑的淫威，他开始动摇。在儿子保证遵从他所提出的种种戒律后终于答应儿子暂且留下，教给他养马的本领，反正后事是黑的，先混口饭吃，挨过这段苦焦的日子，旋走旋相（边走边看）吧。章杰儒口头答应了徐二驹小心翼翼、诚惶诚恐的请求，说这得看看他儿子是不是块材料，灾荒时月章家不养活白吃饭的人，章家的马倌也没有那么好当。徐二驹感激得眼睛湿润，连连作揖打躬，说不把样样行行的事情抹捋好，就是七老爷叫我回家走一趟也是不敢。

日子一天一天过去。徐二驹在一宗宗一桩桩向儿子教授了饲喂、管理、驯良马匹的基本规矩、要领之后，郑重其事地对儿子说：马驹落地首先会跪起双膝“拜四方”，可见马是极有灵性的高贵的生灵；养马没绝招，就是跟马处朋友，就是摸透马的脾性，敬重马的不混同于其他牲畜的精气神。他从只有身上沾了马粪味马才喜欢与你接近开始，到陌生人如何从马的左胯前方靠近才不会引发马的慌张、如何抚摸马的脖子马才会觉得舒服快活、如何用和善的眼神注视马才会引来马和善的回应以及怀孕期不可随便触碰马的肚子等等，不放过一处细微屑碎，向儿子灌输平生所学的精要。儿子的记性、悟性不在章家大少爷之下，这令他十分欣喜和骄傲。相马歌诀，诸如"三十二相眼为先,次观头面要方圆;相马不看先代本,一似愚人信口传;眼似悬铃紫色浸,睛如撒豆要分明……"儿子不仅三遍成诵,并从他烦琐的絮叨中概括出相马最为紧要的地方:一看口齿,二看血统,三看大架,四看驯良,五看奔跑。徐二驹深以为然,仿佛儿子是他最为得意的关门弟子,因而精神焕发,两眼放光,话语愈来愈多,佝偻的脊背也似舒展了一些。

章鸿儒为乖哄雨枝开心，专程从安边回到银佛坪，笑吟吟地把一个精致的皮匣赠给她。雨枝打开一看，里边装着一把油光锃亮的小撸子，就扔到一边，噘着小嘴说："我才不稀罕，我又不打仗。"章鸿儒说，这是朋友送的一把小五封子防身手枪，小巧玲珑，一崭新的，可贵重哩，值一二百个大洋。雨枝忽然心里一动，露出笑模样，说："那本小姐就笑纳哩。"章鸿儒父爱绵绵，手把手教女儿如何装弹、上膛、瞄准、击发，并叮咛了注意事项。雨枝握了枪钻出窑洞来到平台上，章鸿儒颠颠地跟出来。她闭着眼睛试图放一枪耍耍，却害怕得厉害，只好放弃。章鸿儒示范着朝空中连放三枪，鼓动女儿一手握枪一手将腕部托住，克服紧张扣机击发。雨枝胆子壮了些，依样而行，砰的一声，终于打响，欢喜得咯咯笑了。章鸿儒开心至极，说老章家出了一个穆桂英嘞！

第二天一早，当雨枝钻进马厩把手枪展示在徐壮民眼前时，徐壮民眼睛发绿，翻来覆去把玩不够。从碎脑娃娃起，他就朝思暮想拥有一把真手枪，觉得别在腰间号令伙伴莫敢不从，天不怕地不怕神气至极。雨枝见他果然爱不释手，趁机提出条件，说：

“只要你天天和我一搭耍就送给你!”徐壮民愣怔之际，耳畔忽然响起父亲严厉的警告，心中一惊，慌忙把手枪还给雨枝，说：“这可使不得，这么贵重的东西我不敢要!”任雨枝如何强鼓缠络，只是不敢答应。最后二人商量，由雨枝保管，没事时一搭练枪，于是两下欢喜。

虽是外婆、母亲曾先后给章家做过用人，父亲更是一个名副其实的老长工，但徐壮民自进入章家并无卑屈和畏怯之感，甚至从前也不曾有过这样的感觉和心态。他认为道理很简单：你雇我图的是做活，我做活图的是挣钱；你付工钱是天经地义，我挣工钱则堂堂正正。坊间关于章家的议论评说，他不大在意，毕竟章家从来没有亏待过自己的家人。他与这一家人濡染最深的是雨枝母女，这都是实打实的好人，反倒冲淡了那些传言留在心目中的不好印象。然而，为实现顶替父亲回家的心愿，他还是格外添了几分小心。

徐壮民负责石寨老宅里马匹的喂养，依着父亲的叮咛和自己朴实而自尊的想法，每日里殷勤地割草、铡草、担水，定时喂饮，半夜准点起来加草加料，马厩打扫得干干净净。每隔两三天，他把马一匹匹牵到河滩中间的细流边用毛刷子刷洗一回，十来匹马个个精壮，通身光洁。他记着父亲的话，马打滚儿蹭痒痒却蹭不到脖子，因此每回都一个一个给它们挠抓脖子，马们舒服极了，与他相处亲密，老远看见就打响鼻表示亲昵欢悦。这样过了两个多月。章杰儒经无数次的留心观察，挑不出什么毛病，很是满意；也觉得徐二驹明显上了岁数，体力不支，打算放人，徐壮民已多次央求过他了。不料中间却出了绊脚的圪塄。章廷芝认为徐壮民是一块打铁的好料，几回怂恿他跟上自己干，许诺封个小队长，说跟着大哥吃香的喝辣的耍武的，比喂马强多哩。徐壮民心中感激，只得以实情相告，章廷芝还是不舍，向叔父递了话，章杰儒于是把放人的事情搁下。

徐壮民和团丁们混得厮熟，做完营生就兴致勃勃无休无止地练习使枪，很快动作娴熟，只是章家有禁令，还没有亲手放过一枪。他耕牛一样的膂力是在掰手腕中显露出来的。一回，他给瘦猴似的景凌让一腕子比试力气，结果轻松取胜。身体壮实的宗云鹞和他比试，也输了。景凌提出和宗云鹞两个人一齐上，徐壮民欣然答应。他把胳肘支在碾盘上，左手与景凌掰，右手与宗云鹞掰，两人使出吃奶劲，憋得脸红脖子粗，愣是掰不倒，围观的众团丁哄笑不止。景凌朝宗云鹞挤挤眼，两人同时抢上把他扑倒，骑在身上发泄晦气。徐壮民气极，一个鲤鱼打挺腾起，飞出一脚将景凌踹出七八步远；又揪住宗云鹞，双手举过头顶就要掷出，宗云鹞吓得脸色煞白，大喊饶命，徐壮民耳畔响起父亲的告诫，只得做出笑脸，把他轻轻放下。两人服软，后间，撺掇他入伙，徐壮民说大少爷也有这个意思，他眼下还不想干。二人揶揄他不吃好粮食，天生是个戳牛屁股的材体。

团丁们夜里无事，经常赌钱。章廷芝一回过来凑热闹，拉扯他学本事，徐壮民说不会，也没钱。章廷芝塞过来一把银圆，说："放开耍，大哥给你搂后腰！"话音里满是拉拢的热情。他惊得不敢接，说："先看看门道。"然而他天生不是个赌博的料子，高低弄不懂"买庄""卖宝""槽子"抑或"抱子""羊鞭子"这些行话，看了几圈就意兴索然，在大呼小叫里倒头睡去。有输钱的团丁乘机跷起腿在他头上三回五回地"过关"，发泄晦气，他依旧睡得嘴里流涎水，呼呼的鼾声扯锯一样生猛，逗得众人笑岔了气。章廷芝把他挡醒，他揉着惺忪睡眼发痴，又一蹦下炕，说："该上夜草哩！"众人讥笑，说他随了他大，就是个马胯吊的。章廷芝挖苦他是个瓷×墩儿！

仲秋的一天，雨枝早早从山上下来，钻进徐壮民住的窑洞，挤眉弄眼，塞过来一个纸包。徐壮民打开一看，竟是一只煮熟的猪肘子。他涎水滴流，二话不说大口啃起来，不及细细品咂就吞进肚子里。自从来到章家几乎没沾过肉腥，这一刻，他觉得这是世上最好吃的东西，吃肉就是人活着最大的享受。啃了几口，忽然想到父亲，就把猪肘子用纸包好，塞在枕下，父亲午后会从山上下来坐上半晌的。雨枝极力怂恿他出去练枪，打个野鸡、兔子什么的。徐壮民犯了犹豫，之前，已经毫不犹豫推拒过几回了。他干完手头的活计，雨枝兀自麻缠不休，小嘴噘得能挂起油瓶儿。徐壮民经不住诱惑，又不忍再一回伤了雨枝的面子，说："走!"雨枝喜得直跳。

二人悄悄摸出石寨，一溜小跑，钻进背山的梢林里。持久暴烈的干旱之下，野禽走兽不知躲到什么地方纳凉去了。林子里安谧清幽，间或响起一二声鸟鸣，弥漫了一种神秘的令人敞开心扉的气氛。两人一路乱窜，进入梢林深处，才零星见到几只野物。徐壮民一一指给雨枝看，雨枝兴奋得脸蛋儿通红，不论大的小的都要追根刨底探问究竟。一只手掌大小的跳鼠从面前越过时，雨枝惊奇至极，喊叫说："这林子里的老鼠还会跳舞!"徐壮民说："这不是老鼠，叫跳鼠，尾巴长，尾端长个毛穗穗，上头黑下头白，肉能吃。"雨枝问："它为甚会跳?"徐壮民说："跳鼠后腿特长，前腿特短，后脚长有五个指头，却有两个萎缩残废，因此不便奔跑，就一蹦一跳。"雨枝发现一只黄鼠从洞里钻出，蜷起前脚，直立身子，竖起耳朵，向四周瞭望、谛听，就悄悄拾起一块土圪垯扔过去，黄鼠"吱儿吱儿"吹了两声响亮的口哨，忽闪一下钻进洞里去了。徐壮民说："黄鼠也叫大眼贼，肉能吃；这家伙油滑刁钻，窟窿里七拐八弯的，擅长随时随地打墙作假，逃避侵害；最好的捕捉方法是灌水——接连灌进去几桶水后，就会有一只旱蛤蟆凫水出来——那是黄鼠的舅舅；接着黄鼠就会口里喷着水钻出，伺等它刚一露头可一铁锨拍住。"雨枝稀奇了半晌，却问他："如何晓得旱蛤蟆是黄鼠的舅舅？没听说它们有血缘的关系。"徐壮民笑了，说："小时候听大人们这样说过。"

在遇到几只红眼圈的鹧鸪后，雨枝觉得鹧鸪的叫鸣极有意思，就脆声脆气模仿着叫道："行不得也哥哥——行不得也哥哥——"徐壮民受到一种莫名的刺激，异样的眼光落在她的胸脯上——胸脯上打起的两朵萺葵美丽得无法抗拒！他身上吱溜潮热了一下，一种沉睡于内心深处的冲动猝然蹦出，就想亲吻她灵巧甜脆的小嘴……惝恍间惊醒，顿时臊得双颊发红，觉得自己腌臜的心思玷污了雨枝的清纯，赶紧掐住这个脱缰的念头。这野游的时刻里，他忽然地初萌了爱情，而爱情涌生的瞬间，他悲哀得几乎想哭，他对自己的前途一下子丧失了信心，那是一条灰暗得看不清的小路，他只能噌地将这根草芽似的爱掐死！他大声佯咳，又忙忙揩汗，以掩饰窘态。雨枝一副无邪的模样，只以为他热，赶紧递来小手帕。——这惊魂的一刻，就这么自生自灭闪电似的消逝了。

两人走累打算歇脚时，却看到不远处有一群忙于啄食的奔鹁。徐壮民示意雨枝不敢出声，观察一番，果然发现一只大奔鹁立于枝头伸长脖子东张西望，一边张开尖嘴排解体内的燥热。他指着大奔鹁悄悄说："这是个放哨的，只要打死它，这一群奔鹁就会六神无主不知所措，像一群失去指挥的愣脑娃娃，乱哄哄不晓从哪里逃跑，甚至可以跑过去活逮几只的。"雨枝急忙矮下身子，捂住嘴巴。徐壮民举起手枪瞄准，雨枝又忙忙捂住耳朵——砰的一声，子弹从放哨的奔鹁爪下穿过。大奔鹁受惊，吹哨子似的发出短促、尖厉的嘟哒声，一群啄食的奔鹁得到指令，组织有序地朝既定方向迅速转移，须臾不见了踪影。雨枝很是泄气，划着自己的脸蛋，嘲笑他是二马梁卦子！徐壮民一脸惶愧惋惜，说："头回打枪手生！如果有杆散子枪就好哩，一打一大片，咱能美美吃一顿奔鹁肉！"

章家石寨里的甬道上照例排起一溜子人。粮仓前，高腿桌子上放了一摞拟好的文书，由一个穷秀才代笔，一家一户正挨着履行借粮、卖田的手续。

饥馑之下，洛河川的农家陆续断炊，大人娃娃皮包骨头，眼睛苍绿，挖黄鼠、套野物大多空手而归，即便有所斩获也填不饱一家人的肚皮，更不是久长之计，他们不得不向章家高息借粮或卖田换粮以保住性命。章杰儒经过一番掐算，向外开出条件：借一斗还四斗，典押一亩坡地或两分半的河滩地；卖田优惠，一斗五升一亩坡地，六斗一亩河滩地；白纸黑字为凭，捺上手印生效。

章杰儒坐在一把太师椅上，自自在在吸着水烟，不时重复一句话："噢，庄邻院舍的，跟老人跟婆姨拉妥帖，盘算好哩，咱周瑜打黄盖，一个愿打一个愿挨，不强不鼓。"宗管家亲自过斗盘粮。他手执一把木刮子，先用木斗从粮堆上撮满颗籽，再用木刮子沿着前后嚓嚓一抹一刮，把冒沿的颗籽抹落。在他拿起木刮子的时候，守候在旁的汉子都会颤声央求说："宗爷，老规矩都晓得，可不比往年，黑老年馑的，手轻些……"宗管家一副黑脸，眼皮耷拉，不予理会。——章家的木斗从不短斤少两，在洛河川极是有名；但量盘也有硬邦邦的规矩，历来是平斗出、冒沿入，一来一去一斗相差足有半升。章杰儒并不避讳，嘴上常挂一句硬邦邦的话：老章家的陈年颗籽瓷瓷实实，当年收进的颗籽虚棱腾架，也没晾干晒透，精人愣人都晓得，这么量盘谁也不吃亏。

一切在安静的气氛里进行。荷枪的团丁转来转去。宗云鹞和景凌不时瞪着眼睛吆喝一声，显示角色的重要。忽然间起了骚动，一个饿疯的碎脑娃娃趁人不备抓了一把颗籽朝嘴里塞——有团丁抢过去，连扇几个耳掴子；碎脑娃娃被打出鼻血口血，嘴里的玉米颗籽染上了红血，还鼓起腮帮拼命地嚼咬着，缩头缩脖一口吞咽了。团丁掰开他脏兮兮的手，将剩下的颗籽扒拉进粮堆，骂道："再敢抢，剁了你的黑爪子！"随后，一脚将他踢飞；碎脑娃娃趴在地上，用长舌来回打扫着嘴巴，一边响亮地哭叫着。大人纷纷叮咛自己的娃娃，以挨打的结果威吓，娃娃们谁也不敢觊觎。这一溜子人里，最倒霉的是佃户们。今年颗粒无收，尽管章杰儒通情达理慷慨大方地宣布将所欠年租予以免除，但依成例收取的田亩税捐一点不免，并统统折算为借粮。于是，有不少人家不得不将三亩二亩的老家底卖给章家，这么高的利息实在是撑不住。他们麻木地捺着手印，扎着口袋绳子，一个个黢黑了脸，垂耷着头，眼里汪积了深深的绝望。快要收摊封库的时候，章杰儒照例从人群里拔选了几个后生做苦力或团丁，声明只管饭没报酬。被选中的磕头谢恩，未被选中的急红了眼，谋量着明天再来撞运气。一群老少临出寨门，章杰儒端着一升黑豆过来，点人头给每个娃娃装了一兜，让拿回去炒熟吃，安顿说不敢生吃，生吃了跑肚拉稀！大人们咀嚼着淳厚的人情千恩万谢去了。

徐壮民匆匆赶回，一进大门正遇上神色慌张焦急的父亲，父亲浑身发抖，二话不说，照准儿子的脸颊掴了两掌，骂道："打死你个驴条子！"章杰儒乜斜一眼，并不作声。记忆里，父亲从未戳过自己一个指头，也从未见到父亲如此暴怒惊恐，徐壮民已知什么原委，一声不响赶紧去了马厩。雨枝连忙解释，是她硬拽着壮民去练枪的，徐二驹赔着笑脸说："不关大小姐的事！"章廷芝不知从什么地方钻出，甩着马鞭子走过来，寻衅地盯着徐壮民说："你小子是不爱武妆爱红妆？你小子如若是个拦牛放马的材体，还敢骚情我妹子，看老子把你裤裆的鸡巴一刀割下喂猫！"徐壮民脸涨得通红，隐忍不语。雨枝却经受不了，恨恨地剜了哥哥一眼："你的嘴像一口茅缸，尽说下流话！"章廷芝没好气地训斥道："大女子跟上人家乱跑乱颠，还有理哩？快快回去！"雨枝凤眼圆睁："我就不回去！"章杰儒走过来，皱起眉头说："算哩算哩，一个囫囵还能踢死驴？"兄妹二人各自悻悻去了。

徐二驹临上山时蹭到窑里，伸展开粗硬的手掌，轻轻摩挲着儿子的脸颊悄悄问道："壮壮，大没把你打疼吧？"徐壮民觉得铁锉在脸上锉磨，热泪打转，连忙从枕下摸出啃剩的猪肘子让父亲吃，说是雨枝拿来的。徐二驹眼眶润湿，接过来闻了闻又塞在枕下，安顿儿子黑夜没人的时候再吃，吃完把骨殖扔到茅缸里，防人眼。他听了听院子里的动静，凑到儿子耳畔，哽咽着说："娃娃哪，这是狼窝，水深着哩。咱是提着脑袋揽工吃饭，咬着舌头说话的受苦人，非得把自个儿磨成瞎子、聋子、哑子……以后不敢再跟雨枝厮混，千万千万小心！"

九月上旬的一天晌午，卷扬了一趟子东南风，又刮了一趟子西北风，洛河川卷毛风骤起，把灰尘、土屑、草枝、树叶统统抛向当空，狂躁地舞之蹈之，天地陷于迷蒙混沌。转眼，四下里天掌堆起黑压压峰峦似的云头，迅疾膨大绽放，顷刻间把天穹蒙蔽，铜板大小的雨滴含着泥土腥气稀稀疏疏悄然飘落，打在人脸上温温热热。倏地，一条虬龙状的闪电神秘飞起，从南至北把厚密沉重的云层欻啦撕裂，随之爆发出击穿耳鼓的炸雷，山体坼裂，大地颤抖，烈雨倾盆。旷久焦渴的土地不及酣畅淋漓饱吸甘霖，已被冲刷得支离破碎、面目全非。山水湍急，把峁坡梁塬掘开千条万条的豁子冲向山下，洛河水位暴涨，卷起千重浊浪，咆哮南下。

老天迟到的降水彻底廓清了暴虐的旱象，绝望的人心在哭喊叫骂中得到些许滋润慰藉，并升腾起新的希望。憋屈了整整一年多的土地活泼了，草芽纷纷探出尖嘴，一闪一闪长大。背阴暗处，苔藓丛生，柔嫩脆亮的绿毛子张狂蔓延，仿佛一夜长成，彰显了生命的活力与顽强。气候快步清冷了，一层一层白霜交替着扑打过来，刚刚勃起的生命遭到扼杀，漫山遍野的树头蜕为青的黄的红的紫的，又一叶叶风里飘零。

当树头之上色叶落尽、百草嫩芽枯缩风干的时候，北方草地上的狼群迫于饥饿抵着寒冷向南迁徙。狼群在人们舍命的抵御中不断结伙壮大，势成洪水，饱受煎熬的生灵遭受了又一轮惊心动魄的劫难。

饿狼三五只抱成哨探的团伙，族群遥相呼应，挨村逐户搜索前进，遇有猎物，跳墙入院，混群攻之，传言已攻破多处寨子，扫荡一空。据说，打头阵的巨狼从狭长的嘴里龇出一寸长的獠牙腾空扑起之时，牛的驴的羊的猪的抑或人的脖颈咔嚓嚓断开，群狼呼号着拥上，饱吸血水，撕裂啃啖，眨眼工夫，连皮毛、骨渣也见不到了。骇人的传闻助推恐怖蔓延，洛河川各家各户抬柱子搬石头顶死垒死门扇、窗户，有牲畜的主户不约而同把牲畜圈进家里。人们还不放心，大人娃娃手执镬头、铁锨、榔头、斧杖严阵以待，屁屎尿尿也不敢出门，家家臊臭刺鼻。

呜儿——呜儿——后晌时光，从洛河川西北面遥远的山道传来声调悠长令人惊悸的狼嚎。此刻，河滩地里，徐二驹佝偻着腰身正在埋头打草。旱死的玉米、谷子、糜子，是喂牲口的好草料，他每天下山割倒一片，打成捆子背上山去。不远处，还放牧了十几匹马，长绳打结泥拽在土里，自由采食。当中一匹马极为神骏，通体墨色，四蹄踏雪，名叫青云，是徐二驹以伊犁马作种马煞费苦心杂交选育出的一匹神驹。徐壮民听到瘆人的狼嚎，一溜小跑来到父亲身畔，赶紧相帮打捆拾掇。父子俩把草捆左右吊着驮上马背，徐壮民背起地上剩余的几大捆，分别拉出泥拽的绳头盘结好，一边催促父亲，一边吆喝马匹，先头走了。地里还有割倒的玉米秆子，徐二驹不舍，又去拾掇。章家骡马众多，他忧心夜草不够。徐壮民爬上山坡回头望了一眼，大声喊道："大，快些!"徐二驹吼了一声："壮壮，你尽管走你的，没事。——回去把铡刀磨一下，好铡草!"他将打摞好的四五个大草捆捆在一起，绾好活结，一尻子坐在地上，背靠着小山一样的草捆，套进两个瘦削的肩头，喝一声："起!"脸涨得通红，颤颤巍巍朝坡上走去。

传言狼怕火，章杰儒未雨绸缪，已吩咐制作了十几个蘸了清油的棉絮蛋，于山寨高墙四围搭支木架一个个吊起，如若有狼群夜间袭击，一齐点燃可保无虞。依传说的经验，他又早早传令，如若狼群不攻，不可擅自开枪，以免激怒招灾。

章廷芝听见狼嚎，登高瞭望，看到西北山麓出现无数黑点，弹跳向前，恶声而来，下令团丁统统进入守御位置，又令长工们往堑壕搬运滚木石头。

狼群沿河川从北向南浩浩荡荡开来，窜入村庄，跳墙入院，打门杀窗，却几无所获。于是，一个个恼羞成怒，撅起尻子，顺着门旮旯朝里头发射屎箭，肆无忌惮放声示威。几袋烟的工夫，先头狼群汇集于河岸，远远望去，麻颗子一样。一声愤懑的长嚎，有头狼扑入河中，群狼呼啦啦随着争先游向对岸。狼崽子四处扑窜，母狼们张嘴叼起，泅水而过。

徐壮民驱赶马群进入门洞，朝后张望，看见父亲背着草捆从小山豁口过来，长吁一口气，放下心，去往底院。章廷芝并未注意到半山上疾行的徐二驹，一眼只盯着爱骑青云，待马群进寨，下令用巨石堵死寨门。这时，十几只苍狼贴着地皮箭镞似的射向山上，寨墙上响起惊呼。

徐二驹完成了一次人生的壮举，彰显了人在死亡面前的勇敢挣扎。他背负草捆仓皇向前，看看到了寨门，却见门洞封死，绝望地大吼一声："我日你八辈祖宗!"一只巨狼率先狂扑而来。寨墙上，章杰儒吓白了脸，急令甩下一根麻绳欲将他吊上去。徐二驹看到一线生机，显出镇定，甩脱草背子，灵快地一闪，躲开了巨狼的袭击。巨狼一击不中，龇开獠牙反扑过来，他扎稳身子，抡圆斧镰，凶悍地暴喝一声，冲狼脖子砍去，咔嚓一响，狼头滚落一边。在他蹿向吊绳并抓住绳子的一瞬，又一只灰色毛皮的巨狼发一声狂鸣龇开獠牙凌空飞来，传来咔嚓嚓的咬裂声……

一声雄浑威严的嚎叫震响山谷，群狼里各头狼传递着嚎声，分成团伙，从堡寨的不同方向漫山遍野越沟跨涧包抄过来，不下千只，一时土雾团团，嚎声如潮。

这时候，正在疯狂抢食的十几只巨狼纷纷收敛形容、垂下尾巴、耷拉双耳，并俯下身子退到两边；一只体格异常健壮威猛的黑毛狼王腾纵而至，伸出长舌在徐二驹的尸身上嘬了几口血水，扬起硕大的头颅，尾巴蜷曲向背，又发嚎叫，群狼立刻窜上，顿时血雾腾腾。

徐壮民听见团丁们的惊呼之声，心头一紧，从底院奔上寨门，却不见父亲的踪影；及至蹿上寨墙看到父亲的身体已被群狼撕碎啃光时，目眦尽裂，望天咆哮一声，一头栽倒昏死过去。雨枝得悉，攀上高墙，沿着壕堑过来，泪水满脸，抱着徐壮民的身子一声声呼叫。天色已是黄昏，章杰儒一头虚汗，下令点燃火蛋，一时堡寨之上一片火光，烟尘滚滚。狼果然畏火，纷纷后退，保持距离，蹲伏守望。章廷芝拎了两把匣子枪往来巡查，传令狼群若不攻击，不得放枪惊扰刺激。徐壮民从喧嚷里苏醒，翻身跃起，夺过一个团丁手中的长枪，瞄也不瞄朝门洞口黑魆魆的仍在舔食血迹、骨渣的狼群连放几枪，两三只巨狼中弹，惨叫着，扑腾着。狼群乱哄哄骚动间，狼王双耳直立，毛发竖起，仰天长啸一声，蹲伏于堡寨四周峁梁沟谷的群狼得令，个个弓背咆哮，从地面腾起，蹿飞至寨墙与沟畔接合地带，一个猛冲企图攀越，却一个个打着筋斗倒跌下来。狼王又发一声长啸，群狼改变策略，体格雄健的倚靠墙根弓背站立，一只只鱼贯而上，各各抓踩肩头搭成梯子张牙舞爪往上攀越。章廷芝见情势危急，双枪齐发，砰砰两响，寨墙根底一只充作柱础的巨狼中弹倒毙，狼梯崩坍，狼们滚落下去，有几只跌进谷底，发出惊魂的嚎叫。众团丁呼号起来，枪声暴起，群狼攻击受挫。狼王暴怒，嘴唇翻卷，獠牙长龇，啸声不止。群狼一队一队搭梯冲锋，遭到滚木打击，枪弹扫射，付出惨重代价，始终未能突破。狼王泄气，发出一声悠长凄厉的嚎叫，群狼有条不紊退回原先位置，黑魆魆匍匐在地，绿幽幽的光焰四下里明明灭灭闪闪烁烁。

这刻，章廷芝揩去头上的冷汗，抽身过来，手里拎了一把匣子枪。事已至此，他心中隐隐不安，想安慰一下徐壮民，更想看看他的反应，以便做出一个决断。果然跟预料的一样，徐壮民眼睛血红，一扑上前揪住他的领口，诘问为甚将父亲关在门外见死不救？章廷芝也不做解释，反问：“是你大的一条命重要还是堡寨里百十号人的性命当紧？你小子擅自开枪，招来大祸还没跟你算账倒有理啦？”徐壮民悲愤狂躁不能自抑，扽紧他的领口不放，欲扑倒算账，二人扭挽在一起，章廷芝手里的匣子枪掉落地上。雨枝上前拉扯劝架，早被蹭倒，急得大呼小叫。章杰儒神色不安，紧走过来，奋力将二人隔架开，真诚地解释说：“徐家贤侄哪，这都怨狼的过，有谁愿意眼睁睁看着狼吃人？何况是你大哪！我当时把绳子抛下去哩，若是老徐动作快上一丝丝，就拽住绳子爬上来哩！”章廷芝的口气也和缓下来：“壮民兄弟，没有人成心害死你大！眼下，人都死哩，章家自会厚葬的。你就节哀顺变吧！”徐壮民悲痛欲绝，吼道：“我大为你章家牲口一样扛了半辈子活，那是一条命，眼见叫狼扑倒，你为甚不下令开枪?！你这个瞎心眼子的大恶少，老子跟你没完！”章廷芝闻言变色，两眼像炭球一样燃烧起来，欻地掣出另一把手枪，推弹上膛，骂道：“你个不识好歹的东西，给老子活腻歪哩?”雨枝见状，抢上前堵住枪口，声泪俱下，央求道：“哥呀，徐叔看着我们长大，他老人家已经死哩，你还要咋的？要打先把我打死！”章杰儒脸色阴郁，对徐壮民说：“你才也看见哩，枪一响，狼都疯张哩，这枪开不得！”一边说，一边打劝、拉扯。章廷芝余怒未消地走了，眼里闪滑着阴沉凶悍的光焰。

狼们趴伏着，身躯保持不动，双眼放射着绿光，分明是在沉着地养蓄着自己的体力，刻意消耗着人的精力，窥伺着人的困乏懈怠的到来。章杰儒显然看破了狼子野心，更显精神和机警，彻夜不眠，指挥团丁预备滚木、浇油亮火，严阵以待，并组织团丁呼喊口号，以壮胆自慰、虚张声势，震慑群狼。

群狼撤退的迹象始于翌日黄昏。当山坡上一抹日光行将消去时，河滩上由数十只母狼围成的狼墙内逾百只狼崽子发出饥饿至极的嗷嗷之声，母狼们腹中空空无以吐食哺喂，发出焦灼悲戚的嚎声。黑毛狼王终于动摇了，瞅着死了一层的同伴，无奈地缩小身子，收回尾巴，发一声悲愤的长嚎。各头狼长嚎连连，狼群后队变前队，不惊不乱依次撤出阵地，源源汇集于河岸，踏起尘烟，往南进发；那群狼呼号引发的低沉的回响绵延不绝，最后湮灭在高原遥远的山谷中。

三太太从女儿口中获知细枝末节，忧心徐壮民的安危。母女俩嘀咕一气，她拿出十几块银圆和一袋子干粮，偷偷塞给徐壮民，催促赶紧下山逃离。雨枝虽万分不舍，却晓得轻重，就将自己的手枪和几个弹夹包在一搭送给他。趁章家着人大剥狼皮，摆设酒宴庆贺大胜之际，徐壮民从槽头牵出青云，和雨枝一道出了寨门。

他趴伏在地，叭叭地磕头，喑哑地号哭，捡拾起地上父亲残存的毛发、骨渣和衣裳碎片，默然上马，驾的一声，往山下去了。雨枝嘤嘤地哭着，直望到黑点消失，才沮丧无限地返回堡寨。

章廷芝当晚大醉，得知徐壮民骑了青云不辞而去已是第二天前晌了。“这青云是老子的爱骑，这小子找死！”章廷芝当即带着十几骑，荷枪实弹，抄近道追去。——青云年龄三岁多，身体发育已趋成熟，体力充沛，反应敏捷，徐二驹曾为自己一手选育出这样一匹神驹而自豪，沿用相马口诀盛赞它是“眼如鸟目，耳如撇竹，麟腹虎胸，擎头如鹰，日行千里，马中龙凤！”这匹马由章廷芝依着徐二驹所教授的驯良之术一手调教出来，仅凭口令，就能自如完成卧倒、静立、前进、后退、攻击等等动作，章廷芝钟爱至极、得意至极，哪里肯舍。当章家马队肆无忌惮横穿镇边县城奔驰到南山徐家窑院之时，青云正在院子里啃食干草，看见主人，欣喜得双蹄奋起，咴咴直叫。章廷芝舒了口气，疾步上前，叭地亲吻了一口它的额头。

月娥头发枯槁，病恹恹的，扶着墙壁从窑里出来，立在门口，头上已是一层虚汗。章廷芝用枪头点着她说：“死老婆子，让你儿子出来！”月娥泪水哗哗地流下来，悲愤无限地吼道：“我家掌柜的为你章家卖了半辈子命，如今尸骨无存，你还要骑上脖子？”章廷芝说：“那是他的命，也怨不得我。我还要跟你儿子算账！”“那你今儿还要咋的？”月娥紧张起来，立刻转缓口气，“好我的大少爷，你高抬贵手，你把马拉走吧……壮民说是你家没给他结抬埋费，也没给他结工钱，才骑马回来，壮民是打算用马抵账的……他出了远门……”章廷芝说：“你哄鬼，出远门还能不骑马？”喝令团丁进入搜查。月娥堵在门口，尖声吵吵——儿子刚刚出门，到西山去请白家兄弟相帮料理父亲的丧事，她害怕儿子回来被抓，嗓音极大。团丁扑倒月娥，闯入搜查，一无所获。章廷芝料想徐壮民已然躲藏起来，下令将月娥绑缚拉走扣作人质。月娥听出他的用意，惨然一笑，从地上爬起，镇定地梳理着头发，回头望了一眼自家的窑洞，呀的一声尖叫：“我今儿拿一张老羊皮换你的少爷羔子皮！”一头撞过来——章廷芝暴怒，飞起一脚踹向她的心窝，月娥像干草捆子一样飞出七八步远，口喷血水，倒地而死。

济世堂医馆。老贡爷透过石头镜片仔仔细细读了徐壮民拟写的诉状，大为感慨：“‘杀人之父，人亦杀其父；杀人之兄，人亦杀其兄。然则非自杀之也？一间耳。’”并自嘲说，“‘里仁为美，择不处仁，焉得知？’”徐壮民听着话暖，身子一抖跪下了，求助的眼神明白不过。老贡爷却摇了摇头，说：“退后一拃，天宽地大；苍天在上，善恶有报。后生哪，眼现苍生蒙难，不是计较官司的时候！”徐壮民默然退出。那一刻，他是那么深切地体会到了孤独无助！

饥馑日甚，镇边城立起了卖人市场，卖儿卖女卖婆姨的成群结队，二升颗籽换一个娃娃，五升颗籽换一个婆姨，一斗颗籽可换一个大女子做婆姨。老贡爷眼下所焦虑的是招抚流亡、赈济灾民的大事。他磕磕绊绊，拄着拐杖四出游说，倡导有钱出钱有粮出粮，开设粥场，舍饭救人。市井传言贺县长勾连仓廪属官私售义粮牟取暴利，老贡爷只是不信。就在前日，他再去县府面见贺县长，申明救灾救人之事迫在眉睫，县府须得有所作为。贺县长言称县府已发告谕，而富庶之家个个自保，拒绝缴纳义粮，无可奈何，只凭县府义仓赈济无异于杯水车薪，百姓死死活活只有听天由命了。老贡爷灰头土脸回来，到家就睡倒了。——徐壮民听说了这些事，心里并不埋怨老贡爷，他只觉得老人家高得像一座山，深得像无底的水，自个摸不着根底！

徐壮民从老贡爷处讨不来支持，却仍坚执地把报仇雪恨的注码押在打官司上。杀人偿命，天经地义，即便有天塌地陷的灾荒，即便章家势力再大，县政府也不会撒手不管。他心里有数，念头铁硬——白家他也去了，白文翰看过诉状，抽着旱烟半天不语，最后嗐了一声说：“娃娃，白叔给你出庭做证！”他只认为白叔的寡言和踌躇是怕得罪章家，可毕竟愿意当证人，自个儿没有看错人！

徐壮民把状子高举过头跪伏在县府门前，大呼冤屈，整整一天竟无人理睬。第二天，经白宝霖凭借警察局长外甥的身份从中疏通才进入二堂。贺县长阴沉着脸招来充当师爷的文员记录。徐壮民把诉状呈上，贺县长阅毕，让他先依惯例缴纳规费，待后查办。徐壮民还不知打官司须缴费在先，就问需用多少。师爷开列受理费、诉讼费、出勤费、押金等七八项之多，令他至少缴纳现洋三十块，否则不予受理。徐壮民大吃一惊，算来算去，连同三太太所赠和母亲藏匿在炉坑下的家底，拢共不足二十块银圆，只得四处筹钱。

这天前晌，徐壮民耷拉着脑袋行至中街恒丰客栈附近，迎面过来一个客商模样的中年人，打量着他，问道："这位小兄弟天天在街上转悠，莫非遇到了棘手的事?"徐壮民闻声是外地口音，无心搭理，继续往前走。客商拉住他，说："四海之内皆兄弟，没有过不去的坎，何不一起坐坐?"徐壮民一声不吭随他进入客栈。客房里还住着一个彪形大汉，小心地奉上茶水，躬身立在一边，徐壮民虽觉蹊跷，却无心探究。客商热火火地再次打探情形，徐壮民心中一暖，一则一则叙述了自家的遭遇，说着说着，涕泪横流，以至放声号啕。客商愤愤不平，沉吟良久，从身上取出十几块银圆相赠，支持他把官司打下去。徐壮民大为感动，却推托不受，说："萍水相逢，不敢妄取。"客商拍着他的肩膀说："在家靠父母，出门靠朋友，算你借的。"徐壮民见他热心真诚，就写下借据，表达了谢意，急忙回家去了。当天，他凑足数目往县府缴了规费，自此天天催案。客商一直住在恒丰客栈，早出晚归，或倾听街谈巷议，或去往乡下察看灾情，也时常打问案子进展。

过了七八天，贺县长终于开堂问审。徐壮民和白文翰、白宝霖几个证人进入大堂，却不见章廷芝，被告席上端坐着宗管家，朝他眨巴着阴鸷的眼睛，脸上浮出冷冰的诡笑，显示出一种强大的自信。徐壮民提出抗议，贺县长宣称被告章廷芝染病在身，由宗管家代为出庭，符合法理规程。依照程序，贺县长听取了原告的诉讼理由和请求，并问讯、厘清了证人、证物等相关情况。轮到被告代理人答辩，宗管家巧舌如簧，全盘推翻原告控诉，并当庭出示了由十几名“目击证人”具名并捺了鲜红手印的证言文笺作呈堂证供。徐壮民不及反应，贺县长宣布休庭合议。工夫不大，开庭宣判。贺县长端坐在太师椅上，晃荡着肉鼓鼓的脑袋，宣读了审结文书：经县警局现场勘查、缜密取证，又经庭堂讯问甄别，审查合议，案情真相大白。原告父亲系野狼啃咬致死，与被告无干；原告母亲系马踢致死，亦与被告无干……徐壮民几个震惊之间，只听到贺县长说什么依照中华民国相关法典章则律条，宣判如下：被告清白无罪，驳回原告刑事诉讼请求。原告盗取被告宝马挑起事端，继有诬告之嫌，本当依律究责，鉴于原告父母双亡，宝马业已归还原主，免去责罚，所缴规费扣除案务开支，余款没收充公。原告追索被告所欠工薪、丧葬费一宗，与被告提出名誉赔偿一宗，两相折抵，互不亏欠……徐壮民如闻天书，目瞪口呆。当他明白县府就这么了结了官司，一时气血冲顶，指着贺县长的鼻子骂道：“你眼窝糊了鸡汤屎？你这个驴日的昏官、赃官！”他不顾白文翰和白宝霖二人的阻拦，向公案冲去，企图揪住贺县长讨个公道。承办案子的马君臣拔出手枪，几个警察扑上，将他摁倒，结结实实捆绑起来。贺县长老羞成怒，以咆哮公堂、冲击辱骂有司为由，当场下令棍棒惩戒、投送大牢。

翌日清晨，久住恒丰客栈的两个人早早起床，各自换了行头。客商神情庄重，着一身中山装，戴一顶礼帽，先出了客栈。大汉一身灰布军装，武装带上别两把匣子枪，提着行李箱，匆匆结清店脚钱，从里院牵了一头毛驴出来。客商骑上驴背，大汉牵着缰绳，沿街向南行走，拐了两拐进入县政府大门。司门小卒提溜着裤子厉声呵斥，二人没听见一样，只管往里走。大汉把毛驴拴在大堂一侧的一棵厚皮柳树上，提着行李箱，尾随客商穿过大堂、二堂，直指三堂。

县政府沿用梆鼓之声传达作息讯息。早先时候，贺县长在节奏鲜明的击打声里醒来，习惯地瞅了一眼尻裆硬邦邦的二掌柜，庆幸自己还不显老，晨勃自如，盘算着此番卸任后即可带着金银财宝回到鄜县老家安享清福，再娶一房小的，这玩意儿尚可派上用场。他就着清油小灯，美美吸了两个烟泡，精神陡长。先在茅房完成痛快的排泄，回房漱尽口中残存的酒气腥味，面对镜子把一绺长长的头发散开，从右向左小心翼翼盘绕过去，半遮了光秃秃的肉脑袋。这些天，贺县长的日子并不好过。因为救灾不力，省府在月初已下达公文，免去了他的职务。令他纳闷的是，任免令已下达多时，县府预备的接风洗尘的美味佳肴换了一茬又一茬，新任牛钦誉县长却迟迟不见露面。此刻，贺县长骂骂咧咧，正待吼两嗓子新学的秦腔排解心中的纠结郁闷，屋门呀地开启，两个陌生面孔一前一后进来。客商也不言语，径自坐在太师椅上，大汉哈腰从行李箱中取出一纸盖了鲜红大印的省政府的委任状。贺县长露出惊诧之色，接过委任状，从头至尾看了一遍，肉鼓鼓的脸上绽出笑容，热辣辣地说："牛县长大驾履新，有失远迎！"他伸出胖手欲上前紧握，见牛县长神色漠然并无此意，只得半道上尴尬收回，脸上的笑容绺子依旧耙拢着。

在肃穆紧张的气氛里完成了手续交接。牛县长挥毫写下一副银钩铁划的柳体对联，令名叫王朝岳的大汉张贴于县府正门。

新任县长牛钦誉不乘坐骡走马轿窝子、没有鸣锣开道、没在大堂门庭鸣炮三响，而是骑着一头毛驴上任的消息不胫而走，城里一群菜色满脸的市民聚拢于县府大门口看稀罕，没有见到这个日怪的县长，却见到了大门口张贴的对联。内中有识字的大声念道：

枉要同胞一分钱，请唾我面

莫忘公仆两个字，感服民心

大家议论纷纷，也有人嘀咕说，又来了一个卖嘴的假包公！

自牛县长下令将贺继昌、马君臣一班贪官污吏一个个查抄家产就地逮捕并戴上手铐脚镣投送大牢之后，镇边城炸了营盘，百姓奔走相告，说天上掉下来个牛青天！

监狱里人头密实拥挤不堪，贺继昌、马君臣等遭遇犯人谩骂殴打甚至被逼迫唱酸曲、扭秧歌、喝臊尿、吃臭屎，闹腾得乌烟瘴气一团乱麻。牛县长视察了一回，惊异犯人之多；夜以继日审查了所有羁押人犯的案由卷宗，宣布大赦令，除了杀人放火的和贪污受贿的，什么偷鸡摸狗的行骗哄抢的抗粮抗税的打架闹事的串门子惹臊的一律就地释放；特意点名徐壮民即刻去县府报到，录用为政府职员、县长随从。开监放人之时，却发生一串串怪事，一伙一伙的犯人死拽住铁门铁窗大声号啕抑或装猫赖狗呼喊肚子疼胯子疼赖着不走人。经调查盘问，原来他们是忧心一旦前脚踏出狱门后脚就会活活饿死。据说，这茬人多是绞尽脑汁故意滋事才被抓入狱的。牛县长黑青着脸来到监舍，让他们先回家看看父母妻儿，应允如若不能生存再到城里来——城里即将成立难民收容所，开设粥场舍饭救人。这茬犯人三比五靠方才放心，一个个提溜着裸露尻子的裤子兔子一般疾奔而去。

# 第八章

老贡爷庆幸镇边拨云见日，亲自见过这位传奇县长，俱言救灾主张。牛县长奉茶三番，盛赞老夫子年高德劭心系黎民。二人忘却年龄悬殊推心置腹畅谈邑治方略，探究国事民生，一个重于礼，一个偏于法，却又不事抑扬彼此恭维。于是，县政府着手救灾的消息再次得到权威证实，举城沸腾，很快有难民拖儿带女拥入。牛县长下令将镇边高小的空院子充作难民收容所，拨出仓廪存粮，开设粥场。

县政府连发三道紧急公文，召开各堡各区乡绅、官员大会，申明值遇天灾暴虐、生灵濒绝之危，筹粮筹款赈灾救人乃是当今全县一体至上要务，一切杂务统统让路；鼓动乡绅富户解囊捐输，有粮出粮有钱出钱，多多益善，少者不拒。牛县长借惩处贺继昌、马君臣之流的案例，申令各堡各区举凡富庶之家不得偷安一隅罔顾生灵，限期缴纳义粮义款，违者必究；严令各区行政官员廉洁自律，如有贪腐一律严惩不贷。

尖啸的寒风中，公开募捐大会在县政府大院如期举行，场面悲壮肃穆，隐现一股紧张森严的气息。牛县长身着中山装，一脸冰霜，亲自主持。百十号长袍马褂的乡绅、官员报名捐输，城中市民、难民千数百人簇拥围观。为防难民哄抢滋事，王朝岳、徐壮民带领全副武装的警察维持秩序。牛县长做简短讲话后，即带头捐输。他坦言自己至今未领一文薪俸，身上仅存银圆五十块，愿全部捐出，并承诺灾荒期间薪俸只留两成，其余捐出，由县府总务科负责监督。说完，将一摞银圆码在桌子上。老贡爷自叹囊中羞涩，捐献银圆二百，又捐糜谷五石，银圆现场捐出，糜谷做了登记，表示即日送往粥场。李函玉闷声不响，拎着沉甸甸的钱袋，蹁步上前，以柠条原商会和个人名义捐银圆两千、糜谷五十石。牛县长和李氏父子的慷慨之举，震撼了乡绅、官员们，各人无言相觑，不得不暗中添加了码子。围观的人群里早已响起呼呼呼的喘憋之声，似一支陷于饥渴的骆驼群，共同努出嘶哑的轰鸣。接着，白文翰捐银圆三百、糜谷十石；龙州区区长、省政府议员阎老总捐银圆一百、糜谷十石；宁塞堡乡绅章杰儒捐银圆一百、糜谷十石；柠条原区区长赵天孝捐银圆一百、糜谷十石；龙州堡青杨岔富户王仕秀捐杂粮二十石……捐输进行时，人群里忽发恸哭之声，有人口喊“牛青天”扑通跪倒，骨牌倾倒一样，千数百号衣不蔽体、瘦骨嶙峋的市民、难民呼啦啦跪倒，磕头拜谢，放声号啕。

大会之后，各堡乡绅富户或多或少一一捐输，救灾粮款源源进城。唯有新城堡宋家湾外号宋百万的一家，富得流油，却吝啬无比，县、区两级多番催讨竟不出合米分文。牛县长大怒，派徐壮民带一班荷枪实弹的警察星夜赶往宋家湾，逼开宋家寨子，将宋氏兄弟二人捉拿。牛县长以“为富不仁、见死不救”罪名处罚粮食五十石、银圆三百块。随后，牛县长向“山西华洋义赈会”求援，得粮二百多石，又从国民政府西北救灾粮项下分得一百来石。此外，经白文翰奔走传信，远在府谷县驻防的石云秀连长捐献银圆一千，派人专程送至县府，等等。经县府一笔一笔计算，累计领受、募集、罚没粮食六百多石，筹银六千多块，加上抄没贪官污吏家产，已有相当积存、储备。牛县长自任总督察，聘任老贡爷和白文翰为副手，指令学堂高先生负责造册登记、厘清账表，县府财政、社会、粮食、建设、警察各局抽出专人合署办公，负责粮食、银库安全和流入、流出管理。

自难民收容所成立，学堂院内支起数十口大铁锅，烟喷雾罩，煮粥舍饭，境内难民蜂拥而至，未及十天，汇聚了两三千号人。生活的主题和全部内容凝结成一个字：吃！城里人家茅圈里的尿盆几乎一夜之间全部失踪，成为难民手中的饭碗。每至饭时，县城便淹没在喧嚷嘈杂声里。蓬头垢面的难民嗷嗷叫着蝗虫一样拥上，掌瓢的差员不看人脸，只管朝破碗烂瓢盆盆罐罐一大瓢一大瓢挨个倒去，数十个维持秩序的汉子累得半死，依然难以防备多吃冒领的伶俐、贼乖之人。老弱童稚成为一族弱势，推搡、踩踏致伤之事屡屡发生；牛县长下令警察入场维持，强令排队排号，才制止了混乱。

难民张嘴吃饭无所事事也不是久远之计，牛县长经与老贡爷、白文翰协商再颁政令，责成社会局筹建纺织厂吸纳妇女纺线织布，教育局着手恢复两级小学堂教学收留学生。同时，为安全越冬，由建设局负责，挑选年轻力壮的小伙子组成土工队，指定白文翰牵头领队，搭建简易平房、草棚。接着，由粮食局牵头组织运粮队，西走宁夏北上包头南达关中贩运粮食和籽种，为来年春荒春种打垫底子。朔风劲吹，天寒地冻，县城却人烟吵闹，生机勃起，商旅渐有往来，市场出现交易，饥馑的恐慌一天天淡去。

老贡爷体力不济，于难民营、粥场上乱颠旬日就累得踉踉跄跄，脸色煞白，觉得坐诊济世堂为灾民祛除病痛才是自己该当的角色，于是辞了副总督察之职，从灾民中物色精干小伙，吩咐白志魁负责指拨，一股人昼夜赶制药材。庭院里支起一口一抱多粗的瓷缸煎制汤剂，水桶担去，免费供应难民饮用，预防流行性传染病的发生。难民闻说老贡爷看病不收钱，风寒的冻伤的腰腿疼的肠肚难活的一群一群聚至医馆，相互推推搡搡争先挤占地方，乱哄哄一片，空气污浊难闻。老贡爷忧虑人群聚集疫病滋染，约定除去急诊一律排号依次接诊，这才纾缓了拥挤嘈杂，提高了效率，显示出规则与秩序的重要。

这些恐慌纷扰的日子里，李函玉有了一种莫名的不祥的预感，心事重重，坐卧不宁。于是，便以回家伺候老父为由，请辞会长一职。不承想，经商会表决却未获通过，纠缠不脱，只好姑且担当。很快地，他又做出了一个重大抉择——关张了柠条原的药材铺面。他阴郁着脸孔，一瘸一拐指使伙计们将库存的药材统统倒腾了出来。随后雇了几挂木轮马车装载，又吆来赶牲口的驮了几驮，只给石掌柜撂下一句话让他照料，匆匆地往县城去了。

镇边上了岁数的人大都晓得，李函玉的那条瘸腿原是老贡爷抡起扁担砸折的。贡爷当年举家被回民杀戮干净，只父子二人逃脱，不曾再娶，相依为命。李函玉自幼饱读经史子集，延安府试得中增生后，无论怎的挑灯夜读却再无出展，于是秉承家学随父从医。记性悟性超出常人，贡爷极为赏识倚重，尽传偏方绝技，把李氏一脉精神壮大的希冀寄托在儿子的肩头。未曾料及，李函玉南下西安西走宁夏收购了几趟药材，眼界大开，热衷于经商赚钱，竟在贡爷毫不知情之下，于柠条原盘下地皮起房造屋开张了杂货商行。贡爷一生崇尚儒学，淡泊名利，不屑于商贾之人的奸诈狡猾、见利忘义，盛怒之下，一扁担砸向儿子逐出门户，自此父子亲情断绝形同陌路。时光流逝，风摧霜打，李函玉终于回心妥协，关张商行，隔为两下，一下自个儿收储药材，一下出租给挑担（连襟）石长和经营旅店，他不再染指。曾有人问他为何不开张一家诊所，李函玉说：济世堂的牌子乃是当年梁知县梁青天所题，荣名属于老父；牌子只有一块，老父健在，他没资格坐诊！据说，他屡次长跪在地失声痛哭向父亲赔礼认罪乞求宽恕，贡爷心意已决，一概不予理睬。如此淡漠三四十个年头，李函玉承受了漫长的亲情煎熬与折磨，尽管风雨无阻拖着瘸腿两地奔波，跪拜请安搀扶左右，又把上好的药材颠颠地送给父亲，令妻儿长守父亲身畔，却直等到头发花白从未听到父亲冲他说过一句话，每念及此就泪如雨下。——眼下遭逢大年馑，难民拥入县城，啼饥号寒，父亲悲天悯人奔波终日，却颤颤巍巍力不从心，他只愿把握机缘，陪侍身畔，帮着父亲完成救苦救难的心愿，从而化释缠结的嫌怨，消去久积的坚冰，弥合撕裂的父子亲情。也想着从此长年厮守不离左右，将父亲顺风顺水扶上山去，恪尽人子孝道。

举凡称作菜头的统统绝收，更无储存，难民一日两餐，一餐一大瓢稀粥，又不见半点腥荤，营养单一，勉强救命。不知从什么时候起，几乎所有的难民都罹染了疫病，一茬人喝着稀粥头一歪就死去了。僵硬的尸体撂进南墙外新近掘好的大坑里，一具具摞叠，顾不得横竖，撒一层石灰消毒，再撒一层黄沙掩盖，不敢封口起堆，伺等下一茬人的到来。李家抖尽家底，把库存对症的药材全部加工处理，配制验方，柴火昼夜不熄，熬制健体强身、防治疫病的汤药，持续不断供应难民饮用。父子俩殚精竭虑默契配合，白志魁和寒假归来的李安桥几个人打下手，日日夜夜收治病人，挽住一条条皮包骨头的生命。直至腊月底，死人的事情不再发生，门庭内现出难得的冷清、空闲。

李赵氏和儿媳郑氏手上沾满面粉，动作娴熟地捏了一簸箕扁食（饺子），赶在日头下山时扒拉进热气腾腾的滚水锅里，一团团温热的面香在屋子里飘漫。蒜头绝收，没有蒜泥，李赵氏颇为遗憾，絮絮叨叨抱怨着。郑氏笑吟吟抚慰着婆婆，将一疙瘩油炸辣末调进一小碗醋里，端上炕桌，说："黑老年馑的，有这佐料已是不易哩。"李安桥花费了一天的时光终于把本应于腊月二十三灶君节完成的里里外外大清扫的营生做完，一身轻快，洗手洗头，心里还惦着一桩小事——大年三十是要燃放炮仗的，这原是小娃们的趣事，可儿子还不会走，还得自己来。他已从店铺买回几串小炮仗，打算一会儿出去燃放，驱走大年馑带来的灰败气息，给除夕夜增添几分喜庆祥和。

老贡爷身下支垫了一个两头绣花的荞麦皮大枕头，脸放红光，悠闲地斜躺在热热的炕头，嗅吸着久违的面香，回味、梳理数月来跌宕峥嵘的日子，沉浸于极度的幸福里。李函玉盘腿坐在父亲一侧，捫着水烟壶，就着清油灯，一捏捏一捏捏把金黄的兰州水烟丝捺进钵嘴里，有滋有味地品咂着烟草神奇的刺激，一边开心地逗弄着满炕乱爬的小孙子。这个温馨的时刻，却从此镂刻在一家人的记忆里了——老贡爷发须皆白的头颅忽然一歪，眼睛发瓷。李函玉慌忙丢落了手中的烟壶，顺势扶住父亲的身体，紧掐人中，轻声呼唤，李赵氏几个凑到跟前，不知所措。老贡爷耗尽最后的体能探出右手捏紧儿子的手，小声却清晰地说："函玉我儿，老父对不住你哪……"老人的眼角淌出一串清泪，顺着异常苍白的脸颊一颗颗滚落。李函玉涕泗滂沱，牛嚎一声，咽喉痉挛不能成声："大呀……是儿子不孝……辜负了你老人家……"

牛县长得知老贡爷于除夕黄昏溘然长逝，匆匆备办香蜡纸钱和供品前往吊唁；李函玉一身缟素依乡间习俗叩首迎入，备述老父亲遗嘱：丧事从简从速，免去一应俗礼，不动响器不行吊祭不扰百姓亲朋；售卖"六开头"的柏木寿材捐助灾民，只背一口杨木材入土为安。牛县长痛惜叹惋，于灵前三鞠躬，黯然离去。李函玉谨遵父命，不报丧信，谢绝吊祭，于大年初三发起灵柩，一行人马车辆出了庭院。难民早早拥来，跪伏街道两侧，燃起堆堆柴火，望着灵车烧纸磕头，大放悲声。送别的人流随灵车涉过冰封的北门河道，依旧不舍，直至北山下的墓地堆起一堆黄土，唏嘘之声方才停歇。

镇边古堡自清同治年间成为治城，久历风雨，城堡残损，城门破塌，流民随处可越墙出入。北门河、东河湾两处交通咽喉只架设了低矮简陋的独木桥，摇摇欲坠，晴通雨阻，交通极为不便。——牛县长开春后就瞄准了这桩事。

地皮解冻时光，牛县长去了一趟白家，请白文翰出山，相帮自己做几桩紧事。白文翰爽快地答应了。

很快，二百多号年轻汉子从难民营中选拔出来，扩充了土工队。牛县长召集开会，宣布县政府将要实施以工代赈整修城堡、铺路架桥工程，当众任命白文翰为土工队队长，总理工程。人群里头有不少懒汉，嚷嚷开来，说连饭也吃不饱，身上没劲，拿不动铁锹，闹甚哩！白文翰显示了龙头大爷的干练，宣布说："凡是义工，政府一天管两顿扛硬饭，不愿去的站到一边！"汉子们欢呼起来，都吼叫说，只要能吃上扛硬饭，白爷叫我们搬山填河也行！

白文翰受命以来，偕同建设局官员一道勘察，拟定了工程计划和施工方案，得到牛县长力挺。随后，他将土工队分为土木、修缮、架桥三个分队，各自明确了任务。掂量劳动强度大，又把每人每天的伙食拨加到一斤细粮；苦力们喜色满脸奔走相告，都说白爷是善人！正式开工仪式选择在城隍庙的戏楼广场举行。那天正午时分，白文翰率领三百多号义工分三队开来，在广场正中排成三个方块。城中居民和难民拥来观看。牛县长着一身中山装，神情激昂，做动员讲话。之后，他操着山东腔，又做中国政治问题讲话，宣讲了孙中山先生推翻帝制、实行民主共和的历史功勋，阐述了三民主义的内涵，强调民族、民权、民生乃是中华民国的立国根本。市民难民半解不解，只当抬举、敬爱恩人，一色敛容静听，并无喧哗闹哄。讲话结束，牛县长兴致不减，清一清嗓子，现场示范演唱了《三民主义歌》：

三民主义，吾党所宗；以建民国，以进大同。

咨尔多士，为民前锋；夙夜匪懈，主义是从。

矢勤矢勇，必信必忠；一心一德，贯彻始终。

牛县长声音浑厚雄壮，打动人心，全场潮起掌声。接着，他又一句一句教唱。学生们由高先生根据牛县长的安排教唱在先，学会了歌曲调调，率先整齐地示范领唱，数千人跟着学唱，一时歌声震天，气势浩荡，惊得野鹊、老鸹、麻雀们拍翅远飞，工地上的骡马毛驴也好奇地伸颈观望。下来，县政府官员做了关于以工代赈全面整修城堡、改善交通的讲话，白文翰强调了施工注意事项，牛县长宣布整修工程正式开工！

学生们用火棍点燃挂在高竿上的几串炮仗，广场爆炸声响起，青烟散漫，人们嗅着鼻子欢腾起来。牛县长来到北城门，踩着云梯攀到门洞上头，挥毫写下两排大字：“孙总理精神万岁!”“三民主义万岁!”白文翰率领土工队在城门外庄严宣誓，整修工程全盘开工。

白文翰的组织才干和担当能力得到充分展示。三个分队分头施工，他起早摸黑各处奔走，掌握进度，检查质量，遇到问题就地解决。隔三岔五召集开会，汇总情况，公布进度，褒贬优劣。修缮分队除去补修东、南、北三道城门，新修三处敌楼，又将北城门瓮城进行了整修。逢遇上梁，白文翰必定亲至工地监督，唯恐出现疏漏。北门敌楼上梁时，一个匠工把一根上下粗细差不多的檩子的大小头弄反了，他检查发现后下令返工，撤去摆栈重装重摆，并罢去匠工当天的伙食，匠人们自此十分小心。土工分队在完成城墙残损修补和城墙根流沙清除后，开始挖掘护城堑壕，于南、东、北城墙外侧同时施工，环绕连通。堑壕设计深一丈二尺、底宽六尺、上阔三丈六尺，土方量大，要求依一比六的比例均匀拓展。白文翰经过考察，决定废弃原定施工方式，采用分组包工的办法逐段进行。开初大伙难以掌握比例和坡度，他指拨尝试分级挖掘、先深后浅、最后定坡，结果省工省力，进度也加快了，大伙都说白爷脑子灵、点子稠。

最艰难的是北门河的架桥。架桥分队轻松完成东河湾选点打桩、铺板架桥后开进北门河湾。这里西芦子河沿西北沟谷绕城而过，河床窄、水势大，近岸两边一片泥沼，踩上去立刻双腿深陷。历史以来，曾有多位驻军把总及知县打桩架桥，一遇汛期，山水暴发，顷刻冲毁，交通中断，人畜溺亡时有发生，乃是数百年间的一个老大难。牛县长亲自勘察，决计新修铁索桥一座，一举荡除晴通雨阻的历史沉疴。白文翰召集能工巧匠献计，大伙言称铁链太重，桥墩又只能坐在泥滩，墩基浅了不稳固，深了流泥冲陷日久必塌，因而莫衷一是。经多套方案比较，最终确定将桥墩基础挖大挖深，以二三十斤沉的大城砖于近岸泥沼中砌筑巨大的连体墩，把原定四道铁索改为二道悬连中间，两头各用四根浑圆的铁筋层层捆拽固定，上搭木板形成桥面，这样既减轻了桥体分量，又节省了原材料，如无特大汛情可保持久畅通。经过集中会战，铁索桥如期建成，市民、难民往来方便，无不称奇叫好。

城内外几项工程完工，牛县长从财政决算中得知节省了一笔钱物，决定在城中修筑一座孙中山纪念台，令民众时刻不忘孙总理教诲，也了却自己一个老同盟会员的一桩心事。中山台选址于俗称老爷楼的关帝庙偏南十字街口，白文翰调集伶俐工匠共同设计施工，耗时数月告竣。工程设计巧妙，建筑雄宏大气。基台呈棱体，中空腹膛，东西南北四面开辟洞门，八卦收顶，由一个上大下小巨型铁锤覆压合拢，沿东面洞门南侧修筑台阶可自由上下；四个正面高、宽均为三丈八尺二寸二厘，四个角面设计颇显匠心——宽度均为一丈九尺一寸一厘，象征孙中山先生一九一一年领导的辛亥革命；四洞八面，代表四面八方；高台之上砌筑隐身墙一周，内修坐北面南正房三间，为民众教育馆；西南角置一小亭，悬吊报时大钟一口。据说，在完成工程的最后一道工序——将牛县长题写了尺字“中山台”的三块大砖镶嵌于南向正墙时，白文翰瘫倒在地，咳出一口血痰，吼喊了一声：“天爷爷哟，我老汉的罪满哩！”

世事沧桑，小三十年过去，那个大铁锤让一股子社员抬去炼了钢铁。台下四个门洞串通的空间原是城里娃娃捉迷藏的所在，后被生产队长发现了它的贮藏功能，于是封死三个，留一个装门，充作集体的粮库。小四十年过去，一群红卫兵以破除“四旧”为名，踩着梯子攀登到南墙高处，举起斧子乱砍一气，怎奈大砖固实异常，虽火星直溅，竟不能把“中山台”三个字除灭，只得和了一疙瘩胶泥蒙蔽。后来经不住雨水冲刷，泥皮脱落，“中山台”三个字又暴露出来，只是带了一脸峥嵘的伤痕。再以后，就无人理会了。

早在春时，连着下了几场饱墒雨，湿漉漉的地里散发出泥土的清香，草芽扑蹿着冒出，长成肥壮的绿头。城里吃舍饭的难民再也圪蹴不住了，纷纷领上政府发给的救济粮和籽种、背起破烂的铺盖各自朝家的方向奔去。除了做义工的二三百人和部分学生外，没有散伙的是一茬二流子，他们借口籽种缺少、粪土无着，或是腰疼腿疼，赖在城里不走，权且享受饭来张口的清闲。牛县长拉下眉脸，下令统一组织起来植树。先在东河湾栽植高杆柳三四百棵，又在北门河岸的沙滩上植树两三千棵。牛县长见二流子尚多，亲自领队于郊外野地大举植树、种柠条，规定完不成任务者一律罢去当日伙食。二流子们经不起劳累折腾，一个个领了救济和籽种溜走，城中难民收容所至此关门。

大灾之后，股匪流窜，四乡不得安宁。县政府以警察武装一部为班底，从义工中挑选了百十号精壮，部署组建了保安大队。缺乏枪支弹药，王朝岳和徐壮民想出一计。他们抓获了窜至镇边城附近“招兵”的甘肃地界的土匪头目冯秃子一伙人，缴械后关进大牢，放出风头要处斩，暗里却给土匪大首领苏大牛透露消息，可拿一批枪支交换。那苏大牛原是绥远包头的大土匪，流窜甘肃、宁夏、陕北，欲改邪归正创建民军，而冯秃子广有人脉，是其得力干将，不得已送来八把匣子枪将人赎回。由此加强了装备配置。牛县长又以绥靖地方为由，向榆林方面争取了一批老旧的枪支，并从赈济款中斥资购置了一批，保安大队的装备得以解决。

随之，王朝岳出任大队长，徐壮民出任中队长，日日加紧操练，以防备匪患、维持治安。队伍刚刚组建，缺乏擅长带兵的人手，这个时候，章家民团里的小头目宗云鹞和景凌骑马携枪前来投奔。据说二人因暗里大量私售章家石寨内的存粮被章杰儒察觉，正欲擒拿问罪，宗云鹞父亲宗管家偷偷泄露消息，二人于是连夜脱逃。宗云鹞和景凌表示想干公家事，为政府效力，请求录用，并演示了枪法和带兵本领。牛县长急于用人，未做深入调查，分别放任为中队长。

一连串的事情做成后，牛县长眉头上的疙瘩解开，有了难得的清闲。徐壮民借机提出重审冤案，一雪家仇，伸张正义。牛县长调出卷宗，反复推敲斟酌，鉴于徐壮民无法解脱盗取宝马之实，受害人已入土为安，现场苦无目击证人，又忧虑章家势大，只得安抚说等时机成熟另行问案。徐壮民颇为失望，设身处地思虑一番，也觉难以撼动章家这棵大树，又担心拖累牛县长、陷政府于危机，只得强捺仇恨，以君子报仇十年不晚自慰。

这一年雨水丰沛，司雨的龙神似乎睡了一个酣觉醒转，将弥久的亏欠补给大地补给苍生。最得滋润的是野草，蓬蓬勃勃，狂野放荡，漫山遍野，铺天盖地，展现了旷古未见的自然奇观。赶秋底的时候，半人高低的棉蓬和一人一展手的沙米枝头籽粒肥硕，家家户户男女老幼日夜忙得不可开交，抢收抢打。沙米籽经碾磙脱去皮壳，晶莹瓷实，黄灿灿的，熬米汤味道极为甘甜。棉蓬晒干，连枷打过，满地堆起乌溜溜的籽粒，直接倒在铁锅里炒熟，石磨一磨就是炒面，抑或生着磨成面粉即可蒸了吃窝头。炒面也罢，窝头也罢，味道却是奇苦无比，好在吃进肚子里平安无事，这大荒的年月哪里还敢奢望讲究。各家各户，少则几石，多则十几石，储备了丰裕的主食。苦菜甜苣沙芥黄花菜黄芥叶野灰条野苜蓿，一筐子一筐子拔回晾晒成干菜，塞进柳筐柳篓挂在窑口、房檐，充作四季菜头。千千万万饥民填饱了肚腹，脸上浮肿褪去，出现血色。有籽种播种的庄户，收获了粮食颗籽，则过上了五谷打牙的日子。而外出逃荒的幸存者也纷纷归来了，清扫庭院，掸去家具上的灰尘，各家烟洞蹿出青烟，黑门黑窗的村庄于是人气哄哄了，大饥馑的云翳散去了。

大雪节令过后天气就冽冽地冷了，不久又落下冬天的头一场雪。柠条原在雪花纷飞中迎来一支全副武装的队伍，承头的是石云秀，骑一匹大白骟马，腰间武装带上穿连两副精制的棕色皮弹夹和手枪皮套，枪把子绾缀的红缨子在风中抖擞。石部奉命调防柠条原镇，在姨夫李函玉和父亲的协助下很快安顿下来。章家驻军接到换防安边境的命令，却赖着不走，石云秀不与计较，两下并未发生冲撞。石云秀心事重重，闭门不出，他在伺等预约好的自绥远动身过来的曹雨僧先生。

史料粗糙地记载了曹雨僧本人的遭际及陕北地方这几年的一些背景性的变化——

曹雨僧是横山县人，出身贫寒，榆中毕业后考入北京平民大学，依靠亲友资助和学校的助学金接济读完大学。求学期间，从国门之外飘传而来的马列主义播种于北京的校园，他与正在北京大学读书的陕北绥德县的老乡李子洲过从甚密，深受濡染。念罢书回到陕北，受榆中校长杜斌丞邀请，出任榆中训育主任，兼课任老师。榆中学潮闹了一回又一回，井岳秀出兵弹压，强行将承头闹事的高岗等十九名学生开除，推拉踢打，驱赶出校。血气方刚的曹雨僧愤然辞职。后间，榆林道尹公署在镇边县柠条原暂设县佐机构，经人举荐，曹雨僧被派往任职。县佐是个闲官，无所事事的曹雨僧却有了另外一个收获，一个偶然的机会，结识了回家探亲的石云秀连长。二人意气相投，所见略同，拈香结拜，一道加入了一个组织松散的秘密“倒井”的地方势力小集团，由此注定了他的一生必定要与政治和军事的职业结缘。

这些年来，井岳秀实现了对陕北的铁腕统治，在做过兴教育、办实业几桩实事后，渐渐蜕变为一个性情乖戾、贪图享乐的土皇帝。据传，他张嘴骂人，却有两样骂法：骂谁一句驴日的，算是侥幸至极；如若骂出娘卖×，那就大祸临头了。因此，连榆林的达官显贵也诚惶诚恐，走路盯着脚梁面，生怕招来一句“娘卖×”。井岳秀军政府摊派劳工、广征捐费，耗巨资在城内筑建了一座颇具规模的莲花池，引龙王庙的天然桃花泉水，打造出亭台楼榭、小桥流水、一池莲花的景观，供他和姨太太们避暑消闲，撩猫戏狗。此处玩腻了，又三六九外出巡视，数十个护兵荷枪实弹前呼后拥，招摇过市。每一回必定带上姨太太抖风露脸，这一回胡姨太，那一回金姑娘，就如种庄稼倒茬口一样。但凡出行，沿途百姓人等一律须得退避让道，不得直立直视，不少胆小的市民生怕惹下乱子，一个个跪伏在地，垂首闭目。这个关中男人性欲极其强盛，九个姿色美艳的姨太太犹嫌不够使用，还凭借一身武功，隔三岔五头戴礼帽便装出行，暗访靓丽女子。井岳秀也有神情极为庄重、严肃的时刻，那就是在榆林城形成定例、频频举行的辛亥革命纪念会上，他一回不落，雷打不动，携各界人士毕恭毕敬诵读孙中山总理“革命尚未成功，同志仍须努力”的遗训。

榆林已成为一方足以窒息民主与法制、公平与公正、理想与希望的封闭的土地。陕北的有识之士早已憋闷不满。不知从什么时候起，他们相互串联图谋“倒井”。据说，“倒井”计划得到杜斌丞先生的暗中支持，而驻防清涧县石谦旅的谢子长连长等一批中下级军官表现出异乎寻常的热忱。井岳秀混迹军旅、政界多年，手下耳目众多，早已侦悉。在两年前的中秋时光，两下终于冲撞起来。节日前夕，陕北地面的达官显贵都接到了井大人亲笔书写的贺寿请柬，榆林城里，通往井府的路上一时车辚辚马萧萧。突然之间，倾向“倒井”的石谦旅长遭遇暗杀，不少人莫名其妙失踪，榆林的空气一下子血腥起来。值此危急关头，谢子长等人紧急串联，在清涧打响了西北地区武装反抗国民党统治的第一枪。井岳秀派出重兵围剿。很快，这场由共产党人担纲、千余人卷入的“清涧起义”以失败告终，却为陕北的武装斗争拉开了序幕。

嗣后，曹雨僧也被列入通缉名单，仓皇离开柠条原亡命天涯，辗转落脚于绥远教书。正是这一次举事不成反受其累的教训，使这个书生出身的人变得瞻前顾后、谨小慎微，国民党也罢，共产党也罢，不再盲从盲信。同时，他捋掐出一个心得：光凭嘴巴子、笔杆子闹不成事，必须依靠枪杆子。有趣的是，直至十几年后他成为将军之时，却从未亲手放过一枪。

掌灯那会儿，雪收住了。石掌柜从窗户的玻璃空子瞄扫见一匹坐骡进了店院。他揉一揉不甚中用的眼睛，辨认出坐骡背上的客人是曾在镇上做过几天县佐又被榆林井大人下令缉拿的曹雨僧，心里一阵发紧。正犹疑是不是主动出去客套客套招呼招呼，却瞅见儿子已从客房扑出，大步上前，二人紧紧握住了双手。石掌柜钻出后门，猫了腰身一溜进了东家的院落。

李函玉听完挑担颇显忧虑的叙说，在青瓷烟钵里从容磕去水烟灰烬，又轻轻吹吸了烟嘴，说："石哥，把闲心放在肚子里头。曹雨僧在北京读过大学，何等境界？再说云秀也不是平庸之辈，又经历了四五年的军旅闯荡，二人走到一搭，不会捅出没头没脑的乱子。"石掌柜吃了定心丸，说："那我赶紧过去安顿安顿，不要叫什么眼尖的瞎孙瞄见惹下乱子！"他一边下炕一边嘟哝，"子大不由父，也不晓得这些尕娃娃打的甚算盘！"李函玉瞅着他的背影安顿说："你不要觍了脸瞎打问，咱们做老人的总得端住个相。"

当石掌柜惊慌失措又一回跑颠到隔壁院落里的时候，已是几天后的一个清晨。——石云秀的队伍从镇上一夜间神秘消失。依据雪地上留下的踪迹判断，队伍一路向西去了。石掌柜觉得遭受了愚弄，跺着脚臭骂儿子是个鬼屌子！连着几天，依照儿子嘱咐置办回来的大批的炒米炒面蒸馍干菜连个颗颗末末渣渣也不见了，并且没有一句半句的话语留下，只是在他的枕头边码了一摞银圆。

镇子上再未显现其他的征候，只是章家驻寨官兵欢腾了几天，甚至燃放鞭炮以示庆贺。章鸿儒专程从安边过来走了一趟，到处说柠条原本是老四团的地盘，这老井疑神疑鬼，不晓打的什么鬼算盘，到头来也没出了我章鸿儒的水！

冬去春来。县政府接到镇罗区公所的一宗报案，言称有个老汉在西草山的一条山沟里拦羊时遇到日怪事，先是闻到一股股恶臭，后间一群山羊着了魔似的嘴拱蹄刨，竟翻腾出三具死尸。牛县长当下派徐壮民带保安一中队随同报案者前往现场验尸查看。经勘验，三具尸体高度腐烂，形容已毁，均为成年男性，系由同一种钝器砸击而死。现场再无其他线索，徐壮民一筹莫展，空手拉脚回来。

这桩“山羊报冤”的人命大案一忽霎传扬开来，人心收紧，流言纷扰。牛县长觉得不破此案无以向百姓交代，为慎重起见，他亲自带队到现场勘查。徐壮民指着尸体说，死者衣衫褴褛，且身上分文不带，应当不是谋财害命。牛县长一边查看一边说，不可凭感觉办案，随便排除、定性，兴许主要的财物不是现银，即是现银，也有可能被行凶者搜去。徐壮民认为死者惨死于同一种钝器，致命伤都在头部，行凶者似为一人，牛县长表示赞同。有一个疑问令他们百思不解：山羊乃是畜生，并不喜恶臭，为何纷纷向前刨拱一气？牛县长经过仔细查看，在尸体压覆的地上发现几撮山羊吃剩的炒面、炒米，立时兴奋起来。据种种迹象，牛县长做出两个推测：一、这原是一伙出门人，带了干粮上路，一个人起了贪心，趁人不备手执钝器各个击中要害，得了财物后将三个人的尸体拖拉至沟旮旯掩埋，因作案地点距离目的地不远，未搜走死者身上的干粮；二、冬季寒冷，炒面、炒米没有霉变，香味向外散发，由此引来山羊的刨食。徐壮民一班随员半信半疑，却也拿不出更合情理的判断和推理。根据死者头部一击致命的伤痕，牛县长断言凶器应是斧杖、镢头之物，行凶者出于多种考虑，不会带走，就在附近藏匿，于是下令搜寻。时候不大，果然在一个山水串管里找到一把血渍斑驳的小镢头，众人钦佩不已。

因案发日久，风吹、日晒、雪打，踪迹消失，又无苦主报案，徐壮民几个办案人员只得到处张贴布告，依靠明察暗访获取蛛丝马迹。依牛县长交代，重点查找方圆几十里内数月来有无合伙生意人过路借宿的线索。过了半个月，终于在距离案发地三四十里之远的一个村庄找到一条重要线索——一个开路边店的寡妇婆姨说，去年冬天曾经留住过四个赶牛驮盐的脚户客，客人离店时再三表示，这里住得好吃得好侍应得也好，返程时一定还来打搅，其中一个许口愿说到时候白送她两碗咸盐，可是自此再无消息。寡妇婆姨说到这里没好气地嘟哝道：“贼眉溜眼的，玄谎玄得马也撵不上，这长鸡吊蛋的没一个好东西！”徐壮民闻言心里呼啦一闪，预感案情行将出现重大转机。他追问四个人的体貌、年龄特征，寡妇婆姨不愿惹事上身，只管摇头，推说忘光哩。徐壮民虎着脸，拿出县政府悬赏缉拿凶犯布告，宣称牛县长有令，凡缉拿凶犯归案者，赏银洋二十元；凡提供重要线索协助破案者，赏银洋十元；凡知情不报者，以隐匿、包庇论罪，严惩不贷！寡妇婆姨在他的逼视、问讯之下吓得不敢抬头，权衡利弊，涨红着脸说："差爷，我……说实话！他们是保安县人，其他三个都不记得模样哩，只一个高头发畔子、四十出头、姓李的黑脑人印象特别深，这人平时挤眉弄眼，叼空揣我……揣我的奶子，还许口愿说下回白送我两碗咸盐，临出门时还胡骚情……捏揣了一把我的尻蛋子。"

牛县长大喜，亲笔致函保安县政府，请求协同调查缉拿。很快，在保安县的南山沟将嫌犯李占彪捉拿归案。庭审异常顺利，李占彪原是个囊糠孙（骂人语：吃糠孙），未及施用五刑王法，早已浑身筛糠，黑脑袋上汗水滴沥，一五一十招供了犯罪经过。

去年冬天农闲时光，李占彪与同庄的三个受苦人相约一道赶着各家的耕牛驮上颗籽去定边县盐场堡换盐。离开寡妇婆姨路边店的那天，他们摇二慢三走了三四十里地，身体乏累，肚子叫鸣，商量打个场、吃点饭，歇会儿再走。四个人一个放牛，一个捡柴，一个打水，一个垒灶做饭。李占彪负责打水，当他提着笆斗走出不远，看见捡柴的同伴正好在一个低洼处弯着腰用小镢头砍剁柠条枝，一贯好吃懒做爱串门子的李占彪心里顿生歹念，借口对火抽烟凑过去，乘同伴伸腰递火之际，拉过镢头支起一尻子坐在上面。同伴低着头捡拾柠条枝，毫无戒备，他见四周无人，一跃起来，反举镢头砸下，啷唧一声闷响，同伴脑袋开花，扑地而死。他用沙土抹去镢头上的血浆，回到打场做饭处。同伴以为他打水回来，急忙磕打火镰取火，点燃引火棒，递到灶口引燃柴草，一边抱怨砍柴的迟迟不回。李占彪瞪圆血红的眼睛，从背后扑过去，一镢头砸死了他。当放牛的同伴赶着牛回来吃饭时，李占彪从土峁下倏地抢出，又结果了一条性命。之后，他把三具尸体拖拉到沟旮旯草草掩埋，并藏匿了凶器。

“杀人后，你搜去盘缠，为何不搜走干粮？”牛县长厉声喝问。

“报告政府，我只搜得一些铜圆、麻钱。因为驮有粮食，离柠条原也不远哩，就没有拿走他们身上的干粮。”李占彪交代说，“满共才五六十个铜圆、百十个麻钱……”

“你赶了五头牛，卖了四头，故意留下自家的一头掩人耳目，是也不是？”

“是是是……老爷……小民杀人后把牛赶到柠条原市场，先卖了所驮的粮食，又把牛赶到宁夏灵武地界卖给了几户回民。因担心回去不好玄谎圆场，就留下自家的一头。返回时经过盐场堡，籴了些咸盐，回家后只推说他们三个人打探到山西那边牛价好、盐价高，从半道上分手，驮着盐去了山西省……”

未久，新城堡巡检司庄里又发生一起无头命案。徐壮民受命带人骑了快马翻山涉水疾行一天半方才抵达。从“山羊报冤”一案，他跟着牛县长学了不少办案的窍道门路，对牛县长愈是心服口服，这一回盘算着显露一手，替县长解忧分劳。据苦主讲述，凶杀发生于夜间，具体时刻不详；案发后门户完好，门闩依然插着，只一叶小窗大开，窗棂上沾有血迹，凶手应是从窗口进出。徐壮民询问是否结下仇家？苦主一脸茫然，摇头否认。徐壮民十分小心，像毛毡上拈绣花针一样仔仔细细勘查了现场。被害者是一个年轻貌美的婆姨，上身有七处利器戳伤，喉管被利器割断；浑身僵硬，头发蓬乱，脸色惨白，眉眼间呈现惊恐、愤怒之相；布条裤带断为两截，裤裆撕破多处；一把带血的杀猪刀丢弃在尸体一侧。种种迹象表明，这是一起强暴未遂杀人案，行凶者极有可能是熟人，且打斗时间较长，身上也许会落下伤痕。行凶者或已逃之夭夭，即便未逃，必定销毁了血衣并有所准备。茫茫群山，去哪里寻找？徐壮民拾起杀猪刀，一脸愁云地端详着，突然，发现一疙瘩血渍之下似有隐藏。他用棉絮揩去血污，现出两个蝇头小字“曾记”。徐壮民有些泄气，这自是铁匠留下的字号印记，与案子何干？转念一想，或许由此可寻找到有用的端倪。他以此为线索，在附近村庄展开排查，锁定两个人。一个是刚从柠条原党记铁匠铺学徒回来立起炉灶的曾铁匠，另一个是游手好闲靠帮人杀猪宰羊混饭吃的光棍汉席四毛。徐壮民下令把两个人拘来分开审问。席四毛蓬头垢面，哈欠连连，一副睡眼惺忪的懒汉模样。问来问去，他一口咬定自己只杀猪杀羊杀牛却从未杀过人。经仔细检查，衣裳上不见血迹，肉身上不见一处伤痕。问讯事发当晚他身在何处？席四毛打了一个哈欠，懒散地说，自己在亲戚家里闲转，混口饭吃。徐壮民亲自赶去查访，亲戚证明那天晚上席四毛确是在他家里歇息，早早就在前窑睡了，第二天早饭时才爬将起来。并嘟哝说：“这懒孙一住就是三天，成天还想吃好的！”徐壮民叮问出事第二天席四毛的衣裳有没有换过？亲戚说没在意，反正是一身邋遢衣裳。

曾铁匠战战兢兢一脸忐忑；当他看到杀猪刀的一刻，神色陡然一变，头上汗珠滴答，支支吾吾半晌，承认刀具是自己打的，但只说不曾杀人，甚至下跪祷告，毒誓连连，说谁惹臊杀人谁老先人都是叫驴转的！徐壮民不动声色，盘问他打制了多少刀具、卖给何人？他迟迟疑疑说一共打了五把，还一把没卖。办案人员随即去铁匠铺搜查，找到了另外四把。徐壮民一一小心查看，竟发现其中一把刻着“党记”二字，而长短、样式和刀口钢水淬火却与另三把及杀人的这把毫无二致。“这把‘党记’刀与另四把一模一样，分明都是你打的，为甚刻字不一样？”徐壮民厉声喝道。曾铁匠扑通跪下，承认这把刀也是自己打的，辩称并不想“欺师灭祖”，刻上“党记”二字只是想借用师傅的大名观察买家的反应，从而验证一下自己的手艺。他咬牙切齿地说，另一把不晓得让什么驴日的小子偷走哩，变成了杀人的凶器！徐壮民觉得他为人狡猾诡诈，下令剥成精尻子验查，在他的胸腹部位和左肘侧分别发现多处结痂的新伤，而各处伤痕酷似抓伤。曾铁匠大号大哭，辩称是打铁时不小心跌了一跤，是乱柴棍子和炭块子划伤、扎伤的。徐壮民冷笑一声，心里有了七分把握。他将曾铁匠列为重点嫌犯，戴上手铐、脚镣，押回县城。席四毛身上毕竟有疑点，也一同带回。

牛县长听完徐壮民备细的汇报，称赞了他的恪尽职守和细致入微，只说人命关天，不可有丝毫疏忽，案子蹊跷，暂且搁下，说不准另有真凶。翌日逢集，牛县长觉得郁闷，换了便装游走在街巷。从九龙壁、老爷楼一路转游到城隍庙，只见人头密匝，香烟缭绕，善男信女叩头祈祷、打卦抽签，一派闹哄哄的众生相。牛县长正自感慨大年馑前后的枯荣之变，倏然，一个念头闪入心里。

回到县政府大院，牛县长不惊不乍，传来徐壮民如此这般安顿一番，徐壮民摸不着头脑，只得依令行事。夜间人睡定光景，梆鼓急响，锣号连连，牛县长传命，拢集人众到城隍庙去，子时三刻，恭请城隍爷当众断案！熟睡的职员和市民们被惊醒，着衣起床，不晓得县长将要闹腾什么古怪事情，一群一群赶场似的一路径奔城隍庙去了。未久，庙门前灯火通明，人山人海。牛县长一身黑衣，正襟危坐，下令将曾铁匠和席四毛提押上来。二人被剥光上衣，赤裸上身背朝人群立在一边。鸦雀无声间，牛县长当众点香焚表，声色俱厉地宣称：今夜熟睡之际，城隍爷托梦于本县长，言称他今夜亲自审案，将在有罪之人脊背书写“凶”字。曾、席二人听令，冥冥之中自有神灵，明察秋毫，主持公道，从不冤屈一个好人，也从不放过一个恶人。你俩只许背壁端坐，不许乱说乱动！言毕令人将两人押进黑漆漆阴森森的庙里，解开镣铐，在水盆内净手，然后背壁一尺坐等神灵裁断。随后，哐啷关死了庙门。

庙外的人众在静夜中苦苦伺等，个个一脸狐疑，窃议人老几辈子没见过这号审断！约莫一个时辰后，牛县长掏出怀表看了看，即令一齐掌灯，大殿外霎时亮如白昼。牛县长先差人入庙检查他二人哪个身子朝后挪动了；得悉情况，胸有成竹，喝令将两人从庙里拉出，让两人背转身去，人群里爆发出一片惊呼——曾铁匠的脊背干干净净，而席四毛背上却被勾画了形似蝌蚪的天文神字！牛县长冷笑一声，朗声宣布——城隍爷显灵鉴示，席四毛便是杀人真凶！

原来，席四毛在静坐了许久之后，即被犹疑恐惧挟裹，浑身冷汗滴流，脊背似有毛毛虫蠕动，他忧心是城隍爷在背后写字，见黑暗无人，身子便自主地朝后挪动，直至背后不足以立人，并不时反手探过去在背部偷偷摸揣，却不知适才净手的水里掺了墨汁，以至于露出原形。席四毛愚蒙无知，兀自叹息杀人害命天理难容！既是神灵宣判，在劫难逃，再不招供只落个皮肉受苦，于是供认不讳。

席四毛三十出头还打光棍，瞅见老母猪都似长着一双花眼眼。前一年给后庄里刘家杀猪，见刘家婆姨年轻貌美，艳若桃李，自此便心里痒痒，念念不忘，恨不得连人吞进肚里。一年四季，他刻意盯着这家人。男人不在时，兜里揣些香胰子、红丝线、绸手绢、发卡子之物，郎猫一样溜去骚情，诱哄上钩。这妇人极守妇道，从不理会，碍于脸面、名声却也不敢张扬，以致席四毛色胆膨大。那一天侦探到她男人出门去了顺宁川，夜晚歇在朋友家，觉得是天赐良机。夜半人睡定时分，他带了早些时候从曾铁匠家偷得的一把杀猪刀从亲戚家溜出直奔刘家，翻墙入院，从支起的小窗户爬进家里。刘家婆姨和衣而卧，从睡梦中惊醒，大喊大叫。一番乖哄、威吓全不济事，席四毛霸王硬上弓，可是这妇人性情刚烈，宁死不从，扭挽间，一脚踹中他的裤裆，席四毛疼痛钻心，恼羞成怒，又惧怕不远处的邻家听见丑事张扬，顿生杀人灭口之心……

# 第九章

石云秀带着一个步、骑混成的整编连一路西去，渡过黄河，绕抵宁夏平罗，投归苏大牛部。

苏大牛早些时候投靠了西北军冯玉祥将军，被任命为所部骑兵第四师师长。中原大战前夕，冯玉祥将骑四师派驻宁夏平罗、贺兰一带，以稳固后方，钳制宁夏马家军。苏大牛急于扩充实力，趁着乱哄哄的局面，插起招军旗，来者不拒，不问旗号、出处。曹雨僧在绥远教书时与苏大牛相识，曾有频繁的接触，并保持联络，由他牵线搭桥，顺利完成了这次反水易帜。后来的地方文史资料零零碎碎记述了这段风云旧事——

石云秀是一个怀揣野心谋量大事的人，打出另建陕北新军的幌子，采用封官许愿的手段，遣人撺掇、哄伙镇边县新城堡的陈国民、刘锦堂几股民团前后脚投奔过去。安边堡的王文舫和女婿章廷芝也企望踢闯一番世事，各念各的经，各带民团相继追随。另有清涧起义和渭华起义一些失散、避难的陕北籍的官兵揣着不同的心思也纷纷投附。苏大牛组建第九旅，根据这帮陕北人所带人马、枪弹多寡和功劳大小，任命石云秀为少将旅长，曹雨僧为旅参谋长，陈国民、刘锦堂、王文舫、章廷芝分别为十三、十四、十五、十六团团长。石云秀照猫画虎，向投归名下的头头脑脑挨个发了一茬官帽子，委以营长、连长、排长等等职务。九旅其实缺胳膊少腿是涨了虚气的，每团两个营，每营两个连，一个连仅只几十号士兵，全旅拢共八九百号人马，以步兵为主，且枪、弹不足，一茬人还拎着砍刀、矛子。

九旅拉杆子期间，谢子长、刘志丹、高岗几个因为闹腾过几场大事在陕北极有名声的共产党人，遵从陕北特委榆林“红石峡”会议精神和“三色论”的主张，也陆续西走宁夏，来到石云秀的九旅落脚。谢子长企望借腹怀胎，对外言称打算利用私人关系将宜川县后湫天的土匪武装策动过来；苏大牛闻风大喜，急不可耐许诺，一旦事成，即委任他为第十旅旅长。事情进行得并不顺利，谢子长的计划一时难成。因清涧兵暴前他与石云秀有过联络，私交不错，石云秀于是请他当了九旅的副旅长。刘志丹和章廷芝有表亲关系，又是黄埔出身，章廷芝强拉他做了十六团的副团长。

为了稳固自己的位子，石云秀主动提议，好汉荟萃先拜个把子，凭义气共图前程。于是，在旅部驻地平罗县的火神庙里，宰了一只老公鸡，摆了香案，与谢子长、刘志丹、王文舫、陈国民、刘锦堂、曹雨僧等十三人换了香、插了香、磕了头、喝了血酒，结成拈香拜识。陈国民年龄最长，是大哥，王文舫是二哥，石云秀是三哥。陈国民是老粗，说：“不管弟兄们从前是国民党还是共产党还是什么党，以后统统都是‘陕北党’，都听老三的，朝一个壶里尿！”众人说：“没麻达，唯三哥马首是瞻。”谢子长、刘志丹几个人怂恿组建学兵队，培训一茬基层军官，强化队伍指挥能力，提高正规化水准。石云秀认为是个好点子，即令组建。经过一番酝酿，队长由王文舫十五团的副团长、保定军校出身的张蛟兼任，高岗当了副队长。不久，陕北的几十号学生出身的地下党员接到陕北特委的秘密通知前后脚赶来，名正言顺进入学兵队，牛振武和李子竹也在其中。李子竹念过高小，写文章小有名气，经同乡曹雨僧推荐，兼做了旅部书记处司书。

学兵队主要教授典范令和一些测绘、战术等军事课目。刘志丹自然成为权威，常被请来讲课。在李子竹的印象里，刘志丹每次走进讲堂，学员们都会齐刷刷站起来，报以异乎寻常的掌声表示崇敬，刘志丹总是笑眯眯的，和大伙称兄道弟。他的课堂气氛活跃，讨论热烈，大伙既了解了国内形势和政治时事，也学得不少军事理论和经典的战术、经验。刘志丹以亲身经历告诫学员们将来千万别做细腿子的文职，一定要争取带兵。他说，大革命时期，他原是可以带兵的，黄埔军校毕业以第五名的成绩排在前边，却被安排到冯玉祥部做了组织科长、政治处长，以至于武汉事变一发生，他们这些文职人员就被赶走了，连拉出一批人枪的机会都没有！

早春的一天，学兵队正在出操，石云秀的勤务兵传走了李子竹。他匆匆赶到火神庙，瞅见石旅长和谢副旅长盘腿坐在一间庙舍的火炕上抽烟拉话。李子竹喊了一声“报告”进去，立正敬礼。石云秀和颜悦色，吩咐他给谢副旅长开具二三十张九旅的招兵便函。李子竹回到司书房，取出空白公文纸，在上面盖上关防大印和旅长的私印。这些盖了印信的公文纸既可当作通行证用，亦可作委任状用。过了一会儿，谢子长亲自过来，悄悄安顿说多盖几张。亲身为自己所景仰的人和地下组织做事情，李子竹激动得双手瑟瑟发抖，一口气盖了五六十张。谢子长还嫌少，瞅了一下门外，自个儿拿起印戳子盖起来，直至把桌上剩下的白麻纸质的空白公文纸盖完，这才高兴地说：“大麻纸一张，就是革命的本钱！”在李子竹的记忆里，谢子长此去招兵再未回来，这也是他最后一次见到这位陕北武装斗争的奠基人。

不久，刘志丹向石云秀表示有要事去办，悄悄拉了一部分人枪走了，不知去向。章廷芝得悉，跳脚大骂说，什么屄姑舅，敢挖老子的墙脚！亲自带着马队向东追撵一程，连个踪迹也找不见，由此给刘志丹记下一笔黑账。石云秀也表示了不满，说：“共产党拆我的台，什么党！”

苏大牛自感羽翼丰满，扩占地盘，与驻扎在银川的马鸿逵部发生摩擦，进而演变为一场攻守之战。起初苏部攻势猛烈，很快占领了郊外据点，守军陷于被动。总攻之时，七旅悍匪出身的骑兵团长杨猴小（官名杨耀峰）骑着一匹白马带领敢死队率先发起冲锋，九旅旅长石云秀亲自指挥云梯队大举扑城，攻方军威大振，奋勇冲杀，一度攻破城防工事，双方进入拉锯式巷战。马鸿逵老于谋算，暗遣一路人马长途奔袭苏部老巢平罗，苏大牛猝不及防，仓皇出逃，石云秀婆姨杨淑贤等几个家眷遭到扣押，苏部被迫撤军，双方罢战。

嗣后，苏部奉命调防陇东，苏大牛不愿离开，在宁夏地界兜圈子，迭遭马家军重创，部队士气低落。向宁南豫旺县（今同心县）转移时，石云秀的九旅一度担负掩护主力撤退的阻击任务，伤亡惨重，苏大牛却不予理睬，也不作补给。他很失望，觉得苏大牛头脑混沌，没有远见，部队有嫡庶之分，替这种人卖命不值当，并难以出展，遂密谋脱离苏部另觅他途。这个计划得到几个拜识弟兄和章廷芝的积极响应。王文舫与苏大牛私交甚好，又认为九旅势单力薄脱离苏部难以存身，反对反水，与石云秀发生争执。之后，他去师部见了苏大牛，劝告多多体恤九旅，宜立刻拨给一笔款子抚慰并补充枪支弹药，以免寒了弟兄们的心；同时建议部队南下陕西关中，投奔杨虎城。苏大牛对九旅的事不以为然，而对脱离冯玉祥转投杨虎城的主意却很感兴趣，说杨虎城归附了老蒋，兵强马壮，前程不可限量，这是个不错的主意，斟酌斟酌再定。王文舫长叹一声，借口家中有事得赶回去料理，留下一封写给杨虎城的举荐信走了。苏大牛不解艰深的暗示，反笑他行事古怪。石云秀疑心王文舫前去告密，待他回来，下令控制起来，并于当晚发动哗变。队伍哄抢了苏部军械库，章廷芝带十六团嫡系一营一百多号人抢在前头，专拣好枪挑，士兵裤兜里也塞满了子弹，引起几个团、营长的不满，石云秀不动声色。当晚，乘混乱之际，章廷芝呼哨一声，带着一百多号人叛逃而去。陈国民、刘锦堂、冯孝先几个人集合马队要去追截，石云秀冷冷一笑，说：“离了狗粪也种菜，放他去吧。章家的门风世人皆知，我原本不愿留他!”王文舫默然。

部队一时没有去处，又担心苏大牛的骑兵追击，只得连夜向山大沟深便于凭守的罗山紧急转移。因行动仓促，准备不足，队伍第三天就断了炊粮，一时怨声不绝，军心不稳，甚至出现开小差的事情。石云秀忧心忡忡，依然黑着脸下令急行军，派出冯孝先的警卫连往来巡逻，以防哗变。路边终于出现半熟的青稞、莜麦田，石云秀喜出望外，不管三七二十一，下令用匕首、刺刀、菜刀割取穗子。士兵们就地打扫场道，铺开晾晒，大脚蹂踩，枪托捶打，揿下颗籽，支起锅灶炒熟吃。喂饱了肚子，王文舫建议给士兵们一人发一块大洋，石云秀连连点头，传令军需官发钱，也解除了对王文舫的监视控制。连着打了几仗，又紧急转移，士兵们个个蓬头垢面；陈国民派人打来十几担水，让士兵们洗了把脸，扯开大嗓门说：“不吃苦中苦，难为人上人。咱陕北老乡要拧成一股绳，跟上石旅长闯天下!”士兵们呼喊口号响应，军心趋稳。石云秀随后打发人找来几个当地乡民，给了他们二十块银圆，说：“我叫石云秀，我的部队不是土匪，从不侵害老百姓。这是伙食钱，由你们分给几块麦地的主家。”学兵队副队长高岗受到鼓舞和激励，意气张扬，带头唱起《打宁夏》，士兵们跟着大声唱，歌声震响山谷，士气振作。

这一次兵变转移给许多人留下深刻记忆。五十多年后，李子竹在回忆录里写道：高岗副队长鞋子破了相，露出脚指头，干脆扔了破鞋赤脚行走。后来，遇到荆棘、砾石地，硌起一脚血泡，疼得满头大汗，高大的个头一颠一颠的。我心里不忍，把自己舍不得穿的一双新鞋给了他，高岗很是感激，悄悄说：“等革命成功哩，大哥我送你一双牛皮鞋!”十多年后的抗战时期，高岗已是中央西北局的书记，可谓位高权重，却没有忘记许诺，特意托人从延安给我捎来一双乌黑锃亮的德国造长靿子牛皮靴……

关于这支部队及相关人物的去向和动态，李子竹在回忆录里还做了以下的叙述。

打听到苏大牛的部队撤走，石云秀的部队从罗山下来，暂住下马关。马鸿逵凭着手里的人质趁机要挟招安，石云秀拍着桌子臭骂了信使，拒不归降。马鸿逵以当时的实力吃不了石旅，又不愿树敌，只得做人情释放了扣留的家眷。后间，石云秀和弟兄们商量，一致认为宁夏是马家的天下，危机四伏，稍有不慎即可能成为刀案上的一块肉，不如先到小军阀遍地却谁也管不了谁的甘肃地面栖身，徐图前程。

部队开拔到甘肃的头一年，石云秀拧紧眉头睁大眼睛应付变局、抵御挤逼，在夹缝中求生，辗转多地，几番改旗易帜，头上添了一茬白发，也染上了吸食烟土的嗜好。冯孝先曾为吸毒之事哭谏几回，他以“灯榻之上可以成事”为由拖延不戒；后来索性下令部队在驻地大片开种鸦片，以解决军费、给养。凭着一肚子的心机，总算融洽了上下关系，保住了部队，站稳了脚跟，并扩充了人马。次年秋天，经已做了杨虎城幕僚的杜斌丞先生考察、斡旋，归附了平甘得胜的陕军，改编为新编十一旅，驻防陇东一带；石云秀仍任旅长，王文舫得杨虎城关照任副旅长，划归西安绥靖公署驻甘行署主任邓先生麾下，由此进入一个稳定发展时期。全旅编制三个团，陈国民任一团团长，刘锦堂任二团团长，王文舫兼任三团团长。曹雨僧在牛振武、李子竹的劝说下，打定主意抓枪杆子，辞去旅参谋长一职，当了独立营营长。冬天的时候，高岗离开了这支部队。据说是奉命带一个排的士兵回陕北招募兵员，却一去不返。后间传说去了西安给省委当交通，又说还在陕北拉杆起事，也有人说奉命加入了南梁刘志丹的红军部队。

这期间，牛县长成功化解了一宗乱兵过境的险恶之事——

苏大牛终于弄明白王文舫的苦心，却为时已晚，只得自认倒霉。盘桓宁夏，没有出路，又记起王文舫的话。王文舫曾叮嘱说，三边的白文翰和李函玉二人均是杨虎城患难时的挚友，可请求二人联名保荐。于是，苏大牛引领千数百人从宁东掉头往东南方向开拔。刚入三边地界，杨猴小团长又生反叛之心，带了二三百骑不辞而别，折回绥远去了。苏大牛也不追截，传令加强巡逻，发饷稳军，加快行军步伐，指派亲信冯秃子率一小队骑兵为先头哨马，直奔柠条原镇。

镇上原有章家一个骑兵营驻守，章鸿儒忧心苏大牛吞占了柠条原这块肥肉，认为安边堡城防坚固，而柠条原无可凭守，于是亲自率一个营抢先驻入协防。冯秃子的马队潜进哨探之时，四下吊桥高悬，章家人马已埋伏于街巷，并鸣枪示警，驻寨官兵也全部进入临战状态。苏大牛大股部队迤逦而来，镇西北扬起尘土，传来战马咴咴的叫声，章鸿儒毫不怯惧，下令苏部一旦硬闯，坚决回击，寸土不让！

冯秃子报告了情况，苏大牛口里叫骂着，拉开架势相持，却也不敢贸然发动攻击。双方互射示威，尖啸的子弹从镇子上空划过。守军没有让步的迹象，苏大牛只得拟好一封书信送入镇内，提出两个条件：一是约商会李会长见面；二是要求镇上为部队提供粮饷，否则兵戎相见。事情解决得异常顺利，李函玉与他见过面，痛快地在推荐信上签了字，并筹备馈送了一份丰厚的粮饷。苏大牛也不多事，传令拔营，部队沿着镇南绕行，越过红柳河谷，向镇边城进发。

牛县长指派徐壮民、宗云鹞、景凌分别率一个中队把守北、东、南三道城门和垛口，王朝岳带警察武装据守西山寨。为壮声势，一周城墙遍插彩旗。牛县长亲自擂鼓，号令搬运滚木上城，壮丁协守，昼夜轮值，严阵以待。城里人自觉行动起来，老汉老婆、婆姨女子烧火做饭，端茶送水。城周村庄的婆姨女子听到风声，担心大兵糟蹋，在脸上抹了锅底灰，三三两两结伴厮跟，藏身于山沟圪塄、庄稼地里。

冯秃子脑袋摇得像拨浪鼓，带领前哨骑兵越过北门河沟直冲城门，马蹄踢踏，尘土飞扬。他在马背上甩打着响鞭，大声叫嚷："他娘的，老子又回来啦！看谁家龟儿子长了三个腰子敢把老子×

咬去!”这个家伙还在记恨当初被抓扣的事情，人们手心捏了一把汗。牛县长在城头瞭望一气，见只十来个骑兵就敢踢闯县城，决计先杀去锐气，再作理会，于是传命徐壮民打开城门放入。冯秃子狂笑一声，率马队进入城门。一股人大摇二摆转行瓮城间，突然，当啷一声锣响，几根胳膊粗细的绊马索从土里腾起，冯秃子还没有反应过来，十来匹马已纷纷倒地，跌落下马的士兵旋即被保安队一一擒获。冯秃子也被逮起，瓷着白眼珠号叫道：“苏师长大队人马眨眼就到，你老牛吃了熊心豹子胆?”牛县长不屑与他口舌，喝令将他们押进大牢，却安顿不得打骂，好吃好喝侍应。

苏大牛惊怒，在北门坬的一户人家设下临时指挥所，下令步、骑涉水过河包围县城。一阵炒麻子似的枪声响起，恐怖的气氛立刻弥漫开来。牛县长观察苏军士兵枪口朝天，意在威吓，稍稍宽心，传令不得开枪；又亲自向下喊话：“苏师长，贵军兄弟们，镇边遭受了千年不遇的年馑，百姓刚刚从生死地上爬起，至今食不果腹、衣不蔽体。贵军如若进城，莫说久驻，就是十天半月，本官也无力供养，还乞见谅。如若硬闯，我老牛只有以命相搏，绝不让百姓雪上加霜，再受糟践!”苏大牛久闻牛县长刚正清廉、体恤百姓，听了回报，自感所言句句在情在理，又见城上防守严密，于是强捺火气，提出三款条件，写在纸上，吩咐联络官用布包裹绑了砖头抛上城去。一是请白文翰先生出城见面；二是县府负责筹备部队七日粮草；三是释放冯秃子一班人马。牛县长随即回复，提出大军若保证秋毫无犯，则必定遵令照办，并要求苏大牛撤走围城兵马以示诚意。苏大牛承诺若在限定时日交割完毕，绝不扰民，当即下令撤兵，只在北门外留下两个连。

未久，白文翰从东门出城，绕行至北门，被带到北门坬的临时指挥所。进得门去，他行礼如仪，不亢不卑：“不知将军意欲何为?”苏大牛见他气宇轩昂，浑然不惧，连忙抱拳施礼，恭请上坐。白文翰还礼入座。苏大牛叙述前情，白文翰大笑，说：“苏将军迷途知返，弃暗投明，得其所哉！得其所哉!”当下，在推荐信上签了自己的名字。二人叙谈多时，白文翰描述了杨虎城的人品道行、大将做派，苏大牛愈加信服，只恨多绕了弯弯路。

正值开镰时节，牛县长派出十几号差员，携带库银，分赴北门坬、鱼沟壕、字山、张家畔等周边十数个村庄，召集乡民随割随打随晾随碾，现金交易，驴驮人背分别送达苏部各处驻地；又将糜草、谷草、玉米秆铡碎装在毛线口袋里充作军草陆续送去，粮、草俱各满足七日之需。嗣后，城里宰杀了几头壮猪，用红柳筐从城头缒下劳军，苏部士兵鼓噪作谢。当苏大牛集结部队绕至东河湾渡口，单等放人开拔时，牛县长立在城头大声喊道："一切依从苏师长一纸命令办理，一丝一毫不敢有违。愿贵军一路顺风，早日投归明主！此外，本县长代表百姓，对贵部信守承诺、不事扰民的行止表示感谢！并对贵部冯长官馈赠马匹、枪弹一事，也表示感谢！"说罢，命令将赤手空拳的冯秃子和十来个士兵用红柳大筐一一缒下。苏大牛愣怔半晌，明白过来，哭笑不得，远远指着他说："你这个老牛一点不吃亏，反转算计人，比我大牛还牛！"冯秃子从红柳大筐钻出，垂头丧气地嘟哝说："他娘的，一不操心，又栽了一个跟头！"

时光不长，下了一场铺天盖地的豪雨，千百条山洪涌入芦子河，河水一路张狂奔流，将东河湾的独木桥和北门河的铁索桥冲卷得无影无踪。当地百姓、商道行人和骡马牛羊涉泥泞、蹚河水，不堪其苦，甚至接二连三发生人、畜溺亡的事件。牛县长对县城的交通状况头痛不已，在做过一番精细、辛苦的调查研究之后，萌生了迁治念头。

镇边古为边塞，历史上属于军事建制之地，于清雍正年间始设县治，推行县制。境内有一条横贯东西的大商道，与从南朝北流的芦子河及另一条沿河并行的塘路十字交叉。原本自然的交叉点是在北距县城十五六里、地势平坦的小村庄张家畔，商旅行人原可直来直往，无须绕道县城。历任县官为谋求治城繁华延续，成为一县之中心，一个个绞尽脑汁在这条官路上做足文章。据牛县长查阅史料梳理小结，大致采用了三种举措：一是在镇边城周遭修桥补路，改善交通；二是采取行政命令，强迫这条东连河北山西陕北绥德、西接陕北定边宁夏甘肃的商旅驮道上的客商、脚户必须从县城经过，甚至派出武装强行拦路；三是施用税制和路政手段制约掌控，在商道的必经之地龙州堡老虎堖和枢纽点柠条原等地专设税卡、巡检司，县城开票领证，税卡纳税验证，巡检保障，商人为讨得税票和路证，只好绕道。为此，行贿买路、夜间偷路等躲避害灾和便捷行程的现象屡禁不绝，甚而频频发生结伙动武、打伤拦路公差强行闯关之事。

张家畔本是一二十户人家的小村庄，过往人多，客店业兴起，官家却不改初衷，张贴告示，严禁开店，官民冲突时有发生。编撰《镇边县志》的丁知县当政时，张家畔有几户店家联名上书县衙，吁请“移改大路于张家畔，方便交通”，丁知县斥为“无理取闹”，驳回禀请。店家不服，赴榆林顶香请愿。丁知县具报道府，申明维护“恢复镇边通衢”的理由，并请求驻扎柠条原、龙州堡的官家马队分担拦截之责。道府准禀，告示仍以“镇边为通衢”，限制张家畔的开路权和旅店业。此后漫长时日里，官民纷争不断，矛盾时缓时急，张家畔的客店却越开越多。

牛县长宣称孙中山总理当年在建国大纲中即倡导广修铁道公路，振兴中华民国之交通，曾将张家畔一带平原列为贯通南北、东西的交通枢纽之地；又发布文告，列举种种艰难与弊端晓谕官民，认为基于历史、现实，着眼长远，为民生福祉计，宜迁移县城。此举一出，舆论哗然，城中商户一致反对，连市民也说是瞎×折腾！各堡士绅纷纷上书反对，认为镇边城依山傍水乃风水宝地，古来如此，不可求变。唯有白文翰、李函玉二人唱和，却遭到以龙州堡阎老总为首的一班士绅诋毁、诘问，二人又忧虑工程浩大，经费无着，恐连累百姓，只得保持缄默。

牛县长不计毁誉，固执地坚持立足现实、长官设计的施政理念，进一步明确主张，计划在濒临河流、驮道十字交叉、人口分布较为稠密的张家畔沙滩上起筑一座新县城。春夏时光，他带领县府建设局的几个人专程去安边堡城做了考察，又对张家畔滩的地质状况进行了实地勘察和掘探分析，随即着手对新县城的选址、坐向、布局、规模进行了具体的规划设计，确定起筑一座长方形城堡，东临芦子河畔、西至双福店寨子，东西长三里、南北宽二里，可容纳三至五千人口。消息传开，张家畔周边乡民一片欢呼，商旅行人奔走相告。街上各店家更是欣喜若狂，送水送饭、提供丈量的绳索拐子，殷勤伺候。牛县长颇为欣慰，亲自绘制了街巷分布和官署、兵营、学校、广场、商铺、居民建筑的规划详图，甚至对雨水、下水的排泄渠道也做了定位标示。新县城建设工程设计分二期完成，期限四至六年；首期夯筑土城，并完成青砖包封和堞垛、炮台、敌楼配置构筑。工程浩繁，耗费巨大，地方无力承担，而城池建设部分是大头，牛县长寄托于省府拨款。

在牛县长三年任职期满后的第二届任期里，亲自起草了“迁治报告”，下决心办成这宗大事。一冬一春，他北上榆林、南下西安为批文和财力的事情奔走，嘴皮子快要磨出燎焦泡了，收获却是微乎其微。省府的大官都在忙活军国和个人的大事，无人理会这号事关民生却是出力不讨好的鸡毛蒜皮。据说，跑颠得多了，省府和财政、民政、建设各厅里的官员见了他就抽身躲开，说这个牛疯子又来胡搅蛮缠！

时光进入六月中旬。在牛县长又一回骑了骡子南下西安之际，镇边城里的一场哗变却在悄然酝酿。

事情发端于一个扩军阴谋，与两年前发生的著名的“三道川事件”相干——

刘志丹当初在宁夏脱离章廷芝后，带了拉出来的小股部队去了洛河川，与先前抵达并招起一支人马的谢子长会合。进入盛夏，经陕北地下党组织多方努力，宜川后湫天的土匪周琪部一百多号人枪被成功拉出，队伍扩展到三四百人。分析形势，两人一致认为眼下兵力单薄、军饷无着、独立发展时机尚不成熟，于是，同意并接受了主动提出收编的陇东庆阳民团军司令谭世林所开出的条件，率部投归。谢子长出任谭部直属第三团团长，刘志丹任副团长兼二营营长，一营长由周琪担任。这时候，章廷芝已从宁夏回到豹梁寨子，见洛河几道川口出现大股武装，觉得章家的地盘受到威胁，很是不安。于是，派出人手哨探暗访，摸清了底细；并很快做出决断，也投靠了谭世林，出任直属第四团团长。不久，谭世林下令部队聚合于三道川一带整训，由刘志丹兼任教官，依“步兵操典”进行规范化训练。一天,章廷芝和刘志丹遇了面,章廷芝黑着脸,瞪着他看,一言不发。刘志丹主动上前搭讪,对私自带人离开的事略做解释。章廷芝嘿嘿一笑,说:“香不过的猪肉,亲不过的姑舅,话说开,水泼开,没×事,咱又一搭共事哩。”

谢子长和刘志丹拉起的这个团鱼龙混杂，多是民团、土匪出身，平素自在惯了，吵嘴、打架、酗酒、赌博、串门子、睡懒觉是寻常事情，因而整训已成当务之急。他们决计从军训开始，像打一块烂铁一样一点一点一遍一遍敲打，直至锻造成一柄利器。这样，二人亲自带队，从抓早操入手，开始了气象全新的训育改造。隔了些日子，刘志丹奉命去了庆阳，指导训练民团军。谢子长和地下党组织的成员依计划加紧整训，三六九组织一些宣传会、讨论会、识字活动、文娱活动，士兵们觉得十分新奇有趣，都说老谢、老刘的部队就是日怪！四团那边也在整训，消息传过去，章廷芝说他们那是在灌红水子，倒灶（倒霉）的日子不远哩！

章鸿儒听说儿子和刘志丹又到一搭混事了，极为气恼，捎话把章廷芝叫到安边。一见面，瞪起三角眼开口一顿臭骂：“你个愣种子，今年都二十二三的人哩，还看不出世事的马高镫短？你晓得刘志丹是什么人？渭华暴动之首，铁杆的共产党！当初你拉扯他在九旅一搭闹场伙，反遭了他的暗算，还不长记性？你猪油蒙心哩脑袋让驴踢哩？”章廷芝笑道：“大呀，你老人家把心款款放在肚子里头，用不了几天，趁他翅膀不硬，看我像捏鸡娃子一样捏死他！”父子二人捋掐一气，决计从好色贪财的周琪身上豁开口子。“三道川事件”由此拉开幕帘，章廷芝天生的军事才能和过人的胆略令人惊悸。

周琪营人多枪好，章廷芝眼馋，早已萌生吞并之心。打安边回来，他抱了一坛子烧酒，拎了两只烧鸡，主动上门请周琪吃喝。几钵子碰过，周琪喝得头大，章廷芝趁机说自己有个小名叫够够的胞妹，年龄不到二十，模样俊俏，一直找不到一个好头主，让他相帮着介绍一个。周琪眼睛瞪大，借了酒劲说自个儿还打着光棍，也想娶一房婆姨。章廷芝故作惊讶，只推说自家的妹子怕是配不上英雄好汉。周琪索性戳开窗户纸，表示十分情愿做章家的女婿，哪怕倒插门也行！章廷芝显出动心的样子，说不结亲是两家人，结了亲是一家人，章家有的是快马和银子，这门姻亲一成，你老兄一辈子算是咪猫卧在毛毯毯上哩！周琪涎水直流，兴奋得连喝两钵子酒，一口一个大哥叫起来。自此，二人打得火热。谢子长曾专门找周琪谈话，数说章家狡诈黑恶的门风，告诫不可走得太近，周琪却是左耳进右耳出，叼着空子往过去凑。

闰六月末的一天。章廷芝找到周琪，言称石云秀的人马驻扎在宁夏下马关，自己要去收罗旧部，今日起程，邀请他带上骑兵一搭去，助一臂之力，并说返程时可到安边城的家中见一见够够妹子。周琪大喜，一口答应，只派人向团部打了个招呼，带领三十九骑扬尘而去。谢子长得悉，带马队追了一程，早已不见踪影。

他们直抵安边。章家以接风为名摆下家宴。觥筹交错间，章够够扭着风流的腰肢进来敬酒，秋波暗送，娇声滴滴，特意在周琪身上滑蹭了一下，含笑而去。周琪浑身骨头酥软如泥，望着她柳枝一样的背影说：“弟兄们，今儿一醉方休！”一股人吆五喝六之际，章鸿儒向门外丢了一只瓷碗，随着一声脆生生的碎响，早先借故出去的章廷芝咳嗽一声，数十人从正门和侧门冲入，黑洞洞的枪口对准周琪和手下众弟兄，眨眼解除了武装，扣押起来。

章廷芝算计谢子长见自己出了远门必定大意，一心出奇制胜，随即集结了一百几十号骑兵，携带干粮、水壶，马不停蹄，一路向南，直扑三道川。翌日傍晚，与留驻部队会合，二三百号骑兵旋即扑向三团一营驻地。未放一枪，七十多人被缴械俘虏。趁夜色掩护，章廷芝率马队冲向三团团部驻地水泛台，将几孔窑洞围了个密密匝匝。章廷芝从马背下来，进入院子，故意大声咳嗽着，朝窑里喊了几声“浩如”（谢子长的“字”），却不见动静。他猛地飞起一脚将门踹开，手电一晃，炕上空无一人，摸了摸被子还有余热，约估谢子长刚刚得了消息逃走，极有可能去了刘志丹二营的驻地张沟门。他已侦知，刘志丹从庆阳动身返回，此刻或许到了营部。章廷芝留下人手收拾了团部，自己带大队人马向相距五里的张沟门疾奔而去。

哨兵刚刚接到团部传递来的消息，鸣枪示警之际，营房大院已被马队围得密不透风。黑暗中，章廷芝一手紧攥马缰，一手拎着匣子枪，冲在前头。接近营房大院一堵半人高的豁墙，他双腿一夹，尻子撅起，抖动缰绳，嘴里驾的一喝，座下青云咴咴长鸣，双蹄奋起，嗖地直上，腾空飞越，章廷芝半空里两个点射，正在院子里奔走呼叫的两团黑影应声扑倒。一片砸打声里，睡眼惺忪的士兵不及反抗就做了俘虏，仅有十多个乖滑麻利之人精身子破窗逃走。章廷芝吆喝手下里里外外翻了个底朝天，没有发现谢子长和刘志丹二人。审问俘虏，找到几条线索，下令连夜追捕，如遇反抗，就地击毙！

谢子长带几个人趁着夜色掩护，成功脱逃。

依着线索，蔺长财率一个连的骑兵去捕杀刘志丹。那天，刘志丹一行人带着从庆阳领回的装备往三道川赶，半路宿住在岳父家。听到事变消息，连夜转宿附近的湫山寨子，天不亮又逃往永宁山。蔺长财一股两处扑空，尾随追去。保安县衙扎在永宁山，悬在高崖浮头，凭吊桥才可出入。蔺长财率骑兵到达山下，鸣枪示威，喊话要山上交出刘志丹。县长曾做过刘志丹的先生，派人将蔺长财叫上山去，手指鼻子臭骂一顿，蔺长财只得罢手撤兵。

史料表明，谢子长和刘志丹历经艰辛拉起来的又一支武装，尚未打出红旗，就这么呼啦啦倒塌在章廷芝的脚下。此前此后，他们策动兵变七十余次，屡战屡败，屡败屡战，刘志丹甚至几度涉险、被捕又几度死里逃生。当刘志丹于一年后的秋天终于在地处桥山山脉中段、远离城市、山大林密、两省交界“两不管”的南梁站住脚的时候，他总结了数年间开展“兵运”的经验教训，声音沙哑地说：失败的原因在于我们的军事斗争没有和农民运动结合起来，没有建立革命根据地。中国革命的成功要靠共产党指挥下的枪杆子，而枪杆子最终要靠觉醒过来的农民去扛。陕北应该像江西井冈山那样，搞工农武装割据，开展土地革命，逐步扩展根据地和游击区，建立党的基层组织和政权机构……

章廷芝自从在三道川拾掇了谢子长、刘志丹的队伍，实力大增，野心扩张，脱离谭世林，在陇东割据一方，自封平西总司令，成为一个锋芒初露的青年霸主，曾不可一世地放言要攻取宁夏，打到银川，夺了马家的天下。在陇东、固原一带抢占地盘、扩充队伍之时，与赵有禄、史老幺几大股悍匪结下梁子，陷于持久的混战。

荡平股匪，章廷芝进军宁夏下马关一带。未及站稳脚跟，接连遭受马家军正规部队的围追堵截，一个外号叫野骡子的骑兵旅长，一战吃掉他三百多号人马。很快，手下近千号人马折损大半，只得退回陇东。不久又与谭世林部发生冲撞，几战下来仅剩一百来号人，眼见军心崩溃，一口气退回了洛河川。——这个时候，传言刘志丹、谢子长已在南梁、照金一带打开了天下，拥兵过千，枪快炮利。他忧心报复，打算赶紧补充人枪，壮大实力，于是打起镇边县保安大队的主意。

宗管家肚子里装了大少爷详细周密的计谋，骑着那头油光锃亮的黑毛叫驴拐进镇边城。这驴艳红的缨子上新串结了一颗金色吊铃，走路叮当有声，显示着英武气概。宗管家沉稳地坐在驴背，一路打问，转转弯弯进了西山脚下的一处院落。里头有一排土窑洞，驻扎了一股子当兵的，是宗云鹞的保安二中队。一人高低的拴马桩子上拴了一头灰毛草驴，正在大口小口嚼食青草。黑毛叫驴终日与异族厮混，见到同族显得欢欣无比。它打了一个响鼻，敏锐地嗅出了同伴的性别，转动双耳，失态地呜哇一声，弹蹄喷鼻径奔过去；铃铛声里，胯裆下不晓什么时候便有铁黑之物崛起。宗管家佝偻着瘦小的身躯，兀自盘算着沉甸甸的心事；座下的黑毛叫驴叉开前蹄，一个人立爬跳上灰毛草驴的脊梁，就见草驴款款立稳身子，大张嘴巴，显出一副急迫、燥烈而古怪的神色。宗管家受惊，一手攥紧缰绳，一手揪住驴的脖颈，双腿夹死驴的肚膛，像一块膏药牢牢贴上，只怕跌落下去受伤。院子里爆发出一浪声嘶力竭的哄笑，当兵的仿佛一群怀春的牙狗，呜里哇啦乱叫，手舞足蹈。宗云鹞队长钻出窑洞，目睹场景，笑得抱着肚子打转转，鼻涕、眼泪也流了下来。闹哄哄之际，黑毛叫驴疯劲过去终于疲软，滑溜下地。宗云鹞瞧着背影眼熟，揉揉眼睛，认出趴伏在驴背上的丢人货竟然是自己的父亲！“谁把他老先人拴在那儿?”宗云鹞立时横眉竖眼，冲手下骂道，“井子里的蛤蟆，给老子一声住！”他急忙上前搀扶父亲下来，宗管家骂骂咧咧，朝黑毛叫驴尻子上狠狠抽了一鞭子。黑驴挨了打，缩回长尾，紧走两步，躲到木桩子一边，然后悠闲地呜哇了一个嘹亮的长调，蹭起背来。那股当兵的大眼瞪小眼，终于明白过来，纷纷捂了嘴巴溜回窑里去了。

宗管家久历世事，见怪不怪，庄重地干咳两声，心中的一缕羞恼便随一口唾沫唾掉，恢复了老于世故的面孔。回到窑洞，他面带家长的威严，前前后后唠叨、责怪一气，宗云鹞唯唯诺诺，敬茶敬烟，问候一番。“把门关上！”宗管家说。“这是我的一亩三分地，怕甚?”宗云鹞估摸着有要紧的事，还是关了门。宗管家转动着灵快、老辣的黄眼珠，附在儿子耳畔说了半天话，最后从长袍里掏出半袋子银圆撂到桌子上。宗云鹞欻啦欻啦抖着钱袋，牛吃嫩草一般快活，把一句话钉在桌子上："请大少爷放一百二十个心！"

这几年，镇边城变化最为显著的是政府武力的崛起。保安大队扩充至二百多号人马，全副武装，最次的也配备了老毛瑟、马提尼、后登七响。县城里一直不曾有过正规驻军，小股土匪却不敢在周边乱窜，连章廷芝亦匪亦兵的部队也受到硬邦邦的挤压，不敢奓刺。而徐壮民已成为一个举足轻重的人物。他已被擢升为副大队长，兼一中队队长；他的名字、年龄、相貌、身高、枪法、马术以及出身、家仇等等被人们议论着，又演义为传奇故事，从县城的大街小巷扩展流播到堡镇乡村，他的一举一动开始影响镇边军政学商的运转秩序并辐射到乡民生活。

平素里，徐壮民的一中队负责县政府和西山半山腰牛县长土窑洞住所的保安及全城的巡逻；宗云鹞、景凌的二、三中队负责三道城门和西山寨的防卫；王朝岳大队长不改仆人身份，与警卫人员住在牛县长旁边的一孔土窑里，朝夕守护。王朝岳木讷寡言，不善交际，在指挥、掌管方面缺乏道行，宗、景二人看人下菜，把他不搡在眼里，只是畏惧徐壮民。牛县长和王朝岳动身南下西安时照例将安全防务的大权交给徐壮民，他和骑兵小队长白宝霖、步兵小队长柴向东几个人小心翼翼昼夜巡视，尽着职事。为了有效制约宗、景二人，徐壮民曾当众宣布中队长以下遇有紧急可越级报告，宗云鹞嫌怨不断，只是面子上依旧嘻嘻哈哈，装傻充愣。

宗管家离去的第二天，宗云鹞塞给景凌一小包银圆，约他反水，并转述了章廷芝既往不咎和事成之后另有重赏的许诺。景凌走路摇脑筛屁股，原本是个主意不牢浅流忽腆（为人浅薄、轻浮）的人，见钱淌涎水，欣然听命。两人情知徐壮民是牛县长铁杆的人手，是反水之事的主要障碍，起初谋算叼一个空子除灭了他和白宝霖、柴向东两个手下，将最有实力的一中队也拉走，立个大功。于是，精心设计了一个圈套，在二中队的窑院里摆下一桌酒席约请三人，不料一个也没有赴宴，徐壮民还传令今后值勤期间不许饮酒，违者必究！宗云鹞踅摸几日，却是空当难觅，又忌惮徐壮民身高力大、骑术过人、枪法精准，一旦有失反白搭一条性命，遂陷于焦躁。景凌没杀过人，惶恐日增，走路腿肚子打颤颤，一味催促提前行动，只拉走二、三中队。这个时候，牛县长和王朝岳骑着坐骡回到城里。景凌苦着脸埋怨不休，宗云鹞也懊悔不迭，只得放弃拉走一中队的念头。

约定反水的最后期限迫近。这天傍黑，却出现了一个意想不到的情况：镇边堡死羊湾教堂神甫以抽回租地相威胁，强迫附近庄户人入教，遭到抵制，双方发生械斗；神甫随后从小桥畔中心教堂调来手枪队，与一群手持铁锹、镢头的庄户人对峙，事态紧急。牛县长接到报告，急派徐壮民带一中队前去处置。宗、景二人大喜，决计夜间起事，并派潜伏线人向已带接应部队运动至东山附近的章廷芝通报了消息。

子时光景，夜黑如墨，万籁俱寂。宗云鹞拎着机头大张的匣子枪，带了十几个亲信潜出窑院，将半山腰的三孔土窑悄悄包围。窑院大门口的哨兵转过身子之际，两条黑影细狗一样从土圪塄下扑上，卡住岗哨的脖颈，从背心一刀刺死。里院的另一个哨兵跑过来察看，宗云鹞从墙角蹿起，咔嚓扭断了他的脖颈。一股人拥入时，隔壁窑洞里的灯火突然灭去，一个高大的身影从里间闪出；手电一晃，雪亮的光柱照射在宗云鹞脸上，王朝岳大喝一声："你要干什么?"宗云鹞也不搭话，抬手向他打了两枪，王朝岳一个趔趄站住，反手一扬大肚匣子连发扫射，几个叛兵应声倒地。宗云鹞早已卧倒，向他胸腹打出一串子弹，王朝岳手枪掉落，胸口血水喷溅，一堵墙一样垮塌下去。他挣扎着蛇行至牛县长住的窑洞门口，脊背靠门，艰难地撑起身子，张开双臂死死护住，倏地大恸一声，瘫软而死。宗云鹞惊异于此人的耐力和忠心，但此时已然不惧，情知牛县长不会使枪，一脚踢开尸体，带人闯入。牛县长端坐在拐窑里的书桌前，玻璃罩子灯下，摆放着他修改了一遍又一遍的"迁治报告"呈文。他已然明白了所发生的事情，正襟危坐，清瘦的脸上显出忧伤和愤怒之色，逼视着这个恶人。宗云鹞是个心上绑刀子的人，收聚鹰眼，阴毒的目光与两道威严犀利的目光相撞，丝毫不落下风。他用枪头点着牛县长，厉声喝道：“瞪×哩？快快把金银财宝交出来，敢耍滑头，老子一枪崩了你这个山东佬！”这时，随身侍服牛县长的一个半大小子跑颠进拐窑里，手上拎了一个牛皮小袋子，连哭带喊：“大人们常说打狐子要皮不要肉，牛县长的银圆托我保管，都在这搭，你拿去！”宗云鹞一把夺过袋子掂了掂，鹰眼圆睁，不相信才有几十块，下令搜找。在几个叛兵扑上扑下翻箱倒柜之际，砰，砰，砰，城里传来三声清脆的枪响。宗云鹞大惊失色，闪身出了窑洞——暗号枪响，表示徐壮民回城了！

听到枪声，徐壮民心里发毛，自己出城处理案子，城里咋也捅出了乱子？他忧心牛县长的安危，朝天放了几枪，带人越过北门河，拥向北城门。城门楼里躲藏着几个不愿追随宗、景二人的保安队员，听出城下徐壮民的呼喊，急急打开城门，惊惶地报告了哗变情况，称叛军朝东门去了，牛县长生死不明。徐壮民火烧火燎，命令柴向东带领步兵小队向东侦察追击，自己率骑兵小队直奔西山。见到牛县长安然，徐壮民抹了一把额头的冷汗，长吁一口气。他扶起王朝岳一身血浆的尸身，气血冲顶，稍作安顿，带领骑兵小队向东追去。

这场盲目、草率的追击付出了惨重的代价。徐壮民的骑兵在东山的一条沟道中了章廷芝接应部队的埋伏，三十几个人云里雾里遭枪击、刀砍死在路边。白宝霖险些被嗷嗷鼓噪的匪兵活捉了去，是徐壮民瞪着血红的眼睛杀开一条路，斜坠马侧把他从危境里拽出。

二十多天后的一个早晨，一位驼了腰背、年近七旬、长袍马褂的关中武功县的老汉子乘坐一驾轿窝一路咳嗽着进了县政府大院，他就是新任县长季官春。季县长抖落满身的风尘，眯缝着昏花的老眼瞅瞅破败的衙署，捋了捋花白的胡须，嘟哝道：“喔个賥子地方，山秃水恶出刁民！”

牛县长被革职调离。镇边城的市民串联着制作了一顶大红色的“万民伞”，在牛县长牵着毛驴离城这天，一摆溜一摆溜跪在街道两侧赠伞送行。马君臣一伙子受过惩治的贪官打听到消息，相约来到中山台前，望着过来的牛县长，一个个扭打着秧歌舞步，哼哼着哇呜哇咚咚嚓的鼓乐调调，争先飞吐唾沫，手指鼻子挖苦臭骂。牛县长一声不吭，向他们指了指黑压压的人群，只见老老少少正朝他们吐着稠痰，手指鼻子撅骂他们的八辈先人。这伙人只得灰塌塌溜到一边，嘀咕一气，各自回家备办重礼，到季县长那儿喝贺官酒去了。

牛县长回归为凡人牛钦誉，谢绝白文翰、徐壮民的护送请求，骑着来时的毛驴，踽踽一人消失在初起的秋风里。从此，镇边人谁也没有见过，也不晓得他去了哪里。直到中华人民共和国成立后，老人们还在议说他的事情。都说，牛钦誉留在了西安城，做了一名大牌律师，因为生意稠，挣钱多，天天吃肉，吃得胖腻腻的。多少年后，又都说，他活了一百来岁，眉毛胡子都雪白哩，还眼不花、耳不聋，一顿饭能吃三大碗。不管咋的，只是个口口相传的说法，毕竟谁也没亲眼见过。而另外一个传说倒是有些嚼头：那个冯秃子不愿随军南下，半道滑溜又当了土匪。打劫的路上遇到只身一人的牛钦誉，浑身摸遍，行囊抖空，只搜出白文翰和徐壮民相赠的二三十块银圆的路费盘缠。冯秃子忽发奇想，把银圆揣回牛钦誉身上，却怂恿弟兄们哄抢了去，如此折腾几番。后间，他自掏腰包赠送了五十块银圆，却骂道：“你拿去买一口棺材！天下的官如若都像你老牛，老子这茬人只有吃×喝凉水哩！”

牛钦誉走后，三边一带开始流传一首民谣：“十山九破头，洪水朝北流；富贵无三代，清官不到头！”

# 第十章

季官春上了岁数，一路颠簸，又接连吃喝几场，身子经不住折腾也不服水土，发烧咳嗽加跑肚拉稀，支撑不住躺倒了。马君臣几个请郎中送看望，捶脊背揉腿子，殷勤服侍，趁机大倒苦水，哭诉冤屈，跪求平冤昭雪。在调阅卷宗、开堂问案的几天，三堂里的四五只皮箱子已是鼓鼓囊囊，沉重得拎不起来。于是，季官春在咳嗽声里颁下第一道政令——一个个予以重新安置，或官复原职或另有任用。

季官春上任的第二道政令就是撤去保安大队编制，将残存的人手统一划归警察局。同时，以滥用职权、重挫政府形象为名下了徐壮民的佩枪，并革去公职。白宝霖沾了舅舅的光，充任警察局巡警队队长。柴向东沾了白宝霖的光，留在了巡警队。经白宝霖死缠磨缠，马君臣勉强答应徐壮民以临时雇员身份留在局子里喂牲口，发挥所长，混口饭吃。徐壮民却不干。马君臣得知大骂道："狗肉不上抬杆秤，不干去你妈的！"

章杰儒觉得章家出头露脸的机会来了，赶着驮了一驮厚礼的坐骡进了县城。他是个忙人，小住几日就离开了。市民们瞄扫见季县长亲自送行，直送出城外，还不住气地扬手。于是一个消息传开，二人已结成拈香拜识。不久，章鸿儒带马队踏进城里，季官春请客，章鸿儒开账，二人称兄道弟。于是，章部一个骑兵连以协防名义留驻城中。季官春随之颁下第三道政令：准许章廷芝所部以三边警备团名义在境内自由出入，赋予巡察缉捕之权，以拒匪患和乱兵。

白宝霖和柴向东感觉情势不妙，苦劝徐壮民趁早离开，章廷芝不定哪天就会拎了马鞭横在街头。徐壮民擦拭着小手枪，说："正伺等这个毒瓜，看我亲手开他的瓢！"

李安桥奉父亲之命从柠条原过来办事，将空闲的老屋盘给了章家。他与宗管家写了文书，结清钱款，这宗事就算办结了。他牵着马出了院子，怀着眷眷的心情盘桓于熟悉的老街。白宝霖和柴向东执勤路过，吼喊一声，热火几句，一同钻进恒丰店院的酒馆。三个人一边喝酒，一边叨咕，话题自然扯到徐壮民头上，个个犯愁，总也定不了准星。李安桥说："还得请白文翰大叔出面定夺。"晚间，三人约了徐壮民来到白家。

白文翰盘腿坐在掌炕上，一锅一锅抽烟，说正盘算这事哩。他说，季官春人老贪财没瞌睡，奸佞小人当道，章家得势，天变哩！要紧的是，章廷芝心黑胆硬，人多势众，迟迟早早会下杀手，壮民圪蹴在家无异于等死！他原先打算让壮民去投奔义子刘志丹，可听说刘志丹脱离官府，另立炉灶，今天在南梁明天在照金，干的是闹红的匪事，居无定所，刀口舔血，因而拿不定主意。李安桥认为当红军跟政府作对，造反生事，比干土匪的勾当还玄乎，毕竟没有前程；言称章家虽恶，却和李家是世交，可以请托父亲出面跟章家说说情，或许不会有事。白文翰连连摇头，说贤侄仁厚可嘉，只是这事不靠谱，即使章廷芝当面答应，防不住他背后捅刀子。白宝霖和柴向东也认为不可行。徐壮民恨恨地说，无非是一死，我正想为民除害，说不准谁先死！众人摇头。李安桥提出让他投奔表兄石云秀去甘肃当兵，称自己榆中毕业一直闲居在家，原本决意投军的，父亲偏偏让他学医，父命难违，不能成行。白文翰也有此意，当即表示赞同，说石云秀虽与章家牵扯亲戚关系，可两下并无往来，那边倒是一个偏安的去处。只是出门当粮子（当兵的）背井离乡的，叫人怪不落忍！徐壮民本来好武，早有从军念头，只是旧仇未报又添新恨不能起身。见大家都为自个儿犯愁操心，叹了一口气，点了点头。白宝霖和柴向东喜出望外，嚷嚷说，壮民走到哪里他俩厮跟到哪里，不干这鸟警察哩！白文翰见两个后生想结伙去，不置可否，当下给石云秀写了一封推荐信，说事不宜迟，定了就走。三个人怂恿李安桥一搭去，他显出兴奋的样子，却又忧虑父亲阻拦，犹犹豫豫。白宝霖和柴向东不住煽惑，讥笑他是一只绵羊，李安桥瞪起眼睛说谁是绵羊？你三个都去，我也去，这回来个先斩后奏，从此结束这种沉闷刻板的日子！于是，伏在炕桌上写了一封信，请托白文翰将书信和卖房的契约、银两捎到父亲手里。白文翰却瞪着眼睛横竖不应，说，当兵扛枪毕竟是提着脑袋的饭碗，当老人的哪个会同意？他只推荐徐壮民一个，你们各人若是长鸡吊蛋的就自己拿主意、想法子。

当天夜里，白宝霖和柴向东从警察局马棚里大模大样牵走三匹好马，一身披挂驰出北城门，与北门坬伺等的徐壮民和李安桥会合后向西奔去。到了柠条原，三个后生在镇西的树林里等候，李安桥留下一些盘缠，一个人进了镇子。他跪在自家的大门前磕了三个响头，抹了一把眼泪，把装了书信和卖房契约的钱袋隔墙抛进里院。随后四个人会合，驾的一声，消失在夜幕中。

一行四人一路打探行进，经过十多天的跋涉终于在甘肃定西城内找到十一旅旅部。石云秀见表弟带了几个老乡来投，十分开心，安排设宴款待；并亲自过来斟酒小坐，表达乡党情义。问及姨父如何肯放手？李安桥说是偷跑出来的，石云秀拍打着他的肩膀笑道："没瞎念书，像个吃钢咬铁的小子娃娃！"

李安桥留在旅部做了书记官。徐壮民没有出示白文翰的举荐信，和白宝霖、柴向东一同被拨至驻防宁远镇的三团一营。徐壮民早先探得军营不准私藏武器，和白宝霖、柴向东商量过，将三把手枪托李安桥保管，变卖了马匹，即去宁远报到。营长冯孝先将三人放在一连的一个新兵班里。冯孝先盘问到徐壮民与自己的外甥女雨枝同过学，并十分熟悉，又有带兵的经验，甚是高兴，安排他当了班长。

不久的一天，驻防西峰镇一团的牛振武连长和李子竹连长骑马进入宁远镇，两人是应李安桥神秘兮兮的撺弄过来的。进入一家酒馆，随着呔的一声叫喊，两人的眼睛同时让人从身后捂住，李安桥笑嘻嘻地嚷着让他俩猜猜，却哪里猜得见。直至放开手方才陷于惊喜，互相搂抱在一起，各用拳头击打，快活至极。一伙子年轻人围了桌子喝酒，一直折腾到半夜里。各人叙述当年分手后的经历、遭遇；牛振武和李子竹得知徐壮民父母双亡，十分难过，红着眼圈痛骂章廷芝心黑手辣，发誓有朝一日非得宰了这个坏羔子！大伙忆及当年挖獾子在他家里吃徐婶亲手做的剁荞面臊子汤的事情，不想而今阴阳两隔，又嗟叹一回。

聚会过去不远，连长曹大胡子开始与徐壮民几个人有意接近，说是李连长安顿的，让他多瞅几眼。他们拉扯家长里短，谈论时局、党派的事情，越说越近乎。曹连长叮嘱各人平时说话须得注意分寸，小心让人抓住话把子。徐壮民三人私下嘀咕，这曹连长极有可能是共产党，看来十一旅里头有一个秘密的组织，保不齐牛振武和李子竹也是一伙的，三人陷于一种莫名其妙的兴奋里。

玉米棒子和糜谷穗子颗籽尚未肥壮、瓷实的时候，遍地发生了鼠害。一茬土灰色毛皮的小老鼠仿佛从天上一夜掉下，个个削尖脑袋吱吱锐叫着，在庄稼地里四处乱窜。它们以惊人的速度成长壮大，并展开大规模的盗抢行动。大天白日，成群结队出没，龇开利齿把玉米秆一排一排咬倒，撕剥去棒子的包皮，津津有味大口嚼食。饱啖罢了，个小力弱的先动手，将余下的棒子搂抱了，一只只仰面朝天躺卧在地上，个大力猛的壮鼠上手，叼了尾巴一路倒拽至土窟窿里卸下，储备为冬天的口粮。而糜子谷子豆子黍也无一幸免，一色让老鼠以类似的手段糟践得秃头竖脑、七零八落。辛苦一年的庄户人捶胸顿足，叫苦连天。很快举家出动，举庄出动，扛了镢头铁锨榔头耙子，碎脑子（小孩）们则攥了砖头瓦块，群起而攻之，一个大人一口气可打死数十只以至上百只。却有郎猫大小的老鼠不惧人，更不惧猫，瞪圆小眼，吱呀发吼，从平地上打筋斗，蹿扑咬人，碎脑子们惊吓得呼号奔逃，猫们也多仓皇逃遁。庄户人终于省悟打杀已不是上上之策，得提早开镰。于是，人们挥舞镰刀砍刀昼夜抢收，从鼠嘴夺食。

八月初一，镇边城里照例起会。城隍庙戏台上，从绥德趱赶来的戏班子开始演出中路梆子的古装戏，锣鼓镲钹梆板管弦或响吹细打或轻敲慢弹，营造出欢娱的氛围。台下人头密实，喝彩声迭起。初二半后晌，一台梆子戏演了半场，鼓乐骤停，没了动静。人们正茫然不解时，马君臣局长警服笔挺，现身戏台下，猛吼一声："肃静——肃静——开大会哩。"人群向两边退开，让出一条道，季官春县长在几个随员的侍引下拄着拐杖一路咳嗽着走过来。他艰难地攀上戏台，于正中的地方站定，向人群施了鞠躬礼。刚要开口讲话，却发出一串剧烈的咳嗽，身子斜歪，几欲跌倒。一个随员赶紧搀扶，另一个拎来一把椅子，他只得坐下，一边喘咳一边说："本官偶感风寒……有失体面，还望父老乡亲见……见谅!"台下看戏的原没几人瞻仰过县太爷的尊容，见是一个棺材瓤子，开始嘁嘁喳喳。马君臣局长适时地从后台出来，制止了嘈杂，大声说："父老乡亲们听着——目下鼠灾深重，季县长体恤民情，寝食不安，不顾身染寒疾，恪尽父母官之悲悯与德操，枯坐三日，祈求上苍纾解灾厄，并责令我等全力缉拿害人之妖孽。今日幸得捕获，特昭告全县……"季县长这刻缓过精神，轻咳一声，离开椅子，马君臣赶紧打住话，神色卑屈地退到一边。季县长倒也干脆，没有乱麻缠绞的过场，只讲了老鼠为害地方的情形和政府为民做主出手铲除的方略，即宣布召开审判鼠精大会!

马君臣一声喝令，几个全副武装的警察将一只鼠精从幕布后头押解出来，台上台下陷于寂静、肃然。众人揉眼看时，一只人一样大的鼠眉鼠眼、弓腰塌背的鼠精已跪伏在戏台一角，身上绑了粗大的铁索。在人们惊疑的目光中，县政府承审员用醒木敲拍着案几厉声问道：“被告回答，你是老鼠精吗?”鼠精阴阳怪气说：“是……是……小人正是鼠精。”

“被告可知是否有罪?”

“回大老爷，小人有罪……有罪……”

“被告可知所犯何罪?”

“小人贪嘴，糟蹋了老百姓的庄稼……触犯了天条……罪该万死!”

……

承审员摇头摆脑宣判道:“鼠精妖孽,灾厄之源;自入秋天,潜入镇边;孳乳鼠辈,出没农田;祸害百姓,作恶连连;四乡皆乱,招致民怨……民之父母,跪求上天;终得捕获,告慰全县……罪恶之身,今兹明验;推出南门,示众斩决!”一通顺口词落地，几个警察手执鬼头大刀抢上，揪了鼠精，拽出庙院，向南门疾奔而去。人们反应过来，漫拥了去，一股穿着露尻子裤子的碎脑子腿脚灵便，抢在前头，还是赶之不及。远远看到几个警察将鼠精拽到一个土峁子后头，挥刀砍下，传来一声惨叫。当人们赶到行刑现场时，一个新掘的土坑前，一坨新土上血水淋漓，一张鼠精皮被剁得粉碎。一个碎脑子眼尖，指着坡下一个邋里邋遢的讨吃子喊道：“鼠精变成讨吃子跑×哩!”众人看时，那个讨吃子正往河湾里没命地跑去，手里似乎拿着吃的东西，一边回头张望一边大口啃食。警察们却声称鼠精已被镇入两三丈深的暗穴，早化成一摊血水哩。众人疑疑惑惑窃议着散去。几个顽皮小子见四周没有了大人，嗷的一声抢上，刨开土坑，只翻出来一个一劈两半满是血污的猪尿脬。——这不是荒诞的故事，是真实的历史记忆。老年人讲古朝，季官春任上时确是做了这么一件丢人事，而且在史料中也有记述。

县政府除灭了老鼠精的消息传遍四乡，而老鼠的活动依然猖獗，老百姓都骂季官春是个日哄耍弄人的驴脑县长！秋后到冬天直至下年春上，庄户人一有消闲，一个个扛了镢头、铁锨开鼠洞挖鼠仓；各家各户少则三五斗，多则三五石，挖回被老鼠盗走的粮食颗籽。

然而令老百姓跌进枯井、陷于绝望的却是日甚一日的匪患。据老年人追忆，这年秋后，从绥远、陇东各地方流窜来的土匪呼喇喇的，像绿头红眼的苍蝇飞走一茬又落下一茬。三边一带，家里有钱有粮的，喂牛喂猪喂羊喂鸡的，有好婆姨女子的，不晓得多少人家遭遇了匪祸。有钱人家纷纷逃进城里、寨子里，或者躲藏于绝壁之上的崖窑持枪拒匪；庄户人无路可走，绞尽脑汁藏匿值钱的东西和从鼠嘴里夺来的粮食颗籽，深更半夜，偷偷摸摸，牲口棚圈里打地窖、山沟旮旯掏窟窿，东掩一点，西藏一点。

打劫的匪徒拎刀持枪，五花八门，有的猖狂至极自报家门，言称是杨猴小部倪卜子营长的手下或是赵有禄部苗铁锁连长的人马；有的行踪诡秘，口风甚紧，不留线索；有的一扑上来就自称是刘志丹、谢子长的红军。大小土匪窜来，从不白手离开，把明晃晃的长刀架在脖子上，喝令主家亲手宰杀自家的畜禽，连抱窝鸡、牛犊子、架子猪、怀羔羊、羊羔子也不放过，肉炖得不烂不香还要挨打受气。如若遇上家徒四壁的主户，则必定会把门窗捣烂或是撅起尻子在锅里拉一泡屎，以泄晦气。而最为愁惨、恓惶的是家里有好婆姨女子的主户，一见风吹草动便四下里没命躲藏。她们在脸上涂抹灰土、脏物，却往往哄骗不了经验丰富、色眼如锥的土匪，多有硬生生逮了圈了，洗去污渍，嗷嗷叫着当众强奸、轮奸，不少贞烈女子被匪徒糟蹋罢咬舌自尽或绾了吊绳。

季官春县长迫于上峰和舆论的压力，许以优厚的钱粮报酬，请出章家的三边警备团剿匪，章廷芝放言不荡平这茬蟊贼绝不收兵！三六九的日子里，章廷芝亲自带领一支着灰色军装的队伍四处放枪，追撵股匪。部队到了山区，股匪闻讯遁去，现身于滩涧；大队人马扑到滩涧，股匪又早已窜到山区。两下里来来回回捉起迷藏，连根匪毛也逮不到，股匪依旧呼喇喇的，甚至越剿越多。

警备团于是四处放风，诅咒这一茬土匪尽是他娘的红军脑子，狡猾无比，跑得比兔子还快，耳朵像柴狗子一样灵！日子久了，警备团里的许多面孔成了熟脸，受害的庄户人认得正是那些穿得花里胡哨、不报山头或一扑上来自称是红军的土匪，却谁也不敢指认。冬至交九的一天，芦子河下游石底子庄一个姓戚的老汉按捺不住，惹下了乱子——老汉当场指认团里一个秃头扁嘴的小子就是劫了他家两块预备娶媳妇用的红绸子被面的土匪，带队的景凌副连长听了脸色难看，频频眨眼，那个扁嘴小子立时将扁嘴噘扭成了球嘴（歪嘴）；景凌扇了戚老汉几个耳光，骂道："瞎眼窝的棺材瓢子，你睁开狗眼瞅瞅你秃大到底是扁嘴还是球嘴？"戚老汉左看是球嘴右看还是球嘴，瓷在那里，结果又挨了一顿枪托子，两根肋齿（肋骨）被生生打折。

据说，这场历时数月的剿匪行动中，章廷芝最为开心的一桩事是一次性得了一批好马，对外宣称是缴获的战利品。杨猴小一部土匪从乌审旗草地抢了牧民一百多匹马，用缰绳拴在坐骑鞍架上一路带入镇边，因妨碍行动，急于出手。章廷芝得悉，派出景凌几个脑瓜子灵光的人秘密前去攀谈。生意很快做成，三块两块银圆或十发八发子弹即可买来或换回一匹马。他们在距镇边城不远的一个叫唐家峁子的村庄交易，景凌只花了一百块银圆、一百发子弹，一次性连买带换得了七十多匹好马。章廷芝夸奖景凌会办事，随即将这批马拨给宗云鹞的连队——他两月前从宗云鹞手里夺走一个漂亮女人，以此安抚。宗云鹞却嫌弃这批马的个头偏小，不甚称心。章廷芝一匹一匹端详过后，浪声大笑，由不得卖弄说："本团长是养马、相马的天才，别小看这些个头不大的马，从大架、眼目、头面看去，一色是纯种的蒙古马；经过训练，耐力会大有长进，上了战场不惊不乍、勇猛无比——成吉思汗跟他的儿孙当年就是骑着蒙古马得了天下！"他亲自给宗云鹞挑选了一匹栗红色的小口马，说："骑过三天，你就不舍哩！自古好马无价，只这一匹，一百块银圆也籴不来！"

自出道闯荡的几年来，令章廷芝深感豪壮、英雄的是，他相继占有了六房姨太太，只是处死一个。

柠条原镇上白姓小商人的婆姨任刁娃，二十出头，颇有姿色，惹得许多街皮经常以买货、挑货、换货、退货为名赖在铺子里不挪窝。章廷芝骑马路过，铺子里传出浪笑声，上前探究，一眼看中柜台里扭扭捏捏、躲躲闪闪的美人，于是甩出一个响鞭，骂道："癞蛤蟆也想吃天鹅肉?"街皮们惊散。当天夜里，几个蒙面人撬开商铺插板，一扑进了里间，枪头子顶到小商人头上，把赤裸了身子的任刁娃用被子包裹驮上马背掳走。章廷芝将她带回银佛坪，做了二姨太。"三道川事件"后，章廷芝去陇东打天下，节节胜利，派护兵李栓子返回银佛坪接二姨太随军服侍。二人一路相伴，打站住店，发生暧昧。到了军中，李栓子贪恋美色依然不舍。一回偷情，被章廷芝撞见，一怒之下，端起机枪扫射，直把二人打成两副烂筛子。章廷芝尚不解恨，又下一道满门抄斩的死令，一队骑兵连夜扑去，将李栓子一家七口枪杀。李栓子四岁的小儿子连中三枪未死，满炕打滚哭叫，竟被补了一枪。

三姨太芳名梅婷，原是保安县一个小财主的闺女，读过几年私塾，细腰丰臀，前突后翘，鹅蛋脸白里透红，是远近有名的人梢子。男人姓石，家住华池县城，在陇东谭世林的民团军当排长。梅婷正月里坐娘家路经吴起镇，被正从陇东赶回银佛坪办事的章廷芝撞上，惊羡花容，当即扣留充作三姨太。嗣后，石排长打探到消息带了几个士兵上门理论，章廷芝笑嘻嘻地戏弄他："粪爬牛（蜣螂）挡车，你有多大点力气?天仙一样的女人跟你不般配，狼吃大女子糟蹋好东西!"石排长气得七窍生烟，招呼手下准备动武，章廷芝狂笑一声，从平地上腾起，使出章家拳脚，三下两下就夺去枪支，打得几个人头破血流东倒西歪。他扔给石排长一杆步枪，说："是小子娃娃，你来打老子!"石排长从地上爬起，推弹上膛瞄准之际，眉心已然中了一枪。

四姨太原是榆林城一个李姓商人的婆姨。商人在安边城开了一间铺子，明里经营土特产暗里贩卖烟土。章廷芝对黑道生意摸得清楚，与商人相熟，瞄扫见他婆姨丰丰盈盈，俊丹丹的，打起了歪主意。一回，部队路经安边暂住，章廷芝酒后绕行至铺子前，盯着商人说："你说是烟土值钱还是你婆姨值钱？"商人吓得大气不敢出。章廷芝说："给你指两条路，一条是夜里把你婆姨送来，一条是送来一箱烟土，由你挑选。"商人情知章家底细，不敢怒也不敢言，于后晌时即将婆姨送上门去。他反身回去，将家里的烟土打包成驮，驮上骡背，往西门去了，却被章廷芝手下半道截获，带入章家大院。章廷芝笑道："舍人不舍财，你也不是什么好鸟儿！"下令将商人勒死，连夜掩埋于城外荒沙滩。商人婆姨怨恨丈夫贪婪钱财甘当盖佬（王八），从此无怨，做了四姨太。女人曾说，她娘家住绥远武川县大花窑子跟前的小花窑子，姐夫叫赵子和，在十一旅当连长。章廷芝对这个连襟不感兴趣，却记住了这个有趣的地名，以至在许多年以后，那个地方成了他的藏身之所。

五姨太是战利品。章廷芝闯荡陇东那年，因抢占地盘与流窜陕甘宁绥地带的巨匪史老幺结下梁子，进而发生大规模的冲突。头一仗，章廷芝战败远逃。史老幺俘获他手下一个头目刘麻子，想出一个计策，重金收买。随后，刘麻子脱逃回去。一天黄昏，刘麻子探得章廷芝在窑里睡觉，借故潜入，拔出匕首摸上炕去，正要刺向咽喉，章廷芝呔的一声坐起，拍着心窝，笑吟吟地说："来，小子，朝这儿捅！"刘麻子惊得三魂出窍，纳头便拜，交代了事发原委，称史老幺正伺等消息。章廷芝沉吟片刻，说："我不杀你，你骑快马回去给史老幺报信，说我今夜就去灭他，把他的脑袋拧下来当尿盆踢！"刘麻子不敢，章廷芝喝道："你尽管去，没人拦你；你若不去，老子活剥了你！"刘麻子将信将疑，溜出门去，未遇阻拦。于是，骑快马夜行百里回去报告。史老幺大笑："章廷芝这小儿诈我吔！"并未理会，反叫手下弟兄放心吃喝玩耍。黎明时分，一声枪响，章廷芝大股骑兵冲杀过来，匪众猝不及防，史老幺重伤而逃，余部尽降。刘麻子脑袋搬家，让章廷芝一脚踢飞。史老幺的小老婆刚从兰州过来小住，被活逮在炕头，成为最醒目的战利品。这女人脸大腰细尻子肥，挺拔一对牛乳般的巨奶，皮肤白得莹亮剔透，高鼻子大眼睛，似有异族的血统，是史老幺从西陲边地掠来的。章廷芝掂量她长得奇美，封为五姨太。每当他搂着睡觉时，都会双手反复搓揉她的大奶子，念叨一句话："大个头的女人有抓头！"

六姨太是从宗云鹞的床头顺手掐来的。三边警备团刚开始剿匪的时候，宗云鹞在镇边南山一个叫袁沟的庄子抢劫一户刘姓寡妇人家，发现小寡妇年轻貌美，身材窈窕，强奸后心中依然不舍，带回团里。不几天，章廷芝瞄扫见，被她身上飘逸的一股纯朴的羞涩所吸引，越看越是着迷，于是赏给宗云鹞一把银圆，以维护警备团名誉为由将其没收带走，旋即封为六姨太。宗云鹞自是老大的不高兴，却也不敢露在脸上。

老七是个嫩人，得来全不费功夫。她父亲是安边城有名的酒徒蔺扁脑，谁家过红白喜事他都自告奋勇当酒官，能划拳能喝酒，不知灌醉多少汉子。章廷芝喜欢喝酒，在安边城花钱找刺激和消遣时认得了他，交了这个酒友。两月前的一回，与蔺扁脑喝得脸热，章廷芝豪言喝酒就像喝冷水，打遍天下无敌手！蔺扁脑毫不示弱，二人当场摆下一坛老酒打赌，若章廷芝输了白送他一匹马，若蔺扁脑输了就把小女子蔺姑娘白送给章廷芝做小，当下立约为证。结果蔺扁脑划拳输了，摇单双输了，耍扑克推点子也总是"胀死"或是遭遇"五蕾""十点半"，输得一塌糊涂。最后打杠子，竟连输十二钵子酒，直喝得一头戳在桌子底，不省人事。章廷芝只是半醉，纵身上马径奔蔺家，甩下一纸赌约，将正在院子里踢毛儿（毽子）玩耍的干女儿搁上马背，驮到一家客栈。女娃十六七岁，模样长得心疼人，章廷芝把她像一只花瓶搁到炕毯上时，她吓得一声一声叫干大，蜷缩于炕角，张开粉嫩的嘴巴惊啼。章廷芝乐滋滋地撕剥去她的红袄绿裤子，说："蔺姑娘，生瓜女子，你大把你输哩，怨不得干大！"

章廷芝贪爱野花，一路摘来。起初，担心父亲和叔父詈骂斥责，东掩一个西藏一个花插开来，他驰骋各地搂香抱玉，眠花宿柳。后间艳事传开，并不见父亲和叔父有激烈反应，便放心大胆地一个一个驮运回来露面亮相，于是章家大院里便呈现了莺歌燕舞、红袖飘香的景况，并衍生出显摆比试、争风吃醋的景象。大少奶奶王雅芝谨遵父命，恪守妇道，早已从失望、怨恨和醋意里解脱出来，远离聒噪纷争，厮守着一女一子，心平气和过着自己的小日子。章廷芝对她礼敬有加，虽不亲热，却看得极重，有求必应，与这一股子姨太太明显不同。章鸿儒对儿子的放纵不加管束，以为好男霸九妻是常理，只明显地立下两条家规：后院之事，一切听从长媳安排，各房小的只发给月例；饭桌分开，各房小的另置一桌。

章廷芝最为喜欢的是三姨太梅婷和老七蔺姑娘。这两个女人不仅年龄偏小，貌美如花，憨纯甜腻，还粗识文字，说话举止有别样的风雅；这也注定了后来发生在二人身上的故事比之其他的姐妹多一些。

他常常刻意将她们调集到一起寻欢作乐；当他一边品着美酒一边打量这股子姹紫嫣红袅袅娜娜的女人时，心中就会潮涌起一种莫可名状的伟岸和豪壮，这才是他娘的男子汉大丈夫！姨太太们这回又荟萃一堂，一见面，你瞅我，我瞄你，明里暗里比试时兴衣裳的款式、质地，脂粉、香水的产地、牌子，首饰、箍子、佩件的色道、轻重，并乖巧地彼此打探压箱底的黄白之物、奇珍异宝、绫罗绸缎的多寡。只有六姨太寡言少语，除了固定的月钱，另外的收入数她最少；她心里有数，却不敢抱怨，也瞒着人，只和姐妹们交流梳头、洗发、养发及打麻将的经验，顶多比试一下指甲的长短、所染的颜色。蔺姑娘少不更事显得呆钝，姐姐们一乖哄就露了底，数她进门迟晚，而除了身上穿的头上插的颈上挂的腕上套的指上戴的，愣是阔绰肥富些，自然招下忌妒。于是，打麻将的时候受到排挤，只好木桩子似的立在一旁当长脖子。令姐妹们解气和窃喜的是，她手里的存钱并不多，都让酒鬼父亲觍哄去喝酒吃肉串门子了。而最近一段时光，招人忌恨的却又成了三姨太，起因于睡觉。通常，当家的钻进哪个的房间自然就歇在哪里，大体平衡的情况下谁也不眼红谁。可是这一回聚首明显失衡，三姨太受宠，房间里传出的淫声颤语撞破窗纸，刺激得独守空房的姐妹们寂寞难耐、醋意大发。白天里，她们摔碟掼碗、打狗撵猫，变着法儿滋事，惹得老爷子章鸿儒吹胡子瞪眼，声言要收拾这帮骚狐子！为了息事宁人，章廷芝笑呵呵地吩咐，让她们抓阄儿。然而自从抓阄以来，三太太竟屡屡抓中，姐妹们只得抱怨手气太背。

这一晚，梅婷又抢在蔺姑娘前头造好了纸蛋蛋，一本正经伸出右手，摊开手掌让姐妹们自由任意挑选，剩下最后一个归自己。五个纸蛋蛋一模一样，其中只有一个写着有字，其余皆是空白。五姨太贼乖，这回多了个心眼，随手拈了一个躲在一边，察看梅婷的动静。在姐妹们围拢上前迟迟疑疑挑挑拣拣并最终各自确定而纷纷拈走之际，她猛然发现梅婷的左手心里似乎捏了东西，就盯视不放。姐妹们一个个小心翼翼舒展纸蛋蛋，又一个个垂头丧气；却见梅婷趁人不备将掌中挑剩的一个纸蛋蛋送进嘴里，而把左手伸出，果然手心里藏了一个纸蛋蛋！她悠悠展开，脆脆笑道："我的又是有！"五姨太怒火中烧，跳一跳扑了上去，掼了她一个耳光，就唾就骂："臭不要脸的，你敢戏耍老娘们！"她当场揭穿把戏，众人皆惊。为求得佐证，又喝一声："上！"和老四、老七三人扑过来，拽腿子抱腰胯，咬手背揪头发，把梅婷生生扑倒在地，从嘴里掏弄出一个湿漉漉的纸蛋蛋，展开一看，果然也是空白的……章廷芝得知，哈哈大笑，夸奖梅婷聪明绝顶，说你们几个愣种子拈上一辈子也拈不中！一股女人愤愤不平，争讨公道，章廷芝火了："老子想日谁就是谁，别他妈的再抓什么鸟蛋儿！谁再敢骚情犯贱、惹是生非，老子穿一根麻绳子把你狗日的板子缝住，让生锈去！"

打春后的六九时节，剿匪的事体告一段落，章廷芝迎来了一生最为放浪糜烂荒唐的日子。这一天，他带了一队骑兵，携梅婷和蔺姑娘从安边来到柠条原消闲兜风。马队踏进西街，并马而来的梅婷和蔺姑娘早成为一道醒目的风景，行人纷纷驻足观望：两个容颜姣好的小妇人，各戴一顶白色的礼帽和一副墨镜，都穿着一身大地方才时兴的花格子棉旗袍，外面披了狐皮高领的儿毛筒子大氅，足蹬明锃锃的长靴子黑皮靴，珠光宝气，风情别样，似一对天外来客。梅婷和蔺姑娘见路人惊艳，更是得意，指指点点，莺莺燕燕，显摆着大户妇人家的牛×。马队在牙行门庭前的街边停下，章珍儒和水萝卜迎了出来。两人见大少爷携了两个姨太太过来小住，受宠若惊，安排端水递茶、买肉打酒，大献殷勤。这一个后晌，水萝卜对两个姨太太的衣着赞不绝口，叹息自个儿枉活了一回人！晚间，她磨缠章珍儒也给自己捎着置办一身这么漂亮、富贵的行头，章珍儒讥诮道："你先尿一泡尿照照自个儿的影子，残花腐蕾，起薹的老韭菜！"水萝卜啐了他一口，恨恨地嘟哝："瞎良心的老驴，老娘小年时候也是一个水灵灵，一个红人人，直叫烧神们榨干！"

白天，日高三竿，章廷芝才和两个小妇人起床。吃喝罢了，带二人出门，与镇上的几个商人和兵营的军官们赌博去了。无论打麻将掷色子还是打扑克掀花花还是梦和（赌博的一种）摇单双，出手总是赢。赢来的钱赏给两个小妇人，高兴时也给水萝卜几块银圆。到了晚间，水萝卜早早备下酒菜，他和两个小妇人打牌赌酒，嬉戏打闹；而后不知疲倦地同时从两个小妇人身上寻求肉体交融的刺激和快感。三人情欲泛滥，百无禁忌，通宵作乐，花样翻新，啼之鸣之，撼天动地。

梅婷和蔺姑娘放荡的叫床声首先深深折磨了水萝卜，她百爪挠心，也夜夜朝章珍儒的被窝里挤钻。一天夜里，章珍儒不能成事，祷告说："我揣揣你的绵奶奶花肚肚过过瘾算了吧？"水萝卜娇蛮起来："不嘛不嘛，人家要嘛人家要嘛！"章珍儒软塌塌地叹息说："人老一两年，肯说那几年！"水萝卜野辣辣地一个劲戳攮怂恿："树大朽闶阆，猫老不逼鼠，猪娃脑上还顶三升糠哩，你个死蔫喇嘛！"章珍儒说："苍蝇缠住个卖蒜的，老母猪毁（拱）着个洋芋窖，世上只有犁乏的牛，哪有犁乏的地。"这时，隔壁又传来风流的尖叫，水萝卜肉麻肉痒，说："你那猴老子就是一条犁乏了地的野牛，凤凰双飞，一夜五六回，夜夜不空——你爹起耳朵听！"章珍儒经不住刺激和煽火，鼓涌了志气，又死猪趴案挣扎着上身。水萝卜快活得欲仙欲死，索性直声子号叫，尽显老辣的功底。章珍儒说："好嫷嫷，你把嗓弦压低些儿！"水萝卜销魂地说："好爷爷，不由人么！"当章珍儒一身虚汗像一摊烂泥瘫倒在一边时，墙壁上的一只顽蝇乘隙飞落在脑门上，放肆地来回散步，搔得奇痒。他觉得此刻自个儿是世界上乏累至极的人，咻咻喘着，诅咒道："你个龟孙，爬在脑门上欺负人，等爷爷歇缓过劲儿来，一掌把你掴死！"

警卫队长章经武是章廷芝的本家侄子，和卫兵住在西厦房，早已被上房的淫声荡气搅得浑身燥热，暗里骂道："老的小的都在好活，搅得老子难活，老子又不憨着哩！"他一跳起来，穿上衣裳，把手枪掖进腰里出了门，朝当值的卫兵尻子上踹了一脚，说："不许打瞌睡！"自个儿猫着腰身到镇上嫖宿去了。

又一天半夜，隔壁房里突然传来两个女人尖厉的呼叫。章珍儒和水萝卜凭经验辨听出声音的明显不同，赶紧穿了衣裳过去。只见章廷芝浑身赤裸，两手捂着小腹和裆下，疼得脸色惨白、一头大汗。梅婷和蔺姑娘只穿了裤头，吓得软瘫在一边。章珍儒呼喊来章经武几个，用两床被子包裹了章廷芝，前后抬着，奔出门去。

当章廷芝被七手八脚抬入济世堂诊所、置放于诊床之上时，手足弯曲不能伸展，阳物缩入绞痛欲死，上下牙齿紧紧咬着，已是奄奄一息。李函玉只看了一眼，脸色陡变，惊异地说："急性阴症伤寒，命在旦夕！"章珍儒吓得头发倒竖，面色如土，扑通跪在地上作揖、祷告。李函玉急取一块整砖，在火炉上烧红，包了几层白布，覆压于章廷芝的肚腹上来回熨转。烟雾、焦臭中，他向梅婷和蔺姑娘询问了章廷芝与谁人行房的情况；得知二人俱有，叹息一声，吩咐水萝卜引领二人速速回到牙行如此如此。时候不大，水萝卜两手各端着一个瓷碗，踩着猫步颤悠悠进来，左手是半瓷碗阴毛烧灰调水兑成的汤剂，右手是半瓷碗洗阴之水。李函玉吩咐用筷子撬开章廷芝的牙关强行灌服，叮咛中途不可松劲，以防磕伤舌头。几个人上手，扳头的扳头撬牙的撬牙灌汤的灌汤，一切都严格依照大夫的话操作。约莫一袋烟的工夫，奇症全然褪去，章廷芝长吁一声缓过神来，只是疲弱不堪。李函玉开了几剂补药，阴阴地说："弱水三千只取一瓢，阴阳相合自有分寸；自古帝王多短命，江山就葬在了石榴裙下。你后生不要黄鼬叼着个鸡，憨憨拾得一道经！"章廷芝默然，爬跪在地上向他磕了三个响头，一声不吭出了门。

许多年后，徐壮民从李子竹嘴里得知了当年十一旅内部所发生的一些事情的根底和脉络——

早先时候，二团副团长史虎城向石云秀密告说："一团李子竹连长有共党嫌疑，过去与高岗关系密切，现在又与三团张蛟往来频繁，极有可能密谋兵变，投奔刘志丹和高岗去。"又说，"去年七月间所发生的陇东西华池兵变一案已调查清楚，系共党头子高岗一手策划：高岗在一次与国军围剿部队的交战中负伤掉队，瘸着一条腿逃出深山后，潜入十一旅独立营驻地西华池，假称避难，在老乡曹雨僧处隐匿养伤。其间与独立营共党地下组织秘密接触，策动两个连的人马武装叛逃，投顺了南梁赤匪。"史虎城建议实施全面抓捕，一网打尽，甚至认为曹雨僧也是共产党分子，应列入拘捕名单。石云秀摸透了曹雨僧的为人行事，并不这样认为，也不支持动静太大的做法。只是兵变一事令他十分恼火，觉得共产党一次一次挖自己的墙脚，已到了无法容忍的地步。他与陈国民、刘锦堂商议后，决计着手整肃部队，清除几个异己分子和共产党嫌疑分子，杀鸡给猴看，强化权力控制。

过罢年，旅部和一团团部移驻西峰镇。一个黄昏，石云秀亲自带了手枪队来到李子竹连，下令集合训话。全连紧急集合后，他手一挥，数十把匣子枪哗啦啦张开大小机头，黑洞洞的枪口对准一群官兵，空气顿时紧张起来。石云秀说："据查，你连有叛变投共嫌疑，现予解除武装，听候处理！"士兵们多是陕北人，一时情绪激动，交枪卸弹间乱砸乱打乱骂，有的甚至将子弹袋摔砸到石云秀贴身护兵身上，一帮人哭着嚷着要散伙回家。石云秀原打算就地免了李子竹的连长职务，让自己的亲信接替，见群情激愤，忧虑引发混乱，波及其他连队，动摇军心，加之手头证据不足，于是陷于踌躇。转了一圈，临时改变主意，只下令全连集体反省，李子竹的连长职务也没有动。

不几天发生了一桩大事，石云秀改变了对李子竹的看法。

出没陇东绥西的赵有禄部土匪乘石旅长和陈团长带兵外出之机，突然于后晌时分包围了镇子，五六百匪骑从不同方向扑来展开攻击。镇里只驻留临时抽调的冯孝先的一个步兵连和一团留守的两个步兵连，冯孝先亲自指挥，分兵抗守。不久，西门被突破，大队匪骑闯入，守军一个连见匪骑凶悍，放弃抵抗缴械投降。情势危急，牛振武连长建议将集体反省的李子竹连调来加入战斗，冯孝先与表嫂杨淑贤商量同意，紧急下令李子竹带领全连协防旅部附近的北门。李子竹气恼地说："没枪！"冯孝先命令打开军械库拨给枪支弹药。李子竹觉得这是一个十分难得的机会，必须冒了性命去把握，当即派一个步兵排去保卫旅部，自己带领一个骑兵排和一个步兵排迅疾投入战斗。在一处巷道与匪骑短兵相接，展开白刃格斗，李子竹一马当先，一连砍翻三个土匪，士兵们大声吼着，奋勇向前，匪徒们惊慌溃逃。两排人马转入西门附近，利用熟悉的地形，与牛振武连形成夹击之势，一举击退窜入城中的土匪，打死、打伤、俘虏六十余人，缴获一批枪支弹药和军马，反击战取得胜利。石云秀接报率部返回，冯孝先汇报了情况。石云秀很是激动，在随后召开的庆功大会上，亲手枪毙了那个带头缴枪的连长，又亲自给李子竹佩戴了红花，握着他的手说：“路遥知马力，板荡识诚臣！”当即宣布解除集体反省，对全连予以通令嘉奖。

三团接到整肃命令后，王文舫不予理睬。他虽怀疑张蛟一伙是共产党，却打着个人的算盘：自己不懂军事，不会带兵，而这伙人个个是带兵好手，如若抓了扣了，自己的三团就失去了骨架，彻底受控于石云秀，甚至大有被撤编归并的危险；对共产党的主张，他也不赞同，但眼下唯有选择容忍才是上策，何况证据不足。

石云秀有他这一块心病已然多时。自入甘肃地面，王文舫不与他交心，始终保持距离，甚至不相往来、借故不参加旅部会议，部队属管不属调。他分析认为王文舫必有所图，二人罅隙已极难弥补，莫如一步到位解除了这个拜识弟兄的兵权，免得夜长梦多。于是，他决意动用一枚早先安插好的棋子，那就是三团一营营长，表弟冯孝先。

冯孝先为人笃实，倾向共产党的主张，与王文舫、张蛟等人私交甚好，相处和洽。接到密令后，冯孝先既不愿撕破脸皮武力扣押，又不敢违抗表兄的命令，左右为难，踌躇不决。这天后晌，冯孝先传令一连长曹大胡子和二连长赵子和到营部开会。他知道，这两人与张蛟走得近。三连长是王文舫的侄子，自然没有通知。冯孝先郑重其事传达了旅长新的整肃命令，下令一连和二连立即进入高度戒备状态，二连担负具体的抓捕任务，时间定在天色擦黑。曹大胡子和赵子和不清楚要抓捕什么人，想问又不敢问，神情紧张。冯孝先故作轻松地说：“咱都是自家兄弟，我就提前透露一点消息：今夜咱只抓一个人，这人其实并不是共产党，也不一定是异己分子——不论冤不冤，旅长的命令必须执行！”说罢，一边往外走一边自言自语：“谁脑门上也不刻着异己分子几个字，我看这整肃还是应以诫勉谈话为主，一步一步来。”

曹大胡子和赵子和商量后迅速将情况报告给地下组织的“军委”。张蛟判断要抓的人必定是王文舫，这个计划一旦成功实施，地下组织的党员军官下一步必将遭到撤换，甚至被捕，那么几年来所苦心经营的成果将成覆巢之卵！他随即召集“军委”紧急会议，决定采取支持王文舫、反对石云秀的策略，并布置应对措施，让曹连长立刻派人去给王文舫报信。

曹连长找到徐壮民班长，如此如此做了交代。徐壮民一头雾水，却意识到事关重大刻不容缓，当即一路奔跑赶到团部，向正在睡觉的王文舫当面报告，言称是自己在门外站岗时无意听到的。王文舫大惊失色，镇里只有冯孝先的一营，别无去处，只得带着护兵从后门逃至三连的驻地躲避，并下令三连做好战斗准备。结果，赵子和带人抓捕扑空，即与三连在镇子的前后街形成对峙，双方朝天鸣枪，互相威吓，却没有互射交火。冯孝先带一连赶来，下令各自退回。石云秀获悉，怪怨表弟行事粗疏，事已至此，只得放弃抓捕，派旅参谋长杜雨亭出面调解。

杜雨亭是陕北葭县（今佳县）人，无党无派，与石云秀和王文舫交情都好，接了这个棘手的差事，一路上眉头紧锁。事发后，石云秀表现出一副惊异而糊涂的模样，似乎毫不知情。只是说，原是请文舫副旅长过来开会的，这可能是一个误会；弟兄们闯荡在外，患难与共，岂可同室操戈、让外人笑话？另外，却莫名其妙拉扯到独立营的事情，说曹雨僧营长缺乏带兵本领，屡屡误事，打算即刻派往南京学习军事指挥；独立营自高岗拉走两个连，兵员不足，征兵的同时，须得从内部调配补充。杜雨亭反复推敲琢磨，认为石、王二人虽是起了冲突，但内里关系缠绞如麻，眼下谁也离不开谁，还不至于闹到彻底决裂的地步，于是大概明白了石旅长的话外之音。到达宁远镇后，他与王文舫、冯孝先分别会面沟通，提出自己的主张：由冯孝先接替曹雨僧的职务，出任独立营营长，将三团一营赵子和的二连拨归，所部由西华池移防宁远；三团其他建制不变，换防靖远一带。这是一个一石多鸟的主意，既是现实的需求，又照顾了上下各人的情面，而不至于揭皮伤脸，王文舫斟酌再三，表示同意；冯孝先毕竟是石云秀的臂膀，出于多种考量，也无异议。事后，石云秀不得不接受杜参谋长的处理结果，口头表示满意，而关于整肃三团的事情也只好撂在荒滩上了。

徐壮民受到王文舫重用，被破格提拔为新组建的二连副连长兼一排排长。白宝霖和柴向东也都当了班长。连长是阎家骥。因镇边发生的一桩命案投军，辗转做到连长。阎家骥当初犯案后，时任县保安中队长的徐壮民负责调查过，掌握情况。他担心徐壮民要挟、告发，因而百般讨好，借口同学关系、你办事我放心，把连队的大权拱手相让；自己娶了个小老婆，整天沉溺于吃喝玩乐，对连队的管理和训练从不过问。徐壮民也不计较先前的那桩事情，与他井水不犯河水。

从被迫投军那天起，徐壮民就盼望着当个军官，抓到兵权，将来领着一帮人马杀回老家，除灭章廷芝报仇雪恨。依托这个信念的支撑，他不声不响、脚步踏实地实施着自己的计划。新兵训练，除了请教官教授典范令一些军事常识，进行常规操练外，他主张苦练射击、刺杀、投弹、骑术。为图笼络、收服人心，他和新兵们吃一锅饭、睡一盘炕，并选择了实际的投资，将自己的薪饷和积蓄拿出来支垫，要司务长多弄些干的稠的，让士兵们吃好一些。他的威望很快树立起来。白宝霖和柴向东把卖马的钱凑来，相帮着收买人心，二人一唱一和，到处吹嘘徐壮民的能耐，像两个狗腿子。

两个月下来，新兵连出脱成一支军容整齐、纪律严明、基本功过硬的连队。全团随后举行了体育、军事技能比赛，无论是跳高、跳远、打球、赛跑，还是障碍赛马、百米射击，以及刺杀、投弹，二连样样厉害，徐壮民一人获得射击、赛马、刺杀三项冠军。颁奖会上，阎连长腆着大肚子，在台下踅来踅去，频频向人打着招呼，出尽风头。王文舫和张蛟亲自发奖，分别与徐壮民握手，对他刮目相看，都认为是棵好苗子。兄弟连队也颇为惊异，对这帮新兵蛋子再也不敢随意欺侮、谩骂了。

时光进入四月初。徐壮民带着二连到靖远城西关外进行了一天的野外演习；返回途中，队伍集合到黄河岸边一架巨大的水车旁临时歇息。黄河水自北向南浩荡而去，浑浊的水流哗哗地推动汲水轮不停旋转，把河水一斗一斗悬在空中提上岸头，顺着水渠灌进刚刚返青的麦田；绿葱葱的麦苗子贪婪地吮吸着，在清风里摇曳。触景生情，一个士兵幽幽地叹息道："我想家哩！"大伙儿默然。天气转暖，士兵们还穿着破烂的棉衣，戴个破皮帽子，脚上的鞋子露出脚指头，一个个可怜巴巴的模样。伙食也差，每日里吃的是稀粥、腌菜、窝头，连三分钱的菜金补贴也领不到手。当兵的大都出身贫苦，家里老小需要接济，却连一个活钱也捎不回去，个个心里窝了鬼火。徐壮民趁机煽呼说："当官的天天在公馆里抽大烟、搂娘儿们、喝兵血，不管当兵的死活。眼瞅要入夏，咱们连件单衣也换不上，长此下去，咱还不得受死？还不如学做绿林好汉，杀富济贫去！"士兵们拍手叫好，纷纷喊叫道："徐连长，只要你承头，我们跟你干！""这话就当说笑，就此打住。"徐壮民说，"但我必定会给弟兄们找一条出路！"

随后，徐壮民从李安桥那里取回手枪，和白宝霖、柴向东密议，决计伺机拉出部队。

不久的晚间，曹连长鬼鬼祟祟过来，戳弄徐壮民组织一次士兵斗争，为全团的弟兄们讨要饷银。徐壮民想也没想就答应了。几天后的一个傍晚开饭时，他借故躲了出去。士兵们在白宝霖和柴向东的怂恿下砸了饭锅、菜盆，稀粥、菜汤、窝头散落一地。柴向东拟写了一纸请愿书，提出改善伙食、配发单衣鞋子、补发菜金的诉求，随即全连集体到王文舫的公馆前上访，一片吼叫、谩骂声。王文舫十分恐慌，亲自与士兵代表见面，满口答应。没过三天，全团即统一换上了单衣，菜里油水大了，也见到了腥荤；积欠的菜金补贴先发了一个月的，每人一块银圆。斗争胜利了，士兵们受到鼓舞，胆头子也壮了。

一个清晨，徐壮民带二连出完早操整队回去，路过张蛟副团长的住处，发现门口执法队的卫兵换成了王文舫的护兵，心中疑惑，向机要秘书打听，秘书悄悄说：“昨晚，王副旅长突然下令扣押了张蛟副团长，还缴了他手下执法队的枪！”徐壮民心中掠过一丝不安。他曾听大胡子曹连长多次讲过张蛟副团长的一些事情，从话语里流露出尊敬和拥护的意思，还带着几分神秘，便早已判定他们是一伙的，很可能就是共产党。——今天可能会出大事！一天里，徐壮民哪里也没有去，一直蹲守在营房，心中涌动着一股莫名的兴奋，似乎在等待着一种神秘的召唤。白宝霖和柴向东约他出去下馆子，他虎着脸说：“今天谁都不许沾酒，不许走出兵营半步！”二人见他脸色涨红，一个说见鬼哩！一个说神经病！

天色擦黑，曹连长骑一匹马匆匆赶来，把徐壮民拉扯到一个无人的房间，火烧屁股似的说：“壮民，今儿黑里我们要起义哩，想约你加入，你愿意不？”徐壮民心里呼啦一闪，兴奋地拍了曹连长一掌，说：“好好好！我带上二连的弟兄们一搭走！你早说也没×事嘛！”曹连长大喜过望，激动得胡子一撅一抖的，附在耳畔叮咛了几句，急火火去了。

徐壮民当即吹响哨子，紧急集合。走进阎连长房间，空无一人，一杆三八式步枪和子弹袋挂在墙壁上，他顺手摘下。两个排长早已习惯了这种紧急集合，依旧要特权睡自己的大觉；徐壮民进去从墙上摘了二人的枪，交给紧跟进来的白宝霖和柴向东。院子里，士兵们已全副武装站好队列。徐壮民觉得该带的都带上了，从屋里出来，压低嗓门说：“弟兄们，今儿黑里咱就造他狗日的反，大家愿不愿意？”士兵们听得清楚，兴奋地大声喊道：“愿意！”徐壮民下达口令：“向右转——持枪——开步走！”出了院子大门，站岗的老乡王仓从尻子后头撵上来，大声喊道：“报告徐连长——我咋闹（怎么办）？我也要跟上你们走！”徐壮民说：“倒把你给忘哩！愣小子，跟上走。”

徐壮民依照约好的地点带着二连来到东门时，城门大开，却不见起义部队的踪影，大惑不解，只得派人侦察。一会儿，侦察兵报告说前边大路上发现七零八落的皮帽子，于是队伍沿大路猛追过去。直到半夜，才在一个叫打拉池川的地方追上起义部队，除了一连，还有执法队和骑兵营的一部分人。曹连长十分焦躁，说："时间过于仓促，谢子长和省委特派员可能是走岔了路，与我们失去联系，不晓得去了哪里！"徐壮民这才晓得原来鼎鼎大名的谢子长也参与领导了这次起义！曹连长边走边解释说，他们在东门伺等了一会儿，不见二连过来，以为出事了，就开走了。徐壮民笑道："兄弟这不撵来哩？"

徐壮民后来从李子竹嘴里还得知，王文舫当年之所以扣押张蛟、开始下手逮人，是他得知谢子长已秘密来到靖远并暗里与张蛟会晤所做出的一个反应。因谢子长与王文舫是拜识弟兄，谢子长暗中活动，没有见他，从而引起他的猜疑、恼火，又害怕他们拉走队伍，一怒之下翻了脸。而起义部队未能与谢子长等人会合的原因，正是向导慌了神带岔了路。这个不该发生的差错改变了许多人的命运。

起义部队马不停蹄向既定目的地海原方向转移，一路上慌慌张张，乱哄哄的。当部队行进到一个叫郎山的地方，正准备垒灶造饭，休息一会儿，站在房顶上的哨兵突然大声喊道："大路上追来大股骑马的！"曹连长大惊，赶紧吹哨子集合部队撤离。刚撤至山脚，王文舫派出的骑兵营就追到了跟前，一边鸣枪，一边喝令他们乖乖回去！这时候，几个动作迟慢的士兵已然做了俘虏。部队散乱了，打着乱枪向山上爬跑，一片混乱，许多人跑丢了鞋子。徐壮民焦急地冲曹连长大吼："你瞎跑甚？你带领队伍快往山上冲，不要叫跑散哩，我在后边掩护！"他带着跟在身边的白宝霖、柴向东一簇人就地散开，凭借土丘向追来的骑兵开火，直到枪筒子打热，才阻滞了骑兵。徐壮民下令投出一排子手榴弹，趁着尘土飞扬带领大伙迅速撤上山去。朝山下望时，追兵已经退走。士兵们口渴得不行，山顶上正好还有冬天遗下的一窝一窝的残雪，各自刨着吃了几口，横七竖八躺在地上大口喘气。这场仗，徐壮民亲手毙掉了四个凶悍的追兵。躺着吃雪时，他回想着那四个人脑袋中枪坠马而死的场景，并不后悔：两军交战，只有杀死敌人，才能保全自己人！

徐壮民四面瞭望，曹连长带领的队伍已不知去向，于是招呼大伙沿着足迹寻找追撵。一直追到日头落山，地上的踪迹变得模糊不清，只得顺着一道沟瞎走了一夜。天放亮时，前边的路上足迹全无，四周是延绵的群山，谁也弄不清到了什么地方。大伙又累又饿，只好坐下歇息。许久，徐壮民长叹一声："此去海原人生地疏，凶吉难卜，不如咱开到陕北去吧！"大伙表示赞同，只几个甘肃兵默不作声。自此二十多号人避开大道、集镇，一路打探行进。

同样在许多年后，徐壮民才捋掐精明这支起义部队的去向和下落及陕甘地区共产党人围绕十一旅开展兵运工作的一些情况：

因曹连长所带的士兵大都是定西人，突围之后，没有向东去海原而是转头南下去了定西一带。他们盲目地打了一个多月的游击，遭遇当地驻军和民团武装围剿，死的死逃的逃，散伙了。曹连长下落不明。

此番兵变不久，张蛟被王文舫礼送出境。他与谢子长等人随后组织了靖远水泉堡兵变，吸收当地农村青年参加，人数发展到数百人，打出"陕甘工农红军游击队"旗号，谢子长任总指挥。游击队很快遭到地方军阀围剿，节节败退，转战多地。一次战斗中，张蛟死难，部队被打散。后间，甘肃地方党组织寻找失散的游击队员，组建"西北抗日义勇军"，打出抗日旗号。时任十一旅三团排长的地下党员贺钧年发动兰州水北门兵变策应行动，队伍进一步壮大，一度发展到三四百人。不久的东进行动中，这支部队遭到宁夏马家军的围追堵截，同样以失败告终。

据史料记载，这一年，还有几桩大事发生于十一旅内部和三边地方，并产生了广泛而持久的影响：

王文舫损兵折将，众叛亲离，处于窘境，石云秀趁机活动剥夺了他的兵权。杜雨亭持反对意见，辞去旅参谋长一职，去向不明。其间，黄埔一期出身的爱国军人杨啸天从南方回来，投奔姑父，石云秀让他接任了旅参谋长一职，并兼任三团团长——由此引燃了十一旅官兵的抗日情绪。

坏事里头有好事。王文舫不曾料及，此后竟是官运亨通一路顺风。他带着亲随、护兵去往西安。杨虎城此前已出任陕西省政府主席兼十七路军总指挥，成为西北津梁，做人情任命他为驻防邠县（今彬州市）的陕西警备骑兵旅副旅长。这年夏天，旅长苏大牛病殁，王文舫升任旅长。适逢陕甘交界匪患猖獗，红军崛起，不久，警备旅奉命调防陕北三边，旅部及主力部队进驻定边城，原井岳秀部驻军一个骑兵团被调往东南剿共去了。王文舫整肃军纪，插旗招兵，号令剿除匪患，严防红军流窜，不得滋扰百姓，三边一带渐趋安定。

章鸿儒见亲家当了旅长，吃下定心丸，随即做出一个重大决定，章家的势力也由此进入煊赫时代。——借警备旅整编扩招之机，他以年老体弱为由向井岳秀打报告辞去了团长职务；一番重金打点、上下斡旋，促成改旗易帜，将驻安边一带的骑兵一营、二营申请划拨到儿子警备团的名下，一并投归警备旅；章廷芝出任警备旅二团团长，所部分驻安边、堆子梁、白泥井几个地方。榆中毕业后接任驻柠条原骑兵三营营长一职的章廷祥，也在章鸿儒如意算盘的拨拉中投归警备旅，扩编为第三团，分驻柠条原、镇边城。章家两个团都是缺编团，共计拥有兵员千数百人，却各以整编团名义虚列编制员额，冒领补给，大吃空饷，连守卫银佛坪两下寨子的团丁都领着官方的军饷。王文舫碍于情面，又认为这是国军的沉疴痼疾，睁一只眼闭一只眼。

# 第十一章

陇地广大，北边荒僻，难觅人烟。徐壮民打着为部队征兵的幌子，带二十来号弟兄向南绕了一个大圈，自由自在向东行进。凭借手里的枪杆子，沿路打劫了几户财主，兜里都装了几块硬通货，背包里背着蒸馍、干菜、炒米、炒面，一股子年轻人初尝绿林好汉的滋味，个个英气勃勃，欢马犊跳。而困苦也时常相伴，住的好对付，吃的只有就地拔野菜、摘果子。这样过了近两个月，方才赶至镇边地界。五六个弟兄不辞而别，都是甘肃兵。是在一次成功打劫的夜里，他们揣着分得的几块银圆，聚在一起嘀嘀咕咕。当时，徐壮民已然发现苗头，却佯装睡熟，几个甘肃兵跪在地上朝他拜了三拜，抹着眼泪走了。

徐壮民清楚地记得，新城堡宋家湾有个富户宋百万，便和弟兄们商议，决计攻下寨子夺取钱财，再做打算。队伍行进当中，他讲述了宋百万的故事。

宋氏弟兄原本三个，老大宋怀仁，小名佳娃子，打小性子暴戾，六七岁时家里依然雇请奶娘给他吃奶。一回，嫌奶娘来迟，竟一口咬掉乳头泄愤，奶娘不治身亡。佳娃子遭了天谴，少年夭亡。宋怀礼行二，宋怀智行三，秉性刻薄、吝啬，却是罕异地勤劳、俭朴。据说，哥俩自小就养成吃饭舔碗的习惯，终年穿着破烂衣裳，一泡屎也要拉到家里的茅圈沤粪，仓窑里一瓷缸一瓷缸的猪油、羊油起霉黄腊，也舍不得多舀两勺子放进菜里；二人吃苦耐劳，和长工一样，一道把日头从东至西背上一天，伏天不歇晌，长工累得趴下吐血，一个个溜跑，不得已多掏几斗颗籽再雇人。宋家家底原本肥厚，在兄弟俩的辛苦操持下更是蒸蒸日上，至民国初年，即拥有了逾百顷的山坡地，过万只的份子羊，大牲口成伙成群。宋二尤为精明强悍、刁顽苛啬，致富的本领匪夷所思。他把家里的羊绒毛掺上土末、白灰，好的瞎的混搅起来装进毛线口袋，驮在大牲口背上赶脚出门。毛货从榆林的镇川出手，换成烟土，打发长工赶牲口返回；自个儿背着装了烟土的破褡裢，哼着莲花落，一路行乞，随处露宿，爬山过河前往烟价高涨的山西一带贩卖。后间，自家又在坡堖圪塄广种罂粟，熬制成烟膏四处贩卖，日进斗金。如此十数年，宋家聚财百万，富甲一方，传说有数十瓷缸、瓷坛、瓷罐的金银财宝埋藏在远远近近的山沟圪塄里。民国十七年陕北跌下大年馑，百姓啼饥号寒，饿殍遍野，宋家紧闭寨门，视若无睹，是牛县长派徐壮民动用武力才让他家放了一点血。人怕出名猪怕壮，多年间，土匪屡屡攻寨，宋家组织团丁持枪据守，逃过一劫又一劫。偶有得手，宋氏二弟兄四平八稳不慌不忙，只说不过寻常家道，乡间传闻尽是瞎编，要粮尽管拿，要钱没有的。拷打、绑票如同喝冷水，二人铁邦生硬，不惧五刑不惧死亡。末了，土匪头子只好甩起大脚踢中尻子，唾骂道：天底下没见过这号铁公鸡、愣牲口，滚×远远的！宋家屡受兵匪侵害，为壮大门楣保住业产，宋三曾带着侄子去甘肃投奔石云秀，掏四千银圆的大钱为侄子买得一个暂编团团长头衔。石云秀只拨给一百来号人，宋三很是不满，天天撵在尻子上要兵要枪。石云秀见他侄子也不是带兵的材体，推托让他家再掏一笔钱自己招兵买马；宋三不干，连根反悔，当下索要所花费的钱财，睡在石云秀的炕上耍赖，走一步厮跟一步，寸步不离。好汉怕赖汉，石云秀经不住他死缠死磕，碍于老乡情面，只得以部队私产的七驮烟土抵账了事。叔侄二人于是赶着牲口驮了烟土又回到老家过活。

听了徐壮民的述说，众人忧虑这两个银钱怪物难缠，死猪不怕滚水浇，怕是瞎忙活一回。徐壮民称已暗里打探过了，宋二刚刚从镇川回来，家里理当有钱，即便弄不到钱也可弄几杆枪和子弹，还有干粮什么的。黄昏时分，他们在一个庄子里以征用军械为名弄得三挂梯子；随后进入一道沟底潜伏，各自取出干粮、水壶吃饱喝足。星宿上天时，一股人抬着梯子，爬上宋家湾南面的草山梁。徐壮民指着山下远处一个从峰岭侧胯赘生出来的四面临沟的小山包说："就是那个土寨子！"

依照徐壮民制定的攻击方案，半夜时分，一行黑影沿盘盘路绕拐下山，悄悄摸向寨子。寨子不大，由突兀的小山四面削崖而成，正中嵌了一座院落，南面豁开楔入高大坚实的寨门。崖高约三丈，沿着崖畔又围筑了厚实的黄土寨墙充作第二道屏障。四角各有高出围墙、土木结构的哨棚，留置枪眼，可实施对寨外及院内之敌居高临下的打击。白宝霖带五个人左右埋伏，封锁了寨门。四个枪法好的躲在暗处，从不同方位瞄准哨棚枪眼。徐壮民带着柴向东、王仓等七个手脚利索的人抬着梯子来到北面悬崖下，首尾相交绑死三挂梯子，搭起，已达围墙之下。徐壮民手一挥，柴向东抢先攀上，王仓紧随其后。担心云梯不能承重，其他人留在下边持枪观望。柴向东掏出匕首在围墙上掏挖了一个土钵，把匕首插入土钵上方的墙体，拽着蹬着翻上墙头。他抛下绳索，下边跟进的人一个一个攀上，分头向目标摸去。四角哨楼里各有两三个团丁，正抱着步枪打呼噜，一眨眼工夫，一个个被掏了老雀，嘴里塞进烂布团，捆绑结实。

摸到里院时，两条愣狗狂吠扑咬，徐壮民抬手两枪撂倒。枪声划破山村的静谧，远处响起连串的狗吠。柴向东撬开大门上两根筋的大铁锁，白宝霖带人一拥而入。八九孔砖面土窑洞旋即被切割封锁；徐壮民粗声喊道："宋家兄弟听着——我们是刘志丹的红军，哨楼已拿下，缴枪不打人，举手出来！再不见人，就扔手榴弹哩！"三孔窑里早先有慌乱的响动，此时亮起了灯火。死寂了一会儿，一孔窑里传出镇定的骂娘声，两把匣子枪和几杆步枪从三个门里扔出来，宋二、宋三和几个团丁举着双手各自走出窑门。老弟兄俩不约而同噙着旱烟锅子，一边走一边吸，烟锅里一红一黑的。“徐家后生，你甚时候投了红军?”宋二借着微弱的灯光竟一眼认出徐壮民，他从容地扣着腰肋间破布褂子上的核桃疙瘩纽子，眨巴着阴鸷的眼睛，不温不火地问道。徐壮民知道二人难缠，不跟他兜圈子，厉声喝道：“我们打土豪济穷人，今天执行任务路过此地，一是提枪，二是要钱，三是要你们速速准备一些干粮吃食!”宋二恨恨地说：“人都闯进来哩，枪就拿去吧。至于吃的东西，好说。钱是没有的，穷×打得炕板石响，几十年积攒的一点钱都叫饿狗饿狼叼走哩!”柴向东见他出言不恭，一脚踹向他的尻子，宋二跌倒在地。他咳嗽两声爬起来，拍了拍身上的土屑，又装了一锅烟，掏出火镰磕打几下点燃艾绒，捺在烟锅里，深深吸了一口，这才淡淡地说：“老命，你家也有娘老子，叫人牲口一样踢打着也不大好受。”柴向东发怒，竖起枪托就要砸过去，宋二冷笑一声：“羔羔，你叫我老汉吃屎也行，喝尿也行，挨打也行，一个×样，你挑一样来吧，老汉眼也不眨一眨。”柴向东硬生生收手，瓷在那里。这时候，宋家大人娃娃和长工们陆续从几孔窑洞里出来，被集中到碾磨台边看押。

白宝霖拎着马灯，带人挨着窑洞搜查了一遍，只找到十几块银圆和一小袋铜圆、麻钱，另有几皮囊子步枪、手枪子弹和手榴弹。天色大亮，他不服气，又挨着仔细搜查一遍，几无所获。徐壮民布置好警戒，安顿好赶做干粮的事情，背抄双手，没事人一样四下里转悠。

他注意到，驴圈里拴着一匹体格高大的红毛骟马，黑鬃黑尾，体毛凌乱，脏兮兮的。尽管去了雄势，红马依然头颅高昂，含了威悍桀骜的精神，只是被主人当作役畜使用，拉犁拉车驮水驮粮吃尽苦头，脖颈、肩胛、脊梁勒出几道深深的伤痕，结下一层黑青斑驳的硬痂。这时，红马叉开后腿撒尿，只听哧溜一声，竟溺过了前蹄！徐壮民突然想起父亲的话，一颗心怦怦跳荡，呼吸急重，脸色涨红，眼眶里涌出泪花。他热切地凝望着红马的眼睛，从左胯方向款款走过去，俯下身子，发现马腹之下果然长了一撮逆毛！他喉头痉挛，眼泪簌簌地流淌了。马眼深邃，似汪了一丈深的清水，里头倒立着一个人清晰的身影——徐壮民晓得自己已无法从这神奇的清潭中自拔了！他嘴里喃喃低语，探手过去，轻轻挠抓它的脖颈，梳理它的鬃毛，把脸贴在它的脸上,它被温情俘虏了,乖得宛如一个羞涩的少女。它凝望着他,眼里竟盈满泪水,又一滴一滴滴落。他的手朝向它的嘴,它温顺地迎上,微启双唇:乳隅齿脱落,永久隅齿等高,犬齿长成,一匹四岁半的骅骝！

柴向东心里憋了一股气，提着一把镢头，到处敲敲打打刨来刨去，鸡窝、猪圈、羊棚、驴圈挨着检查了一遍，没有发现可疑的端倪。他去茅圈尿尿，猛然发现一堆粪土旁似有几抹新土裸出，上边却倾倒了新鲜的屎尿，心下起疑，举起镢头乱刨一气，愈发觉得土层异常。就在此刻，盘腿坐在远处碾盘上吸烟的宋三突然喊叫要尿尿，得到允许后向茅圈走去。到了茅圈外墙边，二鬼似的圪蹴下身子，从裤裆里掏出一把小撸子，摸进去，一声不吭抵住柴向东的背心——砰的一声，宋三脑袋中了一枪，徐壮民右手拎着的匣子枪冒出一缕青烟。宋二伸长脖子探望，见宋三脑浆流出，跌倒下去，一蹿冲出大门，朝对面山上狂奔。院子里气氛骤然紧张，枪栓推拉得呼里哗啦，婆姨女子惊哭成一片。宋二奔跑至山顶，从裤裆掏出一把撸子，朝茅圈里的几个人开枪，一边像被掘了祖坟一样扑蹿咆哮，满嘴喷出污秽、恶毒、狂癫的村野之语。王仓愤怒，伏在墙头瞄了又瞄放出一枪，宋二一个跟头栽倒，骨碌碌滚下山崖。

从茅圈只挖出一瓷罐银圆，徐壮民做了分配处理：留给宋家老小一百块，料理宋氏兄弟的后事；每个弟兄二十块，补贴家用；剩余的一千多块充作公用，由白宝霖和柴向东保管。离开寨子三五日后抵达西草山梁，众人约定，收秋后在县北白城子附近的柴向东家里聚首。十八个人散开，各自回榆林、横山、定边、镇边的老家送钱去了。武器已统一收缴，由徐壮民、白宝霖、柴向东三人秘密掩藏。

宋二、宋三的暴亡令宋氏百万家财的去向成了一个谜。土地革命后，宋家人流亡外地，长期处于饥寒的境地，谁也没有回去。又过去三四十年，开始社会主义基本农田建设会战，宋家湾村在渗水的沟湾打坝蓄水拦洪，涧水、雨水冲刷泥沙将几道深沟节节垫高，年复一年形成高峡平地，演变为上好的农田。进入改革开放年代，有三三两两手执洛阳铲的寻宝者在这几道沟伸头缩脑四处探掘，开走一拨又来一拨，多年不绝，留下一个个一二十米深的企图证实历史传说的黑窟窿。——他们全都抱梦而来碎梦而去，有的叹息说宋家的百万家财窖在了坝底深处，有的说宋家不过是徒有虚名罢哩。反正，这个谜团至今未解。

自从弟兄们散去，徐壮民昼伏夜出漫无目的地游荡着。他的军装皱皱巴巴、肮脏不堪，到处是荆棘钩扯开的破洞；军帽下露出纠结的头发，里头混杂了野兔毛和草屑；军鞋磨薄了后底，沾满辗转跋涉的泥巴尘土；只有一双眼睛，虽然布满血丝，却还闪耀着明亮的光芒。他被露水激醒或被鸱怪子的啼笑惊起时，眼神里便放射出独狼的警觉和果断，第一个动作就是抓枪举枪。他恐惧、骇怕，他要保护自己，他必须保护自己。他感受了铭心刻骨的孤独。他觉得自己无根无蒂，像一只雁鸟在空中徘徊鸣咽，像一只孤兔在荒野里茫然扑窜，像一只野狼掉进了一个阴森森的暗穴，一种挣脱孤独融入群体的渴求和一种对亲情、友情的期盼令他不能自持。

与章廷芝生死相搏就是与死神擦肩，就是在刀尖上行走，他不愿为一己私仇而贸然地搭上一茬弟兄的性命，一切须得步步连环，慎之又慎，关键是要掐准死穴，一击致命。他煞费苦心谋算着策划着，推翻无数的预案，最终还是茫然无解。于是，撇开虚想，行动起来。在给父母坟头添过土、烧了纸钱后，他鬼魅一样潜往白文翰家，之后又潜往三舅赵毡匠家，接着便消失在去往安边城的路上。

这些行踪飘忽的日子里，令徐壮民虎气勃勃的是陪伴在身边的这匹大红马。经他精心饲喂调养，洗刷梳理，大红马刀棱的脊梁肉起来，痂皮消失，死毛掉去，变得通身光洁，威势飞扬，更因为获得自由轻松而眼目闪亮如水光滑似玉。闲着无事时，他一遍一遍仔细端详，果然正如父亲所言，前看如鸡鸣，后看如虎蹲，龙头高举，眼大目明，体气高爽，响鼻如雷。他一根一根摸着数过肋骨，竟有十五根之多。从体格、头形、眼目、毛色、四肢及额部显眼的“白章”上看，这应当是一匹伊犁马。他感恩父亲的指教，庆幸自己得了一匹良驹，觉得这一切都是一种注定的缘分。

这天前晌，行至柠条原南边的驮道岔口，徐壮民忽然产生一个想法：大红马就是自己终日厮守的伴侣，好马配好鞍，不可委屈了它！当下决定换去马身上原先的行头，精心打扮一番。于是，趁着集日乱哄哄的，潜入镇子，置买了一套崭新的鞍鞯、缰绳、笼头、口衔、肚带、脚镫，一口气给大红马披挂上身，摩挲着它的脖颈说：“伙计，给你取个名字，就叫赤弩！”随后，拐进党记铁匠铺挂了马掌。有意思的是，党铁匠原打发一个徒弟去钉掌，瞥见是这样一匹马，眼里登时闪烁了明亮的光彩，喝回徒弟，亲自上手做完这个细致、别样的活计。令徐壮民奇怪的是，自始至终铁匠老汉都没有认真打量一眼马的主人。

当徐壮民骑着赤弩出现在安边城东郊时，正值后晌放学。

雨枝腋下夹着装了课本、教案的皮包从安边小学的校门走出，一群学生簇在她的左右，结伴行了一条短巷，从路口分开，互相打着招呼各自向家的方向走去。雨枝已出脱成一个亮如满月的大姑娘，留着掩耳的短发，穿一身淡蓝色的旗袍，身材愈显高挑，脸蛋白白净净，一对丹凤眼异常俏丽，似两涡流动的水波，更像两只斜飞的翠鸟儿。这个漂亮的女人早已成为安边街上一道亮丽的风景，而令安边城所有漂亮女人所不及的，是从她身上散发出的檀木一样的芳香和清茶一样的气质。回到家里，雨枝直奔母亲的房间，进门就说："妈呀，我这两天左眼老是跳，有时还打耳报，你给我算算！"三太太把女儿拉在跟前，端详一气，笑吟吟地说："我的雨枝要发财哩。"雨枝撒娇说："妈呀，你就知道什么左眼跳财，老迷信！"三太太故意绷起脸说："耳报没虚的，那我的雨枝就是要走桃花运哩！"雨枝害羞地把头埋进母亲的怀里，说："妈呀，不许你瞎说！"三太太见女儿心情尚好，就试探着说："你也老大不小哩，论乡下人早该抱儿抱女哩。依妈的眼光，你们王校长就是个好后生，高高大大，相貌堂堂，家道出身、处人做事也样样打不下马，人家还念过中学。"雨枝扑哧笑了："妈呀，我晓得王校长人好，可是没眼缘，就跟自个儿左手握右手，没感觉。"三太太意味深长地说："那号水中月、镜中花不着地的事，你可不敢乱想……"雨枝脸色陡变，转身就走，甩下一句话："你别管我的事，我没心思盘算这号事！"

去年的一天，雨枝有意无意间从父亲和哥哥的闲谈中得知徐壮民已投奔表叔石云秀当兵去了。怀着一桩朦胧而奇妙的心事，她一门心思也想去十一旅找舅舅当个女兵。于是，加紧练习骑马打枪，虽是打不中东西，骑术倒是有不小的进步。安边城里的市民都惊奇这个斯文儒雅的大小姐咋么变了一个向，八成章家又出了一个女土匪？雨枝不管这些街谈巷议和奇怪的眼神，天天驾驾地吆喝着坐骑往来奔驰。独处的时候，她甚至穿上宽大的军装，模仿士兵"立正""稍息""齐步走"，学着敬礼、喊报告，一个人抿着嘴羞羞地笑，自得其乐；她会对着镜子摆出姿势，欣赏自己，会突然间脸红起来，红得像一团烈烈的炭火。熟悉女儿的莫过于母亲，三太太也犯愁，却怕伤了她，激了她，更怕章家人晓得，一句重话也不敢说；只希望随着岁月的流逝和年龄的增长，女儿淡漠了过去，移改了心思。她所能做的，就是在剪完一幅窗花后，从门缝瞅上半晌，叹息着悄悄离开。

雨枝脸红心跳，向母亲吐露了当兵的意愿。三太太一本正经地说：当兵上战场打仗，枪子乱飞，那是男人的事情，又不是做针线、下厨房、引娃娃、铰窗花！雨枝引经据典，说古有花木兰从军、杨门女将出征，《水浒》里也有顾大嫂、扈三娘挎刀提剑上战场，这哪一个不是女人？武则天还当过皇帝，秋瑾也参加了反清革命，哪一个不比男人强？再说民国政府推行新生活运动，提倡妇女解放、男女平等，男人能做的事女人也能做；宋庆龄、何香凝饱读诗书、通晓洋文，奔波国家大事，谁个做针线、下厨房、引娃娃、铰窗花？三太太哪里辩得过她，阿弥陀佛败下阵来，只一个劲摇头，横竖不同意，说死也白搭。雨枝恼悻悻地说："老封建！还想让我步你的后尘，没门儿！"

那天，雨枝歪着脑袋谋算了半晌，起了新念头，便沏了一杯龙井，去找父亲。章鸿儒自章刘氏病殁，章家一门再无人高过他，老家长的谱走到哪儿摆到哪儿，甚至连婆姨女子的屑事也要管，章家上下怯惧。而偏有雨枝受宠、任性惯了，并不理茬。雨枝哗地推开门，径直走到炕前，把茶杯递过去，笑着说："大，你老是喝酽酽的砖茶，把一口牙都喝黄哩。"章鸿儒喜笑颜开，老幺女亲自敬茶还是稀罕事，愉悦地说："喝了几十年习惯哩，这南方人喝的东西又苦又涩的，也不过瘾。"嘴里说着，忙忙接过茶杯，翕着鼻孔，"冒一股幽香，好闻！"炕桌上醒目地搁着烟枪、烟灯和牛角盒子。刚强了大半生的章鸿儒耐不住冷寂和烦闷抽上了大烟。烟枪是枸杞木的，杆子棕黄油亮，削平节疤的地方木纹清晰细滑。枸杞木性甘，作烟具吸起来有甜润感，不齁嗓子，是他依别人的经验特意定做的。雨枝初次在父亲的房里见到烟具。看着烟枪上那阴郁而艳丽的木纹，她惊颤了一下，嗔怪道："大，还是少沾这号东西，从前你不是见不得人抽吗？""日落西山，没啥奔头哩，抽着解解闷退退乏。"章鸿儒摇头叹气，脸上显出尴尬、沮丧，岔开话题说，"你这鬼女子又打甚鬼主意哩？"雨枝大大方方地说：

"大，我要去甘肃拜望舅舅！"章鸿儒颇感意外，瞅着女儿："咋？闲得无聊拉上狗到河湾遛去饮去，咋又猛然生出这么个念头？"

"从小到大，我只在镇边城见过舅舅一回面，就这么一个亲舅舅，当然是早就想见哩！"

"路程远窎，相隔千数百里地，你当串门？"

"我骑马。"

"社会不太平，路上有土匪，一个女娃娃家，太危险！"

"我带枪，你再打发人护送，也可以捎话让舅舅半路上接。"

"你妈同意？"

"当然同意哩。"

"那……那也不行！"

"为甚不行？"

"不行就不行，反正不行！"

雨枝气得凤眼翻飞，探身拉过烟枪扔到炕角，一跳下炕，哐地摔门而去。章鸿儒瞅着仍在颤悠的门扇，嘟哝道："疯丫头，娇惯得没王法哩，还想登天！"

从第二天起，雨枝不与父亲说话，见面一副冷冰冰的脸孔，吃饭去了另一张桌子。章鸿儒也气哼哼的，问过三太太，三太太说她也不同意去，他这才消了气。于是，又巴巴地和宝贝女儿搭讪，雨枝只是不理。忧郁把她锁在了闺房里，任谁叫门敲门都不开。五姨太有一回在饭桌上和她开玩笑，说咱家小公主成天猫在房里，凭我做姑娘时的经验——八成是想男人哩！雨枝一声不吭走过去，左右开弓扇了她两个大嘴巴，还不解气，拔出手枪就要毙了她，五姨太吓得半死，自打嘴巴，连声告饶。从此没人敢和雨枝搭茬，姨太太们见了她绕道走，暗里诅咒这小姑奶奶是一只母老虎！女儿怏怏不快，恹恹无语，章鸿儒忧心憋坏了她再闹出什么冷事，左思右想，跟三太太说，只要雨枝不去甘肃，想干甚就干甚，比如可以去安边小学当个女先生什么的。三太太好说歹说，雨枝终于放弃了缠络在心里的念头，到小学教书去了。

徐壮民一身客商打扮，住进东关一家小客栈，把一块银圆搡给店掌柜，吩咐给马喂上半升黑豆料，不要卸下鞍架，再给自己弄些饭食。店掌柜满脸堆笑，点头哈腰，跑颠着忙活去了。吃罢晚饭，天色已黑乎乎了，他走出客房，踱到马棚边。赤弩吃饱饮足，立在槽头，安详地闭了一只眼睡觉，不时甩动长尾拍扫爬附骚扰的蚊蝇，见主人过来，喷出一个鼻息，温顺地望一望，又松弛了精神歇息。赤弩的安静自如，表明附近一二里之地没有异常情况，徐壮民放心地折进店掌柜的房间。闲扯一气，顺带打问城里的一些事情，拐弯抹角问得章家小姐在安边小学教书。店掌柜对这个话头极有兴致，学说了半晌，称章家这个女子算得上安边城里的头梢子，不只是个漂亮的识文断字的女先生，还是个骑马打枪的女汉子！

徐壮民手握匣子枪和衣而卧，睡至清晨起来。洗漱罢，到伙房吃了早饭。返回客房，从枕下摸出一把小撸子，莫名地嗅了嗅枪身，撩起长袍，插进腋下枪套。安顿好喂马饮马的事，便向东城门走去。

安边城属定边县的一个古堡城，坐落在边墙的东南侧，始建于明代。据说，清同治年间回民举事之时，回军首领马化龙率数千人四面围城，火箭齐发，呐喊震天，搭云梯强攻，城中官兵、百姓屡挫强敌，拼死抗守，居然逃过一劫。城池建筑在丘陵之下平坦的沙地草原上，四四方方，东西南北各长三百六十丈，高三丈六尺，收顶一丈数尺。墙体黄土夯筑，里外一砖到顶，白石灰泥浆层层砌实。城头楼台耸立，堞垛横列。城内大街小巷纵横交错，或十字交叉或丁字相接，店铺林立，商贾汇拢，汉、蒙、回各族熙来攘往，繁华景象远胜定边、镇边县城。东门之外，边墙之下，视野开阔，方圆百十里尽是平展展的肥沃土地，盛产五谷菜薯。当年，章鸿儒正是看中这方宝地，方才苦心经营，扎稳营盘。

徐壮民混进早早聚集于城门外的人群里。待巨大、厚重的木门嘎吱嘎吱开启，他整一整礼帽，佯叼着一根纸烟，大摇二摆往里走去。几个身穿灰色军装的执勤士兵竖挎长枪，一脸倦容，习惯地呵斥人群不要乱挤瞎推，也不盘查。大街上，各家商铺吱吱呀呀拆去门脸的封板陆续开门营业，掌柜的端着一壶热茶，坐在门首，笑脸迎客；学艺的相公①头戴黑缎子瓜壳帽、脚蹬小圆口黑布鞋，眨巴着灵动的眼睛，殷勤地让座、端茶、敬烟，招呼新老顾客，撺掇、打帮生意。徐壮民还是头一遭踏进安边城，随渐渐注满的人流沿街转悠，脸上写着新奇。这里的市井氛围与柠条原一脉相承，大宗皮毛、甘草、清油批发和牲畜交易虽有不及，但人口远为稠密，店业更显繁盛，粮食和杂货的吞吐、消费自是胜出一筹，“填不满的安边堡”果然名不虚传。徐壮民拉低帽檐，信步游走，转遍南门、北门、西门，各道城门均有一队士兵守卫，敌楼之上驻扎了成建制的班、排，城墙壕堑里荷枪的士兵往来巡逻，透过女墙垛口豁子看得清清楚楚。东城的章家大院高墙砖砌，房屋雕梁画栋，鳞次栉比，十分气派；大门外、角楼上都有士兵和团丁持枪站岗，定时巡查，守卫森严。徐壮民沿着四周逡巡游走，咬着牙关立眉竖眼离去。

约莫快要放学的时候，街头踯躅的徐壮民终于折向了安边小学校门。此前，他刻意绕到一家卖成衣的店铺，从墙壁上悬挂的试衣镜里端详了自己的容貌，在怦怦的心跳中，确认自己属英俊之人，才略略放宽了心。在大门口，他遇到一个戴着一副黑框眼镜穿着灰色长衫的年轻先生，人瘦削而高大，看上去温文尔雅，他打问了章雨枝先生办公的宿舍，这人深深打量了他一眼，向里边指了指。徐壮民不暇称谢，径直走去。尽管努力调整着呼吸，控制着情绪，一颗心还是打鼓似的蹦跳了。

笃笃敲了两下，他故意问道：“请问，章雨枝先生在吗?”雨枝拉开门，目光一颤，惊呆了。徐壮民扮个鬼脸进去，随手关死了门板。雨枝早已泪眼迷蒙，浑身战栗，凝目之间，猛地扑进他

① 旧时对站柜台学技艺徒弟的称呼。

的怀里，用拳头使劲捶打他的背腰，呜呜咽咽哭了。徐壮民的身体霎时遭遇电击，感受到一种洪荒原始的窒息，骨头里似有无数的泡沫在汹汹涌动，浑身的血管鼓胀起来。他紧紧搂抱住她的腰肢，向上抻起；雨枝两脚离地，仿佛一团棉花黏附在他的身上。徐壮民贪婪地嗅吸着她黑缎子似的秀发，嗅吸着带了檀香的女人青春的气息；雨枝弹起的乳房蹭着他的胸腹，他迷醉、消融了。他托起她的脑瓜一遍一遍端详，款款地亲吻那缀着晶莹泪珠的修长的睫毛，轻轻地抚摸那软滑如水的腰身；雨枝眼眸迷离，两腮酡红，温热的身体紧紧贴上。他气息粗重，瑟瑟发抖，眼泪漫流了；雨枝踮起脚尖，缠抱紧他的腰身，阖上眼睑，嘴巴微微翕动，吐气如兰，迫切地渴盼着；他热汗蒸腾，燥烈地向那湿润的花瓣似的双唇亲吻过去，两个成熟的躯体瞬间燃烧，跳跳的灵魂幻化成一对啁啾的沙百灵飘然天外。

徐壮民很快从温柔乡里惊醒过来，仿佛从高高的云端遽然沉降到了谷底的深渊，一股毁灭性的危机感袭上心头，心底里发一声困兽的吼喊，毅然决然地推开了她。他心里五味搅和，痛苦不堪。他避开她热烈而痴狂的目光，掐灭情焰，生冷下来。他生硬地拒绝了雨枝可怜兮兮、一意私奔的哭求，甚至不准她送出校门。他用决绝的眼神看了她一眼，转身开门，头也不回地走了。雨枝如入幻境，定在那里，目送他隐没了身影，孤零零一个人趴伏在书桌上恸哭不休。

徐壮民匆匆出城，骑上赤弩，向西飞驰去了。他心中荡起的爱退潮，冷凝成一潭死水，他无法脱解现实的羁绊，无法跨越心理和道德的障碍。一路上，他痛悔自己不当的行为，一遍一遍厉声警告，企望硬生生斩断缠绵的情思，从心中彻底抹除那一坨被人占据的角落，把自己解放出来；也唯有断去那非分的念想，承受痛苦并安于痛苦，才能更稳健地不迷失地活下去，去了却那一笔沉重的血债！

定边西北一望无垠的沙生草地上分布了大大小小俗称海子的湖泊，无雨的季节，湖水保持一尺来深，千百年不变。湖泊出产人畜生息离不开的宝物——咸盐颗子。三边有三宝，咸盐、皮毛、甜甘草，咸盐排在首位，足见它在人们心目中的位置。从发现宝藏到开发利用，以定边盐湖为原点，盐商贩夫沿着古代出于军事目的所开拓的官道往来行走，路越走越宽，越走越多，越伸越长，官道于是衍变为辐射八方的盐马古道，从而开辟了一个北方民族经济、文化碰撞交融的世界，并最终缔造出陕北三边这一方土地的一种历史的神奇。

从定边县城向西北行走约莫二十里地，边墙之南，盐马古道一旁，即有一处叫花马池的老湖，也称老池，南北宽六七里，东西长十余里。当早晨日头从东方遥远的沙草地畔上喷薄而起，斜射的日光下，湖面就像一块巨大而不规则的铜镜，闪耀起一片雪亮雪亮的光芒。而令人大失所望的是，光芒之下，沙涛涌荡，野草丛生，一派苦瘠之气。看到村烟人气的地方是距老湖不远的盐场堡，那原是一座戍边官兵驻扎的古堡，不清楚什么年代已颓废成一圈残垣。堡内城墙上野鸽窝一样掏开许多窑洞，蜗居了十几户人家。堡外另起一座堂皇的院子，是定边县政府盐务局的机关驻地，有威严的大盖帽晃来晃去。

徐壮民身着军装，怀着一缕怯生生的乡思来到堡内时，一个留着一绺山羊胡子的老二流子正斜倚在一孔破窑洞的窗台下跷了二郎腿打瞌睡，嘴里哼哼着山西中路梆子的调调。徐壮民下马近前，打问徐大驹家在哪里？称自己老家就在这里，是上门寻亲的。老汉爬将起来，围着他转圈子，忽擞擞眨巴着眼睛探长问短，终于弄明白面前这个一身武气的年轻人就是自己从未见面的亲侄子！徐壮民热切地叫了他一声“大大”！心里却涌上几缕失望。徐大驹欢欣地应着，骨碌碌转动着眼珠，从衣着打扮上，他显然敏锐地意识到侄子身上当然是带了钱的。“越看长得越像老二！越看长得越像老二！”徐大驹重复着亲热而世故、圆滑的话语，一边环顾四周，瞄扫自己的婆姨，却是没有看见。“这个黑脸死丧，又哪里死颠去哩？亲侄子上门哩，也不赶紧回来招呼！”他嘟哝着，拽了徐壮民的胳膊回到窑里。徐大驹东瞅瞅西摸摸，没有找到什么招待的吃食，从碗架上摸下一个豁嘴的瓷碗，舀了一碗冷水，却又猛然觉得不妥，焦躁地说：“大侄子你先坐，大大给你抱柴烧一锅滚水！”徐壮民连忙说就喝冷水，习惯着哩，一边咕嘟嘟喝下一碗凉丝丝的冷水，肚子里一时十分凉爽，传感全身，滋润多了。这刻，院里传来粗声大气的呼喊：“老死鬼死颠到哪里去哩，赶紧死出来摞柴！”徐壮民随伯父出门，见一个蓬头黑脸的老婆子背着山峁子一样的柴捆，颠着小脚，一步一挪过来，猜是伯母捡柴回来，急急上前搀扶，又相帮把柴捆卸下。徐大驹背抄着手转了一圈，又捋了捋山羊胡子，才喊道：“老婆子，你快瞅瞅谁来哩？”老婆子正有些蹊跷，撩起衣襟揩了揩额头上滚落的汗水，瞅着眼前这个陌生的当兵的，不好意思地说：“脸生，认不得。”“倒眼窝老婆子！这是二驹的小子，当了军官，咱的大侄子嘞！”徐大驹乘隙教训她，得意地朗声介绍着。徐壮民近前一步，亲热地叫了一声“大妈”！老婆子怔了一刻，恍然省悟，一把拽住徐壮民的手，眯缝了眼睛上上下下、仔仔细细打量了一遍，亲昵地连声说：“多俊样的小子，好小子！大妈给你炒鸡蛋、烙饼子！”徐大驹闻言，涎水流下，满脸绽开了花花。

夜色浓黑的时光，徐大驹的儿子徐杰民拖着疲惫的身子从湖里回来，见婆姨娃娃不在家，却听见老家窑里传出欢声笑语，好生奇怪，走过去推开门。儿子从炕上弹跳起来，炫耀着手里捏的一块舍不得吃的点心，嚷嚷说：“大，我二爷爷家的我二大串门来哩，还给我买了糖酥馍！”徐壮民一蹦下炕，紧紧攥住大哥的手，只觉得这双手像铁锉一样粗砺，定睛一瞅，大哥的两只手竟然全是黑硬烂皱的死肉坨子！一瞬间，他想到父亲的那双手，心里好酸。徐杰民憨实、亲热地望着他，显得腼腆，一时不晓得说什么话好。徐老婆看侄子盯着儿子的手发呆，心疼地说：“一年有半载泡在碱水里，哪里还有个手相哩！”“受苦人就这烂命，有甚好说的。”徐大驹不以为然。徐老婆没好气地收拾他：“杰民才三十几的人，看面相快撵上你哩！你老不死的成天游手好闲，倒活得细皮嫩肉的！”徐大驹嫌婆姨当着侄子的面揭短，恼悻悻地剜了她一眼，却不敢顶撞。徐壮民连忙岔开话题，催促大哥快快上炕吃饭。大嫂显然习惯了这种唠叨，本分地立在一边不作声，见男人上了炕，急忙揭开黏黍秆锅盖，从蒸箅上端出一盆米汤、几块烙饼和少半碟子炒鸡蛋，一一摆在炕桌上，示意丈夫赶紧吃。徐杰民脸憋得黑红，哪里肯动筷子，一味推让兄弟吃。他情知家里唯有逢年过节才能吃上一顿炒鸡蛋，还是由母亲一筷子一筷子分开，这分明是母亲特意招待头一遭上门的兄弟的。徐壮民说已经吃罢哩，催大哥趁热吃。看着父亲和儿子一脸的馋相，徐杰民抄起筷子，小心翼翼夹着，一人喂了一口，爷孙俩喜滋滋地大口嚼着，舍不得一口咽下。徐老婆剜瞅了一眼老汉，把头扭在一边。

睡觉的时候，徐老婆嘟嘟囔囔有些犯难，她把两块窟窿眼窍的绵毡在席子上竖着铺下，掂量地方的宽窄，又倒过来横着铺下，指着没有窟窿的一头说：“壮民，你睡这搭儿。”没有褥子，一共两块面子、里子补丁摞补丁的被子，徐老婆拣干净些的一块让徐壮民盖上，自己和老汉拉扯着伙盖一块。“又睡下哩，一天又打发走哩。”徐老婆叹息说。徐大驹脑袋一靠枕头，就呼呼睡去。徐老婆诅咒说：“这个死鬼，心叫狼挖得吃哩！”徐壮民睡不着，黑暗里睁着眼睛和伯母拉话。徐老婆被一种感伤的情绪所激动，念叨了二三十年的往事。

她过门时，老二才是十来岁的娃娃，喜爱跟马折腾到一搭，一见堡子里来了马，摸摸这个揣揣那个，给人家拔一筐子马草挣得骑一回马，长大就拜师学艺当了马贩子。一回出门去蒙地贩马，从此再不见人影子。后间，赶脚驮盐的捎来粮食、捎来话，说他在镇边章家扛了长活，专门给章家喂马；过了几年，说他打了两孔窑，在镇边安了家，娶了一房婆姨；又过了几年，说他有了儿子，小名叫壮壮，官名叫壮民，虎头虎脑的，已穿上开裆裤哩……徐老婆悲苦地说，老二一直记挂着老哥老嫂，每到年关临近，总会捎回来几升糜子、谷子、玉米，前前后后不下一石颗籽，倒是做兄嫂的亏欠着自家兄弟！说到这里，她嘤嘤地哭了。前两年才晓得老二家的遭遇，一个大活人竟死在饿狼的嘴里，连一具囫囵骨殖都没留下！听说弟媳妇又死得不明不白，两个人坟头朝哪都不晓得！徐老婆抽泣着，抱怨遭逢上一个没本事的二流子男人，一个活钱挣不来，连路费盘缠也凑不起，两下相隔不过三百几十里地，二三十年生生不得相见，叔嫂一场，问心有愧！徐壮民静静地听着，父母的音容宛在眼前，动心伤情，禁不住哑然落泪了。

徐大驹一觉醒来，见二人还在拉话，打了一个哈欠，说："铁眼子——你两个还不瞌睡？"他爬将起来，黑暗里摸摸索索磕打火镰取火，点燃一根侄子带来的哈德门纸烟，深深吸了一口，说："这洋玩意儿软和，有一股子怪香！""你这个老不死的和尚，就解开享福！"徐老婆恨声恨气地说。显然是忧心老婆子数落，徐大驹一边有滋有味地吸烟，一边夸耀起徐老婆来，说她有一手厉害的功夫，是周打方围有名的挖鼠仓高手，一到秋底，家里保准有进项，能吃上稠的。徐壮民来了兴致，打问究竟。徐大驹打开话匣，说徐老婆在白天捡柴或是刨甘草秧根时，睁着另一只眼，留心收过庄稼的地塄地畔，发现老鼠就一路跟踪，不见鼠跑就趴伏在地上觑探老鼠拉下的新鲜屎尿和留下的爪踪，或者吱儿吱儿模仿老鼠叫鸣诱哄鼠儿子出来，直至找到老鼠藏粮的窟窿。老鼠鬼七趔八，到处布下精心伪装的假洞，即便是真的鼠洞，里头也弯弯绕绕，到处打墙掩土扮成"洞底"；愣头后生不晓得这些渠渠道道，见洞就挖，探到"洞底"就撤，结果多数落空，瞎费了力气。徐老婆却是一挖就准，哪一年都能挖回几斗、一石的粮食颗籽，够一家人吃喝几个月。徐壮民心里感叹伯母的辛苦操劳，打问伯父一天都干些什么营生？徐老婆用指头戳着老汉的脑袋，一把鼻子一把眼泪向侄子倾倒苦水。她说，自从嫁入徐家就没有享过一天福，老和尚懒得筋搐，十个指头不抠地皮，油瓶子倒了也不扶，自从儿子长大，他就懒得不下池。后来学会绺窃偷人，半夜三更二鬼一样溜出去从人家耙好的盐堆上偷一点，或从装好的盐袋子里搂一点，积攒一口袋两口袋。卖了钱就野跑瞎花，到城里吃油饼、喝粉汤、灌猫尿，手头阔时就钻进烟馆抽上一个两个烟泡。老鬼揭下了脸皮，这光景日月过得越发丢人现眼，走走路路背后受人指戳……就说家里，处处得提防着他，连几颗鸡蛋都得锁进柜子里，要是不锁，他一天偷着吃一颗！吃鸡蛋也不跟人一样，拿针尖捅开一个眼子，嗞嗞地吸！徐大驹很是不满，又不敢发作，嘟哝了一句："不一丝丝一丝丝地吸，咋能品出个滋滋味味？"徐老婆说，杰民婆姨汉两个老实巴交，一年种几十亩沙荒地，没粪土就甜种，若遇天旱雨涝也没收成；春末夏上，伸长脖子伺等老天下雨，一下雨才出盐巴，二人整天穿上腰鞋泡在碱水里拖个铁耙、浪耙替人家打盐挣盐份，卖盐份时驻在堡子上的盐官和税警还要过秤上税，盐价又不稳，一年只顾得几张嘴，一家老小三年穿不上一件新衣，大人都落下了风湿腰腿病。说到这里，天色已亮黄，徐老婆悲怆的脸孔上显出亮黄的自豪："若不是我老婆子挖甘草、挖鼠仓接济，咱们这一家子得讨饭吃哩！"

清早，在伯父和大哥的陪伴下，徐壮民去到祖坟园给老先人上坟。那是几抔低矮、瘪塌的沙土圪堆，秃头竖脑长些乱草，布满显眼的黄鼠洞，是祖父以上几辈人长眠的地方。徐大驹一一指认，说这座是你爷爷的，那座是你婕婕的……徐壮民心里竟有些麻木、淡漠，没有亲情的涌动，只是飘浮过几缕哀伤和恓惶。他和大哥各握铁锹铲土，填塞鼠洞，再除去杂草，壅土堆高，重新垒砌了饭窗。徐大驹抽着旱烟，圪蹴在一旁冷眼旁观，显得不耐烦，不时眼光雪亮地瞄扫一下侄儿带来的祭食。

烧过纸钱，洒了奠酒，磕头离开。徐大驹撅起尻子，顾不得直腰，将坟头饭窗上剩余的少半瓶烧酒几口喝干，嚷嚷说，这叫福底底！又将献奠的果子、蒸馍和几块点心一股脑儿卷走，一边大口嚼吃一边唠唠叨叨："不敢糟蹋好东西，人不吃都叫野鹊吃哩！听神官说，吃了献莫不倒牙，不说梦话，百病尽除……"三个人绕着一道畔长满红柳、寸草、芦苇、碱蓬的花马池转悠了半晌。八九天前落过一场雨，湖里坐了二三指肥厚的盐层。早早下湖的盐户们都穿着齐腰的厚布腰鞋，哈腰拖动铁耙，沿着湖底的板渣来回钩拉打盐。湖畔盐堆渐成，两个后生手捉七尺来宽的浪耙在那里洗盐。岸头搁了几个挑盐的红柳筐子，两三个碎脑娃娃圪蹴在筐里玩耍。盐户们个个黑头黑脸，精瘦精瘦，见有人走近湖畔，纷纷抬起头张望，和徐杰民打着招呼，乘隙展展腰板，又好奇地望着一身军装的徐壮民。徐大驹自豪地大声嚷嚷："这是我亲侄儿，先前在镇边衙门伺候县太爷，眼下又在十一旅升了军官嘞！"见众人眼里流泻了敬慕，徐大驹高昂了头，背抄了手，进而吹起口哨。徐杰民憨实地笑着，为父亲的行止羞了脸，勾了头。徐壮民心里不是滋味，嗐了一声。他发现堡外几个带枪的盐狗子指指点点朝这边张望，担心招惹麻烦，就说部队上还有急事要办，父子三人返了回去。

徐壮民掏出十块银圆塞给伯母。伯母哑哭着，将几块烙好的焦黄的玉米面饼子打包起来，塞给他做干粮。徐壮民解开马缰，脱开伯父拽拉的手，跨上马背，空中打了一个响鞭，一头向东扎去。

老家人是如此的穷寒弱小，伯父甚至有些龌龊和猥琐，找不到任何的倚傍与支撑，只体验了多年间荒疏、飘忽的乡情，一路上他心里非常失望。

从镇边城西行，烟墩山以西、红柳河之东、北接一望无垠的沙原草地、梁涧回环广袤百里的地带，叫草山梁。这地方缺水，树木稀少，山梁光秃，俗称火焰山。世代栖居此地的庄户人曾企望改变命运，集资打井，从山上掘四五十丈的深窟窿下去，非但见不到点滴的水源，竟然常常掘出远古时代遗下的石钵石刀、陶器炉盘，令人称奇，显是大地震翻搅的结果；也表明，在极远的古代，这红柳河流域就有先民栖息。面对强悍、冷酷的自然，人们无奈地选择了靠天吃饭，吃水则靠收贮雨雪的水窖。于是，各家各户视水如油，经常三五天不洗脸，个别懒汉一年四季甚至一辈子从不洗脸。洗脸水实现了最大化的重复利用，最后倒进猪食槽。女子长成待嫁，不急着打问男方家的地亩牛羊，先要盘拉存了几窖水。

自二十年前闯荡门外的能人白云山回来，草山梁的南渠庄发生了深刻的变化。不知不觉中，庄子周围有了一片郁郁葱葱、鸟雀喧闹的彰显生命气息的树林，遮盖了一座山、两座峁、几道沟，荫蔽了几十户人家。青杨白杨水桐榆树椿树桑树槐树毛头柳乌柳沙柳家柳桃树杏树梨树苹果树月牙柠条马茹丁香……凡是庄户人叫得上名头的乔木、灌木应有尽有，仅只砍伐了可作柱、檩、椽材的大树即不下三五千棵。西庄的王秀才熟悉阴阳算命之术，曾专门给白云山算了一回命，根据四柱八字所蕴含的阴阳五行推算，说他是水命。白云山笑呵呵地说：谁知道，我早年也请瞎子算过，说我是火命！

白云山念过几年私塾，年少时心大志远，企图跳出农门扑腾个红黑。先在沙路峁子天主教堂打杂，接受领洗顺了教。神甫见他勤快伶俐又识文断字，几年后升他做了小掌柜，掌管四五十户教民的事务。后间换了一个脾性暴烈的洋神甫，因为少收地租、教民醉酒几宗事情惹下麻烦，洋神甫横挑鼻子竖挑眼，一回竟当众责打他四十皮鞭。白云山夜间摸进弥撒间，踢翻圣盒、圣爵，撕毁圣像，离开教堂。从此走西口、下关中，贩卖猪猪羊羊，倒腾咸盐、皮毛、甘草，从经验的积累和风餐路宿的艰辛中积攒下一笔钱。那年，他泼出家底，先往蒙地鄂托克旗一次性籴下十几峰骆驼，又去盐场堡驮了几十口袋的咸盐，一心赚个盆满钵满。在前往甘肃庆阳的盐马古道上，史老幺的一股匪骑突然杀出，十几峰骆驼和数千斤咸盐被抢个精光，还险些送掉性命。他害了一场大病，终于悟觉出自个儿原本就是圪蹴在庄稼地里抠地皮的命星，飘浮在生意场上的钱财叼不来。

白云山从起初的屡屡失败里揣摸出一手种树的绝活——挑苗子、择地块、讲技巧、看时令。时令分春秋，清明前十天比后十天好，立冬后十天又比前十天好；地块选择向阳、避风、低洼处的窝窝钵钵，下雨下雪方便聚水；坑大坑深度量栽子的高低大小胖瘦，填埋把根扽展，先搭老土，后搭新土，最好一回浇饱墒。挑选苗子、栽子学问更大，比如毛头柳，专挑椽皮嫩绿、不见斑点黑心和裂缝的头茬落椽截下的粗矮栽子。他说，苗嫩水大杆子粗，耐干旱耐瘠薄，头茬栽子没毛病。凭借肚腹里的一点文墨，他编了一段顺口溜，甚为得意：

白杨青杨带根刨，不带根须活不了；
沙柳家柳毛乌柳，一色都要压梢梢；
水桐水桐栽子高，脑上须留细枝条；
月牙月牙好抚养，一年四季都能闹；
椿树栽植有讲究，伺等发芽和打苞；
桑苗肥些嫩些好，不栽杆杆栽条条；
榆树种子是榆钱，专拣透熟滚胖挑；
桃杏种的是核子，秋底埋种呱呱叫。
……

他说，树栽活了，得像吃奶娃娃一样抚养。一遇空隙，他噙着旱烟锅子在栽子上绑针刺、涂猪血、渍狗屎、抹黑烟末子，防备牲畜乱啃；树苗长高，秋分寒露时节，他拿着大剪子，拎着长树铲，一棵一棵修剪，叶子喂羊，枝杆烧火。他说，地搭荒，草长满，树也心烦，懒得长。春忙过去，别人家歇了牛犋，他吆喝着大犍牛把树林地犁得松松软软；进入夏天，锄上几遍，除去杂草，在树根底培上一圈厚厚的浮土。他对树木的热爱到了痴迷的程度。头一茬树长到碗口粗细，一段时间里，他养成了一个“听树”的怪癖，经常撅着尻子，耳朵贴在树根底谛听动静，说是能听见树干里头嘎巴嘎巴往大长的声音。若是下一场饱雨，他必定会去“听树”，说树干里头水流得像弹三弦、拉胡琴，庄里人都说他“瞎囔洋”！婆姨白马氏一见他“听树”就会发笑：“你个老和尚，不怕丢人，有本事钻到里头吃饭睡觉去！”

周周围围的庄户人看得眼热，也想栽树，邻家先搭讪：“白叔，你看我粗手黑脚的能栽活不?”白云山说：“只要操心，按路子走，愣汉灰汉也能栽活。”这句话张扬出去，他家从此变成了苗窝子，门邻四居纷纷觍了脸登门借苗子、讨栽子、求核子，他一色地白送，教给他们栽树的顺口溜，一家一家上门指拨。有一年秋雨大，几户人家塌了房子，跟他借柳椽，说等自家的树长成就给他还。他说：“借椽有条件，借一根，你得保证栽活十棵树。”几个借椽的半天弄明白，都说没麻达！这个生煞、别致的条件传扬出去，编箩筐的窝杈子的做连枷的修镢柄锨把的纷纷上门讨材体，他手一挥：“拿去，拿去，随便挑，条件一样！”这样你三根他五根，一个秋天下来，院子里齐匝匝的几百根柳椽没了帽盖子。家里种的二亩家柳，不等自家割条子，倒让几道庄的人割得一根不剩了。白马氏眉头蹙成一个疙瘩，絮絮叨叨，嫌他白白送人。“过两年，门邻四居都栽了树，谁人还要你的?”他说，“愣婆姨女子头发长见识短，若是你瞪着三棱子眼窝挨门逐户讨钱，只怕咱家的那一片树林子也难保浑全哩!”

南渠几道庄子庄风转变，家家户户猫下腰学着种树。这又带动了打水窖，越打越多，用水不再犯愁，长余的用来浇树苗。农家过活的底子就这么夯实了，牲畜多起来，粪土也多了。于是，地里的庄稼变了眉脸，一亩糜谷从前只打三五斗，如今多打了三五斗。白家的光景更是猫子上树一样噌噌往高处蹿去，最显眼的标志是羊圈里圈了一百来只山羊和绵羊。

羊倌王贵堂说，肥羊出在大圈里。依照他的设计，白家的羊圈分隔为两处，一处圈山羊，一处圈绵羊，各有一亩大小。而圈棚也与众不同——向阳、避风，底下垫了二尺多厚的干沙蒿，阴雨寡照时节卧圈的羊子不受潮濡，到了大雪天也不受寒冻。白家富裕的是树木林梢和庄稼秸秆，羊子个个膘厚体壮，走动间踩得地皮腾腾作响。羔羊更是可爱，咩咩叫唤，抖动身上的毛穗子，满圈蹿腾撒欢，像一群不解疲倦的顽皮小子。

白云山做什么都有路数，雇佣老房滩的王贵堂拦羊，多年不换人。他说，若是三年两头瞎换，羊不熟惯人的脾气，人也不熟悉羊的习性，羊就难喂养，人也难顾缠。他心里精明，若要羊子保持精神，年年产羔，除了主家有一处好圈舍，冬春勤补饲，多打几个水窖；主要取决于羊倌尽不尽心，能否让羊子吃好、饮好、卧好并及早地灌药、熏洗，预防口蹄疫、锁口风、黑腿病、烂肺病、羊瘟、羊痘的滋生传染。王贵堂温厚憨实，的确是百里挑一的好羊倌。单说接生羔羊一项，遇到临产，他常常一宿不睡，披着老皮袄厮守在一旁，直至羊羔头抵母腹跪乳起来，仅只这点，哪个羊倌能做到？白家善待羊倌也是出了名的，同吃一锅饭，出门带干粮、水壶，从不当外人看，年底赠一身衣裳、多盘二斗颗籽。王贵堂的心早给白家焐得暖暖热热的了，曾有别的主户暗里戳弄撬拐，许以多出三斗的颗籽，他半天憋出一句话："我就跟老白结得好缘法，少挣二斗也情愿！"

这天掌灯时分，羊群入了圈，白云山吩咐儿子白宝霖去打扫院子，提水饮羊。他把王贵堂拉拽回窑里，炕桌上已摆下一壶酒、几碟小菜，白马氏又端上两瓷碗热热的砖茶。两个老汉盘腿坐下，白云山斟了一杯酒，双手递过去，说："老哥哥，我敬你一杯！"王贵堂习惯了主家恭和、热乎的礼道，也不作假推让，接过一口饮下。白云山又斟了两杯，二人一碰饮尽。"动筷子，趁热吃。"白云山说。王贵堂脸色微微发红，抄起筷子搛了一口菜送进嘴里，说："这烧酒劲大！"闲扯几句，白云山转过话头，说："记得你跟前有个二女子，叫梨花，今年该有十七八哩，找下婆家没？"王贵堂叹口气，说："梨花今年十七哩……婆家的事还没一撇！"

"我看，梨花那娃娃孝顺、勤快、手巧，人模样也蛮俊的，好女子。"

“一年四季破衣烂衫的，连个门也出不去。瞎主儿咱不放心，好主儿人家嫌弃咱……”

“老哥哥，你看我家宝霖，都二十几的后生哩，这几年东颠西跑疯张孤道，早该栽个桩桩拴住哩！”

“宝霖是个好娃娃，仁逢礼至、识文断字的文脉人。”

“人这一辈子，就像种庄稼，不能错过节令。”

“那是。”

“老哥哥，兄弟也不怕折了面子就直说哩——你若不嫌弃，咱两个就结成顶头儿女亲家，咋向？”

王贵堂以为自己喝多了酒听岔了，疑疑惑惑地问道：“你打猛子跟谁结了亲家？”白云山笑道：“跟你！——把你的梨花嫁给我的宝霖！”王贵堂还是吃了一惊，脸憋得黑红，一个劲摆手，只说一个在山顶一个在沟底，怕宝霖心大心高，怕梨花配不上，不好捏裹！白云山拍了一掌桌子，庄重地说：“有老哥哥这话，这门姻亲就成哩！兄弟把话钉在桌子上，还能由他耍了性性！”

几天后的一个早上，露水散去，白云山打发儿子去顶替拦羊。他请来庄里的媒婆，又去三家赶脚户借了三头骟驴。白马氏颠着小脚忙活一气，将甜嘴的糖、下酒的肉、三春两冬的衣料一堆东东西西分别打摞好，驮在一头骟驴背上。王贵堂和媒婆各骑一头骟驴，白云山骑上自家的大黑骡子，三人厮跟着下了山，去老房滩了。

依白云山的主意，新事新办，裁革了看相，喝酒、商话、送饭食摞到一搭，其他繁缛的礼俗讲究也都简化处理，亲事定在从王秀才那里讨来的日子——三天后的八月初二。回家的路上，他绕道去了柠条原一趟，置办回烧酒陈醋糕点调料糖果鞭炮红烛红纸扎花纸一茬东西，顺带订下了两班子吹手。

白宝霖从父亲威严的话语里得知消息，红头涨脸说自个儿还要干大事，横竖不肯。白云山撅骂道：“你个野驴小子，心红眼绿日天晃地的，不晓要干甚混账大事？娶妻生子传宗接代才是天底下的头号大事!”夜里，趁儿子睡熟，老汉用一根麻绳捆绑了他的手脚。白宝霖惊醒，张狂失道；老汉坐在炕头一锅一锅抽着旱烟，冷眼旁观，只哼了一声：“你跳!”

天麻麻亮，老汉套上牲口进了碾磨坊，碾软米、磨麦子，张罗过喜事的米面；叼空去羊圈揣了肥瘦，在几只大羯子身上打了记号。白马氏发了酵子泡了豆黄舀了茨面糁子，又满庄里打招呼，请人相帮，托张托李给娘家外家姑舅两姨老小女客捎传口信。吃罢早饭，门邻四居都赶来，杀牲的杀牲劈柴的劈柴做豆腐的做豆腐轧粉条的轧粉条搭席棚的搭席棚。妆新的衣裳、被褥、枕头等等早几年已备办好了，只剩一些针头线脑的扫尾活，女工好的婆姨女子一齐上手，一个前晌就赶了出来。

徐壮民骑马进入白家院子的时候，白宝霖正吵吵着让母亲解开绳子，他要上茅圈尿尿！白马氏却是横竖不敢，跑颠出去拎回一个尿盆。徐壮民进门瞧见这个样子，笑得肚子疼，上去解开绳子，说他跑不了！他向白家婶子打探了一番情况，竟十分赞同这门亲事，表示自己会留住几天相帮着办喜事。白宝霖挤眼、递话全不济事，悻悻地卧在炕圪塄一声不响。白马氏见儿子被朋友降服，大喜过望，颠颠地跑出门去向掌柜的报喜，又忙不迭地烧火做饭款待儿子的好朋友。

# 第十二章

白云山搬动王秀才做总管兼司仪，就是想在众人面前抖打一回。王秀才坐在白家炕上品茶的那天，白云山说："王先生，请你出面操办，自是与众不同——家业虽小，兄弟舍一窖水、三个大羯子、一头架子猪、五六只大公鸡、两坛烧酒，米面抛撒不计，庄客全动，外加几十号亲戚，双吹双打，就这摊场，王先生看着操办。"王秀才见主家如此大方，痛快地说："老朽不才，愿效全力，撇开读书人的面子，入乡随俗一回。"白马氏瞅一瞅掌柜的脸色，嗫嚅道："不行到柠条原粜上一扇猪肉——猪正长膘长肉哩，留下过年杀吧?"白云山瞪了她一眼："咱跟前就这一个儿子，一辈子娶几回儿媳妇?一个屄猪还舍不得?"白马氏不敢再吭声。

后晌参客的时候，一班子鼓乐手在院里拾掇好的木榾柮上坐下，开始响吹细打，喜庆的气氛登时弥漫开来。白家大院面目一新，里里外外清扫得干干净净；一进三开窑洞的正门张贴了大红双喜字，充作洞房的拐窑里头新毡、新毯、新被褥、新家具一应俱全，墙壁上贴了油彩画，窗花、炕花花花绿绿，尽是艳炸戳眼、图儿盼女的样貌。两座临时搭设的席棚里摆放了从各家各户借来的用于待客的炕桌、小凳子，一张桌子上，聚满人头。王秀才携主家白云山过来，向礼房、厨房、掌盘、茶水、小跑襄事各客敬了一轮酒，大伙嚷嚷说："白叔过事，正是我们孝敬的时候，没麻达！”徐壮民是副总管，进进出出，一脸快意。众人已晓得这个穿军装、带手枪的人是白宝霖的好朋友，悄悄议论说白家真是面子大，连军官都来捧场！自由开耍间，胆头子大的争着和他划拳，却个个败下阵来，于是吵吵闹闹联合起来让他“打硬关”。徐壮民一口应允，三拳两胜一钵子酒耍了一圈，闯过“硬关”，众人都服软了，说他是神拳海量！白云山从前就从儿子的嘴里熟知了徐壮民，只是没有接触过，见他没架子、人气好，逮着什么做什么，不嫌脏累，甚为喜欢。

一去一回路程远窎，娶人的一行半夜吃过饭，天不亮就带着“催妆馍馍”“离母糕”上了路，一班子鼓乐随行。半前晌，王秀才高呼一声：“娘舅客到——”敢“踢桌子”的“老虎客”到了，白云山两口子急忙出去迎接。只见三个骑马的人过来，在院外下了马。马君臣身着黑色制服，头戴大檐帽，腰间皮带上穿着撸子枪套，大摇二摆走在前头，另两个背枪的是马弁。白云山恭恭敬敬将外家客请进客房窑，端上果盘、糕点、砖茶款待。马君臣悠闲地抽着水烟，猛然从人缝里发现了徐壮民，现出惊讶之色，把妹夫叫到跟前，附在耳畔问道：“他姑夫，姓徐的小子从哪里冒出的？”白云山说：“你是说壮民？人家娃娃可有出息哩，如今是队伍上的副连长，是专门回家给娘老子上坟烧纸的。”“不是说宝霖开了小差？他既是副连长，能不管？还大老远跑回来凑热闹？也不见带一个卫兵？”马君臣疑惑地连连发问。白云山显然已了解了不少情况，笑道：“他舅舅，你也晓得，那壮民跟宝霖是老同学，又是铁哥儿们，还会把他抓了去？”这刻，徐壮民大大方方过来，向马君臣行礼问好。马君臣瞅着他一身的军官服，阴阳二气地说：“噢，贤侄当官哩！上回哄伙上宝霖，不打招呼就走哩，还带走三匹马、两把枪，那可都是警局账上的东西！”徐壮民也不示弱，款款地说：“马跟枪原是县保安大队的，现今归了十一旅，还是国家的财产。宝霖出走倒真是我的主意，还望马局长海涵。”马君臣哼了一声，说：“传闻有一个姓徐的带了一帮红军灭了宋百万，苦主却不敢报案，这姓徐的……”白宝霖早已蹭过来，神色有些紧张，一边问好一边介绍说：“舅舅怕是不知，壮民眼下已是十一旅三团的副连长，昨儿才到，回家上坟的……”马君臣瞪了他一眼：“不吃好粮食的瞎宝贝！”

后晌时光，庄湾外头响起唢呐声，碎脑子们疯张的天性被调动鼓舞起来，拥出大门，一哇声地喧嚷：“哇呜哇，噔噔嚓，娶个新媳妇背坐下。”娶亲的队伍从林子里转了过来。走在最前头掌字的吹手将一杆唢呐朝向天空，鼓起腮帮，眯缝眼睛，高音骤起，把一曲《得胜回营》吹奏得裂帛撕锦，直冲云霄。一时锣鼓大作，炮仗爆响。新娘头披红纱，身着大红的彩服，骑一匹骡子，在几个“硬工”婆姨的围拢中来到崄畔底。白宝霖一身长袍马褂的礼服，披红戴花，骑一匹大骡子下坡迎接。按照王秀才的吩咐，他与新娘“换花递宝”，一同转上崄畔。王秀才捋着长长的胡子，与众不同地大声唱礼：

天上王母蟠桃会，
各路神仙来相聚。
花天酒地刚刚完，
单有个仙女下了凡。
地上的人家喜盈盈，
则把个仙女迎进门。
一朵莲花就地开，
我请新人下马来——

唢呐、锣鼓、炮仗声里，几个“硬工”从骡背上扶下新娘，由新郎背在背上，踩着姐夫客倒换提溜的毛毡一路奔向洞房窑。

新娘用过茶点，“偏吃细粉汤”间，白宝霖趁她红纱微微撩起的机会，偷偷瞟了一眼，见是个面容姣好的女子，脸上喜色泛起，一下子精精神神了。依了王秀才的摆布，新郎朝里新娘朝外背靠背端坐于炕毯上，“硬工”把新娘盘起的发髻打开，舒展着搭在新郎头上，手执木梳为新娘梳头。王秀才履职认真，亲自立在一旁唱礼：

一木梳——梳高头凤凰，

二木梳——梳姻缘配上，

三木梳——梳金娃银娃配成双。

梳下小子要好的，

梳下女子要巧的。

……

白宝霖瞥见王秀才板着脸孔却说唱得有腔有调，忍不住哧哧笑，王秀才不睬，朗声宣布：“新人梳头礼成——”白宝霖越发笑得欢了，说：“王叔，其实这个差事不该你干！”王秀才说：“虽为俗礼，却是古韵遗风。金榜题名时，洞房花烛夜，贤侄不可得意忘形！”说罢，昂着头款步走出……

第二天鸡叫二遍的头上，新娘子梨花就穿衣起床了。朦胧里，她定一定神，怯怯地瞅了一眼身畔的男人，轻轻吐出一口气，脸颊上荡起大姑娘一夜之间跨越为小媳妇的羞涩。她不敢惊动他，悄悄下炕，出门倒了尿盆。院里的大黑狗显然识得了她的身份，呜儿一声低吟，冲新主人摇摇尾巴。她又轻手轻脚走进公公婆婆住的后拐窑，摸着尿盆端出去倒了。回到窑里，窗纸已亮白。梨花倒了半碗水洗了手。又倒半碗水沾湿毛巾，对着一面小镜子，细细揩净脸蛋。她记着父亲的嘱咐，这地方水金贵，不可糟蹋，新媳妇头一天就该注意，以免给公婆和男人留下一个二股弦、半吊子的印象。精心打扮一番，瞅着四棱八瓣的男人赤裸着身子仍侧歪在那里打鼾沉睡，梨花脸上流溢了幸福，忍不住窃笑，昨夜里发生的怪吓人的事情令她回味无穷……男人毛手毛脚精尻子钻进自己的被窝，骚火羖羝似的丢剥了她的衣裳，连大红的肚兜也扯了去，蛮势势覆压在她身上，硬硬的胡楂扎得脸颊、嘴唇麻酥酥的……

徐壮民送走回门的新人，磨蹭了一会儿，见马君臣和两个警察骑马出了大门，他辞别白大叔，打算去二舅家。从昨天起，他就多了一个心眼，时刻注意着马君臣的一举一动，于是远远跟在后边。下了山，发现马君臣缰绳一抖拨转马头，拐往西向的柠条原去了。他心头欻啦一紧。随即返回白家大院，向白大叔述说了自己的担忧。白云山噙着旱烟锅子笑眯眯地说："没事没事，他舅舅大概是到柠条原办差去哩，你娃娃把心放在肚子里头。"

这天后晌，一股马队踢起黄尘冲上草山梁。

马君臣径奔柠条原，向驻军警备三团团长章廷祥报告了徐壮民出现在草山梁的情况，述说了自己的疑惑和抓捕的理由。章廷祥自打从营长升为团长，颇为自负，案头摆了《三国演义》《孙子兵法》，正一门心思钻研古人的用兵韬略、攻伐之术、阴谋诡计。他极不耐烦地听完马君臣关于不要侵害妹夫家、不要为难宝霖外甥的叮嘱，说："量他一个泥腿子，不过混了个副连长，还能闹腾出甚事？再说没证据表明他犯了王法，逮他做甚？"转念又担心章廷芝责怪，于是派出一个通讯兵骑马去安边城报告，由章廷芝裁夺，自己不沾手。章廷芝接报，当即派宗云鹞带一个排的骑兵突袭南渠，实施抓捕，授权逮不住活的就现场击毙，以除后患。

宗云鹞心存忌惮，虽知徐壮民孤身一人，也不敢大意。在接近南渠庄的树林时，下令兵分四路向白家大院包抄过去。徐壮民忧虑白家的安危，没有离去；此时潜伏于林木茂盛的山头上，透过密匝匝的枝杈、树叶居高临下观察动静，手里的匣子枪机头大张。

三十多号人马合拢包围圈，放了一通排子枪；一道庄的照门狗乱吠起来，气氛紧张、恐怖。白家大院里只出来白云山一个人，云苫雾罩探头探脑。庄里各家各户听到枪响，紧闭门户，哪里还敢出来惹事。宗云鹞瞭见院里没有拴马，判断徐壮民已然离去，指挥马队持枪闯入。他立在马上，挥舞着手枪粗声喝道："白家尻老汉，徐壮民在不在？"一打照面，白云山就觉得这鹰钩鼻子不是个好板杖，不过，心里毕竟不慌，说："他吃罢早饭就走哩！"

"去了哪里？"

"不晓得。"

“你若不说实话，以窝藏罪论处！”

“他说是回甘肃队伍上哩。”白云山揩去额头上沁出的一层细汗，试探着说，“贵军既然来哩，就请家里喝口水吧?”宗云鹞吁了一口气，却手一挥，下令搜查！大兵们纷纷下马，四处搜翻起来。几个大兵冲进洞房窑，乱翻一气，乘隙把衣柜里的妆新衣裳和绸缎料子一人抢了一件，掖进衣裤。院里的大黑狗一改平日乖顺的模样，跳蹿着狂吠不止。宗云鹞看着起火，抬手一枪，大黑狗头颅上嗞地射出一串血水，痉挛地跳起，跌下来，呜咽一声，抽搐几下腿爪，就不动弹了。白云山气得脸色煞白，浑身哆嗦，却强装笑脸，躬身请各位兵爷席棚里歇息，吩咐白马氏赶紧烧水沏茶。“老子们跑颠了半天，早饿得肠肠肚肚打架，赶紧把这条狗炖哩，老子们要吃狗肉喝烧酒！”宗云鹞粗声大气吆喝道。几个大兵用枪托砸着桌子，口出秽言，嫌怨主家动作迟慢侍应不周。白云山眼见如若不使撒手锏，这伙人还不晓要折腾出什么八卦来，就大声说：“长官，县衙门警察局的马君臣局长可是我的亲妻哥，今早才走的，你们必定相识，还望高抬贵手！”宗云鹞哼了一声，说：“要不是你那个妻哥报告，老子们还不晓得有这么个㞞地方哩！”白云山心头咯噔一响，似被抽去了筋骨，浑身一下子变得软塌塌的。

白云山圪蹴在地上，颤颤抖抖一刀一刀剔剥开大黑狗的毛皮，掏出血水淋淋的肉身，又拿刀子开了膛，挖出热气腾腾的脏器肠肚；瞅着空阒阒的狗尸，他掉下一串眼泪，干涩地号了一声。当他用斧镰子剁好狗肉，把红涔涔的狗肉放入锅里正准备添水时，却被一个老油子兵痞喝止，指手画脚吩咐他先放清油、猪油连炸带炒，再把咸盐、老酱、生姜、大蒜、辣椒、花椒等等调料一次放足，看狗肉黑红半熟时一次加水，待锅里水汽熬干才可出锅；言称到时候肉瓷实、味道好、没腥膻，那才叫好嘞！宗云鹞在一旁不住点头，用枪头点着白云山说：“做得味道不好，糟蹋了老子的狗肉，看老子一枪崩了你㞞老汉！”

狗肉出锅，人多不够吃，白云山和白马氏将过事剩下的羊肉、猪肉、鸡肉和蒸馍、炸糕一一热过送入席棚，又抱去半坛子烧酒。大兵们一嘴油腥，嚼得脆骨嘎巴巴作响，酒肉穿肠，疯吃疯喝。白云山老婆老汉圪蹴在墙圪塄，老泪长流，哽咽不止。天色黑麻麻时，这伙子大兵从羊圈里挑了二十多只大羯子作为鞋脚费，打着饱嗝，驱赶着羊群，在咩咩的羊叫声里扬长而去。白云山从地上爬将起来，冲出大门口，跺着脚骂道："强盗！土匪！马君臣你个老秃驴，不怕损了阴德？白家这辈子没你这号羞先人亲戚！"

徐壮民怀着自责歉疚，自感无从慰安白宝霖的娘老子，忧心宝霖拜罢丈人返回家里捅下乱子，下了草山梁，连夜奔向老房滩。他也想顺带见一下王仓，打探打探王家的情况，并向二人做一些另外的安顿。

王仓的父亲就是王贵福，也就是白宝霖的二丈人。那是一个一竿子戳到底的过光景人，比犍牛还能吃苦。不晓从什么时候起，这人的故事就远近传播，成为乡佬人家大人教导娃娃的典范。徐壮民的记忆里，清早，厚实的城门嘎吱吱开启，就会瞅见一个大草垛似的劈柴捆横擩进来，底下露出一个熟悉的一年四季不戴帽子的光头。王贵福不等公鸡打鸣，背起十几捆打摞在一搭的干劈柴，从老房滩动身，弯腰弓背疾行二十余里，头一个踏进镇边城赶趁早市。他的劈柴里从不夹杂霉沤、腐朽的烂柴，更无穰柴，火焰硬，人们抢着买。不好出手的时候，就会看见他焦躁地转来转去，口里大声喊叫："谁籴哩？贱粜哩！"有人趁隙杀价，他一口答应，只说怕耽搁了家里的营生！谁都晓得他手头有钱，家里也积攒了一囤囤的粮食颗籽，却从来没有谁见过他掏钱买得喝一碗米汤，手里永远捌个豁嘴的瓷缸子，一边喝冷水一边啃干粮。数九寒天，积雪一尺厚，也不穿暖鞋，精身子套一件不晓拆补了多少回的小棉袄，外头披一领破烂的老羊皮袄。

这人日怪，没进过一天学堂，愣是装了一肚子的字码，而且无一不是从沙沙地和肚皮上划拉会的。据说，王贵福的父亲从小习武，曾中过光绪初年的武秀才，自从沾染了烟土，武功尽废，祖宗传下的田产、房产也一块一块、一间一间踢打了。王贵福六岁那年，母亲病殁，生计愈见困顿。父亲趴在土炕上发烟瘾打哈欠，却始终不肯放下身架，疾言厉色不允他和哥哥王贵堂出门行乞。两个娃娃饿得心慌，又不敢违抗父命，结伴出去从油坊、邻家赊借几疙瘩喂牲口的麻坨，拿回家喝一口冷水啃一口麻坨。父亲啃着麻坨说："咱这是官官样样借的，不丢人!"王贵福十一岁那年，哥哥受雇出远门做了羊倌；他在庄里也找下一份包干拦羊的活儿，一年二两银子的工钱，主家不管吃喝，好歹有了一份固定的收入。填不饱肚腹的年月，王贵福却迷恋上了念书。拦羊铲子一丢，做贼似的悄悄趴伏在庄里一处私塾的窗台外头偷听偷看先生教字授课。白天拦羊沙沙地上比画，一个人念叨；晚上睡在炕上，害怕父亲发现，就在肚皮上划拉，心里默记。一回，从路上捡到一本破旧的《三字经》，他如获至宝，从早到晚翻来翻去，里边的蝇头小字却认不得几个。后间，终于思谋出一个计策。遇到比他年龄小、个头矮的念书娃娃，就会横眉立眼挡在路上强行考试，小娃娃背诵过一段《三字经》后才予放行。他默记顺序，对照着书本逐个认字。有时又会拦住几个结伴而行的测试生字功课："碎脑子们八成瞎念书哩，我随随便便考几个字，看你们到底有没有学问?"他趴在地上依着记忆歪歪扭扭画下几个不认识的字码，娃娃们横眉瞪眼疯抢着念诵，他一一死记在心。过了几个月，《三字经》里的字码一个不落熟溜堂堂。王贵福故技重演，借来《百家姓》《千字文》《五子孝经》，一本一本读，直至独自一人也能读懂《说唐》《三国演义》，成了稆生的文脉人。

十六岁那年大冷的腊月父亲蹬腿咽气，家里只有一件半新的单上衣，他和哥哥觍着脸向户家叔叔借了一条单裤子，凑成一身老衣下葬。这宗事像锥子一样刺在他的心窝，觉得只靠揽工永远别指望挺直男人的脊梁，从此开始租地租牛自己种庄稼。少烧一升粪、多打一斗粮的道理庄户人都晓得，而能天天坚持拾粪的却是稀罕。他走路背个粪背篓，尿一泡尿也得夹回家；因为粪土大，一手抚育的庄稼苗子长得像黑海。他十个指头抠地皮，一年四季不歇晌，泼命做活。有一年秋天冷子（冰雹）多，忧心庄稼遭灾，他一夜不睡，撅着尻子一口气拔了五垧黑豆，赶天明时分又一捆不落背到场地上。拔黑豆是庄稼活里顶苦顶累的，又扎手又费力，还得时刻弯腰弓背，一天拔一垧也得一个硬手，王贵福于是一下子出了名。忙八月龙嘴夺食，庄户人盼望及早收打庄稼有互相变工的习惯；他为了多攒几个工，夜里割谷子、捆谷草，割糜子、拢绺子，曾一连九天九夜不合眼……光景日月就这么甩着汗珠子打熬出来，自己给自己娶回一房婆姨，家里陆续置买了一百多垧沙滩地，盖起了七间大瓦房，偌大的厩棚里拴了骆驼、骡子、犍牛，羊圈里山羊、绵羊一大群，咩咩扑腾。

王贵福却有不吝啬的一面。徐壮民记得，跌下大年馑那年，他家并未列入牛县长开具的须缴粮纳款的名单；而在献粮临近尾声的一天，王贵福一袭破衣，赶了一峰骆驼、一匹骡子，驮来一石精米卸进义仓，又从腰间解下一个装炒面的小袋子，哗啦倒下一堆银圆，说："人心都是肉长的，能救一命算一命！"

王仓说过，他原名王满仓，是因为逃婚投了军、改了名，也与父亲的软心肠相干。也是大年馑那年，父亲清早出去拾粪时碰见一个婆姨和一个女娃饿倒在路畔，他喊叫家里人把两个人抬回去，灌米汤救活了女娃，婆姨死了，只得草草掩埋。后间晓得是母女二人，从神木县一路逃荒过来。女娃叫白茭茭，只有十来岁，瘦弱得像一株麻秆子，没有去处，父亲认作干女子，留下来成了一口人。几年后，白茭茭长成大女子；父亲说茭茭举目无亲，出嫁到哪里他也不放心，打算给王仓说成婆姨。王仓念过几年私塾，喜欢舞枪弄棍，一意当兵，以自家妹子为由头，不同意这门亲事。去年腊月，父亲发话，要给他俩操办喜事。半夜里，王仓从厩棚偷偷拉走一匹骡子，连夜逃走，直奔甘肃投了十一旅。

徐壮民沿着烟墩山脚的驮道一路向东，穿过字山庄西北连绵的荒沙滩，接近一片柳树林子时勒住马缰，吁的一声，下了马。这一带平展展的沙草地上村庄稠密，徐壮民觉得到了白天人多眼杂，身穿军装容易引起注意，须得换一身行头。他从随身的包裹里取出一套便装摸黑换好。前边就是张家畔滩，从西向东有一条直端的小街道，两侧沙地上稀稀拉拉扎了双福店、德丰隆等七八处骡马店院和几处不挂幌子的油坊、粉坊、豆腐坊、馍馍铺、小卖铺，十几户人家簇拥在芦子河湾的西沟畔一带，那里还有一座庙院。徐壮民从西头的双福店土寨子旁折入西街，在马蹄的踢踏中很快来到东街口的龙王庙附近。庙小院大，庙脊隐约可见，一抹飘忽的清油灯光从墙头透出，在黑漆的夜色里显示了一种孤寂和神秘。徐壮民从马背上下来，伫立沟畔，环视一圈周围模糊的地势地形，谛听哗哗的水流，心间莫名其妙闪出一个念头：这地方迟早要打上一仗！他牵着赤弩下了沟坡，没有走悬空的小木桥，涉水而过，水深及马腹。立在东河岸，脱下湿衣拧干换好，倒了鞋子里的水，很是惬意，觉得这样亲身度量一回，对这个渡口心中也有了数。在赤弩的喘息和河湾的蛙鼓虫鸣里爬上东沟畔，远处却传来时断时续的三弦、竹板声。

王贵福家的一排大瓦房是老房滩最为高大、气派的建筑，黑暗里依稀可辨，诱人的说书声正是从那里飘来。徐壮民接近院落的时候，三弦拨动的翠鸣声和耍板、麻喳喳节奏明快的击打声清新入耳，仿佛飘来一曲古朴、空灵的天籁，令他心旌摇曳。忽地，大弦嘈嘈，疾如风雨，一个急迫、恐惧的音调从神秘中逸出，像是人马嘶叫，像是小儿惊啼，又像一个捕捉者飞纵的黑影和张开的双臂——

一炷清香上天空，
天罗万象景致文。
打起铜锣铁面鼓，
我在玉皇前点神兵，

点起东方青甲神。
青甲神，爱穿青，
青人青马青将军，
马后又捎春天的神。
一根天绳丈二的长，
一把铜锁够九的斤，
我在东方路上锁鬼精。
……

这显然是王家请来瞎子书匠做“扣娃娃”还愿祈福的事情，徐壮民觉得不便惊动，在院外一棵树上拴了马，悄悄进到院子里。亮晃晃的马灯下，眉脸清秀的年轻书匠端坐在一把靠椅上，怀抱三弦，腿绑竹板，手腕系着麻喳喳，桌子上摆了耍板、梆子、小鼓、小锣许多家伙，见他鼓突瞎眼，神秘兮兮，正在捉妖拿怪，而说、唱、弹、击浑不误事，各显功力，妙到毫巅。满院密匝匝听书的男男女女老老少少，尻子下坐着木轱辘、木墩子、小板凳，敛声屏息，沉浸在诡异奇崛的幻境里，似乎天上打炸雷也惊动不了。徐壮民借着灯火，发现王仓圪蹴在一个边角，却是一副心不在焉的模样。他绕过去，猛地掐住他肩胛，王仓竟一矮身脱出，反击之间停手，眼里充满惊喜。徐壮民禁不住说：“好小子！”

韩书匠是横山县人，两只眼睛全瞎，十三岁学艺，而今只有十八九岁，却能说唱一二十部大书，会弹几十种民歌小调，在陕北已是书匠一行的一枝新秀。别的书匠因循传统的伴奏，他自创梆子、耍板几种乐器，更别出心裁地把陕北信天游和碗碗腔、秦腔、眉户、道情剧种的曲调融于说书中，自编自演小段子、荤段子，另起一行，受到庄户人的追捧。王贵福的大孙子自小多病，他早先时候许下愿书，企望给娃娃消灾免难，恰好三儿子回了家，又逢侄女梨花出嫁的喜事，因而专门远道请来韩书匠，摆个书场祈福、贺喜，也让门邻四居红火红火。梨花的喜事业已圆满，大孙子也依乡俗拜认韩书匠做了干大，这桩书事于这天夜里归于完结。第二天早上，王贵福特意叮嘱王老婆做了腌猪肉熬豆角、白面馍馍的饭菜款待韩书匠，也顺便款待徐壮民。吃饭前，他索性让韩书匠认自个儿做干大，韩书匠乐意，随当行了拜认礼。干大给干儿赠送了一套新衣作礼道儿，两下结了一门干亲。吃罢早饭，韩书匠面对王干大五块银圆的酬谢哆嗦着双手不敢拿，强鼓着退回三块，在一个半瞎徒弟的导引下，一脸笑意，离开老房滩往别的地方去了。

王贵福心里装着一桩事情，折身去了大哥家。家里人正在忙活过事留下的一摊子营生，王贵堂独自圪蹴在炕上吧嗒吧嗒抽旱烟，皱褶的脸上挂着一丛心事。王贵福蜷腿坐下，王贵堂已倒好一碗砖茶递过来，也不说话。王贵福要去大哥的烟锅，磕出尚未燃尽的残烟疙瘩，从自己的烟袋里装了烟末，撮起刚磕下的烟火疙瘩揞上，递过去，说："大哥，这烟我打掐了七回，拿茅粪奶过三遍，烟叶肉头厚，有劲，你试试。"王贵堂抽了一口，说你抚养的烟劲硬，好烟。王贵福说叫满仓前晌送过来一袋子。"大哥，俗话说，不结亲是两家人，结了亲就是一家人，若是还像以前一样到白家揽工拦羊，会招来两旁世人的笑话，咱梨花也抬不起头。"王贵福照例起头说事，"从今往后，我看你还是圪蹴在家里种地吧，我北滩那片二十垧的沙沙地你只管种去。""老二，哥也正揣摩，白家如今成了亲家，依咱处事处人的法程，只怕是去不成哩。人活眉脸树活皮，墙壁活一疙瘩圪杂泥！"王贵堂把憋着的话说出，叹了一口气，"世古人说，好父子清算账，哥弟兄高打墙，北滩的地是你辛辛苦苦打熬挣下的家业，我咋好白种？再说哩，种庄稼我也不是把式，还是想出门……"

王贵福沉默了一会儿，说："大哥拦了一辈子羊，跟羊熟惯哩，到头也不舍拦羊铲子。这么吧，我那一群羊你拦去，我开双份工钱。庄户人过日子还得抠地皮，北滩那块地你能种多少算多少，就白种去！"王贵堂听出兄弟的口气不可动摇，脸膛憋涨，眼角潮湿，默认了，却说："双份不行，就按惯例闹吧！"他长年累月在门外揽工拦羊，二三十年过去只置买了十来垧薄地，光景过得蔫塌塌的。王贵福屡屡劝他回家种地，他都梗着脖子说我有我的活法，我就靠这吃哩，离开羊群我心慌得不行！这回与白云山结成了顶头儿女亲家，情面上的压力终于摧折了他顽固的意志，所幸拦羊铲子还不至于丢脱。当王贵福一身轻松走出院子的时候，王贵堂一跳下炕，拉过立在门圪塄的大扫帚，唰唰地清扫起来。

王贵福得知白云山家遭遇了劫掠，赶紧打发王仓把伯父叫过来，几个人聚在一搭拉扯。白宝霖一脸尴尬、气闷，还在诅咒他舅舅，说："让那老糊涂虫早早死了变驴去！"听说亲家的二十几只大羯子被一伙大兵硬生生赶走，王贵堂眼里冒火，黝黑的额头纹路扭曲，一个劲猛吸旱烟。王贵福摇头叹息："这号事今儿冒出一宗、明儿又冒出一宗，世道没王法哩！"徐壮民心怀歉疚，说："祸事因我而起，对不住白大叔！"又恨恨地说，"我家跟章家结仇的事你们都清楚，章家是冲着我来的！若是昨天章廷芝亲自上山来，我就是泼出命也得跟他当场见个红黑！"白宝霖从窘境里走出，却计较他前头的话，说："咱兄弟手心手背的，咋说两家话？那是章家人马狗改不了吃屎！"王贵福叹道："恶狼要吃人，你躲进羊圈里，结果狼把羊叼哩，这能怪怨你？"徐壮民深为感动，不禁喟叹一声："章家几辈人称王称霸，凭什么横行天下！"白宝霖愤愤地说："还不是倚仗手里的枪杆子？多行不义必自毙，这帮人，包括我那舅舅，迟早有倒霉的一天！"王仓趁机吓唬父亲："大，你老是说好铁不打钉好男不当兵，可咱手里没有枪杆子，早晚还不得让土匪羔子们哄抢祸害哩？你辛辛苦苦挣下的家业只怕要打水漂！"王贵福默然。徐壮民看着两位老人，小声说："据说，刘志丹、谢子长在南梁、照金一带闹红军闹革命，就是要打倒豪绅恶霸，抢了他们剥削来的财富，分了他们的地，罢了他们的官，夺了他们的枪，为受苦人寻找一条活路，创造一个清明、公平的社会！"王贵福不安地说："这事到处吵吵，说是红军打土豪分田地，共产共妻，像我这样家业的主户不也成了人家的靶子？"徐壮民笑道："二叔靠勤劳致富，既不当官也不带团，又不是豪绅恶霸，还有一副菩萨心肠，这革命也轮不到你头上。"

王贵福吐了一口气："社会乱得马蜂飞，倒灶的多会儿也是瞎老百姓！"徐壮民说："如果把这茬恶霸像割牛芯秧、猫眼草一样统统铲除，老百姓不就过上安生日子哩？"王贵福摇着头，达观地说："年轻人不知水深浅，民不与官斗，胳膊拧不过大腿，从古至今不管谁人坐朝，不都是有钱人的天下？改朝换代要死一大茬人，又不是鼻子往嘴里流。"徐壮民不以为然："石云秀从前也是赤尻打屌的受苦人，如今当了旅长，豪绅恶霸也怯火哩。咱们吃亏就吃在两手空空，手里有了人，有了家伙，谁怕谁？"白宝霖和王仓一致附和，并依照徐壮民从前的安顿，趁机表示秋收后要跟上徐连长到队伍上去。王贵福瞪了儿子一眼："你大哥、你二哥的娃娃都满院乱跑哩，你也二十出头哩，还打光棍，世人不笑话？你小子就是从天上说下来个雀儿也得把茭茭给我娶过门！"徐壮民明显感觉到他的话留有余地，急忙接过话茬："茭茭是个好女子，听说家里、地里都打不下马，我看跟满仓蛮般配的。"王贵福闻言面露喜色，额上几道深刻的皱纹也舒展了，说："壮民贤侄的话听着顺耳，音都是糖的！"王贵堂揣摩女婿刚才的意思，突然问道："白家女婿，你大说你开小差回家哩，八成还要到队伍上去？"白宝霖涨红了脸，忧心岳父这头又生是非，只得玄谎说："我就是瞎溜溜嘴皮子嘛，好马不吃回头草，十一旅我是不回去哩，就是相帮壮民招几个兵，把新兵送走交差，这么着部队上也不会追究我的。"王贵堂长长吐了一口气，放下心来，说："白家女婿，赶紧带梨花回家去，安抚一下你大你妈！也不晓得一圈羊到底少了多少？那只大黑头还没劁骟，不晓得在不在哩！"王贵福也催促他赶紧回去，白宝霖说事情已然发生了，好在两个老人没事，他打算明儿一早走。

门吱呀一声，茭茭面带窘色，拎了一壶烧好的砖茶进来，给各人倒上茶水，趁人不注意，羞怯地瞟了王仓一眼。茭茭中等个码，壮壮实实，圆圆的脸蛋上凹了两个浅浅的酒窝，属于“丑亲亲”的一种，而特别引人注目的是她脑勺后头吊着的一根粗大的辫子，直垂到腿弯。白宝霖斜了眼睛，故意悄悄对她说：“三嫂子，满仓三哥的茶碗还没倒满……”徐壮民也调侃了一句：“宝霖当妹夫的还跟妻嫂子丢诓戏耍哩，咱这地方有讲究，妹夫跟妻嫂子不能乱耍，何况你比人家年龄大。”王仓哭笑不得，吸溜吸溜喝茶水，却烫得直咧嘴。茭茭羞红了脸蛋，抿嘴笑着，甩了一下长辫子，一股春风似的飘走了。王贵福看着年轻人戏谑、耍闹，十分开心，摩挲着光头，沉吟半晌，手指王仓说：“壮民贤侄伺候过牛县长，是咋样的人，镇边人都解开（知道）；你小子也不是种地的料儿，跟上壮民做官家的事我放心。可有一堵墙，这回不娶了茭茭，老子叫你翻不过去！”王仓嘟哝说：“不是我心高心野，她是我妹子，惹人嗤笑，臊得慌！”王贵福训斥说：“男大当婚，女大当嫁，有甚臊的？茭茭孤怜怜的，只有跟了你，我才放心！你就是个愣毛呆也该瞅出茭茭的一片痴心，你犟板筋小子就是一块石头也该焐热哩！——庄稼上场就办喜事，没商量！”

这天夜里，徐壮民和白宝霖、王仓三个人聚在一间屋里喝酒。他给二人布置了一项任务，让白宝霖取出一些银圆，从柠条原镇上置办一批布料、棉花、线子，与王仓分头动员各家婆姨女子们动手做十几套棉袄、棉裤及褂子、衬裤；说棉鞋不用做，到时候可直接从铺子买回。“手工活得一针一线来，黑天半夜的，又逢忙八月，不能白做，工钱也要算上。”徐壮民补充说。“瞎说，挣甚工钱？”白宝霖皱着眉头立即否决。“就是嘛，谁跟谁？”王仓也不同意。“我还有一层意思，就是让各家以为是给十一旅部队上做活，有酬劳，再说可以调动她们的积极性。”徐壮民又叮嘱说，“记着安顿，口风要紧，不可张扬。”两人听了觉得有道理，就表示到时候看情况吧。尺寸大小的事，白宝霖说他有数。至于面料颜色，王仓说他喜欢队伍上的灰颜色，就这么定下了。第二天，吃罢早饭，徐壮民辞别王贵福，口称出去给队伍上招兵，跨上马背，顺着河湾畔的野径向东北去了。

东北距镇边城五六十里的古边墙脚下的毛乌素沙海里，一道黄土峁子上稀疏的树木间蜷缩了一个小村庄，叫边墙畔。五年前迁来一户人家，掌柜的人称赵石匠，官名赵仲成，头上一年四季扎一块前头绾着英雄结的羊肚子手巾，有一手呱呱的石匠手艺。这人赶趁汛期河水暴涨，从岸边高出水面的沙丘下开挖一道水渠，把芦子河湾里奔突的洪水用木槽导出，源源灌入，拉动沙丘修造水地，被当地人称为日怪。

边墙畔其实充满了日怪和神奇。河水东岸的沙漠里，散落了几座年代久远的古城圐圙，拦羊牧牛的经常漫不经心地从瓦砾遍地的沙窝里捡拾起锈迹斑斑的陶器、铜器、瓷器、矛子、箭镞、刀币、麻钱，甚至还有疑似鹿角的一些莫名其妙的物件，掂量从前的从前，这地方人口稠密，还有驻军。故事传说也有不少。其中一则说，边墙西北直至天脚边沿以外望不到的地方，远古年代，水草丰美，林木茂盛，牛马衔尾，群羊塞道。有一对天庭上的仙子相爱，迫于森严的天条，携手潜往凡间，飘了三天三夜来到此地。两人骑马牧羊，饮酒放歌，鸳鸯戏水，尽享男欢女爱。但好景不长，被值日功曹发现并告发，玉帝遂遣葫芦神前往缉拿。葫芦神驾云来到当空，取出宝葫芦使起法术，霎时黄沙蔽天、日月无光。仙侣惊恐万状，化作一对鸿雁拍翅向北逃遁。葫芦神尻子后头追撵，作法不止，一对鸿雁口里叫着“毛乌素——毛乌素——”飞了九天九夜吐血死去，所过之处尽成苍茫、恓惶的沙海。北边的游牧民族念其为情而死，依着二人的悲啼，把这片一望无际的沙海叫成“毛乌素”。

另外一则传说却不是虚无缥缈，或是带着神话色彩的真实往事。边墙的北边原先有一个转边百十里的鲍鲊湖，边墙之南则有一处直落千尺的红砂石龙眼跳峡。明朝不晓什么年间，镇边道兵备吴大人携李参将踏勘此地，共谋导引湖水出跳峡，可成天作之险，以拒胡人南犯。于是征发徭役在高翘的龙眼峡嘴凿石洞、开水口，北接大湖开挖水道，把偌大的鲍鲊湖向东泄去。嗣后，又在冲刷开的沟壑边和背倚边墙的峡口处套筑小城，并长驻了一哨人马。岁月轮回，世事沧桑，小城在风雨侵蚀中垮塌于深谷之中，只遗留下几段沉睡的残垣和一处飞流直下的龙眼跌哨（指水冲开的大窟窿）。而自鲍鲊湖水泄去，发端于白于山腹地的几处源头活水，与雨季的山洪合流，切割高原，锯深沟壑，从南向北一路奔流，再无遮拦，形成长流的芦子河，向东经横山境注进无定河，拐向东北经镇川南下，过米脂绥德达清涧境汇入黄河。

边墙畔兴修水利却不是起于赵石匠。上游五六里的毛嘴子河湾地势陡峭，河床狭窄，水流湍急，两岸皆为红砂石地质地貌。早在民国初年，当地散户即邀约毗邻怀远（横山）县几家富绅集股，雇佣百十号劳力，采用树桩、木柴、砖石设闸截流，开挖水渠，引水拉沙修造水地，当年修成百余亩，耗资逾四万铜圆。由于闸坝拦截，河水倒灌，上游旧伙场、八里滩几个村庄的河湾地尽遭水淹，变成烂泥滩或白碱滩。户主群起阻挠，诉诸官府，数年悬而不决。后间，投资一方贿赂时任省议员的龙州堡富绅阎老总，打赢官司，省府下行公文“准予兴修”，上游各户不敢再行拦阻。因耽搁打误多年，闸坝早已被洪水冲得渺无影踪，而另行修筑耗费过大，合伙人主意相左，四分五裂，引水造地的事情黄在一边，无人问津。直至发生大年馑的前两年，阎老总眼见连年歉收、粮价上涨，以为兴修水地有利可图，遂联结富户，从小桥畔教堂“华洋义赈会”分支机构借贷银洋三千元，雇佣劳工，拆用边墙古砖，于毛嘴子旧坝址修筑了一座底宽五丈、高三丈的梯形砖坝，拦蓄河水，开渠引水，费时两年修成水地二百多亩。第三年，教堂洋人催逼借贷本息，阎老总向联户摊派，却因工程开渠困难前景黯淡投资户畏缩，加之分地不公、分摊不均而起内讧，只收缴了大部。据说阎老总闭门三日想出一计，大包大揽垫补不足，却宣布解散联结，工程下马。嗣后，他贿通时任县长贺继昌，由县府出具文书公证，将边墙畔西南水塧沙五千亩荒沙滩的公地折为所垫补之款据为己有，企望事过境迁之后引水拉沙造成良田传给子孙。

仲秋是降水的旺季，不久前下了几场饱雨，芦子河的水位立马唰唰涨起，浑浊的河水一波一波荡击坡岸，已然高出了赵家掘成的一人深浅的引水渠豁口。赵石匠照例和大儿子黄健、二儿子赵康把三个长长的木槽一一抬过来，熟练地将一个安插在豁口接水，另两个头顶头远远插入水渠一头沙丘的脚窝。拨开豁口堵水的湿漉漉的沙疙瘩，河水顺着平缓的壕沟流淌，突然拱起脊梁，扑入狭长斜跌的木槽，唰地冲向沙脚。不一会儿，沙丘被漩空穿洞，发生坍塌，水流奔突漩洄，裹挟泥沙向低洼的退水沟涌去……赵石匠一尻子坐在绵软的沙梁上，吸着旱烟，惬意地望着一旁修成的水地上缨子发焦的玉米林子，说："倒把你个㞞沙沙没法哩！"

赵仲成十八岁那年入赘到怀远县苍术圪塄一个姓黄的单女户。庄里有个鳏居的老石匠，手艺精湛，却好抽一口烟土，经常是买了烟土没米下锅。赵仲成拦羊时发现他病歪歪趴在炕皮上，打着哈欠、瞪圆眼睛等死。出于恻隐，他每天偷偷挤半碗羊奶子送过去。一天，石匠老泪滴滴，挣扎着爬下炕，说："你跟我学徒吧！"辗转碾坊、磨坊半月，石匠把一手洗磨、洗碾的诀窍尽数相传，却瘫倒在地，手指锤子、錾子说："凭这个，只要你娃娃务正，一辈子不愁吃穿！"说罢力竭而死。赵仲成用挣来的工钱置了一口薄棺将老石匠抬埋，从此一边种庄稼一边当石匠。婆姨黄赵氏稠稠稀稀生了三女四男，前头四个惊风、出痘死去，后头三个存活下来，女儿和大儿子随母姓，二儿子随父姓。虽说石匠手艺没能带给他财运，日子过得紧紧巴巴，但一家人尚不至于挨饿受冻。

跌下大年馑那年隆冬，庄里饿毙一茬人。饥馑日甚，听说南边延安一带的山里灾害轻些，赵石匠和黄赵氏商量，把家里仅存的米面炒熟装进褡裢，带着三个儿女南下逃荒。他指靠石匠手艺给富户打石材养活婆姨娃娃，总算熬过了饥荒，一家人囫囵浑全。

第二年秋初返乡，先来到镇边城外妹夫家，却是黑门黑窗，一打听才知道妹子、妹夫都死了，只与在城里混事的外甥见了一面，徐壮民塞给他两块银圆、一袋子吃食。又去鱼沟老家，老三一家人还浑全，却过着拔野菜、吃苜蓿的日子，他只得背着老三婆姨汉相赠的一褡裢蒸苜蓿疙瘩动身回家。途经边墙畔，有姓盛的富户雇佣他们在芦子河上游河畔新修成的水地里拔萝卜。那萝卜拳头一样粗实，多半尺长，地里一根挨一根，挤得满满的。水地的收成令他十分惊奇。边墙畔在刚刚过去的一场瘟疫里死去四十多号人，村庄一派空寂、荒凉，盘算着水地萝卜的蹊跷事，他决计在这里另扎营盘。盘桓几日，发现一座叫阎路峁子的荒山上没有人家，他们一家在半山腰挖了个地窨子住下。秋底，几场白霜打过，异常繁茂的百草陆续枯槁，草籽扑棱棱挂满枝头。他领着一家人到草山梁上耙搂沙米、棉蓬，两个月下来，竟然打了十几石草籽。一家人一日两餐，棉蓬窝头、沙米汤，就干野菜。三边这地方地旷人稀，可邻近村庄的每一座荒山、每一片沙地都有主儿，主家的理由是不晓哪朝哪代自己老先人的老先人曾在那里栽过树、植过柠条、种过地，只是地价便宜。赵石匠冬天里依靠石匠手艺积蓄了一点钱，在山上置买了三十垧荒地，打春前又掘了一口水井。春播时，一家人抡着老镢头开种了十垧地，剩下的也都用镢头翻了一遍，打算慢慢培养。不料到了秋天，山上黄鼠乱窜，一亩可打五六十斤颗籽的一片糜谷，让结伙的黄鼠啃食精光。

赵石匠揣着一桩朦胧的心事，到边墙畔峁底、河西的一片沙梁上转悠了几天，发现起伏的沙丘之下都是硬铮铮的黄土、白土底子，地势低洼，认定这地方可修成一处园子。当他向姓盛的主家提出用阎路峁子的三十垧山地对换脚下的三十六亩沙梁时，盛家二话没说同意了，当下立了一纸文约。他揣着文约兴冲冲赶回家里，黄赵氏一听气得两眼发白，诅咒道："你个天杀的灰骷子，眼窝叫鸡汤屎糊哩，跑颠到干沙梁上啃沙去吔？"原本是招赘的关系，黄赵氏在家里占着上风，气哼哼地打摞铺盖、家什，带了三个儿女回苍术圪塄去了，将赵石匠一个人撇在荒山上。不久，黄赵氏擅自将女儿卖给一家富户做小，得到九十块银圆的彩礼，自己过起日子，也不管他的死死活活。

赵石匠憋了一口闷气，在沙窝里搭起茅庵，一个人住下。他转腾到上游毛嘴子一带，仔细察看几年前兴修水利掘下的坝头渠道，跟住户盘扯引水拉沙的根根梢梢。随后，割制了三个长木槽，紧靠河畔开掘出一道通向沙梁低洼处的引水渠，瞅准汛期涨水的时机，尝试着引水拉沙。在庄邻四居的一片讥诮声里，一个秋天却硬生生修成四亩水浇地。第二年，独自一人春秋两季又修成八亩。第三年，打问到消息的黄赵氏一脸疑惑地带着两个儿子过来，安了家，父子合力，修成十二亩。——赶到今年的这几天下来，三十六亩滚沙梁眼见一色变成平展展湿漉漉的水浇地了。

徐壮民从马背上远远望见头戴羊肚子手巾的二舅圪蹴在沙梁上，放慢速度赶过去，把马拴在一棵歪脖子杨树上，老远就亲热地问候："二舅，在家哩?"赵石匠手搭凉棚眯缝着眼睛瞅了半晌，认出是外甥，咧开大嘴，喜得直笑："噢，壮壮，甘肃当兵的人，咋打猛子回来哩？两年不见，二舅险乎认不得人哩!"正忙着拨水头、劈沙崖的表弟黄健和赵康扔下手里的铁锨，欢欢地跑颠过来，稀罕地望着姑舅哥嘿嘿憨笑。黄赵氏胳膊弯挎着一柳筐豆角，从玉米林子里钻出来。徐壮民赶紧上前请安问好，黄赵氏热辣辣地说："二妗子这就回家，给我外甥做腌猪肉熬豆角、烙白面饼子!"徐壮民称刚在老房滩朋友家吃罢，伺等一会儿再做不迟。他早已被眼前雄壮的景象震撼，觉得引水拉沙的做法新鲜、离奇，逆自然力而行，无疑是一种伟大的创举！徐壮民厮跟了二舅和两个表弟，从河畔入水口的木槽一直转腾到沙洼底的退水沟壕，看了一圈。又转到场地畔，看着新拉成的凹凸、泥湿的几畦地块，瞅瞅旁边一人一展手高的玉米秆子和远处绿莹莹的萝卜、蔓菁，口里啧啧称奇："二舅，你在沙丘的包围圈中开辟了一块绿地，太能行哩!"赵石匠听了外甥真诚的夸赞，喜滋滋地说："其实也没甚，人若拿得住水，水就乖乖的，跟绵羊一样听话。你别看这水性子绵绵的，力气可比一百头犍牛还大!”徐壮民望着西北方无边无际的沙梁，无限感慨地说：“若是遭逢上一个好社会，把这一片荒沙齐斩斩拉成水地，真不晓有几万亩，能打几万石粮，够几万人吃饱肚子!”赵石匠说：“那是哩那是哩，那咱这地方就不怕跌黑老年馑哩不会再饿死人哩！这水地愣产粮食，萝卜长得半胳膊长，玉米棒子拳头粗，豆荚子肥头奓耳的，一亩的收成超过山旱地十倍八倍哩!”

赵石匠去年舍出积攒下的十几石粮食，从周打方围换回大梁、檩柱、柳椽一茬材体，请来木匠，雇工加变工，在园子一头新盖了五间“五檩四”入深的土木结构的起脊房和几间仓房。一家四口起早摸黑，揭开沙盖挖出生硬的老黄土，夯筑了一圈四四方方的院墙，搭起厩棚，栅了羊圈，并安了木栅栏的大门。边墙畔和三边绝大多数地方一样，一半以上的农家从来没有专门拉屎尿尿的茅圈，沿袭了在户外宽天大地的地方随便放野尻子的习俗。赵石匠刻意新盖了一处带棚子的茅圈，既能攒粪，更显示出在边墙畔已然跻身富裕、文明、成事人家的行列了。

吃罢饭，正是薄暮时分。徐壮民独自出去转游。远眺西方，日头坠向地平线，烧得天幕鲜红金黄；空旷无边的沙草原红茫茫黄茫茫，一派辽远恢宏的恬静。向东边的河道望去，水流背开日光霞光，呈现亮黑色，翻起细碎的浪花，却不喧哗，仿佛一条微风里抖动的飘带，令人轻松愉悦。而眼前的景色更显生动妍美。屋西几行刚刚长高的杨柳沉浸在静谧、安详而美丽的暮色里，枝枝叶叶随风摇颤，折射出无数闪闪烁烁的亮光，炫人眼目；铜钱大小的光斑洒落在院落的空地上，一地金花，随枝叶颤动的鼓点婀娜起舞。

黄健和赵康勤快利索，眨眼的工夫，便从地里砍回几抱玉米秸秆。一股淡淡的骡马粪便的气息里，两人一个蹲跪在铡墩前揣草，一个哈腰立在一头握铡柄，铡刀张合之间绿汁濡染刀口铡口之间，两个大筐里已装满了半指长短的鲜草秸。徐壮民一脸惬意转悠回来，拎起一筐，筐口倾斜，不停地摇筛着，将草秸均匀地撒进厩棚的长槽里。赤驽和一匹骡子各占一头，大口大口嚼食甘甜的草秸，嘴里发出咯噌咯噌的响声，听着悦耳动心。

当夜色漫进宽敞的屋间，黄赵氏扑打过身上的尘土进了门，口里哼着曲曲儿，手里搁着新打制的沉甸甸的杏木灯柱爬上炕沿。她把黑瓷葫芦的灯盏搁进高高的灯柱托嘴，熟练地磕打火镰，点燃艾绒，再吹燃涂了硫黄粉的引火柴，将清油灯点着，灯捻一蠕一蠕长大，屋间立马亮灿灿的，只在灯座周围的炕毡上落下一坨微微晃动的阴影。一家人陆续进门，脱鞋上炕，围着油灯盘腿坐下拉话。赵康紧挨表哥，一脸的亲昵和依恋。这半大小子不大老实，猴子似的胡搔乱摸，一只手无意间触碰到徐壮民的腰胯，觉得异常，抚摸几下，惊讶地大呼："咦！壮壮哥带一把手枪！"黄健一听顿时来了精神，赶紧凑过来，也伸手摸揣，嚷吵着要表哥拔出来瞧瞧。徐壮民经不住骚搅，笑着从后腰裤带上抽出手枪，摘下弹匣，递过去让哥俩开开眼界。两人你夺我拽，黄赵氏慌忙喝道："不敢乱抢，弄着了危险！"徐壮民说没事，她才放心。待哥儿俩就着灯光兴冲冲端详、把玩一番后，徐壮民把枪要过来，装上弹匣，关了保险，晃一晃说："这叫快慢机，也叫二十响、匣子枪，火力猛，打得远。"赵康抢先问道："能打多远？""有效射程三四十丈远吧。"徐壮民说。黄健又问道："火力猛是甚意思？""瞄准目标，这枪可以一发一发地打，叫点射；如遇到近距离的紧急情况，也可以自动连发，一梭子像扇子一样斜扫过去，一下就能把一伙敌人盖住，干掉他好几个。"徐壮民解释说。赵康愈显兴奋，吵吵着要出去朝天上放一枪。徐壮民把枪收起，虎着脸说："你当这是打麻雀儿的弹弓？哪能由性性乱来！"赵石匠也呵斥儿子："你鬼仔仔还想上房揭瓦哩，枪是打仗用的能随便乱放？"

听完外甥对自己去年秋天以来经历的叙述，赵石匠哆哆嗦嗦解开头上扎的手巾，揩了揩额头上的冷汗，黝黑的脸膛上显现出担忧之色："大外甥，你这以后的日子可咋过吔！""等我除灭了章廷芝这个瞎孙，就去南梁投奔刘志丹！"徐壮民铁黑了脸，咬牙切齿地说，"我大的死跟这小子有直接关系，我妈又活活死在这小子手里，听说我大舅当年不明不白也死在章家，而牛县长的前程也葬送在他的手里……此仇不报，誓不为人！""可是你单枪匹马，胳膊扭不过大腿，章家有钱有势，据传有上千号人马哩！"赵石匠摇摇头，凄然地劝谕说，"你大、你妈殁哩，就撂下你一根独苗苗，枪子不长眼，咱惹不起还躲不起？""二舅放心，我手下也有十几号人马，手里都攥着家伙，慢慢打熬，叼空子下手。"徐壮民说。黄健和赵康脸上早已憋了怒色，嚷嚷着要厮跟上表哥去报仇。这刻，黄赵氏蹙起眉头，厉声呵斥："两个灰种子解不开马高镫短，打仗是要的闹的？看老娘打折你狗日的腿把子！"赵康却不收敛，仍在嚷嚷，黄赵氏扔脱笤帚疙瘩打过去，他一闪躲开，讥诮说："看你二马梁卦子！"黄赵氏爬起就要去揪打，徐壮民拦住，转头对哥俩说："哥当过兵、带过兵、打过仗；你两个还小，解不开打仗，好好在家相帮做营生、过光景，这才是正道。"兄弟俩心有不甘，但见母亲威严、凛冽的神色，不敢造次，怏怏地坐在一边。浸了清油的灯捻子在燃烧中冒出缕缕青烟，摇摇摆摆向上飘忽，又悠悠地四散开去，屋间弥漫了一股芳香的焦油味，却不呛鼻。在一时的沉默和尴尬里，黄赵氏拈起灯嘴上别着的一根粗针，将灯头上垢积的一块发红的死灰疙瘩挑去，灯焰呼啦放大，屋里明亮了许多。这个心直口快、行事泼辣的婆姨，觉得自个儿的话语和动作似乎有些生冷突兀、不近人情，于是一连串地诅咒章家这帮心上绑刀子的瞎孙脑门心害烂疮脚板底流脓水坏穿坏透哩，却也赞同丈夫的看法，极力开导、劝诫外甥先忍下一口气远走高飞，伺等将来风水转开再较高低红黑。徐壮民不愿让两个老人提心吊胆，就顺势敷衍说走着瞧，不行的话就暂且作罢。赵石匠老婆老汉见外甥口气有所软化，和缓了脸色，略显宽心。

下来的几天，徐壮民帮着二舅家掰玉米，割糜谷，拔黑豆，起萝卜，挖洋芋。水地惊人的收成给他留下深刻的记忆，也勾起他一缕缕的懊悔和怅惘：若是灾荒之后向牛县长力谏兴修水利——引水拉沙修造水地，迁移人口充实边墙畔一带，走富县强民的路子，同时强化武装整饬，剔除害群之马，兴许不会发生那么多的事，那该多好！

庄稼上场的一天早间，辞别二舅一家；他骑上一身油光的赤驽，沿着一条被流沙淹压得时隐时现的古道，朝北面沙原的纵深遥远处奔驰而去。

# 第十三章

镇边北部与绥远的鄂托克、乌审旗接壤，乃是一片苍苍茫茫的风沙区，地表起伏不大，覆盖了沙丘、沙滩、沙地及湖盆地、草地。这里天高云淡，植被稀疏，人烟稀少，但水层极浅。拦羊的口渴了，竖起铲子从低洼的沙地掘进二三尺深浅的窟窿，即见清澈的泉水汩汩涌出，探手一掬只管喝。掘柳笆子井深及一丈，秤杆打水，哪怕连续一天一夜吊起一万桶水，井子水位照旧，似乎一辈子也不得干涸。受蒙古民族风俗濡染，居民多以畜牧为主业。种庄稼因为春季风沙大而难以捉苗、夏时天旱又得人力浇灌而颇多麻烦，只是捎带、补充的副业，一则垫补口粮需用，二则储备冬春季牲口的草料。当地人漠视丰沛的水资源，信马由缰地过活，也没有种树的习惯，只在房前屋后才有幸见到绿树成荫。

南距白城子约莫二十里的地方，却有一洼千数百棵古老的毛头柳。没有人晓得它们的岁数，更不清楚是人栽的还是稆生的。这一洼毛头柳满身苍苔，躯干嶙峋，褶皱深深，长相千奇百怪，狰狞可怖。有的让落地雷从中劈开，翻卷了残骸四散倒卧，竟又落地生根，长出一头蓬蓬的股杈；有的合伙扭作一团，似几条虬龙巨蟒盘结缠绕激烈打斗；有的孤孤单单，诡异地扭曲几抱粗细的腰身，裸露了枯朽透顶的内脏弓背张望，抑或半跪在地，露根露爪，蹬起一条后腿茫然踢打……它们依赖一身世间罕见的粗糙而坚韧的皮囊，从沙荒苦瘠中攫夺养分，冠盖如伞，遮天蔽日；它们把沧桑岁月与生命天性和谐地糅合，自塑了一幅风骨粗砺的承受千年孤独而不朽的神奇之作。

树林子一旁低矮的黄土峁子脚窝散落了一个村庄，叫神柳湾。此刻，柴向东仰卧于一棵张瓣裂开的柳树底下的荫凉里睡懒觉，嘴角歪斜，口水流到脖子上。周围一群懒散的绵羊低头啃食青草，发出轻微的噌噌声，间有小羊咩咩的叫唤。吃饱的大羊、小羊纷纷撅翘尾巴拉下一串黑珍珠似的粪珠珠，而后不慌不忙趴卧在沙地上，闭了眼睛睡觉，有的半闭眼目漫不经心反嚼着肚腹中储存的草食。而令人眼亮的是，有三五只山羊猴子似的攀登到柳树股杈上，探食鲜嫩的柳叶，胡子一抖一抖，俯视群羊，显出种性的得意。

几年前，徐壮民曾护卫、陪同牛县长专程考察过白城子，路况熟悉，在远远望见北面灰白色的古城时，也看到了路畔不远处的一洼古柳。顺着绵软如毯的沙地，他骑行至树畔，认出拦羊的正是柴向东，还在睡大觉，就丢开缰绳，放任赤驽自在采食，自个儿蹑手蹑脚猫过去，脱下布衫，猛地上去蒙住他的脑袋："不许动！"柴向东一个鲤鱼打挺腾起，手里已然攥了一把撸子，凶神恶煞地吼道："找死！"待抹去布衫，啊唷一声扑上，两个人狠狠地搂抱在一起，泪水簌簌。

柴向东的父亲柴皮匠是汉民，母亲乌兰是蒙古人，这个家庭是随着一个美丽的爱情故事诞生的。

柴皮匠还是一个高大英俊的小皮匠的许多年前，赶着几匹马驮了皮货去乌审旗赶趁那达慕大会卖皮货、籴皮子，照例是交易顺当满载而归。途经纳林河突遇大雨，河水涨起，马尥蹶子掀翻几驮羊皮，看看天色向晚，就去不远处的一户蒙古人家借宿。那是三间土坯砌成、泥巴裹抹的平顶房，一家五口人。户主吉日嘎拉老两口，一个女儿，叫乌兰，另有两个小孙子巴雅尔和巴特尔，是死于"三边教案"攻打小桥畔寨子战事的帖木尔的骨血。

乌兰是一个黝黑而美丽的姑娘，头上缠着粉红的绸巾，漂亮的穗头垂在额前，紧身的蒙古袍包裹的胴体透出一股子健美和诱惑。而牧羊时她那甜美的歌喉更是撩拨人心，特别是勾长了善于巴结上司的嘎查达（村长）的眼睛。嘎查达几次三番找到吉日嘎拉，软硬兼施，意欲将乌兰献进旗王府充作婢女。侯门一入深似海，吉日嘎拉心里不愿让天性活泼的女儿终日承受严苛的管束，苦挨做奴的日子，嘴上却不敢说出，只好借故推却，招来嘎查达日甚一日放肆的威胁。乌兰比父亲显得倔强而坚定，更有主心骨，发誓就是跳进大河也不进王府当奴。

天公作美，乌兰与晚间借宿的柴皮匠一见钟情，兴奋得宛如一只沙百灵飞上了蓝天。喝过热腾腾的奶茶，嚼食了酥油、熟米、奶酪浸泡成的美食，主客几人一边闲话，一边饮酒。在乌兰野辣辣的蒙古小调里，巴雅尔和巴特尔酣酣地睡去了。一坛子烧酒见底，柴皮匠的豪爽和惊人的酒量令吉日嘎拉老两口双双折服，乌兰的眼眸里春水荡漾。四个人同醉，和两个娃娃挤在一搭，同盖一床大被子进入梦乡。半夜里，乌兰和柴皮匠把持不住偷食了禁果。翌日清晨，当吉日嘎拉从女儿红扑扑的俏脸上找到千年无转移的答案后，相信这个敢于捅乱子的汉家后生就是女儿姻缘簿上注定的那位莫日根。他指着远处的一群羊，对柴皮匠说："你把它们赶走吧，走得越远越好，这是我女儿的嫁妆！"

柴家的院落够三四亩地大小，与当地人家没两样，不拉院墙，没有大门，不见茅圈，是个赤屦院子。东边靠黄土峁子掘了三孔土窑，住着柴皮匠老婆老汉；北边三间厦房，大儿子一家住着；南边几间是平顶的皮作坊，柴皮匠和大儿子一年四季在里头鼓捣；西头是厩棚、羊圈，拴了五匹马、四头牛，混圈了一百多只绵羊和山羊。除了祖上传下的窑洞和野滩里的百十亩沙地，房屋、牲畜和其他的财产是柴皮匠和乌兰半辈子辛苦的积累。

乌兰以蒙古人独特的热情好客接待了小儿子的朋友。她一身汉人装束，一口流利的汉话，只是头上习惯地缠着长长的头巾。

当把奶茶、酥油、熟米、奶酪、奶皮、酸奶、奶豆腐一套蒙古餐端上炕桌时，她情不自禁地冲着徐壮民又喊了声："赛白奴！"柴皮匠咧嘴笑着，说："你乌兰婶子又向你问好哩。"徐壮民深深感受到了乌兰婶子的热情四溢，卸去拘谨，抢先动手给柴大叔、乌兰婶子和柴大哥各舀了一碗奶茶。吃喝间，柴大嫂下地回来，拍打着身上的尘土进了窑，身后跟着两个碎脑小子，见有陌生人，把脑瓜儿掩藏在母亲的腰胯后头一觑一探的。柴大嫂眼睛忽闪一下，即发现了徐壮民笨拙外行的吃法，立马显出泼野粗放的性子，大声二气地指拨起来；教他先将熟米泡进盛了奶茶的碗里，放一些奶皮、奶酪浸润一会儿，吃喝浮头漂的，待奶茶将尽，再取一匙酥油拌入，说这样嚼吃熟米，越嚼越香越想吃！徐壮民嘻嘻直笑，觉得一下子没了距离。柴向东趁隙臊聒嫂子是猛张飞，柴大嫂回击说他是野驴！一家人笑起来。柴皮匠有滋有味嚼食着，叨叨说酥油补肚润肠，酸奶消食化瘀，砖茶祛除油腻，都是一色的好东西；蒙古人常年大碗喝酒、大块吃肉却极少害病，是与别样的饮食习惯分不开的。徐壮民以为炕桌上的这些东西就是主食，打算再泡一碗，柴大嫂探手夺过他的碗，说："吃肉！"她利索地收拾了桌上吃剩的东西，揭开大铁锅的木头盖子，一股独特的肉香随着腾浮的热气弥散开来。柴大嫂用笊篱从锅里捞出一大瓷盆风干羊肉，擩到桌子上，正待动手搜拣待客的上品，乌兰推开她，说："我来！"她用手在盆子里扒拉着，从中搜拣出一挂肥腻腻的羊尾巴，递到徐壮民手里，热辣辣地说："大后生，赶紧吃，趁热吃，好好吃！"柴向东悄悄说："大哥，这羊尾巴是敬献贵客的，你不要嫌肥，不吃我妈就恼哩！"徐壮民忽地产生一种回家的感觉，分明是母亲在身畔一个劲地催促自个儿吃饭，不禁心里泛酸，眼中潮湿，却笑呵呵地大口啃嚼起来。

不久，徐壮民和柴向东骑着马带着毛线口袋出了一趟远门，将掩藏的枪支弹药驮运回来。白宝霖和王仓分别带着一股赳赳的小伙子接踵而至，柴家院子一时人头攒动，热闹起来。柴皮匠和乌兰见小儿子交了这么多的朋友，十分开心，倒腾开两孔窑洞，烧热土炕，舍酒舍肉款待。这地方风头展，落霜迟，庄稼收割晚。伺等两天开镰，十几个小伙子一起出动，只用了一天就收割完柴家地里的庄稼，将糜谷捆子背上场，把玉米棒子码进院子一头柳条编成的大囤篓里。

这地方的土著民各家各户都建有草圐圙，用柳椽打桩铁丝拉网，或筑土墙围圈，使外头的牲畜不得入，形成一块块封闭的设施草地；秋天打草，储备起来，补贴饲草的不足，供牲畜度过冬春的枯荒，显示出不同于蒙民散漫放逸的内秀和细腻。柴家的草圐圙占地七八十亩大小，种了紫花苜蓿，现时都长到齐腿高，挂籽成熟了。小伙子们再一起上手，只消一日便将秋草割倒。徐壮民问柴皮匠说："是不是伺等苜蓿晾干再背回去垛起?"柴皮匠说："不用那么费事，趁湿拧腰子打成捆子码摞成几个草垛。"又说，"野滩风展，几天就吹干哩，不怕捂、霉沤不了，也没人偷，就在那里撂着。"徐壮民凭经验晓得，精吃苜蓿，牲畜会气膨腹胀，便显能说："不敢给牲口精吃，会胀死。"柴皮匠笑他呆憨，说："把苜蓿跟庄稼秸秆铡碎，混调到一搭喂，养分充足，牲口吃上长膘，不会肚胀。"又说，"干苜蓿不同于地头的湿苜蓿，精吃也没事。"徐壮民发窘，觉得自个儿于庄户行当还是一个浮皮浅沿的角色。圐圙里的草垛很快堆起，乌兰特意看了一回，说："还是人手稠好!"柴大嫂兴叹说："比往年麻利多哩，我可以安安心心打闹冬衣哩。"

预定的期限已经过去了两三天，还差两个人，徐壮民说他俩贪恋小光景下了软蛋，不会来哩。

暮色四合。柴家拐窑里弥漫了浓重的兴奋和义气的情绪。顺山炕的炕桌上，点亮一盏明灯，竖起一尊木质的关公牌位，摆下一只紫铜香炉和一只粗瓷黄釉大酒碗。炕桌前，按年龄大小分三排跪下十六个汉子；徐壮民、白宝霖、柴向东三个跪在前排，为老大、老二、老三。在庄严肃穆的气氛中，弟兄们分别点燃手中执着的一炷紫香，挨个换过香，逐次插入香炉。香烟缭绕里，徐壮民额上青筋鼓跳，拔出一把匕首，噌地割破手指，将一串血水滴注进酒碗里。一股面红耳赤的年轻人，纷纷拔出匕首，割破手指，一碗酒立时变得红涔涔的。依次重新跪倒，徐壮民端起碗，喝了一口，大伙依次传递着喝过。酒喝干，徐壮民啪嚓摔碎酒碗，庄严领誓：“……有福同享，有难同当，谁人背弃，天诛地灭！”大伙血气激荡一起发誓，一起磕头。他们就这样把友情和义气捆绑到了一起。徐壮民慷慨激昂：“当今社会，吏治腐败，司法黑暗，恶霸豪绅高利盘剥，土匪兵痞敲骨吸髓，苛捐杂税黑云压顶；咱们年轻人不能像一辈一辈的先人那样，面朝黄土背朝天，逆来顺受，任人宰割。今儿个，咱们拉起杆子，就是要像共产党、红军一样，铲除这些不平等，铲除这些毒瘤，保护穷人，伸张正义，主持公道……章廷芝是咱陕北三边的一个大毒瓜，咱摘了他的人头，就去投奔刘志丹！——咱的杆子是一支队伍，就叫‘蒙汉游击队’！”

柴皮匠放哨回来，从乌兰嘴里得知这股后生喝了血酒、拜了把子，面有忧色，说：“这股牛犊子后生敢是要把天捅个窟窿哩！”乌兰却笑吟吟地说：“草原上的天就靠安达们撑着，成群的马才有奔头，长生天会保佑他们的！”

乌兰早早起来洗漱了。嘴里哼着蒙古小调，打开一只木箱子，从中取出夹袍、毡靴、礼帽、坎肩，还有一对银质的大耳环。一一穿戴整齐，对着一面小镜子左觑觑右瞄瞄，一切遂心，这才自信地出了门槛。她大声二气从皮坊里吆喝出老伴儿，各骑上一匹马出了门——老婆老汉依着徐壮民的请求和安顿到草地买马去了。

发源于镇边县宁塞堡和定边县东南部的白于山腹地的红柳河，沿柠条原东北的一条峡谷向北出境，扎入毛乌素沙漠，流经乌审旗南，从一个叫巴图湾的地方拐了一个弯，再度入境，顺着白城子沙丘脚踝的红砂石沟槽一路东流，与乌审旗境内南流的纳林河和发源于镇边北部沙涧从南往北流的圪坨河、黑河等小河交汇，形成无定河的干流。在这边墙以北、河流穿插切割的半沙漠半草原地带，出产牛羊骡马、鼠鼬狐兔；更栖息了一种似鹿非鹿、似羊非羊的叫黄羊的野物，肉质瓷实精细，味道鲜美。柴向东说得更为离奇：黄羊头上长两只弯曲上翘的大角，性喜群栖，随季节迁徙，逐水草而居。每至晚秋和初冬时节，公黄羊脖子胀得又粗又大，低着脑袋左奔右突，拼命追逐母黄羊；如遇情敌，就会发出啊咔啊咔洪亮的嘶叫进行威吓，往往以打斗确定领袖地位和交配权。黄羊体型纤瘦，四肢细长，极善跳跃，比马跑得快，狼也撵不上，这种生存的天性从刚刚出生的幼崽身上可见一斑。幼崽从母腹落地，被母黄羊舔干身子即能站立、行走，过上三天，弹开四蹄疾奔如风。柴向东说，这个季节，白城子附近即有黄羊出没，从河里饮水，在沙草原上啃吃沙葱、黄蒿、猪毛草及一些灌木的枝梢，也偷食庄稼，常常集群蜷卧在白城子的废墟里过夜。大伙听了个个兴奋，鼓噪着猎杀黄羊，说既可练习枪法，又可锻炼体能，还能吃肉！徐壮民不置可否，只确定白城子的废墟为日常训练的场所，那里远离村庄，不怕闹出动静。弟兄们见队长没有明确表示反对，早早准备了几支手电筒，他们听柴向东说黄羊夜间喜光，猎杀时最好有电光、火堆的诱惑和刺激。

一早，徐壮民宣布了训练事项和纪律，一股子人背着枪，牵着几匹马，开出神柳湾。一路向北疾行，涉过河沟，爬上沙丘，很快进入流沙堆积、瓦砾遍地的白城子废墟。大伙按捺不住涌动的青春和好奇的心理，上蹿下跳，东张西望，却不见黄羊的影子，又乱喊乱叫。踏进古城，徐壮民就心中不爽，见乱七八糟，当下吹哨集合，黑着脸蹭剥（教训）说：“大白天，哪里有什么黄羊？一群乌合之众，还能做成甚事！”他命令白宝霖和柴向东各带一组，就地展开对抗演习，规定累得趴下也不准歇息，然后自己一个人转悠去了。

这地方，徐壮民印象深刻，牛县长的影子总在眼前飘忽，挥之不去。牛县长涉猎广泛，对古城颇有兴味，曾不辞辛苦，徒步考察，绕着轮廓模糊的外城转了一大圈，测量了方圆近五十里的地方，认为均属于外城的范围。对二道城、三道城也做了详细勘察。两城东西向并列套筑在一起，除去中间套筑并用的一百五六十丈长的城垣，周长约莫九里。考察完，牛县长说，史载，大夏凤翔元年（公元413年），赫连勃勃“以叱干阿利领将作大匠，发岭北夷夏十万人，于朔方水（无定河）北，黑水（纳林河）之南营起都城。”历时长达六年之久，一直到大夏真兴元年（公元419年）才基本建成。后命其名为“统万”，取“统一天下，君临万邦”之意。夏国存在仅二十余年，为北魏所灭。至宋朝年间，朝廷为防北方枭雄据城自雄，下令毁废，迁其民二三十万于银绥二州，就是今天的榆林、米脂一带。也就是说，传说中神秘失踪的匈奴人融入了北方，陕北就是多民族血脉交融之地。牛县长说，这座大夏古城是匈奴族在历史长河里留下的唯一一座都城，蕴藏着匈奴时代的精华，对研究古匈奴文化和五胡十六国的历史具有重要价值。他认为，古城在建筑方面拥有多个不寻常的地方：其一，城墙系用沙子、黏土、石灰加水混合的三合土另加软米汁夯筑而成，夯层规整细密，质地坚硬如铁，富有韧性，耐风雨磨蚀，国内独一无二；其二，城垣四周马面密布，往往中空成库，收防御、储存双重功效，世所罕见；其三，墩台壁面柱脚、椽孔纵横排列，水平方向残留了排排的木筋，彰显了宫殿、城楼构建设计上的奇思妙想，也是古代建筑在承载力和受力性方面的一大创新拓展。徐壮民清晰地记得，后间，牛县长查阅典籍，寻找到唐朝诗人许棠的一首《夏州道中》，认为所指城池正是白城子，还曾念给自己听：

茫茫沙漠广，渐远赫连城。
堡回烽相见，河移浪旋生。
无蝉嘶折柳，有寇似防兵。
不耐饥寒迫，终谁至此行。

徐壮民攀上高近十丈的西南龙墩，眺望草原，注视北方。那里有人烟之外凄清的风景：枯草覆盖的荒原，支离破碎的沙滩，凹凸起伏的丘陵，孤独遨游的秃鹫，变幻迷离的蜃景……这方地域辽远苍茫，荒蛮寂寥，同那广阔的暮秋的云天在目力尽头的远方弥合为一，更显神秘奇异，仿佛是昭示着人世间的一种永恒的缥缈虚空。徐壮民陷入一种缠绵的伤感和沉思：这片曾经水草丰美、兴旺发达的土地，怎么就不堪岁月的碾轧，不堪马背上民族铁蹄的践踏，成为空荡、粗砺、静默的荒原？这个曾经觊觎天下王权的政治舞台，这座创造并承载了匈奴民族和北方民族辉煌成果的古城，怎么就如同一艘残破的古舰沉没于波涛汹涌的沙海之中？似一具白森森的骷髅沉睡了千数百年？以一坨残墟凝固在了历史的风尘中？这难道仅仅是一个嗜血好杀的野蛮民族的悲剧？这一刻，他真切地感悟到了一种历史的沧桑浩渺和生命的弱小卑微，感悟到了一种神秘恒久的力量的存在和对人类的困厄；而对自然对社会对历史对古人对生命，又产生了一种莫名的敬畏的心理，对自己未来的道路丧失了自信，心头甚至闪现了骇怕与惊恐……

远处，传来弟兄们嗷嗷的喊杀声。他收回游览的目光，掐灭那灰色、腐败的心绪。一个朦胧的远景浮现在眼前，感觉自己从一个无端的绝望境地复活出来了，心中宽阔起来，浩荡起来。

从墩台上下来，一路上却又不由得默念起牛县长来，只不知他眼下飘零何方！他始终觉得，牛县长是他为人行事的楷模，也是改变他人生航向的舵手。

训练了一个前晌，弟兄们脱去绿林野气，找回了已有些淡漠的军人感觉，面貌一新，徐壮民很是快意。自由活动间，柴向东在城池内发现几处黄羊新鲜的蹄印和粪便，判断附近有黄羊群游荡，顿时兴奋涌动。弟兄们齐刷刷盯着队长看，却不再乱吵乱嚷。徐壮民心中更喜，他觉得这里偏于一隅，人迹罕至，即便放枪也不会惹事，见弟兄们兴致极高，就朗声宣布说："夜里实施猎杀黄羊行动，咱们要当成一场仗去打！"一股后生嗷地欢呼起来。

吃过干粮，已是后晌。徐壮民依照所拟定的军事训练课目、规程，先进行综合测试训练，组织大伙练习瞄准、刺杀和赤手搏击、匍匐前进、翻越障碍，又捡拾满地的散砖破瓦模拟投掷。他说，养兵千日用兵一时，战场上勇者无敌，只能制人而不能制于人，只有平时多流汗，才能战时少流血。黄昏时，徐壮民安排了骑马上阵、马上搏击战术的观摩。他一个箭步正中马镫，飞身上马，驾的一声，似流星电火往来驰骋，引得大伙艳羡不止。接着表演了卧射、侧射、倒射、劈刺、侧坠诸般战术动作，一气呵成，大伙呼喊连连，佩服得五体投地。他说，熟能生巧，硬功夫都是苦练出来的，伺等有了各自的战马，须得从头学起。

深秋的夜空水泼过一样清爽洁净，稠密如麻的星宿闪闪烁烁，风尘不起，阒寂无声。不知不觉中，秋蝉和蛐蛐的嘶鸣变得清晰响亮，一高一低一强一弱，似在不停地飘移、游走，织结起一张神秘莫测的大网；磷火闪滑起来，点点蓝光，明明灭灭，那是战死在此地的古人飘游的魂灵。柴向东和白宝霖各带一组，攀上高突的城墩，对着空寂的北方草地挥舞手电，几束强光转着圈儿射向遥远的地带。约莫几袋烟的工夫，忽然，正北远处黑幕里出现一排小小的绿色光点，忽悠悠越来越近。柴向东压低嗓门说：“黄羊来啦！那是手电光照在黄羊眼上形成的反光！”徐壮民要大伙注意隐蔽，不许出声；一边和白宝霖、柴向东各执一杆步枪，摸下城垣，匍匐运动至一丛柠条前，分三个位置做好卧射准备。墩台上留下的一组集中几支手电筒，就地卧倒，敛声屏息，手电光直直地扫射过去，形成巨大的光带。十几只黄羊急急忙忙奔跑过来，在距离城垣七八丈远的沙梁上打住前蹄，望桩一样直挺挺立在那里，眼睛齐刷刷地盯着城墩上射来的几束强光发怔，显出躁动、欢实的模样。砰，砰，砰，三声枪响，三只大黄羊打着筋斗惨叫着扑倒在地。不及打出第二发，领头的一只老黄羊反应过来，掉头向北逃窜，大小黄羊弹开四蹄尾追。在手电光的照射下，一群黄羊跳跃着飞奔，两只前蹄拼力前伸，与快速蹬地扬起的后腿拉成一个一个的大弧，远远望去，像长弓扯开像闪电掠过更像一道唰啦啦飞越的急流。

柴皮匠骑着一匹马进入柠条原镇，鞍架后头驮着羊皮、毛线口袋和一个包裹。经过章记牙行，他发现门口虎势势背枪的士兵比平日里多了几个，心中疑惑，却不敢打问，径直去了泰和居客栈。石掌柜远远望见是柴皮匠，连忙上前打招呼。柴皮匠说："石掌柜定做的儿毛筒子做好哩，今儿格路过送上。"石掌柜得知他不歇店，安顿伙计把牲口饮了喂了，赶紧备办饭菜。柴皮匠从马背上取下包裹，一边故作随意地问道："石掌柜的，看街道对面光景，像是来了大人物?"石掌柜不在意地说："章家大少爷昨儿从安边过来小住，自然加了岗哨。"他接过包裹，取出一件折叠整齐的儿毛筒子，舒展开来，抖搂一下，见雪白的儿毛穗穗婆娑娑的，皮板一色、光洁柔软，接茬一条直线、不露半点针脚，越看越稀罕，开心极了："柴掌柜的手艺呱呱叫嘞!"

离开客栈，柴皮匠去了党记铁匠铺。脸膛黝黑的党铁匠见他进门，立马使唤徒弟将客户早先定制的那批刃具交付。他拨拉着算盘，刨去定金，结了账，不再客套，匆匆折进炉灶间去了。柴皮匠明白掌柜的怕惹事端，也不多言，将早已打摞好的两个沉甸甸的包裹捆子分别装入毛线口袋，系好绳子，一左一右搭在鞍桥后边，上头苫盖了羊皮，捆绑结实。三边流传一句顺口溜：姚铁匠的镰刀，党铁匠的刃，马铁匠的牛铃一哇声。党铁匠的刃器遐迩闻名，不必验货，柴皮匠放放心心上马去了。

徐壮民获悉章廷芝在柠条原小住的消息，心里抓挠了半夜。公鸡头遍打鸣，他已在院子里踱来踱去。昨夜柴大叔回家晚，弟兄们一早争抢着拆开沉重的包裹捆子，抽出明锃锃的大马刀，嚯嚯挥闪，遇见树桩抡刀砍去，咔嚓咔嚓一根根一劈两截，刀口纹丝不锩，锋利如初，人人都叫嚷好刀好刀!

日头西斜，一支赳赳的马队从神柳湾出发，在飕飕寒风中向西南疾行。深更半夜，马队进入草山梁白家院落，庄子里的狗乱吠了一气，寒夜归于寂静。

公鸡打过第二遍鸣，白云山就起床了。他心里装载着事情，早早驱赶着羊群出了大门。转过林子，发现徐壮民独自一个在林子的边沿来回走动，不时朝山下观望，一张脸已被寒风吹得黑青，短髭上挂着一层冰霜。他心里一动，明白徐壮民一夜未睡在这里站岗放哨，赶紧走过去催促说："贤侄，快快回去睡觉，冻坏哩！白叔给你们瞄扫着！"徐壮民感激地说："那就麻烦白叔哩！"

羊群攀上光秃秃的山梁，四散开去，各自寻找被风吹卷到犄角旮旯的树枝、草叶和零零落落的蓑草疙瘩、柠条卜子，咩咩叫唤，漫山乱窜。白云山也不去吆喝，抖擞精神，搜视着山下的远处和近处，特别是一道慢坡上的山路。两个月前，儿子带着一拨找上门来的后生半夜里悄悄溜了，后间又派人取走了赶做好的棉军装，从此杳无音信；而今突然冒出十五六个军人，承头的是徐壮民，一色骑着马、背着枪、挎着刀，各种象况显示，儿子加入的这支武装不是一支普通的武装，而且就要动手闹事了。从儿子坚定的目光里，他找到了一种自己父亲形象的挫败感，并确凿地意识到这只鸟雀长大了翅膀变硬了他拿不住了。年轻人心野，闯荡、历练一番也是好事，他心里的失落和怨怒在无可奈何中已然淡去，也相信徐壮民是一个好小伙子，只是忧虑他们捅下乱子。出于长者的尊严和曾经闯荡的经验，他保持了缄默。其实，这些天，他心里美滋滋的。那天晚间，白马氏一脸诡秘、得意，附在他耳畔说："他大，咱梨花爱吃干杏皮哩，酸儿辣女，保准是小子！你老和尚就要当爷爷嘞！"一日无事。白云山直至傍黑才赶羊回圈。

蛰伏了一个白天的马队于夜静时摸黑下山，越过红柳河谷渡口木桥，爬上沟畔，向西疾驰。依预定计划，白宝霖带着三个弟兄绕道潜往西关驻军寨子附近，负责警戒。徐壮民率领一大股人钻进镇子南郊的一片杨树林子，传令各拴马匹、束好笼嘴，留一人看守接应。子弹上膛，一溜黑影猫着腰身朝镇子摸去。他们顺利拿下南街口海壕吊桥的岗哨，留二人把守，其余溜进巷道，直扑东西主街一侧的章记牙行。

夜色炭黑，一股股遒劲的西北风卷裹着沙尘从空荡荡的街上穿越，发出飕飕的声音。牙行东拐巷的门庵下，两个身穿棉布大衣的哨兵背靠门板依偎取暖，歪着头酣然小睡。突然，两条黑影左右卷入，钢叉大手卡死了喉咙，两个哨兵蹬了几下腿，软软瘫倒。几条黑影沿着墙根手拽手排成人墙，徐壮民一掌劈开柴向东抢出的手臂，一个箭步飞上，一纵攀到墙头，稍作观察，往下轻轻滑落。两脚刚刚探地，一只潜伏的肥狗呼地扑窜过来，徐壮民圆睁双眼，劈空揪住肥狗的脑门皮肉，硬生生拖拽脑袋朝砖石地面狠劲磕去，咔嚓咔嚓，肥狗的门齿、犬齿尽数撞断，夹起尾巴，呜呜咽咽潜回窝里，噤若寒蝉。院子里没有岗哨，门窗黑洞洞的，几下里屋间并无半点动静，徐壮民颇感惊异，猫身上前，钻进上房拐角，持枪埋伏窥探。紧随潜入的柴向东已用钢钎撬断门锁，七八条黑影拥入。徐壮民抢出，手势示意，弟兄们分成三股向上房和西厦房包抄过去。徐壮民逼近上房东首的门槛，猛地飞起一脚踹开门板，矮身闪进，就地一滚蹿至炕前，随即拥入的弟兄手电筒一晃，掌炕上有两个肉蛋吓得妈妈老子乱叫，用被子蒙住脑袋，尻子撅起，抖作一团。徐壮民已然觉得不对劲，掀翻被子，果然不是章廷芝——一个苍发的老男人和一个半老的女人蜷缩在那里！二人面色惨白，双手抱头，头磕得像捣蒜锤子。这是一进三开的屋子，两间一空做客厅兼卧室，耳间隔了一扇小门。一个姓卜的弟兄搜查过耳间，报告说里头空无一人。这时，门外的一股弟兄从西厦房押着七八个半裸的俘虏进来，是护院的士兵和牙行的喽啰。徐壮民厉声喝问：“章廷芝哪去哩?”“今儿格后晌回……回安边哩……”苍发的章珍儒期期艾艾说。徐壮民眼睛血红，一刀剁下，一只绣花枕头呼啦豁开肚子，荞麦皮子抖落了一炕。水萝卜吓得尿湿了裤衩，头发乱草一样，眼睛也不敢睁开，浑身的白肉坨子颤颤悠悠。徐壮民怔了一下，叹道："这小子命大！他先前住在哪里?""就住上房西头两间……"章珍儒小心回答着，一边嗫嗫嚅嚅问道，"敢问贵当家的是哪个山头的?"徐壮民冷笑一声："你转告姓章的，我们是刘志丹的红军——蒙汉游击队!"他改变了大开杀戒喋血复仇的计划，命令将这一对男女和七八个俘虏捆绑，连成一串，押到一边。出了屋子，徐壮民拎着大马刀来到西屋，盯着炕上一摞折叠整齐的绸缎被褥，眼中扑火，冲上去抡起马刀疾风暴雨一顿乱砍乱剁，直至两眼发黑，棉絮丝丝缕缕满屋子飘飞。

徐壮民铁青着脸，带人从后门进入三间偌大的临街门面房，下令将柜台、壁橱里所存的账簿、税票、借据、印章统统查抄焚毁，又传令尽数起获浮财，往各处房子泼洒清油放火焚毁。当镇子中央燃起冲天大火、章廷祥率部鸣枪赶来之时，徐壮民的马队已越过红柳河，连夜返回二百里外的神柳湾去了。

最近，庆阳城内驻军旅长官邸发生了一桩大事——石旅长动用冯孝先的独立营，扣押了奉命前来参加军事会议的旅参谋长兼三团团长杨啸天和李安桥几个营、连长，理由是他们罔顾蒋委员长"攘外必先安内"的训令，煽风点火，鼓吹抗日，并疑似与刘志丹有联络。那天，石云秀脸色黑青，当着陕、甘、青绥靖公署督办专员和全体军官的面，拍着桌子厉声宣布，要把这一干人圈禁起来，送上军事法庭!

旅长夫人杨淑贤陷于焦躁、慌乱中，茶饭不思。堂兄少有大志，是早期的同盟会会员，早年追随于右任先生，曾参加辛亥年武昌起义和陕西举义，北伐初战死在河南滑县。啸天是家中长子，而今又犯事，若遇三长两短，如何面对死去的兄长?而李安桥又是旅长的姨表兄弟，情同手足，只是紧跟姐夫杨啸天行事，纵有过错，何至于兄弟相残?她急惶惶招来冯孝先询问情况、商量对策。冯孝先说，杨啸天思想激进，言行放达，是一个热血军人，上任数月，在军中掀起一股抗日浪潮。他到处宣讲“九一八”事变后日本国出兵侵占东北、攻取热河的强盗行径和蹂躏同胞、欺辱妇女的种种罪恶，鼓吹马占山、宋哲元将军奋起抵抗日寇侵略的义举，号令官兵勿忘国耻、同仇敌忾，时刻准备上前线杀敌报国。冯孝先说，多数士兵原本没有什么政治主张，却都有一腔爱国的情怀，是一色的热血青年，像干柴一样一点就燃；加之部队和城中潜伏的共产分子乘隙活动，刷写标语、散发传单、组织学生游行示威公开演讲，明里暗里宣传停止内战、一致抗日的赤色思想，以至于情势愈演愈烈；更有甚者，三团的操练口号“一二三四”改为“打倒日本”“打倒倭寇”，有的连队罢岗罢操公开上街参与游行，三团已似一桶火药，陷于危境。杨淑贤说：“旅长对东北军不放一枪跑回关内的事也恼火得不行，其实并不反对抗日嘛。”冯孝先说：“作为军人要听从上头的命令，啸天做得过头哩。传言他与刘志丹以榆中同学和黄埔校友名义曾有会晤，达成协议，互不侵犯。这可是通共嫌疑，军中最为忌讳！”杨淑贤探问上头如何晓得这些枝节？冯孝先说，是二团副团长史虎城、一营长张鼎臣几个山西帮的复兴社分子向上密告。绥靖公署朱绍良长官极为恼火，特派专员亲自过来督察，责令邓先生和石旅长严加整肃，防堵共产分子和异己分子的渗透和蛊惑煽动，对共产分子一经查实格杀勿论，以求廓清影响、稳固防区；并号令十一旅积极防御，协助围剿活动于陕甘边界地区的刘、谢共党。

杨淑贤听罢述说，更为紧张，却认为打断骨头连着筋，里窝窝不能瞎拾翻，绝不可闹腾到什么军事法庭！冯孝先叹息着说：“杨啸天黄埔一期出身，参加过北伐，曾在宁波做过蒋委员长侍卫队的中校大队长，就是因为思想激进、言辞激烈，被蒋弃用，才返回西北的。放着锦绣前程不奔，如今倒有成为阶下囚的可能！”杨淑贤絮叨说：“啸天婆姨去年病殁，撇下四个娃娃，是旅长介绍续娶了邓先生的小姨子，才捏裹成一个家。如今和邓先生是挑担（连襟）关系，邓先生总不至于袖手旁观。再说，旅长和啸天是几头牵扯的亲戚，更不会见死不救。依我看，咱还得在旅长和邓先生身上下功夫!”冯孝先说：“嫂子，依我看，邓先生和旅长自会设法庇护的，不会有太大的事，你也不必过于担心。”杨淑贤稍稍宽心，打算装病吓唬丈夫，让冯孝先赶紧捎话去，就说她病得水米不打牙了。

晚间，军事会议结束，石云秀哈欠连连，眼泪滴沥，匆匆赶回家里。一进门就见婆姨一脸忧思伏在饭桌一头，身上裹着大皮袄，脑门上扣着一个火罐，哼哼唧唧的。他心里有数，也顾不得搭理，赶紧上炕吸大烟去了。杨淑贤抽抽噎噎，一个人在那边哭鼻子，一会儿念叨兄长，一会儿数落侄子，一会儿又说无颜面对老家的亲戚。石云秀吸了两个烟泡，精精神神出来，温和地说：“天塌下来自有大个子顶着，你不要瞎操心！场面上该说的须按规矩说，私底下又是一码事，咱先压着捂着，不会出大事。啸天这小子擤鼻子骡子卖个驴价钱——吃了嘴上的亏!”

过了半个月，经石云秀和邓先生上下疏通斡旋，以杨啸天引咎辞职为条件，免予追究，案子平息。

五六十年后，地方文史资料大略记述了杨啸天此后的去向和经历：次年，杨啸天考入南京陆军大学特二期学习。结业后，应西安杨虎城将军之邀出任十七路军独立旅少将旅长。西安事变发生后，杨啸天曾以黄埔学生代表身份面见蒋校长，力陈抗日主张，蒋却对这个学生愈加失望、厌恶。卢沟桥事变倒转乾坤，全国形成统一抗战局面，杨啸天改任三十八军一七七师参谋长兼五二九旅旅长，率部东渡黄河，开赴山西战场。五二九旅浴血奋战几度春秋，曾在忻口会战、晋城保卫战、中条山战役中重创日寇，功勋卓著，杨啸天也成就了抗日名将的声誉。大西北解放前夕，杨啸天被胡宗南挟持至四川，后脱身起义。“文化大革命”期间，受迫害致死，后获平反，恢复名誉。

三团屡屡生发事端，接连走了王文舫、杨啸天两任主官，石云秀在庆阳城隍庙占了一卦，决计撤销编制。经与邓先生一道策划，进行整合裁编——将三团所属两个营分别并入一团和二团，同时撤编旅部直属独立营，编成两个整编团。他又与陈国民、刘锦堂、曹雨僧几个拜识弟兄商议，对中下级军官也进行了一次洗牌调整：曹雨僧任一团一营营长，冯孝先任二营营长，提拔牛振武、李子竹分别出任三营营长、副营长，同时在二团也擢任了几个乡党当了营、连长，将带兵权牢牢控制在陕北人手里。

在对李安桥的安置上，石云秀颇费了些心思。李安桥秉承家风，不愿介入党派之争，只想做个纯粹的军人。石云秀提出让他加入国民党组织以示忠诚，可免予处罚，遭到拒绝，只得下令免去他的连长职务，调回旅部充任参谋。不知从什么时候起，石云秀就觉得军中似有一股暗流在涌动。他借着李安桥的安置做了试探，私下对陈国民和刘锦堂说，待避过风头、时机成熟，打算派李安桥到二团当营长，以钳制日渐崛起的外籍势力。陈国民当即表示支持。刘锦堂却打哈哈，说李安桥资历浅，还请旅长仔细斟酌，免得失了公允。石云秀哈哈一笑，说锦堂直来直去不失老弟兄的情谊，就当他什么也没说。

石云秀吃什么好东西也不长肉，瘦骨嶙峋，眼眶深陷，两只大眼似跌落进深窖里头。咳嗽的老毛病也犯得频繁，吸食大烟姑且可以缓解病状，于是吸得更勤了，一有空隙烟枪不离手，甚至半夜三更也要爬起来裹着被子吸上两个烟泡。杨淑贤忧心忡忡，劝说丈夫及早戒烟就医。石云秀叹息说："自打拉起这支队伍，不是今儿出事就是明儿出事，实在不易！这是咱陕北人的一座靠山，不能让它倒塌哩！眼下局势多变，内部派系渐成、纷争不断，你看我脱开脱不开身子？若说戒烟，我早有此意，只是眼现（眼下）还得仰仗这瞎玩意提振精神哩！"

章记牙行遭遇焚毁，仿佛骡马长角一样令城乡百姓惊疑不已，以至有三三两两远道结伴前去觑探究竟，眼见房倒屋塌、一片焦黑的废墟，才信传言不虚。官府和章家剿匪部队此前屡屡张扬说红军共产共妻、杀人越货，可却没谁见识过脑门上刻着“红军”二字的人，纵有自称红军而行抢劫之实的，老百姓也情知这是一伙子匪类；而这回红军蒙汉游击队的惊人之举倒是桩真实的事情，人们觉得红军似神秘莫测的大侠客，胆头子贼大，竟然敢于撬动章家这块铁盖子！于是，关于红军蒙汉游击队的故事经过添油加醋的演义，到处传播。就在牲口贩子们赶趁柠条原市场没了牙行课税的空当而赶驴驱马、吆猪喝羊忙乎于贩卖勾当的隆冬时光，又有一则消息传开，说坐镇榆林的井岳秀以季官春老迈无能、剿匪不力为由，呈请撤换，省政府将派一个厉害角色过来主政。有说，新县长是察哈尔省张家口人，效忠蒋委员长，是个铁杆的反共分子，上头专门派他来对付共产党和红军。

消息的下半截很快落地——这一天，新任县长张自立骑着高头大马，由一个班的士兵护卫着，涉过覆盖了一川厚冰的北门河，向城门赳赳而来。季官春强打精神，带领马君臣一班县政府的头脑人物和一群长袍马褂的乡绅早早趱赶至北门外伺等恭候。城中一通锣响，市民们被召集起来，在吆喝声里分成两行，形成欢迎的阵势。人们远远瞅见新县长戴了一顶褐色的礼帽，披着军大衣，于瓮城拐巷下马，拄着文明棍，在簇拥里入城。待走得近些，才看清新县长约莫三十几岁，中等个码，长了一对立竖竖的兔卵子眼睛，窄条脸颊像两把瓦刀。在新县长脱下礼帽致礼时，又有眼尖的发现他的头顶头发稀薄，众人窃议这种秃脑人是费脑子的，聪明，诡诈，刁钻，还可能好色。随同进城的是一乘骡驾轿窝，从撩开的棉布门帘里探出一张俊丹丹的粉白脸，自是县长太太了。尻子后头，厮跟两个骑马的男人，一个中年，獐头鼠目，两腮无肉；一个青年，戴一副二饼子的墨镜，晃头晃脑，满脸轻狂。人们从相貌上掂量，一致认定张县长必是个吃钢咬铁、心上长毛的刀子客，两个随从也不是善茬，共产党、红军怕是要倒霉哩！

不久，两个随从的身份得到确认：中年人是县政府里位子仅次于县长的张科长，人称“二县长”；青年人则是县长的胞弟，叫张自清。张自清不知何故瞎了一只眼，虽无官职，长袍马褂的乡绅、财主们都颠颠地喊他“二老爷”。而令市民们好奇不已的却是二老爷带来的一辆自行车，大伙管这个从未见识过的稀罕物件叫“洋马儿”。人们眼睁睁瞅着，身穿灰色军大衣的二老爷撩一下衣摆，腿一撇，跨上洋马儿，两脚上下来回蹬踩，一前一后的两个轱辘就风车似的旋转开来，人骑在上头飞驰自如，拐弯掉头也愣是不倒地。二老爷玩得开心时竟丢脱手把，两手叉在腰际，透过墨镜雄视前方，俨然大将军的派头，而洋马儿愣是噌噌地朝前飞荡！

二老爷很快出了名。

一日逢集，依旧戴一副墨镜的二老爷又骑上洋马儿满街转圈兜风，发现哪个小摊子有好吃的东西就嚓地刹住洋马儿，随便抓取品尝，并不给钱，摊主赔着笑脸，不敢理论。他乱吃一气，又甩脱手把显示骑术，进城赶集的乡下人一个个看傻了眼。有一个吊两根长辫子的年轻婆姨挎着柳条篮子杵在城隍庙市场街边瞭红火，眼睛瞪得溜圆，嘻嘻笑个不停。二老爷瞄扫见她长相俊俏，径直骑过去，直至洋马儿的前轱辘嘎吱擩进她的裤裆才捏闸刹住。年轻婆姨愣怔一下，羞得脸红，泼撒出野性子骂道：“你戴个驴蒙眼的黑饼子，还×脑潮得哇呜子一样，眼窝瞎了两胳膊深，朝哪里骑哩?”二老爷双腿叉地，嬉皮笑脸地说：“大姐姐好眼力哟，小弟正是瞎了一只眼的，可这车轱辘倒是独具慧眼嘞！”有熟人悄悄戳她：“这人是县太爷的兄弟二老爷！”那婆姨立时吓白了脸，立时灵快地钻进人缝，吓跑了。事后，郭学文逢着人们圪蹴在向阳圪塄拉闲话的场合，就会从腰间摸出两对竹板，踏着台步，一边左右挥舞击打节奏，一边有腔有调地念唱道：

二老爷，本姓张，
骑上洋马街上闯；
左眼黯，右眼亮，
戴上墨镜都一样。
二老爷，骚羖羝，

见了女人淌涎水；

掼膀子，红公鸡，

吱溜一声钻裆里。

诙谐的快板引逗得众人一回一回笑成一窝蜂，都说郭学文天生是块唱戏的材体。

天寒地冻，滴水成冰，起房盖屋的活儿自然无法进行，章杰儒打算在柠条原镇上先租赁几间门面房继续牙行的生意。正欲起程，一个消息传来——新任县长颁行新政，镇子上已专设了税所，配备税警，统一征管，在畜税、契税、牙帖税、土药统税等等这些旧税之外另设五六种新杂课，并将多年间由章记牙行代管代征牙税的权柄全部收回。消息还说，公告贴满大街，宣称县府此举旨在革除陈弊，增加财政收入，扩编武装，添置枪支弹药，以应对红军的流窜骚扰。章杰儒气得扳头睡了两天，思来想去，还是割舍不下这单楔把子的生意，于是携重礼去了一趟镇边城，不意碰了个钉子，张自立避而不见。他只得先向二县长送上一锭银元宝探路，二县长笑纳，表示愿意积极周旋，却迟迟不见下文。

腊月的时候，章廷祥嗅到年味回了安边。章杰儒也从银佛坪过来，想议一议牙行的事情。章家四个掌事的聚在北屋里。章鸿儒已不避讳，躺卧在炕上大模大样噙着烟枪，屋子里散漫了醉人的芳香。一只十几斤沉的大郎猫懒洋洋趴伏在一旁，鼻孔翕张，贪婪地吸食着残烟，“虎精虎霸”打着呼噜，不时发出一声乖巧的叫鸣。章杰儒搁着水烟壶，絮絮叨叨，先是诅咒张自立行事狠辣，又念叨牙行生意失了大半，家里一下少了许多进项，连各房婆姨女子的月钱也得另寻出处。章鸿儒过足瘾，噗地吹灭烟灯，坐起来，说：“老七你行动得迟哩，给二县长送礼那是肉包子打狗。姓张的县长政令既出，木已成舟，此等大事，岂能儿戏？牙行的那单生意怕是再难挽回哩！”章杰儒口气愤懑地说：“白花花的银子一下转腾到别人的手上，六哥，我这心里刀子剜肉一样难活！这姓张的莫不是要跟咱章家叫板?”章鸿儒说:“当年牛钦誉也曾想收回税务代办权,多亏咱们搬动榆林的井大人出面说情,才得以继续代管代征。这回显然风声不对,姓张的既敢如此,必定握了尚方宝剑。至于公然与咱们作对,量他也不长三个腰子。”章廷芝吸着纸烟,阴沉沉地说:“一个猫×县长,要不,咱给他点颜色看看?”章鸿儒教训说:“不可胡来,牢牢记着,任何时候都不能跟官府闹掰哩,唇亡齿寒,咱本是一条船上的。现时,西南边刘志丹、谢子长闹腾得厉害,大有北上东来之势,他自会求上门的。”章廷祥做出老练的模样说:“古人云,小不忍则乱大谋,这笔账咱给他先记下。”几个人议论到红军的事,章廷芝说:“根据我五大描绘的承头人的相貌,在柠条原镇上对咱下黑手的分明就是徐壮民,他是冲着我来的!据咱这一阵子掌握的线索,这小子并没回到十一旅去,也没跟了刘志丹,而是带了一二十号人马,捏褱起一个什么蒙汉游击队,出没在北边的大沙里。看我给他下套子、挖坑子、搂草打兔子!”章鸿儒说:“愣小子睡凉炕全凭火力壮,赤尻子婆姨撵狼胆大不识羞。这徐家后生孔武孟浪,留着是个大祸害,廷芝、廷祥,你兄弟二人合力,非得斩草除根不行。”章廷祥往空中吐了几个烟圈儿,不屑地说:“一个泥腿子,黄鼠狼圪蹴在蓑草圪堵上——假装巡山虎,也不尿一泡尿照照自个儿的影子。哪天叼住空子,看我小施手段,像踩牛牛虼虫一样,一脚踩烂他的肠肠肚肚。”章廷芝揉碎烟蒂,哈哈一笑:“当初我一念之差没灭了这小子,如今倒有个戏耍斗法的人哩。不过,姓徐的这几年在保安队和十一旅也没白混,长了不少本事,枪打得准,马骑得好,又受过专门的军事训练,不可太过轻敌,小心为上。”章杰儒十分赞同,磕打着烟灰钵,说:“廷芝说得对。咱们的命是金子命、富贵命,可不能跟这帮穷小子的麻钱命、狗屎命相提并论,还是寸步小心为好。”四个人正说话间,门外有喽啰来报,称镇边张县长求见。章鸿儒说:“说曹操,曹操就到哩。”

张自立县长与二县长进入装饰豪华的大客厅。一个随从送进来一只沉重的皮箱，退了出去。章鸿儒端坐在太师椅上，只欠身让座，口气冷漠。章杰儒三个稳稳坐在那里，只拿眼瞟瞟，并不言传。一个丫鬟奉上茶来，又悄悄退出。张自立佯咳着，在茶桌左首位置的太师椅上坐下，二县长大气不敢出，坐在旁边稍矮的靠椅上。二县长偷眼看去，章廷芝和章廷祥皆是一身笔挺的军装，威风凛凛，仪表堂堂，领章上金光闪闪，都是两杠三星的上校军衔，可是年龄约莫也就二十几岁。他不由得倒抽一口冷气，身子俨如一只蜘蛛缩在那里。一时的沉默里，张自立见章家人个个脸上挂霜，再次躬身作揖，用手梳理了头发，苫盖住稀薄的头顶，沉吟着说："在下初来乍到，不谙地方事务，在牙行事体上做处不周，还乞海涵，还乞海涵！"他表情凄然地叙述了县政府财政如何捉襟见肘、运转困难，言称此举是奉了上峰的谕令，也是不得已而为之。接着，转述了省府长官和榆林井大人的嘱托、告诫，表示要与老团长、老营长、小团长各位豪杰才俊精诚团结，共御匪寇，以靖地方，以安民心，尤其须积极遵从蒋委员长之训令，以霹雳手段防堵、剿灭日渐猖獗的刘、谢共党。章杰儒憋了一肚子气，瞅着二县长更不舒服，干咳一声，正欲说道一番，见章鸿儒使来眼色，只得打住，眉心绾了老大一个疙瘩。张自立佯装不见，却递出眼色。二县长会意，连忙躬身立起，小心地挪动皮箱，挪到桌子前，说："共党火烧牙行，给贵府造成损失，张县长念念不忘，东挪西借，挤凑出两千大洋，聊表赈济、抚慰。不成敬意，还望笑纳！县府愿为贵军驻扎本县各部提供规费、粮草，携手合作，共图剿共大计。"说罢，又从口袋里掏出章杰儒所送银锭，攥在一旁，干笑两声，勾下头缩了回去。章家四个人脸上显露了几分惬意、和悦，气氛立时缓转。章鸿儒声若洪钟，吩咐恭立门外的管家准备酒饭，为县长一行接风洗尘！

# 第十四章

臭皮也是三边一宝。柴家皮作坊既鞣制加工专供大牲口身上使用的黑色皮革，也加工制作皮袄、皮裤、皮帽、皮鞋、皮手套一类的白色皮革。整整一个冬天，柴皮匠一家人赶做了十多领皮袄，弟兄们推推让让，大多穿上了，只剩徐壮民、白宝霖、柴向东四五个人还没有。柴皮匠一意在过年前完结这桩事，和大儿子起早摸黑忙个不停，父子俩布满黑硬茧子的手上添了一道道醒目的血裂，身上散发着浓烈熏人的硝皮味。徐壮民心中感动，和几个弟兄叼空给他俩打下手。他们把四十多张老羊皮分批放进盛着皂角水的大锅里，赤着脚丫进去踩洗几遍，用铁铲刀刮去皮面上的污渍、油垢，清水洗净；再浸泡四五天，待羊皮上的肉渣腐烂，铲刮干净，开始熟皮。熟皮有两种办法，一是冷熟，一是火缸熟。冷熟的皮子要比火缸熟成的美艳许多，但费时费工。柴皮匠为节省时间，采用了火缸熟法。徐壮民夜里帮着洗缸、装皮子、拌粉料；柴皮匠并不避讳，竟似教徒弟一样教他，说："熟皮子是最为当紧的一关，得日夜操心，一天最少倒换五回，比冷熟法多三回，水稍温就须立马换缸，一旦煮熟则老本无归。"柴皮匠当着他的面将谷米粉和牙硝拌和的粉料一层一层撒入缸里，又说，"一口缸用谷米粉三升、牙硝二升，这是当年师傅传授的方子。"徐壮民打问其中奥妙，柴皮匠说："皮匠师傅往往把这配方说得神乎其神，其实作用只有两个——谷米粉性黏，浸润力强，能让皮面变得光滑柔韧细软；牙硝主要是防虫蛀咬、保护羊毛不掉的。”徐壮民说：“大凡做师傅的都不把窍门示人，柴叔你就不怕我偷学了去?”柴皮匠说：“凭我的眼力功夫看你娃娃生来就是大把式，不是干这行的材体，晓得也无妨。”又说，“不嫌硝皮味呛的人我看着就亲近顺眼，若不是你和我儿子结成了弟兄，真想跟你结成忘年交的磕头拜识。”二人乱笑一气。不几天，皮子熟成。从缸里捞出晒干，柴皮匠父子俩口里噙着清水噗噗地喷湿皮面，再精心铲削一番，就进入排选、案裁、缝纫的阶段。最后一道是修饰、鞣面、洗花。完成这些个工序，已是腊月初头。看着一领一领结实、漂亮、柔软的大皮袄，柴皮匠颇有成就感，说：“小伙子们，穿上这东西，就是刮刀子风、捂三尺雪也唊×事!”徐壮民提出按市价结账，柴皮匠哪里肯依，只收了成本费。他说：“咱这地方盛产羊皮，价钱便宜，反倒是布料、棉花贵，论成本，一领老羊皮袄跟一套粗布棉衣的费用不相上下，只是鞣制麻烦些。”

腊八吃过用肉丁丁和软米做成的嚁嘹饭，三边人依着“有钱没钱都得过年”的乡风俗念，隆重地进入了迎接新年的繁忙日子。乌兰和柴大嫂有计划地开始推磙碾磨，张罗年茶饭，除了依照三边年俗所应备办的油馍馍油馃子糕馓子糕屑子黄米馍馍浑酒凉粉豆腐粉条，以及猪脑肉扁食馅子油炸丸子等等的吃食，自然少不了一整套的蒙古饮食。婆媳俩忙不过来，粗活就由一股后生搭手相帮。柴大嫂的性子给众人留下深刻印象。她借着指拨营生的空子随意戏耍挑逗后生们，揪耳朵、踢屁子、使绊子，甚至强行捏揣裤裆，人人告饶认屃，院子里见天传出嬉闹之声。

想着人多嘴多，徐壮民带领弟兄们打了几回猎，斩获不少，柴家院子的背阴圪塄多了一个盛装冻野兔肉的大筐箩。柴大嫂见净是些野兔子肉，臊聒他们是打兔子的命！后生们不服，商量打黄羊，却几番扑空。终于逮着一个机会，他们在白城子故技重施，猎杀了六七只大黄羊。柴皮匠稀罕黄羊皮，却有手头的事顾缠不来，叮嘱把皮子囫囵剥下，不敢伤哩破哩。一股后生粗手笨脚手忙脚乱拾掇处理。柴大嫂见他们一帮男人做营生窝窝囊囊的，说：“生葫芦们，起开！”她拎一把刀子上前，噌地戳开一只黄羊的后腿，拿一根细铁棍贴着皮囊朝里捅进去，鼓着腮帮子从戳口向里吹气，直至把黄羊吹得胀鼓鼓的，而后用刀子从肚腹中央划开皮囊，拳头连滚带捶，欻啦欻啦就囫囵囵剥了皮。众人看傻了眼，都说嫂子好手段！柴大嫂剁肉也是一把好手，一斧镰下去不偏不倚正中关节、骨缝，截小块从不使第二刀，骨头一截一截囫囵囵的，不见肉屑、骨渣，众人惊羡不已。柴大嫂得意地说：“你们这股子长鸡吊蛋的听着，娶婆姨就要娶我这样猛张飞的，软的能行硬的也能行，不要只盯住那些绣花枕头！”弟兄们只管瞎笑，没人敢跟她搭茬。夜里的时候，有弟兄瞄扫见柴大嫂在灯下铰窗花，大为稀奇，叫来几个人从门缝窥探，叽叽咕咕笑了一气，说猛张飞还会铰窗花！

年茶饭打闹好，已蹭到了年跟前。柴皮匠骑一匹马带一匹马走了一趟柠条原镇，置办回一茬年货，特意多打了几篓子烧酒，打算和这股子后生美美喝上一个正月。

大年三十，徐壮民催促了几回，白宝霖和王仓几个娶过婆姨的人到底没舍得走，想哄伙着红红火火过个年。一群小伙子上手贴窗花贴对子糊灯笼拉土垫圈清扫院子挑水劈柴。柴大嫂是当然的主角，进进出出，忙着剁肉煮肉，备办年夜饭，还不忘指指拨拨。她叼空检查了糊灯笼、贴窗花的活计，见花花贴得歪斜，下令返工，把一个后生一脚踢了个猪拱地，逗得众人乱笑……当落日祥和的余晖翘上神柳枝梢的时候，杂七杂八的营生统统消灭了，而空旷的沙草原上也响起稀稀拉拉的炮仗声，显然是性子毛躁的娃娃早早试炮了。

王仓童心未泯，和柴皮匠的两个孙子混搅在一起，把贴了窗花的灯笼点亮，用绳子拽上木架，高高悬至半空。俩小子急不可耐要放炮，抢回家里，从灶膛点着两根干柴棍子，一人抄一根跑颠出来，欢马犊跳地挥舞着，一边不时吹旺火头，生怕熄灭。俩小子将小炮仗链子各自挑在沙柳棍子的一头，点燃捻子，叭喇喇一顿乱响，院子里登时生起两团烟尘，硝磺味冲鼻。在燃放“震天响”时出现一个哑炮，火药捻子烧没了，俩小子既不敢去强行点燃，又舍不得扔掉，抓耳挠腮瓷瓷瞪瞪。王仓说：“看你两个屄样！”他要过哑炮，从中掰成两截，中间隔了两指距离相对着放在地上；点燃一头，哧的一声，一串闪亮的火流喷射过去，引燃了对面的半截，双方展开猛烈对射；俩小子看瓷了。他嘿嘿笑着说：“愣小子，解开不？起先是老汉打老婆，打恼了就变成老婆打老汉哩——好看不？”俩小子跳一跳吼道：“好看死他爷爷喽！”王仓朝二人尻子上各踢一脚：“两个碎和尚！”

拐窑里是一盘从窗户延伸至窑掌的顺山火炕，铺了十几块山毡和绵毡，除了柴大嫂前窑侍应，大人娃娃都聚在炕上，或蹲或坐。三张炕桌并列一排，上面摆满各色蒙汉美食，两大盆手抓黄羊肉热气腾腾，散发着地葵叶作料特有的奇异的野香。乌兰已是一身蒙古人打扮，绣了丹凤朝阳花纹图案的帽子特别惹眼，帽顶上缀着红色穗子和闪光的宝石，周边饰以银链和珊瑚、珍珠串儿，望去珠帘垂面、琳琅满目。两个小孙子爬溜过去，放肆地拽拉着祖母精美的头饰，嚷嚷说：“老妖婆子！老妖婆子！”乌兰满脸幸福，照准两个小孙子的尻子各掼一掌：“给嫭嫭起开！”她大声二气招呼儿子的这群朋友放开吃喝，给这个舀一匙酥油，给那个擩一块肉疙瘩，仿佛一只引领一群鸡娃的老草鸡碰上满地的米粒，不歇地咕咕鸣叫，生怕哪一只迟慢落在后头。柴皮匠动用刀具啃了几块大骨头，肚子里酒虫骚扰，早有些憋不住了，吩咐儿媳拎来酒篓、端上酒具，先顾自美美地喝了一瓷钵子，立时容光焕发。乌兰预备今晚一展歌喉，兴冲冲抢上斟酒，抱起篓子把七八个酒钵子一一倒满，立起身子，将托盘举过头顶，冲挨在身畔的徐壮民几个小辈做出恭请的姿势，大声说：“赛行路！艾丽个乌！”徐壮民连忙站起，双手接过一钵酒，依蒙古人行酒的规矩，先用中指蘸一滴酒弹向空中，再蘸一滴弹向地下，又蘸一滴弹向主人，以示敬天、敬地、敬人，然后才仰起脖子一口把酒喝干。几个接了酒的弟兄模仿着做完动作，各自一饮而尽。在一片欢畅的笑声里，乌兰又斟满一托盘烧酒，清清嗓子，抖动华丽的头饰，唱起敬酒歌：

金杯银杯斟满酒，
双手举过头；
炒米奶茶手抓肉，
今天喝个够。
朋友，朋友，
请你尝一尝；
入口烈，味绵厚，
这是咱三边地道的黍黍酒。

乌兰音域宽广，嗓音甜润美艳，一曲歌罢，已镇服人心。后生们争抢着一钵子一钵子喝酒，哄闹着央求乌兰婶子唱几首蒙古情歌。乌兰神采飞扬，倾情炫示，一曲唱罢又一曲，悠扬曼妙的情歌仿佛从遥远辽阔的草原飘逸而至，在窑洞里回旋飞翔，召唤回了人间无限的美好。徐壮民禁不住眼眶润湿，沉睡心中的情思翩翩舞起，恍惚之间，雨枝骑着一匹白鬃马，赶着雪白的羊群，唱着沙百灵一样的情歌，从草原上姗姗而来……

正月初头，白文翰收到四儿子志坚从北平（北京）寄来的一封语意朦胧的家书，信中有“稀缺”“急转”“大哥”的字眼。他琢磨了半天，终于弄明白，儿子是要他利用戏班子外出演戏的机会购买药品，急转刘志丹。早先时候，义子刘志丹曾通过可靠的熟人捎钱捎话，要义父设法购买一批治疗枪伤、刀伤的药品，他一直犹豫不决。而前些天，竟又派人又送来一褡裢的银圆，似乎号准了他的脉象。可这是一桩割头的买卖，干系重大，他颇感棘手，趁着戏班过年放假，闭门不出，来来回回滤着脑筋，想梳理出个头绪。

四子志坚自小念书，品学兼优，一直念到北平的辅仁大学，是他至为看重的一个儿子，将光大门楣的希望寄托在他的身上。从榆中念书开始，儿子即与刘志丹过从甚密，他曾为此沾沾自喜，觉得儿子能与胸怀大志的刘志丹相交，既延续了上辈人的友情，也预示着一种出人头地的前程。不料世事变幻莫测，刘志丹揭竿而起，在南梁、照金一带大闹共产，成为官府指名道姓重金悬赏缉拿的要犯。而眼下儿子与刘志丹分明仍保持着密切的联络，可见早已是共产党的人哩！平心而论，他同情共产党，认为共产党的主张是为了拯救天下一茬受苦人，与孙中山先生所奉行的三民主义多有相同相融之处，可称并蒂而生，甚至与哥老会劫富济贫的宗旨也有契合；可是曾几何时却成为官府一意铲除的死敌，两下不共戴天。如今，国民党统治国家，蒋介石坐拥江山，兵强马壮，势大如天，而刘志丹一股共产党钻梢林、溜山沟，孰强孰弱自是分明。若是蹚进这浑水，只怕招来灾祸，一家老小跟着倒霉！他已年过半百，经历过腥风血雨翻覆苍黄，对于纷争的世事不愿介入得太多太深；可大半辈子笃守好人自有好报的信条，骨子里的英雄情结也始终难以消释，做不到淡泊达观。眼见英雄落难、好人气短，又岂能跳出三界，漠视不管？既然刘志丹和儿子都是好人，自己也敢拍着胸脯说自己是好人，那么只有好人帮衬好人，社会才能最终向好，天下才会最终太平……白文翰噙着旱烟锅子在家里圪蹴了几天，决意给刘志丹和儿子一个交代！

白家戏班是去年组建的。白家是一个大家庭，十七八口子人一个锅里搅稠稀，只凭几峰骆驼、一圈羊和二十几垧薄地已然不能支撑不菲的开销，白文翰早就思谋着做领大戏赚钱的生意。三边一带，庄户人一年四季除了偶尔听听瞎子说书，几乎没有什么娱乐活动，唯有逢遇大的庙会才可过过戏瘾。本地方庙会不少，却从来没有一家专门的戏班，都是庙会前会长们临时约请外地的。去年夏末，白文翰对规模大一些的庙会刻意做了调查，摸清了各家庙会的总收支和戏班子里里外外的收支，一算账，觉得能赚钱，就开始张罗。三边流行山西中路梆子，戏班里极少见到女戏子，旦角一律男扮女装，红、黑、生、旦、丑各上一个把式，另加鼓师、琴师，就大体捏裹圆活了。至于跑龙套和其他乐手什么的，可当地雇请，经过短期演练磨合，即可有模有样登台演出。白文翰打问见东边的绥德县里有一个戏班刚刚散伙，把式一色的山西人，就骑了一匹骡子去联络。没料到事情进行得异常顺利。戏班的台柱子一个艺名白菜心，一个称为海红子，他原先看过他们的几场戏，彼此相识，开口顺畅；而白菜心和海红子也晓得白文翰曾做过哥老会的龙头大爷，仗义疏财，朋友众多，身份特殊，觉得由他担当班主，安全不成问题，麻烦也少。于是双方一拍即合，并很快招来几个二把手戏子和鼓师、琴师。协商妥当坐底薪资、演出补贴的事情，就地置办了一茬行头、道具，一行人离开绥德。

白家打出了“镇边秦晋剧社”的幌子。郭学文头一个撵过来，央求学戏，白文翰收了，说：“我路上头一个想到的人就是你!”又陆续雇佣了十几号粗通鼓钹管弦、喜好唱戏的各色人手，捏起了戏班子，并制定了法程。这样，由白菜心和海红子负责剧务，兼做教练、导演，指导练功、喊嗓子、背戏词，主持节目排练。很快戏班便揽下生意，上路了。起初，只演《游龟山》《回荆州》《反徐州》《三打祝家庄》等六七本戏。演出时，白文翰担心演员忘词出丑，手捧戏本坐在后幕或二幕提词。后间演熟，他就钻进台下的人群里看戏，谛听议论，及时组织评戏，鼓动学徒发力卖劲，好好学戏。不久，从山西过来马二几个擅演花脸（黑）的戏把式，自此五行齐全；又添了《游西湖》《铡美案》几本戏，大庙会上一天两场，不打重板。秦晋剧社生意红火，签戏的一家罢了又一家，定边、横山等邻近地方也来请戏。赶至腊月，戏班已签下了来年正月的戏单，要去绥德、榆林两个大地方了。

元宵节前，戏子陆续返回。白文翰领着戏班骑骡子、赶马车先去了绥德。

绥德是古上郡城的所在地，发源于镇边的大理河穿城而过，注入城东的无定河，官道、渡口交错织结，地理位置极端重要，历来为兵家必争之地，秦始皇的长子扶苏及大将军蒙恬曾在此驻军，二人的墓堆就在城中。据称，北朝西魏时期取“绥民以德”之义而得名，号称“天下名州”。这地方处在交通枢纽位置，人口稠密，客商云集，是陕北乃至西北有名的大码头，井岳秀派重兵驻守。

戏班直端去了城南十里的南宋抗金英雄韩世忠故里的蕲王庙，搭台开演。当地人崇尚文化，最是喜欢看戏，也懂戏，竟有从五六十里外结伙赶来的戏迷。梆鼓弦索声里，白菜心甜润委婉的花腔和海红子老到的翎子功、帽翅功、鞭子功很快征服了人心，台下潮涌起呼哨声和喝彩声，白文翰悬着的心款款放下。第二天，白文翰悄悄对郭学文几个没戏份的说，倒腾药品能赚钱，戏班养活一大家子不容易，须得倒腾一点垫补垫补。小心安顿后，几个人去了城里。没费周折，各自分头从几家药铺零买了药品。此后每天换节目，腾出戏的人依照嘱咐又进城买药，汇集的药品越来越多。白文翰忧心遇到检查，将药品分别混装在几个戏箱里，整天谨慎应付。五天后，演出结束，戏班返回镇边。白文翰开箱盘点，已置办了上千元的药品，当即自掏腰包给各人分发了红包。大伙一个个眉开眼笑，说咱又有了一个副业，能赚一个是一个，钱又不扎手！

接着，戏班北上。

榆林又称驼城，古为九边重镇之一，是陕北政治、军事、经济、文化及人口的中心。古城由三丈多高一砖到顶的城墙圐圙围成，城内六楼骑街，店铺林立，人头熙攘，交易红火。尤其惹眼的是民居建筑，堪称一枝独秀：青砖铺墁的街巷两侧，尽是青砖门楼、屋脊高大、川廊虎抱、明暗相间的四合院和三合院，古色古香，灰蒙蒙一片，颇有些北京老街的气色和韵味。

黑龙潭庙会戏场揭幕后，白文翰沿用老办法，带人分批绕进城里，利用药店多的便当，很快购置了一批药品。待到戏场撤幕，他禁斥住几个烧骚着要进城遛逛莲花池的戏子，当天打摞起程，所幸一切顺遂。

途经大商埠镇川，又分头零买了一些药品。郭学文贼大胆，一下子批发回半口袋的磺胺粉和治红伤的黑膏药，不料却遭到白文翰的严厉警告，称这么莽撞的行事是要捅下乱子、坏了生意的，叮咛大伙以后谁也不许这么胡×闹！白文翰见郭学文灰头耷脑，悄悄说："以后老叔我给你小子多安几个角儿！"郭学文满脸喜色，扯开嗓弦吼起秦腔：

尊姨娘莫上气细听端详，
都只为苏宝童越律反上；
秦驸马领人马去到沙场，
皆因为小奴才性情莽撞。
……

回到镇边，白文翰让粗通医术的长子志魁负责，几个弟兄、先后（妯娌）一齐上手，利用夜晚时间将两趟购置的药品分类整理打包，用烂布、麻团缠裹结实，分装在七八条毛线口袋里，藏进烂草窑。

二月中旬的一天。暮色苍茫时，二十里地外放警戒哨的弟兄领着一个骑一头骟驴的老汉踏进柴家院子，此人便是赵毡匠。徐壮民十分意外：没有紧急的事情，三舅不会贸然找上门来，这是先前安顿好的。赵毡匠和柴皮匠相熟，寒暄间，徐壮民按捺不住，问道："三舅，有紧事？"赵毡匠说："你这小子，总得叫三舅喘口气、喝口水、吃口饭吧？"几个人笑了。喝茶、吃饭中间，两个匠人叨咕匠人一行的苦衷，各自叹息。乌兰从老伴儿口里得知赵毡匠手艺好，念叨说想请赵掌柜的擀两条妆新绵毡，给二小子预备着。赵毡匠当下一口应承，说回去擀好了捎过来。柴向东听见他们说娶媳妇的事，颇觉好笑，说："你们擀你们的毡，我搬我的砖，谁娶屎婆姨！”柴皮匠瞪了儿子一眼：“那你一辈子打光棍去！”柴向东笑嘻嘻地说：“光棍是不打，将来有一天，我跟壮民大哥一起娶婆姨，一起办喜事，一起进洞房！”众人欢快地笑了。吃罢饭，赵毡匠抽了一锅旱烟，振一振胳膊，一身的疲累尽数抖落。徐壮民笑着说：“三舅，这会儿总该说了吧？”赵毡匠也不避讳，当众转达了白文翰请他带领人马赶过去办事的话。徐壮民打问详细，赵毡匠说不清楚，听白先生的口气神神秘秘的，安顿不叫任何人晓得！

第二天夜间接头的时候，白文翰从怀里掏出一封信，嘱咐徐壮民可乘押送药品之机，带领人马投奔刘志丹，远离章家的地盘，以免遭遇不测。徐壮民把信揣在口袋里，说：“白叔，你放心，这是迟迟早早的事！”夜半时分，一股子人潜入白家，扛起毛线口袋就走，涉过半冰半水的西芦子河，将口袋驮上马背，向西南进发。

春寒料峭，马队在飕飕的风声里避开大路翻山越岭趱行。临时歇息，大伙嚼干粮、啃残雪，无人抱怨。一路上并未遇到阻碍，于第二天黑麻麻时抵达新城堡一个叫沙坬沟的小村庄。他们在一道大水沟的阳畔找到一户姓谢的人家，把药品悉数交付。主人叫谢宝堂，三十来岁，长着密匝匝的络腮胡子，看上去精明而机敏。他望着一地装满药品的毛线口袋，紧紧握住徐壮民的手，动情地说：“老刘怕是要喜坏哩，一定会破例杀一头壮猪犒劳你们的！”他家里很穷，土炕上只撂两条破毡和几床裸露了黑溜溜棉絮的被子。两个流鼻涕的娃娃干瘦得像两只小猴子，昏暗的灯火下，半裸着身子缩在炕角，露出惊悚、困惑和探询的眼神。谢宝堂让婆姨熬一大锅谷米、酸菜、洋芋的稀和饭招待贵客。婆姨出前窑舀米的时候，谢宝堂跟了过去；徐壮民听见他小声安顿说把缸底的谷米都舀出来，婆姨似乎不听话留了半碗，结果好像重重挨了一拳，又传来勺子刮缸底的刺耳声和啜泣声。饭很快熟了，碗筷不够，轮着吃。大伙也顾不得饭菜的歪好，头不抬眼不睁地吃喝起来，满窑响起吸溜吸溜的声音。徐壮民最后一个拿起饭碗，一口气喝了一碗；谢宝堂刮尽锅底又盛起一碗，双手递来，一脸羞愧之色。徐壮民发现两个娃娃正瞪圆眼睛专注地盯着这碗饭，一边嚼动嘴巴干咽着口水，心里一阵扭痛，把一碗稀饭端过去让哥儿俩吃。两个娃娃跃起，正伸手间，谢宝堂严厉地咳嗽一声，弟兄俩不约而同惊恐地望了一眼父亲，缩回手去。徐壮民说："谢大哥，我路上吃过干粮，吃饱哩，让娃娃吃吧，正长身体哩!"谢宝堂深深叹了一口气，难过得转过头去。他婆姨晓得男人默许了，立时欣喜地给哥俩一人分了半碗，两个娃娃狼吞虎咽喝下，又伸长舌头把碗壁沾着的饭糊糊探舔干净。

当谢宝堂得知徐壮民此番并不想去南边，不禁大失所望，忧郁而伤感地说："徐先生，老刘已了解到你们的情况，盼着你们来哩!"徐壮民心头一热，说："请你转告老刘，我徐壮民生是他的人，死是他的鬼！等我做完一件大事，立马会投奔他去的!"夜静时光，马队出了村庄，谢宝堂一直送至沟口。徐壮民和他握别，硬生生塞下五块银圆，说："给两个娃娃做一身衣裳吧。"头也不回地去了。

自押送药品回来，经过缜密侦察，精心布置，蒙汉游击队在镇罗堡、镇边堡的山区连续奔袭、伏击了三股抢劫民财、欺辱妇女的骑匪。这三仗像掏麻雀蛋一样一窝一窝端得干净利落，打死、打伤、活捉土匪数十人，仅数骑脱逃，而蒙汉游击队无一伤亡。经审讯，除了一股绥远流窜来的杨猴小部的土匪，另两股都是冒充红军的章廷芝警备二团的小队骑兵。徐壮民黑着脸，让弟兄们在他们的脖子上挂了书写着"我是章廷芝的土匪兵×××"字样的牌子，五花大绑，用狗缰驴缰拉上游庄示众。消息立刻散开，遭受祸害的人家和乡邻明白真相，唾骂章家纵兵为匪祸害乡里，哄伙起来，用烂布蒙住土匪们的眼睛，踢打一顿泄愤。在蒙汉游击队的怂恿下，他们提着镢头、铁锨、斧杖，结伙押解了土匪一拨一拨去县政府告状。很快有消息传出——张自立县长亲自过问了案子，见证据确凿，下令将土匪们一个个关进大牢；又分别致函定边城驻军警备旅旅部和安边章家，要求整肃。

这一天午间，王文舫旅长面挂愠色，带领一拨荷枪实弹的卫队来到章家大院。几个掌事的正好都在，忙忙迎出，章鸿儒恭请亲家下马喝茶。王文舫不睬，立在马上，甩着马鞭子，声色俱厉，斥责章廷芝二团军纪涣散、祸害地方，招致民怨沸腾，给警备旅造成莫大的名誉损失，影响恶劣；声称如若再不管束，将军法从事。章鸿儒父子只得赔着笑脸，诺诺连声，表示定当严加整饬，一经调查核实，统统严惩不贷。

送走亲家，章鸿儒长脸拉下，悻悻地说："这姓张的县长拨弄是非，挟私报复，让我们坐蜡，真他妈小人一个！"章廷祥扫了章廷芝一眼，理了理油亮的中分头，不阴不阳地说："大哥，咱是正规军，你这部队带得像一窝马蜂乱飞，见谁叮咬谁，也该管管哩。""廷祥，你也猪嘴插大葱装相（象）哩？不当家不知柴米贵，站着说话不腰疼，咱章家千数百号的人马吃喝拉撒靠甚养活？就凭那几个鸡零狗碎的军饷能拴住军心？"章廷芝瞪了他一眼，拨转话头说，"据逃回来的弟兄报告，全是蒙汉游击队故意日的鬼，给咱脸上抹黑。这姓徐的小子算是活到头哩！"章鸿儒说："什么毛蛐蜒、狗夹子，一脚踩死算×哩！"章杰儒说："对对儿的！"

蒙汉游击队一股人将马匹和枪支弹药的战利品带回神柳湾，队伍休整。柴向东见枪支堆放惹眼，马匹成群而饲草不足，建议先将枪支掩藏，马匹可送往乌审旗，交由表哥巴雅尔和巴特尔代为放养，伺等队伍壮大好派上用场。徐壮民同意，托付柴皮匠老两口办理去了。

王仓探家回来，报告了一个情况：张家畔的德丰隆店院这些日子驻扎了警备二团的一个骑兵排，承头的是景凌。这一伙当兵的窜入附近村庄索催粮草，主家若是不尽数缴纳，他们就强行拉走猪羊充数，宰杀了大吃二喝，闹得鸡犬不宁，人心惶惶。

章廷芝警备二团的人马进驻张家畔，事出蹊跷。徐壮民命令警戒哨前移十里，派王仓带一个弟兄返回老房滩，做进一步的侦察。第三天傍晚，王仓匆匆赶回报告，说他俩化装成卖劈柴的到张家畔周围侦察了一天，景凌昨天派出一个班的骑兵押运十几驮粮草去了柠条原。剩下的二十多号仍住在店院里，白日下乡征粮征草，夜间聚在大通铺里喝酒、赌博，只在北边临街的大门外留两个放哨的。王仓兴奋地补充说，据开店的讲，章廷芝前日也出现在街上，骑一匹大青马，马蹄踢得尘土飞扬，扬言要一举铲除蒙汉游击队，统统割了他们的鸡巴喂猫去！大伙一听气得歪眉斜眼，嚷吵说谁割了谁的鸡巴还不一定哩！徐壮民觉得前一阵子施用的敲山震虎、引蛇出洞的手段产生了效果，十分欣慰自得。他盘问附近村庄的情况，王仓说他俩转悠了七八个庄子，没发现异常。徐壮民当众表扬他行事谨慎、稳当，让大伙做好出击准备，端掉景凌一股，再刺激一下章廷芝。王仓认为大意不得，如若真要打，还得去一趟才放心。徐壮民连连点头，说："还是你去，我放心！"

王仓又一趟回来，显得很是自信。他说："这回扩展侦察了方圆十里的所有村庄，走到处庄户人忙着起圈滤粪、簸籽拌种、拾掇犁具筹备春耕，没有发现任何不寻常的迹象。"徐壮民详细询问张家畔街上客店的情况，王仓说："除了德丰隆，其他的店院三三五五歇了些赶牲口的生意人，有驮盐的、贩皮毛的、倒腾烟土的；口音有本地的，也有绥德、米脂东路的，还有宁夏、甘肃西路的。人数与往常没有明显变化，而且掂量举止步态也不像军人。"末了，他兴冲冲地说，"大哥，机会来哩——景凌今早又打发一个班的骑兵往柠条原送粮草去了，听说剩下的一个班三两天也要开走！""你每趟返回时，注意没注意尻子后头？"徐壮民问道。王仓不慌不忙说："大哥，这个你大放宽心，每趟回来，我都会蹲守在路畔的树林子里瞄扫半天，提防的就是后头有尾巴！"徐壮民十分满意，捣了他一拳说："这小子人才难得！"

夜半时光，在奔马粗重的鼻息和淡淡的汗臭里，队伍于芦子河畔的旧伙场东头聚拢。之后迅速分开，王仓带两骑沿着河西小路前去探察。徐壮民率大股向东折去。他们越过下游石底子渡口，沿着河沟东畔的沙丘、沙滩间的小路向南快速运动。抵达张家畔渡口东岸路口，分头在附近侦察一轮，未见狗吠之警。徐壮民放下心来，蹲守在路口观察河对面的动静。时候不大，西沟畔出现两团黑影，徐壮民将左手拇指与食指伸进口中，打出一个短促的呼哨，对面传来呼应的哨声。他当即做出战斗部署：白宝霖带一小组留守东沟畔路口警戒接应；其余越过渡口于西沟畔路口会合，留一小组就地埋伏接应；大股直扑德丰隆店院，速战速决。

星斗满天，风尘不动，各家店院和附近人家灯黑人静，张家畔陷于死寂。沙地绵软，马队悄然西进，至距离德丰隆百十步远的一家店院外墙附近时，全体下马，用缰绳绊住马腿，一人留守照应。徐壮民和柴向东兵分两路，一南一北包抄过去。贴近南墙，徐壮民朝后门张望，突然发现门庵两侧蜷缩着两个黑影，他心头一颤，不及多想，箭步飞上，抱住其中一个的脑袋一拧毙命。另一个发出一声惊呼，朝天打了一枪，扭头欲逃，徐壮民见偷袭不成，手起一枪撂倒。这刻，北边一股已顺利拿下了大门口的两个哨兵，呼啦啦冲进里院，柴向东大声喊道：“我们是蒙汉游击队，缴枪不打人！”大通铺客房的灯火熄灭，士兵们在景凌的吆喝下从窗户孔探出枪管向外胡乱放枪。徐壮民命令实施强攻，几颗嗞嗞冒烟的手榴弹塞进窗户，爆炸声响起，滚滚的气浪和尘土将窗户纸摧裂，屋里一片火光，传出痛苦的号哭。弟兄们踹开门板闯入，一顿乱枪，再不见抵抗。亮开手电，只见地上斜歪着六七具血肉模糊的尸体，活着的高举双手，直喊红军爷爷饶命！——景凌眼疾手快，早已沙蜥蜴一样窜至墙角，从一具尸体上抓摸一把血水涂抹了一脸一脖子，栽在那里，佯装死去。

正当弟兄们清理战场之际，南面、西面、北面三个方向骤然响起人马嘈杂的呐喊、呼啸。徐壮民心里一悸，命令丢弃缴获的战马、物资，迅速向东撤退。赶至西沟畔路口时，三个方向的敌兵已然完成合拢，扇子形扫来，马蹄踢踏，枪声大作。徐壮民命令王仓一组坚守掩护，自己带着马队疾速越过渡口，驰往东沟畔，交替掩护接应。西沟畔路口传来手榴弹密集的爆炸声，火光冲天，追兵人仰马翻。

徐壮民见王仓一组安然撤回，长舒一口气，下令向北转移。突然，东沟畔的南北两个方向又远远地响起啪啪的枪声，沿河小路上很快燃起火堆，人影憧憧，徐壮民脊骨发冷，大惊失色。此刻，西岸的追兵拥向渡口，而沿河南北枪声渐近，呐喊连连，敌兵已形成半包围态势，情况危急。徐壮民已知落入章廷芝的圈套，强自镇定，组织弟兄们冲着越过渡口的追兵放了一个排子枪，扔下一排手榴弹，命令队伍沿着东西大商道的山路向东突围。

疾行十余里，接近老虎堖峪口，甩脱了追兵。枪声渐渐稀落，大伙回头望去，远远近近的路口火光依旧，人影晃晃悠悠，喊声隐隐约约，一路一路向东追逼过来。徐壮民放慢速度，揩了揩头上津津的汗水，庆幸自己应对敏快，心中稍稍宽慰；却懊悔此番出击实在多了些粗疏、鲁莽，低估了对手，若是章廷芝动作快些，就在德丰隆附近或河东的商道设伏，后果不堪设想！

忽地，座下的赤弩喷了一个响鼻，两耳唰地向前直立起来。徐壮民头发竖起，只觉欻啦一声从头凉到脚底，愣怔片刻，猛地勒住马缰，压低嗓门：“弟兄们，前面沟口凶险，准备战斗！”峪口地势险要，商道从中通过，右侧山上伸下一道两丈多宽的洪水沟，横穿路面，晴通雨阻，左侧是二三十丈的深涧，从前经常是土匪埋伏抢劫的地方，而此刻似墓穴一样阴森死寂。章廷芝分明已在此设伏，天地行将崩坍！徐壮民密令子弹上膛，预备手榴弹；他马缰一抖，两腿猛夹马腹，悲愤地狮吼一声：“冲啊——”赤弩利箭一般弹射出去，两颗手榴弹嗖嗖飞向沟道，匣子枪斜扫过去。爆炸声里，沟道传出一片惊叫，一挺轻机枪却吐出长长的火舌，嗒嗒嗒地响起，野蜂群一样的子弹从沟道横飞过来。赤弩长嘶一声，腾空而起，闪过水沟。徐壮民朝后头看时，影影绰绰里，弟兄们纷纷中弹落马，惨叫着扑通扑通栽落地上，几匹马也被打翻，碌碡似的滚下深涧。他气血冲顶，拨转马头，杀了回去，连着向沟道投掷了两颗手榴弹，炸哑了机枪，接应两个弟兄冲越过来。这一刻，传来章廷芝鸱怪子似的一声狞笑："小子，死去吧！"砰的一声，徐壮民感觉右胸口像被毒蜂蜇了一下，噗地喷出一口血水。他俯伏马背，循声射出一串子弹，两眼一黑昏死过去。赤驽猛然一个折身，顺着山道向东飞驰……

日头从东方天掌抹出一片血红的时光，章廷芝双手叉腰，传下命令：将十一具尸体一律斩去头颅，去镇边县政府庆功请赏！一阵令人毛骨悚然的砍剁过去，峪口血泊中东倒西歪的尸体遭到残酷的毁损，人头一颗一颗像西瓜一样被撇进毛线口袋。章廷芝嘻嘻哈哈踅来踅去，像是在欣赏一堆中枪的狐子、野兔、黄羊。"这就是当红军的下场！把他们曝尸荒野，喂野狼、野狗去！"他叉开长腿，解开牛皮裤带，大模大样就地尿了黄蜡蜡的一泡，臊热的尿流在浮土上冲开一个毛毛渣渣的窟窿。撤兵途中，章廷芝忽然记起手下密探先头曾报告说，蒙汉游击队的一个探子疑是老房滩王贵福的小儿子，而死人堆里却不见这个人，于是喝令章经武带一股马队径往老房滩搜捕、查抄。

马队闯进王家大院，里里外外抖翻一气，没有找到王仓。几个大兵把王贵福揪来，用麻绳捆起，吊在二梁上，甩起马鞭抽打，直至皮肉绽开。王贵福嘴里流着血水，却一口咬定小儿子在十一旅当兵，死活不改口。章经武其实也不在意这号烂事，要他交出银子了事，王贵福说庄户人穿的用的都拿粮食换，哪里有什么银子！章经武羞恼，宣称他家有通匪嫌疑，奉命查抄家产，马鞭一甩，大兵们嗷的一声，哄抢了家中值钱的财物，将圈里的骆驼、牛、骡、羊尽数驱赶，扬长而去。王贵福被两个儿子从屋梁上解放下来，脚步踉跄，追出大门，捶胸顿足。一家人痛哭连天。

张自立忙乎完奖赏之事，又摆下家宴为章廷芝接风洗尘。他一脸兴奋，亲自斟酒，对章家的几分不快早已烟消云散。正月间，二县长听说章雨枝貌美如花，携带重礼亲往安边给二老爷做媒提亲，不料章家嫌弃张自清瞎了一只眼，又游手好闲不务正业，婉拒了亲事，令张自立颇觉丢脸，也曾借放匪之事施展手段通过王文舫旅长给了章家一点颜色。酒过三巡，章廷芝脸上涌现血色，抹了一把大背头，谈笑风生，愈显风流倜傥。张太太心旌摇荡，扭动腰肢，媚眼斜抛，殷勤劝酒，几个人一口气喝下半坛。张自立不胜酒力，回隔壁睡了。二老爷还记挂着和章家结亲的事，有些不死心，别出心裁地提议喝罢酒和章团长现码现过梦一账和，章廷芝瞟了一眼张太太，欣然应承。

梦和是一种古老的赌博游戏，相传起源于宋朝宫廷，却流落并风行于西北一隅，也是一宗蹊跷事，无人考证破解。一副浆硬纸牌，二指宽窄大小，分万、条、饼三门，计一百二十叶；四人参与，撵“龙家”起牌，三人鏖战，轮次进行，一人洗牌、坐梦，二十牌的单元为“一账”。玩法纷繁诡异，趣味无限，远胜麻将。章廷芝与张太太、二老爷、二县长三个人盘腿坐在炕毯上开始玩牌的时候，三分心思在牌上，七分精神用在了张太太身上，一双眼睛像猫尾巴探出，只在她身上重要的地方来回撩搔，张太太遍身麻酥酥的，不时甩出一个暧昧的眼神积极回应。这三个初学梦和，刚刚入门，其实是一色的生葫芦，哪里是章廷芝的对手。在吃吃碰碰的呼喝声中，章廷芝眼观六路，手脚并用，连偷牌带换牌，连连成和，多是什么“全荤瓢”“荤递和”的大和头；三个人却顾头不顾腚，败得崖塌水淹，大把的银圆堆在他的尻裆里。瞭见张太太输得粉脸涨红，柳眉蹙起，章廷芝把纸牌一丢，说：“你三个既捉不了牌又盯不住牌，牌路差得太远，不是一个层次，还耍×哩！好男不跟女斗，这钱统统送给张太太！”说着把一堆钱币呼啦啦推了过去，顺手摸了摸张太太肉乎乎的腿弯。二县长看在眼里，抿笑不语。张太太咯咯笑着，粉脸生春，眼睛斜睐：“还是人家章团长豪气大方，不愧是名震八方的大老爷们儿！那嫂子就不客气了！”说着把钱搂到腿裆。二老爷见状吸了一口气，挡扶一下眼罩，一边向嫂子眨巴着一只眼，一边笑嘻嘻地说：“嫂子遭逢上了好运，可小弟运气发霉，一谋一个黑腚……”张太太会意，冲章廷芝娇滴滴地说：“我说大团长哟，你就不能撮合一下自清和令妹的好事？”章廷芝乜斜了二老爷一眼，说：“我那妹子的事我可管不了，她那人心高气傲，眼中无人，只你降不住，连我家老爷子也没法子哟！兄弟，你就别指望哩。”

章廷芝得胜回营，安边家中大餐厅里早已摆下筵席。定边新任县长李道庵端坐在客席的位置，一身崭新的呢料中山装，神情庄重，略显矜持。他是携着重礼专程赶来道贺的，其实还装了一桩心事。章廷芝显然还未从那惊心一仗所驻留的英雄气概中走出，当下虎声虎气地叙说一番。章廷祥佩服得五体投地，情绪激扬，大声嚷嚷：“大哥，《孙子兵法》军争篇中有‘善用兵者，避其锐气，击其惰归’之说，你这是依兵法而来；以古时战例说，又分明是四面楚歌败项羽嘞！若依‘三十六计’论，你运用了欲擒故纵计、调虎离山计、以逸待劳计、疑兵计……其实施的是连环计嘞！《三国演义》第五十回‘诸葛亮智算华容，关云长义释曹操’，大哥你老虎垴一战神似古人嘞！”章廷芝的脸舒张开来，夸张地笑着，说：“好个秀才兄弟，大哥学问不如你，解不下什么孙子兵法、三十六计；依我看，那些玩意儿不能死记硬背，要不就成了呆子的学问。大哥就是依据实际的情势朝他骨头缝里算计，玩耍一场赌博，施的是毛线口袋计！其实，我只带了一个骑兵连，四下里放火就是叫他起疑而不敢向北撤退……”说罢，他竟由衷地赞叹道，“徐壮民一个突然袭击险乎坏了我的计谋，算个吃钢咬铁的小子娃娃！座下那匹马也真是一匹千里马，一点不输给我的青云！若不是他二返长安回来救人，我愣是动不了他身上的一根毫毛！”章鸿儒心里高兴，与李道庵碰了一个满盅，说：“我儿大嘞!”章杰儒赶紧补缀了一句:“小兄弟二人能文能武,文有文韬,武有武略,咱老章家祖坟冒青烟嘞!”李道庵恭恭敬敬向章廷芝、章廷祥敬了一回酒,说:“二位团长文武兼备,绥靖地方有功,三边幸甚,党国幸甚!”

酒至半酣,章鸿儒打发一个丫鬟去唤雨枝过来给李县长斟酒。李道庵大喜,与章家父子、弟兄又碰了一圈。章鸿儒已从媒妁口中得知李县长想纳雨枝为二房,觉得此事虽不尽如人意,倒也门当户对,一旦结成姻亲,章家在三边更是要风得风要雨得雨,心下早已同意。他曾和章杰儒嘀咕,章杰儒拍着大腿说没麻达!伺等良久,不见雨枝露面,章鸿儒心里不悦,让章杰儒几个好生作陪,起身出去。路经一群儿媳聚赌的厢房,里头传出一条龙自抠和牌的尖叫和大惊小怪的嘘叹声,章鸿儒威严地咳嗽一声,气哼哼地骂了一句:“一群骚狐子!”里头吵声立时熄灭,仿佛一下子都钻到地缝里去了。

章鸿儒来到正房西头,见丫鬟怯怯地守候在雨枝闺房门前,他哼了一声,丫鬟缩在一旁。章鸿儒笃笃敲了两下门板,不见回应,就掀门进去。女儿的房间摆设简单素雅,挂几幅剪纸,还有几帧书写励志格言的条幅,一排书柜满满当当,章鸿儒赏心悦目环视着,闻吸着久违的檀香和纸香,心里快慰舒悦。雨枝侧身坐在书桌旁,手托腮帮,一个人凄凄惨惨,默默垂泪,好似父亲不曾进门。她早先已听说了大哥带兵前去剿灭蒙汉游击队的事情,一直留意打探,适才在餐厅外偷听,晓得蒙汉游击队几乎全军覆没,徐壮民中弹逃走,生死不明。章鸿儒脚步轻轻凑了过去,赔着笑脸,说:“大的宝贝儿,又跟谁置气哩?”雨枝头一扭,不搭理。对这个任性的小女儿,章鸿儒实在没有多少办法,只得赔着小心,柔和地说:“大跟你提个事,你都二十出头的大姑娘哩,总该考虑一下自己的终身大事吧?前回镇边张县长托人做媒提亲,你一口拒绝,大是为你好,也没说甚,大看那独眼龙张自清也不配我兰心蕙质的宝贝女儿,是脚不是脚直往门里擩……”这时,三太太进来，默默立在一边，仔细听着，神色不安。

章鸿儒继续说："这回是定边李县长托人说亲。李县长在北平念过大学堂，文质彬彬，谈吐不俗，三十来岁就当了一县之长，前途不可限量。虽说已有正房，可远在山西老家，平素绝少往来，听说李县长嫌弃正房没有文化，正打算休妻哩。李县长对你可是上心哩，跟了他，就是县长太太，将来吃香的喝辣的穿金的戴银的，尽享荣华富贵……"雨枝突然站起，冲父亲吼道："你死了这条心，我不稀罕什么张县长、李县长，这辈子也不嫁人，爱官爱钱你嫁去！"章鸿儒被噎得提不上气，眉毛翘起，上前一拍桌子，瞪着三角眼厉声说："还反了你个姑子，宠惯成个老家亲哩！不嫁也得嫁，这回由不得你！"雨枝脸色煞白，凤眼圆睁，一声不吭从裤兜里掏出一把小撸子，呼啦撸动套筒，望着屋顶砰地放了一枪，又把冒烟的枪口对准自个儿的太阳穴，无限怨恨地吼道："你敢再说一句，我立马死给你看！"三太太慌了，想抢上前夺枪，雨枝泪水泼洒，锐声说："你不要动，再动我就开枪啦！"三太太面如土色，恐惧到了极点，瓷在那里不敢动弹，忽地塌倒，放声号啕起来。章鸿儒两腿打战，眼神软滑下来，妥协了。他从女儿的眼睛里看到一束刚强、凌厉的光焰。这种光焰富有穿透力和杀伤力，无所畏惧，所向披靡，这是章氏一支的血脉遗传，他无比熟悉，也为之骄傲。沉默了一会儿，他长叹一声，说："老子上辈子欠了孽债，我的活娘娘！罢罢罢……"说着，垂头丧气走出门去。

# 第十五章

徐壮民苏醒了，眼皮厚重，视线没有焦点，茫然飘游。他发现自己背靠墙壁端坐在炕上，周身围裹了被子，身畔守候着一个瘦高个长条脸的年轻汉子，脚地下一个医生模样的中年人正在脸盆里洗手，还有一个小脚老婆子忙着拉风箱烧水，风箱呼嗒呼嗒地响着，大锅、小锅冒出热气。年轻汉子惊喜地说："徐叔——妈——这个重伤的兄弟醒哩!"老婆子脸上露出笑意，也不作声。中年人面色阴沉，攀上炕来，双膝跪着，小心地揭去被子，脱了徐壮民浸满血迹的上衣，开始检查伤势。徐壮民前胸后背有两处贯穿伤，淤积了黑血疙瘩，伤口还在往外渗血，嘴里也红涔涔的。中年人长嘘一声，说："好造化！子弹从右胸射进，穿过肺叶，又从后背穿出。若是弹头落在腹腔，我就一点办法没有哩！振国，多亏你有经验，没给他喝水，也没让他平躺着，要是喝水引发出血或血水汪在腹腔里，也悬哩!"此刻，徐壮民仍陷于惝恍迷离，只觉得浑身酥乏，冷得厉害，口干舌燥，舌头也动弹不了，几乎喘不过气来，而一呼吸，胸脯上的伤口就咝咝地往外冒气泡，闷痛中夹着刺痛。年轻汉子向母亲讨来半碗红糖水，朝他嘴里喂了几调羹，说："兄弟，挺住，放心，这是咱青杨岔大理河川医术最好的徐兽医，你保险没事的!"徐兽医的破皮包子里只带几件给牲畜看病的器具，扒拉几下，十分为难。他下炕去，将一支烧烟泡用的铁扦子放进滚水锅里煮了一阵，捞出来，用干净的白土布擦拭几下，又爬上炕来。他双膝依旧跪着，一手扶着徐壮民的肩头，一手捏着扦子在他胸部的伤口里拨来拨去，判断里头有不少的骨渣，口称是子弹把胸口的肋条骨打断留下的。又拨拉了后背的伤口，说后头没事。手头没有镊子，骨渣难取，徐兽医沉默一刻，开始手术准备。他在一碗滚水里加了点洋烟膏，烟膏遇水化开，水色呈现淡淡的褐红，作为消毒水用。伺等碗里的水凉温了，徐兽医噙了一口疾漱一阵，吐进年轻汉子端着的尿盆里，再噙一口再漱再吐。觉得嘴里干净了，就把嘴巴对准伤口用力嘬吸，将里头的血水、血块和骨渣吸到嘴里吐出，然后又漱口又去嘬吸。这么五六回，直至见不到血块和骨渣。徐壮民眼中落泪，默然无语，任由摆布。依这样的方法处理了后背伤口；徐兽医拿出自己配置的中药末子，笑着说是“八宝生肌散”，用两张小纸分别卷成两个筒筒装成药捻子，小心翼翼塞进两处伤口里。看着徐壮民眼不眨眉不皱，他赞许地说：“哼也不哼一声，没见过这号铁打的汉子!”这时，沉默寡言的老婆子递过几块干净的白土布和几根细长的麻绳儿，徐兽医在两头伤口上同时覆好布子，交给年轻汉子两下按住，自己又拉拽麻绳儿前胸后背缠绕了几个来回，包扎好。他揩了揩脑门上的汗滴，说：“好嘞！过两天取出，再换两个新的药捻子；没意外的话，三两天伤口开始慢慢愈合，肺叶上的窟窿也会自然愈合的。”说罢，他一跳下地，急急出了暖和的拐窑，去往另一孔窑里，给伤势较轻的另外两个人治疗。

白宝霖和柴向东先前一直守候在徐壮民身畔，直至医生赶到要求隔离，柴向东才搀扶着白宝霖出去。此时，柴向东背靠墙壁坐着，已然睡去。白宝霖捺着左小腿，脸色煞白，一个人闷坐，昏昏欲睡。当得知徐壮民那边情况很好，他悬在空中的心终于放下，显得精神多了。他的左小腿连中两发步枪子弹，由于是近距离射击，威力极大，骨头碎裂。徐兽医费了很大的周折处理干净血污、取出弹头和碎骨，小心地接好骨碴、扶正骨头，在伤口敷撒了中药末子。老婆子递来几块干净的白土布，徐兽医一边包扎一边让年轻汉子锯了几块夹板；两人搭手绑扎固定。做完这些活计，徐兽医同样用赞许的目光望了白宝霖一眼，却又叹息着说："年轻人，我这本领有限，恐怕要落下残疾！"白宝霖在刚才拔取弹头之时咬破棍子也不曾叫喊，听了这话却抽泣起来，竟似女子一样嘤嘤有声。老婆子瞧了他一眼，悄悄叹了一口气："敢是还没娶过婆姨！"窑巷传来响动，徐壮民扶着墙壁缓慢地挪行过来，盯着白宝霖的眼睛说："好兄弟，活着就好！还怕变成瘸拐子找不下婆姨?"白宝霖破涕为笑。徐兽医给柴向东检查伤口时，他才醒转，骨碌着眼睛觑瞅，见徐壮民和白宝霖两个好好的，哇地哭出声来。徐壮民颤抖着说："男儿有泪不轻弹！"自己却也眼角潮湿了。柴向东很幸运，只是肩膀中弹，擦伤胛骨，揞药包扎后行走自如。

吃罢一顿杂面，徐兽医说卧牛城那边赵家的一头犍牛跌下坡崖，腿折哩，主家催得急，要赶去。年轻汉子摸出一块银圆酬谢，徐兽医坚决不受，说："这三个弟兄看情形是好汉落难，等忙完手头的几桩活儿，过来交个朋友！"徐壮民三人目送他离开，把感激的话咽进肚子里。

徐壮民缠绞于难以自拔的恶劣情绪里。弟兄们中弹坠亡的影像和绝望惨厉的号叫总在眼前飘浮总在耳际回荡，他颓丧至极灰败至极伤痛至极。仅仅一夜之间，现实一棒打碎了自信与誓愿，仿佛一场梦魇。他觉得自己就是一只折断翅膀的麻雀，迷失在了一个遥远的地带；觉得连身体也变得空空荡荡，虚弱得要飘起来。白日里，他装出一副刚强的神色，给白宝霖、柴向东打气，以免二人精神垮塌。深夜里，他眼睛眦张，用枕头捂着嘴独自哑哭。迷糊中窗户亮黄起来，却发现白宝霖和柴向东黯然枯坐，眼睛都肿得桃子一样，显然也陷入了沉重的精神危机。这个收留搭救他们的恩人显然经见过世面，城府不浅，语意朦胧、模糊，除去出门望风和刻意的回避，就是和母亲一道倾其所有偏吃另喝地照顾着他们。他对红伤很在行，注意的事项叮咛得一清二楚，徐壮民敏锐地嗅到了一股军人气息。他显然是在用心地期待着什么，默默地叹着气，眼里已经现出一丝焦灼，却坚持不先开口交流，也没有启发性的话语。第三天，在憋屈得快要爆裂的时候，徐壮民终于抛开心里滞留的警觉和隐忧，默许了两个兄弟化释痛苦的倾诉。他们向他诉说了所发生的一切。三个人抱在一起放开声子哭了一场。

年轻汉子叫王振国，得知自己所救的三个人即是神出鬼没、轰动一时的蒙汉游击队承头的人，陷于久久的激动和兴奋里。无须任何中介，他们自然地成为难兄难弟，黏在一搭。王振国袒露了自己的出身经历和绝密的身份。

叔父王仕秀年轻时在门外跑买卖，为人仗义疏财，喜好结交，曾与南邻安定县的谢子长拈香结拜。做生意积攒下一笔钱，在大关口置买了几十垧河川地，成为当地富户。父亲早年病殁，遗下孤儿寡母，叔父资助他在东邻的横山县读完高小，又拨出几亩地让他母子耕种糊口。这些年旱灾罢了匪灾来，叔父置买了十几支长短枪，组织起保家团，让他承头，小股土匪闻风再不敢骚扰。前年四五月间，谢子长派人带着亲笔信来到大关口借枪，叔父二话不说，相赠短枪三把、子弹两袋、手榴弹八颗、手电筒二十四支，派他一路护送。他在横山高小念书时即与高岗相熟，读过《共产党宣言》《新青年》，参加过高岗组织的学潮运动，向往红色革命；只是牵挂守寡多年的母亲，一直圪蹴在家里。到了红军队伍那边，亲眼见到部队自由、民主，官兵平等，不糟蹋老百姓，连十五六岁的娃娃也扛枪闹革命，就托人给母亲和叔父捎话，参加了红军游击队。两年多来，队伍在照金、南梁、安定、保安、安塞、绥德、清涧及镇、定两县的南部山区活动，经历了大大小小几十场战斗，他多次立功受奖，加入共产党组织，被逐级提拔为十三支队队长。今年正月间，十三支队奉命拔除安定县地主武装盘踞的一座石寨，战斗十分激烈，他肩部、腿部连中两弹，带伤指挥，终于攻克石寨，全歼守敌。游击队连续转移，无法照料伤员，上级命令将他送回老家疗养。徐兽医用土办法治好了他的枪伤，眼下已无大碍。就在他四处打听游击队的消息准备归队时，接到安定地区新建立的赤原县县委派交通员送来的一封鸡毛信，陕北特委决定，让他留在当地开展赤化工作。

柴向东欣慰地说："王大哥，我们三个当初在镇边高小念书时就看过《共产党宣言》《新青年》，下乡宣传过革命思想，在街头贴过大字标语；十一旅当兵时也曾参加了共产党领导的靖远兵变；前一阵子，我们还给刘志丹的部队押送过药品，我们其实早已就是共产党和红军的人哩！"王振国摇了摇头，严肃、认真地向他们阐释、讲解了共产党的起源、历程和宗旨、目标、任务，以及组织纪律一些基本知识；说红军其实就是共产党领导的军队，二者既是一回事也不是一回事。眼下陕北的共产党就是要把受苦人联合起来，组建更多的红军部队，打出红旗，打土豪分田地，用枪杆子反围剿、打天下，建立自己的政权！他微笑着说："你们现时该算是积极分子，但还不在党，不算是真正的红军！"柴向东仍有些不服气，说："照王大哥这么说，我们蒙汉游击队算是瞎扑腾哩？咱们干的其实是一码事！"白宝霖也投来疑惑的目光，说："在不在党只是个形式问题嘛。"王振国动情地说："弟兄们，你们做得对，打击了章家的嚣张气焰，保护了老百姓，影响很大，深得人心！但你们没有党的领导，没有明确主张，没有深远目标，孤军奋战，盲目行动，类似于仗义行侠的绿林好汉……"徐壮民听到"绿林好汉"的说法，脸膛涌现血色，沉默了一阵子。王振国的一席话掀翻了他的内心世界。时至今日，之前对共产党和红军的印象由朦胧而清晰了，所有的疑问化释了。他盘算来盘算去，觉得二月间没有听从白文翰和谢大哥的话去投奔刘志丹，实在是犯了一个抱恨终身的错误；自己一伙人单凭几杆枪就想踢闯世事，像没娘的娃娃四处乱撞，以致白白断送了弟兄们的性命！浮想着弟兄们昔日活泼的影像和那惨死的场面，他心里一阵痉挛绞痛，情绪鼓荡起来，望着王振国，真诚地请求道："王大哥，你就快快转告上级，让我们三个加入党的组织吧！咱们人多力量大，跟狗日的干到底，血债血偿！"

青杨岔是个大地名，也是个大村庄、大川道，位于镇边县东南端，西北距县城约一百二十里，属龙州堡辖地，是镇边的东大门。黄土高原延伸至这个地带，似压弯的脊梁向东斜塌下去，衍生出数不见的山、沟、梁、峁、坡、涧，植被稀疏，满目苍凉。从这里开始，群山的脚踝至腰胯不再是厚实的黄土地貌，到处裸露了黑灰、灰绿、蓝灰、蓝红、橘红的杂色页岩、泥岩、粉砂岩，怪石嶙峋，层层叠叠，绵延向东。发源于白于山东麓乔沟湾境内沟壑间的大理河顺着七拐八弯的沟川从西北向东南奔流，直至一头扎入绥德城下的无定河川。与河水并行的是一条秦汉时期曾为军事通道的东西大商道，贴山临水艰难爬走。这路上，一年四时，昼夜之间，铃铛声声，车马、骆驼络绎不绝。

王仕秀的庄院在青杨岔东五里通往河谷的一处峪口一侧。峪口古时设有关隘，拦腰卡住通道，而今仍可见到残垣断壁的遗迹，因此叫大关口。这是一处典型的窑洞式四合院，一色的大青石砌成，坐落在半山坡上。庄院最为显眼的是一座大青石座基的门楼，高大威猛，仿佛一只蹲卧的狮子，雄视着远处的河谷和商道。此刻，王仕秀盘腿坐在炕上，手里搁着红铜水烟壶，就着炕桌上点亮的清油灯，一锅一锅吸着水烟，看上去很是郁闷、无聊。王振国快步攀上崄畔，推开大门，直端去了叔父住的窑洞。"振国，有事？"王仕秀见他急急火火，问道。王振国附在叔父耳畔说了几句，王仕秀噗地吹熄灯火，一跳下炕，说："去看看！"

王仕秀怀着极大的兴致和徐壮民几个拉扯着，十分投机。徐壮民讲述了靖远兵变、攻打宋家寨子、白城子练兵、火烧牙行、追歼匪兵、押送药品、袭击德丰隆、血战老虎塆一宗宗的事情，王仕秀听得痴迷，不时发出爽朗的大笑和粗犷的惊呼。他感慨地说："你们几个年轻人像我那拜识兄弟谢子长，都是长鸡吊蛋的小子娃娃，天生干大事的！哪像我瞎活了半辈子，除了置下几垧地、守着一个庄院，再×事不成！”徐壮民恭恭敬敬地说：“不然，不然，二叔走南闯北，也是一副侠肝义胆。跌下大年馑那年，我记得二叔曾应牛县长号令，捐献了二十石善粮救济灾民，这是功德之事，老百姓都记在心里。也曾听说，在红军困难之时，二叔慷慨资助枪支弹药和物资……”捐粮的事已然过去多年，王仕秀惊奇他如何晓得，攀扯一番才弄清徐壮民当年就在牛县长身畔侍候。他开心极了，气昂昂地说：“牛县长菩萨心肠，解救黎民于水火，咱本乡田地的，咋能眼睁睁看着那么多的人活活饿死！做人，就该这样，前半夜想自己，后半夜得想想别人。”徐壮民自言自语：“牛县长是多好的一位县长！苍天瞎了眼，好人不得好报……”众人几声长嘘。

第二天,王仕秀宰杀了一只育肥的站羊羯子,装了一袋谷米一袋麦面,和大儿子振军、二儿子振民抬着送过来,说伤筋动骨一百天,好好补补！他安顿大嫂和侄子好生照应,遇有大事小情就打声招呼。临走,手一扬,粗声大气地说:“振国,缺甚就过去拿!”

谷子、糜子分蘖的时节，三边发生了一桩影响深远的大事情。主持陕西军政的杨将军下令，将驻防三边的陕西警备骑兵旅调往关中，在三原进行改编。

章家塌了天，上下乱了手脚，不知何去何从。章廷祥成功说服父亲，两人结成一派，极力主张听从调遣、南下关中。在章家的大客厅里，章杰儒口若悬河、滔滔不绝：“六哥，你听我说——廷芝和廷祥年纪轻轻，正是奔前程的时候，跟着正规部队，官官样样闯天下，凭借二人的兵马实力和灵光的脑瓜子，可望步步登高，摸不来混个师长、军长，就是省主席那样的封疆大吏也难说，章家岂不是出了龙子龙孙？章家的天下章家的产业那就大了去嘞！这是其一。

“咱章家拥兵千数百号，这吃喝拉撒、枪支弹药、军装被服、军饷抚恤等等，哪一项不得花费大把的银子？如若脱离官府军队序列，咱就是一支黑军，征粮派款、抓丁拉伕名不正言不顺，恐怕只有依靠强征强取养军；而强征强取必然招来民怨，名声瞎了是小，四面树敌才是大，因此非久长之计。这是其二。

“眼下是乱世，乱久必治。如若咱们单立炉灶，只图得一时痛快，待蒋委员长歼灭了共党，天下必然大治，自古官不容匪，到时咱想吃后悔药也没地方买去。而咱章氏一脉辈辈都是通过正途入仕，在行走官场中置田置业、光大门楣，官府身上疼哩咱身上也疼哩，官府身上痒哩咱身上也痒哩，官府的利害就是章家的利害，说句丑话，咱章家人辈辈和官府伙穿一条裤子，否则就断了气脉，露了肉身！这是其三。”说到这里，章杰儒瞥见章廷芝眼中放光，不急不躁，接着说，“自古军令如山，咱是民国一分子，不是国中之国；如若违抗，势必招惹祸端，甚至大军进剿，咱章家今后立足三边恐怕也难。我算了一账，眼下的损失只是暂且让出镇边城、柠条原、堆子梁几块地盘，进项亏了一笔；但还有两张保底牌，咱暗里留些人手，掌控安边堡、银佛坪这两个要紧处，一旦两小子得势，收回失地还不是小菜一碟、唾手之劳？”章廷芝听罢叔父的长篇大论，心中不觉高看他一眼：这么个糟老汉子，满肚子锦绣文章！他不再犹豫，对父亲说：“大，七大方方面面考量周全说得有理，就这么闹吧。我跟廷祥先去探探水深浅，我老婆娃娃也不带；如果不行，我们再回来也不迟嘛。”章鸿儒心中已有主意，瞪着眼训斥说：“老子吃的盐比你吃的米多、过的桥比你走的路长，你当是去耍家家，抬腿就可走人？当年关羽出曹营还得过五关斩六将哩！”

章鸿儒携带重礼，专程去了定边，想从王文舫那里回旋一番，影响他的决策，至少探探口风、套些话出来，以便定夺。到了旅部，径自直入，放下礼物。寒暄罢了，他坐在椅子上，一边悠闲地啜着茶水，一边漫不经心地抛出部队转投井岳秀、继续留在三边的想法，试探王文舫的底牌。王文舫听罢十分惊奇，称井岳秀今非昔比，不过是西北军八十六师的一个师长，已然唯杨将军之命是从，如何敢于妄自做主？换防改编军令既出，木已成舟，不可逆转。章鸿儒终于抑制不住燥热的情绪，大声嚷嚷：“我章鸿儒踏进安边堡快二十年哩，现时头发、胡子也熬白哩，多少年辛辛苦苦、打打闹闹图的甚？好不容易扎稳营盘、置下基业，杨久娃猛然来了这么一手，这不是釜底抽薪、成心日塌我章家！”不等王文舫说话，他又说，“据说骑兵旅开拔后，井岳秀的八十六师派部队过来，这姓杨的和姓井的是蒲城老乡，伙穿一条裤子，自然是肥水不流外人田嘛，说到底还不是为了扩实力、抢地盘？亲家，我说亲家，你的根基扎在三边，离开三边哪一方水土养你？人不为己，天诛地灭，我有一计可应对局势，足以让姓杨的放弃如意算盘：一是借故拖延，按兵不动——如今国军正在四处调兵围剿共党，姓杨的疲于应付，不可能对你下手；二是联络三边地方官府、士绅，联名上书请愿，理由就是共党窜扰，须臾不可离——这样的口号打出去，谁人敢说个不字？三是花费一笔银子叫小鬼推磨，买通他身边的人戳戳弄弄施加影响。——各项破费的银子我掏腰包！反正，咱陕北人得挺硬了腰杆子，不能让关中人像捏泥娃娃一样揉搓来揉搓去，太丢人哩……”王文舫早有些不快，耐着性子听完愈是气恼，强捺火气，说：“亲家，你听我说——眼下，强虎寇边，日本国陈兵关外，大有亡我之心，而共产党搅乱朝纲，在南方、北方扯旗造反，越闹越凶，又工人罢工、农民闹税、教师罢课、学生游行，里里外外崖塌水淹乱成麻团。

“单说大事，国内关于抗日与剿共的问题争得一塌糊涂，朝野上下都在关注。这天下大事你倒不上心，眼窝一股劲盯在脚梁面上，只看到自家巴掌大的事！杨将军身处高位，从大局出发调动部队换防改编自有道理，咱都是凡人，岂能以凡胎肉眼揣度君子之腹？……至于你刚才所言什么计策，决不可取，还请收回，不可乱讲，这不是我王文舫立身处世的做派！何况杨将军对我有再造之恩，王某人岂能行忘恩负义小人之事！”章鸿儒内心冰凉，看看退路将断，再使一着。他忽地站起，态度坚决地说：“国家的事我管不了，章家的事我得管。无论如何，章家的地盘、家业不能受到威胁，不能拱手送人，得说下个渠渠道道子丑寅卯！二团、三团原是章家拉起的人马，不能就这么一撅尾巴跑哩，廷芝、廷祥当然也不能走，大不了我觍下脸去找老井要块牌子……”王文舫大为震惊，脱开座椅，拍着桌儿厉声喝道：“章鸿儒，你口出狂言，胆大包天，目无王法！这是西北津梁杨将军的手令，军人以服从命令为天职，此等大事，岂是儿戏？你若敢胡搅蛮缠，抗令不遵，后果自负！”章鸿儒见亲家大为光火，口气铁邦生硬，情知这事已绝无回旋余地，忽然牛嚎一声，鼻涕、口水朝下流，悲悲凄凄地说：“好亲家哩，你这是拿刀子剜我的心头肉哩！别的地方丢脱也就丢脱哩，银佛坪跟安边堡总得留驻人手把守吧？如果部队都调走，那些共党无所顾忌，还不踏平了咱的地头？就连那些土匪响马也敢骑上脖子屙屎！还有，章家打天下得罪了一茬人，就连你的外孙子、外孙女说不准也有人惦记着，少不得也要有人护佑吧？”王文舫见他老泪纵横，心中火气消释大半，思忖半晌，说：“亲家，你不要犯急，这个倒是可以商量嘛……廷芝、廷祥的两个团原本就是连瞎猫死老鼠也塞进来虚编充数的，我也搞不清到底有多少人枪；这开拔在外，留一些人马护城守寨保障平安也合乎情理，家安心才安嘛，你看着办吧。至于上头点验、追查，只有我老王杵着脑袋硬顶哩，在这事上我也推卸不开责任，大不了不当这个旅长，谁叫咱是顶头儿女亲家哩！”说到此处，他威严地盯视着章鸿儒，“主力部队的底子我清楚，不能打动，必须准时开拔，不得再生歪怪，到时候我会亲自点验，这是死命令！”

这期间发生了一桩不大不小的事情。宗云鹞和景凌探得风声，嘀嘀咕咕，不愿去关中当兵受罪，密谋逃离。在骑兵旅各部集结开拔的前夜，他俩假传军令，呼哨为号，制伏哨兵，带领两个整排六七十号全副武装的骑兵潜出堆子梁军营，消失在夜色里。章廷芝得悉，甩着马鞭子骂道：“这两个喂不熟的白眼狼，迟早脱不出老子的手心！”

两个月后。警备骑兵旅完成改编，番号撤销，划入西北军正规军序列。王文舫被免职，出任省政府少将参议；原二、三团合编为一个团，章廷祥出任上校团长；章廷芝被列为编余人员，晾在一边。年轻的旅长胡老五操着一口关中腔宣布内部任命的时候，章廷芝正带着几个亲信在古城西安的烟花柳巷寻欢作乐。得知消息，呆若木鸡。返回军营，闷在寝舍，一句话也不说。胡老五是关中富平胡氏门中人，很讲义气，专门设宴压惊。章廷芝大吃二喝，谈笑自如，浑然无事。胡老五暗暗佩服，拍着他的肩膀说：“喔腠子事，新任中层以上军官一律由上头考察任免，不要怪我，喔是上头的意思，廷芝兄还是返回陕北发展去吧。”说着，递来一只装了金条的匣子。章廷芝看也不看，将匣子推过去，抱拳施礼：“此处不留爷，自有留爷处！感谢旅长仗义，廷芝不敢领受。你我若今生有缘，就当你欠我一个人情，他日廷芝倘或落难，再还不迟！”说罢朗声大笑。

晚间，章廷芝来到团部，见军需官正请示如何发放两个月军饷的事情，就用指头戳着装钱的箱子，向章廷祥说：“土匪小子杨久娃还嫌弃老子是土匪出身，这回亏大哩，让龟儿子当猴儿戏耍哩！你这就去向胡旅长报告，让他向杨久娃报告，就说这钱叫土匪小子章廷芝抢走哩！”章廷祥无奈，借故出去。章廷芝呼哨一声，章经武带着十几个全副武装的亲信冲了进来，捆绑了军需官和几个卫兵，拎起箱子就走。章廷芝哈哈大笑，一路朝天放枪，一行马蹄踢踏，驰出三原县城，直奔陕北去了。

端午节过罢的一天初夜，一个先生打扮和一个下人打扮的人各骑一匹骡子来到大关口，拐进王振国家的小院。王振国满脸荡漾着兴奋，把客人让进窑里。油灯如豆，徐壮民脸上露出惊讶：“咦，谢大哥！”谢宝堂微笑着，和他们一个一个使劲握手。他恭敬地介绍了穿长衫、戴礼帽的年轻人的身份：“同志们，这是陕北特委的殷特派员！”徐壮民三个人听到“同志们”的称呼，面面相觑，眼眶发潮。殷特派员现出激动的神情，和他们一一握手，操着关中腔说：“蒙汉游击队的同志们，党组织欢迎你们！”

深夜，王仕秀和徐兽医悄悄赶来。在神秘庄重的气氛里，履行了分别谈话、填表登记的手续；王振国和谢宝堂在介绍人一栏端端正正签上自己的名字。拐窑的墙壁上用糨糊粘贴起一面绣了镰刀、斧头的红色旗子；殷特派员站在红旗下，紧握拳头，表情肃穆；徐壮民五个人端正地站立一边，高举拳头，面向红旗，跟着他庄严宣誓：“严守秘密，服从纪律，牺牲个人，阶级斗争，努力革命，永不叛党！”殷特派员又一字一顿申明了党内的纪律，强调党的秘密上不告父母、下不传妻儿，大伙赌咒发誓打了保证。

下来，殷特派员传达了陕北特委的指示，布置了具体任务，要求借警备旅南调、三边防务空虚之机，利用南连根据地偏安一隅的有利条件，迅速开展摸底串联，物色积极分子，组织召开群众大会，宣传赤色思想，并着手组建基层组织和革命武装，打土豪分田地，赤化青杨岔一带。青杨岔党支部随即产生：王振国任书记；委员五人，徐壮民和徐兽医分别任组织委员、宣传委员。党支部暂时接受赤原县四区区委的领导，专人负责联络。看到这边工作业已启动，殷特派员和谢宝堂骑着骡子赶往新城堡去了。

过了几天，党支部接受了一项据称是谢子长亲自布置下达的紧急任务：以王仕秀的民团武装为班底，组建陕北红军游击队十四支队第一大队。

王仕秀招来两个儿子，说：“庄稼头茬锄耪过哩，你两个撂下锄头，赶紧出去办一件事——到各庄串门，贴上小钱和朋友拜弟兄，物色家道破落、胆头子大、平时敢奓刺的后生，就说咱家要拉队伍，愿意扛枪吃粮的就过来入伙，人数不限；家里有鸟铳矛子砍刀梭镖铁叉的都叫带过来。”大儿子振军说：“大，咋净挑些酸瓜烂枣刺条子？”王仕秀说：“正路的庄户人思想保守，胆小怕事，瞻前顾后，只会当顺民、过小日月，×事弄不成；干大事还得靠穷得穿不起裤子的、敢奓刺的、有灰胆子的——这茬人都年轻，心直，没负担，生冷不忌，脑后长反骨，野马驹子一样，驯良就是千里马！”六七天过去，王振军和王振民哄伙起河川各庄三十几号青头后生，其中有几个穿着露尻子裤子的半大小子，加上保家团团丁，已有五十来号人。

王振国在家里主持召开党员会议，拉扯如何弄些枪支弹药的事情。徐壮民说：“神柳湾掩藏了一批长枪，足有四五十杆，柴向东臂伤痊愈，可和王仕秀二叔带人去取。”大家异常兴奋，王振国涨红着脸说，没想到你们蒙汉游击队给咱立了这么大的一个功劳！

王家宰杀了几只大羯子，蒸了两大锅黄米干饭，大伙放开肚皮吃了一顿肉饭。后生们抹着油渍渍的嘴巴，叼着旱烟卷儿，用手指抠着牙缝，说精羊肉就是狗日的好吃！王振国领着柴向东进了院子，召集开会。他向大伙讲述了共产党的主张和南方、北方闹革命的大好势头，说：“红军就是共产党领导的军队，是为受苦人翻身解放而斗争的革命武装，咱们就是要组织起来当红军，打土豪分田地，跟国民党反动派针尖对麦芒地干仗，推翻腐朽的政府，建立人民当家做主的新政权。”见大伙似懂非懂，他说，“弟兄们，革命的道理咱以后慢慢会解下（明白）的，今天，咱就算拉起了队伍。我宣布上级的任命：王仕秀同志担任队长，柴向东同志担任副队长。队伍首先讲究的就是纪律，大伙都得听从命令。咱们从今往后就要跟上刘志丹、谢子长当红军，造他狗日的反！”后生们嗷嗷叫唤，像一群野性十足的虎儿子，鼓噪说，怕×哩，赤脚的不尿穿鞋的，造反就造反！有两个半大小子却在窃窃私语，一个惊奇地说：“刚才王振国大名小字叫他二大的官名，他二大还不恼火！”另一个说：“人家在官名后面加了个‘同志’，解×不下是甚意思。”又有几个吵吵嚷嚷说：“赤手空拳，拿×打哩！”王振国制止住嘈杂，大声说：“这位柴队长家里藏了一批枪弹，在县北的大沙里，谁敢去提枪？”后生们炸了营，个个显示胆头子大，嚷叫着“我敢我敢”，争抢着举手，你拉我拽闹哄哄的。王仕秀粗声大气地喝道："给老子一声住！乱糟糟像一群咬架的牙狗，太不像话！当兵吃粮就得听话，那叫什么来着——一切行动听指挥！——按大小个站成队，一前一后两摆溜！"后生们平时就怯惧他，又刚吃了他家的羊肉嘴软，不敢爹刺，互相掂量个码大小，推推搡搡站成两摆溜。王仕秀喊了一个"立正"，团丁们唰地各自立正，其余的模仿着站好。几个半大小子姿势斜歪，王仕秀踏上前照准尻子一人踹了一脚，说："立正就是队伍上的一种口令，意思就是两个脚尖并齐、两手下垂摸着裤缝站端身子、脑袋挺直向前！"见大伙站得笔挺，他咧开大嘴笑了，"给老子这才有个×样哩！"训了一顿话，他和柴向东从中挑选了八九个精壮、机灵的，组成提枪队。当天后晌，一股人赶了几匹驮着毛线口袋的骡子，沿着大商道直奔西北方向去了。

王振国组织党员在大关口周边的村庄活动，觉得人手不够，进度缓慢，于是召集游击队员开会，让他们也参与进来。后生们有掮着鸟铳的，有拎着大砍刀、尖矛子的，像要去厮杀打仗，个个立眉竖眼虎势势的。王振国问他们打算如何去开展工作？众口纷纭，有的说解×不下咋闹；有的说谁不听话就一绳子捆起来！有的说出去就四处放风，说红军大部队马上过来哩，大理河川就要解放哩，青杨岔川的大财主张桂生就要倒灶哩。王振国皱起眉头，说："这几天给你们讲的道理都白讲哩？左耳朵进右耳朵出，太不像话！现时白军的力量强大，我方还弱小，咱们的宣传、动员要秘密进行，不能咋咋呼呼到处张扬！你们一个个听着，就照我们这几天的样子，以串门拉话为名宣传共产党的主张和红军的作为，跟老乡们摆事实、讲道理，先争取做通自家人、门邻四居和亲戚的工作，让他们认识到社会的黑暗和不公平，明白地主、官差、兵痞、土匪都是骑在受苦人脖子上过活的一茬坏人，支持咱们起事闹红。特别强调一条，口气要好，不能急躁，不准威逼吓唬，谁胆敢违反纪律就关禁闭！"布置完毕，他下令所有做宣传、动员工作的一律不许带枪带刀，武器统一收缴。

他们在赵家湾庄试着组织召集了群众大会，收效还不赖，人群黑压压的，许多婆姨女子带着针线活儿也来凑热闹。庄户人听过宣讲，议说着安定、保安县一带闹红的传闻，对红军除灭贪官、打杀财主、分田分粮的行为表示了倾向性的支持；认为闹红就是造反，共产党、红军是好汉出世，跟李闯王一样，只怕是朝门出了几条龙，世事要变哩。中途，有促狭的人大声问王振国："青杨岔川的财主数张桂生心黑，你们敢不敢造他的反?"王振国说："那是迟早的事。"众人说，张家有民团有快枪，怕是撼不动。王振国说："只要咱川道里人心齐，就一定能扳倒他。"众人活泛了情绪，都说盼着这一天，就怕他们瞎吹！可是，在轮到成立贫农会时却遇到了老滑要奸、跌皮造蛋的尴尬事：几个胆小怕事的，脚底抹油溜了；一些人狐疑进了贫农会要另外负担皇粮国税和征丁派差，捉牢主意不肯加入。王振国专门做了解释，说贫农会是受苦人的组织，只是一个家庭成分的初步确认，就是把有钱人跟没钱人分成两摊，是要大伙抱成团，抗粮抗税、抗丁抗差。人们这才放心，说进就进吧，众人肩膀宽，要吃油糕一起吃油糕，要喝冷水一起喝冷水！至于选举村长，也造蛋。在宣布废止旧体制下的村公所、撤销村长后，因害怕惹事惹人，谁也不愿当。王振国只得临时指定几个威信高的候选人，让在每人背后放了一个空瓷碗，舀来半碗黄豆，说愿选谁就在谁背后的碗里投一颗豆子。大伙觉得有趣，争抢着投豆子，很快就选出了一个姓赵的村长。王振国当众宣布："赵村长是替众人办事的掌柜，事稠的时候可以走到处吃百家饭，只是不可以蹭饭吃。"赵村长见有光沾很是开心，不再跌皮造蛋了。

王振国凭借先前在游击队积攒的开展乡下工作的经验，思谋在周边几个庄子成立一个妇女会，带动妇女闹革命，至少不要让她们拖男人的后腿。婆姨女子一色不识字、不开化，又怕羞，不敢抛头露面，最好能有一个妇女带头，才能豁开口子。他瞅准了史兰兰。

史兰兰前几天又逃回了娘家，一瘸一拐、鼻青脸肿的。她是大关口史大家的女子，和王振国自小耍大，十分相好。王振国至今清晰地记着一桩有趣的事情。不晓几岁的时候，他俩都穿开裆裤，有一回下河湾拔猪草，自己站在一块大石头上尿尿，嗞地尿出几步远，史兰兰惊奇地瞅着他的鸡鸡说："振国哥，你尻裆长了个梭牛牛马奶奶一样的肉肉，咋我不长着？"他不相信，趴下觑瞅，根本就是光的，自己也闹不明白，就瞎说："有的人长得迟，怕是以后才长出来……"及至长大成人，这桩事一直刻在心里，竟似蛇钻窟窿铁入木。只要看见史兰兰水葱一样的身段、杏花一样的脸蛋，他就会不由自主想起，偶尔还生出下流的念头，甚至做奇怪的梦，以至睡醒发现身底湿漉漉的，一个人脸热心跳。几年前，王振国母亲托人提亲，史兰兰自是十分情愿，史大却拿不定主意。史家老二史子平为人强悍，在龙州堡阎家寨子当个小头目，是史家说一不二的能人。史子平嫌弃王家孤儿寡母，坚决不同意，并一手做主让侄女嫁给了张家沟大财主张桂生的儿子张拐子。为这事，叔父王仕秀和史子平至今见面不搭话。张拐子小时候患过小儿麻痹的病，落下残疾，走路日天晃地的，可是吃喝嫖赌却一样不落，近二年还染上洋烟瘾。这人狐子一样疑心大，心肠阴暗，老是怀疑史兰兰有外心，和王振国勾着一腿。结婚初，史兰兰坐娘家，他一回不落地厮跟着，连婆姨上趟茅圈也尻子后头撵着站岗放哨，遇见王振国总会指桑骂槐发一顿毛。有一回，王振国听见他儿马叫驴郎猫羖羝牙狗地骂着，忍无可忍，质问他："你瘸拐子小子疯哩？"张拐子剜了他一眼："你姓王的耳朵塞了驴毛，着冷的先闭门？我说的是儿马叫驴郎猫羖羝牙狗，关你×事！"王振国说："要不看在你是兰兰男人的份上，老子打折你的麻花腿！"张拐子冷笑一声："还一口一个兰兰，叫得够亲！有胆子你试一试，看老子连根剜了你全家！"二人对峙半晌，王振国黑着脸走开。从此，张拐子的脾气变得愈加暴躁乖戾，稍不顺心，就会拿一根绳子把史兰兰捆起来，浑身上下任意扭掐，甚至拿针头戳她的乳房、下身。史兰兰挨打遭罪的事传遍青杨岔各道庄，婆姨女子们都憎恨张拐子，诅咒他瘸子心够九斤（非常狠）！

当王振国硬着头皮踏进垴畔山史家门槛时，史兰兰正一个人盘腿坐在炕头上捻毛线，一只手自如地拨打一下，悬在空中的拨吊子欢欢地旋转起来。听见门响，她抬头看了一眼，见王振国怔怔地望着自己，登时惊了羞了，满脸绯红，尴尬地慌慌低下了头，不敢再看。王振国瞅着她俊俏的脸颊上青一坨紫一坨的，恼恨地说："又叫那狗日的打哩！"史兰兰眼泪婆娑，愈哭愈是厉害，浑身颤抖，哽哽咽咽说："振国哥，活着连一头牲口也不顶，还不如缩一根吊绳哩！"王振国愤愤地说："你从今往后不要回那个家哩，我们给你撑腰！"史兰兰说："一提回家，我浑身打冷战心上打失惊……哪一回不是那个瘸拐子活阎王生拉硬拽。"

"你愿意离开张家参加革命不？"

"革命是个甚？"

"就是闹红，也就是参加共产党领导的跟土豪劣绅、贪官污吏、土匪坏人做斗争的事情。"

"我一个婆姨女子，大字不识，能做甚？人家谁要我！"

"我们要你！只要你点个头就成。"

"振国哥……只要不叫我回张家，变驴变马我都情愿！"

"兰兰，咱们这一带马上要成立苏维埃政府，成立妇女会，正缺人手哩。"

"苏维埃是谁？"

"在咱们中国的北边有个外国叫苏联，是个苏维埃政权的国家。苏维埃是个音译的词汇，在咱中国，就是指共产党领导受苦人进行革命斗争，由受苦人当家做主的一种组织形式，也是一种权力机关，也就是受苦人自己的政府，受苦人说话算数的地方。"

史兰兰却越听越是糊涂，苦着脸说："振国哥念过书，学问大，我一个字不识，愣得解不下！"王振国哭笑不得，也不着急，温存地说："兰兰，你不要急。咱中国南方的革命根据地早就建立了苏维埃政府，咱陕北一带也建立了这样的政府，提倡男女平等，婚姻自由，反对父母之命、媒妁之言。南方的革命政府颁立了婚姻法，不准买卖婚姻，不准养童养媳，不准一夫多妻，还允许离婚！”史兰兰惊愕地瞪圆眼睛，喃喃自语：“那不是日头从西边出来哩！那是甚样的社会，还允许离婚？”

王仕秀和柴向东一行返回大关口的第三天晚上，从南边的山沟过来一股武装，承头的是谢子长。接头后，王振国领着谢子长几个人踏进叔父家的庄院。一阵异乎寻常的寒暄、感喟，王仕秀挽起袖子要亲自宰杀一只羯子款待，谢子长拦住，说：“大哥，黑天半夜杀的什么羊！”王仕秀说：“那就杀两只鸡。”谢子长说：“嫂子的剁荞面又匀又细，兄弟吃罢有年头哩，就剁荞面、腌猪肉臊子汤！”王仕秀说：“浩如，缩（小）气哩，寒碜哩！”谢子长说：“见外了不是？兄弟就好这一口。”王仕秀不再坚持，亲自上手拉风箱烧火，一边吩咐婆姨一会儿赶紧烙一口袋精麦子面的烙饼！婆姨说：“做罢一样再一样，我又不长两双手，急死鬼！”众人笑了。婆姨和了一疙瘩白生生的二茬子荞面，醒面中间，切臊子做汤，又炝了一碗清油仄茉酸汤，而后麻利地擀好面，使起剁面刀，石窑里响起噔噔噔的剁面声。几个人说话间，饭熟了。谢子长一口气吃了三大碗，吃得满头大汗，嘴里不停地说：“吃美哩！吃美哩！”

昏昏的清油灯下，谢子长一脸倦容，宽大的额头皱纹深刻，头发掩耳，下巴尖削，愈显清瘦，两只眼睛却犀利、深邃。这位陕北、陕甘边武装斗争的奠基人拍着老拜识宽厚的肩膀，笑呵呵地说：“仕秀老哥，仕秀同志，欢迎你终于加入了党的组织，加入了革命队伍！”王仕秀感慨地说：“浩如，大哥觉悟得迟些哩！”谢子长说：“革命没有迟早，正当时候！”

在安排妥当关于十四支队的一些事情后，由王振国带路，谢子长摸黑赶过去探望了伤病中的徐壮民和白宝霖。两人脱不开激动、震惊的情绪，眼泪打转，只呆憨地凝望着这位传奇人物，喉头壅塞了，浑身潮热了。谢子长像一个大哥哥，捏紧两人的手，询问了伤势和治疗的情况，叮咛安心养伤，不要行动得过早，以免落下病根子。徐壮民的记忆里，这是他第一回也是最后一回与谢子长见面。谢子长的一句话刻在了他的心头上："同志们，星星之火已成燎原之势，陕北的天就要亮豁哩！"

龙州区副区长、青杨岔联合办事处主任张桂生这些日子坐卧不宁，半谢顶的脑袋虚汗不止。前川里大关口几个庄子公然罢黜村长、选任新村长、成立什么贫农会的消息传到了他的耳朵里，更惊骇的是，听说一股子扛枪的红军游击队员成天在那里晃荡。凭借从前对付土匪响马的经验，他也行动了，传令团丁们枪不离身，昼夜轮班巡守，并带人将家中值钱的财物和米面柴炭运往崖窑储备，以防情势陡转激变。这样忙活了几天，未见异动，他思谋着去往龙州堡区公所面见区长阎老总报告闹红的事情，又觉得手头掌握的线索、凭据少了些，掂量来掂量去，决计让小儿子以接婆姨回家为名去一趟大关口，捎带打探一番。

张拐子甩了一下偏分的长发，撩开蓝绸子布衫，朝牛皮裤带上别了一把撸子，骑一匹骡子出了院子。张桂生撵到崄畔上安顿："羔羔，不敢惹事，势头不好就跑回来，好汉不吃眼前亏！"张拐子哼了一声，他对旁的事不甚关心，一门心思把婆姨揪拿回来。路上果然遇到一队裤腰上扎着破布条、烂麻绳的泥腿子，掮着刀刀矛矛，呼扇着大甩裆的露尻子裤子，嘴里喊着什么"一二三四"的口号，大模大样从他身畔开过，连正眼也不瞧一下他这个张家少爷。张拐子憋了一肚子鸟气，暗里骂道："灰骷子样，二百五成神，日你愣妈们！"

进入史大家的破院，张拐子皱着眉头故意咳嗽了两下，窑里静悄无声。他有些奇怪，平日里，岳父、岳母若是听见他的咳嗽声就会满脸堆笑地迎出门来的。见无回应，张拐子愈发生气，口里骂道："给老子死黑门哩！"骂罢，抬起一脚踹开门板，看见史兰兰蜷缩在炕栏墙角里发抖，脑袋拼命地往里埋企图躲藏，就瞪起眼珠子吼道："你个卖板子货，哑暗哩？圪蹴在炕上伺等嫖客上门哩？"他一摇一晃赶到炕沿前，一把揪住史兰兰的头发往炕下拉拽。"住手！"外头传来一声暴喝。张拐子回头一看，见王振国立眉竖眼站在门口，身旁还跟着一个大汉。"咦——嫖客上门哩！"张拐子妒火中烧，脸孔扭曲。王振国脸膛涨得通红，牙咬得嘎巴巴响，却硬生生忍住，厉声说："姓张的，兰兰是你婆姨，更是一个大活人，不能像猪猪羊羊任意踢打，天底下哪有你这号男人！"张拐子抖一抖袖子，朝地上啐了一口："穷×打得炕板石响的骚羖羝小子，你给老子撵上门打圈来啦！"他愤怒到极点，回身啪啪扇了史兰兰两记耳光，骂道："走羔的青山羊，跑窝的小母猪，原来有野男人给你搂后腰！还不快快给老子滚下炕！"冤家路窄，史兰兰情知这回若是回去，自个儿百口莫辩，死不了也得折了两件子，而错过今天这个机会，只怕是要一头杵进枯井里了，就横下一条心，瞪圆眼睛，一脸冰霜地说："张拐子，咱俩的缘分尽哩，我就是一头碰死也不回去哩，我要跟你……闹离婚！"张拐子大惊，灰白的脸孔变得铁青，唰地从腰间掏出撸子，却一转身将枪口对准了王振国——嗖的一声，大汉冲入，扬起一脚将撸子踢飞，又一脚将他踹出门外一丈远的地方，自个儿却捂着胸口，一头虚汗。王振国急忙扶住，说："壮民，没事吧？"

张拐子挣扎着从地上爬将起来，又艰难地攀上骡背，张牙舞爪地去了。

柴向东从立正、稍息入手，严格训练游击队员，见谁动作迟慢就照准尻子踢一脚。无论是赛跑、攀越、掼跤还是搏击、投掷，大伙远远不是他的对手，心里灰，也想学功夫，没人敢奓刺，服服帖帖的。王振国瞅见歇息的空子，就给大伙讲革命道理、军队纪律和打仗的故事。后生们对打仗兴趣浓厚，眼睛瞪圆，耳朵奓起，问七问八，学了实在的经验。王仕秀上身只穿一件土布褂子，从新兵蛋子学起，连叼空抽烟的习惯也带头改了，夜间还持枪放哨。后生们瞅见老汉一点不马虎，个个不敢偷奸耍滑。整训进行得维艰维难，却是一步不虚，不知不觉中，一股青皮后生脱去慵懒、散漫和村野，俨然成为军人。

半个月过去的一天，赤原县的交通员送来一封插了三根鸡毛的信件，上级命令，游击队须当晚秘密开往保安执行任务。王振国召集紧急会议，党员们意见一致，认为前线更需要武器，取回的枪支保证游击队员人手一杆，只给新近成立的赤卫军小队留几杆。徐壮民建议说："主力部队处境困难，咱还带回来一些银圆和军用物资，也一同上缴吧。"王振国点点头，说："事拣紧处行，壮民同志的想法对！"徐壮民显然习惯了做主，又说："同志们，游击队开走，咱的势力就弱哩，得想法子打闹几杆枪！"王振国接过话茬说："对对的！张家山和张家沟有两股民团，家伙不少。这两根钉子不拔，青杨岔就火不起来，革命也会受到威胁。"王仕秀建议游击队晚开拔一天，当夜拾掇两股民团。王振国不同意，说："二大，三根鸡毛，军令紧急，这可不是闹着耍的，说几时几分就几时几分，一刻也不能耽误！"徐壮民说："二叔，你放放心心地开拔，量他小小的民团，就我们几个也能拾掇了哩。再说，打仗总得预先侦察好情况，摸清底子，心急吃不了热豆腐，咱旋（边）走旋看。"

队伍开拔前，柴向东红着眼圈跑颠过来和徐壮民、白宝霖辞别。徐壮民沉着脸说："屄样，难过什么？我和宝霖眼馋死哩，若不是身体还不利索，早一搭走哩！"白宝霖悄悄安顿说："好兄弟，好好活着，还没娶婆姨哩。打起仗头脑要冷静，时刻留心观察，该硬冲就硬冲，该躲闪还得躲闪，枪子不长眼。"徐壮民说："话是这样说，你可不能给咱丢人现眼。"柴向东拍着胸脯说："两个哥哥放心，兄弟不下软蛋，混不出个人模样不来见你们！"

# 第十六章

张桂生一身长袍马褂的打扮，骑一匹大黑骡子，后头厮跟几个带枪的团丁，抄山道去了龙州堡。

龙州，泛溢着大自然的神秘之光，像一只猩红的巨盆镶嵌在逶迤嶙峋的群山中。西边一峰突起，形似虎趴，一条由远古时期的军事通道演变而成的商旅大道从山腰穿过，东西蜿蜒。相传这个地方在洪荒的年代曾是一处偌大的湖泊，被一只白额吊睛的神虎占据。东海的一条老龙行云布雨经过，俯瞰山色空蒙、白石层叠、碧波荡漾，迷恋不舍，于是连夜招来龙子龙孙、虾兵蟹将营造行宫，竟夜而成。神虎大怒，结果发生了一场龙虎之争。大战中，白浪滔天，湖水四溢，轰隆一声巨响，东北角塌陷，湖水滚滚东去，片刻湖底朝天，老龙的行宫也被冲入沟底。龙虎犹自酣战，一天一夜过去，神虎寡不敌众，血肉横飞毙命，骨架落地变作一座大山，虎肉、虎血凝成层层叠叠回环弯绕的崖坡峁坬，一片猩红。而老龙和他的八个龙子也精气耗尽，降落在地，化为九道猩红的山脊。红龙州、老虎堖因而得名。后世涧底深谷有九眼小泉吐溢不止，老人们说，那是龙臼，死去的九龙还在吐涎。九龙吐涎，积涎成潭。于是，就有了一个盘曲虬蟠的九龙涧潭，就造成了一个光色流荡、水波潋滟的丹霞世界。

龙州堡城依山而建，已然荒废，坐落的地方叫大涧，西距镇边城约四十里。据新编《镇边县志》记载：“为明成化五年所筑……清同治六年，回民起义军攻陷城堡，沦为荒城。”正东方向五六里又有一座气势恢弘的古城，是旧龙州城，早已毁废，县志中说：“汉时置龙州，南北朝属夏州石堡寨，北宋为范仲淹哨马营……”古城向北，有一座红砂石地质、葫芦形状的山峰凭空突出，东、北、西三面均是数十丈的峭壁巉岩，下临深潭；南面狭窄，与起伏的山峦以葫芦脖子勾连。阎老总的老祖宗里出了一位豪强，在葫芦嘴子上营筑石寨，称雄一方，阎家寨子代代相传，挺过了几个王朝的风霜雨雪，岿然不动。据传，清同治年间回军攻克龙州堡后，数百回兵围攻寨子，阎老总的父亲老阎老总率二三百号庄稼人和家丁凭险据守，用土枪、石块、滚木拒敌，回兵连攻三日不克，死伤百人，被迫退兵；阎家寨子从此名声大振，成为龙州的代号。

阎老总于清末得中廪生，民国初年又被地方举荐为省政府参议员，是镇边颇有名望的乡绅，后间充任龙州区区长。履任初期，以修建区公所为名，征用民夫，拆除古城陈砖重修寨子，环寨新掘砂石窑洞一二十孔，在葫芦脖子上修筑一砖到顶的炮楼一座，卡住咽喉。阎老总深谋远虑，又耗时七八个年头，在葫芦峰西南红砂石绝壁上开凿崖窑十几孔，或阻隔或贯通，各设拒敌机关，内建灶台、石炕、粮仓、水井、茅圈、碾磨坊，并沿悬崖揳入一排大铁锥，上搭窄条走板，斜通炮楼——如若防卫吃紧可全身而退。阎老总苦心经营，广积粮草，编练团丁，凭险而居，进退自如，宣称无论世事如何风云变幻，我阎家寨子一夫当关万夫莫开，铜墙铁壁，千年不倒，便是什么时兴的飞机、大炮也浑然不惧！

阎家寨子矗立在巉岩绝壁之上，威震一方，阎老总行德政、劝耕垦、办学堂，与堡民和谐相处，龙州涧自成天下，许多年并无变化。

两年前的一天，寨子里来了两个黑衣黑帽的外路人，年长的眉心长一颗大黑痦子，自称是山东义拳道的张道士，奉师父之命游方传道，又称师父道行高深，身怀刀枪不入的绝技，自个儿仅是学得些皮毛。为证实自己不是打诳卖嘴的，他脱光上衣，口中念念有词，一番运功，开始表演。道童取出一颗石子，让团丁验过软硬，都说像铜豌豆，铁锤也砸不烂！张道士两个手指轻轻夹住，嗨的一声暴喝，指间石子被搓成一团粉末落下。众人惊呼声里，张道士仰面朝天躺下，让人把预备好的两个壮汉才能抬得动的一扇大石磨覆压在肚腹上，嫌轻，道童拉五六个人站上去；张道士面不改色、气息均匀，又嗨的一声，偌大的磨扇连同上头站着的人被震翻落地，众人又是一阵惊呼。张道士还不起来，似乎睡去。道童取了一根椽子，横贴肚腹放好，执起一把利刃，倒退两步冲上，挥刀砍下，嘣的一声，椽子齐刷刷断为两截，张道士滚圆的肚腹仿佛瞬间石化，只落下一道白印。阎老总自恃见多识广，却从未亲眼见到如此豪壮、诡谲的本领，自此信服，尊为法师，设立神坛，每天沐浴净身，画符请神，诵念道经，学练神功。后间，曾有老年人说，三边教案发生那年，柠条原镇上来过一个眉心长一颗大黑痣子的耍武后生，也操山东口音，于是引起众人猜疑；张道士却矢口否认，说那个海灯师兄早让朝廷抓住处死了！

张道士的到来，搅乱了这方丹崖碧水之地原有的规矩和平衡，争衡之事频发，事情与阎老总的儿子阎家骥相干。

三年前的一天，阎家骥酒醉后带领团丁下乡催讨粮税，经过一个叫马窑湾的路口，遇到三个赶驴的贩子，他见驮子装得圪圪堆堆的，就带人上前盘查。三人自称从米脂过来，前往柠条原贩卖土布，递上两块银圆做买路钱。阎家骥见三人神色慌张，又出手大方，愈加疑心，下令搜查，结果从三人身上各搜出一把利刃，又从土布捆子里搜出二百两烟土。阎家骥宣称政府禁烟，下令没收烟土，将三人送交衙门定罪。三个贩子苦求无果，血红了眼，施展拳脚夺刀抗捕，连伤二人。阎家骥大怒，说这是一伙悍匪，来硬的！团丁们便开了枪，嘎巴巴一顿，三个贩子倒地。团丁们一拥上前，连毛驴、土布悉数掳走。三个贩子中有一人未死，被路人救起。养伤期间，打听得知抢劫、行凶的指使者是镇边名流阎老总的儿子，咽不下这口气，即去镇边县政府告状，一时舆论哗然。牛钦誉县长遂派徐壮民带人赶赴阎家寨子查实案情。经讯问，阎家骥供认不讳，辩称系替政府缉私，不料闹出人命，只因害怕而不敢报案，并愿交出烟土等物以示清白。阎老总原不知情，惊怒之下，杖责了儿子，逼问真相。阎家骥指天发誓，称系酒后行事，记不真切，全是替政府效力，只是处置草率，行为失当；并称三个贩子身藏凶器，行为异常，似有为红军筹款的嫌疑。阎老总坚信以儿子的道德人品断不会行有辱门风之事，便极口表白维护，请求政府念儿子出于公心，免去失当之过，予以宽饶，并让参与此事的团丁现场做了证明。阎老总是德高望重声名显赫的乡贤，徐壮民有所顾忌，没有拿人；返回镇边城，向牛县长做了报告，却认为案发后阎家骥隐瞒不报，托词连连，有夺财害命之嫌。牛县长以为案子影响广泛，须详查严办，遂做出拘拿的决定。阎老总得悉，不甘独子锒铛入狱，当晚让阎家骥带上自己的亲笔信和一箱子银圆去甘肃十一旅投军。石云秀收下重礼，做人情将他安置到身边做了副官，后间又安插到王文舫部当了一个连长。

阎家骥离去，这个案子便没了下文。阎老总只得亲自掌管民团的大小事务，却不胜腻烦，流于粗放。他一生未放过一枪，对军事一窍不通，民团的实权落在史子平几个人手中。自从两年前沉迷于义拳道，阎老总封张道士为军师，将民团事务全权委托。史子平是个强人，大为不快，与张道士面和心不和，两人各自拉拢人手，暗里角力，执勤、派差分成两班，各行其是，连喝酒、赌博也分成了两派。于是，阎家寨子陷入一种微妙的状态，而阎老总却不动声色，只管打坐念经。

史子平颇有些心计和手段，在训练团丁、征粮派差中显示身手，处处高过一头。一天，他趁阎老总练罢早功心气甚好，别出心裁提议由老总坐镇评判，分甲、乙两方进行比武。阎老总拈须微笑，说结果已在老夫心中，众人不解。两班人马于山顶寨子大院里摆开阵势，在出操、攀越、投掷各项，史子平的乙方先赢了头一阵。下来比试摔跤、肉搏，史子平派出一个叫鲍二牛的壮汉搦战，结果一连摔倒甲方三个人。张道士眼见折了第二阵，呼的一声腾空卷出，使出一套云山雾罩的连环腿，绕得鲍二牛眼花缭乱、晕头转向，只听嗨的一声，一脚飞起，鲍二牛像一个木轱辘滚在一丈开外的地方，阎老总击掌赞叹。史子平晓得他功夫了得，主动言败，又提出比试枪法。团丁们在二十步开外的地方撑起一根长竿，上头悬吊了五个鸡蛋。甲方派出一个枪手，一枪一枪瞄准射去，五枪三中。张道士也不说话，嗖嗖弹出两发石子，剩下的两个蛋一同碎去，阎老总大呼："神功也！神功也！"轮到乙方，鲍二牛斜握匣子枪，一个扇形点射，五发四中。乙方鼓噪叫好，称自家赢了，甲方也鼓噪起来，争执不下，便恭请老总做权威评判。阎老总说："一撇一捺支起人字，山寨才是赢家。子平带兵有方，即日起晋升为副团总；张法师老骥伏枥，神功了得，道行高深，仍行军师之职掌管团队大事。你二人精诚合作，山寨无虞，龙州无虞！"众人悟觉了老总治理山寨的韬略和苦心，双方各退一步，争衡之事缓转，寨子太平。阎老总却慨叹说这正是道家的逍遥无为，无为而治！

张桂生进入阎家寨子的时候，阎老总刚刚完成晚间必修的功课。他从蒲团上爬将起来，面对天尊画像，躬身而立，双手合十，虔诚地拜忏着，腰弯得似一只老虾，瘦小的个码愈显瘦小。张桂生恭恭敬敬立在客厅里，耐心伺等。阎老总从拐窑出来，行头已换过了，穿一件灰色的织贡呢长袍，外面套着黑色的软缎坎肩，头戴黑缎子瓜壳帽，一副温文尔雅的士绅打扮。"桂生贤侄，久违，远道而来，一身风尘，请坐，用茶。"他语调平静。张桂生施礼入座，牛饮一口褐黄的砖茶水，迫不及待地述说了青杨岔川里所发生的一宗宗闹红的事情。特别提到素来乖顺的小儿媳妇受到共党头子王振国的挑唆、蛊惑，竟然声称要跟小儿子闹离婚！他抹了一下眼睛，叹息道："老总，这不是乱了铁定的王法祖制哩？"

“闹离婚?”阎老总颇为震惊，瞪大眼睛。随即稳沉神色，说：“自古有男子休妻，谁人见识过女子闹离婚的事体?这共产党果真不讲三纲五常哩!”张桂生附和：“就是嘛，就是嘛，共产党就是要共产共妻哩!”他觉得该禀报的都禀报了，掏出随身携带的水烟壶子，就着麻油灯一锅一锅吸起来，伺等下文。阎老总嗅着鼻烟，打了一个响亮的喷嚏，慢条斯理地说：“自从三皇五帝创造中华，作乱造反的大抵是一茬疏于教化、穷困潦倒的悍民，正所谓无知者无畏也。纵观历史，成事者能有几人?就说陕北，米脂的李自成，定边的张献忠，当年或浩浩荡荡，撼动龙廷，或鏖战湖广，马踏川蜀，可谓猖獗之至，而终不能王者，泥腿子出身之故也。”张桂生连连称是，却一个劲地猛吸水烟，脸上隐现焦灼之色。阎老总瞥了他一眼，说：“桂生贤侄，少安毋躁。闹红的事情老夫早有耳闻，不过是一帮草寇乱民小打小闹，乃癣疥之患。如今蒋委员长真龙天子出世，铁统江山，五族共和，麾下雄兵百万，正调兵遣将四面围剿，逆党将成瓮中之鳖、釜底枯鱼，气运不久矣!”张桂生吐出一口烟，欣慰地说：“老总秀才不出门便知天下事，我看共产党也是兔子尾巴长不了!”阎老总说到这里颇为感慨，不禁吟诵出一堆古文：“夫以四海之广，兆民之众，受制于一人，虽有绝伦之力，高世之智，莫敢不奔走而服役者，岂非以礼为之纲纪哉！是故天子统三公，三公率诸侯，诸侯制卿大夫，卿大夫治士庶人，贵以临贱，贱以承贵。上之使下，犹心腹之运手足，根本之制支叶；下之事上，犹手足之卫心腹，支叶之庇本根。然后能上下相保而国家治安……”① 张桂生目瞪口呆，似懂非懂，只佩服老总一肚子的锦绣学问，却又不愿显出粗莽无知，只得频频点头。阎老总又嗟叹了一番人心不古、世风日下的世道乱象，回到正题，显出无奈之色：“前几日，老朽去了县府一趟，与张县长切磋剿除新城堡、青杨岔共党一事，驻军屈志鹏营长称山高路远，兵力不

---

① 语出《资治通鉴》之《周纪》卷。

足，忧心中了共党的埋伏，正翘盼榆林井大人增派兵力哩。据老朽所知，国军兵力正在调度当中，汤浇蚁穴，绥靖三边，尚需时日。鉴于此等情形，为今之计，先取自保，咱先忍下一口气，伺等榆林井大人、县府张县长的杀伐决断、裁夺谕示。”张桂生有些失望，说：“这帮泥腿子见天在眼皮子底下闹腾，政令不通，咱就撒手不管哩？”阎老总气定神闲地说：“匪寇乍起，犹洪水猛兽，‘故善用兵者，避其锐气，击其惰归，此治气者也’。兵法又云：‘善守者，藏于九地之下；善攻者，动于九天之上。故能自保而全胜也。’”他见张桂生眼珠瞪得溜圆，晓得他不解婉约、古奥之词，解释说：“桂生贤侄，说白哩，可先把青杨岔办事处的公差停下，井水不犯河水；倘若匪寇欺来，可凭崖窑和武装拒敌。如此以静制动，待时机成熟，该到咱为党国、为蒋委员长效力之时再行露脸吧！”张桂生这回听得明明白白，吃下定心丸，连声说：“好好好，老总就是咱的主心骨，老总让咋闹就咋闹！”

史兰兰终于悟出自个儿若是不参加闹红就逃不脱张拐子的手心这样一个硬道理。依着王振国所描述的根据地妇女干部的模样，她握住剪子，咬着牙、闭着眼，嚓嚓地剪去又粗又长的辫子，留了个掩耳的短发，壮着胆子走出门去。父亲史大吸着旱烟，嘎巴嘎巴拿眼睛剜着她的背影，不作声。母亲捶着大腿哭叫：“天塌哩，地陷哩，这死姑子疯哩！铰成个愣毛呆，哪里还有个女人的相儿！”庄里人指指戳戳，嘀嘀咕咕，说史家的二股弦女子铰成个短毛盖子闹红去哩！

史兰兰一碗水泼了出去，厮跟上工作组的同志们走村串户宣传赤色思想，讲解打土豪分田地、穷人抱团闹翻身的道理。为了掩饰落单的心慌、羞臊和虚空，她一股劲地鼓吹男女平等、婚姻自由，怂恿经常挨打受气的婆姨要敢于跟撒野的男人斗争。一回，一个二杆子小子当众讥诮说：“你口口声声说什么男女都一样，有本事你尿高些！”众人笑起。史兰兰脸颊通红，觉得不把这牙狗小子呛住，只能落下口唇话把，还如何工作？就撒泼说：“尿得高就是大本事？我和你妈一样都是女人，你妈尿不高就是没本事？就活该受欺负？你是从石头旮旯钻出来的野人？就算尿得高是本事，咱大白天打个赌，你有本事尿上两丈高，老娘跪下喝你的尿！你若尿不下那么高，你就跪下喝老娘的尿！”那个小子嘴一嚅一嚅，愣在那里。围观的人哄笑起来，也觉得她说得有道理，暗暗佩服。经历了这桩闹心的事情，史兰兰猛然悟出许多从前连盘算也不敢盘算的道理：阳世上的男人都是从女人的腿裆撒出来的，男人不但不感恩、不呵护，反过来却要打女人，真是不讲良心的一茬瞎东西！而女人从娘胎里出来就被不明不白、摸不着头脑的条条框框套住锁定，吃遍了苦受遍了罪，还得服服帖帖承受男人的拳脚和白眼，这是什么人手上定下的瞎规矩？这就是振国哥所说的千百年来的男女不平等，就是男尊女卑、三从四德的封建观念，就是套在婆姨女子脖子上的缰绳笼头，就是封建枷锁；而共产党号召妇女解放，就是摆明支持婆姨女子起来斗争，从脖子上解下缰绳笼头，砸烂封建枷锁，回归为一个和男人平起平坐的真正的自由的人！

史兰兰的名声愈来愈大。她在大关口率先成立了妇女会，无须在碗里投黄豆，被一群婆姨女子大呼小叫着拥戴为主任。此后，谁家发生男人打婆姨的事情，她就上门说理，男人个个被诘问得红头涨脸、理屈词穷。渐渐地，她家成了告状的地方，她和几个委员虎势势去了哪家，哪家的男人瞄见就撒腿跑了，而男人打婆姨的事竟明显少见了。

玉米齐腰深的时光，除了张家山、张家沟，青杨岔几道川里的八十多个小村庄一色建立了村政权和贫农会、妇女会的组织，赤卫军和少先队也组建起来。赤卫军大队有一百多号人，分成三个中队，徐壮民当了大队长，王振国任指导员；少先队净由一股子碎脑子组成，搁着用细柳椽削成挂了红布条的木矛子，在庄湾里耀武扬威，竟敢结伙拦路，手叉在腰间横眉立眼盘问过往的行人。

一个黄昏，殷特派员、谢宝堂和赤原县的一位负责同志赶到大关口，与王振国、徐壮民几个人密谈了半夜。两天后，在桃树峁子徐兽医的窑院里召开了青杨岔乡苏维埃代表大会，与会代表八十多名。大会由王振国主持，殷特派员宣布青杨岔乡苏维埃政府正式成立，暂归赤原县四区领导。采用“豆选”的办法,王振国当选为乡政府主席,选举产生文化、民政、建设等几个委员。开罢会,徐兽医家管了一顿腌猪肉臊子荞面饸饹,代表们都说吃美哩！王振国提出伙食账记在他头上,伺等手头有了钱再结。徐壮民兜里还有几块银圆,掏出两块强鼓着塞给徐兽医婆姨,徐兽医高低不依,徐壮民说:“你家光景也不好,就顶先前治伤的药钱!”

乡政府履职的头一天早上，王振国就接到史兰兰递上的由徐壮民代拟的离婚起诉状，落款是她自己写的，字迹歪歪扭扭，还捺了鲜红的手印。第三天吃罢早饭，打锣开会。庄户人听说新政府要在庙院宣判一桩离婚案子，颇感新奇，羊群似的哄伙而来，七嘴八舌，嘈杂之声快要将庙顶掀翻了。王振国几个人走上戏台的时候，吵闹声息去。徐壮民主持，就会议内容做了简短讲话，宣布由原告登台申述离婚理由。史兰兰颤抖着爬上戏台，朝黑云洞地的人群望了一眼，哇地号啕开来。良久，她卷起袖子，挽起裤子，脱去鞋子，人群里传出一片嘘叹声：史兰兰的胳膊上、小腿上、脚片上，到处落下鱼鳞一样的疤痕，丝丝蔓蔓、窟窿眼窍的，几处还结着泛白的黑痂；一个脚趾掰断，耷拉着，两个指甲不见了。史兰兰泣不成声：“父老乡亲呀，我哪里还有一个人模样，全身上下没有一个好地方，都是叫那张拐子捆的打的扭的抠的掐的戳的扎的掰的咬的……”“牲口小子!”“驴日的小子!”“坏板肠!”“瘸子心够九斤，比蛇蝎还毒!”人们粗鲁地谩骂着、愤愤地呼喊着。接下来，王振国大声宣读了法庭审理文书，称经青杨岔乡苏维埃政府委员会调查审理，认定被告犯罪事实清楚，证据确凿，根据南方苏区颁行的《中华苏维埃共和国婚姻条例》，做出缺席宣判——解除原告史兰兰与被告张拐子的封建性质的买卖婚姻关系，史兰兰获得自由！

盛夏时光，陕北红军游击队对楔在根据地的反动民团展开攻击，拔除了一个一个的据点。一天，安塞川大财主阎九登带领一股民团武装逃入青杨岔川，赚开西川的卧牛城崖窑，驱走主家，一头钻了进去。这股民团与土匪无异，尻子没坐稳就窜下崖窑四处抢夺米面吃食，任意宰杀庄户人圈里的羯子，连抱窝鸡、架子猪、牛犊子也不放过。团丁们吃饱喝足，三三两两，牙狗一样吊儿郎当四处晃荡，摸奶子、撩尻裆，随便骚情婆姨女子，遇见年轻漂亮的就强行拽到草窑里强奸、轮奸。

王振国接到报告，召集会议商量对策。众人议论，说民团手里有十几杆枪，不好对付。徐壮民擦拭着匣子枪，说："没甚商量头，今夜就封了狗日的龟窝子，出来一个敲一个！"王振国忧心他的身体，他说："好得差不多哩。"

卧牛城崖窑建在十多丈高的红砂石悬崖上，是当地一家富户为避匪而开凿的。窑口只有半人高低，两个拐窑留了簸箕大小的窗户。窑门外机关连缀，只有攀越顺着崖壁垂吊的一溜软梯到达摆桩的位置，再踩着摆桩上悬空的窄条走板才可摇摇颤颤进入窑内。崖窑里掘有水井，盘着火炕、灶台，留置茅圈，家具被褥齐全，只要米面、柴炭充裕，可长期据守。阎九登自霸占这处天险，沾沾自喜，时常独个拊掌大笑，说："这地方好嘞，抽了软梯，卸了走板，就像睡在了天榻上，天是老大，我阎九登就是老二，哪个日天把式能奈何得了老子！"

掌灯时分，王振国、徐壮民带领一支由鸟铳砍刀叉子铁棒杀猪刀武装起来的队伍来到崖窑附近。白宝霖的一条腿短了点尺寸，蹁步而来，手里拎一把匣子枪，一脸兴奋。众人看时，软梯、走板尽撤，崖窑门板紧闭，也不留岗哨，两边窗户亮着灯光，里头传出划拳喝酒的喧腾声。徐壮民掏出匣子枪对准窗户砰地打了一枪，里头灯火灭去，向外胡乱放了几枪，再无声息。王振国说：

“咱手头只有几杆枪，子弹也少，又没手榴弹，无法强攻。再说，团匪缩在洞里不出来，有枪也使不上，又不能天天这么耗着，得动脑筋！”他和徐壮民、白宝霖、徐兽医几个嘀咕半晌，制定了攻打计划：一是集中几杆枪瞄准窑门，团匪出来就打；二是分出两小股人埋伏监视，把守前后沟两处路口；三是大部分人就地解散，回家取镢头、铁锨，连夜爬上崖顶的山坡往崖根底刨土，慢慢垫高，寻机突破。

山顶上开始往下刨土撂土的时候，徐壮民听说王仕秀家藏了两门粗榆木榾柮打制的土炮，很是兴奋，随即派王振军带一股后生回去抬炮。过了一个多时辰，两门土炮抬来。徐壮民现场指挥，摸黑在崖窑对面的山坡上挖出一块平地，一群后生撅着尻子连抬带拉将炮运了上去，对准崖窑架好。黑灯瞎火的，王振军小心翼翼把火药和小卵石分别充装进去，说：“好嘞！打不打?”徐壮民问道：“再有火药没哩?”王振军说：“就这两炮。”徐壮民说：“等关键时候再打吧，不敢糟蹋好东西。”

东山顶上抹出曙色，从炮台位置望去，对面山上尘土飞扬，百十号人一刻不歇往下刨土撂土，而悬崖根底只溜成一个两丈高低的土堆。徐壮民吃惊地说：“刨挖了一夜，就这点土?”王振国说：“越往高垫圪堆底扅越大越费土，不行，人太少，进度太慢，这么着五六天也填不起！”他让徐壮民负责这头的事，自己带一拨人敲打铜锣到各庄发动群众去了。

日头红堂堂的时光，卧牛城庄子的古城堡周围和附近的坡坬山冈到处插了用红土布被面和红土布褂子、裹肚改成的大大小小的红旗，崖窑所在的山顶上人影如织，黄尘滚滚。庄户人镢头刨、铁锨铲、背篓背、柳筐提、筐箩抬、簸箕端，偌大的黄土峁子被一坨一坨卸开，悬崖上形成一道黄土瀑布。前晌，王振国把人手分成两拨，这样可以轮流歇息、吃饭，避免拥挤，加快进度。一半人走开时，他大声吼喊：“老乡们，吃罢饭赶紧过来，咱接茬干、连轴转，非得把这帮坏孙捂死在里头不行！”众人吼喊：“没麻达!”十几户遭受团丁祸害的人家举家上手，不回去吃饭，一刻也不歇缓，铁黑着脸骂道：“坏种，土匪，㞎黑水小子，爷爷今天活埋你狗日的!”

阎九登一伙初时以为是谢子长的红军游击队包围了崖窑，蜷缩在黑漆的窑巷里，唉声叹气，一筹莫展。后间循声判断是些赤卫军和乡佬儿，稍微放心。快晌午了，撂土的声音越来越响，团丁躁动不安，有几个窝屈在圪塄里叽叽咕咕。阎九登冷笑着说：“你几个灰脑子想缴枪投降？展开手看看，哪个不沾着血水？一旦落入红军的手心，还不得吃枪子？横竖都是死路，咱们只有瞪大眼窝瞅空子，说不定可以逃生!”团丁们听到“逃生”二字，眼里亮黄、活泛起来，这才觉着肚子打鸣；于是振作精神，点灯的点灯，望风的望风，做饭的做饭，打算饱餐一顿择机逃跑。阎九登略为宽心，安顿说：“把剩下的肉一锅炖哩!”刚生着火烧水时，灶膛里突然涌出黄土末子，扑灭了火焰，烟尘在窑里四处飘漫，呛得人人咳嗽抹泪。原来，山顶上刨土的发现崖头旮旯里钻出一股青烟，就一齐朝旮旯里不停地撂土，一边骂道：“吃你妈的板子!”

团丁们吃了些生肉，却不敢吃生米、生面，那东西坏肚子。眼巴巴伺等到黄昏时分，从土圪跶落地的声响判断，崖窑根底已被层层垫高，距窑门至少三四丈了。飘忽的灯光里，阎九登眼睛血红，揉着发困的耳朵，用手枪指着两个团丁，喝令他俩钻出窑门察看情况，给摆桩上搭放走板，为逃生做准备。两个团丁腿肚打战，拉扯走板，推开门扇观望一气，蛇行而出。蹲守望风的少先队员扯开嗓弦惊慌地吼道：“龟儿子出来哩——”山上山下的人都紧张起来，撂土的也不撂了，看赤卫军咋闹咋整。守候在土炮前的徐壮民长吁一口气，持枪在手，下令全体进入战斗准备！他观察一气，见团丁匍匐前行，目标过小，不宜用枪，喝道：“开炮!”王振军调整炮口角度、方向，瞄准摆桩上的团丁，点燃火药捻子——轰隆一声巨响，地动山摇，一个硕大的火球直飞过去，却打得低了，在摆桩下方炸开。两个团丁惊啼着，反身向窑门疾爬。徐壮民喝道："炸窑门！"王振军再调发射诸元，又一发炮弹射去，窑门粉碎，爬至门前的团丁被石弹击中毙命，像谷草捆子一样坠下悬崖，顺着虚土坡滚落。山下山上呐喊骤起，气势如虹。赤卫军队伍里传出现编现唱的信天游段子：

六月里来草青青，
穷人结伙闹翻身。
赤卫军围定卧牛城，
天炮打向阎九登！
……

山顶上黄土奔泻而下，唰啦啦的响声直打耳鼓。团丁们魂魄出壳，嘤嘤哇哇号哭开来，眼见就要崩溃了。苦挨到半夜，阎九登从窗户下疯狗似的跳起，挥舞着手枪，低声喝道："敢吃生米的、敢挖生人脑子的，跟上老子跳崖去！"说罢，披头散发冲出，纵身跳下。团丁一个个闭着眼睛跟着跳下，从虚土坡上驴打滚一样骨碌下去。连着两天两夜不曾合眼，守候在南路口的赤卫军和少先队员睡得口歪眼斜，承头的白宝霖也耷拉着脑袋丢盹儿。听到响动异常，白宝霖一跃而起，朝飞窜的黑影打了几枪，撂倒一个。大伙惊醒，发现团丁逃跑，不约而同扯开嗓弦吼叫起来："杀啊——冲啊——"声浪震天。徐壮民带人追过几座山头，叭叭的枪声里结果了三个团丁。阎九登带领五六个惊弓之鸟沿着模糊不清的羊肠小道翻山越岭、跌跌撞撞向南狂奔，各人脚力早见高下，一个远远撵着一个的屁子，前头的以为后头的是追兵不时回身放枪，互相瞎打，枪声不断；其间有人失足坠落山崖，发出尖厉的惊啼，一个个心胆俱裂，跑得更欢了。据说，阎九登一口气奔跑了九十里山路，天亮时冲进自家院子，一头扑倒在地，口喷黑血死去。

旱象持续，开始抽穗灌浆的糜子、谷子一天天死蔫下去，树木林梢仿佛抽去筋骨披头散发，河川里石头裸露，拐拐岔岔的水流窄成了一泡马尿。庄稼人心如汤煮，这挨刀子的天，滴水不漏，眼瞅着又要摆下一场小年馑哩！

秋风乍起的一天晚上。王振国召集党员和赤卫军、少先队负责人开了一个联席会议，传达了上级的指示；提出最近一个时期的主要任务是集中精力壮大赤色武装，消灭反动民团，巩固和发展既得成果，着手创建区一级的党组织和苏维埃政权；而最为迫切的是打土豪抢存粮，救济灾民，支援前线。会议决定攻打张家山和张家沟两个崖窑，拿下两户大财主。当天夜里，赤卫军和少先队紧急集合，兵分两路，摸黑出发。

白宝霖、徐兽医带一队开向张家沟。黑暗里，二百多号提着刀刀矛矛的赤卫军和少先队员朝亮着灯火的崖窑围拢、包抄过去，很快占据了周遭有利地形。崖窑高悬，外头无人放哨，里头传出押宝的呼喊声。白宝霖观察一番，石壁光滑，软梯抽去，难以攀缘攻取。正焦躁间，庄里的内线赶来报告说，崖窑里只住十多个团丁，财主申猴子在西庄的一户寡妇家嫖宿。白宝霖大喜，让徐兽医一大股原地埋伏待命，自己带人直扑寡妇家。抓捕顺利，他们拨开门闩闯入，将搂着寡妇睡觉的申猴子堵在被窝里，搜出一支六响子。申猴子吓得半死，磕头求饶，白宝霖让他穿上衣裳，命令捆绑了押往东庄。很快，赚开家门，将申家人和几个团丁悉数抓扣，用麻绳串起押解到崖窑下头。这时，崖窑里的团丁仍无察觉，嘈杂之声依然。

白宝霖朝亮着灯火的窗口砰砰打了两枪，大声诈唬："崖窑里的人听着——我们是谢子长的红军游击队，今夜来了一千多人马，铁定掏你这一窝麻雀儿！如果缴枪投降，按政策宽大处理，想回家的放人，愿当红军也行；如果顽抗，过会儿发起总攻，几炮把你们轰成肉饼子！"二百多人一起呐喊，声震沟谷。崖窑里的灯火熄去，不见回应。白宝霖用枪头点着申猴子的脑袋，说："红军政策宽大，对没有恶迹、手上不沾血的地主老财只提枪、取粮，不害性命；若与红军对抗，视同恶霸地主，一律就地枪决！老家伙，放精明些，你一家老小的命都捏在我们手心，快快喊话！”申猴子战战兢兢，瞅着嘤嘤哭泣的一家老小，顺从地说：“我喊！”他一个一个叫着团丁的名字，喊道：“好爷爷们，红军来了几千号人马，我一家老小都给逮住哩，快快缴枪吧！红军的头头说哩，只要缴枪，保证咱们的黑籽红瓤！”团丁们早已陷于惊悚，卧牛城崖窑的事无人不晓，没人敢于主张抵抗，听了主家的喊话，有人颤声问道：“你们红军说话算数不？”徐兽医大声说：“我是徐兽医，也参加了红军，红军说一不二，咱们庄邻院舍的，总该相信吧？”团丁们嘀咕一气，决定投降。他们把十来杆步枪和两袋子弹捆在一起用绳子吊下来，又在桩架上搭了走板，放下软梯，一个个撅着尻子、踩着软梯爬下来。一个高举双手的团丁浑身筛糠，说：“红军可得说话算数！”白宝霖笑道：“屄样！”经过动员，有四个团丁当即表示愿意参加红军，白宝霖说：“这才像小子娃娃！”徐兽医领一大半人留下，在申猴子家开锅造饭，依计划天亮后将召集群众大会，斗地主、分粮食。白宝霖带一小股匆匆赶往张家山增援去了。

张家老小十几口人和十几个团丁躲在崖窑里，任王振国、徐壮民他们喊破嗓子，张桂生口气刚硬，拒不缴枪。张拐子见对方奈何不得，从窗户朝外放了几枪示威，狂吼道：“穷小子们，这里不比卧牛城，山顶浮头没多少土，你们咋不给老子刨土去？”徐壮民朝窗户打了两枪，喊道：“老子把话撂下，不出明天，端了你的狗窝！”过了一阵子，从稍开的窑门里吊下来两杆破枪和一个小布袋子，张桂生隔着窗户喊道：“给你们赠送两杆枪、二十块大洋，咱井水不犯河水！”王振国喊道：“绝对不行，必须全部缴出武器！”张拐子恼怒，下令将枪和袋子吊了回去，趴在窗户一角翻起八辈祖宗臭骂王振国，诅咒红军净是些红了眼的土匪饿鬼！僵持到天色放亮，徐壮民掂量着地势和风向，虎着脸说：“放火烧！烧不死他也吓死他，不信他不投降！”王振国点点头，高声说：“同志们，张桂生长期担任国民党政府龙州区副区长兼青杨岔联合办事处的头头，征粮征税，抓丁派差，鱼肉百姓，坏事干尽。众人皆知，他家放粮放款历来是驴打滚的高利贷，逼得多少人家破人亡！跌下大年馑那年，咱川里饿死几十口子人，张家仓窑里藏了百十石粮食颗籽，非但见死不救，反而高利放粮、趁火打劫，二斗粮换一亩上等地，噼里啪啦一阵算盘响，庄湾二百多亩好地归了他家。这种蛇蝎心肠的人，该不该杀？”二三百号人一起呐喊："该杀！该杀！"

就在二三百号人四处搬运菊芋秆玉米秆□黍秆麦子秆荞麦秆糜子秆洋芋蔓子和麻柴劈柴树杆柳椽木榾柮的时候，白宝霖带人赶到。他歪着脑袋瞄扫一阵子，戳了一下徐壮民，脆声脆气冲崖窑喊道："张拐子，史兰兰来哩，念你们婆姨汉一场，有话跟你说哩！"张拐子不知是计，打开窗户，探出半个脑袋往下瞅，癫狂地骂道："丢脸丧德的婊子，你滚出来，爷爷一枪崩了你狗日的！"徐壮民闪出，抬手一枪，正中脑门，张拐子脑袋耷拉，趴在那里不动弹了。白宝霖脸上浮起阴谋得逞后的窃笑，悄悄对王振国说："大哥，给你拔了眼中钉！"王振国长吁一口气，脸色灿烂，却捣了他一拳，说："灰圪蛋！"崖窑里一阵骚乱，张桂生号啕起来，恶毒地咒骂着，命令团丁向下放枪。叭叭的枪声中，两个抱搂柴草的少先队的碎脑子被打伤，丢了柴草捆，一尻子坐在地上捂着伤口咿咿哇哇号成一股弦。王振国怒不可遏，下令点火。小山峁一样的柴草从根底燃烧起来，火头呼啦啦蹿高，借着西北风越烧越旺，顷刻浓烟滚滚，烈焰冲天，一条几丈长的火舌捂盖赤壁直舔崖窑。眨眼工夫，窑门着火，引燃了窑口堆放的柴垛、炭堆，里头传来一连串的咳嗽声和哭喊声。众人都惊呆了，可是火势已无法控制。突然，崖窑里传出轰隆轰隆的巨响——清油缸、白酒缸受热爆炸，一股粗猛的黑烟挟着长长的火带翻卷而出，冲向东边几十丈远的地方才随风散开。大火足足烧了一个早晨，炙烤得人脸额辣痛，毛发似要着火。红砂石悬崖焦黑如炭，热气烘烘，把试图接近察看的人一拨一拨逼跑。

王振国见崖窑里头化为灰烬，口气沉重地说："没想到这么个结果，这一家人算是黑门死绝哩！咱是不是做过了头？"徐壮民表情复杂，叹了一口气，没有言传。他的脸上浮现了明显的困惑：除了张拐子，这一家老小十几口和十几个团丁与自己素昧平生，毫无仇怨，而眨眼工夫都死在了自己的一个主意之下！这算不算杀人放火、灭绝人性的暴行？这种情绪还在滋蔓，他心里浮现了白城子沧桑的历史画面，甚至于滋生了一种负疚和悲凉。——革命的暴力就是如此的残酷和血腥，敌我双方搏杀之时，就得杀人不眨眼，这一门人碰上闹红的年代，只能销声匿迹！他最后对自己如是说。心结打开了，迷惘消释了。

队伍随即撤往庄里。张家窑院留守的四五个团丁早先时候已被一股赤卫军悉数拿下，他们听说那边二三十人全部葬身火海，个个惊得脸色煞黄，赌咒发誓再也不干这差事哩！王振国好言抚慰，全部释放。一阵锣响，宽敞的窑院里聚集了蚂蚁一样的人群。王振国下令放火烧毁从箱柜里搜出的文书契约，当场宣布将恶霸地主张桂生家的上千亩土地和全部财产统统没收充公！黑压压的人群发出惊天的呼喊。人们的心理秩序和生活秩序被突然搅乱，却得到极快的整饬调适并体现为行动上的完全一致。办事效率在这一天达到了巅峰。村政权、贫农会、妇女会、赤卫军、少先队像雨后沙柳窝子的蘑菇呼啦啦冒出一地，许多人一头臭汗一路小跑，同时加入两三个组织，觉得这样的政治表现在分土地、分财产时是不会吃亏的。

之后，开始划分财产。由王振国主持，乡政府组织群众代表根据各家各户家境、人口的状况进行现场评议、打分，确定了参与分配的对象。将张家的几十孔石窑划拨到居住窄褊的赤贫户名下，几户一孔，由他们自行打价找补、处理解决；农具、家具、衣裳、被褥一类财物依分配对象的户数人数和愿望需求当场脔割。嗣后，又将三百多只羊子、十几头（匹）大牲畜、二百多石粮食也当场进行划分，只提留部分作为公用。各人眼睛绿哇哇的，都企图多抓挠一点或占一点便宜，一色遭到维持秩序的赤卫军队员的禁斥，不敢造次。有人早早打问分土地的事，王振国说：“分土地是桩缠手的大事情，政府有严格的土改政策，缓后一步。”见众人不甚放心，宣布说分田分地将随后进行，先由乡村组织进行调查摸底，然后统一分配给无地和少地的人家。又有贼乖人吼喊说：“地里的庄稼咋分咋闹?”王振国说：“由村上统一分配，一家割一溜，家家有份!”

浮财分配一直进行到深更半夜才大体完结，几个庄子的男女老少激情澎湃，一夜无眠。一群穿着露尻子裤子的受苦人聚在窑院里放声大哭一气，又高呼起口号：“共产党万岁！红军万岁!”甚至有人响当当喊出“王振国万岁”！王振国急出一头汗水，赶紧制止，说灰人不敢瞎喊!

三更天，张家崖窑里响起诡异的声息。大火烧起时，人们各顾逃生，争相朝窑掌里躲，张桂生和四个团丁冒着烟火钻进右边一孔拐窑外的茅圈旮旯，五个人满身屎尿叠在一搭，逃得一命。待火色衰微，炙热退去，在浓重的焦臭气息里，他们一个拉起一个吭哧吭哧爬出来。黑暗中，张桂生手握一把匕首，踩着窑巷内烧焦的尸体深一脚浅一脚摸进左边的拐窑，在一处石壁上敲敲打打，哗啦一声塌开一个大窟窿，里头存放了一只大箱子。他打开箱子捏揣摸索，金银财宝浑浑全全，长吁一声，泪流满面，朝跟进来的几个团丁说：“大难不死，必有后福！跟上老爷我到镇边城投奔张县长去吧，有你们的吃喝!”张桂生让几个团丁脱下衫子褂子，用匕首划成布条，拧成绳子，将沉甸甸的箱子捆绑好，缒下悬崖。几个人踩着烧空的桩架脚窝，互相拉拽，悄悄滑下崖壁，带了箱子，望西北方向逃去。

秋底时光，青杨区和新城区先后成立，王振国、谢宝堂分别任区委书记，新区依然归属赤原县委的领导。地皮冻结后，陕北红军游击队活动频繁，陕北特委指示加快地方党政组织的创建，中共镇边县委和镇边县苏维埃政府相继成立，组织人事也发生一系列调整、变动。殷特派员出任县委书记并当选县政府主席，负责全面工作；王振国任县委副书记，当选县政府副主席，负责镇边东部地区工作；谢宝堂、徐壮民分别任新城区、青杨区区委书记，徐兽医、白宝霖分别当选新城区、青杨区区政府主席。

殷书记借助陕北红军游击队的强大威慑，多次派人与盘踞在新城堡宋家湾寨子的土匪头子宗云鹞和景凌联系接触，二人倾向革命，却犹疑不决。殷书记冒着风险亲自往返三趟，经过艰苦细致的劝诫、谈判，宗云鹞和景凌率部投诚。这样，不费一枪一弹，扩充了赤色武装，新城堡一带全盘赤化，形成了南连保安的根据地。县游击大队和警卫连随即组建，宗云鹞和景凌分别被任命为游击队一中队队长、警卫连连长。

徐壮民得悉，忧心忡忡，惴惴不安，向王振国叙述了相关情况和自己的担忧。王振国说："殷书记一直把这个事当作执行刘志丹同志'三色论'主张的一个成功典型进行宣传；他这人脾气犟，我不太好出面，又从没跟宗、景二人打过交道，还是你专程走一趟吧，但一定要注意保密，说话掌握分寸！"不久，徐壮民借汇报工作的机会去了一趟新城堡沙坬沟。他当面向殷书记陈述己见，历数了宗、景二人的种种劣迹，表示了深切的担忧。殷书记不急不躁，耐心地向他讲述了共产党现阶段的政策、策略；以严肃的口吻说，共产党人胸怀宽广，就是要争取和团结各方面的力量壮大自我，要大处着眼、摒弃前嫌，不可用怀疑的眼光对待已经走上革命道路的同志；但也表示一定会加强监督、改造，使他们尽快脱去土匪习气，洗心革面，真正投身于革命的阵营。徐壮民无功而返，心头自此系了一个大秤砣。

蔺长财和章经武成了章廷芝的得力干将。此刻，豹梁寨子的一孔石窑温暖如春、灯火明亮，火炕上堆起银山；两人蜷腿坐在一边点数码钱，眼光雪亮，口水滴答。章廷芝坐在酒桌旁，大背头梳得溜光，煞有兴致地和梅婷、蔺姑娘两个姨太太玩耍打牌赌酒的游戏。两个女人不时偷眼觑瞅钱堆，美目流盼，叽叽咕咕，极力讨好男人。过了几锅烟的工夫，章经武说："大大，银锭拢共六千两！"蔺长财也数完："廷芝，大洋整码的，数了两遍，两千块！"章廷芝大笑："这一窝子掏着哩！刘家几辈人装穷，手里竟然藏了这么多的硬通货！"他各撂给二人一疙瘩银元宝和一包烟土，说："大姐夫，经武贤侄，你二人献计有功，拿去花！"两人不敢嫌少，揣上元宝和烟土兴冲冲去了。梅婷和蔺姑娘趁机撒娇，一左一右勾着他的脖子索要赏钱，章廷芝探过身子拾了两疙瘩元宝，扭着她俩的尻子，一人塞给一疙瘩。梅婷和蔺姑娘叭叭地亲吻着男人，咯咯咯笑着。章杰儒从门进来，眼睛斜戳着两个侄媳妇，嘴里嘟哝："黑窟窿！无底洞！"

前晌，章廷芝带领几十号团丁包围了洛河川刘砭庄大财主刘老抠的窑院，不费吹灰之力缴了刘家几个看家护院的团丁的长枪，从刘老抠身上搜出一支六响子。蔺长财晃一晃手中的一个信封，诡秘一笑，对一脸气闷的刘老抠说："老啬鬼，豹梁寨子接到举报，你儿子刘柱当了共产党，在新城堡带着游击队打砸抢烧、分粮分地，证据装在这里头。有人交出人来，没人交钱顶罪。"刘老抠张了张嘴，却无话可说。他的小儿子刘柱榆中毕业后就不见了踪影，据说当了红军，有人在新城堡见过。蔺长财见他语塞，直奔主题，开口索要五百大洋。刘老抠脱下破棉帽，理了一下苍白的头发，斜睨着他说："刘柱的腿脚长在他自个儿身上，我养了他的人没养他的心，有本事你逮住枪崩哩，我老汉眼窝也不眨一眨！至于钱，十块八块还是有的，那也是我刘家人起鸡叫睡半夜挣来的，不是刮风逮的，不填瞎眼子……""不想听你饶舌狡辩。"蔺长财冷笑着，打断他的话，"人人说你刘老抠穿得烂走得慢扁食圪蛋家常饭，如今成了赤匪家属，还装穷嘴硬，一刀子攮不出黑血，连五百块大洋也舍不得。今天倒要探探你的水深浅！"刘老抠眼瞅躲不过去，咬咬牙，转头对院里转悠的章廷芝喊道：“大侄子，你红口白牙，头发畔子黑森森的，老人手上的事不晓得——我跟你大也有不浅的交情，早年一搭赶牲口出门贩烟土，下关中走西口，一盘炕上睡觉、一个锅里吃饭，是磨牙打鼾耍鸡鸡的兄弟。既然大侄子亲自过来，老叔给足你面子，给你手下弟兄二十块大洋，还有这几杆值大钱的枪也送你，就当茶水、鞋脚费，就当罚款，你也不要再拿刘柱的屄事戳老叔的脊梁哩！”章廷芝脸色难看，喝道：“政府号令剿共，我们例行公事搜查红军，还废什么话？给我搜！”蔺长财和章经武早已风闻刘家藏钱的手段，吆喝一声，团丁分成几拨，手执镢头、铁锨呼啦啦冲进石窑，也不去翻箱倒柜，只在四下里敲敲打打。过了一会儿，开始刨炕洞、掘灰坑，又一拨折到院子里掏鸡窝、挖圈棚，屋里尘土飞扬，院内鸡飞狗跳。刘家十几口人搐缩在院墙圪塄，婆姨女子吓得哭哭啼啼，小娃娃毛眉毛眼，各自钻进大人的尻裆。刘老抠在一孔石窑的门槛前袖手而立，嘴里叼着旱烟锅子，脸色平静。折腾了一个前晌，只搜到两袋子铜钱和几十块银圆，还是一个团丁从箱柜里翻出的。蔺长财和章经武大眼瞪小眼，一起想到使出捆绑吊打的撒手锏，正待动手，章廷芝摆手制止。洛河川有名的刘老抠手头就这么几个小钱，岂不是扁担开花、豆腐生芽的日怪事？章廷芝也颇为纳闷。他眼珠骨碌来骨碌去，猛地发现刘老抠似乎一个多时辰一直木桩子似的杵在门槛外三尺远的地方，心头一动，就凑到跟前，狡猾地笑着，指着脚下，附在耳朵上说：“刘叔，这脚底下挖上一丈深浅，敢有红胶土吧？”刘老抠一愣：“瞎说哩，哪有什么红胶土？挖深挖浅都是一色的黄土……院里打过洋芋窖，晓得，晓得。”章廷芝哈哈大笑，说刘柱就藏在下头的地窖里，喝令团丁锹镐齐下就地挖掘。刘老抠脸色寡白，却不吱声，拍打着落在身上的土屑，说：“我走州过府几十年还没见过骡子下驹。我闲得没事拉上狗到河湾饮去遛去哩。”说罢，背抄双手转身出了大门。章廷芝不理他，在院子里转圈，想再探一探刘老抠的反应。地皮冻结，挖掘艰难，一镐下去只磕进二指深浅，团丁们就地生火烤酥，一层一层往深挖。待挖到三尺深浅，见土层无异样，章廷芝正打算作罢，刘老抠却折回了院子。突然，他双膝跪地，向章廷芝祷告说："好爷爷哩，今年上山不空，不经阴阳洒扫拨料禳解抹捋就到处动土，震惊了太岁还能了得？我在后山圪塄藏了五褡裢烟土，够一百几十斤，是我刘家的血本，值大价钱，你们拿去吧！"章廷芝笑道："刘叔，早说多省事！"他命令团丁停手，让刘老抠带路，章经武带几个人跟着去取。刘老抠满头虚汗，走到大门口回头望了一眼，说："如果惊动了太岁爷就捅下乱子哩！人牲口四季不得安生！"

一个时辰过去。刘老抠领着一伙背褡裢的团丁回来，却见门前黄土堆山！十几个团丁惊呼着，从地窖里抬出一口口褐色瓷瓮，抱出一个个长耳子的黑色瓷罐，揭去油纸揭去盖子，又发出疯天疯地的狂叫。刘老抠脸白如纸，骨头散架，一个马趴跌倒，沾了一嘴土末，褐色的破棉帽子掉落一边。须臾醒来，撕扯着身上的黑土布旧棉袍，眼里流血，放声号啕："天呐！这钱是刘家几辈人黑水汗脸积攒下的……你们凭什么青天白日抢人！"他蛇一样爬行过来，死死抱住章廷芝的腿，声嘶力竭喊着要去找章鸿儒评理、要去镇边县衙告状！章廷芝冷笑一声，当即宣布刘老抠私贩烟土、勾结共产党罪证确凿，他代表政府处以极刑！砰的一枪打去，刘老抠的脑门心秃噜弹出一股殷红的浆糊，身子慢慢倒伏。

章廷芝自夏天回到银佛坪，发誓要重新拉起一杆子人马打自己的天下。豹梁寨子里的一百多号团丁像野黄蜂一群一群飞出，借口盘查红军，设卡劫财，以致经吴起往来三边各堡城与陇东华池、庆阳一带的商道路断人稀。一伙从庆阳过来的烟土贩子夜经吴起，蔺长财和章经武在路口设伏，团丁一拥而上，抡起马刀一顿乱砍，烟土贩子无一逃生，后被集体窖在山水圪塄里掩尸灭迹。又一伙宁夏的回商驱赶几十峰满载咸盐和皮货、药材口袋的骆驼夜宿吴起，章廷芝带人将骆驼、货物和路费盘缠悉数掳走，连夜在山圪塄掘成大坑，把这伙蒙眼塞嘴的生意人全部活埋。章廷芝用抢劫得来的大把银子招兵买马，整修堡寨，与红军游击队对抗，周边地区铁板一块，游击队绕道而行。

七月里，刘志丹部一个营的红军夜袭豹梁寨，意欲拔除眼中钉。起先，红军搭云梯多点突袭，章廷芝分兵反击，战斗激烈，相持不下。红军改变策略，重点突破，攻打寨门。在轻机枪和排子枪的掩护下，战士们抬着巨木冲上，一举撞开寨门，蜂拥而入。危急时刻，章廷芝率预备队杀出，密集投弹，红军伤亡惨重，退守门洞。章廷芝发声喊，抱着一挺轻机枪冲在前头，将门洞里的红军战士悉数射杀，指挥团丁收复寨门。红军惊骇其悍猛凶残，放弃进攻，连夜撤离。这一战后，章廷芝心有余悸，召集洛河川各堡寨、崖窑的民团头目前往豹梁寨子聚会，号令互通消息，联防共守，听从调遣，统一指挥。偏有寨子山杨团总和柳嵝崄黄团总几个硬汉既不赴会又不服调遣，章廷芝决计杀鸡给猴看。

一个月牙斜挂的暗夜，二百多团丁把寨子山悄悄包围，偷袭未能得手，就喊话劝降。杨团总不予理会，只回话说你走你的阳关道我过我的独木桥，咱马王爷不管驴的事！章廷芝气极，下令强攻，杨团总带领数十个团丁和一家老小凭险据守、奋力抵抗。中途，章家团丁分几拨攀云梯逼近墙头，寨子上几股人吆喝着各抬粗重的杨木大梁砸下，云梯倒塌，十几个团丁死伤。章廷芝恼羞成怒，命令一齐投掷手榴弹，轰隆隆的爆炸声里，杨团总一方死伤惨重。团众乘机全力攻打寨门，突破拥入，将寨中人统统砍死，洗劫一空，放火焚毁。第二天，章廷芝让人赶做了一挂超高云梯，天黑时带二百多人扑向柳嵝崄崖窑，指挥团丁搭梯强攻。黄团总带十几个人守在窑口，手执绑扎了油棉花火蛋的柳椽股杈猛撞云梯，进攻的团丁惊啼着从半空跌落。两番落败，死伤十多人。第三轮强攻之初，章廷芝带人爬上崖窑顶头的山上，实施空中偷袭。他脱光膀子，身背两把匣子枪，将长绳系在腰间，拎着手榴弹捆子，让团丁将他从悬崖缒下。逼近崖窑，趁着守方正在合力撞击云梯、门洞大开，章廷芝拉着引信，把嗞嗞冒烟的手榴弹捆子扔进窑里，一声巨响，崖窑被炸得稀烂。借着滚滚的硝烟，章廷芝孤身冲入，两把匣子枪左右开弓横扫过去，将炸伤炸蒙的人统统射杀，又窜进拐窑，一枪一个把黄团总的一家老小全部打死。悬崖下的团众翘首观望侈耳谛听，个个心惊肉跳，对这个亡命之徒畏惧如虎、顶礼膜拜。从此，洛河川各民团尽数归附，江湖一统。

章杰儒觉得章廷芝几个月以来的行为毁损、败坏了章家的脸面和名声，很是忧虑，训斥了一回，让他快快收手！章廷芝说："我的人马都归了廷祥，廷祥卧在了毛毯毯上，总不能叫我睡在冷炕上。我这人不闹事则罢，要闹就闹他个雷翻艮震、地动山摇！"章杰儒说兔子不吃窝边草，不能由性性乱来！章廷芝说："七大，你放心，我自会抹擦洗刷的。到时候由你亲自捉刀书写报告，把罪名栽到共产党头上，呈送衙门了事。""你偷了牛，叫老子拔橛！"章杰儒无奈地说，"子大不由父哟！"

庄稼上场时节，听说刘志丹的弟弟刘景范在杨青川一带闹腾得厉害，章廷芝特意制作了一面写着"血洗杨青川、活捉刘景范"两行字的杏黄旗，带领二三百骑东进保安县，在杨青川横冲直撞。几天里，他们将有通共嫌疑的农户统统抄家，砸毁门窗，放火焚烧堆在场院里新收的庄稼，捆绑吊打数十人，枪杀十余人。一回，依着线报，活捉了游击队一个姓张的大汉，章廷芝要他说出红军头子刘景范的行踪，大汉拒不交代，章廷芝下令用马刀砍死。一个团丁抡起马刀照准大汉的头连砍三刀，鲜血喷溅，大汉却不死，只拿血红的眼睛死死盯他，团丁骇怕，扔下马刀跑开。章廷芝一跃下马，抄起马刀，朝大汉脖子上斜砍过去，咔嚓一声，头颅滚落一边，他一脚踢飞，骂道："老子不信共产党的脑袋是铁打的！顺我者生，逆我者死！"

成功劫得刘家巨额浮财的第三天晚上，章廷芝接到章鸿儒的传信，称国军三十二军副军长兼八十四师师长高桂滋奉蒋委员长军令率部从山西、河南一带开到陕北绥德，将和榆林井岳秀的八十六师及甘肃的地方部队联手围剿陕北红军，章鸿儒要他带队北上安边，待高桂滋返回定边老家省亲之时伺机投奔，再辟一条官道。章廷芝和章杰儒大喜，指派蔺长财和章经武收拢各民团，加紧招兵买马。半个多月后的一个早晨，章廷芝将豹梁寨子的防务交付章杰儒，留下一百多号团丁据守。几声军号响罢，又是一阵扬威的排子枪，一身戎装的章廷芝跨上马背，携梅婷、蔺姑娘两个姨太太，率领一支三百多骑全副武装的马队从寨门赳赳而出。为炫示武力，刻意绕道，望镇边城进发。

# 第十七章

早饭时光，客商三三两两进入新开张的志魁客栈的馆子。大师傅杨德生在厨房炒菜炖肉蒸馍馍，两个伙计进进出出，端菜上茶，招呼客人。——白文翰承受不了东奔西颠的辛苦，又忧心买药的事情早晚露馅招惹乱子，夏天时把戏班盘给了白菜心和海红子，脱开身子，翻修了城里破败的老屋，让大儿子开张了客栈。

里院的雅间里，二老爷和二县长接受一家打官司的吃请，正大快朵颐，餐桌上，猪脑肉清炖鸡羊棒骨牛蹄筋干崩野鸡及小葱拌豆腐清油炝沙芥的荤素菜碟摆得满满当当。白志魁显得紧张，忧心伙计不懂礼数，便亲自过去伺候。他脸上堆了笑，及时地清理着餐桌上吃剩的骨头和抛撒的饭菜，一边小心地向二老爷和二县长征询菜品的材质、味道的象况。二老爷一嘴油腥，伸长脖子饮下一盅老汾酒，模仿本地人的口气说："×的麻达也没!"一个做东的罗圈腿赶紧拥起酒壶斟满盅子，赔着笑脸说："白掌柜，二老爷说好那就是好!"二县长脸色不见威严，显然也吃喝得舒服，白志魁放下心，又忙忙去换茶。

自张自立主政镇边，民间诉讼的案子，那些状词、签票、拘拿、讯问、杖责、审断的环节悉由二老爷和二县长把持；两人勾勾扯扯，一个唱白，一个唱红，两头日鬼，惹上官司的什么刘二脑、王三胯的原告被告统统不放过，官司输赢的玄机就藏在依成例酒足饭饱之后再行递上的红包里头。这罗圈腿便是其中一个被套牢的，据说是一桩狗咬死人的案子，罗圈腿比原告多使了银子，案子经二老爷的戳戳拐拐，再经二县长的初步审断，狗的主人罗圈腿便眼见要与狗撇清关系了。

这时，有县政府当班的外勤跑颠过来报告，说章廷芝团总大队人马吹着响号进了城。二县长一惊，撂下筷子，拉扯上二老爷出了馆子。罗圈腿摸出红包出门送客，叮问道："二老爷，我那案子快有个落音了吧?"二老爷探过红包装进衣兜，说："赌好吧!"白志魁也出来送客，望着老虎一样身份的客人走开，他舒口气，轻松了。

街上的行人神色慌张，作鸟兽散去。一队人马浩浩荡荡开来，为首的正是意气风发的章廷芝。二老爷和二县长小跑过去，老远就打躬作揖。马君臣已显老迈，上气不接下气从局子里跑颠过来，逃亡进城的团总、财主三三五五迎出巷子，一股人聚拢到一搭形成欢迎的场面。章廷芝哈哈大笑，长腿一扬从马背上纵身跃下，和这群镇边城的头面人物一一握手问好。几个亲随、下人抢上前，两个撅起尻子弓起脊背候在马胯，两个丫头小心搀扶，梅婷和蔺姑娘踩着人凳下马。梅婷娇滴滴地莺鸣一声，说："人家走了一天一夜的路，浑身都散架哩!"蔺姑娘跺着脚，直喊："哎哟哟，人家冻死哩渴死哩饿死哩熬死哩瞌睡死哩!"

经二县长小心打探才知章团总是路过小歇，众人宽下心来。章廷芝此行原本是扬武立威的虚事，得知张县长和屈营长一清早带了一个连的人马去柠条原视察防务，心中暗喜，吩咐二老爷、二县长、马局长几个速速安排好人吃马喂，特意安顿让两位太太在志魁客栈吃喝罢了就去里院的客房歇息，自个儿骑了青云，空中一鞭，直奔县政府后院张县长的私宅。

张太太正自无聊，一个人趴在穿衣镜前用白丝线绞拔脸上的绒毛，听见门响，未及回身，已被一个大汉搂紧后腰、攥了奶子，耳畔传来狎昵之语："羊羔羔毛蛋蛋，想死爷爷哩!"张太太惊怒之间，看清大胆贼人竟是章廷芝，大喜过望，嘤嘤鸣叫，小鸟似的依偎过去："好你个偷腥的贼和尚！"章廷芝轻舒猿臂托起她娇小的身子，往空中丢了三丢，逮了三逮，在张太太的一串惊啼里，怀抱美人一纵上炕。张太太绞了腿，忸怩作态，说人家脸烧烫，臊人！章廷芝拥着软玉温香，亲抚一气，把腿掰开，说："果子是偷的香，人也一样。来，这回偷吃萝卜，偷吃了萝卜就不臊哩。"他霸道地丢剥了她的衣裳，扯下自己的裤子，正待入港，张太太惊异地捏住，说："噫，噫，这么愣实，人家怕怕！猴急什么，脱光了舒服……"章廷芝一边解带脱衣一边坏笑："毛人人，头一回嘛！"张太太乖觉地说："大胆贼汉，人家怕怕，你下炕把门顶住！"章廷芝说："给老子真麻烦！"

张太太经历了一回摇山撼海的洗礼，那一刻，于床笫之欢，她竟是初次登顶，惊疑自个儿的魂魄飞出九天、承载性命的躯壳不晓落脚到了什么地方。当张太太娇喘微微、汗湿淋淋精尻子坐起时，一张粉白脸已似春雨初霁盛开的一丛桃花，千般妩媚，万种风情。她被这个阳刚之气十足的野男人彻底征服，作为一个有夫之妇，对这号事却有了花心的解读，就仿佛自个儿一下子就被解放了！这妇人适才消耗了体力，软塌着陷于回想——自家男人原是一个朽阘阓，哪里有这么强壮的功能！想到男人的一部分头顶遭到自己关键时刻经常性的揪抓以至于半秃了，就笑他活该！"你憨笑什么？"章廷芝不解地笑问。妇人醒过神，嘤咛一声偎贴过去，柔情无限地抚摸他肌肉虬结的身体，娇语涓涓……这时候，响起笃笃的叩门声，张太太一惊，双手掩住一对大奶子，毛眉毛眼，直声说麻烦咧咋价咧掌柜的回来咧！章廷芝却不慌不忙，粗声大气地说："瞎敲个×！你们到馆子赶紧准备酒菜，我和太太拉几句要紧的话，忙得还没顾上吃哩！"二老爷和二县长处理完手头的事情却哪里也找不到章廷芝，一路打听寻在这里。听到章廷芝的声音，二县长抿笑不语，二老爷却很是好奇，使劲用膀子抵扛门板，里头顶得死死的，哪里抵扛得动。他瞪着眼睛悄悄对二县长说：“里头窸窸窣窣的，拉什么话？还顶门？咱两个等等吧。”“等菜哩！”二县长说着走开。二老爷挡一挡墨镜，只得悻悻走了，一边大声佯咳着。张太太听得清楚，压低声音说：“是老二！”章廷芝笑道：“这号事蹬上裤子倒不认账哩，给爷爷干瞪二十四眼，管他老大老二！”他穿好军装，愈显英俊潇洒，张太太看得眼痴，拽着不放。“还不足心？”章廷芝掼了一掌她的尻蛋子，从兜里摸出一根金条，丢在炕上，说：“看你熬煎得一身香汗，那就麻烦你哩！”

后晌时分，张自立和屈营长还未返回，章廷芝也不耐烦伺等，率队出城。马君臣、张桂生几个拎着大包小包撵在两位太太尻子后头送礼，梅婷和蔺姑娘惊惊乍乍一一笑纳。二老爷在酒席间兜里装了章廷芝撂来的一把银圆，自是客客气气，一路送到北门外。张太太披着狐皮领子的大氅，软格摆摆地小步趱赶，一直送到冰花簇簇的北门河边，舞手舞脚地说：“我说章团总，可不敢撂生咧，闲时就过来和嫂子拉话——”梅婷和蔺姑娘噘着嘴巴，瞧也不瞧一眼，却不约而同地啐道：“烂鞋！臭不要脸！”

张自立第二天后晌才从柠条原返回。一进门就捏了一把太太的尻子，张太太咿呀一个尖叫，说：“馋猫子，天色还早咧！”她对丈夫的反常之举有些纳闷，问道：“今儿日头从西边出来了，咋心气这么好？”张自立脸色晴朗，张大立竖竖的眼睛说：“柠条原是镇边的钱袋子，至今还是一块铁盖，本官放心嘞！”

昨天，区长赵天孝陪同他和屈营长视察了镇子的防务和治安：屈部一个连驻扎在章家废弃的土寨子里，岗哨林立，军容严整；四处海壕吊桥为四个哨卡，由区公所团丁分班轮值，定时巡查；镇上人烟吵闹，秩序井然；市场交易红火，风光依旧。酒席间，赵天孝炫示小桥畔寨子新拓一城，城防坚固，治安团拥有长短枪二百多杆、轻重机枪十几挺、手榴弹数十箱、子弹无数，共党魔头不敢觊觎；又吹嘘教民区各地方也是祥光笼盖，子民诸恶莫作虔诚向主，共产党的一只麻雀也飞不进来！张自立十分满意，当场予以褒奖。趁着酒兴，他还去了一趟小桥畔教堂，果见堡寨雄壮，戒备森严，诵经声声，叩拜连连，一派异域气象。在教堂圣坛两旁悬挂的耶稣画像和圣母玛利亚画像前，比利时国大胡子神甫格文智画着十字，操着流利的三边口音说，在至高无上、全能全智、无所不在的天主保佑下，主的孩子正虔诚地赎罪，过着无忧无虑的日子。格神甫喋喋不休，称共产党祸乱中华，所盘踞之地乃是恐怖的地狱，到处是不灭之火，蛇蝎爬行，群魔乱舞；乞望张县长借助宗教的手段去治理地方，让宗教去规范行为，慰藉心灵，让万民接受主的洗礼，接受主的恩赐和庇护，那样才可驱除匪魔，安定地方，才可走向和美的乐园，走向灿烂的天堂。张自立听得云里雾里，讪讪而退。履任以来，他已摸清了底子。依照清政府与洋人签订的《三边教案和约》，小桥畔教堂所占有的大片土地早已过了抵押期限，可时局动荡，战火频仍，国民政府内忧外患，哪里有闲工夫拾掇陈年旧事，和洋人清算老账？此事关系国家外交，牵涉蒙汉两族，他是不愿染指的；但看到柠条原一区因天主教的强悍势力而得以浑全囫囵、不被赤化蚕食，便又闪动了一个念头。之后，他们去了神甫室；之后，又去了用膳房。在晚祷歌响起，张自立走出教堂大门的时候，已是一脸的恭敬和感激了。

几天后，一个由龙州堡阎老总倡议的酝酿已久的“群英会”在县政府议事大堂隆重举行。

大堂座无虚席。坐北的墙壁中央悬挂了孙中山和蒋介石两位领袖的大幅画像，上方两侧斜竖起青天白日旗和青天白日满地红旗。当身着中山装、表情严峻的张自立走入大堂，县、区两级的头头脑脑和堡镇的团总及几个宾客齐刷刷起立，行注目礼，一齐鼓掌。张自立清清嗓弦正待开场，却被一桩小事搅扰——并无职位的二老爷在门外探头探脑，试图进来，张自立眉毛竖起，厉声呵斥，二老爷讪讪地去了。与会者为之一惊，个个精神整肃，不敢吭咕。依照成例，张自立立在前首位置，全体人员面朝领袖，躬身诵读了孙总理遗训。肃静的气氛里，张自立款步走上主席台，操着流畅、清晰的察哈尔口音，打了几句官腔，直奔主题：“诸位，自下半年以来，共党活动猖獗，接连赤化、蚕食了新城堡、龙州堡、宁塞堡、镇罗堡、镇边堡偏远之处的大片地区，所到之处杀人放火，设置非法组织，抄没士绅富户财物，瓜分田地，哄抢粮食牛羊，犹洪水猛兽，危及执政根本；本官寝不安席，食不甘味，如芒在背，如鲠在喉！”接着，他特别讲述了士绅、团总张桂生惨遭灭门之祸的经过，说着说着竟涕泪交流。张桂生更是捶胸顿足，牛嚎起来，会场一片嘘叹、骂詈之声。张自立掏出手帕揩了揩眼睛，痛心疾首地说：“而各堡士绅、团总却一盘散沙，望风而逃，躲进城里偷安，以致举县上下陷于混乱和失控境地，任由赤匪坐大，肘腋之患质变为心腹之患，实乃党国之不幸也！”见与会者个个垂头丧气、六神无主，张自立话锋一转：“陕北之乱已引起国府高层关注，蒋委员长颁下军令，调集重兵，行将大举围剿，这不堪的一页眼见就要翻过去嘞！”会场响起掌声，各人提振精神，脸色亮豁。张自立不失时机地对张桂生率领团丁全力抵抗、宁死不降的壮烈之举大加夸赞，当即宣布了任免令，由张桂生出任镇边区区长。又是一轮掌声，会场气氛活泛开来。张桂生抹去眼泪，庄严神态，当场表示誓死追随张县长，跟赤匪小子不共戴天，血战到底！

张自立又表彰了柠条原区赵天孝区长，称他守土有功，治军有方，任命为镇边县民团总团总，号令各民团一律听从指挥，违令者严惩不贷。赵天孝得意扬扬，表示一切听从张县长差遣，愿与各民团精诚合作，同枯同荣，共拒匪魔。这项任命显然是一个颇有深意的举措，会场静默一刻，士绅、团总们便交头接耳了。张自立巡睃一圈，见无人站出来反对，很是快意，适时地做了提纲挈领的小结：“导致当下乾坤颠倒、法度废弛、舆情混沌、人心离散的罪恶渊薮是什么？就是共党祸乱！共党一日不除，天下永无宁日，我等就是要凝聚各方人心，整合各方力量，形成核心，合纵对敌!”阎老总显然没有参透张自立的弦外之意，还在为自己的合纵之策激动着。这刻接过了话茬，口若悬河，引经据典，借古喻今，畅谈纵横捭阖之道，特别阐述了春秋战国时期齐、魏等六国以合纵之策联合抗秦的掌故加以引导点化，众人频频点头，张自立带头鼓掌了。

进入表态发言程序，二县长、马君臣一个撵着一个从座位上站起，痛斥赤党搅乱朝纲、践踏王法、毁坏祖宗规矩的种种行径，呼吁全体士绅、团总和有识之士齐归张县长麾下，配合国军主力，联手剿除。章杰儒对前头县府的褒奖颇为不满，阴沉着脸，炫示了章家不惜抛出祖产招兵买马与红军血战豹梁寨子并大举清剿洛河川、杨青川共党祸乱的一宗宗事体，称章家已与共党彻底撕破了脸，不论政府体恤不体恤、抚慰不抚慰，为保三边安生，章家一如既往，誓与红军血战到底!张自立早先已接到章家的“剿匪报告”，并有筹划，只是顾虑章家的土匪名声未做表示，见这个情状，当场宣布拨出银圆五百给予重奖，称章家是三边的一根定海神柱，章廷芝团总胸怀大志，武功卓绝，实乃三边的一位大英雄，号令各堡镇引为典范，效法践行。章杰儒自是脸色晴朗，大大咧咧地说：“共产党也罢，红军也罢，不过是一帮穷小子，又不是三头六臂的孙悟空，有甚怕头!”

这工夫，大堂里却响起粗重的呼噜声。众人看时，坐在后排的白文翰脑袋斜歪在墙壁上睡得正香，口水一滴一滴落在地上。张自立拉下眉脸，径直过去，手搭肩头摇了摇，白文翰睡眼惺忪，惊慌地叫嚷道：“我的羊群跑乱哩!”惹得众人哭笑不得。突然，张自立大声说：“白先生，市井传言你的四儿子白志坚离开北平去了南梁，莫非真有此事?”白文翰一愣，随即矢口否认：“十里路上没真言，尽是谣传，前一阵子我还朝北平捎话捎钱哩。”接着又大倒苦水，“好我的张县长，你算算供书念字花了多少钱?从小学到中学直到北平的大学堂，我都是黄土埋在半脖子的人哩，还一天爬山溜沟瞎挣命，父欠子妻哪。家里老五的娃娃都满地跑颠，老四还打光棍，丢人背兴的。赶明年他毕了业，我揪拿回来，把婆姨给他娶过，心也就拴住哩，我手头的大事就算完嘞……”张自立皱着眉头，打断他的唠叨，不阴不阳地说：“白先生当年叱咤风云，可不是这般光景。”“县长大人抬举哩。我是老骡子拴在了背巷，这把年纪，连自个儿脑上的秃痂也挠不动哩。”白文翰自嘲道。马君臣打量了他一眼，冷笑着说：“有些人精得跟狐子一样，怕是心里有鬼，故意搅扰场合，装傻充愣。”李函玉显出同情之色，说：“白先生子女众多，拖累大，操劳了大半生。记得当年杨将军在三边时就对他说，儿孙自有儿孙福，何必老父做马牛……”他引开了话题，又抬出杨将军来，众人皆知这老汉身后有大树倚靠，也不再关注、疑猜。

轮到李函玉发言，他立起身子，慢悠悠地说：“共产党所鼓吹的主义其实与古人的大同理念多有契合，可惜是一个发端久远的悖论，有如空中楼阁、水上浮萍，背离社会嬗变之规，悖逆自私自利的人性禀赋，万难实现；其劫富济贫手段，乃是一种社会正义激情的野蛮发泄，逞一时之快，有违圣人之道，多为会、道、门甚或啸聚山林的莽夫、好汉为蛊惑人心所惯常施用，自不可取；而杀人放火者，已属残暴、邪恶之列，着实可气，应予挞伐。至于党派之争，攻谋伐略，鄙人一介郎中，从不介入，一窍不通，更无主张可言，还望各位见谅。”说罢，泰然落座。校长高先生也被邀为宾客，他大体倾向于李函玉的说法，却又不敢尽言，表示一介书生，手无缚鸡之力，唯愿百年树人，不敢过问政治。张自立听了二人的说辞，面色冷冽，未作褒贬。赵天孝候到此刻，显然想表现一下，虎势势站起身来，大声佯咳着，斜视了李函玉一眼，说：“某些人故弄玄虚，态度暧昧，鬼才晓得安的什么拐拐心！”他侃侃而谈，力主与洋人携手，借取天主教的强大武力协剿，并枚举柠条原一区至今尚无一寸土地陷落于共产党之手的事实加以佐证。李函玉越听越是恼火，脸膛涨红，拍着桌儿打断他的话，喝道：“国民党与共产党相争相斗属于兄弟阋墙，中国人的事中国人自个儿了结，绝不可以辱没祖宗、失却民族气节，与洋毛子沆瀣一气！”此言一出，满堂皆惊。赵天孝的父亲即是当年传教士的马前卒赵世昌，李函玉曾因状告洋人在红柳河畔遭受暴打，与此人撇不开，而赵天孝现时又充任教民区治安团团总兼小桥畔教堂二掌柜，与洋神甫伙穿一条裤子——众人情知这个底细，见两人相争，由窃窃议论进而各抒己见。多数人以为与洋人勾连有辱祖宗脸面，表示了否定的态度。阎老总也表了态，义正词严，不予支持。章杰儒则明显袒护李函玉，当场表示绝不与洋人合作；他重提前尘往事，诅咒若不是当年洋毛子窜来三边传什么鸟教，父亲大人也不至于被罢官的！赵天孝陷于尴尬，面红耳赤，剜了李函玉一眼，嘟囔道：“你姓李的显摆清高，空谈国事，还不仗着当个商会会长，又有几个亲戚在军中当官，若是共党抄了你家，看你如何反应！”李函玉眼中从来没有揉进这号人，懒得理睬。赵天孝的主张受到众口诛伐，张自立脸色惨白，闷坐了半晌。

大堂内喧哗持续。张自立终于站起来，威严地咳嗽一下，拍着桌几大声说：“诸位肃静——坐镇榆林的井师长早有训示，防共剿共迫在眉睫，刻不容缓，甚或斥责本官胆小如鼠、不敢动刀杀人！此等情势，岂容我等自由抉择，逞口舌之快！”见众人安静下来，便草草收场了，“当今之计，我等皆须遵从蒋委员长号令，精诚团结，共图国家大业。欣闻高桂滋将军奉命率部自山西、河南越河西进北上，业已进驻绥德，将与榆林井师长及陕甘宁晋四省国军携手剿除陕北、陕甘边之共党，形势行将发生逆转！

“值此万难之机遇，本官日前做出两项决断：一是开征杂课和各项摊派，为大军积极筹备粮草费用；二是着手编练铲共义勇队，强化武力，防堵共党，绥靖地方。此两项决断会后即以通告形式下发，细则明了，五堡一镇各区须当遵照执行，不得有误！

“诸位皆是地方名流贤达、栋梁柱础，为党国大业计，为身家性命计，还望上下携手，合纵抗敌，将境内共匪剪除于初萌之际……”

县政府接到报传，高桂滋将军已从绥德出发一路北上回定边省亲，不日路经镇边城。张自立和二县长几个计议一番，认为这是十分难得的机会，对于安抚民心、鼓舞士气、提振信心、震慑赤党作用不可低估，打算在城隍庙广场举行隆重的欢迎大会。张桂生带一股人去了附近村庄，敲打铜锣布置开会出人的事情，限定各家各户到时候至少出一个人参加，谁家不出人一经查出即罚款处理。二县长也领了差事，差人在广场北边的一家字号为“丰德隆”的杂货铺门面台子上搭起了一座土气又阔气的里头布置了讲话台的彩棚，悬挂了高先生书写的颜体风格的贴檐、条幅，责成周围住户人人动手清扫广场。二老爷负责施放礼炮，早已备办停当；闲着无事，戴了墨镜骑上洋马儿来广场兜风。他丢开手把转了一圈又一圈，扯开嗓弦吼喊：“老爷眼尖着嘞，谁家门前打扫不干净，看老爷割了你裤裆的鸡巴！”

张自立是个细密、谨慎的官场中人，连日到处打探关于高桂滋将军的出身和经历的底细，以为早些下足功夫，到时候说话自然就有了分寸，至少不会唐突失礼。然而，经过一番辛苦、备细的打探，结果反倒令他平添了几缕忧思。

高桂滋是定边县城人，出身苦寒，自小喜好使拳弄棍，只念过几年私塾。二十岁时哄伙几个人南下西安，加入同盟会，又入陕西讲武堂，后追随胡景翼、于右任参加了颠覆清廷的辛亥年陕西举义。民国初年，定边组建县保安队，他回乡当了队长，因剿灭为害三边的惯匪杨壳子而声名大噪。井岳秀出任陕北镇守使后下令改编各县保安队，高桂滋当了井部一名骑兵连长，所部驻防绥德。未久，井岳秀侦知高有异志，欲派兵缉拿，高桂滋得悉起兵，将井部驻绥德的另一个骑兵连缴械降服，率三百余人西走三边。井岳秀派兵追剿，高部溃散，仅领八人逃亡甘肃投军。井岳秀欲赶尽杀绝，行文甘肃，高遭扣押。待解期间，经胡景翼将军出面讲情，得以释放，兵变一案不了了之。高桂滋自此沉浮军界，以军功步步登高。军阀混战中看风使舵，几易旗帜，所部实力壮大，成为北方的一支劲旅，本人官至国军陆军中将。

令张自立颇感揪心的是他又打听到了一个细节：高桂滋与井岳秀鲜有往来，所结下的死结至今未解。恭候翘盼的两天里，他陷于一种莫名的懊恼和愁怅，揣揣摸摸，长吁短叹，连睡觉也在念叨，忧心高、井二人不和会误了剿共大事。张太太哂笑说：“人家牛高马大的官，你菜籽大的心，咸吃萝卜淡操心！”张自立被一语点醒，暗自发笑，觉得是天下本无事，庸人自扰之，似高、井二人这般人物，自当会以国事为重，岂是小肚鸡肠！

正是前晌光景，东门外传来三声闷钝的炮响，二老爷疯天疯地跑来，大声吼喊：“来啦——来啦——”张自立带领屈营长、二县长一股人径奔东河畔，只见军旗招展，响号声声，大队赳赳的人马从对面的山坳转出。又一声长号，队伍分成整齐的两列，一乘骡驾轿窝从中穿过，款款而来。轿窝穿过冰河停下，在骡子的响鼻声中，帘幔撩开，一位中年军人甩开两个贴身护兵的搀扶跨下轿窝。众人睁大眼睛瞄扫：高将军中等身材，四方脸，留着一撮仁丹短髭，身着蓝色呢料将军服，领口两边四颗将星闪闪烁烁。而引人注目的是他腰间挂着一把带皮鞘的东洋刀，据说是长城抗战时从日军一个佐官的尸体上亲手缴获的。张自立和各界代表迎上前去，躬身行礼，热烈鼓掌。一番寒暄，一行人直入东门，径往县政府大院去了。高桂滋此番省亲带了两个警卫连和一个步、骑混成团，步、骑混成团依令在城外以连为单位搭起军帐埋锅造饭，就地宿营，只两个警卫连入城。

晌午时分，一声军号，部队紧急集合，一千几百号人排成队列，在广场南边形成严整的方阵，刺刀像一片丛林，闪着寒光，齐刷刷直指天空。广场上聚集了两三千号市民和十里八乡的庄户人，进城卖柴卖草的也被吆喝来了。这样雄壮肃杀的场面没有人见识过，不知要咋的，人们一色呆憨愣怔。

不久，二老爷现场指挥，城头连放了三挂连响炮；高桂滋在张自立一股人的簇拥下进入广场，登上讲话台。张自立神情庄重，宣布开会，大声讲道："父老乡亲们，近年之间，共党猖獗，乱我三边，煽风点火，鼓动造反，打砸抢烧，大闹共产，践踏法度，扰乱治安，以致黑白混淆，乾坤倒悬。值此危难时刻，高将军上奉蒋委员长军令亲率大军回到故乡，旨在保护乡亲、清除匪类、安定社会、造福桑梓，实乃社稷之幸、万民之福！本官一介文吏，才疏学浅，忝居大任，治地无方，诚惶诚恐，请允许我代表镇边军、政、学、商各界和父老乡亲，对高将军及所部党国精英表示至诚至极的欢迎和谢忱！"说罢，带头鼓掌，二县长一股人急忙响应。台下虽是听得糊里糊涂，但还是明白了今天是个不同于唱大戏的大场合，是冲着共产党和红军布排的，而且晓得了台面上讲话的是难得一见的县太爷，中央立着的是上头专门从外地调来的征讨大军的大军爷，好像是定边人。令人们兴奋的是，大军爷一脸居高临下的大将气魄，看架势官做得比县太爷还大,也不晓得是个什么戳天的官！上了年纪的人忧心惹下乱子,处处小心在意,连咳嗽也捂着嘴巴。倒是一茬年轻人脸色活泛,只把眼睛盯在高桂滋身上,嘀嘀咕咕,有胆头子大的悄悄说,不晓得这把插在皮鞘里的长家伙能不能削折胳膊粗细的柳椽或者斫断指头粗细的铁筋？

高桂滋向人群深深鞠了一躬，开口讲道："父老乡亲们——眼下，小日本子骑在咱中国人脖子上屙尿，先占东北，再占热河，觊觎华北，气煞我老高！老高自长城抗战后奉令撤兵河南休整，秣马厉兵，伺机出击，不料老头子训示，攘外必先安内，不能让共产党坐大，一通电令让我回来剿共。作为党国军人，须当听从领袖驱使，胳膊拧不过大腿，老高就回来哩！

"父老乡亲们，你们驮着日头，一年辛苦，却遭受兵革之祸，不得安生，作为党国军人，作为三边子民，我高桂滋深感愧疚，无颜面对家乡人哪！共产党、红军不过是一拨钻梢林、溜圪崂的造反分子，凭着几杆刀刀矛矛闹腾什么共产主义，能成什么气候？你们都是老实本分的受苦人，不要听信共产党那一套，哄伙着造什么反，革什么命，圪蹴在家里过好自家的光景日月才是正道……”高桂滋嫌文一句武一句说得麻烦，打住话，向身旁的艾团长丢了个眼色。艾团长拔出腰间的手枪，望空放了一枪——南城墙上架起的几挺机关枪一齐开火，像无数的老草鸡咯咯叫唤，南山坡上腾起一片土雾。百姓人等大都只是听说过或见识过井岳秀部队和土匪们的套筒、马弓、五眼钢、匣子枪一类的长短枪射击，从未亲眼看见机关枪开火，个个唬得不轻，碎脑子们哭成一哇声。张自立一股人自然明白高将军的用意，个个拍手叫好，唯有大个头的屈营长一脸尴尬和嫉妒。高桂滋望着惶悚不安的人群嘿嘿笑开，大声说：“乡亲们，不要怕，只是让你们见识见识。我老高的部队是正规的国军，每个连都配备了三挺轻机枪，一色的德国造，连步枪都是捷克式，而且还配备了迫击炮、掷弹筒，灰汉愣汉也晓得，手里搁些刀刀矛矛的红军是不是老高的对手……”

高桂滋歇息了一天，就去往定边。不久，三边驻军进行了换防。屈志鹏部等井岳秀的部队开拔北上，镇边城、柠条原和安边堡、定边城由高桂滋的部队接防，两下井水不犯河水。很快又传来消息，章廷芝投奔了高桂滋，被委任为中校营长，所部编为八十四师师部直属骑兵第二营，调驻绥德。张自立吃了安神药，加紧安排征收课税、摊派粮草、编练武装的一摊子事情，只盼国军快快开火。驻军军需、饷银由上头直拨，手头阔绰，并不需地方襄助；张自立揣着精明装糊涂，只吩咐各堡镇一切依从前号令行事办差。

张桂生骑着一匹黄骡子，几个差爷驱赶着两挂木花轮的牛车，后头厮跟五六个挎枪的团丁，吆吆喝喝进了老房滩，奔向王贵福家的院落。一股人高一声低一声地诈唬着，一进门就要吃要喝，嗵里嗵隆，马棒、皮鞭、绳索、铁链丢了一地。王老婆忧心这股子差官对儿媳妇动手动脚，安顿各自躲在家里不敢露脸，自个儿颠着小脚跑进跑出搂柴抱草烧水做饭。张桂生儒雅些，盘腿坐在炕上，摆了一副公差公办的样子。他依照手中的公文，将县政府明文规定的新增杂课一条一条敲明叫响，除了地、丁两项，另有什么大军补贴费维持费连坐费报传费清查匪类款保安赞助款，还有粮草料柴油盐的实物摊派。王贵福听得晕晕乎乎，愁云满脸，摩挲着剃光了的脑袋，圪蹴在墙圪塄一声不吭。张桂生是有名的铁算子，双手打算盘，闭着眼睛，噼里啪啦一阵脆响，清算完毕。王贵福掐着指头也在紧张地默算——除去杂课，把各种摊派折算成精粮细米，就得四五斗的黄米和谷米！张桂生瞪着眼睛说：“老啬皮，你倒是说话，缴也不缴？”王贵福担心算账上被捉了大头，又默算了一回，确信张桂生所报的数目精准无误，这才长吁一口气，说：“大区长，今年的皇粮国税该出的秋底都出哩，一文不少，一颗不欠，咋又秃噜冒出来这一摊？”张桂生扬一扬手中的公文，说：“你眼瞎耳背哩？眼下闹赤匪，大军将要征讨，不比往年。这是县政府追加的新课新规费跟临时摊派，按地亩、户籍册子下达，各家各户都得缴上。”一个外号叫赵二霉的大烟鬼躺在热炕头，打了一个长长的哈欠，自言自语：“老家伙，爱缴不缴，不缴我们几个就脱鞋上炕长住下来，暖窑热炕头，爷们一天还要抽上两口、喝上两盅，好吃好喝侍应着，临走还得付爷们鞋脚钱嘞。”王贵福晓得这股子吃人虫的无赖手段，咬咬牙关说：“少上两成，我缴！今年我家折了大财，可是倒了血霉哩！”说着，蹭过去，假装给张桂生拍灰尘，悄悄把两颗福珠（粒银）塞到他手里。张桂生接了钱，却拉下脸：“你当这是做生意捏码子？政府手头没钱没粮拿什么保护百姓的黑籽红瓤？谁家也不能少，一少就咬嘴乱包。至于大斗盘粮圪堆不圪堆、冒沿不冒沿，木刮子握在我手里，反正，只要态度好、人精明，总是不会吃现亏的！”

收了杂课钱，张桂生一股人吃了一顿腌猪肉臊子剁荞面，揩着脑门上的汗水来到院子里，开始一斗一升盘粮。这一刻，大门吱呀一响，王仓赶着六七只小羊回来，一声不吭杵在一边。张桂生掂量他个头不小、身板结实，朝王贵福说：“老王，这是你三小子吧？你上回不是说他在十一旅当兵，回家探亲，咋至今还没走？我看八成是开小差哩。县政府号令选拔壮丁、组建铲共义勇队的事情早跟你打过交代，明文规定，三丁抽一，这后生我们带走哩。”王贵福懊悔不迭，刚才只顾手头忙乎忘记让满仓躲起来，只得苦着脸说：“好我的大区长，自古一支不顶两门，我这三小子真是在十一旅当兵，刚升了班长，马上就得归队哩！”赵二霉刚才向他索要两个烟泡未得手，这会儿正恼火，大声嚷嚷：“老啬皮，你拍壳子，瞒哄谁哩？这小子回家有几个月了吧？哪个部队有一连放几个月探亲假的？再说一个穷当兵的还给放甚鸟假？分明瞎日鬼！”王贵福一时语塞，只好硬撑，说：“三小子在十一旅当兵是铁定的不掺水的事情，我托人使了钱请了一段长假，咋也不能骑双头马！”张桂生眼珠骨碌骨碌转着，让拿出队伍上开具的证明瞅瞅。王贵福支支吾吾，又谎称让猴孙子折风车叶子弄丢哩！张桂生心里有了谱，凑到他耳畔说：“老王，不拉壮丁也成，你掏出一百块现大洋，我找人顶替，有钱人家都这么买壮丁。”王贵福鼓大眼睛，嚷道：“一百大洋？春上一圈牲口让人抢去，不得已买了一犋牛、几只羊羔子，家底抖空哩，哪有那么多闲钱？”张桂生羞恼，冷笑一声：“捆起来带走！”几个团丁正待上前，王仓甩掉身上的破羊皮袄，一闪拉过一把铁锨，吼道：“日你妈们，哪个龟儿子敢来？看老子一铁锨劈开你的天灵盖！”张桂生拔出手枪朝空中放了一枪，又把枪口对准王贵福的后脑勺，冲王仓喝道：“你个羖羝小子，把铁锨乖乖放下，不然老爷一枪崩了你老子，除灭你全家老小！还没官家王法哩！”这刻，茭茭隔着窗户瞅见，号哭开来，王老婆和几个猴孙子吓得缩成一团，两个哥哥也慌了神，一个劲地祷告王仓不敢胡来。王仓脸上失了血色，当啷一声，把铁锨扔开。几个团丁扑上，捆了个结结实实。

老虎堖峪口战斗中，王仓尻子中了一枪落马，看着前边枪弹密集，弟兄们和马匹草背子似的纷纷倒下，就拽了身旁一个叫卜生海的弟兄滑下沟崖，顺着谷底跌跌撞撞奔跑，钻进一个山水串洞躲藏起来。一直苦挨至第二天傍黑，才提着枪悄悄返回峪口。弟兄们的尸体横七竖八，全部没了头颅，满身黑血疙瘩，难以辨认。两人不敢号哭，一具具抬到一搭草草掩埋。死人堆里少了三个人，也不晓得是谁们三个，生死不明，无从寻找，两人嘀咕一气，连夜潜回家里。王贵福在遭遇大兵拷打、抢劫时已知老虎堖打死十多个人，心惊肉跳了一天，见小儿子囫囵囵回来，喜得老泪纵横，一家人哭成一团。王贵福说："钱财散尽事为小，挨打受气也不怕，只要咱的一口子人在就谢天谢地哩！"两个哥哥连夜在堆放柴草的南墙圪塄掘了一个地窖，铺进去糜草谷草，王仓和卜生海拎着枪藏了进去。王贵福不放心，一瘸一拐出来，让俩儿子在窖口的机关上撒上驴粪羊粪，再覆上一层旧土和柴草圪杂，把堆积的新土统统垫进空落落的棚圈，清扫了院子，方才安心。卜生海身子浑全，只有几处擦伤，躲藏了半月，丢下一杆长枪，一个人跑回定边贺圈老家去了。王仓尻子上也只是皮肉伤，一个多月后死活也不钻地窖了，王贵福只得让他藏在家里，外头一有风吹草动再藏进窖里。过了几个月，没有了风声，王贵福故意在庄里放风，说老三在十一旅刚升了班长，又请长假回家探亲哩。

王仓被带走后，王老婆和茭茭哭哭啼啼，一家人灰眉耷眼。王贵福安慰说："还好，满仓这回当兵是在本地方，你们谁也不要心疼心焦哩，这是娃娃的命星注定的！"转头又敲打、点化老大和老二，"三丁抽一是官府的法程规矩，老三顶了你两个的捻子，各人心里要点一盏灯！"

新城堡的行政管辖已彻底瘫痪，除了柠条原，其他各区也不浑全，均报称共产党袭扰不断，壮丁多数逃亡，编练铲共义勇队困难重重。张自立觉得各区经费无着、枪支缺少，自行编练难成气候，就决计将各堡镇抓扣的三百多号壮丁集结于镇边城，聘请驻军教官统一整训，训期定为三周。隆冬时节，扛着行李、带着碗筷的壮丁陆续自各堡镇押解过来。住在恒丰店的殷连长派出一个肉头肉脑的高排长充当教官，张自立安排赵天孝、张桂生协同整训，并让游手好闲的二老爷也参与进来。高排长以《德国步兵操典》为范本，立下规矩，每天分早、午、晚三个时段讲课、训练。三百多号破袄烂裤子的农家子弟原本是握锄扶犁的好手，几乎个个目不识丁，队列操练时弄不明白“立正”“稍息”和“一二三四”的口令，对于“向左转”“向右转”“向后转”不解其详，脑袋碰脑袋、尻子撞尻子，笑话迭出。至于军事课目理论，更是一窍不通，仿佛听天书。壮猪一样的高排长甩打教鞭，操着河北口音放下狠话：“娘卖×！把这帮榆木脑袋的新兵蛋子朝死里打，当兵的都是打出来的！”这段日子，差不多人人挨过耳光、皮鞭、军棍，个个鼻青脸肿、一颠一跛，训练场上天天杀猪似的叫喊不休。有五六个后生竟被打折了腿梁或是打断了肋骨，由家人立下保证，用门板抬走，再换兄长或是弟弟顶捻子。二老爷兴致甚浓，见天转悠，随便拦住哪个都要进行一番军事理论的口头考试，虽说自个儿也不精明，却总是板起脸孔教训一气。他尤其喜欢打耳光，打了左脸，你得将右脸乖乖转过伺等，否则突然使个双风灌耳，嗡隆一声，弄不好人就得昏傻过去。

唯有王仓没有挨过打，且屡屡得到高排长和二老爷、赵天孝几个的赞赏。他不只熟悉军事课目理论，在赛跑、跳远、攀越各项都是拔尖的好手，投掷、搏杀、射击更是无人能敌。张桂生十分得意，说这个壮丁是他一眼相中的。高排长对王仓另眼相看，称兄道弟，怂恿他跟上自己去当兵，保管威风体面步步高升，王仓不敢应承。张自立得悉，亲自召见了王仓，大加夸奖，暗示不日将有重用。整训结束，鉴于铲共义勇队组织有纸上谈兵之嫌，张自立调整策略，决计编组县保安队，从这拨人里头挑选了一百多号入编，剩余的遣回各区由地方民团择优招用。王仓被破格提拔为一中队队长，配发了一把撸子，还得到五块银圆的奖赏。保安队长由二老爷担任，张桂生兼任副队长。

春节刚过，一场浩劫降临到张家畔滩方圆几十里的地方。绥远大土匪杨猴小亲自带领六七百骑匪南下，原本打算捞个钵满盆满，不意大肆劫掠榆林周边期间惹恼了井岳秀，遭到国军八十六师几个营的追剿，交战中折损了一百多号人马。众骑匪从东北方向的横山地带摆脱追兵，拥入镇边，杨猴小马鞭一甩，下令说：“弟兄们，给老子鸭子吃菠菜平铲过去，一应人户，统统交银子买平安，谁人胆敢反抗，可大开杀戒！”匪徒们似漫山遍野赤红了眼的疯狗，到处狂跳乱窜，循着烟洞逐村逐户索钱、行抢。但凡遇见身穿皮袄的人，一扑逮住，开口索要银子，口称什么皮袄里头裹珍珠，个个都是土财主！交不出钱的一色吊在大梁上，皮鞭抽、大棒擂、火柱烫，尽施酷刑，短短几天，就有七八个穿皮袄的老汉被活活打死，并在家中点了火，烧成一片焦土。

隔河瞭见滚滚的烟尘，王贵福和两个儿子猫着腰身将两领皮袄和家里看上去光鲜的衣物、被褥统统藏进地窖里；王老婆跺着小脚吆喝媳妇和孙子们赶紧藏进去，千安万顿外头就是塌了天谁也不敢出声！刚腾开身子，已有一股土匪尖啸着冲进院子，一个个翻身下马，踢开门扇翻箱倒柜，很快又一个个恶声恶气空手出来。王贵福一脸惶惶，从身上掏出一把福珠、铜圆、麻钱，说：“大王爷们，我们按法程交钱买平安！”土匪头目夺过钱，却啪啪扇了他几个耳光，骂道：“就你爷爷这么几个脑子还买平安！”王贵福瓷在那里。土匪头目四下打量，一脸狐疑：“这么大的房子，就你几个人?”王贵福说：“还有两个媳妇，引上娃娃坐娘家去哩。老总，我这房子大，就是个空闶阆，今年春上又遭遇官家抄查……”土匪头目哼了一声。一个匪徒瞅见厩棚里拴了一头褐毛犍牛，哞哞叫着，跑过去卸下铡刀搁在手里，猫上前，就要向犍牛脖子砍去。王贵福一惊，号啕着扑上抱住他的腿腕，匪徒踹了一脚踹不开，喝道：“老圪泡，再不松手老子先剥了你这头老牛的皮！”王老婆和两个儿子抢上，硬生生掰开王贵福的手，死命拉拽到一边。这刻，一声凄厉的牛嚎，犍牛的脖子已被砍断半截，脑袋耷拉，血水倾盆，扑腾几下倒地毙命。羊圈里几只小羊惊得咩咩叫唤，一个匪徒跳进去，举起马刀一刀一个砍去，羊脑瓜像皮球一样骨碌碌滚在一边。一只黑头白身的羊羔十分机灵，躲过几次砍杀。匪徒杀得性起，脱掉棉衣追撵，又一刀下去，还是慢了半拍，却砍中脊梁，一劈为二，半截身子的羊羔泪水滴流，弹腿咽气。匪徒逼着父子三人剥皮剐肉；王老婆哭成泪人，还得搂柴烧水炖肉煮饭。一个匪徒叫嚷，让王老婆把几个羊头拔毛煮了，说羊羔脑子蘸上盐末末好吃，羊羔眼珠和舌头蘸上醋好吃！夜色抹来，二十多个匪徒吃饱喝足，打着饱嗝，聚在炕上赌博、喝酒；承头的喝令一家四口人抱着碾杆磨棍连夜碾米磨面备足一石精粮。直至日头戳起一柳椽高低，这股匪徒才从炕上爬起，在屋里屋外拉下一堆堆臭屎，吆喝父子三人肩扛背驮相帮着把剩余的肉食和磨碾好的米面送至张家畔街上的双福店营盘去。

往返中，恐怖的消息一个追随一个跌进王贵福的耳朵。一大股匪徒窜入薛家湾几个庄子，搭木架攻开一处寨子，掳尽财物，一次枪杀了十二个人；有一个姓张的后生跳入水井躲避，匪徒卸下绞水的辘轳丢进井里将他活活砸死。又掳走几个庄子长相俊俏的婆姨女子二三十个，集中在双福店的匪营游棚子轮奸。而据说扑入黑伙场的一股匪徒更是邪乎，青天白日，在一户姓黑的人家院子中央抖开被褥，大呼小叫轮奸了主家刚娶进门三天的十八岁的小媳妇；提起裤子的匪徒嘻嘻哈哈，把马刀架在脖子上，逼着小媳妇的公公、婆婆和丈夫、牙伯子立在一旁观看下一个的表演……王贵福心胆俱裂，仰天长叹：“这是个什么无头无主的世道？堂堂一个中国，就没有一个真龙天子出世哩！”

却也有令人提气的消息——杨猴小听说阎家寨子广积钱粮，亲自带一个营的骑兵翻过老虎堖前往攻打。阎老总闻报，下令打开寨门，让周围二三百号庄户人进寨躲藏。老总一边烧符念咒请神助战，一边下令张道士和史子平各带团丁把守葫芦脖子的哨楼和山顶寨子，做好策应，严阵以待。这一仗从前晌打到后晌，杨猴小发动了五六回冲锋，张道士和史子平凭险据守，轮番迎敌，寸土不让，打死打伤匪兵二十多人，堡寨稳如磐石。杨猴小叹道：“阎家寨子名不虚传，不是老子的一嘴肉！”遂下令撤兵。匪众扑窜至龙州几道涧烧杀抢掠一番，连夜返回张家畔滩。

四乡百姓拥入镇边城避难，消息纷传，众情惶惶。张自立闻报，十分气恼，诅咒连盗匪响马也来搅扰，觉得政府不有所作为，无颜面对百姓，于是传命煮粥舍饭，安抚难民。又亲自去恒丰店院见过殷连长，详述匪情，要求出兵围剿。殷连长是镇边柳桂湾人，听说土匪如此猖獗，勃然大怒，下令部队进入战前准备，并派快马驰报匪情。

地方史料和新编县志记载了这场国军剿匪的大致经过和一些细节：

在定边老家过年的高桂滋将军接到报传，连夜召集军事会议，下令艾团长（今子洲县双湖峪人）亲自指挥，调动驻扎镇边城、柠条原、堆子梁、安边城的两个营东西合围、全线出击。两天后的深夜，接到命令的殷连长带一个步兵连出城。进至赵树窑子、字山一带，与窜扰、警戒的土匪接火，匪众不敌，向张家畔方向溃逃。殷连长率部挺进，封锁了张家畔至烟墩山驮道的入口。匪众于双福店外沙滩集结时，三发迫击炮弹呼啸着飞来，十几个匪徒死伤落马。杨猴小大怒，倚仗骑兵优势，发动集团冲锋，企图抢占路口位置。匪骑大水一样漫来，殷连长下令三挺轻机枪一齐开火，投掷手榴弹阻击，滚滚烟火里，匪方丢下三十几具尸体退回。杨匪随军的小夫人野女子会打仗，见南边通道被官兵占领，火力凶猛，又忧心东向至横山通道有伏兵，建议越过西沙梁向柠条原方向撤退，杨猴小觉得有理，下令后队变前队、交替掩护西撤。殷连长依令行事，率部尾追，一路鸣枪，虚张声势。

匪骑绕过柠条原镇向西窜去。艾团长带一个营早已在安边东滩盐马古道旁的一处高地设伏，匪众甫至，枪炮齐发，迎头痛击，匪骑狼奔豕突，有六七十人毙命。杨猴小率队迂回冲杀，又遭伏兵打击，双方混战多时，匪骑终不能突出。野女子见西北方向国军势大，南边又是丘陵地带，不利骑兵运动，献计回撤，避走白城子古道。一声军号，匪众折转马头边打边撤向东驰去，越过红柳河下游浅滩，一路北上。艾团长顾虑杨匪马队冲锋厉害，集结了一个连的骑兵和一个营的步兵，遥相呼应，从后追来。杨猴小带领匪众奔窜半日，天色向晚时来到神柳湾附近，见甩脱追兵，就近劫掠一气，掳走庄子里的大批牲畜、粮草，向北越过红柳河，于河畔不远处扎营，喂饮马匹，宰杀牛羊，放火烤食。这时候，却有国军八十六师的一个营正向这边快速运动。

驻扎横山的屈志鹏营长前些时候奉命追剿杨匪，赶至横、镇两县北部交界地带却停了下来，在白城子古道口附近盘桓观望。换防以后，三边地面已成高桂滋的地盘，井岳秀有所顾忌，早已下令不得擅入。八十六师因担负了围剿陕北红军的大任，由蒋委员长关照刚刚更换了装备，枪炮齐全，新崭崭亮锃锃，屈志鹏正欲小试牛刀。得悉八十四师东西合进展开剿匪，他一意显露一手，给八十六师争些脸面，判断杨匪受到打击后极有可能从这里逃走，故而迟迟不退。接到探马报告，屈志鹏大喜，下令全营急行军，从白城子西北分两路实施包抄突袭。

匪徒三五成群，嘻嘻哈哈，正嚼食烤肉，突然，几颗炮弹从西北的山包射来，军号急促，国军四个连的步兵从河岸东西两个方向冲杀过来，一时枪声大作、呐喊震天，匪徒纷纷中弹倒下。杨猴小大惊失色，不敢恋战，丢下六七十具尸体和部分抢劫的财物，带领马队冲过河滩，向南撤退。一小股匪徒眷恋财物落在后头，屈志鹏抱着一挺轻机枪单骑追杀，击毙四五人，大笑着吼道："杨猴小不过徒有虚名，其实是个草包，倒是老子手里的家伙果真好使嘞！"

正月十九午夜，杨匪扑窜至芦子河畔林家湾一带，踢门砸窗，抓来几十号人，喝令婆姨女子烧火做饭，男人铡草打水喂饮马匹。杨猴小连着奔跑几天，精疲力竭，和野女子躺在一户人家的炕上呼呼大睡。未及饭熟，庄外响起枪声，哨马报称殷连长的一个步兵连打了过来。杨猴小和野女子集合马队向北边的沙滩窜去。杨匪利用骑兵优势兜了一个大圈将追兵甩开，第二天早饭时光，分成几大股又窜回来。匪徒们从旧伙场教堂和贾胖子家诈得一笔平安费，穿过下游坝头，向东开去。

行进至边墙畔村道，杨猴小得意地对野女子说：“姓殷的做梦也料不到老子敢杀个回马枪!”他空中打了一个响鞭，下令就地散开各寻目标喂饱肚子，自己带领一股百十人的马队围住了临近河畔的一座院子。这正是赵石匠家。踢门砸窗中，几个匪徒扑进羊圈，一口气将大小羊子宰杀精光。院里院外燃起火堆，匪徒们用马刀、刺刀挑起肉块架在火上烧烤；喝令父子三人铡草担水喂饮马匹，让老婆子烧水煮粥。一个匪徒嫌黄赵氏面孔生冷、动作迟慢，一脚踹了个嘴啃地，黄赵氏唬得脸色黄白，颠着小脚一溜小跑搂柴放火去了。黄健和赵康恨得牙痒痒，低声诅咒，赵石匠小声祷告：“我的两个猴老子，这是一股挖得吃生人脑子的人，你两个寻得脑袋朝火鏊里杵!”

那匪婆野女子蓬头垢面，腰间插了两把匣子枪，一尻子坐在土圪塄上，双手搁着一条撒了盐末的烤羊腿，吃得满嘴流油，不时端起粥碗吸溜吸溜猛喝一气。杨猴小惨笑着说：“小乖乖，还说带上你出来享福逍遥，如今倒成了一个毛野人!”野女子野辣辣地笑道：“想当年，有一句话叫‘杨猴小胆子大，骑上白马打宁夏’!自从那年跟了你这个贼和尚，天当盖的地当床，老娘也乐意!”杨猴小精神起来，嘿嘿笑着，说：“小夫人这份情意老子记下嘞!”两人调笑间，一骑哨马冲入，报称殷连长的追兵赶了过来！杨猴小听说只是一个步兵连，不当回事，骂骂咧咧，集合人马，下令东撤，只派一小股阻击掩护。行至龙眼跌哨附近，庄湾后头枪声爆起，传来呼喊：“骑白马的就是杨猴小，活捉了有重赏!”杨猴小匪性发作，拨转马头，呼啦甩脱皮袄，双枪齐出，咆哮道：“日你妈的，不给你们这些灰圪泡一点厉害，还不知道马王爷长了三只眼!”骂声未落，嗖嗖飞来几颗子弹，击中腔子、肚子，杨猴小惨叫一声从马上坠落。野女子惊怒，见匪众纷纷拨回马头准备逃跑，柳眉倒竖，双枪齐发，一连撂倒三四个，唬得匪众勒马退回。

野女子下令全体冲锋、为杨司令报仇！匪众发一声喊，一个反冲锋，竟将殷连长的追兵杀得丢帽弃鞋向西溃去。野女子泪水涟涟，命人将杨猴小的尸体架在劈柴、木榾柮上放火焚烧，数百匪徒一齐跪地叩头。晌午时分，西边枪声又起。野女子把烧焦的骨殖盛进一个布袋，背在身上，带领匪众向东退去。

艾团长带领大队人马一路穷追，直至匪众顺着芦子河湾进入横山地界才鸣号收兵。二十几个活捉的匪徒被五花大绑押解回了张家畔。军方随即召开审判大会，一阵排子枪响，全部击毙。行刑罢了，受害的百姓闻讯赶来，手执砖头瓦块狠砸匪尸发泄怨恨，又奔走相告，发起捐输，杀猪宰羊犒劳国军。

杨猴小部群匪在逃至榆林西南时发生内讧，分成几股，各奔东西。后间，在八十六师的层层截围之下纷纷缴械投降，大部分发给路费遣散回家，少部分编入八十六师骑兵部队。据说，野女子背负了杨猴小的骨殖返回包头厚葬，隐姓埋名，下落不明。自此，祸害陕北达五六年之久的杨猴小匪患大体平息。

# 第十八章

据说，一次军事会上，石云秀犯了烟瘾躲出去抽，回来时走廊上听见邓先生说："云秀人好，就毁在了一口烟上！"石云秀羞惭。开罢会回到家里，嘎巴一声，踩折了烟枪，自此弃烟。脱了一层皮，趴了两个月，愣是戒掉了。

然而，拖延太久的肝肺病却彻底摧毁了他的身体。

邓先生采取强制手段，先安排他到兰州的美国教会医院接受诊治。经过施用最先进的仪器检查和洋大夫的会诊，采用保守措施治疗以延缓病情恶化。邓先生依然不肯放弃，派出陈国民、冯孝先、李安桥几个专程陪护，转院西安，又进北平协和医院。但为时迟晚，这位陕北历史性人物生命的暮钟已然敲响。

农历二月初的一天。石云秀容颜枯槁，蜷卧床上，一身病服显得肥肥大大。杨淑贤跪在一边，拿着温热的毛巾给丈夫擦脸，擦手，擦脚，一边笑着说："我给咱妈擦了二十年，再给你擦二十年！"石云秀脸上浮起笑纹，听话地点头，又挣扎说："好，好！"两个女儿围拢床前侍应，听着父母说话，各自眼圈红肿，却不敢哭泣。陈国民、冯孝先、李安桥几个人也守候在侧，面色凄然。

石云秀与杨淑贤同岁，两人十五虚龄结婚，至今已近三十个年头。母亲石赵氏中年瘫痪，石掌柜常年在外，后间独子石云秀也出门闯荡，是这个土里土气的女人春夏秋冬从早到晚伺候身畔，似抚养小儿喂吃喂喝、端屎端尿、洗脸梳头、按摩翻转，二十年雷打不动，传为乡间佳话。杨淑贤多年不育，石云秀从不作声，抚养了义兄白文翰的二女儿，取乳名来子，官名清芬，视同己出。后间，杨淑贤肚腹终于鼓起，生下一个女儿，石云秀取名托小，求子之心昭然。杨淑贤看看自个儿将过生产年龄，深为愧疚和不安，力劝丈夫另娶一房小的生个儿子传宗接代，石云秀却摇头拒绝，说："咱俩髽髻夫妻，同甘共苦半辈子，你就是我心里的大河、高山！我不是那号人，就认命吧！"流年如水，大女儿已到出阁年龄，石云秀念念在心。

间歇的剧痛令石云秀一头一头出汗，却咬紧牙关不哼一声。瞅着清芬婆娑的泪滴，他一只手牵住女儿的手，另一只手从怀里艰难地摸索出两封信，深情地望一眼老伴，转头把信递给陈国民，说："大哥，清芬这娃的终身大事就托付你哩！"陈国民接过信，小心装入衣袋，系好扣子，默然点头。李安桥觉得旅长命在旦夕，戒烟已然失去意义，一声不响点亮特意带来的一盏烟灯，搁在床柜上，烧好一个烟泡，双手端了烟枪递过去，说："旅长，就抽两口吧！"石云秀感激地瞅着表弟，毫不犹豫地接过烟枪，在几个人的搀扶下侧转身子，对着烟灯深深吸了两大口，悠悠吐出，精神陡长，指着陈国民的衣兜，打开话匣："大哥，有一封是给文舫二哥的。咱去宁夏投奔苏大牛那年，我和文舫二哥口头有约，伺等两家娃娃长大，必定结为顶头儿女亲家，我不能失信！好弟兄们，人活着的时候，个个争强好胜，左右脱不出一个贪欲！其实，当初我也只是恼火他跟我离心罢哩，从不想置他于死地！如今事过境迁，谁是谁非不必说哩，世上也从不卖后悔药，但愿文舫二哥能宽恕我这个将死之人，了结我的一宗心愿！"陈国民说："三弟，文舫行事有自己的一套，但宅心仁厚，从不背后说你坏话，你就放心吧，这事包在大哥身上！"

石云秀吸完一个烟泡，示意李安桥再烧一个，拨转话题："还是那句老话，十一旅是咱陕北人的一座靠山，不能让它倒塌哩！

我已写好手令，也给邓长官拍了电报，大事就交给大哥哩！一个好汉三个帮，孝先、安桥二位贤弟一定要搭把手！”冯孝先和李安桥庄重地点点头；李安桥一时激动，还立了诺言。石云秀又猛吸两口烟，突然一骨碌坐起，深陷的大眼闪闪发光，声音洪亮：“现时，小日本侵占东北，国难当头，蒋委员长放着倭寇不打，反倒下令剿共，中国人打中国人，这又是一桩闹心的事情。我观共产党一言一行，是个为天下受苦人打拼的穷人党，甚得民心，前程不可限量，可为友，不可为敌！我十一旅在蒋的眼中不过是个杂牌，别人瞧不起，咱不可自轻自贱，须得自珍自爱，须得有血性，岂可为人卖命、充当炮灰！”陈国民三人深以为然，各自点头。冯孝先说：“旅长，我们一定记牢你的话，听从陈大哥将令，在围剿红军的事上能避就避、能绕就绕、能拖就拖，反正，拼上一命也得保全你一手打造的这支陕北人的部队！”石云秀干枯的眼窝流泻出一串清泪，顺着脸颊滚跑下去，望着陈国民说：“大哥，防人之心不可无，军中有几个心怀鬼胎的人，拉帮结派觊觎大权，还得如履薄冰、寸步小心哪！”说到这里，他转身凝望着老伴，手臂探长，喉结滑动，却头颅一歪，身子似干柴捆子倾倒，停止了呼吸。

后事进行得从容有序。杨淑贤镇定地禁斥了两个女儿的号泣，依三边丧俗擦洗一番丈夫的身子，众人挡扶拉拽着穿戴了上七下六的十三件寿衣，将遗体入棺。棺木是一口上好的柏木材，是由陈国民自己掏钱预先在北平城里置买好的。下来酬谢了院方及相关友人，抹捋了杂七杂八，安排了运灵的车马，筹划了丧事日期。

陈国民坚持亲自扶灵回老家安葬，遭到冯孝先和李安桥的激烈反对。经杨淑贤劝说，他将扶灵之事交付二人。随后离开北平，一路搭火车、坐汽车、骑快马昼夜兼程赶回了庆阳。

邓先生电令，由陈国民代理旅长职务。陈国民传令十一旅驻军各部自行集结举行祭奠活动。又在旅部搭设灵堂举行大型追悼会，军旗低垂，哀号长鸣，官兵默哀泣拜。晚间，陈国民招来曹雨僧、牛振武、李子竹几个营职心腹，安顿了军中事务；又向二团团长刘锦堂致电，言明要去镇边亲自安葬石旅长，将二团的军务做了托付。曹雨僧、牛振武几个苦苦相劝，要他以军务为重，不可擅离职守，以防不测。陈国民只是不听，带了一个排的骑兵星夜出发。

石云秀的灵柩如期运回镇边镇罗堡姬家坬子老家，安葬仪典大体依三边乡俗进行。要紧事两桩：请阴阳；打坟。阴阳先生依异术打了阳单，书写了名堂、路引、镇符，再择出龙山向水的墓地，凭借罗镜锁定阴宅准确位置、坐向；庄客众人上手，破土成穴，箍成砖墓。跪祭吊唁这天，三边军政各界的花圈、挽幛陆续送抵，石家土窑洞院落的里里外外银幡飘曳，墨幛垂挂。吹鼓手凄婉哀怨的祭灵乐声里，家门、亲戚、宾朋烧纸叩头，轮番施祭，庄客众人默哀致敬。

第二天清晨，路祭过后，举行了追悼会，由陈国民主祭，宣读了邓先生、高桂滋、井岳秀、高双成等人特致的唁电、祭文。三声悲绝的发灵号响过，一队胸结白花臂扎黑纱的士兵动手拆除了灵棚，抬起沉重的灵柩出了院子，陈国民、王文舫、白文翰几个人扶着灵柩一路紧随。至墓地依成礼下葬。圆锥体的黄土墓堆堆起。阴阳先生摇动铃铛，用一种半吟半唱的古奥、幽冥的调子为死者安魂祈祷。冯孝先、李安桥一股人抬来楼堂亭榭、战马宝剑的纸祭品，依着纸匠的指导，在坟头空地搭建成一座豪宅，引火焚烧，众人泣拜。石掌柜老年丧子，悲痛欲绝，由李函玉搀扶着早早回家歇息去了。黄土堆前，一身缟素的杨淑贤和两个着孝帽、孝袍、孝鞋一身重孝的女儿大放悲声，久跪不起……

石家的土窑院卸去喧腾，回归安静。陈国民红着眼睛瞅一瞅坐在火炕上和李函玉、白文翰拉话的王文舫，从怀里摸出石云秀泪迹斑斑的亲笔信，无言地递了过去。王文舫一口气读完，泪流满面，握住陈国民的手，对石掌柜和杨淑贤说："干大，弟妹，不消再说一句，一切依照三弟的遗愿办理！现时我已辞去公差，赋闲在家，伺等三弟百日祭扫罢就办喜事！从此以后，石家的事就是我王家的事!”李函玉点头赞许,陈国民、白文翰眼眶潮湿,石家老小个个泪水长流。

此刻,冯孝先伫立在石家院子隔壁自己一家人曾经居住过的两孔土窑洞门前发怔,此前打定的主意已转为飘摇不决。这趟回来实属不易,要不要去安边堡与姐姐、外甥女见上一面?在北平王府井大街的商号里,他精心置买了礼物,一串白色的珍珠项链和一套洋式裙装是专门预备给雨枝的。在他这个当舅舅的心里,雨枝还是个婀娜少女,他想象着外甥女把项链戴在脖子上、裙子穿在身上、在他面前蹦蹦跳跳咯咯嬉笑的情形,心间荡漾起一股别样的欢欣和幸福。

冯孝先儿时埋藏在心的对章家的仇恨并不因岁月的流逝而淡然,复仇的念头沉淀在心底,似卵石一样结实、坚硬而冰冷,他不知多少回默默发誓,有朝一日,要章家付出倾家荡产的代价!对于姐姐嫁入章家,他曾多少年糊里糊涂,甚至对姐姐产生一种怨恨,觉得她贪慕富贵荣华,昧了良知,忘了家仇,因而在一段漫长的日月里不愿见她。姐姐一回专程上门探望,他竟把大包小包的东西恶狠狠蹍踩一顿掷下崄畔,一个人躲到山水圪塄三天三夜不回家,直至姐姐哭着离开。结婚那年,章鸿儒带着姐姐,在一队大兵的护拥下专程来到姬家坬子赶喜事,冯孝先倔拗得瞅也不瞅一眼,始终不与他们说一句话,弄得石掌柜十分难堪,章鸿儒悻悻地走了,姐姐哭得庞眉肿眼。直至二十几岁,他才渐渐弄懂了姐姐的良苦用心,但心里依然疙疙瘩瘩。和表兄起事的那年,冯孝先去柠条原闲逛,舅舅絮叨说姐姐住在镇边城陪读,雨枝已长大了,鬼精鬼精的,鬼使神差,他突然产生了一种强烈的探望念头。冯孝先记得,自个儿一脚踩进门槛的时候,姐姐盘腿坐在炕上正自剪窗花,抬头一瞅是他,竟喜得失声大哭。外甥女从里间钻出,怯怯地望着自己,不解这个是谁的家伙惹得妈妈哭鼻子,欢欢地爬上炕沿去乖哄妈妈,一边回过头嘎嘣嘎嘣地瞪他。而当她得知呆立在脚地下的这个人就是妈妈挂在嘴边的舅舅时,毛茸茸的凤眼里充盈了惊喜，一蹦下炕就扑入自己的怀里，尖声嚷嚷：“舅舅——舅舅——你就是我的舅舅？想死我哩！”冯孝先清晰地记着，自己当时忽然产生了要送给外甥女一件见面礼物的强烈愿望，摸遍浑身，只尴尬地掏出两个馍馍，那是自己预备路上吃的干粮，雨枝噘着小嘴埋怨他不给人家买糖酥馍吃！

冯孝先自从离开银佛坪就和舅舅一家人结在了一根藤蔓上。二十岁那年，石掌柜终于完成了一桩覆压心头的大事，一手做主给他娶了婆姨，置买了二十垧薄地，又在石家院子隔壁另辟一院，新打两孔土窑给他们扎下小窝。婆姨土生土长，性子善谨，和表嫂搭着手常年伺候瘫痪卧床的妗子，从无嫌怨，两下茶水相融。石云秀在甘肃站稳脚跟，派人将冯孝先的婆姨娃娃也接了过去，两家人比邻而居，亲胜一家。

斗转星移，世事苍黄，表哥已撒手人寰，冯孝先在感伤、忧郁中不改寸心，急切地想挑起石家垮塌的大梁，以报汪洋的恩泽。杨淑贤对他一百个放心，已将甘肃那边石旅长私产处理的事情全权委托。对于军中之事，他也心存忐忑，生怕冒出什么变数，那里是他壮大个人力量和寻找人生前程的源头活水，也是他复仇雪恨的一座靠山和一个出发地。

冯孝先思前想后，权衡一番，抚平心境，放弃了专程去安边的念头。王文舫动身前，他捎了礼物包裹。王文舫和他一直友好，笑眯眯地问还有什么话捎？冯孝先说：“叫娘俩放心就是哩！”

陈国民急于返回庆阳，只给李安桥放了两天探亲假。李安桥已是三年多不曾回家，虽然一直往家里捎书传信，但父亲从未回复一言半字。这几日各人处在事林里，父子二人也无空隙叙谈，他心里始终惴惴不安。这块心病很快卸除了一半——在殷勤伺候父亲返回的路上，父亲对他私自投军的事情只字不提，只是绷着脸孔，询问一些队伍上的情形。

黄昏时，回到家里。李安桥搀扶父亲上了炕，点亮油灯，将灯捻子捻小，递上水烟壶，说：“大，你先抽着！”他折身去里间拜见母亲。李赵氏正在佛堂烧香礼佛做心斋，被搅醒，嘴里天吔地吔地叫着，哭了起来。李安桥是孝子，跪拥着母亲，不禁落泪。母亲又急，慌慌地给他拭泪，二人一起甜笑。“羔羔，你大没打你两拐棍?”母亲问说。李安桥说：“没打!”李赵氏放下心，冲一尊观世音的铜塑像拜了三拜，口里说：“阿弥陀佛，烧了高香!”

李安桥将母亲从佛堂小心搀扶过来，小娃似的抱上炕去，李赵氏乐得呵呵直笑。李函玉盘腿坐着，悠悠地吸着水烟，脸色慈祥和悦。李安桥凝望着父母苍白的头发，扑通跪倒在地，磕了三个响头，却不敢起来。李赵氏见老掌柜气色好，连忙说：“你大宽恕哩，快快起来！羔羔!”李函玉长叹一声，说：“看你也不是继承祖业的材体！好男儿志在四方，由你闯去吧！别跪着哩，起来。”李安桥眼里泪水满满，又磕三个头才站起。两个小儿子躲在门旮旯觑探，不敢近前，李安桥一人发给一把洋糖蛋子，二人欢天喜地去了。婆姨郑氏端着茶水俯首入来，给公公、婆婆、男人依次递上，却不言语。显然，她刚换了一身新衣，发髻是新盘的，脸上的绒毛也新绞拔了。郑氏转身时偷看了一眼一身戎装、英气勃勃的男人，幸福满脸，悄然退出，搂柴捣炭烧火做饭去了。李安桥找回了久违的温馨和礼仪的氛围，上炕下炕，轻进轻出，忙个不停，先是给父母各送了置买的新衣、滋补品，再一个一个地捶背按摩，又一个一个地洗脚、修剪指甲，一直伺候到深夜。

在李安桥跨上马背的时候，母亲和婆姨娃娃一起送行。李函玉也出了大门，却背对着儿子，拐杖杵在地上，久久凝望着门首“济世堂”的牌匾。李安桥自是十分伤感，对母亲说：“给我大说，我迟早会跟他学医的!”

当陈国民返回庆阳旅部时，已是一身少将装束的刘锦堂连忙从座椅上站起，一边端茶敬烟，一边指着办公桌儿上的委任状，故作难为情地说：“大哥，不是兄弟抢班夺权，邓长官传来一纸任命，兄弟再三推拒，还是成命难违!”陈国民呆傻少顷，长吁一口气，仰起难看的笑脸，说：“大哥大老粗一个，已是年过半百，刘兄弟年轻有为，文武兼备，十一旅就交给你哩，不可辜负了石旅长的十年心血哪!”

陈国民外出这些日子，刘锦堂的把兄弟二团副团长史虎城、吴峰和一营长张鼎臣几个复兴社分子四出活动，搬动复兴社驻甘上层斡旋，经甘肃省政府主席、绥靖公署主任朱长官说情，邓先生只好收回成命，以军中不可一日无主为名，正式委任刘锦堂为十一旅旅长。史虎城接任了二团团长。为抚平陈国民和一团军官的不满情绪，邓先生与刘锦堂沟通，煞费苦心，对一团军官职位做了大幅的调整。曹雨僧晋升中校，任旅副参谋长兼一营营长；牛振武晋升中校，任副团长；冯孝先晋升中校，任二营营长；李子竹晋升少校，任三营营长；所牵涉其他营、连级军衔和职务均依照陈国民的意思晋升、递补。此外，李安桥晋职少校参谋，并掌了实权，兼任旅部警卫连连长。

数十年后，李子竹在回忆录里对十一旅这一时期的内部关系、衍变过程及与共产党、红军的关系做了叙述，并以客观、深邃的历史眼光，表示了自己的一些看法：

自此，陈国民与义弟刘锦堂结怨，二人面和心不和，导致一团与二团罅隙日深，十一旅进入两派势力明争暗斗状态。在这一年的参与围剿陕甘红军的军事行动中，陈国民借口防务吃紧、装备老旧，闭城不出；刘锦堂出于多种考量不好硬来，只得带着二团敲敲边鼓应付差事；邓先生则睁一只眼闭一只眼，打着消极应战、保存实力的老主意。次年秋底，中国工农红军一、二、四方面军于甘肃会宁会师前夕，迫于国军方面层层下达的追剿命令，刘锦堂带着二团一路尾随红军某先头部队，两军时常一前一后绕行或隔沟观望。刘部的两个连队在会宁县城出早操时，曾被红军以迅雷不及掩耳之势包围缴械，随即出于统战目的又全部释放。刘锦堂感念红军义举，又觉得连一挺机关枪都不配备的杂牌部队孤军深入，哪里是身经百战的长征红军的对手，不能白白断送了弟兄们的性命和前程。自此刻意消极应对，设法回避，所部不曾与红军发生正面的大规模的对抗冲突。

其间，中共中央军委迫于国军多路围剿、关乎生死存亡的险恶形势，同时为获得一批正在筹划中的由苏联援助的军械物资，制定了宁夏战役计划。红四方面军主力渡过黄河向西发展，期望夹攻宁夏，占领绥远，打通直达外蒙、与苏联连接的国际交通线。后间，由于军械物资援助输送地由宁夏改为新疆，加之国军围剿部队齐头并进挤压过来，中央被迫取消原战役计划，并做出新的战略部署和作战计划。而这一路红军却在河西走廊陷于孤军境地。他们迭遭宁夏、甘肃、青海马家军骑兵部队和地方民团军的凶悍打击，血战五个月，弹尽粮绝，近乎全军覆没，铸成了红军战史上至为惊心的惨败记忆。在西（西宁）兰（兰州）公路和其他东西通道上，游荡、爬蠕着失散、掉队的红军指战员，一茬人病死、饿死，一茬人被俘、被杀，一茬女兵被奸杀、拐卖，还有落单的伤员竟被当地的悍民当作来路不明的外路人用镢头砸死，劫走枪支、物品。另有一批被强制收容，仅十一旅防区就先后收容了数百名之多。这批指战员与红军部队失去联系，旷日持久，消息闭塞，陷于悲愤痛苦彷徨无奈的境地，不少干部虽有归队之心，却苦于无计脱身，去向迷茫，又忧虑遭到源于红四方面军长征中“路线错误”的“政治歧视”和“追查算账”，最终选择了自我放弃；更多的普通战士则是承受不了艰苦异常的战争煎熬而心灰意懒，丧失了信仰。于是，这些从南方长征过来的农家子弟不得不接受命运之神残酷的戏谑和嘲弄，拐进另一个阵营里去扛枪吃粮（其中一部分营、团级以上干部在国共携手抗战后通过协商被转送延安）。牛振武、李子竹几个受命长期潜伏的共产党员接到上级党组织指示，经过秘密甄别，掩护红四方面军某部副师长马雄佑、营教导员陈乾治、营长沈殿胜等十几名干部长期隐匿，并发展为地下党特别支部成员。而令人没有料到的是，正是这一股子人，在五六年后发生的一场惊变中起到了关乎十一旅命途的柱石作用。十一旅和共产党的这种微妙关系从卢沟桥事变发生后该旅奉命东进并盘踞于陕甘宁边区的西北大门开始，进入另一个更显玄妙而复杂的天地，并一直延续到抗战胜利那一年的初冬，其现实价值和历史意义无可估量！

韭菜长出半拃高低的时节，噩耗传来，在清涧县河口战斗中身负重伤的谢子长久治不愈，与世长辞。[①] 前晌，在王仕秀家的一孔大石窑里，区委书记徐壮民主持召开青杨区委扩大会议，全体与会者神色凄然，胸前各戴一朵白色纸花，面对灵牌，躬身站立，沉痛默哀。刚从新城堡开会回来的王振国脸上捂盖着庄严的痛苦，以悲凄、铿锵的声音传达了镇边县委殷书记的指示，号召党员干部要化悲痛为力量，披荆斩棘，踏血前进，继续完成谢子长同志未竟的解放事业；要求青杨区抽派得力人手，向白区加速渗透，进一步拓展苏区，壮大红色武装，配合主力红军和游击队粉碎高桂滋八十四师和井岳秀八十六师对苏区的围剿。王振国强调，苏区目前最短缺的是武器弹药，责成青杨区利用地理优势，继续在国民政府的东西邮路上做足文章，积极筹集弹药，支援前线。徐壮民表示，全区上下局死骡子挣死马也要完成县委交办的各项任务，要进一步发动群众，坚壁清野，组织开展反围剿斗争，同时重点抓好新区开创和军用物资筹集工作。经过集体讨论、个人表态，当即决定抽派区苏维埃政府主席白宝霖和赤卫军大队长王振军牵头组成工作队，负责龙州堡与镇边堡交界地带新区的开创。徐壮民拨给他们一把匣子枪、三杆毛瑟步枪和三十发子弹、两颗手榴弹，说："有本事自个儿去夺取武器，别瞪着杏核子眼指望组织！"白宝霖拍着匣子枪，说："瞧好吧！"

送走白宝霖一行的第二天早饭时光，几座山头接捻子扬起报

① 1935年，中共西北工委决定将安定县改名为子长县；1939年，毛泽东为谢子长英灵题词："民族英雄""虽死犹生"，并亲笔写了碑文；1945年，在谢子长牺牲十周年纪念会上，毛泽东再次题词，中共中央、中央军委的其他领导人刘少奇、周恩来等都题了词。

信的黄尘，一个在山顶上拦羊的少先队员上气不接下气奔来，报告说在大关口的东沟畔发现一股子白军！徐壮民一惊，问一共来了多少人？这个半大小子说前头有五六个，又说后头也有五六个，再后头没看见。徐壮民朝他尻子上踢了一脚，让赶紧去向王振国主席报告，一边派王振民去摸情况，同时传令区游击小队紧急集合，做好战斗准备，并组织掩护区、乡机关干部迅速向后山转移。过了半个时辰，王振民爬上后山，大呼小叫说，是驻扎横山县石湾镇的赵胜利班长带一个班前来投奔！徐壮民神情亢奋，说："这个赵班长给咱卖过不少子弹，一定是遭遇了紧急情况才反水！"王振国说："不要着急行事，摸清底细再说。"两人商量决定，由王振民带人去东沟迎接，把他们领到远离大路的赵家湾赵村长家歇息、吃饭，这样既可防备不测，又可试探虚实。为防万一，徐壮民下令区小队迅速开拔至赵家湾，抢占有利地形，设伏警戒。

当徐壮民独自一人进入赵村长家的大门时，那个赵班长早在窑口探头探脑了。

赵班长焦躁不安，叙说了事发经过，叹道："卖几颗㞞枪子卖下一疙瘩事！贵军若不收留，我们可就惨哩！"徐壮民紧绷的神经松弛了，大笑着说："你们给红军卖枪子，可是犯了杀头的罪。不过弟兄们倒是帮了我们的大忙，红军感谢你们。来了就是一家人，放下七十二个心。"赵班长如释重负，神情舒缓下来，说："红军长官的话听着就暖和，弟兄们好歹有个安身处哩！"一股子当兵的憨瓷愣笑，吼叫肚子饿哩。徐壮民让赵村长抬出饸饹床子轧饸饹，招待贵客！随后，王振国带领区小队过来，大伙聚在一起，美美吃了一顿腌猪肉臊子荞面饸饹。

去年秋后，针对井岳秀对苏区实行的经济封锁，王振国决定利用国民政府仍在运行的东西邮路破解青杨岔一带苏区布匹、棉花、百货等生活用品严重匮乏的难题。大关口设有一处邮运站口，从山西、绥德过来的邮差由此经过，向西行去，至镇边城、柠条原、安边堡、定边城，直达宁夏，而后原路返回，邮件都由邮差肩扛担挑或骡马驮负往来运输。这一条线路有二三十个邮差，一个姓汪的差长管事，因常来常往，相互熟惯。经过请吃请喝、攀谈摸底、拉拢鼓动，汪差长答应帮忙，提出只要保证他们的人身和邮件安全，愿意顺便给苏区代购一些生活用品，并承诺利用邮政业务流动性大的便利，适时提供沿途白区各地的相关消息。双方合作和谐、顺畅，手电电池铅笔钢笔墨水纸张和布匹棉花袜子针线毛巾脸盆一类的物品源源流入，东西沿路白区驻军和动向的消息也得获不少。后间，王振国、徐壮民、白宝霖几个请汪差长吃了一顿狗肉、喝了一场烧酒，又提出代买子弹的事情，许诺给他们个人一些好处。当时，汪差长有些犯难，说："我们邮工都出身苦寒，为养家糊口才干这长途跋涉的苦差，倒腾子弹的事有风险，怕捅下乱子！"王振国说："汪哥，你听兄弟说，打个比方，你们在绥德、石湾买子弹，如果查出，就玄谎说是给柠条原、安边堡谁谁谁的民团代买的；在安边堡、柠条原买，就说给石湾、绥德谁谁谁的民团买的，哪个闲得腿抽筋会去调查？鬼才晓得给谁买的。"徐壮民补充说："汪哥，子弹枣核子大小，鞋旮旯也藏几颗，携带方便。不过，这号事一定得保密，不敢公开，即便惹下麻烦，只要嘴上挂一把锁，死活不承认是给红军买的，保管没事。再说，当兵扛枪的哪个还不是为了顾住一张嘴、给家里多捎几个钱？有油水的事哪个不盘算伸手？货源不愁。"汪差长沉吟半晌，说："依照几位兄弟的意思，这么着能行哩？我跟石湾镇的赵胜利班长相识，还跟绥德城、安边堡的几个团头处得铁，就从他们那里试打着闹吧！不过，不敢打保票，闹不来你们不要怨老哥。"白宝霖鬼点子多，暗里对王振国说："白区是花花世界，出手就要钱，办事指靠的是酒肉朋友，咱得花些本钱。"王振国当即让他从缴获地主家的充作工作经费的烟土里取出二两；汪差长接下，顿时来了精神，撂下一句话："×的麻达也没！"

汪差长背地里一个一个勾拉，安顿互相隐瞒、保密，这股子邮差各自偷偷摸摸行动起来。于是，从最初的三五发到一次性几十发，细水似的流过来。徐壮民几个又把没收地主老财的大牲口和皮货、羊绒毛作为本钱分别交到一股一股的邮差手上，让出赚头，请托他们变卖成钱买子弹。汪差长和邮差们一直有小钱进账，也没瞅见哪个犯事，个个卖劲。两三个月过去，累计购买的各种型号的步枪、手枪、机枪子弹竟有三千多发，绝大部分由区委转送给了红军主力部队和游击队，区小队的十来杆枪平均也保有十发八发。

井岳秀部高双成旅的一个连驻扎在石湾镇，官兵分散于几处客店。汪差长路过，刻意和赵胜利班长吃喝小聚，很快熟稔，赵胜利卖给他的子弹即有一百多发。一回，汪差长和王振国几个清账时说，赵胜利曾悄悄打问红军的情况，他们谝了一会儿。王振国问道："这个赵班长为人行事咋向?"汪差长说："算是正派，庄户人出身，为人仗义，手下兄弟都听他的话，不做苦害老百姓的事。"王振国又问："那你是咋说的?"汪差长叙述了他跟赵班长说过的话，说红军打富济贫，斗财主、杀坏种，没收财主的土地、财产分给受苦人；说红军跟国军不一样，红军是庄户人的子弟兵，要夺取国民党的天下，帮助穷人闹翻身。他小心地问道："兄弟，我说得没错吧?"王振国点点头，朝他竖了大拇指。汪差长很是得意，又喋喋不休地讲起来，说赵班长曾问他见没见过红军，青杨岔的红军到底是咋回事？他说路上路下经常遇见，红军绝大多数是受苦人出身，不像国军宣传的那样，什么共产共妻、杀人放火，即使杀人也只杀那些恶棍恶霸；说红军官兵平等，开会议事，当官的征求当兵的意见；说青杨岔的红军游击队队长和区上当官的他都认得，为人和气，个个热心肠，从不难为邮工，甚至还帮他们照料邮件，和他们坐在炕上聊天喝酒。王振国听了十分高兴，对汪差长利用特殊身份为共产党和红军所做的义务宣传表示了感谢。汪差长眨巴着精明的小眼说："应该的应该的，在家靠父母，出门靠朋友嘛。不过，请赵班长吃饭，我其实也贴了不少，大家都是朋友嘛，没事!"王振国微笑不语，徐壮民装聋作哑，白宝霖打哈哈说："我们心里有数，不会亏待你老哥。"

当汪差长腊月里又一趟路过大关口时，王振国提出让他戳弄赵班长来青杨岔走一回。汪差长十分机敏，说："王兄弟的意思敢是叫他反水？这号事不比卖子弹，弄不好会掉脑袋！不过，兴许有门儿，只是少不得要花费银子……"王振国和徐壮民商量，又让白宝霖给汪差长弄了二两烟土作为活动经费，叮嘱此事不可急躁，悠悠来。汪差长从此路经石湾干脆和赵班长睡在一个被窝，二人无话不谈。有一回，赵胜利执勤时挨了醉酒的连长两个耳光，气得心口疼，汪差长趁机试探说："赵兄弟，你们当兵不只受苦还得受气，红军那边可不一样，不信你过去看看？"赵胜利说："那可不敢，上头不让去。再说，我若是去哩，红军瞅见我这一身行头还不逮住枪崩哩！"汪差长说："你换身衣裳偷悄悄去，不行我带你去，担保×事没有。"赵胜利叹口气，说："汪哥，咱注定四两的命，越不过半斤的坎儿，只怕一辈子得挨打受气，还能有甚出路！"汪差长揣摸话音，说："你们国民党的兵和人家共产党的兵就是不一样，国民党官是官、兵是兵，官恼了打兵，兵恼了官打。红军那边是另一个天地，人家可是平起平坐、吃穿一样，没听说当官的随便打当兵的。"汪差长见赵胜利沉默不语，再敲边鼓，"据说红军欢迎白军和民团反水，大关口的王仕秀原是个带团的，投了谢子长，不仅保住了家业，还当了红军游击队支队长，牛逼哄哄的！"赵胜利若有所思，却说："汪哥，这话不敢往下拉哩。"汪差长随后将这些情况反馈回来，王振国让他再下些功夫。

而就在几天前，石湾那边却出了事，意外地促成了赵胜利一班人的反水。有人向驻军岳连长密告了士兵偷卖子弹的事情，岳连长暴怒，下令严查。昨天，赵胜利和班里的几个士兵被传去讯问，成了重点嫌疑对象，一人挨了二十军棍，谁也不敢承认。岳连长放下狠话，限定两天内主动交代，如若发现有意与红军勾连，一经查实，统统枪毙！赵胜利情知班里的弟兄个个卖过子弹，而且据揣测都让邮差转手倒腾给了青杨岔的红军，这可是有嘴说不清的事！当夜，他聚集全班士兵议事，说："咱们的脑袋都搁在了砧板上，再不行动就只有死路一条哩！"有人提出与其坐以待毙，不如反水！赵胜利逐个靠实，大伙别无选择，一色同意。三更天，十来个人背上背包、提走一应装备，悄悄溜出镇子向大关口方向逃去。他们害怕连长发现派兵追击，不敢走大路，翻山越岭绕道而行，一口气跑到天明，才拐进苏区地界。

后晌，徐壮民吩咐管后勤的助理员买一头壮猪、两只站羊羯子宰杀，准备明天召开一个小范围的欢迎会，给赵胜利一股人管一顿肉，也趁机给区、乡干部和区小队队员们解解馋，大伙沾过腥荤已是很长时候了。王振国得知专门过来，就吃肉的事出了一个主意，徐壮民连连点头。

黄昏时分。区委召开了关于接受和处置投诚一事的专题会议，气氛严肃。征求意见时，区青年主任王振民抢先发言，说："这个班十二个人、十二杆枪，据说一共有上千发子弹、几十颗手榴弹，这么猛劲的一股人杵在咱眼底身畔，一旦闹事谁能抵挡得住？咱眼下有的是人手，不缺他几个，指靠小姨子养娃娃终究指靠不上，不如咱干脆一锅端哩，人全部遣散，省得夜长梦多！"王振国拉下脸，说："赵班长他们弃暗投明，必定会产生很大的政治影响，既可动摇白军的士气，又能鼓舞我们的斗志，这比消灭一个连、一个营的白军意义还大！这种做法违反党的政策，绝对不行！"徐壮民也不同意，说："如果我们这么做，就表明红军对投奔、投诚、起义者不信任，一旦传扬出去，以后国民党队伍里有这心思的哪个还敢到苏区来？这不是给自己挖坑、封住了自己的大门？"区妇女主任史兰兰懔场，局促不安，左右瞄扫，终于鼓起勇气举手发言："各位领导，我说两句，据说这些当兵的老家都在白区，遣回老家会有潜在的危险，咱们得为他们的安全考虑……这个……这个王振民同志的意见出发点是好的，却是一种没远见的做法……不负责的态度……不讲原则性……也是一种狭隘的思想……我不同意！"她结结巴巴，极尽所能使用了一些时兴的新鲜的公家人的文词儿，说罢，红着脸瞅了王振国一眼。

徐壮民晓得大伙儿不习惯在人稠的场合被人注视着发言，直截了当说：“对于这十二个人的接收、安置，我个人的意见是不止全盘接收，还要动员他们去参加正规的红军游击队。对可能出现的情况也要有预案，如果当中有人不愿意，可以缴枪走人，咱发给路费盘缠和安家费，一人二十块左右吧。请大家考虑。”王振国点头赞许，补充说：“如果他们参加游击队，咱会向组织上建议，建制不变，仍是一个班，赵胜利继续当班长，甚至可以提拔使用，这样，他们会更加安心的。”史兰兰心思细腻，说：“如果有人既不愿当红军，又不敢回老家，咋闹?”徐壮民说：“他若愿意留在苏区，咱可以分给他窑洞、口粮、土地、农具、籽种。”经过讨论，大家一致同意这几条办法。王振民觉得自个儿刚才的话没说在卯窍上，红着脸主动承认了错误。王振国笑呵呵地拍了他一掌，肯定他的忧虑出于公心，也是有道理的，又夸奖他态度端正、不藏不掖，知错就改，是个好同志、好兄弟！会议结束时，史兰兰拽住王振民的衣角，偷悄悄说:“大姐当着众人面说你,说重哩,不恼吧？罢了大姐给你吃一个煮鸡蛋。”王振民故意恼悻悻地甩开她的手,大声嚷嚷:“你是谁的大姐？当大嫂子还差不多,还没过门就欺负、嫌虐小叔子。至于鸡蛋,你还是偷悄悄给我大哥吃吧,得两个,不的话会补偏一个蛋的!”众人大笑,史兰兰羞得脸颊绯红。

晚间，徐壮民弄来一瓶酒，和赵胜利称兄道弟喝酒拉话，诚恳地谈了区委的意见。赵胜利很受感动，说：“徐书记，我原来只听汪差长说共产党好，今天一见，果真如此！共产党信任咱、高抬咱，咱就铁定当红军哩!”

第二天前晌，由区委、区政府组织的欢迎会安排在赵村长家的大院里举行，区、乡干部和区小队战士来了近一百号人。赵家湾前后庄总共二百来口人，听见打锣，许多人只顾忙乎春耕的营生，不打算过去。猛然间，又听说开罢会政府管一顿肉饭，便个个崛起精神，互相吆喝，奔拥而来，大人娃娃夹着盆子、大碗，带着筷子、调羹。欢迎大会在满院飘溢的肉香里进行，简短、紧凑。徐壮民主持，致了欢迎词；王振国代表镇边县委、县政府讲了话；赵胜利代表反水的士兵当场表态。台上台下响起哗啦啦的掌声和吸吮鼻子的嘶嘶声。

吃饭是个大事情。早先时候，王振国即安排庄里七八个经常在红白喜事上当大师傅、二师傅的人上灶台，男人提水、劈柴、剁肉、炖肉，婆姨拉风箱烧火、蒸米饭。惦念区、乡干部和游击队员工作辛苦须得另外留点油水犒劳犒劳，他刻意安顿灶上将头蹄、下水留下。为防备发生勺脑子亏人、吵吵嚷嚷的麻烦事，又早早指定四个为人处世口碑好的老汉到时候掌肉勺。

铜锣当啷一敲，开饭了。人们嗡的一声朝墙头下的官灶拥去，个个双眼盯着肉锅，敲打盆碗，乱哄哄的。王振国大声喊道："老乡们——排成队，不要瞎挤，点人头，肉份一样，人人有份！"大伙见瞎挤成一疙瘩也不是个事，听从呼喊，推搡着排成队列，见谁插队就有人朝他尻子上踹一脚，很快秩序井然。掌勺的抄起大勺子依规定发肉发饭，每人连肉带汤两勺子，一勺羊腥，一勺猪腥，黄米饭则是四勺子。偌大个院落挤满人头，大人给自家的娃娃抄肉，婆姨给自家的老人、男人抄肉，嘎小子一个从一个碗里抢肉；有的站着吃，有的坐着吃，有的圪蹴着吃，甚至有跑颠着吃的，吃得昏天黑地。有一个吃罢的汉子吼喊："喂——王主席，我婆姨坐娘家去哩，官饭给不给发？"王振国说："不发！"又有人喊："王主席，我妈得了半身不遂，趴在炕皮上来不了会场，给不给发？"王振国说："发！"赵胜利看着红火壮观的吃喝场面，感慨地说："这就是共产，得人心，共产党行事日怪！张公道，李公道，共产党才公道哩！"徐壮民里里外外绕了一圈，心里不禁对王振国生起一股新的敬意："王大哥大事小情打不下马，天生是个当官的料子！"

这个班随后被编入王仕秀的十四支队，赵胜利当了班长。其中只有一个姓张的士兵不愿意当兵，又不敢回老家去，要求在苏区安家。经徐壮民安顿，乡里把他安插到了张家山庄，分给一孔窑洞居住，解决了生活、生产问题。后来，经史兰兰撮合，他和本庄一个姓王的女子结婚成家，并育有一双儿女。

桃杏花开烂漫的时节，王振国家的三孔土窑彻彻底底清扫了一遍，窗户纸新换一茬，贴了花花鸟鸟的鲜艳亮丽的窗花。史兰兰亲手剪出老鼠吃西瓜、张生戏莺莺的大幅炕花，贴在炕围。沉默寡言的王老婆抱守孤清二十多年，花白了头发，终于熬出头，儿媳妇要进门了。一个晴丽无风的清晨，她眯缝了眼睛，一遍又一遍端详着炕头叠放整齐的两床妆新的被褥，眼泪婆娑娑流出，竟轻轻哼起一首《脚夫调》：

四十里（那）长涧（哟）羊羔山，
好婆姨出在咱张家（哟嗬）畔滩。
张家畔起身（哟）刘家峁站，
峁底里下去我把朋友（哟嗬）看。

三月里（那）日头红又红，
为甚我赶骡子的人儿（哟）这么苦闷？
不唱（那个）山曲儿（我）不好（啊）盛，
（我）唱上个山曲儿（哟）想亲（哟嗬）亲。

你（那个）走东（哟）我盛在了西，
一条无定河把咱们两分（哟嗬）离。
……

王振国引着史兰兰从大门进来，听到母亲独自唱曲儿，心中欢喜，轻手轻脚推开窑门，嬉笑着说：“妈，你甚时候学会唱山曲儿哩？嗓子糖糖的！”王老婆立时打住歌声，满是皱褶的脸上显出羞赧，说：“妈头上的愁帽揭哩，又盘算起你死鬼大哩！死鬼老和尚要是活着，该喜坏哩！”王振国对父亲只有片断、模糊的印象，心中泛起一缕凄苦，说："妈，依着你的意愿，我跟兰兰一清早就给我大上了一回坟！"王老婆爱怜无限地望着儿子和将要过门的媳妇，舒了一口气，自言自语："赶明年给妈生个大胖孙子，妈就是跟上老和尚走了也歇心哩！"

前两天，经县委批准，王振国和史兰兰在乡政府做了登记，领了一张巴掌大小作为结婚证明的麻纸片儿，上头盖着乡政府的大红戳子。从乡政府出来，史兰兰盯着纸片说："振国哥，这就是官的啦？"王振国说："官的！"

路程远弯，殷书记不便赶来，捎了二尺红布以示庆贺和预祝。史兰兰不甚明白，说："振国哥，我给你做一个裤衩吧。"王振国笑了："愣人，这是殷书记专门捎来给咱儿子做裹肚用的！"史兰兰还没有生育过，闻言一脸春色，满心欢喜。

直至史兰兰叨咕着去登记的这天，史大却依旧不吱声。史老婆剜他一眼，说："兰兰已是二婚头，振国还是个原封后生，如今又当了大官，亏得人家娶你女子，这样的女婿打上灯笼也难寻，彩礼的事就不敢张嘴哩！"史大抽一口旱烟，垂耷下眼皮。史老婆瞪一眼："你个朽脑闷葫芦死蔫鬼，三鞭子打不出个响屁！我婆姨女子家做一回主，也不管他史老二同意不同意！"史大终于死蔫耷拉哼了一声："把你日能的，你当成不同意就能拦挡住咧！"

吃罢长寿面的早饭，王老婆从箱底摸索出一个绣花的小荷包，一块一块搓数出五块银圆，码成一摞，擩给儿子，说："振国，史家老两口子把女子从鞋底子大小养活成玉米秆子高低，总不能白白给你，将人心比自心，咱没钱也得出点彩礼！"王振国沉吟着说，那就叫兰兰转给吧！史兰兰接了钱，涌出一串泪花，一溜烟跑回家，又暗里贴上自个儿从前积攒的五块银圆，用红纸包好，擩给母亲，说："大、妈，王家下的彩礼！"老婆老汉鼓大眼睛瞅着礼包，不觉龇牙笑开。史大吐口气说："银钱不在多少，女婿把咱当人看哩！"史老婆好奇地问道："死女子，这就要过门哩，咋还不见个两头颠的媒人？"史兰兰说："新政府讲究婚姻自由，新事新办，那老一套不时兴哩，统统裁革哩！”史老婆张开嘴，舌头嚅了嚅，把话咽下去，长长吁叹一声。

前晌，史兰兰把王振国的一套灰土布军装洗干净，日头下晾干，打了几个圆圆的补丁。王振国穿上，说：“兰兰，这就是最牛的妆新衣裳！”“就是！”史兰兰说。她穿上自己亲手缝的一身蓝土布衣裳，前后左右看了一回，心满意足地说：“这就是我妆新的硬衣！”王振国心怀歉疚，说：“兰兰，等咱将来条件好哩，我再给你置一身花格格衣裳！”史兰兰幸福极了：“振国哥，今生嫁给你，什么不穿我也七十二个情愿！”王振国调侃说：“什么也不穿？那不是精尻子哩？”史兰兰害羞，拍他一掌：“没正经，讨厌！”

徐壮民和王振民几个凑份子从青杨岔街上籴了一件子青山羊肉送来，吵着要喝喜酒、吃肉粉汤和油炸糕。王振国只得领情，让母亲把羊肉一锅炖了，又掏钱打了一葫芦散酒。晌午时分，王振国爬上垴畔，恭恭敬敬把丈人、丈母娘请下来。十几个人一起吃了一顿羊肉烩细粉、清油炸糕的婚宴饭。史大老婆老汉吃饱肚子，东山上西山下闲扯一阵，瞅瞅时候不早，说要回去喂牲口，喜滋滋地走了。王老婆一直送到硷畔外头，看着二人上了坡，扯长嗓子说：“亲家，一步邻近的，闲时就下来串门儿！”史老婆赶紧说：“亲家，三跷两步的，没事就上来闲谝！”

夜幕垂落，徐壮民几个人喝光一葫芦烧酒，个个红光满面的，结伙窜到洞房窑里戏耍、调笑了半天，互相挤眉弄眼戳拐拐，溜出了窑门，吼喊说我们值夜去哩！王老婆见客人走了，急火火闩了门，冲拐窑里说：“振国、兰兰，尿盆子妈给你们拿过去哩，时光不早哩，亮晃晃的费油！”她噗地吹熄炕墙上的油灯，笑眯眯地歇息了。

王振国瞅着史兰兰红扑扑的俏脸，一口吹熄油灯。黑暗里，他搂住史兰兰，两人立在地上，上气不接下气地亲热起来，史兰兰的嘴唇都快给咬破了，也不觉得疼。王振国二十大几的男人从未触碰过女人，只顾得无止无休地抚摸、亲吻，倒忘了紧要的正事，直至史兰兰拽拉他的腰身向炕沿挪动，他才醒悟过来，哈腰一把将她抱上炕，急切切覆压过去。史兰兰拧了他一把，悄悄说："愣人，脱衣裳！"王振国浑身战栗，犁牛一样粗喘，丢剥了她的衣裳，又丢剥了自个儿的衣裳，公鸡踏蛋似的从背面覆压上去，却有些茫然。史兰兰说反哩反哩！待正位过来，又是慌慌乱乱四处碰壁。史兰兰见仍不得窍，适时地帮了一个小忙，王振国咦的一声进入一方乐土，却立马泄去。两人似两块糖果黏在一搭，继续激情地欢娱着，王振国终于有所掌控，进入美妙的境地，得意之际，禁不住勾起史兰兰的脖子，憨憨地问道："兰兰，你好活不?"史兰兰神魂颠倒、意乱情迷，梦呓一般哼哼着，嘴里"好好好"地好了下去。这刻，窗外传来王振民骚火煽情的声音："'好好好'的好甚哩？啊?"接着是叽叽咕咕的坏笑声。两人的娱乐被迫中止，史兰兰慌忙拉扯被子蒙住头，羞惭地说："声音高哩，外头有听门的！"二人不敢动弹，掐死声息。过了老半天，外头没有一丝响动，史兰兰放下心，埋怨道："你坏，瞎问人家，闪得私话叫人听去哩，赶明儿臊死人！""臊甚啦！啊?"窗外又传来王振民训诫小学生似的呼喝。

# 走三边

李丹 著

（下）

陕西新华出版传媒集团
太白文艺出版社

# 第十九章

张桂生向张自立报告说，开春后，镇边堡东南一带闹红闹得厉害，共产党的武装工作队掳去乡绅富户看家护院团丁的枪支抄家揪斗，打着木拐子分土地、点人头分浮财，成立什么贫农会、妇女会、赤卫军、少先队，选任村长、乡主席，那一片地方一眨眼就赤化哩。张自立脸色灰白，拄着文明棍满地拧绕，重重地杵着，像割了卵筋一样痛苦，满腹怨毒无处发泄，竖起眼珠叱喝张桂生无能，任由穷小子们张牙舞爪！马君臣在一旁叹口气，说："回禀县老爷，县老爷有所不知，咱的团丁大半是大烟杆子，一天抽几十个泡子潇潇洒洒，一离开烟枪腿软骨酥、走路打摆摆，不要说提枪上阵哩！"张桂生见马局长替自己开脱，很是感激，说："请县长大人明察，马局长所言不虚，让各堡各区、各家大户的团丁跟红军开火打仗，等于兔子叫门送肉哩！依卑职愚见，咱的县保安队缺少枪弹也难指望，高将军的人马是奉命剿除共匪的，总不能按兵不动、任由共匪坐大吧？咱得请求恒丰店的殷连长出兵！"张自立早有此意，当下吩咐两人去备办几张冬狐皮、冬獾皮的礼品，又让二县长筹备二百块现洋。

殷连长因追剿杨猴小匪徒名声大振，镇边城里富人见了点头哈腰，穷人眼里也流泄敬意，于是，一出一入趾高气扬，把谁也不揉在眼里。现在，见一县之长亲自拎了礼品、现洋过来，自是飘飘然的。听了张县长的诉求，殷连长大声二气地说：“这事原本就没麻达。只是高师长自从回到陕北老家，忙于筹办学校和铺路架桥的事情，并未下达主动进攻红军的命令，本连长擅自出兵怕有不妥。”张自立说：“高长官心念桑梓、眷顾民生自是可圈可点，然而剿灭共党才是当务之急，殷连长出兵正是执行蒋委员长训令，高长官纵有缓兵韬略，也不会不准！”二县长、马君臣、张桂生几个诉说了一肚子的愤恨和忧虑，苦苦磨缠，殷连长终于下了决心：“红军不过几个毛毛贼，一色的杵沙骷子出身，有×的能耐？还比杨猴小的马队冲锋得厉害？那就叫高排长带一个排去活逮几个回来惩治！”张自立几个甚是欣慰，说：“国军主力出阵，一定是旗开得胜、马到成功！”殷连长大大咧咧说：“高排长是我手下一员骁将，长城抗战打小日本冲锋在前，从不说半句屄话。请张县长静候佳音，预备酒饭、现洋犒赏吧！”

南门楼悬挂的两长串红皮炮仗炸响，硝烟飘起。张自立亲自带领一班人摆酒壮行。高排长连饮三盅，脸膛涨红，“开拔”一声，率领三十多号全副武装的士兵径出南门，一挺轻机枪明光锃亮，尤其惹眼。赵二霉几个区公所的差爷、团丁大摇大摆走在前头，担负向导。

高排长是河北平原上长大的汉子，又身躯肥壮，一路上嫌怨山大沟深、道路崎岖，不住叫骂：“×他娘，什么黑腚地方！”士兵们也多是河北人，不习惯山地行军，七嘴八舌骂道：“鬼地方，抬脚就是沟，抬头就是山，老子们一个个都成了背锅儿、连巴腿儿！”“老子站在畔头儿往沟底看，脑袋都晕乎乎的！”赵二霉几个大烟鬼臭汗淋漓，一有空隙，赶紧聚在一搭，点灯抽烟提振精神。这一股子白军一路搜索、翻腾，向东南的纵深处去了。到了第二天，就发现了不寻常——每到村庄附近，远处的山头接捻子扬起一股一股的黄尘。进了庄子，家户里只有些老汉、老婆，个个瓷呆愣怔，一问三不知。有老财富户暗里告状，大吐苦水，却不晓得红军去了哪里。逢着一个大的村庄，高排长命令赵二霉几个敲打铜锣召集乡民开会。人群聚起，高排长粗声大气宣讲一通国军剿共的事体，勒令分了土地、牛羊、粮食的本庄人家一律退地退赃。老汉、老婆们不敢不从，纷纷回家赶牲口、背粮食、拿土地证退还原主。几个老财却闪烁其词、犹疑不决，不敢收回，担心白军开走红军回来算账。高排长气鼓鼓地骂道："×他娘，㞞包！反正老子们尽心了，收不收是你们的事！"第三天，他们来到元梁山脚下，仍然不见红军的踪影，高排长显得有些焦躁，不住气地叫骂。而赵二霉几个却依旧乐呵呵的，一路不闲，狐假虎威，挨门逐户索要鞋脚钱、维持费、治安款，各人的褡裢装得鼓鼓囊囊，净是零散的福珠、铜圆、麻钱和顶账的獾皮、狗皮、被面之物。早先，高排长曾下令不准士兵糟践老百姓，见他们个个发财，觉得替政府剿匪，嘴头子总不能受罪，于是默许了士兵们捉羊逮鸡的勾当。这样，每到一个村庄，至少宰杀两只羊或是十来只鸡，择人家开伙，大快朵颐。一路过来，庄户人背转弯弯吐唾沫诅咒："什么国军，净些瞎孙，跟土匪脑子一样！"

当进入一个叫双树湾的村庄，对面山头黄尘大起。赵二霉献计："高排长，咱们一到哪里，哪里山头上就扬起黄尘通风报信，这么瞎溜达连红军脑子的一根毛也找不到，可咱们的行踪红军反倒一清二楚。这里的老百姓都叫红军灌了红水子，人前一套背后一套，咱得抓几个吊在二梁上拷打，看他招也不招！"高排长已确信这里的红军都是些下软蛋、撒丫子的㞞包，很是扫兴，可空手回去不好交差，就同意了。赵二霉虎一样带着一拨人满庄子搜翻，逮了十几个老年人，不问青红皂白，统统以私通红军的罪名一绳子捆起，任意拷打，五六个老汉被打得鼻子口里流血。有两个老汉熬不过，交代说：半月前来过一帮子红军，大会小会折腾了几天；前天又返回来，哄伙庄里的一股子年轻人去当赤卫军，就在这一带搞训练。赵二霉问承头的是谁？两人说一个姓白、一个姓王，二十几岁模样，带着匣子枪跟长杆枪还有铁头炸弹，其中姓白的是个颠瘸瘸。赵二霉报告了情况，高排长说："咱先休整休整，来个守株待兔，拿住一两个偷着回家的赤卫军，顺藤摸瓜，没准活逮了姓白的和姓王的！”赵二霉正想歇腿，连说：“高见高见！”打问一番，得知庄里一个叫史炳耀的光棍汉做得一手好狗肉，于是在他家的三孔土窑里扎下营盘。一股子白军士兵枪杀了庄里的几条照门狗，又搜腾来几葫芦烧酒，让史炳耀炖了一大锅狗肉，吆五喝六，大吃二喝。这个史炳耀不只狗肉做得好，口才也好，给大兵们一则一则绘声绘色讲述串门子、闹五荤的荤酸故事，逗得一股子人哧哧乱笑，很快“老史老史”相熟了。

天色向晚，史炳耀狡黠的眼珠转过来转过去，趁人不备，一猫腰偷了两颗手榴弹掖进腰里，借口出门担水，一拐一溜不见了人影。一股人以为这个梳着大背头的光棍汉怕惹事受累躲出去了，也不在意，赌博的赌博，喝酒的喝酒，唱曲儿的唱曲儿，一直逍遥到半夜。

进入三更，十几条黑影从庄子东头摸近院墙。嗖的一闪，一个打盹儿的岗哨脑袋中了一石杵子栽倒。另一个大声惊呼，放了一枪，仓皇逃向窑洞——砰的一响，一道火光喷出，背心中枪栽倒。窑里熟睡的士兵、团丁乱作一团，高排长喝令迅速投入战斗，一股人顺着窗户向外乱射。枪火下，却见一颗嗞嗞冒烟的手榴弹从窗孔外塞入，士兵们吓得纷纷蹦下炕趴伏在地——轰隆一声巨响，两个正自蹦跶的士兵发出惨叫，一跟头栽下毙命。高排长强自镇定，命令机枪手和全体士兵一起开火，向外投掷手榴弹！一时枪声放串子炮一样，爆炸声震得窑里土屑纷落。瞎打了半晌，不见外头回击，高排长下令停火，立时，天地陷于沉寂，仿佛什么事情也不曾发生，只嗅到浓烈的硝烟味。突然，远处传来呵呵呵一声阴森森的怪笑，众人又是一惊，赵二霉阴沉沉地说：“这个不怕，是鸱怪子叫哩！”众人刚松了一口气，对面山头上忽地潮起呐喊声：“我们是红军——缴枪不打人——打官不打兵——”圪畔山、庄里庄外传来呼应的呐喊，似有数百人之众！高排长黑暗里挥舞着手枪，大声叫嚷：“娘卖×！谁人听从共匪的蛊惑，老子一枪崩了你个粪牛!”

天色放亮，高排长打开一道门缝，用手枪抵着一个士兵的脊梁，命令他出去探摸情况。这个士兵端着步枪，战战兢兢挪出窑门，猫着腰身一溜疾奔至院墙根底，大口喘着粗气，趴在一处豁口张望，不见有人，就大胆地爬上墙头，站直身子四处观察。突然，垴畔上传来一声清脆的枪响，就见他一个倒栽葱向外杵落下去，豁口扑过几个手执大刀的半大小子去抢枪支、弹药，嚷嚷着扒衣裳、扒鞋子。窑里射出一阵排子枪，半大小子们一忽闪就不见了。高排长下令一个班的士兵做好出击准备，抢占有利地形、试探虚实。十来个人刚从门道出来，垴畔上响起急促杂沓的脚步声，磨扇、簸箕大小的土圪垯嗵隆嗵隆砸落下来，一个被活活砸死，几个受伤，士兵们喊爹叫娘窜了回去。窑里又陷于惊恐，众人筛糠打战，没了主意。挨到饭时，高排长吩咐伙头兵烧火做饭，打算饱餐之后寻机突围。柴火燃起，灶膛口却青烟端冒，一丝一缕也上不去——垴畔上的烟洞口已被乱草塞紧捂死。众人唉声叹气，肚腹里咕咕噜噜，一个一个大眼小眼地透过窗孔朝外瞪着、瞅着。多半人风火憋得不行，捂着肚子拧圈圈。高排长命令在前窑门口掘出一个大坑，排队如厕，全拉撒进去，登时臊臭熏天。

苦挨至前晌，对面三四座山头又传来呐喊，并呼啦啦竖起一杆杆的红旗。接着，从中间一座山头后窜蹦出十几个手里拥着砍刀、红缨枪的半大小子，在坡上模仿驴打滚、羊撒欢，又掬起黄土末子朝天扬撒，鼓噪着咒骂着：“白军小子——你把爷爷×也不啖!”“盖佬小子——缴了枪爷爷饶你不死!”“二尾子小子——爷爷是㑳你还是骗你?”高排长问什么是“盖佬”什么是“二尾子”?赵二霉翻译说：“村野土话，前者就是王八、鳖儿子，后者则指男不男女不女没功能的家伙!”高排长恼羞成怒，踹开窑门，端着轻机枪望坡上嗒嗒嗒打了一梭子，子弹落在下坡，溅起点点黄尘。一伙子半大小子嗷嗷叫着，兔子似的蹦起，窜上山顶，隐入背坡。过了一会儿，又窜蹦出一群，掏出裆里的鸡鸡，大模大样立在那里尿尿，尻子一撅一晃，似乎在比试哪个尿得高些远些。尿罢，又齐声高喊：“白军小子——儿脑子——儿×脑子——儿驴×脑子——二马梁卦子——有本事打爷爷的鸡溜子——”高排长气得牙痒痒，再放一顿乱枪泄愤。

高排长从来没打过这样邪门、窝囊的仗，斗志全无，只一门心思盘算如何才能走脱。见士兵们垂头丧气，他骂骂咧咧打气，说：“红军全他妈的没素质，指挥官纯粹是个乡巴佬，打仗没个章法、路数，若论排兵布阵、硬打硬冲、单兵作战谁怕谁！”候到后晌，垴畔上听不到动静，对面山头红旗撤去，隐约望见一队一队的人头开拔走了，传来粗浑的歌声：

梢大沟深南梁山，
陕甘交界两不管。
老刘老高看得远，
寨子湾里扎营盘。
红军人马闹嚷嚷，
拔除据点灭民团。
建立陕甘根据地，
老刘壮大五个团。
……

赵二霉禁不住祈祷说：“我的亲娘亲老子们，难怅死人咧！天灵灵，地灵灵，善风善雨过去吧！”伺等半天，高排长看看日头西坠，决计强行突围。他下令队伍分成三拨，赵二霉一拨在前领路，自己一拨居中，又一拨殿后。三拨人保持战斗队形，探头探脑钻出院子，观察四周并无状况，嗷的一声，撒开脚丫向北狂奔。一路上山陡坡急，这股子河北兵双手抓拽草根、两脚蹬踩地皮，拼命前奔；下山行走羊肠小道，不敢迈开大步，一个揪住一个一起往下滑溜，手臂间有滑脱，个个摔得鼻青脸肿。他们一口气奔行一百多里，第二天天亮，远远望见镇边城西山的庙宇、城墙，一起跳脚欢呼：“到嘞——回来喽——”

自从高排长出去清乡，张自立指派张桂生带人敲打铜锣、呼喊口号城里城外大做宣传、威吓，什么共党头子谢子长早让国军打死哩，毛毛贼红军无头无主还能扑腾几天！什么高排长人马赳赳撒开天罗地网捕捉红军，就要得胜回营哩！什么谁人胆敢私投红军，官老爷咔嚓嚓剁了你的狗脑！连日间，张自立不断派出探马奔行至城南七八里外的茨坬山顶瞭望，期盼高排长凯旋，却杳无音信。这天日头初升，探马回报，说峁涧滩有几十号国军正往这边急行军！张自立大喜，传令在城隍庙广场布置会场，通告百姓，预备召开庆功大会。张桂生脸膛红润，亲自拎一面铜锣，狠劲甩打着锣槌子，当当当的颤响震得人耳鸣心跳；一边放声吼喊："国军凯旋嘞——国军擒拿了东南的共匪恶人嘞——市民人等统统到广场看审嘞——"张自立听着铿锵的锣鸣和洪亮有力的喊声极为过瘾，换了一身笔挺的中山装，又传一道令下去。不一会儿，城中军、政、学、商各界一百多号人集结起来，他走在前头，带领着去了南门。一股人排成队列，翘首迎候。日头爬高，众人个个脖子僵直、眼睛发花，终于远远望到高排长一行匆匆过来，却见个个软溜打趔、灰头土脸！更有赵二霉崴了脚、赤着脚片，一步三颠，脸色惨白，几乎虚脱得失去人相，而背上依然坚强地驮着一褡裢的东西。殷连长撅儿筋修板筋地叫骂着，脸上白一阵红一阵。二老爷凭借一只眼掰着指头仔细盘点人头，发现少了六个当兵的，沮丧地说："少了六个兵，敢是叫红军打死了！"张自立狠巴巴瞪了他一眼，一声不吭，独自走了。众人无心打听详情，各自散去。聚集在城隍庙广场伺等开会的市民们听说高排长吃了败仗、折损了六个大兵，约估庆功会将要作罢，哄地散了，三三两两戳拐拐、咬耳朵，窃笑成一疙瘩。

郭学文听了传说的故事，撅着尻子绷着脸在地上划拉，编成几段子顺口溜，没几天就在城里传扬开来：

花椒颗颗不大麻刃刃，

殷连长手底下出了个高肉墩。

钻头觅缝找红军，
杀羊勒狗又打人，
日蹋南山的老百姓。

沙和尚（沙蜥蜴）钻进草林林，
赵二霉褡裢背在个身。
绿头苍蝇吸血虫，
叮叮咬咬苦害人，
八十年饿鬼入红尘。

六月里萝卜绿缨缨，
呼啦啦冒出来几百兵。
刀枪炸弹一哇声，
羊撒欢来驴打滚，
土圪垯也能砸死人。

阳圪塄暖来背圪塄冷，
空肚子送风火还抢茅坑。
日头澄山奔起身，
连滚带爬到天明，
没见×过这么些河北兵。

茨坬山上刮阴风，
县太爷不解风水南门迎。
七瘸八拐败了阵，
掐指一算短六人。
庆功会闪×得开不成。

徐壮民做梦也没有想到，当他和王振国随红三团通讯员进入赵家湾庄赵村长家的一孔大石窑后第一眼看到的人竟然是刘志丹！刘志丹特别地看了他一眼，似有所思，和他俩分别握手，扬起左手捏着的一张报纸说：“感谢你们提供的报纸，我看了整整一个早上。这上头登了许多国民党方面的情况，有些还很重要……只有知己知彼，才能百战百胜哪！”昨夜，红三团通讯员称首长要看报纸，请他们设法弄几张。王振国和徐壮民犯了难，捋了一遍脑子，最后才想到大关口的邮政站里可能有这东西，当下派人去搜翻出几张连夜送去，只是谁也不曾想到首长就是刘志丹。此刻，徐壮民眼泪快要流出来了，望着刘志丹清癯的面颊，颤声问道：“首长，还记得我不？”刘志丹打量着他，却怎么也记不清。徐壮民说：“十年前，你到白文翰大叔家串门，路上还送给我一本《共产党宣言》……可惜让黑狗子抄查哩！”刘志丹恍然，在他肩头重重拍了一下，爽朗地笑了：“原来青杨区的徐书记就是你呀，怪不得一进门就有些面熟哩！”他接着说，“壮民同志，去年春上的那批药品可是派上了大用场，救了多少同志的命哪！”一提这事，徐壮民浑身不自在，表情痛苦地说：“若是那时就去投奔首长，也就断送不了弟兄们的命哩！”刘志丹说：“你一心报仇，情理中事，都过去哩，咱要向前看。”徐壮民打了个立正，大声说：“是！首长同志！”刘志丹转身望着参加会议的周边几个区和游击队的领导，笑呵呵地说：“不要首长首长的，和陕甘边、陕北的老乡们一样，大家就叫我老刘吧。”大伙都轻松地笑开。人高马大的红三团贺钧年团长走近徐壮民，笑着说：“壮民同志，听说过你的情况，咱可都在十一旅当过兵嘞！”看着徐壮民吃惊的模样，贺钧年说，“当初在宁夏平罗我就随谢子长同志进入九旅搞兵运，后来在王文舫的三团当排长。你们靖远兵变不久，老谢又发动了水泉堡兵变，我在兰州水北门带一个排兵变策应，结果也失败哩，脱身出来就跟着老刘、老谢打天下！”徐壮民觉得与贺钧年的距离一下拉近了，老老实实地说：“我那时是瞎起哄，也闹不清兵变究竟是咋回事！”众人开心地笑了。

刘志丹主持会议，议题原是商讨奔袭寺儿畔白军一个新据点的相关事项，在各区的要求下，临时增加了陕北形势报告的内容。刘志丹头一句就说：“同志们，国民党的两个师两三万人围剿陕北苏区，看模样气势汹汹，其实不过是两只泥捏的老虎，武松当年赤手空拳敢打真老虎，咱手里有枪还怕他泥老虎?!”大伙禁不住笑开了。对于目前形势，刘志丹做了简要分析，认为：“高桂滋八十四师进入陕北，接管了绥德、清涧、吴堡、安定、三边等九个县区，分兵盘踞于各县城和各堡镇要地，却按兵不动，明显是无力主动出击，或取自保、观望的态度；井岳秀的八十六师借机收缩兵力，重兵布防榆林，在各县的兵力部署、配置和态势与高部大体相同。因此，从表面和整体上看，敌人的兵力是明显增强哩，但分散于陕北的二十三个县区，变成一块块零散的小骨头，彼此难以呼应，更形不成合力，反倒给我们造成了主动出击的机会。

“据可靠情报，高桂滋与井岳秀的个人隔阂、矛盾一直存在，并因地盘和防区的划拨进一步加深加剧，两人至今不曾会面，各自为战，红军攻击高部，井岳秀只会袖手旁观、拍手叫好，不会出手救援，反之亦然。红军四月初以来连克安定、延长两座县城就佐证了这一点，而这又给我们造成了分而歼之的机会。”刘志丹还用诙谐的口气讲了一个故事：“蒋介石了解到高、井不和的情况，为统一指挥、协同进剿，三月间特派一个叫毛绩斋的主任带领参谋团坐镇绥德督战。高桂滋于清明节携四姨太回三边老家扫墓，井岳秀探知消息，趁机专程去绥德拜访姓毛的。高听说井到了绥德，出于礼貌电告井在绥德稍候，他兼程返绥以便面叙。而井接到电报，次日就一拍屁股返回榆林哩，高桂滋气哼哼地骂他小人!”听到这里，王仕秀禁不住插话说：“两个大老人耍起藏老猫儿的儿戏哩!”大伙哄笑开来。刘志丹用刚毅、深邃的目光望着大家，说：“基于目前形势和敌方状态，经西北军委研究，已制定出相应的反围剿计划；我们将依托巩固的根据地和敌人统治力量薄弱的广大农村地区，依靠苏区群众的有力支持，充分利用敌人的矛盾，集中优势兵力,采取灵活机动的战略战术,分割包围,各个击破,在运动战中歼灭敌人的有生力量,积小胜为大胜,蒋介石的围剿计划则必然会被彻底粉碎!”大伙一齐热火火地鼓掌,人人觉得拨云见日,脑子一下清醒了许多,不再混沌、茫然和焦灼。

接下来进入第二个议题，王振国汇报了相关情况。他说，寺儿畔在龙州堡东南、青杨岔北边，是一条古道的站口。几天前，井岳秀部一个连进驻这里。这股白军纪律松弛、作风野蛮，借口维持治安、封锁苏区，向当地摊款派物，对过往商客、小贩任意敲诈勒索，并到处吹嘘要消灭红军游击队十四支队、踏平青杨区委、区政府。王振国称这是敌人揳入苏区的一根钉子，一定得拔除！王仕秀接着汇报了侦察情况，连白军各军官分住的窑洞的情形也讲得清清楚楚。经过讨论、研究，刘志丹决定集中红三团一部和十四支队主力三百多人，当夜行动，一举端掉这个新据点，要求青杨区委、区政府于天黑前完成担架队组织等各项准备。

散会后，徐壮民忙活去了。王振国觉得机会难得，留了下来。先向刘志丹简要汇报了镇边县苏区的创建情况，刘志丹仔细听着，一边在一个本子上记下重点。王振国对打土豪分田地中的土地政策和财产分配等问题不甚明了，请求指示。刘志丹说：“土地是农民的命根子，是咱们闹革命和凝聚人心的一张王牌！西北工委将借鉴南方苏区土地革命的成功经验，着手制定新的完善的土地政策和实施细则。现阶段，在已经建立了乡村政权的地区，首先应当以家庭土地占有量的多寡为主要衡量标准，摸清底子，开展阶级成分划分。土改以此为基础，重点要抓好地权证的发放，让老百姓吃下一颗定心丸。”他从口袋里摸出半根纸烟点燃，贪婪地吸了一口，接着说，“中国土地革命还在实践当中，南方苏维埃共和国的毛泽东主席有一套成功的经验，并有专门的论述，认为要防止右的或左的做法，认为坚持按人口分地并保持长期不变的原则进行土改更有利于稳定人心。这中间要忌粗抓细，坡地滩地好地瞎地要搭配着分，做到公平合理。同时，除了坚决镇压恶霸地主和反动民团头子外，对他们的家属，要区别对待。对普通地主、富农，不能一棍子打死、全盘抄没，应当留给他们维持生计所必需的土地和粮食，要掌握好分寸，革命也讲人道主义嘛。另外，在打土豪中搞出来的粮食和牲畜，除一部分留作公用，其余的一律分给群众，对那些特别困难的人家要倾斜照顾，不要搞平均主义。振国同志，共产党正在开创前无古人的伟大事业，革命是在摸索中前进，土改这本大书要立足现实仔细研究，共产党的做法要经得起历史的检验。我们在工作中要尽量少走弯路、少犯错误，但不要怕走弯路、怕犯错误。”王振国认真地做着笔记，觉得首长看得远穹、想得细微，心中亮豁了许多。

红军部队于夜晚子时从赵家湾出发，东经大关口北折，进入崎岖山道，急行军四十余里，在拂晓前到达寺儿畔斜对面的山腰位置。黑乎乎的夜色中，隐约望见一座依山而建的窑洞式四合院的轮廓，似有两个黑点在大门外头的崄畔上来回移动，其他均无异常。指挥部设在一个土包下，刘志丹掏出怀表借着星光瞅了瞅，下达作战命令：“十四支队分兵于东西路口设伏，切断逃路，另派一个中队绕道垴畔山，占据制高点，形成威慑，同时防备敌人越山逃跑；红三团突击队顺着沟底接近崄畔，实施两翼包抄，抢占窑顶，火力封锁窑门，可相机行事。”他强调说，“爆破组抢先一步动手，干掉岗哨，突入院子，捣毁敌人连部，并迅速占领！”徐壮民心里痒痒，将担架队的差事交给王振国，要求加入突击队。贺钧年说：“你是区委书记，不行！”徐壮民十分沮丧，只得跟预备队待在一起。

约莫过了小半个时辰，四合院里响起枪声，接着传来手榴弹急遽的爆炸声，一股烟火冲上半天。

徐壮民进入院子时，战斗已经结束，前后不到半个钟点。曙色里，俘虏们衣衫不整，少一半人只穿一条裤衩，被集中到院子的一头，一个个惶恐不安，仿佛在梦里。徐壮民浑身憋了劲无处释放，觉得太不过瘾，一脚踢向白军一个排长的屁子，说：“你们就这么不经打?”排长嗫嚅着说：“贵军神不知鬼不觉摸了岗哨，一扑进来就炸死了我们连长，占领了连部，弟兄们还没来得及穿衣裳，窗户、窑门全叫排子枪、机关枪封锁，又有手榴弹砸进来。我们给包了饺子、装进笼子，还咋打?!”当得知红军的指挥官就是刘志丹时，这个排长惊得直翻白眼，嘟哝说：“怪不得哩!”

这场战斗，毙伤白军官兵九人，缴获长短枪八十余杆（把）、轻机枪三挺、手榴弹十五箱、子弹逾万发，另有大量军需物资。红军仅四个战士挂彩。

时光进入农历五月下旬。日头澄山的时候，两个蒙古商人打扮的年轻汉子各骑一匹枣红马一前一后越过北门河，在北城门口下马。掌柜的长方脸形，蓄着大胡子，身材魁梧，一边用肥大的花边袍袖揩着额头上的汗水，一边稀罕地打量着城楼、门洞，显出一副久别而谙熟的模样。伙计精精干干，撩起袍襟，从内衣口袋取出一包哈德门纸烟，口呼“赛白奴”，殷勤地给五六个荷枪盘查的门岗散烟，又打开一个干粮口袋，递上肉干，自称是鄂托克旗路过的商客，想看看城里有没有冬狐皮。门岗们稀罕地嗅着哈德门纸烟特有的芳香，不客气地抓吃着牛肉干，一个长着猪腰子脸的门岗鼓着腮帮子，瞅一瞅两人腰带上悬挂的三不离身的蒙古刀、火镰和烟荷包，说：“一对倒生意的鞑子。”一个瘦麻柴棍子却不依不饶，把两人浑身上下摸揣一遍，还是不让进去，说什么红军最近活动频繁，屈营长有令，得小心盘查。伙计只好摸出一块银圆搡到他手里，说：“老总们行个方便、拿去打酒喝吧。”麻柴棍子喜眉笑眼，说：“早是搓×的!”

两人进城后，混入人流，在南北大街盘桓了一阵子，拐进了志魁客栈。白志魁打量一眼又一眼，又惊又喜，一声不响拽住大胡子客商的袍带进入一间客房，神色紧张地说：“老四，快认不出来哩！你咋回来啦?”白志坚握住大哥的手，凝望一刻，问道：“大哥，咱大咱妈身子骨都结实吧？家人都好吧?”白志魁连声说：

"好好好，都好！"白志坚长舒一口气，说："大哥，快快上饭，我和伙计都肚子叫鸣哩！"白志魁这才注意到立在一旁憨笑的小伙子，连忙出去张罗饭菜。

第二天吃罢早饭，白志坚脱开大哥的阻拦，带着伙计混入人流转悠一圈，见城中岗哨林立、气氛紧张，不便细微观察，回客栈牵了马，溜达出南门，径往西山坡家中去了。

白文翰见到四儿子已然是一派大男人的气象，噙着旱烟锅子，半晌说不出一句话。白贺氏半眯着眼睛从头到脚将儿子抚摸了一遍，越看越是看不够，絮叨说夜里鲜鲜梦见一只野鹊圪蹴在榆树股杈上不歇气地叫唤，果真灵验哩！一大家子人纷纷进来，拥拥挤挤，大人们问长问短，碎脑子们窃窃议论："这就是咱四大，在北平城里念过大学堂！"白志坚笑眯眯地取出一小袋子肉干让侄儿侄女们分了吃，一眨眼就被哄抢一空。白文翰点了点人头数，除了老大，一家人都在跟前，咳嗽一声，用旱烟锅子敲打着炕桌，声色俱厉地说："奓起耳朵听着——人人嘴头子上挂一把锁，各家管好各家的娃娃圪蛋，不许向外人提起老四回家的事情！"白贺氏正色说："娃娃圪蛋听着——谁敢出门乱嚼舌头，你爷爷一棍打折你狗们的腿把子！婆婆再拿麻绳子缝了你狗们的嘴！"一群碎脑子吓得慌眉慌眼。几个媳妇要动手做饭，白贺氏说："起开，各回各的窑。妈要亲自给老四做！"她连着推开四个儿媳妇，扎了腰裙，去做拿手的腌猪肉臊子剁荞面了。

晚间，白志坚向父亲讲了此行的目的，父子二人拉扯了半夜。白志坚说："刘志丹带领红军主力，从四月初展开大规模的反围剿军事行动，接连打下安定、延长、延川、安塞四座县城，歼灭了大量白军。陕北红军越打越多，迅速壮大，所到之处，打土豪分田地，建立革命政权，老百姓打心眼里拥护，革命之火遍地燃烧，国民党政府在陕北、陕甘边的统治已是摇摇欲坠。"白文翰感慨地说："共产党才是真正的打富济贫、除暴安良，跟哥老会不能同日而语！一个穷党、小党，眼瞅着就要变成一个富党、大党哩！老四，大盼着你们打镇边!”

白志坚坚持亲自出去侦察城里白军的城防工事和兵力、火力部署情况，遭到父亲、大哥和警卫员小李的一致反对，几个人担心一旦有人认出告密，那就大祸临头了。白志坚只得匿伏在家，由父亲、大哥和小李分头出去设法探摸。他谙熟城里的地形、街巷、建筑和山寨、城墙、门楼的位置、距离，着手绘制了一张详图，根据探摸情况一一做了专门标注。

张自立这一阵子忙得不拾闲，紧锣密鼓部署反共、防共、剿共的棋子，决意主动出击、先发制人，即强化维持管制，震慑人心，稳定县城周边，再行出兵清剿。屈志鹏全力配合，有求必应。早在三四月间，高桂滋部在清涧、安定一带接连遭到红军的强势攻击和反封锁冲击，煤炭、粮食补给困难，折损了近一个团的兵力，在驻绥德参谋团主任毛绩斋的一再督促下，被迫从三边撤兵东援，井岳秀部屈志鹏营再度接管了镇边城和柠条原。保定军校出身的屈志鹏原本性情彪悍、擅长用兵，因追歼杨猴小匪徒连胜几仗，被井岳秀冠以“虎儿子”的名头，更是得意、张狂；此番率一个装备精良的加强营接防，阵势不同以前，到处炫示武力，不只城内加强了盘查、巡逻，还不断派出全副武装的小股部队在方圆几十里内游走巡查，抓捕闹红的嫌犯。其实，屈志鹏发力卖劲另有一个私情，通过打麻将，他已成功地挎上了张太太。

国军三个连驻防县城，一个连驻防柠条原，张自立腰板挺直，端坐于县政府大堂内的太师椅上，三日一小堂、五日一大堂审理“红案”，并差人张贴告示，准许城中百姓现场视听。大堂口搭支了几副高大、厚重的木架，从监牢里提出的人犯多数被扣上私通共党的帽子，一个燕飞天绑捆，高高吊起，什么倒吊驴、打秋千、钉签子、割卵筋的酷刑变着花样轮番施行，人犯被折磨得晕死过去，打手们拎一桶冰冷的井水泼醒接着拷打。不少人被打得脱去人相，只得招认参与了闹红，过程和细节咋问咋编，生怕相左。每逢这个时候，协查案子的二县长就会冷眉冷眼将研好朱砂墨的砚台呈上，张自立伸手提起狼毫在案卷上勾画出一个大大的赤色叉号，吼叫一声："推出去斩首！"黑衣警察在马君臣的指挥下连拽带拉将人犯带至南门外野地里就地正法。时光不长，县城的三道城门洞和街头墙壁到处张贴了杀人布告，据传有八九个人被打死、处死。人犯家属不敢认领尸首，任由野狗撕食、蚊虫叮咬，南山坡滩上骨殖、腐肉四处散落，蝇蛆遍地，血污斑斑，恶臭刺鼻，过往行人绕道而走。

这天，张自立从早间进入大堂，一连审断了六宗"红案"。接近正午，几声军号，三个连的士兵刺刀上枪，紧急行动，街头巷尾岗哨林立，城楼山寨戒备森严。张桂生手下一股子喽啰敲打铜锣，呼喝张县长将要集体正法闹红人犯、城中百姓一律前往南门外法场听审看斩！城里涌出一波骚动、惊乱，进城的人争相出城，北城门、东城门却早已关闭，人群呼啦啦拥向南门，又被操枪的士兵拦在法场周边。张自立问过法场那边的情况，嫌怨看家人头数太少；屈志鹏便下了令，将躲在家中的居民和庙院里的香客尽数驱赶过去壮大场面。不多时，聚集了两千多人。四下里早已架起了机关枪，荷枪实弹的士兵往来巡逻，气氛紧张。

正当午时，几声锣响，马君臣指挥一群黑衣警察把六个铁板定案、反剪双手、背插亡命牌的闹红人犯提出大堂口，两三个拽拉一个，一溜烟奔向南门外。张自立和屈志鹏爬上南城门楼监斩。二县长立在法场中央的案几旁，尖着嗓子，逐一宣布了人犯罪状。验明正身后，警察两人一组拖拽着六个人犯分别进入行刑位置，将脑袋朝下扣转，脖子担在木墩子上，人犯早已昏傻、瘫软，各拉了一裤裆屎尿。屈志鹏厉声一喝，六个身着橘红袍衣的大汉从门洞里跳出，一人手执一把鬼头大刀，赳赳地踏入围在核心的杀人场地。二老爷显然认为这是抖耍威风的重要场合和机遇，从二县长身旁窜出，抢过斩首令牌抛出，庄严地喝道："斩立决！"六个大汉眼里闪烁着职业性的兴奋的光焰，各朝手心啐一口唾沫，抡圆大刀，咔嚓，咔嚓，一腔一腔血水喷射半空，如雨泼洒，人头一颗颗骨碌碌滚落坡底。看法场的百姓人人心惊肉跳，或别过脸去或掩住双眼。张自立站在城楼上声嘶力竭地吼喊："父老乡亲们——本官泣血忠告，跟着共产党、红军跑，就是犯上作乱，就是挑衅国家法度，这就是他们的下场！"

白志坚从父亲口里得知张自立将抓入监狱的庄稼汉屈打成招当作红军处死示众，一跳下炕，来回踱步，悲愤地说："大，你闯荡江湖半辈子，见识过张自立这号人？毒辣不毒辣、要脸不要脸？"白文翰骂道："我看他就是个心比蝎子还毒的愣疯子！一张脸割了贴在了另一张脸上，一面没脸一面厚脸！"白志坚说："姓张的仇视共产党、憎恨红军，是为了保住自个儿的官椅子，玩弄的是恫吓百姓、邀功求赏的伎俩，这号草菅人命的人还算是什么父母官？这号没有公平正义的世道还叫什么青天白日的世道？"白文翰长叹一声："老四，大算是看明白哩，中华民国建国才二十来年，执政的国民党就变得骨朽肉烂，皮囊里头爬满臭蛆，气数长不了！"

第二天清早,城里又传出偌大的响动。驻防中山台及附近据点的一个步兵连和县保安队、警队近三百人集结于城隍庙广场,张自立一番训话后,亲自带队,径出北门,开往西涧一带清剿去了。

屈志鹏把他们送至北门，一身轻松，提一口气直奔县政府大院。二老爷却不晓从什么地方冒出来，鬼头缩脑，远远跟在尻子后头。他嫌恶爬山越涧一路辛苦，又担心一旦遭遇红军，像高排长上回那样陷于危境，就早早告了假，留在城里逍遥自在。二老爷觑见屈志鹏果然钻进了嫂子的房间，只觉得尻裆麻橛似的坚壮，强捺下去，笑道："瞎硬！"心里却腾地跳出一个弄钱的主意，拍一拍腰间别着的手枪，挡一挡墨镜，猫踏雪似的赶过去，隔不远时大吼大叫起来："×他娘！夜儿黑里手气臭，梦和输罢打麻将又输，输得连裤衩也脱了，少不得跟嫂子借几个钱嘞！"未出所料，不等他靠近房门，张太太已然掀开门缝，粉脸涨红，用察哈尔土话骂道："你个土鳖蛋、蠢蛋猴，自个儿还养活不了自个儿！"说着，将一锭银子掷过去，口称身子不爽要去歇息。二老爷哈腰捡起银锭，狡黠地笑着，说："嫂子赶紧回去，美美睡他一觉病就好了，小弟不打搅嘞！"他一抛一逮玩着银锭，吹着口哨去了。

后晌。刘志丹的通讯员小雷骑一匹马来到青杨区委、区政府新驻地店家峁通知开会，王振国和徐壮民匆匆赶去。红军大队人马近日分批潜入大坪、店家峁、卧牛城一带，司令部扎在高家川。半个钟点后，他俩进入一处土窑院。窑门敞开着，徐壮民认出刘志丹身边的白志坚，见他一副疲惫不堪的样子，悄悄向院子里踱步的贺钧年打问："贺团长，这小子咋在这地方？熬累成那样，像是赶了长路！"贺钧年听了口气有些奇怪，看了他一眼，说："志坚是西北军委秘书长，刚从镇边城侦察回来……"徐壮民咦了一声。进入窑洞，他偷悄悄溜过去，猛地捣了白志坚一拳，嘿嘿傻笑。白志坚转身一看，惊喜地叫道："壮壮！"两人搂抱在一搭，好生亲热。

刘志丹主持会议，以雄悍、决绝的口气宣布说："红二十六军、二十七军主力和陕北游击队、陕甘抗日义勇军从安塞、安定各地集结过来，目的就在于一举解放镇边城！"与会者闻言个个情绪高涨，全体起立鼓掌。白志坚从怀里取出一张折叠的麻纸，在桌子上摊开，指指点点，详细汇报了侦察情况。刘志丹几位首长和几个一线指挥员围着这张镇边城军事部署详图，仔细研究了战术、打法，随即确定了大包围的军事部署格局，分解了西山寨、南门楼、东南城角、东门楼四处主攻位置的具体作战任务，明确攻城的第一枪由偷袭拔取西山寨制高点和炮兵阵地的义勇军打响。为阻击西北柠条原、安边方向和正东横山方向可能出现的增援之敌，决定攻城前派出两个团和两个游击支队分别运动至北门河西北、东芦子河以东设伏，兼作预备力量，同时形成对城内敌军的包围、堵截态势。确定攻打时间时，白志坚补充了一个情况，说："今天早上，张自立带领近三百人去西涧一带清剿，城中敌人主力是一个步兵连、一个步炮混成连和一个营部警卫排，其他的主要是各堡寨进城里的民团，总兵力不到五百人，真是天赐良机！”“志坚说的这个情况很重要，看来咱们得提前动手哩。”刘志丹在地上转了一圈，信心满满地说，“红军总兵力三千多人，虽无重武器，又缺少弹药，但仍处于绝对优势；张自立纵然带兵返回，满打满算，兵力不过七八百人，处于劣势和孤立难援境地。因此，在客观上，又给我军造成集中优势兵力打歼灭战的良机！我军采用长途奔袭的战术，出其不意，一定能够一举拿下！”大家情绪高涨。徐壮民涨红着脸，说自己对镇边城情况十分熟悉，申请参加攻城突击队。刘志丹微笑着说：“后勤保障、战地救护等大大小小的事离不开你们地方哪！”他随即向王振国和徐壮民布置、下达了支前任务：一是着手打造四挂云梯，高度在三丈六尺以上，务必于后天早饭前交付；二是安排部署干粮赶做、行军向导、担架队、运输队各项事宜。刘志丹很是细心，对干粮、担架和人力、畜力数量，又分别提出具体要求。王振国和徐壮民态度严肃，不约而同立正敬礼，齐声喊道：“保证完成首长下达的各项支前任务！”

赶至第二天傍黑，王振国和徐壮民已将所承担的工作全部准备就绪，二百多名担架队、运输队队员集结待发。刘志丹问：“向导是谁?”王振国说：“是区、乡的几个负责同志和几个可靠的老乡，道路都很熟悉，请首长放心。”刘志丹十分满意。

第三天早饭后，红军各部集结在一个叫新窑湾的村庄，召开动员大会，刘志丹做了简要的讲话，宣布了行军纪律和注意事项，强调采用数路突袭、速战速决的战术策略，命令攻城各部务必于西山寨打响后发起全面突袭。部队急行军一百余里，天黑前抵达距镇边城十几里的乔沟湾，实施道路封锁，严控过境、出行。王振国觉得时候尚早，带了几个随行的木匠刨倒三棵大杨树，连夜又加工了两挂云梯，分发给攻城部队。

凌晨两点半，红军各部分头集结于东河湾上游、下游沿岸，武装泅渡，快速形成包围，逼近城堡。总指挥部设在东山上的一处坳洼，可隔河俯瞰全城。无月之夜，镇边城处在黎明前浓重的黑色里，西山朦胧，城楼隐约，偌大的城中只有几束麦穗大小的灯光飘忽闪烁，安静得令人窒息。半个钟点过去，突袭西山寨制高点的义勇军一路竟然没有一点动静，刘志丹焦急万分，不住地瞅着怀表、观望天色，判断一定是向导惊慌失措带岔了路、误将南山峁当作了西山寨！

贺钧年团长眼见东方破晓，潜伏的部队行将暴露，毅然决然命令突击队迅速从东南城角登城！突击队员架起一挂云梯，鱼贯而上。贺团长见人多拥挤、兵力投送缓慢，下令在城角炮台下挖掘盘盘路登城。头一拨人潜入城头堑壕，观察无人巡守，悄然向西摸到另一处炮台，仍不见人影，于是迅速从城墙滑下进入城内，一个挨一个沿墙脚向东门方向逼近。瓮城内驻了白军的一个班，此刻营房灯火幽暗，传出起伏的鼾息，一个哨兵倚在门口歪着脑袋丢盹儿。突击队员箭步飞上，一刀毙命，蜂拥扑入营房，十多个士兵从睡梦中被喝醒，面对黑洞洞的枪口，个个惊恐失措，乖乖举手投降，白军班长交出了城门钥匙。突击队员打开城门，埋伏于周遭的红军一部尖刀连呼啦啦抢入，转出瓮城，向纵深突进。正在这时，白军王副营长从城头查哨过来，发现情况异常，当即鸣枪报警。一阵混乱，中山台、老爷楼、东门楼的几挺机枪开火，封锁了东半城的主要街巷及东门外的运兵道路，突击部队、后续部队前进受阻。冲锋号响起，主攻南门的红军部队架起云梯实施强攻，顿时枪声大作，爆炸声迭起。

屈志鹏与张太太几个人在恒丰店营部打了半夜麻将，正搂着美人酣然入睡，听到枪声，惊出一身冷汗，一骨碌爬起，摸黑蹬上裤子，略作观察，见西山寨安然，稍稍镇定，呼喝卫兵火速传令：吴连长带机炮连两个步兵排增援中山台、东门楼；王副营长、贾连长各就各位，分别往老爷楼、北门楼指挥拒敌；西山寨机炮排协守西山，向东门、南门一带做好炮击准备！同时，命令各民团依协防部署全体投入战斗，对擅离职守者一律就地枪毙！草草部署之后，屈志鹏光着膀子，拎了匣子枪，带领警卫排直奔防守重地南门楼，一路凶悍地吼道：“给老子顶住！赤脚片子打裹毡的穷红军敢在老虎嘴里拔牙！”

数路偷袭转为三面强攻。红军后续主力部队和游击队十四支队分别从东门和城东南角突破口不断拥入，向守军中山台中心阵地攻击前进。这一带是一片数十亩的开阔地，进攻的红军部队于曙色朦胧中遭到守军火力的交叉扫射，伤亡很大，被迫向两侧分散隐蔽，推进缓慢。此刻，西山寨的攻防战惊心动魄。由于向导老乡带岔了路，错失偷袭良机，以致严重影响了整个战局，义勇军战士个个憋了一肚子鬼火，野蜂一样拥上，架起两挂云梯强行登城，却遭到守军机炮排和几股民团的火力压制，两挺轻机枪烈焰喷吐，密集的子弹覆盖过去，爬上城头的战士全部中弹，草捆子似的栽下城墙。战士们多是十七八岁的牛犊子后生，眼睁睁看着伙伴一个个被活活打死，气血沸腾，一色眼睛血红，发一声吼，不要命地往上冲，一茬茬又被生生打死，城墙圪塄尸体枕藉，血流成河……

南门楼的激战险恶无比。屈志鹏赤臂上阵，亲自指挥两个排的兵力和几股民团火力封锁城头，向下狂掷手榴弹，爆炸声震耳欲聋，接连打退红军三次强攻。屈志鹏尘土满身，横眉立眼狂呼：“打死一个红军赏大洋十块，各人记住各人的数数！”天色渐亮，红军南城主攻阵地完全暴露，屈志鹏用军号调动西山寨炮兵展开炮击，一发发迫击炮弹呼啸着从西山顶上冲天而起，半空中勾拉出一道道弧线落入目标区。红军伤亡惨重，被迫撤向南山沟谷，双方展开远距离对射。

中山台守军凭借居高临下的地形优势，织起强大的火力网，一挺重机枪疯狂地吐着弹雨，封锁了对面的街道，红军突击队抢占中街后组织了三次冲锋都被压制下来，死伤数十人。守军吴连长隐身掩体，一枪一个，接连射杀红军战士多人。此时，城内一片混乱，老百姓四处奔逃。吴连长派出一股士兵，押解了几十个老年人和婆姨娃娃过来，用枪头点着后脑勺喝令他们走上街头，这股士兵插身其中，从人缝射击，企图要挟红军，收复中街失地。贺团长下令部队后撤，双方拉开距离，一明一暗形成对峙。

战局胶着，频添变数。二县长、马君臣几个人吼喊着“举城动员，全体参战”的口号，分头指挥公职人员、商人铺伙和临时抓来的民夫四处运送弹药和水壶、干粮，期望屈志鹏扭转乾坤；同时分派团丁缒城潜出，去往柠条原报信求援。张桂生担负西山协防，格外发力，到处吵呼打气，宣称张县长的救兵已在路上，里应外合一举击溃红军的时机就在眼前！又跑上颠下，喝令带枪的乡绅富人一律参战，凡畏怯不前者统统枪毙！

城内外红军经过多轮强攻冲杀，终于攻占了东城门楼和左右炮台，肃清了周边守军。总指挥部前移至东城门外；刘志丹脸色发青，不顾子弹乱飞，攀入东城门楼，用望远镜观察一阵，果断下达了新的进攻命令。

突入城内的红军迅速组织了一支新的突击队，用镢头、铁镐打通居民住房隔墙、背墙、院墙，向北越进。一路快速完成集结，沿北城墙根潜进，突然向城隍庙守军发起强势攻击，一举夺取。据守老爷楼的白军腹背受敌，无力支撑，只得放弃阵地向北城门方向退去。红军抢占老爷楼，组织突击队向北瓮城和中山台实施了几轮强攻，因火力不足，均遭封阻。

时近晌午，徐壮民不容商量地将担架队的一摊子事交付王振国，手拎匣子枪从东门进城，凭借熟悉的地形避开火力奔至前沿，加入王仕秀的突击队。他俩带领十几个人穿越居民房屋间的小巷、豁口、间隙向中山台东侧悄悄靠近，躲进一处房檐拐角。观察一阵，两人突然一起蹿出，扑进中山台下的东门洞里。吴连长发现红军从东冲来，端起一挺轻机枪向下扫射，又命令士兵抛掷手榴弹遏阻，七八个扑过来的突击队员倒在血泊中。这时，一颗冒烟的手榴弹落在东门洞口，徐壮民疾闪拾起望上抛去，轰隆一声，在白军重机枪手头顶炸开，几个士兵被炸伤，重机枪一时成了哑巴。南街响起冲锋号，押解百姓的那股子白军士兵见势不妙，撇下人群仓皇回窜。重机枪重新响起，攻击部队抢占中街后再度受阻。吴连长见中山台受到三面夹击，两个排长被射杀，急欲扭转战局，企望从侧翼实施反击，于是留一个排据守，自己带领十几个人从东侧台阶窜下，占据了郭家院子。他自恃枪法精准，抄了一杆步枪来到院墙豁口察探，刚一露头，躲在门洞里的王仕秀眼疾手快，一枪打去，吴连长脑袋中枪，倒地毙命，士兵们惊呼着后撤。屈志鹏用望远镜观察发现，急令号兵用军号调遣西山寨机炮排高排长带兵增援、接替指挥。高排长率队下山，西山寨、炮兵阵地交由民团据守。

张桂生俯视山下，见中山台吃紧，而隐蔽在南山沟的红军又匍匐运动过来，心急如焚，指挥团丁模仿炮兵动作向城南目标区开炮，结果三发炮弹竟不偏不倚全数击中南城门楼，偌大的门楼在爆炸声中轰然垮塌，变成一堆废墟。南山沟响起冲锋号，红军趁机发起大规模攻击。屈志鹏气急败坏，从废墟中钻出，分兵据守，全力抵抗。未久，放弃阵地，带领残部撤往西山寨。

战局发生重大转折，红军冲锋号四面响起，主力部队潮涌入城，红旗飘舞，喊杀震天。王仕秀和徐壮民带领游击队员从门洞一侧台阶向上攻击，打死三人，守军放弃抵抗，从台北爬梯子逃跑。中山台竖起红旗后，红军接连拔除了恒丰店几个据点，很快占领了大半个城堡，乘胜向北瓮城和西山寨冲杀。义勇军终于撕开口子占领了城头炮台、堑壕和炮兵阵地，向据守西山寨和庙宇洞室的白军发起冲锋。北瓮城、北门楼的战斗持续了小半个时辰，王副营长、贾连长、高排长个个悍勇，负隅顽抗，先后被打死，残部尽降。

早先时候，屈志鹏见大势已去，与几个亲随匆匆换上便装，从西寨墙缒下，沿西山梁逃去。一股义勇军小战士血红着眼睛到处搜寻屈志鹏，从一个俘虏口中获悉情况，嗷的一声，滑下寨墙，疾奔下山，越过河水，向西追撵。一口气追了十里地，在一个叫杏叶沟的沟坡咬住，一通乱枪打去，撂倒两个，其余三人扔了手枪，跪在地上大喊：“红军猴爷爷饶命!”一个十五六岁的小战士瞪着眼喝问：“哪个小子是屈志鹏?”一个躺倒在地、身中数枪的连鬓胡大汉说:“老子就是!”小战士一声不吭,长枪抵住他的脑袋连开三枪,就哭就骂:“你这个毒瓜蛋子,打死爷爷多少好弟兄!”

# 第二十章

城破前。

张皇失措的张桂生自误炸了南门楼更添几分惊吓，望见南北大街有逃难的人群向北门拥去，喝令团丁严防死守等待援军，自己却连滚带爬颠下山去。他跑回自己的住处，拖出一个木箱子，一斧子劈开，将金银财宝充装进一个褡裢，换了一身粗布破衣戴了一顶破毡帽，背起褡裢，逃往北城门。半道，猛然记起张太太，觉得这是一个将功补过、求得再生的机会，毫不犹豫折身奔向县政府大院。张太太早已打理好行囊，大包小箱十几个，身边却不见一人，此刻正急得花容失色、六神无主，见一人撞入，认出是张桂生，一把拽住死活不丢手，哭哭啼啼，诅咒这伙没良心的撇下她不管了！张桂生焦躁地说："好我的县太太，刀子架在脖子上哩，你还想带这么多东西？保命当紧！"他挣脱身子，让张太太只把钱箱子提上，其他的统统撇了。张太太万分不舍地瞅着自个儿装满衣裳、面料、鞋袜之物的大包小箱，拣了一个装了脂粉、香水的小包拿上，拎了钱箱，说："这……就走？"张桂生瞅着她鲜艳的穿戴，说："要换便衣！"说着颠进用人房间，搜腾了两件旧衣裳折回。待妇人换上，又用一条旧围裙包住箱子缩成提兜交给她。左右瞄扫仍以为破绽明显，上前摘去玉料发簪，抓了一把灰土搽在脸上头发上："差不多哩，赶紧的！走！"他拽了张太太的手，两人钻出后门，混进奔涌的人流朝北门去了。

县政府大院在手榴弹的爆炸中燃起一股股烟火的时候，二老爷和二县长黑水汗脸窜回，各自收拾金银财宝，一人占一头伙装进一个褡裢里。二县长让二老爷背上，二老爷欣然同意，叼空子从二县长那头抓了几根金条揣进裤兜里，盘算到时候就说半道上闪晃得掉出去了。二县长假装没看见，提醒他摘掉墨镜、扔掉手枪，二老爷说好主意！两人跑进张太太房间，却空无一人，就从后门溜出，直奔北门，一边大呼小叫："快跑哟——红军逮住谁杀谁！"

北城门楼陷于火海，浓烟腾卷，檩柱梁木摇摇欲坠。瓮城里却塞满人头，数百人汇聚这里，噪声如潮。一把一尺多长的大铁锁横挂在两扇包裹铁皮的又大又厚又重的城门中央，阻挡了逃难者的脚步。换了便装的马君臣夹在人缝里大声吵呼："快快砸锁，赶紧跑，红军捉住统统砍头！"城门跟前的人被点醒，找石头、城砖乱砸起来。正在这时，一股头戴红五角星军帽的小战士搜索过来，见马君臣蛊惑人心，上前揪出，四五杆枪对准脑袋，喝问他是什么人？有人悄悄指认他是县警察局长，一个小战士二话不说，一枪打去，马君臣脑浆迸出栽倒在地。突然，哗啦啦一声，一根燃烧的火柱子滚落下来，正好砸在尸体上，顿时烧得焦头烂额、手脚挛缩。人群愈加惊恐，乱挤乱撞，号哭声一片。这刻，门锁被砸成一包糊，两扇大城门在如潮的人群冲击下急遽撞向两壁，发出巨大的哐啷声。一股小红军给冲得七零八落，只得互相呼叫着拐出瓮城拥到街口，大声呼喊："老乡们——不要瞎跑，不要听信坏人的反动宣传，红军不打你们！"

二老爷和二县长刚颠过来，发现前边有一队红军拦挡盘查，吓得脸白，折身向西山脚下一孔土窑洞溜去。这是城里靠卖豆腐为生的刘二毛家，刘二毛前些日子卖豆腐间无意学唱了郭学文编的顺口溜被警察逮个现行关进大牢，此时窑里只有他婆姨和一个八九岁的女娃。外头枪声不断，整座县城给打成了一副烂筛子，刘家婆姨搂抱着女娃躲缩在炕墙圪塄，瑟瑟发抖，只怕枪子飞进来。二老爷和二县长撞门而入，母女俩觑也不敢觑，撅着尻子使劲往里扎。二老爷上前一把揪住刘家婆姨的头发提起来，却是认得，就说："豆腐老婆儿，快快把你老汉的衣裳拿出来，我们换换！"婆姨祷告说："好二老爷哩，我们铺炕皮盖窑顶穷家薄业的，哪里来的衣裳?"二老爷发怒，扇了她一个耳光："你个臭婆娘，是不是也跟上你老汉私通红军了？拿不来衣裳，老爷活剥了你两张人皮，拉个垫背的！"婆姨无奈，从炕圪塄搜翻出两件烂布衫。二老爷和二县长一人套了一件，二县长威吓说："如果红军来了盘问，你就说我两个是你家的亲戚，进城倒腾生意。说错一句，看我一刀剐了你的娃娃！你那坐大牢的老汉赶明儿就推出南门斩首！"这时候，门外响起急促的脚步声，二县长拽了二老爷一同钻进灶火圪塄。哗啦一响，窑门大开，几个红军小战士持枪进来，一眼瞅见两个人缩在那里，上前揪出，枪口对准了脑袋。承头的小战士瞧着两人一身的绸缎袍褂外面却套了件破烂衣裳，疑窦顿生，厉声喝问："你两个是谁？老实交代！"二老爷吓破了胆，眨巴着独眼，舌头嚅了两嚅，却嚅不出一句话。二县长从容地说："小老总们，我两个是进城做生意的，没想到碰上打仗，就躲在亲戚家里。不信你问我姐姐。"他指了指炕上。刘家婆姨头一回见到红军，不摸根底，又早被二县长的毒舌镇住，吭哧吭哧说："是……是他二舅舅、三舅舅。"旁边的女娃倒是机灵，一边佯咳嗽一边使眼色，又忍不住诘问母亲："妈，你脑子生锈哩，我甚时候有这么两个操外地口音的舅舅？那个明明是打豆腐不出钱、天天戴二饼子骑洋马儿的二老爷嘛。"小战士一听，啪啪掼了二县长两记耳光，哗啦推弹上膛，枪口抵住他的脑门心，喝道："再不说实话，爷爷一枪崩了你狗日的！"二县长急了，指了指二老爷说："他才是二老爷！"二老爷顿时火了，瞪起一只兔卵子眼睛吼叫："光不说你小子是二县长！"两人又立时后悔，一齐跪倒，嗵嗵地磕头，连声告饶。两个小战士从灶火圪塄柴堆里搜出满满一褡裢财宝，又从二老爷裤兜搜出三根金条。一股人兴奋极了，吼叫说给爷爷这么多的大钱！承头的小战士恨恨地骂道："早就听说过你这两条嘬吸人血的大蚂蟥！再吃爷爷两颗花生豆子！"几个小战士一拥而上乱脚踩倒，像拖拽挨刀子猪一样拖拽出门外，叭叭两枪结果了性命。

清理战场后，刘志丹接到报告：攻城之战，共计击毙守敌三十九人，伤三十余人，俘虏四百余人；缴获枪械五百多杆（挺、把），六〇迫击炮四门，七五迫击炮二门，以及大量弹药、粮食、物资、现银；战罢释放被关押群众六十多人。红军牺牲二百多人，其中营连级干部十四人；负伤一百零三人。粗略估算，红军伤亡人数是敌人的四倍多！刘志丹尽管已有充分的心理准备，听到这一结果，不禁潸然泪下，在场的高层指挥员也个个哽咽不止。基于正面宣传的原则，军委决定进行保密处理，在战绩报告中书写的牺牲人数为五十余人。这一数字在中国共产党相关的党史、军史中长期沿用，直至半个世纪后真实情况才渐渐为人所知。

刘志丹叮嘱将牺牲的红军指战员列入名册，让后人永远记住他们的名字。他们的遗体掩埋于城南山冈坡坬，一律裸葬，没有举行大型追悼仪式。而许多战士姓名不全或根本不晓得姓名，成为一桩永远的难怅事和一个永远解不开的死疙瘩。迫于恶劣、严酷的形势，这些旧中国腐朽政权的掘墓人，同时也是新中国的奠基者，就这么被草草掩埋了、处理了。对战死的白军官兵和击毙的政府官员也进行了掩埋处理。对待俘虏，罪大恶极者就地枪决，愿意参加红军的当下编入部队，不愿意的经谈话教育发给路费盘缠分头遣散自行回家。

带岔路的羊倌老乡不断受到粗暴、愤怒的呵斥和严厉、刻薄的指责，陷于惊恐、绝望的境地，打算绾一根吊绳结果自己，被王振国发现并阻止。刘志丹闻讯专门赶过去，递给他纸烟抽，握着他的手说："老乡，你好糊涂！你是一个老实巴交的拦羊人，已经尽心尽力哩，我们共产党和红军咋能怪罪你呢？这个问题没有及时澄清，责任在我；攻城付出的代价太大，主要责任也在我！”羊倌老乡扑通跪倒，捶打着自己放声大哭。王振国和徐壮民连夜写了检讨书，请求组织处分。刘志丹说：“我们稍有不慎，就不知有多少同志要人头落地，一定要牢记这个残酷的教训！这事已然过去，就不再追究哩。”

根据刘志丹的指示，随后赶到的殷书记组织了镇边城各界集会，宣布成立市民联合会，暂时掌管坊间事务。白文翰主意铁定，谢绝出任会长，谁说也不顶事。白志坚为此一个人生闷气，却也理解父亲复杂的心态和心迹。刘志丹对殷书记和王振国几个说：“我白干大上了年纪，不愿当会长就算哩。他的心早已倒向了这一边，迟早会站出来的！”结合民意调查和本人意愿，经过选举，雇农出身的大师傅杨德生当选会长，高先生、白志魁、郭学文，以及刚从大牢放出的刘二毛几个人当了委员。联合会成员协助红军政工、民运干部在城里进行了一番革命宣传和口头安抚慰问。红军方面接着制定施行了救助、怀柔政策，城内人家每户分到一袋子红军抄没旧官仓的官粮，损坏的民房得到酌情赔偿；对战斗当中被迫或自愿为白军运弹药、送茶饭的一帮市民、商户也没有进行追究。各家各户对红军的表现和作为很是满意，忙着捎传口信，逃往外头亲戚家的大人娃娃陆续返回。

殷书记、王振国、徐壮民分头带领由联合会成员和一批红军宣传干部组成的宣传队进入周边一二十里的村庄，散发传单，组织会议，登门入户拉话长谈，宣传革命思想和共产党、红军的政策，列举鲜活真实的事例揭批贬斥国民党的政府、军队已蜕变成虫蛀的皮囊、黑心的茄子、烂瓤的倭瓜。红军宣传队员穿戴乱七八糟五花八门，所不同的是帽子和领口分别缝缀了红布头做成的五角星和领章，他们一口一个干爷爷、干婕婕、干大、干妈、叔叔、婶婶、大哥、大嫂、大姐、小兄弟、小姊妹，叼转空子担水劈柴、清扫院子，四乡的庄户人颇觉新奇，这与原先大小衙门所宣教的什么红军个个血盆大口、青面獠牙、见人就杀、见产就共的说法完全不是一码事。他们亲眼看到，这些闹红的人像受苦人一样咕噜咕噜喝冷水，大口小口吃糠窝窝和棉蓬炒面，手脚规矩不沾财物，与要吃要喝、强索财物的黑狗子、兵痞、衙役、差爷纯粹是两路人。而更令庄户人兴奋不已的是，红军宣布一笔勾销旧衙门雷打不动的皇粮国税、捐课摊派和兵役劳役诸多负担，一概罢免什么团头、村头、差爷、邻长、十家头、收头等等村盖子和吃人虫的官职，宣布将要成立受苦人自己的政权、开展打土豪分田地的土地革命。于是，在这一片山、滩交界的地方，受苦汉们撇下锄把、搁着旱烟锅子聚伙在树荫凉里议论城里发生的打白军、烧衙门、杀坏种和发救济、赔损失、罢百官的生煞事，拉扯世事的惊人变换，认为共产党和红军不玄谎不吹牛不五荤六道，行侠仗义，说理解性。

受苦人原是天底下最讲实际最讲良心的一大茬人。首先由获释囚犯的家属和亲戚出于感恩发起了慰劳活动，各庄纷纷效仿，公推德高望重、说理解性的人承头，伙凑壮猪、羯子宰杀，分摊米面、鸡蛋，驴驮人背送到镇边城西山脚底的市民联合会办公的院落。他们把东西搁下码好，又担心混了圈，纠缠高先生几个识文断字的在红纸片上写清庄名、户名，再一片一片小心翼翼粘贴在上头。几股子人嫌怨联合会的郭学文是个干嘴蛮子，怕他黑吃贪污，咕咕哝哝一气，把交进去的东西原样要出，哄伙着直端送到红军连队和单位的经济员手中，这才歇心。有一伙胆头子大的青头小子趁部队开饭赶去觑探刘志丹，打问一番，终于在恒丰店院内见到端着饭碗圪蹴在士兵们中间边拉话边吃饭的刘志丹，眼尖的发现刘志丹穿着打补丁衣裳，碗里的饭是一锅舀出的陈谷米干饭、洋芋熬酸菜。消息传到十里八乡，见过世面的老年人断言共产党不得了、红军了不得，比李闯王强了八百倍，夺不了江山才日×死怪哩！

当刘志丹抽出空隙走进镇边小学大门的时候，全体师生早已排成队列伺等，学生们处于亢奋状态，个个伸长脖颈、踮起脚尖、眼睛一眨不眨地注视着这位陕北大人娃娃心目中的神奇人物。高先生带头鼓掌，学生们这才齐刷刷拍起手来，直拍得双手又麻又痛。“娃娃们，对不起哪，让你们受惊怕啦!”刘志丹款步走近，亲和地说。他与教员们一一握手，得知全校师生在战火中安然无事，十分欣慰。面对一双双幼稚的充满困惑、敬畏的眼睛，刘志丹神色和蔼，讲说了共产党的政治主张和革命道理，宣称西北红军是中国共产党领导下的一支老百姓的队伍，一切行动都是为了国家、民族的前途命运和劳苦大众的翻身解放，为了消灭人剥削人、铲除不平等，为了实现居者有其屋、耕者有其田，为了让受苦人抬起头做人、过上好光景。在讲到中国人不打中国人、联合起来打日本的道理时，他认为蒋介石当局不顾国家、民族的大局与大义，偏执推行反动的攘外必先安内的内斗政策，企图困死、饿死、打死红军，而敞开国门任由侵略者践踏国土、蹂躏同胞，必然会遭到全国上下普遍的反对而陷入孤立的境地，正义必将战胜邪恶！刘志丹望着一百多号年龄、个头差异明显的学生，眼中亮光闪闪，大声说:“同学们，一颗火种可以引燃一片草地，烧红一片天宇，你们是镇边的文化人，革命的理念需要你们去宣扬、传播，你们愿意闹革命不?”学生们齐声鼓噪:“愿意!”刘志丹开心地笑了。

殷书记和红军宣传干部向高先生提出组织开展红色宣传活动的事情。高先生因胞弟与刘志丹既是榆中同学又是黄埔校友，自感亲切，而他对这场颠覆性的革命行动也已然有了更深层的认知，尽管有所顾虑和不安，还是表示愿意尽力配合。根据学生家庭住地情况，他们物色了四十多名高年级的同学为红色宣传员，集中培训后，每人发给干粮，放假半月，让他们以完成社会实践课业为名各自返回张家畔滩、四十里长涧、西草山梁、北沙滩地各自家乡传播赤色思想、鼓吹革命形势。

城里天天冒出新奇生煞的事情。只一天工夫，郭学文便成为牛×哄哄的人物了。他编了一首歌谣，词曲新奇放浪，队伍里的人和街坊邻居都撵着学唱。这歌谣很快传唱开来：

思思又想想，思想打武装，
打起武装闹一场。

红缨杆子长，人马闹嚷嚷，
打开镇边城，提了狗日的枪。

老刘比山高，老谢比水长，
受苦人的救星就是共产党。

……

歇兵三天。深更半夜间，红军部队悄悄开拔出城，不晓得去了哪里。

安边城王家大院挂满大红灯笼，宾客一簇一簇的。王文舫笑脸灿烂，进去出来，客客气气招呼着客人。两班子吹手轮番斗法，各展绝活，一曲曲《大开门》《大摆队》《西风赞》《得胜回营》把喜庆的气氛一波一波推高。

戴一副黑框眼镜的新郎官王克恭直至早间才从安边小学返回家中，在母亲的絮叨和姐姐的催促下脱去灰色的长衫，不慌不忙换上一身藏青色中山装。王克恭嫌弃长袍马褂的传统服饰，这身妆新衣裳是他在城里的裁缝铺定做的。瞧着弟弟并无神采的眉宇，王雅芝压低嗓门说："克恭，打起精神，该放下的就放下吧！这是父母之命，也是你的宿命！"王克恭感激地望了一眼姐姐，说："大姐，放心！"王雅芝打开一个精致的小匣子，取出一枚镶了红宝石的金箍子，说："这是你姐夫特意从绥德捎回来的，戴上吧！"王克恭看也不看，说："我不稀罕！"

王克恭毕业于榆林中学，任安边小学校长已有几个年头。他沉默寡言，为人低调，十分敬业，暗恋着雨枝却从不显露心迹，只有王雅芝晓得这个事，还曾在中间运作过并传递过消息。去年秋里的一个饭后，王雅芝在公公面前淡淡地提起这个事，章鸿儒一脸不屑，说："一个教书匠在这乱马营阵的世道上有甚出息？听说王家跟石家早有婚约，就算悔婚，王家又不是问不下媳妇。"王雅芝觉得公公说话像扔石头砸脸，自此绝口不提。而自定边李县长之后连续几家富绅、团总提亲不成，章鸿儒觉得王、石两家既已交恶，左瞅右瞄偌大的安边城里又难觅一个令宝贝女儿悦意的头主，便记起了这档子事。一回，当着王雅芝的面对雨枝说："武官上马平天下，文官下轿享太平。王克恭儒儒雅雅，一肚子文水，说不准混个县长哩。你看？"雨枝笑得直掉眼泪，说："大，王校长品学兼优，人倒蛮好，百里挑一，只是一个大大的闷葫芦，你想把我揣进里头活活闷死？也不怕伤大嫂的面子，我就明说，我跟他没缘分！反正我是看破红尘、横竖不嫁，你抽你的洋烟去，再不许多管闲事！"章鸿儒撅着山羊胡子，愁怅地说："你个死姑子，一辈子当尼姑去！"雨枝说："当就当！"王雅芝把雨枝的态度学说给了弟弟，王克恭扳头睡了三天，言语更见稀少了。

冯孝先和李安桥既是长辈亲戚又作为刘锦堂和陈国民的特派代表，带一个警卫排的马队从庆阳专程赶回，于石云秀墓地祭扫罢再往安边参加婚礼，住进城里章家的万发店客栈。出于礼数，两人昨天携带礼物一道拜望了王文舫。从王家出来，李安桥说一同去章家拜望，冯孝先拧着不去，一个人回去猫在客房。章鸿儒嫌怨小舅子不登门，也赌气不见。

雨枝和母亲得悉，一路小跑径往客栈，十来个年头不曾相见，三人黏了半宿倾诉了满腹的思念。今儿清早，雨枝特意换上舅舅带给她的一套洋式花格子裙装，又依捋掐好的主意，朝手包里揣了两盒雪茄烟，来到母亲房间，称今儿星期天教员们都去赶校长的喜事，想早些过去看红火。三太太说："咱先到你舅舅那儿坐坐！"雨枝说她正这么盘算哩。母女俩顾不上吃早点，又厮跟着赶至客栈，一头扎进冯孝先的房间。隔壁的房客们还在沉睡，店院静悄悄的，房间里幸福氤氲。三太太蜷了腿坐在一旁，傻看着舅舅、外甥猫递爪爪嬉戏打闹，由不得眼圈发红，喃喃地道："孝先，姐姐梦梦都跟弟媳、侄儿、侄女朝朝夕夕厮守在一搭！"冯孝先疼爱地摩挲着雨枝一头油亮的青丝，说："姐姐，总会有这一天的！"三太太显然已具备了中年女人喜好絮叨的特质，又接上昨天的话茬，兴冲冲地盘拉起来，从兄弟家住房的大小收入的高低到弟媳妇的脾性手工厨艺到侄儿侄女的属相长相胖瘦个码及功课的歪好，凡是昨天没有问及或没有细问的琐屑事情，统统问询了一遍。冯孝先一点不嫌烦，一一作答。雨枝犯困，小睡过去又醒转，姐弟二人还在叨叨说话。三太太问着笑着说着，竟又呜呜咽咽哭开。雨枝抱怨说："妈呀，人家好不容易见舅舅一面，高兴都高兴不过来，你倒昨儿哭、今儿哭，哭个没尽头！"三太太用白绸子小手帕揩了揩泪眼，笑了。冯孝先长长叹了一口气，深情地望着姐姐眼角细密的皱纹和两鬓零星的白发，说："姐姐，山不转水转，老天照应，咱冯家跌倒又缘起啦！后继有人，一天只比一天强！大、妈泉下有知，也闭上眼啦！"三太太又嘤嘤啜泣。雨枝藏着很大的一宗心事，假装赌气，说："我先过去看一看王校长洞房的样貌，腾开地方让你哭个够！"

白文翰身穿市布内衬的绸衣绸裤，对襟上的一排核桃疙瘩的纽子绾得精细惹眼，此刻盘腿坐在王家宽敞的铺了栽绒毯的炕上，与拜识兄弟兼做亲家的王文舫和章鸿儒几个三边的头面人物叙谈，慨叹石旅长十年奔波、英年早逝的事体。章鸿儒岔开话题，左一句右一句盘问镇边城战事的根根梢梢。白文翰称自个儿当时躲在家里，只听见仗打得猛恶，枪炮一齐吼，像天上倒冷子（冰雹）！他感慨地说，当年牛县长责令自己承头修筑中山台用以纪念孙中山先生，如今却变成了血淋淋的杀人战场，只这个地方的争夺战即死伤了百十号人！章鸿儒断言红军死伤的人数必定比国军、民团多得多，白文翰点头称是。章鸿儒重重地拍了一掌炕桌，用不容置疑的口吻对战事的激烈程度加以肯定，认为镇边城一面靠山、三面环水，城墙高大，楼台耸立，固若金汤，红军一无重炮二无炸药，有枪没子弹，原本是以卵击石、飞蛾扑火，城池陷落的根源在于姓张的县长张狂失道带兵清乡，造成城中兵力空虚，让红军钻了空子！李函玉嗟叹一声，说：“‘虏塞兵气连云屯，战场白骨缠草根’。白军也罢，红军也罢，战死沙场的净是些老百姓的子弟！”“仁兄哪，慈不掌兵。”章鸿儒友好地望了他一眼。“据说镇边城里我家两处好好的房产也墙倒屋塌，共产党脑上又多了一笔账！”章杰儒怨毒地说，“这茬搁些刀刀矛矛的穷鬼搞偷袭、出冷招，凭的是人多命贱！”他剜了白文翰一眼，不阴不阳地问道，“文翰兄，你家的客栈保准浑浑全全、毫发无损——人家那头有人哩！听说你四儿子跟了刘志丹，还当了大官？”白文翰避实就虚，只说：“雀大要出窝，子大不由父。小的们的事我早已撒手不管哩，死死活活也不问。”章杰儒不肯罢休，口气阴鸷：“文翰兄和刘培基当年是哥老会里的拈香拜识，刘志丹是你干儿子，总该登门拜访、欢庆一番吧？”白文翰心间窝火，却大笑着说：“一代人自有一代人的故事，杰儒贤弟跟刘家也是表亲，攀上这一门亲戚总不至于招惹是非吧？”章鸿儒闻言变脸，两撇长眉翘起，就要去拍炕桌，李函玉捺住他的手，笑一笑说：“各位，今天可是两个晚辈喜结连理的日子，咱不扯这话茬！”王文舫对章氏兄弟的不依不饶很是反感，又无可奈何，面带忧容强笑着说：“日本人枪快炮利，强占东北、热河，窥视平津、华北，国民党和共产党依旧老鹰抓兔子、兔子扑老鹰，国运堪虞哪！这老鹰斗兔子的事有甚好说头哩！”白文翰也觉得扇舌头簸簸箕没甚意思，朝众人抱一抱拳，致了歉意谦辞，自嘲马瘦毛长、人老话多，让各位兄弟见笑哩！这才缓和了气氛。喜事总管在院子里大声吆喝：“开席嘞——”王文舫趁隙恭请各位去大堂入席。章鸿儒一跳下炕，赳赳阔步走在前头。

过了晌午，东城门方向响起一阵鞭炮猛烈的爆炸声，人声闹嚷，鼓乐大作，去柠条原隔宿娶人的队伍回来了。一乘装扮艳炸的骡驾轿窝从十字街口折向北来。石掌柜一身绸缎新衣，脸上皱纹舒展，早早下马，走在送亲队伍的前头，显然是领事的身份。杨淑贤并不讲究繁缛的礼道，骑一匹骡子亲自送女儿出阁。大门外头礼炮齐发，串子炮炸响，硝烟散漫，人头攒动。在身披大红彩带的总管的吆喝声里，王文舫携房头、娘舅客迎出府门，向送人亲戚致礼问好……

叼着机会，雨枝钻过人缝一溜往这边过来。洞房外头一股半大小子高高举着红点馍馍使劲“打窗子”，白文翰看得眉开眼笑，雨枝戳了几戳才回过头来。雨枝低眉垂眼，扽扽白文翰的衣角，亲亲地叫道：“白大叔好！”话音未落，已将两盒雪茄揣进他手里。白文翰瞅了半晌认不出来，雨枝焦急地说：“白大叔，我是章雨枝！在镇边小学念过书。”“哎哟，女大十八变！你娃娃不说，大叔眼拙得认不得哩。”白文翰心间闪过一个身穿天蓝色布衫、黑洋布裙子的洋娃娃的影子，慨叹道。“大叔，我想跟你打问一个人！”雨枝紧张局促，鼻翼沁出汗珠，凤眼扑闪，俏脸绯红。白文翰看着她一副羞羞答答、怯怯惧惧的神态，心生爱怜，却有些蹊跷：“谁？”

“壮壮！徐壮民！我们是同学，又是小时候的朋友……”

“噢……”

“他的伤，好了不？”

“什么伤？不见他身上有伤？”

“大叔见过他？”

“嗯。”

“他在哪里？”

“大叔只跟你一个人说，壮民跟了共产党，到处闹红哩。”

“他过得好不好？还一个人？”

“好着哩！”

“还一个人过？”

“噢，还单丢着哩，老大不小的，也该娶个婆姨哩！”

“大叔，麻烦给我捎个东西行不？”

“行！”

雨枝从内衣兜里摸索出一个折叠的信封，攥过去，瞅着白文翰将信封小心地揣进内衣兜里，她长长舒了一口气，泪眼迷蒙，嫣然一笑。这刻，三太太瞅见雨枝和白文翰在神神秘秘地拉话，走过来，稀罕地问了好，白文翰连忙近前搭话。雨枝立在一边，只一个劲眨眼，白文翰会意，干咳一声，将手中的雪茄装进裤兜。三个人闲谝一气，就一道围观新人“站大小”的红火场面去了。

这桩婚事圆满完结，各路客人自行散去。第二天吃罢早饭，当白文翰客客气气辞别亲家、女婿从里院厩棚牵了骡子跨出大门的时候，却发生了一桩小事。久久以来，白文翰坚持认为二女儿打小就抚养给了石家，进了石家门就是石家人，原本打定主意这一生不再相认。风云不测，石云秀半道撒手人寰，而清芬不知怎么也已晓得自个儿的身世，在油坊坬子料理后事那几天，这女子叼空儿偷偷瞄他，令他心弦拨动、手脚慌乱，只得刻意回避，心间却又丝丝蔓蔓的。如今终于亲眼见到这个苦命的女子嫁作人妇，亲家自不必言，女婿也是仪表堂堂、一身文脉的先生，心里的一份牵挂款款搁下。就在白文翰收紧缰绳、正待跨上骡背之际，新媳妇清芬泪流满面，从后头跟近，沉甸甸地叫了一声：“大呀！”白文翰心头一震，老泪滚滚落下，他无言地望着女儿。良久，颤声说：“来子，赶紧回去，新媳妇可不敢随便出门！”清芬递过来一个装了干粮的小口袋，说：“大，你路上吃！你一路慢慢走，熬了累了就歇一歇脚！”白文翰接过袋子，跨上骡背，甩一鞭而去，再也不敢回头。

杨淑贤在长女嫁出后带着小女儿清芳专程来到柠条原泰和居客栈，向公公提出祖孙三代一同回老家过活，以尽孝道。石掌柜称自个儿腿脚灵便、耳朵不聋、眼睛好使、习惯了客栈的日子，决意继续干下去。杨淑贤无奈，将手头的银票和现银分出一半给老人，石掌柜态度坚决，一文不取，说一个人管一张嘴绰绰有余，把钱花在娃娃身上去！杨淑贤三叩首，带着小女儿再回到镇边堡的娘家住下。数年后，经侄子杨啸天撮合，小女儿远嫁关中三原县城一户文人世家，丈夫也是一个教书先生。后夫妻俩迁入西安城止园附近一幢托冯孝先出面代为置买的宅院定居。杨淑贤常年往返于陕北、关中之间，直至将老公公扶上山去，下半生安逸。

糜谷点梢的时间，镇边县委扩大会议在新城堡沙堌沟的一处大窑院里召开。参加会议的几十号干部屁子底下坐着石头、椽棒，分成几排。殷书记嘴巴子流利，没有讲稿，讲话不打磕绊，做了形势报告。他说："面对强敌，西北红军采取机动灵活的游击战、运动战和歼灭战的战略战术，声东击西，迂回包围，穿插分割，各个击破，始终掌握着战场上的主动权，数月之间，歼敌数千，缴获各种枪械三千多，其中轻、重机枪二百多挺，取得了这次反围剿的胜利。"年轻的殷书记压抑不住亢奋的心情，站起身来，大声宣布，"在西北工委、西北军委的正确领导下，西北红军连续解放了安定、延长、延川、安塞、镇边、保安六座县城，已将陕甘边、陕北两个根据地完全地连成了一片！目前，我们已在二十多个县建立了工农民主政权，游击区扩大到三十多个县，根据地范围拓展到北起长城、南至淳化、西接环县、东临黄河的广大地区，主力红军已发展到五千多人，游击队发展到四千多人，西北革命事业呈现蓬蓬勃勃的局面，达到历史性的高度！"会场响起久久的掌声，干部们精神焕发。

宗云鹞和景凌挨身坐在椽棒上，交头接耳，庆幸跟对了人、走对了路。徐壮民听见二人私语，气不打一处来，由不得朝两人瞪起眼睛。景凌瞅见，戳了一把宗云鹞，两人即刻做出一副严肃面孔。殷书记坐回板凳，语气转为沉重，说："目前形势不容乐观，蒋介石已于西安设立西北剿匪总司令部，自兼总司令，任命张学良为副总司令，除调集陕、甘、宁、晋、绥、豫等地军阀部队外，还调集了东北军主力和国民党中央军汤恩伯一部，共计十万人，对西北红军和根据地发动了又一次大规模的围剿。"会场气氛趋于紧张，大伙脸有忧色。殷书记提高嗓音，信心满满地说，"刘志丹主席根据敌强我弱的形势，制定了集中优势兵力各个击破的作战方针，趁敌人部署凌乱、立足未稳，利用地方军阀一意保存实力的惯常心态，长途奔袭，先发制人，首先打垮了刚刚渡过黄河的阎锡山部两个旅，迫使晋军退回黄河以东；接着，集中兵力向西北线发起进攻，重创来犯之敌，遏制了甘、宁一线马家军东进的势头，形势出现了可喜的变化。”殷书记强调，“全体领导干部要怀着必胜的信念，保持警醒的头脑，围绕反围剿这个中心铺开各项工作。”

针对当前形势，会议决定成立镇边、镇罗、宁塞、白城子四个新区，调整、任命了新的区委领导，其中徐壮民调任镇边区委书记，县土改领导小组副组长刘柱调任青杨区委书记。会议要求，各新区要加快土改进度，于秋收前完成区、乡选举，一举取缔旧政权、旧制度，组建红色武装，打击民团势力的反扑，捍卫正在成长壮大的红色政权；稳步推进打土豪分田地工作，发动群众捐粮捐物支援前线；抢抓秋收，积极为主力红军和游击队储备过冬军粮；坚壁清野，不给敌人留下粮食、草料。

宗云鹞昨天带着游击队远距离出击抄斩了宁塞堡西端的一户财主，驮运粮食时一匹骡子跌下山崖摔死，开罢会，大伙吃了一顿黄米干饭、炒骡子肉。吃饭中间，殷书记肯定了新城、宁塞地区打土豪分田地的进度和成绩，口头表扬了宗云鹞和景凌，两人喜形于色。由此引出话头，王振国认为土地革命须当首先抓好阶级成分划分，对恶霸地主、反动民团头子、放高利贷者与普通地主、富农应当区别对待，注意政策的灵活运用，即便是恶霸地主、反动民团头子，对他们的家属也不能一棍子打死，应当避免过激的做法。徐壮民扫视着宗、景二人说：“土改要严格按照政策办事，加强制度、纪律约束，突出民主决策原则；抄没家产要掌握分寸，现银、物品等应当进行详细造册登记；对打土豪抄家产中出现的偏激行为和私吞财物行为必须严肃查处。”宗云鹞、景凌几个人面色不悦，双方针对一些细节问题发生争执，宗云鹞甩脱头上戴的一顶抄没来的黑呢子帽，大喊大叫：“缰绳套了一脖子，畏手缩脚，×事也闹不成!”景凌黑着脸说：“我家和宗队长家都带头献了土地、粮食、牛羊，这一切都是为了革命，哪一样不按政策办事？什么地方不遵守纪律啦?”殷书记制止了吵闹，强调大敌当前，要步调一致，搞好团结；要求各区在实践中摸索路子，总结经验，互相交流，逐步克服土改工作中存在的问题和弊端，特别是“左”的倾向。

徐壮民和王振国、白宝霖、刘柱几个人骑马来到店家峁，完成手续交接。

日头偏西时光，徐壮民被一股依恋的情绪缠绕，牵马下到河湾背隐处。把赤骛从头到尾细细洗刷一遍，挠了马脖子；又从地塄地畔拔了一抱冰草、白草、野稗子、莠子草，撅去根须，一把一把抖尽土屑圪杂，拣去藜刺，撂在马头跟前。赤骛亲亲地望了一眼主人，弹动长唇和舌头卷揽青草大口嚼食。几只尖鼻子的瞎蠓无声地溜到尻子后头撩骚纠缠，赤骛甩动长尾轻轻拍扫，瞎蠓们躲避飞去，伺机又来。

徐壮民抓挠了一会儿身上的痒痒，见四周无人，索性脱成赤尻子，下到河湾痛痛快快洗了一个澡。回来，坐在一块石头上专心致志捉虱子、掐虮子，动声二气的，希图把潜伏于衣缝里乱蠕乱爬的这群寄生虫统统消灭。基层干部没有制服，全凭自己解决，有的从战利品里打闹一套，有的从死人身上剥下血衣洗净用煮黑煮过穿上，有的从没收财主的服装里拉一件半件裹上，经常是女服男穿，五颜六色。不论是县主席、区主席，都是和庄户人差不多的破旧穿戴，不同的是出于安全目的寒冬溽暑睡觉不脱衣，也极少换洗，以至汗味浓重、腥膻难闻，更有虱子到处爬蠕，生产下的虮子蛰伏于旮里旮旯，一疙瘩一疙瘩白花花的。不论谁人，只要手头没事就浑身上下挠痒痒，或互相变工挠，谁也不笑话谁。走路一股风，坐下忙一阵，能脱光衣裳开开心心捉虱子、掐虮子实属不易。徐壮民的衣裳是一套白军军官服改色的，破洞不多，算是体面；可虱子、虮子也是一窝一串的，以至一段时间满身染上了疥疮，奇痒无比。这疥疮开头长在手指缝隙两侧，不久传染全身，他的两条大腿曾经长满黄豆大小的脓包，蹭烂磨破后脓汁血水顺腿流淌，走路都不方便。现在算是打熬出了功夫，长脓包的现象不再发生。一阵细致入微的忙活，徐壮民终于把衣裳里的虮虱清除干净，穿戴好，觉得惬意无比、一身轻松，不由得记起王振国编唱的一首顺口溜："疥是一条龙，先从手上行；腰中缠三缠，股尻扎老营；虮虱耍威风，掐死就能行；'党国'更顽固，泼命要战胜……"念叨罢，他一个人傻笑了半天，说这个老王有口才！

徐壮民撩开衣衫，从腋下枪套取出小撸子，用衣襟擦拭了一遍又一遍，心里涌上一股深沉的酸涩惆怅。就要离开青杨岔这个地方了，他决意将当年雨枝私赠的这把小五封子手枪留给史兰兰，这对自己也意味着一种放下和解脱！晓得枪和故事的人除了白宝霖、柴向东二人，再就是王振国婆姨汉了，那是一回喝得半醉他主动说出来的，其中也包含了主动向组织说清楚以卸下一个包袱的心思。王振国对他与章雨枝从前所保有的特殊而暧昧的关系持消极态度；但对他持有双枪并无异议，甚至觉得会给大伙增加一份安全，只是叮嘱最好不要让别人晓得。此刻，徐壮民把玩着小巧玲珑的手枪，鼻子抵在枪身上嗅来嗅去，渴望从中嗅到雨枝身上的清香。恍惚间，从烤蓝的光亮里扑闪出一个丹凤眼的俏丽女子，朝他眨巴眼睛，甜丝丝叫着"壮壮哥……"他甚至感觉到一个檀香味的呼吸一起一落，一个柔软挺拔的胸脯的轻轻触碰；可是，她却躲进一个暗角，脑瓜低垂，不时偷瞥一眼，仿佛害怕他的种种苛责和不屑……赤驽打出一个响鼻，徐壮民醒过神，心间顿时涌生了云缠雾绕的怅惘和凄楚，又幻化成飞卷奔腾的团团黑云，黑云里浮动着一副副凶残阴毒的脸孔，一双双轻蔑嘲弄的眼神……

第二天临行，徐壮民把小手枪塞到史兰兰手里，说："嫂子，子弹都装在枪里头，就这么几颗，不到万不得已不要用！"王振国深受感动，对婆姨说："兰兰，你也没个防身的，这是壮民兄弟的一片心意，就收下吧!”史兰兰泪水在眼眶里打转转，她明白这把枪在徐壮民心里的分量，悄悄对他说：“好兄弟，你那个事怕是没指望，嫂子留心给你瞅个俊格丹丹的婆姨!”徐壮民苦笑着说：“等革命成功了再说吧!”

一个后晌，徐壮民和白宝霖、王振军几个人悄悄进了镇边城。这座饱经风霜的古城早已失去往日的繁华和喧闹，更无森严的气象。放眼四望，城墙坍塌，楼台毁废，庙宇颓圮，千疮百孔，显示出战争巨大的破坏力。偌大的见证了朝代更迭的县衙门成为历史的尘迹，变作一片焦炭黑土，掩映于从中汲取滋养长得极其茂盛的蒿草林中。间或有野狗探出干瘪的脑袋左右窥视，见有响动，狺狺低吠，夹着尾巴隐去。大街小巷，房屋破塌，商家尽迁，住户寥寥，难见行人。学校空空荡荡，据说学生们都跑光了，高先生也回了老家，只留下一个家住附近的先生照门。

徐壮民几个人来到杨德生家。杨德生愁眉不展，说：“自从商家陆续迁走、学生一个个散去，县城像一个快咽气的老人，有进的气没出的气，终究是个死!”杨老婆拉长脸埋怨不休，臊聒红军，说：“好好一座城叫红军脑子打成个烂筛子，饭馆不是关张就是迁走，老和尚丢了捉炒瓢的饭碗，没一个黑豆大的活钱进门，一家人跌进了枯井!”杨德生说：“死老婆子，不管咋说，那些吃人虫都给红军灭哩！你好像一点也不恨阶级敌人!”“你个肉脑，打仗都是活在高头的人闹的事，咱受苦人有一口米面就行哩!”杨老婆振振有词。杨德生瞪了她一眼，她瞪了杨德生两眼，杨德生就不敢瞪眼了。徐壮民笑了，说：“我们共产党就是要砸烂这个旧世界，再造一个新世界!”“我看你共产党的能耐!”杨老婆嘟哝着，掼上门走开。

郭学文、刘二毛几个闻风赶过来，个个长吁短叹，蔫头耷脑。闲谈中得知，张自立曾亲自过来视察了一回，决意放弃这座老城，已于柠条原西街动工修建新衙门了。对城里市民联合会的事他也失去兴趣，掼在一边，没有追查什么；只是派人挖出二老爷和二县长的尸骸，哭了一场，重新入棺葬于城外北山。徐壮民打发人去叫白志魁。白志魁不一会儿过来了，一进门就说："壮壮，壮民，你们不来，城里人没了主心骨！"徐壮民说："共产党白手起家，一切都会好起来的！"

经过讨论，徐壮民决定以芦子河为界，在以东以北地区新成立镇边区一乡，将原市民联合会成员调整为乡干部，并指定杨德生暂时代理乡主席职务。郭学文擅长文艺，被直接指定为宣传、文化干事。郭学文立时眼睛发亮，气壮起来。除了杨德生一人早先时候由殷书记秘密发展为党员，党组织建设在这一片还处于空白状态。考虑到乡支部应当尽快组建，从而发挥脊梁骨作用，徐壮民和白宝霖商量，决定就地发展几个新党员。当下分头与郭学文、刘二毛、白志魁几个人谈话，三比五靠，结果一色同意，都说大道理早就解开哩，入党虽有危险也不怯乎，何况还是秘密的！随当，在耳间里履行了填表、宣誓的手续。几个平头百姓一忽闪完成了角色和身份的转换，变成了共产党员，拥有了一个既清晰又有些模糊的信仰。刘二毛情绪激动，说："若不是红军打开镇边城，自个儿恐怕已叫狗日的推出南门斩首哩，捡回一条命还怕个×！"

这样新成立了第一个乡。徐壮民又想到三舅赵毡匠在鱼沟一带庄户人中威望高，也是难得的人才，应当列为重点物色对象。他和白宝霖通气后决定尽快将他发展为党员，由他承头，在西芦子河以西以南另辟一个乡。

杨老婆嘴上说出门借一点米给他们做一锅和菜饭，却一去不回。赶至天黑还照不见帽盖子，徐壮民几个区上的干部只得拐出南门来到白文翰家蹭饭吃。白贺氏喜辣地端茶递水，招呼着吃了一顿剁荞面。儿媳妇洗锅的时候，白贺氏喜色盈盈地絮叨了一番二女子和娘家相认的事情，说苦命女子这下寻了好主儿哩！徐壮民显得很是兴奋，问长问短，心里早已腾起一个主意——可以利用这个亲戚关系打探安边城里的许多事！白志魁和几个兄弟倒腾开一孔窑，铺上山毡，抱过来被褥，让他们就在这里住下。

临睡觉，白文翰过来把徐壮民叫到自己住的窑里，从毡底摸出一封信交给他，说："壮民，章雨枝捎给你的，压在毡底好长时光哩！"徐壮民腔子里咚咚打鼓，心情缭乱起来，也不说话，反身回去。几个累了一天的干部和衣而卧沉沉入睡。徐壮民翻来覆去瞅着信封，情绪亢奋。隔壁窑门吱呀一声，是白志魁出去放夜哨了。他放下心，从灶火圪塄捡起一根纤细的草棍儿，就着油灯在封口捅开一个细小的缝儿，左右刷滚一气，终于完好无损地打开，一页柔软的折叠的宣纸纸笺从中滑出。他颤颤抖抖慢慢舒展，上头褙了一幅玲珑剔透的窗花——鸳鸯戏水！窗花下方两行娟秀的楷体小字映入眼帘："侬作北辰星，千年无转移。"纸笺上泪迹斑斑。徐壮民只觉得浑身燥热，血流奔涌，喉头痉挛，脑袋膨大，粗大的泪滴滚落下来。良久，他似乎有些不放心，又一个字一个字地默读一遍，眼光返回到头一个侬字上，却仍是认不得，细细咂摸，依然觉得就是我的意思。可是，还犯疑，觉得又有你的含义——那就是你我、我你啦！"这个冰雪聪明的鬼女子，哪里找了这么一个鬼字！"徐壮民心里念叨着，一口吹熄油灯。一个人木木呆呆枯坐了一夜，身心浸淫于五味翻波的情感苦难里，游游荡荡，混混乱乱，没有形成鲜明的主题或清晰的小结。

# 第二十一章

徐壮民进入王贵福家大门的时候，瞅见茭茭正坐在房檐下的板凳上纳鞋底子，怀里抱着一个穿了红肚兜的小娃娃。茭茭认出他，连忙站起身，口里叫着“徐大哥”，显出一股喜辣劲。徐壮民走上前，捏揣着小家伙裆里的鸡鸡，亲吻了肉肉的脸蛋儿，胡楂扎得小家伙咯咯发笑。他笑吟吟地说：“茭茭，这是你跟满仓的小子？几岁哩?”“两岁。”茭茭一点儿也不避讳，大大方方掏出壮硕鼓胀的奶子喂奶，小家伙一嘴叼住奶头，大口大口吮咂起来，吞咽得咕噜咕噜响。茭茭一边晃悠一边哼着曲曲儿：“毛小小，红枣枣，睡觉觉……”王贵福正在里屋抽闷烟，听见说话以为是土改队撵上了门，惊出了一身冷汗，赤着脚丫子颠出来，瞄扫一下没大事，指了指小娃搭讪说：“壮民贤侄，这是你二叔我的第六个孙子，这娃娃好造化，一生下来，天地就变色哩!”说罢，显出异乎寻常的亲热，拉拉扯扯把徐壮民让进上房。王老婆端来一瓷碗凉冷的滚水，王贵福呵斥她快快搂柴放火烧一壶热热的砖茶！徐壮民拦住，说冷滚水正好！说着咕嘟咕嘟猛喝下大半碗。王贵福还是不依，冲瓷眯愣瞪的老婆子喝一声，王老婆赶紧烧茶去了。

前天黑麻咕咚的时光，徐壮民突然出现在上房里，和王贵福闲諞了半晌，临走嘱咐不管用什么法子让王仓请假回家一趟，说有当紧事，时间约到今天。此刻，王贵福揣摸，徐壮民如今是共产党里头不小的官，这一向带领一股子武装在这一片闹土改，昨天用木拐子丈量了他家的耕地和树园子，这时候一个人过来，一则可能是划定家庭成分的事出了结果，再则说明约会王仓的事蛮当紧的，里头或许还掖了文章。日头已到中天，他十分焦灼，对王仓能否回来心里没数。“壮民贤侄，满仓的为人行事你晓得，眼窝里揉不进沙子；当初若不跟上张桂生去衙门当差，二叔这一大家子说不准就得挨枪子！眼下世事变哩，红军得了势，这回你得给我把他拴拉住，那个官差长短不能干哩！”王贵福嗓门粗重，极力表白。徐壮民嗜了一声，说：“二叔，我们手里掌握一些情况，也没怪罪他，你放心！至于在哪边干，还得由他自个儿选择，强鼓不来。”王贵福吁了一口气，说：“二叔叫老大昨儿清早就捎话到柠条原去哩，玄谎说我难活得趴在炕皮上有进的气没出的气，叫他今天就是天上下刀子也得回来！”“王仓孝顺，保准回来。”徐壮民蛮有把握。王贵福心里有事搔搅，却故作平淡地问道：“壮民贤侄，二叔有一个事解不开，甚样的人家属于地主？”徐壮民沉吟一下，说：“大致来说，就是指那些大部分收入来自出租给别人种的土地而自己不劳动的人，也就是那些占有和出租大量土地、家底肥厚、雇佣长工和短工、有剥削行为的主户，特别是这类人当中既放印子钱又拥有民团武装并且欺压百姓的坏板肠、村盖子，一律列为恶霸地主。”王贵福连连点头：“自古不劳而获的都是吃人虫，为富不仁的都没个好下场，跟苦熬苦挣、勤俭持家、行善积德的两码码！”正说话间，大门外头的小道上传来急促的马蹄声，王贵福趿拉着一双烂鞋跷出门槛，站在院子里搭起手棚向墙头外张望。未久，哐啷一声，大门被撞开，身穿便装的王仓喘着粗气，牵一匹大黑马进来，一眼瞅见父亲好端端地站在当院，怔在那里，说：“大呀，你说你大老人没病诈病，闪人哩！”徐壮民从门出去，大声叫道：“满仓！”王仓啊呀一声，恍然大悟，两人扑在一搭，王仓叫了一声“大哥”！哇里哇啦哭成一股弦。王贵福瞅着这个情形很受感动，脸上闪荡着光亮，拉扯他俩进屋，让王老婆出去望风，自个儿关好门窗，跑颠过去将大黑马拴进厩棚，察看马身上汗津津的，叹口气，槽头抹捋去了。茭茭脸颊红扑扑的，不敢过去打搅，抱着小娃回到东屋，趴在窗口，一股劲觑探上房。

王仓稍稍平静，耷拉着脑袋，圪蹴在墙圪塄不作声。徐壮民表情复杂，打破沉默，说："你没脸说话啦？那咱们各走各的！"王仓气息变得粗重，哽噎着，扑通跪倒："大哥，我真是没脸没皮，人不人鬼不鬼，连猪狗都不如！你一枪毙了我吧！"徐壮民大笑，走过去，重重捣了他一拳："好兄弟，大哥咋能舍得抛下你不管！"王仓眼中放光，说："大哥你等等！"一闪出门直奔院里南墙圪塄，打开地窖机关钻了进去。很快出来，手里拎着两杆长枪和子弹袋，回到上房，又拔出腰间的手枪，一起搁在徐壮民的脚下，央求说："大哥，这两杆是我和卜生海的，连这把八音子，都交到你手上，那个烂脏窝子我是不回去哩，你就收下兄弟吧！"徐壮民瞅着他一副火烧火燎的模样，欣慰地笑了："满仓，不愧跟大哥出生入死一场，还是大哥的好兄弟！"

第二天清晨，却发生了怪异的情况：王仓闷声不响收拾行李，要带着茭茭娘俩去柠条原。王贵福大惊，扯住他，说："昨儿还好好的，咋一觉醒来就变卦啦？你……你敢胡闹老子打折你的腿！"王仓面色惨白，分辩说："我昨夜跟徐大哥他们闹掰哩，缘分尽哩。他们疑神疑鬼，拷问了我半夜，不打算要我。我好歹一个月挣着几块大洋，也不想去共产党、红军那边受苦受罪，还干我的差事去！"王贵福唰地变了脸，紧逼不放："你再说一遍，真格？"王仓说："再说十遍也一样，真格！"老汉气得直打哆嗦，左右瞄扫，抄起一根粗棍从身后打来，王仓立在那里并不躲闪，肩膀上重重挨了一下。王老婆和茭茭慌忙过去阻拦，王贵福瞪着眼珠子喝道："谁敢挡？我连你们一起打！"啪啪啪，一连打了几十棍，一棍比一棍狠，直打得眼前发黑，丢了棍子，栽倒在地。一家十几口人都被惊动了，拥到院里，碎脑子们吓得不轻，纷纷缩进大人的腿裆。王老婆和荄荄哭成泪人，两个哥哥苦苦劝说王仓认错回头，王仓依然杵在那里，一声不吭。王贵福绝望地吼道："你个驴蒙眼你个白眼狼你个忤逆子，就算老子没养你这个拗种，你走你的黑道去！婆姨娃娃不许带走！"王仓瞅着荄荄阴沉沉地说："荄荄，你若不跟我走，咱夫妻的缘分就算尽哩，你明天就改嫁去，我一辈子不回来！"荄荄惊呆，失声大哭，跪在王贵福跟前乞求："大呀，天大的事好商量嘛！你救了我的命，抚养我长大，比我的亲大还亲！可是我跟娃娃不能没了满仓啊！"王老婆眼泪婆娑，揭起王仓的衣裳，见身上黑青斑驳、肿胀成一绺一绺，还有血水渗出，心疼得直跺小脚："你个老和尚，下手这么狠！虎毒不食子，你吃了疯狗肉哩！"王贵福躺在地上，捶胸顿足，牛嚎起来。王仓瘸拐着来到父亲跟前，双膝跪地，嗵嗵嗵磕了三个响头，站起身，默然进了厩棚，牵着大黑马出来，把行李卷搁上马背，冲荄荄厉声说："走不走？"说罢牵马出了大门。荄荄不再迟疑，抱了小娃，号哭着追撵出去。王贵福探起身子吼道："你早死早转，老子眼窝倒落个清闲！"王老婆追撵出去，尖着嗓子喊道："好我的猴老子，你吃罢饭走行不行？"

土改工作队在王贵福家的成分划分上意见分歧，吵成一锅粥。一半人主张划为富农，少一半人主张划为中农，也有人提议定性为地主，理由是他家这些年不断置买田产，占有土地的总量达到七百多亩，够格。徐壮民制止了争吵，申述了苏区关于土改工作的文件精神，强调说："土改的根本目的在于推翻旧的地权制度，实现耕者有其田，从而笼住穷人、拴住人心，壮大我们的力量，获取最广大人民群众的支持。"他环顾一圈，继续说，"成分划定事关各家各户的政治地位和切身利益，要做到公平公正、合情合理；如果把握不准，将会损害党和政府的形象，影响一大片。王家究竟代表哪一种类型的家户？请大家抛开文件的条条框框，好好想想。"白宝霖因为是王家的女婿客，刻意回避，终究忍不住，插话说："关键要领会文件的精神实质，从实际出发，灵活运用，不能拘泥照搬，要做到不偏袒也不冤枉一户人家，咱要负起这个责任。”徐壮民赞许地点点头，说：“文件是死的，人是活的，活人不能叫尿憋死。”大伙都笑了，轻松下来。徐壮民分析说：王贵福家拥有土地二百几十垧，人均占有量是全庄的七八倍，表面上看王家占有显失公平的地权；但他家的土地大部分是近十年来新买的不产粮的沙沙地，并且大部分栽了杨、柳，变成了树园子。根据丈量的数数，共计占有耕地二百七十亩左右，其中六十亩让给他哥王贵堂家白种，另外几十亩常年让给户家兄弟你三亩他五亩种着，从不收一合租粮，这样子，以他家十几口人平均，实际人头耕地十来亩，与全庄人均耕地量理论上的数数差不多。至于他家粮食打得多，那是人家籽种好、粪土大、锄耱到的结果。据此，他认为，单从实际人头占有耕地这个角度，应当划分为中农。乡支书杨德生接茬说，老王是全镇边县出了名的吃苦人、勤俭人，一家老小起鸡叫睡半夜拧成一股绳过光景，不雇佣一个长工、短工，甚至叼空还给别人家打短工，又从不收租粮，不存在剥削行为。另外，他说，王家没有民团武装，也从不放印子钱，大人娃娃和邻睦里、人品没麻达；两年间又连续遭受章廷芝、杨猴小土匪的日塌，成了落毛的凤凰，他同意徐书记的意见。乡主席刘二毛说，咱共产党不做亏人事，一碗水要端平。他一直坚持将王家划为中农成分。王振军称自个儿人生地不熟、不摸根底，不再坚持划为富农的意见；只提出王仓在柠条原保安队当头目，王家属于白匪家属，这么样便宜了他家。徐壮民说：“王仓是王仓，他家是他家，车走车路，马走马路，不要混搅在一搭。再说，王仓是被强抓壮丁的，但从不干坏事，组织上了解情况。”大伙讨论了一阵子，就一色同意划分为中农成分，土改不打动他家。

消息很快传到王家。卧病的王贵福老泪滴滴，挣扎着爬起，拄着拐杖来到院子里，吩咐王老婆和两房儿媳烧火的烧火，和面的和面，炸上一市布口袋油饼子送给土改队当干粮吃！

仲秋是三边地方一年当中最为温柔和壮丽的季节，山滩野外似一幅流动的画卷，展示着高原的气韵和魅力。五谷菜薯的地里以绿色为主调夹杂搅和着五颜六色，闪烁着缤纷的美丽，预告着丰稔的临近。

仿佛倒退回了去年的这个时候，一身公花粉的花麻失去了用武之地，显眼地戳在麻子林里，成为拔猪草娃娃们的首选，捋去湿滑粉爆的花囊和插生夹生的叶子，一筐一筐拎回家去；忽然一夜秋风撩黄了糜谷的穗梢，麻雀开始频繁地出没，一只只圪蹴在上头，放胆鸽食，纵有头戴草帽、手执长竿的假人看守在地畔也浑然不惧；农人照例噙着烟锅儿三三五五聚伙，叨咕掐算节令的迟早、年景的好瞎，以及一年四时收支的流水……而自然气象的神秘变化给人种下的印象却比上一年越发深刻了——只在这个季节变稠的雨水一层一层洇湿裸露的广大无边的沙丘、沙滩，掘一半尺进去，湿漉漉的，似乎可以拧出水来；空气罕见的清新，饱吸一口凉到心脾再凉到脚底；西北风以一年不见的清爽拂过地皮，却不起沙尘，庄户人谁也不犯愁风沙遮眼了。当夜间人们酣睡时落下的一地薄霜被打早的日光和轻风廓清踪迹之际，糜子谷子玉米黍黍豆子麻子荞麦洋芋萝卜菊芋发生生命的嬗变，哄伙了涌向成熟。而其中最为古怪的当数被庄户人视作野田的荞麦，无论是勤快人五月耧播还是懒散人六月点籽、秆子长得齐腰深还是一拃高，进入这个季节，欻啦之间，漫山遍野燃烧起来妖艳起来，红秆绿叶的枝头挂满一串一串三棱子的颗籽和仍在一股劲起苞、盛开的红花粉花紫花白花。这个时候，家家户户都在噌噌地磨镰刀磨砍刀，谁也不敢睡懒觉了，怕吼雷、下冷子。

农活稠密的时光，庄户人大人娃娃都下地了，土改和选举工作只得在夜间进行，却没有耽误迁延。边墙畔、八里滩一带被划为镇边区三乡，冯青山、盛狗剩、赵石匠几个人加入了党组织，冯青山当了乡支书。赶到中秋节前，除去旧伙场附近几个村庄因土地牵涉天主教堂，又有贾胖子民团盘踞维持而没有进行，边墙两侧的二十多个村庄已完成土改。为数不多的地主的大片耕地被一块一块划分，连地头的庄稼也分配到贫农户的名下,人心称快。芦子河西岸的旧伙场寨子明显加强了戒备,团丁荷枪实弹,四处巡逻,与区小队隔河对峙。徐壮民做了一番走访调查,摸清了根底,决意剜掉贾胖子民团这个烂疮,将对岸的天主教势力一举铲除。

旧伙场天主教堂于七八年前趁跌下大年馑的空子以低廉的价钱又置买了一千多亩沙滩地和毛嘴子坝头以东的数十亩水地，教产愈显丰厚。文神甫坐地传教已达十几个年头，利用出租土地、提供贷款、出借籽种牛犋粮食以及开诊所、设学堂的种种方子，拉拢、诱哄庄户人入教，教民、准教民扩展到一百余户、五六百人。洋人的成功离不开二洋人贾胖子。他原是当地的一户财主，为文神甫鞍前马后奔走，又借姐夫赵天孝的面子，当了教堂的二掌柜，与教堂一同发财，十数年间，扩占耕地一千多亩。文神甫为稳固和扩展传教领地，资助贾家拉起一支二十多人的民团，形成武力保障，也缔造了一个政教合一的小天下。

贾胖子盯上了河湾非教民户的零散水地，文神甫也谋算将河东拓展为教区，二人再演双簧，每至春、夏天旱时光，派出荷枪的团丁阻拦河东几十户修造了水地的人家放水，以水地第一大户的身份，规定只有他们放足了水，其他的小户才可以放。这些年，冯青山曾多次撺掇利害相系的非教民户拧成一股绳与文神甫、贾胖子交涉，几度动刀杖、打群架，结果大都吃了败仗。团丁们耍横，朝头顶放上几枪，人群就塌火。近二三年，许多水地放不上水变成了旱地，已有七八户将三十多亩地贱卖给了教堂和贾家。

赵石匠接到徐壮民的捎话，晚上要在他家召开一个秘密会议，就早早从地头回来，熬下一锅砖茶伺等。此刻，他盘腿坐在炕头上，一锅儿一锅儿悠闲地吸着旱烟，眉脸开朗，精神旺健。眼下，外甥当了区委书记，自个儿入了党，又当了乡政府的建设委员，他觉得腰杆子硬得像擀杖，身份不同于一般的庄户人家。更令他欣慰的是，刚刚一手完成了一桩人生的大事情：八月初，他卖了一头骟驴和一石玉米颗籽凑够彩礼，前几天给大儿子黄健娶过了婆姨。黄健这几天日头一落就牙狗子似的钻进东头的新房，看来明年就能抱上孙子了。大门栅子吱呀一响，徐壮民牵着马进来。赵石匠一跳下炕迎出门去，把赤驽拴进厩棚，朝木槽里倒了一簸箕半干半湿的玉米秸子，一边招呼外甥回家喝茶、吃月饼。

徐壮民坐在炕沿，喝光一碗茶水，拿起一块月饼，贪婪地啃食起来。瞅着外甥略显瘦削疲倦的脸孔，赵石匠忽然有些伤感，口气委婉地说："壮壮，黄健都娶过了婆姨，你都多大哩……你大、你妈又走得早，二舅欠了良心账，这心揪着哩。"徐壮民口气平淡："我这一天从早到晚不拾闲，哪有工夫盘算那号事。"赵石匠强咽回肚里的许多话，叹道："当父母官真是不易，这一向忙坏哩!""这月饼好吃，甜!"徐壮民三口两口吃完一块，又拿起一块，说，"这一向倒真是忙得够呛，连黄健娶婆姨的喜事也误赶哩，今儿早些过来给二舅跟二妗子赔个情!""过事那天，你三舅一家子都过来哩，响吹细打红火了一天。你二妗子没见上你的帽盖子念叨了几回。"赵石匠遗憾地说着，一边出门去，冲东头的地里扯开嗓弦吼了几声。不一会儿，一个五官端正的半大女子拎着摘豆角种子的柳筐一溜小跑进了大门。徐壮民疑惑地问道："二舅，这是谁?"

"黄健婆姨，叫蔓蔓。受苦人家女子也没个官名，起这么个草根瓜蔓的名字。"

"咋给黄健娶了个猴女子?长得一锄把高低!"

"人茬茬难对，也不小哩，今年虚岁十六。"

"才十六?"

"十二生肖一个轮回，十三魂全，早成人哩。"

徐壮民摇摇头，不好再说什么。赵石匠咳嗽一声，显出一股老人气，指着徐壮民郑重其事地向刚进门的儿媳妇介绍说："黄健家的，这就是你壮民大哥，黄健一张纸不隔的姑舅哥，现时做了大官。把咱过事专门留下的那件子羊肉炖哩!"蔓蔓答应着公公的话，胆怯地望了一眼高大威猛的徐壮民，见客人冲自个儿点头微笑，慌慌地低了头。徐壮民留心观察，见她搂柴烧火、剁肉下锅动作麻利，心里感叹受苦人家的娃娃像小日月的山杏一样早熟，忽然间又生发了一个古怪的念头：这女人一旦结婚，不论年龄大小一夜之间咋就由女子变成了婆姨？人这一辈子身份和命运的转变往往发生于一念之间或眨眼工夫！

黄健扛了一袋玉米棒子大步流星赶回家。他憨实地笑着，向徐壮民问过好，摸出自己的杜梨木烟锅儿，揉上烟末，和父亲对了火，圪蹴在地上抽着，眼里闪烁了兴奋，不时偷偷瞄扫一下灶房里忙活的婆姨。赵康扛着两袋玉米进了大门，撂下口袋，风风火火闯进门，抬腿上炕，一只手捺住徐壮民的胳膊，另一只手撩开衣襟就要去摸枪。徐壮民笑着推开他的手，从后腰裤带上拔出匣子枪，卸下弹匣递过去，说："只准要一阵儿。"赵康应承着已蹿到了当院，闭住一只眼睛，拿枪瞄准天上的一摆溜飞雁，嘴里发出叭叭的脆响。黄赵氏也扛着一个袋子颠进大门，高喉咙大嗓门地喊："壮壮哟，我的大外甥，见罢面不少时光哩！"徐壮民赶紧出去问好，上前相帮把沉甸甸的口袋卸下，将玉米棒子倒进椽囤子，说："二妗子，重活粗活叫他们兄弟两个干！"黄赵氏说："妗子天生的挣命鬼，不做营生反倒浑身不自在。"徐壮民瞅着椽囤子里的玉米说："玉米黄澄澄肥硕硕的，像马牙，今年又是好收成。""娶大媳妇跌下的亏空一二年就能填起来！"黄赵氏脸上的皱纹在西斜的日光里舒展开来，一边舒心地说着，一边故作严厉地呵斥两个儿子吃罢饭去铡草喂牲口，赶天黑把地头掰下的玉米棒子拾掇回家装进椽囤子。

蔓蔓小心翼翼地用搌布把炕桌擦拭干净，搁上碗筷和韭菜、芫荽、葱花碟子。看着客人和公公、婆婆、男人、小叔子围定炕桌盘腿坐好，端上肉盆、饭盆、米汤盆和一洋瓷盆子炒洋芋条，却紧张得忘记去拿铲子和勺子。黄赵氏逮住机会，呵斥说："你叫我们拿手抓得吃哩？"蔓蔓脸颊通红，赶紧去灶间拿来铲子、勺子。徐壮民晓得妗子是刻意给儿媳妇立规矩定章法、观察培养她里里外外操持家务待人接物的本事，但见蔓蔓年龄尚小，心中不忍，就亲热地招呼她上炕吃饭。黄赵氏哼了一声，蔓蔓不敢，立在地上小心伺应。黄赵氏尝了一口汤甜咸，拉下眉脸："咸哩，打死卖盐的哩？"蔓蔓陷于窘境，手捏衣襟，不知所措。徐壮民喝了一口，真的有点咸，却说："我看正好，一人一个口味。"赵石匠看不过眼，冲老伴说："就你麻烦多，娃娃小，慢慢指拨调教嘛。"黄赵氏不以为然，说："三十年媳妇熬成婆，女人就是女人，烂羊圈门子时刻得揳腾，不能瞎抬举，不磨不成器。"吃饭中途，赵康纠缠不休，要去区上的游击队当兵，徐壮民微笑不语。黄赵氏终于耐不住性子，粗眉立起："把你驴条子日能的，翅膀硬得上天吔！""你不叫我去，那我明儿就不下地！"赵康顶嘴说。黄赵氏白了他一眼："你狗日的皮痒得不行哩，心红眼绿上天摘月儿哩！"赵康吃成半拉子丢下饭碗悻悻地跑出门去了。黄赵氏不理会他，给自个儿碗里舀了一铲子洋芋条，又拿起勺子朝徐壮民碗里扣了两勺羊肉，说："你放开吃！"赵石匠扫了一眼老伴儿的脸色，用商量的口气说："赵康打小就爱耍枪，是个当兵的料子。现时咱既是党员又是乡上干部，总得事事走在前头，大外甥脸上也好看嘛！"

黄赵氏朝徐壮民笑笑，却瞪了老汉一眼："白军跟红军厮打来厮打去，也不晓得到头来谁家能赢；咱还是当咱的老百姓好，谁坐了朝也不夺受苦人手里的铁锨把。再说，枪子不长眼，你老和尚敢保红瓤黑籽？"赵石匠口气硬朗，说："婆姨女子头发长见识短，人心齐泰山移，我看共产党、红军迟早坐天下。小子娃娃从来就是闯天下的，胆头子小的人一辈子×事闹不成。"黄健接茬说："就是。对付土匪、兵痞、团丁这帮恶棍，就得枪脑子说话。"黄赵氏见父子三人结成同盟，若有所失，碍着徐壮民的面子不好发作，冲依旧立在地上不敢动碗筷的蔓蔓大声说："还一根望桩一样杵在那儿？你也吃，吃罢洗锅喂猪。"蔓蔓匆匆舀了一碗米饭，盖了一铲子洋芋条，大口小口吃起来。黄赵氏瞟了她一眼，没好气地训斥说："饿死鬼转世的？婆姨女子站没站相，坐没坐相，笑没笑相，吃没吃相，丢人！"蔓蔓羞惭至极，只得一口一口文文地吃。徐壮民趁她不注意，探起身子朝她碗里倒了一勺子羊肉，说："都吃嘛，还有半盆哩，我一个人反倒吃不下去。"蔓蔓觑了婆婆一眼，见她脸色平和，感激得眼泪汪汪。

徐壮民看中了赵康，想转转弯弯做妗子的工作，说："二妗子，人说'庄稼一枝花全靠粪当家'，我看圈里站的羊也没多少哩，再粜几只母子好下羔子，扎粪。"一提这话茬，黄赵氏果然一脸愤愤，喋喋不休地诅咒起杨猴小土匪，说一圈羊叫坏板肠土匪祸害得精光，这几只也是刚粜的！徐壮民安慰说："等咱扩大了武装，把这一片都变成红区，土匪们就不敢奓芽子哩。"赵康从门外闯进来，神气地大声吵吵："我妈脑子进水哩，一个憨憨！不拉队伍、不闹武装，红军能攻下县城？咱有了人手、有了家伙，还治不了几个奓芽子的土匪？三岁娃娃都解开这个道理！"黄赵氏见小儿子像大人教训小娃一样教训自己，扑哧笑出声来："噢，你小子是人精，老娘是憨憨，解不开道理。老娘还不是牵心你有个闪失！"几个人都笑了。蔓蔓不甚明白，见一家人一色笑模样，轻松下来，也笑了，却硬生生抿着嘴不敢露牙。

掌灯时光，冯青山、盛狗剩几个参加会议的乡干部陆续进了门。白宝霖和王振军带着十来个区小队战士随后赶到，远远近近布了三道岗哨。屋里灯火明亮，战士们在那里擦枪拭刀，几个乡干部约莫要有大的行动，低头抽着烟，都不说话。徐壮民见他们神情紧张，说："大家款款把心放下，今夜没有行动，也不会有事。再说，咱还有一个厉害的侦察员给咱站岗放哨——我那匹马耳朵灵、鼻子尖，一二里地出现异常情况就会发声哩。"众人不懂马行，以为他说笑，不过，个个还是轻松了一些。

院子里，黄赵氏掸扫去蔓蔓身上的土屑，给她拢了拢头发，塞给一块月饼，拍拍打打显示佛心，乖哄她早些去睡。蔓蔓有些犯愁，只得跟着黄健进了新房。黄赵氏拐进仓房，端了一瓷盆点了红点的月饼出来，朝新房望一眼，见灯火亮着，走近门前，粗声粗气说："还明晃晃的，费油！"见里头吹了灯，这才笑眯眯地进了西屋。

黄赵氏大说二笑地和众人打了招呼，一人发给一块月饼，说："昨儿就烙好哩，精麦子面做的，馅子拌了红糖，蛮甜的，快尝尝。"后生们都是苦寒出身，从未吃过精麦子面烙的糖馅子月饼，之前所吃过的糖月饼，是那种由嘬吸了柳叶汁的黑蚜虫拉出的蜜屎掺入馅子烙成的粗面月饼。他们偷眼相觑，一起动嘴，嚼多时才咽下，都说财主家才能吃上这么香这么酥这么甜的月饼！白宝霖打趣说："咱赵叔家就是毛脑财主。"赵石匠连忙说："不敢瞎开这号玩笑！"众人哄笑。

黄赵氏推开耳间侧门，回头见赵康混在会场，喊道："康儿，你又不是公家人，瞎混淘甚？快睡，人家要开会。"赵康不理。黄赵氏摇摇头，进了里间。

徐壮民宣布开会，说："咱今儿开会只拉扯一个事——解放河西教民区！"嗡的一声，吵成一股弦。赵康一纵下炕就要去磨铡刀，赵石匠一把揪住，指戳着说："你个灰骷子做甚吔？"赵康说："杀狗日的贾胖子！"赵石匠瞪了一眼儿子："就凭你一把铡刀能收拾了贾胖子？款款坐下，听领导安排。"几个乡干部掩饰不住喜悦，都嚷叫说只要杀了贾胖子河西就平哩！

徐壮民制止了喧嚷，说："咱们从头说来。尽人皆知，自三边教案发生后，天主教在三边教区立了一套五花八门的规矩，大略如下：凡不顺教乡民，一律剥夺租地权；教民见教士须行揖拜、长跪或叩首之礼；礼拜日全体教民须停工停业集体做弥撒；个户弥撒缴费，小弥撒每台缴粮二斗（以糜子折合计），婚配弥撒三斗，唱弥撒六斗，三个神甫诵经之大弥撒二石，保险弥撒八石；教民男女婚配须经教会组织同意，严禁教民与非教民结婚，严禁离婚；教民适龄女子须服从教堂安排随时充任修女，一旦充任，须发三愿，绝财绝色绝意；教民不分男女老幼，一律不准听书看戏；男丁一律不准私藏火器、习武从军，等等。此外，教会组织拥有行政辖管、审理诉讼和搜查民宅的权力，并专设惩戒处所，配有镣铐、木枷、皮鞭、棍棒、烙铁等刑具，对违教规者一律予以惩戒。另有劈门窗、掘锅灶、抄家产等处罚措施。漫漫岁月里，教区发生了无以计数的悲剧：当年耶莫支怀疑一对男女有奸情，公开惩戒，将二人吊在木架上鞭笞杖责活活打死；毛团圐圙有一个十二岁的娃娃偷吃了教堂一颗半生不熟的果子，被抓来剥去衣裳用烧红的铁锹烙身，留下终身残疾；旧伙场教民白氏于主日时坐了月子，未去礼拜堂念经，被罚打几十大棍，直至皮开肉绽；死羊湾刘姓兄弟拒绝顺教，咒骂教堂，荷兰国神甫沙智林指使武装教徒将两人捆绑殴打致死，并处罚糜子十二石，没收坡、滩地七百多亩，罪名是他们'私通红军'……"

众人表情悲愤，纷纷诉说多年间教堂的种种霸道、野蛮行径，诉说三边人的种种悲惨和苦难。

徐壮民继续说："长话短说，自从天主教在芦子河畔扎下营盘，给边墙畔这一片地方带来了什么福音？教堂打着传教的幌子到处圈地，霸占水渠，高利放租放贷，绝大多数人家受了苦害，只有贾胖子这号洋奴沾了光、发了财，对不对？"冯青山、盛狗剩一股当地人连连点头。徐壮民接着说："世上哪里有什么救世主？只有自己才能救自己，千百年来都是这样。自从出了共产党，普天下的受苦人才看到了翻身的希望，才明白神神鬼鬼都指靠不上，只有指靠共产党，共产党才是救世主！共产党是什么？共产党就是我们自己，就是拧成一股绳的穷人！"他情绪激动，敲打着炕桌，"洋人跑到中国鼓吹天主、煽动入教，强占土地、私设公堂，一副国中之国的做派，像驯服牲口一样驯服老百姓，把咱中国人当猴子戏耍，别说共产党看不进眼里，就是国民党也不会觉得脸上有光！"大伙的情绪被煽呼起来，众口咒骂洋毛子把咱当磨道驴使唤，少短不了连雀带笼子拾掇！一个战士吵嚷道："干脆把狗日的文神甫逮住掾在墙圪塄劁骟哩！"大伙哄堂大笑。冯青山掰着手指头一则一则数说了贾胖子民团做过的黑恶烂脏的事情，认为首先要端掉民团这个龟窝子，砍断教堂的左右手，至于驱逐不驱逐文神甫，还是再讨论讨论。他讲说了自己的担忧：“先前时候在岳父家里曾听说过洋人当年和清朝蒙、汉两族大员签订了赔款、抵押文约，虽说清朝塌了江山，文约也过了期，可是民国官方从来不打动，像没有这回事一样；现时共产党一脚将他们踢飞，闹出个生煞事，会不会捅下乱子？”盛狗剩也有些迷茫，说：“旧伙场教堂的土地大部分是出钱买的，而且这些年也做了不少善事，比如出借籽种牛犋、开诊所、设学堂，不少教民从中受益；如果连雀带笼子端掉，怕是不合情理。”赵石匠插话说：“土地是买的不假，可那是跌下大年馑乘人之危强买下的昧良心地；给教民看病是做了好事善事，可教堂也不是菩萨心肠，从不白看病，而且大多数教民还是轮不上；再说，他们教娃娃们学经念经磕头礼拜，从小就往迷糊灌往顺从灌，安得是另创天下的拐拐心。反正这天主教神神秘秘的，做的坏事比好事多，是祸事的根子！”

白宝霖讲了几点看法。他认为：“第一，洋神甫传教是通过叼抢、霸占三边的土地而实现的，也就是当强盗耍黑皮起家，即便旧伙场教堂的土地是出钱买的，羊毛出在羊身上，他们的钱归根到底是从三边人身上剥削、抢劫来的，沾满血泪；第二，教堂违背了信仰自由的原则，也就是剥夺了人愿意信奉什么或不愿信奉什么的自由选择信仰的权利，他们以土地为缰绳笼头套住庄户人的脖子，使用下三烂的手段诱哄、强迫庄户人顺教，其实是对天赋人权的践踏，是一种精神侵略；第三，教堂倚仗武力，把持土地、行政、司法权，是国中之国，是罪恶之源，没有教堂在背后撑腰作怪，就没有贾胖子民团的霸道张狂。”他总结说，“天主教就是鸦片烟，鼓吹什么赎罪、忍让、顺从，毒害的是咱三边人的心气、斗志，这股势力现时已变得又黑又恶，严重阻碍了苏区革命事业的发展，必须予以铲除！”冯青山几个听了，不住点头，认为说得在理，都说这才从根子上闹精明哩！徐壮民见大伙意见趋向一致，就其他一些疑问做了进一步的解释。他说：“牛钦誉作为民国政府的县长，当年也曾调查过‘三边教案’的事情，也有过收回土地、驱逐天主教的念头，只因牵涉太多，榆林、西安方面不予重视支持，孤掌难鸣，只好搁置。”他认为，“天主教之所以继续强占土地、坐地传教，之所以横行霸道、为害一方，主要是因为国民党当局忙于剿共，对关系国耻、民生的事情撒手不管，而三边的国民党政权甚至企图借助洋教的武装对付共产党和红军。”说到这里，徐壮民忽地立起，“我们共产党从来不承认那些丧权辱国的什么狗屁条约，绝不能坐视不管，放任他们在中国的土地上龇爹八卦，我们就是要担当起这个历史的神圣的责任！”“那就把狗日的撵走，一把火烧了教堂，让洋毛子神甫圪蹴在野地里念经去！”王振军说。徐壮民擂了一拳炕桌：“一槌定音——把天主教扫地出门！”白宝霖说：“世上什么事不是人做的？天塌下来我和壮民书记先顶着！”冯青山从旁说：“众人肩膀宽，咱一起顶！”大伙都说没麻达！

根据侦察情况，会议决定于第二天——八月十五深夜动手。制定了具体的打法后，众人在杀不杀洋人的问题上拿捏不准，徐壮民说：“到时候，如果文神甫几个洋人乖乖就范，可宽大处理；如果谁胆敢持枪开火，咱就代表祖国代表中华民族，一枪崩×哩！”

后晌时光，河西的村庄便道上，一个戴瓜壳帽的小贩推着一辆装满酒葫芦、牛肉干和西瓜、葡萄的独轮车沿途叫卖。绕了几圈，在旧伙场寨子门前停好车子，扯开嗓弦叫喊：“保熟保甜的沙瓤西瓜嘞——”“酸格溜溜甜、甜格溜溜酸的大眼葡萄嘞——”“草地牛肉干嘞——”“柠条原闷倒驴烧酒嘞——”几个团丁一筛二晃出来，一人揪了一串葡萄，又假借看瓤口歪好白吃了一个西瓜。一个团丁抹着嘴巴，惊奇地问道：“这时节还有西瓜？日×古怪，大日月的种子？”小贩说：“咱这儿的种子都一个日月，稀罕不？洋芋窖里铺上绵沙沙，西瓜摘下不要打动碰磕，款款放进去，能放到过年。”麻子脸头目大口嚼着牛肉干，打开酒葫芦抿了一舌头，连连点头，又饱喝一口，说：“冷滴子，足劲！”他们总籴了一车子货，丢下一把铜圆。小贩嚷嚷说连本账也不够，央求多加几块。一个团丁骂道：“倒眼窝憨孙，找死哩？”小贩嘟哝说：“什么屄人，比土匪强一黑豆。”麻子脸拍了拍腰间挎着的匣子枪，凶巴巴地呵斥：“臊嘴子，再敢瞎骚情半句爷爷把你当红军探子扣起来。”小贩显出怯惧的神色，赶紧赔上笑脸，撅起尻子推着独轮车跑走了。

日头西坠，驳杂的霞光渐渐隐没。当天空蜕变为深沉的灰蓝色的时候，一轮满月便从东山的边墙豁口蹭了出来。月光未及洒开，一片一片棉絮状的羊肚状的薄云悬浮过来，便发现云幕里游动了一个发红的圆晕，天象变得神秘诡奇。

扮作小贩的王振军穿过毛嘴子坝头，踏着潮乎乎的月色匆匆赶回赵石匠家。一进门，张嘴笑开：“事情闹成哩，今儿夜里这股子团丁保准个个醉成愣驴！”他还报告了一个重要情况：半后晌时光，寨子旁边的贾家大院悄悄钻出一个大胖子和五六个挎枪的团丁，提着羊肉袋子和月饼盒子，一人骑一匹骡子穿过西沙梁朝柠条原方向去了。冯青山吁了一口气，说那个大胖子就是贾胖子！徐壮民判断贾胖子鬼鬼祟祟的举动是不愿声张，一定是去柠条原给张自立和赵天孝进贡过节的礼品，遗憾地说：“这贼胖子命大！”他当即调整了攻打计划，决定集中人手直取寨子。

芦子河的水位忽忽地涨高了，岸边近水的一蓬蓬芦苇不晓什么时候已淹没于浑浊的河水里，溶溶的月光下，隐约可见一簇一簇的浮叶随波摇摆。蛙鼓虫鸣，流水拍打岸头发出轻微的声响，夜空和河滩愈显空旷寂寥。徐壮民带领十几个人，抬着一挂由三挂梯子绑扎成的三丈多长的云梯沿河岸西进，从上游毛嘴子坝底蹚过湿滑的趴满水草的渗水坡登岸。白宝霖带领三个游击队员绕向南边，进入寨门对面的树林子潜伏，负责封锁寨门和相邻的贾家大门。

另一大股人匍匐前进，行至距离北寨墙半里地的一片杨树林子里趴伏下来，徐壮民传令人人不许说话、不许咳嗽、不许立起身子！万籁俱寂，而草虫的嘶鸣却清脆起来，像幽灵飘忽像流萤明灭，引来秋夜的深沉和凉寒；夜露悄悄落下，似雾非雾，悄无声息，润湿了树叶、地皮和蓬茸的青草；时光似乎在冷清的月色中凝结起来，忘了向前。难挨的时刻，河畔忽地出现一个伸伸缩缩的人影，手中的物件在月光下一闪一晃。事发蹊跷，徐壮民拎着匣子枪绕过去，见赵康拖一把铡刀、撅着尻子趴在土塄边，独个焦躁得抓耳挠腮、吹胡子瞪眼。徐壮民轻轻学了一声猫叫，赵康打了个激灵，回头看清是他，嘿嘿傻笑，说："大哥，我妈锁住门不叫我来，我翻窗子跑出来哩！"徐壮民朝他尻子上捣了一拳，悄悄说："愣康儿，一切行动听指挥，不听话就不要指望参加区小队！"赵康痛快地应承了。

寨子四角砌筑了哨楼，高高凸起，月夜里黑晃晃的。放哨的团丁只有两个，不时钻出哨楼在堑壕里来回巡游，伸长脖子向四处张望，形似鬼魅。挨至虫声疲软的时光，东北角哨楼又钻出一个人影，沿寨墙巡察一周，厉声喝令放哨的不许打瞌睡！说罢进入哨楼，从此再未现身。寨子里传出隐约的划拳喝酒的嘈杂声，放哨的大口吐着涎水，踢踢踹踹，发泄不平。

几个乡干部从未经历打仗的事情，趴在树林子里不敢挪窝，冷汗涔涔，哆哆嗦嗦，牙关子打架。王振军让他们身子挨身子挤在一搭取暖，冯青山说："好受多哩！"盛狗剩一泡尿憋了半天，痛苦得眉头紧锁、龇牙咧嘴，草蛇似的爬溜过来请示徐壮民："徐书记，能尿不？"徐壮民哭笑不得，说："赶紧尿！"盛狗剩一把将裤子抹到大腿弯，艰难地圪蹴起，尿了许久却尿不出来，又双膝跪地，嗯嗯地继续鼓劲，终于尿出，汪汪大海漫了一摊。他轻松极了，一边扎裤带，一边嘟哝说："天爷爷哟，险乎把尿脬憋烂！给爷爷的，一泡尿尿罢比大年三十夜里一个人啃完一个猪头都好活！"

三更时分，寨子里沉寂下来，偶尔传出一两声响亮凶悍的狗吠。一个巡游的哨兵伸了伸懒腰钻进东北角哨楼，另一个打着哈欠去了西南角，再不见出来。又熬了小半个时辰，徐壮民见月亮西斜、光线晦暗，下令行动！冯青山、赵康四个人负责监视教堂、抓捕可能出逃的神职人员，捎领了准备行动的命令，绕向南边与白宝霖一股人会合去了。剩下的八九个人快速移动靠近寨墙。云梯架起，王振军抢先攀上，徐壮民紧随，游击队员一个个跟进，梯子承重，发出吱咕吱咕的响声。王振军翻越墙头，沿堑壕摸向西南角哨楼；徐壮民就近朝东北角哨楼摸来。哨兵怀里抱着长枪呼呼大睡，徐壮民照准太阳穴一拳打昏，掏出绳子捆起，扯下衣襟塞进嘴里。他钻出哨楼，见王振军从西南角发来暗号，也已得手。游击队员报告没有发现暗哨、贾家大院和教堂均无异常。他们依计划行动，留两人分别把守两头哨楼，瞄准院内可疑目标；徐壮民带着五个人钻进东北角哨楼，沿着台阶下到楼底。刚掀开小门摸进院子，一条大狗汪的一声从墙角蹿起，徐壮民手起刀落斩为两段，滚热的狗血喷了他一身。一股人猫着腰向泻出灯火的北屋逼近形成包抄，王振军握一颗手榴弹靠了上去。窗户半开，扑出浓烈的酒气，十几个团丁横七竖八躺在一盘大通铺炕上，有的赤裸身子，有的和衣而卧，个个睡得像死猪，鼾声震撼窗棂。王振军掀开虚掩的门扇，五个人拥入，提走了墙壁上挂着的一排长枪。王振军大笑："嘿！这股子醉驴！"团丁们依然打鼾沉睡。徐壮民记得王振军曾说有一个麻子脸的头目挎一把匣子枪，却是不见，心里一紧，急忙从门出来，只见南墙根的茅圈棚子里似有人头闪晃，他就地一个驴打滚，砰的一声，子弹从头顶飞过，徐壮民抬手打出一梭子，里头传出扑通栽倒的声音。他大喝一声，飞步上前，手电光下，地上掉了一把匣子枪，一个麻脸的家伙倒在茅缸旁边，身中数枪毙命。

白宝霖听到寨子里枪响，命令游击队员子弹上膛、瞄准寨门，说："跑出来一个放倒一个！"话音刚落，传来徐壮民尖锐响亮的呼哨，他兴奋地大喊一声："大事成嘞！""我去活捉文神甫！"赵康一蹦而起，冲向教堂大门，反抡铡刀咣当一下将大铁锁砸烂，拉开大门，径直向文神甫居住的三间塞瓦平房奔去。文神甫早先听到枪声，情知大事不妙，慌忙起床着衣，点亮蜡烛，正自合掌静默，哐啷一声，房门被一脚踹开，赵康瞪起眼睛，双手高举寒光闪烁的铡刀，一步一步向他逼近，狂喊道："洋毛子你给爷爷敢瞎骚情，一铡刀劈开你狗日的天灵盖！"文神甫惊恐万状，退到墙角经橱下，再无去处，垂下毛茸茸的脑袋，蜷缩一团，抖索不止，黑色的教袍底下流出一摊尿水。

黑暗里，一股明火浓烟从教堂院内卷起，烧红了一圆圈的天幕。未久，高顶十字架标志的人字形教堂在熊熊大火中垮塌，神甫室、神功室、膳宿室、更衣所、惩戒所相继起火，一应经卷、画像、物品化为灰烬。大门口两侧站立的两个拄着手杖的泥塑小天使也招引愤怒，被砸得粉瓜扬碎。

大火峰峦突起，浓烟翻卷，壮观地燃烧了小半夜又一个早晨，把天空烧烤得没了水汽，干崩崩热烘烘。教民们或趴在墙头上张望或躲在跟前的暗处窥探，嘁喳着，没有人去救火，也不敢去。烟气滚滚热浪涌涌粉尘死灰飞扬之间，急促的打锣声响起。冯青山几个人到处呼喊着，通知各家各户去教堂开大会。大火失去威风的时候，教堂大院汇聚了黑压压的人群。在一块集体念经拜忏的空地上，文神甫几个神职人员和贾家老小弯腰弓背立在那里接受批斗，个个面色如土、浑身筛糠。冯青山一股人当众打开从教堂和贾胖子家搜出的两个箱子，将一摞摞地契、文约、借据倾倒在地，泼上清油统统烧毁。在教民们惊惧、窃喜的目光里，徐壮民登上高处，大声宣布：中国共产党镇边区委、镇边区苏维埃政府决定，从即日起，取缔天主教会在镇边区的相关组织，将长期以来奴化、麻痹、欺压老百姓的外籍天主教神职人员驱逐出境，终结其传教行为、行政司法管制行为和精神统治行为！将天主堂所有教产和贾胖子家主要财产统统予以没收，四千多亩土地全部分给无地和少地的农户！

这一天，最为热闹的是分粮场面。土改工作队在完成家庭成分临时评议的手续后，打开教堂和贾胖子家的五处粮仓，划出预留部分，按成分等级和人头数分发。周围村庄列为分粮对象的举家出动，大人娃娃赶着牲口、拎着口袋、扛着笸箩潮涌过去，喧嚷之声传出几里地远。一伙老教民嘀嘀咕咕，盘桓观望，眼见粮食颗籽一斗斗盘出运走，终于打熬不住，纷纷来到登记处捺上手印，一人背起一毛线口袋粮食撅着尻子朝家里跑颠去了。

不少教民还打着占便宜的算盘，歪脖瞪眼伺等明火的彻底熄灭。草木灰是上好的底肥追肥，尤其适宜做盖种肥拌种肥，还具有预防虫害的功效，来年施在洋芋、菜头、旱烟地里，苗架旺、愣增产。过了大半天，教民们带着毛线口袋笸箩簸箕去到教堂的废墟里掏灰运灰。其间发生霸占、叼抢行为，龇牙瞪眼，拥推挤撞，场面混乱。客观效果则体现为自觉自愿、积极主动的环境卫生的打扫清理。

# 第二十二章

黄昏时光，新城区跌哨台庄一处偏僻的窑院聚集了从各区各地赶来的负责人，警卫连连长景凌在远近山头、路口布置了岗哨，气氛紧张。紧急会议召开前的空隙，不少人悄悄议论着一个又一个的小道消息。有的说，农历八月下旬初，南方红军一支部队一路转战进入陕北，与西北红军在延川县永坪镇会师，合编为红十五军团，刘志丹出任副军团长兼参谋长；有的说，几天前，红军集中主力在延安南边梢林地带的劳山山谷设伏，全歼东北军一个师部和两个整编团，击毙师长和师参谋长，毙伤一千多人，俘虏三四千人，缴获大量武器弹药和战马、辎重，打完这一仗红军部队班一级都配备了机关枪；有人叹息，说组织上原打算调王仕秀副团长去渭北的一个县担任县主席，王仕秀说等打完这一仗再去，结果在率领部队冲锋时头部中弹壮烈牺牲！陆续有参会者进来，又带来一个晴天霹雳的消息，令在场所有的人愣在那里——中央北方局派来一个“北方代表”，组建了“中央代表团”，主持成立了陕甘晋省委和新的西北军委及“肃反”机构政治保卫局，连发密信和逮捕令开始全面“肃反”，刘志丹被秘密拘捕！有说传令的通讯员误将信件送到刘志丹手中，刘志丹看罢原样装回，还是骑着马主动去了“肃反”机关暂驻地安定县瓦窑堡。更令人惊悚、震撼的是，消息说，原红二十六军营以上干部和西北工委、西北军委及陕甘边苏区县以上绝大部分主要领导干部，包括红十五军团政治部主任高岗、陕甘边苏维埃政府主席习仲勋这些高级干部，一色被关进了瓦窑堡的临时监狱里。据传，监狱的窗户统统用胶泥疙瘩封死，不得和外界联系接触，审讯押解途中嫌犯头上蒙了黑布套，只留两个眼洞。“肃反”小组逼迫被抓的干部指证刘志丹就是西北党内、军内最大的右倾机会主义分子和 AB 团反革命组织的大首领，并承认自个儿是右倾机会主义和 AB 团的追随者，谁若不做证、不承认，就施用皮鞭抽、烙铁烙、坐老虎凳的五刑王法，然后就直接拉出去刀砍、活埋。据称，不采用枪毙的方式是为了节省下子弹去打敌人，瓦窑堡监狱外头就挖下一个长三丈、深两丈、宽八尺的大坑。徐壮民因路程远鸾报到迟晚了一些，进门后听到这样的议论，惊得目瞪口呆，向王振国靠实消息的真假，王振国神情戚伤，默然无语。这时候，殷书记脸色僵硬地走进了院子。两个挎着匣子枪的陌生人跟在后头，在窑门口止步。大伙停止了议论，一个个头皮发麻，脊梁流汗，心事满腹。

窑里亮起灯火。殷书记强作笑脸，用机械的语气传达了鄂豫陕苏区徐海东、程子华率领的中共南方红军二十五军转战北上与西北红军胜利会师的相关情况；证实了劳山战役的重大胜利，称这一役是对从关中北上围剿西北红军的国民党东北军的迎头痛击，震慑了各路骄横无忌的敌军，鼓舞了苏区军民反围剿的斗志。殷书记木然地宣称，基于这次胜利，新的省委已提出了下一阶段的战略任务和总体目标，即全苏区上下要团结起来，调动、集中所有革命力量，不惜一切代价，向各路围剿的国民党军队和敌人盘踞的中心城市、重要城镇及据点发起猛烈攻势，一举打出一片新天地、开创一个新局面。“时机不成熟，这是山汉做法，拿鸡蛋碰石头，要把多少年积蓄的血本一下子拼光!”徐壮民嘟哝着。王振国戳了他一下，示意不要信口乱讲。殷书记一根接一根抽着旱烟卷，不时发出一串剧烈的咳嗽。他表情痛苦，申明了这次紧急会议的中心议题，正式传达了陕甘晋省委关于在军队和党政界全面开展“肃反”的指示。殷书记要求，县、区两级和地方武装领导干部在政治上必须与省委保持高度一致，要端正态度，认真反省，统一认识，严格依照既定程序组织开展“肃反”活动，克服右倾取消主义、富农路线、游击主义、梢山主义等右倾机会主义的思想倾向，打造一支百分之百的无坚不摧的布尔什维克队伍。徐壮民云里雾里地听着，终于忍耐不住，大声问道：“刘志丹主席是不是让人抓扣哩？”大伙都憋得够呛，眼光唰地集中到殷书记身上。会场静默，空气凝结。殷书记脸色灰暗，吸了一口烟，说：“肃反正在进行，许多事情真相不明，我也蒙在鼓里！大家都是党员领导干部，请注意自己的身份，不要听信传言，更不能到处传播、张扬——从今天起，这是一条纪律！”宗云鹞听不进耳，神色紧张地问道：“殷书记，听说苏区各地几天时光就刀砍、活埋了几十号混进组织和队伍的AB团分子、右倾分子、敌特分子、动摇分子，这定罪量刑有没有个凭据、准头和程序？凭一句话就动刀杀人？”大伙情绪焦躁，哄吵起来，都说，咋能政治帽子满天飞？咋能随随便便下手杀人！

徐壮民悲愤地说：“这叫草菅人命！韭菜割光一茬又续一茬，人头落地就再也长不出来啦！大敌当前，敌人的枪炮在头顶飞啸，每天有多少红军战士流血牺牲，而我们却为所谓的主义、路线之争自相残杀，共产党的大刀砍下共产党的人头，共产党的刺刀刺向共产党的心窝，自己人里窝窝拾翻，这纯粹是愣疯子胡×闹！”谢宝堂再也控制不住自己奔涌的情绪，浑身颤抖，流着眼泪，大声说：“老刘从榆中念书时就参加了革命，到处传播马列主义，发展地下党员，开展革命活动，放着黄埔出身高官厚禄的个人前程不奔，十几年来冒了九死一生的危险，开创了陕甘边、陕北的革命事业，这一点有目共睹、天地可鉴！老刘几回只身逃得一命，甚至被捕入狱，几回受到党内排挤，可他从不言败，从不喊冤叫屈，依然一股劲地拉队伍、打土豪，攻城池、建政权，是一个八匹马也拉不回头的真共产党人，是咱陕甘地区老百姓的大救星！

那一年，老刘被扣上经验主义、调和主义、地方主义、梢山主义、游击主义、土匪路线、右倾机会主义一大堆帽子，被排挤出领导、决策层，可整他的那个政委在盲目进兵关中、白白葬送了革命成果后，反倒自个儿撅起尾巴跑到西安城里叛变投敌哩！什么左的右的？什么 AB 团？这种党内所谓的主义、思想、路线之争，分明经常被极少数别有用心的人操纵利用，变为政治权力斗争，变为拉一茬人打另一茬人的人身攻击。这种人整人的政治斗争远比敌人的子弹、刺刀还要残毒可怕！到底谁对谁错？到底真理掌握在谁的手中？我们只看到一个铁打的事实，那就是陕甘边、陕北离不开老刘！他一回一回重新站起来，像一匹驾辕的马，像一头犁地的牛，领导咱们闹革命，终于闯出了一片天！没有老刘，哪里有今天的陕甘边、陕北？哪里有今天的雄厚基础和光明辉煌？这一回，竟然又让自己人麻糜不分硬生生逮捕下狱，至今生死未卜，真是亲者痛、仇者快！我们眼里滴血，我们肝肠寸断，我们死也不服哪！”说罢，谢宝堂泪如雨下，放声号啕起来。许多人跟着哭泣，呼喊“坚决抵制肃反！”“营救老刘出狱！”会场秩序失控，乱成一团。

殷书记大惊，不得不猛击炕桌，厉声呵斥，这才制止了乱哄哄的局面。他铁青着脸说：“同志们，中国共产党就是从蹒跚学步起身，在艰难曲折中成长，但毕竟踩踏出了一条前无古人的大路，而且必将实现人类历史上最伟大的突破！我们要相信党，不要把偶然看成必然，不要纠缠在功过是非里头，不要把责任归咎到党内个人身上！我们要相信新的省委，组织上是不会冤枉一个好同志的，大河滔滔，高山巍巍，历史终将做出公正的评说！我们要怀着涅槃重生、坚定必胜的信念向前看！”他看看怀表，向王振国耳语一气，王振国连连点头。殷书记站起身来，代表县委宣布了一项临时决定：由王振国同志暂时主持县委、县政府全盘工作。在惊异的目光里，他从炕上下来，立在窑巷口，深情地望着大伙，说：“省委已决定调我去瓦窑堡参加整肃学习，上级派来的同志就在外边等着，连夜就得动身。同志们保重!”说罢，默然走出窑门。王振国称会议还得继续进行，让大伙稍等，他去给殷书记送行！大伙面面相觑，半晌才明白过来，连殷书记八成也要去蹲大牢了!

王振国吩咐总务科的人去庄里籴一只羯子宰杀了连夜炖上。他苦笑着说：“请大家冷静，天塌不下来！咱今夜破例改善改善伙食，先落他个饱肚子!”会场秩序趋稳。经过讨论，王振国郑重宣布：“省委的指示必须落实，但要根据实际情况进行。针对乡、村干部绝大多数不识字和履历简单的情况，整肃范围限制在区级以上和地方武装主要领导这一层面，以自我反省、民主座谈为主要形式，有则改之，无则加勉，不搞刑讯逼供，不搞扩大化，更不准假借‘肃反’动刀杀人!”大伙脸上的紧张惶恐褪去，纷纷说王主席的做法合了卯窍、稳了阵脚。王振国说：“其实这也是殷书记的嘱咐!”

会议转入另一议题。王振国分析了目前敌强我弱的形势，认为地方党、政、军必须紧紧围绕反围剿开展工作，支援前线是头等大事，筹集粮草是重中之重。他强调赤化、土改和武装斗争是稳固后方的一剂良药，不能因为前线战事频发和内部整顿而有所放松，更不能停滞观望。在总结、交流全县近一时期工作经验时，王振国代表县委、县政府肯定了镇边区铲除洋教、抄没教产的做法，称赞他们的行动捍卫了祖国和民族的尊严，是具有现实和历史意义的一个壮举！徐壮民长长吁了一口气，说：“组织上有这么一个态度，我心里亮豁，也有了底气，至于表扬就免了吧!”

时序进入深秋，陕北高原霜气凛冽。农历九月二十二这天，日头澄山的时候，忽然风生云起，响了两三声闷雷，天上没下雨却飘起了轻薄如羽的雪花。章杰儒伫立在山寨顶子上，呆望着苍茫的舞动的天穹，嘟哝说：“龟仔仔天，打雷不下雨倒下雪，日×古怪，不是什么好兆头!”

他拍扫着落在头发上的雪花，回到石窑里，脱鞋上炕，挨着式样古雅的紫檀木炕桌盘腿坐下。烟瘾犯了，章杰儒打了个哈欠，探出一只手将清油灯盏灯头上的灯屎抹掉，小心地捻小捻子，从衣兜掏出一盒洋火，拈出一根黑头的洋火棍儿，斜对着盒子一侧的黑皮子噌地一擦，哧地扑起一团火苗，擩过去，油灯上登时扑闪出一颗晶莹如豆的火苗，几乎不冒烟毛儿。章杰儒瞅了瞅手里的洋火盒，觉得这玩意儿比起那磕磕打打、捺捺吹吹忙活半晌才可获取火种的火镰实在是进步多了，只是价钱不菲，平头百姓还是用不起的。去年，儿子从西安还给他捎回一个洋打火机，不怕潮不怕压，远比洋火邪乎贼乖，拇指捺住小轮轮轻轻一搓转，就莫名其妙腾起一团火苗！但他嫌弃那一股子汽油味搅瞎了兰州水烟纯朴、地道的品质，平日里揣在兜里并不使用，只有在思念儿子的时候或是逢着重要的适于炫示的场合才掏出来把玩。章杰儒拈一撮褐黄色的烟末擩到鼻头下嗅了嗅，喂进红铜水烟壶的烟钵里，就着灯头美美吸了一大口，随着烟壶里头呼噜噜的水响，粗大的鼻孔蹿出两柱烟气，飘飘摇摇四散开去。他进入惬意里。眼下，四百多石秋粮已然入仓，佃农们所欠粮、款大都收拢，几个嫌怨租利码子太硬的闹事的泥腿子被活逮住关进了水牢；这一年尽管风风雨雨的，可还是平平稳稳下来了。前两天，他亲自过手，将银佛坪一年的田亩收入和放印子钱等等的进项以及全部的出项在算盘上拨拉出来，盘算着过几天去安边叨咕叨咕。

章家老大门和老二门依然没有分家另过，大掌柜自然是章鸿儒，钱掌柜是章杰儒，琐屑之事，章鸿儒不闻不问，凡大事商议而决。章家家大业大，银佛坪立一本账，柠条原牙行立一本账，安边和定边的骡马店、钱庄、烟馆、田产又立几本账，章杰儒梳理得汤清水利，进项、出项从来不差一文钱。日常花费大口当然是老大门，仅只各房太太的月例就是一个惊人的数目，但章杰儒从不计较，在对内的事情上总以“大木头”的精神把握，宽容与严格并举，一大家子人在银钱上从来没有发生口舌和磕绊，婆姨女子早已习惯于按月领钱、超支不补的家规。章鸿儒投桃报李，大方厚道，在侄儿章廷祥的花费上不做限制，供书念字自不必言，当了团长领着丰厚的军饷仍给他按月寄钱，去年还花费一笔银子托起门子争取到去江西庐山军官训练团受训的机会，让他深造了一回。章廷芝花钱似马勺泼水，但自闯荡江湖多年间几乎不向家里伸手，收支自是一笔糊涂账，章杰儒也不去管闲事，不吃老本的买卖由着年轻人自己去做。在自立自强这一点上，章廷祥显然差着圪塄，他心如明镜。反正，操持一个大家业，维系一个大家庭，勺子碰碗总难避免，但章氏二兄弟以血脉亲情的根系为本，展示出灵活而非凡的驾驭手段和本领，一大家子紧紧盘结在一起，惹来外人不少羡慕。只有一个小小的变化，章杰儒小住安边时，嫌怨一群女眷和娃娃圪蛋的叽叽喳喳、惊惊乍乍、吵吵闹闹，给章鸿儒打了招呼，在西院子单另吃喝，可饭菜、汤水还是一锅舀出。

捋掐着这些家长里短的事，章杰儒忽然间感受到一种莫大的孤寂，扑嗒扑嗒翻着厚重的眼皮，发出一声长长的吁叹。此刻，想着老大门子孙满堂、红红火火，老二门却人丁不旺、冷冷清清，直后悔当初由着儿子的性子没有早早娶一房儿媳妇进门。虽说儿子已在关中那边娶了一房太太，并生了一个女儿，看照片也蛮活泼可爱，但他巴巴盼望的是从未谋面的儿媳妇能给老二门添个带把儿的，世古人说，不孝有三，无后为大！前些天终于盼得喜讯，儿子在家书中说媳妇又怀了身孕，且喜欢吃酸的。他兴奋得几夜睡不安稳，亲自挑拣了一大包肉头肥厚的干杏皮托人捎去，酸儿辣女嘛！可毕竟只是俚俗的讲究，没准头……

院子里传来惊惊怪怪的声音，蔺长财带着一个穿便衣的探子团丁喊过“报告”从门进来。“七大，不好哩，有生煞情况！”蔺长财面色惊慌。章杰儒白了他一眼：“你都奔四十的行货哩，还改不了火枪戳屁股的夙毛病！”“这回不一样，吴起那边来了红军部队，几千号人马！”蔺长财焦躁地嚷嚷着。章杰儒心里一惊，却面不改色，问道：“咋回事？”团丁急于显摆捞功，抢过话头说：“这事唯我清楚！”章杰儒从兜里摸出两颗福珠掷过去，骂道：“快说，你个尖嘴老鼠。”团丁两眼发绿，哈腰捡起地上滚跑的福珠，摇头晃脑地说：“晌午光景，从吴起西边川道拥来大股人马，起初根本分不清楚是什么路数。这些人一个个瘦得像麻柴秆子，一色长头发，如果不看胡子，分不清是男人还是婆姨；人人手里拄一根连土带泥的长家伙，粗看分不清是枪还是棍，细看才分清是枪不是棍；身上穿的都是夏天的单衣，颜色分不清，窟窿眼窍、泥糊汗渍的，像一大群讨吃子，有的裤腿掉了半截冷得不行就裹着烂铺盖一颠一颠走路……”“号了半天丧，不晓死了个谁，干嘴蛮子！”章杰儒不耐烦地大声呵斥，心里却一下一下地吃惊，脖子伸得似一只探食的老公鸡。团丁说：“从帽徽、领章上看，跟刘志丹的人马一个模样，他们一见到吴起镇墙壁上红军赤安县游击队留下的什么‘共产党万岁、红军万岁、打土豪分田地’的标语，人人欢马犊跳、大吼大叫，蚂蚁一样聚着围观，指指戳戳说什么，终于到了根据地啦！因此上看，保准是红军！只是一色操外地口音，像南蛮子，也有四川佬……”章杰儒琢磨半晌，猛然拍了一下炕桌，惊叫一声：“莫非是共产党的又一股南方红军过来啦？”

几声尖厉、急促的哨子响过，豹梁寨子的堞墙垛口内人头晃动，灯笼火把绕了一圈。章珍儒也获得消息，吭哧吭哧，带着水萝卜和一家老小奔上山来避难。自从牙行烧毁那年冬天，章珍儒和水萝卜便回到银佛坪，两人明铺夜盖宛如夫妻，章杰儒外出时就结伴上山相帮照应，得些赏钱，是寨子里的常客。水萝卜因为得了男人的滋润和慰藉，还勉强鲜艳着，没有枯败下去。这刻，她甩着松松垮垮的奶子，妖里妖气地嫌怨七舅舅安排给他们的两间房子没有生火烧炕，一副主人的口气。章杰儒烦躁不安，锐声喝道：“讨吃子还嫌糠散面？嫌冰锅冷灶就下山去，红军那头暖窑热炕！”章珍儒不计较砸脸的话，赶紧把水萝卜拽到一边，训斥说：“婆姨女子就这点见识，也不看看火烧眉毛？”章杰儒部署好防务，和蔺长财率领一股团丁连夜下山，捣门砸窗从附近村庄招来上百个佃农，直奔老宅，人背畜驮折腾到东方发白，才把几孔仓窑里的陈粮运进豹梁寨子。佃农们一人得了一升粮食的工酬，个个欢喜而去，有的还吼喊说，七老爷再有甚急活就言传！

晨光里，章杰儒独个来到东一排正中间的一孔大石窑前，打开门锁。里头除了一盘大掌炕，空空如也。这个神秘的地方，多少年间只打动过三回。头一回是当初章鸿儒投靠井岳秀时稍微动了一下。二回是计划在安边置业产建豪宅扎营盘，他和章鸿儒半夜里一搭上手，熬累了一宿，将大棺材里的金银财宝提走，只留下两大箱垫底。后一回，是他领着即将去关中接受改编的章廷芝和章廷祥二人过来，往大棺材里藏了一批用油纸封好的枪支弹药，棺材外头又抹了一层厚厚的腊猪油。章杰儒回想往事，心境难平，自言自语："章家就是落难落败哩，也能从这里一骨碌缘起！"他叹息着，从大石窑出来，望着吊挂在门上的大铁锁，心念闪动，毫不迟疑地把铁锁解下，一扬胳膊扔到窑顶上去了。

过了一天多，又传来惊人的消息：这支来路不明的队伍与尾追的马家军和东北军的骑兵部队在平台山下的几道川里打了一仗，追军溃败，一个团让包了扁食，两个团丢帽弃鞋逃走，上千号人做了俘虏，几百匹战马换了主家。探子团丁咂着舌头说："枪炮声山崩一样，震得耳朵发麻！"章杰儒脸色黑灰："枪炮密集，寨子上也听得清楚，刘志丹的部队没那么大的阵势！"

又苦挨过一天。晌午时分，豹梁山脚下出现十几个破衣烂衫的军人，抬着一挺马克沁重机枪和一门八二炮。章杰儒趴在垛口用望远镜观察，探子团丁凑近说："七老爷，吴起镇上来的人马就是这个邋遢样！"章杰儒喝令团丁全体进入阵地、子弹上膛！山下一股人停下来，一个带路的本地人大声喊着寨子里几个团丁的名字，说中央红军来哩，让他们趁早缴枪投降，免得当炮灰！几个被叫到名字的团丁大气不敢出。这时，一个红军战士操着四川腔呼喊："喂——我们是北上抗日的中央红军，赶快缴枪投降！红军政策宽大，优待俘虏！"章杰儒显然忧心团丁士气受到影响，见只有十几个当兵的，也不搭话，举起撸子朝山下放了两枪。那个红军战士哈哈笑开，骂道："龟儿子哟，你奶奶个×哟，你格老子啥子枪？老子啥子枪？"只见机枪手和炮手各就各位——嗒嗒嗒，一梭子重机枪子弹打上来，不偏不倚全数穿过章杰儒身胯的垛口，落在女墙上，石屑纷飞。接着，两发炮弹呼啸而至，巨大的爆炸声里，一截堞墙轰地倒塌，尘土飞扬。章杰儒吓得蜷缩进堑壕，团丁们惊唳着卧倒一片，这股红军却扬长去了。

这天晚上，寨子里灯火通明。章杰儒终于看透了眼前这一步的险事，决定放弃寨子。他口气从容冷峻，下令将凡可随身携带的值钱的东西统统搜翻打摞，点人头分摊给一百多号团丁、下人背负和驮运。并亲自上手，把所有的地契、借据和承租文书打包在一个箱子里，指定专人押运。蔺长财挥舞着手枪放下狠话："谁人头上的东西谁人负责，没了一根针，老子拧下你的干骷子！"三更天，结束了忙乱，章杰儒翻身上马，带领这一股半骑半步打着灯笼火把的人马出了寨门，绕道北上逃往安边。

水萝卜望着远去的章家人马跳脚大骂："这老驴日的硬生生把咱撇下不管哩！"章珍儒一头虚汗，走步打趔，却不愿在水萝卜跟前显出软弱，拍了拍腰间的撸子说："怕×甚！"水萝卜瞧着他滑稽的样子失笑出声："你也会打仗？听见枪响就尿裤裆的料子，还驴驹儿×打肚膛各自给各自宽心。"章珍儒强打精神，说："老七临走安顿让咱替他照看寨子，拍胸脯保证过两天就带人返回驮运粮食，捎带接走咱们，咱就是扛不起这副担子也得硬着头皮扛呀！红军人生地疏，不摸情况，这两天也不一定顾得上攻打寨子，即便打，老七留下的十几个团丁也不是吃干饭的；再说，红军说不准摊上紧急战事，过一半天就转移哩。"水萝卜用指头戳了一下他的脑门："你个肉脑，叫人卖了还相帮着数钱哩！"章珍儒沮丧地叹了一口气："你说得轻巧，老七是活人眼里擩锤头的主儿，不听他的摆布只怕当场就得挨枪子！依我看，红军纵然攻来，咱藏进崖窑，凭险据守，上不着天下不着地的，红军又不会飞檐走壁，还不是干瞪二十四眼？到时候老六、老七回来，那功劳可是不小！退一万步，让红军活逮住，咱就捣鬼说是避土匪的，反正咱手里也没有人命案子，大约莫没×事！”水萝卜惊奇他一肚子的算计，想想也有理，就不再抱怨，说：“后事是黑的，咱们也行动！”她指挥一家人打着灯笼到坡上坡下各处住屋搜翻值钱的财物和绸缎被褥，统统打包起来，通过暗道送入崖窑。瞅瞅东西拾掇得差不多了，水萝卜忽然拍了一下大腿，说：“老和尚，差点忘了大事，崖窑里头只有水井，总不能光喝冷水！”章珍儒笑道：“我的毛人人，还是你心细！”他呵斥一家人赶紧拾掇穰柴硬柴、锅碗瓢盆、米面肉食送进崖窑。

十几个老弱团丁一人得了章杰儒发给的两块银圆，又接受了死命令，起初还煞有介事地挎着枪四处巡查，发现水萝卜和章珍儒一家趁机下手捞油水，就互相戳拐拐、眨眼眼。待他们进入崖窑后，团丁们咕咕哝哝一气，嗷的一声散开，开始哄抢便宜，毡子毯子被子褥子裤子衫子罐子盆子勺子铲子乱七八糟一人卷裹了一大包背在身上，又各拎了米面袋子，一个个溜出了寨门。

第二天清晨，一个连的红军扛着枪、抬着炮从吴起镇出发向南疾行。进到山脚摆开架势，有当地人兴奋地跑颠过来报告了章家人马连夜出逃的情况。红军拥入寨子，搜查一遍，不见一个人影，只从水牢救出三四个浑身透湿、瑟瑟发抖的庄稼汉。几个红军战士见底院的两栋房子窗户封死，门上吊挂着大铁锁，一气砸开，顿时个个惊得瞠目结舌，又马驹子一样蹦跳撒欢，疯子似的放开嗓弦呐喊：“天哪——山一样多的粮食啊！”

据说，寨子的两栋大仓房里一摞摞一排排堆满毛线口袋，里头盛装的全部是干干净净的粮食颗籽，达数百石，即有二三十万斤之多。红军大部队和赤安县的游击队浩浩荡荡开来，马驮人背运往吴起，一小部分分给了当地群众，大部充作一个时期的军粮。中共中央和中央红军到达陕北之初最为头痛的问题之一——饿肚子问题得以解决。

半个世纪后，人们从解密的史料中获知，中共中央和中央军委当年是从甘肃哈达铺邮局的一张旧报纸上获悉陕北有刘志丹领导的红军部队和根据地，才决定折向东北经定边境进入镇边西南隅吴起镇这个地方的。而同样具有历史诡奇性且鲜为人知的是，攻打豹梁寨子的命令是中央军委主要负责人毛泽东在发给中国工农红军陕甘支队（即红一方面军）司令员彭德怀关于反击尾追之敌的电文中所提及的，派出部队的是第一纵队政委聂荣臻和参谋长左权。史料记载，中央红军把粮食搬走后，赤安县游击队组织数百名当地群众上山，将寨子里百十间建筑一把火烧毁，用镢头镐头锄头铁锨铁棒铁耙把寨墙四角的哨楼和绕连一圈的堞墙垛口统统毁废。饱受章家压榨苦害的佃农们还不解恨，又一齐上手挖塌黄土寨墙、放倒石砌寨门，这才歇心。游击队在破坏行动中得知不远处的崖窑里藏匿了一窝坏人，喊话劝降未果，又找不到暗道，就用一道长铁索将捆成小山泼油点燃的干柴捆子从崖顶缒至崖窑门口，烟熏火烧逼出章珍儒一家人和水萝卜，将章珍儒处决，其余释放。水萝卜惊吓过度，从此疯疯癫癫，身上的种种风流也撤退得无影无踪了。这疯婆子坐吃山空，卖光家产，四处漂泊，乞讨糊口。在新中国成立后的最后一回土改中，被划为贫农成分。

章廷芝率领警卫排三十余骑从绥德出发疾驰近二百里地，赶掌灯时光来到石湾镇，住进一家客栈吃喝、歇息。驻军岳连长接到报告，竟然大伤脑筋。章廷芝的大名如雷贯耳，只是无缘相识，如今对方恰巧路过，正可趁机攀扯结识；可他首先想到的是，井岳秀与高桂滋不和，双方部属鲜有接触，如此一来消息传扬出去，则出檐的椽头先折。他眉头紧锁，独自在连部来回踱步，先从大处进行考虑，觉得对方无论如何属于友军，章的军衔、职位又高出自己一截，不去拜望，显然失礼；再从对方角度看，自己如若回避不见，必定招来记恨、小觑，从此落下口唇话把，甚至结下死疙瘩；又从一个暗角斟酌，觉得老章家与井岳秀素有交情，人皆知之，自己与章家人见面似乎说得过去，总不至于招惹麻烦。可是说死说活姓章的毕竟又是高桂滋的部下！踌躇再三，看看夜色浓重，岳连长的眼睛忽然亮豁起来，拿定主意，从柜子里取出两瓷瓶老汾酒，掖在衣襟里悄悄出了门，环顾左右，除了哨兵不见一个人影，这才踏着猫步朝客栈摸去。

章廷芝大喜，拍了一下岳连长的肩膀，大大咧咧地说："岳贤弟，老井跟老高两个尿不到一个壶里，跟咱兄弟有×的相干？"说罢长笑。岳连长见他相貌英武、说话随便、一身粗犷，心生倾慕，赶紧赔着笑脸说："章营长果然豪气，名不虚传，今日得见，三生有幸！"章廷芝打发卫兵取来两个大碗，拔去裹了红绸子的塞子，举起酒瓶咕咚咕咚倒了两半大碗，把空酒瓶子丢在地上，说："走上一回，咱弟兄先碰上一家伙！"岳连长连忙端碗相迎，咣啷一声，章廷芝一仰脖子咕噜噜一口气喝完，把空碗蹾在桌子上，叹道："好酒！"岳连长惊叹之间，只得依样画葫芦，小口变大口、大口变小口，费了些时光终于喝完。章廷芝红光满面，兴致勃发，噌地又打开一瓶，就要倒酒时，却见岳连长哇的一声吐了一地，脸色煞白，瘫倒在地，不省人事。他扫兴地说："这㞞是个没×意思的人，快快抬走！"

章廷芝向客栈掌柜的打探青杨岔一带的情况，掌柜的不一会儿领来汪差长，说他路上路下人头熟，天黑才从青杨岔过来。章廷芝一声不响地盯着汪差长看，汪差长立在一边，毛骨悚然。一袋烟的工夫过去，章廷芝从兜里掏出一把银圆码到桌子上，又从裹腿拔出一把匕首噌地戳在一旁，铁青着脸说："我要青杨岔共匪跟区委、区政府驻地的详细情况！"汪差长三魂出窍，汗湿衣衫，掂量着那一摞白花花的银圆和冷光闪滑的匕首，很快做出了抉择。

三更天，汪差长骑一匹骡子在前头引路，一股剽悍的马队沿大理河西进，经大关口至卧牛城南转，直扑店家峁。

章廷芝自从投奔高桂滋那一天起心里就一直不舒脱，好似一只草原狼落进了陷阱。撇开闯荡江湖之初拥兵千员的黑军司令的身份不说，在正规、不太正规的部队里，他从二十出头起干过三回上校团长，而高桂滋只封了他一个小营长，黑军的帽子是摘下了，却再无所获，他觉得十分憋屈。高桂滋虽说肚子里文水不深，可治军严明，体恤部属，南征北战，腹有韬略，军中威望极高，章廷芝在绥德城里已深切感受到了这种凛然不可冒犯的虎威；团长、旅长又个个久经沙场、资历硬棒，一派军人气质。在这种有形无形的压力之下，他觉得自个儿被他人生生踩在了脚板底下。而所谓围剿陕北红军的行动更令他大失所望。高部入陕以来，以抢占地盘、据守防御为主，主动出击的机会十分稀少。即便如此，红军毫不留情，依靠游击队、地方干部和老百姓的通风报信，对高部的动向摸得一清二楚，东一嘴西一嘴啃光了八十四师约一个团的兵力。高桂滋日子难熬，不得不收缩兵力、重点防御。农历七月中旬，绥德老君殿①一战又伤元气。驻防绥德三皇峁寨子的一个步兵连受到游击队围困断了粮炊，出寨抢收秋麦时与刘志丹东进的主力红军先头部队红三团遭遇，半个时辰几乎被全歼。高桂滋恼羞成怒，电令两个步兵营和章廷芝骑兵营从老君殿突出，偷袭红军侧翼，贺钧年指挥红三团及后续部队实施反包围，双方激战一天，两个步兵营全部被歼，生俘三四百人。章廷芝折损了一个连的骑兵，黄昏时放弃阵地左冲右突脱出包围。行出五里地，又遇红军一个步兵营的迎头拦截，马队行将溃散，章廷芝亲率敢死队二十余骑虚张声势突袭红军后侧翼，力挽败局，撤回绥德。这原本是一场以少胜多、出奇制胜的突围战，高桂滋却不问青红皂白，手指他鼻子臭骂一顿，章廷芝也不辩解，又窝了一肚子火。

嗣后，他曾苦心潜研，推演出以游击战反制游击战、以运动战反制运动战的一套打法，偷出机会，当面向高桂滋进言献计，而高桂滋却沉默以对，不作褒贬，也未采纳，他为此大惑不解。蒋介石亲自部署的大规模围剿开始后，高桂滋消极应对，借口补

---

① 今属子洲县。

充休整将兵力进一步收缩至绥德、清涧两县，腾出地盘让给各路国军。井岳秀揪住小辫子到处散布说他与刘志丹私下达成了互不侵犯协议，双方于是展开了无休无止的口水战。章廷芝似有所悟，整天骂骂咧咧，说两只老公鸡鸽架，鸽来鸽去鸽下一地毛，倒让狐子沾了光！在漫长的休整、戒备状态里，章廷芝觉得自己的才智无从施展，升迁无望，而一出一入均受到严格的限制，陷于苦闷、彷徨的境地。绥德城中，严明的军纪约束官兵不得寻花问柳，章廷芝索性把自己关进军营借酒浇愁，终日喝得酩酊大醉，却又因违反戒酒令屡屡受到责罚，憋得他快要炸裂了。当前几天接到家书得知银佛坪老家已然陷落于红军之手，豹梁寨子毁废，五伯父吃了枪子，堆山的粮食被悉数抄没，一千几百亩河川地和大片山地统统让共产党分光踢尽，他怒火中烧，再也圪蹴不住了，就以老家被共产党抄没、父亲病重卧床为由告了长假，经过层层报批，终于获准回家探视。仿佛一只愤怒的老鹰脱出笼子，他发誓，此番归去定将施展手段给共产党一点颜色瞧瞧。一路运筹，决意凭借装备精良的警卫排先拿青杨岔开刀，出一口恶气。

黎明前的黑暗里。史兰兰单独住在庄子西头一户人家，一觉醒来，再睡不着，便腆着大肚子出去倒尿盆，想活动活动。从茅圈直起身子时，发现几个黑影悄悄从墙外掠过，心中一惊，拔出手枪，从一个豁口窥探。小道上人头晃动，伴有陌生的低声呼喝，一个挨着一个向庄子中央的区政府窑院窜去，几户人家传出狗吠。史兰兰确信这是一股子白军，一时心慌气短，不知如何是好。很快地，她蹑手蹑脚摸出院子，望空中放了一枪，朝对面山方向跑去。两个趴伏在路口墙角的黑影一闪而起，追了过去。史兰兰身子笨重，看看脱身不得，急中生智，佯装跌倒，一个黑影伸手抓来，她打出一枪，黑影惨叫一声倒地，另一个吓得拔腿逃走。史兰兰感觉肚子里一阵搅动，伴有轻微的疼痛，也顾不了许多，爬起来朝山上小步奔去。

和衣而卧的区委书记刘柱听到枪响，一骨碌爬起跳下土炕，掏出匣子枪，大呼一声："准备战斗！"区小队队长王振民和十来个游击队员、区干部从睡梦中惊醒，持枪的持枪、抄刀的抄刀，有的手执斧子或擀面杖，一齐向门口拥去，啪啪啪一阵枪响，四个冲出门槛的游击队员扑通扑通栽倒在地。章廷芝和章经武兵分两路轻松拿下庄头、庄尾和大门三处岗哨后已将窑院密匝匝包围起来，密集的子弹封锁了一进三开窑洞的门口。曙色朦胧里，枪声停歇，章经武隔着墙头发出一串阴冷的长笑，大声叫嚷："窑里的共党奓起耳朵听着，老子们是国军，把你们包了扁食，快快缴枪投降！"刘柱矮身窗台下，大声喊道："听口音是洛河川的老乡，我是刘砭庄的刘柱，有话跟你们承头的说！"说罢，紧握匣子枪瞄准墙头。章廷芝隔墙大笑："原来是刘柱兄弟，你的那点鬼八卦哄不了大哥，你是伺等我一探头就开枪吧？看在老乡的情面上，只要缴枪，饶你不死！"刘柱阴狠地骂道："果然是姓章的龟儿子，老子知道你狠，老子是共产党员、青杨区委书记，今天泼出了这条命，家仇、党仇一起报！你龟儿子有本事打进来！"双方对峙半晌，劝降无果。刘柱叫骂不休，命令封死了窑门。章廷芝大怒，下令强攻。在两挺轻机枪的掩护下，这股悍兵齐声呐喊，发起冲锋，刘柱和王振民指挥游击队员从窗口一齐射击，院子里倒下五六具尸体。喊杀声里，窑门被手榴弹炸碎，悍兵拥入，眨眼工夫，窑里尽是横七竖八血肉模糊的尸体。章经武提着冒烟的匣子枪来回搜寻活人，见刘柱的眼睛瞪得圆啾啾的，又朝头上补了一枪。刘柱的尸体下头覆压了一个十六七岁的游击队员，眼睛闭着，脸上、脖子上沾满血水，章经武发现刘柱两只手红涝涝的，冷笑一声，一脚踢开尸体，骂道："一个临死还硬充好汉护犊子，一个还躺在那里给老子装死！"话音未绝，小游击队员一冲而起向外逃去，章经武追到院子里连开三枪，小游击队员趔趔趄趄挣扎着，口里妈呀妈呀哭叫了几声，双手向前探了几探，倒地死去。

当庄子西头大道旁的柳树股杈上悬挂起十几颗人头的时候，汪差长眼睛血红，突然从一个茅圈圪崂蹿出，疯狗似的飞下沟畔，沿沟道狂奔而去，一边呜里哇啦乱喊乱叫。据说，这个精明过人的邮差从此变成了愣疯子，一天，独自狂奔时失足跌落悬崖活活掼死了。

章廷芝这趟探家对六姨太分外热乎，三天两头黏着缠着，还把一支从绥德城里置买的缀了两颗翡翠珠子的金凤簪送给了她，惹得几房太太个个眼热。梅婷虽然没有受到冷落，但掰着指头数了又数，同房的回数硬是不及，心里好生气恼。这一晚梅婷轮班坐庄，从后晌就涂唇描眉开始打扮，衣裳试了一套又一套，发型改了一回又一回，总难称心。她思来想去，干脆着一袭白绸子睡衣，洗去脂粉，取清水芙蓉之效。章廷芝进门果然大感陌生，捏着她的脸蛋儿说："若要美，穿蝉衣；若要俏，女穿孝！"梅婷很是得意，问他从自己身上闻到一股什么味儿？章廷芝嗅了嗅说："人肉味儿，老子稀罕！"梅婷依偎在这个心爱的大男人怀里，撒娇说："咿呀，咿呀，人家也想要一支跟老六一模一样的凤簪！"章廷芝说："就一支，给了老六。"梅婷嗔怪说："人家给你生了个又白又壮的胖小子，老六一个穷寡妇出身，至今没给你添个一男半女，凭什么强人家一头！"章廷芝不语。梅婷把脑袋抵在他的肚子上，甩动披散的长发骚扰、撩拨，又探出手搔弄胳肢窝儿，章廷芝心旌飘曳，激情飞荡，就要上身，梅婷却抵住捺住夹住掐住不准逼近。章廷芝见她风情无限，甚是喜欢，乖哄说下一回保准买一支！梅婷却拉下脸子，大声吵吵："迟哩迟哩迟哩迟哩，你个没良心的，讨厌死人哩，人家不要哩！""那你要甚？"章廷芝问。梅婷娇痴道："人家就要你的人……什么时候你是人家一个人的就好哩！"章廷芝不禁心动，亲了她一嘴。

第二天早间，老爷、大太太、二太太、三太太、大少爷、雨枝和大少奶奶还有两个嫡出的娃娃照例围坐在一张圆桌旁用早餐，其他的姨太太、娃娃伙在另一张桌子上。这头个个正襟危坐，不苟言笑，有相互搛菜、舀汤的礼让和尊严、庄重的轻咳以及细嚼慢咽的柔和的声响，那头却是另一番景象。梅婷盯着六姨太发髻上的金凤簪，啐了一口，转过头说：“某些人头上戴个烂花花，日能得不知天高地厚，真是恶心死人！”四姨太、五姨太、蔺姑娘头上都戴了式样各异的发簪，不明所指，面面相觑。梅婷来去眨眼，说：“我不是说你们三个。”六姨太红了脸颊，却不敢吭气。梅婷不依不饶，乜斜了她一眼，大声说：“个别人出身寒酸，大字不识，命硬克夫，一副乡巴佬的邋遢相，一朵花花栽在了牛粪上。”四姨太几个哧哧乱笑。六姨太终于忍耐不住，急赤白脸地说：“三姐，说话跟喉咽子商量一下！”梅婷瞪了她一眼，坚决予以回击：“着冷的先闭门，我点名道姓来哩？你个搐鼻子骡子，不会下驹子，倒会下迷魂药！”六姨太气得脸色煞白，颤颤抖抖说：“你出身高贵，你金枝玉叶，你会下驹子，行了吧？凭什么挖苦人、欺负人！”梅婷见一向软弱的六姨太竟敢跟自己顶嘴，气歪了脸，探起身子掼了她一个耳光，却把盆碗碟勺碰落桌子，发出一串叮叮当当噼噼啪啪的脆响，米汤、小菜撒泼了一地；几个碎脑子惊叫着四散躲开，立在一侧侍应的丫鬟、奶妈慌忙上前一个个抱住搂住。六姨太可怜巴巴地望了一眼隔桌子的章廷芝，趴在那里嘤嘤嘤哭泣起来。章鸿儒撅着山羊胡子，瞪了章廷芝一眼，气哼哼地骂道：“狗咬架哩，什么㞞场伙！”撇下碗筷出去了。大太太捂着胸口，絮叨说：“妈妈老子吔爷爷嬷嬷吔，三六九天天吵、天天闹，麻烦得老娘活不成哩！”王雅芝赶紧搀扶着离开。二太太和三太太都不是惹事的人，谁也不作声，厮跟着走出饭厅。雨枝忙着去学校，边走边嚷嚷：“净是些什么人，造得人连个早饭也吃不成！”章廷芝一脸怒容走过来，揪住梅婷的脑袋，啪啪扇了两个大耳光。梅婷夸张地号啕着，章廷芝啪啪又是两个耳光，骂道：“你个贱骷子，多挨两个长点记性！黑老鸹笑猪黑，再瞎骚情，平地起圪塄变裂子，老子把你卖到窑子里头！”

章家东正院的东耳间里，大郎猫抱着前爪假寐，鼻头翕张，悠然吸食着一缕缕芳香的烟气。这只猫连年发福，体重增长到近二十斤，动作迟慢，已失去捕鼠的本领，一天从早到晚吃了睡、睡了吃，无聊的时候小老虎似的跟在章鸿儒的尻子后头院里院外转圈圈。它的洋烟瘾达到可怖的程度，一天不吸，无精打采、拒绝吃喝，还烟鬼似的打哈欠、流鼻涕，头摇腿软站立不起。章鸿儒吸一口洋烟就没了脾气，看着什么也顺眼，他爱怜地瞅着大郎猫，把一口烟喷到它的脸上，大郎猫立时睁开亮锃锃绿哇哇的眼睛，神采奕奕，喵儿低鸣一声，乖巧地摇摆灰褐色的长尾向主人献媚。这间耳房是章家新隔开的一个密室，也盘了火炕，摆了桌儿，窗户上蒙着黑色的洋布，大白天里头黑洞洞的，靠点灯照亮，章鸿儒吸烟进入幻境时曾给取了个“聊斋”的雅号。这刻，外头轻轻叩门，章鸿儒微微皱眉，嗯了一声。章廷芝眨巴着酷似父亲的倒三角的眼睛，端了一个瓷火盆进来。天气渐寒，前些时候，他特意从外地捎买了木炭，这趟带回，好让父母冬日暖家暖手。炭火不旺不熄，却有烘烘热气散开，几乎不冒烟毛儿，有灰白的炭灰齐匝匝覆裹在上头，不因燃烧过了而变形走样，纹脉清晰可辨。见儿子尽孝心，章鸿儒脸色慈祥和蔼起来，示意他坐下。章廷芝凑到父亲跟前，他晓得刚才饭桌上的事惹得老爷子不高兴，一边摩挲着大郎猫，一边赔着笑脸搭讪：“大，这猫子身上光溜溜肉腻腻的，一派虎相，是咱家的福星。”章鸿儒长叹一声，说：“银佛坪老祖宗的百年基业也丢哩，还福个甚！”说着耸了耸脊背，去找竹手挠痒痒。“我给你挠。”章廷芝脱鞋上炕，跪下来，待父亲仄歪在枕头上，撩起衣襟，把手伸进后背，轻轻挠起来。章鸿儒告诉发痒的位置，挠中了，他哎哎地叫着，舒服得嘴一咧一咧。章廷芝见父亲心情转好，这才信心满满地说：“大，你放心，山背后日子长，银佛坪从前姓章，迟早还得姓章！”章鸿儒摇摇头，说：“难，难哪！十万国军都奈何不了刘志丹共党，何况共党的中央红军又过来两拨，说不准后头还有！这共产党简直就是个从石卵爆出的孙猴子，烟熏、油炸、火炼、刀砍、水淹、毒攻，咋样都弄不死，除非如来佛出山！”章廷芝不以为然，说：“出水才看两腿泥。蒋委员长手里攥了几百万大军，把南方的共产党老窝端哩，杀了几十万共党。这不，一股子中央红军叫几十万国军从江西瑞金追起身，一口气追撵了两三万里，爬雪山过草地，吃野菜啃皮带，死伤好几万人马，鼠窜十一省界，最后命大的一拨逃到了陕北这个狗不尿尿的穷地方，成了秋后的蚂蚱，还能蹦跶几天！”儿子的一席话有如醍醐灌顶，章鸿儒眼睛大睁，心里的灰冷一扫而光，一骨碌坐起，收拾了烟具，气昂昂地说：“廷芝，大一辈子强人，这些天脑子变成了糨子，倒日鬼日怪心灰哩，真是猫老不逼鼠！快快叫你七大过来，把你前几天叨咕的策反计划再议一议，咱瞅准他致命的死穴下狠手！”

# 第二十三章

飕飕的寒风里，一个衣履破烂的老汉子骑一头黑叫驴在新城堡一带转圈子，到处打问侄儿子的下落，自称从宁塞堡过来，是宗云鹞的叔父。天傍黑时，终于被一股挎枪的连人带驴接走，头上蒙了黑布套，三绕两绕，拐向一个叫曹元峁的小庄子。

一孔土窑里。宗云鹞神色焦躁，独自踅来踅去，心中充满恐惧，鹰钩鼻子上沁出一层虚汗。他一根连一根吸着旱烟卷，右手食指和中指让烟气熏得发黄发焦。窑洞里灰蒙蒙的，旱烟气味浓烈，并搅混着汗臭。这一向，形势变化太快，惊人的消息一个挨着一个，而这封炸弹一样的信件却鬼使神差落到自己的手中，他庆幸一个偶然滑过的念头和一个小小的动作竟然获取了抉择命运的先机，甚至以为冥冥之中似有神助。整整一个后晌，他翻搅在恐惧与窃喜里，努力控制、梳理纷乱的心绪，绞尽脑汁细细琢磨事发的前因后果，做出种种必要的假设和判断，以确定生死攸关的下一步路。

晌午时光，陕甘晋省委的交通员匆匆赶来，殷书记恰巧带着几个人下乡去了，一时难以寻找，交通员忙着去下一站，就把一封信交给宗队长，叮嘱尽快转交、不得有误。受一种猎奇探幽心理的驱使，宗云鹞大着胆子用一根针头拨开封口，偷看了信件。这是省“肃反”机关下发的关于调离职位、安排宗云鹞和景凌二人去瓦窑堡参加整顿学习的一个通知，信中约略提及这项决定是根据基层反映而为。宗云鹞大惊，心里冒出的第一个念头就是“肃反”机关将要对自己和景凌下黑手！

二十多天前，殷书记从瓦窑堡安然返回，传达了中共中央最高层领导和中央红军到达陕北的相关情况，称中央刚刚抵达吴起即获悉陕北正在大搞“肃反”，刘志丹被捕下狱，当即派出一个三人小组直抵瓦窑堡，下令停止捕人、刀下留人。中央机关随后转移过来，对陕甘晋省委提出严肃批评，决定将刘志丹等一批被捕的西北党、政、军各级负责人释放出狱，并陆续分配了工作，也包括他自己在内。宗云鹞清晰地记得，情况通报会上，殷书记一副激动、兴奋的模样，强调党中央和中央红军进入陕北，革命形势必将发生和迎来重大转折，要求全体干部放下包袱，增进团结，凝聚力量，打出抗日救国的旗号，怀着必胜的信念一如既往去开创新的局面。此刻，宗云鹞大为困惑，既然中央下令停止“肃反”，为什么上级还要让他和景凌去瓦窑堡参加整顿学习？瓦窑堡可不是一个好去处——据小道消息，在中央下令之前的一段极短时间内，“肃反”机关在这个地方大开杀戒，刀砍、活埋各级干部二百余人（实际处决地点分散于苏区各地；此数字引自相关文献资料）！他苦思冥想，脑子里腾地钻出来一个人。不久前，原“肃反”机关的巡视员朱洪英到镇边县考察、调研了几天，殷书记恭恭敬敬一路陪同。朱洪英戴一副玳瑁眼镜，文质彬彬，不苟言笑，据说，他早年入党，念过大学，理论水平高深，在党内有很硬的资历，是一个有名的布尔什维克。朱洪英考察了地方武装，指示一要抓好组织纯洁，二要大力扩展队伍，对目前状况表示了不满。特别对宗云鹞、景凌几个带兵的干部开口闭口讲粗话颇为计较，曾当面批评了几回，说这就是典型的土匪习气，一个共产党员怎么能够出口带“×”字！

宗云鹞记得，景凌热蒸现卖当场表态说：“朱巡视员高见，我一定改正！保证今后严严肃肃再不瞎说×哩，就怕一时半会儿改

×不了！”由此遭到朱洪英更加严厉的斥责，称这种素质的领导干部亟须安排学习改造！多亏殷书记打圆场才下了台。景凌下来还不住气地嘟哝：“说×个屄话还挨×一顿头子，×的！”他现在怀疑，这封信就出自朱洪英之手。如若单为一个“×”字而来，陕北土话三句不离“×”，显然问题不大。可是，“基层反映”又是什么意思？为什么还要调离岗位？看来事情绝没有这么简单。捋来捋去，结论只有一个，那就是自己和景凌被人检举告发了！闹革命的日子清汤寡水，一月两月吃一顿肉还要一人一勺子分着吃，至于女人更是想都不敢想；他和景凌打熬不住，土改中趁机大吃二喝、发点小财甚至胁迫地主小老婆陪睡的事情偷偷摸摸干过几回。当时做得里包外裹风雨不漏，他始终捋掐不清是哪个环节露了马脚，算计来算计去，依旧云中雾中，觉得时间紧迫、亟待决断，纠缠在这上头已然失去了意义。

一个念头在宗云鹞的心里闪闪烁烁，挥之不去，接近于孵化破壳了。几天前，县委紧急通报了“青杨区事件”，当即任命徐兽医为新的区委书记，和王振国一道去青杨岔负责重建工作。殷书记声泪俱下地痛斥了章廷芝惨无人道的行径，要求各区吸取血淋淋的教训，把自身安全摆在重要位置，区、乡机关不得久居一地，做到三日一倒、五日一换，甚至一日几迁。种种迹象显示，章廷芝、张自立这一方势力重振旗鼓，利用大围剿的时机，形成遮蔽日月的云头，挟风带雨滚滚而来。眼前形势大幅变化更趋险恶，国民党多方合力势如猛虎占据绝对上风，共产党风雨飘摇、前程未卜，虽说西北红军和中央红军接连取得了“榆林桥”“割尾巴”和“直罗镇”等几场大胜仗，但毕竟脱不开绝对的弱势和险境，是该到一槌定音、打当前程的时候了！宗云鹞顺着投奔章廷芝的念头捋掐下去，还是心存忌惮、疑虑重重：自己和景凌两番背叛，章家曾放风要割了他俩的卵筋、点了他俩的天灯，连做了半辈子管家的父亲也受到牵累被章家踢出大门撵回老家去了；反水投奔，章家自然喜出望外，怕只怕他们一把砂糖一把屎秋后算账！

这个时候，景凌从庄子另一头警卫连的驻地赶过来。一进门，从怀里掏弄出一葫芦酒，摇头晃脑地嚷嚷：“宗哥，你鼻子好尖，兄弟日晃了半后晌才弄到一葫芦烧酒，倒叫你闻到味儿哩！”宗云鹞烦躁地低声呵斥：“刀尖都戳在锁喉上哩，你还有心思喝酒！”他将信件递了过去。景凌看毕大惊失色虚汗如注，酒葫芦哐地掉在地上。他一把拽住宗云鹞的衣襟问道：“去还是不去？”宗云鹞将酒葫芦踢到一边，说：“我哪里晓得？这不是专门把你叫过来商量！”景凌抖作一团，说：“毫无疑问，咱是叫人家告了黑状……依我看，坦白从宽、抗拒从严，咱不如先向殷书记主动交代，过一两天再把信转给他，争得主动。就那一点屄事，大不了背个处分！”宗云鹞连连摇头：“只怕是坦白从严、抗拒从宽！你也不看看风头？前一阵子瓦窑堡指令大杀 AB 团，刀砍、活埋了一茬人，咱的问题只怕比那什么 AB 团还要严重！”景凌抱着一丝希望，说：“当初是殷书记软磨硬泡把咱两个拉进共产党这头，又是咱的入党介绍人，一直关照袒护，私人关系热乎，总会想方子通融的，大事化小、小事化了……”

宗云鹞冷笑一声：“倒眼窝小子，殷书记是一个真共产党，眼里揉不进沙子，如果让他晓得你我干的那些瞎瞎事，还不活剥了咱的皮！共产党的纪律可是铁打的！”景凌恨恨地说：“当初干那些事保密到了家，咋会有人检举？是哪个瞎孙做这号戹黑水事？敢是姓徐的？”宗云鹞摇摇头说：“不会。徐壮民尽管眼里揉不进咱，可一直不跟咱一搭共事搅和，不了解具体情况。再说，他那个擀杖气性，一旦晓得，只怕当面就撕破脸皮、枪脑子搁在头上，还能伺等到这会儿？”景凌说：“那是谁？”宗云鹞白了他一眼：“现时说这个还有 × 的用场？”景凌拍了一下脑壳，说：“对，叨咕这个没 × 用哩！咱不如先把信件扣下，或者烧毁，殷书记不知情，看看风头再作定夺吧！”宗云鹞说：“这个自然。可纸包不住火，迟早要露馅子，当紧的是下一步棋！”“在这强权的世上，咱这号小人物要想活得逍遥，唯一的选择是揭下脸皮做人；人一没脸就天不怕地不怕，就打开了一个新世界!”景凌感慨着，黄眼珠子滴溜溜转悠一气，用指头戳了一下宗云鹞的腰肋，压低嗓弦说：“宗哥，咱反水，夜里偷偷拉出人马溜之大吉，再投奔大少爷去!”宗云鹞苦着脸说：“章家四只虎个个刀子客，最记恨背叛他们的人；即便事成，肯收留咱，只怕过后翻脸不认人!”景凌沮丧地垂下脑袋：“我的脑大哩，一切听宗哥的，你说走东就走东，你说走西就走西!”宗云鹞扔掉烟头，用脚蹍碎，骂道：“日他妈！想得他老子脑仁子疼，反正不能腆在那里挨锤杖，大不了老子再当一回山大王！咱们这就动手联络弟兄们，瞅准殷书记不在的空子脱身!”

门外响起杂沓的脚步声，宗云鹞和景凌抄枪在手，一声“报告”，二人才松了一口气。游击队的几个战士带着老汉子进来，抹去头上的黑布套，报告完情况就出去了。宗管家揉着深陷的眼窝，嘟哝说：“天寒地冻到处寻不着人，临了还来个驴蒙眼，可是遭了大罪!”宗云鹞瞅着父亲一身褴褛的衣裳，叹了一口气，说：“大，你老糊涂哩？我多会儿变成了你的侄儿子？看看你这身破烂，咱家的光景总不至于穷到这个象况!”宗管家连连眨眼，小声说：“愣羔羔，悄悄地，大吃过的咸盐比你吃过的黄米还多，大是专故儿这么玄谎的……”他打量着景凌，眼神里闪烁着几丝犹疑，把话头闸住。宗云鹞给父亲倒了一缸子滚水，递过一个窝头，说：“快上炕暖和暖和，先垫巴垫巴。”宗管家爬上炕，转身接过黑黝黝的窝头，瞟了一眼，惊异地说：“羔羔，你一天就啃这个狗也不吃的东西？老子还当你做了共产党的官成天吃硬菜喝洋酒哩!”宗云鹞苦笑一声，岔开话题，说：“大，景凌你又不是不晓得，自小是我的铁杆兄弟，不用提防。没当紧事你也不会大老远趱赶过来，有甚事快说。”宗管家舒了一口气，把窝头丢在一边，抹下破棉帽，用手梳了梳几绺稀疏的头发，端起缸子，徐徐吹着热气，喝了一小口，又不放心地望着窗户，问道：“云鹞，景贤侄，外头没耳朵吧?”宗云鹞感觉父亲大有来头，走出窑门借故将大门口的岗哨撤到院墙外头。反身回来，紧张地点燃一根烟卷。宗管家捏住长大的鼻头，左右干擤了两下，从内衣口袋摸出一个漂亮的盒子，取出两根粗大的雪茄烟卷，给儿子和景凌一人丢了一根。自个儿点燃一根，深深吸了一口，吐出几个滚动逃窜的烟圈，拿起架势，问道："见过没？洋货！"宗云鹞和景凌稀罕地嗅着雪茄，舍不得抽，不约而同揣进衣兜。宗管家瞥了他俩一眼，说："猜猜，老子现时是什么身份？"宗云鹞犯急，催促说："大，你不要拿摆哩，藏头露尾的，快说正经的！"宗管家得意地说："人走运，尿尿拾钱！前几天，大少爷打发人过来，把我请到安边堡章家大院，跟六老爷、七老爷海吃海喝了一回，如今老子又当了大管家，又在那两头狮子把守的石门楼里直出直入哩！"宗云鹞二人咦了一声。宗管家笑眯眯地解开裤带摸索半晌，掏出一个荷包，从里头夹出两张银票，就着灯火舒展开票面，眼里绿光闪闪："两个浑小子，瞎驴碰草垛，瞅瞅，白花花的一千大洋！"宗云鹞和景凌瞪着绿哇哇的眼睛，摸不着头脑。宗管家压低嗓门说："这是大少爷赏给你二人的，一人五百！六老爷、七老爷当时都在场，都唾痰落地下了硬话——免你二人浑身无罪，要你二人武装反水拉出队伍！"宗云鹞和景凌瞌睡等上个枕头，惊喜得张大嘴巴，久久不拢……

趁着景凌出门小解，宗管家俯在儿子耳朵上说："大少爷亲口答应，若是斩杀了共党首脑，单另赏给你小子一房俊婆姨！"宗云鹞睁圆眼睛，急忙问道："六姨太？"宗管家瞪了儿子一眼："灰样，没出息，那是人家用过的。你也老大不小哩，老子等着抱孙子哩！"宗云鹞嘿嘿笑着，心荡神驰。这时，门外传来一声"报告"，县委的大师傅端着一盆冒着热气的面条进来，说是殷书记下乡回来得知宗队长的叔父来哩，特意吩咐灶上做了一盆肉臊子面款待。宗管家饿急，也不客气，端起盆子吸溜溜吃喝起来。宗云鹞瞅着平时难得一见的肉臊子面，心里一时不是滋味，长长吁了一口气。

送走大师傅回来，宗云鹞瞥一眼景凌花花哨哨淋了尿滴子的裤子，皱起眉头训斥："连尿一泡尿都趱赶，真是二两铁皮锤的个锅，又浅又薄又忽腆！这回可是人命关天，你不敢尿尿不捉鸡儿——耍大拉子，一旦走漏消息误了大事，老子捅你个三刀六洞！”景凌拍着胸脯说：“放你一百二十个心，兄弟晓得轻重！”两人头对头坐下，凶巴巴地抽着雪茄烟，嘀咕起来，宗云鹞脸色愈来愈显阴毒，景凌头上沁出一层又一层虚汗。宗管家呼呼入睡的时光，两人计议出了眉目，宗云鹞叮嘱景凌将两年间土改中伙藏的二百多块银圆全部取出带在身上，作为收买部下的费用。景凌不甚情愿，呢呢喃喃说这钱是咱冒了杀头的风险积攒下的，将来得由大少爷掏腰包补上！宗云鹞不屑地说：“舍不得娃子套不着狼，咱要把天戳个窟窿，还顾得上计较这些！”景凌终究有些底虚，说：“咱两下的人手大多数是从前的旧部，班、排一级的骨干里没插进外人，咱指哪打哪问题不大，只是还有一些新兵蛋子跟个别领导，怕指靠不上！”宗云鹞蛮有把握：“当兵的解开个×？起事那天，临阵发大洋，就宣称执行上级的肃反密令，统一行动！”景凌说：“若是到时候有人乱喊乱叫或是不听从指挥咋闹？”宗云鹞甩下一句狠话：“谁敢奓芽子，一律就地刀砍、枪决！”

十一月初二黄昏时光，章廷芝带领一百余人的马队开进柠条原镇。新建的章记牙行后院的厩棚小，容纳不下过多的马匹，他和警卫排一股人住进泰和居客栈，团丁们散住进牙行后院和几家客栈、骡马店。章廷芝特意携带礼品拜谒了李函玉，说别家客店属于征用，店脚钱一律不付，唯独泰和居例外，一文不少！石掌柜放下心，吆喝伙计好生伺候。

张自立接到警察局局长张桂生的报告，颇有些意外。章廷芝血洗店家峁替他出了一口恶浊之气，他曾携带重礼专程前往安边拜望过一回，此番章廷芝不打招呼带兵过来，不知葫芦里卖的什么药？他在县政府后院的家里琢磨半晌，决定放下县长的架子亲自登门拜访，探个究竟。张桂生打发人去镇上备办回一坛上好的山西杏花村酒和几条哈德门纸烟。几个人就要出门，打扮一新的张太太披了一件高领罩面的儿毛筒子乐颠颠出来，嚷嚷着也要过去串门儿。张自立觉得太太的交际手腕不弱，欣然答应。

当张自立得知今夜新城堡共产党的老窝子将发生一场武装叛变，激动得浑身打战、泪水盈眶，对章廷芝肃然起敬，当即表示一旦事成县政府将拿出一千大洋予以重赏！章廷芝意气风发，打开酒坛倒了两半碗。张自立自知酒量不行却毫不为难一碰而尽，就此口歪眼斜跌入醉乡，随当由张桂生派人抬着送回家去了。张太太照例展现了出轨女人的灵活性和狡猾性，借口张县长安顿了当紧事要和章营长单独叨咕叨咕迟走一步，支开张桂生几个既嗜酒又欲套近乎的瓷楦子，排除干扰，成功地单独留了下来。二人你亲我爱，调笑逗打，又在客房里头嘻嘻哼哼闹腾了一趟子。

深夜，一宗经深度发酵的惊天大案在三边高原发生了。

宗云鹞和景凌开完密会，于夜色浓重时率队包围了曹元峁垴畔山的一处窑院。宗云鹞带几个人大模大样直端进了殷书记住的窑洞，里头却只有大师傅一个人，他有些吃惊，打问殷书记和保卫队的去向，大师傅说天黑才走，不知去了哪里。趁大师傅转身倒水之际，宗云鹞照准他的太阳穴一拳打去，大师傅跌倒昏死，随即被捆绑起来，嘴里塞了烂布。隔壁一孔窑洞里住着陕北游击队一个养伤的姓白的骑兵连长，宗云鹞进去时白连长已被景凌一股人制服，正惊恐无助，见他进来，嚷叫着求救，说自己不是什么 AB 团！宗云鹞眼露凶光，也不搭话，拔出匕首噌地戳向他的心窝，搅动几下，白连长喷了他一脸的血水，在痉挛中死去。宗云鹞用袖子抹去脸上的血污，从锅台下拉出一把斧镰子，丢到地上，冲景凌喝道："拉出去，剁下人头！"景凌胆寒，朝后退缩，宗云鹞掏出手枪对准他的脑袋："剁不剁?"景凌心筛肉战，拾起斧镰子，和另两个人将尸体拖拽出去。少顷，外边响起骇人的砍剁声和血腥逼迫的呕吐声。宗云鹞在窑里翻箱倒柜，毫无所获，来到院子里，将人头嗵地撇进袋子，声嘶力竭地吼道："见了当官的，一律割头!”一阵尖厉的哨子响过，一百多号人向县游击大队队部和二中队驻地跌哨台扑去。

暗淡的灯火下，游击大队和二中队的三个主要领导正盘腿坐在炕上说说笑笑，宗云鹞带人闯入，一通乱枪，三个人倒在血泊中。景凌已然胆壮，鬼魅的身影在院子里闪晃，声情并茂地嚷叫着执行上级肃反密令的话语，下令大队部、二中队全体紧急集合。不等队列站好，叛兵一拥而上全部缴械。有两个排长不服，大呼冤枉，景凌开枪击毙，下令将队员统统捆绑起来。叛兵翻遍整个庄子，依然没有找到殷书记的踪影。正焦躁间，宗云鹞拍了一下脑壳，兴奋地叫道:“沙坬沟!”昨天，他曾听说中央从瓦窑堡派来一个姓曹的三边特委①书记，在沙坬沟一带活动，当时一头臭汗一门心思忙于串连结党的大事，并未在意，想来殷书记必定去了那里。宗云鹞下令抬来一口铡刀，吼叫一声:“小子娃娃上!”叛兵晓得斩下人头就有赏钱，胆子大的争相上前，铡刀、砍刀、斧镰子一齐上，五具尸体上的人头眨眼落地，统统装进一条毛线口袋里。又一声尖厉的哨子响过，这股叛军摸黑朝数十里外的沙坬沟窜去。

拂晓时光，叛军将几处窑院悄悄包围，凭借熟头熟脸轻易近身，刀劈了几道岗哨，破门而入。景凌一股拥入一孔土窑，一顿乱枪击毙了炕上几个从睡梦里惊醒的县委、县政府的干部，又窜往别的窑洞。殷书记住在一孔拐窑里，早被几杆长枪抵住，贼亮的手电光下，只见他用自己的身体遮挡着身畔一个浓眉大眼、威严沉静的陌生人，望着宗云鹞厉声喝道:“你……你要干什么?!”宗云鹞一声阴鸷的长啸，说:“殷书记，对不起哩，我不杀你们，你们就要杀我!”说罢，从兜里掏出信件扬了扬，抬手一枪向陌生人头部打去，那人身子晃了晃，慢慢倒了下去。殷书记眼眶裂开，

---

① 中共三边特委初次组建即遭破毁；1936 年 10 月再设，次年 5 月撤销，10 月恢复，12 月改称“三边分委”；1942 年后改称“三边地委”。

眼角流出红涔涔的血水，抱着尸体大呼一声："曹书记啊！对不起您哪！我是个罪人！是我瞎了眼！"宗云鹞一脸凶恶的神色向殷书记逼近，枪口对准了后脑勺，说："殷书记，这辈子欠了你的一份情谊，下辈子还吧！我给你来个快刑，免得受罪！"说完，扣动扳机，嘣的一声，殷书记倒伏，两只眼睛依然大睁着，滴流着黏稠的血水。

叛军解除了县保卫队二十多号人的武装，枪杀了曹书记的几个随行人员和保卫队的队长、副队长，抄没了县政府积蓄的几百块银圆，搜走县委的几份文件、档案。宗云鹞下令将曹书记、殷书记等十多个毙命的领导干部一律斩首！又是一阵血腥的砍剁，人头一颗一颗分装进几条毛线口袋。当日，这股叛军在潜往柠条原途中，又顺道践踏了新城区政府，将县、区七名干部绑架。区委书记谢宝堂下乡在外幸免于难。

史料表明，这位罹难的曹书记，化名曹流，真名谢维俊，湖南人，时年二十八岁。曾任毛泽东的早期秘书，也是中国共产党早期的优秀党员和卓越而著名的高级领导干部，并擅长书写风格苍劲的毛笔大字。中共中央进驻瓦窑堡后，谢维俊出任三边特委书记兼剿匪总指挥。据说，消息传到瓦窑堡，毛泽东震惊不已，邓小平仰天长叹，李维汉大放悲声。七八年之后，林伯渠曾在延安作诗怀念："偶忆往事便心惊，谢毛邓古①剩小平；割截人情读八股，江西路线有罗明。"

柠条原。半后晌时光，宗云鹞和景凌带领一百多号半骑半步的叛兵进入南街口，后头押解着七个反缚双手的红区干部。迎候多时的张桂生一声吆喝，街头噼里啪啦炮仗大作，硝烟腾腾。围观的人群挤满街巷，警察手执黑棒子分散开来维持秩序。几声军号响过，一股头脑人物拥来，章廷芝阔步在前，张自立、赵天孝几个碎步在后，一齐鼓掌相迎；章家人马和八十六师驻军连队、

① "谢毛邓古"即谢维俊、毛泽覃、邓小平、古柏。

县保安队及各民团官兵们在街道两侧排成齐整的队列，全体行军礼。张自立抢前两步，紧紧攥住宗云鹞的手，连声说："宗英雄，奇功一件、奇功一件哪！"宗云鹞客气一句，却往前跨出一步，挺胸凸肚，冲章廷芝啪的一个立正敬礼，朗声说："报告团座，罪人宗云鹞带手下弟兄奉命报到！"景凌慌忙跟上，也啪的一个立正敬礼："报告团座，罪人景凌愿效犬马之劳！"章廷芝纵声长笑，显然很是满意这个举动和称呼，拍打着二人的肩膀，大声说："何罪之有？回头就好，不亏我章家的人马班底！"

这一夜，柠条原镇上卷起狂欢的风暴。各家酒馆、饭店、客栈拥挤了一群一群端着阔佬架子的军人，处处肥酒大肉、觥筹交错，划拳行令之声通宵不绝，充斥着野蛮的兴奋情绪。几处养了窑姐的骡马店弥漫了风流的气氛，嫖客们互相吹胡子瞪眼、使绊子撕打，争先抢入排号，走了一拨又来一拨。窑姐们熬累得黑水汗脸，叫苦不迭，老鸨春风满面，不住打气："姑娘们，这号生意千年等一回，撑住！"

吃罢早饭，东西大街锣声急促，巷子里响起区公所喽啰们扯开嗓弦的吆喝："县政府有令，全体市民人等到南沙窝看法场喽——公开腰斩共党分子嘞——"人群杂沓的脚步声和惊呼声里，东西南北四处海壕吊桥的两侧分别竖起高高的椽杆，悬挂了一颗颗红涔涔、黑乎乎的人头。正午时光，镇子南边的沙窝汇聚了两三千号人，四下里散布了荷枪实弹的大兵、团丁、警察、保安队员，一口闪烁冷光的铡刀翘着把子摆在杀场中央的空地上。几声炮响，人犯带入。张自立脱去斯文，疯汉似的拍打着案桌，唾沫星子四溅，集体宣判了六个共党分子的罪状。一声"斩立决！"头戴"英雄结"身着大红衣的刽子手两人一组拽拉一个人犯，猫着身子碎步过去，高高提起铡刀把子，从肚腹下刀，嗨的一声，铡为两段。只剩下一个衣衫脏破的半大小子，姓马，是新城区委的青年主任，吓得晕了过去，陪过杀场却被释放了。张自立宣称："政府宽容为怀、警示教育为本，念其幼稚懵懂，予以特赦！"许多年过去人们才晓得真相：警察局长张桂生私下收受了保安队中队长王仓五十块现大洋，以亲戚的身份出面担保，张自立念他曾救过张太太赏了面子。

章廷芝实践诺言，于第二天即派快马将六姨太从安边驮来，宗云鹞感激得跪在地上向他连磕三个响头，誓言一生追随。据说，六姨太泪流满面，怨怨艾艾，依依不舍，章廷芝伸展手掌，折回中间三个指头，乖哄说："这个是老六这么细，这个是老大这么粗，老大比老六好!"

不久，井岳秀以八十六师剿匪司令部名义颁下嘉奖令，宗云鹞和景凌分别被任命为所部三边南山剿匪游击司令、副司令，各赏现洋二百块。《陕西国民日报》以显著位置刊登了这一事件的始末，称章廷芝、宗云鹞、景凌三位壮士为党国的剿匪大业立下了殊勋。

日头还有一锄把高低，白云山就铲起一圪垯土打向一只体格强壮的大羖羝，发出严厉的吆喝。几只山羊依然大大咧咧扑窜觅食，连连受到飞来的土圪垯的威吓，才收敛了赳赳的野气。山峁上响起母羊召唤小羊和小羊寻找母羊的粗洪与细嫩相间相融的咩咩声，很快聚拢成稠密拥挤的群体，在大羖羝的带领下，朝树林子方向涌去，踩起一股股黄尘，拉下一串串棕黑色的粪珠珠。白云山把羊群驱赶进木栅栏的圈舍，拴牢圈门。从草棚拎出一大筐子干枯的树枝树叶，高举起来，沿着围栅一边走一边往里头的几条长木槽抖搂泼撒，大羊小羊咩咩叫唤争先抢上，传出咯噌噌脆生生的声音；大羖羝张扬着弯曲的犄角，占据了一大坨地方，独自慢悠悠嚼食，尽显王者的霸道。棚圈里的红犍牛眼热，哞地长鸣一声。白云山走向仓窑，端出少半簸箕黑豆面糁的细料，倒进盛了散碎草秸的拌料槽，泼上笸斗里的剩水，用短木锨搅拌均匀，一锨一锨铲进簸箕，再倒入牛槽；红犍牛探出长舌卷了一大口，不紧不慢咀嚼起来。隔槽的骡子也受到同等的待遇，弹起长唇卷食，显得急促些。白云山伺等了一会儿，从水窖里吊上来两笆斗净水，分别饮过牛、骡和羊，拾掇了手头的家具，拍打着身上的土屑、灰尘，觉得该安顿的都安顿了。他摘下头上绾结的白毛巾，抖去灰尘，揩了揩额间的汗水，长长吁了一口气，一双眼睛却不闲着，四处搜索着什么。关大门栅栏的时候，疑心没有关严实，试打了三回，确信外头的人连手也搧不进来才拽起铁链子扣好。转身之际，他又哈腰从地上捡起一截粗棍子别进扣眼，揳死，这才背抄着手朝窑里走去。偏窑里传出几个婆姨的笑声，他也没有心思过去觑觑，只重重地咳嗽了一声，显示自己回来了。

这几天，白家的偏窑里从早到晚传出嗡嗡嗡的欢唱声。此刻，梨花坐在板凳上，怀里抱着一个吃奶娃娃，全神贯注地观察着邹老婆每一个细小的动作，并不时比画模仿。白马氏伸长脖子，也专注地端详、揣摩着。邹老婆耐心地从头开始演示：她右手摇转纺车把子，腾出两个指头夹住虚胖的绵羊毛捻子的一端，左手轻轻捏着捻子的另一端，嗡嗡嗡的响声里，就见一缕纤细的绒线从拇指和食指间拉出，绕在锭子上。绒线在快速旋转中吃劲拧紧，变得均匀皮实，并愈拉愈长，一直延伸到距离锭子极端远的地方，而后反转车把子，纺车吱吱呀呀，这条长长的毛线就缠绕到锭子上了。再转动纺车开始拉线，一匝一匝的，锭子变得粗壮起来。看着邹老婆神态悠然、动作灵巧娴熟，梨花和白马氏啧啧称奇，羡慕不已。邹老婆腾开位子，守在一旁指拨，婆媳俩轮着坐上去模仿操作，已然能够像模像样倒腾了，只是容易出现断线和粗细不匀的情况，白马氏慨叹人老眼花、眼拙手笨，梨花则惊惊乍乍瞎笑一气。邹老婆不急不躁，说须得悠悠地品住劲，熟能生巧。

邹老婆是个寡妇，渭北人。入冬时光和儿子邹根根背着一架纺车和一架织布机逃荒出门，盲目北上，来到柠条原再也走不动了也不想走了，却无处落脚，就在西关庙里暂且住下，每天背着家具到镇上打问营生，讨口吃食。邹根根十八九岁，长得偏瘦，个头却蛮高，闲荡间，让瞄扫已久的县保安队的一个头目抓了壮丁。邹老婆倒伏在保安队院子门口号啕大哭。王仓给了她两块银圆，安慰说当兵也是一条出路，至少可以糊口。邹老婆悲悲戚戚，依旧不肯离去。恰巧白云山进镇子卖羊皮，发现她带着纺车、织机，约莫是个手艺人，动了心念，找到王仓打问一番，打算收留。王仓大喜，向邹根根说："白叔是我家的一个亲戚，人气没麻达，光景也圆活殷实，就让你妈去吧。"邹根根趴在地上向白云山磕了三个头，拜为干大，将母亲托付。初到白家，邹老婆为了表明自个儿不是吃白饭的，征得主家同意，拆开一床破棉被，用白家的弹毛大弓弹成柔软的棉絮，再搓成虚胖的捻子，支起纺车，嗡嗡嗡几天，就纺成几拐子又细又匀又皮实的棉线子。邹老婆一声不响，又支起织机，呱嗒呱嗒几天，竟然织出一匹细密、漂亮的土布。她说，如果家里有染色把经线、纬线染成不同的色线，还可以织成花格子布。白云山噙着旱烟锅子，笑眯眯地对白马氏和梨花说："咋向？咱家又辟开了一条新财路！"婆媳俩二话不说倒腾开一孔偏窑打扫干净给邹老婆安了家，从此一个锅里搅稠稀。三边这地方不产皮棉，棉花都是二道贩子从外地贩来，价钱老贵，可羊毛家家户户都有，稀巴烂贱。邹老婆说，缺棉花不打紧，羊毛也照样能纺线织布。白云山让她试火一下，说他当初就有这个念头。邹老婆下手试着纺线，果然比用拨吊子和陀螺捻毛线快捷多了，而且线子匀称、纤细、皮实。一家人商量，干脆就开张一爿毛坊，接揽生意，加工毛线子、毛坯布；即便买卖不行，至少可以把自产的羊毛纺成毛线，织成毛衣毛裤毛褂子毛袜子毛手套毛口袋，里里外外算下来，也能节省一茬买布和置办这些毛货的开销。

白云山盘腿坐在火炕上，噙着旱烟锅子半天不嘬一口，烟锅里燃烧的烟末得不到充裕的气流炧死了几回。柠条原镇上铡人的消息传到了南渠庄，他忐忑烦躁，眼皮簌簌簌跳了一天，此刻肚子叫鸣，却没心思吃饭。白马氏和梨花从门进来，意犹未尽地拉扯着邹老婆过硬的手艺。梨花见公公已然坐在炕上，慌忙把小娃儿递给婆婆，揭开大锅上厚重的杏木锅盖，一团热气滚滚扑出，升腾到窑顶受阻折回向四面弥漫。梨花从搭架在锅腰的竹箅子上端出半盆黄米干饭、半盆洋芋熬酸菜和一小盆清米汤，一一搁到炕桌上，又从碗架上取来碗筷勺铲和葱花碟子、油炸辣末碟子。她小心翼翼地给公公先舀了半碗清米汤，略含歉疚地说："大，只顾学纺线，没听见你回来！赶紧趁热喝！"白云山接过米汤碗，默然吃喝起来。白马氏心口不空，问道："他大，今儿收工这么早，没甚事儿吧？"白云山说："今儿日怪，我眼跳。"白马氏问是左眼还是右眼？他说左右都跳。白马氏很是犯难，滤着脑筋，说："左眼跳财、右眼跳灾，两个都跳是财是灾谁能晓得？"白云山苦笑着说："熟死的搅团生着哩，精死的婆姨愣着哩，什么跳财跳灾，净是瞎扯。"梨花听着公公婆婆的对话心里好笑，却又不敢露出笑模样，别过脸，硬忍着。伺等公公吃喝罢了，梨花麻利地洗刷了盆碗，搁来灯柱，点亮油灯，给公公婆婆倒了两缸子滚水，问婆婆说："妈，再没甚营生吧？"白马氏说："快歇歇去。"她从婆婆怀里接过小娃儿，叭儿叭儿亲吻着，顺着窑巷回到自己的拐窑去了。

半夜时分，庄里响起一阵由稀疏而密集的狗吠，几十号大兵把白家窑院团团包围。柳栅栏大门遭到疯狂的踹踢，发出嘎喇喇刺耳惊心的声响，终于被踹烂踢飞。白家黑狗发出面临大敌的狂吠，转着圈儿扑咬，两声清脆的枪响，倒伏在院子里。宗云鹞一声厉喝，手电光乱晃，一股大兵踹开窑门闯入，窑里传出小娃娃的惊啼。一个士兵出来大声报告了情况，宗云鹞和景凌拎着匣子枪，大摇二摆进入窑里。白云山和白马氏已穿好衣裳，点着了油灯，半跪半坐，战战兢兢望着地上这群凶巴巴的人。宗云鹞冷笑一声："暖窑热炕倒睡得安稳，白宝霖不在家？"白云山认出面前这个人就是上回造事折腾的那个鹰钩鼻子——这家伙，扒了人皮也认得！他心里一惊，强装笑脸说："是宗贤侄，有话好说。宝霖这鬼仔仔三月五月不见人影子，我也不晓得，子大不由父，翅膀硬哩……"白马氏忧心家里又要遭殃，搜肠刮肚找到一个说头：

"官爷们军爷们，不看僧面看佛面，他死鬼舅舅马君臣活着的时候也是县里的大官，跟你们打得好交道。宝霖这个败家子把一家老小撇下也不晓得去了哪里，求你们这回高抬贵手吧！"她说着就要下炕烧水去。宗云鹞拿枪逼住，不许她动弹，瞪起眼珠子喝道："你个老草驴还他妈的套近乎？你儿子是共产党镇边区的区主席，谁不知道？你两个老不死的还给老子装傻充愣？"白云山不由得来了气，说："这两年他只回过三两趟家，嘴上贴了封条，外头的事甚也不说，我们瞎老百姓哪里晓得这些？就算他是共产党，我作为当老人的，总不能拿笼头套住、铁链拴住吧？听说你好像也吃过共产党的饭？"宗云鹞被噎了一句，耸耸眉头："圪针刺，你会为嘴硬付出代价的！"他阴沉着脸，正待下令抓人抄家，梨花抱着小娃儿从窑巷进来，浑身打战，脸色煞白，怯怯地望了宗云鹞一眼。宗云鹞神情一变，打量着她，说："这就是白宝霖婆姨吧？长得细眉花眼粉白水嫩，长头发苫在尻沿子上。"梨花赶紧低下头，拼命往怀里缩，浓密的黑发瀑布一样垂下。宗云鹞眼神骚情，嘿嘿一笑，走过去托起她的下巴，骚哄哄地说："大妹子，不要怕，我跟你老汉一搭共过事，找他有话说，你肯定晓得在什么地方？一个人搂个枕头睡觉也荒旱得难活，到你窑里咱说去。"白云山心里咯噔一下，大声说："我手头有不少钱，统统给你们，不要为难我的家人！"说着，从炕圪崂席子底下摸出一小袋子银圆，哗啦哗啦抖搂着，搁到炕沿上。景凌上前把钱袋子拎起，掂掂分量，掖进腰里。宗云鹞粗声说："共党家属，大洋统统没收充公！人也要单另审问，不老实交代就带回去蹲监牢！"说罢，揪住梨花的头发拖过窑巷进到拐窑里。景凌明白，赶紧跟了过去，杵在窑口持枪把守。白云山老两口见情势不好，顾不得黑洞洞的枪口抵着，疯喊疯叫从炕上扑下，几个士兵一拥而上，竖起枪托子一顿暴打，二人当场昏死过去。

宗云鹞嘴里流出骚情的涎水，搂住梨花，嬉皮涎脸摸了一把她肥壮的奶子，说："好俊的奶子，大哥直想吃一口！陪大哥睡一回，不抄你家、不抓你家的人!”梨花拼命挣脱身子，把小娃放在炕上，顺手掣了一把剪子，对准自己的脖颈，颤声说：“你……你敢胡来，我立马死给你看!”宗云鹞惊得倒退一步，转头瞅着拼命蹬腿啼哭的小娃儿，发出一声阴森森的长笑，上前一步，将枪口对准娃娃的脑瓜儿，恶狠狠地说：“你如果不从，老子指头一动就泯灭了这小羔羔!”梨花惊骇万分，傻在那里。宗云鹞扳开机头，厉声喝道：“老子数一二三，到了第三下你还不丢脱剪子，小羔羔的花红脑子就溅在炕上啦!”“一——二——”梨花面色如土，瘫倒在地，剪子啪啦掉在一旁。宗云鹞狞笑一声，收起枪，把梨花抱起，像一只死羊丢在炕上，撕剥了衣裳……宗云鹞发泄完从炕上跳下，景凌两眼绿光闪荡，又扑了上去。

天色亮豁开来的时光，这股官兵从羊圈里挑选了二三十只大羯子，驱赶着踢尘而去。梨花披头散发，灰眉土脸，拽了一根麻绳出了大门，向硷畔外头的一棵歪脖柳树跑去。邹老婆颠着小脚大呼小叫追撵出去，从后腰死死抱住。白云山和白马氏踉踉跄跄出来，一家人搂在一搭大放悲声。南渠全庄动乱起来。一大群人簇在跟前，开导的开导，拉扯的拉扯，叫骂的叫骂。白家人缘好，绝没有一人幸灾乐祸，都表现出万千的同情和发自肺腑的义愤。梨花被推向旋涡的当心，所有的自尊和体面被剥除干净。她羞愤悲绝，万念俱灰，一头撞向硬地，红血满脸，昏死过去。一股婆姨叫名字、掐人中紧忙抢救，梨花总算睁开了眼皮，却跟死人一样，眼珠发瓷发暗。王秀才闻讯过来，“衣冠禽兽”“人渣匪类”地骂着，劝慰、吁叹一番，捉了主意，说家里出了这么大乱子，怕婆姨女子想不开再寻短见，短不了找宝霖去!

几天以后的黑麻麻时，白宝霖骑一匹马悄悄回来。他一拐一颠进到家里，白马氏头上缠着血布，瘸歪着身子迎在巷口，早已哭成泪人，嗓子像涩布子像老绵羊。昏暗里，矮小的灯头火苗一闪一闪畏缩着，衬托了寒夜的冷寂，映照了满窑的愁惨。白云山头上缠着血布，鼻青脸肿，神色灰暗，坐在那里，头也不抬，不哼一声，一锅一锅抽烟，呆钝得像瓷猴。白宝霖从毡靴里拔出一把尖刀，噌地戳在胳膊上，一股红血从袖口流出，他大吼一声：“姓宗的、姓景的，早晚一天，老子活剥了你们！”白马氏心疼得不行，赶紧包扎，说：“一滴血三碗饭，咋自个儿作践自个儿！”左头的拐窑里，传出梨花嘤嘤嘤的哭泣和小娃儿怯乍乍的号啕。

灯火枯灭。白宝霖没有回梨花娘俩住的拐窑去，和父母待在一起，和衣而卧。白马氏悄悄说：“你也不打个照面？该过去看看。梨花揪自个儿的头发，掴自个儿的脸，三四天没沾一滴水没吃一口饭，眼窝都快哭瞎哩！娃娃也饿坏哩！”白宝霖嘟哝了一句：“她还有什么脸活在人世上！”

冬夜寒冷而漫长。夜静时刮起了风，一股比一股劲厉，削得硷畔外头的树林子发出呜儿呜儿不歇的尖啸，仿佛一只饥饿、孤独的野狼在旷野里仰天长啸。隔窑压抑的啜泣声无止无歇。小娃娃哭闹了半宿才睡去。白宝霖彻夜未眠，眼睛瞪着黑暗。鸡叫头遍的时候，前窑门似乎轻轻吱呀了一声。白宝霖握枪在手，竖起耳朵，却什么声息也听不到了，他用被子蒙住头，继续佯睡。突然，一个念头从心间闪过，他一骨碌爬起跳下炕去，顾不得穿鞋奔出窑门，一把拉开大门栅栏，跟前的歪脖柳树股杈上扑腾坠下一个黑影，白宝霖一纵向前伸手抢住，掣出尖刀割断绳子，将梨花揽在怀里，摸了摸鼻孔，尚有气息，他泪水如雨大呼一声：“梨花哪，你好糊涂！”

# 第二十四章

徐壮民将区小队手头的武器弹药分出多一半，亲自带人运送到青杨区县委、县政府新的驻地，见过新上任的县委惠书记和县政府代主席王振国后匆匆返回。不久，区委在鱼沟庄二乡支书赵毡匠家里召集了一个紧急会议。为安全起见，区小队的警戒哨布置到了十里开外的几个路口，赵毡匠的两个儿子也分头带领一股赤卫军队员潜往水口滩和西山梁一带巡哨。

这一向，在巨大的精神压力下，徐壮民学会了抽烟。昏暗、飘忽的灯光里，他裁开一张二指宽窄、中指长短的麻纸条，从三舅赵毡匠的烟袋里拈了一撮旱烟末沿折出的小壕均匀撒开，卷合纸条，捏住一头拧紧，竖起来快速搓捻转动，卷成一个圆锥形，舌头舔了一下卷剩的纸角粘住，掐掉烟卷两头多余的纸结，对着油灯深深吸了一口，却发出一串剧烈的咳嗽，眼泪、鼻涕都流出来了。赵毡匠说："壮民，初学吃烟，不敢大口噘，小口噘小口吸，时光一长就不呛哩。"徐壮民苦笑一声："靠吃烟稳神解闷，其实没用。"他瞅了瞅炕上和地下，见各乡的主要领导都到齐了，说："咱开会吧。"

徐壮民口头报告了相关情况，传达了惠书记和王主席的紧急指示。沙坬沟事件导致县级红色武装几乎全军覆没，黑恶势力随之强力反弹，敌我力量对比发生剧变。县委部分组织、人事档案落于敌手，又使县、区两级党政领导干部身份大部暴露。章廷芝、张自立、宗云鹞趁势下手，不断派出匪兵和民团武装强闯各堡区，大肆践踏区乡机关，短短一个月，即有五十多名县、区、乡干部被抓捕，四十多人遇害。腥风血雨中，个别动摇分子变节投敌，一些地主恶霸则趁机反攻倒算，形势急转直下。针对敌强我弱的现状，县委要求全体干部充分认识对敌斗争的长期性、复杂性、尖锐性，坚持革命思想不动摇；要求各区加强整顿学习，纯洁组织，警惕动摇分子，提高应对和处置突发事件的能力；要求区、乡干部高度重视自身安全保障，没有暴露身份的暂可放下手头工作蛰伏隐蔽以保存力量，已经暴露的全部转入隐现、游行状态。

大伙得知沙坬沟事件的后果如此严重，个个义愤填膺，咬牙切齿，怒骂不休。八乡乡主席史炳耀甩了一下大背头，恶声恶气地说："叛徒猪狗不如，最可恨的就是这茬人，老子有一天拿住这股杂毛子，割了他的卵筋、点了他的天灯！"骂罢，他瞟了白宝霖一眼。徐壮民说："老史，咱共产党不兴这个。"白宝霖却听着解气，舒了一口气，没有作声。赵毡匠脸上漫溢了忧愤之色，磕打着长杆的烟锅子，说："我老汉把灯拨亮话挑明，说一句结实话：白军势大，红军势小，咱如今都趴上了黑名单，都是拴在一根线上的蚂蚱，没有退路，面前就是横石崖也要朝下跳，只有跟着共产党一竿子戳到底哩！"冯青山几个人十分焦躁，纷纷插话质问红军主力部队去了哪里，为什么不过来灭灭章廷芝、宗云鹞这股黑恶势力的威风？徐壮民稳一稳情绪，觉得有必要给大伙打打气。

他说："据惠书记讲，中央在瓦窑堡召开了一次重要会议，总结了两次国内革命战争的基本经验，解决了政治策略问题，确定了建立抗日民族统一战线的政策。目前，西北红军和游击队主力已编入中国工农红军序列，党中央、毛主席审时度势，运筹帷幄，积极策划东征，主力红军将以北上抗日的名义，东渡黄河直逼山西腹地，迫使晋军东撤。同时，大张旗鼓宣传抗日救国思想，积极尝试与张学良、杨虎城等人达成互不侵犯协议，促进抗日民族统一战线的早日形成，从而客观上实现以抗日求生存、求发展的政治战略目标。”他接着说，“党中央和毛主席把握全局，手头大事堆山，主力红军作战任务十分艰巨，因此，暂且无暇顾及三边地区。但这只是一个短时期的局面，党中央和毛主席没有忘记三边，苏区正在大规模扩红，西征即将开始，高岗任司令的中央二路骑兵已在毗邻三边的伊盟一带活动，革命形势必将出现新的转折。”徐壮民称在上级的支持下，县级武装力量已经重新组建起来，遭受践踏的各区、乡机关陆续恢复运转，鼓励大伙一定要经得起恶风恶雨的考验，坚持革命终将胜利的信念，不向黑恶势力低头，保卫来之不易的胜利果实。他强调要注意观察敌情，获取有价值的讯息和情报，以便及时汇报上级，随时争取主力部队过来打一个翻身仗，扭转被动局面。他特别提醒大家：“镇边区眼下虽然受损最小，但处于红、白双方拉锯状态，危险时刻潜伏，决不可麻痹大意，要三天两头更换活动地点，做到刀枪不离身、睡觉不脱鞋。”说到这里，他砸了一拳炕桌，脸膛涨红了，“同志们，我们就是要怀着火焰一样燃烧的革命信念，绝地反击，杀开一条活路！”众人被他的情绪感染，都振作起来。

白宝霖发言，认为叛匪危害极大不能任其张狂，区小队应当立刻行动起来，组织有力的反击，铲除首恶分子，这样才能鼓舞士气、震慑敌人。王振军红着眼圈，咬着牙，说：“咱要为牺牲的同志和受害者报仇，不能东躲西藏，必须出手！可惜手头家伙太少，真是急死人！”白宝霖不无埋怨地说：“如果那批武器迟送几天，咱手里就有三十几杆枪，能跟狗日的干一仗！”徐壮民瞪了他一眼：“宝霖，你也糊涂哩？君子报仇，十年不晚！闹革命还分你和我？县委、县政府的安全更重要，县保卫队刚刚组建，正需要武器，咱不支援谁支援？”白宝霖苦着脸说：“我这不是心烦心焦嘛！”

在讨论如何壮大区小队实力、制定对敌斗争策略时，史炳耀提出：“在各乡开展一次征兵活动，拉起一杆子人马跟狗日的干！”白宝霖说：“拉队伍不难，难的是枪支弹药问题，总不能靠刀刀矛矛!”众人议说纷纭。徐壮民却有自己的想法。他认为:“扩充队伍可缓后一步,首先得搞到一批枪支,更重要的是须得抓住对敌斗争的主次,一步一步推进。”他又进一步说,“叛匪装备优良,都是本地人,成股出没,行踪飘忽,急切不好对付;而眼前对镇边区威胁最大的是驻扎在张家畔的黄马队,应先从这股敌人身上打主意。”这是一个新思路,大伙信服他,安静下来。

王振军汇报了近日的侦察情况,说:“这股黄马队半月前从绥远开过来,是奉命参与围剿红军的,共计有三四百号人,清一色的黄骠马,装备精良。他们扬言要寻找主力红军,却只在张家畔滩周边活动,不知葫芦里卖的什么药。”他提出对下乡征粮草的小股马队实施偷袭,弄些枪弹、马匹。徐壮民点点头,分析说:“黄马队是绥远军阀傅作义应蒋介石的围剿命令派来的,从兵力和行动上看显然有应付差事的心理,咱们要让他们尝到苦头,日夜不宁,不能让他们久驻下来,形成威胁。从战术角度考虑,黄马队是块大骨头,武器先进,反应迅速,硬打硬拼肯定不行,咱得动脑筋先摸到他的软肋,凭借人头熟、地头熟的优势,一嘴一嘴啃。只有把他们逼走,才能腾出手一窝一窝拾掇叛匪、民团。”众人一致认为这个思路对头,说:“黄马队是策应柠条原反动势力的一杆黑旗,须得拔除,卸去敌人的雄势。”于是围绕如何对付黄马队拉扯起来。计议中间,杨德生忽然拍了一下脑壳,说:“差一点忘了一个大事!今天前晌,黄马队外号李圪泡的团长亲自带一队骑兵闯进镇边城把白文翰捉走哩!”众人一惊,杨德生讲述了事发经过。

吃过早饭,西山寨大高墩上放哨的赤卫军队员远远望见北面字山几个村庄鸡飞狗跳、尘土飞扬,就掬起黄土扬沙尘向城里发信号,杨德生、刘二毛、郭学文几个乡干部敲打铜锣,动员城内居民迅速向城南、城东的山沟圪塄转移。黄马队闯入城中,挨门逐户搜查,抓走一群年老体弱、行动不便的老汉子老婆子,集中到城隍庙广场开会。李圪泡操一口绥远口音,大声说:“灰圪泡们听着,我们奉傅作义长官手令前来三边剿灭共党,知道共党下落的赶快报告，本团长有赏！”几个老汉子见躲不过去，你一句我一句说，刘志丹的大股红军开走有半年多哩，半月十天前有一小股绕了一圈也走哩，据说去了后方。李圪泡睁大眼睛问道：“后方在哪里？”众人七嘴八舌，有的说红军的后方在南山的老梢林里头，有的说在东路几个县的山沟圪塄里头，有的说红军像一阵风说来就来说走就走解不开在哪头。李圪泡骂骂咧咧，拎着马鞭子围绕人丛转悠，盯住杨德生婆姨，喝令几个当兵的拿一根麻绳捆起，吊在庙门的横梁上。李圪泡凶巴巴地吼道：“看你老圪泡面相不善，老实交代，红军到底去了哪里？不说就抽死你！”一个士兵上前，飞起一脚踹去，杨老婆像荡秋千一样荡在空中，惊得龇牙咧嘴，大声嚷嚷：“晕死啦晕死啦！天塌啦地陷啦！我老婆子就解开洗锅做饭抚养娃娃圪蛋，红军的事情一满解不开！”李圪泡听不明白，问一个姓郭的老汉子：“‘一满解不开’是什么意思？”郭老汉随口翻译说：“一满解不开就是甚也解不下……”人群里有人解释说，就是一点点也不晓得、什么也不知道！李圪泡又问杨老婆：“听说有个杨德生，当过什么市民联合会会长，什么乡主席、乡支书，他人在哪里？”杨老婆说：“什么屄官，屁的钱也挣不来！人？早跑脱哩，比兔子也跑得欢！”李圪泡这回听明白了，追问：“跑到哪里去了？”杨老婆说：“腿长在他身上，解不下！”李圪泡气得抽了她两马鞭，骂道：“×他娘，老圪泡、灰圪泡！”

李圪泡眼见从这里得不到什么情报，撇下人群，带领骑兵窜出南门，将西山坡白文翰家包围起来。他砰地朝空放了一枪，士兵们持枪蜂拥而入，捣门砸窗将白家老小从窑里驱赶出来。白文翰气愤地大声质问：“国军也是讲王法的，凭什么大天白日擅闯民宅？”李圪泡打量着他，说：“你就是白文翰？有点龙头大爷的派头。有报告说你四儿子白志坚是红军，老实交代，他在哪里？”白文翰说：“白志坚出门多年，音讯全无，我还到处打问消息哩，你晓得的话请转告我一声。”李圪泡说：“有报告说，红军攻打镇边城时，白志坚领一路红军一窝一窝掏据点，你还狡辩？”白文翰说："谁见过？你见过？我老汉反正没见过！"李圪泡掌握的一些情况都是道听途说，自己也弄不精明，但见白文翰口气刚硬，根本不把他这个团长放在眼里，便以惩治匪属的名义，下令将他捆绑带走；又指了指羊圈，说："统统抄没！"士兵们动手捆人、赶羊，白贺氏和几个媳妇号哭开来，白家的几个儿子拥上前扽扯阻拦，李圪泡掏出手枪望空连开两枪，吼道："哪个灰圪泡敢妨碍公务，格杀勿论！"白文翰怕儿子们吃现亏，厉声喝道："都不要龇麥八卦吃生米！他无凭无据还能吃了我？"一股士兵将圈里的三十几只羊悉数赶走，押解着白文翰下了山。钻进南门，又大抢一阵，掳走十几只羊和几十只公鸡草鸡，出北门往张家畔去了。

众人听完述说，乱骂一气，接着计议。

会议至半夜才结束，形成两项决定：一是利用冬寒时节草料匮乏的机会，切断供给渠道，卡住马脖子；二是开展政治宣传，组织零星偷袭，逼走这一股白军。各人领了任务，连夜分头行动。八乡山高路远，没有分配任务。史炳耀说："编筐筐先要打底底，那我就回去物色兵员。"徐壮民笑着说："倒把你们给忘哩，那也是个当紧事，就由你们八乡先试打着闹吧！"史炳耀问："得招多少兵？"徐壮民说："八乡就三五个吧。"史炳耀说："简单简单，吃一锅儿烟就办妥哩。"徐壮民瞪了他一眼，没言传。

徐壮民趁夜色去了白家。给白贺氏宽了心。捉主意让白志魁弟兄几个分头去安边堡、柠条原请托关系，营救白文翰。临近过年，经王文舫和李函玉出面说情周旋，安边商会和柠条原商会向李圪泡的黄马队提供了一批粮食、草料，白文翰获释。

很快到了正月十五。张家畔周边的庄户人看了红火受了惊怕过了一个乱糟糟的元宵节。这一天被镇边城郭学文一股闹秧歌的经常提起，后来便写入了镇边的地方史料——

城里的秧歌队完成最后的排练，谒庙、请神后，三十几号人拎锣抬鼓去了张家畔。锣鼓镲钹一通响，周围村庄的庄户人纷纷出门看红火，张家畔街道上汇聚了五六百人。闹秧歌的擎旗打伞，一色搽红抹白、红衫绿裤，还有一对化装古怪的蛮婆蛮汉颠在尻子后头，人们指指戳戳，都说这年头还能看上这样的红火真是烧了高香！

伞头郭学文手执彩伞，另一个伞头手执虎铮，队列排成两行，郭学文嘴里吹着哨子，鼓乐声中，在东西街道上扭起大场。秧歌队一路变化出辫蒜辫、野马分鬃几种令人眼花的场子，一直扭打到黄马队团部驻地德丰隆店院。哨音一转，鼓乐一变，就在店院里扭起蛇盘九颗蛋。不一会儿，演变成枣核子乱开花。郭学文踩着十字步、转身步、前进步、三进一退步，舞姿翩翩。一边随着鼓乐队“长流水”“短流水”的不同乐牌和鼓点节奏领唱不同的秧歌曲儿，众人于每段句尾“接下音”，齐喝一声，接唱一句，一挑一落，一起一哄，好生红火。一对蛮婆蛮汉也显示手段，装傻充愣，娇娇怯怯，鬼鬼溜溜，惊惊乍乍，逗得一股子绥远兵哈哈大笑。李圪泡看得高兴，手叉腰间，命令军需官赏了五块大洋，大声说：“操他娘，灰圪泡们给老子拜年来嘞，行赏！”

秧歌队这边闹腾一顿，又去其他几处店院给黄马队各连队拜年。郭学文悄悄咬耳朵，叮咛各人完成各人的任务，务必摸清黄马队准确的人数和武器装备情况，包括连长、排长姓甚名谁，秧歌队员都悄悄说，没麻达！

晌午时分，一股百十号人的骡马队踢着尘土从西驰来，进入德丰隆店院。张自立、阎老总、赵天孝、贾胖子几个人与李圪泡见过礼，张自立提出趁元宵节人多，召集一个民众大会，进行宣慰，并举行“镇边县政府张家畔办事处”挂牌启动仪式。李圪泡见张自立带了不少酒肉礼品，还有百十袋子草料，十分开心，当即表示愿意鼎力相助。一声军号，几队提着马刀的骑兵将秧歌队一股人和看红火的数百个庄户人围住，吆吆喝喝，集中到了东街的龙王庙院。

讲话台布置在戏台上边，张自立、李圪泡一前一后登了上去。阎老总显出欣慰之色，迈着儒者的雅步，带着赵天孝、贾胖子几个地方上的头面人物登台作陪。张自立清了清嗓子，宣布开会，说："请肃静，父老乡亲们，本官在此先给你们拜个晚年！"说罢，摘下礼帽向台下深深鞠了一躬。他脸色转为悲戚、严峻，大声讲道："本官对不起镇边的父老乡亲，让共党钻了空子，千年古城毁于一旦，致使父老乡亲颠沛流离，深陷水火，民心涣散，难以维系。本官诚惶诚恐，借此机会，特向父老乡亲谢罪，以表寸心！"说着，又摘下礼帽向台下深深鞠了三躬，掏出手帕揩了揩眼睛。张自立接着讲说了蒋委员长剿共戡乱、治国安邦的宏图伟略，宣称数十万大军以雷霆万钧之势进剿，共产党已处于山穷水尽之境，党国的新纪元即将开启、复兴大业指日可待。最后，庄重宣布："为实现长治久安，县政府将着手推行南京国民政府颁布的保甲制度，正式在张家畔设立办事机构！"

接着进入第二项程序——剪彩挂牌。几个县政府的科员抬着一块绾着红绸子大花的长牌走上台，张自立和李圪泡整整衣冠，正式了表情，各执一把剪子上前，剪断彩带。戏台两侧悬挂的两长串鞭炮应时炸响，阎老总一股人鼓掌庆贺。

待白底黑字的牌匾在戏台北边王家骡马店院的大门一侧竖立起来，会议进入第三项——请李团长讲话。便见李圪泡向前猛跨一步，啪地一个立正敬礼，大声讲道："卑职上奉蒋委座军令和傅长官手令，不远千里来到三边，定当不辱使命，尽心竭力，履行职责，剿灭共匪，安靖地方……"拽了几句文，李圪泡就露出原形，瞪起眼珠子吼道，"灰圪泡红军打听见本团长精锐之师开来，统统躲藏到什么后方的老梢林去了，连根鸟毛都找不到，这叫本团长如何向上峰交差？"说着说着，李圪泡脏话连篇，大骂起来，"×他娘！老子是来替你们卖命打仗的，你们这些灰圪泡脑子里灌了红水子，故意把粮食、草料藏起来，村头村尾远远看见老子的人马过来，就扬沙报信，都不知躲到他妈的哪里去了！老子的战马饿得天天叫唤，都瘦了一大圈，你们叫老子拿×打红军？老子明人不做暗事，今儿把话撂到这儿，你们这些灰圪泡小子再不给老子送米面酒肉和草料，老子就下令开抢了!”张自立见他越说越不成体统，连忙插话：“各位父老乡亲，兵马未动、粮草先行的道理你们都懂，李团长是奉命前来剿除共党、拯救百姓的，使命神圣，干系重大，各村各户暂且以旧制运行，务必听从办事处差遣征调，筹集粮草，以供军需。但凡勾连共党、藏匿拒献粮草者，一律与共党同罪，格杀勿论!”张自立吼叫一气，望见日头西斜，宣布散会。人群仓皇四散，秧歌队一股人也随人流撤出街道。张自立留下几个科员蹲守，协助黄马队征集粮草，顾不得吃饭，辞别李圪泡，带领人马赶回柠条原去了。

最后离开庙院的是阎老总和手底下的一帮团丁。文史资料说，阎老总是这次行动的献计、策划者——张家畔滩已被赤化，他专程前往柠条原游说，建言借黄马队之力全盘收复，恢复行政，占据这个交通要津，以解阎家寨子的孤岛之危。据说，阎老总离开庙院时神色黯然，他没料到张自立只是如此做个样子。

第二天鸡还没叫，李圪泡正蒙头大睡，就接到了报告：昨天刚刚挂起的“镇边县政府张家畔办事处”的木牌子被人砸碎剁烂，还在上头拉了一泡屎；几个留下的科员挨了拷打，个个青眉肿脸，口鼻流血，天没亮撒丫子逃回柠条原去了。李圪泡嘟哝道：“这厌地方闹鬼，一天比一天闹得凶!”

黄马队官兵起床操练，发现街道上不知何时散落了一地传单，上头写着“红军万岁”“共产党万岁”“绥远人不打陕北人，团结起来打日本”“停止内战，共同抗日”等口号，店院的墙头上贴了“王满子连长你妈想你啦”“赵猴蛋排长你媳妇想你啦”“李桂云排长你老家快叫日本鬼子侵占哩”等等的彩条，而团部驻地南墙上竟赫然贴了一条大字标语：“困死黄马队，活捉李圪泡!”士兵们个个惊慌，窃窃议论，七八个被点到名字的连、排长六神无主，一脸苦相。

苦挨过五六天，征粮无着，草料匮乏，连张家畔六七处店院的家底也给折腾得差不多了，黄马队陷于人困马乏的境地。而街道上的传单、标语清理完一茬又冒出一茬，军心惶惶，人人思归。更有人马折损的情况连连发生，下乡征粮草的小股马队经常受到突如其来的袭击，前前后后有十余个士兵糊里糊涂毙命，马匹、枪支被缴走，逃回来的士兵却对遭遇偷袭的情况一问三不知！正月二十几的一个早间，李圪泡下令全体紧急集合，携带全部武器装备，开出张家畔。马队在周边滩涧大抢一个白天，连夜撤往绥远。黄马队的故事在本地流传多年，大体上就这么个实情。

这一年的春天早来了几步，二月中旬，柳树股杈、枝柯就不声不响冒出数不清的带着白绒毛的芽蕾，树皮泛起惹眼的青绿。芦子河上覆盖的一层冰雪在暖融融的日光里暴瘦下去，冰面与坡岸抵触的地方出现一道湿漉漉的界线，沿着河川走向蜿蜒爬行。碎脑子们蠢蠢欲动，哄伙着丢脱棉衣，打算出门浪一回，却遭到大人严厉的警告和叱责，一个个收起轻狂。果不其然，西北风发出尖厉、凶悍的呼啸，挟裹着沙尘漫天而来，一早一晚冻得出不了门，出了门也睁不开眼。

这天前晌，贾胖子和一个叫米登英的神枪手带领五十多个小桥畔教堂的团丁虎势势地开进张家畔。漫天黄风里，一群野鸽子从半天上扑棱棱飞过，米登英抬手放了两枪，两只野鸽子栽了下来，团丁们一阵鼓噪，贾胖子击掌大叫："这就叫尿得高！红军小子哪个有这等本事？"接着，又有几股民团哩哩啦啦开过来，依预先的布排，占据了四五处店院。半后晌，大风稍歇。阎老总精神旺健，骑一头骟驴从东河湾上来，后头厮跟了二三十个团丁，进驻德丰隆。

天擦黑，西边烟墩山脚的驮道上冒起一股股尘土，宗云鹞带五十余骑的马队赳赳驰来，入驻西头的双福店寨子，队伍已换了番号，宣称是三边保安团骑兵连。据传说，新年伊始，井岳秀手枪走火自个儿打死了自个儿，结束了独霸陕北二十年的土皇帝生涯，旅长高双成出任八十六师师长，从延安北上坐镇榆林。高双成从士兵到将军，颇有政治见地，明里暗里实施了几项新政，宗云鹞的“三边南山剿匪游击队”受到冷落，军饷停拨，军需、粮秣无着，处境尴尬，章廷芝趁机出手将这股叛军编入章家保安团。

在喝酒、赌钱的嘈杂声里，阎老总几个碰了头，商定互为犄角，联防共守。阎老总对编组保甲显出热心，鉴于“张家畔办事处”已被泥腿子捣毁，他建议重新竖起牌子，各团队在周边村庄着手编组。宗云鹞对这个不感兴趣，说：“咱扛枪的只管打仗，这些屄事就交由县政府慢慢折腾去吧。”贾胖子称教民区归教堂管辖，享有治外法权，也不支持。争吵半晌，阎老总独力难为，只得作罢，叹息说：“根乃木之本，木无根，何来叶！”宗云鹞笑他迂腐：“镇边的共产党元气大伤，没个三年五载爬不起来。即便有些散神碎鬼，咱见一个打一个见两个灭一双，共产党手里没了枪杆子，还拿什么去翻天？”

第二天早晨，贾胖子骑一匹大黑骡子，身后跟着米登英的五十多号人马，出现在旧伙场的乡道村街上。他一路甩着响鞭，扯开嗓弦吼叫：“天堂门开，天使吹响了号角！我老贾回来嘞！谁分了我的地，谁盘了我的粮，谁拉了我的牲口，谁拿了我的财物，都乖乖给老爷交回来，期限三天。过期不交，你们将受到末日审判！”一伙子习惯于接受教堂征服力的老教民慌了手脚，聚在一搭嘀咕一气，各自回家，背粮的背粮，牵羊的牵羊，一一退还给贾家，连乡政府颁发的土地证也交到贾胖子手里。贾家大院里，老教民们跪了一地，纷纷画十字祷告，愧悔自己犯了罪，落入诱惑，请求天父圣母和我主耶稣宽恕！又七嘴八舌自我申辩，有的说这都是共产党强鼓来的；有的说自家只是暂且替贾老爷保管，动也不敢动；有的说仁慈的天主抛下面包和红酒检验子民的道行修为，转手又救赎了一茬罪人！贾胖子宣称一切都是天主的旨意，天主会解救他们，将赐给他们平安。在老教民们的“阿门”声中，贾胖子抑制不住得意，吹嘘天主托梦，自个儿以仆人的身份在柠条原上上下下祈祷了一番，如今张家畔滩翻覆的变化就是他秉承主的旨意动了动嘴皮子的结果！

村谈巷议，贾胖子果真是这回占领张家畔行动的起事根子。他割舍不下旧伙场大宗的田产、房产、林产，整日跟在姐夫赵天孝的尻子后头，一把鼻涕一把眼泪苦苦央求，欲借天主教势力重返旧伙场，东山再起。赵天孝于是在县府与教堂两头游说，成功捏裹了一笔生意——教堂捐献长枪一百杆、子弹四千发，并拨出神枪手米登英任队长的一股团丁归县府驱遣，县府的回报则是允准教会组织夺回旧伙场教产、重建教堂并依旧制管辖。之后，张自立县长便大张旗鼓推出了这一行动计划。

旧伙场多半人家陷入窘境，张皇无措。分到手头的粮食，除了藏起来的籽种，大都进了肚子，其余的叫黄马队连征带抢所剩无几，牛羊也叫黄马队抢走杀得吃了，贾胖子的人见天放风威吓；而共产党区里、乡里的人竟然消失得无影无踪，人们没了主心骨，不知如何是好。主意牢的汉子伺等了一半天，一个戳一个，怀里掖着一纸土地证躲出门去。三天期限很快到了，米登英带领团丁开始上门抓人，交不回土地证和粮食、牲畜、财物的一律挨了枪托子，立下偿还字据并强派了劳役；家里有树木林梢的摊派、限定了大梁、檩子、柱子、椽子的木材和栈柴、红柳柴辅材的数目，谁家出言不恭就五花大绑吊起来拷打。旧伙场寨子和教堂的废墟里传出动静，匠人们开始清理场地，摇着牛角墨斗子放线打桩。因地皮尚未解冻，动不了泥水活，开工的主要是木活。几个庄子二三百号人都在伐树砍红柳，落地的木料和劈好的栈柴、捆好的红柳人抬肩扛运往工地储备，不几天，一摞一摞堆成小山。一个骇人的消息传来——河对面冯家摆下两条人命！据说，冯青山半夜时分摸回家里，刚点着油灯，没来得及喝一口水，米登英带几个团丁翻墙进院破门而入，冯青山举起斧镰子砍死一个，却被乱刀捅倒，当场就咽了气。他婆姨扑在尸体上号啕，泄愤的团丁朝她脊背上戳了几刀，也当场死去。有人说，白文翰眼硬，领着几个儿子过来抬埋了大女儿、大女婿，硬是没掉一滴眼泪珠子！恐怖笼罩了人心，庄户人绵羊一样乖顺，黑水汗脸做活儿，挨打受气也不敢龇牙顶嘴，生怕灾祸降临到自家头上。

贾胖子记取了上回的教训，夜间格外小心，寨墙上巡夜的团丁人数增加到一个班，大院四周也布置了明岗暗哨，里里外外滴水不漏。白天的部署，他也相当满意：值夜的团丁饱餐一顿回房歇息，呼之即起，起则能战；寨墙上时刻有两三个岗哨往来巡风，三五里地外如有风吹草动可及时鸣枪示警；工地上，当班的团丁验料的验料、监工的监工、巡查的巡查，各司其职，井然有序。只是有一个小小的闹心，米登英耐不住寂寞，隔一两天就会带上一半人马去张家畔喝酒、赌钱或是卖弄枪法，直至黄昏时光才返回。贾胖子掂量，张家畔近在咫尺，驻扎了二百多号人马，即便有个什么不测，也可随时策应、增援，因此也就不做计较了。为了笼络住手里的这股子团丁，他已发了几回赏钱，人人有份，皆大欢喜，个个表示了忠诚。七八天风平浪静，贾胖子放下心来，到处煞有介事地吹嘘：“我老贾夜观天象，旧伙场寨子当空祥云笼盖，神兵环列，万能的主乘云降来，施展神术，招抚流离……共产党跟红军这帮恶人们怕见光，蛇鼠子一样躲藏到了阴沟暗角黑窟窿里头，旧伙场就要回归为天主子民们的乐园哩！”

前晌时光，米登英带二十多人又去了张家畔。贾胖子习以为常，背抄双手在工地上四处转悠，指指戳戳呵斥匠人们不得溜奸耍滑，要把活儿做精细，大梁、檩柱务必砍削光洁，卯榫大小、松紧不许有半点差池，椽子也亲自过手抽查，不叫留下纽丝疙瘩。匠人们不敢怠慢，刨子斧子锛子锯子钻子锉子锤子一齐上，一个个眯缝了一只眼度量尺寸、平直，尽施手艺，讨取贾胖子欢心。一伙小工子在教堂破院里清理瓦砾、灰渣，尘土飞扬。一个半大小子尿急，掏出鸡巴站在毁废的祭台上尿了一泡，贾胖子恰巧瞅见，冲过去左右开弓掼了他一顿耳光，半大小子鼻子口里流出红血。贾胖子怒气不消，嚷叫着要捆绑起来施行惩戒，众人纷纷求情祷告，他才罢手，仍气咻咻地骂道：“龟子孙，朝祭台上尿尿就是朝老爷脸上尿尿，就是对天主的亵渎！谁再敢有不敬举动，一律关进惩戒所，从严从重惩戒！”

贾胖子腆着大肚子来到院子东头，掂量掂量高高堆起的栈柴、红柳捆子，对收料的两个团丁说：“大小百十间房，远远不够，只管收，谁家少短了半捆也不行！”又叮咛要记清账单，缴一回捺一回手印，并教授团丁如何如何把好捆子大小、轻重的关，防备里头日鬼了毛草穰柴充数。他见两个团丁一人叼着一根烟卷，瞪起眼珠子训斥：“你两个×脑潮得哇呜子一样，不想要赏钱哩？站到远处吃烟去，吃罢把烟头踩死！”两个团丁诺诺连声，退远几步。这时候，大门口拥来二十几个背着红柳捆子的汉子，呼里哗啦把背子放下，解开扎绳卸柴，从柴捆里掏弄着什么。贾胖子搭起手棚眯缝着眼睛望去，见这股人面孔生疏，又似乎有几个在哪里见过，并无警觉，愠恼地呵斥道：“把你外爷的脑子卸在大门口做甚？都给老爷背到这搭儿来！”徐壮民拽着红柳捆子大模大样过来，贾胖子迷迷瞪瞪问道：“你们是哪个庄子的？”徐壮民走到跟前，突然从棉袄里掏出一把匣子枪，顶在他的脑门心，说：“我们是共产党的！”嘭的一声闷响，贾胖子倒地，花红脑子流了出来，惊骇凝固在肉脸上。两个团丁还没有反应过来，早被扭断了脖颈。徐壮民一扬手，砰的一枪，哨楼上的一个哨兵应声而倒，另一个放了一枪，滑下寨墙逃入贾家大院。白宝霖、王振军、赵康各带人分头扑向目标，枪声四起，七八个团丁毙命。几个没死的见势头猛恶，双膝跪地，把长枪举过头顶，直喊饶命！寨子和教堂里做工的几十号人一哄散去，胆子大的躲在远处觑探。

贾家大院东厢房里十多个睡觉的团丁被惊醒，从炕上爬起，抄枪在手，顺着窗户向外胡乱放枪。院子四周响起“我们是红军”“缴枪不打人”的口号，上房里传出婆姨娃娃的哭喊。赵康狸猫子似的一蹿一蹿攀上东厢房外头的一棵大杨树，嗖地跃上房顶，匍匐至檐头，掏出一颗手榴弹，拉断弦子，探出身子往半开的天窗砸去，轰隆一声巨响，里头传出一片惊恐、痛苦的号叫。赵康大声吼道："再不投降，老子又扔一颗!""好爷爷哩，不敢扔哩，我们投降!"噼里啪啦，房里扔出十来杆长枪，团丁们一个个高举双手，战战兢兢钻出来，有两个受了伤，身上流着血水，瘸瘸拐拐的。赵康从房檐一纵跳下，手里握着一颗手榴弹，喝令团丁背过身去，抱头圪蹴，不许乱动！区小队分成几股翻墙入院，搜索一遍，从上房、南房分别押解出贾家老小和账房、伙计、丫鬟们。这刻，张家畔方向响起枪声，徐壮民下令收拾枪支弹药、迅速撤离！赵康抢拾起几杆枪，跑出两步，又返回来，竖起长枪一个个砸着团丁们的脊梁、尻子，骂道："屄样子！再叫爷爷看见你们当团丁苦害人，一个也活不了!"盛狗剩不顾命令，从灶房提着一篓子清油出来，蹿进上房，嚷着要为冯青山出一口恶气，朝门窗、被褥、家具上泼洒了一顿，点燃一抱柴草四散扔去，一股烟尘冒出，顷刻燃起熊熊大火。随后，团丁们撒丫子奔向张家畔，两个受伤的落在后边，直声子号哭："等一等儿，等一等儿!"

贾胖子被区小队打死的消息震撼、烧灼了人心，人群草垛似的堆起，兴奋涌荡。伺等到天黑还不见张家畔的民团过来，有人发一声喊，数百人嗷嗷呼吼着，潮水涌去，挤塌贾家大门和寨子大门，扑向堆放的粮食和圈棚里的牲畜，呼啦啦抢个精光。赶至第二天天亮，寨子和教堂破院里堆山的木料和栈柴、红柳捆子也全部不见了踪影。

徐壮民把扩编区小队的任务派给了元梁山下的八乡。这里地处偏远，群众基础好，安全相对有保障，适宜休整和练兵。乡主席史炳耀腿勤嘴快脑筋转得欢，行事果断麻利，只用了两天时间就完成了队员的征招和初选推荐。徐壮民暗自惊讶，说这人能行！白宝霖得意地说："从一开头闹红我就发现老史是个能人!"史炳耀家的三孔土窑里，由徐壮民、白宝霖、王振军、史炳耀四个人一起把关，挑选了二十多个毛头小伙子，区小队顺利完成扩编，队员增至四十多号人，人手一杆枪。

史炳耀嘴馋好吃，在区小队集训的几天里，他早起晚睡一门心思打闹好吃的想给大伙改善一回伙食。套野兔是他的拿手活，每天带上许多用细铁丝窝成的活扣子活动于山脚地畔，缩头探脑，东张西望，选择沙柳丛的豁口和坡道野径拐弯的地方撒上一撮煮黑豆，精心布设机关。三天过去，竟然勒死十几只野兔子，攒在一起一顿下锅。正值初春，四野枯荒，野兔子瘦得皮包骨头，肉头少，但毕竟是难得的野味，经他在大铁锅里一番炸炒，只放一点咸盐和老酱，味道也极其鲜美。小伙子们都是一蹿一蹿长身子的年龄，个个铁齿铜牙，连骨头都咔嚓咔嚓嚼碎咽了，抹着油嘴一致恭维史主席点子稠能耐大，锅灶上也不输给婆姨女子！

一日晚间，几个人围坐在灯前捉虱子、掐虮子，一边闲谝。史炳耀脱下裤子的一瞬间，一只蛇蚤从中弹跳而出，他挥拳打去，竟打中了，那蛇蚤受伤，跌倒在炕皮上，一蠕一蠕半死拉活。他惊在那里，嚷道："哟呵呵！人说滚木擂麻雀、拳头打跳蚤是瞎折腾，我这偏偏打中啦！"白宝霖捏起死蔫蛇蚤捻了捻，说："这芝麻籽一样的蛇蚤，皮硬，捻都捻不碎！老史身手不凡，灯下打蛇蚤，是当县长的材体！"众人笑了一回，继续忙活。

史炳耀将个头大的虱子一个一个丢进嘴里，像嗑麻籽嘎嘣嘎嘣嗑着，下嘴唇上码拢了麻壳子一样的一溜虱子皮。白宝霖犯恶心，说老史你不要嗑哩，不嫌脏！史炳耀不以为然，说："虱子嘬我的血，我反嘬回来，实际上等于自个儿嘬自个儿的血，脏甚？这跟闹革命打土豪分田地是一个道理。"徐壮民拉下眉脸："你不要嗑哩，什么歪理！"他这才不敢坚持。史炳耀丝毫不显尴尬，兴冲冲请示打几条野跑的柴狗，说他最擅长做狗肉，徐书记和白主席到了他的韭菜园子，总得尽尽地主之谊。白宝霖不允，说："野跑的柴狗都有主儿，这样违反纪律，影响不好。"史炳耀说："同志们提着脑袋闹革命嘴上自然不能受罪，一天两顿和菜饭拴不住军心。再说，肠肠肚肚没油水，闹红也没劲。"又提出花钱买两条。徐壮民说："这回就算哩，等到乡政府的日子过好的时候咱再吃他一顿。”史炳耀有些失望，用牙齿挨着咬死衣裳缝里的一排虮子，嘿嘿笑着说：“为人不在吃喝上，吃喝不上怪×气！我其实是担心区上的两位领导吃喝不好对八乡的工作不积极指导哩！”白宝霖被他的话逗乐，说：“你这又是甚理论？新鲜！”徐壮民也笑了：“这个老史是个歪才才，工作上有一套，嘴头子上也有一套！”史炳耀连忙说：“耍笑哩，耍笑哩！”

半夜时分，庄里传来一阵狗吠，放哨的带着赵毡匠和县委的交通员来到史炳耀家里。赵毡匠说交通员路况不熟，他又怕耽搁了时辰，就带过来哩。油灯下，徐壮民接过鸡毛信，掏出信瓤看了一遍，眼里闪起亮光，转给白宝霖。白宝霖一气读完，兴奋得浑身颤抖，悄悄说：“大哥，咱大报仇的时候到哩！”徐壮民当即做了部署，自己只带赵康一个人连夜动身北上；由白宝霖带区小队随后潜往张家畔附近，负责侦察敌情、打造云梯、制作担架。

柴向东带着一支队伍在白城子城堡里潜伏了几天，因伙食供应不方便，队伍开进神柳湾庄里，分散住下。布置好警戒和控制过往、出行的事情，刚进家门，接到哨兵的报告，称有两个骑马的人从南边过来。柴向东显出兴奋，带着通讯员出来，穿过老柳树林子，用望远镜观察一气，认出其中一个是徐壮民，就放开嗓弦吼了一声，远远冲了过去。两人相扑拥住，徐壮民擂着他的肩膀，说：“瞎孙，想死大哥啦！”柴向东眼眶潮湿，说：“大哥，想死兄弟啦！”通讯员见二人如此亲热，偷悄悄向赵康打问：“这人是谁？”“我姑舅哥，镇边区委书记徐壮民！”赵康自豪地炫耀着，反问说，“你们是红军哪个部分的？”通讯员牛×哄哄地说：“我们是高司令的中央二路骑兵独立营，这是我们的柴营长！”赵康吐了吐舌头，羡慕地望着柴向东，注意到他胸前挂的一副望远镜，悄悄问说：“那黑筒子是做甚的？”通讯员笑道：“这叫望远镜，能把几里远的地方欻地拉到跟前，看得清清楚楚。”赵康不信，嘟哝说：“吹牛板子，不怕闪了舌头！”

柴家一年前遭遇杨猴小匪众洗劫，牲畜损失殆尽，虽新添了一头牛犊、二十几只羊，偌大的圈舍仍显得空落冷清。此刻，柴皮匠老婆老汉却是一脸灿烂，二人忙忙迎出，风风火火拉扯徐壮民进门上炕，端来奶茶、熟米一套蒙古餐饮，招呼吃喝。徐壮民百感交集。

柴向东兴奋不减，亲手给徐壮民倒了一碗热热的奶茶，指着一头坐着的两个汉子："这两个是我姑舅哥巴雅尔、巴特尔，现时都是高司令领导的伊盟蒙汉游击队的骨干，巴雅尔大哥是司务长，巴特尔二哥是中队长。"巴雅尔和巴特尔热火火地点头致意。巴特尔神情激越，用流利的汉语说："早先听向东兄弟说过你们跟章廷芝打斗的事，你是汉家的一条好汉，我弟兄两个早想跟你结成安达！"徐壮民晓得蒙古汉子喜欢结拜，说："好，今夜里就跟两位大哥结成安达！"巴雅尔和巴特尔拍掌大笑，柴皮匠和乌兰也都连声叫好。徐壮民见巴特尔心直口快，很是喜欢，感慨地说："久闻二位老兄的慷慨义气，却无缘相见！前几年，你们在那边还给我们买过战马哪！"巴特尔说："那十几匹马是我和大哥一手挑选的，都是雄健的蒙古好马！"徐壮民苦着脸说："可惜了这些好马，大都死在了章廷芝这个恶魔的枪下！"巴特尔捣了一拳炕桌，说："高司令和我们是拈香结拜的安达，他说蒙古人、汉人都是炎黄子孙，都是中国人，是一家人！章廷芝的手下到处打劫，是你们的仇人，也是我们的仇人，咱一起收拾他！"徐壮民情不自禁紧紧握住巴特尔和巴雅尔的手，说："咱这是注定的兄弟缘分哪！"

这是一个浪漫、宣泄的夜晚。柴皮匠和乌兰依蒙古风俗摆起香案，徐壮民分别与巴雅尔、巴特尔拈香结拜，成为安达。老两口亲自动手，抹捋了一桌丰盛的酒席。敬酒中间，巴雅尔提起那年代养马匹的一档子事，说这些马现时都归了游击队，得想办法还给他们。徐壮民慷慨地说："统统归蒙汉游击队，咱是一家人，还说两家话！"巴雅尔弟兄俩涨红了脸膛，嚷着今夜里一醉方休！在乌兰一曲曲放浪泼野的牧歌里，半大的瓷碗子盛满烧酒，咣啷相碰一饮而尽，几个人豪情鼓涌，奔放不羁，场面野辣火爆。徐壮民与在场的每个人至少碰了两碗，依然谈笑自如，舌头不秃；巴雅尔弟兄俩好生喜欢，黏着他不肯丢手，三个人连着又碰过三碗，柴家的一坛子散酒喝了个底朝天，弟兄俩嚷着不醉却动弹不得，不一会儿就打起粗重的呼噜。徐壮民感觉有些头晕，睡了一个时辰清醒过来。

柴向东和徐壮民挤钻在一个被窝里拉了半夜话。他讲述了高岗司令带领中央二路骑兵在伊盟地区活动的情况：年初，高司令带着队伍进入伊盟地界，据说所担负的一项特殊使命是占领这个战略位置，打通经外蒙古与苏联联系的通道，以应对国内局势的遽变激变。高司令联络自己十年前在伊盟开展革命活动时所结识的一批安达，主持成立了蒙古工作委员会，组建了蒙汉游击队，团结盟、旗上层，打击祸害草原的惯匪流寇，宣传党的民族政策，鼓呼抗日保蒙、抗日救国、蒙汉统一战线思想，在广大的伊盟地区又一次播撒了革命的火种。眼下，鄂托克旗、乌审旗正在酝酿建立党的工作委员会、成立武装工作队，抗日救国活动已形成气候——这个控制着通向新疆和外蒙古、苏联的交通道路的宽阔地带已为我方所占领。

高司令从新成立的陕北省委获悉三边地区的一些情况，决定派出独立营和蒙汉游击队一部协助三边革命武装清除反动民团和章家土匪武装，以扩展苏区，建立汉、蒙南北联结的稳固的革命根据地。徐壮民得知伊盟地区也已成为西北革命根据地的一部分，很是欣喜，认为党中央所制定的民族政策是一个高招，高司令独当一面是中央知人善任，也是咱陕北人的骄傲！他禁不住悄悄打问鼎鼎大名的老高究竟长个甚模样？柴向东说：“高司令戴副眼镜，大高个儿、长方脸盘，年龄比咱大几岁。”又悄悄说，“就是长一脸麻子。”徐壮民说：“貌奇是高人，丑男成大事，老高可是咱西北革命根据地扛大旗的人物！”又趁机讥诮柴向东长个大红脸，将来必定胜过关云长，二人一个捶打一个,乱笑一气。他向柴向东转述了镇边县委惠书记的指示，提出联手攻取张家畔，柴向东十分赞同。二人计议半宿，拟定了一个初步方案。柴向东说：“大哥，这一仗的总指挥非你莫属！”徐壮民笑着说：“我当就我当！”

第三天晌午，白宝霖骑一匹黄骠马过来，报告了张家畔各据点的详细情况，并称云梯打造、战地救护各项均已安排妥当，王振军带领区小队潜伏于北沙口等候。徐壮民主持召开战前预备会，做了四个方面的分析。他认为，从天时看，我方选择深夜进兵，敌方不易察觉，可轻易抵近，占有先机。从人和的一个方面即人为因素考虑，敌方二百余人，我方三百余人，且骑兵多，在兵力和反应上再占优势；从人和另一方面讲，敌方群龙无首，各怀鬼胎，一盘散沙，而我方兄弟同心、其利断金，在气势上又胜一筹。从地利角度考量，张家畔处于一个沙滩平原的地理位置，敌方民团散居于东西街上的几处店院、寨子，没有坚固的堡垒、工事可凭守，被动挨打，不占地利；而芦子河以东山区基本属于苏区，南部山区也属苏区，北面是人烟稀少的沙漠地区，这些因素都有利于我，因而此战必胜。他进一步预测说，战斗打响后，若进展顺利，可全歼守敌；若发生不测，则受创的敌人只会放弃据点向西边柠条原方向突围。基于这些情况，徐壮民认为：“攻击行动宜采用闪击战术，迅速分割包围、切断联络配合，各个击破，并在西边驮道路口设下埋伏，争取一举全歼！”大伙十分钦佩他的分析判断，一致赞成。白宝霖报仇心切，提出亲自带区小队攻打双福店寨子背墙位置。徐壮民认为寨墙高大、易守难攻，宗云鹞部是反应迅速的骑兵，战斗经验丰富，又有米登英残部加入，是最为强悍的一股敌人；区小队新近组建、没有打过硬仗，根本啃不动。遂否决了他的请求，并当场宣布由自己亲自带领独立营主力一连解决这股悍匪。柴向东脸膛憋得发黑，对这一点坚决反对，以徐壮民担任总指挥应把握全局为由，提出自己带一连直扑双福店。争吵半晌，徐壮民只好让步，命令从二连和三连各抽出十颗手榴弹，保证一连人手一颗。

夜色降临的时光，饱餐一顿，独立营和蒙汉游击队一中队近三百骑的马队向南进发。三个时辰后，马队与区小队在北沙口会合。徐壮民命令全体下马，进入战斗准备，战马一律佩戴笼嘴，又叮嘱原则上以双福店枪响为号，如遇意外可临机处置。队伍旋即分成六七股，保持纵横联络呼应，向南摸去。他带着蒙汉游击队折向西边，消失在远处模糊的黑暗里。

白宝霖带二十多人作为先锋向南疾行，一个钟点后逼近至德丰隆店院北边一百几十步远的沙梁下隐伏。张家畔处在黑灯瞎火里，并无半点动静。六七家店院黑魆魆的，一坨一坨散落，中间有明显的空地。双福店距东街店院区约一里之遥，一条便道连接，两边是开阔的沙滩。星光惨淡，隐约望见德丰隆店院背墙根有挎枪的团丁来回晃动，偶尔咳嗽一声，异常清晰。白宝霖观察到几股人马相继潜行至预定的柳树林子或沙丘位置，下令游击队员匍匐前进。约莫一袋烟的工夫，双福店那边传来叭的一声枪响，撕裂了夜空的宁静。白宝霖下令冲锋！早见树林子里几股马队冲出，各自扑向目标。游击队员猫着腰身冲向德丰隆店院，背墙根的两个岗哨一个被击毙，一个胡乱放着枪窜回里院，惊慌地大喊大叫："红军攻过来啦！"

阎老总听见枪响，吃了一惊，颤颤巍巍点亮玻璃罩子灯，一边呼喝："给老爷打！打！打！"史子平和张道士手里拎着匣子枪，大呼小叫，组织火力封锁大门。这个时候，张家畔街上枪声四起，喊杀连天，手榴弹密集的爆炸声从双福店寨子传来，似有千军万马从天而降。阎老总强自镇定，穿好灰色的织贡呢长袍，套了黑色的软缎坎肩，戴上一顶黑缎子瓜皮帽，从火炕上下来，躬身立在脚地上，双手合十，高高举起，嘴里呢喃着义拳道的护体咒语，乞求神灵附体、刀枪不入。他念完咒语，烧化了几道符箓，灯影里，昂起头颅，大步走出门庭，望一眼已经占据了两侧房顶的游击队员的黑影，又闭目合掌默念一段咒语，突然，双臂成剑，向前斩去，歇斯底里地吼道："天将降大任于斯人也！阎家神兵，给老爷攻！攻！攻！打！打！打！攮！攮！攮！杀！杀！杀！”团丁们眼见老总一身惊天地泣鬼神的胆气，都以为他真的练就了盖世神功，一个个提振精神正待杀出，砰的一响，对面屋顶飞来的一颗子弹击中阎老总的胸脯，只见老总身子垮塌，一个仰面朝天倒在地上，前胸喷射出一股血雨！团丁们吓得一个个缩回屋里，房顶上响起“打官不打兵、缴枪不打人”的呐喊声。史子平喝令团丁守住房子，不许投降。一颗手榴弹扔进东厢房，传出一片哭叫。接着，又有两颗手榴弹扔进西厢房的烟洞里，轰隆两声，炕墙垮塌，土圪垯乱飞，击中几个团丁惊得魂飞魄散。张道士见几处房顶全被红军占领，拽了一把随身的道童，两人砸开东厢房后窗，正待爬出，史子平带领鲍二牛几个心腹从侧门进来，冷笑一声，连开数枪，将两人击毙。史子平一挥手，几个人爬出窗户，借朦胧曙色掩护直奔东河湾，向龙州方向逃去。

白宝霖这一股拿下德丰隆，收缴了全部武器弹药，将二十几个团丁押解到一间房子里，留五六个人持枪看管。他嗷地一声长嚎，又带领十几个人向双福店寨子冲去。

晨光熹微，双福店寨子枪声已趋稀疏。

偷袭转为强攻之初，柴向东组织一挺轻机枪和排子枪火力压制北寨墙堑壕内的守敌，突击队员攀爬云梯强攻，敌兵疯狂阻击，相持一气未能得手。紧接着，发动了一轮轰击，三十几颗手榴弹抛进三四亩地大小的寨院，巨大、连续的爆炸几乎将寨子掀翻，厩棚起火，马匹嘶鸣，纷纷挣脱缰绳满院狂奔，团丁们惊慌失措，四处躲藏。宗云鹞接连枪毙了两个抱头鼠窜的团丁，声嘶力竭地喊道：“今天不是鱼死，就是网破，红军捉住一个也活不了！都给老子泼命打！”团丁们醒过神儿，很快集结，宗云鹞和米登英兵分两路登上寨墙，一通乱枪扫射和手榴弹轰击，将南墙和北墙外十几个攀着云梯强攻的红军战士打落在地。进攻受挫，伤亡不断，柴向东焦急万分，决意孤注一掷，下令将手榴弹一颗不剩全部抛向寨子。一声军号，红军战士拥向寨墙，数十颗手榴弹飞出，有的在堑壕里爆炸，有的当空炸开，大多落入寨院，一时天崩地裂，硝烟滚滚，团丁伤亡近半。红军战士趁势登着云梯抢占了北墙，沿着堑壕争夺东墙和西墙，同时向寨子里射击，四下里响起“活捉宗云鹞”的口号声。宗云鹞害怕红军手榴弹的又一轮轰击，枪火闪烁里，吆喝活着的三十多个团丁且战且退，分两路上马突围。呼喇喇一声，寨子东门大开，里面甩出一排手榴弹，一小股马队冲出，旋即陷于包围。突然，西门打开，宗云鹞和米登英带二十余骑疯狂冲打，脱身而去。

满天霞光，突围的马队沿便道向西跑走，很快进入烟墩山下的驮道。宗云鹞回头望了一眼，带着劫难余生的慨叹吼喊道：“啊哈哈，大难不死必有后福！老子属猫的，有九条命！”话音未落，米登英惊呼一声：“不好！”眼疾手快打了一枪，前方沙梁上探起半个身子正在扯弓射箭的巴特尔胳膊中枪栽倒，但箭已离弦，一声尖啸，宗云鹞的毡帽不翼而飞，头皮被削掉一溜，血水直流。这时传来徐壮民的叱喝声，宗云鹞大惊失色，伏在马背上，一梭子向前盖射过去，折转马头向北面的沙滩逃去。沙梁上射来排子枪，五六个团丁中枪落马。巴特尔逞能，擅自放箭，过早暴露了目标，搅乱了伏击部署，徐壮民苦叹一声，指挥伏兵追打一程，又射杀了三四个团丁。宗云鹞和米登英带十余骑在沙滩林草地带绕行一个大弧，消失在通往柠条原的驮道上。

# 第二十五章

过罢年，张自立接连打出四张牌，两张半落地，一张半打飞，慨叹时乖运蹇、县官难做，唯有尽人事听天命了。张太太这些日子也跟他怄气，睡觉不脱衣，撂一个脊背过来，于是更添几分心堵。

经历了两三年的风风雨雨，张自立终于悟出一个道理：蒋委员长发动的一次又一次的围剿之所以失败，一个极其重要的原因是缺少老百姓的支持。据此，他认为对老百姓的控制和驾驭丝毫不可以懈怠，于是首先在柠条原示范推行了保甲制度。编组以户为单位，设户长；十户为甲，设甲长；十甲为保，设保长。柠条原辖区共设十个保，保上又设联保处统管，任命赵天孝为主任。这套体制除去其行政运行效率高的特点以外，最为显著的是户长须统统签名画押加盟于保甲规约，声明一旦发生“为匪通匪纵匪”情事，则联保各户实行连坐。这一举措实施以来效果明显，联保处像拨拉算盘珠子一样对辖区内的风吹草动全盘掌握，即便偏远之地的人家与邻接的陷落区发生暧昧、勾连，邻家害怕株连，往往暗里告发，很快层层上报，可当即予以严厉的惩戒。如此反复打磨之下，老百姓一色乖溜溜的，不敢造次，张自立对党国承袭前朝这种人治人的株连做法油然起敬。

收复张家畔的行动原是继沙坬沟事件之大捷乘势打出的一张

大牌，却输得一塌糊涂，他像一个输红了眼却无以扳本的赌徒，焦躁狂癫，夜夜失眠，惊叹红军像漫山遍野的野苜蓿，砍伐一茬又冒出一茬！为了防备红军趁势攻打柠条原，他和赵天孝、张桂生几个一番运筹，决意尽快扩编县保安队和警队，却又为筹款的事犯了愁。财神爷在哪里？他盯上了李函玉。张自立拎了礼盒亲自登门拜望，先是怂恿李函玉加入国民党组织，为党国大业献计献力。李函玉说，子曰“君子矜而不争，群而不党”，婉辞谢拒了。碰了个软钉子，他并不气馁，又大诉苦衷，要求商会发起捐输，同时协助政府完成在应征杂课上再加二成的征收任务。李函玉脸色难看，历数近年商户负担之重、惨淡经营的情况，不予应承。赵天孝闻风趁机进言罢去李函玉的会长一职，张自立再次登门以此要挟，李函玉哈哈一笑，当场交出印鉴、名簿、章程册和账底单据一摊子手续，表示自甘寂寞，情愿让贤，不再讨人嫌怨。双方弄僵。赵天孝上下奔走，撺掇商会会员选任新会长。显然，他对李函玉在柠条原商圈中的威望和影响的判断粗糙失当，未及开会，百十家同业自发串联，一夜之间家家关张罢市反对，一时舆情沸腾。张自立深知李函玉树大根深、社会关系复杂，权衡利弊，只得赔着笑脸恭请他出面摆平，并答应酌情削减，双方最终达成提加一成杂课、免去捐输的协议。这场风波平息，张自立握在手里的大兴土木、修筑城池的另外一张牌不敢往下打了。工程耗费巨大，如无省府拨款资助，单凭柠条原一隅之力只怕是杯水车薪，弄不好还会惹发事端激起民变，动摇最后的一坨阵地，只好暂且搁置观察风向另做打算了。

进入农历三月，张自立又推出一项着眼长远的计划，即积极物色、发展国民党党员和“三青团”团员。鉴于县内尚无党部和“三青团”机构设置，他亲赴榆林，向国民党榆林区党务办事处和“三青团”榆林区分部汇报情况，争取支持。此行不虚，他索得入党、入团申请表册，首拨请来书记员和组训、宣传干事，介绍章廷芝、赵天孝、张桂生、宗云鹞、景凌等二十余人集体加入了国民党组织，筑成反共中坚堡垒。嗣后又请来“三青团”分部干事进行宣传、考察，责成柠条原小学和街区保甲组织鼓动十几名高年级学生和街上的一拨青头后生加入“三青团”，并拨给活动经费。分派他们负责跟踪可疑分子，窥探、监听社会舆情，发挥根系和枝叶的作用。这项举措的施行，拢集了一批年龄、身份、地位、职业不同的人物，形成一个营垒，并显示出了政治导向、反共作战及衍生枝蔓等多重功能，影响广泛，意义深远，也是张自立聊以自慰的一张牌。

坊间随后传出一个说法，有鼻子有眼，与张自立婆姨汉闹别扭一事相干，令人啼笑皆非：张太太瞄扫见张自立鼓动章廷芝加入国民党，也缠着要入伙，张自立说这是男人的事情，㞞婆姨女子走开！张太太不甘心，趁章廷芝一股人在青天白日旗下举着拳头宣誓的当口溜进会议室，想觑探个究竟。她见各人神态庄严，像小学生念课文似的念叨什么“余誓以至诚遵奉总理遗嘱，信仰本党主义，接受党纲实行决议，遵守纪律，履行义务，如有违背誓言，愿接受本党最严厉之处分”，不禁尖笑出声，惹得众人一齐回头张望，中断仪式。榆林的组训干事大为恼火，严厉叱责，张自立走过去照太太的粉脸上掼了一掌，张太太大哭，摔门而去。众人只得依照组训干事刻板的要求重闹一回。

这一天午间，传来红军东征受阻、刘志丹战死的消息，张自立心中的阴霾一扫而光，禁不住拊掌大笑，原地跳了几跳，嗷嗷地吼喊一气。一桩心事涌上心头，于是迈着轻快的碎步，亲自去商铺买回一摞纸钱、冥宝；大白天在路口撅着尻子手指东方点火焚烧，望祭死去的倒埋在镇边城北山的二老爷。烧纸回来，张自立粗喉咙大嗓门喝令秘书起草文告，遍贴大街，周知消息！他泡了一杯香茶，端在手中，在院子里踅来踅去，津津有味地品咂着，看着什么都顺心顺眼。有小科长见他心情好，趁机过来请假，他挥一挥手，说：“还请什么假？三边的天要亮豁了，通知各部门科室，全体放假一天，薪水照发！”

这么折腾一顿，张自立仍觉心浮气躁浊气难消，只想喝酒，于是吩咐在泰和居订置几桌酒席，又打发人去章记牙行邀请正准备返回绥德的章廷芝过来一同庆贺。张太太听见动静，一颗心怦怦紧跳，脸上泛起红潮，忙着梳洗打扮，嘴里也咿咿呀呀不闲着，唱开《偷红鞋》的曲曲儿：

一呀更价里哎点明灯，
高点上那个明灯呀看新人；
新人不过十呀嘛十七八呀，
小小的那个金莲哟半呀嘛半拃拃。
……

后晌时光，泰和居雅间腾起喧闹的声浪，一班头面人物议论着战事消息，个个眉飞色舞、拍手称快。开席前，张自立宣布了政府下一步将推出与定边县府和三边保安团携手合作实施清剿的计划。张桂生带头鼓掌，表示舍钱舍物舍命都行，坚决追随左右，直至连根剜掉共产党才歇心！赵天孝当场表态，愿说服格神甫出手襄助，称教堂方面必定会予以极大的支持。众人情绪涨起，一致认为距离红军覆灭、收复失地、天下大治的日子不远哩！

待酒菜上齐，章廷芝才大摇大摆过来。他瞅见酒罐尚未开封，打诨说："酒菜都已上齐，诸位还等刘志丹下命令哩？"各人笑开。张桂生露骨地奉承说："大英雄尊驾未莅，我等如何敢动箸先饮！"张太太放飞媚眼，亲自打开酒罐，就要斟酒，章廷芝甩着大背头，捺住她的手，对众人说，今儿这酒得我亲手来倒！一一斟满，他蹾着钵子，干咳一声，说："今儿借张县长一樽酒，先敬表兄刘志丹！刘志丹是一条英雄好汉，我服！"见众人面面相觑、一脸惊诧，他哈哈大笑，将酒水泼洒在地，又斟满一钵子，朗声说，"刘志丹耐不过章廷芝，共党出不了党国的水！为此，请各位干杯！"张自立自愧气度弗如，带头鼓掌喝彩。张太太扭着腰肢过去，说："大英雄就要重返战场了，嫂子敬你一杯一杯再一杯！"张自立见太太好不容易气色好起来，由着她出了一回生动活泼的风头。

推杯换盏、吆五喝六至黄昏时光，有章家团丁飞马来报，说在安边堡南山抓住一个大共产党，还缴获了一部电台！章廷芝撇下酒碗，向众人抱拳施礼作别。张自立亲自送出门厅，说："大英雄哪，有什么好消息捎话过来，让柠条原这边也乐和乐和！"

前一天的后晌，安边城南边约莫四十里的吴家湾庄垴畔山驮道上过来六个赶骆驼的人，一色客商打扮，风尘满脸。十多峰骆驼显然经历了长途跋涉，乏累饥渴，呼呼嘶吼，这种嘶哑古怪而难得一闻的声音，令人憋屈烦躁。客商们犯了踌躇，圪蹴在山道旁小心观察着庄子里的动静，商量一气，决定歇歇脚，煮一锅粥，也给疲乏至极的骆驼饮点水喂些精料。随后，两个人拎着皮囊子去不远处的小河边打水，另两个人进入庄子买饲料，顺便打问前往吴起的方向和路径。两人操着南方口音，庄子里的人听不大明白，引来许多看热闹的。一番周折，当两人得知从这里下去蹚过小河、再往前行十多里就可进入红军出没的苏区时，显得异常兴奋。一户人家卖给他俩几升黑豆，却没有袋子，其中一个顺手撩起长袍大襟盛装，露出腰间皮带上别着的手枪把子，又赶紧遮盖，还是让人群里一个游荡的二流子瞄扫见了。他尾随在后头爬上垴畔山，鬼头缩脑觑探一气，假称自己是当地的甲长，上前左右盘问，甚至做出一些肆意的猜断。这股客商似乎察觉到了某种隐忧，敷衍几句，一人喝了一碗半熟的稀粥，赶着骆驼匆匆上路。二流子拔腿奔向隔山的邻庄，向正在收取规费的一股子章家团丁报告了嫌疑。队长蔺长财听说有几个带枪的外路客商去苏区、骆驼驮子装得鼓鼓囊囊，以为立功发财的机会来了，赏给二流子几个小钱，吆喝一声，五六十个团丁迅速集结，尾追过去。

六个客商远远望见有追兵鸣枪赶来，喝住骆驼，卸下驮子，取出枪支和一部电台，迅速抢占了一座喇叭形的山头。蔺长财带人冲过去，围住骆驼群搜索了驮子，只是毛皮之物，并无银两、烟土，于心不甘，下令放了一个排子枪示威，向山上喊话，让他们交出枪支和大洋。对方不应，蔺长财指挥团丁包抄袭击，双方展开枪战。客商们显然训练有素，巧妙利用地形，分头阻击，接连打退两番冲锋，毙伤团丁四五个。团丁怯阵，不敢硬冲，一个个趴在土包下瑟缩不前。蔺长财见这股人厉害，想打发人返回安边城搬兵，又担心遭到两个岳父的讥诮和辱骂，只得硬着头皮喊叫："弟兄们，谁爬上山头奖大烟二两，活捉一个奖大洋二十块。给老子冲！"团丁们一听有重赏，鼓噪壮胆，发起一轮新的攻击。有十几个刁钻的团丁匍匐近前，突然蹿起，一阵乱枪，两个据守的客商被打死。危急关头，一个络腮胡子的客商大吼一声，从一处山圪塄跳出，两手各抄一把匣子枪左右点射，撂倒五六个团丁，其他的连滚带爬逃下山去。蔺长财听了团丁的报告，唬得双腿哆嗦，以为遇到了悍匪硬茬，打算撤走。蔺姑娘的父亲蔺扁脑也是一个小头目，从怀里摸出小酒壶抿了一口，凑过来说："大侄子，这明显是一伙红军，说不准身上还带着大钱跟机密文件，咱要是损兵折将、两手空空回去，六老爷、七老爷还能饶了你？"蔺长财犯难，说："打不过，咋闹？"蔺扁脑献了一计："硬打显然不行，咱不如提出谈判，日哄他们上钩，叼空子干他一家伙！"蔺长财连连点头，下令停止射击，朝山上喊话，提出双方罢战进行谈判。络腮胡子见弹药不足，向山下回话，表示愿意谈判。蔺长财窃喜，约定地点，依对方要求撤出背山根的团丁，以示诚意。几个客商匆匆掩埋了同伴的尸体，络腮胡子下令烧毁文件、砸坏电台和多余的武器。之后，他将剩余的子弹分发给三个同伴，低声交代了一番，三个同伴大哭，他空着双手朝山下大步走去。

络腮胡子被围在核心，却不慌张，自称从苏联过来，名字叫陈平信，在国外听说中央红军转战到了陕北吴起，主张全民抗日，于是约了几个朋友一块回国，打算去苏区寻找红军，一道抗日，要求无条件放行。他不等蔺长财回话，又大声宣讲起倭寇入侵、国家危亡的紧迫形势和国共双方应摒弃前嫌停止内战团结抗日的道理。蔺长财不耐烦地打断他的话，干笑着说："姓陈的，我的条件没你那么麻烦，简单得跟尻裆捉老雀儿一样——只要你们几个把武器全部留下，再赔上我手下十来个弟兄的命钱，就马上放行，送你们过河找红军去。”陈平信说：“我们跋山涉水走了几个月，身上没有太多的钱，可以给你们留下一些。枪是要用到打日本鬼子的战场上去的，不能交给你们！”他拐巷绕弯说了许多话，似乎在有意拖延时间。蔺长财嫌啰唆，喝道：“我看你操着南方腔，分明是从南方过来的大共产党！”说罢使个眼色，团丁们一拥而上将陈平信扑倒，五花大绑。蔺长财得意地说：“嗨嗨，人常说南蛮子精得跟狐子一样，老子看你就是一根愣棒槌！解开不？哄死人不顶命，老子跟你谈个×的判！弟兄们，天快黑哩，山上只剩三个仄人哩，押上姓陈的给咱挡子弹，一举拿下！”团丁们见这个凶悍的头子已被擒拿，不再怯惧，押着他向山上摸去。他们没有遇到任何抵抗。手电光下，山顶上只有一个埋人的土堆和一部砸坏的电台、几杆破枪，另有一坨燃烧东西留下的灰烬。蔺长财气急败坏，臭骂山根两侧的团丁瞎了狗眼，让三个红军从鼻子底下溜跑哩！撒开人马搜索半夜，一无所获，草草掩埋了团丁的尸体，押着陈平信回安边去了。

溜下山去的三个人由于地头生疏迷失了方向，顺着沟道北撤进入安边东滩。他们在村庄外盘桓了一个早晨，潜入一户人家找水喝时，被堆子梁教区一个姓张的教民发现，报告了教堂。荷兰国高神甫不能容忍教民区有不明身份的武装分子进入，着令缉拿。二十几个武装教徒将三人包围在几间房子里，喊话劝降无果，发动攻击，三人顽强抵抗，毙伤教徒六七人，终寡不敌众，全部被打死。团丁们泄愤，又将三人统统砍了头。高神甫听说他们是红军，称天主惩罚了这些大恶人，让教徒们拎着人头去安边请赏。

李道庵县长这几天在安边视察，一早便接到定边县政府飞马报传的“红军东征失败，刘志丹战死”的电讯，随后又接到蔺长财派快马送来的擒拿了一个南方大共产党的报告，便带着党科长几个随员匆匆赶往章家大院。

大喜大庆一番，才说到眼前事。他与章鸿儒、章杰儒商量一气，依着党科长别出心裁的建议，决定摆个大一些的特别场面，邀请商会会长王文舫和各界头面人物一起到东门迎接章家凯旋的团队，而后在安边小学操场举行庆祝、宣教会议。党科长心细，说："这个大共产党口口声声喊叫什么国共双方摈弃前嫌、团结抗日，若由他当众信口雌黄，怕是影响不好。"章杰儒说："那就拿一块烂布塞了嘴，叫他变成一头哑驴！"计议停当，李道庵显出兴奋，称赞蔺长财智勇双全，为党国立下殊勋！章鸿儒捋着山羊胡子，自豪地说："我一直把这灰女婿三间房看成了一间半！"

一挂鞭炮炸开，东城门嘎吱嘎吱张向两壁。威武的军号声里，便见一队荷枪实弹的团丁赳赳开来。后头，是一峰高大的骆驼，驮了蔺长财，胸前挂着醒目的绶带红花。他显然陶醉于荣耀，双手高擎起砸坏的电台，日天晃地地骑行着，向两旁围观的人群频频颔首，粗声炫示说，这电匣子可是共产党、红军的大头子才配有的洋玩意儿！骆驼尻子后头跟进来一头矮小羸弱的毛驴，五花大绑的陈平信被强捺在毛驴背上，嘴里塞了一疙瘩烂布团。围观的人群被这样奇特的安排惊动，待在那里，议论纷纷。李道庵很是满意，带头鼓掌，大小人物争先响应，只王文舫一个无精打采，像没睡醒。

蔺长财一股子依照预定的路线在城里游行一大圈，沿路吹天浪地，费了不少时光才进入学校操场。会场早已布置停当，接到通知停课开会的小学生们列队静候，还有几百号看热闹的，所有人的目光都集中在骆驼和毛驴背上。蔺长财充分享受骑在骆驼背上的这种众星拱月的感觉，借故延搁了一个深呼吸的时间，听到岳父威严的咳嗽，才从骆驼背上磨蹭下来，正一正帽檐和胸前的大红花，向前几步跑，啪地一个立正敬礼，大声喊道："报告李县长，卑职将活捉的共党大头目带到，听候发落！"李道庵点头回礼，冷着脸睃视一圈，下令将共党头子押入会场。陈平信被几个团丁从毛驴背上拖下，押解至会场空地预定位置。人们瞅着这个身材魁梧、浓眉大眼、昂头挺胸的汉子议论纷纷，有人说这人长胡子长头发敢是有半年没收拾哩！有人说南方人不好好在家过日子跑到北方送命来哩！学生娃娃们更是一脸惊奇，目不转睛盯着这个共产党，窃窃私语。李道庵扯开公鸭嗓子制止住喧哗，宣布开会。他称颂了一番章家保安团的英勇善战，宣布定边县政府决定奖赏蔺队长和团队大洋各一百块！稀拉的掌声之后，李道庵鼓吹了一通蒋委员长剿共的宏大部署和大兵围剿的辉煌战果；宣称红军东征失败，刘志丹战死，兵员锐减，已至穷途末路；号令全县军政学商及工农各界守土有责，齐心协力，夯筑牢不可破的防拒长城，严防共党狗急跳墙向西袭扰；特别强调防共剿共应从学生娃娃抓起，让他们及早树立正确的政治观、人生观和社会责任意识。

讲话临近尾声的时候，几个堆子梁教堂的武装教徒大模大样进入会场，一个承头的拽着一条毛线口袋过来，向李道庵报告了相关情况，大声说奉高神甫之命将滋扰教区的三个红军大恶人的脑袋砍下送上！说罢，从毛线口袋里抖搂出三颗血淋淋的人头。婆姨女子和学生娃娃们发出惊呼，纷纷捂住眼睛，人群一阵骚动。陈平信认出是同伴的头颅，怒目圆睁，鼻孔鼓出呼啸之声，狂癫地冲去，被几个团丁扑倒，拳打脚踢，登时头破血流。一股乡绅、团头鼓噪砍得好！打得好！李道庵喜道："这么说，这股从苏联潜回的共党给一网打尽啦！"头脑人物们鼓掌。章杰儒禁不住说："教堂的利益跟我们是一致的，再不能瞎计较哩！"章鸿儒示意他噤声，他眼一眨一眨，嘴一噘一噘。李道庵白净的脸上现出怜悯之色，喝止殴打，指着三颗人头，用痛惜的口吻说："跟着共产党吃不饱、穿不暖，有什么好？值得你们卖命！"王文舫憋了多时，上前一步，皱起眉头呵斥几个教徒："你们几个还是不是中国人？杀也罢，剐也罢，跟教堂有甚相干？跟洋神甫有甚相干？岂有此理！"会场上的注意力集中到他身上，一时鸦雀无声。章杰儒依然处于激动中，欲上前理论，被章鸿儒拽扯住："要注意场合，你少说两句，自己肚里精明就是哩。”李道庵对王文舫颇有些敬畏，担心生发事端，连忙过去搭讪：“请老旅长息怒，高神甫协助剿共毕竟是一宗好事！”王文舫表情痛苦，仰天长叹：“天主教天天把积德行善、救赎生灵挂在嘴头，下手却是如此狠辣，足见他们心口不一！泱泱中华，积贫积弱，强夷凌辱，犹自相残。国家不幸，民族不幸哪！”说完，拂袖而去。校长王克恭红头涨脸，一改平素沉静、冷峻的气性，厉声谴责，称天主教堂无视中国法律，擅自捕人，动刀杀人，是一种野蛮狂妄的行径！并称代表学校，强烈要求李县长出面交涉、追究责任！章雨枝情绪激动，流着泪水，用伤恻、忧愤的口气质问道：“就算共产党、红军触犯了国法，可他们都是中国人，咋能轮到洋人杀啊！”人群里传出嘈杂的响应，有人咒骂这股洋驴野狗蹬蹄踢人、跷腿尿尿无法无天！几个教徒本想炫示一番讨个赏钱，见群情激愤，一个个惊慌失色溜出会场。李道庵揣度这个事情只会越描越黑，不敢纠缠，黑头黑脸宣布散会，下令将陈平信押入死牢，将三颗人头悬挂城门示众。

章廷芝连夜去了城西北角的大涝池监狱，一路上满腹心事。他打算将陈平信和电台带往绥德，那定然是一桩轰动军营的事，加上青杨区事件和沙坬沟事件的功劳，自高桂滋以下谁人还敢小觑？心中的憋屈可一举荡除，加官晋位也未可知。然而一想到寄人篱下、刻板枯燥的军营生活，他又生发出无限的烦恼和怨艾，这与三边草头王的放荡不羁、逍遥自在相去甚远！

而三边也不是从前的三边了。在他的印象里，这地方就像一个挎包，可随他挎来挎去；这地方的世事就像一个软糜子窝窝，可由他揉来揉去，揉成薄的厚的圆的扁的随便什么的。可曾几何时，这一切都悄然发生了变化！这些苍黄之变令他迷茫、怅惘，只是不曾闪滑过失败的念头，他坚信自己依旧是这地方的主人，随便一跺脚，就雷翻艮震了。

此刻，他甚至懊悔当初的抉择，将辛辛苦苦打拼得来的数百人马拱手送人到底图的什么？自个儿赔了夫人又折兵又得到了什么？只有一个模糊却是合理的解释，那就是动荡混沌的年代国家也有既定之规，一支四处打劫的黑军终归没有前程，国共双方不论哪一家最终都是容不得的，必须从中做出抉择，加入利害相系的一家去打另一家，只有这样才能保全章家的地位、权势和财富。高长官已几番传令要他归队，再拖下去只怕军法难饶。他是一个由血脉遗传、人生磨砺养炼了英雄情结的人，明白自身的力量还嫌弱小，有如风雨之中的一棵小树，只能随风摇摆伸展而做不到岿然不动。铸就霸业尚须努力，征战的路途既长且远；他也明白，自己是在与共产党的搏杀中一路成长一路走来，以至不共戴天，容不得迟疑观望，更容不得拐弯倒退，只有跟着党国的轮子向前滚动了。

章廷芝是拎着一只烧鸡和一葫芦烧酒进去的。陈平信戴着手铐、拖着脚镣进入问讯室的时候，他端坐在椅子上，一声不响，天地仿佛突然僵硬了，肃杀了。他以阴冷尖利的目光逼视了对手足足一袋烟的工夫。陈平信站在脚地上一动不动，用沉静淡然的目光相迎，眼睛都不眨一眨。目光对峙之间，好似刚劲悍猛的拳头打向虚无的空中，好似天上凌厉的冰雹落入汪洋的大湖，章廷芝感到自己的锐气没有着力点，已被对手一点一点化去，心间突然涌生起一股敬意，于是离开座椅，亲自动手打开手铐和脚镣，恭请对手坐在板凳上，把烧鸡和酒葫芦攥到桌子上，说："村醪土鸡，不成敬意，请慢用!"陈平信饿急，也不搭言，撕下鸡腿、鸡脯大口嚼食，不时举起酒葫芦猛灌一口，一只烧鸡很快连骨头也不见了。陈平信打了一个饱嗝，伸出双手说："戴上吧。"章廷芝不动声色，递给他一根纸烟，掏出打火机给他点燃，自己也叼了一根，深深吸了一口，幽幽地问道："你真名叫什么?"

"陈平信。"

"从哪里过来?"

"苏联。"

“走的哪一条路线？”

“从莫斯科出发，经外蒙古和腾格里沙漠，由宁夏石嘴山渡过黄河，顺着伊盟鄂托克草原过来。”

“你的老家在哪里？”

“江苏宝山。”

“什么时候去的苏联？”

“四年前。”

“你的身份？”

“工人。”

“你回国的任务？”

“没有任务，若说任务就是往死了打小日本！日本人占了东北，又要占华北，还想占全中国。我们是中国人，国家危亡，匹夫有责！”

“电台是高级军用设备，普通人根本弄不到手，你们从哪里弄的？”

“莫斯科的黑市上买的，花掉一笔积蓄。”

“你们六个人就算抗日，要电台做什么？”

“听说红军主张抗日，红军非常贫穷，缺少电台，打日本鬼子部队需要电讯联络，想捐赠给他们。”

“为什么要砸毁？”

“不能让它落入民团、土匪的手里。”

“舍出你一个，同伙乘机逃走，这倒像是共产党的做派！”

“我们几个是结义的兄弟，情同手足，总不会坐以待毙吧？”

章廷芝突然哈哈大笑，说：“工人咋会打枪？据说你双手使枪，枪法还不错哩！”说着，欻啦抽出手枪，砰砰两枪，将刑架上的两根吊绳打断，吹了吹枪口的青烟，插回皮匣子。陈平信由衷地称赞说：“出手快，枪法准！”章廷芝说：“请回答我的问话。”陈平信淡然一笑：“我们出国闯荡的人总得有点护身的本领，我自小就学打弹弓，练到十中八九，后来学会了打枪。”“咱俩一样，我也是打弹弓出身!”章廷芝大笑，“打枪倒也罢哩，烧毁文件干什么?”陈平信微笑着说：“什么叫文件？听不懂。那是为打死的弟兄烧的纸钱!”章廷芝望着陈平信，长长吁了一口气：“大哥，跟着我干，赏你一辈子花不完的大洋，赏你花容月貌的女人!”陈平信站起来，伸出双手，示意将镣铐戴上，语气惨然地叹道：“国将不国，家将不家，谁人贪图这些乌七八糟的东西，只怕老祖宗不饶!”章廷芝干笑一声，也站起来，吩咐看守好吃好喝好生伺候，走出门去。

章廷芝打消了带走陈平信的念头，叮嘱父亲和叔父说：“姓陈的是个顶天立地的汉子，必定是一条大鱼，不能猛猴上树来硬的，得像熬鹰一样熬着。”第二天，他带着警卫排上路了。

日落时，白文翰骑着一匹黄骡子返回家里，他去了一趟柠条原，卖了几张羊皮。白志魁弟兄几个犁地回来，见父亲头脸黢黑，谁也不敢问，分头擦拭犁铧、拾掇挽具，把犍牛和黄骡子牵进圈棚喂饮。白文翰坐在院子里的碾盘上发呆，噙着旱烟锅子有一口没一口地吸着。白贺氏拽拉一个流鼻涕的小孙子小心翼翼凑到跟前，掂量一刻，说:“他大,又愁怅甚哩?”白文翰长长地嗐了一声：“没事!”白贺氏说:“老掌柜不动筷子,一家老小都不敢动,米汤都清起皮哩,快些!”白文翰说他肚子憋得满满的,不要瞎伺等哩。

徐壮民带着区小队在镇边城南山进行了一天的军训，心里惦着请托白文翰暗里捎带子弹的事情，说咱们到白叔家蹭一顿饭吧。不一会儿，一股人说说笑笑进了白家窑院。当徐壮民得知刘志丹牺牲的消息，惊得目瞪口呆，牛嚎一声，泪如雨下。白文翰从碾盘上下来，脚下似绊了葛蔓，步履踉跄地出了大门，望着保安县的方向伫立一刻，佝偻着身子深深鞠了三躬，说：“培基兄，你给咱陕北养了一个好儿子！景桂贤侄，白叔给你送行哩!”说罢大哭。犹如天地崩塌爆裂，犹如至亲撒手人寰，白家窑院顷刻陷于凄风苦雨、愁云惨雾里，半院子人瑟瑟发抖，呜呜咽咽。徐壮民眼睛血红，头发端奓，掣出手枪朝天空一顿乱射，发出野狼似的嚎叫。“全体跪拜刘主席!!”他双膝跪地，面朝东方磕了三个响头。大伙齐刷刷跪倒，在生硬的黄土地上嘣嘣磕头。

六七年后，徐壮民才晓得，当时，红二十八军军长刘志丹的遗体被连夜运过黄河，在吴堡县的军渡买了一口棺材，一路护送到瓦窑堡，先搁在一孔窑洞里，后埋在南门外二三里远的山坡上。下葬换衣时，刘志丹身上只有一件破大衣、半盒洋火、两个装了六根烟的纸烟盒和几份揉破的文件，以及一个烟蒂大小的铅笔头。而更令人心寒落泪的是，刘志丹牺牲那会儿，头上依然戴着几顶大帽子，个人档案的右上角写着一行清晰显眼的小字：“此人犯有严重的右倾机会主义错误。”是在中共中央西北局召开的高级干部会议上，刘志丹的历史问题才得到彻底平反。次年，中共中央和陕甘宁边区在延安为刘志丹举行移灵公祭万人大会，缅怀他的传奇人生和不可或缺的历史功勋。毛泽东题碑：“群众领袖，民族英雄。”周恩来题词：“上下五千年，英雄万万千；人民的英雄，要数刘志丹。”张闻天题词：“子丹同志的路线，是我党领袖毛泽东同志的路线，是我党的布尔什维克的路线，是真正中国的马列主义的路线。子丹同志，精神不死!”

黑麻咕咚的时光，大伙才把极度的悲戚、伤悼彻底地倾泄、释放，一个个庞眉肿眼安静下来。白文翰说：“人死如灯灭，阳世上的人还得好好活，活出一个让刘志丹含笑九泉的新天地!”他吩咐白贺氏和几个儿媳妇搂柴烧火给一股人做一顿稠的。吃罢饭，徐壮民和白宝霖默然进入拐窑。白文翰把一袋子子弹撂过来，说从王仓手里接过货一路还算顺畅！又悄悄叙述了从安边传来的消息，说章家民团活捉了一个从苏联过来的大共产党，关在大涝池的监狱里。三个人拉扯一顿，觉得事关重大，徐壮民当即决定派人向县委汇报情况，同时请求白文翰以上门看二女儿为名去安边打探细枝末节，老汉一口应承。

雨枝从学校大门出来没有回家端直去了西街的刘记烧鸡店。掌柜的头一遭遇见章家大小姐亲自上门买烧鸡，受宠若惊，以大声招呼的方式吸引周边店家和街上行人的注意。他精心挑选了一只大个的烧鸡，小心翼翼用干净的麻纸包好，又拿出一根麻线绳子绑扎牢靠，绾了一个双结头；一边絮叨说，刘记烧鸡是用家传秘方煮制，含有几种名贵的草药成分，所涂抹的饴糖和制卤的香料货真价实、上乘正宗，除去具备味香肉嫩、酥脆脱骨、色道鲜亮的品相还具有健脾壮胃、补血养颜的功效，等等。雨枝平时只是一个吃货，并不清楚其间偌大的学问，今儿心境甚好，一点也不嫌烦，认真地听着问着，胡乱赞许一番，笑吟吟地付了钱，也不让找零头，拎着烧鸡走向一家酒坊。她觑瞅一气，不懂歪好，拣价码最贵的一只黑釉大酒罐籴了，觉得两样东西已够沉重，放弃了买点心的念头，脚步轻盈，径直朝大涝池监狱走去。

大涝池是一处低洼的地段，二三亩大小，下雨天城中奔流的雨水挟裹灰土、屎尿、馊饭、死老鼠等龌龊之物汇聚于此，汪满后经一道土壕缓慢排往城外。七八月连阴雨涝，脏乎乎的积水三月两月汪在那里，足有一人深浅，衍生出一茬一茬的蛆虫，时有顽皮小子甩脱大土坷垯打去，扑通一声，稠黑的臭水溅向空中溅向行人，就会出现诅咒、呵斥、追打的景象。定边县政府早年修建的一座官牢处在临池的北边，高墙深院，戒备森严。从大门口望去，五六排砖木结构的监号一排遮隐一排，只看到风雨剥蚀的檐头和苔迹斑驳的山墙。一股浓烈的霉气、腥臭弥漫空中，大个头的红眼苍蝇嗡嗡飞舞，有的竟敢圪蹴在人头上拉屎。

雨枝没有遇到阻碍就进入院内。看守们惊异而稀罕地围拢过来，一道道贪婪、攫取的目光游移在她俏丽的脸蛋上窈窕的身段上明澈的凤眼上，能就近一睹章家大小姐的芳容是地位卑微的看守们意料不及的事情。雨枝小心躲开满地乱爬的蛆虫，掩住鼻子，皱起眉头，扫视着一股子形容猥琐、贼眉溜眼的看守，大声喊谁是承头的？一个长一嘴大黄牙的赶紧上前，点头哈腰。雨枝说要见一下那个大共产党，学生们缠着她讲故事，想亲眼看看稀罕究竟。大黄牙搔着头皮，不敢答应。看守们纷纷说小团长、李县长、老团长、老营长都亲自来过，下了死令，除了他们几个，严禁这个重犯与外界接触。雨枝圆睁凤眼大声呵斥，大黄牙和看守们畏惧处罚还是不敢。一个献媚说，老团长、老营长三天两头过来提审，让她厮跟着瞅瞅。雨枝私下过来，不敢惊动家人，只得装出一副不屑的神气说："不让看就算哩，我才不稀罕！"又随意打问提审的情况。看守们你一句我一句，说老团长和老营长动了大刑，钉指甲、压杠子、倒吊驴、坐土飞机、脚心穿刺、鼻孔灌辣子水的刑法都使了，打断两根肋骨，这个大共产党活脱脱变成一个血人；说这人真是吃钢咬铁的主儿，什么五刑王法都不怕，不承认是共产党，只说是回国抗日。一个胖汉甩动胳膊，龇牙咧嘴，说他这几天打人打得胳膊脱臼哩，疼得端不起饭碗！雨枝听得浑身起了一层鸡皮疙瘩，捂住耳朵喊道："你们不要说哩！法西斯！"她无心再作打探，吩咐大黄牙把烧鸡和酒罐送进去，瞪着眼威吓说："你亲自站在一边看着他吃下去！如果敢私自扣下，看我撕烂你的嘴打碎你的大黄牙！"大黄牙诺诺连声，说："大小姐借我一个胆子也不敢！"

昨天后晌，雨枝从窗口望见白文翰一个人走进学校大门的那一刻就脸烧心跳，一眼盯着不放，目送他进了校长室。她不假思索地撂起正打算批改的作业本子，慌慌地收拾了屋子，在脚地兜着圈子，盼望白文翰走向自己的宿舍。她脸上一阵红，一阵白，趴在窗户跟前窥视，故意大张开门，走到院子里高声咳嗽，尖声说话，仍不见动静。她再也忍耐不住，胳膊窝夹了一本书，打算借故过去，刚推开门扇，却见白文翰笑眯眯地走过来了。她喜不自胜，声音甜润地嚷道："白大叔哟，终于见到你老人家哩！"雨枝把白文翰让进房间，调皮地说："坐，请坐，请上坐！"连拽带拉，将老汉搽在椅子上。她笑吟吟地拧开一个精致的竹筒子，簸出一绺形如雀舌的龙井茶叶倒进一个洋瓷缸子里，旋开洋暖壶注入滚水，双手端过来搁到桌子上，说："白大叔，先让泡一泡，唤醒茶叶，香味出来再喝！"雨枝一脸春风，咯咯笑着，热切地望着白文翰。她的眼神蜂蜜一样甜，满月一样亮，只为打探爱情的消息。章家的这个女子，白文翰打心眼里喜欢爱怜，在他的印象里，这是一个投错胎的精灵，天使一样清纯活泼；是一枝从淤泥长出的蓬蓬的莲花，清香四射，不可抵御。他点燃一锅儿烟，心里却冒出一个红颜薄命的念头，幽幽地说："雨枝，白叔把那封信亲手交给壮民哩。你两个小时候的伙伴儿，这都多少年过去哩，还有来往，真是难得！""多谢白大叔！"雨枝脸颊上腾起两朵红云，羞羞怯怯地说，"壮壮就没……没捎个什么东西给我？或是一句话？"

白文翰摇摇头。雨枝明澈的眼眸里流出一抹失望和怨艾，噘起嘴巴，耷拉下眼睑。白文翰不愿伤害这个单纯可爱的女子，却觉得有些话憋着不说又是对她的一种伤害，呷了一口热茶，话到嘴边又硬生生咽回，哼哼哈哈说："这茶既苦又涩，倒是有一股子入骨的清香，喝罢有年头哩。"雨枝眼圈发红，低着脑袋，一个人呢呢喃喃，漂亮的短发披散下来，掩过半边脸颊。白文翰吸吸溜溜喝着茶水，迟迟疑疑，还是开了口："雨枝，今年也有二十出头了吧？不小哩，早该成个家哩！"雨枝咬着嘴唇，脸色尴尬，说："我……我不愿出嫁！"白文翰怔怔地望着窗外苍茫的天空，自言自语："一个在天上一个在地上；一个在东山一个在西山；一个在天河这头一个在那头……好娃娃，两路人，两下冤家，根本走不到一搭哪！"雨枝眼泪簌簌落下，花花哨哨洇湿了一坨脚地。她控制不了剧烈的情绪跌宕，竟然伏在白文翰的背上呜呜咽咽抽泣起来，泪水一滴一滴，白文翰觉得脖颈上脊背上滑滑痒痒的。少顷，雨枝抬起头，颤颤抖抖说："我好恨这个家！我好恨这个世道！老天不开眼，我宁愿一辈子不嫁人！""愣娃娃，人这一辈子遭逢的七难八灾多着哩，今天看成一座山的明天或许就变成了一根鸡毛，这不算个甚。还是找个正派人家嫁了吧，不敢瞎等，耽搁了终身！"

白文翰心里一阵难受，奇怪自己竟然会受到感染、婆婆妈妈起来，觉得作为长者也只能说到这里，算是尽个心吧。他不想纠缠到这个荒唐的事情上，转过话头，低声说：“雨枝，白叔看你一心给娃娃们教书念字，小时候就是个仁义贤淑的姑娘，一码归一码，你跟章家人不一样！壮民给白叔安顿了一个事，想请你相帮一下！”雨枝转忧为喜，揩去泪水，扑闪着凤眼急切切地说：“是壮民说的？白大叔，只要是我能办到的，上刀山都行！”白文翰说：“你这两天留心打探一下那个大共产党的消息，壮民他们那边可是急坏哩！”

当天夜里，雨枝端着一杯热茶去了聊斋。章鸿儒枕着一个大枕头，侧身躺在栽绒毯上，一只手有一下没一下地抚摸着大胖猫光滑柔软的脊背，目光呆滞，面有忧色。听着特别的声响，他晓得是雨枝过来，一骨碌爬起，转过头，眉开眼笑：“嘿嘿，好稀罕，哪一阵风把你这个大忙人吹来哩？”雨枝笑呵呵地把茶杯搁到炕桌上，脱下鞋子，爬上炕去；瞅一眼父亲满头的白发、花白的长须和皱纹密布的眼角，心里涌出一丝歉疚，说：“大，你头发、胡子这二年白了一半，老啦！”章鸿儒愣怔一下，感受到女儿真诚的心意，心中暖和，脸上泛出活色，说：“老啦，老啦！”雨枝抑制住莫名的伤感，转动着眼珠儿，说：“大，我尽尽孝心，给你烧一个烟泡，伺候你吃烟！”章鸿儒大喜过望，说：“咱家就数你二妈烧得一手好烟泡，就是嘴里跑马太烦人。今儿你给大烧烟泡，日头从西边出来哩。过来，老子给你教！”他牵着雨枝的手拉到身畔，疼爱地摩挲着她黑油油的短发，呵呵笑着，手把手指拨如何用扦子从牛角盒子里挑起半个指头大的烟膏，如何绕着灯头旋转烤软揉搓成形，如何双手配合使用细针和小匙。雨枝心灵手巧，不一会儿就烧好一个油亮悦目的烟泡，捺在烟枪瓷葫芦的小钵里，双手端着擩过去。

章鸿儒欣喜地接过烟枪，侧卧下去，就着灯火美美吸了一口，雨枝在一边使出细针和小匙拨拉搅和。大胖猫贪婪地吮着鼻头，惬意悠然，“虎精虎霸”打着呼噜，肥硕的脖颈一起一伏。章鸿儒陷于美妙、奇幻的境界，说："死姑子，咱家的大人里头，就你一个心性纯良、冰清玉洁，你是我的一块心病哪！说，有甚事？"雨枝偎贴在父亲身上，说："人家其实没事，就是稀罕那个大胡子南方人，他招了吧？"章鸿儒眼睛半闭半睁，享受着烟土神奇的刺激，慢悠悠说："那南蛮子可是个死硬分子，铁打的骨头，软硬不吃。"雨枝说："你不许打他！我看他们六个出门人无缘无故死了五个，怪可怜的！"章鸿儒干笑，声音渐渐变冷："你这是妇人之仁。共产党毁了咱的老家，抄了咱天心地胆的宝地，咱跟共产党不共戴天！"雨枝说："可是这不是大胡子他们干的，有什么相干？""他就是共产党，天下的共产党一窝狐子，老子一眼就能看穿他的五脏六腑，恨不得活剥了他的人皮！"章鸿儒坐起来，磕打着烟枪，一脸愤愤。雨枝不服气，说："街上的人都说大胡子是从苏联回国打日本鬼子的，不一定是共产党，你又不长火眼金睛？"章鸿儒哼了一声："苏联是共产党的黑老窝子，从那边过来的人都是什么共产国际派来的，能有一个好人、一个善茬？什么打日本？那是共产党叫老蒋打㞞哩，走投无路使出的阴招、瞎编的鬼话，借口抗日，博取同情，煽动民心，搅乱朝纲，好给自家争一块圪蹴的地方，喘一口粗气……"雨枝说不过父亲，好生焦躁，转过话头："听说日本人都打到华北哩，国家兴亡，匹夫有责，你就不上心？还一天胡吹自个儿是什么好汉强汉！"章鸿儒看着女儿着急的模样，笑道："华北离咱这儿隔着黄河、隔着大山远着哩，小日本弹丸之国能有几个㞞人？还能打到这里？还用得着老子老将出马？这都是共产党危言耸听、造谣煽动。"雨枝说："你从不看书读报，一点学问都没！据说，共产党倡导建立抗日民族统一战线来抵抗侵略者，人家从来就坚持反帝政策，这是他们立党的基本政策。还有，书上说，共产党是具有民族主义意识的，他们要用革命行动收复政治上、领土上和经济上的全部主权，把日本帝国主义赶出中国。红军东征就是去打小日本，人家是真心抗日，真心保家卫国。你不关心天下大事、民族存亡，一眼盯着自家的芝麻小事，趁机公报私仇!”

章鸿儒嫌女儿絮叨，说:“你一口学生腔，一副书生相，比那吃屎娃娃强一黑豆，解开个甚?跟你说话白费口舌!”雨枝摇着父亲的胳膊撒娇，央求说:“大，你既弄不清那个大胡子的身份，不如把他放走，咱无冤无仇的，省得又结下新冤家!”章鸿儒敛去笑容:“这号冤家老子结定哩!老蒋说宁可错杀三千也不许放走一个，李县长也打了交代，这个南蛮子再不吐口就送他见阎王!”雨枝见父亲面相阴冷、口气凶恶，情知继续纠缠下去也是枉然，吁了一口气，剜了他一眼，恼悻悻地把烟枪丢在炕圪塄，说:“老顽固!老反动!法西斯!”她一跳下炕，趿拉上鞋子，端起茶杯径自走了，把门扇掼得咣啷响了一声。章鸿儒侧起身子伸长脖颈喊道:“嗨!死姑子，你夹尾巴、走城门哩?把门关上，哪一天拾闲时再过来给老子烧两个烟泡。”雨枝理也不理。

雨枝心中戚戚，从大涝池出来，慌慌急急赶往城北王家大院。正赶上吃午饭，王家人个个有些意外，招呼间，清芬给她舀了一碗饭菜。雨枝勉强笑着，也不客套，在饭桌旁坐下，端起饭碗，吃了两口，把碗搁下，歉疚地瞅了一眼白文翰，眼圈发红，竟趴在桌子上嘤嘤嘤哭泣起来。一家人面面相觑。王文舫微笑着说:“雨枝小姐，有谁敢惹你，哭的哪门子?”“呜呜呜……他们把那个大胡子南方人快打死哩!”雨枝一边哭一边学说了监狱里的事情。王克恭把饭碗蹾在桌子上，愤愤地说:“什么世道，抗日救国也有罪?六个人不明不白杀了五个还嫌不够?我那两个章叔跟洋神甫一样，为人行事也太过狠毒!”说罢，望了雨枝一眼，有些不好意思。雨枝说:“王校长你不要看我的脸色，只管说，我才不恼哩，那一家子没几个善茬!”王文舫搁下碗筷，默然不语。白文翰也没心思吃饭，望着王文舫说:“文舫老弟，虽说你现时不是旅长哩，可在安边地界上还是说一不二的人，也该过问一下，能放就放哩，不要冤枉了好人!”王文舫苦笑着摊开两只手:“文翰兄，眼下我一无兵权、二无官职，就连这个商会会长的脑袋也时常由人家摇来摇去，我的话早不灵验哩!”

清芬见众人都放下碗筷，自己也不好意思吃了，起身去搀扶婆婆，婆婆笑眯眯地说：“你怀了身子再吃一碗!”清芬说她吃好哩，婆媳俩拉着手去了里间。用人进来，收拾了碗筷盆勺，又端来茶水。王克恭怒气不消，说：“我发动学生搞一个抗日救国的游行示威!”雨枝兴奋地站起来，表示坚决支持，嚷着亲自去布置，并建议制作一些五色的小旗子，还得贴标语、喊口号。王文舫拉下脸，瞪了儿子一眼：“你一介书生，初生牛犊不怕虎，哪里晓得水深浅？这么一闹腾，安边就得乱一阵，上头怪罪下来，追究政治责任，弄不好还得蹲大牢，到时候成了政治犯，我也救不了你!”白文翰也觉得不妥，劝说女婿听老人的话不吃现亏，不敢捅下乱子。王克恭说：“你们根本不晓得国内的形势，现时看报纸得从反面看，爱国人士遭到逮捕、学生运动和工人罢工遭到镇压、宣传抗日的进步报纸遭到查封，说明全国到处掀起了反对内战、鼓呼抗日的浪潮。连张学良、杨虎城都不愿和共产党打下去哩，蒋介石攘外必先安内的戡乱国策不得人心，而共产党的全民抗日主张反倒深得人心!”王文舫表现出明哲的冷静，正视着儿子，说：“共产党的力量毕竟弱小，天下还是老蒋的。国家大事咱管不了，咱只做一个普通百姓该做的事情就行哩。量力而行，不可好高骛远。咱中国老百姓一代一代连口饱饭也没，有‘家’已属不易，还能顾得了‘国’？就算你领着一帮学生娃娃擎旗旗打伞伞闹腾一场，安边还是安边，老百姓都是看戏的，各过各的日子，哪个会扛上枪打日本鬼子去？话说回来，小日本一个豆瓣儿大的碎岛国，没有战略纵深，打起大仗就得跳海喂鱼去，只是吃了疯狗肉，一时张狂失道，迟早出不了咱中国人的水。作为民国领袖，老蒋也是爱国的，也是不愿成为历史和民族的罪人的，手里的几百万军队也不是吃素的，迟早是会对日宣战的！你们年轻人不要以为大天就要塌哩，毛天里地，年纪轻轻就摔一个大跟头。至于这个南方人的事情，我自会向李县长他们说一说，没有搞清情况之前，不要随便杀人，就算尽个心吧！”白文翰不愿尽数抖搂自己的观点，沉吟着说：“你说得有道理，打小日本还得军队去打，只盼国共早些停战，共纾国难！不过咱老百姓不能光惦着家务己事，该尽的心要尽，该出的力要出。西瓜也罢芝麻也罢，咱多做几件好事实事善事，只要对得起老祖宗，对得起天地良心，对得起世上的一茬好人就行哩！”王克恭渐渐冷静下来，表示只是说一说气话，让两位老人家放心。雨枝很是扫兴，嘟哝说：“没主见，胆小鬼！”王克恭苦笑着，假装没听见。

白文翰收拾行囊说要赶回镇边，按节令，该到种头茬——耧麻子的时候哩。王家人挽留不住，就去准备回礼。雨枝向白文翰耳语几句，借故走了。清芬给娘家父母和侄儿侄女们各回带了红糖、糕点、洋糖的礼物，把父亲昨天带来的盛装软米、杂面、糁子、酥油、红枣、杏皮的小袋子一一倒腾下来装进一个口袋里，攮给父亲，说家里缺布料都拿回去，又安顿让她妈叼空也来串门儿。白文翰牵着骡子就要出大门，王文舫赶出来，拎着三个小袋子和两瓶老酒，安顿说一袋宁夏稻米是带给他尝稀罕的，另两袋麻烦他捎给石干大和石家弟妹。白文翰说酒就算哩，怕路上跌滑打碎。王文舫说这两瓶酒是当年杨虎城赠送的，珍藏了多年，是咱陕西凤翔产的老秦酒，让他小心带回去，夜里旷眼（失眠）时抿上两口好睡些。

雨枝鬼头鬼脑候在东门口。待白文翰过来，攮给他一包银圆，说这些钱干干净净，全是她积攒的薪水，听说苏区吃红饭的居无定所、日子苦焦，让捎给徐壮民买衣穿、割肉吃！白文翰不好推拒，接过钱包，叹一口气，骑上骡子驾驾吁吁出了东门。

# 第二十六章

四月初八是安边城传承久远的娘娘庙会打头的日子。清早，海红子和白菜心的戏班子老老少少一齐上手在庙院戏台上缩结大绳搭起篷子，幕布、幌子、彩带迎风飘起，亮丽醒目。海红子一声吆喝，象征庙会揭幕的打击、管弦乐便早早开始紧一阵缓一阵地和声演练，戏子们喊嗓子的声音吱呀吱呀钻进深巷。城里人进入亢奋状态，家家户户赶紧生火做饭，拾掇营生，以便及早去觑凑热闹。城外，四通八达的大路小道上隐现早行的人群，匆匆而来。这一向，红军西征的消息在城里传扬，治安管制严格了许多，平日只留两道城门进出，盘查逐人进行，包裹、口袋须得一一打开搜翻。起会之日人多，繁缛冗长的盘查依旧不改，时光不大，东门和西门人群麇集，水泄不通，潮起一波一波抱怨之声。未久，南城门和北城门先后打开，分流消肿，进城的速度明显加快。十字交叉的大街呈现熙攘的景象，香客们经一番讨价还价以最便宜的价钱置办了纸表香烛，径奔庙院各自上香许愿；梳洗打扮过的婆姨女子哄伙成一簇一簇，沿着稠密的店铺门面一家家觑探过去，惊异货物的丰盛充盈，切身感受着囊中羞涩的滋味；一群一群提溜着露屁子裤子的半大小子窥视着柜台上成包成盒的洋糖、馅饼、糖酥馍，在吸鼻子和咽涎水中获取满足、排解烦恼。像往常的庙会、集日一样，一拨一拨的蒙古牧民从城北东西蜿蜒的边墙外的草原上叮叮当当过来，有的骑马，有的赶骆驼，驮子装满皮毛、肉干、奶酪、莜麦的特产；进入城里，向当地的汉族熟人、朋友和老主顾频频打着招呼，一边占据有利位置，卸下东西现场售卖，却不似汉家小贩一样大喊出声。城中的炊烟将尽未尽之时，戏台下已是密匝匝的，前头中央的位置针插不进、水泼不入。一阵紧敲慢打，幕布终于拉开，红脸白脸的戏子登台亮相，台下渐趋安静，戏迷们陷于难得一遇的娱乐享受里。这个时候，混进戏场闲荡的团丁开始不安分起来，三三两两结伙，绿哇哇的眼睛四处瞄扫，发现长相俊俏的婆姨女子，互相挤眉弄眼，骚哄哄靠上前去，借故触碰、捏揣她们身上惹眼和隐秘的地方，嘻嘻哈哈，尽享扛枪人的特权；人群里不时发生骚动，婆姨女子们敢怒不敢言，只好小心躲避，用双手掩护身体。城头上显得冷清寂寥，挎枪的团丁懒散地往来巡风，垂涎城里的热闹，显出烦躁、怨尤的神色，一个个歪着脑袋诅咒日头走得太慢，渴盼轮岗时间的到来。

晌午过后，一个西征红军大部队朝安边城开来的消息不胫而走，城里顷刻陷于惊恐杂乱，小商小贩拾掇摊子纷纷离去，一股一股的壮年人扶老携幼争先出城，喊叫、呼应的嘈杂掩盖了娘娘庙院传出的锣鼓声。李道庵和章杰儒接到报告，登上鼓楼顶层四面瞭望，果真见南园子一带村落红旗挥动、人喊马叫、黄尘飞扬，红军的先头部队已然逼近安边城！

李道庵是专程从定边城过来协商部署防御红军西征事宜的，已住了十多天。他从定边县政府对外联络讯息的唯一一部电台获悉，红军抗日先锋军渡河东进，在山西境内袭扰五十余个县区，创伤晋军三十多个团，后间，遭遇多路国军的围追堵截，已退回陕北，有西行迹象，三边首当其冲。李道庵初来时先见了章鸿儒。他讲了以防为主、固守待援的肚腹之谋，章鸿儒很是不屑，说："当年魏蜀之争，魏强蜀弱，而诸葛亮偏偏六出祁山，非为谋中原，所施用的乃是以攻为守的韬略，以古为镜方为上策！"

随后，章鸿儒将备战琐屑之事交付李道庵和章杰儒，自己带领二百多人径往柠条原，与张自立和教堂方面联手向东南山区实施清剿，企望肃清苏区小股武装，摧毁赤色政权，使红军西进失去耳目和落脚之地。同时，统一组织、抽调民团武装，重点布防柠条原和小桥畔，连同方圆数十里村庄也一道纳入布控范围，织结起一张侦探、传报的网络。前些天，曾发生一场惊心的战斗。小桥畔堡寨受到红军一部围攻，赵天孝求救，章鸿儒派出宗云鹞带五十余骑增援。双方打了三天，红军清除了寨墙外围的碉堡炮楼。强攻不下，红军从远处掘地洞直逼堡寨，实施爆破，北墙被炸开一个两丈多宽的豁口，红军部队发起冲锋，赵天孝和宗云鹞指挥团丁狂掷手榴弹阻击，格神甫组织教民运来装满沙土的羊毛包迅速堵塞了缺口，红军未能得手，孤立无援，又受到章鸿儒增援团队的冲击，被迫退出战斗，去向不明。于是，就有纷纭的传说从教民区向四处散播："红军是老鼠精下凡，打地洞刨窟窿偷仓。""天主圣母降福除祸，堵住了老鼠精的窟窿，小桥畔寨子的破口一夜自然复原。""红魔有枪没子弹，×老爷不啖。"

李道庵获悉战况，大大松了一口气，对章鸿儒的老将气魄和攻守韬略也心存敬服。然而，他认为以松散、弱小的民团之力对抗久经沙场的红军部队毕竟是自不量力的莽撞之举，反倒觉得章杰儒更是一个务实靠谱的人。十多天来，二人相处和洽，十分投机，就宣传动员、盘查管制、策应互援、攻防演练、物资筹备、粮食保障诸多方面达成广泛一致，并且付诸行动。安边城已召集了三次反共联防动员大会，选拔商人铺伙、住户壮丁五百人充作协防军进行了实战模拟演练；城里运回了足支半年的粮食，只是草料储备限于春荒缺口还大。

此刻，章杰儒见李道庵浑身打战、两眼发直，知道这个文人不谙军事，果断下令吹响军号，进入紧急防御状态。各部民团迅速登城，东、西、南三道城门同时关闭。海浪似的人流涌向北门，随之发生拥塞，相撕扯相推搡相践踏，号哭之声更渲染了惶恐惊悚的气氛。城中驻军早已开走，只有团丁五六百人，章杰儒提出报信求援，李道庵连连点头，当下急令两个团丁各乘快马一南一北绕道赶往柠条原。定边城有民团数百人据守，另驻扎了宁夏马鸿逵部一个骑兵营，李道庵还是不放心，修书一封，派快马送去，明令由县政府党科长全权执掌大事，统一部署，协调各民团武装关系，与驻军精诚团结，积极备战，加强戒备，并责令连续拍发加急求援电报，随时向安边禀报情况。

柠条原镇上。章鸿儒于黄昏时分接到线报：东南山区发现红军主力，人数数千，步、骑混编，携有重武器，正向西快速运动。柠条原无关可守，他当即决定撤兵回防安边，急令团队于西街口紧急集合。张自立陷于焦躁惶骇，一头冷汗跑颠过来，乞求章家人马留下协守，称柠条原一丢，全镇百姓将没于水火，他这个县官也算做到头了！章鸿儒冷笑一声："柠条原一马平川无关可守，只靠几条壕堑如何抵挡红军主力？"说着翻身上马。张自立挡在马前，拽住笼头不放，急赤白脸地叫嚷："老团长如若弃柠条原如敝履，就从张某人身上踩过！今后两不照面、形同陌路！"章鸿儒瞪立三角眼，掏出手枪朝空中打了一枪，喝道："你让还是不让？"张自立骇得脸色蜡黄，丢脱了笼头。章鸿儒驾的一声就要上路，张自立追上几步喊道："老团长，要走咱一块走！"章鸿儒勒转马头，一脸喜色，说："这就对喽，留得青山在，不怕没柴烧！"张自立随即下令县保安队、警队和各民团紧急集合准备出发。头头脑脑乱作一团，各自回家收拾金银细软，携家带口大包小箱在镇子西街县政府大门口集结，女眷们拉拉扯扯、哭天喊地，许多人放下一茬包裹又撅着尻子去取另一茬。掌灯时光，一骑驰来，报告安边危急！章鸿儒拔出手枪朝空中连发三枪，黑头黑脸一顿叱骂："妈了个板子！三军听令，老子要人要枪，十万火急行军！谁人贪恋银钱财物、眷顾家眷儿女贻误军机，一律就地枪决！谁人不愿随队奔赴安边，一律以投顺共党论罪！"蔺长财团队承头开拔，队伍乱哄哄向西疾行，章家一股悍勇的轻骑绕队巡查，不时鸣枪警告。

柠条原镇俨如一具空壳的僵尸被遗弃在黑暗里。商铺打烊，家户闩门吹灯，深巷传出隐约、稀拉的狗吠，愈显冷清寂寥；东西主街上丢弃着鞋帽衣裳和不值大钱的行李物件，一片狼藉。一些小官小吏和民团小头目的家眷追撵至西关外时，西撤的队伍早已不见踪影，这股人没了指望，哭喊一气，返回镇里，一个个拿了纸表香烛摸黑到东街的老爷庙叩头祈祷去了。泰和居里里外外亮着灯火，十分宁静，更显孤独。石掌柜仍在打劝李函玉带上家眷前往安边暂避，自己留下来照门，并反复絮叨着章鸿儒早先时候专门派人打招呼的话。李函玉不理，只吩咐关张店院和药铺门面，伙计不可随意出行，免得中了冷枪。石掌柜无奈，说："那咱也熄了灯火？"李函玉说："你要熄就熄吧，反正熄不熄一回事。"

章鸿儒和张自立带领四五百号步、骑及家眷人等，绕了一个大弧，星夜奔驰一百二十余里，于黎明时分从北门进入安边城。守军兵力骤增，所有人都稍微松了一口气。章鸿儒策马回到大宅，抽了两个烟泡，顾不得吃饭，传令召开防御作战会议。半个时辰过去，头脑人物汇集到章家充作议事厅的大餐厅里。李道庵特地向张自立打了招呼："自立兄，连柠条原也不保了？"张自立一脸羞惭，佯咳着，没有回话。章鸿儒重重咳嗽一声，宣布开会，三言两语讲完火烧眉毛的危急情势，切入缔结同盟的正题，恭请王文舫担任同盟军总指挥。王文舫借故推拒不就；他不再谦让，自封总指挥，点名王文舫、章杰儒、李道庵、张自立四人为副总指挥，指挥部设在鼓楼的登高阁。鉴于南关、北关住户稀少，地势或低洼或平坦，射界开阔，不利红军隐蔽、运动和攻击，章鸿儒稍做分析，确定将防守重点放在东西两城及两关。接着，明确落实了防守位置与职责：章家保安团由他亲自指挥，据守东门、南门和东南城防阵地；镇边武装统由张自立指挥，据守北门、北城防；安边地方武装统由王文舫、李道庵负责，据守西门、西城防。王文舫披着大衣，满头大汗，称自己感染了风寒，体力不支，辞去副总指挥一职，要求督领商联队守护城内，沿街巡查，以防发生哄抢和不测之事。章鸿儒觉得疏忽了内防，欣然同意，并随当指定了西城军事指挥。又命令李道庵、章杰儒、王文舫一道负责后勤保障，组织协防军输送饮食和战备物资，并根据战情分班协守。接着，章鸿儒宣布了战时特别军纪，条令阴森瘆人，申明总指挥有权处决一切消极、惰怠分子。李道庵和张自立虽对章鸿儒的僭越和骄横、放诞颇多怨尤，怎奈大战在即，情势危殆，各自对军事一窍不通，也顾不得许多，分别当场表态支持，号令所部一律听从章总指挥调遣，将命令层层传达，严厉执行战场纪律，如发现投共降匪行止和嫌疑抑或玩忽职守、抵抗不力统统就地枪决并诛杀全家。章杰儒主张趁红军尚未发动大规模攻击，可一举焚毁东西两关民房、商铺，一则扫清射界，二则避免为敌所据。许多人有财产在两关，齐声反对。王文舫表态说，事关民生大计，岂可不战自乱自毁长城失信于民？李道庵忧虑招致民怨，不予支持。章鸿儒见是这个情形，两撇长眉翘了翘，没有吱声。主张未获通过，章杰儒悻悻地说："妇人之仁，你们不要后悔！"

挨到后晌，红军完成兵力部署和攻城准备，形成烽烟四逼的大包围态势。一声枪响，东西两关陷于战火。只小半个时辰，城外据点悉数丢失，团丁死伤数十人，撤进城里。章鸿儒立在鼓楼登高阁里用望远镜观察，见红军铁桶合围，重点占据东西两关，四下里红旗飘飘、人影如麻，判断兵力应在三千人以上，不禁倒抽一口冷气。他仔细打量，发现红军从民房背墙凿通枪眼，又沿房屋外侧挖掘战壕、修筑掩体，似有持久作战准备，懊悔一时心慈没有采取霹雳手段以致遗下祸胎。章鸿儒判断晚间必有一场恶战，传令团丁大批上城进入临战状态，重点布防东西两城，并分别组建预备队。再令商联队督导五百协防军充足预备滚木、火球、滚水锅沿城散布，并持棍棒充作第二预备队，听候调遣。他还不放心，不断派出督战小队四城巡查，又亲手毙了两个未战先乱的团丁镇慑团众。

夜幕垂落未久，一颗信号弹划破东天，数十发迫击炮弹拖曳火焰呼啸着飞向东西两城，几段堞墙倒塌，城楼着火，烟尘滚滚。接着红军发动四面总攻，数十挺机枪一齐开火，雨点一样的子弹覆盖城头。冲锋号声里，七八路纵队呐喊着冲至城下，搭起云梯强行登城。城头挂着火球的椽头、柱头一齐撞出，垛口、枪眼火舌喷射，大批手榴弹掷向城下，爆炸声滚雷交织，红军攻击受阻。一眨眼，又一轮攻来，枪炮更猛。正面位置多虚张声势，唯东南、西北两隅最为激烈，两股红军一度攻上城头，遭到炮台机枪交叉扫射，全部中弹倒下，跟进的红军旋又受到火柱撞击、滚木擂砸、滚水浇泼，一个个滚落云梯跌坠城壕。酣战一个时辰，击退三番强攻，红军伤亡惨重，被迫鸣号收兵。

半夜时分，李道庵、张自立、章杰儒分头率队携带肉饭、水桶登上城墙，往来发散，大加慰勉，到处宣扬说，红军炮弹少、子弹也少，不善打攻坚战，这一仗下来咱们只死伤五六十人，赚大哩！团丁们精神陡长，觉得红军也是人，远没有传说中厉害、邪乎。这一夜，红军再没有发动攻击。曙色中，团丁们伸长脖颈觑探城下，只见尸横城壕，遍地血泊。东城十多个章家团丁炫示胆气，腰间系了麻绳縋城拾枪，遭到红军狙击手远距离射击，三人中弹死去，其余惊叫着攀回城上，又一个被打死在半空。活着的共捡得长枪五杆，一个个浑身筛糠、牙关打架。章鸿儒闻讯过来，自掏腰包，给縋城拾枪的团丁每人犒赏大洋两块，并称战死的一律好抬好埋、家属将得到抚恤救助。李道庵乘机提议发起募捐犒赏团队，带头捐大洋五十块。经王文舫鼓呼，各商家效仿，很快募集了千数百块，团丁每人得一块，小队长以上每人两块。

团队昼夜守城，李道庵忧心做饭、送饭、送水误事，找不到王文舫，就与章杰儒商议，决定统征各饭馆、食堂为战时军灶。他亲自布排，明确伙食标准和各自供应人数及供水数量，由铺伙、壮丁分班输送，形成秩序。李道庵既忧安边更不放心定边，将红军围攻安边的情形及近日动向备述成函，于夜间派快马偷出北门送往定边，令党科长电告西安、绥德、榆林、宁夏、甘肃各剿总请求救援，并及时反馈消息。

围城第五天黎明前的黑幕里。西城方向突然枪炮齐鸣，喊声大作，偌大的门楼连中十几发炮弹，轰然垮塌，十几个团丁死伤。凌厉的号声里，红军分四路纵队携梯扑城，一茬手榴弹抛进壍壕，炸死炸伤十几个团丁。章鸿儒亲自带预备队登城，大吼大叫，组织火力反击。有十几个半大小子的红军手舞砍刀扑近垛口，嗷嗷叫着就要翻越进来，遭到炮台机枪扫射和一排滚木的迎头砸击，一个个惊叫着坠落城下。红军一意重点突破，轮番强攻。章杰儒黑水汗脸，挥舞手枪指挥二百多壮丁源源不断运来滚木，守城团丁一轮一轮近距离滚击，又施用长柱顶翻云梯，红军战士随梯倾覆，许多被劈空抛出七八丈远。双方间歇激战一个时辰，险象环生，惊心动魄，红军伤亡甚多，退出战斗。章鸿儒一脸尘土，四处巡查，见两挂云梯搭在半城，指挥团丁拽上城头，当场毁坏。他长声狂笑，说："红军士气受到空前打击，他们直不起腰啦！"

又僵持三天。晌午，天空传来一阵轰鸣，一架飞机仿佛一只巨大的秃鹫展开双翅往来盘旋，城中百姓没有见识，不晓得是什么怪物，大街小巷人头攒动，齐刷刷引颈看天。李道庵异常激奋，忘记了县长身份，飘手舞脚，满大街奔走吵呼："飞机来啦！救兵来啦！"过了一盏茶的工夫，从飞机屎子底坠下四颗黑弹，直刺西关，却只爆响了一颗，声震耳鼓，卷起冲天的黑烟。飞机又折回来，在西南一个驻有红军部队的村庄丢下两颗黑弹，一一炸响，远远望去，腾起两团蘑菇形的烟尘。李道庵不失时机四处打气，鼓吹飞机的厉害，宣称救兵已在路上，团丁们呜哇乱叫。

第九天夜半，借着城头火光，一骑从北驰来，大呼："定边党科长急信！"李道庵正在北城楼巡查，认出信使，急令垂下软梯。信使登城，手中并无信件，口头报告党科长已与各剿总取得联系；称西安总部已派飞机数架飞抵宁夏银川归马主席调用，令马主席派大军救援，马家军骑兵一个团、步兵一个旅昨日已达盐池县城；并称总部从甘肃西峰调动步、骑几个师，不日将至。李道庵甚为宽慰，打问定边城情形，信使说昨日天黑有红军两三千人过来，围而不打，天明又退，不知何意。李道庵直奔鼓楼转报消息，章鸿儒一股人个个欢欣。众人琢磨推断，认为红军主力可能西攻宁、甘或西去打援，只留几个团在安边、定边城外游移、隐伏，伺机夺城。又有便衣探子回城报告：东关红军一部试图挖掘地洞，好在周围滩地水层浅，又属沙混土质，挖了一段全部塌方，压伤数人；嗣后又往深挖，结果洞底钻出冒水泉子，只得作罢。一股人听了愈显宽心，以为得了地利。唯章杰儒脸色阴沉，掐着指头算计一番，说："红军倾巢西征，战况不明，援军消息还需分辨靠实，到了到不了还是两回事。咱手头储备的子弹可是不多哩，只能勉强维持一场战事！"众人怔了半晌，一筹莫展。章鸿儒说："红军子弹怕是才少，连着几天不敢出窝行动就是明证。"一股人又有喜色，认为十之八九属于这个象况。张自立双手合十，望天祈祷："老天爷显灵，叫红军剩下的子弹、炸弹浸水受潮，一夜变成臭弹、哑弹！"李道庵沉思一刻，忽然拍了一下脑壳，说："有了！有了！"众皆喜。他随当手书一封信件，插了三根鸡毛，派信使急返定边，电请宁夏方面空投支援。章鸿儒随后传令各部调剂弹药，又派人潜往堆子梁，令宗云鹞设法向外求援，并伺机增援。

第十六天清晨，城北草原上驰来三十余骑，越过边墙豁口往城下冲来。章鸿儒拍手喊叫："宗云鹞送弹药来哩！"正要偷开城门，占据东西两关的红军组织排子枪交叉射击，并出动骑兵阻截，宗云鹞指挥抵抗终不能越近，一股人拨转马头迅疾退去。张自立叹道："三十余骑竟敢横冲直闯，宗队长真乃一只孤胆的鹞子，堪称神勇！"接近晌午，一架飞机从西飞来，旋绕了几圈，向东西两关扫射一气，往城中投下几只带伞的木箱；其中一只坠落在一户商铺的屋顶，咚隆砸开一个大洞，惊得主家和左邻右舍妈妈老子叫喊着四散逃去。章杰儒红光满面，喝令团丁将木箱一一抬到鼓楼下的平台上。团丁用铁棍撬开盖子——里头装满子弹，总计一千排。章杰儒仔细一瞅，识得是水连珠子弹，哀叹一声，瘫在旁边。章鸿儒冲一脸得意的李道庵发火："杀猪吹屁股，你是干甚吃的？不问问清楚就乱拍电报？使×不得，用×不成！"城中长枪几乎清一色七九式，水连珠枪仅十余杆，子弹型号不相匹配。李道庵脸上红一阵白一阵，急得直跺脚，顾不得砸脸的话，遣人化装潜出，催拍加急电报。章杰儒懊恼之间灵机一动，将七九子弹与水连珠子弹细做比较，认为可以改装，大喜出声，当下传令城中所有铁匠铜匠银匠石匠木匠掌匠鞋匠携带工具集中到城南一家铁匠铺昼夜改装。因程序麻烦、工具简陋，匠人又忧心子弹爆炸不敢用力操作，进展十分缓慢。

第十九天后晌接到党科长传来报告，称定边城陷于红军包围，而驻军骑兵营前一日接电全部西返。李道庵气得双手冰凉，仰天长叹："定边城休矣！"张自立深深吸一口气缓缓吐出，莫名其妙一阵轻松，显然觉得李道庵的遭遇和自己介于五十步与一百步，从此可免去黑老鸹笑猪黑之苦！他凑近跟前安慰说："道庵贤弟一向顺水行舟，再说定边城乃是砖石之城，不比镇边土城，不打紧吧？"李道庵不失文人气度，苦笑一声："宁军驻定半载，耗费地方金钱近十万，值此危殆之秋，悉数西返，置定边如弃物，究不知其如何计划耶？诚足痛心！"

章鸿儒经过一天的观察，认定围城红军已抽出一部分攻打定边城去了，并断言红军子弹所剩无几，故而深居高垒不出，决意与宗云鹞联络，主动出击，两下夹攻，一举荡平东关。晚间，他手书一封急信，遣人缒城径往堆子梁。两天后的半夜，突然电闪雷鸣，大雨倾盆，李道庵和章杰儒不敢懈怠，披了雨衣绕城巡查去了。章鸿儒独自待在登高阁里，一夜无眠，苦挨时光。天色微明，宗云鹞的信使冒雨赶到，报告了最新情况：定边于前日夜间遭到红军两千多人攻击，只一个时辰便告失守，党科长带着县印缒城逃出，径往白泥井教堂避难，嗣后收拢三十余人，得教堂洋神甫资助马匹，前往榆林求援去了；红军查抄了县府，将所有案卷焚毁，释放狱中囚犯，拘押富绅、团丁及公务人员上百人，枪决数人；翌日陆续开出一千余人，西往攻打盐池县城。信使又称驻扎横山县的八十六师张团长接到榆林高双成师长命令已遣一个加强连向安边赶来，宗队长请老团长再坚守几日，定当合力夺关。章鸿儒愣怔半晌，大骂高双成吝啬增援、应付差事！一时身心疲惫，也不说话，披上雨衣踩着泥泞径自回家去了。

章鸿儒躺在炕上吸了两个烟泡倒头睡去，直至饭时才醒。还未等洗漱，李道庵和章杰儒湿溻溻从门进来。章鸿儒打了一个长长的哈欠，说："定边失守哩！"李道庵抹一把脸上的雨水，呆若木鸡，瘫在椅子上。章杰儒乱骂一气，瞅了章鸿儒一眼，嘟哝说："你倒舒坦自在，我两个一夜没合眼，绕城转了八圈！"章鸿儒说："我年纪大哩，你还眼红？"章杰儒催促他赶紧吃喝去城头照应，一边大骂王文舫、张自立两个饭桶，白日做事情半途卧驮，一到夜里霜杀了一样！章鸿儒嘿嘿冷笑着，说："人跟人不一样，驴跟驴也不一样，人跟人的区别比人跟驴的区别还大！"他舒展双臂提振精神，撩泼冷水激了一下脸，带了烟具和一包点心上城去了。

第二十六天鸡叫二遍，章鸿儒接到宗云鹞传信，称横山方面派出的一个连已达堆子梁，约定明日将亲带百骑协剿东关。章鸿儒大喜，当即召集军事会议进行部署，着章杰儒负责选拔奋勇队员四十名，提出赏金五百块。章杰儒雷厉风行，只半个时辰就办结交差。李道庵深为钦佩，却嘀咕说："章总指挥，形势不利于我，还要主动出击？"章鸿儒说："偏偏要打，打出我们的精气神，震慑共党，稳定人心！"

凌晨四点钟，宗云鹞从边墙北发来暗号。章鸿儒下令打开东门，潜伏于瓮城的奋勇队员呐喊拥出，直扑东关，手榴弹密集掷出，七八挺轻机枪一齐开火；宗云鹞带一百余骑斜刺里冲下，喊杀震天。留守东关的红军部队奋起反击，双方展开一舍一院争夺战和肉搏战，红军战士子弹打光，拔出大刀砍杀，多被炸死或枪杀，一名团长身中三枪牺牲，余部被迫向南撤退。与东门对峙的一座庙楼上一股红军死战不撤，章鸿儒忧心耽搁太久敌方增援，亲自出城督战，奋勇队员精神陡长，争相扑上，一举夺下。奋勇队和宗云鹞部合兵一处向南追击，遭遇西关红军增援部队伏击，死伤十几个团丁，宗云鹞急令退回。是役持续一个多时辰，红军团长及以下牺牲三十余人，被俘三十余人；攻方死伤二十余人，缴获空枪四十余杆。东关收复，章鸿儒下令将被俘红军统统枪决；哗啦啦的枪栓声里，一个姓杨的红军连长扑通跪倒在地，连声乞降，被俘的红军战士一色怒吼唾骂，杨连长面色苍白，垂下脑袋。章鸿儒手一挥，三十余人在枪声中倒下。杨连长立功心切，带领团丁进入上坡的一处院子，指着一个洞口说："地洞！"有团丁钻入察看，报告称洞深八九丈，将及城根。章鸿儒命令炸毁地洞，焚毁近城房屋，东关很快淹没在烟火里。

据杨连长供述，红军弹药匮乏，人均不足五发；粮食即将耗尽，每人每天只能分到两碗稀菜汤、一个窝头。他苦巴巴说，飞机掷下的炸弹炸死几匹骡子，部队一人分吃了半碗焦煳烟串的骡子肉，算是改善了一回伙食。章鸿儒问询攻城部队相关情况，杨连长称起始攻城红军系右路军十五军团，主力是刘志丹的旧部，后由宋司令的红二十八军接替，也是刘志丹的旧部……据守西关的是红三团，团长贺钧年。并称红三团已在西关挖掘地洞多条，接近城下，准备将飞机掷下的三颗哑弹连同炸药装进一口大棺材炸毁西城。章鸿儒深为恐惧，怨毒之气无处发泄，见杨连长身上再无油水，拔枪击毙，吹着枪口青烟骂道："老子见不得你这号㞞包软蛋！"天空阴云密布，一声拉磨雷响过，麻钱大小的雨滴稀稀拉拉落下。章鸿儒忧心红军冒雨攻击，下令全体返城。

大雨时下时歇，后间转成蒙蒙丝雨，绵延几天。章杰儒和李道庵雨地昼夜巡城，见西关至城下渐次出现三道狭长的塌方，判定红军所掘地洞受雨塌陷，于是周知消息，团丁们弹冠相庆。章鸿儒忧虑红军使诈，另有主攻地洞，又听说城内肉食短缺，想出一个一石二鸟的计策。趁着雨夜，派出一小股武装潜出北门，径奔鄂托克草地，连夜掳回蒙古牧民的百十头牛，作为菜牛圈储起来。章鸿儒的另一目的是欲借牛的重力践踏试探城外地洞，于第二天清早，即派团丁抓来城里的两个老汉子，交代、威吓一番，两个老汉子忧虑一家老小性命，硬着头皮驱赶十多头牛出了北门。牛群拐向西城外，沿城墙南行。将近西门，一头大犍牛突然失足下陷，疯狂嚎叫挣扎，终不得脱，陷入地洞。章杰儒随即组织壮丁人抬肩挑运来百十担水，从城头往破洞泼灌，不久全部塌方。城头团丁一片欢腾，红军阵地射来排子枪泄愤，双方对射一气，又对骂不休。

第三十一天晚间，章杰儒与李道庵一同登上北城，迎面与正欲下城的张自立相遇。章杰儒讥诮说："张县长舒坦，又搂上太太睡觉去吔？"张自立讪讪地说："章总指挥早已分派停当，镇边团队负责北城防，自有安排，苦战一月，片瓦无损。"章杰儒冷笑一声："还苦战一月、片瓦无损？那是红军没有强攻北城，不是你张大人能耐大！"张自立做出痛苦的表情，说："每天颠上颠下十数回，一到晚间，张某人腿肚抽筋的老毛病就犯，杵在这里，龇牙咧嘴，形象不雅，影响士气。不过，请二位放心，晚间由张桂生局长彻夜督守，轮班巡风，每隔一个时辰就有例报，北城无虞。"李道庵见章杰儒就要发作，急忙打圆场："张县长，咱可乘的一条船，杰儒兄也是出于公心苦心，一切皆须小心哪！"这时，西城方向传来响动，章杰儒强忍怒气，巡行过去，沿路大声吆喝。李道庵紧跟着，张自立不好意思下城也撵了过去。西关红军工事里传出锣鼓镲钹声和盆碗瓷器砸毁的响声，并不时向西城附近投掷残片，行为诡异。三个人立在垛口观望，不明是何用意。半晌，张自立嘀咕："红军是故意搅扰，困我精神！"李道庵附和。章杰儒冷笑，说："二位县长，红军的地洞怕是又挖到墙根哩，胡×折腾以乱视听！"李道庵醒悟，说："杰儒所言极是！"张自立沮丧地说："这如何是好！"章杰儒沉吟片刻，传令立马组建防爆监听队，配置瓷瓮一批，专在西城内监测监听。张自立借口安边是李县长的一亩三分地、自己不好出面，打着哈欠溜走了。章杰儒指戳着他的背影骂道："该溜的溜，不该溜的也溜，迟迟早早有一天你秃小子要溜下一疙瘩事！"

李道庵不放心，亲自去抽调人手。轮班睡觉的团丁打哈欠伸懒腰怨声不绝，他软硬兼施，赶天明即布置妥了监听之事。念团丁守城之苦，李道庵一清早找来王文舫，召集绅商开会。章鸿儒带头捐银三百，共计筹措银圆三千，分发团丁，以资维系。鉴于弹药消耗将尽，这一天，李道庵又组织壮丁数百人搬运石头、砖头、瓷器、磨盘上城，并强拆闲置民房二三十间取梁、柱、檩材充作滚木，一一运至城头。章杰儒看在眼里，心里温暖，记起章鸿儒的话，叹道："同为县长，差着圪塄——人跟人的区别比人跟驴的区别还大！"

第三十五天凌晨三点左右，城外人呼马嘶似有大批新军调来。章鸿儒抖擞精神，以军号传令进入临战状态，四下里灯笼火盆遍布，亮如白昼。他预感风声不对，以红军将要屠城复仇为名，下令调动城里老少千人分别于东西城下集结，自备棍棒器物，时刻准备登城协守。李道庵叹道："以百姓肉身做盾牌，只怕不妥！"章鸿儒阴沉着脸说："两利相权取其重，两害相权取其轻。我也不是铁石心肠，这是没奈何的奈何，万不得已时赌一把！"未久，一颗信号弹拖着长尾斜躥当空，数十发迫击炮弹射来，东城楼顷刻起火垮塌。东关阵地呐喊如潮，在十几挺机枪的掩护下，红军分四路纵队携梯扑来，手榴弹成排甩上，许多当空爆炸，团丁伤亡惨重，东南城角一股团丁抱头鼠窜，督战队连毙几人方才镇住。章鸿儒急调两下城角四挺机枪加强火力，又调宗云鹞率预备队增援，狂掷滚木阻击，接连打退两番猛攻，并泼出清油、打出火球将四挂云梯烧毁。未及喘息，红军阵地发出疯狂的怒吼，又分四路纵队携梯扑来，机枪弹像泼麻豆子，压得团丁抬不起头来；紧接着，百十颗手榴弹抛上城头，一时碎砖四溅、血肉横飞，据守城楼位置的团丁子弹耗尽放弃抵抗四散逃命。章鸿儒见情势危如累卵，使出最后一招——一声军号，几股团丁押解着数百手持火把的协防军和男女老少分头跑步登城，强令各人操起石块、砖瓦向下砸击，人群里响起哀求红军罢战的哭喊和娃娃们稚嫩的号啕。扑近城头的红军战士个个傻了眼，停止射击、投弹，宗云鹞趁机带人穿插人缝连续放枪，红军战士一个个栽下云梯。旋即传来军号，红军收兵。

宗云鹞于东南城头捉住一个爬进堑壕的红军士兵，是个十六七岁的毛头小子。章鸿儒在南城楼亲自审问，毛头小子大骂他们不要×眉脸，拿老百姓当挡箭牌！宣称红军已攻占盐池县城，弹药充足，这回非把你们这帮驴日的脑袋拧下来当球踢！章鸿儒见他小小年纪如此胆气，并不气恼，探问攻打东城的红军是哪个部分的？指挥官是谁？毛头小子说老子们是红军八十四师一团！又大哭，说史团长在第二轮攻击中中弹牺牲！说罢，猛地扑向章鸿儒，两只手就要去卡脖子，章鸿儒飞起一脚将他踹倒，吭哧吭哧半晌，吩咐把这个混账小子缒下城放生！宗云鹞不解，章鸿儒说："算×个长鸡吊蛋的！"毛头小子随后由两个团丁缒下城去，朝城头疑疑惑惑望了望，撅着尻子跑回东关阵地去了。

早先时候，雨枝听说城将破，终于忍耐不住，把前一阵子就预备好的一长挂鞭炮于门庭前点燃。噼噼啪啪的爆炸声惊得梅婷几个姨太太好生紧张，以为红军打进了院子，一个个呜哇尖叫，拎着钱箱、包裹四处躲藏。章家的几个娃娃聚在院子里觑看热闹，一个四五岁的碎脑子跳脚大喊："小姑放炮哩，过年喽，过年喽！"梅婷几个松了一口气，趴在窗户上觑探，骂骂咧咧，却没人敢出去招惹。章杰儒一身灰土进入院子，瞅着满地的鞭炮残骸，皱起眉头呵斥说："你这个没心没肺的疯丫头，瞎折腾甚？"雨枝忍俊不禁，说："学校放假，我待着难受！刚才当成红军打进来哩，放炮吓唬吓唬！"章杰儒忽地眼睛一亮，灵光闪动，脸上浮起喜色，扭头对两个马弁说："速速传令——收罗全城烟花炮仗，剥取火药备用！"围城旷久，几番恶战，城中破栋为薪、刮木为草勉力支撑，火药早罄，炸弹耗尽，如今意外发现鞭炮可用，章杰儒感叹身在事林脑筋不好使了。他进而想到城头黑夜所用的煤炭火球所剩无多，亦可以油浸棉花蛋替代，棉花用尽还可拆被拆褥以继；只是饲草稀缺难以筹措，光吃精料，马匹腹坠便秘痛苦不堪，连响屁也放不出来，这又如何解决？而最令他头痛的还是子弹问题，当下放弃了吃喝一口的念头，匆匆出门往南城铁匠铺督察去了。

至第四十天鸡叫二遍头上，边墙北坡村落终于传来特别的暗号，章鸿儒大喜，急忙于北城楼布置接应。不一会儿，十数骑偷偷摸至城下，团丁们抛下几根麻绳。正在这时，守城的中队长王仓手枪走火，红军发现情况异常开枪阻击，却晚了半拍，几个沉甸甸的帆布包已吊上城头去了。打开帆布包，里头装满七九步枪子弹和捷克式轻机枪子弹，共计二百排。章鸿儒喜出望外，下令迅速分发子弹、周知消息。党科长的一封长信也一同捎来，历数定边城坚守、失守及报信求援的艰辛细节，李道庵一气看毕，掩面而泣。张自立接过阅看，信中提及驻绥德国军剿匪第一纵队总指挥汤恩伯电令榆林高师长全力增援、驻横山张团长亲率步骑千余业已抵达堆子梁、张团长遣一个营收复了柠条原等诸多战情，张自立干号一声：“援军从东来了，柠条原还是我们的天下！”

西城墙根的水瓮不时荡起斜纹，空瓮传出嗡嗡之声，表明红军的地洞已接近城根。接连两天，章杰儒和李道庵指挥团丁从城头往下抛掷石头、铁锤，击破三处，俱见有顶板、立柱显露，判知因水层浅、土质差又迭遭破坏，红军掘洞艰难，推进缓慢。章杰儒吆喝壮丁担水泼灌，逐一破坏，说：“他们挖得慢，咱们毁得快，×也不啖！”又过一天，一架飞机几度盘旋，轰炸了西关、东关，向城中投送了一批弹药。从弹药箱里找到一封函件，始知系国军驻甘肃西峰镇何军长奉西安总部令所为。函称安边之战彰显三边地方精英效忠领袖、报效党国之决心，古今鲜见，名垂青史，期砥砺坚守，援军不日而至。章鸿儒在登高阁里踱着方步，手叉腰间，说：“敢不是连南京的老蒋也晓得我章鸿儒这个人哩？妈了个板子，没白活一回！”半后晌光景，天上堆起峰峦云头，一声霹雳，大雨如注。有团丁头目冒雨来报，红军又一地洞掘至西城门北侧，声音甚近。章杰儒撂下水烟壶子就要过去，章鸿儒说：“老七，你伤风咳嗽歇一歇，我去！”他披上雨衣直奔过去，指挥团丁向城下抛掷沉重的腌菜石，终于击开一个窟窿。七八个团丁合力抬起一个碾碌碡砸下去，嘎吱吱几声，洞内的顶板、立柱被压坏，塌开一溜。一群壮丁担水泼灌，彻底毁废。章鸿儒兴奋难抑，大笑：“这是红军小子的最后一个洞，他们没有机会啦！”

第四十四天，章鸿儒与张团长约定翌日以大炮为号夹攻东关，再取西关。章杰儒撇开王文舫发动募捐筹集赏银，各商家肥猪也哼瘦猪也哼，无人响应。李道庵去找王文舫却哪里也找不到，只得下令强征。团丁们持枪上门，逐户强索，共计筹得两千块。重赏之下，连夜组建起一支二百人的奋勇队，潜伏于东城瓮城内。早饭时光，东北传来炮响，东门大开，宗云鹞率队冲出，抢占了边墙东段，却见东关空空，没有人影，只听到东北方向枪声激烈。宗云鹞判断张团长部遭遇红军伏击，难以会合，踌躇间，见两架飞机从西南飞临，盘旋西关上空狂掷炸弹，一时黑烟滚滚，红军阵地一片火海。宗云鹞想拔取头功，一声呼喝，二百多人向西关扑去。西关工事经红军苦心经营战壕纵横、暗堡密布，西北一隅借助边墙墩台构筑一座碉楼，上棚木板，中穿枪眼，易守难攻。奋勇队攻击前进，接近阵地，突然，暗堡、碉楼里头几挺机枪一齐开火，立时有三四十个团丁死伤，余众惊骇，乱哄哄跑回北城。章鸿儒气急，大骂张团长无能，牵累城中折损人马！晚间，接到党科长信件，称张团长所部中了红军大部队埋伏，损失惨重，已退回堆子梁去了。

增援无望，城外又见新军调动，掘洞之声迫近。团丁们身心疲累，惶惶不安。连着几天，城中时有哄抢及缒城逃跑之事发生，气氛灰暗阴沉，形势趋恶。章鸿儒强打精神，在登高阁召集会议商讨对策。他故作轻松地说：“援军暂且受阻，看来咱们还得苦熬几天。”张自立两眼无神，有气无力地说：“唯一的一支援军惨败，如果红军像上回那样舍命强攻，或是大规模爆破，城池必失！与其坐困愁城，不如我等连夜向宁夏方向突围！”李道庵叹了一口气，说：“定边、盐池俱失，向西突围必定遭到前后夹击，此路不通！”张自立骨碌着眼珠，说：“可向北进入鄂托克沙漠草地，经乌审旗达榆林，如何?”李道庵说：“据说红军大头子高岗的骑兵部队就在那一带活动，突围会有家眷随行，行动迟缓，必然为骑兵所歼，此路怕也不通！”张自立绝望地说：“难道我等眼睁睁葬身于这座孤城死城？只有向堆子梁突围了！”王文舫哂笑说：“堆子梁一座寨子，巴掌大小，如何盛得下这么多人？红军若攻堆子梁，只怕一日即下。”头头脑脑神情颓唐，长吁短叹，无计可施。章鸿儒突然哈哈大笑，忽地立起，拔出勃朗宁手枪朝顶棚放了一枪，厉声喝道：“张县长，请你自重！谁人再敢妄言突围，乱我军心，瓦解同盟，老子一枪崩了狗日的！”张自立吓得蜷缩一边，大气不敢出。章杰儒鄙夷地扫了他一眼，说：“诸位，突围必死，断不可取，唯坚守待援才是正确的选择。”他又称城中弹药充足、粮米无忧，已不惧红军强攻，最要紧的是防备西城爆破。众人无奈，只得附议。商量一气，确定了防卫办法：一是在瓮城里掘壕，以绝地洞深入；二是在环绕瓮城的纵深处三面筑墙，建立第二道防线；三是预备沙包数百袋，以迅即填补爆破缺口。张自立憋不住，诅咒飞机下了三颗大哑弹，落在红军手里，帮了倒忙，只怕是威力巨大！章鸿儒瞪起三角眼吼道：“嘴痒哩？拿一根萝卜塞住！”

章杰儒当夜组织五百壮丁上工，并亲自带领督工队终夜监守。一清早，李道庵过来接班，章杰儒眼睛熬得血红，说话间身子倚在墙头上扯起鼾息。李道庵受到触动，冲壮丁们说：“协防军弟兄们，我等皆须效法章副总指挥之精神！”一个壮丁嘟哝说：“甚是效法？还拽文！”李道庵不温不火，解释说：“就是效仿学习的意思。章副总指挥年龄大了，为了全城百姓的身家性命彻夜值守，他就是我们的榜样！”壮丁壮着胆子说： “听说红军不打受苦人……”李道庵厉声喝止：“一派胡言！你们一直为守军服务，帮忙打红军，咱们是一体，红军怎么能饶过你们？”又枚举红军炮击城里炸死炸伤百姓等事例加以佐证，壮丁们哑口。又一个壮丁蔫塌塌说，反正我们干了一夜活，比牲口还熬累，你们身不动膀不摇，还学习个甚！壮丁们聒噪起来，说屁的钱也不挣，这是精精捉憨憨的场伙，一哇声要求歇工。李道庵制止吵闹，称工程紧迫，丝毫不敢耽搁，承诺工程告竣每人发大洋一块、赏肉饭三碗！壮丁们就欢腾起来了。

这一天夜里，章鸿儒受风高烧不退，身心倦怠疲竭，又被一种极端绝望的情绪所控制，僵尸一样瘫卧在登高阁临时支起的木板床上，有进的气没出的气。章杰儒忧心如焚，拎了一壶热姜汤过来，跪在一旁亲自一勺一勺喂服。章鸿儒目光呆滞，握住他的一只手，凄然落泪，说：“老七，如果城破哩，你就带人把咱家的老老少少统统乱枪崩哩，免得落在共产党手里受罪！”章杰儒哽哽咽咽，默默点头。这时候，一个团丁头目送来党科长信件。章鸿儒挣扎着坐起，拆开一看，赫然写着一行字：“章廷芝营长带两个骑兵连昼夜兼程赶来，预计明日夜里可达安边！”章鸿儒一骨碌下地，放声大哭，疯子似的吼道：“我章家的虎儿子回来啦！安边城有救啦！”章杰儒抢过信件，疾扫一遍，也痛哭失声，传令周知消息！团丁们精神崛起，一片欢呼。

第二天前晌，西关红军突然喊话谈判。章鸿儒十分意外，斟酌再三，为拖延时间计，传话同意谈判。一个戴眼镜的中年人一身士绅打扮出现在西城城根下，操着浓重的葭县口音，自称杜雨亭，曾任十一旅参谋长，无党无派，现赋闲在家，受红军方面请托权作代表，专程过来谈判劝和，提出面见王文舫。王文舫旋即被召至城头，二人城上城下亲热寒暄，约定在城门南隅面谈。王文舫要求打开西门出城，章鸿儒不允，让他搭软梯下去或是从北门绕出。王文舫面色不悦，也不吭气，绕出北门。很快转至约定地点，与杜雨亭热火相拥。杜雨亭提出三项条件：一是守方须放弃内战思想，一同抗日救国，酝酿共组抗日武装；二是开城，允许红军代表团进城宣传抗日；三是释放陈平信，交还电台等物。王文舫探询他代表哪一层级？杜雨亭底气十足，称所代表的是中共高层。王文舫问他如若守方答应其中某些条件可否退兵？杜雨亭说需回去商酌，强调守方如若答应三项条件，则既往不咎，红军必定撤去包围。

王文舫急忙返城，入鼓楼向章鸿儒一股人转达了红军代表的意愿和条件，申明和谈来之不易，对方条件并不苛刻，须得珍重。话音刚落，爆出掌声。头头脑脑欢呼起来，久积的烟垢一样的疲惫和焦虑仿佛一下子散开，一张张灰黄焦枯的脸上显出激动、感动和兴奋、喜悦的神情。

章鸿儒大笑着说："我若答应他签订城下之盟，就是摆明了跟老蒋唱对台戏；若不答应，分明是一场不楔把子的豪赌。事关重大，行也不行？还是请诸位从长计议吧。"章杰儒吊起眼白，冒出连珠话："牛不喝水强捺头？给他共产党搭顺心桥？他共产党若答应归还银佛坪的土地、粮食、财物，并做出赔偿，再算上半年的利息，咱自然答应！"王文舫说："杰儒，不要抬杠，一码归一码，你这不等于拒绝谈判、堵死退路？事关全城数千百姓身家性命和财产安全，还是大处着眼、斟酌斟酌吧！"李道庵和张自立主张媾和，继续谈判；提出红军若有诚意，请先退兵，咱可先释放陈平信表示诚意。众人附和。章杰儒板着脸，说红军陷于困顿，这是缓兵之计，不可上当。章鸿儒干咳一声，阴笑着说："谈！亲家，麻烦你再跑一趟，约出姓杜的老地方见，就说只要红军答应退兵、条件上再打些折扣，还能接受；咱可先释放陈平信以示诚意。"

王文舫匆匆出城，约杜雨亭至西门南侧，两人面对面站着说话，交换对具体事项的安排、处置意见，红军阵地和城头异常宁静。罢战谈判的消息四处传扬，百姓们奔走相告，拍手称好，一群老婆子跪在大街上望天祈祷：阿弥陀佛，天灵灵，地灵灵，善风善雨过去吧！

这个时候，两个枪手潜近垛口，黑洞洞的枪口瞄准杜雨亭。

章鸿儒在城上咳嗽了一声，砰砰两响，杜雨亭头部、胸部各中一弹，瞪圆眼睛望着王文舫，扑通倒地。王文舫愣了一下，悲愤地大呼一声，扑在尸体上。西关阵地发出怒吼声，向城头射击，团丁还击。过了一会儿，双方停止互射，王文舫从地上挣扎起来，冲着对面阵地大哭大喊："你们打死我吧！是我王文舫害了雨亭老弟！"红军阵地没有开枪。王克恭不晓从哪里出来，哭喊一声，从城头滑下，跌伤左腿，瘸拐着扑向父亲，父子二人抱头痛哭。随后，两人抬着杜雨亭的尸体送到红军阵地前，互相搀扶着从北门进城回家去了。

后晌，一架飞机从西而来，空投子弹四包，系宁夏马鸿逵部投送。附函称本军正与西进的红军交战，暂无力施以援手，嘱竭力防守以竟全功云云。章鸿儒大骂马回子见死不救，撕扯函件踉踩泄愤。他焦躁无比，眼睛血红，披头散发，饭都没心思吃，先是在祠堂里祈求列祖列宗保佑度过这一劫难，又守候在北城楼，引颈渴盼儿子的援军。至晚上十点钟，借着棉花油蛋的火光，终于望见大股马队从边墙豁口扑入，狂呼乱叫直冲北门。章鸿儒老牛似的哞叫了一声，大哭起来，哭声沙哑而汹涌。他揩一把老泪，跌跌撞撞，亲自下城迎接。章廷芝一身戎装，骑着青云神驹疾驰而入，吁的一声，青云就地打住前蹄，钉子一样钉在地上。他从马背上一蹦而下，跪在地上叩头谢罪，称儿子来迟哩，让父亲大人受惊哩！章鸿儒满脸泪水，哈腰扶起儿子，拍打着他身上的尘土，欣喜无限地喝道："速速报传消息！给廷芝我儿预备酒饭！"

马队沿着街道赳赳东行，章廷芝向父亲问长问短，解释消息阻隔的过程和强行带队驰援的不易。章鸿儒脸色和缓，朗声大笑："愣小子，回来得正是时候！"突然，西城传来天崩地裂之声，举城震荡，碎砖、土块漫天泼洒。章鸿儒大惊，扭头奔向西城，一边大呼："红军爆破西城，给我顶住——"章廷芝掣枪在手，喝令马队掉转方向，直冲过去。西城门北侧七八丈宽的一段城墙几乎被夷为平地，数百红军战士怒吼着冲了过来，已有数十人突进城内。章杰儒亲自带领宗云鹞部据守第二道防线，集中所有火力和新近制作的土炸弹疯狂阻击。章廷芝一声尖啸，两个连的骑兵下马，从倒塌的一段内墙口扑出，实施反冲锋。一排手榴弹掷出，机枪横扫，将红军攻击势头遏制，守军位置迅速前移。章鸿儒登城，喝令从两侧封锁豁口，亲自抱着一挺轻机枪扫射城外红军。战场上硝烟卷滚，尘土飞扬，一片混沌，彼此不明对方的位置，约莫着乱打，各种枪声和爆炸声呐喊声哭叫声惊呼声以及战马的嘶鸣声交织在一起。攻入城内的数十个红军战士牺牲半数，剩余的子弹耗尽，全部负伤，仍以枪托、大刀、砖块死拼，经一阵惊心动魄的肉搏，多数被俘。双方激战持续，豁口阵地几番易手。一个钟点过去，城外红军弹药不足，被迫退回。章杰儒下令打起几十个油浸棉花蛋取光，指挥数百壮丁用沙包填堵豁口，又在上头夯筑土墙，竟夜而成。曙色里，城内外血肉遍地，横卧着二三百具尸身，半数炸烂了肢体，头骨和手足乱麻橛子一样散落，竟有一对互卡脖颈、眼睛大瞪同时死去，令人毛骨悚然。西门附近已是一个稀烂的世界，十几院房屋全部倒塌，到处碎砖破瓦、断椽残柱、窟窿眼窍。红军阵地传来隐约的呻吟之声，据说大爆炸时簸箕子大小的城砖远飞西关，自伤达数十人之多。

红军尚有两处地洞未炸、必将屠城复仇的传言散遍大街小巷，一人受惊发疯，鼠窜全城，又传两个逃亡入城的财主悬梁自尽，全城笼罩在死亡前的恐惧里。一股子从未沾过女人的团丁以为末日来临，像一群发情的疯狗拥向一家窑子，连老鸨一道扑在地上强行轮奸。延后乱象丛生，砸抢蜂起，章廷芝带领凶悍的督战队四处巡查，接连枪毙了两个带队抢劫的民团头目才遏住势头。

第五十二天。章杰儒和李道庵悬赏大洋五百，同时采取高压手段相威吓，二百多个破衣烂衫的壮丁扛着铁锨、镢头出了北门，沿西城自北向南开掘深沟，截断地洞，红军没有开枪。不久，驻堆子梁的援军派两个连偷入北门协守。随后，李道庵带着锣鼓队上街宣传，称安边依旧是铜墙铁壁、固若金汤。章杰儒又搜腾到一面老战鼓，遣几人抬着，加入锣鼓队，狠劲捶打，以壮声势。

这天黄昏，章廷芝带队去了大涝池监狱，提出陈平信和被俘的红军战士二十五人，一色背缚双手，押上西城游城示众。将下城时，陈平信望着城外红军阵地大喊：“打倒国民党反动派！中国共产党万岁！红军万岁！”二十五个红军战士一齐呼喊。陈平信大声说：“我叫谭忠余，我没有完成党交给我的任务，我对不起党的多年培育！请转告党中央，下辈子我还当共产党！”章廷芝铁青着脸，下令将一干人押解到大涝池旁，全部射杀。

史料表明，谭忠余生于一九〇二年，今上海市宝山区人。一九二五年由工人领袖顾顺章（曾任中共中央政治局委员、中央特科科长，后叛变）介绍加入中国共产党，曾三次参加上海工人武装起义。后任中央特科红队队长，负责护卫中央、惩处叛徒内奸，领导、参与了惩处出卖罗亦农、彭湃等人的党内叛徒的系列重大行动。中共中央总书记向忠发出事后，周恩来一度处境异常危险，就在他家避难。晚上，周恩来和谭忠余伙睡一张大床，他妻子周惠年（中央特科成员）睡在临时支起的小床上。一九三二年，谭忠余受中央派遣前往苏联学习、工作。一九三六年初，化名陈平信，率一支小队回国，肩负恢复共产国际与中共中央电台联络及传达共产国际第七次代表大会精神等重任，途经安边时被民团抓捕，安边之战谈判失败后遇害。

围城第五十四天夜半，白军大批援军赶到，与红军在安边城东北发生激战，红军撤围向西南转移。过了三天，娘娘庙院的戏篷重新搭起，章家掏钱请出被困在城里的戏班子连唱了三天大戏，以庆贺胜利、冲刷阴晦。看戏的多是团丁、富人，海红子和白菜心使出浑身解数，场面远不似当初红火。

后间，李道庵在守城日志末尾另起一行写下一句话：“匪之所以破例牺牲围攻安边者，欲遂其打通国际路线之阴谋也。”并以三国魏曹植之《七步诗》作结语：“煮豆燃豆萁，豆在釜中泣；本是同根生，相煎何太急？”

# 第二十七章

一年后。

六月初一，也就是七七事变的电讯传到绥德的第二天，八十四师即在无定河畔的兵营操场举行了声势浩大的抗日誓师大会。高桂滋发表演讲，痛斥日寇蓄意挑起事端，悍然发动全面侵华战争，肆意践踏中国主权；鼓吹事关国家、民族存亡，中华儿女地无分南北、人无分老幼皆有守土抗战之责；疾呼八十四师全体官兵须坚决捍卫国家尺寸土地与主权，重回抗日战场，抱定牺牲一切之决心，抗战到底！他宣布业已致电委座，请缨抗战，命令所部迅急做好开拔准备。万余官兵同仇敌忾，发出愤怒的吼声，誓言保家卫国、驱除倭寇、抗战到底！

晚间，章廷芝匆匆赶到司令部面见高桂滋，说："三边是师座的老家，不能撒手不管，叫共产党霸占去哩，属下愿请令往振，夺回三边，替师座照看！"高桂滋不悦，呵斥说："国共厮打属于兄弟阋墙，内战老子早打够哩！明日起，我部悉数东渡黄河，开赴抗日战场。三边是国家的一分子，皮之不存，毛将焉附？报国即是报祖，抗日就是保家，无须多言，悉听军令！"章廷芝不甘心，罗列苦衷，再次请准留守三边，嘟哝说："什么日本曰本，又没打到咱家门口……"高桂滋手指鼻子骂道："你个龟儿子，你小子还是不是中国人？敢违令不遵，老子缴了你的㞞枪，下了你的骷子!”章廷芝啪地一个立正，大声说：“属下不敢，愿追随师座左右!”当天夜里，章廷芝以巡夜为名假传军令，集结两个骑兵连，全副武装径出西关，一声呼哨，叛逃而去。高桂滋获报，已不及追拿，气冲冲骂道：“言而无信的东西，章家人就这点出息!”又感喟说，“昔有吕布，出在绥德，勇冠三军，毁在不忠不义、心术不正上；今有章廷芝，毕竟人才难得，可惜哩!”

史料记载，高桂滋于翌日即率领部队离开绥德城，向东开去。不久，在山西大同就任十七军军长，开赴前线。此后五六年间，高桂滋率领以八十四师为主力的十七军将士经历南口之战、平型关之战、忻口之战、晋东南之战、中条山之战等大小战役一百多次，大量歼灭了日寇的有生力量，沉重打击了侵略者的嚣张气焰，为抗战胜利做出了不可磨灭的贡献。在这场艰苦卓绝的民族自卫战争中，十七军付出了极为惨重的代价，数位师长旅长受伤、三位团长阵亡、中下级军官伤亡三百余人、士兵伤亡累计达万余人。高将军自身曾几度陷于危境、命悬一线，却执着无悔、不下火线，成为国民党军队序列中不可多得的抗日名将。中华人民共和国成立后，高桂滋曾任西北军政委员会委员、西北农村工作部副部长、陕西省政协副主席等职。一九五九年病逝北京，葬于八宝山公墓。

章廷祥突然回来了。这个相貌英俊的年轻军人脸色寡白，精神萎靡，悒郁不振，自从回家，一直把自己关在屋子里，大门不出二门不迈不愿见客，也不脱去两杠三星的上校军官服。

西安事变之后，章廷祥接连收到三封家书。章杰儒在信中说，风传国共将要合作，西北军也将要开赴抗日前线，而日本人枪快炮利，国军、共军都不是对手，去了就等于白白送死。又以瘫痪卧床和思念孙子、孙女为由苦苦哀求，要他放弃正规部队的戎马前程脱队回家，信纸上泪痕斑驳。章廷祥因心地阴暗、性情孤傲在军中一直不得志，从庐山军官训练团学成归来依旧没有改观，自觉满腹韬略无用武之地，忧思烦怨纠结不解，像所有人都欠了他的银子一样，牢骚连连，见天发凶，而他却割舍不了前程和脸面，迟迟疑疑不肯返回。在借酒浇愁的日子里苦挨至抗战爆发，国军于正面战场屡遭重创的消息雪片一样飞来，部队随时都有开拔的可能，他不愿去前线当炮灰，这才下定决心另觅他途。于是，给旅长胡老五留下一纸言辞怨毒的辞职报告，携带家眷，由一个警卫排护卫，潜出三原县城，日夜兼程赶回了安边。

一同归来的太太却是另一番风光。这女人长一张白生生的瓜子脸，模样俊俏，仪态优雅，穿着开衩的旗袍，身上香味飘逸。据说出身于三原县城郊一户小康的农家，念过高小。她口舌伶俐，擅长交际，几出几入，即与章家上下和洽交融，和城里的太太们打得火热，成为一道亮丽的风景，人送雅号“白牡丹”。

章杰儒进入幸福的时光，一男一女两个娃娃像两只鸟雀，从早到晚飞来飞去，啾啾鸣叫，家里沉积的孤寂冷清一扫而去，充满别样的欢欣热闹。他时常左胳膊抱一个、右胳膊夹一个到处游逛，放任两个小家伙揪头发、撅胡子撒欢使泼，酣畅淋漓地享受着做爷爷的天伦之乐。他特别喜欢的是咿呀学语的小孙子，尿在脸上也不嗔恼，还叭叭地亲吻小娃的脸蛋子和尻蛋子，逢人就说，活了大半辈子才解开孙子比儿子亲！爷爷是孙子的孙子！

暮秋的一晚，章杰儒瞅见儿子在灯下练习书法，敲门进去，凑到跟前，搭讪说：“咦！小子，这字儿写得漂亮，银钩铁划，刚柔并济！”章廷祥受到揄扬一时高兴，说：“大，别小看我的字，去年秋天我登上西岳华山，还曾留下一幅题刻！”章杰儒故做兴奋状，问道：“写的什么？”章廷祥沉吟着说：“右边题头写一行‘丙子秋遍游诸峰’，中间正壁四个大字‘祥瑞西岳’，左边落款‘镇边章廷祥书’，我把名字中的‘祥’字也嵌进题刻中哩！”章杰儒对山山水水并不感兴趣，为哄儿子开心，做出神往的样子，让他讲一讲华山的风光景致。章廷祥果然一脸春风，卖弄道：“北宋画家郭熙说，泰山如坐、华山如立、恒山如行、嵩山如卧、衡山如飞；华山自古一条道儿，以奇险峻拔著称，山分五峰，状若翘爪，唯西峰一枝独秀，形似莲花……”章杰儒听了半晌，用肯定的口吻说：“想是比豹梁山山势险要。”章廷祥大笑：“大呀，你真是坐井观天、夜郎自大，那可是天上地下之别！”章杰儒见儿子把自己说成了蛤蟆、夜郎，皱一皱眉，情知儿子意在拽文，也不嗔恼，又打问他的字刻在了哪个地方？章廷祥说：“就在北峰通往苍龙岭的擦耳崖上。”章杰儒骨碌着眼珠说：“朝孤山石崖上刻字，少不得请手艺精细的大石匠，又花了不少钱吧？”章廷祥淡然一笑：“那叫摩崖勒石，通常是名流行为。请了两个名匠人，看着刻了几天，满打满算，也就花了几十个大洋。”章杰儒叹道：“把银子葬在孤山上，浪子！”他趁儿子心境尚好，故作大气地说：“廷祥，大丈夫男子汉生于天地间，拿得起放得下，一个团的人马丢就丢哩，有甚失落？仰人鼻息、看人脸色的团长，不干也罢！”章廷祥神色立时变得忧郁起来：“数年的心血付之东流、化为乌有，一身的才智韬略没有着落，我是心有不甘哪！”章杰儒说：“定边城一直为共产党所占据，安边现今做了县城，县政府依照上头的命令统编各民团成立县保安大队，我跟你六大与李县长谈过，李县长答应让你出任大队长，手下也有几百人枪。”章廷祥瘦削的脸上涌现血色，叹息一声，说：“大，这是叫孙悟空当个弼马温，把满腹韬略和黄金岁月扔在了马槽里！罢罢罢，这世上属于我的东西它跑不了，不属于我的只要我想要迟早也叫它姓章！天生我材必有用，千军散尽还复来，看儿子给你蹋开一片天！”章杰儒闻言略显不安：“廷祥，才缓了一口气你就浮夸艳炸？该学学你廷芝哥！”章廷祥说：“大，我大哥虽勇，毕竟是匹夫之勇，而今成大事须得文武兼备。你老家等着，总有一天，我必做出一件惊天的大事，超越他！”章杰儒看到儿子的雄心被成功激活，深深吁了一口气，正色说：“宁失千军，不失锐气，这才像我章家的种代！”

九月下旬的几天里，青杨区一个偏僻的村庄陆续有陌生脸孔进入，到指定的三孔石窑洞的院子报到，汇聚了百十号人。据地方史料记载，他们是群众代表，由除去柠条原一地和龙州堡一隅的全县“九个区、五十五个乡、一百二十六个行政村、六千二百五十五户（四万七千三百九十三人）”经大会小会的“豆选”而产生的。代表们被分散安排到庄里二三十户农家住宿。报到处的窑院充作伙房、饭堂和开小会的地方。开伙显示了高标准：一天两顿稠的，一顿黄米干饭大烩菜，一顿臊子汤饸饹面，管饱吃。

庄子正中地段有一座不晓得在什么人手上筑建的露天戏台，风吹雨敲，残损不堪，苔藓毛子织满墙头，黑黢黢的。吃罢早饭时光，县政府的一个科长指挥会务组和锣鼓队、鞭炮队的大人娃娃在戏台左近的崖壁、路口、墙头张贴了红红绿绿的标语，又在戏台底下四周栽了十几根木桩，套上粗麻绳围圈成四方的圐圙，里头摆放了几排椽棒。接着，开始拾掇戏台，中央靠前的地方摆了两张长条桌子和几个板凳，充作主席台；背墙正中高挂起孙中山、蒋介石和毛泽东的画像，四边用红市布绾扎了彩球、彩带；戏台敞口当空横悬了书写着“镇边县第一次群众代表大会”字样的红市布会标，两侧墙壁贴上大字对联。一声号响，胸前佩戴小红纸花的代表们列队开来，进入会场，盘腿坐在椽棒上。时候不大，惠书记、王振国几个人陪同三边特委副书记、陕甘宁边区政府特派员朱洪英走上主席台。王振国带着哭腔大声宣布：“镇边县第一次群众代表大会开幕——”与会者全体起立，会场一侧锣鼓齐鸣、鞭炮炸响，围观的人群发出兴奋的呼喊，台上台下响起热火经久的掌声，继之一片唏嘘，这是镇边有先人有历史以来的头一遭。

会议从朱洪英特派员宣布陕甘宁边区政府关于批准成立“镇边县抗日民主政府”及取消“苏维埃”和“主席”称谓等政令到惠书记做关于建立广泛的抗日民族统一战线及改称“国民党”和“白军”为“友党”“友军”的政治报告，王振国做县政府工作报告，以至个人发言、分组讨论、投票选举、总结讲话等，一口气开了七天。主要成果是：以不记名投票方式选举王振国为镇边县县长，县政府各科室和各区政府顺利完成改制新建及人事调整；由惠书记主持，完成中共镇边县委和各区委的组织机构健全及人事任免事项；县、区军事组织重新设置，县里设保安大队，区上设自卫队，取消“赤卫军”等称号；县保安大队位置突出，成为地方最主要的武装力量，镇边区委书记徐壮民兼任大队长，惠书记兼政委。会议结束不久，镇边县级党政机关公开搬迁到镇边城内，结束了长期漂泊、游动、分散的办公状态。

镇边城章家老宅和恒丰店院经过修葺清理分别充作县委、县政府办公的地方，大门口各自竖起白底红字、白底黑字的牌子。牛钦誉曾经居住过的西山腰的两孔土窑洞拾掇一番，惠书记住了进去。

原属老贡爷家后归章家的宅子拨给了王振国县长。这处宅子在红军攻城时炸塌两间靠东的正房和门面铺子，只剩西头的三间，梁檩柱椽依旧结实，门窗也未受损，王振国原先安排给惠书记，惠书记早有打算硬让给他。县政府的几个小干事大头收拾过后，史兰兰按捺不住激动和兴奋，忙忙将里里外外清扫干净，用旧报纸、旧麻纸打着补丁糊严窗子，怂恿王振国一同住了进去——盼星星盼月亮，总算盼来个跌落处哩！

王振国当初打算让母亲和儿子继续待在青杨区老家的亲戚家，惠书记提出将祖孙二人接进城里。王振国说：“咱这几年一分钱的津贴也没，这两张嘴的问题怕是不好解决，不能搞特殊化。”惠书记说：“如今国共合作，咱有了固定办公的地方，形势一天比一天好，津贴的问题迟早提上议事日程。无论如何，特殊情况特殊对待，不能把老人和小娃娃丢在一边！”王振国十分感动，说：“即使这样也不能吃白饭，就让我妈给县机关灶上相帮做饭或打扫卫生吧。”惠书记去三边特委开会，临行前，又专门打发人去青杨区接人。

后晌时光，几个赶牲口接人的往返五六天终于回来。王老婆抱着小孙子喜眉笑眼颠进大门，史兰兰赶紧上前接过儿子，高兴得直掉眼泪，大口小口亲吻着，说："妈的乖宝宝哟，快把妈妈想疯哩！"小娃儿认生，连蹬带打，怯乍乍啼哭，拒绝跟她近乎，惹得史兰兰眼泪婆娑，只得递给婆婆。婆婆宽慰说："撂生哩，过两天就认哩，兰兰你不要急，先拾掇营生吧。"婆婆心细，把该带的家当都带来了。最令她开心的是三条旧毛毡和三床旧被褥，这可解决了大难题，否则就得硬着头皮四处凑借了。这些日子，她和王振国伙盖两件破大衣，芦席上铺一块自己常年带在身边的小被子，身底不说，身上苫住这头露那头，热火一把完事还得赶紧蹬上裤子，这种狼狈令她对铺铺盖盖产生了莫大的渴求。史兰兰第一个念头就是铺炕。她拣一条半新的绵毡铺到正屋的炕上，刚要铺褥子，脸却红了，赶紧把铺好的绵毡卷起来，抱到耳间的炕上。得先铺老人娃娃的，好铺好盖也得先紧老人娃娃！料理好了那头，开始忙这头。像履行一项重大的使命，她重新打扫了一遍正屋的土炕，用湿布子擦去芦席上的灰尘，再把两条窟窿眼窍的山毡拿到屋外抖打干净，铺到炕上，扽展压服，然后把被褥叠好，摞在一起，上下左右抹光捋平，捏出棱角，这才长吁一口气。这刻，瞅见婆婆拐进了耳间，她便趁机抖开被褥躺下试打了一回，听见婆婆咳嗽，又慌慌地爬起，重新叠好，一个人哧哧直笑。

傍黑，王振国从县政府院子回来，向母亲问过好，亲抚了儿子，见家里铺的盖的齐齐全全，说："惠书记去盐池县开会也快回来哩，把山毡和褥子各倒腾一条送去，窑里土炕冰巴哇凉！"史兰兰有些不舍："惠书记那头没有？"王振国说："只怕全城干部住宿条件数咱家好哩！"史兰兰一脸惭愧，说："行！咱俩把山毡跟褥子横铺上凑合吧。"她抽出一条山毡和一条褥子卷成一个卷儿，王振国抱着走出院子，打发一个小干事送上山去。这个时候，徐壮民和白宝霖从大门进来，嚷吵着让王振国两口子"暖家"。史兰兰说："家里什么吃头也没有拿什么暖？"徐壮民说："白志魁的客栈又开张哩。"逼着她去打一葫芦烧酒。史兰兰苦涩了脸："只有几个小钱，怕是不够。"说着就要去搜翻包裹。白宝霖从棉袄襟子里头猛地拽出一个酒葫芦，在她眼前晃一晃：“猫咪，这儿有。弄两个菜！”史兰兰捣了他一拳，说：“嫂子出门借几颗洋芋、借一点油盐、借一碗米，给你们三个馋鬼炒一盘洋芋条儿下酒，也给嫭嫭孙子两个打闹一点吃的。”话音未落，惠书记走进大门，操着清涧腔说：“嫂子，多炒一点，四个人。”

几个人闲谝。徐壮民一眼一眼扫着酒葫芦，一边咽口水，说：“喝罢酒多时哩，今儿解解馋！”惠书记曾在会上定过规矩，一般情况下不允许喝酒，更不允许用公家的钱喝酒。白宝霖担心挨头子，解释说：“打酒钱不是公家的，平常偶尔烧骚一回都是壮民书记掏私房钱，这回可是用我这个区长家里捎来的零花钱买的。”徐壮民见说“私房钱”，狠狠扭掐了他一下子，白宝霖龇牙咧嘴，不敢再多说。王振国笑着说：“你这个区长当得我们放心。”惠书记脸色晴朗，说：“三边北傍蒙地，人们喜好喝酒，这很正常，只是要把握关节分寸，分开场合，不可耽误了事情，更不能违反纪律，偶尔私下喝一点也没啥。”

不一会儿，史兰兰炒好洋芋条儿端过来，拿了几双筷子，又给他们倒了一小盆滚水，取来两个搪瓷缸子，说：“也没多余的缸子，谁也不要嫌弃谁，一搭喝。”四个人脱鞋上炕，围着油灯坐下。惠书记拿起酒葫芦，拔开塞子，瞅着徐壮民，意味深长地说：“早听说壮民酒量大，今天我破例当一回酒官、陪一回酒，先请壮民喝一口！”徐壮民也不客气，接过酒葫芦仰起脖子灌了一大口。几个人各自卷了一棒子旱烟卷儿，互相礼让着轮流抿一嘴烧酒，就一口菜，一边拉话。

惠书记讲述了毛泽东的胞弟毛泽民在定边的故事：“去年西征后，以苏区中央政府国民经济部部长毛泽民为团长的中央经济工作团，携带了一批硬通货和法币、苏票到定边、盐池县一带活动。在定、盐两县县委、县政府的配合下，通过商会组织和大型集会，宣传中央制定的保护民族工商业政策、经营贸易政策及土地政策，动员本地商贩带着咸盐、皮毛、甘草的三边三宝去往白区销售，买回苏区急需的生产、生活和办公用品。又张贴安民告示，允许并支持白区商家冲破封锁与苏区贸易互市，明确外地小商小贩可以自由往来定、盐做生意，驮盐的脚户可以随便出入，法币和苏票一样通行，自由兑换；倡导公平买卖，不许囤积居奇、买空卖空；鼓励做工经商，对小业主和商人们的利益实行保护，不该没收而被没收的工商业者的财产一律清退，不该拘押而被拘押的工商业者一律释放。”白宝霖听到这里插话说：“惠书记，这是冲破国民党对苏区实行经济封锁的好办法，可我还是不太明白。据说，白区的商贩不只不愿要法币，苏票更是一律不收，这生意咋做?”惠书记不紧不慢地说：“法币是南京国民政府币制改革后强令推行的纸质货币，取代银圆，一块法币兑换一块银圆，老百姓一时还不大相信，而且法币的辅币过少，用着不方便，因而没有人主动兑换。至于苏票，苏区中央政府目前发行量还很小，国民政府又不予承认，只能在苏区流通，外地商贩自然拒收。毛泽民部长针对这个情况专门开会宣布，只要他们肯往苏区贩卖东西，有多少买多少，要银子有元宝，要金子有金条，更提倡以物易物的交易模式，既不花苏票，也不用法币。这样，商贩们吃了定心丸，百货源源不断流了进来。”

惠书记继续讲述，说：“毛部长倡导建立城市消费合作社，鼓励从油盐酱醋到洋火毛巾布匹文具纸张锄头犁铧都设法经营，特别鼓励大批收购‘三宝’，以壮大贸易规模。定边县为此成立了三边贸易局，大宗收购，大宗交易，用土特产换回白区的布匹棉花粮食药品甚至军械物资。不到半年，定边的工商业就红火起来，公私商店冒出一茬，骡马大会盛况空前，蒙、回边客纷至沓来。这期间，有宁夏灵武、吴忠灾区的一批回民逃荒过来，毛部长统一部署，把他们安置到定边城西关，上马难民造纸厂，设立纺织学校，造纸张、纺毛线、织毛货，回民越聚越多，甚至几个阿訇也从宁夏跑过来，在西关回民聚居区着手筹建清真寺，回、汉民族团结的新纪元已然开启。”话题扯到民族团结，惠书记还讲了一件有趣的事情，说："毛泽民、贾拓夫、高岗、宋任穷等领导人为了结交蒙古族朋友，派出红军地方驻军将宁夏马家军阀势力霸占多年的北大池、敖包池等几个盐湖强行收回，划给蒙民管理，于是鄂托克旗上层人物争先与他们设香案拜把子结成安达，高岗领导的西北少数民族工委的工作便红红火火了。"徐壮民禁不住叹道："党的民族政策是革命斗争的一大法宝！这样就能一步一步促成民族团结、共同抗日的局面！"几个人连连点头。

惠书记说："根据中央经济工作团的建言，陕甘宁边区政府现已决定将三边盐业作为边区财政收入的支柱产业进行培育，逐步实施规模化开发。目前采取了整修盐池、设施建设、扩招盐工、增加工资等许多措施，三边盐务局、税务局的工作在去年的基础上得到进一步夯实、强化；同时，在定边设立了三边金库，为盐户提供借贷方便，推进咸盐贸易持续增长。"惠书记断言，"三边盐业收入将撑起陕甘宁边区政府财政收入的半壁江山，发挥巨大的现实性和历史性的作用！"白宝霖抿了一口烧酒，咂着嘴说："咱共产党里头的能人就是多，特别是从南方长征过来的老红军，一个顶三个，怪不得老蒋一回一回打不败！这毛泽民部长还真有两下子，是搞经济的行家里手，真想亲眼见一见，他现时还在定边不？"惠书记说："毛泽民部长在西安事变后就离开三边哩。"

惠书记喝酒不行，没几口就头晕，脸颊红得像公鸡冠子。徐壮民说："惠书记跟柴向东一样，喝一口酒就唰地从头红到脖子根底哩。"几个人嬉笑一气，说喝酒脸红是酒走皮肤散得快。惠书记不敢再喝，趁县、区的几个主要领导和县妇救会主任都在场，宣布开一个小会，就下一阶段的工作征求一下大家的意见，以便在全县政治、经济工作大会前取得领导层认识的统一。他简要传达了特委关于近期工作的指示，分析了镇边县的实际情况，提出了当前和一个较长时期主要工作的思路和任务目标：一切为了抗日，一切围绕抗日，动员一切可以动员的力量，积极宣传抗日救国方针，团结一切可以团结的力量，广泛结成抗日民族统一战线；打破经济封锁，全面抓好粮食生产，着力搞活以咸盐为主的商业贸易，增收节支，筹粮筹款，支援前线；以抗日求生存、求发展，迅速壮大自我，夯实政治基础、民意基础、经济基础、军事基础，同时保持警醒，提高警惕，坚决应对一切破坏统一战线的敌对行为、摩擦行为，守卫好三边这个陕甘宁边区大后方的西北大门。惠书记年龄小些，念过中学，十几岁就入了党，看得深想得远敢担当敢负责，王振国很是服气，表示完全赞同这一具有战略眼光的构想。徐壮民几个没有异议。惠书记侧重征求关于经济工作的意见，王振国说："眼下柠条原镇这个旱码头还是白区，镇边没有盐湖，甘草生产也不及盐池县、定边县，但咱们可以多管齐下，另辟蹊径——搞互助搞合作改革生产关系，抓驮盐抓粮食抓畜牧抓毛纺促进经济发展，同时在张家畔和镇边城开辟市场，鼓励、支持商业贸易活动。总之，一定得迎头赶上兄弟县！"徐壮民和白宝霖分别提出了关于兴修水地水漫地、养畜驮盐等许多具体建议和实施办法。史兰兰说纺线织布是婆姨女子的营生，非得整出几个典型来，以点带面。几个人一致认为开展经济建设是今后工作的一个重心，也是一个载体和抓手，让老百姓吃饱穿暖是头等大事，只有老百姓手头有了粮有了钱过上好光景，增强团结、支援前线、壮大自我、应对摩擦才不会成为一句空话。

议题转到如何应对当前形势和局面上，惠书记脸色变得沉重，说："自红军主力改编为八路军开赴抗日前线，后方兵力空虚，陇东、绥远一带的土匪卷土重来，烧杀抢掠，强奸妇女，无恶不作，以致驮盐的脚户、赶牲口的商贩圪蹴在家里不敢出门，三边商业贸易陷入困境。更有一茬政治土匪，预谋在三边一带打天下，除去干尽土匪勾当外，屡屡袭击我基层党政组织和机关，枪杀、活埋边区干部，特别是三边西北地区，恐怖蔓延，人心惶惶，各项工作推进受到极大影响。"王振国插话说："章廷芝是典型的政治土匪，势力越来越大，必须铲除！"白宝霖说，章廷芝不除三边永无宁日！徐壮民气息粗重，凶狠地抽着烟。惠书记同意这个看法，接着传达了特委下达的另一项军事任务："中央已任命边区保安司令高岗同志为剿匪司令，八路军留守兵团骑兵团奉命北上三边剿匪，现已抵达定边，驻防三边的八路军留守兵团警备三旅也将协助剿匪，鉴此，特委要求各县地方武装加强戒备和侦察，扩充兵员，整合力量，配合主力部队随时准备出击，并积极提供情报支持和后勤保障。"白宝霖听了很是兴奋，说："章廷芝这根搅屎棍子这回算是活到头哩！"惠书记瞅着徐壮民，口气沉静地说："壮民同志，高岗司令点名要你立刻赶赴定边，参加剿匪！"徐壮民愣了一愣，凝重地点点头，心中立时潮涌了一种难以言说的情绪。这种情绪很快被兴奋压制下去，他狠狠拍了一掌大腿，一口将葫芦里的酒喝干，说："惠书记你真能沉得住气，半天不说！我恨不得连夜就去！"惠书记笑着说："我今天破例喝酒，也是为你送行！"徐壮民纳闷高岗司令咋会晓得自己？白宝霖断言是柴向东推荐的，徐壮民说："这小子够朋友，晓得我的心思！"白宝霖有些失落，又不甘心，说他虽是腿脚不灵便，但马术好、枪法也不赖，又有打土匪的经验，要求参加剿匪。惠书记和王振国都不同意，让他全面挑起镇边区的一摊子事。白宝霖拉着苦瓜脸，只得服从。史兰兰凑到徐壮民耳畔说："你可得囫囵囵回来！"徐壮民嬉皮笑脸："我囫囵囵回来，嫂子得给我找一个囫囵囵的！"

天麻麻亮，保安大队骑兵中队就进入出发准备，战士们忙着检查武器、预备干粮草袋。这是一支精悍的武装，三十多人，每人配备一杆长枪、四颗手榴弹、一把大马刀，另外配备两挺轻机枪；队员由徐壮民一手挑选，一色牛犊子后生，并经过严格的训练，是保安大队的眼珠子。中队长王振军仔仔细细检查了一遍，见时候还早，说："谁的马刀不快，再磨一磨。"战士们找来几块磨石，轮着磨刀。赵康圪蹴在一块磨石前，旁边蹾了一碗冷水，噙一口水喷去，再撒上盐末，一手攥着大马刀把子一手捺紧刀片子，嚓嚓嚓来回磨着，直至冷光闪闪。他用手指肚试过刀锋，抡起来朝一根胳膊粗的柳椽斜劈过去，咔嚓一声断为两截，一个人发狠："给爷爷×的麻达也没，杀牛也行！"

开拔前，惠书记和王振国几个人赶来送行。惠书记亲自下达剿匪命令，并做战前动员，鼓励大伙在徐大队长的带领下积极配合主力部队歼灭土匪武装，捍卫边区政权，保障干部群众的生命、财产安全。战士们听说要去打土匪，个个欢实，七嘴八舌，有的说老爷像掏老雀儿一样掏他龟儿子！有的说像撸瓜蔓一样把狗日的连根撸哩！徐壮民见乱糟糟的，拉下眉脸喊道："有没有下软蛋的？能不能完成任务？"大伙唰地打了一个立正，放开嗓弦吼道："没有下软蛋的！保证完成任务！"

徐壮民怀着一种异样的兴奋，坚持走官路，马队打着一面红旗大模大样经柠条原镇南侧驮道径向西去。交后晌抵达安边城北，城头上穿制服的保安队员往来巡游，似乎早已习惯了友军过境，并不理会。赵康望着远处的城头骂道："章家的这窝瞎货，爷爷迟早连锅端了你狗日的！"徐壮民松弛缰绳，赤弩立刻放缓步子。他观望一气，伤叹一年前发生的那场旷日持久的恶战，多少红军战士惨死在这个阴郁的地带！他对章家势力的凶悍和刁顽早已有了更深的认识，觉得章家好比一座黑魆魆的山头，不是脚踢手扒拉就能扳倒踢翻的。听说章廷祥成了这座城池的守卫者，他深知这家伙也吃生挖熟不是个省油的灯，却觉得心中有一股子勃勃的劲气张扬、抖擞——泼出性命也要扳倒这茬人！这个时刻，雨枝美丽的身影从神秘中出现了，仿佛一道绚丽的彩虹掠过；好似看见她向自己招摇小手娇声呼喊，却又见她用郁悒的眼神凝望着自己，双手掩面，无言啜泣……她在哪里？还在城里的小学教书？她就在这座灰蒙蒙的城里，隔着一道又高又大又厚又沉的城墙！她还是那颗在暗夜里一动不动的"北辰星"吗？还在绵绵无期的痛楚中煎熬吗？或是已然心有所属、嫁作人妇？徐壮民心里一阵裂痛，腮帮子抽搐，喉头扭动，眼泪婆娑婆娑流了下来，直想冲着苍天大吼一声……马蹄声中，他醒转了精神。这一刻，却又陷于罪疚中，他为自己那难以割舍的思念和自私、暧昧的欲望而羞愧起来，也为自己性格里的那一种软弱自责不已！

他掼了一掌脑门，掐死纷乱迷幻的心绪，驾地一声暴喝，赤骛豹子一样弹出。

浓黑时光，进入定边城。人困马乏，大伙吃过饭即被安排到警备旅的一处营房歇息。柴向东带着徐壮民向城北的一座大院匆匆走去。

徐壮民瞅见高岗司令的那一刻，就觉得他是一个直率而暴烈的人。高岗戴一副黑框眼镜，背抄双手，眉头紧锁，在脚地上来回转着圈子，呵斥骑兵团侦察连至今未能摸清章廷芝匪部的去向，是干甚吃的！警三旅贺钧年旅长和骑兵团孔团长一脸焦躁，正围着一张军事地图部署侦察任务，侦察连长一头汗水，诺声连连。贺钧年认出徐壮民，高兴地过来握手问好，并向高岗司令和孔团长稍做介绍。徐壮民立正敬礼，和两人分别握手。他压抑不住亢奋，说："没想到能在这里见到首长！"高岗脸色和缓了许多，打量着徐壮民高大威猛的体貌，说："壮民同志，柴营长多次提到你，从前也听过你的一些传闻。这下好哩，咱又添一员虎将，章廷芝这条大尾巴狼难逃一劫！"徐壮民一时不好表示，就大声说："是！随时听候首长命令！"高岗朗声大笑，贺钧年和孔团长也笑了，屋里的气氛立刻轻松下来。

当天夜里，高岗主持召开剿匪军事部署会议，首先分析了匪情。据手头情报，边区境内出现的土匪共有四十多股，四千多人，枪两千多杆，其猖獗之状以三边最烈，几乎都是骑匪。大体上可分为两类，一类是以打家劫舍、掳掠妇女为目的的普通匪徒，主要从陇东流窜过来；另一类则是有政治背景，除了大肆抢掠，同时以摧折边区政府机关、破坏党群组织、刺杀领导干部及搜集情报为目的。这些政治土匪多数是在土地革命时期被红军打击过的逃亡的恶霸地主分子和反动武装成员，匪首章廷芝是其中代表人物，所部实力也最为强大；少数是与日伪勾结的汉奸性质的武装，装备精良，每人配备两三匹马和长短枪，如从绥远沦陷区流窜过来执行特别任务的赵有禄股匪。根据中央军委主要负责人毛泽东的指示，经过讨论，会议确定对土匪采取两手策略，即一面从政治上争取，一面从军事上打击。高岗强调，对章廷芝、赵有禄部实施歼灭性打击，以铲除毒瘤、震慑群匪。鉴于定、盐西北地域辽阔、地势平坦，土匪规模不等、出没无常、飘忽不定、反应迅捷，高岗提出，在军事上宜采取分进合击的战术，即在股匪众多、经常出没的地区，集中优势兵力从几个方向进剿，实行统一指挥，一旦与匪接近即轻装尾随，一经判明土匪行动路线则迅速部署跟进，分路堵截围歼。同时，确定剿匪以骑兵团和司令部直属骑兵营为主力，以营为单位分区进剿，连、排遥相呼应；警备二团和一团沿定边城、盐池城周边各要道保持以连、营为单位的战斗力集团分布状态，防备大股土匪冲击，并随时策应增援。据情报，宁夏马鸿逵部曾对赵有禄等股匪进行过收编，但一回一回上当受骗，土匪们弄到一批枪支弹药和军饷就溜之大吉。高岗就此认为，宁夏马家军必定不容土匪，可为友军，默契配合，客观上可实现东西夹击，增加几分胜算。贺旅长、孔团长几个人一致认为在匪情混沌和我军兵力处于劣势的情况之下，这样的部署可谓不二之策。徐壮民憋了半晌，提出自己带骑兵中队化装成匪，四处游走，既可侦察匪情、麻痹土匪，又可灵活出击、配合行动。高岗拍了一下桌子，说："好点子！"贺旅长和孔团长有些担忧，高岗说："多给拨些短枪、弹药，我看行。就这么定哩，不入虎穴焉得虎子！只是你们要处处小心，随时保持联络，打不过就跑，把土匪引诱到主力这边来。"

徐壮民一股备足七天粮草，游走三天。晌午时分，在盐池县城西六十多里的孙家楼发现土匪，约百十人，二百多匹马。徐壮民当即派王振军单骑返回定边报告情况，自己带队伍潜入村庄斜对面的一个山坳隐蔽，传令战马一律戴上笼嘴。经过观察，徐壮民发现土匪好像正在庄子里修筑临时工事，瞅了一眼赵康，说："敢不敢过去侦察？"赵康说："敢，怕甚！"徐壮民仔细叮嘱一气，赵康卸下武器下山，绕来绕去，摸进了庄子。

西头一排平房，没有院墙，门里门外有马头晃动，屋里传出土匪们的吵闹声。不远的路口有二三十个庄稼汉正灰头土脸挖掘壕堑，三四个操枪的土匪转来转去，发现哪个偷懒怠工就砸一枪托子，“小圪泡”“老圪泡”“活圪泡”叱骂一顿。赵康窥探一阵，钻进一户人家院子，拉一把铁锨过来，一个土匪以为是刚抓来的，叱骂他是“灰圪泡”，杵一枪托子让快快干活。土里混有石泡子，挖掘艰难，土匪给每人分包了一段，限时完成。赵康和一个戴白帽的老汉子挨着，说：“老叔，你年纪大，我往开挖，你撂土，咱俩伙着。”老汉子力弱，正自犯愁，听了很是感激，和他东一句西一句拉扯。赵康悄悄打问土匪的情况，老汉子宁夏口音很重，他半晌才弄明白这帮土匪大当家的姓赵，是从绥远南下，经苟池越边墙过来。老汉子说：“土匪来时，庄里的人大都跑脱了，土匪们骑着马追撵到山里，找到几个地窨子，点着柴草把里头躲藏的人熏出来，打死两个村干部，男的押解回来修战壕，女的都叫糟蹋了。”老汉子灰眉耷眼、鼻涕涎水的，又说，“儿媳妇也叫这帮土匪糟蹋了，还要倒卖到包头日本人开的煤矿上去当窑姐！”

天黑歇工，一股受苦人被驱赶到房子跟前，伙头军土匪喝令几个戴头巾的婆姨掌勺子，一人一碗稀和饭。赵康端着饭碗四下里探瞅，发现几排房子的门都大敞着，土匪们聚在亮着灯火的炕上，赌博的赌博喝酒的喝酒睡觉的睡觉；马不卸鞍，就在炕沿下头或门前吃草吃料，拉下一地屎尿。东头一排平房也住满土匪，相距百十步，不时传来狎昵的笑声和女人的哀求声。赵康心里骂着，却弄不明白房门为啥一色敞开，连马也拴在门里门外？揣摸一阵，悟出是土匪贼乖为了逃跑方便，不禁暗骂：“做甚的务甚讨吃子务棍，这股贼狐骚！”喝完稀饭，几个土匪吆喝着，押解一股人去连夜挖壕。赵康抱着肚子乞求上茅圈，一个土匪呵呵斥斥押着他走向崄畔底。赵康圪蹴在地上拉了一回，找土圪垯揩了尻子，一边绾扎麻绳子裤带，一边诡里诡气说：“老总，我出门揽工攒下两块大洋，钱给你，把我放哩?”土匪嘻嘻笑着凑过来，说：“灰圪泡，真有钱?”赵康在身上摸摸索索，突然狠命一拳砸向土匪的太阳穴，土匪头骨凹陷，扑通跌倒，已然死去。赵康摘下长枪、短枪和子弹袋，学着土匪的腔调骂道：“灰圪泡，屙一泡屎还这么费事!”一缩一滑不见了踪影。

徐壮民听完赵康的报告，忧心土匪察觉生变，估计主力部队也快到了，决定实施突然袭击，逼土匪向东逃窜。当下布置了战术；厉声说：“枪一响，一齐硬冲，放开嗓弦吼叫，谁怕死缩在后头我一枪毙了你狗日的!”战士们都赌咒说谁偷奸耍滑谁是盖佬小子！谁怕死谁撅老先人的板筋！三十几个人子弹上膛、手榴弹揭盖，策马摸下山坳。接近庄子西头时，土匪的游动哨发现异常鸣枪示警，徐壮民一枪撂倒，大吼一声，马队直冲，呐喊连天。挖壕的一股人哄地散去；土匪们乱作一窝蜂，各自上马，仓促应战。三十几骑越过壕堑冲近，短枪扫去，又掷出十几颗手榴弹。爆炸声里，两个机枪手下马，端着轻机枪乱扫，早有八九个土匪被撂倒，五六匹马死伤。土匪见来势猛恶，稍作掩护式抵抗，呼啸着向东拥去。马队打出排子枪，呼喊追击一程，土匪马快，早已跑远。徐壮民带人返回，清理战场。不久，东边驮道传来密集的枪声，是王振军和柴向东带一个营迎面拦住去路，双方发生枪战。骑兵中队赶去时，战斗已经结束。两场战斗共计毙伤土匪五十余人，活捉八人，缴获战马八十余匹、长短枪一百余杆；解救妇女二十四人；骑兵营仅有五个战士轻伤，死伤七匹马；徐壮民一股浑浑全全。

赵康舞着缴获来的两把手枪，大呼小叫，说：“土匪其实没×本事，就会欺负老百姓，都是些屎饼子兔鼠子!”战士们哄笑起来。打扫完战场，柴向东说，残匪逃跑已有一个钟点，可能逃回绥远哩，打算返回定边城。徐壮民喝住他，说这股土匪元气大伤，可还有一半人马，不连根剜了会遗下后患。撺掇他连夜尾追，土匪必定不防。柴向东一拍脑瓜，连声叫好，当即命令两个连善后返回，沿途可不时鸣枪以迷惑土匪，自己带一个轻装连和徐壮民一股一道尾追去了。

沿着马蹄印和粪坨尿迹绕来绕去，天明时分，赶至盐池城东一个叫滥泥池的盐湖附近终于追上。众匪正在庄子里歇息，围拢火堆烤牛腿、羊腿吃。徐壮民和柴向东稍作合计，旋即分开。骑兵中队从庄子南边包抄过去，刚一接火，土匪们即策马北逃，随即中了骑兵连的埋伏，惊乱一团，多数被打死打伤，仅只匪首赵有禄带着十数骑冲出。

战士们进入土匪放火烤食的大院子，只见几头牛和十几只羊被活活剁去四条腿或三条腿或两条腿或一条腿，个个趴伏在地，泪眼迷离，发出哞哞、咩咩的哀鸣，多半有气无力、奄奄一息。一群庄户人拥来，扑倒在四肢残缺的牛羊身上哇哇号啕。几户人家的米缸、面柜、饭锅里头不是撒上马粪就是拉下人屎、尿进人尿，糟蹋得不成样子。战士们牙咬得嘎嘣嘣响，把一伙俘虏踢倒蹂踏得半死，徐壮民鼓励说："放开打！这号牲口俘虏绝不优待！"

这一仗打罢，剿匪指挥部在定边城特地召开庆功会，高岗司令亲自为徐壮民和柴向东披红戴花，说："这一仗开头是误打误撞、歪打正着，后头叫攻其无备、出其不意，用的是《孙子兵法》的妙招！"据说，赵有禄残部一口气逃回包头城，累死几匹马，从此散架塌火。

地方文史资料大体记述了追剿章廷芝部土匪的经过——

章廷芝自为匪后，接连吞并了几股土匪，所部壮大到五六百骑，自封三边绥靖司令。赵有禄股匪被歼不久，章部变小股为大股，于盐池城西向的官滩庄集结，构筑工事，精心布防，章廷芝放出风头，讥诮高麻子有枪没子弹，要见个公鸡草鸡！高岗震怒，在摸清匪情的当天，亲自部署，调集骑兵团和警备二团主力一千多人连夜西进，接近官滩。剿匪部队依照命令放开西路，从东、南、北三面形成半包围态势。章廷芝注意力集中在驻守盐池城的警备一团的动向上，竟浑然不觉。高岗亲临一线，在官滩庄东边一个隆起的高地设立临时指挥部，一个警卫排护卫。毗邻有一座小山包，派徐壮民带骑兵中队据守，以防不测，同时担负瞭望观察任务。

拂晓，一颗信号弹升空，冲锋号骤起，三面强攻。章廷芝大感意外，并不慌乱，分兵抗守。稍事观察，派景凌率一队骑兵带着掳掠的妇女和财物大造声势向西突围过去。有效吸引、调动攻击部队后，章廷芝率主力轻骑朝东边步兵阵地冲杀过来，很快冲散攻击部队，直扑高地。战情突变，警卫排仓促应战，舍命反击，十几个战士在密集的枪声中倒下，高岗仅带数骑撤往小山包。章廷芝拎着匣子枪带一队冲近，曙色里，认出高岗，惊喜地喊道："活捉高麻子——"喊罢一抖缰绳，座下青云长嘶一声，飞纵而上。危急时刻，传来一声暴喝，一队人马呐喊着冲下小山包，徐壮民抬手一枪，章廷芝胳膊中弹，匣子枪掉落地上，一个镫里藏身掉头西去。这个时候，南北两面杀声震天，贺旅长和孔团长各带一个骑兵连火急救援，匪众呼啦啦向西拥去。剿匪部队四面合围，双方展开厮杀混战，马刀撞击的当啷声落雨一样稠密，呼号、惨叫不绝于耳。章廷芝带着宗云鹞、章经武一股悍匪左冲右突，杀开一条血路冲出包围，抛下一百多具尸体，仓皇西去。剿匪骑兵部队一路追杀至大水坑一带，遇到转为断后掩护的景凌一股土匪的阻击，双方激战一阵，土匪不敌，抛下驮着数十名婆姨女子的马匹，又丢弃累赘的财物，尾随大股土匪逃入宁夏地界。高岗料定马鸿逵部不予接纳，章部耐不住枯窘必定退回，下令停止追杀，分派部队扼守水源草源。这一带山区属于砾石荒原，严重缺水，大凡有水井的地方一律派驻一个排的兵力，几块天然草场也分兵控制。兵力不够，将驻守盐池的警备一团一部调来协守。

过了三天，章廷芝果然带着三百余骑原路返回。剿匪部队立即实施轮番追击，章部且战且退，折损不断。一个小雪天，甩脱追兵，绕到八岔梁附近。章廷芝眼见马吃不上草、饮不上水行将累垮，决意拼死向东突进，打回白泥井、堆子梁一带的势力圈。宗云鹞、章经武几个提议直接退回安边城，章廷芝瞅着斜吊在胸腹的伤胳膊大笑，说："眼现回去丢人败兴，以后还咋在三边立足？"并称他二十出头在宁夏平罗当团长时，高岗不过是学兵队的副队长，即便混大也吃不了他。傍晚，匪骑将八岔梁庄子团团围住，抢夺草料、占据水井喂饮马匹，又宰杀牛羊饱食一顿，一时士气大涨。搜抢当中，庄里一个蹲点的区委干部潜出，欲去报告剿匪部队，被游骑发现捉回。章廷芝下令挑断脚筋，讥诮他有本事爬着去报告！匪徒们围成一圈，朝他头上撒尿，发泄怨毒。这个干部爬出二百来步，一群匪徒追去，乱脚踹死。午夜时分，章廷芝下令丢弃累赘轻装东进，一举突破两道封锁线，连夜奔行一百数十里，进入安边滩仓房梁寨子歇脚。徐壮民一股人循着雪地踪迹尾追而至，见只有一道寨门，当下实施封锁控制，又在不远的两处路口挖掘掩体、设置路障，一边紧急报告指挥部请求增援合围。高岗分析认为章匪不会弃马越寨脱逃，这样只会被骑兵追歼，令孔团长带一个营过来，要求实施围困，不可强攻，以待战机；同时另派部队于通往安边城的路上设伏。

章部只剩二百余骑，全数进入寨子，凭借强大火力控制了半里方圆。章廷芝用望远镜观察，见剿匪部队越聚越多，忧心四面合围，命令数十个匪徒昼夜轮班在北墙掘洞，伺机突围。一天一夜过去，两道两骑宽窄的墙洞挖成，距外墙面仅有半尺。剿匪部队指战员注意力集中在寨门和两处路口，浑然不觉。三更天，章廷芝下令撞开洞口，二百余骑络绎而出。待到发现情况，匪徒已全数逃离，往安边城方向去了。剿匪部队追杀过去，伏兵杀出，匪众只得往东突去。追兵不舍，枪声不断，绕了几个大圈，一直追撵至柠条原镇东南，匪众钻入一座土城。

土城系当年柠条原土霸常玉麟与教方合筑，后荒废，占地数十亩，城墙高大，留有堞墙垛口，堑壕一周连通，虽破损不堪，却易守难攻。章廷芝调集七八挺轻机枪封锁南、北城门和几处坍塌的豁口，下令宰杀多余马匹，饮血烤肉聊解饥渴。剿匪部队沿南、北城门外侧挖掘工事，围而不攻。当晚，延安的毛泽东主席和八路军留守兵团司令员萧劲光通过电报获悉情况，特意联名电示："强攻土围须有严密的侦察、周详的计划，并对围内及外之敌须有严密的警戒，不可疏忽。在未有十分把握以前不可轻动。"根据这一指示，高岗连夜又抽派两个骑兵连增援，东西对进，形成四面合围。同时，指令派出游骑，加强对柠条原、安边友军动向的侦察。破晓时分，城中突然集中火力向北门外阵地扫射，又抛掷百十颗手榴弹轰击，匪骑从北门大批拥出，嗷嗷叫着冲杀过去，撕开口子向西突围。孔团长用军号调集部队追击，西边路口埋伏的一个骑兵连和徐壮民的骑兵中队一齐杀出，枪击刀砍，匪众死伤惨重。章廷芝见情势危急，扯掉绷带，伤臂执缰，左手握枪，从中军突出带队猛冲，一枪一个接连打落侧翼拥上的数骑伏兵，突破围堵。徐壮民一连砍翻两个骑匪，单骑追杀，奔上一道沙梁，举起长枪远距离放了一枪，章廷芝头上的火车头棉军帽像皮球一样飞起，惊得紧贴马背，不敢回头。一百多骑匪号叫着紧随其后，一直逃进安边城。

# 第二十八章

这年初冬，隶属新编二十一军团序列的十一旅接到开赴抗日战场的命令，统一更换了装备，离开陇东向东开拔。行军途中接到军团长邓先生所转南京方面下达的新的电令，调整部署，刘锦堂旅长带二团北上，于榆林附近驻防，陈国民带一团进驻安边。

经与李道庵县长和王文舫会长协商，知会章家，一团在西城、西关征用兵营、客栈扎下营盘，军事上接管了安边。据传部队将久驻此地，军官们纷纷在西城一带各自租赁或置买民房安顿家眷。章鸿儒特意让下人倒腾出几间房子，亲自出面邀请小舅子一家住进来，冯孝先营长婉言谢绝，租住了一处小院。章鸿儒自是老大不高兴，三太太和雨枝却不管不顾，连着几天过去黏糊，东山上西山下前场糜后场谷，热乎的话总也拉扯不尽。

当冯孝先从姐姐的絮叨和叹息里得知雨枝苦恋着徐壮民，一时错愕了，说："什么？姐姐……两下仇家咋可能结成姻亲？"三太太说："姐姐害这疙瘩心病多时哩，总也琢磨不出会有什么好结果！"冯孝先说："撇开仇家不说，一家走白道儿，一家走红道儿，这是两股岔。"三太太愁云满脸："雨枝这死女子从小叫你姐夫宠惯坏哩，性子又犟，一条道儿走到黑，姐姐拿她没奈何！"雨枝从门进来，已听得二人说话，怪怨母亲多嘴多舌暴露了自己的隐秘，噘着嘴说："妈呀，你这人就是不成事！"三太太索性说："今儿当着你舅舅的面，咱一家人里窝窝敞开说道说道，你已是二十几的大女子哩，瞅瞅安边还有第二个没？街巷流言说长道短全打过后，女人能有几天红颜？总不能就这么拖着耗着，耽搁了一辈子！”冯孝先陷于沉思，一个劲抽烟。雨枝望着舅舅说：“既是纸包不住火，说就说！时下国共合作共同抗日，那就是一家嘛，我跟壮壮哥的事总有希望！”三太太白了女儿一眼，奚落道：“这么大的女子哩，还一口一个壮壮哥，你当你还是三岁娃娃？”雨枝嚷道：“我就喜欢这么叫，你管得着？”冯孝先见母女二人磨牙拌嘴，笑了，冲雨枝说：“愣娃娃，国共合作那是面子上的事，里子还是一个姓国一个姓共，阵线分明，面和心不和，说穿了水火难容。”雨枝快人快语，列举出报纸上报道的和现实中发生的种种事实反驳舅舅。冯孝先不与争辩，疼爱地望着她，笑眯眯地说：“雨枝，壮民从前曾在我手下当过兵，虽说出身寒微，倒也知书识礼、能踢能打，身上有股子不俗的精神，前程不可限量，是个好后生，我外甥眼里有水！壮民也该有三十左右了吧？说不准人家已找下茬茬哩……”雨枝急得脸颊绯红，连连摇头：“不会，绝对不会！舅舅你无凭无据，不晓得情由曲直，瞎说什么！”冯孝先显得很平静，说：“舅舅是过来人，你听舅舅说，如果你心里装着他、为他好，那就站在他的角度掂量掂量：国共属于两个阵营，作为共产党的领导干部，就算他本人情愿，他的组织也未必同意；就算组织勉强同意，必定对他另眼相看，前程上只会大打折扣，你这不是害了他？话说回来，你们两下结了血仇，屡屡刀枪相见、血染黄土，据传前一阵子剿匪他还打伤了章廷芝，这样的人咋会做章家的女婿？章家的虎狼之人又有哪个心甘情愿？依舅舅看，这原本就是儿戏，没一丁点的指望，你还是死了这条心吧！”

雨枝受到震撼，悲戚不已，颤抖着身子，说：“我的命好苦吔！咋就出生在这号瞎人家里，摊上这么一个哥哥？反正，反正你们就是从天上说下来一个雀儿，我也不管；我愿意为爱情去服苦役，我虽然等得苦，但我一点也不觉得苦！”说罢，趴在炕沿上呜呜咽咽哭泣起来。冯孝先婆姨从耳间出来，忙忙过去，拍打着雨枝的肩头，抚慰说："看把大小姐哭的，心疼死妗子哩。摊上这号难缠事，娃娃心里不好受……"她转头怪怨丈夫和姐姐，"子大不由父，女大不由娘，你两个大老人，不要急水下船，慢慢开导嘛。"三太太摇头叹气："孝先，这死女子性子烈，你姐夫那么凶的人也拿她没法儿。这个事，姐姐就指望你这个当舅舅的哩。"冯孝先长吁一声，问姐姐说："章家的人该不晓得吧？"三太太早已习惯弟弟这种冷漠的称呼，说："还不晓得，晓得只怕闹翻了天！"冯孝先无奈地表示先把事情搁起来，说："后事是黑的。"

三太太隔三岔五过去串门，并将几幅装褙成画轴的剪纸带去，向弟媳炫示自己人生的另一种成色。多年间，她痴迷于剪纸，已将这门古老的乡土艺术推向一个全新的境界和高度，一幅《三十六空窗子》堪称一绝：在摹画了农家三十六空窗框的一张宣纸上，粘贴了三十六幅刀工精细、花花绿绿的窗花——四角环绕十二幅首尾呼应的鼠牛虎兔龙蛇马羊猴鸡狗猪生肖图，中间由二十格花鸟虫鱼的角花悬连而成一个正方的大菱形，核心四格四幅半圆的角花又构成一个正圆的团花，看上去有如天国，又似家园，五彩缤纷，奇幻绚丽。冯家婆姨是个粗手大脚的女人，见到大姑姐姐仙子似的手艺，赞不绝口，惭愧自个儿枉为女人家，仅只会铰单个的猪猪羊羊公鸡兔子，哪里有这样的奇思妙想。而更令她惊叹的是三太太的《赶集》大作。这是一幅长有一丈、宽约三尺的长卷图，蜿蜒的边墙下，长方的古堡里，庙宇巍峨，民居参差，街巷幽远，草木蓁蓁，尽显北国边地古堡古镇之美。而市井的红火热闹，更显三边地方的别样风情：人群熙来攘往，摩肩接踵，团团簇簇，有赶脚驮盐的，推着独轮车叫卖瓜果的，毛头小儿追逐嬉闹的，婆姨女子围着货柜叽叽喳喳的，老婆儿老汉儿嗑着瓜子说今道古的，小伙子和大女子勾勾拉拉、捏捏揣揣的，市场上撩起衣襟捏码子讨价还价的，小摊上杵着脑瓜用笊篱从油锅往外捞油馃子的，唢呐朝天引路、骡驾轿窝随后响吹细打迎娶新媳妇的，戏台上下生丑净旦扭摆起舞和蚂蚁一样聚着拥着唱戏看戏的，背墙圪塄弹奏三弦甩打麻喳喳和张大嘴巴鼓圆眼睛说书听书的，等等等等，分明是一幅古老集镇的市井生息全图，千人千面，恍若活物，精灵古怪，曲尽其妙。女人看得头大眼痴，不禁叹道："天爷爷哟，我的姐姐哟，这一排一行一堆一圈一窝一摊的是个甚意思？你一把剪子得铰多长时光？"三太太说："只这一幅，我就铰了三年……若说甚意思？我也说不清楚，就算铰了一个梦吧！"女人拽过她纤纤的手指觑瞅，却不见剪子打起的死茧和水泡落下的疤痕，好生奇怪。三太太笑吟吟地说："他妗子，姐姐闲时就在热水盆里泡泡手，慢慢地把死肉圪子泡软乎，再拿小刀子刮一刮，搽上些雪花膏，也就看不显眼了。"女人说："雨枝随你一样的灵性，也铰窗花？"三太太说："这女子兴头来了铰一阵子，大多时候相帮画线打格，出些主意、花招，心眼儿倒是蛮精怪的。"女人平时闲得无聊，兴冲冲说："姐姐，这回咱们一家人团聚哩，山背后日子长，闲时我也跟你学学手艺，又能拉话解闷。"三太太自是惬怀，一口应允，说："又多了一个伴儿！"

祸害边区的各路土匪死的死逃的逃散的散的时光，定边滩改换了姿容。毛头柳树开始绿皮绿头，有画眉鸟儿飞旋其间脆声鸣啭。红柳丛在南风里愈发紫红，看去像一排排滚动的火焰。村庄房前屋后更显妖娆妩媚，桃树杏树梨树长了一身泛着灰白色的毛蓇葖，不事声张地从底冢滋生出纤细的绿芽儿，顶起撬起一个个鲜嫩的花苞；叶子尚不成形，花苞一夜绽放，深红的粉红的雪白的，缤纷络绎，弱风里曼舞，把一身的幽香散漫开去，似在蓄意卖弄风骚，乱人心扉。

高岗奉命去延安，据传将接任高层职务。临行，特意对徐壮民说："壮民，跟我去延安不？"徐壮民脱口而出："不去，就在咱三边干。"高岗有些遗憾，说："想去的时候来找我。""是。谢谢首长！"徐壮民立正敬礼，恭送这位陕北家喻户晓的老牌革命家快马加鞭踢尘而去。柴向东部划归警三旅，仍为独立营建制，调防镇边一带；他辞别贺旅长和徐壮民几个，带着队伍向东开去。徐壮民想去盐场堡看一看情形，顺便见一见大伯一家人，打发王振军一股子先行返回，单骑直奔过去。

他们又拉了半夜的话。

徐老婆的头脸比从前显得白净，精神头也好，只是眼角花花插插的皱褶愈发密集了。徐大驹变化显著，戒了洋烟瘾，也不吸旱烟，反倒吃得胖腻腻的。老汉子穿一身靛蓝色的细料衣裳，体体面面，望着久未见面的侄儿，谈兴甚浓，说："从前一天难得一饱，自前年秋天到今年春上就不一样哩，早起吃一顿精黄米干饭熬菜，菜里头油花子扑闪；晌午白面片子或者荞面饸饹，都是肉臊子汤；天黑还有一顿拌汤，或者一碗糖水鸡蛋。大疙瘩肉也不缺，烧酒也不缺，十天八天就能吃上一回，喝上一回。"徐壮民感慨道："民以食为天，吃的问题是根本的问题，最要紧最关键！"徐老婆十分满足，说："光景日月的变化都归功于打盐卖盐！"又叹息说，"就是苦了杰民，春上夏上的打盐季节，杰民天天泡在碱水里，身子都叫碱水蚀坏哩！"徐杰民嘿嘿笑着，说："没事，咱身子骨皮实着哩，只要政府的政策好，吃点苦受点累算甚。"侄儿已然长高，能给父亲打下手了，脸蛋皴得粗糙，却掩不住红扑扑的青春气息。他说："婕婕跟爷爷也不吃闲饭，两个一天挖几十斤到百来斤的甘草秧根，卖给城里的贸易公司，攒下不少钱。"大嫂的肚子隆成一口倒扣的小锅，一副臃肿懒散的模样，坐五月的，朝徐壮民炫示说："跟前已有了两个小子，这回盼个女子，图个龙凤呈祥！"

徐大驹得知侄儿还打光棍，跟圪蹴在火鏊上一样，说："不孝有三、无后为大，老二门的人丁香火可是大事情！"徐老婆慷慨地表示，如今家里有了不少的积攒，只要壮民找下人茬茬，老大门泼出家底也得出一把子力气！徐壮民浮笑着，表示这几年手头事稠，过二年保准解决，让两位老人不用担心焦躁。他绕开这个头痛的话题，打问盐场的情形。徐杰民立时来了精神，掰着指头说：“本地方的盐湖有北大池敖包池滥泥池莲花池波罗池娃娃池旱滩池红岩池花马池苟池，共十个大池，荒废了两个，眼下还有八个产盐，其中三个经营权属于蒙古人，其他的都是汉人掌管，政府正在改制，迟早都会成了公家的或朋伙的。盐户只管打，依规约抽成分红或直接获取现金工酬。”徐壮民打问盐价和产量，徐杰民说：“眼现从盐场批发一驮盐，也就是一百五六十斤，盐商、脚户只花一块左右的法币或大洋就能到手，手头没现钱还可以从政府那里借贷低息的信用款，赚了钱再还上。至于产量，谁人也摸不清，据传大清同治年间至民国十几年，各池每年平均打盐总计在五十万驮以上；大年馑那年以后，盐户逃亡，打盐人少，产量厉厉地跌哩，一年也就是四五万驮；这两年新政府组织打盐、发动驮盐，产量回升到一二十万驮。”徐杰民继续说，“据政府的专家勘察、计算，每季各池打下的盐只占总产量的二三成，七八成晒不成盐或打不出来，都叫雨水溶化哩。专家说，如果改进打盐的方法、增加盐工人数、兴修盐田，一年可打出上百万驮。”徐壮民惊得啊了一声，说：“这盐湖就是咱边区的财神爷！”徐杰民兴冲冲地说：“反正咸盐长根，跟韭菜一样，日古日怪的，一茬一茬往出长，几辈子也打不完！”

老人和婆姨娃娃睡去的时光，弟兄俩仍在兴头上。

徐杰民认为：“运输和销售是最大的问题。三边咸盐主要外销山西、绥远、甘肃、宁夏和陕西各地，驮道远弯难行，又只能赶骆驼、驴骡长途运输，运量有限，远销一趟不容易。打下的盐远远多于卖出的盐，盐堆小山一样累积，盐户只好用土掩压，防止雨水溶化。”他说，“最要害的一个原因，是友区对咸盐运销的刁难、限制。据盐商、脚户讲，一驮盐在边区征收三块钱的地产税，而运到东路绥德一带的友区，不只税票不能通行，还要缴纳罚款，黄河沿线的关卡甚至另外征收十几块钱的重税，这么一来，盐商、脚户一驮盐至低三五匹布的赚头就落个一两匹哩。”徐壮民解释说："这是国民党顽固派实行的经济封锁政策，图谋卡住边区的喉咽。"徐杰民并不关心这些，继续说："若是向延安和边区各县驮，不上课税，最是保险，只是容不下太多的盐，价钱低，赚头也小些；若是朝西北路的庆阳、包头驮，岔路多，关卡少，课税也轻些，价钱又高，赚头就大。反正，有一个规律，只要友区的盘查一松、课税一轻，盐场的盐堆呼啦啦就不见帽盖子哩。"徐壮民说："陕甘宁边区二十三个县、一百五十万人口，咸盐的消费量是个不小的数目，内销算一条路；主要是要向友区驮，既能给边区增加税收，又能买回换回粮食棉花布匹药品纸张笔墨这些紧俏和稀缺的东西。政府协商通关也罢组织运输也罢武装维护驮道通畅也罢盐商脚户绕行避关也罢，办法总是有的。东路西路北路南路都得闯一闯，反正非得突破封锁不行。"徐杰民说："那就看你们政府的本事哩，我们盐工只盼多打盐、多卖盐！"

离开盐场堡，徐壮民又到苟池、敖包池、北大池几个盐湖转了一圈，绕行鄂托克沙草地经城川回到镇边城，这条路是盐商、脚户为避开友区安边、柠条原驮道税卡的害灾而新踩开的。他向惠书记和王振国汇报完剿匪及盐业考察的相关情况就去了老房滩王贵福家。

经白宝霖一股区、乡干部冬春期的宣传发动，镇边区已有四五十户新手做起贩盐的买卖，他们厮跟着经年累月贩盐的长脚户去驮了两趟，家家得了利头，一驮盐刨去盐本、税款、店脚钱和吃喝拉撒，至少也赚回一匹多的市布。这些短脚户的利头惹人眼红,各乡都行动起来了。王贵福带着两个儿子已驮了三趟,一趟卖到延安,一趟卖到瓦窑堡,一趟卖到庆阳。王家拿出驮盐的利头,又卖了几石粮,从鄂托克草地籴回两峰骆驼,打算做长脚生意。

王贵福破例杀了一只老公鸡。吩咐王老婆炖了，拉扯徐壮民上炕拉话，显出异常的亲近。王老婆熬好一铜壶老砖茶，倒了两碗端上来，让二人先喝着，说公鸡老了肉也老了得文火慢慢炖，炖烂才香。王贵福精神头尚好，明白徐壮民的来意后，说："庄户人，不用问，一家做甚都做甚。政府叫咱带头驮盐，是叫咱得利，又不是苦害人。我自个儿早年就曾赶脚驮盐，对这行当熟。一峰骆驼能驮两驮，顶两头毛驴使唤；骡子顶一头半毛驴；牛也能驮，顶一头半毛驴，只是一晃一悠走得慢些。”徐壮民表扬说：“二叔种地带头，交救国粮带头，赶脚也带头，影响很大，是咱乡里和区上的模范！”王贵福很是开心，却按捺不住久藏的心事，喝了一口浓茶，转过话头试探着问道：“徐书记，满仓当年也是你的手下，你知根知底，为救一家人叫张桂生那老驴拉去给旧政府当差哩，咱新政府若是不疑心他、肯用他，我赶明儿就去柠条原揪拿回来，省得叫人戳脊梁骨！”徐壮民听他称呼“徐书记”，觉得别扭不适，心里清楚这种客气其实是一种淡漠疏远，有些伤感，敷衍说：“二叔，满仓当初也是被逼无奈，虽说走了岔路，也没听说苦害过人，看来秉性没咋变，是我们错怪了他。”王贵福骨碌着眼珠，说：“那就把狗日的揪拿回来！”徐壮民做出拧起眉头的样子，说：“满仓如今当了官儿，那边好吃好喝还挣着大钱，心野哩，早不是从前。再说，他要想回来，上回咋还会走？”王贵福说：“我养的儿我晓得，他不是贪图享乐的人！”徐壮民吓唬说：“如果偷跑回来，说不准会招来友区的报复，暗里祸害你家。”王贵福咂摸来咂摸去也咂摸不出个眼眼窍窍，不甘心地说：“为人不做屉黑水事，不怕半夜鸱怪子叫。报复的事我老汉不怯，只要你放话，我头磕成铲铲也得叫他回来！”徐壮民故意叹一口气，说：“那二叔你就试火试火吧！”王贵福心里咯噔一下，眼神立时变得闪闪烁烁，不敢直视徐壮民，勾下脑袋不语。他曾背地里去过两趟柠条原，软磨硬泡，甚至放下狠话，以绾吊绳纳老命威胁，茭茭倒是愿意回来，也相帮着吹枕边风，可王仓却犟得野驴一样，横竖不行，称共产党不会容他。王贵福的期望磨灭了，只是一直疑惑小儿子和徐壮民有些隐秘的瓜葛，却又没逮住真凭实据，因而至今还在东一爪西一爪探摸。“唉！一娘生九种，这野驴小子羞了我老王家的先人，我一张老脸往裤裆杵！不管咋的，一码归一码，我一家老小都听政府的号召，甚事也不落下！”王贵福无奈地表白着立场和态度。徐壮民安慰说：“二叔，人各有志，人各有命，勉强不得。你还是心放宽些，不要有思想负担，该吃吃该喝喝该睡睡！”王贵福禁不住老泪滴流，紧紧握住徐壮民的手，乞求说：“徐书记，徐贤侄，满仓听你的话，还得麻烦你想个法子。至少，至少碰到两下冲突厮打，不敢把他一枪崩哩！我养了三个儿子，心里最疼的还是老三！怪只能怪我跟你婶子，我偏大的向小的，你婶子又是个糊脑孙，是我们把娃娃宠幸坏哩！”王老婆从灶间出来抱柴，显然耳朵灵听见了，瞅了他一眼，嘟囔说：“你倒是个糊脑孙！”

徐壮民嗅着从灶间飘来的肉香，心里老大的不忍，端起一碗凉温的茶水咕噜噜一口气喝干，转过话头说：“二叔，咱不提这号闹心事，还是说一说赶脚驮盐吧。你老人家还得给咱拿主意、起带头！”王贵福揩了揩浑浊的眼睛，沉吟一下，说：“也不晓得政府咋摆布？依我看，唯放青赶脚本小利大。”徐壮民探问究竟，王贵福说：“冬春天冷，地头路畔没青草，赶脚的要带草料口袋一路打草买草，既累赘又麻烦，还得掏店脚钱、伙食钱，这一笔开销不小。天暖和的话，到处是青草，随手薅些拔些就能补饲，省了麻烦，人、牲口不受罪，这是一则；再则，赶脚的都是受苦人，走到哪里困哩饿哩，随处下个场子、搭个篷布土窝、支个铜锅、搂一把柴火就能歇脚起伙，不用趱赶住店。这里里外外一拨拉，赚头大小就拉开了码子。”徐壮民点点头，说：“二叔账算得精细，看来咱得动员放青赶脚。”王贵福加以肯定，建议区、乡政府也买几头毛驴，打发干部驮公盐，说：“这么着既能带头，换回的市布、粮食又能解决公家人的穿衣吃饭问题。”徐壮民拍着后脑勺说：“好主意，二叔点子稠！”王贵福越说越精神，又建议政府要鼓动朋伙和变工，也就是闹互助闹合作。他说：“一者，闹腾起来，赶脚的人就多哩，远路风尘遭遇病病灾灾七难八过互相也好有个照应；二者，庄户人家里有牲口没人手的、有人手没牲口的经朋帮结伙就结成了对子，各打各的价、各算各的账，两头都赚；三者，一个赶脚的赶一头毛驴也是赶，赶几头毛驴也是赶，捎带给别的人家驮盐，节省下人手，一家帮一家开种、锄耪、收割，工变工，甚事不误，家家赢利。”徐壮民十分兴奋，拍手叫好，说：“这些好办法、好经验可以大加推广，全乡、全区乃至全县的驮盐工作一下子就闹活哩！”王贵福还叨叨地说：“一样的营生有几样的做法，有苦水的赶脚汉个个背一包盐、背一袋干粮，干粮吃完用盐换，半碗盐换一顿饭，一路上庄户人家都缺盐，不愁换不到一口吃的，节省的黄米谷米、炒米炒面也不少。我自个儿年轻时就这么过来，两个儿子也一样，驴驮一驮，人背半驮，虽是苦累些，赚头大多哩。”徐壮民感叹他一家人的吃苦耐劳，说：“受苦人的圆活光景都是拿黑脊背背出来的！”

这刻，王老婆探过头：“肉还不烂，你们再谝一阵。”

鱼沟东、南、西三个方向尽是连绵起伏的荒山野沟，有铺子梁山烟墩山马鞍山王家湾山王圈山狼卧沟山盘龙山等十三座大山梁和十三道流水沟，三面环抱着一块狭长的平滩地，向北延伸一二十里，与平坦的沙原草地相衔，达数万亩之广。大山梁黄土地质，间有红白胶土和黑垆土，灌木丛生，野草蓬蓬，是天然的牧场，常年放养着方圆三五十里地农家的牛羊驴骡，尿臊遍地，粪便成堆。每至地气转暖，乱七八糟的昆虫一茬一茬繁衍，恣意扑窜。尤其盛产黑头黑脸黑身子的粪爬牛（蜣螂），雄性的负责打食，成群结队活动，用头上锋利的铲子和附有锯齿的爪子将驴屎牛屎加工成一个个比自个儿身体大出若干倍的精巧滚圆的粪球儿，撅起尻子、探出长腿倒退着滚动，带回窝穴储备为雌虫和幼虫的吃食，显示出一种卓尔不群的生存能力和方式。进入七八九月的雨季，山水暴发，卷集浮垢，密密麻麻的虫尸、漫山遍野的畜生粪便和浮土朽木草屑腐叶便随洪水涌下山去，漫向沙滩，便又形成一种水漫地。

这种土地顶层淤积一两寸到几寸厚的淤泥，晒干片片卷翘，像瓦槽，庄户人称瓦瓦泥。水漫地土质疏松细腻，富藏水分养料，适宜庄稼生长，据老农们的经验，平常年景，最下的一垧地平均产粮一石二斗，中等的产粮一石五斗到二石，比普通旱滩沙地增产一倍至三倍。民谣说，漫好一垧地，顶上两担油。可见水漫地的肥沃。多少辈子以来，鱼沟附近几个庄子有眼力有苦水的人家在一条大水路的东边各自筑小坝先先后后整修了百余垧水漫地，尝了不少甜头，甚至成为富裕人家；但是，总也进不了保险箱，山水大的年份，小坝屡屡被冲毁，浑浊的山水淹浸庄稼，呼啸着扑进西芦子河，一年的收成打了水漂。更有惊心的记忆，五年前曾暴发一场大水，水头高达两三丈、宽十余丈，将黑油油的庄稼连根拔起，冲得杳杳无踪，并冲开一条半人到一人深浅的水沟。而大水路西边成千上万亩的沙滩地祖祖辈辈还是苦旱焦渴的模样，纯粹靠天吃饭。中间夹杂了几坨零零碎碎的水漫地，情况稍好，却高处像骆驼，低处像鸡，山水小的年份高处漫不进水，低处屡遭水淹，一垧地产粮三五斗，遇到苦旱年头，只收一把秕子和穰柴。

去年，赵毡匠家的六垧水漫地打了十七石四斗糜谷颗籽，平均一垧产粮二石九斗，一亩接近一石，创下鱼沟人老几辈子的纪录。这个消息产生了强大的刺激作用，周打方围的庄户人眼热心跳，吵吵着要修水漫地，却苦于历史纷争未了，人心不齐，落音只能过过嘴瘾。赵毡匠觉得自个儿是乡支书，想给大伙办一桩好事，前些日子，把这个情况反映到镇边区委，称鱼沟地理条件得天独厚，如若解开几个庄子绾结多年的纠纷疙瘩，众人上手打成一道大公坝，两三年就可漫地五千亩左右。事情办成，惠及儿孙，功德无量，远胜盖上几座庙！徐壮民和白宝霖一合计，决定把鱼沟兴修水漫地的事列为全区农业生产的一项大事。惠书记和王振国了解情况后，让他们作为全县的典型海海地抓一抓。

徐壮民、白宝霖、赵毡匠三个人在山头沟道转悠了两天，一致认为在大水路的上端位置可筑一道大土坝拦截山水，既可保障路东百垧水漫地免受山水冲毁，又可分流浇灌，更主要的是可提水至西边的平滩之上，将路西一眼望不到掌的沙滩地统一漫成水漫地。徐壮民和白宝霖步测一圈，根据赵毡匠所述往年水势水量情形，觉得用两三年时间漫地五千亩的说法不是玄谎吹牛。鱼沟方圆五里另有盐店坬、北门坬、赵树窑子三个自然村，拢共二三十户人家，徐壮民三人分头挨门逐户征求意见，提出打坝拦水修水漫地的事情，除了几户已经在西沙滩修了水漫地的人家反应冷淡，其他的都态度热烈，说早该闹×哩，就怕闹×不成!

头茬田苗子钻出地皮的时光，徐壮民和白宝霖带着区政府匀出的两袋子黄米过来，赵毡匠敲打铜锣前后庄召集人手。听说区上的领导承头闹合作，还在赵毡匠家起伙、一天管一顿黄米干饭熬菜的官饭，除了盐店坬的刘三，几个庄子的男劳力都带着工具、碗筷哄伙着过来参加打坝。有两家男人随赵毡匠的两个儿子出门赶脚去了，各由婆姨顶捻子出了半劳力。做了一天均工，各人腰来腿不来干活不卖力。白宝霖和赵毡匠合计，采取了按土方量分段包干的办法，于是进度大大加快，许多人家的婆姨娃娃也加入进来，有的地多积极性高多出了工。所有新上工的婆姨娃娃都带了碗筷，一顿官饭人人有份，不管人大人小。到第六天晌午下来，一道长七百二十步、底宽六尺五寸、高低四尺、收顶二尺的大公坝即告竣工，共计投工一百六十六个。吃过最后一顿乱饭，赵毡匠拿出记着出工明细账的小本子跟各家各户细细叮对一遍，都说没出入。赵毡匠表示出工多的人家不会吃亏，出工少的也不会沾光，工多工少必定在其他公派的任务上找补清楚，大伙都说你这人公道我们放心。

当天黄昏，四个庄子的二十四个家长各揣心事聚在赵毡匠家的大院子里。点人头缺三家，赵毡匠打发户家大侄子去通知，很快，三家的婆姨过来顶了捻子。赵毡匠拎一张炕桌搁在院子中间做主席台，点亮一盏马灯。赵老婆熬了一锅砖茶，两个儿媳妇抱来两摞瓷碗，一碗一碗倒上茶水，碗不够，伙着喝。三个顶捻子的婆姨担当了男人的角色，有些不自在，蜷坐在墙圪塄家长里短拉着悄悄话。男人们喝茶的喝茶，抽烟的抽烟，围绕雨季发山水后漫地的次序和如何开拨水口、分配水量等等的问题争争吵吵。起先小吵，接着大吵，许多人涨红了头脸。刘三来得最早，吵得也最凶，放风说到时候要是处理不公，自个儿敢跟占便宜的镢头上斧子下见个高低红黑！他当初就反对集体修水漫地，也未曾出工，现时大公坝打成，忧心自家处于中间位置的一大块水漫地成为淤积冷沙的过水地。当徐壮民和白宝霖进入院子的时候，赵毡匠呵斥说："一声住，一个驴圈还能踢死个驴！"见大伙安静下来，又说，"大公坝今儿顺利完工哩，乡上特意把区上的徐书记跟白区长请过来，连夜解决遗留问题！"

白宝霖主持会议，粗声粗气说："开会！有理不在声高，不要瞎×吵！一家一家挨着说，先把情况闹清楚。"刘三站起来，抢先发言，叙说了他家的地亩情况，情绪激动，唾沫星子乱溅，坚决反对山水从他家的地头上过，说自家的那块地已漫成多年，土厚肥壮，如果变成过水地收成就会大跌，这样捉弄人的事他姓刘的挖脑子也不干！瞅见徐壮民虎着脸，刘三又表示自己并不反对区上组织的修水漫地的大事，只图个不利不害。徐壮民先头已听见他放风威吓的话，也情知这是个急屁火烧的人，不难对付，就重重咳嗽一声，口气严厉地说："刘三你听着，将来至少要修成五千亩地，新开的公地估计也有三千亩，到时候都要按人头分，你打算不打算要？"刘三不甘示弱，说："我头上又没害秃，也不是后娘养的，共产党讲公平公道，众人都有份，我自然有份！"徐壮民说："我代表区上宣布一条规定和纪律——谁人敢阻拦公众修水利，新开的公地就没他的份，还要追究责任！"刘三倒抽一口冷气，嘟嘟哝哝，说："烂沙沙地，没有就没有也不稀罕。"徐壮民盯着他问道："你的意见讲完没有？"刘三毛眉毛眼，说："说完哩。"徐壮民说："那好，你款款坐着听，让别人家说，不许当红火柱，一戳一戳乱插话!”刘三好生尴尬，坐下闷头抽烟。赵毡匠对盐店坬和鱼沟多年的积怨一清二楚，想趁这个机会解开死结，见刘三这个盐店坬的刺头被徐壮民镇住，松了一口气，说：“今夜当着区上两位领导，我把一些纠葛说道说道。”

清光绪十三年发大水，鱼沟的赵寡妇见处于上水位置的大片耕地被山水冲毁，主张筑公坝改水路，大水路从盐店坬的后滩走。这样的好处，一是山水不会白白流进芦子河浪费掉，二是东滩几个庄子修成的百来垧水漫地可免于涝灾水毁，三是可利用山水把大水路西的平滩沙地漫成水漫地。赵寡妇说理解性，很有声望，出面游说一番，几个庄子的人大致同意，唯有盐店坬几户人家不同意，原因是他们在沙滩中间借西山上的山水漫成了几块地，担心山水大了自家的地成了过水地。于是，激起一场纠纷，一直闹腾到县衙门，结果赵寡妇一派情正理直打赢了官司，两下自此怄了一口气。商议打公坝时，又出了状况，有人预算需要花费上千个工，认为无法筹集而摇摆观望；有人以地权纠葛、地界不清、地多地少、工多工少、利害不公而吵吵闹闹；另有许多人家牵扯亲戚关系，患得患失，态度暧昧，夹在中间两头受气。于是，盐店坬的几户人家趁机从中戳弄挑拨，这样，八字还没一撇，就乱成了麻团。终了，公坝没打成，引水漫地的事情撂荒了，反倒惹得七家子不和。大前年，又发生一桩事。一个雷雨天，赵寡妇的大孙子在自家的小坝上掘开口子，打算引山水浇地，不料电闪雷鸣大雨瓢泼，山水越发越大，不只冲毁了自家的几垧地，连同下水处盐店坬刘三几户人家的庄稼地也给冲得七零八落，两下大吵一场，几乎要动刀杖，成见愈发结深。

赵毡匠叙述到这里，刘三故意插话说：“不是我们盐店坬人不朝一个壶里尿，实在是有些屄人嘎杂，长一双菜籽眼!”赵毡匠的大侄子脸膛憋得黑红，说：“往年的那个事算我眼小，可我也不是专故日塌人家！个别人说话放干净些，不要满嘴喷糟屎!”刘三虎势势站起，手指他的鼻子问道：“一年庄稼二年性命，你放水冲了我们的庄稼，一个镚子也不赔，只有牲口才能做下这屁黑水事!”赵毡匠的大侄子也噌地站起，瞪圆眼珠子吼道：“你是长鸡吊蛋的再说一遍!”眼见要闹事，徐壮民啪地拍了一下炕桌，厉声喝道：“都给我坐下，×样子!”赵毡匠也赶紧呵斥侄儿，大侄子不情愿地坐下了，刘三也坐下来，两人都恼悻悻的。徐壮民瞪视着二人，朗声说：“你两个从小就是有大本事的人，来来来，跟我比赛打泥炮，谁输了谁认㞞，我不吃你们的鸡蛋，敢不敢?”众人呆愣了一下，哄笑起来。原来，徐壮民小时候随母亲到三舅家串门，经常和几个庄子的娃娃玩耍打泥炮的儿戏。小伙伴们一色脱成精尻子，积水坑里嬉戏斗打半天，一人挖一疙瘩背阴处淤积的瓦瓦泥，细心揉搓蹂蹂，做成一个里头空着的泥窝窝，比试打泥炮。泥炮的做法有窍道，顶盖薄厚须得适中，帮子须得厚实一些；打法上也有讲究，须得空口朝下，执稳泥窝窝，往一块平整的木板或平坦的硬地上猛劲掼去，嘣的一声或咣的一声，顶盖炸开一个大窟窿，泥点四溅。刘三几个的泥炮做得不是盖厚就是帮薄，摔击时常抡歪变形，成为一堆牛屎的哑炮，惹来讥笑。而徐壮民的泥炮爆炸最烈，每回都是大赢家，打了牛屎炮的伙伴就得撅着尻子跑回家偷一个鸡蛋“孝敬”他。此刻，刘、赵二人见徐壮民提起孩童时的趣事，也不禁笑了，会场的气氛立时缓和。刘三叹了一口气，说：“我打不过你，认㞞!只是眼现的事情关系我一家老小几张嘴，我不是专故儿反对政府的闹合作，政府反正得给我一个交代!”徐壮民绷着脸说：“你两个都是干部，一个是自卫军排长，一个是村干部，官大官小都是走在人前的人，咱凡事得朝大处看、远处想，起带头作用，就这么里窝窝瞎拾翻的本事还配当干部?”两人低头不语。白宝霖早已窝了一肚子火，从旁愣声说：“修水漫地是一件大事，事关多打粮食支援抗日前线，县上的惠书记、王县长都大力支持。我把话撂在这儿，共产党也讲王法，禁闭门子敞开着，这个事谁人也阻挡不住，谁皮痒就言传!”庄户人对当官的都有一股子原始的崇拜和怯惧，一时各自收敛，庄严起来。赵毡匠磕打一下长杆的烟锅子，长长嗐了一声："众所周知，西滩的沙沙地苦旱了多少辈子，咱几个庄子少打了多少颗籽？直到今天端着金碗讨饭吃，还驴踢狗咬不得安生！世古人说，家不和该穷，庄不和该㞞，咱几个庄子的人多少年怄气闹腾，苦害的是咱自个儿！过去的事，话说开，水泼开，一风刮跑，谁也不许再提！如今共产党当政，贴补上黄米领导咱修水利，为的是让咱过上好光景，多给抗日出把力；修好的地公家又不拿去，永远是咱四个庄子的，咱们这一茬人老死哩，土地背不进棺材，都传给了儿孙；我老汉就不服信哩，咱既已打好了公坝，就剩牛角梢梢上的一点事，还有甚难处理的！"大伙听了这一席话深受启发和感动，七嘴八舌，都表示尽量往一搭想，吃个芝麻大的亏不要说成碾碌碡，好歹得把问题顺顺溜溜处理哩。徐壮民佩服三舅的话句句敲在钟耳子上，觉得说真话、交心处才是做好庄户人思想工作的大窍道，就热辣辣地扭住刘三的胳膊，不依不饶让他当场表态。刘三躲不过去，赌咒发誓说："只要政府给我一个差不多的交代，谁再翻老账谁是马跳的驴下的！"大伙哄笑起来。

白宝霖按既定程序征求关于如何开拨水口和分配水量的意见。众说纷纭，有人提出开拨四个口子，高处低处一齐放；有的建议应该漫好一块再一块，不要浪费水；有的说山水来时，乡村干部应该现场掌管、指挥，防止抢水。轮到三个婆姨发言，两个胆头子小不敢说，另一个胆头子大，说："张公道李公道，我看水公道，大坝上只开一个口子，叫山水任意流，漫了谁家算谁家。"赵毡匠笑道："你这婆姨，说你精着哩你愣着哩，说你愣着哩你精着哩，你家的那块地在低处，放任水流，流来流去一准流到你家的地里；可是如果山水大的话会把庄稼淹死灌死泡死，你这一年不是白种哩？再说，高处的地咋闹？"婆姨眨巴着眼说："那你说咋闹？"有人趁机开玩笑，说："一个把一个压在沙圪塄闹！"众人乱笑，三个婆姨羞得勾下脑袋。白宝霖依据会前和徐壮民、赵毡匠几个人碰头拿出的预案，结合现场意见和建议，说："一场山水不可能把所有人家的地一次性漫好，就像一个婆姨不可能一肚养下一群娃娃，总得有先有后，一个一个来。咱定几条规矩——放水时依自下而上的顺序轮流漫地，先漫低处再漫高处，漫好一块再一块；山水来时，乡村干部一律现场蹲守指挥，根据水力、水量大小，决定如何开放和封闭水口；如果水势过大过猛，就应多口齐放，任水漫流。”这几个办法解决了上下放水的次序问题，可保证所有人家的地块有秩序地逐步地漫上水。大伙嘀咕一气，都觉得没有更好的法子，纷纷表示同意。白宝霖宣布通过；又强调，由村干部组织，在各处水口两旁要预先打好逼水墙，如这处水口下方的地块全部漫好，就集中力量把水口封闭，开放第二道水口，以此类推。一个老汉提出：“如果发了小水，前头的人家能不能先放？”白宝霖说：“山水小，自然流不到后头的地里去，前头的当然可以放，这不算抢水。”众人觉得有道理，没有争议。又一个老汉提出他家的地坑子洼子多，不好漫，怕是费水，问咋闹。白宝霖说：“漫地以完全漫好为原则，但坑洼多的漫好八九成就视为全部漫好，不得长时间霸住水头连续漫灌。”大伙认为这个办法也合乎情理，并建议主户最好是能预先平整一下，把圪梁沙堆摊平。

连着喝茶尿多，刘三揣了心事，怕闪误滑卯，憋忍了许久。当他从崄畔上尿了一大泡小跑着回来的时候，议程果然进行到关于过水地的问题上。白宝霖直接宣布：“过水地的主家属于党员、干部的要带好头，必须牺牲个人的小利；普通人家也不得阻挠属于绝大多数人的公益水利，这个没商量!”他威严地望了一眼刘三，继续说，“尊重各家各户在自家地块上打小坝的习惯，但山水大的时候，属于过水地的必须留下出水口，保证相邻的人家漫上水。”刘三很是不满，说：“徐书记、白区长，我家的那块地全部处在过水的位置，这一过水，好泥好肥顺水流跑哩，一准会积下一层厚厚的冷沙，庄稼长不壮实，肯定跌产，这亏白吃哩?”徐壮民说：“刘三，咱都是庄邻院舍的，低头不见抬头见，总不能因为有几家的地过了水就迁累荒废了大家的事吧？另外，咱将来准备修几千亩甚至上万亩的水漫地，过水地只会越来越多，各家各户都免不了要分到过水地，不是你一家。再说，淤积冷沙的事也没你说得那么玄乎，暂时吃一点亏，众人都念着你的好处。”刘三苦巴着脸说：“若是芝麻绿豆的亏咱也吃得起，可我家的地大部分集中在西滩，这亏搁谁身上能撑住?”徐壮民转过头对赵毡匠说：“三舅，漫开地，刘三家吃的亏最大，掂掂今年的实际情况，可以考虑把上缴的救国粮给他家免上一半。另外，打坝他家没出工，就算成出工，在将来新分土地和其他的公派任务上不打折扣、不要找补。”赵毡匠说：“合情合理，行。”刘三见徐壮民当着众人面给自己台阶下，长长吐了一口气，大声说：“咱是干部，起带头，救国粮我家一颗不少照缴不误！我姓刘的也不是嘎杂人，拿得起放得下，吃亏吃在明处，为了众人，一切听从领导和组织上的安排!”赵毡匠的大侄子家打公坝多出了四个工，他见刘三得了便宜、出了风头却依旧有臊聒自己的意思，脸色难看，故意嚷吵着要求找补。赵毡匠训斥说：“你大前年私开水口冲毁别人家庄稼的事还没了结，这四个工就算处罚!”见大侄子噘起嘴，安慰说，“等你两个兄弟驮盐回来赚下钱借给你做盐本，再借给你牲口使唤，跟着驮上两回，还不赚几十个工?”大侄子一脸喜色，高声说：“三大处事就是公道厚道，我服！另外，我还想申明一点，那年私开水口冲没庄稼的事是我的过错，我给你们几家赔情道歉，该罚该打都认！不过，以后谁也不许再提!”众人都笑开。

鸡叫头遍，大事方才拉妥。听见鼾声，众人看时，三个婆姨脊背靠着脊背睡得正香。刘三猫过去，把一个婆姨的破布条裤襻儿的活扣子拉开，塞了一截麻橛子，又在她尻子上猛猛扭了一把，婆姨惊醒，一边拔橛子一边妈妈老子直叫唤，众人调笑打诨一趟子。赵毡匠担心空口无凭有人反悔捣乱，提议将修水漫地的规矩用文约形式一条条确定下来，制约各家各户。众人都说先小人后君子，这么才能一楔子楔死。徐壮民表示支持。白宝霖随当拟出关于打公坝、开水口、分配水量、过水地、保护公坝、劳动纪律、组织领导以及新修公地的登记分配等各个方面的规约，共十九条。念诵一遍，大伙举手通过。他又誊写了三份，让各人签名。多一半人不会写自己的名字，请徐壮民和白宝霖代签，二人一一签好。赵毡匠说他一辈子不做马糊事，跑回家取来一盒印泥，让众人一一捺上手印。众人说行，各自捺了。三个婆姨迟迟疑疑，说她们不是掌柜，咋闹？赵毡匠说："捺了就顶掌柜，我准的！"三人一个推搡一个，在自家掌柜的名字上捺了。赵毡匠说："还得有区上的领导做中人，这么才官官样样。"徐壮民和白宝霖又各自签了字，也捺了手印。众人议定，四份规约分存于四个庄子。

天色大亮。赵老婆和两个儿媳妇做下一大锅腌猪肉臊子汤，和好一大盆饸饹面，赵毡匠大声说："我老赵甘愿贴一顿饭，这叫团结饭！"悬了多少年的难怅事一朝解决，大伙激动不已，都说还是新政府好，旧政府谁管这些烂事！赵毡匠吆喝刘三几个抬床子轧饸饹，吩咐婆姨们端汤、舀汤、捞面。忙活一气，所有开会的一人美美吃了几大碗，各自揩着油嘴抹着热汗乐颠颠去了。

# 第二十九章

赶到这年春上，白家比两三年前多站了一百来只羊。羊圈里的景象令人眼热心动：大羊个个肥头奓耳，精神抖擞；小羊一色肥嘟嘟蛮势势的，满圈撒欢；没劁骟过的小公羊则野性十足，一纵一纵蹿起，时刻企图从高高的栅栏越出。晚间闲话时，白云山磕打着旱烟锅子，干脆把羊产打成三份，白家占两份，王贵堂占一份，言明从今年起，剔卖羯子和老母子的收入依这个份子分红，绒毛都纺线织布了，打成价，也依份子算账。王贵堂眼圈发红，说："亲家哪，我沾了你的大光！可心上跳跳的，怕两旁世人指戳！"白云山说："亲家，咱这叫朋伙生意，用时兴的话说，叫合股经营、互利共赢；都是早先拉妥的，你的份子是自个儿挣的，不敢瞎揣摩，跟外人不相干。"王贵堂喃喃自语："天爷，没想到我王贵堂这一辈子也有了自个儿的一群羊！"白云山说："亲家，你腿脚也不灵便哩，甚时候不想拦哩，我甚时候从圈里拨出三成三的羊替你赶回家去。"王贵堂禁不住淌出几滴眼泪："我这人生来就是拦羊的命，离开羊群我就跟丢了魂一样，多会儿走不动哩，再说分开的话！"白云山极是感慨，说："这几年多亏有你老哥替我里里外外照料相帮，家里圆圆活活，我腾出手的时间多，甚事也没落下。过一向，打算把毛坊的场伙再往大弄！"

王贵堂自打梨花出事那年冬天就撇下家里的营生来到白家。

起先是照看女儿，闲着无事，又拿起拦羊铲替白家拦羊。白云山是个时刻不拾闲的人，种地、栽树、护林、倒腾毛货，常常忙不过来，原本就没有空闲拦羊，苦于雇不到一个称心的羊倌，只得自个儿上手，以至顾了这头撇下那头，人也熬累得不行。自从王贵堂过来，他就打定主意要拴住他。动了一番脑筋，给王贵堂开出了优厚的条件：一、工钱比从前多加五斗颗籽；二、凡新产下的羊羔，二一添作五。当时，王贵堂大惊："使不得，使不得，又不是马勺泼冷水，天底下哪有这么高的工钱、哪有这么个弄法？就算揽工，我只得我该得的！"白云山说："亲家，你说到哪里啦？我不是雇你拦羊！你来哩，既照看了梨花，又替我拦羊，还不拾闲地杂七杂八做营生，一个人的作用换成别的三五个也撵不上！"王贵堂急出一头大汗，横竖不同意，只说为人要凭天地良心，不舍一把糜子空手套雀的事他不干！白云山主意铁定，板着脸说："你女婿是个野人，你外孙子还是个吃屎娃娃，我指靠谁？你就眼看着我熬死累死？"王贵堂默然。他紧逼不放："咱哥儿两个共事十来八年，如今又是顶头儿女亲家，你若再计较这些，咱亲家也不亲家哩，赶明儿走你的人！"从此，王贵堂长住下来，掏心掏肺地补报白家。白天外出拦羊，入圈以后猫着腰身铡草、喂牲口、垫圈、扫院、劈柴；一年四季不拾闲，春上背粪，夏天锄耪，秋里收割，下雨下雪撅着尻子往水窖里收储雨雪。

王贵堂的舐犊之情表现得愚蠢而深切。刚出事那段日子，每至掌灯时光，他就去到梨花娘儿俩住的拐窑里，盘腿坐在炕上，吧嗒吧嗒抽烟，不时戏逗一下外孙子。过上一个时辰，说："梨花早早睡！"从炕沿下来，回到自个儿的小房，披上一领破羊皮袄再出来，把脑袋缩小缩低缩进领子里，蹲守在小房门口，彻夜不睡，在寒风里瞅着瞪着盯着。这样过了半个月，梨花说："大，你再不睡个囫囵觉，身体就垮哩！"王贵堂说："我睡得好着哩。"梨花哭了："大，你老人家放心，我想明白哩，不会再寻短见！"王贵堂嗯了一声，依然如故，一个月没睡囫囵觉。

白宝霖仨月俩月才回家一趟，住一两天就走，脸上阴阴晴晴，少言没语。白云山老两口和王贵堂都忧心宝霖蹬了梨花，咬着指头煎熬；却注意到梨花的脸色不再干黄寡白，眼眶褪了黑圈，饭量大了，肉色活了，久不梳理的发髻不再蓬乱了、绾得好看了，而话语也渐渐多了起来，也有了笑模样，纺线织布的劲头更足了。大约是第二年初秋的一天晚饭时，梨花悄悄对婆婆说："妈，我又有哩……宝霖说他盼个女子！"白马氏高兴得眼泪婆娑，从酒葫芦顺出一壶酒，撂在炕桌上，悄悄告诉两个老汉子这一个消息。白云山颤抖着两只手端起酒壶倒下两半碗，说："亲家，干！"王贵堂端着酒碗呜呜地哭了，眼泪珠子一串一串顺着黢黑的脸颊滚落。第三年春期，梨花产下一个肉嘟嘟的小子，一头汗水一摊血水间犹自长吁短叹，忧心宝霖不称心。白云山听得小孙子雄壮的啼哭声，红光满面，一跳下炕，亲手宰杀了一只大羯子，又宰杀了一只老草鸡，安顿白马氏天天给儿媳妇炖肉吃、熬汤喝！晚间抱了一葫芦烧酒庆贺，拍着王贵堂的肩头说："亲家，我家几辈单传，人丁不旺，如今从天上掉下来两个扑棱棱的孙小子！梨花给白家开枝散叶，立下了汗马功劳！"

起圈滤粪时节，白家院子动起了土木活儿。十几个庄邻做小工，侍应三四个匠工，花费了半个月时光，在院子北边空地上新盖了五间四檩三进深、土木结构的厦房，其中三间一套作为毛坊，另两间盘了掌炕充作客房。白云山请邹老婆现场指拨，叫几个木匠仿照着打了十来架手摇纺车和手动织机；在柠条原党铁匠那里定制了配件；组装调试一番，都能正常使用。白家毛坊的器械规模由此扩大了五六倍，正儿八经挂起了"白氏毛坊"的牌子。白云山叼着旱烟锅子满庄子雇请纺工，开出的条件是：不管饭，自由上工，纺一斤毛线抽成三两。庄里的婆姨女子闲着也是闲着，听到这么大的利头，纷纷过来学手艺、赚毛线。梨花和白马氏早已成为熟练的纺织工，与邹老婆一起做了师傅，白氏毛坊从早到晚传出纺车、织机的声响和婆姨女子惊惊呱呱的说笑声。白云山赶着骡子把前两年积攒下的毛线子、毛坯布、毛织品驮到柠条原、张家畔、镇边城各处售卖，出手顺畅，供不应求，不少商户争着订货，有的还预付了订金。不久，白云山又从柠条原市场买回了一台脚踏式缝纫机，据卖家说是从国统区军队的被服厂倒腾来的。梨花十分稀罕这机子，白天黑夜琢磨鼓捣。嗒嗒嗒的响声里，终于无师自通，可以加工毛衣毛裤毛口袋一类的毛货了。白家自产的毛货因线子纤细、匀称、皮实，比纯手工织成的土货既轻便耐用又美观洋气，显现品牌效应，很快成为市场上的抢手货。

史兰兰这几天在南渠庄白氏毛坊蹲点考察。这种以妇女为主并具有一定器械化程度的生产活动引起她极大的兴致，里里外外转悠，仔仔细细盘拉，从使大弓弹毛到纺线子、织坯布、织毛货以至用工报酬、市场效应、赚头大小弄了个清清楚楚，打算先学得纺织技术，然后回去向惠书记和王振国汇报，通过宣传发动、行政运作，将这种模式在全县推而广之。庄里学纺线的王宝仪引起她的注意。这女子不仅长相标致、身材苗条，而且心灵手巧、做活麻利，学徒未及半月就成了熟手，一天能纺六七两的头等毛线。更令她惊讶和感慨的是，王宝仪外号女先生，据说识的字码有两三千之多，自个儿下苦学了几年，也只是她的一角角。史兰兰曾拿几个自己不会写的字码去试探，王宝仪想也不想就划拉出来，比如“陀螺”两个字、拨吊子的“拨”、毛坯布的“坯”。史兰兰心里腾起一个念头。经私下打听，得知王宝仪是西庄王秀才的小女儿，今年虚岁十八，还不曾找下头主。她很是兴奋，和白云山老两口、梨花几个一合计，都觉得这女子百里挑一，是徐壮民的一个好茬茬，只是年龄差了圪塄。梨花悄悄跟王宝仪说：“史主任打算给你做媒，介绍一个穿军装、骑大马的大干部。”王宝仪羞了脸，不敢抬头，说：“婚姻大事全凭父母之命！”一天，几个人又拉扯起这个事。白云山忧心徐壮民嫌弃王宝仪个子小，白马氏白了他一眼，说：“女人嘛，杆栏晃翘、戳天里地就好？又不抓天捞地？人常说娘矬矬一窝，我看不一定，我倒个子小，生的儿子人高马大的，不比谁低！个子小只不过是探不上高处的东西，做营生又不误事，对不对？再说，好处也不少，起码爬洞洞钻旮旯灵便、做衣衣裳裳省布料。”她见掌柜的嘴一噘一噘没了说词，很是得意，想进一步压盖他，说，“我倒忧心人家王秀才嫌弃壮民年龄大！”白云山白了她一眼，说：“你个糊脑孙一天拧搌布抹锅巷的材体，肚子里净装些拿不上桌面的玩意儿。王秀才在大清时中过县试秀才，学问高深，家里线装的古书就堆了半窑，这样博古通今的人物跟寻常百姓不一样，你这号连自个儿姓马的马字都不识黑瞎糊涂的人能解开？我去探探口风。”白马氏嘴一嚅一嚅，没了说词。梨花见婆婆公公这样对话，捂住嘴跑出窑巷笑去了。史兰兰也哧哧笑着，继续和两个老人拉话，说她担心壮民不来相亲，为免尴尬、顾及影响，建议不要说出姓名，先打问个囫囵话。

果然，王秀才与众不同，强调了诸如是不是二婚头、有无狐臭害秃羊角疯白癜风一类的乡俗讲究忌讳，称看重本人的文脉、品性、行事，对年龄相差十来八岁的事毫不介意。唯有一点没有商量余地，就是要求报来小伙子的生辰八字让他掐算掐算，看两人命相是相生还是相克，相克自是不成。白云山说：“王先生，共产党的干部不讲究这个。”王秀才板着脸说：“人皆有命，命由天定，这个我相信。若八字不合，大相不搁，注定不成。”白云山回家学说了一遍，史兰兰说：“无论如何先得叫壮民过来相一回亲，如果相中哩，咱再做计较。”

史兰兰正为调人的事犯愁，草山梁一带呼啦啦起了一茬虫害，于是赶紧捎话，叫徐壮民和白宝霖过来查看灾情。

昨天南山偏了一场不大不小的雷雨，鱼沟漫成三百亩地。前晌时光，徐壮民和白宝霖查看罢引洪漫地的情况，即接到史兰兰的捎话，两人骑马转到张家畔，打算约上柴向东一同前往。独立营的一个骑兵连驻防这里，连长赵胜利老远就吼叫着打招呼。两人骑马进入双福店寨子。柴向东从营部探头探脑出来，脊背上已挨了两拳，三人笑闹着，勾肩搭背，钻进房子里。赵胜利倒了几搪瓷缸子滚水，一一递在手里，说：“徐书记、白区长咋这时候来哩?”徐壮民说：“听说四乡那里起了一茬蝙纵（蝗虫），我跟宝霖过去查看一下，想约上向东一搭去，不晓走开不?”柴向东喜滋滋的，说：“这一向憋屈得难活，正想出去溜达溜达，物色几个新兵。”赵胜利说这里有他，让营长放心去。白宝霖瞅着赵胜利，坏笑着说：“赵连长，当初你是白军的班长，如今混成了八路军的连长，后悔不?”赵胜利感慨地说：“一晃都几年哩，当初没有你们引路，哪有我的今天!”柴向东说：“赵连长打仗勇敢，当年劳山战役就立过战功，早已是党员哩，是完成剿匪任务后我从警三旅特地要过来的。”徐壮民捣了赵胜利一拳，说：“好好干!”赵胜利立正敬礼，大声说：“是!”几个人开心地笑了。柴向东将军务仔细叮嘱，三个人出了寨子。又去东街商铺里置办了一包红糖和几样糕点，徐壮民大方地开了钱，白宝霖和柴向东趁机打趣，一个说看人家日能的，有红粉佳人给偷偷捎钱!一个说直管花大把花放开花往日塌花!三个人乱笑着向西驰去。

雷雨隔地界。草山梁旱象严重，显然是旱灾招引了蝗灾。

徐壮民三人进入梁坡一处荒草地段时，被眼前景象震惊：蔫耷耷秃溜溜的青草丛里，黄的绿的灰的麻的大的小的胖的瘦的，蹦来跳去，吱吱唧唧，一脚下去准会踩死三只五只。路畔一块荞麦地圪蹴一个愁眉苦脸的老汉子，徐壮民过去打问情况。老汉子说：“我家头回种了几垧谷子，叫蝙纵吃得稀稀拉拉；二回补种了糜子，才长出两个嫩耳子，又叫侵害得七零八落；三回补种荞麦，只这几天工夫，满地活扑落落的芽苗苗连红秆秆都不见哩!”徐壮民探问有没有什么土法子除害?老汉子说，漫山遍野的，打也打不过来，没×法子。三人上马继续前行，山头上的虫害略显轻微，却有蔓延之势。快到南渠树林子跟前，徐壮民和白宝霖去洼地察看，让柴向东牵了三匹马先去家里歇息。

柴向东进入院子，白云山正在给骡子饮水，望着来人一脸茫然。柴向东亲热地叫了一声“白叔”，又自我介绍，说他几年前来过一回。白云山叹道：“马老一月，人老一年，记性瞎哩，原来是柴贤侄！”连忙把三匹马牵进厩棚，一边招呼柴向东先回家喝茶水。史兰兰闻声从毛坊钻出来，惊喜地喊道：“哎哟，大营长也来哩！”柴向东嘻嘻笑着，两人逗耍几句。毛坊里传出嗡嗡嗡的声音，柴向东好奇地掀开门帘进去，七八个婆姨女子停下手里的活计，齐刷刷盯着他看，一个婆姨用肘子戳了一下王宝仪，压低嗓音说：“看婆姨的大干部来哩。”众人窃笑。王宝仪见是一个一身戎装、脸膛红扑扑的英俊大男人，以为是梨花说的那个人来相自己，羞得脸蛋绯红，赶紧勾了脑瓜。柴向东早已瞥见，怔了一下，连忙说：“你们忙，打搅哩。”退出房间，跟着白云山和史兰兰向窑里走去。毛坊里隐隐约约传出学舌声：“你们忙，打搅哩，我是看……”接着漫出一阵叽叽咕咕的乱笑。过了一些时候，徐壮民和白宝霖回来。梨花听见男人的声音，脸上荡起喜色，丢下手头的活计赶紧去烧火做饭。

徐壮民得知史兰兰的用意，苦着脸说：“嫂子，你还真当回事哩！”史兰兰说：“这事压在嫂子身上几年哩，这回八字终于有了一撇！”她叙说一遍王宝仪的相貌、身材、年龄、人品、女红以及王秀才的态度，特别强调了文化底子，说这么好的大女子打上灯笼也难找！说罢，拽着徐壮民的胳膊就要以检查工作的名义去毛坊相一回。徐壮民抽身脱开，眼睛骨碌一转，拍手叫道：“哎呀，没想到嫂子乱点鸳鸯谱倒是点中咱向东兄弟哩！”柴向东莫名其妙，随即省悟，急火火说：“瞎说！大哥还光棍一条，哪里轮到兄弟。”徐壮民用爽脱的笑声掩饰着纠结翻搅的心事：“其他的不说，我比这女子大十来岁，只这个就不行。”白宝霖说：“大哥，你的那点事，我们几个都清楚，终究不会有结果，还是面对现实吧。王宝仪真是个好女子，配你！”梨花一边做饭，一边怯怯地递了一句：“王宝仪是周打方围的人梢子，知书识礼，乖乖静静，上得厅堂，下得厨房……”徐壮民笑道：“既是这么好，那就介绍给咱向东兄弟。”史兰兰连忙打岔：“这回先把壮民的事办哩，下回嫂子就给向东找一个好茬茬！”白云山老两口也坚持让徐壮民先过去瞄扫一下，说摸不来一眼就相中哩。柴向东嬉皮笑脸：“我头前瞄扫了一眼，瓜子脸蛋儿，细眉花眼，俊丹丹的，跟大哥是天生的一对对！”徐壮民急了：“我的脾气你们都晓得，说不行就不行！嫂子、白叔、白婶，还有梨花，你们几个一起上手，把这女子说给向东！”史兰兰拉下眉脸：“壮民，你若不听话，我回去就给惠书记和老王报告。你的婚姻大事，组织上打过交代！”徐壮民说：“这个属于私事，他们管不了，我不情愿，谁说也不行。就说给向东，没商量！”

柴向东以为他说来说去只是照顾自己的面子，有些恼火，说：“世上哪有让婆姨的？”吵吵着就要下炕骑上马回去。徐壮民心中泛起酸涩，一把将他揪住，拉拽过去，动情地说：“好兄弟，咱弟兄熬煎多年落个囫囵浑全也不易哪！柴叔、柴婶老早就念叨着你的终身大事，盼着你能领回一个媳妇去，大哥答应过两个老人，也时常盘算这个事，这回终于有了门儿。你给我老老实实住下来，走了就不是我同甘苦共患难的兄弟！”柴向东急得拍打着炕毡，说：“大哥，你咋这么个人？让天让地也不能让婆姨！”众人见徐壮民眼里泪花扑闪，知道他不是推让和闹着玩耍，可是事发突然，谁也没有心理准备，于是一个瞅着一个，不知如何是好，窑里一时陷于沉寂。白马氏叹了一口气：“姻缘天定，壮民这娃娃不敢是婚没动哩？”白宝霖也长吁一声，说：“大哥的心不在这儿，早铁定哩，我这回才算解下哩！”史兰兰鼻子发酸，说：“壮民哪，你可要好好寻思寻思，掂量掂量！”柴向东情绪稍定，目光沉沉地看他一眼，说：“大哥，那章……那丫头虽好，天生不是你的人，我不能眼睁睁瞅着你一条道儿走到黑！”徐壮民见他不说破，轻松地笑了：“你们都闹错哩，那个事么，我是早已封死了内心！只是眼时工作太忙，还没这个心情，不愿考虑自个儿的婚事。过两年再说吧，不要为我犯愁，迟迟早早了结一回！”白云山老两口弄不清年轻人的事情，听话音晓得徐壮民心里有了人，表示了惋惜，又合伙煽导柴向东，说你娃娃若能娶上王宝仪，半夜里都会笑醒！史兰兰无奈地说："公鸡踏蛋一个一个来，那就轮向东上手哩！"众人笑了。

第二天打早，村长老王敲打铜锣召集开会，南庄、西庄、东庄大几十号人聚在白家院子里。白宝霖主持，大声说："全庄人都在为蝙纵吃庄稼的事犯愁，今天，咱开个会，就冲这蝙纵来。蝙纵学名叫蝗虫，圪蹴在地里啃田苗子，是一宗大害虫。眼时虫害蔓延，任其横行，只怕咱草山梁今年就要绝收。村长说，各家各户心急火燎没奈何，咱新政府也从未处理过这号事，今儿把大家召集起来讨论讨论，看看能不能寻下一个好办法。"老王说："依我度相，就是一个打，全庄大人娃娃一齐上手打！"一股年轻人立刻响应，都吼叫朝死里打！又互相争吵打蝙纵的家具是柳条好使还是刺条趁手，性子焦躁的恨不得立马动武。娃娃们兴奋得满院子乱窜，摩拳擦掌。上年纪的人不吭气，伺等小的们吵闹得差不多了，才开始发言。这个说，打怕是不行，听说蝙纵是一种神虫，只怕激怒了虫郎爷，越打越多，终归还得靠神神安治才行；那个说，蝙纵大小也是个命命，害命的短事谁人愿意做？也有人认为打是一种笨办法，漫山遍野的，你能打几个？还有一个老二流子敲杂话，称最省劲的办法就是公家能造出来一种闹药，往地里一撒，蝙纵一吃就闹死，那才叫好哩。逗得众人乱笑。老王制止了喧闹，请政府拿主意。徐壮民说："先头征询了大家的意见，归纳起来有四种：一派要打；一派要请神神安治；一派菩萨心肠，不忍心害命；还有一派说穿了就是懒汉思想，不作为。依我看，第三种意见站不住脚。你说蝙纵是个小命命，可这小命命侵害庄稼，要咱庄户人的大命命，这样的小命命该不该除灭？我曾经在咱边区的报纸上看过一篇文章，专门写的就是打蝗虫的事，这表明是一种经验，是完全可以打的，咱不妨学学。第四种意见说蝙纵多如牛毛，打不过来，你没试过，咋晓得？办法都是人想的，三个臭皮匠顶个诸葛亮，咱多想些招数，不信打不完它！至于伺等政府造出毒药的人，请你回去睡在杏树底下，嘴张开，等杏儿熟了朝嘴里落。当然，这号说法也不是纯粹的荒唐，有科学的一面，只是眼下公家还造不出来这种毒药，说不准过上十年二十年真的会造出来，你就回家等着吧。”众人又笑了一回，都说这老二梁瞎嚷儿话！徐壮民接着说：“另外，第二种意见主张通过神神鬼鬼惩治害虫，我看这不失为一个办法，至于效果咋向？一试就明了。总之，咱们的目标一致，那就是驱除害虫、保护庄稼，不管采用什么办法，达到目的就行，绝不能放任蝙纵把庄稼吃完啃尽！”白宝霖见大伙大都信服徐壮民的话，就高声宣布：“政府的主导意见是打。愿意打的咱立马动手！”柴向东站出来，手一挥，扯开嗓弦喊道：“我是军人，打过恶仗，还怕它什么牛牛蛇虫？年轻人、自卫军队员、想扛枪当八路军的，都跟上我走，咱合起伙来一块地挨一块地打！”

一股老汉子朝王秀才家拥去了。王秀才因是秀才出身，家道上乘，广结善缘，在草山梁一带很有名望。这人笃信神鬼，精通阴阳学问和算命之术，却不屑去做安砖吊瓦、请神驱鬼、摆摊算命的勾当，烧香念经是每日必修的功课，偶尔受邀出门给人家看看风水、放个日子，因此又是一个老年人心目中的神秘不凡的领袖人物。不一会儿，王秀才家挤满了人。一个老汉子把刚才开会的情况学说一遍，王秀才脸膛涨红，额上青筋突起，说：“如此妄为，得罪了上天诸神，谁人吃罪得起？这蝗虫乃神虫，归上天虫郎爷差遣，一切都是天意，冥冥之中自有定数，非人力所能及也！就凭那帮二杆子、半吊子的懵懂凡人还能逆转天意？”众人一脸苦相，各自学说地头虫害的象况，请求他使个法术，禳解虫害之苦。王秀才沉吟、掐算半晌，说：“既是苍生有难，急如水火，老夫就是穷尽解数，也得逼退蝗虫、抚平疮痍！”一股老汉子大喜过望，表示如若驱除蝙纵之害，愿全庄合力新盖一座庙堂！王秀才甚是欣慰，当即铺开宣纸，研墨挥毫，一气而成一道奏请神灵的表章和一道祭奠蝗虫的祭文。众人看得呆憨，惊叹他的学问和才气；王秀才捻须微笑，嘴里说着谦辞，又指派一个老木匠速速赶做东西南北中五尊虫郎爷的牌位。木匠搔着脑袋，探问虫郎爷的模样。王秀才不屑地说："冥冥之意，心诚则灵，何必细问!"

当天，柴向东一股三四十个人挥着柠条刺、母猪刺、马茹刺先从东山上打了起来，采用包抄围歼的办法一块地一块地地打。地里的蝙纵遭遇四面围攻，受惊狂窜，慌不择路，多半死在刺条之下，余部分散突出，逃之夭夭。徐壮民和白宝霖、史兰兰几个猫下腰身黑水汗脸捡拾死蝙纵，准备集中起来展示。捡拾中间，徐壮民记起一个事，小时候曾听老贡爷讲过，蝗虫虽是害虫，却既可药用又可食用，于是，拎着柳筐，专拣小指头粗细的丢进去。一天下来，打死打伤蝙纵无以计数，一筐一筐拎来，在庄边的一处空地上堆起，小山一样，引来几十号看热闹的，都惊叹不已，说，打是一个好办法，明天咱都去打狗日的！这家伙湿腻腻的，不好焚烧，徐壮民吩咐掘一个坑子掩埋，沤成粪肥上地。收工时，六七个后生听说要吃蝙纵，个个讶异，厮跟着想看看生煞。来到白家，徐壮民吩咐一齐动手，将蝙纵去翅去足，众人忙活一气。拾掇好了，放在一个大瓷盆里清洗干净，又用开锅的滚水烫了一回。他说，半生半熟，眼现就能吃！众人面面相觑，一个后生瞪圆眼珠说："当官的日晃人，戳弄着瞎子跳崖哩，有本事你先吃!"徐壮民笑道："老贡爷当年说蝗虫入药做食治病宽，什么胃寒、咳嗽吃上都顶事，只是我也没吃过，看着胆寒恶心，咱把它油炸了吃!"梨花烧沸少半锅清油，不敢目睹场面，拽着婆婆溜进拐窑去了。白宝霖捋起袖子，说："我炸!"掬了一掬光溜溜肉腻腻的蝙纵下进油锅，嗞啦一声，冒出一股芳香，油面上即刻煮豌豆角似的漂起一层。约莫炸熟，他握起笊篱捞进盆子里。徐壮民硬着头皮抓起两只扔进嘴里，大口嚼着，觉得香喷喷的，就几只几只塞进嘴里，说："这狗日的真格好吃!"柴向东手快，噌地抓了一把，大嚼起来。众人不再犯怵犯疑，开始抢食，炸出的眨眼吃净了。又炸一锅，白云山终于忍耐不住，也吃了一只，细细品味，说：“日怪，像虾米，好吃!”史兰兰硬撑着吃下一只，越嚼越香，惊惊乍乍跑进拐窑，拽出梨花和白马氏，又示范一回，怂恿婆媳俩各吃了一只，都咂着嘴说又香又酥又脆！白宝霖牛×哄哄地说：“那得看谁当大师傅!”众人笑了。他见盆子里剩下的不多了，霸占起来，向梨花耳语几句，吼喊着打发走众人。吃罢晚饭，梨花笑吟吟地将盆子里的油炸蝙纵倒腾进一个瓷碗，撒了一点盐末，又拎了一葫芦烧酒、一壶老茶，一同送进客房。徐壮民三个人眉开眼笑钻进客房喝酒去了。

大批蝙纵被除灭和蝙纵能油炸着吃的生煞事当夜传遍全庄，强烈刺激着人们，许多人一宿没睡踏实。打早，便出现了一个打蝙纵的热潮，多一半人带了小筐子，将肥胖的统统丢进去。大伙开动脑筋又分别琢磨出了两个挖壕和驱赶的办法。先是挖壕：一是在荒地十步方圆的中间挖掘大约五尺长、二尺宽、三尺深的壕堑，底宽口窄，向里倾斜，使蝙纵不易跳出；挖出的浮土堆在壕堑两边，用铁锨拍光，以免蝙纵聚集堵路不能滑入。二是在庄稼地畔挖掘环绕的深壕，蝙纵跳入则不能出，活活饿死在里头。同时，将地畔的杂草锄耮干净，以免招来蝙纵。驱赶的窍道则是三步一歇和蛇蜕皮，前者是不使蝙纵过度疲劳懒着不动从而顺利赶入壕内，后者是指从山顶向下坡一轮一轮驱赶。白云山又建议各家各户放出鸡群啄食，以一只鸡一天吃四两计算，全庄二百多只鸡半月就可吃掉千儿八百斤。大伙都说这也是一个好办法，又可节省鸡食。于是，全庄的公鸡、草鸡都扇摆着膀子出了门。这一天下来，除去驱赶进壕堑的和鸡群鸽食的，打死打伤不计其数，够二三百斤，东山上的虫害基本肃清。

开打的第三天一早，王秀才高擎着虫郎爷的牌位走在前头，两个儿子抬一只羊闶阆子紧紧跟随，尻子后头撵一股夹着抱着香表、钟鼓、供桌之物的老汉子。一行人爬上西山，在他家的秋麦地畔清理出一块祭祀的场地。待牌位、祭品各物摆布停当，王秀才双手合十恭恭敬敬跪在前头，众人依年龄、班辈次序跪在后头。点香焚表，王秀才手摇阴阳铃铛，以一种古老、神秘、幽冥的调子，诵唱表章、祭文："愚民万死，得罪上天；天降蝗虫，民遭劫难；野草食尽，禾苗将完。民为邦本，以食为天；五谷不收，民运难堪；祈神开恩，救苦救难……"① 折腾了一个时辰，麦地里的大群蝙纵不为所动，拍着翅膀跳窜，吱吱呼应，一股劲咬食着青苗。这个时候，东山底坡上打蝙纵的人群已转入洼地，村长老王用《绣荷包》的调子现编现唱，众人跟着唱起来：

一疙瘩黑云飘过来，
坏板肠蝙纵是公害。
五谷种完种荞麦，
一茬茬田苗子受侵害。
一疙瘩红云飘过来，
新社会政府作指派。
剥你的皮吃你的肉，
众人上手把狗日的打死再深埋。

庄里的碎脑子逮住了一个尽兴闹腾的机会，人人手里攥了刺条子，像一群小猢狲，嗷的一声奔上西山，嗷的一声跑向洼地，两头瞎颠乱打，哪里红火哪里走。西山上的老汉们见王秀才的法术不灵验，一个一个溜走了。赶到半后晌，多半人不见了帽盖子。剩下的四五个人也开始抱怨，说跪了一天，两腿酸麻，蝙纵尿也不尿咱，还不如跟上公家人打狗日的！王秀才头上虚汗淋淋，依然呢呢喃喃诵念不休。

第四天，洼地里人头攒动，一半人兜里揣着油炸蝙纵，一边吃一边打，嚷嚷说这东西耐饱，吃上浑身吱吱长劲，打到天黑也不熬累！不少贼乖的人原来担心吃了蝙纵会中毒害病，见头两天

① 引自李季短篇小说《老阴阳怒打"虫郎爷"》。

吃过的人囫囵囵的没事，不再狐疑，也开始捡拾胖虫。于是，散慢的撵打变成急迫的抢打，除害的速度又加快了些。一群学纺织的婆姨女子嘁喳一番，一致认为打蝙纵当紧，搁下活计，也加入除害行动。王宝仪忧心父亲请神驱虫的行为牵累得她受人笑话，不好意思过去，一个人下到洼地畔，藏在杨树林子间细细瞅了一回柴向东，越看越心甜，偷偷笑着，向西山坡爬去。这里只剩下王秀才和两个儿子还跪着，不远处圪蹴一个老汉子和那个木匠。王宝仪说："人家徐书记、白区长、史主任，还有那个柴营长，跟咱庄的人一搭上手打蝙纵，说过两天就打得差不多哩。你们几个跪在这里瞎迷信，死要面子活受罪！你们睁眼看看，麦子快叫吃成半拉子哩！"老汉子和木匠彻底泄气，说："走×吧，咱也打狗日的去！"

老汉子和木匠一瘸一拐下山，嘀咕一气，认为仅靠各自的人手打不完自家地里的蝙纵，想朋伙着打，找到白宝霖要求参加打蝙纵的队伍。白宝霖嘻嘻笑着，问道："你们坚持祭拜了两天，咋向？"老汉子惶愧地说："好我的大侄子，你不要嗤笑老叔哩！一天从早跪到黑，瓷×墩儿一样，圪膝肿成了软糜子窝窝，腰板也窝成了箩框子，比拔五亩黑豆还苦重，到头来×事不顶！"徐壮民装出一本正经的样子，说："据传王秀才阴阳铃子一摇，请神神到叫鬼鬼来，咋就不灵验哩？"木匠说："好我的徐书记，哪里有甚神鬼？头前圪蹴在地里，我心门呼啦张开哩——那虫郎爷是我一斧子一凿子打闹出来的，其实就是几个桃木牌牌，木牌牌若是神神的话，那我就成了造神神的哩！"众人哄笑一气。

晚间，徐壮民几个去了王家。王秀才扯展跪伏两天，腰腿僵直不能行走，是由两个也跪瘸了腿的儿子趺撞着抬回家的。此刻，老汉子瘫倒在炕头，脸色焦黄，神情颓丧。王宝仪羞答答地进来，拘谨地招呼客人上炕，又分别倒了茶水，叨空儿瞟了一眼柴向东，脸蛋上绽开两瓣桃花。史兰兰看在眼里，抿着嘴笑了。徐壮民正经地盘问了请神惩治的情况，两个儿子都一股劲埋怨父亲，说舍了一只活宰羊甚事没顶，再这么瞎日鬼下去，今年得喝西北风！王秀才默然无语。徐壮民说：“王老先生，我们共产党其实是无神论者，但我们尊重基本人权，倡导信仰自由，这一点请老先生放心。咱们就事说事，镇边城已故的老贡爷你总该认得，他老人家曾说过：蝗虫是害虫，人可变害为利，取其体肤而入药疗疾，或可食用而强壮体质。”王秀才为之一震，眨巴着眼睛想说什么却说不出来。徐壮民接着说：“我们建议先生还是开打吧，不然你家的庄稼都得泡汤！”王秀才耷拉下脑袋。两个儿子见徐壮民态度真诚，毫无讥诮之意，很是感动，表示明天不去拜神了，也参加打蝙纵。史兰兰故意瞅了一眼王宝仪，又瞅了一眼柴向东，笑吟吟地说：“王老先生，我们这位大名鼎鼎的柴向东同志是八路军的营长，宝仪也认得，打蝙纵的事就是他牵头指挥，赶明儿叫宝仪引路指地块，柴营长带一帮子人过来，把你家地里的蝙纵都除灭哩。”柴向东暗里扭掐了她一下，却有些腼腆，说：“如蒙王老先生信任，我就领人过来，连挖壕带追打、驱赶，只消一早上保险除灭干净！”王宝仪羞羞怯怯，说：“我也跟上你……你们打！”王秀才喃喃自语：“老夫素以为天地人间物各有主，一物降一物，而今竭尽寸心，并无善报，我也糊涂哩！”白宝霖说：“王叔，咱庄里凡是打过的地头连个蝙纵的影影也不见哩，只等下一场好雨，苗架返绿返壮，哈喇喇就变成黑海哩。还是打吧，大侄子的话你老人家总该相信。”

王宝仪显示出大胆、泼辣的一面，当着众人，叙述了各家婆姨女子打蝙纵的情形，埋怨父亲说，连婆姨女子娃娃们都不相信神鬼哩，不只敢打，还油炸着吃，全庄人都响应政府号召，就你一个人还犹犹疑疑的！王秀才偏执、迷信的精神终于崩摧，长叹一声，说：“前人都说世间有神鬼，众生有命相，连古书上也这么写着。我总想古人淳朴，所言不虚，数十年来，我这么想，也这么对人说，脑筋就是转不过弯来！不瞒诸位，我曾经对贵党、贵政府的无神论多有诟病与不恭，实在惭愧！当初，我以为蝗虫祸害百姓，神灵绝不会坐视不顾，又思谋着跟你们唱一出对台戏比试一个高下，这才摆开阵势。常言说，精诚所至，金石为开。这几天，我一个年过花甲之人，久拜不起，搜索枯肠，苦苦祈祷，不承想，眼见便要跪煞人，麦地里的蝗虫不消反长，而东山、洼地的蝗虫之害反倒廓清……糊涂复古，贻笑大方。唉，我这石心石脑之人也该当顺应时势变一变哩！”徐壮民见王秀才吐出肺腑之言，大为感动，恳切地说：“王老先生满腹学问，一心向善，有口皆碑，我们后生晚辈哪个能及？瑕不掩瑜，孰能无过？还望老先生在政府的各项举措上多加指点！”王秀才闻言欣然，捋着山羊胡子，说：“有你们这些仁义、谦恭的娃娃，共产党、新政府不得势才怪！”他脸色一变，吩咐大儿子将前窑供奉的虫郎爷的牌位取来。老汉挣扎着爬将起来，摸下炕去，挥动一把斧子一顿乱劈，又搂起屑纸碎木丢进灶膛，点火焚毁。

进入农历七月，雨水稠起来，河水一涌一涌往高扑。惠书记亲自上手抓边墙畔的水利，确定先从补修加固毛嘴子砖坝的退水闸开始。阎老总当年督领筑坝时也动了脑筋，在坝头东旁建了一个退水闸，河水涨高经此下泄，因而坝体久历岁月风雨依旧坚固，这是他身后留下的一桩实在功德。退水闸坐红砂石底子，由于石层风化分解，加之河水冲刷、雨雪侵蚀，退水口日渐破损并萎缩下去，如不及时补修加固，河水就会直端下泄，危及坝体，砖坝的蓄水功能或将不复存在。惠书记蹲点调研几天，责成镇边区成立领导机构专门负责。水利小组很快成立，徐壮民、白宝霖分别任正、副组长，白支书、盛乡长、赵石匠几个为成员；赵石匠被指定为土专家，负责技术活儿。赵石匠认为巩固退水闸的办法有两个：一是筑木坝，一是筑砖坝。筑木坝就是在退水闸前沿每间隔三四尺远近栽一根粗木桩，中间用二三寸厚的木板或柳椽横插起来，里头垫上一层两丈宽、五尺厚的硬黄土加白胶土的二合土，用石杵子一窝一窝一层一层夯实，这样坝体紧密坚实，可防河水和雨水冲刷。筑砖坝则是拆用边墙上的老砖一块一块铺成鸡翅形，里头垫上二合土，夯、杵打过，层层相扣，形成一个慢坡的退水坝，坚硬如铁，经久耐用。大伙合计了一下，筑砖坝至少需用老砖三万来块，既费工又费钱粮，当地劳力有限，政府与庄户人手头都拮据，尚无力担负，于是合议筑木坝，惠书记拍板定案。

白支书召集边墙畔、旧伙场几个庄子的家长开会，徐壮民传达了惠书记的指示，准备抽集人手筑坝。不料征询意见时人们态度冷漠，怨声不断，竟没有几家愿意出劳力。吵吵嚷嚷折腾了半宿，总算摸清了原委曲直。

第一方面是地权问题。前几年，毛嘴子坝头周边各家各户按土改政策都分得了多少不等的土地，其中边墙畔因没有一户地主，土地没有打动。传说政府的土地政策是暂时性的，地多地少、打动没打动也都是暂时的，将来要实行“共产”，以后如何谁心里也没底，怀疑自己不是土地永久的主人，因而积极性低，这是其一。今年春天，全县重新登记土地，统一换领土地证，乡政府的做法是，将河滩的老地和自发改造的新地统一登记颁证，其他不能耕种的沙滩地则统一确定为公地，未作登记。由于工作粗疏，虽是颁了证而土地的所有权和使用权以及政策年限依然没有明确，公地的开发、使用权也没有明确，庄户人依然心虚，依然吃不准，这是其二。当地人祖祖辈辈粗放经营、广种薄收，大部分人家土地不够耕种，想开发一些新地，有人打头私下在河道下游沙滩内修了几垧水地，却被乡政府没收，分给了缺少土地的移民户，理由是这片沙滩属于公地，地权属于公家。此事影响很大，当地住户从此打消了造地的念头，担心修造成了又得充公，这是其三。第二方面，惠书记指示首先开发河滩及周边的沙原、沙地，接着重点开发水堖沙，引发了担忧和分歧。水堖沙约有五千亩荒沙地，当年筑砖坝借贷小桥畔华洋义赈会一笔款子的本息不足部分由阎老总代偿，这块荒地地权经旧衙门裁定归了阎家，自此无人过问。虽然阎老总已死，但他的儿子阎家骥还在十一旅当军官，阎家寨子一带至今没有解放，而时下国共合作，最终江山姓国姓共老百姓谁也说不精明，当地人忧心阎家重新得势找后账，都不敢放胆掺和。另外，水塂沙位于边墙畔西南，距八里滩、旧伙场有十几二十里地，常言说远田不养家，八里滩、旧伙场的庄户人不愿去那边造地，是故出现分歧。第三方面其实也属于地权问题。当地老户各据有老庄园子，足够自家耕种，空闲的河滩薄地任其荒芜，却以地权在自己名下为由不准许缺少土地的家户开发，他们背地里商量过，一致反对。第四方面是人口和劳力问题。边墙畔民国初年仅有三户人家，目前增至四五十户，而大规模开发水塂沙需投入大量的人力、物力、财力，显然啃不动这块大骨头。

徐壮民和白宝霖回到镇边城向惠书记和王振国汇报了这些具体情况，主动检讨了登记换证方面工作粗疏和宣传不到位的过错。惠书记说："这种状况具有普遍性，而边墙畔又具有特殊性，得加大宣传引导，统筹安排，逐步扭转解决。"惠书记没有批评他俩，自己揽承了责任。他强调，在边区一定要真正实现"耕者有其田"，同时做到地尽其利、人尽其力，必须想方设法冲破阻碍兴修水利，加强农业生产和经济建设，但也坦然承认自个儿调查不细、脱离实际，有一口吃成大胖子的偏激思想。经县委会议研究、讨论，制定了一套应对措施：

一、明确宣布，土地所有人对土地享有长期性所有权和经营权，二者可实行分离，便于承租。

二、凡目前尚未登记的坝头下游的荒沙滩公地，全部纳入开发，谁家参加造地即获得相应长期性地权。

三、凡属于当地老户的河道边的荒沙地和薄地，统一纳入开发，提倡自家参与造地；如自家劳力不足，可招人合伙开发，根据开发难度和投劳出力情形，合伙人享有免租五至十年的权利租种，或所造出的新地由土地主家和合伙人一次性协商分配，地权各归其主，长期不变。

四、公开宣布，将水塂沙荒地没收归公，废止旧的地权。鉴于人口与劳力现状，暂缓开发。

五、在县委县政府积极宣传、引导和协调的基础上，由区乡干部组织动员边墙畔周边各家各户劝说县内、县外的亲戚朋友移民过来，政府将拨出公款开掘土窑提供住宿，划拨土地供其耕种，并免征粮税三年。同时予以口粮补助和适量的贷款资助，从而解决人口与劳力问题，积极准备开发水堖沙。

徐壮民和白宝霖折回赵石匠家召集开会，传达了县委、县政府盖了鲜红大印的红头文件的精神，会场像一锅水沸开，缺少土地的都呼喊说这一下闹好哩，政府的政策一勺子扣一碗、安门等楔子，我们都参加！土地多的老户希图多占些水地以便出租，也一色同意。有人贼乖，问说“长期性”“长期不变”到底是甚意思？白宝霖说：“长期性就是永久性，长期不变就是一辈子不变！”众人说政府不日哄人，解开哩！有人还不放心，要求新地造成后立马给他们登记发证，徐壮民当场答应了。几个庄子共有八十多户申请参加，白支书、盛乡长、赵石匠也各以家庭名义报了名。各家各户根据劳力情况，各自申请造地二三垧、五六垧或十来垧，统计了一千二百多亩。

一百几十号人上工，粗犷的打夯号子中，木坝筑成，进入开掘渠道环节。由赵石匠设计的第一期引水工程，渠道平均五尺深、七尺宽，共计五里长，从坝头起分为四段：第一段是四十丈长的红砂石地带，上头有一条多年前造地时掘开的小水壕；第二段一里多长，属于沙、土混合带，旧水壕延伸至此即止；第三段不及一里长，全部是四五丈高低的大沙梁，底下又坐着红砂石层；第四段二里多长，却为白胶土地带。徐壮民算尽劳力、工效，提出惊人的计划：赶在地冻前完成前两段渠道开掘，明年春夏开掘第三、第四段，秋天上马引水拉沙工程。赵石匠说只要给他一声喝到底的权力，根本用不了那么长的时光！徐壮民半信半疑，大胆放了权。

第一段和第二段同时开工。赵石匠将一百几十号劳力分成两股，一大股由白支书带领，从坝头起在旧壕的基础上用镏子镬、钢钎、铁锨往深往宽开掘；另一小股一色是精挑细选出来的能受苦的老实疙瘩，组成突击队，由赵石匠和盛乡长承头，于红砂石尽头顺着陡坡朝低洼的河槽开掘一个退水石洞。挖壕的一股人里有几个二流子，开工头一天，干活腰来腿不来，还杂话连篇，有的说赵石匠瞎×日鬼，也不怕风大闪了舌头，光这一道红砂石慢坡的水渠怕是一百天也挖×不成！有的说赵石匠把咱当憨驴愣牛使唤，好在公家给咱一天补一斤黄米，咱是冲这黄米来的，修不成算×哩，人老几辈子不种水地也照样过来哩。白支书吹胡子瞪眼把几个人训了一顿，双方发生口角，日先人×祖宗乱骂一顿，眼见就要厮打，赵石匠也没奈何，急得直跺脚，说："日他先人，官这么难当！"最后徐壮民过来，劈头盖脸一顿蹭驳，几个二流子见他官大人猛，才缩回了头。白宝霖脑子灵光，提出实行土石方包干的办法，规定谁人完不成当天的任务就扣半斤黄米，并吓唬说要记下单账将来修成水地再找红黑。二流子们从此无法偷懒，渠道开掘也未误事。退水洞设计五尺高、三尺宽、十丈长，两头同时动工。赵石匠将突击队又分成四股，按石方包工昼夜轮班，掘的掘凿的凿背的背提的提，红砂石也不坚硬，又好翻运，施工顺利。七天过去的晌午时光，两头接茬打通。一股老实疙瘩熬累得够呛，有一个丢下手里的镏子镬，一溜烟跑到沙梁上大声吼喊："天爷爷哟，精精捉弄憨憨哩，磨道驴一样连熬了七天七夜，天底下的苦都叫他爷爷一个人受哩！"逗得众人大笑。

赵石匠噙着旱烟锅子上下转悠了一回，扯开嗓弦吼叫，让大伙都过来瞅一瞅。两个后生遵照命令撅着尻子跑过去拔开水闸上的木板，唰的一声，河水从闸口扑出，汹涌奔流，将渠道里破碎的砂石疙瘩卷起，直冲石洞，传来轰隆隆的巨响，全部泻向河槽。只几袋烟的工夫，渠道被冲刷得一干二净，透过清水看去，像舌头舔过一样，一百多号人目瞪口呆。徐壮民大喜过望，喟叹一百个人工也抵不了这一冲！赵石匠让关闭水闸，指挥众人一齐上手，迅速掘深拓宽，然后放水冲刷。如此循环往复，仅只两天，第一段工程告竣。徐壮民计算了一下，水力冲刷的工效高出人工三十几倍！

赶至七月下旬，已进入第三段工程。经惠书记与警三旅贺旅长协商，为使驻军实现粮草自给自足，决定联手筹建屯垦农场，独立营一个连奉命开来，参与水利建设。工程推进迅速而有序。依赵石匠的布排，开渠分头进行，每间隔二三百步远近向河道方向开掘一条退水渠；放水冲拉之时，一百多号庄稼人和一百多号当兵的一齐上手，将两边的沙丘削下，壅入水渠，河水卷裹着泥沙顺着退水渠排向河槽。为防流沙移动掩压，赵石匠认为这段水渠基础地面应该拓宽至两丈以外，将两旁逼近的几丈高的沙丘统统推进渠道推向河槽。徐壮民说："都依二舅，你说咋闹就咋闹！"工程进度比新的预期迟晚了几天，至八月中旬告竣。

庆功这天，徐壮民私下掏了十几块银圆撺给白宝霖，以区政府名义籴回两头壮猪，二三百号人聚在工地临时扎起的兵营放开肚皮吃了一顿猪肉烩板粉、黄米干饭。徐壮民圪蹴在沙地上用柴棍子划来划去，最后大约莫说："这种水力冲沙的修法，一个人工顶上八九十个使唤！"赵石匠嘿嘿笑着说："没算过，反正只要人把水擒拿住，就好比擒拿住了一条龙！"徐壮民极为感慨，说："二舅，你就是个龙王爷！"

忙八月工程也未停歇，主要靠一股子当兵的。庄稼上场后，劳力恢复，进度加快。至九月初头，淫雨不歇，坝头的河水一片浑浊，波浪拍岸，退水闸吃水三尺，亟待下泄排洪。引水渠适时全线贯通，徐壮民宣布引水拉沙正式开工！

周围村庄数百庄户人过来观看，沙梁上人头密实，兴奋涌荡。柴向东吹响哨子，一百多号战士紧急集合，一人一把铁锨，排成方阵。司号员出列，嘟嘟嘟的号声扬起，战士们各抄铁锨奔向工地指定位置，仿佛要去上阵厮杀。

首先从第二道退水渠之下的沙滩漫起。赵石匠吆喝众人将十几个巨大的木槽连接起来，直达一座三四丈高的沙丘顶子。徐壮民下令开闸放水！河水一路虎吼，越流越急，直扑沙顶——几抱粗的水柱一头撞去，霎时漩开一个巨大的窟窿。水流狼奔豕突，急遽盘旋，分作几股钻开口子卷起黄沙直端喷出，沙丘发生轰轰的倒塌。在赵石匠的现场指挥下，战士们使铁锨、耙子筑逼水墙引拨水流，再掏窟窿放水，一层一层由高及低四下漫开，冲向低洼。很快，这座巨大的沙丘被夷为平地。赵石匠双手叉腰，朗声说："这叫抓沙顶子、揭帽盖子！"人们惊叹愣怔之际，忽有人哭喊："天爷爷呦，我们人老几辈子啃沙沙，终于有了盼头哩！"场地上的受苦人个个眼泪滴流，大声呐喊，观看景致的数百庄户人蹦跳起来欢呼起来疯癫起来。

水流湍急，逼近一道慢坡的大沙梁。赵石匠指挥众人从沙脊中央挖开一条冲沙壕，引水过去。看看壕水将溢，他吼叫大伙沿左右两侧开挖小壕，向下引水。大伙一阵忙乎，即刻，冲开一条条壕沟，两边的沙体扑簌簌塌方，随水下泄，由远及近，左右冲拉，远远望去形似一绺子一绺子的马鬃。赵石匠跑到一座沙梁顶子上，扯开嗓弦吼道："这叫野——马——分——鬃——"场地上潮起震荡河谷的爆笑声……

这年初冬，飘起第一场小雪的时光，坝头下游一千四五百亩沙丘起伏的不毛之地全部拉成了平展展的水浇地。在竣工现场会上，惠书记代表县委对赵石匠予以特别的表彰，奖给他一张写着"水利英雄"四个大字的红市布奖状和一把新铁锨、两块银圆。惠书记攥着赵石匠的手说："老赵哪，你为镇边水利事业立下了汗马功劳，等将来把水堖沙漫成水浇地，县委、县政府给你立一座石碑！"

经惠书记特批，县委宣传部门派王贵福的大儿子专程去往横山县请来了韩书匠，约下三天的书场。工棚里支起书台，韩书匠摆开架势，各样家伙一起上，说唱大书《三侠五义》。周周围围的庄户人都趱赶过来，大几百号人圪蹴在沙地里听书，听得憨眉愣眼痴痴迷迷，有许多庄户人不回去吃饭忘了饿，有奶娃娃婆姨忘了喂奶，而八路军里头也有战士闹了笑话——尿憋得站不起来！因为书词太长，三天三夜只到腰节，韩书匠熬得瞎眼通红，说得口里起泡，眼见完成不了全篇，就跳涧子拣重要、有趣的说，结果被几个老年人盯出，臊聒他要奸溜滑日晃众人！

韩书匠蔫拉吧唧起身时，白宝霖给付书钱，他坚辞不取，悻悻地说："约好的是小书，听说有八路军听书，我就说了大书，说冒哩！书钱不要哩，请转告各位老者这个内情，叫再不要臊聒，坏了我韩瞎子的名声，行不行吔？"

# 第三十章

抗战进入第三个年头的冬天，十一旅二团二营移防柠条原，旅部也迁至三边，驻安边城。春节刚过，冯孝先接到旅部命令，调他去二团二营任营长。原来的魏营长是史虎城的铁杆，据说推举至驻绥远的国军新编第二十六师何文鼎部任高参去了。冯孝先大惑不解，到团部去找陈国民团长探问究竟，正好牛振武、曹雨僧、李子竹几个也去了那边。陈国民是个直肠子，一头雾水，气鼓鼓地说刘锦堂不打招呼随便动他的人，也太不把他这个团长当回事哩！又有消息称二团副团长张鼎臣将调任一团副团长兼二营营长，刘旅长为此动身去了榆林。众人议论半晌，认为这肯定是史虎城给刘旅长出的主意，意在蚕食、分化、监视一团。于是，纷纷要求陈团长抢先任命二营副营长李安桥为代理营长，并火速赶往榆林面见邓先生，据理力争，不能让史虎城的图谋得逞。

陈国民备办了几张上好的狐皮、獾皮，第二天即带了李安桥直奔榆林。一路上，他一直给邓先生把脉，显得很自信：杨啸天如今与邓先生是挑担关系，李安桥自然与邓先生系了藤蔓亲戚，这是胜算之一；邓先生卸任二十一军团长一职转任晋陕绥边区总司令后，驻榆林的八十六师划归新组建的二十二军，旧部第十旅也在东调途中被胡宗南的中央军借故整个吞并，嫡系部队仅存十一旅，因而特别看重，对一个老团长的意见自会慎重考虑的，这是其二；另外，当初十一旅旅长的选任上，邓先生欠了他一份人情……

陈国民到榆林时已是黄昏，安顿卫队去兵营食宿，自己顾不得吃饭，带着李安桥匆匆去了总部驻地金刚寺。一进门，陈国民就嚷嚷说："总司令，我和安桥代营长一路风尘赶来，还空着肚子哩！"邓先生赶紧吩咐家里准备酒饭。陈国民说："吃饭不打紧，军务当紧！"当下向邓先生大吐苦水，愤愤地叙述前情，申明了自己的意见。邓先生素知刘、陈不和，而陈国民虽是个老粗却是老资格，又极讲义气，在军中威望很高，因此对他十分尊重。见他一副激愤的模样，说："老陈，你不要急躁，容我想一想。"陈国民倚老卖老，要求当面见话，否则他就不吃饭！邓先生沉吟半晌，觉得十一旅两个团能够维持和平相处的现状已属不易，刘旅长这些生拉硬塞的动作只会激化矛盾，实在没有必要。于是，使出稀泥抹光墙的手段，当即打电话约请昨日抵榆的刘锦堂过来喝茶，让陈国民和李安桥回避，趁隙去小院吃饭。不一会儿，刘锦堂过来。二人品着茶，闲扯一气，邓先生煞有介事盛赞了闽茶大红袍的活、甘、清、香的特点和抗衰保健的种种功效，称为春节间友人所赠，当下送给刘锦堂两筒品尝。未等刘锦堂开口说事，邓先生似乎忽然间记起一桩事情，说："锦堂哪，啸天旅长去山西战场前曾当面嘱我关照他镇边的老丈人一家，念他在前方浴血奋战，我总得有所交代。据说一团有了空缺，就让啸天的内弟李安桥代营长正式接任吧，都是多年的老人手了，安桥又是已故老旅长的表弟，也该当提拔提拔。"刘锦堂惊讶陈国民下手如此之快，老长官又这样当面吩咐，只得咽回肚子里的话，当场应允。

冯孝先的任命已成事实，只得到柠条原报到。史虎城、吴峰、张鼎臣几个有苦说不出，专程从榆林过来，摆了一桌酒席表示了欢迎的意思。过了几天，张鼎臣通知冯孝先去镇子西头的一家客店。冯孝先一进门，见刘旅长、史团长、吴峰、张鼎臣还有旅部副官长阎家骥、副营长赵子和几个均在座，十分意外，急忙行礼问好。史虎城行事干脆利索，也不多言，吩咐赵子和递给一份表格让他填写。冯孝先看了看，竟是军统组织的登记表，愣怔一下，不敢多问，趴在桌子上一气填好。史虎城神色庄重、威严，说："二营长，你已是军统随军组的试用员了，加入组织，必须效忠领袖、效忠党国，严守秘密，尽职尽责！监视共党、收集情报是另外一项任务，以后与张副团长联系，听从安排！"冯孝先望了一眼旅长，刘锦堂冲他点点头，说："这个事归史团长负责，可是一条通天路，好好干！"冯孝先立正敬礼，大声说："是！"

未久，冯孝先被派往武汉军官训练团受训。其间，被迫接受"洗脑"，心中闷闷不乐。受训结束，返归途经西安小住。张鼎臣正在西安活动，专程来访，兴冲冲地告诉他，以胡宗南为总司令的国军第三十四集团军在空军的配合下，向陕甘宁边区边缘挺进，扫荡了淳化等五个县，公开喊出"消灭边区"的口号，实施严密的封锁政策，构筑了一条长达七百余里的军事封锁线。冯孝先一听就上火，二人围绕"溶共、防共、限共、反共"的新国策辩论一番，话不投机，大吵一通，张鼎臣愤愤而去。十一旅的军统组织内部，张是他的单线联系人，自此半年内没有给他布置特别任务。后间，有一回去安边，冯孝先在与牛振武、李子竹几个好友的闲聊中将自己被迫加入军统的事情提起，称自打吵了一场，张鼎臣就不理他了。牛振武让他不妨去探问一下，免得惹来麻烦。借着一个去榆林的机会，冯孝先找到张鼎臣，主动搭讪："张团长大人不记小人过，还恼我哩？咱随军组咋没动静哩?"张鼎臣没好气地说："早已停止活动了！"冯孝先始知自个儿已被排除在外，却也庆幸总算脱离了这个自个儿并不喜欢的组织。

二团二营八连一直留在榆林，担负金刚寺的警卫。这年秋天，史虎城借故将冯孝先调往榆林直接负责，柠条原的军务交由赵子和掌管。八连卫连长是史虎城的把兄弟，好赌，天天打麻将，一输钱就眼睛血红，打骂士兵撒气，甚至把连里几个士兵打毛衣赚的小钱也搜去还债，以致开小差的事屡有发生。有一天，一下子逃走四个。邓先生得知情况十分恼火，把冯孝先叫去，要他把卫连长撤了。冯孝先有些为难，请求邓先生最好能给史团长打个招呼。邓先生正在气头上，喝令他立马就撤！冯孝先对卫连长也无好感，觉得如若自己去请示史虎城必定坏事，而且也是对邓先生的不敬，于是当即集合队伍宣布卫连长停职检查。刚宣布完毕，邓先生打发传令兵通知他暂缓执行，冯孝先没有吭气。卫连长骂骂咧咧到团部告状去了。不一会儿，冯孝先又被叫到了团部。史虎城手指鼻子大声责问："不是非常时期，你一个营长，怎么能随便把一个连长撤了？"不容辩解，当场命令下了他和卫兵的佩枪，叫他就地站着听候处理，自己气冲冲地找邓先生去了。这时，天空浓云翻卷，响起炸雷，猛雨如泼。冯孝先和卫兵站在院子里，淋成了落汤鸡，为躲避风雨，二人一路跑回了八连的营房。未及换下湿透的衣衫，史虎城一个班的卫兵持枪追来，冯孝先大怒，骂道："他妈的，欺人太甚！"下令闯进来就开枪！一个班的哨兵子弹上膛守住营房大门，追兵不敢入，折了回去。

邓先生听了史虎城前前后后的报告，很是恼火，将冯孝先唤去，当着史虎城的面，不问青红皂白，下令收缴兵权，调回总部听候处理。冯孝先掂量已无法当面解释，索性一声不吭。过了几天，邓先生将他召去，问道："那天我已传令暂缓执行，你是故意抗命？"冯孝先说："接到总司令命令时我已执行哩，咋好当场反嘴？"邓先生噢了一声，又问他那天为什么要逃跑，还下令对抗追兵？冯孝先说："我执行总司令的命令，反而让人家下了枪，自然憋了一肚子气！我自认为也没犯大的王法，当时下大雨，立在那里遭罪，就跑回去躲雨……"邓先生这才消了气，不无感慨地说："赵子和已接任二营营长，占了你的位置。孝先哪，说起来你也是十一旅的开源者之一，老资格，这么对你显失公平！还请顾全大局，多多担待！事已至此，你的一切我负责，先在榆林总部当个中校参谋吧！"未久，陈国民打算把他要回一团当副团长，邓先生正好出门在外，刘锦堂一手操作，任命为旅部参谋主任，又空搁起来。就这么绕了一大圈，到头来却丢了营长一职，冯孝先很是憋屈郁闷，对史虎城一股人的成见愈发结深了。

秋底时光，邓先生在榆林金刚寺紧急召见了陈国民，见面就说："老陈，空穴来风，事出有因，一团屁股怕是有黑!"说罢，将一份电文递给他。陈国民眼睛老花了，将电文伸到远处，半晌才圪圪磴磴看完，已是脸色苍白。电文称，据军统西安站转来密报，十一旅一团副团长牛振武、三营长李子竹是老牌的共产党，各营均有赤化，嫌疑分子众多，其中两个副营长、五个连长分别被指名道姓。要求邓先生直接负责，从速调查，一经查实，严惩不贷。落款赫然写着第十战区司令长官、西安行辕主任蒋鼎文的名字。陈国民一头一头冒汗，连声说："这回闹大哩，闹大哩，这可咋闹!"邓先生端着茶杯，盯着他看，说："老陈，你怎么看?"陈国民急得直跺脚，说："咋会这么多人卷进来？都是共产党？不可能，绝不可能!"邓先生紧逼一句："你是想捂住盖住还是揪一个半个交差?"陈国民说："若是有，证据确凿，想捂盖也捂盖不住!"邓先生舒了一口气，有滋有味地品着茶，称事情有些严重，要他亲自着手秘密调查。嘱咐不要搞得鸡飞狗跳、人人自危，捅下冷事，但也不得敷衍搪塞。

陈国民返回安边，心情异常沉重。牛振武、李子竹二人是当年由谢子长、刘志丹招来的学生兵，也是十一旅的准元老级人手，为人正派，带兵有方，驻甘期间均立有战功，在军中威望甚高；曾因共党嫌疑被告发过两三回，甚至被解除武装、收监羁押，结果均以证据不足作罢。这一回又惹上官司，来头更大，只怕不好对付、不好脱嫌。他也曾怀疑过二人，并亲自参与过调查——当年谢子长、刘志丹、高岗分别拉走了一些人马，他俩并未参与，也未见与几起兵变有瓜葛，均有确凿的凭据和证人。而今谢、刘二人均已作古，高岗已成为中共高层人物，自不会管这些屑事，相互联系无从谈起。且自从部队拉到三边，年复一年平平稳稳过来，二人表现正常，他已打消了疑虑。在他看来，一个道理明摆着：如若二人是共产党，必定早已带人叛逃，咋会潜伏至今、不露行藏？而且二人都购置了不少的土地、房产，又都吸食大烟，这哪里是共产党的做派？抛开这些纷扰，更令他深感不安和棘手的是，被告发的九个人，一色是团里的顶梁柱，全是自己的把兄弟，如若查办了这茬人，无异于架空了自己。他细细回想、品味电文，揣摸邓先生不温不火的话语、口气、神色及所透露的蛛丝马迹，寻思来寻思去，判定史虎城一股人手里并无真凭实据，极有可能是又一次居心叵测的栽赃诬陷。

第二天，陈国民派亲信去驻防白泥井的三营找来李子竹，直截了当将实情相告。李子竹神色泰然，冷笑着说："大哥，既是这样，该抓就抓，该杀就杀，你不要手软！"陈国民以审视的目光打量一气，渐渐焦躁："子竹老弟哪，你还有闲心赌气？人家告你们是共产党，大哥当然不信，否则就不找你哩！"李子竹叹了一口气，说："咱们兄弟当年都一搭插过香把子，多少年为大哥保驾护航，外头针插不进、水泼不入，自会招来一些人的猜疑忌恨，告黑状的事也不稀罕。"陈国民来回踱步，时而点头时而摇头，不觉问道："子竹，你说他们八个人里头到底有没有共产党？哪怕一个？"李子竹深深吐出一口气，悠闲地点燃一支纸烟，眉头却又渐渐皱了起来："这件事关系各人的身家性命，甚至关系到一团的生死存亡，再说人心隔肚皮，知人知面不知心，我没有调查不敢乱说。"陈国民连连点头，拍打着他的肩头说："我信你！依我看，无风不起浪，一个半个必定有的。由你负责约谈、调查，动静不要搞得太大。"临出门，又语气神秘地嘱咐道，"人家有真凭实据，我心里也有数，谁也不要想蒙混过关！但你要悄悄行事，不能打草惊蛇！"

李子竹连夜向地下党总负责人牛振武做了汇报。两人认为事情非同一般，不能坐以待毙，必须马上采取行动；又分析陈国民为人厚道实在，即便玩弄手段，也不会立即下手抓捕，周旋的时间、空间依然存在。天亮以后，依照单线联系的老规矩，两人分别接头下线，通知这几个地下党的骨干分子，要他们迅速做好应对准备，并及时反馈相关信息。当天晚上，两人再次碰头，细细分析研判，认为被告发者清一色是老党员，唯独没有二团二营营长赵子和，而新党员和设在一团一营、由当年红四方面军西征失败后被收容的老红军组成的特别支部的成员更是一个也没有，于是，一致再次认定赵子和就是那个尚未现形的叛徒！赵子和自从请示组织加入军统后，表现反常，尽管表面上依然与地下党保持联系，通过上线报告一些情况，但都没有什么价值；而近年来，二团的党组织却迭遭破坏，被捕的被捕，枪毙的枪毙，撤离的撤离，唯独他一个人浑浑全全——牛振武早已起了疑心，并掐断了联络。针对眼前情势，两人形成统一看法：一是速将情况报告目前直接领导十一旅地下党的三边分委，请求指示，并做好提前起义准备；二是分头找曹雨僧、李安桥两个实权派，争取通过他俩以营长身份去找陈团长，说明利害，提供有力支持，从而使被告发的同志洗脱嫌疑。

曹雨僧无党无派，但有忧国忧民的情怀，对共产党一直心存好感和同情，而对军统特务这一套却十分反感，曾公开讥诮、贬斥“溶共、防共、限共、反共”的党国方针。牛振武曾多次试图接近，曹雨僧每到关键时刻就故意打岔，表示对党派之争不感兴趣，只求洁身自好，因而始终保持距离。李安桥则秉承家风，崇尚中庸之道，行事中正、平和，是个另类的人，行为坦荡，人缘极佳。牛振武和李子竹认定曹、李二人是值得信赖的，也想赌一把。当两人一起来到驻防定边四十里铺的一营营部，说明来意，曹雨僧反应友好、积极，对二人的信赖表示了感谢，认为这是多年来兄弟友谊的见证，坦言不管你们是不是共产党，一定助一臂之力！三人又分头进入安边城，依约定时间来到二营营部，共同商量对策。李安桥一反常态，措辞激烈，认为这是特务分子罔顾抗战大局、唯恐天下不乱的鸡鸣狗盗之术，称石云秀旅长当年一手创建的这支陕北人的队伍绝不能毁在史虎城这几个山西帮的手上！李子竹请求二人先各自去见陈团长，以闲聊的方式陈述看法。二人欣然答应，却一同去了。皆称有人利用赤化的罪名企图把团长的左膀右臂一一卸掉，改由军统分子执掌兵权，达到吃掉一团的目的；又称任其张狂，十一旅前途堪忧，甚至将步第十旅的后尘，叛离邓先生而投归胡宗南。陈国民说："有两位贤弟这个态度，大哥哑子吃杏，心中有数哩！"

这一天，陈国民召集了一个小会定夺这个事情。李子竹将调查情况做了详细汇报，强调被约谈和被调查的人都诅咒这是特务分子想逼迫团长下台所使的毒计，他们一个个情绪很大，或摔砸东西，或醉酒滋事，均表示不愿干了，打算回老家种地去。曹雨僧和李安桥又当场明朗态度，支持团长针锋相对，绝不能寒了弟兄们的心！陈国民原本忧心此事将连累自个儿——如若查实，团长一职定然不保，听了调查汇报的情况和三个营长的意见，情绪异常激动，举起暖壶砸个粉碎，大声骂道："他娘的！黄嘴岔小子欺负到老子头上来哩，不信治不了这帮龟儿子！"

第二天，陈国民带卫队一口气驰抵榆林。来到金刚寺，进门就说："邓总司令，我老陈来送项上人头！"邓先生一惊，半天才弄清楚，笑着说："看把我的老团长气的！这么说，陈团长敢出面担保？"陈国民慷慨地说："龟儿子们告发的这些人，都是我的老部下、磕头弟兄，各家大门小门朝哪里开、老小外家姓甚名谁我都清楚，我老陈不说虚话诳话，敢拿人头担保！"邓先生大笑，说："既是你老兄作保，我就放心了！蒋鼎文那头我去说。"临别，邓先生提出让牛振武到榆林来一趟，说有零碎事。

陈国民原是戏子班头出身，喜欢秦腔。返回的路上，禁不住吼了两嗓子《柜中缘》里的唱段："许翠莲来好羞惭，不该在门前做针线……"唱得有板有眼，韵味十足，卫兵们齐声喝彩，陈国民朗声大笑。

牛振武秘密召集了十一旅地下党总支部临时会议。几个人对他去榆林面见邓先生的事情意见不一，有的说蒋鼎文飞脚踢起总得一落，顶捻子的也得抓一个，去了凶多吉少；有的说邓先生与蒋鼎文有矛盾，又同情进步力量且与我党多有联系，不会怎么样的。牛振武原本打定主意要去的，并向陈国民回了落地的话，因为自己是地下党的主要负责人，为慎重起见，决定再次向三边分委汇报请示，当下做了内部应急安排。随后，他以与友军接洽为名，亲自去了定边城，向兼任三边分委书记的贺钧年汇报了陈国民榆林之行的情况以及党总支的意见，请求指示。贺钧年说："上次你的意见正确，这次也正确。去！"

牛振武来到金刚寺的时候,邓先生正在看报纸,头也不抬,说:"你好大胆子,敢来见我?"牛振武说:"总司令召见,咋敢不来?"邓先生说:"榆林豆腐是桃花水做的,秤钩子能吊起,好吃——那就打上一块回去吧!"牛振武大声说:"是!"行了军礼就要出门,邓先生放下报纸,笑了:"振武,坐下喝一杯茶再走也不迟嘛。"

刘锦堂情知史虎城野心勃勃，怀有异志，他肚子里也打着猫捉老鼠的算盘，竭力利用一团与二团的矛盾稳固自己的地位，这几年旅长的宝座倒坐得安生。在前一段日子闹腾的那场风波里，他装聋作哑，刻意回避，双方都不得罪，自以为筑起了一道防火墙；便转念去盘算一桩折磨了他许久的小事，那就是李安桥获得升迁却无任何表示！老贡爷不曾留下多少家底还说得过去，李函玉干了多少年商会会长，又开客栈和诊所，总不至于手底没有硬通货；可伺等了大半年，眼见没戏，心中郁积了不满，对这一门人不谙官场之道而我行我素的德仪门风也有了更深的领教。刘锦堂有三房太太，一大家子开销不小，但他的心事并不全在几疙瘩元宝，要紧的是拉拢一个实力派过来，至少对方须得怀有感恩之心。可是，李安桥一副浑然无事的模样，既不张扬显摆，也不矜持造作，连一句好话也不舍得说，在他门前走过目不斜视，迈着正人君子的方步，一脚与一脚没有半点差池。刘锦堂心中耿耿，看他走也不对，站也不对，就眼黑，就气不打一处来，终于忍耐不住，向陈国民郑重地表示了不满：“国民兄，李安桥就是个书呆子，不谙世事，又没有接受过专门的军事培训，恐难胜任现职，我意免去营长一职，让他去当一个中校参谋吧？”当时，陈国民不假思索地回应说：“依我看，李安桥是三边地方名门之后，为人行事自有一套，不可多得。石旅长当年就有意让他当营长。现时木已成舟，不可轻动。”刘锦堂碰了圪针，心里气恼，觉得这老家伙是蹬鼻子上脸，愈来愈不把自己揉在眼里了，如此下去，这个旅长还有什么权力和威望？盘算来盘算去，咽不下这一口气，决意杀杀陈国民的威风。于是，故意放风出去，称鉴于陈团长年事已高，已向邓长官打了书面报告，宜免去现职，提拔为副旅长。

陈国民信以为真，对刘锦堂这种明升暗降的用意颇为不满，紧锣密鼓采取了应对措施。先是召集连以上军官开会，称他不日将前往兰州“治病”，宣布了一项耐人寻味的命令：在此期间，全团上下一律听从副团长牛振武和旅副参谋长、一营营长曹雨僧指挥，不受外来节制。接着，专门找来李安桥，叙说前事，叮嘱道：“刘锦堂若是趁机下手免去你的职务，可借口团长不在，坚决不从，并可相机行事；如果事情闹大，由我本人回来收场。”陈国民还不放心，他知道李家与章家素有交情，又专程密访了章家，请他们设法声援李安桥、牵制刘锦堂。章家四个掌事的都十分兴奋，显出江湖义气，满口答应。李安桥得知章家也要介入，忧心招惹麻烦，陈国民恼恨地说：“我老眼昏花，看人是重影，看他姓刘的是长了两颗头、四条腿！不要怕，多少人在给你撑腰！”

自打十一旅进驻三边，安边、白泥井、柠条原等许多地盘相继改换门庭，章家威风不再，受到挤逼，处于协从、配合的位置。近几年风向转了，他们没有胆子也没有本钱与八路军驻军公然对抗，但自忖对付十一旅安边城驻军尚有一些招数和气力，便动作不断，经常借地盘的事生发抵牾磕绊，却是输多赢少，章鸿儒父子和章杰儒父子均感芒刺在背，看着鸦肉顶酸。安边之战后，两个老的自感心力不济，刻意栽培两个小的，已渐渐交出运筹决策的权力，将扩展实力和对外周旋的事体也托付过去。章廷芝沉寂了二年，性子也磨蚀得深沉、细滑了许多，认定脱离官府没有出路，背靠大树好乘凉。于是，近年间又开始活跃，以组建救国军为名招兵买马，筹集枪支弹药，上绥远下西安花大钱托门子，一门心思再走官道再起东山；在对付十一旅方面也格外小心，面子上嘻嘻哈哈，从不戳事惹事。唯独章廷祥没有经见多少腥风血雨，所部又刚刚被调任陕北保安总指挥的胡老五正式收编为保安十三团，正想显山露水，像一头斗牛，狂躁得不行。他曾针对十一旅小试牛刀，制造了一宗“烟案”，有赢有输，砍了个平跤，面子上还算下得来。

去年秋天的时候，刘锦堂从榆林派出小股部队去兰州，将从前石旅长手上秘密存放的充作特别军费的八千两烟土押运回陕北。途经柠条原，被保安团发现，章廷祥以稽私为名强行扣去三千两。担心刘锦堂找碴滋事，抢先向蒋鼎文呈报，称十一旅在赤化区私贩烟土、对过境盐运货运查扣不力，似与共党八路暗中勾连，企望借此要挟，并将十一旅一团从安边防区挤走。蒋鼎文电令邓先生核查，刘锦堂陷于狼狈境地，被迫做出分辩解释，烟土则全数充公，而章廷祥却获得通令嘉奖，由此二人结怨。后间，邓先生加强了三边防区的军力配置，调二团二营接防了柠条原，又令旅部从榆林迁入安边。这番变动似与“烟案”有关，章廷祥的地盘被进一步挤压，在柠条原和安边城均处于从属地位，以为是刘锦堂从中作祟，愈发忌恨，二人不相往来。

陈国民起程去兰州后，章家几个人伸长脖颈伺等十一旅发生内讧，互相往死里掐，以便浑水摸鱼。一天天安然过去，章廷祥浮躁起来，骂骂咧咧说：“这股土鳖真他妈的没意思，多长时光做不成一锅豆腐，少短不了老子给你们点点卤水！”章杰儒说：“廷祥，压稳，不妨再伺等几天，凡事须得沉住气！”章廷芝也说心急吃不了热豆腐，不可盲目出手！又挨过两天，章廷祥再也坐不住了，让伯父、父亲和大哥三个不要瞎搅和，腾利身子，由自己去扮演一回角色。当时，章鸿儒听他说“瞎搅和”，白了他一眼，没作声。章廷祥翻腾一气《孙子兵法》，已然有了主张。于是，煞有介事声形毕肖张张扬扬去榆林绕了一圈。这天，刚返回安边，即匆匆去找李安桥。李安桥正捧一本书读，章廷祥焦躁地怨道：“安桥兄，你还有闲心看书!”李安桥让座、沏茶间，章廷祥神神秘秘地说：“安桥兄，小弟去榆林时听说刘旅长已呈报邓总司令，这几天就要动陈团长的职位，顺带撸了你的营长。我顾不得回家喝一口水，过来报信，你可得早做打算!”说罢，端起满满一缸子茶水一口气喝光，显出疲累而焦急的模样。李安桥心中有气，也未仔细思量，愤愤地说：“这刘旅长果真和我过不去！陈团长临行打了交代，那就只有这一条道可走哩！还请你们协助!”章廷祥一脸义愤，拍着胸脯说：“真是人善被人欺！谁叫咱两家是世交？帮人帮枪没二话!”

李安桥随即召集五连、六连、七连三个关系铁的连长商议，转述了陈团长的郑重交代和与章家的秘密约定，气鼓鼓地说：“刘锦堂平白无故要架空团长并撤我的职，势必会连累弟兄们。兔儿危了还咬人，我宁愿把枪交给八路军，也不交给他！现时，我打算遵照陈团长的嘱咐行事，先下手为强!”三个连长愤愤不平，均表示坚决支持。五连谢连长提出事关全团，陈团长临行又有特别交代，应当向牛副团长和曹营长报告，与一营、三营联手，李安桥默许。

牛振武获悉，通知李子竹等人当晚回城，秘密召开党总支部紧急会议，对当前情况做了认真分析，形成五点共识：一、陈国民、李安桥均属重点团结对象，不能让刘锦堂的图谋得逞，须予以抵制，同时可利用二人与刘的矛盾，进一步削弱刘对一团的控制；二、章家一贯诡计多端，必有企图，要注意防范；三、李安桥的兵变计划于情于理不合，若去参加八路军则会严重影响联合抗战大局，因此只能给予有保留的支持；四、二营的问题牵涉全团，不宜单独采取行动，宜由牛团长携手曹营长出面调处斡旋；五、李安桥若执意行动，三营可与一营果断出手联合掌控局面，勿使事态扩大。但是，究竟如何行动，一时还没有形成细密可行的应对措施。

牛振武将这几条意见做了适当模糊处理，隐去敏感话头，与李子竹统一口径，一道去了四十里铺。曹雨僧同意他俩的看法，于是，三个人以磋商野营拉练为名一同入城来到二营营部。牛振武摆明意见，强调章廷祥的话不可全信，章家的襄助也不可靠。李安桥情绪激动，听不进劝告，固执地认为，刘锦堂不只要架空陈团长，且公然羞辱自己，是可忍，孰不可忍！又称他并不属于以下犯上，而是不折不扣地执行陈团长的命令，也是对当年自己在老旅长临终前许下的诺言的忠实兑现和坚守。他打算武装占据营房公开对抗，或将队伍拉出城去。曹雨僧沉吟半晌，提出一个只扯弓不放箭的折中办法，叙说其详，牛振武和李子竹听了连连称好。李安桥长吁一声，说："李某人对权力原本不屑追逐，人活一口气，实在是把我逼进了犄角旮旯！那就依照曹兄所言行动吧！"四个人商定了行动策略、步骤和试探章廷祥的具体办法，将时间定在三天后的晚间。李子竹和曹雨僧各自返回驻地做准备去了。牛振武以探视父母为名请假回了老家。中间转道去了一趟定边城，向三边分委做了汇报，贺钧年指示密切观察，灵活处置，不使事态扩大。

这天晚间九点钟，李安桥以夜间演习为名，下令五、六、七连三个连武装集结，抬着轻、重机枪和掷弹筒，占据东、北、西三道城墙位置。乱糟糟的时候，章廷祥按照约定时间派出的五个心腹挎着匣子枪赶到了营部，称奉命做李营长的特别护卫。李安桥让他们在房间待命。他来到院子里，命令八连长集结所部，大声说："据可靠消息，刘旅长已决定明天下我二营的枪，八连即刻准备实施兵谏行动！"八连长胆小怕事，一边集合队伍，一边悄悄派人给刘锦堂送去消息，请他赶快出去躲避。李安桥早已布置了盯梢，佯装不知，只吩咐五、六、七连依计划行动，八连原地待命。

刘锦堂闻讯颜色尽失，急派旅部警卫连就近抢占东南角城楼、城头位置，自己带了副官长阎家骥和几个贴身卫兵潜往协防军保安团夏队长的队部避难。

李安桥待在营部静候消息。有东城哨兵报告，旅部警卫连抢占了五连防地东南角城楼，架着机枪不让他们进行演习。李安桥派人过去告诫谢连长，只准对峙，不许开枪。谢连长回复请营长放心，他自有分寸。一个多钟头空晃过去。八连长憋不住，喊报告进来，请示下一步到底如何行动？李安桥喝道："不许打问，原地待命！不准擅自出入，违者军法从事！"

至深夜十一点钟，章廷祥见二营迟迟不动手，十分焦躁，担心计谋败露，差人向刘锦堂报告说二营欲反！刘锦堂皱着眉头来回踱步，一些个疑问扑扑闪闪——二营谋反，章廷祥如何晓得？章廷祥与自己结了仇怨，又如何会出手襄助？从九点多到现在，他一直盯着怀表看，八连长所说的兵谏行动时间早已过去，除了城头上频繁的调动和弹药搬运等等之外，再无动静，他已渐渐镇定下来。疑疑惑惑之间，半个钟点过去了。章廷祥的贴身卫兵又过来报告，称二营已全部准备就绪，马上就要发动攻击，章团长建议先手制敌，警卫连宜立刻行动，同时调兵弹压，保安十三团将适时介入，保证刘旅长的人身安全。刘锦堂愈加怀疑，于是决定派人去五连位置察看情况。

工夫不大，阎家骥缩着大肚子战战兢兢过来，谢连长向他行了军礼，报称正在组织演习。阎家骥擦去额头上的虚汗，长吁一口气，立刻拿腔拿调责问谢连长为何不加禀报擅自行动？为何不去报告冲突情况？谢连长说："我连奉李营长命令举行夜间演习，咋是擅自行动？演习之初即发生了状况，警卫连抢占了我连城防据点，并阻挠演习，我原想亲自过去面见旅长报告情况，请求如何处置，可双方陷于对峙，子弹上膛，一触即发，我不敢擅离；另外，我只是一个连长，又不敢越级报告，故此迟疑。请副官长尽快回禀旅长说明情况，免得擦枪走火酿成大祸!”

刘锦堂听了回报，认为八连长神神道道可能弄错了，而章廷祥的行为则明显是一种用心险恶的戳弄挑拨，不禁出了一身冷汗。于是，当即又派阎家骥传令，称事出误会，要双方停止对峙速速撤离城头。警卫连随即撤走。谢连长却不肯撤，冲阎家骥粗声粗气地说：“我连上城是奉了营长的命令，演习没有按计划完成，请副官长去给李营长讲，看咋个撤法？另外，我们五连今夜受了欺负，强烈要求旅长就警卫连枪口对准我连的行动做出解释!”刘锦堂听了二次报告，确信八连长误传了消息，同时悟出李安桥的动作必有缘故，明显是在向自己施加某种压力，却是百思不得其解。事已至此，自忖已然理亏，只得派人连夜请来王文舫、李道庵、冯孝先几个人出面调处。

深更半夜，王文舫一行人过来了解情况，李安桥故作糊涂，说：“旅长想撤我的职，下个命令就行，何必来这么一手！下边的情况我也不甚了解，请你们到连里走走。”王文舫几个摸黑来到五连城头位置，士兵们不明真相，一个个持枪在手，情绪激动，嚷叫着要找警卫连算账。谢连长说：“眼下情况依旧不明，弟兄们憋了一口气，要讨说法，局面很难掌控！我个人意见，速报牛副团长和曹营长，等他们来了再说。”六连、七连两个连长过来，态度都很强硬，表示不给个说法他们也不撤。

第二天前晌，寒风中，曹雨僧和李子竹各带两个连入城，实施戒严。不久，牛振武匆匆赶回，主持召开连以上军官紧急会议，决定由他和曹雨僧代表一团出面协商处置。协商很快有了结果，双方一致认为应当首先给邓先生去电，请速派员前来调处。邓先生接电后当即派总部俞参谋长兼程赶来。调解当中，李安桥亲自写了一份申诉书，只说二营例行演习，而旅长听信谗言草率行动，险些酿成大祸，对章廷祥和八连长只字未提。调处人员从别处获得一些讯息，专门找李安桥求证，他却拒绝配合，只把责任揽承在了自己身上。八连长陷入窘境，像夹在风箱里的一只老鼠，既忧刘旅长怪罪又惧李营长报复，躲出城去，藏身到曹雨僧处哭求解救，死活不敢出面做证，以至后间选择了潜逃免灾，回到老家种地去了。刘锦堂没料到自己的一句戏言竟把自己弄到这么一个尴尬的境地，竟导致了这么一个严峻的结局，自觉冤枉、窝囊而理亏，更慨叹“军中无戏言”这句古训。但他却羞于言说，只得将此次冲突的责任一股脑推给章廷祥。章廷祥只怪李安桥胆小怕事、优柔寡断，又觉得似乎钻进了一个不露蛛丝的圈套，却有口难辩，无以抹擦择清，只好称病不出。据传，章杰儒第一回冲宝贝儿子大发脾气，呵斥他没本事不省事，背锅儿睡在墓圪堆上，不晓脚手高低！章鸿儒指教道：“你那性子要磨，磨成一枚麻钱，外圆内方！”

经一番半糊涂半精明的调解，刘锦堂推诿不过，口头承认了过错。为表诚意，他主动电请在兰州“治病”的陈国民回部队主持军务，原先飘摇的念头从此作罢。李安桥深感羞耻，私下向牛振武几个坦言自己偏听偏信，先入为主，处事草率，申请处分未准；又不愿待在刘锦堂的眼皮子底下挨白眼，提出换防，获准。于是，李安桥率部拔营开往四十里铺，曹雨僧带一营入驻安边城。

皖南事变的消息传到张自立耳朵里的时候，一种强烈的喝酒欲念在心里和身体里爬蠕起来，于是到处搜翻礼盒，却找不到酒水，苦笑着说这些送礼的晓得本县不喝酒！张太太有些诧异，趁机怂恿说章司令刚从西安回来，此刻正在泰和居小住，何不过去一处喝！张自立连声称好，当下披上儿毛筒子的大氅，系了围脖戴了礼帽拄了文明棍，携着打扮鲜亮的太太，径直来到泰和居的上等包房。

章廷芝神情激扬，一身黄绿色的呢制将军服，领口一颗倒三角的将星闪闪发光。张太太一本正经，目不斜视，举止得体，问着正经话。章廷芝顾及面子，不好放肆，只是狡狯地笑着，说张太太比从前越显年轻漂亮哩！张太太极是开心，娇声嗲气说：“日头从西边出来，我家张县长想喝酒嘞！”章廷芝说：“那就叫石掌柜送一坛过来。”张自立连连摆手，说：“论饮酒章司令是海量，本县只是小酌，就喝一壶吧！”章廷芝哪里肯依，吩咐卫兵叫酒叫菜去了。

张自立抑制不住亢奋的情绪，说：“蒋委员长终于开了杀戒，皖南一役，击毙、俘虏新四军七八千人，活捉军长叶挺，真是痛快！”章廷芝笑呵呵地说：“天要变哩，好事不止这一个。我这趟去西安大有斩获，胡长官指令我挂靠中央军筹建一支绥蒙游击军，后期可由绥远国军二十六师提供军需装备，业已任命我为少将司令，给共产党、八路军找点事！”张自立又惊又喜：“这么说，章司令的三边绥靖司令要换正规称号了？快讲讲！”章廷芝大略叙说了此行的经过，称前些时候得知杨啸天五二九旅从山西战场撤出休整，杨旅长返回关中三原，他专程从安边过来拜见了李函玉世伯，请求玉成与杨旅长见面一事。后间，他备足礼品，带着李函玉世伯的手书和捎带的土产一路南下直抵三原，顺顺当当与杨旅长见了面。杨旅长与胡宗南、何文鼎都是黄埔一期的同学，私交不薄，他持了引荐信畅通无阻见到了胡长官，当面提出挂靠中央军扩编部队等等请求。胡长官很感兴趣，指出三边乃是陕甘宁边区的西北大门，战略位置极端重要；赞赏他扩编部队制约、挤压、封堵八路军的想法，随即颁发了委任状，又向何文鼎师长致电，促成了两厢的联络。张自立盯着章廷芝领口闪光的将星，十分敬服、艳羡，禁不住叹道：“胡长官何等人物？那可是一根通天大柱，委座最得意的学生！天佑章司令壮年得志，党国幸甚，三边幸甚！”张太太的眼眸鱼钩一样一拽一拽，钓着自己心仪的汉子，情切切地说：“章司令哟，走了鸿运可别忘了提携我家老张，也别见了我这样的小女人只装着不认得！”章廷芝捋了捋油光的大背头，哈哈大笑。

张自立诉说心事，叹息镇边辖地仅存一二，企望借助时下的反共风头调动各种力量拓展地盘，纾解一口窝囊气。章廷芝称愿意添薪助火，让他先谋着闹着，需要的时候打招呼，张自立大喜。说话间，一个伙计拎着食盒和酒罐送来酒菜，三人开始喝酒。张太太殷勤斟酒，怂恿丈夫放开喝只管喝，张自立说："今日定当开怀畅饮，不醉不归！"不消两盏茶的工夫，又醉得一塌糊涂，翻白眼、秃舌头间犹自吵吵说本县不醉不醉不醉……章廷芝冲张太太坏笑着说："毛人人，这可是他亲自把你送上门的，怨不得你红杏出墙！"张太太忍俊不禁："贼和尚，死骨殖，讨厌，你坏！"章廷芝喝叫卫兵将张自立抬回县府。待人抬走，也不闩门，伸开双臂将张太太像大花枕头一样抱起，凌空连丢三丢又逮三逮，在小鸟似的叫鸣里，二人又美美快活了一轮子。

时隔不久，赵天孝以小桥畔天主堂二掌柜的名义，带领堂口一个执事和米登英一股武装到镇边区四乡的死羊湾一带活动。他们一路敲打铜锣，宣称征得张自立县长同意，从今年起天主堂将在过去的地盘上重新开收地租，取代共产党所征缴的救国粮，而为民生计，收取数量只会比共产党的少几成，并散发了油印的传单。其间，赵天孝还带着抚慰金和米面袋子，走访慰问了十几户贫困的教民、准教民人家。区委接到报告，白宝霖说："这友区跟教堂又伙穿了裤子，闹这没头没脑的儿戏！"徐壮民说："这是借教堂之手要心术、闹摩擦的！"遂下令县保安大队加强戒备，密切观察动向。

这一天，这一股人绕道进入三乡的旧伙场，从教堂的废墟里翻腾出一口大铁钟，要带回去。白支书、盛乡长几个乡干部闻讯过来，召集人手阻拦。不一会儿，一群手持镢头、铁锨的庄稼汉将这一股人团团围住。争吵间，米登英拔出匣子枪，吼道："谁家龟儿敢挡路？看老子一枪揭了你的天灵盖！"这时候，一队全副武装的骑兵驰来，庄稼汉们一阵欢呼。徐壮民翻身下马，鞭子指着米登英呵斥他不得妄为！米登英久闻徐壮民大名，见他果真剽悍威猛，怔了一下，收起手枪。赵天孝眼睛一眨一眨，打量着徐壮民，拍击了一下脑壳，说："这不是老赵毡匠的外孙子？毡匠门里出来的人如今也混出人模样哩！"徐壮民见他这样的口气，怒从心起，说："噢，这不是洋奴贾胖子的那位外国人抚养的姐夫？头雪白，脸黢黑，见老哩，乡音不改，还会说中国话？"他觉得还不解气，又指着扣在地上的黑黝黝脏兮兮的大铁钟，刻意用了粗秽之词，"这洋教裤裆吊的锤杖多会儿张大黑嘴扣在地上？还解开冲你家的祖坟磕头谢罪哩！"赵天孝腮帮上的肌肉扭搐着，跳一跳骂道："宵小之徒，匹夫之勇，小人之心，毒妇之舌！"

执事见两人说不到正题，小儿一样瞎嚷乱掐，上前一步，大声说："徐先生有所不知，边区几处堂口的铁钟均系受过天主、圣母领洗而发放下去的，现时这几处堂口违背天主旨意停止礼拜、祈祷，有荒疏、叛离之嫌，格神甫吩咐一律运回总堂保管，以示惩戒。"他见全场的人都在听自己说话，很是得意，继续说道，"早在大清时，我教与政府已签订官约，这一地区土地完全归我教掌管；我等奉格神甫之命布置收租事宜，以地养教，今日特来知会，敦请贵方派代表到总堂商议交割之事。"徐壮民刚刚从刻意的诅咒里排解了心里的憎恶，见他这样放肆，又不由得起火，冷笑一声，喝道："洋教强占我三边土地、盘剥我三边百姓多年，如今还做着春秋大梦！清政府丧权辱国，早已被历史的洪流冲得无影无踪，只有认贼作父的奴才才把什么早已废止的狗屁官约挂在嘴上蒙哄骗人！我代表抗日民主政府向你们郑重宣布：凡是边区内的土地、财产，包括一草一木，经过土地革命的洗礼，现时统统属于老百姓所有，我抗日民主政府代表老百姓利益，替老百姓掌管，不许洋教洋奴提出如此荒唐的要求！"赵天孝缓过神，阴郁着脸，言称传教事务牵涉国家外交，地方不得干涉，要求面见王振国先生商榷。他故意不称县长而称先生，并把先生两个字念得响亮真切。徐壮民扫了他一眼，大声呵斥道："王县长已有交代，回去转告你们的张自立先生和你们的洋主子——没有商量余地！我方严厉警告，友方不得再借洋教之手搞这些没头没脑的小动作，洋教更不得在我边区的土地上擅自行动，否则我们绝不客气！送客！”

二月初头，阎家寨子保安队出动三十多人，在龙州涧召集大会小会，强行编制保甲，征粮派款，队长史子平宣称接到张自立县长指令，远至青杨岔西北的片区统一归他们管辖。他们见当地乡政府干部骇怕远避，毗邻的青杨区只有口头交涉而没有什么强硬的反应，愈发胆大，不时向东南深入试探。一天，一股二十多人全副武装远出巡查，沿途随意出入庄户人家，杀羊宰鸡，聚众赌博，甚至公开贩卖烟土。驻扎在附近的独立营二连徐连长派出一个班的战士前往劝阻，隔沟喊话，要他们不得制造摩擦、破坏抗日统一战线，不得骚扰、侵害群众。时候不长，双方发生口角，进而互相谩骂、威胁。一个姓高的战士口舌厉害，保安队副队长鲍二牛有口吃毛病，一个行云流水连骂三句，一个却只骂了个半拉子话，一股劲地吼叫“我日……日……日……”逗得一群围观的庄户人乱笑不止。鲍二牛是个莽汉，一怒之下拔出手枪隔沟打了一枪，高姓战士倒地而死。双方随之发生枪战，区委书记徐兽医带一股自卫军增援，保安队逃回阎家寨子。柴向东接到报告，下令徐连长带两个排占领阎家寨子对面山头，封锁了下山道路。

王振国县长致函张自立县长，敦促他赶赴八路军战士遇害现场，处理这起破坏统一战线的流血事件，并约定了时间。张自立担忧阎家寨子的存亡，不敢推拒。这一天，他带了县党部书记长刘庚午和几个办事员及一个中队的保安队员赶了过来。料峭春寒里，惠书记、王振国和柴向东几个人已在这边的一处坳洼等候，不远处簇了一群破衣烂帽的庄户人，一具尸体横在那里，身上只苫了一卷破芦席。独立营的一个连早已占据两处高地，长枪一律上了刺刀，寒光闪闪，营造出一种高压的氛围，战士们个个瞪着眼睛，神情悲愤。张自立一行从小道绕来，在坳洼处停下，保安队员列队站立，不敢摆布阵势，东张西望，人人惊悚。张自立从骡背上下来，一眼瞅见两个身着打补丁土布衣裳的壮年人立在前头，料定这二人就是几年前白白强占了自己地盘的老对手，他撩一撩大氅，把黑色的文明棍杵在地上，一声不响，用怨毒的目光盯着两人看。惠书记和王振国脸色阴沉、严峻，也不搭话，倒盯着他看。刘庚午事发后曾于中间做过斡旋，打破尴尬，做了互相介绍，两头都没有握手的意愿。王振国跨前一步，宣布谈判开始。徐连长依照程序详细叙述了事发经过。话音刚落，刘庚午为显示强硬，抢过话头，说："阎家寨子是党国的一面旗帜，长期遭到贵军的围困和限制，史队长所部陷于困顿，生存受到威胁，不得已方才出寨编制保甲，收拢民心，开征粮草，一切皆依从党国律令行事，实属理所当然。至于本次冲突，据我方核查，系手枪走火，一场误会而已，死一个半个当兵的也不足为奇。"柴向东冷笑一声，打断他的话："照这么说来，刘先生的命是大命贵命，八路军战士的命是小命贱命？眼现咱们两个就和那天一样处于相持相争的状态，我若拔枪干掉你们当中的一个，是不是属于走火、误会？是不是也不足为奇？"刘庚午语塞。

王振国指着地上的尸体，痛心地说："人都是父母生父母养的，人的命只有一次，目睹这么凄惨的场面，谁人能不动恻隐之心？如若我们战士的父母目睹场面，只会揪心裂肺、痛断肝肠！请刘先生自重！"刘庚午涨红了脸，辩称一时语失！张自立白了他一眼，说："作为党国政府的父母官，张某人自会主持公道，请贵方不必作口舌纠缠，得理不饶人！"王振国不愿再绕圈子，直截了当提出了四项具体要求：一、为尊重亡灵，友方务须履行抬棺打墓、扯丧吊祭之义务，让死者入土为安；二、务须负担死者埋葬费、遗属抚恤金及双亲赡养费，须依时价计算，一次性付清；三、双方联合召开追悼会，友方务须公开认错，赔礼道歉，保证今后不会再有类似的事件发生；四、惩办凶手，伸张正义。张自立脸色蜡黄，连连摇头，阴沉沉地说："龙州涧一带从未脱离党国政府的管辖，属于我方的地盘。阎家寨子史队长所部隶属于正统的党国政府，乃是一支在编的抗日武装。我方抗日保安队在自己掌管的地方施行公权，难道有什么过错吗？张某人百思不得其解，贵方已然强占了我方大片土地，竟不肯放过区区一座寨子，非但不提供军需给养，反而极力限制其自由，这难道不是公然违背和破坏蒋委员长所钦定的统一抗战之国策?”惠书记表情沉重，踏上一步，说：“张先生，众所周知，除了阎家寨子附近，龙州涧绝大部分地区于几年前已另有归属，我方组建了乡、村政权，实行了新政，这是不争的事实，并非张先生所言。阎家寨子这一拨人越界滋事、强编保甲，隔三岔五派粮派款，强征强取，苦害百姓，扰乱治安，甚至聚众赌博、贩卖烟土，我方已掌握了大量铁的证据，已形成书面材料待报。请问张先生,这样挂羊头、卖狗肉的武装也配称作抗日武装?恐怕连蒋委员长也不敢认同！如若张先生不信，可向当地人询问求证。”他指了指一群缩着膀子看稀罕的庄户人。

人群里有胆子大的，高声嚷道：“你们一家姓共，一家姓国，两下扯锯子，都来割木头，一家要救国粮，一家要维持费，我们这地方的人倒了八十辈子霉，既遭逢后娘，又遭逢后老子，一支顶两门，骑了双头马，哪有好日子过!”又有一个老汉子说：“姓共的这家还好说话，开会议事，说道理，讲自愿，手也轻些；姓国的这家保安队，一出寨子就要吃要喝，不是杀鸡就是勒狗，比杨猴小土匪强一黑豆！他们今天要维持费，明天收保护费，后天讨鞋脚钱，我们受苦人黑脊梁背日头，哪里有钱?只好拿羊羯子、公鸡、黄米、谷米、清油、鸡蛋顶账，我家三年没杀牲哩!”人群里传出哭泣声、喊冤声，乱哄哄的。张自立神色尴尬，不敢搭茬。惠书记面向人群，大声说：“对不起乡亲们哪，一些具体的情况我们还不了解，我们抗日民主政府一定还你们一个公道和太平!”他接着说，“张先生，看来我方所实施的限制措施还不严厉，这是出于维护团结抗战大局的考虑，我方的忍耐是有限度的。希望友方能够听取民意、关注民生，还老百姓一个安生清静的日子!”“这种状况贵方也是有责任的!”张自立拉着苦瓜脸，说，“敝人忝居大任，有失察之责。我方将做进一步的调查，如若属实，一定严加惩戒。”

惠书记继续说：“抗战正处于艰难时刻，友方、我方本当勠力同心支援前线，共御外侮，不料光天化日之下竟发生枪杀我八路军战士的流血事件，令人痛心疾首！我方以为，‘红白’之争、地盘之争不属于双方今天探讨的话题，咱们就事论事——这次事件已然激起公愤，影响极坏，而友方对这种蓄意制造摩擦、破坏国共两党团结抗战的行为反而加以袒护辩解，我方甚难理解，也绝难容忍！我代表抗日民主政府郑重告诫，如若友方不竭尽责任，我方将向上提起诉讼并采取必要的强制措施！”张自立扑嗒扑嗒眨着眼睛，无言以对，也不敢接招。刘庚午没料到谈判变成了一边倒，没捞到半点便宜，于心不甘，说：“刘某人窃以为，此次冲突源起抗战，贵我双方各有理解，实难统一；而许多事实尚需进一步的调查核实，不能仅凭一面之词而做定夺……刘某人窃以为，王先生所提四项要求，事关党国颜面，须得慎重考量，可否改日再议？”王振国断然拒绝：“我方战士尸骨至今落在荒野，不堪目睹，必须立即安葬！”张自立神情沮丧，确信遇到了强劲的对手，己方谈判的支撑点一一动摇、倒塌，已完全陷于被动，难以挽转；但无论如何必须争得一点面子，于是咬咬牙关说：“对本次误会导致贵方高姓士兵死亡一事，我方诚表遗憾和歉意！王先生所提出的四项要求，前三项已嫌苛刻，出于团结的精神和人道的考量，我方勉强可以接受；至于第四项，我方断然不可以接受！”徐连长闻言脸色大变，掣出手枪吼叫着要直取阎家寨子、捉拿凶手鲍二牛！一百多名战士反应激烈，枪栓拉得哗啦啦响，柴向东厉声喝止。张自立愣了一愣，终于逮着了机会，对一股战战兢兢的手下说：“镇定，镇定！我张某人不信谁敢捅破天！”

他决定借题发挥，逼迫对方让步。于是，一手叉在腰间，一手指点着两个对手，又指点着自己的胸口，粗声说：“来呀，来呀，朝这儿打呀！仗着人多势众要动武吔？为了捍卫党国的尊严，死在八路的枪下，张某人死得其所，张某人眼睛也不眨一眨！”说着，呀嗬嗬一声，手舞足蹈起来，“你们一口一个流血事件，一口一个惩办凶手，说得冠冕堂皇、慷慨激昂，请问——难道贵方是吃斋念佛的善人出身？你们哪个的手上不是沾满了鲜血？离开血腥的屠杀你们能混到今天？共产共产，古今中外，私有财产神圣不容侵犯，这是普天下的公理，也是普天下的游戏规则，谁家的产让你白共？除了煽风点火聚众起事明抢暗叼杀人放火，别无他途！而我方今天失手杀了一个人，就揪住不放手啦？你们……”惠书记和王振国显然都觉得这是一个沉重而有见地的话题，两个阵营各吹各的号，各弹各的调，从理论角度不是轻易能够说清说透的，更难分出嘴头上的胜负，因此没有立即打断和反驳，保持沉默，只惠书记提醒他说话注意分寸、不要跑题！张自立疯张了一气，纾解了恶劣情绪，却又觉得有失体面，恢复了庄严的神态，说：“我方也郑重地提出一款条件：只有在贵方放弃第四项要求的前提下，我方才予配合处理！”刘庚午向张自立投去一个钦佩的眼神，说：“我方也是有底线的嘛！”

惠书记决定模糊处理。与王振国、柴向东几个人交换了意见，一致认为此次谈判打击了友方的嚣张气焰，赢得了边区政府的尊严，达到预期目的，可以见好就收；至于第四项，友方已表明了拒不接受的态度，也不必相持下去，却可加以利用。于是，王振国回复说：“张先生，刘先生，对于友方最终所持有的明大义、识大体、顾大局的态度，我方表示欢迎和欣慰！而第四项原是我方所不能让步的，为表诚意、维护团结，我方持保留意见！”张自立长吁一声，竟一阵轻松，吩咐随行人员将丧葬、抚恤等具体事项尽快协商办结，并表示自己和刘庚午书记长将亲自参加追悼仪式。

# 第三十一章

惠书记在翻阅当年殷书记手上残留下的党组织档案时，无意间发现了一个勾着圈的郑彪的名字，并且没有登记籍贯。除去已经牺牲的，表册上其他的同志均已担任了区、乡级领导，唯独这个人下落不明，组织部门的人也说不清楚。他感到蹊跷，又找来王振国和徐壮民打问，二人都一脸茫然，于是让徐壮民在镇边区先查找一下线索。

一乡乡长刘二毛说："全乡姓郑的户族只几个庄子有，根本没听说过谁叫'郑彪'。"乡支书郭学文揣摩半天，说字山庄倒是有一个叫郑虎娃的，这几年不见了踪影。徐壮民也认得郑虎娃，当年经常到镇边城游逛，还是一个虎头虎脑的半大小子的时候，就敢跟大人鞑子砍跤。红军刚打开镇边城那阵儿，郑虎娃表现积极，操一把大砍刀聒噪着要当红军，曾经给四出活动的殷书记带过路。正疑惑间，刘二毛又说这事老支书怕是晓得，徐壮民随即打发人到张家畔白志魁新开的店院去找杨德生老汉。

杨德生不干乡支书已有两年多了。这事曾惹起风波，并以发生于早期的党员领导干部革命意志消退的个例被载入地方史料——

他家世代掌事的男人一色是城里食堂执炒瓢的大师傅出身，炖肉炒菜蒸馍馍烙饼子都有一手绝活，轮到杨德生这一辈人依然如故。自从镇边城解放那年，杨德生就丢了饭碗。土改期间，家里分得二十几亩坡、滩地，由一个指靠手艺谋生的人家过渡为庄户人家。因为不谙农事，又无牛犋，靠镢头种地，别人家一亩地打粮五六斗，他家只打二三斗，而且秕子多，光景自是过得紧紧巴巴。参加闹红初期的两三年，政府干部没有一合米的薪水、补贴，青黄不接时一家人时常吃了上顿没下顿，全凭政府临时挤兑一点捂霉的豆米度日，每天吃两顿有霉味的稀和饭，个个腹胀如鼓，放响屁、拉稀屎。乡上开会，杨德生响屁不息，隔一会儿就得跑上一趟茅圈，成为笑料，郭学文总是和他开玩笑说豆瓣三棱子冲破尻门子！七七事变那年秋后，陕甘宁边区政府颁发了《抗日救国公粮征收条例》，县抗日民主政府在全县范围内按照《条例》开征公粮。随着局势的趋稳好转和办公地点的固定，乡级以上的机关从此有了正规的公灶，官大官小一处开伙，杨德生吃上了公家饭。翌年，边区政府又明文规定，地方干部、职工实行供给制，每人每天供给一斤二两小米和三钱咸盐、二钱油的菜金，夏冬各发单、棉衣一套，异地公务往来可不交伙食费，打客饭便条即可。干部下乡仍和从前一样，在老乡家蹭饭吃，撂下饭碗抬脚走人，理由就是革命饭、抗日饭、救国饭。庄户人总是炒鸡蛋、烙饼子甚至杀鸡宰鸭偏吃另喝地招呼这些有头有脸的干部，无人埋怨，反倒觉得脸上有光。杨德生有吃有穿，东奔西走忙活公家事，三天五天不着家。

终于，杨老婆的小心眼脾气爆发了。老婆子看见他抹着油嘴回来就跳起来，由撒泼而谩骂直至闹离婚，闩住门不让进家，一跳一跳地骂他：吃青草的老驴，抛家舍妻的陈世美，光顾自己的一张嘴！有米有面好夫妻，没米没面滚你妈 ×，你这个瞎东西！儿子们也一致拥护母亲反对父亲，以脱离父子关系相威胁。杨德生迫于生计和亲情的压力，决意辞去乡支书职务，到张家畔的骡马店当大师傅挣钱养家。当时，他勾着脑袋甚至提出“辞去党员”的请求。这桩事惹恼了惠书记，曾在镇边区召集专题会议进行讨论。八乡乡长史炳耀认为这是典型的个人主义、逃兵行为，建议撤销职务、开除党籍，甚至提出关他的禁闭。徐壮民叙说了杨德生的年龄、人品、文化、工作成绩、家庭困难各方面的具体情况，建议批准他的辞职请求，以普通群众党员对待。白宝霖支持这个意见,大多数人都同意,惠书记最终采纳,放弃了予以严厉处罚的想法。杨德生并不知道这些内幕,自此却像霜打了的倭瓜,性子变得怪癖、蔫巴,连走路也孤鬼似的溜着墙根,组织生活极少参加。

杨德生蔫不唧唧地来到区政府，圪蹴在墙圪塄抽旱烟，无论如何问询，一声不吭。徐壮民哭笑不得，说："杨叔，你吃了哑喑药？好歹你也是一个老革命，对组织就是这么个态度？郑彪的事可是个大事!"杨德生眨巴着眼睛终于努出一句："我当然晓得是大事!"徐壮民心中一凛，说："你晓得?"杨德生又不响了。绕来绕去，直至徐壮民说这是县委和惠书记的指示，他才瞪大眼睛说："真格？你咋不早说!"随即如释重负当场做了证明，说"郑彪"就是郑虎娃的官名，只是几乎没人叫过，也就没人晓得。徐壮民探问下落，杨德生瞅着在场的另外几个人又不响了。徐壮民打发走他们，杨德生才说，当年自个儿带着殷书记去过字山庄，发展郑虎娃为地下党员，可时光不长，郑虎娃反倒投了阎家寨子，后间的事他就不晓得哩。徐壮民大喜，不禁怪怨他把这么重要的一桩事不向组织汇报！杨德生嘟哝说："为人行事得守信用，单就郑虎娃入党那个事，殷书记千安万顿不叫我外传，我也赌咒发誓打了保证。惠书记跟殷书记官一样大，如果不是惠书记的指示，我老汉就把这事烂在肚子里头!"徐壮民极为感慨，又打问郑家的情况，杨德生嗐了一声，说："郑虎娃是独苗，娘老子后间都害了瘟病，连李函玉先生也没能治好，家中没人哩。"

惠书记听完汇报，分析认为郑虎娃必定是打入阎家寨子的卧底，慨叹殷书记的良苦用心和富有远见的策略！随即，打发通讯员找来王振国县长，三人就解决阎家寨子的问题进行秘密商议。惠书记大略叙说了阎家寨子一股势力在土地革命时期及抗战以来的种种劣迹；认为这是危害边区安定的一个毒瓜，必须连根拔除。

他笑眯眯地望着王振国说："老王，对史子平这个你的二岳父到底持咋个态度？"王振国苦笑着说："史子平是个驴脾气，软硬不吃，不要给他机会哩！"他特意讲述了五年前红白扯锯时所经手的两桩事情。

头一回，王振国和区委书记徐兽医两个专门找到史大老汉，鼓动他带着区里的两个同志去阎家寨子谈判，劝说史子平放下武器，不要与共产党和红军对抗，并开出优厚的条件。史大老汉推托不过，撑起胆子，带两个干部以探亲为名进入寨子。当史子平明白来意后，眉头一皱，竟下令将两个随行的干部捆绑起来，殴打了一顿；当面呵斥史大老汉的眼窝糊了鸡汤屎，认不得红黑歪好，辱骂红军是共产共妻的乱世魔王、土匪流寇，直指史兰兰就是让王振国"共产为妻"的鲜活例子。史大老汉胆小怯懦，跪在地上磕头乞求，让他放了区上的两个干部，否则自个儿回去无法向女婿交代！史子平倒是没有胡来，亲自把三人送出寨子，关闭寨门时却厉声喝道："你们三个回去跟姓王的说，老子不认他这个狗屁侄女婿！老子就凭阎家寨子这个天险，也能跟共产党对抗一辈子！他小子有×本事，带人过来硬打硬拼！"

不久，在区委的建议下，驻扎青杨区的红军一部封锁了寨子的下山通道，实施围困。王振国和徐兽医想出一个偷袭的办法，企望一举端掉葫芦脖子上的哨楼，占领山顶寨院，威逼崖窑，迫使这股民团缴械投降。随后，徐兽医组织十几个石匠从寨子沟底隐蔽处斜向开掘石洞，昼夜施工，一个多月后逼近哨楼台基。史子平早已窥出端倪，埋置了几口空瓮监听。一天晚间，测出异响的位置，他指挥团丁用镏子镢和钢钎破开台基石层，打通石洞，朝黑咕隆咚的洞里丢了几颗手榴弹，四个仓皇下逃的石匠被炸伤。史子平甚是得意，下令团丁抛下碾碌碡和磨盘从中腰卡死洞穴，又填充石块、胶土封闭。区委的偷袭计划就此泡汤。

徐壮民也讲述了近年来自己曾动员史子平的其他一些亲友前往阎家寨子说服争取而不见效果的情况；提出应当凭借捉拿破坏

统一战线的杀人凶手鲍二牛这个理由，继续对寨子施行包围封锁，同时设法启动郑虎娃这条线做内应，一举拔除捣毁。惠书记和王振国也这样认为，遂决定由徐壮民亲自部署，与独立营协调配合，伺机行动。

小会结束时，惠书记说："壮民哪，我得感谢你，让我少犯了一个错误！我对杨德生同志有了一个新的认识，他就是一个值得我们尊重的憨憨实实的老百姓，也是一个对党忠诚的好党员！"

独立营的封锁围困持续两月，丝毫没有松动迹象。史子平见寨中粮油将尽，心中烦躁难安。一天夜间，用一根十几丈长的麻绳把鲍二牛从崖窑缒下崖底，浮水过潭，绕道奔向柠条原求援去了。

张自立获悉情况，跺脚咬牙乱骂一通，吩咐赵天孝、张桂生几个筹备粮油肉食，自个儿当天去了安边城。一路翻着脑筋，企望借助章家的脸面，请求刘锦堂赠送一些军需物资并派出部队将粮秣、物资护送至阎家寨子，如此则必定会产生阻吓和震慑作用，给对手造成一种巨大的压力，从而缓解阎家寨子的困局。到安边后，张自立先在万发店住下。捋掐了章家各掌事的与刘锦堂的私人关系，拿定主意，将几份礼品打包成两份，拎了其中的一份，直奔章家大院。

章鸿儒正躺在炕上抚摸着大郎猫吸大烟，耷拉着眼皮说有什么事去找廷芝和廷祥。张自立当下退出，直接去见章廷芝，沉甸甸的礼品盒依旧拎在手里。

章廷芝正在东厢房陪几个姨太太打麻将，卫兵报称张县长来访，他推了牌，将赢得的一堆银圆一五一十均分给几个女人，说："老子一碗水端平，不偏三向四。"梅婷几个恼的恼、笑的笑，又耍去了。他径直来到客厅，张自立放下礼品盒，二人闲扯几句进入正题。当提起刘锦堂的时候，章廷芝的情绪一下子变得异常激动，劈头盖脸一顿臭骂，称自个儿前些时候又去了一趟西安，曾在蒋鼎文官署通过某要员亲眼见到刘锦堂密告章家的机要电报，文中有“章氏三代为匪，声名狼藉，不可重用”之语。章廷芝恶狠狠地继续骂道：“日你八辈祖宗，你刘锦堂几根尿毛栽的？你个土匪出身的老土鳖竟敢这么挖苦、欺负、诬陷我章家？老子为党国养军备战，为有钱人家看门护院，穷家富户有力出力、有钱出钱，这是常理，咋就成了土匪？即使老子的部队有过抢掠行为，也属情势异常、逼迫无奈之举。古来所谓英雄豪杰者，哪个不是面厚心黑、杀人如麻，这有什么稀奇？你还往上翻了两代，辱没老子的先人？此仇不报，誓不为人！”那个结下了梁子找也白搭，这个也芥蒂结深了！张自立心里念叨着，神色尴尬沮丧。章廷芝很快弹压了心中的邪火，平复情绪，哈哈一笑，说：“张县长不必丧气，你我何等交情，咋能隔岸观火？刘旅长那边，我和你一道过去就是哩！”又嘱咐说刚才是一时气头上的瞎话，不可外传。张自立转忧为喜，连连点头：“宰相肚里能撑船，章司令胳膊上能跑马，这些事恐系误会，不必计较！”章廷芝麻利地换上少将军服，说：“这就走！”张自立提出先到万发店另取一份礼品，约定在十一旅司令部大门前碰头，说罢，点头哈腰，踏着碎步匆匆去了。章廷芝望着他的背影笑道：“小箩匠！”

刘锦堂不时扫视一眼茶几上显眼的礼品盒，耐心地听完张自立愤怒的陈述和殷殷的请求；跷起二郎腿，拍击着脑门，半晌才轻描淡写地说：“一个盘子里吃饭，哪有勺子不碰碗的，晾一晾就过去哩。”章廷芝看他官气哄哄，阴沉着脸说：“刘旅长，阎家寨子鼎鼎大名，是一面插在共产党眼皮底的旗子，是党国的地盘，眼下遭到八路的围困，咱可不能袖手旁观，党国军人负有守土之责。”刘锦堂不以为然，说：“区区一座寨子能成什么气候？再说这是地方上的摩摩擦擦，驴踢狗咬，我正规部队不宜出面干涉搅和，以免影响团结抗战大局。”张自立苦苦央求，唇干舌焦，刘锦堂推三托四滑腔走板只是不允。章廷芝强抑怒火，虚笑着说：“刘旅长缩手缩脚是怕得罪共产党，还是怕部队趁机叛逃投共？你不派部队也行，拨几箱弹药总可以吧?”刘锦堂听着明显带有羞辱、挑衅的话音，心中起火，却硬生生捺住，也不理茬，皱起眉头喊道:“送客!”两个彪形大汉持枪进来，逼视着二人。章廷芝拍了拍领章，声音洪亮地说:“章某人现时也是党国在编的绥蒙游击军司令，胡长官也不至于这么待我!”刘锦堂一脸鄙夷，不软不硬地说:“廷芝老弟，可惜安边城是邓长官的地盘，邓长官吩咐在先，不得与友军闹摩擦，不得破坏团结抗战大局，本旅长也是奉命行事，对不起二位哩!”章廷芝大笑:“那就不打搅刘旅座哩，我胆头子大，我亲自带兵去!”说罢，眼里射出刺人的野气，从茶几上拿过沉重的礼品盒，拎在手里，赳赳地出了门，把一个大汉撞得趔趔趄趄。张自立起身，好是尴尬难堪，冲刘锦堂笑笑，又感觉不对劲，胡乱变化着表情，提心吊胆跟了出去。刘锦堂脸上烧起火，眼睛瞪，瞪，瞪了半老天。

四月的一天晌午，章廷芝率领二百几十号全副武装的骑兵，携带大批粮油肉食及军需物资，从柠条原出发，向东迤逦而行。张自立、刘庚午和赵天孝、张桂生一股人骑着骡子一直送至红柳河畔。张太太闻风也骑一匹骡子趱赶过来，老远就尖声尖气喊道:“哎哟，张县长哟，这是什么军?”张自立粗声大气地说:“章司令的绥蒙游击军!”章廷芝一身笔挺的将军服，稳坐马背，却扎着武装带、斜挎两把匣子枪，显得有些不伦不类，他听了张太太的嗲声嗲气，摇着马鞭唰一个脆响，座下青云长嘶一声，凛然阔步往坡下去了。张自立招手致意，大声说:“本县翘盼章司令马到成功!”章廷芝朗声大笑:“没×麻达!”

马队越过红柳河渡口，至四十里铺打尖集结。烟岚、暮色里，章廷芝下令子弹上膛，马队列成长蛇阵，向北开去。穿越沙草地带，沿张家畔西北几处海子畔侧的便道行进，再折向东，经旧伙场至石底子渡口，蹚过河水达边墙畔西南。黑灯瞎火，前方山道崎岖难行。章廷芝传令:前锋一连由鲍二牛带路，小股哨探，大股持四挺轻机枪并骑或连骑开道;中军二连携带辎重;三连持两挺轻机枪殿后！一彪人马依令行动，翻山越岭直闯阎家寨子。

徐连长接到火急命令，带队伍撤离阎家寨子附近山头，迂回至章部来路的一处崾嶮设伏待命。当游击军马队进入伏击点前方位置时，班、排长们纷纷要求趁夜突袭，徐连长重申军纪：一切行动听从指挥！在未接到柴营长新的命令之前，或在对方未开枪之前，一律不准擅自行动，违者以战场纪律处理！

马队未遇任何防堵，于夜半时分轻松抵达山寨。迅速布防周围制高点、控制出入道路后，章廷芝颇为得意，朗声骂道："妈了个板子，鬼怕的恶人！共产党、八路军鸟枪鸟炮的队伍吓得缩到裤裆去哩！"章经武尖声笑着，说："共产党的队伍从来就是老汉骑毛驴挑骟驴骑、老婆吃柿子拣软的捏！"士兵们纵声狂笑，笑声如滔，惊得几道沟崖上的鸱怪子发出瘆人的怪笑。葫芦嘴一侧山寨遍插火把，史子平带领四十多号保安队员列队欢迎，下令连夜造饭，穷尽寨中酒肉慰劳章司令麾下！几个长袍马褂逃亡躲难的财主拥上前，一个个痛哭流涕，叙述流离在外、有家难归的种种苦楚。章廷芝打气说："你们坚持立场，不向共产党低头屈服，有骨气！这种逃亡避难的苦日子也快熬到头哩！"

第二天一早，章廷芝环绕寨子察看一遍，果见山势奇绝险恶，直赞阎老总一门人辈辈兴盛自有道理！又爬走悬崖栈道去往崖窑，见一排石洞或贯通或独立，各有工事、互为屏障，而洞里灶台火炕水井茅圈粮仓碾磨被褥盆碗一应俱全，更为惊异，拍着史子平的肩头说："史队长，这地方大炮打不着、飞机炸不上，日×古怪，天下无双！"史子平连连点头，说："只要吃喝无忧，跟共产党叫板几辈子没麻达！"章廷芝正色说："史队长，你们保安队就像钻进铁扇公主肚子里的孙悟空，搅得共产党肠肠肚肚疼！你部一定得坚守下去，伺等到小日本完蛋、蒋委座重收江山，再里应外合杀将出去，那可是奇功一件！"史子平气壮起来，立正敬礼，大声说："是！我保安队一切听从章司令训令！"

游击军放火焚毁了独立营封锁连队住宿的茅庵草舍及窑洞门

窗，将工事逐一破坏。章廷芝传令召集村民开会训话。庄户人都躲到山里去了，只搜腾到一股老婆老汉。章经武提出将附近村庄的粮食、牲畜统统掳回寨子以示惩戒，章廷芝说："你个混账小子，兔子不吃窝边草，不许侵害一家一户。"他来到人丛前，和颜悦色抚慰一番；从兜里掏出一把银圆，点人头各发了一块，说："跑了的都是愣孙，吃了大亏！"一股老婆老汉盯着手里的银圆，有些不大相信，又是碰又是吹验过真假，个个眉开眼笑，都说好人好人！从来没见过这么仁义大道的军爷！

当天深夜，章廷芝率部原路轻装退出，至旧伙场，天色放亮，未见异常。宗云鹞、章经武几个认为绥蒙游击军正是立万扬威的时候，不能空手拉脚回去，撺掇端了镇边城共产党的老窝，给十一旅那帮屄包看看，也给胡长官、何师长他们露一手！章廷芝笑道："你们几个浑×，胃口比老子还大！咱孤军深入，敌情不明，只可顺手牵羊撸了张家畔，速战速决！"随即下令部队分作两大股行动：一股由宗云鹞、章经武率领，沿河畔驮道直扑张家畔东街龙王庙，从东向西快速攻击前进，叮嘱可沿街抄查，但不可恋财恋战；另一股由他带领，绕道至西头双福店西边杨柳树林子设伏接应。

小半个时辰后，在疾如风雨的马蹄声里，龙王庙院陷于包围。宗云鹞和章经武率先闯入，县盐业公司四五个保安队员不敢打出第一枪，一眨眼死在乱枪之下。马队拥入，将浮财洗劫一空，火烧了成捆的票据、账单，将几个办公的干部打得半死不活。宗云鹞铁青着脸，从大门口摘下盐业公司白底黑字的木牌子，高高举起砸为两段，一股人张狂大笑，叉开腿，朝牌子上撒尿。嗷嗷的叫声里，马队如入无人之境，向西一路劫掠，惊得鸡上房狗跳墙，各家店院箱翻柜倒，杂货铺被哄抢一空。临近中街，南边几处灌木丛生的沙丘上探出一杆杆长枪，柴向东一枪打去，一个小头目应声落马，一时枪声大作，游击军十几个人毙命。宗云鹞处变不惊，一声呼喝，四个机枪手下马，集中火力向沙丘扫射，两股马队左右包抄，掷出一排手榴弹，爆炸剧烈，黄尘冲天，独立营的七八个战士不及上马，被打死、炸死。柴向东见敌方火力强大，带队向西边打边退，与杀出双福店寨子接应的赵胜利一股会合，寨墙上两挺轻机枪嗒嗒嗒叫着远距离盖射，遏制了凶悍的追兵。柴向东窝了一肚子火，眼睛血红，下令实施正面反冲锋。急促的冲锋号响起，一百多号骑兵呼喊着向东掩杀过去。这时，南边方向响起枪声，一队骑兵赶来增援，放声呐喊，大张气势。宗云鹞打了一个呼哨，游击军马队向西北避走，直奔树林子。赵胜利单手操着双环马枪，恶声恶气地吼道："老子今天泼上一条命也要给章家土匪一点颜色看看！"一抖马缰，带数十骑追杀过去。柴向东远远望见徐壮民一股援兵踢起的烟尘，心里一热，也带队冲去。徐壮民大呼："小心埋伏！"带队疾速向树林子西侧包抄过去。此刻，章廷芝握一杆长枪潜伏在树林子间，瞄准赵胜利扣动了扳机，叭叭两响，赵胜利胸脯连中两弹，鼓突着眼睛惨叫一声栽下马背。树林子里爆出密集的枪声，十几个战士倒在血泊中，受伤的和失去驾驭的战马咴咴嘶鸣，四处乱窜。柴向东指挥马队呈扇形向树林子冲击，战士们呐喊着报仇的口号，抛出一排手榴弹，在烟尘里疯狂突进。章廷芝见攻势猛烈，又见徐壮民带一队骑兵从西边包抄过来，忧心掐断后路，腹背受敌，下令退出树林子向北绕行西撤。柴向东与徐壮民合兵一处，追击一程，打死几个落单的，缴获几匹战马和几杆长枪及部分财物。

一个后晌，章廷芝进入父亲黑暗的聊斋，章鸿儒刚刚小睡醒来，斜倚在绣花枕头上，打了一个长长的哈欠，示意他坐下。油灯如豆，火苗在气息中扑扑闪闪，柔弱得几欲熄灭，却又顽强地挺直，发出蓝幽幽的光亮。章鸿儒愈发瘦削了，眼窝深陷，脸色青灰，褶皱深深，半尺长的山羊胡子变得花花哨哨，看上去仿佛一具瘆人的木雕。大郎猫失去了从前丰腴而威武的风采，瘦骨伶仃，肩胛、脊梁塌陷下去，毛色暗淡无华，耳朵也聋了，对身边的响动没有反应。这刻，它发出喵儿一声长长的低鸣，声音饱含委屈、怨艾和哀求，巴巴地望着主人，鼻涕、涎水挂在胡子上，身子瑟瑟发抖，显然是洋烟瘾又发作了。章鸿儒拨拉过牛角盒子，用扦子挑出一块乌紫的烟膏，手却哆嗦个不停；章廷芝连忙取镊子夹住，不太熟练地烧好烟泡，捺在烟枪上，双手递过去。章鸿儒侧卧下去，一手握着烟枪，对着油灯饱饱吸了一口。大郎猫虎起，眼里发出闪亮的绿光，探出脑袋伸长鼻头伺等着——噗地一口残烟吹来，它鼓大鼻孔紧张地吸入，从脖颈至尻股一阵波浪似的涌动，长尾便似一根响鞭倒竖起来。

章廷芝幽幽叹了一口气，说："大，你一副嘎巴巴响的刚骨哪里去哩？就不能戒了这瞎玩意儿？"章鸿儒恢复精神，身子不再颤抖，慢吞吞说："我已经六十好几的人哩，黄土埋到了半脖子，世事是你们的！"章廷芝不再絮叨，抽着纸烟，叙述了阎家寨子之行的经过，称镇边县政府、县党部在柠条原联合举行了庆功会，并将战果向榆林和西安方面做了呈报。讲到刘锦堂坐视不管的态度，他眼里闪出一抹凶光，说："我已向西安行辕主任蒋鼎文打了报告，罗举了十一旅近年来与共产党所保持的暧昧关系和刘锦堂的种种消极行为，要求彻查严办。"章鸿儒皱起眉头，说："小子，给你安顿过多少回，你这号做法不妥，损人一千，自损八百。"章廷芝有些不服，申辩说："大，刘锦堂占了咱苦心经营多年的地盘，捞走了多少本该属于咱的油水，以致现时养军都有困难！这老小子明里暗里日塌咱挤对咱，据传他还曾向上禀报，称廷祥的保安团里也有共产党，真是岂有此理！"章鸿儒说："这都是狗咬狗两嘴毛的结果。刘锦堂现时还是一只虎，只能利用不能作对。"章廷芝说："我咽不下这口恶气！"他犹豫一下，终于忍不住将之前忧心父亲恼怒伤身而隐瞒不讲的关于刘锦堂拍电报称章氏三代为匪之事讲了出来。不料，章鸿儒竟然哈哈大笑："刘锦堂竟是如此的小儿行事？泥腿子出身的愚蒙之人就好这一口，我早先倒是高估了他！"这时候，章廷祥从门进来，显然已听得一些话语，铁黑着脸说："六大，你还笑得出来？刘锦堂这土鳖就是蹬鼻子上脸的主儿！追溯祖先，咱章家世代举人门第，威名远扬，人老几辈子多会儿受过这种羞辱？他是活得不耐烦哩！"章鸿儒乜斜一眼，见他眼露杀机，心中一凛，却款款地说："娃娃们，量小非君子，韩信当年忍受胯下之辱就是范例，他若一时气愤杀了那个得意小人，岂能修炼成高深的城府？自然也就失去了封侯称王之日。"说罢，吩咐章廷祥去叫章杰儒过来议事，叮咛在周围布上岗哨，不许闲杂人等进来。

章杰儒也年过六旬，前些日子却提出要担任绥蒙游击军副司令的职务，章廷芝嫌他啰里啰唆碍手碍脚，不同意。章鸿儒态度通达，说："你七大的那点拐拐心我晓得，再说他腿脚利洒、飞行跑动的，让他当！"章廷芝只得依顺，报请何文鼎批准，颁了委任状。他新近特招了两个不识字的哑子护兵，此刻从前院过来，指点二人守在门口。自己放心地回到里屋，脱鞋上炕，盘腿坐下，不慌不忙就着灯火吸起水烟，房间里响起水烟壶特有的声音。章廷祥也进来，嘴里嗑着瓜子。章廷芝说："前一阵子打发蔺长财和景凌几个带着银圆潜往洛河川、安边南山各地召集散落的旧部，近日已陆续过来，大约可招来三百人，这样，绥蒙游击军将扩大到五六百人。"又说，"何文鼎部已秘密送来一部电台，并特派了报务人员，游击军从此长了千里眼、顺风耳，待局势出现新的变化，可伺机做成几桩大事，尔后插旗招兵，正式编师，成为国军中央系的一部分。"章廷祥吐出瓜子皮，说："我的保安团也有三百多号人，眼下正寻找机会扩军，而胡老五设在横山县波罗堡的陕北保安指挥部身架太小不值得依靠，也应积极谋求与党国嫡系何文鼎部靠拢，将来至少编成一个正规旅。"他意气风发，极力主张在十一旅身上打主意，说，"大哥，打虎还靠亲兄弟，咱两下合力也够刘锦堂喝一壶的。"章鸿儒凛然坐起，用烟枪敲打着炕桌，厉声喝道："老子今儿重申一回，你两个愣头青不许胡来！说到底，十一旅也是自己人，何况人家拥有两个加强团，全旅上下三千几百号人马，武器一崭新，你们脑袋朝胶锅子撅哩?”章杰儒也觉得两个小的锋芒太盛，倾向危险，明白章鸿儒召集议事的用意和自己的使命，板着脸孔训斥儿子说：“不听老人言，吃亏在眼前。当初供书念字就是叫你解开事理解开规矩学为强人，后来叫你出门历练就是叫你学得文韬武略、张弛之道，可不是叫你遇事就刀子上斧子下使蛮耍悍！你六大戎马半生，什么风雨没经见?国军虽是派系林立，但都统归蒋委座麾下，不能动不动白猫咬黑猫公鸡鹐草鸡，咱们最终的敌人是共产党！你，还有廷芝，两个要从大处着眼，徐图发展，不得惹是生非，动摇根本。至于扳倒刘锦堂的事，三年等个闰月，你们翅膀变硬了的时候，再做计较。”章廷祥虎势势还想争辩，见父亲剜了自己一眼，只得强咽下一口气，把手里的瓜子扔在桌子上，恼悻悻一声不吭。章廷芝听了两个老人的训示，脸色平和下来。思忖良久，说：“硬的不行来软的，我倒有一计，可勾拉住他!”一听用计，章廷祥顿时来了精神，连忙探问究竟。章廷芝神色艰难，沉思有顷，说：“淑卿今年虚岁十六，刘锦堂嫡出长子刘汉卿也十七八哩，正在榆中上学，只是长个内官子模样，我不大称心。”“咦，大哥，这是‘三十六计’中的第三十一计——美人计!”章廷祥兴奋地嚷嚷着。章鸿儒闭着眼睛琢磨一会儿，说：“小子有长进，长了前后眼，此计大妙！如若能与刘锦堂结成顶头儿女亲家，不只可以冲消隔阂，十一旅也将变成一头磨坊的蒙眼驴，得跟着咱们的吆喝转圈圈！至于人模样，那娃娃我见过，顺眼着哩，咱淑卿看得上。”章杰儒眼睛明亮，点头称是，认为两家眼下门当户对，倘若结成姻亲，化敌为友，章家脚下无疑会铺开一条大道。章廷祥歪着脑袋思谋一番，脸上现出一丝诡异的笑纹，表示同意，说自个儿婆姨交际手腕高，和刘锦堂的三个太太隔三岔五聚在一起打麻将，可由她去探探口风。章杰儒很是欣慰，说：“这就对了嘛，退一步天宽地大！不过，咱章家高门大户，淑卿又是廷芝的长女，总不能撵在人家屁子上叮屁蝇，你安顿她不能口无遮拦直端说出，跌了咱的面子，得拐弯抹角慢慢来。”“这个自然，到时候我亲自教她如何说话。”章廷祥说。章鸿儒捋着胡子，以老家长的权威口吻说：“自古哪有自家把女子往门外撵的，探口风的事先搁下，做媒还少短不了请王文舫出马。”章廷芝和章杰儒均无异议，章廷祥说：“这样也好。”屋子里于是多了几分融洽、和气与欢欣。

这时候，外头传来雨枝发怒的声音和哑子护兵的咿咿哇哇，显然是遇到了生硬的阻拦。章鸿儒脸上一喜，说：“见罢这死姑子多时哩，怪稀罕的，正好叫她给我烧两个烟泡。”章廷祥探出头喝退两个哑子。雨枝进来，气得柳眉倒竖，骂道：“狗仗人势的臭哑子，惹恼了姑奶奶一枪崩了你！”章鸿儒赔着笑脸解释说：“跟你七大几个拉一会子闲话，怕外头生人打扰。这两个哑和尚真是倒了眼窝，连我的老闺女也敢拦！”雨枝见家里几个掌事的人都在场，有些诧异，大大咧咧说：“你们几个又在这聊斋里开什么狐仙鬼怪的黑会哩？”说着，放下挎包，脱鞋上炕，坐在父亲身畔。章廷芝没好气地说：“你放学不回自己房里，过来添什么乱？”雨枝瞪着眼说：“咋，章大司令，我不能来？多时没见老掌柜哩，过来烧两个烟泡伺候伺候也不行？”说着就要起身下炕，章鸿儒连忙拽住，瞪了儿子一眼，说：“大稀罕你来，不敢走！”“养你这么大，亏你还懂人事。”章廷芝嘟囔着。雨枝咯咯地笑着，坐回父亲身畔，一边娴熟地烧着烟泡，一边做出一副轻松的模样，冲章廷芝说：“大哥，听说你直闯阎家寨子，好不威风，又跟谁打了仗？”章廷芝得意起来，吹嘘说：“刘锦堂不敢去阎家寨子，我敢去！我一路横冲直闯，谁人敢阻拦？返回时顺手端了张家畔，亲手毙了八路军独立营的骑兵连长，打得柴向东屁滚尿流，要不是徐壮民那小子带人增援，那一连人马怕是要全军覆没。”“又是这个姓徐的！”章杰儒恨声恨气。雨枝额头上沁出一层细汗，连忙问道：“那……那徐壮民能有多大本事，哪里是你的对手，一定被你打……打伤了吧？”章廷芝吐了一口气：“这小子天生会打仗，一扑过来就抄我的后路！我孤军深入，敌情不明，只得放弃战机，迅速撤离。”

章廷祥很是不屑：“我当年在庐山军官训练团时，专门学过各种对付共产党、红军的战术打法，烂熟于心，逮着机会，让我会会他，什么土鳖！”章杰儒叹道：“一个喂马的徐二驹，一锥子攮不出黑血，倒养下这么一个虎儿子！当初若不出那些冷事，捉他来当兵，那就是咱的扛硬人手哩！”章廷芝有些沮丧，只怪自己当初没有下狠手，以致才有后间的许多事发生，直至成为劲敌！雨枝呆呆地盘算着心事，镊子上圆形的烟泡快要烧流了。章廷祥瞅见，似有所悟，凑到跟前，坏笑着嚷嚷：“哎呀，我发现一个天大的秘密，咱家雨枝老大不嫁人，敢是名花有主哩！”雨枝醒过神儿，一时胸脯起伏，脸色涨红，狠狠地剜了他一眼：“你……什么臭猪嘴！”“我看也敢是，听说徐壮民也至今未婚！”章廷芝不阴不阳地说。章鸿儒和章杰儒鼓大眼睛，面面相觑，一脸惊愕。雨枝久藏的私密被当众点破，陷于窘境，强自镇定，叱骂道：“你两个瞎……瞎嚼舌根子！我缝了你的嘴！”说着探起身子就要掼章廷祥的耳光。章廷祥侧身躲过，跳到地上，神秘兮兮地说：“你当我不晓得？镇边城念书那会儿，你两个就相好，天天在一起猫递爪爪……”雨枝脸上红一坨白一坨，狡辩说：“那是娃娃时候的事，我见罢他十来年哩，你个猪脑子！”章鸿儒哈哈大笑，说：“不愧是从我章家山上流下来的水，响动也不一样！多少年老子都蒙在鼓里！”雨枝心一横，一时真情毕现，说：“你们说是就是，我才不怕！只怕人家嫌弃我这个仇家的女子！”说罢，泪水夺眶，下炕摔门而去。“只怕不是，若是的话，咱跟共产党岂不是也结成顶头儿女亲家哩！”章杰儒搔着头皮，笑道，“这疯丫头的话倒是个理，只怕是两情相悦，却无姻缘命相。”章鸿儒瓷着三角眼，掂量来掂量去，疑疑惑惑，还是犯糊涂，说：“你们说，你们说，有这个可能还是没这个可能？”章杰儒目光渐渐冷峻，根据自己牢靠的洞世经验，申述了一番理由，总结说：“这事若是搁在从前倒是有主仆偷情的可能，现时绝对不会！”几个人认为说得在理，况且雨枝从未表露心迹，也从未离开安边，而三太太曾说她害了什么妇科毛病，须得调养几年，暂且不能嫁人。于是，丢开这个突如其来却是没头没脑的话题，又仔细推敲起如何制造机会，与刘家结亲的大计。

不久，章廷芝去往岳父家，请求岳父出面做媒，具言章、刘两家结亲的种种好处，说刘汉卿是一个知书识礼的好后生，与淑卿般配。王文舫并不反对，只说外孙女年龄尚小，过两年再提不迟。章廷芝说："现时至多是订婚，年龄无妨。"王文舫对章家早已寒心，借口做媒保账招女婿是男人三件不取贵的事，表示忌讳，又说自个儿年纪大了，嫌麻烦，婉言辞绝。章廷芝悻悻地走了。章鸿儒得知消息，瞪着三角眼说："离了张屠夫就要吃连毛猪？就叫廷祥婆姨当媒！"

白牡丹在与刘家三个太太打麻将间一连几日故意拆副子给大太太喂牌点和，大太太赢了不少钱，和她相处亲密，无话不说。一日散场，输了钱的二太太和三太太黑眉黑眼各自回房去了，白牡丹没有急着走。她斜倚在客厅的三堂青柜上觑瞅一副精致的相框，指着一张相片说："你家大公子快放暑假了吧？真是个英俊少年，斯斯文文，满腹学问，眉宇间有大男人气象，将来前途无量。"大太太听得高兴，随口说："你家两个娃娃也聪明伶俐，长大必有出展。"白牡丹说："若论聪明伶俐，章家顶数大嫂家的淑卿那女娃。"又夸淑卿正当妙龄，如何如何长相俊俏、人品贤淑、知书达礼、女红精细。说得大太太心动，称哪天叨开空见见也好。白牡丹说："淑卿大门不出二门不迈，可是个深闺秀女。"大太太称赞说："这才是女儿本色，该是随了她外家王家的教门，不似你家雨枝那样抛头露面当什么女先生！"白牡丹说："雨枝是女中另类，哪里比得上淑卿！"

两个女人叨叨咕咕之间，刘锦堂从门进来，白牡丹甜甜地打了招呼，作态要走。刘锦堂喜欢欣赏漂亮女人的身体曲线，也爱闻那一股异香的味道，目光搜腾着她浑圆的尻子，翕动着鼻子，搭讪说："章太太，坐一会儿再走不迟嘛。"对白牡丹经常过来打麻将的事，他是悦意的，也有自己的理解，这分明是章廷祥主动示出了和解之意！白牡丹也不客气，三人坐在苫了锦垫的木靠椅上闲聊。"听廷祥说，胡长官有意将十一旅扩编为嫡系整编师，那刘旅长就要高升了，到时候还得多多关照呀！"白牡丹娇滴滴地说。"有这个小道消息。"刘锦堂瞟了眼她紧身旗袍下肉肉的大腿，心不在焉地说。"据说我家大伯子的游击军和廷祥的保安团也要扩编，你们若是联起手来，把何文鼎师长迎进三边，这三边、绥远一带可就是太平天下了。"刘锦堂听着她带关中腔的口音很是舒悦，扫了一眼那显艳的双峰，心上飘过风流的感觉，觉得和这样的女人对语别有一番滋味，也是人生雅事。就朝跟前挪了挪，说："章太太言之有理，说到底还是胡长官势大，何文鼎部怕是迟早要开进三边，北遏延安。"大太太不甚明白二人说的事，却不放心男人与白牡丹独处，也不离去，闲着无事，只是续茶。白牡丹努力回忆着章廷祥安顿的说辞，觉得事情八九能成，又说："刘旅长在三边是一方诸侯，根基稳固，威震八方，说一不二，莫敢不从，只有刘旅长带头，才能把国军嫡系和章家兄弟团结在周围，要风得风，要雨得雨。"刘锦堂听着话语极其顺耳，又觉得颇有道理，连连点头，一时春风满面，由不得赞许说："章太太不愧是读过书的人，见识与众不同，玉嘴跌莲花儿！"

白牡丹见刘锦堂果然动了心弦，暗暗佩服丈夫超人的算计，觉得该到自己露一手的时候了。她呷了一小口茶水，似乎忽然间记起一桩事，说："咱们不扯你们男人家的事，怪烦人的。今儿你们两口子正好都在，有一句话憋在我肚子里多时了，不知当讲不当讲。"刘锦堂笑吟吟地说："但说无妨。"白牡丹搔弄头发，绞着双手，似在犹豫："我和大太太亲如姐妹，真想给你们撮合一件好事，只怕你们不情愿，又怕家里人嫌我舌头长，嫌我嘴不贵气。"大太太被撩拨得耐不住性子，朝跟前挪了挪，说："章太太，他妹子，什么事？你倒是说说呀！”白牡丹向刘锦堂甩了甩小眼神：“人家只怕刘旅长不搭理，不情愿。”刘锦堂也浓厚了兴趣，让她讲。白牡丹笑眯眯的，又呷了一小口茶水，把一片茶叶小心吐入痰盂，终于吐口：“我想把大嫂家的千金小姐淑卿介绍给你家大公子汉卿！”大太太喜出望外，说：“这真是天大的好事！门当户对，年龄相仿，听说人家淑卿念过小学，相貌、人品、女工样样都在人上。”白牡丹又惊惊乍乍说：“淑卿、汉卿——卿卿我我，一个是贤淑的内子，一个必定是当朝的臣子。”大太太好生喜欢这个说辞，称光凭这名字就是上天注定的一门姻缘！刘锦堂有些吃惊，没有吱声，却怦然心动。他也时常为与章家二弟兄的不睦和磕碰甚至揭皮破脸而忧虑懊恼，稍作揣摩，觉得白牡丹和太太要好，是真心实意而非虚情假意，更不像有备而来；又暗自忖度，如若能与章家结为姻亲，可化释矛盾、消弭隔膜，稳固自己的位置，则三边从此就会形成一个以自己为轴心的新的势力格局。这样盘算着，不禁喜形于色。大太太推了丈夫一把，急迫地说：“当家的，表个态吧？无论人家女子的本家还是外家，可都是响当当的人物，人家淑卿可是大家闺秀百里挑一。”刘锦堂佯咳一声，终于开了口：“好是好，只怕是我家一厢情愿而你家上下不乐意！”白牡丹长长吁了一口气，说：“凭我和大太太的姐们儿关系，我老早就有了这个念头，几天前也曾在家里掌事人跟前提起过，个个乐意。两个老公公死要面子，担心刘府眼眶高看不上章家，不让我多嘴多舌！正巧大伯子说过，游击军可能要扩编北调，打算在之前把大女儿的终身大事订下，这不都想到一块啦！”刘锦堂大喜，放话说：“好！行！我们这头没意见，那就拜托章太太玉成！”白牡丹大包大揽，当下约定稍事沟通，待刘汉卿放暑假回来，择个良辰吉日定下这门亲事。大太太挽留白牡丹一块儿吃了午饭。刘锦堂喝了几盅酒，一脸红艳，亲自将白牡丹送出府院，快活地浏览着她背身优美的曲线直至隐没。

未久，刘汉卿回来。大太太急不可耐，在儿子面前夸耀了章家姑娘的美貌和贤淑，仿佛自个儿亲眼见过，添油加醋往好里说。这个十七八岁一脸书卷气的少年脸颊通红，说："只要父母满意就行！"大太太倒催了一回，白牡丹满碗满盆回了话。

一个暑热天。依时兴的风俗，媒人白牡丹过来，恭请刘旅长两口子携儿子去了章家大院。一个班的侍卫随行，抬着两扇猪肉两只羊闪阆子，抱着拎着一堆东西，两坛陈年汾酒特别惹眼，系了大红绸带，贴了大红双喜字。章家大餐厅里摆下几桌丰盛的酒席，邀请了长辈亲戚，王文舫也硬着头皮前来道贺。章淑卿羞羞答答出来，给未来的公公婆婆行了礼、敬了酒。刘锦堂婆姨汉细细打量，果然是个窈窕淑女，很是称心，忙不迭地赠给她两只翡翠镯子，结了缘法。两个少年见过礼，各自心慌意乱，偷眼觑瞅，彼此欣赏，互赠了镶着宝石的金箍子。白牡丹十分活跃，往来敬酒，又得王雅芝极口揄扬，惹得梅婷几个好生嫉妒。章廷芝、章廷祥两个绝口不提前尘，和亲家频频碰酒，场面充满欢欣喜庆。刘家在彩礼、饭食、烟酒、首饰、衣物及赠送亲友的小礼品各样上准备充分，出手大方，章家上下都满意。章杰儒红光满脸，以钱掌柜的口吻说："淑卿哪，等将来过门的时候，七爷爷亲手给你准备嫁妆，陪个盆满钵满！"章鸿儒拈须微笑，打趣说："你七爷爷给你陪两只金碗，羔羔！"刘锦堂婆姨汉喜得嘴一噘一噘。

送走宾客，章家大院的欢乐延续至夜里。章廷芝和几个姨太太打牌饮酒嬉闹间，章廷祥进来，戳了他一下，耳语有大事相商！二人来到西院书斋，章廷祥吩咐卫兵严加把守，不许任何人近前。黑暗里，他口气怨毒，抛出一个以美人计打头的剑走偏锋、瞒天过海、环环相扣的阴谋。章廷芝在经历了震惊、担忧、踌躇之后，架不住章廷祥的煽惑，雄心勃起，终于下定决心。他反复叮咛，待时机成熟，举事之时，只扣人不杀人，挟天子以令诸侯，一举而成大事，即便举事不顺，退一步也可打政治官司！章廷祥拍着胸脯满口应承。

# 第三十二章

徐壮民打问得知郑虎娃有一个堂姐叫郑虎妞，是最挨亲着紧的人，出嫁到了白城子跟前的神柳湾，并很快弄清猛张飞柴大嫂官名就叫郑虎妞。柴大嫂已担任白城子区四乡的妇女主任，和史兰兰很熟悉。徐壮民说了情况，史兰兰以开会的名义捎话让她赶紧到镇边城来。

那天后晌时光，驾驾的吆喝声里，柴大嫂骑一匹骟马进了城，鞍桥后头驮一条装得胖囊囊的毛线口袋，拐进了镇边小学。王宝仪很是惊喜，先后（妯娌）俩好一阵子亲热，柴大嫂冲她肩膀上掼了一掌，王宝仪疼得龇了半天牙。王宝仪于大前年冬天和柴向东结了婚，不久即在镇边小学当了一名老师。校长高先生稀罕女老师，柴向东又是他的学生，特意倒腾出一间大房子给两人安了家。他俩生了一个小子，三虚岁。小家伙胖腻腻的，随了柴氏血脉，长一个大红脸蛋，已然学会走路和说简单的零碎话。此刻，王宝仪教着小娃叫大妈，小娃利索地喊道："大——妈——"柴大嫂将他搂在怀里，在脸蛋上亲了一口："亲死大妈哩！"柴大嫂说，公公、婆婆心疼宝仪背着娃娃上课，安顿她返家时把小娃带回去，由爷爷、嬷嬷抚养。王宝仪一口一个舍不得，不肯答应。柴大嫂从毛线口袋里翻腾出莜麦炒面、干奶皮子、酥油罐子及牛羊肉干一大堆东西，说这都是两个老人准备的，说酥油润肠和胃、奶皮子既有营养又助消化，叮咛王宝仪天天给小娃拌着泡着吃，让往大往高往胖长。

傍黑的时光，徐壮民和史兰兰过来。柴大嫂一直以自家兄弟在阎家寨子当兵而自惭，得知底细，又惊又喜，扬手舞脚，愣声说笑。王宝仪担心嫂子一高兴又要掼自己，早已毛眉毛眼躲在一边防范着，柴大嫂看着她笑疼了肚子，说我的脚手太重。

后间传说，柴大嫂牵着骟马爬上葫芦嘴的时候，寨门的岗哨横眉立眼迎头拦住，宣称史队长有令，一律不许外头人进入寨子探亲。柴大嫂使出女人的本事大哭大闹，说我多年没见过娘家兄弟哩，娘家再没一个挨亲着紧的，这回死活得见上一面！又称自己带的一点干粮已经吃光，见不到兄弟连家也回不了！岗哨还是不依，柴大嫂瞅空子猛地拦腰抱住他，拖拽到崖畔，声言不让她进去就拽着他一同跳崖！岗哨吓得尿了一裤裆，杀猪似的叫唤，死命挣扎，哪里挣脱得了。另一个稳住柴大嫂，派人下到崖窑做了报告。郑虎娃是保安队的班长，得知情况勃然大怒，吹胡子瞪眼说谁敢拦他就跟谁泼命！史子平只得让他出寨接回姐姐。

进入农历六月中旬，阎家寨子迎来了阎老总六十八岁生辰。阎老总虽然作古，但每逢生辰、忌日，寨子里总会搞些纪念活动，缅怀他的功绩和德行，还会放假、发赏钱、吃喝一顿。早在半月十天前，保安队员们便翘首期盼了。

吃罢腌猪肉臊子荞面饸饹带油炸糕的早饭，史子平召集开会。他煞有介事宣讲了阎老总的生平业绩；鼓励保安队员以老总为楷模，忠实执行章廷芝司令和张自立县长的命令，克服时艰，守好寨子，巩固营盘，扑下身子跟共产党战斗到底，最终迎来蒋委座收复失地的出头之日！史子平讲完话，果然大声宣布："为犒赏弟兄们守土有功，今天放假一天，每人发大洋两块，放开吃喝玩乐!"保安队员们领了赏钱，嗷的一声散开，往窑壁的一排吊钩上挂了长枪，依各人嗜好和人缘关系自由结伙，分成几簇，喝酒的喝酒赌博的赌博抽大烟的抽大烟。在这空悬绝壁的石窑里其实也找不下其他刺激的做头；女人他们也想，但史子平治军有一套，不许侵害周边妇女，也不养军妓，只能干想。

郑虎娃自告奋勇当了执勤班长，身上佩戴一幅镶了黄边的红绸绶带，吆吆喝喝安排轮换了各处岗哨。布置停当，他凑到史子平跟前故意磨缠说："史队长，可得说好哩，天黑前就得换班，给我们这一股值苦差的留一罐烧酒，明天、后天可得准我们连歇两天。"史子平说："行！一天顶两天，没麻达。"晌午时光，鲍二牛查岗回来，放心地玩耍去了。郑虎娃见崖窑里玩得昏天黑地，转身出了窑门。很快，爬上了葫芦嘴石寨顶子。一声呼哨，一瞭望哨扯掉青天白日满地红的旗子，望着对面山头挥了三圈，扔下悬崖，随后潜入垛口机枪位置。郑虎娃带一个弟兄来到哨楼前，冲愣愣怔怔的几个哨兵说："看什么看？旗子旧了要换新的。你们几个收拾收拾，准备换岗！"说罢，两人穿行栈道，匆匆进入崖窑。

两孔贯通的大石窑里。后窑两盘对头炕上喝酒的两股子大都饱醉，东倒西歪，剩下几个也秃了舌头，还在猜单双较量高低。拐窑灯坛下，几个抽大烟的逃亡财主陷于迷糊，有的睡一觉醒来接着吞云吐雾。前窑大通铺上，赌博的一股子正玩得起劲，一簇押明宝，一簇摇单双，赢了钱的欢眉喜眼，输了钱的垂眉耷眼，时而出现槽子宝，潮起欢呼惊叹傻叫之声。史子平几个头目盘腿坐在炕角梦和，鲍二牛刚刚成了一把三十几个和头的全红瓢，一下子赢了几十颗充作筹码的豆子，他小心地把豆子搂到裤裆底下，嚷嚷说："今儿时来运转，念甚牌来甚牌，手气神×哩！"郑虎娃观察一圈，向身畔的弟兄耳语几句，两人猫着腰身将灯荫处窑壁上一排步枪的枪栓统统摘下，装进一条毛线口袋，塞入炕洞里头。随后，两人溜出崖窑，穿过栈道，来到葫芦脖子的哨楼下。郑虎娃打开前面寨门上的大铁锁，将锁子扔下崖去，又命令两个岗哨和两个机枪手撤下来，说他有事宣布。待四个人站成一排，郑虎娃咳嗽一声，其中的一个迅疾退后两步，哗啦拉动枪栓抵在另三个的尻子后头，喊道："不许动！谁动打死谁！"身边的弟兄抢上前下了枪。郑虎娃说："你三个听着，石寨顶子已叫老子的人手控制哩，咱弟兄一场，想活命的就乖乖听话！——我们反水啦！"三个人吓得心筛肉颤，一个说："虎哥，我们也早不想干哩，能参加不?"郑虎娃说："能！"说话间，哐的一声，寨门被撞开，几十号八路军战士持枪拥入。徐壮民和柴向东、徐连长各拎一把匣子枪走过来，郑虎娃扑上前攥住徐壮民的手，却哇地哭了："我当成你们把我忘哩！伺等了多少年，憋得芽子丈二长！这下闹回组织哩！""好样的，虎娃！"徐壮民拍打着他的肩膀说。柴向东一摆手，两个战士抢入哨楼，各抄起一挺轻机枪，对准崖窑方向。石寨顶子上潜伏的那个弟兄直起身子，喊道："虎哥——我咋闹?"郑虎娃揩了一把眼泪，说："撤下来！还等菜哩！"就见一个愣头后生背着两挺轻机枪跑了过来。郑虎娃报告了崖窑里的情况，徐壮民兴奋地说："好个虎娃，带路！"郑虎娃答声"是"，拎着枪往栈道疾行，徐壮民和柴向东带二十多人跟去。

将近崖窑，一个伙头兵钻出来去另一孔窑里搂柴火，顺带解开裤子撒尿，发现异常，慌忙拎着裤子跑了回去，大喊大叫："八路军攻进来啦——"鲍二牛甩下和牌，拔出匣子枪打了一枪，结结巴巴大呼："抄……抄……抄家伙！"崖窑里乱成马蜂窝，赌博的弹跳起来，醉汉们也被惊醒，纷纷扑向窑壁摘枪，却发现一色没了枪栓，乱喊乱叫：枪栓没哩，拿×打！有内鬼！几个逃亡财主吓得号哭起来。这刻，郑虎娃端着枪从窑门猫进来，鲍二牛避开晃动的人头打了一枪，子弹从他的头皮上擦过，郑虎娃大喝一声："日你妈！"砰地反击一枪，打中鲍二牛的胳膊，匣子枪掉在地上。随即虎吼着蹿去，拎起鲍二牛的身子脑袋朝下重重一杵，咔嚓一响，脑浆迸出，保安队员个个脸色煞黄，草鸡在那里。徐壮民一股早已抢入，在"缴枪不杀""八路军优待俘虏"的厉喝声里，保安队员一个个举起了双手，有的扑通跪在地上，两个头目也交出了手枪。"史子平，站出来！"徐壮民大声喊道。窑里安静下来，保安队员们东瞅西瞅，史子平没了踪影。一个保安队员朝水井那边努了努嘴，徐壮民几个走过去察看，里头黑咕隆咚的，冒出一股阴冷的气息。郑虎娃说："这老驴藏到井里的拐窑去哩！"柴向东冲里头喊道："姓史的，本事那么大还钻窟窿？挨砖不挨瓦的东西！阎家寨子已被八路军拿下，投降是你唯一的出路，再不出来，我们用碾碌碡封死井口，活埋了你狗日的！"里头静悄悄的。徐壮民喊话："史子平，王振国县长有交代，念你手上不沾血，只要你投降，保证你的人身安全，你婆姨娃娃还盼着你回去哩！"过了半晌，传出史子平有气无力的声音："我……我出来！"徐壮民让他先缴出武器，史子平答应了。两个战士绞动辘轳，吊上来一把撸子。接着，史子平双手拽着井绳大马猴似的爬出井沿，一屁子坐在地上，吭哧吭哧嘟哝："男子汉大丈夫，我也不说投降的话，要杀头眼现拿去！"徐壮民不理他，下令清理战场，押送俘虏。随即宣布，将寨子上下所有物资、财产、粮食统统抄没，除军需等带回外，其余交由乡政府统一划分给当地群众。当天，数百号庄户人拥来，捣毁哨楼，拆卸门窗，拔除栈道，挖塌寨墙——阎家寨子的神话自此破灭。

后间，经史兰兰苦苦相劝，史子平表示认罪悔罪。在镇边城举行的解放阎家寨子的庆祝大会上，他又公开表示：从此脱离国民党阵营，愿做一个良民百姓。随后回到大关口务农去了。那几个逃亡财主，政府只对他们进行了例行的甄别审查和说服教育，各自平安无事地返回了家里。出于统战工作的需要，其中有人后来被选用为区乡干部。

电悉何文鼎部魏高参将于农历七月中旬初前来安边点验绥蒙游击军，章廷芝和章廷祥喜出望外，以为神助，觉得吞并十一旅的时机已然成熟。二人形成共识：章家比以往任何时候都更加靠近搅动三边局势、操控三边命运的大权，甚至触手可及！经过一阵子紧张的筹划，章廷芝下令分驻各处的部队开拔至安边城，于七月初九完成集结，开始军训，对外放风称部队接受点验后不日将移防绥远一带。他拿着电文亲自登门拜访了亲家刘锦堂，以应付点验为名，提出借用一批军装、弹药，刘锦堂不假思索一口答应，拨出军服五百套、手榴弹五百颗、子弹五千发。章廷祥也集结部队于北大操场进行操演，宣称保安十三团奉命接受校阅。七月十二，点验组一行如期抵达，章廷芝率部于西城门外列队迎接，场面十分隆重，炮仗炸了小半个时辰。当天后晌，章廷芝以移防辞行和庆贺章、刘两家联姻为名，向十一旅在安边城的副连级以上军官和安边城、柠条原地方头面人物发了大红烫金的请柬，定于第二天正午十二点钟在章家大院举行午宴同欢同庆。

晨光里，绥蒙游击军二百余骑兵和三百余步兵荷枪实弹、队列齐整进入北大操场，保安十三团三百余步、骑也随后开入，两军步、骑分列，鼓噪声声，军威凛凛。一声军号，点验组一行在章廷芝和章廷祥的陪同下，骑着高头大马过来，依预定部署分别进行点验、校阅。费时不少，才走完程序。魏高参兴致不减，随机抽检了游击军一个步兵班关于匍匐前进、搜索前进、攻击前进等等的动作要领和状态演练，颇为满意，禁不住称赞说："二位治军有方，两年不见，已是另一番风光！"章廷芝显出得意，说："魏高参有所不知，我二十出头当团长，带兵十几年，敢说是身经百战，自然晓得练兵的重要！"章廷祥更显浮狂，说："当年在庐山军官训练团时，本团长曾有幸聆听过蒋委员长的当面教诲，深得三昧，整军治军唯委座训令是从，从不敢含糊，魏高参可随机抽检我部！"魏高参虽是上校军衔，相形之下早见高低，心下不悦，只觉得章氏兄弟霸气更盛，尤其是这个章廷祥，竟一舌头把蒋委员长挑了过来！他奉命考察的初衷是清点一下人头数、检查一下装备情况，摸清章家军的底子，以便做进一步的深层的联络和策划，见这两支部队步骑结合、着装统一、军容威严、素质过硬、装备精良，大大出乎预料，自是吃惊不小。于是，魏高参强捺着不快，又做一番褒奖，称胡长官、何师长慧眼识将才，章司令和章团长堪当大任！

时近正午，十一旅二三十个受邀的军官迈着轻快的步子去了章家大院。章廷芝和章廷祥亲自到大门口石狮下迎接，与刘锦堂、陈国民、曹雨僧、冯孝先几个人一一握手，并向下级军官问好，二人客客气气将客人送往西院。走廊里，章廷芝口气遗憾地问道："牛副团长跟二位李营长咋没来?"陈国民说："牛副团长到定边处理盐务纠纷去哩；子竹跟安桥军务在身，不可擅离。"圆盘形的大餐厅里，魏高参、李道庵、张自立、王文舫、李函玉十几个人早已在座，正与章鸿儒、章杰儒闲话，见刘旅长一行进门，一起站立，互相见礼，客套一番。魏高参是十一旅出身，更多几分亲热，向老旅长、老团长问长问短，表示完成冗务后将登门拜访。章鸿儒大大咧咧入座一张大圆桌的首席位置，招呼刘锦堂、陈国民、魏高参、曹雨僧、冯孝先、李道庵、张自立、王文舫、李函玉一一自左侧就座，让章杰儒、章廷芝、章廷祥三个在下首作陪。他叨叨着说："世上的事就是日怪，凡是位于、处于或生在、长在中间位置的，好像就显得主要、重要或值钱、贵气，官家大小场合这个样子，人跟牲口身上长的器官这个样子，连座位也一样。还是大圆桌好，人人都是核心、中心，其实没有分别。"各人礼让着落座，都觉得这是一个睿哲的诙谐，是一个对人生现象所蕴含规律的平凡却又非凡的发掘，着实有趣，便笑说起来，气氛立刻轻松活泛了。章杰儒自然当起了宴会主持，恭请嘉宾各自入席，讲了一通官话私话，布置上酒上菜。章廷祥未等凉菜上齐借故离席，众人也不在意。

章鸿儒犯了烟瘾，神情有些倦怠、恍惚，连打了几个哈欠。他站起身来，拄着一根黑油油的铁拐杖，以老家长的身份挨着几个桌子敬了一圈酒，口称身体不适少陪少陪！离开餐厅回房里吸大烟去了。章杰儒以游击军副司令身份敬了一圈酒，虽是一杯只喝少半，已然喝下不少，脸膛红润，喉咙热辣，瞅见章廷芝起身敬酒，却不见章廷祥，就扯开嗓弦喊道："廷祥，哪里去哩？快快回来敬酒！"话音刚落，餐厅正门大开，章廷祥进来，身后却跟了一队操着长枪、短枪、轻机枪的士兵，他手一挥，士兵们冲过来，呼啦啦将几张桌子围住。众人诧异间，章廷祥拔出勃朗宁手枪，走到刘锦堂跟前，似笑非笑地说："刘旅长，不许动!"刘锦堂骇然而起，不失威仪地喝道："你……你黄嘴岔小子吃了熊心豹子胆? 想干甚?"一只手下意识地向腰间的枪套摸去——章廷祥眼里顿时射出一抹凶光，抬手枪响，刘锦堂左胸口喷出一股血水，蹒跚几步，倒地毙命，眼睛兀自睁得溜圆。餐厅里一片惊呼，宗云鹞和章经武各带一股凶悍的枪手从两个小门拥入，将军官们一一用枪抵住，收缴了武器。章杰儒早被吓蒙，这时才拍着大腿喊道："我的猴老子哟，这一下把稠的捅下哩!"章廷芝见章廷祥感情用事打死了刘锦堂，愣在那里，脸色煞白。这刻骂道："你这个成事不足败事有余的东西!"骂罢，霍地立起，大声说："各位，廷祥手枪走火，刘旅长的死是个意外! 惊扰各位，请到会客厅议事!"张自立显出痛苦的神色，摇着头，嘟哝说："灰圪泡，什么鳖事!"一边猫着腰身向小门溜去。章经武抢出一步，二话不说，砰砰两枪射去，击中背心，张自立伏地死去，礼帽掉在一边，裸出谢顶的秃头。众人见状，谁也不敢乱说乱动，随即被押解到前院廊房的会客厅去了。

一营四连一排排长陈乾治接到哨兵报告，称章家大院响了几枪，此后游击军和保安团均有紧急调动，章家大院戒备森严。陈乾治觉得显然出了状况，当即决定召集一营地下党特别支部紧急会议，应对不测。马雄佑、沈殿胜等十几个担任班、排长职务的老红军出身的委员很快赶了过来。大家议论一番，做出种种假设和判断，一致认为，各种迹象表明，情况也许比想象的还要严重，而上级党支部没有发出任何信号，表明负责同志毫不知情或已身陷危境，因而必须采取行动。陈乾治以支部书记的名义，决定启动应急预案，即遇有重大而紧急的情况，特别支部自然转为临时指挥部，一旦发生武装冲突，负责第一时间的联络、协调和组织动员，并有权临机处置。当下参照预案制定的具体办法，拟定四条防范措施：一、立即派人到北城楼鸣钟报警；二、各委员赶回班、排传报情况并做战前组织动员，听到钟声后带领士兵进入城防阵地和各重要据点，做好战斗准备，若遭遇攻袭，坚决予以回击；三、想方设法与党组织和二营、三营的兄弟部队取得联系，报告情况；四、若系误会，统一口径，由陈乾治负责向上解释。委员们领了任务，分头行动。陈乾治得知点验组王参谋因为拉肚子未去赴宴正在兵营，当即过去找到他，报告了情况，担忧旅长一行的安全，王参谋笑得肚子疼，揶揄他是个神经病！

章家大院的劝降会正在进行。章廷祥龇着血红的眼珠，大喊大叫，口气激烈，宣称是奉令行事，要全体军官一律无条件配合，弃暗投明，归顺中央军！军官们都不吭气，气氛尴尬，释放出对抗的信号。章鸿儒战栗不止，木雕似的杵在一边，只觉四肢麻木，浑身发冷，像后脊梁泼了一笆斗冰水；他已预感到章家数十年苦心经营的营盘岌岌可危，心中充满恐惧和凄苍，对于两个子辈闯下的大祸一时没了主张。章杰儒脸色显得沉着冷峻，手里攥着的水烟壶子却在簌簌簌地抖动。他也预感到了某种颠覆性的后果，心理承载力已迫近极限，一个劲鼓励自己镇定、镇定！在场所有人中，唯冯孝先脸色晴朗，他下意识地跷起二郎腿，脚尖上欢马一样颤悠着如释重负的轻松。魏高参此时已然缓过神来，从座位上站起，仗着军统身份，疾言厉色呵斥章廷祥胆大妄为，目无党纪军法，称代表军统方面，对此深感遗憾和失望！章廷祥早挫了锐气，眼望顶棚，咬着牙关听他说话。事情的严重性和艰难性远远超出预想，不祥之兆扰乱了他那勉强的镇定；悔之已晚，他只得一再辩称系手枪走火所致，却不能获取信服。当魏高参手指鼻子命令他无条件释放被扣押人员的时候，章廷祥终于忍受不了，啪地一拍桌子，拔出手枪望他头顶上打了一枪，下令捆绑了这个猪猡！几个心腹一拥而上，用一根麻绳把魏高参捆了个结结实实。魏高参脸白如纸，勾下脑袋，再也不敢放肆逞能。

章廷芝原计划利诱、胁迫刘锦堂叛离邓先生转投胡宗南，建一桩奇功，不料情势突变，又遇无言的或公开的对抗，脑筋紧绷，心中纷乱。他大口抽着纸烟，渐渐冷静下来，腹中已有新的主张，清一清嗓子，朗声宣布说：已接到密电，上峰有令，十一旅与游击军、保安十三团将合编为绥蒙游击师，归属胡长官麾下；鉴于既定师长人选刘锦堂意外死亡，自己将出任代师长；副师长、师参谋长人选不变，分别由陈国民、章廷祥二人出任；新组建第一、第二团，分别由曹雨僧、章廷祥出任团长，其他军官统统官升一级；新建部队的去向，将由上峰裁夺，或开拔绥远，或就地驻防。章廷祥适时地补充了一句：“谁人不服从上峰命令，格杀勿论!”众人惴惴不安，各揣心事，会客厅里一时寂然。魏高参此刻却在暗里频频摇头弄眼，章廷祥瞅见，咬牙切齿瞪了他一眼，他马上收回摇闪的神气，装得若无其事。章廷芝打破冷凝的沉默，提出由陈国民和曹雨僧共同签发手令，下令驻防安边城的一营四个连和旅部警卫连于北大操场集合，集体缴械，经审查整肃揪出共党分子后改编重组，集体加入游击师，尔后再行改编二营、三营以及驻扎柠条原的二团二营。陈国民揩去头上的冷汗，终于开口，说：“我这把老骨头不值钱哩，舍出身子跟你弟兄二人说道说道！照你这么说，是胡长官下令发动兵变并扣押魏高参和一茬军官？请拿出电令看一看!”他故意点到魏高参，显然弦外有音。章廷芝先前想当然的臆算一一滑空，那些飘浮在心中的一呼百应的激情画面一个也未曾出现。眼见机关败露，但他仍强撑着，口气堂堂地说：“这个属于绝密，你无权过问，胡长官和何长官很快就会有最新命令下达！十一旅赤化严重是不争的事实，各长官部均在案待查，胡长官清理整肃、改编新军的打算早已有之，不允有这样一支态度暧昧的国军部队把守陕甘宁边区的西北大门，是冲着共产党的老巢延安来的，我在西安时曾当面聆听过胡长官的训示。眼前的兵变行动只是配合行事，以便早日促成大事，完全契合胡长官的宏图伟略，更契合蒋委员长对待共产党的一贯精神!”

陈国民听出一些破绽，提高嗓门说：“这号国家大事非我辈所能左右，而十一旅有无共产党也不是你说了算数！十一旅唱的是有班主的戏，作为军人，我老陈只听邓长官的话，在没有见到邓长官的手谕、电令之前，我老陈不会负他！”曹雨僧附和，称人命关天，刘旅长即便有失察之责，也应交由邓长官裁夺，或由军事法庭审理，岂可不明不白死去，形同草芥！军官们也纷纷表态，支持团长。李道庵、李函玉一股子地方上的人惊魂未定，不置可否，各想各的心事。王文舫表情痛苦，不住摇头叹气。见是这样的情形，章廷祥怒火中烧，盯着陈国民，踏出一步，拔出手枪就要射杀。“罢手！”章廷芝厉声喝道。章廷祥颤抖着收起枪，将一只板凳一脚踢飞，喘着粗气，脸色煞白。僵持之间，北城楼方向传来铛铛铛急促的擂钟声，接着有头目进来向章廷芝、章廷祥作耳语报告，二人脸色骤变。章廷祥扫视着军官们，恶狠狠地骂道：“他妈的，一帮不识时务的灰骷子，跟了中央军有什么不好，还不抵你个杂牌子？热脸贴在冷屁股上，以为睡在你家的热炕头上？都给老子活得不耐烦哩！小小五个连，群龙无首，一盘散沙，老子一口气收拾光溜，俘虏回来再做计较！”章鸿儒拄着铁拐杖过来，问明情况，厉声说：“左家婆姨嫁个左家汉，左来左哩！战机不可延误，俘虏十一旅，拿下安边城，再打政治官司！”章廷芝虎起，神情凌厉，下令将这一干人严加看管，游击军、保安团各部立即进入战斗准备！章杰儒扔掉水烟壶子：“我负责后勤保障！”

后晌四点钟，战斗打响。章廷祥率领保安团轻取旅部、团部，俘虏机关、后勤人员，掳走电台等物，随即以南城楼和西城楼为主要目标发起攻击；章廷芝率领游击军骑兵营夺取军火库后，组织两个营向东北一带城内据点和北城楼、东城楼展开强攻。一时枪炮齐发，硝烟滚滚，市民客商抱着脑瓜四下乱跑，没命躲藏，惶恐淹没全城。战斗至黄昏，守军不敌，放弃城内据点，全部撤上城头。章廷芝和章廷祥调集二十几挺轻、重机枪和多门掷弹筒，先后组织了七八次强攻，夺取了东城楼、东城墙和南城楼、南城墙。守军收缩至西、北两面，凭借坚固的工事和有利的地势、位置拼死据守反击，像两排钉子钉在那里，寸土不让。直至第二天黎明，战斗仍在持续，伤亡不断，守军累计伤亡六七十人，而攻方伤亡达一百余人。王参谋于中途加入战斗指挥，协助沈殿胜防守北城楼。他枪法不错，借着火光，一枪击毙了探头探脑的游击军小头目蔺扁脑。据说，子弹从蔺扁脑的前胸穿过，打破了挂在脖子上的酒葫芦，烧酒流了一身，后被弹片擦燃，把蔺扁脑烧成了一截焦炭。

章廷芝惊异这几百号无头的士兵竟有如此顽强的战斗力，疑有高人居中指挥，见强攻难以取胜，下令停止进攻，双方形成对峙。早饭后，章廷祥亲自带队押着陈国民和曹雨僧至西瓮城附近。他躲进暗角，用手枪指着陈国民要他喊话劝降，陈国民大声吼道："打死我也喊不出投降的话！"曹雨僧见章廷祥眼里喷出怒火，忧心他再度胡来，急中生智，向上喊道："弟兄们，我劝你们派人下来谈判，可以撤出战场，退到兄弟部队那里去！"话音未落，一枪打来，子弹从头皮上掠过，曹雨僧吓得脸色蜡黄。总指挥陈乾治制止警告性的射击，操着南北混杂的口音向下喊道："陈团长、曹营长，投降绝无可能，谈判也有条件！我们是在捍卫十一旅的尊严，你们如果劝降，别怪弟兄们以下犯上！"挟持人质劝降这一招是章廷祥的臆算，章廷芝明知势成水火绝难奏效，原本打着试一试的主意，观察到这样的情形，传令将两人押回去，再做打算。

至晌午时光，章家几个人仍无计可施，既忧心十一旅其他部队赶来增援，又惧怕八路军警三旅趁隙夺城，于是决意进行谈判。约莫半个时辰过去，王文舫、李道庵、李函玉等五个地方人士作为代表出了章家大院，喊话谈判，对方应允。五个人登上西城楼，与王参谋、陈乾治几个临时指挥员见了面。王文舫提出两点：一是双方停火，和平解决；二是十一旅士兵暂时撤出安边城，双方谈判小组留在城楼上协商其他条件。他以自己的人格和性命担保对方谈判人员的安全，又善意地提醒说："城内已全部实施封锁，你们也得吃口饭、喝口水，空着肚子怕是支撑不了多久！"陈乾治认为章家为谈判设置了前提条件，予以拒绝，提出章家须释放部分人质以示诚意。王文舫只身返回，与章家协商；章廷芝坚持设置前提条件，计议良久，决定只释放冯孝先一人。当冯孝先出门时，章廷芝阴沉着脸说：“冯叔，拜托哩！章家有个好歹，我三姨妈和雨枝也得跟着倒霉！”

很快有了结果，冯孝先和王文舫几个一同返回，称十一旅谈判小组同意撤离，提出再释放曹雨僧等五个人，时间定在后晌六点钟。据王文舫私下反馈，当时十一旅谈判小组坚持先释放半数军官，被冯孝先劈头盖脸收拾一顿，他以旅部名义下达命令，王参谋又在一边劝说，终于促成这个结果。章鸿儒长长叹了一口气，说：“到底还是我的小舅子！”

章家聊斋里，紫檀木炕桌斜歪在炕毯中央，烟蒂零乱，茶水狼藉，气氛沉重窒息。四个人拉着四张苦瓜脸，谁也轻松不起来。

章杰儒似乎摸索到了化解危机的门径，打破了沉默。首先，他认为，冯孝先虽对章家成见很深，但瞻前顾后、有所顾虑，可姑且利用，谈判的成功及主动返回的行为足以证明。接着提议，打出哀情牌和人情牌，请出冯孝先和王文舫、李函玉作为主要调和人，委以重托，携带一笔安抚款和贿赂金，随同十一旅五个连出城，前往白泥井和定边四十里铺，首先稳住三营和二营；尔后，三个人同往榆林面见邓总司令，解释兵变因由及手枪走火致刘旅长死亡情事；同时，由廷芝、廷祥联名向绥远何文鼎部致电，呈报兵变一事及刘锦堂包庇纵容共党分子、与八路军关系暧昧黏糊等等证据，请求明确态度，上下斡旋，施以援手。说完，他又叮咛一句：“发报时把魏高参的名字也签上！”章鸿儒仰头长叹：“死马当活马医吧！这是一个魔咒，一个劫数，化解了固然好，还得做最坏的打算！”章廷祥大梦粉碎，恐惧滋长，说：“三十六计，走为上计，咱不如撤往横山县波罗堡投靠胡老五，放弃安边！”章廷芝愠怒地瞪视着他，厉声喝道：“硬撑着！车到山前必有路！如果弃城逃跑，国共双方和老百姓都会认定咱们的行动是彻头彻尾的土匪行为，只怕胡老五也不敢接纳！”章鸿儒和章杰儒连连点头，一致认为事关章氏一门百年名节和苦心经营得来的基业，绝不能轻言放弃、拔腿走人！

按既定方针，章杰儒取出二十根金条、两千银圆，叫人抬放到地方上，与冯孝先、王文舫、李函玉三人见了面。他指着搁到桌子上的钱袋，用沉痛悲戚的口气叙说了自己的主张，表达了做老人的无奈与痛心，恳请三人顾念情分缘分，送人情托门子，扶助章家渡过难关。李函玉当面说：“你我两家是世交，权且走一趟自是本分。可刘旅长是堂堂的国军少将，死于手枪走火的说法怕是搪塞不过去。我一生坦坦荡荡，从不作假，让我去，只这一点等于告了你们一状！我只能以地方公民代表身份请求当局顾全大局，和平解决，免致战祸，累及无辜！”他的意思再明白不过，要将真实的情况禀告官方。他就是这样从不背转弯弯弄事的人。章杰儒瞬间竟萌生起熟悉的敬意，只是一闪而过。王文舫表情复杂，长叹一声，说：“西安事变时张、杨没有对蒋下手就是一面镜子，杀与不杀是两码事，两种结果！”见章杰儒脸色不悦，他又表示自己泼出一张老脸也得拉扯一把这门亲家！冯孝先脸色温和，表示会尽心尽力；又指着钱袋，用透着强硬和尊严的口气说：“请把这个收回去，这不是钱能解决的事情。”王文舫和李函玉附和，也不同意带钱。章杰儒抚着钱袋，几种情绪缠络在一起，禁不住真情流露。他无力地垂了头，诅咒一顿儿子的轻狂、愚莽，哽咽着乞求说：“你们就指证刘旅长是我打死的，只要娃娃平安无事，我甘愿去榆林领死，一命抵一命！”说罢，泪流满面。三人都说，纸包不住火，现场目击证人多，城里早已传得沸沸扬扬。章杰儒揩去眼泪，恢复了平静的脸色以掩饰心理的崩塌，动作僵硬地抚着钱袋，话音变冷：“罢罢罢！各位尽心竭力就好，仰仗哩！”临出门，又对李函玉说，“函玉仁兄，安桥贤侄那边还请多安顿两句！”李函玉说：“这个自然。”

十一旅士兵分批撤出之际，冯孝先的家眷和正在他家串亲戚的雨枝母女也按事前隐秘的安排化装潜出，章家人焦头烂额地忙活大事，毫无察觉。冯孝先、王文舫、李函玉三人敦促章家履行承诺，释放曹雨僧等五个军官。章廷芝临时变卦，称到时候只释放曹雨僧一人去抚慰所部。王文舫几个无奈，又要求将地方人士全部释放，章廷芝痛快地答应了，称明天放人。随后，冯孝先下了死命令，十一旅谈判小组与他三人最后一批一同出城。

李子竹接到特别支部派人送来的紧急报告，深感事关重大，不敢做主，已着人赶往定边城去联络和汇报，此刻正在焦急地等待指示。部队于深夜撤过来，冯孝先几个人叙述了详细经过，李子竹得知牛振武因公差前去定边城躲过了灾祸，这才稍微放下心来。李函玉和王文舫上了年纪，又连着两日提心吊胆，打熬不住，吃罢饭歇息去了。冯孝先见屋里再没有其他人，竟急不可耐提出亲往定边面见贺钧年，企望联合警三旅一举拿下安边城，将章家一网打尽！李子竹虽与他关系友善，依然保持着警觉，说："孝先兄，这不是公然与共产党站在了一起？怕是不妥。"冯孝先心中有数，不愿戳破那层纸，解释说："章家称王称霸几十年，恶贯满盈，终于自掘坟墓，扑腾到捏住鼻子救气的境地！国共双方谁家也不会放过一窝惯匪，值此万难机会，携手合作剿除匪患也说得过去。"李子竹见他神情焦灼、态度真诚，确信这位仁兄一门心思只在复仇。他斟酌复斟酌，终于表示可以尝试，随即叫来卫兵，嘱咐两人骑快马连夜过去，先找到牛振武副团长再作定夺。

天大亮的时光，牛振武与冯孝先以十一旅代表名义约见了友军首长贺钧年。冯孝先详细讲述了兵变过程和事态状况，郑重表明个人态度，请求警三旅出兵。贺钧年显然已经掌握了各方面的情况，既不在意他的突兀之举，也不闪烁遮掩，说："国共合作，警三旅与十一旅是友军关系，相处融洽，贵方眼下遇到难关，我方理当施以援手。感谢贵方的信任，你们先拿个意见吧。"冯孝先已有一些想法，谦让着请牛振武先讲，牛振武说："你对情况熟悉，还是你讲。"冯孝先略作思索，说："章家请我出面担当调和人，咱可将计就计，智取安边。”他大略叙述了城内兵力部署情况；称负责东门守卫的保安团中队长夏岐山是牛副团长的结拜兄弟，与自己和李子竹、李安桥几个私交甚好，而对章氏兄弟心存不满，可以争取为内线，由自己持牛副团长的亲笔信去联络，里应外合，一举夺城。贺钧年赞许地点点头，称这样既可化消极因素为积极因素，又可出奇制胜一鼓荡平。他做了三个方面的分析，首先，认为章家祸害三边多年，罪恶累累，民愤极大，赞同双方协作为三边除害；其次，关于人质安全，认为陈国民与章家私人关系尚好，章家有前车之鉴，只是借人质要挟说事，其实并不敢加害，如果动作迅速，人质安全应当无虞；再次，关于具体操作，认为攻城的任务须由十一旅自家完成，警三旅不宜直接参战，否则会授人以柄，招惹是非，影响大局。但警三旅可以做出夺城之势威慑敌人，分散其兵力和注意力，并将从后勤供应等方面提供保障。冯孝先听了虽有些失望，却也肃然起敬，由衷地说：“贺旅长，你们共产党明大义、识大体，言行一致，叫人敬服！”牛振武一本正经表示了理解和感谢，贺钧年会心地笑了。牛振武转头对冯孝先说：“孝先兄，你把家眷和三太太、雨枝都带出了城，又没去榆林，还咋回去?”冯孝先说：“这个我也考虑过，只好推托说担心再度发生战事，暂且让她们出城躲避；至于去榆林的事，我只说部队情绪很大，亟待安抚，担心生变，脱不了身；况且我是主动回去传达相关信息的，量他们也不敢对我下手。”牛振武说：“章家人阴险毒辣，须防他识破机关狗急跳墙，出于你个人安全的考虑，还是不要去冒这个险！就让我的卫兵夏文俊想法子去送联络信，他是夏岐山的亲侄子。这事你知我知，暂且保密！”

当下拟定了作战总方案：农历七月十七拂晓为攻城时间；警三旅一个团于十六日午后开赴西郊，做出夺城之势，吸引敌人的注意力，并负责拦截可能出逃的敌人；夺城战里应外合偷袭突破，十一旅一团主力夜间进入东郊潜伏，同时做好另一手准备，即以东城门为爆破点，吸引火力，选择南北两角作为突破口，若夏岐山届时不开城门，立即实施爆破强攻。贺钧年最后说："安边城易守难攻，章家军威猛凶悍，虽然今非昔比，也不可轻敌，你们一定要拿出一个周详可行的具体方案，明确任务，统一指挥。如果出现僵持难下的情形，我八路军将全力投入战斗！"冯孝先长吁一口，意味深长地说："其实，我们就是在等待贺旅长的这个态度！"三个人都笑了。

冯孝先和牛振武赶到白泥井时，曹雨僧和李安桥已在营部等候。李安桥接到消息，不敢擅作主张，留一个连守卫营地，带三个连绕道过来。李函玉已私下向他做了交代：夫子之道，忠恕而已矣。章家自作孽不可活，然落井下石、赶尽杀绝非君子之道，你人在军营身不由己，自当把持尺度！曹雨僧接受了章家两千银圆的抚慰金。他解释说，一则阵亡士兵的安葬及其家属的抚恤等都需要钱，二则如不接受，必生变故。又表明态度，说这些钱他一分一厘也不沾。大家认为不论长短人总算出来了，军中又多了一个主心骨！随即，牛振武主持召开了连以上军官会议。他转达了友军八路军警三旅旅长贺钧年对安边事件所持的态度和相关意见，军官们一致表示感谢，誓言夺城复仇！曹雨僧是十一旅的元老，深孚众望，被推举为攻城总指挥，牛振武、冯孝先担任了副总指挥。王文舫和李函玉见这个阵势，未加劝阻，称受人之托忠人之事，借了两匹快马当天去了榆林。

曹雨僧半生未打过一枪，却显示出一个儒将的才智韬略，很快主持制定了详细的攻城作战方案。确定组成三个突击梯队和预备队，集中所有火炮组建炮火联队，各队均由作风过硬的连长率领、指挥，李子竹任战场指挥；确定李安桥带队于攻城前日将所有交通要道全部实施封锁，防止敌探往来活动，掐断城内与外界的地面联络。同时，他亲笔致信驻扎柠条原的二团二营营长赵子和，以替旅长报仇为由，动员他带两个连共同讨伐。因各营尚不配备电台，曹雨僧又亲笔致信邓先生，备述其详，派快马送往榆林。

这天晚间，章家大院传出婆姨女子惊惊呱呱的喊叫声，梅婷几个挎着大包小包，踩着士兵弓起的脊梁爬上马背，各自招呼各自的儿儿女女坐稳抓牢小心摔下。蔺姑娘至今无出，没有牵挂，注意力集中在首饰盒和化妆盒一类东东西西上，摸着脑勺努力回忆是否落下了什么值钱的物件。大太太和二太太一脸忧容，絮絮叨叨不晓得拉些什么话。白牡丹和自家婆婆也上了马，怀里各抱一个娃娃，她怔怔地望着东院闹闹腾腾的一大家子，备感寂寞怅惘——公公突然改变主意，安排西院的家眷去安边城西南鸱怪子沟章廷祥的姐姐家暂住。王雅芝踌躇良久，向公公和男人提出自己带两个娃娃去娘家暂住。章鸿儒征询儿子的意见，章廷芝说岳父家安全，这么分开来也有好处。王雅芝很是感激，也不多言，带着一双儿女，拎着大包小箱，在一队卫兵的护送下，往北城娘家去了。章廷芝刚才瞅见大女儿默默饮泣的模样，心中纠结，策马追去想安慰两句，半道上却硬生生勒转马头，长叹一声，目送他们远去。看不见时，自己折了回去。

连日来，章鸿儒一直专注地打问、等候绥远等地的回音，结果令他大失所望，拍出去的一封封电报泥牛入海，寻求政治声援和道义突围的冀望破灭了！他绞着手臭骂，跺着脚臭骂，转着圈臭骂，臭骂凉薄的世态人情，臭骂姓胡的姓何的这些惹事的根子一定是怕招惹麻烦龟缩在了背阴圪塄！终于盼来一个回音，横山波罗堡的胡老五回了电，却是一顿劈头盖脸的臭骂。章廷祥蔫头耷脑，章鸿儒却高兴地嚷嚷：“吉兆吉兆，这说明人家还在乎咱！”

冯孝先家眷和雨枝母女潜出城的事情没过多久即被发觉，章鸿儒嗅到了一种不祥的气息。这还不打紧，探马纷纷回报，十一旅一团各营已在白泥井完成集结，决定夺城复仇。他再也沉不住气了。而更令他不寒而栗的是报传八路军警三旅也正在调动兵马，似有襄助之意。章鸿儒果断做出决定，将家里的硬通货打包装箱，暂且押送至由宗云鹞和景凌据守的堆子梁寨子，顺带把两下的家眷也送过去。章杰儒没有婆婆妈妈，显示出一种家族精神，支持他的主张。章鸿儒十分感动，对这个一辈子心意相投的胞弟又生几分新的敬意，攥着他的手说："老七哪，安边城距堆子梁不远，可成掎角之势，互为策应。我跟廷芝先把财物转藏过去，把家眷带走，解除后顾之忧，你跟廷祥在此坚守，依咱们当年跟红军作战的经验，坚守半月十天应当问题不大。如果力不能支，可相机打出人质牌，趁夜率队向堆子梁方向突围，我们杀出接应，一道去横山投奔胡老五！"章杰儒眼眶潮湿，说："六哥，轻重利害我心下明白，狡兔还有三窟，留得青山在，不怕没柴烧！"

天空沉积了一层鸽羽鸹毛的云彩，将满月蒙裹，月色朦胧浑浊。章鸿儒招呼章杰儒和章廷芝、章廷祥三个一同进入东院的祠堂里。点蜡烧香焚表。他和章杰儒跪在前头，两个小的跪在后头，一齐向列祖列宗的牌位叩头行礼，章鸿儒老泪涌流，呢呢喃喃祈求祖上荫庇先人佑安。当章鸿儒被搀扶上马后，章杰儒只叮咛了一句："账本在我手上，里头记得清清楚楚。"章鸿儒默然。章廷芝也不吱声，下令子弹上膛，像押镖的一样，七八十骑护卫着一家老小和马背上二十多个沉重的皮箱，直出小南门望东北去了。白牡丹一行由一个骑兵班护送，出城后向西南拐去。

十一旅一团全体进入紧张的战前准备，磨刀擦枪，筹备干粮，打造云梯，制作炸药包，士气高涨。十五日夜里，牛振武秘密写好联络信，用烟盒的锡纸封包，让卫兵夏文俊骑马送往安边城，嘱他从东门进入，必要时将锡纸片含在嘴里。第二天一早，夏文俊匆匆赶回，拿出一张大麻纸，上面写着四个毛笔大字："惟命是从。"牛振武将这一情况秘密告知曹雨僧、冯孝先、李子竹、李安桥几个，都十分振奋。出于万全考虑，攻城方案保持不变，只做了局部调整。不久，赵子和的信使也赶了过来，称将亲率二营两个连准时到达指定地点。鉴于章鸿儒父子已撤往堆子梁寨子，曹雨僧命令李安桥于夜间带两个连赶过去，实施封锁包围，待拿下安边城，将集中主力一鼓荡平。

# 第三十三章

七月十六黄昏，警备旅一个团大张旗鼓开至安边城西郊，切断交通，安营扎寨，做出攻城之势。章廷祥下令进入临战状态，依兵书和古来实战中一比六七的城池攻防兵力投入比例计算着，调动部队加强西城防御，同时组建了预备队、督战队、后勤分队。他忧心八路军施用声东击西战术，让父亲亲自督察东城城防。章杰儒凭靠经验，派人抓来二百多号民夫，搬运滚木砖石沿城散布。他还要点亮灯笼火把，被章廷祥制止，说这都是老掉牙的战术，不时兴哩。这一夜极其漫长，一寸一寸颤悠着过来。终于传来一声公鸡黏涩的叫鸣，仿佛婆姨女子用糨刷子抹褙子。上上下下都松了一口气，士兵们收起一闪一闪探照的手电，抱着枪纷纷睡去。

牛振武掐准时间，带领突击队匍匐运动至东城门前，见城门大开，城头有人影晃动，一个熟悉的声音传来：“振武——振武——”牛振武低声回应：“岐山——岐山——”他担心其中有诈，依事先部署，只带卫兵夏文俊进入城门，旋即上了城头。就在两人握手的那一刻，传来匆匆的脚步声和粗声大气的问话声：“夏队长，有没有情况？”章杰儒带领两个哑子护兵从城壕巡查过来。躲避已然不及，夏岐山一边回应，一边靠近，猛地扑过去将章杰儒拦腰抱住。章杰儒惊叫着，两人扭作一团，两个哑子蒙了，咿咿哇哇乱嚷。牛振武发急地喊道：“你抱他干甚？快动手！”夏文俊一个箭步冲上，将章杰儒摔倒，一刀捅去。章杰儒背心血流如注，做出悲壮的努力，喝一声虎起，又接连挨了几刀，身子晃了晃，倒地毙命。夏岐山的手下早已呼啦啦拥上，下了两个哑子的枪，用绳子捆住，嘴里塞了烂布。牛振武向城下发出信号，谢连长带队冲入，向东西大街突进。牛振武长舒一口气，揩去满头的汗流，只觉得喉咙冒烟，隐约见垛口滚木堆旁有水桶，就上前拿起一个瓷杯子舀水喝，砰地一枪打来，瓷杯子被击碎，手里只握了个把子，他就地一滚避开，厉声喝道："谁的枪走火啦?!"黑暗里人影憧憧，却无回应。夏岐山惊怒，举着枪就要追查，牛振武当即制止，城头归于平静。这时候，城下脚步杂沓、迅疾，李子竹带两个连尾随抢入，分头向南城、北城穿插运动，后续部队山洪一样涌来。嗒嗒嗒的机枪声响起，随之呐喊震天，双方展开激烈的巷战和城头攻防战，全城笼罩在烟火之中。牛振武命令夏岐山部打出反正标志，负责东城守备；自己带着夏文俊下到城内，亲自率领一队士兵直奔章家大院解救陈国民一股被扣的军官去了。

枪声乍起的时候，哨兵上气不接下气跑进西城指挥部报告："十一旅从东门攻进城啦！"章廷祥惊得头发倒竖，吼叫一声："鸣号传令，给老子打！"他登上西城城楼，借着微明的夜色用望远镜观察，见部队大批拥入，已然泄气，强自镇定，部署反击。又有报告称夏队长叛变、七老爷被杀！章廷祥号啕一声，一边疯狂吼叫，命令预备队全体出击向东冲杀；自己却带卫队二十余人下城，说："安边完哩！三十六计走为上！"一股人径往小南门，杀出一条血路，弃城而逃。战斗持续了一个多钟头结束，毙伤保安团、游击军一百多人，俘虏二百余人，另有二三百人趁乱逃出，作鸟兽散去，十一旅掌控了安边城。

据有关文史资料记载，事后，夏岐山心中不安，对牛振武说："狗日的，那一枪不是走火！"牛振武笑道："当时你弄不清是谁开的枪，一追查，第二枪又打来哩。我说他走火，他一枪未中，侥幸没事，可能就不会开第二枪。"后间，夏岐山下令检查枪膛，查出是一个从前跟随章廷芝的枪手打的黑枪，遂将其捉拿。夏岐山中队装备精良，仅匣子枪就有数十把。赵子和进城后看着眼热，准备向他们下手。牛振武获悉，出面制止，赵子和悄悄说："牛副团长，你的话我服从！"十一旅掌控安边城后，夏岐山中队处于尴尬境地，归属不好处理。根据当时的实际情况，征得三边分委同意，牛振武建议他们去投奔刚从抗日战场退出、调驻固原的十七军，并请出王文舫，向高桂滋将军写了一封举荐信。随后，由警三旅派出一个营护送出边区。腊月的时候，章廷芝从包头至固原转投高桂滋，当了有名无实的别动队队长，与夏岐山遇面，章廷芝哈哈大笑，说："过去的事过去哩，我不打你的主意，你也不要打我的算盘！"此后数年间相安无事。夏岐山部于解放大西北前夕随高桂滋将军起义。先后起义的还有驻榆林国民党守军二十二军等部队——牵涉到本书的一些人物的命运归宿，特一言带过。

李安桥带两个连赶到堆子梁时，寨院里的公鸡已经开始第二遍打鸣。他下令架起八挺轻机枪将寨子南北两个路口封锁，从四个方向实施包围。此时，安边方向传来隐约的枪炮声，攻城战打响。章鸿儒父子爬上哨楼探望，发现四下里尽是持枪埋伏的士兵，叫苦不迭。李安桥向上喊话，要他们放弃抵抗缴械投降，争取主动。章鸿儒闻声说，天无绝人之路，是老李家的小子，这是个善娃娃！当机立断，决计赌一把。他下令守军不许开枪，叮嘱儿子集结部队、携带家眷于寨子北门隐伏。曙色朦胧里，寨门大开，章鸿儒高声叫着李安桥的名字只身走出。李安桥见他一个人高举双手出来，下令不准开枪。章鸿儒扑通跪倒在路口，大放悲声，哀求说："安桥贤侄，你章叔一辈子跪天跪地跪父母，不曾跪过别人，今儿冲你跪下，放章家老小一条生路吧！"李安桥默然。章鸿儒说："咱两家世代交好，不看僧面看佛面，求你网开一面，章家人定当衔环结草报答大恩！"李安桥大声说："章叔，我人在军营，身不由己，你们还是缴械投降吧，免得血溅黄土、累及妇孺！"章鸿儒说："你打狐子图肉还是图皮？我把家产全部送给贤侄，你找个理由复命吧。”说罢，不等回应，喝令寨内从墙头上往下抛财物。呼里呼隆，寨墙上缒下十几只皮箱，一只被故意打开，从墙头腾空而下，哗啦啦一阵脆响，闪着白光的银圆似一道飞瀑倾泻下来，士兵们引颈观望，惊得一个个鼓圆眼睛张大嘴巴。李安桥仰天长叹，说：“少死一命算一命！天塌下来我顶着！”下令部队枪口朝天鸣枪放行！章廷芝在护拥中率队出来。他滚鞍下马，将父亲搀扶上马背，向远处的李安桥深深鞠了一躬。眨眼间，一百余骑涌流而出，挟裹着一家老小和剩余的财物出了路口，径往东北去了。李安桥大声说：“这一箱大洋赏给弟兄们哩，全部捡起，平均分配，人人有份。其他十二箱一律不准打动，全部带回上缴！”士兵们嗷的一声欢呼，蜂拥上前。随后，李安桥传令放火焚毁寨子。

章廷芝一行奔出五里地，见寨子方向火焰冲天，后头并无追兵，松弛下来，马队依然保持速度向北趱行。至一个坡嘴，左边的杨柳树林子里突然传出一声枪响，前头开路的蔺长财应声落马。随之，枪弹如雨，十几个士兵不及反应栽下马背。接着，手榴弹像蝗虫一样飞来，轰轰的爆炸声里，又有十多匹马和十多个士兵被炸死炸伤，一时尘烟滚滚，不辨东西，战马嘶鸣，四处乱窜，婆姨娃娃们发出一声声尖厉的惊叫、号啕。章廷芝疯狂呼喊反击之际，见两股马队腾出林子，呐喊着从前后两头冲杀过来，徐壮民握着匣子枪直奔自己，章廷芝见他举枪，慌忙一个倒卧，鼻翼上嗖地掠过一颗子弹，他反手一枪，徐壮民侧身坠下，却躲避不及，子弹击中肩头，险些落马。赵康、郑虎娃几个掷出手榴弹，借着烟尘挥刀抢上作攻击性掩护。这刻，宗云鹞和章经武各带一股提着马刀实施反冲锋，坡上架起的两挺轻机枪一齐开火，战士们像草背子一样纷纷跌落，进攻的马队乱了阵脚，被迫退向树林子，几匹马中弹，腾起半丈高，口喷鲜血，重重扑倒在树杈上。徐壮民下马，耷拉着右臂，左手持枪，组织火力压制，却见章家马队已冲过路口，往北狂奔去了。他望着扬起的尘土扫了一梭子，扑倒在地。

徐壮民几乎要崩溃了，疯狂地捶打着自己，发出绝望的长嚎。这时候，他才意识到自己适才犯了一个不可饶恕的错误：章家人马进入伏击圈时，瞭见章廷芝夹在中军位置，身畔是一群惊惊怪怪、乱嚷乱叫的婆姨娃娃，他忧心发生误伤，没有果断开枪，以致失去了手刃仇敌的机会！

王振军腿部受伤，一瘸一拐清点了人马，战死十四人，负伤六人，损失战马十一匹，难过得流下了眼泪。悲壮的气氛落霜一样凝固在战场上，战士们无言地瞪视着同伴血肉模糊的尸体，似在回想不久前与他们一起说过的豪言壮语。他们云里雾里糊涂着，似乎不相信章家的人马就是这样的骁勇善战，逆袭成功，以为陷在了梦境。

安边事件发生后的第三天，徐壮民没有请示惠书记，带领骑兵中队日夜兼程赶到安边城外。得知章廷芝父子已撤到堆子梁寨子、十一旅派部队前去包围，他分析认为，安边城必破无疑，章家父子闻风必定死拼突围，而东、南、西几条路皆是自投罗网，唯有向北面的鄂托克旗城川方向或东北的乌审旗方向逃走。于是，在堆子梁东北的必经之地设伏，企望实施突然袭击，一雪前仇。他没有料到，章家最为精悍的一支马队能从堆子梁全身而退，以致计划落空，并付出惨重的代价。

赵康、郑虎娃几个都负了伤，分别做了简单的包扎，三十余骑驮着战友的尸体踏上了归程。徐壮民陷于深深的罪疚中，拒绝处理伤口，任由血水渗流。王振军忧心伤口化脓，几次试图给他包扎，都遭到粗暴的呵斥，不敢硬来，只得催促着加紧赶路。这位坚忍的复仇者昏头涨脑，目光呆滞，疲惫已极，几乎丧失了思维能力，唯一明朗的念头就是尽快赶回去睡上一天一夜。

雨枝和三太太几个于收复安边的第二天后晌返回城里。听说章家大院已被清洗一空，浮财全部抄没，宗管家死于乱枪，用人一律遣散，母女俩也没心思过去瞅一瞅，待在冯孝先家里各自盘算心事。“没家哩！”三太太笑了，笑得凄凉、冷然而迷惘。“没家哩，我的梦醒哩，不再做傀儡；我要走哩，到自由的世界去！”雨枝语调徐缓沉着。从此刻起，家的影子在母女二人的心中急遽地黯淡了，像一条远逝的流水，像一片远飘的流云。

当雨枝从舅舅嘴里得知徐壮民在伏击章家父子的战斗中被打伤、带队返回了镇边，她眼里一下噙满了泪花，却什么也没说。她从从容容收拾了行囊，该拿的一件不落，还带了一把小撸子。之后，推开母亲，推开舅舅、妗子，骑上舅舅的马，径出东门，向镇边方向狂奔而去。

徐壮民一行人回到镇边城已是那天的午夜。他从马背跳下，眼前金星迸溅，一跤栽倒，不省人事。惠书记和王振国匆匆赶至南城区委院子的时候，白志魁正在量测他的体温，说烧得烫手！又号了脉象，检查了腐烂发黑的伤口，脸色阴郁，嘟哝说：“病相属于着风高热，可伤口也感染得厉害，情况不好！”白宝霖和柴向东两个慌慌张张进来——二人获知消息从张家畔一起过来，见是这个模样，都急得眼泪汪汪，满地转圈子。“听说新出来一种叫盘尼西林的西药，消炎解毒效果极好，只是连见都没见过！”独立营的卫生员一边说着，一边动手处理伤口。他用肥皂水把伤口外面的泥污、灰土冲洗干净，刮掉腐肉，取出弹头，又在伤口涂了碘酒、敷了磺胺粉，用一块干净的土布盖好，开始包扎。处理完毕，卫生员叹息一声，说：“除了这两样，咱手头再没有消炎的药品！先用敷湿巾、喝姜汤的土方子祛寒散热，减轻病症，观察观察再说吧。”“要你干甚吃的？有个三长两短，老子一枪崩了你！”柴向东眼中带泪厉声喝道。卫生员吓得缩了一缩，赶紧熬姜汤去了。惠书记说：“局死骡子挣死马，也得给我治好！”

徐壮民昏睡至第二天夜静才醒，高烧稍退，神志清楚，却说自己全身乏力，头晕头痛。史兰兰给他喂饭，竟嚼不动饭菜。接着，又出现阵发性强烈痉挛，伴有张口困难、口角下缩、面部青紫、呼吸艰难等症状，而这些症状竟往往由一个声音的刺激或喝水的动作引发。每当犯病，他脸上就会现出古怪的笑容，在场的人个个骇然。稍有好转时，徐壮民催着大伙都睡觉去，说自个儿除了臂伤，只是伤风着凉，挺一挺就过去哩。

惠书记和王振国半夜过来探视的时候，徐壮民流着眼泪，坦言自己违反了纪律，造成严重后果，请求组织给予严厉处分！惠书记口气沉重，说："处分是以后的事，先把病养好！"话没说完，徐壮民的怪病又一回发作，症状更烈，众人都大惊失色。白志魁细细观察，悄悄对惠书记几个说："壮民……可能得了破伤风！"他叙述了破伤风的症状和几乎无法治愈的情况，脸色十分灰暗。王振国一头虚汗，打问有没有什么土法偏方？白志魁摇了摇头，说："当年只见过老贡爷费了九牛二虎之力用中医的办法治好过几例，我当时年纪还小，也没留意那些方子。"王振国眼睛一亮，急忙打问李函玉先生有没有办法？白志魁说："不晓得，也许解下些，只是从没听人说起过。"正在众人慌乱焦灼之际，外头传来一声报告，负责城门执勤的保卫干事带着雨枝从门进来，众人一怔。雨枝头发纷乱，眼泡肿胀，苍白的脸颊上渍着几道沾了沙尘的泪痕，她望一眼躺在土炕上面色青紫的徐壮民，泪水哗哗地流下来，当着众人的面扑过去，伏在他的胸脯上，哇的一声大哭开来。徐壮民受到猛烈的刺激，一阵痛苦的挣扎，昏迷过去。

当天夜里，雨枝和白志魁各骑一匹马，由白宝霖、柴向东带一队骑兵护送至红柳河畔，两人过河直奔柠条原镇子，这时天色已大亮了。张自立死后，刘庚午主持了政务，加强了镇子的例行巡逻和治安维持。雨枝和白志魁进入镇子后即被带回盘查。白志魁声称是专程请李函玉大夫出诊的，并出示了特别公函和路条，王仓喝退保安队员，也不打问，将二人带至济世堂诊所。

李函玉昨天夜里才从榆林无功而返，此刻刚刚起床。一见面，雨枝便哭诉了徐壮民危重的病情，一边老伯长老叔短地哀求、催促。李函玉显然有许多的不解，却不言语，努力收拢着精神。白志魁看出他的种种困惑，也不及解释，只叙说了徐壮民的病因病状，讲了自己的诊断意见；李函玉回到职业习惯里，不住点头，认为他的诊断准确，神色忧虑地说：“这号病潜伏期大约一周，犯病越快，预后越差！”他立刻忙起来，顾不得洗漱，备办了一口袋药材，收拾好药箱，又一步一拐跑回后院取了一个绿苔斑斑的粗瓷黑罐，说：“赶紧走！”

王仓一直立在门外，显然听出了眉目，脸色变得苍白，却一声不吭。他骑着马将三人一路送至红柳河畔，呆呆地望着他们消失在对岸沟道的拐弯处，一个人圪蹴在野地里哭得稀里哗啦。

李函玉发现伤口化脓，动手重新处理。盐水冲洗过，他摘下石头眼镜，用药水漱口，要亲自吮吸异物，徐壮民挣扎不准。白宝霖上前，说：“李叔，我来嘬！”雨枝眼泪滴滴，抢过杯子漱了口，嘴唇对准伤口用力吮吸，将一口脓汁吐出，反复十几回，直至伤口鲜血涌出，染红了她的嘴脸。李函玉说：“行哩行哩！”徐壮民默然，泪流满面。白宝霖唏嘘而泣。李函玉用小匙从黑瓷罐里连续舀出长了一茬绿毛子的糨糊，小心涂抹在伤口上，絮叨说这号病缠手，病来如山倒，病去如抽丝，急不得。配伍好药材、熬制汤药的时候，他吩咐守候在侧的白宝霖，让他出去活逮一些蝙纵回来，称煮汤喝可祛毒消炎、滋补身子。白宝霖兴奋地说：“这个容易！”当即带一股子人去往南门外慢坡、河滩的庄稼地，雨枝也忙忙跟着去了。一个多时辰，背回来半柳篓。李函玉笑道：“用不了那么多。”他吩咐将活蝙纵去足去翅，清洗干净，每十只煮汤半碗，一天三顿饮服。此后一周，连续用药。李函玉定了戒规，不许探望打扰，保持静养，只留雨枝在身畔侍应。

看着徐壮民脸色阳气转回，抽搐症状减弱，次数变稀，李函玉配制好各个疗程的用药，说他该回去哩。临行，对雨枝做了细微的叮咛，提醒她注意防止病人呼吸道感染，防止病发时咬伤舌头或掉下炕去，又嘱多喝水、多吃牛羊肉和鸡蛋一类东西。雨枝打问病愈时间，李函玉说："不出两月就会走出谵妄，幻觉、胡话消失，行动错乱再不会出现；不出百日，康复如初。"雨枝喜极而泣，跪在地上向李函玉连磕三个头，说："李叔哪，你救了壮民一命，也救了我一命！"李函玉笑眯眯地看着她，摇头长叹，出了屋门。惠书记王振国白宝霖柴向东史兰兰王宝仪一群人将他一直送过北门河，王振国拿出事先准备好的二十块银圆作诊费，李函玉坚决不受，口气平淡地说："壮民不是外人。"王振国作难，分出十块给他，认真地说："老先生辛苦多日，令人感动，就当酬谢吧！"李函玉又作推让，说："这些日子，贵党贵政府领导人的风范老夫亲眼看哩，消闲时也曾交心长谈，老夫茅塞顿开，感触良多，受益匪浅，就算与贵方的一个礼往吧！"王振国一再坚持，说："总不能叫老先生贴了老本！"李函玉笑了，从中拿了两块，客客气气走了。

章廷祥结束了他短暂的人生，死得十分惨苦，尸首也不浑全了。而安边事件一案也尘埃落定。

收复安边城的第二天晚上，十一旅警卫连包围了城西南三十多里处鸱怪子沟的一户富裕人家，经过一阵子激烈的战斗，击毙、俘虏卫兵十多人，活捉了章廷祥。愤怒的士兵用一根麻绳将他捆死，长出的一头绾在马鞍上，驱马疾驰，像拽磙子一样拖回安边城，章廷祥胸腹流血，已是半死半活。游街示众间，一群士兵拥上，拳打脚踢，恣意凌虐，几个老乡兵又拔出匕首割去双耳、挑断脚筋，声言还要割去脑袋倒装起来点天灯。陈国民传令制止，押入大牢。几天后，于北大操场召开公审大会，由榆林总部俞参谋长宣布判处死刑，解押榆林行刑。刘锦堂警卫连的一股子老乡兵担心起解榆林而生变故，当天在囚室开枪射杀，剁下脑袋，祭于刘锦堂灵前。俞参谋长不好追责，默认了此事。

隔了两天，又在北大操场为刘锦堂举行追悼大会，城中军民三千多人参加，号声悲凄，哀乐低回，挽幛垂挂，素幡飘扬，渲染出一种悲壮苍凉的气氛。追悼会正式而隆重，由晋陕绥边区总司令部举办，俞参谋长代表邓先生主持祭奠仪式，八路军警三旅派联络参谋参加，镇、定两县国共双方各派代表，高桂滋将军和驻榆林国军二十二军军长高双成等高级将领也派专人送来祭品并致唁电。俞参谋长发表官方讲话，将安边事件定性为一场破坏统一抗战宗旨的暴乱，痛斥章氏的土匪行径，追缅了刘锦堂旅长的生平业绩和团结抗战的精神。各方代表分别表态发言，表达了追悼之情。晚间，十一旅秦腔剧团演唱了一本《大报仇》。

白牡丹这个女人倒是有胆有情有义，出面处理了后事。据说，因为天气燥热，章廷祥父子的尸体均已腐败瓦解，蛆虫爬蠕，苍蝇扑飞，恶臭无比；白牡丹出大钱才雇到几个衣衫褴褛的受苦汉，将章廷祥的首级和尸身缝合，抬回章杰儒的尸体，置买了两口棺木、两套寿衣，一一装棺入殓，一道葬于城外北坡。下葬的第二天，她一身乡下婆姨打扮，带着两个娃娃和简单的行囊，骑着毛驴回关中去了。

魏高参顾不得参加追悼会，骑快马赶往榆林，鼓动史虎城争取旅长职位。他自以为是，公开身份，以军统组织和中央军二十六师代表名义亲自拜望了邓先生，极力举荐。史虎城放弃了为老旅长作最后一程的送行，动用上下人脉资源、借助派系势力全力争取，并表示为捍卫邓长官和十一旅的尊严，将全力以赴，捉拿惩办首恶分子章廷芝。邓先生门庭若市，家里堆放了一摞一摞的礼品，疲于应付。一团于丧事办结后也加入争夺战，借助各方力量游说、劝谏，牛振武一股子又动员全团排长及以上军官联名上书总部，直接推举陈国民、曹雨僧二人。邓先生一改“等半年、瞪半年”的迁延作风，不几天，令总部颁下委任状，任命陈国民为十一旅旅长、曹雨僧为一团团长；并命令史虎城带二团另两个营开赴三边，进驻柠条原一带，加强驻军力量。史虎城算盘落空，耿耿于怀，提出让副团长吴峰出任副旅长兼政治部主任，称如不这样调整，二团将颜面扫地。邓先生随即允准，并加派总部参谋、甘肃老乡石佩云出任旅参谋长，配齐了久拖不决的空缺。邓先生还惦记着一桩事情，嘱咐陈国民办理。很快，冯孝先便接任了一团一营营长。魏高参无功而返。据传，遭到两头上司的严厉斥责，从此不被重用。

章廷芝情知在陕北已无法立足，去了一个自己本不想去的地方。仅三四个月，又导演了一幕闹剧。

波罗堡城是明朝时的边关要塞，处于无定河畔的一座山包之上，城郭不大，却卡住了一条东西通道的脖子。堡前有一座接引寺，传说建于唐代，寺中有一尊石佛爷，香火旺盛，善男信女进进出出。“波罗”之称见于佛经，大约与此相干。陕北保安指挥部的驻军与当地居民和谐相处，堡内皮坊油坊粉坊磨坊商铺饭馆市场牙行应有尽有，生意红火，贩夫走卒熙来攘往。当章廷芝父子一队人马满身风尘进入堡子时，胡老五显出一副无奈的神色，以礼相待，并不问短长。吃罢一顿饱饭，未等胡老五开口，章廷芝即说：“老长官，成者王侯败者贼，我惹了一身臊，招致官兵四处缉拿，自知轻重，不会给你添堵；只是一家老小不堪战事惊扰、不堪颠沛流离之苦，还仰仗老长官收留照看！”胡老五笑道：“行，你这个章廷芝嘴毒，果然言中了！就算胡某人欠了章家！”章廷芝当即决定手下人马投归胡部，自己只带少数人远出避难，胡老五默许。

当晚，章廷芝带了蔺姑娘，二三十骑出了堡子，绕开大道北上。昼伏夜行，半个月后抵达包头。

章廷芝打听一番，得知绥西自治联军总司令王英手眼通天，便施展手段，与王家接上关系。未久，携带重礼前往拜见，谋求差使。王英对安边事件也有耳闻，赏识他的气魄和胆略，十分乐意接纳，将他暂且安置到护路队，当了上尉队长，负责包头城区至石拐煤矿之间的道路看护。章廷芝在城区西隅择买了一栋宅子，和蔺姑娘住下。此后每日谨小慎微履行本职，很快融入这座日伪混杂的塞外古城。但未及三个月，却招惹了麻烦。

日军守备司令部的安倍少佐一家住在隔壁小院，白天，安倍的太太樱子总是孤身一人。有一天，她耐不住寂寞过来串门，章廷芝正巧在家。樱子踢踢踏踏地在院子里张张望望时，章廷芝隔着玻璃窗子看见，掂量这个娇小的东洋女人脸面清新五官细致肉色可人，一身和服色彩艳丽，趿拉的木屐款式漂亮，碎步轻盈仪态优雅，心里早生出几分爱怜，当下出来，互相见礼，请她进屋品茶。樱子见他人物俊逸，行为儒雅，开言有礼，怔怔地看了几眼，笑吟吟进了屋子。蔺姑娘重新沏了香茶，三个人闲扯一气。蔺姑娘续茶之际，樱子注意到她腕上的一只翡翠镯子，左看右看，赞不绝口。章廷芝见她喜欢这个，转身去了卧室，从箱子里取了一只同样成色的出来，不由推拒地给她戴在腕上。樱子好生喜欢，更为男主人的霸气和大方所折服，却极是作难，掏出一沓钞票表示要付钱，章廷芝只是不允，而她贪看着镯子里头袅袅浮游的绿烟翠云，再也舍不得摘下了。樱子彬彬有礼，称谢告辞，章廷芝一路送出院子，二人相视而笑作别。章廷芝回来时见蔺姑娘噘起了嘴巴，乖哄说："咱这不是人在矮檐下嘛，多交一个日本朋友，兴许多一条路。一只破镯子，芝麻大点事，再给你买几只好的就是哩。"蔺姑娘这才露出了笑颜，却不放心地说："我发现她眼里有色水水，不准你打她的主意！"章廷芝笑道："我就是想尝尝鲜，眼下还不具备这个条件！"

安倍听说隔壁的蔺姑娘姿色妍丽，男主人章队长大方义气，专门携樱子过来闲串了一回，两下很快相熟。章廷芝很是得意，对蔺姑娘说："咋的？这个安倍，别看是个长一双母狗腿的矬子，却是皇军司令部的少佐，说不准会帮上忙的！"一回，安倍微醺，又带樱子过来。他显然是个粗糙的军人，一双眼睛总在蔺姑娘鼓凸的胸脯上溜达磨蹭，接茶杯间故意挨触了一下，禁不住"哟嘻哟嘻"地叫了，蔺姑娘害怕这个留一撮仁丹短髭的日本野猫子，只得赔着笑脸受了。章廷芝只作不知。安倍自此愈发胆大，经常趁章廷芝出巡之机独自溜过来和蔺姑娘搭讪、调笑，临出门总不忘探长毛茸茸的胖手在她的胸脯上粗糙地捏上一把两把。蔺姑娘惴惴不安，将这事讲出，章廷芝笑道："就那个母狗腿的郎猫子，还想咪西咪西你？"又不经意地说那东西天生是让人捏的，也捏不塌，没事。当一天蔺姑娘哭诉自己的裤裆让那郎猫子撕开一个口子时，章廷芝勃然大怒，骂道："小日本，几根尿毛栽的？那地方是老子的领地，你骚火羖羝钓了鱼还想上岛，不要×眉眼的王八羔子，剁了你狗日的黑爪子！"

过了几天，章廷芝邀集宗云鹞、景凌一股子喝酒，各人几杯下去，纷纷抱怨。景凌苦着脸说："包头这地方风大寒冷，沙颗子、炭末子钻了一头一身，天天还得往来巡查！"有弟兄嫌弃伙食，说："吃的跟猪食一样，三天五天见不到一点腥荤！"又有人说："日本人太霸道，连喝酒也管，只能偷偷摸摸抿两口，一旦被发现就得挨枪托子！"宗云鹞愤愤不平，说："最可气的是逢着假日到城里逛窑子，遇见日本兵就得赶紧让路让位，动作迟晚一些，就招来'八嘎八嘎'的臭骂，甚至挨了耳光还得点头哈腰说什么'哈咿哈咿'！"章廷芝阴笑着骂道："妈了个板子，这小日本就是狼娘养的，一身狼性，当汉奸就是认狼作父！"当下，做了一番计议。

一个雪花骤起的黄昏。章廷芝骑马回来，匆匆收拾了财物，吩咐蔺姑娘预备酒菜，说他要请安倍太君喝酒。蔺姑娘拉长脸，坐着不动，章廷芝向她耳语几句，蔺姑娘慌慌忙忙准备去了。很快，安倍过来，哟嘻哟嘻地嚷嚷着。章廷芝和他碰了三钵子，招呼蔺姑娘过来陪侍。安倍人不醉心先醉了，竖起大拇指说："章桑，皇军的真心朋友，你的大大的好！"说着，拉起蔺姑娘的手就要碰杯。蔺姑娘筛糠打战，提出改用小杯，安倍依了，在她尻子上拧了一把，说："花姑娘的，肉肉的，大大的好！"

章廷芝出了院子。宗云鹞一股子早已披挂上马，放出警戒哨，正在外头等候。章廷芝带三个人进入安倍的小院，两个日本哨兵未及反应已被扭断脖颈。他直奔里屋。樱子手托腮帮蜷卧在榻榻米上，瞅着腕上的镯子出神，见他进来，脸上现出讶异和羞赧，眼帘低垂，抠着指头。章廷芝也不搭话，狼吃羊一样将她扑倒，撕剥了衣裳，樱子惊骇万分，小声说："廷芝君，安倍太郎会杀了你的！"章廷芝大笑，已然上身。樱子陷于一团迷雾，滑入汪汪春水，接纳了这笔命里注定的艳福，丢开全世界，放肆地咿嘎起来。窗外传来哧哧的窃笑。

当章廷芝返回自家院子时，安倍已是晕晕乎乎，一边摩挲着蔺姑娘的奶子，一边咧着大嘴说："花姑娘的干活！花姑娘的干活！"章廷芝大摇大摆走近，揪起他的头发，一拳照门面打去，安倍昏死，口鼻流血。章廷芝拔出匕首划破他的裤裆，嚓地割了鸡巴，随手丢向门外，啐了一口，骂道："小日本，看你给老子长得这点小鸡鸡，不像个马奶奶梭牛牛，还不晓想干你妈的什么活？"这时，一只大咪猫从墙头纵下，双爪扑住勾引了它的类似老鼠儿子的异物，叼在嘴里，机警地左右瞄扫，须臾不见了踪影。章廷芝拎了行囊，胳膊下夹了蔺姑娘，大步流星踏出院子，翻身上马，呼哨一声，马队绕出西城，跑进大风大雪里。

章鸿儒在堡子南头置买了一座宅院。老老少少的住处各个做了安顿，雇佣了下人，觉得有这么个落脚的地方已属不易，叮嘱家人不得惹是生非，先这么随缘过活。

章经武和两个沾亲带故的小头目被留下来看家护院。他一身的蛮力无以消耗，始终处于一种兴奋状态，每天目光灼灼，殷勤地侍候三个美貌的婶娘，陪着她们逛街购物，骑马兜风；秋时沿河看柳，入冬登高赏雪。

冷寂安谧中，章鸿儒的生活起居发生了显著变化。饭后抑或过足烟瘾，他会坐在椅子上，观看孙子孙女们跳格儿、踢毛儿、打毛猴、抓丸弹，饶有兴致地当一会儿教练、裁判；逢集时，便拄了铁拐杖去堡子里溜达，打帮生意，品评行情市价的跌浮，甚至操心卖瓜子的钵子舀得满不满、卖肉的秤尾巴翘得高高低低的屑事；夜里，成为他排解孤独的重要时刻——

他重温旧情，对两个头发花白、吊着死蔫葫芦奶的老妇人热心、亲和起来。庸常的日子里，见到夜幕垂落，他就带上烟具过去串门。三个人盘腿坐在炕上，梳理纷乱的记忆，拉扯远年间银佛坪平和顺意的光景日月，争辩年轻时的昙花佳境、风流韵事，怀恋、叹惋洛河川清幽幽的流水和那漫山烧起的红叶。后间，他兴致越来越高，开始向她俩发表主题游移的演讲。有时，他自吹自擂，放大亲身经历的瞬间危险，夸耀曾经创造的诸般业绩，宣称即便是死，也不能像寻常人一样窝窝囊囊，要死得豪迈壮烈。有时，讲说他为心愿、梦想、私欲、激情所驱使而做出的种种出格事和丢人事，喟叹自己已阅尽尘世的生死荣枯，躲开了追逐、奔波和烦乱、纷扰，而终于获得坐禅入定、修心养性生活的餍足、恬适。临散场，他往往会挥着胳膊，发出哲人的感慨，说人这一生，活到老的时候，竟发现自己掉进了一个没有出路、只有黑暗的陷阱，一个心智的陷阱，灵魂的陷阱，唯一明朗的结果就是死亡，其他一概是虚妄、荒唐和徒劳，一概是莫名其妙。而两个老妇人，听得迷迷瞪瞪，半解不解，只是附和，私底下却叨咕说，这老掌柜怕是闷得犯了疯病，净说浑话怪话。

然而，在这心力交瘁的时光，他的性格依旧偏执顽强、坚硬如铁，并再次被血水浸染得猩红炫目。

包头下的那一场大雪一下千里也下到了波罗堡，漫山白雪，一川苍茫。暮色里，章鸿儒拄着拐杖从门出来，佝偻着身子，盯着飘飘扬扬的雪花看了半晌，仿佛一个走出孤庙观察天象的老僧。倏地，一个念头闪上心头——除灭那三姨太！女人的嘴经常成为惹事的出口。后晌时，五姨太和三姨太因为两下娃娃打架发生磕绊，五姨太叼空向他告了一状，先是学说梅婷如何如何教唆娃娃打自家的娃娃，又愤愤地诅咒梅婷是个不要脸的烂鞋，和章经武夜夜偷情，这几天开始呕吐，必定是怀上了孽种！

约莫娃娃们睡定，章鸿儒过足烟瘾，枯萎的神经兴奋起来。他抖擞精神下炕出门，喊话让五姨太把三姨太叫到自己的房间里来。五姨太以为老家长要教训梅婷、给自己撑腰，双手叉在腰胯，跳一跳嚷道：“老三，老爷子有话要跟你说！”不一会儿，梅婷袅袅婷婷过来，进了门，神色有些紧张，勾了头，不敢看公公的脸色。章鸿儒一声不吭，抡起铁拐杖照准脑袋打过去，梅婷哼也没哼一声就昏倒在地。五姨太妈哟一声打算躲出门去，被章鸿儒喝住，让她搭手相帮扒光梅婷的衣裳。很快，两人将梅婷赤裸裸的身子立起来，捆绑在屋里的一根顶梁的立柱上。章鸿儒神色泰然，从灶膛炭火间抽出一根烧红的火枪，直端端戳向梅婷的乳房，嗞啦一声响，冒起一股燎烟焦臭，梅婷痛醒，大呼大哭。章鸿儒喝令五姨太拿一疙瘩毛巾塞进嘴里，梅婷不能出声，惊恐万状，鼓响鼻音，拼命挣扎。五姨太没料到事态如此严重，吓得一张大白脸比白纸还白，像一只夙狗子，瞅空子溜了出去。

章鸿儒郁积已久的怨毒哈喇一声，激活、泛滥了。他那两撇长髭般的眉毛直挺挺地翘起，眼窝喷出两股火焰，从炕头抄起一把匕首狞笑着扑上，一刀刀嚓嚓下去，立时剜掉了她的双乳，红涔涔的血水嗞嗞作响，顺着赤裸、抽搐的双腿流到地上，积了汪汪一摊。梅婷在痉挛中死去，香销玉沉。章鸿儒杀人的兴致丝毫不减，抹了一把溅在脸上的血滴，挥动尖刀，在她的尸身上一顿乱扎乱捅，留下几十个血窟窿。他还嫌不够，又将尖刀扎入下身，乱搅一气，直累得精疲力竭。就在他深陷的眼窝里流泻出痛快之色的时候，屋门哗地开了，章经武操着机头大张的匣子枪进来，盯着他，眼中扑火。章鸿儒大口喘着粗气，扫了一眼，拉过拐杖撑住身子，退走两步，倚在炕沿上，深深叹了一口气，说：“经武，家丑不可外扬，六爷我灭了这个贱人，给你包裹掩饰。你不该上火！”章经武眼中射出两抹凶光，冷笑着说：“老牲口，我晓得你们父子二人头上长角心上长毛，我也迟早活不了！快快把金银财宝交出来！”他抢上一步，喷着粗气，用枪头点着章鸿儒的脑袋，在身上乱摸一气。章鸿儒不失定力，嘲笑说：“对付一个死老头子还紧张？给爷爷没出息！”他指了指炕上的枕头。章经武一纵上炕，从枕下摸出一把勃朗宁手枪，神色松弛下来。“六爷的真金白银还多着哩，就怕你龟孙子腰软肋条嫩背不动。”章鸿儒一动不动，又指了指墙角，笑着说，“六爷的财宝来得不干净，这辈子也曾做过不少慈善、捐献的事，到庙里上过无数的布施，只求个心安；就当再捐赠一回，你尽管张口，要多少？钥匙在席子底压着，你得了财宝就远走高飞吧。”章经武果然从席子底抽出一串钥匙；却狞笑起来：“娘的，所有的财宝从这刻起统统归了老子，还摆老掌柜的谱！”章鸿儒缓过劲来，用拐杖指了他一下，徐缓地吐出一口气，说：“经武，六爷养你这么大，你背叛章家本门，一点也不后悔？”章经武从炕上轻轻跃下，阴沉着脸说：“什么后悔不后悔，刀头上舔血的日子我也过够哩，章家气数已尽，倒塌烂包哩——我这就送你这一风吹倒的棺材瓤子上路吧，免得活着窝心憋气！”他将两把手枪别进腰里，从地上拾起血淋淋的匕首，一步一步逼近章鸿儒。“你这号人，性子如狗，得牵着走。”章鸿儒用拐杖撑起身子，轻蔑地说。“老畜生，你牵啊？”章经武举起尖刀，怒道。突然，章鸿儒挥动拐杖指向他的左胸，大喝一声：“畜生，死去吧！”嗖的一鸣，拐杖一端的窟窿里弹射出一簇钢针，章经武惨叫一声，倒地毙命。

第二天一清早，章鸿儒奄着苍白嶙峋的头脸，来到驻军指挥部，老泪滴沥，直声号啕，报称三媳妇和侄孙子暴病身亡。返回后，吩咐大太太、二太太几个给一群娃娃戴上孝帽、穿上孝衣，去接引寺石佛爷脚下上香叩头。又递给大太太一个钱袋，安顿说：“上一百块银圆的布施。”随后，两个看家护院的小头目将两具白布缠裹的尸体塞进席筒子里，抬到南门外练兵场靶墙后头的沙窝，架起劈柴焚尸。浓烈的焦臭随风飘散，令人作呕。待烧成两截焦炭，就地挖坑掩埋。没有人出来管闲事，事情就这么平平淡淡过去了，却给当地人留下了不泯的记忆。

章鸿儒在这个地方顽强地守待了整整五年，终于盼来了儿子。据有关史料记载，章廷芝一行逃离包头，沿着黄河古道南下，直抵固原，自此蛰居五六个年头之久，本人纵情酒色沉湎赌场。直至抗战胜利、国共双方大战再起，他如梦初醒，带一百多号骑兵脱离高桂滋部，径往陕北横山县波罗堡。这个地方不见了往昔人头攒动、军马嘶鸣的景象，几近荒凉。胡老五转任二十二军八十六师师长去了榆林后，他的弟弟胡老六接任陕北保安总指挥，发动了横山起义，率部离开波罗堡投入解放战争。章廷芝将一家老小接走，一路西去，安顿在宁夏银川城区，带领所部投了马家军。

到了解放战争进入第二个年头的夏天时，章鸿儒显著地见老见瘦了，弓腰驼背，须发如雪，耳背眼花又跌牙，手臂上布满了褐色的干涩的寿斑，瘦得轮廓毕现，脸腮、嘴巴因牙床萎缩和跌牙而塌陷收窄，整个一副骨头架子，心智也处于时而迷糊时而精明的状态，记忆力则严重地退化了；却产生一个执着的念头，就是“回到安边小学去看看小女儿雨枝”，且听不进众人分说。适逢儿子探家，他又跌皮捣蛋麻缠不休，哭喊说见不到小女儿他咽了气也闭不上眼！章廷芝也想让父亲回家转一转，便安顿在输送军需的汽车上一同回到安边。入城不久，遭遇战事，那是由牛振武担任总指挥的一场反攻战。枪炮声里，章鸿儒拄着铁拐杖，拖着被烟毒锈蚀了的老腿，磕磕绊绊爬上西城门楼。他认不得滚滚而来的是什么人的部队，也不清楚他们发疯的模样是要争出什么样的高低，嘴里胡三马四絮叨着，搭起手棚，迷迷瞪瞪地四下里张望。那一刻，几发迫击炮弹呼啸而至，正中脚下，章鸿儒被炸上了天，变成七零八落的肉疙瘩。后间，章廷芝从死人堆里只找到一颗面目全非、仅存一绺长须的头颅。他雇请木匠做了袖珍的假身假肢，殓入柏木匣，葬在北坡章杰儒和章廷祥坟堆的左首。

这年寒冬时光，三边分委副书记朱洪英来到镇边检查党建工作。他对镇边县委迟迟没有处理徐壮民所犯错误一事的做法相当不满，将徐壮民的问题归结为一种带有普遍性的党员领导干部的思想作风问题，即“党性、原则性差，组织纪律观念淡薄，自由主义、个人英雄主义突出”；认为姑息纵容只能助长这种意识和风气的蔓延，极大地损害党的利益，责令从速从严处理。惠书记解释说是顾虑徐壮民病情的稳定才一直拖着的。随即主持召开县委扩大会议，让徐壮民做了书面检讨，决定给予党内警告处分，并免去县保安大队长职务，由王振国暂时代理。

朱洪英亲自找徐壮民谈话，对他个人的品德、领导力和多年来为党工作所取得的成绩予以很高的评价，认为他根红苗正，前程远大，将有许多重任等着他去挑去担，希望他不要有抵触情绪和思想包袱，认真学习，深刻反省，经得起磨炼和考验。徐壮民坦言那次行动个人复仇的成分占了主导，当面又做了检讨，对牺牲的战友表示了痛惜，愿意承担责任，接受组织的处理；也表示要认真学习，加强思想改造，严格要求自己。朱洪英很是满意，话题一转，谈到他和雨枝的事情，真诚地希望他站在阶级的立场和政治的高度对待个人问题，并举出雨枝携带武器直闯党政机关办公重地的例子，提醒他任何时候都要保持警醒的头脑，避免一丝一毫的可能损害党的利益的意外发生。徐壮民终于忍耐不住，说：“那把手枪是她防身用的，不是早已主动上缴了嘛！”朱洪英层层剥笋，说：“一个不在军队或武装序列的女人，怎么能随身携带武器？这本身就表明她身份的与众不同和可疑之处。章家是三边的大地主、大土匪、头号恶霸，骑在人民头上作威作福，屠杀革命志士，双手沾满鲜血，他们反历史反革命反人类反社会成性，对我党怀着刻骨的仇恨；另一方面，物质决定意识，环境同化个人，从理论上讲，他们意识活动的目的性、计划性和主动创造性、自觉选择性，都根植于自私贪婪与强权占有的土壤，必然打着统治阶级的印记。总而言之，这样家庭出身的人，他们的精神世界是逆向下沉的，是违背历史发展客观规律的，难道会心甘情愿投身革命阵营，接受共产主义信仰？”

徐壮民听得头晕，说不过他，焦躁起来："朱书记，同一个棋盘里头，马走日字炮翻山，卒儿过河拐弯弯，走法不同；她母亲一家当初也是章家的受害者，她学生出身，长期从事教学工作，历史是清白的，灵魂是高尚的，眼下就是一个孤孤单单无家可归的婆姨女子！"朱洪英拍着桌子，口气锐厉："壮民同志，你是雇农出身，双亲都惨死在章家手下，党培养你这么多年，怎么会有这样右倾妥协的想法？莫非你在旧政府、旧军队所沾染的陈腐习气还没有得到彻底的洗涤？你说她历史清白，有什么确凿证据？还不都是一些街坊和老师们表面的观察、推测和臆断？国民党军统、中统里有大批的女特务，都是经过专门的严格的训练，伪装成一副好人面孔还不容易？你不要被美色迷住了双眼，丧失革命立场和气节！"朱书记如此的绝对和极端，令徐壮民猝不及防，陷入焦虑和惊惧。这一刻，徐壮民才深切地感受到了一种巨大的政治压力，这种压力令他绝望，脑子里竟然冒出了解甲归田的念头，转而点燃了心中的怒火。他浑身哆嗦，啪地一拍桌子，说："党的政策从来是有弹性的，绝不是铁板一块！朱总司令、周副主席、贺龙司令哪一个没在旧军队、旧机关干过？据说毛主席还曾当过国民党中央宣传部的代部长，你去查！众所周知，延安也有一批来自全国各地的出身不好的青年投身革命，毛主席也没说这些人有问题！"朱洪英一时语塞，喘了口气，说："你这是什么态度？出口不着边际，敢跟领袖人物比试？个人英雄主义作祟！"徐壮民听任感情迸发，口气强硬："我就是这个态度，领袖人物也是人。你所说的事是我的个人问题，组织无权干涉。我党向来倡导恋爱婚姻自由，号召解放人权，我犯了哪一条王法？"朱洪英脸色苍白，扶一扶眼镜，提高嗓门说："你现在就犯了错误，这就是你对待上级的态度？你属于党的一员，是党的重要领导干部，你个人的婚姻问题与组织息息相关，组织有权过问！"徐壮民摔门而去，撂下一句话："这是我一个男人的担当和责任！这个婆姨我娶定哩！"

徐壮民一时间精神恍惚，感觉天旋地转的，仿佛是三天没吃饭却猛地灌了一肚子酒。回到区委院子，依旧是眼睛血红，脸孔扭曲。他一声不响，抱来一架老杏树的根盘，抡起大斧劈砍起来，一时噼啪作响，木屑横飞，那声音又像石杵打墙，沉闷结实，震得地皮颤抖。干部们不明就里，却都看出他一副凶恶的吃人相，谁也不敢搭讪招惹，蹑手蹑脚避开。直至虎口震裂，血泡磨破，鲜血满手，一架铁砣似的纽丝疙瘩变成一堆碎柴，他才扔脱大斧，冲探头探脑的大师傅说："这柴火焰硬实，能做几顿饭。"语调竟是十分的淡定平和。白宝霖头前瞅着不对劲，跑到街上籴了两瓶烧酒，这时吹着口哨蹁步过来，一本正经地说："徐壮民同志，干革命不能半途而废，咋不劈哩？那边还有一架。"徐壮民朝他尻子踢了一脚："你戳弄得瞎子跳崖哩，有本事你劈一架！派人骑马到张家畔去，把向东叫过来一搭喝！"

朱洪英气鼓鼓地离开镇边，对送行的惠书记和王振国说："昨天我也不够冷静，方式方法欠妥，有情绪化的过激反应，把个人事情小题大做，有机械唯物主义的表现，请向壮民同志转达我的歉意，对他我心里其实还是偏爱的！客观地讲，壮民同志能力极强，是个不可多得的全才，对革命是有不小贡献的，是我们重点培养的对象，纠缠于个人感情对他或许是个不幸。我们要爱护同志，更要保持革命队伍的纯洁性，避免可能的不正常的情况发生，我建议你们慎重对待。"惠书记表示会再找他认真谈一谈。王振国说："朱书记出于关心爱护同志的目的，一番苦心让我们感动；壮民是个直性子，你不要和他计较，他最终也会理解的。可是，事情其实没那么严重，我们已派人对章雨枝的情况做了专门的详细的了解调查，定边县委也开具了相关的证明材料。"朱洪英瞪了他一眼，上马而去。王振国苦笑着说："惠书记，壮民结婚申请报告上的字我来签吧！"惠书记说："壮民是县委管理的干部，我签！"

徐壮民度过了一段悠闲、享受的日子。雨枝的从天而降令他沉浸在巨大的幸福里，像从漫长的冬天熬盼到了春天，像冰雪在春风里化开，像田苗子在微雨中嗞嗞蹿长。他在秋高气爽中心安理得地享受着病号的饭菜，更享受着爱情的甜蜜的滋润和沐浴。他的病情依着李函玉先生的预见经一轮一轮波浪递减的发作走向平缓，而他却眷恋沉迷于这种发作。每当一轮小小的惊乱过后，他斜躺在炕上，惬意美气地享受着雨枝慌慌的眼神，乱乱的动作，虔诚的祈祷，还有那纤细的呵护，轻轻的爱抚，呢喃的私语，他笑了，哭了，陶醉了，迷失了……

这样的幸福时日延续了一个多月。雨枝见徐壮民一天天康复，反倒经常装病吓唬自己，觉得该当实施自己的生活设计了，她脑子里蹦跶着未来日月的绚丽图景。于是，郑重其事地去找了一趟惠书记。不久，经惠书记批准，她在镇边小学当了一名老师。她名字改了，叫冯岚。

徐壮民叮嘱她不许穿绸缎和洋布衣裳，不许刻意打扮耍洋，吃饭不许挑挑拣拣，更不能剩饭；她乖乖听话，换了一身粗布行头，不敢再往身上喷洒香水，硬着头皮大口嚼食粗涩的谷米干饭，极力和别人保持一个调子。这种不习惯的艰苦的生活丝毫没有影响到她的情绪，幸福写在脸上，咯咯的笑声感染着每一个走近她的人。一个秋天，她奔走于学校和区委院子两点，每天放学回来都会向心爱的男人喋喋不休叙说新鲜的见闻。有一回，讲到学校里有大人噙着旱烟锅子坐在教室顶替娃娃上学和花钱雇人上学的怪事，笑得肚子疼。徐壮民说，那是家里人老几辈子没文化，不理解政策，以为上学是政府派差，或者以为念了书就要扛枪打仗，害怕娃娃有个三长两短。你们当老师的一定要做好宣传开导，多一个人识字，咱们边区就多一个文化人。

秋末冬初的时光，徐壮民连续一个多月不再犯病，伤臂也甩打自如，开始处理公务。赵石匠和赵毡匠两个舅舅依旧隔三岔五送些肉食、鸡蛋来，白宝霖吩咐大灶上继续给他开小灶，徐壮民天天有腥荤，身体跌下的亏空垫补起来，脸肉横横的，走路腾腾响，于是开始在雨枝身上打鬼主意。每逢两个人独处的时候，他就像一个八十年没见过女人的饿汉，搂抱住雨枝，没命地亲吻、抚摸，并很快从纯粹的爱抚中放荡起来，一只手在她的腿胯间慌急地爬行，企图深入，就会猴急地说：“我浑身都是劲，一涌一涌的，没个地方使，咋闹?”雨枝总是羞红了脸，捶他打他。雨枝坚强地把握着自己，到了关键的地步，就会咬着牙狠狠地扭掐他一把，抑或把他的脚尖踩疼，灵巧地滑脱身子，徐壮民嚷嚷说：“我憋屈得快要死哩，你这个短女子嘎女子，全世界最短最嘎的人!”

腊八早晨，徐壮民和雨枝领取了结婚证。随后，他带着雨枝去给父母上坟。

徐壮民拿着一把铁锨铲土，填塞了坟头上黄鼠掘开的一个个窟窿，又除去沙蒿、棉蓬、灰蓬的枯草，在坟头上用砖头压实几张纸钱。雨枝小心地在饭窗上一样一样摆好祭品，有半熟的肥肉片、炸豆腐片、切成两瓣的煮鸡蛋，还有几瓣苹果。徐壮民用一根棍子在饭窗前画了一个拦挡饿鬼抢食的大圆圈，把少半葫芦酒搁在祭品一旁，说：“好哩!”两人一起跪倒，点香烧纸。徐壮民哽咽着说：“大，妈，快过年哩，二老寻钱来!”雨枝有些羞赧和口生，不好意思如此称呼，局促不安。徐壮民看了她一眼，又说，“大，妈，二位老人泉下有知，儿子跟儿媳给二老磕头哩!”说着，眼泪扑簌簌落下。雨枝心里一酸，连磕三个头，泣不成声，说：“大……妈……寻钱来!”

几只野鹊圪蹴在竖满坚刺的柠条的枯枝上，专注地盯着祭品；伺等二人离开后，拍着翅膀争相扑下，一嘴一嘴鸽食起来。二人回头瞧着情形，对望一眼，也不去叱吓哄赶，却不觉走出了伤逝的情绪。

眺望远处，河岸杨柳的枝条上挂满虚胖的雾凇，如云如烟，似雪非雪，日光下冰清玉洁、亮光闪闪，有虼蚤似的麻雀上蹿下跳，嬉戏打闹。对这可遇不可求的自然奇观，雨枝看得痴语连连，欣喜若狂，拽了徐壮民的手，吵闹着要下到河畔一睹为快。二人踩踏雪地趺趺滑滑抵近时，那肥厚的树挂已开始大面积滑塌，或坨坨溜溜疾如瓢泼，或倾盆而下噗嗒作响，惊得麻雀云片一样飘走，潮起一阵鸟噪。冰水打脸，脚下湿滑，二人陷于狼狈，松鼠一样乱窜，雨枝笑得弯腰捧腹，徐壮民大有回归儿时之慨。

二人伫立在少年时玩耍的山道上，欣赏着西芦子河滩上凝结的美景。日照之下，河滩里的冰雪世界灿烂辉煌，拐弯处的跌哨上织结了一丛丛冰挂，像搭上椽杆晾晒的粉条，像闪闪滑滑的白练。二人呆憨地观赏了半晌，又往高处爬走。积在山路上的薄雪被践踏出嘎吱嘎吱的酥脆的声响，衬托了山村野外雪后的宁静。呼吸产生的热气变成淡淡的白色，一绺绺顺着脖颈飘没到瓦蓝澄澈的天空里。雨枝的脸颊经受日光的沐浴，显出白里透红的水色，仿佛一枝雪地里张瓣吐蕊的梅花。徐壮民嗷嗷地吵呼着，流连、痴迷于人物和景物里。不时有扑棱棱的沙鸽从天空飞过，雨枝仰头张望间，有一疙瘩鸽屎不偏不倚落在脸上，她慌了，说："飞禽屙在人脸上，不是好兆头！"徐壮民被逗乐，说："那你跳河去！"雨枝说："那咱俩一起跳！"徐壮民说："得掏个冰窟窿，谁先跳？"雨枝说："你掏去，你先跳！"两人都笑起来。徐壮民见她忧容不散，说："你还是个读书人，瞎迷信。你若站在大树底下，只怕让雀屎淋死！"雨枝受到启发和宽慰，心中的担忧一下子散去。

两人勾肩搭背往回走。缱绻舒悦里，雨枝的思绪和心情穿越到遥远的童年，回想起当年拔猪草时采摘马奶奶、梭牛牛的趣事，絮叨间，又记忆起仙草郎胖儿，说："灰人，你一找到郎胖儿，总会画一个圆圈罩住，是甚意思？"徐壮民说："怕跑哩！"雨枝说："你也是个愣迷信瓜蛋！"徐壮民摸捏了一下她软滑的腰身，坏笑着说："我今儿才解开，你个灰女子就是那有魂灵儿的仙草郎胖儿！我要拿一个圆圈长长久久罩了你！"雨枝幸福得痴痴迷迷。

徐壮民从怀里取出一个揉破汗溻的信封，神秘兮兮地说："鬼女子，这是我藏了多年的一个物件，想不想看？"雨枝夺过来，从中掏出信瓤，舒展开，竟是当年自己捎给他的那封贴了鸳鸯剪花的情书！徐壮民指着"依作北辰星"的那个已是字迹漶漫的依字说："这个字念甚?"雨枝早已陶醉在无比的幸福里，激动得落泪了："你……你还保存着？这是《乐府诗集》'子夜歌'中的一句……"她春情激荡，又即兴背诵了元朝女词人管道昇的《我侬词》："你侬我侬，忒煞情多。情多处，热如火。把一块泥，捻一个你，塑一个我。将咱两个，一齐打破，用水调和。再捻一个你，再塑一个我。我泥中有你，你泥中有我。与你生同一个衾，死同一个椁。"徐壮民依依情深，把她拥在怀里。雨枝深情地凝望着他，说："只不知世间情为何物，直叫人生死相许!"徐壮民将她搂得更紧，说："我从心灵深处感激你！没有你的这一份情，我也许走不到今天！雨枝哪，我想对你说，只有你我相许，一路相随，共担风雨，不弃不离，我的生活，我的生命，才会充满人性的意义!"

二人来到老家的破窑院。徐壮民打开门锁，脖子涨得像发情的黄羊，也不搭话，反身扑上，将雨枝羊羔一样揽在怀里，噔噔噔直奔后窑的土炕。雨枝娇羞无限，风情万种，呢呢喃喃说："今儿跟你入洞房!"徐壮民喘着粗气，野蛮地撕剥了她的衣裳，雨点一样的亲吻落在她的嘴唇上脸颊上鼻子上眼睛上额头上耳朵上脖颈上奶子上，又三下两下把自己脱得精光，扯过一条破被子盖在身上，一头水牛似的朝神秘的港湾扎去。雨枝稀软成一团白绒毛，幻化成一泓清水水，随着他的燃烧而起火、沸腾了；她缠抱着他的身体，像蛇一样箍紧，发出酸刺果子的那种甜滋滋酸溜溜的娇喘和低吟……

# 第三十四章

清明无雪，谷雨无霜，谷雨节气的到来，意味着庄户人就要埯瓜点豆了。

县委趁着农时大忙前的空隙，决定召开第二届参议会。此刻，白文翰坐在炕桌旁就着麻油灯起草提案。他已年届六旬，眼睛花得看不清跟前的字，只得把纸张搁远，用镇纸压实，握着小字笔，挺直脖颈、瞪大眼睛、伸长胳膊去写画，这样写出来的字歪歪扭扭，连自个儿看了都害气。白贺氏凑到跟前，眯缝了眼睛觑瞅，笑吟吟地说：“他大，你眼窝瞪得跟铜铃一样，身子挺得跟马猴一样，这是在画门神?”白文翰叹了一口气，说：“马老一月，人老一年，不服老不行哩!”他终于泄气，恼悻悻地收拾了砚瓦、镇纸，把毛笔和笔帽搁在一旁，说赶明儿请壮民过来写。白贺氏晓得自个儿的任务是清洗毛笔，絮叨说：“这东西一洗一盆黑糊糊，白白糟蹋水……”白文翰瞪了她一眼：“愣婆姨女子，长两颗菜籽眼，就盯着脚梁面上的屄事!”白贺氏见老汉子发火，赶紧拿过毛笔溜下炕去。

白文翰于两年前出任镇边县参议会副议长，去年冬天被推选为陕甘宁边区第二届参议会议员，和惠书记、高先生几个人一道去延安参加会议，又当选为边区政府委员。令他悲喜交集的是，会议期间，见到了满头白发的老拜识刘培基。两人圪蹴在一起拉话，白文翰总也绕不开刘志丹这个坎儿，也不避讳，叹惋他的短命人生，说："景桂当年是咱陕北共产党的头头，如若活着的话，官也熬大哩！"刘培基倒是开朗豁达，嗐了一声，说："景桂的心愿实现哩，泉下有知，自会安心。咱老哥俩瞎扑腾了多半辈子，总算没白活，终于亲眼见到共产党长成了一棵参天大树！如今，出苦力的活儿咱也干不动哩，就给政府当当臭皮匠，盼着他们得天下。"白文翰连连点头，悄悄说："咱老哥俩一窝狐子不嫌臊，又尿到一个壶里嘞！"两人击掌大笑。开罢会返回家里，他就思谋着给政府再出几个好点子。

徐壮民对白文翰提出的关于搬迁县府和在张家畔兴立七月骡马大会的提案建议十分赞赏，说："牛钦誉县长当年曾明确提出迁治主张，奔波无果，这一利县利民的大计只有在共产党手上才能实现！"两人见识相当，搜罗、列举了种种依据、理由和好处，花费了两天时间完成了这份提案。

李函玉于会前两日骑一匹骡子赶到镇边城。根据"三三制"政权政策规定和统战工作的需要，他是作为柠条原国统区中间分子的代表由县委统战部特聘为县参议员的。两年前秋天举行的第一届参议会他谢辞邀请没有参加，这次却提前报到。县委统战部部长、新城区区委书记谢宝堂亲自安排好他的食宿，向他讲解了参议会的职能、性质和作用，申明是一个代表全县群众的权力机关，拥有选举权、监察弹劾权、立法权、财政权、否决权，一切目的在于民主施政，抗日救国。并将毛泽东主席在边区参议会上演讲过的一段话念给他听："日本帝国主义还在继续侵略，它的目的是要灭亡中国。中国共产党的主张，就是团结全国一切抗日力量，打倒日本帝国主义，要和全国一切抗日的党派、阶级、民族合作，只要不是汉奸，都要联合一致，共同奋斗……国事是国家的公事，不是一党一派的私事。因此，共产党员只有对党外人士实行民主合作的义务，而无排斥别人、垄断一切的权力。"李函玉释然地说："管子曰：'政之所兴，在顺民心；政之所废，在逆民心。'共产党义薄云天、胸怀广阔，毛先生心系国家民族、天下苍生，这样的制度顺乎历史、顺乎民心！"后间，他到白文翰家闲串，仔细阅读了提案，说："这是个好点子！"在提案人一栏签上了自己的名字，表示支持。高先生写了一份关于创办冬学、逐步普及小学教育的提案，李函玉大为赞赏，也签了名。

这天前晌，郭学文带一班吹鼓手锣鼓喧阗在前头开道，高先生组织学生娃娃挥舞五色的小旗子夹道欢迎，白文翰领着六十多名参议员和几十号列席人员一路过来，进入镇边小学的大教室。惠书记以主席团执行主席身份主持大会。筹委会主任谢宝堂向大会报告了第二届参议会筹备情况，宣布实到人数符合法定数额，会议可以举行。惠书记宣布大会开幕，并致了开幕词。主席团成员白文翰对这次会议参议员身份的变化情况做了专门说明，称上届参议会议员绝大多数是共产党员身份，本届只占三分之一；经区、乡选举，十二名公认的劳动英雄、驮盐模范和手艺能人成为新的参议员。此外，聘请柠条原友区的李函玉等知名人士担任参议员，等等。他庄重宣称："边区的参议会政权政策得到全面的贯彻落实，体现了共产党重视民权民主、团结一致联合抗战的态度，受到全县各阶层的一致拥护！"会场上响起热烈而持久的掌声。

下来，高先生几个人轮流登台发言。高先生情绪激动，绘声绘色地讲述了边区第二届参议会的盛况，说大会主席台上高悬孙中山先生大幅画像和大字书写的抗战建国纲领及陕甘宁边区施政纲领的纵幅，由边区参议会主席团执行主席高岗同志宣布开幕；说亲眼见到了毛泽东、朱德、刘少奇等中央领导人，他们和议员们一起讨论问题，一个食堂吃饭；说毛泽东同志身材魁梧，身穿银灰色服装，头戴银灰色毡帽，一派伟人风采，一口湖南话，出口成章，滔滔不绝；说除了边区各界的代表外，还有印度、荷兰、日本国的参议员，用英语、日语讲话，谴责日本国侵略中国的罪行，专门有人现场翻译；说大会贯彻落实三三制政权政策，用不记名投票的方式选举产生了议长、副议长和边区政府主席、副主席、委员，以及边区高等法院院长等等。高先生盛赞中国共产党开创了一个新时代，新天地，边区实现了真正的民主政治，认为日本国是老鼠欺负大象，苍蝇叮咬巨龙，迟早会落个粉身碎骨的下场！他一时兴奋，坚称“三三制”是解决目前乃至未来中国民主政治问题的必由之路，可以适用五百年！高先生口才好，讲话幽默风趣，极富渲染力，议员们深受感染，精神振奋，一轮一轮鼓掌叫好，会场气氛热烈。

第二天前晌，王振国向大会做了政府工作报告，汇报了全县两年来各方面的建设情况和所取得的成绩及存在的问题，提出了下一时期的主要目标任务，并恳切希望各位议员畅所欲言、不拘一格提出意见和建议。在分组讨论中，王贵福、赵石匠、赵毡匠、柴皮匠、白云山几个议员学着高先生的样子放开胆子发言。王贵福建议政府要大力倡导开荒种田，多打粮食，支援前线，同时要组织拓修运盐道路以方便交通，在沿途多修建几处公家的店院并准许私人自由开店，方便脚户一年四时特别是冬春两季歇脚食宿。赵石匠称：“边墙畔兴修水利缺人手，修好的水地也需要人力耕种，这几年移来二百多户，但远远不够，移民工作得好好抓。”赵毡匠要求县上重视引洪漫地的事情，说：“鱼沟修成了五千亩，宇山庄、水口滩也可以修五六千亩，全县各区、乡有条件的地方都修的话就能修成几万亩，打得粮食颗籽那才叫海哩。”柴皮匠认为县上对种草养畜抓得不紧，说：“种庄稼离不开粪土，种草养畜闹腾开来，既能吃肉炼油又能卖皮子卖绒毛还能多打粮食颗籽。”白云山批评政府对纺线织布的事不下力气抓，县里至今没有一家正规的毛纺厂，毛纺合作社组建也太过缓慢，说：“如果把各区、乡的婆姨女子都组织起来纺线织布，不但可以实现自产自足，还必定会有大量的余头可以上市卖钱，促进贸易互市。”王振国听得一头一头冒汗，认真记录下他们提出的意见和建议，让他们联合写成一份综合性的提案，一股老汉嚷吵说，眼眼巧手手拙只会说不会写。王振国安排秘书加班加点帮忙整理、起草。

第四天的时候，参议员们被分编为政法、文化教育、经济财政三个组开始审查提案。经审查通过的，提交政府执行；有的因战时情况暂不能实施，则被否决。白文翰承头的提案经过激烈辩论最终通过。惠书记专门参加讨论，对提案获得通过表示满意。王振国当场表态，将着手开展前期基础建设，计划于七月骡马大会前统一搬迁。王贵福一股老汉的提案获得通过，个个喜眉笑眼，说咱戳牛屁股的受苦汉说话也算×数哩！高先生承头的提案全票通过，他特地向全体议员行了鞠躬礼，说："百年树人的大计终于有了盼头！"大会第五天，惠书记将提案审查结果公布，代表县委表示全力支持，逐项落实，抓出成效。此后，又进行了不记名投票选举，惠书记、白文翰分别当选议长、副议长，徐壮民、史兰兰等六人为常驻议员；王振国当选县长，谢宝堂、徐兽医为副县长，高先生等十二人为县政府委员。徐壮民因为挨处分和与雨枝结婚的事受到影响，候选副县长一职落选。

这天夜里，城隍庙广场戏台两侧的立柱上斜吊起两个油浸棉花蛋，腾腾的油烟里燃起肥硕的火焰，把台上台下照得亮堂堂的。郭学文导演的晚会盛大开演。先是扭秧歌、耍龙灯，百十人参与表演，声势浩大，鼓乐震天，场地上黄尘滚滚；下来是跑驴、扳水船、二贵打架、大脑和尚戏柳翠，人们乐得跌倒爬起，笑破了肚皮。此后小戏登场，演唱了由郭学文编剧并主演的《婆姨汉识字》《有力出力》《反巫神》《赶脚》几部眉户剧。他的歌喉和演技博得阵阵喝彩，上千号人嗷嗷地红火了半夜。谢幕时，惠书记握着郭学文的手说："老郭，文艺提供精神食粮，和生产同样重要，庄户人不仅要吃饱穿暖，还要红火热闹，你是咱们的文艺状元！"

不久，惠书记到三边地委参加紧急会议去了。

几天后返回，县委随即组织召开了县、区两级干部会议。惠书记传达了地委会议精神；强调两点：一是响应毛泽东同志"自己动手，丰衣足食""克服困难，渡过难关"的号召，开展大生产运动；二是开展整顿党风、文风、学风的整风运动。在安排部署了大生产运动主要工作之后，会议开始集体学习二十一个整风文件。学习会场设在城隍庙戏台上下，近年从延安陆续分配过来的十几个青年知识分子派上用场，轮流登台讲课，一百多号干部坐在台下的椽棒上顶着烈日听讲，大伙对主观主义、宗派主义、党八股、右倾、“左”倾这些新鲜而抽象的概念有了一个轮廓印象和粗浅认识。第二天的时候，朱洪英过来检查整风进展情况，认为学习安排过粗过快，要求县委先把当前的生产任务放一放，腾出半月时间，让党政干部集中精力学习文件，扎扎实实推进整风。干部们议论纷纷，个个犯愁，镇罗区区长史炳耀抱怨说：“学习能当饭吃？这么毒的日头，还不把人烤焦哩！”朱洪英离去后，徐壮民几个人向惠书记建议说，咱们应当以整风为动力，以生产为抓手，安排干部们尽快回到各自岗位，结合起来共同推进，这样两不耽搁。惠书记斟酌再三，还是同意了，一边抓紧组织安排集体学习，一边让县委机关干部加班加点赶印重点文件。第四天，惠书记宣布集体学习结束，要求县、区两级在重点抓好大生产运动的同时，要严格依照整风活动各个阶段的目标任务，定出计划，层层下达，抓出成效，干部们掖着油印的文件赶了回去。

徐壮民和雨枝的小家安顿在学校里，和王宝仪做邻居。经王宝仪指拨，雨枝先是学会了煮鸡蛋、熬米汤，接着又学会了拌疙瘩汤、搅搅团、洋芋黏饭、干饭熬菜、烙饼子、炒洋芋条等一些讲窍道的农家饭的做法，成为一个上得讲堂下得厨房的婆姨。徐壮民回到家里，见雨枝扎着腰裙正在咯噔咯噔地剁荞面，笑道：“雨枝又长本事哩。”雨枝得意地说：“咱这脑瓜子，秀才学阴阳，一拨就转。”徐壮民瞅着她微微鼓起的肚子，心疼地说：“随便凑合一点就行，你眼下可是两个人哩。”雨枝脸上荡漾了幸福：“就是不能亏了肚子里的小毛人人，才要吃得花哨些。”徐壮民指了指案板上粗细不匀的面条，失笑出声：“灰婆姨，你把面擀厚哩，刀工也不行。”雨枝说：“人家头一回嘛。”说着就要把剁下的面条重和重擀。徐壮民吻了她一下，拦住，说：“你就是剁下指头厚的面条子，我也爱吃。”雨枝乘机依偎在他怀里，撒娇说：“这辈子也不许你嫌弃人家!”徐壮民含情脉脉地瞅着她扑闪扑闪的长睫毛，轻轻摩挲着她的小腹，悄悄说：“荞面圪坨羊腥汤，死死活活相跟上!”雨枝说：“不准玄谎，不准反悔，不准……”徐壮民深情地说：“伺等到秋底快坐月子的时候，把你妈从安边接过来，咱一搭过日子，她一个人孤孤单单的。”雨枝泪眼迷离，捉起他的胳膊狠狠咬了一口。徐壮民说：“咱三边的女婿客都管岳母叫奶奶，我觉得不好听；你妈和我妈当初姐妹相称，我就叫她姨娘吧!”雨枝搂紧他的腰身，说：“愣和尚，这回不愣哩!”

区委组织区、乡干部集体学习了整风文件，将宣传动员、对照检查、民主讨论、整改提高、总结验收等各个阶段的活动内容做了安排，要求大伙边学边干，不得应付差事。刘二毛几个大老粗对文件的精神囫囵拿着，高低不懂。徐壮民说：掌握一个大的原则，就是不拉帮结派，搞民主集中；不说空话假话，只干好事实事；学文件看报纸重调查走群众路线，不摆样子不走过场不要花架子；团结一致，共同抗日。刘二毛说：“解开哩，×的麻达也没。”大伙都笑了。徐壮民和白宝霖几个区领导交换了意见，对大生产运动做了全盘布置，确定重点抓好粮食生产、公盐驮运、水利建设、种草养畜、纺线织布，同时明确下达了各乡的目标、任务；组织领导方面也分担了责任，一人分管一头。开罢会，他匆匆去了边墙畔。

去年，八路军的一个骑兵团调驻张家畔，也在边墙畔拓建了屯垦农场。边墙畔引水工程由赵石匠设计施工，在骑兵团和独立营的参与下，向南开拓输水渠，延伸了十里，直抵水堖沙，形成一道十五里长的引水干渠。徐壮民向惠书记和王振国立下了军令状，赶在今年地冻前，将水堖沙的五千亩荒沙地全部漫成水浇田，并分配土地、规划种植。制约这一浩大工程的主要因素——劳力问题，也得到有效解决，几年来，从县内和毗邻的横山县招来移民二百来户，边墙畔常住人口已达一千多人。徐壮民觉得远远不够。初春时区委区政府即以文件形式报请县委、县政府继续加大对移民工作的支持力度，计划今年再移一百户以上。县政府在从前的优惠政策的基础上，又适时制定了几项具体措施：一、明确地权，凡新修成的地块，百分之八十归属各户，永久使用，百分之二十抽归公家，预留给下一批移民和公共机关耕种；二、凡参与兴修水地的移民户，每户由公家给予二十至四十元的贷款资助；三、由公家出资，新开掘土窑洞一百孔，为新移民户提供住宿；四、补助新移民户半数人口一年的口粮；五、由公家提供镢头、铁锨等劳动工具。

区委抓住黄健婆姨汉轮作套种的典型例子大力宣传鼓动，移民户的种地积极性被调动起来。黄健婆姨汉已成为种地把式，他家一块二垧的水地种得特别精细，“春种麦子带黑豆，黑豆林里插萝卜”，一年种三茬。去年秋底，徐壮民拖着病体专门来过一趟，对这块地的产出做了统计：一亩地平均收麦子八斗、黑豆四斗、萝卜两千多斤，是普通旱地收入的八九倍。他当众宣布，边墙畔预计至少可以修成水地一万几千亩，照这样的种法、这样的收成，以一亩水地养活一个人计，至少可以养活一万几千号人。消息传出去，移民户十分兴奋，纷纷跑颠到黄健家询问真假。黄健指着一囤囤的粮食说，谁玄谎谁吹牛谁就是四条腿！这个话也很快传扬出去，今年打春后自发的移民越来越多，赶至春忙时光，已陆续迁来七八十户。白支书、盛乡长几个乡干部逐户落实政策，安排住宿，发放口粮，办理贷款，帮助租地、开种。富余的劳力，统一组织到渠上和引水拉沙工地及打窑工地。更令人心称快的是，水利工程进展顺利，没有遇到用水困难的扼卡。开春到现在，风调雨顺，十天半月就下一场饱雨，毛嘴子坝头的水线刚刚落下就立马涨起，渠道里从早到晚哗哗地发出欢响。

引水拉沙工地，场景豪猛而粗犷，人的智慧和力量得到惊天地泣鬼神的展现。水流的虎吼声里，三四百号劳力使着铁锨镢头耙子一起上手，依着赵石匠揭帽盖子、野马分鬃的招数和他新近摸索出的漩沙腰、劈沙畔、梅花瓣、麻雀战的套路，引水的引水劈沙的劈沙拨壕的拨壕筑墙的筑墙挖渠的挖渠抬槽的抬槽喊号子的喊号子，人声喧腾，乱马闯阵，犹如发动了一场战争。肆虐了千百年的沙老虎被驯服成猎狗一样的急流或大卸八块或碎尸万段，慢坡摊平，梁坬拱塌，沙丘失踪，低洼的沙脚闶阆鼓胀起来，转眼变戏法似的成为平展的田地。而沙丘沙梁沙洼沙荒仿佛一支败军，在惶急地撤退，似乎直要一口气撤退到东南方向遥远处的龙州河的沟谷里去了。

歇工的时候，徐壮民过来，说："二舅，局死骡子挣死马，赶地冻时光非得把这水墒沙削成一马平川！"赵石匠在鞋帮上磕打着旱烟锅子，说："二舅说一句二梁话，敢立生死文书，只要你小子跟着我的指挥棒转。"徐壮民探问究竟，赵石匠说："新修的沙沙地散水快，浇一场雨几天就蒸干哩，这一向迟庄稼开种，家家灌地，水赶不上用。你得管一管放水的事，不要让乱开支壕小壕胡×放水，把多一半的水都白白糟蹋哩，影响二舅这头的工程进展！"徐壮民说："没麻达！"

这道十五里长的大水壕上，边墙北开掘了二十二道支壕水口，边墙南开了十五道，大部分是各家各户或联户为浇灌自家地块而自由开通的；支壕与支壕之间没有一定的距离，每道支壕浇地多少、浇多少回没有一个准头，以致处于上水位置的地块浇了三四回，漫成了烂泥坑，下水位置的却只浇了两茬水，而下水的家户找水东堵西填又费时误工，更主要的是严重影响了水墒沙的工程用水。徐壮民和白支书、盛乡长考察了一圈，找到了症结，首先确定在边墙北减少六道支壕，边墙南减少三道。随后，他们召集老户、移民户的家长开会，进行协调处理。徐壮民说："以前咱因为缺少劳力，鼓励各家自掘水口放水，没有一定的规划和组织管理，导致乱开乱放，既浪费了水，又威胁到大壕的固实和安全，并且影响了水墒沙的工程。实践证明，没有规矩不成方圆，咱得改!”他提出了禁止乱开乱放和封闭九道支壕的意见，明确了每道支壕所浇灌园地的范围、亩数和所涉及的家户及浇灌的次数。大伙因为抢水经常闹意见，甚至捣嘴打架蹭皮伤脸，都盼着政府出面调处管理，纷纷表态同意。众人经过商量，议定在每道支壕的水口上安装一个水门，不放水时用木板竖插起来，实行上下昼夜轮流、循环放水。这样，上下都能应时灌地，庄稼受不了旱，放水也不误工，并保证了引水拉沙工程用水。事情顺当、圆满解决了，新老住户皆大欢喜。徐壮民随后召集党员和乡、村干部开会，针对这桩事情组织了关于党风问题和工作作风问题的讨论活动，批评白支书和盛乡长犯了官僚主义、主观主义的错误，高高在上、应付差事，对涉及群众利益的大事漠视不管，无所作为，或是不调查研究，凭自己的感觉和经验办事，像两头不动脑筋的懒猪。二人很是惭愧，做了自我检讨。处理完结这桩事，徐壮民对赵石匠说：“二舅，问题摆平哩。”赵石匠笑道：“你小子放心，赶秋底水大哩，二舅把工程哈喇喇拿下马，拿不下马，二舅头杵地走三年!”

头茬庄稼进入秧苗期，地块之间的长势就拉开了距离，有的长得肥头大耳、绿里带黑油汪汪的，有的瘦骨伶仃、叶子泛黄。黄健说，庄稼不上粪，种上也没用。茅粪是咱庄户人最重要的肥源，对那些养不起猪羊和大牲口的家户更为当紧。娃娃不吃奶，大人不吃饭，就要饿乏饿坏，庄稼不上粪能长出好样子？这话跌在徐壮民的耳朵里，觉得说得好，于是专门查看了各家各户扎粪的场地。他走遍边墙畔几个庄子，除了鸡窝猪圈羊圈大牲口圈，竟发现只有少数老户安了茅圈扎人粪，移民户几乎清一色放野屁子。当下召集几个乡干部开会，讲了这个发现，强调安茅圈扎粪的重要性和必要性。白支书和盛乡长不以为然，说：“咱这地方地广人稀，人老几辈子都习惯哩。”徐壮民指戳着二人说：“整顿党风、文风、学风，再加上个整顿‘庄风’，这个赖习惯必须改。今天就从你两家改起，挖脑子绊命也得给我连夜安茅圈!”白支书和盛乡长没奈何，当天雇人，连夜打了几堵围墙，倒腾出腌菜缸作茅缸，各自安了茅圈。第二天，徐壮民又召集了一个小会，要求党员和村干部带头，安排乡干部分头上门劝说各户。过了几天，派人检查，只有十来个党员、村干部家庭和二十几户移民安了茅圈。徐壮民火了，让乡政府组织开大会，用行政命令的办法强行解决。当天后晌，一阵锣响，上千号人簇在庄湾中央。盛乡长宣布了乡政府关于整顿庄风、统一安茅圈的决定，有人吼喊说乡政府管天管地还管屉屎放屁？众人哄笑一气。徐壮民制止喧嚷，大声蹭驳起来："该管的必须管，赖庄风必须改！庄户人都知道，庄稼一枝花，全靠粪当家，种地不上粪，种上也没用。咱家家户户安了茅圈，既文明、讲究，又可积攒粪土；庄稼得了粪土，长得又高又粗实，打得颗籽又饱又多没秕子，这号好事也撒懒，还算甚人？这号倒塌烂包的庄风丢咱边墙畔人的脸！再说哩，男人倒也罢哩，婆姨女子大白天放野尻子，叫人家瞄扫见臊不臊？大女子以后还如何寻婆家？"人群里发出哄哄的笑声，都说是这么个理。随后，由盛乡长按户口册点名字，让各家掌柜的逐个当场表了态。徐壮民还不放心，下了一道命令："过一周统一上门检查，对不安茅圈的一律进行处罚——老户多缴二斗公粮，移民户扣除两个月的口粮补助，另外还要在群众大会上点名批评！"边墙畔很快掀起了盖茅圈的风潮，结束了群众性放野尻子的历史，成为这些年三边一带庄风转变最为显著的地方。

从正月起到五月尽头，王贵福的两个儿子将上年秋后从苟池、盐场堡运回储存在家里的咸盐全数运到了延安，两峰骆驼、四头毛驴一回驮八驮，弟兄俩每回各背半驮，一共往返了九趟，已超额两倍完成全年驮运公盐的任务。乡长刘二毛把这个事汇报给了徐壮民。乡支书郭学文也在场，补充说，王贵福打算在六月到腊月的七个月里，再从苟池至延安驮运两趟，往家里驮运六趟，这么一合计，王家超额四倍还多。刘二毛嫌他抢了话头，瞪了他一眼，郭学文装作没看见。徐壮民瞥见，也不在意，让他们将这个典型广为宣传，鼓动脚户们向王家看齐，都能争取超额完成任务。刘二毛嘲弄说：“驮一趟赚头不小，王家人苦水好，趱赶着挣钱，都是贪财没瞌睡的钱丁。”徐壮民呵斥说：“亏你还是个乡长，囔这混账话！除了驮公盐，他家年年带头开种荒地，自愿上缴十几二十石的救国粮，这么憨实的人家骑上马跑一天也找不到第二家。谁的身子是铁打的？那是他们心里有政府！”他心里一阵难受，觉得亏欠王家人很多很多，想着好久也没和王贵福照面了，该探望一回，当下骑上马去了老房滩。

徐壮民一进门，王老婆就自觉地撇下手头的活，削下几疙瘩砖茶颠着小脚熬茶去了。王贵福紧接忙待客客气气把徐壮民招呼到炕上，拿来旱烟袋子让他先抽着，自己出了门。院子里，一只老公鸡抖动着紫红的肉冠，在日光下昂首阔步。王贵福左手端着一只盛了一撮米粒的瓷碗，右手拎一把杀羊刀，打量着老公鸡，蹑手蹑脚过去，嘴里咯咯咯地叫唤着，将米粒撒在地上。老公鸡伸头探脑过来，鸽食之际，王贵福一猫腰揪住尾巴，老公鸡蹬着爪子、扑扇膀子嘎嘎嘎惊叫，他倒手掐住脖颈，用膝盖将它死死抵在地上，揣摸着鸡脑袋下方的一道细坎儿，握了刀子抹去，鸡血嗞地冒出，流进碗里。王贵福拔一根鸡翎挑断脑髓，老公鸡神经性地扑跳几下，膀子停止了扇掼。老汉为自己残忍的行为和老公鸡悲惨的下场叹了口气，嘴里和尚念经似的祷告了一趟子，这才一手端了半碗鸡血一手拎了死鸡回到家里，吩咐王老婆煺毛剖洗，安顿鸡血和面吃、鸡心鸡肚鸡卵蛋不敢扔哩。王老婆说：“又不是解不下，哪一回你都要啰唆。”徐壮民咽了一口唾沫，说：“二叔，我一上门你就杀鸡招待！”王贵福掩饰说：“你是公家的大干部，吃口开、碰了个准，我本来就打算今天杀鸡的。”王老婆揭发说：“老鬼，玄谎不跟喉咽子商量，你舍得杀鸡？只有老公鸡老得走不动哩不踏蛋哩不叫鸣哩才杀！还不是因为满仓的事，想溜尻子！”王贵福显出心烦，瞪了老婆子一眼：“糊脑孙，半壳子，说话不会拐弯儿，舌头还风车车一样扇得欢!”徐壮民心里不是滋味，绕开话题，对他家几年间踊跃开荒地、缴公粮、驮公盐的事表示了感谢，称赞他不愧是县里公认的劳动英雄!

王贵福靠炕墙坐下，闷闷地说：“徐书记，壮民贤侄，二叔也不玄谎，驮公盐赚头大，是为了这一家子的光景日月；多缴救国粮赔老本，是我老汉打心底觉得咱政府好，打小日本是个大事，甘心支持。另外有一层意思，不是有满仓这个坏仔仔嘛，一个秤锤拽在心上，我不能落在人后头!”徐壮民见他说出心底话，很是感动，说：“二叔，无论如何，你带了个好头，帮了政府的大忙。至于满仓那事，我说过多少回哩，你就不要往心里去。满仓是咱的统战对象，政治上不影响你家里；你老人家已经是县参议员哩，这说明个甚问题?”王贵福脸上的忧烦憋闷完全褪尽，眼睛睁得明亮亮的，长长舒了一口气。

二人正说话间，从大门进来一个手里拎着一摞纸包的汉子，身后一头连一头跟进来四头驮了布捆子的毛驴。徐壮民从半启的窗口望去，心里一惊。汉子把毛驴拴在桩子上，拍一拍身上的尘土，向屋里走来。徐壮民下了炕，站在门口，盯着他看。汉子近前，愣在那里。“卜生海!”徐壮民喊道。汉子扑通跪倒在地，眼泪唰唰地流下来。王贵福从窗口探出半个头，以行家的目光掂量着几头驴，而后将加注了疑惑的目光挪在来人身上，却认出是当年曾在自家地窖里躲藏过一阵子的那个小伙子，便一脸惊喜，连忙从屋里出来。卜生海叫着干大，冲王贵福磕了三个头，又要给徐壮民磕头，徐壮民上前将他拽起来，说：“不敢瞎闹!”卜生海哽咽着说：“徐连长，大哥，我背誓负义，在你面前抬不起头，我对不起你哪!”徐壮民笑道：“过去的都过去哩，咋能怨你?如今你好好的，比什么都强!”三个人一同进了屋里。王老婆端茶进来，卜生海叫着干妈，赶紧跪下磕了三个头，王老婆吓了一跳，半晌认出，唠叨几句，瞅着他带来的几包东西，说：“这娃娃仁仁义义!”说着到灶间忙活去了。三个人上炕盘腿坐下，卜生海讲述了自个儿这些年来的事情。

卜生海逃回定边城郊贺圈庄的老家躲了一个月，见无人盘查，松了一口气。初夏时光，一股民团来到庄子里设场耍赌，倒卖烟土。庄里人害怕这些痞子，没人敢去。他们打听到卜生海在外头混过，就上门怂恿他去闹红火。卜生海也想露一下脸，壮着胆子跟过去。团丁们招呼着吃肉喝酒抽大烟，趁他迷迷糊糊，借钱给他押明宝、摇单双、掷色子。卜生海起初赢了不少钱，消息传开，庄里的一股二流子也去赌，赌场生意红火起来。很快，卜生海输光了赢来的钱，还欠下赌债。他偷出家里的积蓄，没明没夜泡在赌场里，不到半月，二十几块银圆输得一毛不剩。这时候，民团不再免费提供烟土，他却上了瘾。家里最值钱的一个三堂青柜卖了，一头毛驴卖了，两条新绵毡卖了，婆姨哭天抹泪，以上吊跳井逼吓，他赌咒发誓戒烟，而烟瘾一来便什么也不管不顾了。卜生海筹不到钱的时候只好出门打短工，可是挣上五个铜板就得抽上十个铜板的烟土，越陷越深。债主上门踏一脚喊一声催讨，只得借钱偿还。很快，左邻右舍、亲戚朋友都借遍了，拉下一屁股的饥荒。后来，手里的几亩地也抵了债，一家人连肚子也填不饱，婆姨拉一根讨吃棍引着两个小儿子出门讨吃去了。卜生海落魄成一个刮烟鬼，四处游荡，扭瓜掐菜，苦害乡邻。

红军西征解放定边城后，禁烟禁赌，烟土的货源日渐枯竭，烟鬼们日子难熬；这时婆姨又跑颠到乡政府闹离婚，卜生海趴在炕皮上陷于绝望。乡干部找上门来调解，劝导他戒大烟、走正道，卜生海见还有一线希望，自打嘴巴，当场向婆姨娃娃起誓戒烟。婆姨说："贼汉赌咒驴放屁，三岁娃娃长了抬头纹，胎带的！除非老匠人重做你一回！"卜生海一跳下炕，抡起斧子砍了一根手指头，说："我再吃一口就一头碰死！"婆姨惊在那里。从此，他没有吸一口，白天难打熬就泼命做营生，晚上难打熬就一个人钻到地里锄庄稼，苦挨了七天七夜，竟把烟瘾戒掉了。

去年五月间，卜生海用揽工挣下的六十块边币从一个赌博汉手头买了一头干瘦的毛驴，向亲戚家借了鞍架、口袋和十二块钱的盐本，开始赶脚贩盐。毛驴驮了一百六十斤盐，自己背了二升小米做口粮，黑夜放青，野地露宿，白天赶路。半个月后到达华池县，一驮盐卖了九十六块。这一趟除去盐本和人与牲口的开销六十六块，净赚了三十块。这样又驮了三趟，共赚了一百二十块左右，他花费一百块买了一头半大的毛驴。第五趟两头毛驴一起驮，自己背半驮，一路换米吃，共赚了七十块。腊月间，卜生海赊买了一头壮驴，将三驮盐卖到华池，带回六十丈土布贩卖，一下子赚了二百块。还清赊欠的驴钱，余下的买了一斗麦子和四五十斤的一头猪，全家人美美气气过了一个大年。

今年正月初六，脚户们还圪蹴在暖窑热炕头的时候，卜生海赶着三头毛驴上了路，这一趟净赚一百五十块。二月再出发，带回来三十丈布，净赚二百五十块。到四月底，他花费五百块买了一头大骟驴，赶到五月下来，除还清从前所有的欠账，积攒下了三四百块的家底。乡政府将他评为运盐模范，奖励给他家五十垧荒地，婆姨和两个儿子高兴得哭成泪人。

这一趟，卜生海从华池卸盐后绕道延安，又带回一批布，估计最少可以赚到四百块。他在延安特意买了几包红糖、红枣、点心，怀着感恩的心思一路北上，过来看望王家人。听到这里，王贵福摩挲着秃脑瓜，笑道："卜家贤侄，你从弯弯路上绕回来，算个小子娃娃，干大高兴！你能过来看看干大，是个有心娃娃，干大也高兴，还带甚人情礼物，贵咧咧的，瞎花钱。"徐壮民深为感慨，捣了卜生海一拳，说："兄弟，人活一口气，当一个自食其力、堂堂正正的人多好！"卜生海从感伤和激动里走出，揩着眼泪，打问当年脱险的经过。徐壮民做了简单的叙说，并讲了王仓被抓丁的事情，卜生海唏嘘不已。徐壮民补充说："王仓也是一个好人，只是运气霉走了岔道。"王贵福戒忌这个事，脸孔登时变成了一张柳树皮。他岔开话题，向卜生海打问里首、外首（对边墙内、外的俗称）地方边币与法币兑换的码子，称自己手头还有一百来块的法币，想兑换成边币。卜生海说："法币、边币贬值得都厉害，眼现一块法币兑换八块左右的边币，里首外首至多差个块儿八毛。"王贵福掐算又盘算，还是觉得法币稳当、值钱，说："匡算一下这些法币还能粜二十来只大羊，那就压箱攒着吧，说不准将来娶孙子媳妇时还能派上个大用场。"

六月下旬的几天，镇边区一乡、二乡的几个干部赶着一挂大花轮的牛车将县委、县政府的办公桌椅、生活用具和铺铺盖盖的东西一车一车送往张家畔东河畔的一座砖窑院里。区委、区政府和镇边小学及驻军连队等机关、单位随之搬迁。镇边小学占用的地方大，搬入东河畔一家经过整修改建的骡马店院。

骡马大会如期举行。为了壮大声势、扩大影响，吸引四面八方的人赶会，经县委宣传部和县政府文化部门特批，大会筹办单位之一——镇边区政府，从东路请来了白菜心、海红子的戏班和一个马戏班，并从横山县请来了韩书匠，会前一两天即分别在龙王庙院内外搭台演出、开场，果然，看红火的流水一样。起会头一天就显现出空前的热闹景象：鄂尔多斯草地的蒙古牧民骑着马赶着牛羊一股一股拥来，声称换买布匹、茶叶、铜器和米面、红糖；各路脚户吆喝毛驴、骡马，驮着布匹、棉花一簇一簇扎营，嚷嚷要倒腾成牛马骆驼；安边、柠条原友区的商贩和手艺人携带大批日用杂货、特色产品占据显眼的地方，搭起帐篷，设摊经营；四乡头脑灵光的庄户人背负谷米绿豆荞面软米糁子口袋，拎着鸡笼和鸡蛋筐子，到处走动串行，扯开嗓弦招徕生意。这种盛况显然出乎预估，区政府很快调整计划盘子，将东西街道及南北两侧的野地统一规划为不同的交易区，实行分区交易，分类管理。起会第二、三天时摊位各归其主，交易有序。中街北边的沙滩是指定起伙卖饭的地方，临时搭起的布篷一座连一座，卖炖羊肉的羊杂碎的大烩菜的烩粉汤的麻糊饭的油炸糕角的酸汤凉粉的地软包子的五花八门应有尽有，炊烟袅袅，终日不息。

县税务局在中街和河畔的几个路口搭起硬篷，专事牲畜交易的出入登记，并征收适量的交易税。令商家、小贩们放心的是，普通百货、特产统统免税。县财政局在西街专设了货币兑换所，主要为蒙古牧民和友区、外路客商提供银圆、法币与边币的兑换服务。县政府又统一安排纠察人员往来巡查，维持秩序，维护正当交易，并以政府名义四处张贴告示，禁止买空卖空、哄抬物价，禁止聚众赌博、打架斗殴等等。另外，明令禁止牙子们欺诈、捉弄憨厚粗放、不太会算账的蒙古牧民，规定牙子抽取佣金的比率，不公行为一经发现立即没收所得。此举极受牧民欢迎，称赞边区是一个有王法的太平地方。市场交易火爆，每天都有惊人的消息四处传扬，诸如一匹蒙古快马以八万元边币的天价成交，柠条原的党铁匠一天卖了二百把刃器，谁谁谁用四石五斗糜子换了草地牧民的两头犍牛。据统计，仅大牲畜交易一项，每天成交百十头（匹），交易额达数十万元。赶会的人越来越多，一拨东路客运来三万匹土布贱粜，婆姨女子争相“扯布”，人挤人人撞人。第七天会圆的时候，王振国县长让统计一下人数，十几个后生各负责一摊，数来数去数不精明，只加了大头，说足有九千人！

会场上别具一格的当数挂掌了。党铁匠带来的一批刃器卖光后，应众人的请求，在摊位上栽了“门”字形的木架子，当起掌匠。这是一个黑头焦脸的瘦老汉，眼光镇定，充满自信，腰间扎着一件苫住膝盖的乌黑斑驳的皮围裙，跟前摆放了马凳锤子锤垫铁钳刨刀凿子马钉马掌铁，不用招揽，生意很稠，排号进行。后晌人稀时，在几个顽皮小子的吆喝声里，徐壮民牵着赤驽过来换掌。赤驽被牵入架子里，党铁匠照例亲自上手，拉缰绳在横梁上系紧，吊起马头，又拽着木架上固定的宽皮带穿过赤驽的前腿后侧和后腿前侧，用力勒紧，防备乱踢乱刨。准备停当，党铁匠用一根细麻绳将一条马腿虚绑在柱子上，拽起马蹄“翻蹄亮掌”。略作查看，他抬起马腿把蹄子放在自己的左膝头，使钳子细心地撬掉磨薄磨残的旧掌，逐根拔出上面的钉子，又抄起刨刀噌噌地刨削凸起的硬茧。这一连串的动作令人胆寒，顽皮小子们都龇牙咧嘴，感受着一种瘆人的残忍，有的吼叫说这铁匠老汉汉太心残哩！赤弩更是受到惊吓，发出嘶鸣，拼命扭动，却不得脱，眼睛直勾勾地望着主人，仿佛大难临头。徐壮民一手执紧笼头，一手捂住赤弩的眼睛，喁喁私语，交流着抚慰着，额头上竟也沁出一层细汗。党铁匠有条不紊收拾好马蹄，拿起U形的马掌铁比画大小，选择出合适的，从皮包里拣了几根三寸多长的钉子半含进嘴里，右手紧握锤子开始钉掌。啷啷的打击下，一根根长钉子斜向楔入马蹄，顽皮小子们发出惊悚的尖叫，赤弩躁动不安，胡乱扑窜，险些挣脱蹄子，徐壮民再做一番交流、抚慰，它才稍微安分下来。党铁匠动作娴熟，用锤子把露出马蹄外缘的钉尖砸弯砸平，再旁敲几下，确定是否牢靠固实。四只马掌挂完，只用了一顿饭的工夫。赤弩恢复了自由，却有些不习惯，踩动铁蹄兜了几圈，发出咴咴的长嘶，依偎在主人身旁。徐壮民揩去额头的冷汗，心疼地爱抚着它的脖子，眼里汪满深情。党铁匠坐在凳子上小憩，悠闲地吸着旱烟，一边细细打量着赤弩，自言自语说这匹马值大价钱，他钉过一回掌！徐壮民欣慰地笑了，说："都快十年哩，老师傅还记着！"党铁匠脸色平静，只扫了他一眼，却仿佛扫视一根木桩子。徐壮民是专门冲着党铁匠过来换掌的，没料想还是受到和十年前一样的漠视，不禁轻轻叹了一口气。

徐壮民白宝霖柴向东三个闲转间，意外见到了巴雅尔和巴特尔带领的一帮人，是专程过来为乌审旗的蒙汉游击队置货的。他们共卖了八头牛、九匹马，买得几十匹土布、上百斤棉花、一口袋砖茶和十几口袋米面红糖及一些烟酒。徐壮民三人死拉硬拽要请他们吃饭，巴雅尔弟兄俩哪里肯依，说他们手头阔绰，反客为主请三人吃了一顿炖羊肉。巴雅尔赞不绝口，说三边的炖羊肉里放了地葵叶，味道极是鲜美别致，和草原上的手扒肉是两个路子。

会期将尽的时候，徐壮民陪同一股子县级领导在会场上转悠了一大圈，他感慨地说："牛县长当年力主迁治，只想着修城池，却从来没有说过要兴立骡马大会，亏得我白叔献了这个好点子!”白文翰脸上放光，说：“我也没想到会有这么大的阵势！这一家伙闹活哩!”惠书记说：“白议长的这一条建议敲在了钟耳子上，骡马大会起到了桥梁作用——带动贸易，通其有无，活泛经济，促进流通，宣传了边区政策，密切了民族关系，增加了财政收入，也给张家畔滩带来了一场千年不遇的红火!”众人都说这一场骡马大会给大生产运动添了彩头。

不远的开镰时节，徐兽医调任吴旗县委副书记。——吴起镇自中央红军过来那年便很快成为一个在窑洞里利用极其简陋的设施设备造枪造炮造药造被服的“工业中心”，由陕甘宁边区政府直辖。前不久，边区政府决定以镇边县宁塞堡地区为主干，从毗邻的定边、志丹①、华池三个县各划出一部分，设立吴旗县，归三边分区管辖。——徐兽医参与了勘察划界，与当地干部相熟，留下好口碑，是应当地请求调任的。徐壮民为这个事长吁短叹，心里丝丝蔓蔓的。雨枝打问长短，他噙着泪花说：“当年，我重伤快死的时候，是徐兽医救了一命，就像你一样，一口一口为我嘬吸伤口的脓水，当时我俩还不相识!”雨枝深为感动，说：“我手头还有一些银圆，都赠给他吧?”徐壮民摇摇头，说：“老徐不是那号人，一个镚子也不会要的！更主要的是，这一份感情可不是用银钱能买得的!”徐兽医起程赴任的前一天晚上，徐壮民打了一葫芦烧酒，把他请到家里，邀来白宝霖和柴向东作陪，让雨枝炒了一大盘韭菜鸡蛋款待。四个人一盅一盅碰着喝了小半夜，拉了小半夜话。雨枝嫌缩气寒碜，心心念念的，摸黑出去到街上的食堂籴了一盆炖羊肉回来。四个人眼绿，美美吃了一顿，雨枝才舒了心。令他们谁也没有料到并久久痛苦的是，这一别竟成永诀。不久的一天，徐兽医在吴旗下乡检查驮盐工作时，应一个长脚户的请求

① 1936年改保安县为志丹县。

去给骡子看病，遭遇一伙从绥西地界流窜过来的土匪，被绑架杀害。

高先生本着学以致用的理念，近年对教学进行了大胆改革，将规定的课程做出调整，新增加珠算、笔算、新杂字、新三字经几门功课。学生娃娃学会噼里啪啦打算盘，学会记账，会写常用的字，家长们都说娃娃出展哩学校办好哩。这一学期，学生增加了近一百人，总数达到三百余人。开学一个月后，学校又增设了劳动课，规定十岁以上的学生一律参加劳动。高先生与县妇救会联系，史兰兰亲自出马，调配来五十架纺车和一批陀螺供学校使用，又和新建的县毛纺厂协调好了羊毛供应与回收毛线的事情。根据学校的布排，王宝仪、雨枝等十几个老师将学生编成四个组，明确了生产任务：全劳动组，十五岁以上的学生和老师共四十人，参加纺毛线，规定每人每天纺二两头等线；半劳动组，十三至十四岁学生共五十八人，每人每天纺一两头等毛线；陀螺队，十一至十二岁学生共五十人，使用陀螺专门捻毛线；拐线队，十岁的学生三十人，一人搁一个线拐子专门拐线。另外，经筛选，指定八个学生负责纺车修理。王宝仪充当师傅教授技术，学生娃娃脑瓜灵动、手疾眼快，没几天就都学得一手本事。高先生精心安排和调整文化课与劳动课的地点、时间，轮组轮班上课或劳动。校园里，诵读声和纺线声同时响起，一个声音把一个声音淹压，并不显聒噪、杂沓。大约过了一个半月，学校向毛纺厂交了第一批毛线，全部验收合格，总计六百来斤。学校得了一笔款子，开了大灶，为师生免费提供早餐。高先生又向镇边区政府申请划拨五十亩地的校产，得到落实，打算从下年起开种洋芋、菜头，再养几头猪，解决大灶的副食供应，改为一日二餐。

雨枝腆着大肚子，已成为熟练的纺工，白日完成学校的纺线任务，晚上时光给自家纺。她念念叨叨，计划赶坐月子前另外纺线十来斤，冬天给徐壮民和自个儿各打一件毛裤、一件毛褂子。王宝仪说，我正打算给你们两口子一人打一件毛褂子，你就只打毛裤好哩。雨枝见识过她给柴向东打的毛衣，漂亮极了，羡慕她的手艺，说："到时候还得请妹子指拨针法。"王宝仪说："嫂子仙女一样的人，保险一看就懂一学就会。"

晚秋时光，徐壮民向县委打了报告，打算将三太太接过来，经惠书记特批，向安边捎了话。不久，冯孝先派人将三太太送到镇边小学。徐壮民见面叫了一声姨娘，憨憨地笑了。三太太久久地望着这个女婿，柔和的眼睛里汪满幸福。高先生特意倒腾出一间小屋，徐壮民和雨枝打扫干净，三太太住了进去。她牵着女儿和女婿的手，说："我给你们洗锅做饭，我给你们缝缝补补，我给你们引娃娃，咱一家人再也不分开！"闲着无事，三太太向高先生提出给学校打个铃或帮个灶什么的，高先生当下做了安排。三太太应时应分履行打铃的职责，觉得自己是有用之人，换了一个人似的，见熟人总得安顿一番："以后你们再不敢叫我什么三太太哩，我是给学校专职打铃的，叫冯老婆儿！"

十月下旬一个扬洒雪花的静夜，雨枝顺利产下一个肉嘟嘟的小子。徐壮民摸黑出去打了几斤散酒，邀来白宝霖、柴向东聚了一场，个个喝得酩酊大醉。白宝霖炫示说："我一不小心就养了两个儿，还准备养两个女子，这叫'四季来财'！"柴向东扇子一样扇着手掌，说："我计划养五个，这叫'五魁首'呀！"徐壮民伸展手掌，折回中间三个，说："我打算养六个，这叫'六六大顺'！"

徐大驹老婆老汉于小娃满月的一天各骑一头毛驴专程过来。徐老婆一进门就黑眉黑眼地埋怨徐壮民去年腊月结婚时不向老房头打招呼，把他们当成了两旁世人！当即掏出五百块边币要补上拜礼钱。徐壮民说太多哩，推拒不受，徐老婆说你娃娃如果不收下，我两个老鬼连夜就回去！徐壮民只得受了。他向伯母和伯父解释说结婚时情况特殊，没有操办喜事，也没有请客，徐老婆这才消了气。她从雨枝怀里接过小娃，瞅来瞅去，说："这小子眼窝鼻子额头脸盘都随了壮民，活像一个模子扣出来的！"徐老婆轻轻亲吻着小娃的额头，叮嘱不能在月地娃娃脸蛋儿上可劲亲，那样会变成一个涎水包。又检查有没有穿红肚兜，见穿着，放下心，说这个当紧，拴魂儿的，一刻也不能离身。嬉逗了一阵，她从包裹里摸索出一挂光灿灿的银锁子，亲手戴在小娃的脖子上，说："这个顶当紧，长命锁、富贵锁！"冯老婆很是感动，说："让亲家破费哩。"徐老婆说："这胖小小是徐家二门的头首首，花这钱值！"徐大驹半晌轮不上说话，这时才凑了一句："老徐家翻身哩，我花了四块大洋专门在定边城手艺最好的一家银匠铺定做的，看我的侄孙子戴上亲不亲！"雨枝坐在那里傻听傻看，幸福得糊里糊涂。徐老婆瞅着她俏丽的模样，越看越是心疼，叹息说："到底是有钱人家的千金小姐出身，白格生生、俊格丹丹、水格灵灵，两个毛眼眼好像一对凤鸟拢着膀子忒儿忒儿地飞！"雨枝害羞地垂下脑瓜，却央求说："好大妈，你以后说话要注意，再不敢提起那个家！"徐老婆不当回事，说："娘家是娘家，你娃娃是你娃娃，一根藤蔓上结的瓜也有大有小，有甜有苦，这有甚怕头？这不正好说明我家壮民有一身的能耐，硬是把一个鼎鼎大名的女先生娶到手哩！"徐大驹连声附和。徐壮民坦然一笑："大妈说得对，说得好！"雨枝和冯老婆都轻松地笑了。

吃罢羊肉烩粉油炸糕的晚饭，徐壮民看家里地方窄褊住不下客人，安顿伯母和姨娘一搭住，自己带着伯父去了西头的区政府院子。徐大驹身穿一件挂面子的儿毛筒子，神态、气色便似一个阔佬儿，走路背抄双手，脑袋扬得高高的，以致徐壮民带着他在街道转悠时刻意留心脚下，担心有圪塄绊倒。徐大驹对新县城不成规模的建筑很是不屑，提出许多刻薄的批评，称"定边县城如今叫'市'，那才像一座大城市，而张家畔分明就是一个破村庄！"徐壮民说："各机关、单位搬迁过来才几个月，张家畔地处交通要道，前景看好。"徐大驹说："那得等到猴年马月！"这天夜里，父子二人一边喝酒一边拉话，徐大驹打开话匣子，夸耀了徐杰民戳天的本事。

按盐户千百年间形成的习惯，只在春末和夏季打盐，产盐有限，打出的盐即便早早卖光，只能静候来年。徐杰民创造了打秋盐。去年秋天雨水稠，他说要试打秋盐，老盐户讥诮他“撅板筋”，各自消闲去了。徐杰民抱着打不来粮丢不了口袋的念头，领着大儿子不声不响修整自家的四个坝子，引湖水灌坝。浇了一场雨，连着暴晒七八天，结果四个坝坝底都坐了一层白花花的盐。父子二人喜出望外，连明达夜打起来，赶天冻前竟打了七百驮。正值各盐湖、盐田存盐陆续卖光，盐价涨高，他赚了个盆满钵满，买回一头耕牛、两头毛驴，新盖了羊圈，添了一百多只山羊绵羊。消息震惊了盐户们，今年，按着他的法子争打秋盐，定边、盐池两县的年产盐量比过去增加了二成多。

盐坝灌过湖水后必须伺等到浇过一场雨才能打盐，这是一个老规矩和老经验。徐杰民是一个爱动脑筋的人，据此认为，灌进盐坝的水属于碱水，天上落下的雨属于甜水，只有碱水与甜水相遇反应才能成盐。这样揣摸着，他觉得成盐不一定非得等待下雨，甜水可以从地上、地下找，这样就可以摆脱靠天产盐、靠天吃饭的老框框。他把自己的想法说给父亲时，徐大驹一个劲摇头，说：“你一个大字不识的受苦人成天竟想些日 × 古怪的事情！”今年春期，徐杰民和大儿子从一个距离不远、供人吃用的甜水池里引水，放进自家灌好碱水的坝子，果然得了一茬白花花亮晶晶的肥盐！徐大驹惊喜异常，千安万顿让他不敢张扬，不敢让外人晓得！徐杰民微笑不语。经过这一回试验，他一下子明白了过去虽是下了雨而产盐却往往不尽如人意，甚至辛苦白费的原因，即是因为雨量多少不可由人操纵掌控，而试验当中的碱水、甜水均由人力灌入，有一定的数量限制；同时碱水与雨水混合反应有一个适当的比例，雨水多了难产盐，雨水少了也难产盐。徐杰民又试验了两回，总结出二指深浅的碱水里放入二指深浅的甜水是一个标准码子，这么混合的水经日头一晒即得肥盐。他没有听从父亲的话，把这个诀窍当众公布。盐户们半信半疑，纷纷引甜水灌盐田，家家户户果真得了肥盐。赶至今年夏末，一个人们记忆中汪积了几辈子的甜水池子干涸见底。

正当盐户们叹息之间，徐杰民承头成立了打盐合作社，开始组织人力打甜水井。这地方水层浅，掘深三尺就有泉水涌出。他们打了四眼一膀方圆、一丈多深的大井，用沙柳笆子层层箍实，防止塌方，这样水源更为充沛和稳定，用之不竭。刚开始用两丈多长的撑杆打水，固定支点，一个人在撑杆一头的井口拎水斗子，一个在另一头压杆，一斗子一斗子的水倒进水壕灌入盐田，一口井一天最多可打一万斗水，两个壮劳力累得半死。徐杰民觉得这么太费人工，过了两天，想出一个办法。他在撑杆后头绑了两个沉甸甸的沙口袋，这样，一口井只需一个人拽杆、拎水就行了。社员们叹服，说他怪！徐杰民笑道："咱都笨死哩！就这么简单，把撑杆当成秤杆。"像一阵风，打甜水井和秤杆打水的办法流行开来。仲秋前，徐杰民又承头成立了一个消费合作社，个人入股五千元，吸收股金十万元。合作社修建了一处商店，配备专人负责进货、卖货和账务管理，盐场堡数百家盐户从此脱开各自去县城购物的老习惯，节省出时间和人力，专心打盐。冬初，经三边盐务局宣传引导、组织协调，盐场堡所有盐户统一加入了打盐、消费合作社，徐杰民当选为主任。他们计划明年新修盐坝子一百个，开展坝间竞赛，年实现增产五万驮。定边县委、县政府将合作社树为全县典型，组织召开各大池盐户大会，宣传推广，授予徐杰民"打盐英雄"称号。据说，这一串事惊动了地委书记贺钧年，专门去到盐坝上，和他照了一回相。

徐壮民深感自豪，后来把这个事就这样原原本本讲给了惠书记和王振国。惠书记说："受苦人当中藏龙卧虎，小看受苦人的人眼上都抹了鸡汤屎！"王振国连连点头，看着徐壮民，打趣说：

“呀！你们徐家人都厉害，跟徐家结了亲戚的也都厉害！”徐壮民半晌反应过来，眼睛瞪起，说：“还是王家人厉害，你们王字颠倒过来还是王字！”

这年地冻前的一天，惠书记突然记起一桩事，当即招来徐壮民做了安顿。几天后，县委通知在毛嘴子坝头举行立碑仪式，数百人赶去参加。坝头一侧筑起一座四方的平台，上头栽了一截雕刻粗糙的石碑，用一块红绸子覆盖了碑面。一阵鼓乐，惠书记亲手揭去红绸子，露出七个大字——“水利英雄赵仲成”。赵石匠激动得脸都紫了，说他以为惠书记当初不过是一句玩笑话，没想到真格兑现哩，这辈子算是没白活！

隆冬时光，历时近三个月之久的西北局高级干部会议进入尾声，惠书记应通知前往延安参加会议。于是，一个消息传开，说惠书记要调走哩！未久，惠书记回来，带着一幅白绢，上头写着“实事求是　不尚空谈”八个龙蛇飞舞的草体大字。据说，这幅字是毛主席亲笔题写相赠的，而且，毛主席在大会关于经济与财政问题的讲话中，还大量列举了镇边县在驮运公盐、粮食生产、兴修水利、纺线织布、种草养畜等诸多方面的做法和所取得的成绩。惠书记倒是压得稳，只给几个人传看了，没有张扬，将这幅字也压在自己的箱子里。后间，关于他即将调离、高升的传说络绎不断，惠书记借一个会议前的空隙专门进行了澄清，说根本没有这回事，即便以后工作有调整，那也是正常的。他深情地说：“我们干部多数时间圪蹴在凉房房里头，雨打不上风吹不上日头晒不上，真正吃苦受累的是受苦人，是他们改变了这个世界，他们才是撑起天下的巍巍砥柱！如果说我们取得了一点成绩，头一个属于受苦人，咱老三边的父老乡亲！受苦人就是咱的爹，受苦人就是咱的娘，咱们都是受苦人的儿子啊！”

# 第三十五章

走头头的骡子三盏盏的灯，
挂上那个铜铃子哇哇的声。
白脖子的哈巴朝南咬，
赶牲灵的人儿过来了。
你是我哥哥你招一招手，
你不是我哥哥你走你的路。
……

当郭学文唱着《驮盐歌》① 的曲曲绕过镇边小学大门口的时候，李季被优美撩人的歌声惊呆了，他追撵过去，张开胳膊拦住郭学文，央求说：“哎哟，同志，对不起！麻烦你能不能再给我唱一遍？”郭学文打量着这个长脸条尖下巴大鼻头的年轻人，问道：“面生生的，操一口河南腔，你是？”

“我叫李季，正月才从延安分配过来，在完小教书。”

“噢，原来是延安派来的小文化人，我说咋认不得。”郭学文说，“套个麻雀儿还得舍几颗糜子，你后生想听曲曲儿，得给我意思意思。”李季眨巴着眼，摸了摸衣兜，掏出一块钱递过去。郭学文不禁笑开，说：“给你个棒槌当真（针）认？我是逗你耍。我是

---

① 后改为《赶牲灵》。

老郭，镇边区一乡的支书，平时就爱哼唧几句。看你后生有文脉，又喜爱咱陕北的信天游，算是遇到了知音，我专门给你唱一遍。”李季大喜，连忙掏出笔记本和钢笔做好记录准备。郭学文清清嗓子，从头唱起，李季紧张地记录着；唱完，有几句歌词没听明白，又一一做了叮对。郭学文说：“你们这些洋学生出身的外路人大惊小怪的，信天游跟遍地的沙颗子一样，咱这地方人人会哼唧两句，有甚稀罕头？”李季痴痴迷迷，喃喃自语：“原汁原味，带着土腥气，好似看到了一个粗犷的汉子和一个怀春的姑娘……虽不能至，然心向往之！”郭学文说：“我解下你后头这文绉绉的话，就是有贼心没贼运，对不对？”李季说：“差不多，差不多这个意思！”他已然发现郭学文是一个演唱信天游的天才，按捺不住兴奋，说：“郭支书，咱俩交个朋友？我请你下馆子！”郭学文见他一脸真诚，又这样高抬自己，很是高兴，说：“好！我老郭也爱跟文化人打交道，下馆子我掏腰包，得尽地主之谊！”两人厮跟着说说笑笑去了志魁客店，吃了一顿羊杂碎，喝了半壶酒，结成了忘年交。

李季从此麻缠上了郭学文。后晌放学或是星期天，只要手头没事，他就鬼使神差一路奔跑着去到镇边城找郭学文，缠着他唱民歌。有时候，郭学文懒得唱，他就从身上摸出一个小酒瓶诱哄，郭学文就笑开了，抿上两口就唱起来。令李季惊喜不已的是，郭学文肚子里装的信天游曲曲掏也掏不尽，《兰花花》《走西口》《害娃娃》《掐蒜薹》《搭伙计》《偷红鞋》《打镇边》《刘志丹》《五哥放羊》《黄河船夫曲》《小寡妇上坟》《大女子要汉》《好婆姨出在柳桂湾》，一路唱下去没完没了；他则憨眉瓷眼听着，在小本子上乱忙，记下那歌名和歌词。二人常常折腾到半夜二更，干脆伙盖一床被子“打筒筒”睡觉。终于有一天，郭学文搜肠枯肚再也唱不出生僻、新鲜的曲曲，陷于窘境，可李季仍眼睛睁得铜铃似的毫无罢手的意思。郭学文搔头皮，斜眼睛，说还有几首不上抬杆秤的脏曲儿，你敢听不？李季问是什么脏曲儿？郭学文说一个是《公公烧媳妇》，一个是《干大烧干女》，一个是《舅舅挎外甥》，后一首是专门编给三边从前的恶霸地主章鸿儒和他五哥章珍儒的。李季吵着要听，郭学文做出鬼头骚脑的烧神样子，拿腔拿调各唱了一遍。李季憨瓷愣笑了半晌却皱起眉头，嫌弃歌词肮脏下流、乱了伦理，说这是糟粕，不能算数。郭学文苦巴巴央求说："好兄弟，我的肠肠肚肚都拾翻空哩，你饶了我吧！"李季这才不再纠缠，笑着说："郭大哥，你总共给我唱了三百来首，已经非常了不得，你就是我学习陕北民歌文化的启蒙老师！"

后间，李季向郭学文打问十里八乡有谁人是唱曲儿的高手，要他带着去访问。郭学文无计脱身，只得领着他远远近近转悠，找些喜欢闹红火的老汉子老婆子，请他们唱曲曲。有时候，李季被临时抽调下乡，他不放过一个空子，四处打问歌手，带上小礼品登门拜访，缠着人家哼两句。至三月的时候，他的几个笔记本子记得密密麻麻，搜罗整理了五六百首之多。一回，李季和王宝仪、雨枝几个老师闲聊，扯到信天游的话题。王宝仪讲了镇边区一个叫死羊湾的地方曾发生过的一个爱情故事，说："张姓地主家的方姓长工唱得一嗓子好曲曲，天籁一般，歌声响起，耕者忘其犁，锄者忘其锄……地主家的小姐天天撵着听曲儿，不知不觉喜欢上了他，偷偷摸摸送饭送衣，百般照顾，二人便暗暗相恋，海誓山盟，私订终身。可好景不长，约会偷情的事给地主老爷发现了，把长工打了个半死，逐出门去，又逼着小姐嫁给一个有钱人家的烟鬼小子。待嫁前夜，小姐逃出，与方姓长工连夜私奔。二人一路趱行逃至南梁，结为夫妻，一起参加了闹红的队伍。"雨枝听了拍手称快，说："年轻人就是应当追求恋爱自由、婚姻自主，哪怕舍了性命也值！"李季被美丽的故事深深打动了，不久，亲自去往死羊湾采访。当地人却谁也说不精明，只说曾有过这么个故事的影影，庄里张姓地主成分的人家是有一个姑娘参加了红军，可哪里有真人真事，不过是众人添枝加叶越传越玄乎罢哩。李季说他没有空跑，说王宝仪的故事不论真假已够撼动人心，那分明是三边的老百姓特别是年轻人对公平自由幸福生活的一种憧憬和渴望，也是对黑暗社会的一种抗争，值得鼓呼、颂扬。后间，他又听说了徐壮民和雨枝这一场辛苦的情事，竟激动得哭了一鼻子，觉得活生生的一对情人就在跟前，还什么真的假的还找什么找！从此深陷进去，神神道道，打算用信天游两句一韵的格式、调子和别具一格的比兴手法创作一首讲述革命和爱情故事的长诗，出于避嫌等等的考虑，最终还是选择了死羊湾的那个故事做原型。郭学文和王宝仪、雨枝几个给他打气鼓劲，说如果将来写成了能在延安的《解放日报》和外地的报刊上登出来，那咱陕北的乡俚野曲就登上了大雅之堂，还可以影响、带动许许多多的年轻人。高先生也鼓励说："旧瓶装新酒，总是一种创新，这是个好事情。"李季激情澎湃，主意铁定，腾出课余时间开始了创作，将诗名暂定为《红旗插到死羊湾》。

光阴匆匆，进入炎夏。一天后晌，惠书记收到陕甘宁边区保卫处派专人送来的一封密信，称李季当年参加"一二·九"学生运动之后，又参加了河南"红旗党"，属于政治嫌疑分子，要求密查。惠书记一脸惊疑，却没有声张，和王振国通气后决定由徐壮民利用与李季同住学校的便利暗里协查。徐壮民得知内里情况，笑道："瞎说了吧？李季在'一二·九'时还是个十三四岁的愣学生娃娃，咋会参加什么'红旗党'？"惠书记板着脸说："上面的政治任务，你不要多问。清者自清浊者自浊，有则改之无则加勉。"徐壮民不好托词推脱，只得留意观察。见李季每天除了上课、吃饭、睡觉和撒尿拉屎，剩下的时间几乎全用在了民歌的整理、研究和《红旗插到死羊湾》的创作上，毫无异常表现，于是做了汇报。惠书记不置可否，只吩咐整理成调查材料，作为甄别依据。半个月后，从延安过来的指示信一封连着一封，政治怀疑对象越来越多，由延安派来的知识分子几乎无一幸免，一律受到监视监听。不久，三边地委通知将李季等二十多人统一转送至定边城。为安全起见，县委特派徐壮民带骑兵中队解送。他们一路南下，从吴旗县绕了一个大圈，花费几天时间才将这批嫌犯送达定边城。

徐壮民一股子返回张家畔，惠书记询问情况，徐壮民说，几年来从延安派往定边、镇边、盐池及吴旗四个县的知识分子大都以受训的名义被集中在了定边的一所小学，由朱洪英副书记负责，依照集体学习、反省自查、检举揭发、对质讯问的程序，逐个审理甄别。惠书记又问他们的表现怎样？徐壮民说，年纪大的愁眉苦脸、唉声叹气，甚至后悔到边区来投身革命；年纪小的吵吵闹闹、愤愤不平，质问审查人员为什么这样对待他们？只有李季没心没肺的，放风时哼着曲曲，叼空打篮球，夜里像个大马猴趴在桌子上创作他的长诗。惠书记脸色黯淡，叹了一口气，没说什么。

倏忽一月。朱洪英带着地委工作组一行人赶到镇边。在随后召开的县委扩大会上，朱洪英传达了延安“抢救失足者”运动有关会议精神，要求不折不扣贯彻执行，在全县范围内开展一次大整顿、大清查、大揪拿活动，并亲自主持制定了具体操作的条条框框，强调不能放过任何一个死角。县级各机关、单位和各区、乡随即采取行动，对没有经过血与火考验的且有一定文化、为旧政权干过事或与旧政权有丝丝蔓蔓关联的人统一进行政治审查。

镇罗区的史炳耀异常活跃，亲自带领自卫军队员将六乡赵峁子的破落地主赵俊仕揪出。棍棒、皮鞭威胁之下，赵俊仕交代自己早年花费二百块大洋买得章鸿儒骑兵团的连长一职，他嫌弃部队生活枯燥、约束严苛，干了两三年就辞职还乡了。史炳耀逼问他是不是国民党的职业政治特务，说只要承认就不会挨打，而且交代得越多立功越大。赵俊仕是个二股弦，信以为真，又见史炳耀纠缠不休，不交代点什么无计脱困，便当下承认自己就是正经八百的特务。史炳耀没有为难，当即奖励了一葫芦烧酒，让继续交代。赵俊仕喝得晕晕乎乎，又信口说自己闲着无聊，利用听书看戏的机会，还在六乡的歇马湾闹腾了一个组织，成员有吕某某、高某某等十几个人。史炳耀大喜，当即上报县委。惠书记半信半疑，斟酌一番，决定暂时封锁消息，在六乡的歇马湾召开群众大会，用当面对质的办法核实查证。

这天，由副县长谢宝堂牵头组成的调查组直抵镇罗区歇马湾庄，王振军带领十几个保安队员随行。前晌光景，赵俊仕被带到半山腰的小学校会场，二百多号庄户人陆续进入，吕某某、高某某等十几个人也都来了，保安队暗中布控。谢宝堂宣布开会，说明会议目的，会场乱七八糟的口舌声止住，陷于紧张状态。史炳耀抹了一下油光的大背头，上前一步，双手叉腰，喝令赵俊仕当场交代指证。赵俊仕的人身自由还没有被限制，又喝了二两酒，一副满不在乎的模样，当下流利地完成了任务。并临时发挥，又指证了五个人，所叙说的“活动”细节圆滑无缝，连当时如何背转弯弯谳骂共产党和区乡干部的原话也学说了一遍。他最后打劝说：“你们都承认吧，没×事，法不责众——不承认政府缠着不放，不叫睡觉不叫吃饭还得挨打受气！”会场早已响起窃议声和惊叹声，吕某某、高某某一股被点到名字的人个个红头涨脸，乱说乱骂，有的说赵俊仕是地主家的少爷出身，仇视新社会，故意诬陷好人！有的说赵俊仕一贯憨狗咬人，就是个玄谎×，玄谎玄得马也撵不上！谢宝堂制止住嘈杂闹嚷，让赵俊仕提供的几个证人或当场或到指定的地方做相关证明或谈一谈自己的看法。这几个人大眼瞪小眼，你一句我一句，只说到哪里谈都一样，背转弯弯说还招人疑猜，反正他们甚也解不下，从来没听说过这号事，也没见这些人干过儿事苦害过人；至于谳骂共产党和干部，那是实情，是因为出义工、缴公粮、驮公盐的一些事政府处理得不公平，惹下口舌，也不稀罕。另一个口吃者，结结巴巴半天，说我……我跟他们说的一样样的！众人发笑。史炳耀见证人只证明他们谳骂的事，而无人做深入的揭发，有些发急，大声说：“当了特务就是失足者，可以抢救嘛！不承认属于抗拒从严，一律扣起来审问；实打实承认了属于坦白从宽，无非集体学习一两天，任务完成哩，就放回家，拦羊的拦羊，牧牛的牧牛，×事不误！”这一股子“特嫌”见他这样说，都松了一口气。他们三比五靠，探问“集体学习”期间打不打人？给不给管饭？收不收伙食费？史炳耀拍着胸脯说：“我堂堂的一区之长还能玄谎？把你们打死饿死还咋个抢救？伙食费也不收，灰圪蛋！”这股人聚在一起嘀咕，有人说政府的飞脚踢起总得一落，看戏听书自有个罢场，谁叫咱嘴不贵气日噘了共产党，落得心虚理短？自古民不与官斗，不能瞎拗撬瞎掰扯！有人附和，说反正学习一两天就放回去，公家还管吃管住，又不是叫咱亮烘晌午去胶泥地拔黑豆，也不耽误家里的营生地头的活儿，干脆承认算×哩。于是，一个个举手，承认自己就是那什么国民党的职业政治特务。只有吕、高二人读过书，晓得轻重利害，死活不认账，诅咒他们是半脑子愣种子灰驴日的！王振军附在谢宝堂耳畔说：“谢县长，这不是耍儿戏？撅儿筋？干脆都放哩。”谢宝堂一直留心观察，见是这么个情况，轻松下来，对史炳耀说：“上面的政策是坦白从宽，抗拒从严，咱们活学活用一回，暂且把赵俊仕跟吕、高二人留下来，再调查调查，其他的做个登记，都放哩！”史炳耀很不高兴，埋怨说：“抓的人头数太少了吧？这么不只落在了兄弟区乡的尻子后头，连区上的任务怕也是完不了！”谢宝堂瞪了他一眼：“你还盼着多？这号任务还争先进！”

随后，谢宝堂一行赶回张家畔去了。史炳耀没有听从调查组的意见，下令将二十多号人全部控制起来。据说，晚间，吕、高二人趁看守人员不备，爬窗户逃跑，躲进山里再也不露面了。史炳耀认定二人是真特务，派人带着枪四处缉拿，弄得人心惶惶。

经过二十多天的加紧“抢救”，镇边县共排查出三百多名特嫌分子，其中一百三十多人被扣押，解往张家畔，接受专案审讯。雨枝母女俩自是被隔离审查了。王贵福受王仓的牵累，被隔离审查了。高先生的胞弟时任国军嫡系机械化部队二〇〇师副师长，本人又在旧政权的小学做过校长，也被隔离审查了……徐壮民、白宝霖等因惠书记、王振国、谢宝堂的全力维护，没有受到冲击。

张家畔的监所盛不下这么多人，只得分流到几个临时指定的禁闭室和隔离室；而各区还不断冒出新揭发出来的特嫌分子，拉拉溜溜上解过来，一时吃喝拉撒都成了问题。县、区、乡的干部们开始感到紧张和恐惧，忧心突然有人指证自己也是政治特务，因而熟人遇面不敢搭话，生怕一言不慎捅下乱子。这个做法很快成为行之有效的经验，转化为一种风气，蔓延到乡下，庄户人扛着锄头头对头走过连“吃了没”也不问了。

审讯工作夜以继日，被关押的人有一少半陆续承认自己是政治特务，多数人戴着特嫌的帽子却不买账。后间又出现翻供、串供，乱象丛生，扑朔迷离。当监所和临时禁闭室、隔离室里传出刑讯逼供的惨厉叫声后，惠书记再也坐不住了，亲自进行巡查，下令不准随便打人。他陷于迷茫困惑，也很犯难，一边焦灼地等候地委新的指示，一边加紧安排布置甄别处理。

王贵福被羁押审查的第七天头上，惠书记亲自过来，下令放人。地委的审案人员很是不解，惠书记说：“事涉机密，不准过问，向上我解释！”王贵福从禁闭窑子出来时激动得老泪滴流，趴在地上就要磕头谢恩，惠书记慌忙搀起，说：“老叔哪，你这不是折煞人，是我们对不起你哪！”王贵福还是不敢相信，嗫嗫嚅嚅说：“惠书记，我这……这就撇清哩？那……那满仓的事就勾销哩？”惠书记凄然地摇了摇头，说：“王仓是王仓，你一辈子本本分分，又是咱公认的劳动英雄！”“感谢共产党！感谢惠书记！”王贵福一路念叨着，回头觑探着，弯腰马趴朝老房滩奔去。

高先生接受了两回审问。当审案人员问讯他与胞弟有无联系时，他说一奶同胞，如何能不相往来？我兄弟二人一直保持通信，所有的信件都在办公桌的抽屉里头，你们可以随便查看。经逐件查阅，除了一些嘘寒问暖、家长里短的话语，其他的都是讲述二〇〇师远赴缅甸国作战及在云南前线抗击日寇的事情，没有发现什么疑窦。第二回审问间，高先生反问说，二〇〇师伤亡惨重，戴师长伤重不治而亡，但他们举全师之力狠狠地打击了日寇的嚣张气焰，歼敌无数，全国的报纸、电台都有报道，这个抗日的事情总归不是问题吧？审案人员不置一词，问他为何甘心给旧政权当校长？高先生说，我当校长之初，陕北还没有共产党，你让我给谁当？我既为生计也为树人，毛主席也不会说我做得不对！审案人员晓得他依然兼有陕甘宁边区参议员的身份，客客气气，很快做了结论，把人放了。

史炳耀终于将吕、高二人捉拿归案，打得红血脑袋、皮开肉绽，并亲自解送至张家畔监所。得知案审进展缓慢，他向惠书记出了一个主意，说可以派出根红苗正的同志打入监所和禁闭室进行暗中侦查，为破案提供线索。惠书记原本无计可施，觉得这是一个精明的点子，征得地委案审负责同志同意，予以采纳。县委从各区、乡物色了七八个可靠的干部，秘密授命，故意派出警卫队以公开逮捕的方式押送至监所和各禁闭室。这股子干部各自施展手段接近嫌犯，收集到大量有用的、没用的或介乎有用与没用之间的信息，借着提审自己的机会反馈回来。惠书记组织梳理排查，加紧安排案审，只确定两个从柠条原友区过来的牲口贩子有明显的敌特行为。惠书记很是宽慰，下令假释了少数案情简单的和患有疾病的人，叮嘱将这些调查材料全部存档，作为将来做结论时的依据。而大多数嫌犯依然关押着，地委转发的精神严厉而笼统，尚无新的指示。

不晓得是夜里的什么时候，县委和县政府的传达室各塞进一封内容相同的匿名举报信。信中称史炳耀自出任镇罗区区长以来，骑着骡子扛着枪村村都有丈母娘，跟一头大叫驴一样，走到哪里日到哪里，采取减免驮公盐、缴公粮、出义工和小恩小惠的手段，煽导引逗婆姨女子，前后诱奸赵峁子庄刘寡妇等十三人，并罗列反映了受害人与证人的姓名、住址和公派任务所减免的数额、所涉及的家户等情况。又称他以下乡检查工作为名，像一头钻进谁家庄稼地就吃谁家庄稼的公道驴一样，走到哪里吃到哪里，不是杀李家的鸡就是勒张家的狗，天天好酒大肉。另外，检举他有贪污公款行为，强烈要求调查处理，主持公道、伸张正义。惠书记脸膛发黑，拍着桌子下令先把史炳耀控制起来，从速调查，一旦属实，严惩不贷！考虑到县委、县政府多一半干部或被解送定边受训或被关押起来，人手不够用，惠书记抽派徐壮民负责调查。

不知是走漏了消息还是史炳耀有所察觉，在徐壮民带领调查小组几个人前往镇罗区的路上，史炳耀连夜潜逃。不几天传来消息，史炳耀叛逃到了柠条原，友区县政府专门召开隆重的欢迎大会，刘庚午县长任命他为联保处副主任，奖赏法币五百元。调查小组很快完成了调查取证和查账的事，并汇报了结果：匿名信前两项指控基本属实，史炳耀滥用职权，生活糜烂，大吃大喝，长期嫖宿的妇女即达十二人之多。此外，采用收入不记账、支出记假账的手段，贪污公款合计边币三千八百多块。赃款花支去向明了，史炳耀从游走四乡的货郎处大量置买篦子丝线针盒发卡镜子手绢头巾香粉胭脂香胰子等物，用于哄骗诱奸妇女。史炳耀的腐化堕落与叛变投敌令在“抢救失足者”运动中变得糊里糊涂的执行者们清醒了一些，并促使惠书记做出了一项避虚就实的决定。县委随即组织召开县、区两级领导干部大会，惠书记枚举史炳耀的犯罪事实，痛斥了他腐化堕落的丑恶嘴脸。要求结合整风运动，开展一轮党员干部工作、生活作风整顿，强调以大生产运动为主线，“抢救失足者”不搞扩大化，保持局面稳定。

在镇边区委组织召开的区、乡两级整顿机关干部作风会议上，徐壮民传达了惠书记的讲话精神，疾言厉色，诘问在座的乡支书、乡长屁股底下干净不干净？宣称一旦抓住史炳耀这个作风败坏的叛逃分子，就地处决，绝不留情！刘二毛听了一头一头冒汗，说话遮遮盖盖，举动鬼鬼祟祟。对照检查的时候，他吞吞吐吐主动承认自己思想作风有问题，曾明里暗里一回又一回欺负过郭学文支书。原来，庄户人习惯地认为乡长才是乡里最大的官，乡支书只是配角，按俗话说，一个是吹鼓手班子里“掌字”的，一个是“拉筒筒”的。刘二毛揣着明白装糊涂，借着这种习惯心理，处处出风头，并经常臊聒郭学文只会哼曲唱戏扭秧歌，哄伙几个乡干部挤对、戏弄他，让他只分管宣传、文化工作，自己独揽大权。

好在郭学文为人平和，从不计较，乡长吩咐做什么就做什么，二人相处还算融洽，也未影响公务。徐壮民听了哭笑不得，当场批评刘二毛党性、原则性差，犯了主观主义和宗派主义的错误。刘二毛一脸惶愧当众做了检讨，这才长出一口气，轻松下来。徐壮民针对这个具有普遍性的问题讲了主导意见，认为必须改变乡长管支书这种错误的做法，坚持党的一元化领导，强调各乡都要真正实行民主集中制，支书、乡长明确分工，大事经过协商办理，一般情形下还是由支书掌舵。郭学文却神情紧张，举手发言，嗫嚅半天，大意说自己本事有限，软糜子蒸不下硬糕，而刘乡长悍性硬、嘴巴子麻利，管人理事都有一套招数和路子，威望也高，表示自己甘愿接受他的领导。白宝霖说："这个好闹，区里会向县委提出人事建议，把你二人的职务对调一下，倒一下窝。"众人笑了。徐壮民也笑了，表示同意。顺着这个事，他带头做了自我检讨，说自己不重视学习，放松思想改造，骄傲自满，张狂自大，对发生在眼皮子底下的事情视而不见，不调查研究，不及时处理，凭由感觉和经验办事，犯了官僚主义和主观主义的错误，导致出现了许多弊端和问题。同时，举出实例，检讨自己身上存在着走过场、摆样子的形式主义思想苗头和贪图吃喝享受的享乐意识，存在着以自我为中心、不尊重别人和组织纪律观念淡薄、突出个人能力的个人主义和个人英雄主义倾向，存在着简单、粗野的家长制作风等等，恳请大家批评监督。

散会后，刘二毛和郭学文厮跟着，一路拍拍打打，一个说，咱乡的宣传、文化工作全县数第一，这都是你的功劳，你还是有两下子的！一个说，我就是个拉筒筒的，在县里的人事任命没下来之前，还按老行例来——你掌字。

"抢救失足者"运动的讯问审查还在僵硬地进行，丝毫没有消停的迹象。入秋后，却发生重大的人事变动，惠书记调任三边地委组织部部长，离开了镇边。隔了一段时间，又被调往延安，据传做了毛泽东主席的农业秘书。王振国主持全面工作，局面并没有出现新的变化，人们暗里议论，说惠书记把一个烂摊子撂下拍屁股走人哩！

雨枝母女二人一直被隔离在县政府借用来的河畔张家的土窑里，各占一孔，不准往来、说话。漫长的日子里，冯老婆脸色寡白，中了魔似的成天望着窗外天空上的流云和飞鸟发怔，感受着世事的混沌纷攘、虚缈空幻，苍老了许多。雨枝背着小儿，在哭哭啼啼中煎熬。由于徐壮民还担任着区委书记，主持工作的王振国又做了特别交代，负责审案的同志和看守人员也没有为难她们，应时送水送饭，每天分别放风两回，可以在院子里自由溜达。冯老婆接受了三回审问，每回的应答几乎一模一样，即是哭诉自己的身世，称在章家的近三十年里，天塌下来也不闻不问，没什么相干，只是因为生了女儿雨枝才苟活至今。又说现时已与章家掐断关系，将老死不相往来。至于娘家弟弟在十一旅做军官的事，她说自个儿一个嫁出门的妇道人家，如何能管得了？只晓得弟弟一贯憎恨章家，在安边事件的讨伐战中做过副总指挥，和八路军打得好交道。审案人员盘问她从前是如何度日的？她说除了吃饭、睡觉、闲转和守待、照顾女儿，主要靠铰窗花打发日子。后间，审案人员特意查看了她保存下来的几箱子剪纸作品，个个惊得两眼大瞪，对待她的态度明显有了转变。

雨枝嘴硬，态度不恭，对审案人员“章雨枝”的称呼颇为不满，说她不姓章，姓冯，叫冯岚，直至审案人员改了称呼她才予以配合。雨枝说自己是无辜的，对父母对家庭对出身无法选择，对章家的恶劣行径十分憎恶，但她选择了信仰，选择了道路，两下已然划清界限；说自己从小读书，长大成人后当了一名教员，章家的烂事从不掺和，自己的人格、行为是清白的。她口齿伶俐，就社会与家庭、环境与个人、职业与操守、婚姻与道德一些问题叙说自己的理解和主张，无话找话试图同审案人员进行辩论，说服他们，对方不予理会，只在小本子上将她说过的话一一记录。后间，她觉得自己为排解孤独寂寞而拼命讲话是个愚蠢的做法，这样难免言多有失，落下把柄，就选择了慎言和沉默。审案人员显然有备而来，经常变着法地从她嘴里套话，抓住一点，放大开来，让她做出详尽解释，她都一一应付过去了，却觉得这几个人刁钻诡诈，别有用心，于是产生了提防、对抗的情绪。有一回，对方问她当初过来时携带的那一把手枪到底是哪年哪月哪日从哪里到手的？雨枝一时揣摩不透，故意说："那年那月那日从天上掉下来的，掉下来两把！"审案人员呵斥她态度不恭，雨枝说："之前我已说清了这个事，你还要问，我看你的态度才有问题！"对方说："那怎么成了两把？"雨枝说："头一把送给了徐壮民，你去问他！"当下结束了审问。第二天，雨枝觉察到审案人员态度似乎有了一些变化，暗自得意。正打算套近乎打问徐壮民的情况，对方却冷不丁地问她军统人员和中统人员有什么区别？是不是都有职业配枪？上下线接头的暗号讲究些什么？雨枝一脸茫然，说我不知道。对方说你总该听说过的，把听说过的讲一讲也可以，并提到军统特务魏高参与章家往来的事。雨枝恍悟，气得柳眉倒竖，拍着桌子大喊大叫，说这是人格侮辱，是莫须有的罪名！从此，任对方磨破嘴皮子，她喑哑着不哼一声，一种悲凉无限的情绪壅塞了她的喉咙。

后间，因为奶水不足，小儿常常饿得啼哭不止，雨枝泪水涟涟，只得低头，央求审案人员捎话，让徐壮民想法子每天送来一碗羊奶子。送奶子的终于来了，却是王宝仪。雨枝疯婆似的揪住她，打问徐壮民的情况，王宝仪说："好好的，没事。"雨枝长舒一口气，却懵懂不解，埋怨他咋就不过来觑一觑死活？王宝仪说："上级规定不许家属探视接触。"雨枝一边哭一边笑，庆幸徐壮民总算没有受到牵累。王宝仪随口说："你个愣嫂子，上回徐大哥没能当选副县长不就是因为……"她发现自己失口，赶紧打住，再看时，雨枝已是嘴唇惨白，瑟瑟发抖，泣不成声，哭喊说："舅舅当初说中哩！是我连累了他！"

深秋季节。王振国从定边匆匆赶回，在县委的一孔砖窑洞里连夜召集了县级机关领导干部紧急会议，镇边区的徐壮民和白宝霖二人也被招来。王振国传达了三边地委关于传达毛泽东同志对“抢救失足者”运动中出现逼供讯的批评意见和相关纠偏指示的会议精神，二十多人激动得泪眼迷离，有人放声大哭，泪湿衣衫。王振国用充满深情和感激的口吻说：“是咱们的惠书记专程从延安赶到三边连夜传达的指示！”

二十一年后的一天，徐壮民趁在北京开会的机会特意看望了时任国家某部委主要领导的惠书记，当二人谈起这次“审干”纠偏时，惠书记回忆说，毛泽东同志一次专门召见他，询问镇边县整特务的情况，他如实做了汇报。毛泽东同志说：一个镇边即有三四百个国民党特嫌、一百几十人被关押，真是天大的笑话！如果镇边有十个八个真特务，你这个县委书记就不好当喽……随即，派他赶到三边去做相关传达。很快，全边区和全国其他抗日根据地都进行了纠偏。

当徐壮民和白宝霖、柴向东婆姨汉几个人赶到河畔土窑院去接雨枝三人时，徐壮民泪流满面，竟然激动得不敢上前敲门，王宝仪撞门进去：“嫂子——你们没事哩！”雨枝憔悴不堪，恍如梦中，扑进徐壮民的怀里，捶打着他的脊背，哇哇大哭起来。

纠偏工作很快完结，特嫌们的帽子都被摘去，各自回家或重返岗位。那两个从柠条原过来的牲口贩子承认受派遣进入边区刺探情报，经公审，判处徒刑，押送到边墙畔屯垦农场劳动改造去了。不久，王振国被任命为镇边县委书记。镇边县第二届参议会第二次会议随即召开，王振国和谢宝堂分别当选议长、县长，徐壮民当选副县长，并恢复县保安大队长职务。

次年。白文翰走完了他六十二虚岁的旅途，准确卒日是农历六月二十九。据说，弥留之际，他还惦着一桩事，让白志魁从地窖里取出一个用猪油封着的裹了一层一层油布的物件，说这是当年杨将军送给自己的一把手枪，安顿交给县委。第三天，镇边县委、县参议会、县政府在龙王庙广场举行追悼大会，两千多人参加，谢宝堂主祭，徐壮民恭读祭文，王振国追缅了白文翰先生的生平事迹。未久，陕甘宁边区政府在延安也举行隆重的追悼会，中共中央西北局书记、边区参议长高岗等领导人送了挽幛花圈，边区政府民政厅厅长刘景范主持仪式，六百多人参加。据说,刘景范在追悼会结束后对专程前来答谢的白志魁说:“志魁大哥,四弟志坚远在晋绥根据地,干大去世的事先瞒着他吧。”白志魁说:“行。”

同一年晚秋时光，镇边县召开了一个别开生面的群英会。各区选出的代表三百多号人吃罢羊肉臊子荞面饸饹的早饭集中在龙王庙广场，先是观看由郭学文当伞头的大型秧歌表演，接下来参观产品展览。广场上摆了一溜一溜的笸箩、簸箕、柳筐、案板之物，上头尽是些奇怪的东西，有四斤半重的大洋芋圪蛋，几十斤重的大番瓜圪蛋，五六尺高低的糜卜子，一尺多长的谷穗子，浑身长荚子的黑豆卜子，胳膊长短的糖萝卜，还有县毛纺厂生产的花格毛毯、毛呢布和边墙畔屯垦农场造纸厂生产的大麻纸及糖厂生产的红砂糖，等等。代表们眼花缭乱，啧啧称奇。此后开会评奖，评选出甲、乙、丙三个等级的劳动英雄、模范人物七十八人，其中甲等的有王贵福、赵石匠、赵毡匠、白云山、柴皮匠、邹老婆、郭学文等十一人。在响器班子的鼓吹乐中，由王振国、谢宝堂、徐壮民几个领导向获奖者颁发了染成红色、勾了边框、毛笔书写的白漂布奖状和奖品现金犁元（边币的一种）。这年冬天，王贵福、赵石匠、郭学文等六人出席了陕甘宁边区群英会，分别获得边区劳动英雄、工作模范称号，受到毛泽东的接见。

郭学文终于出了一口窝囊气。自从他荣膺县级和边区级文艺模范两个奖项，刘二毛经常性地梗着脖子瞪眼龇牙，郭学文毛眉毛眼，竟似做下儿事理亏一样躲躲闪闪。一回，郭学文喝了半瓶烧酒，壮了胆气，手指着他的鼻子说：“你姓刘的×桩一样杵在那儿，蛤蟆吃了杏核子干瞪眼，这叫三百六十行行行出状元，本人就是受到毛主席亲自接见的文艺模范，毛主席说我是庄户人里的大文人！大老粗小子，有本事你也跟毛主席握上一回手？不服气不行嘞！”刘二毛拍了拍脑瓜，嘟哝说：“给爷爷的，脑筋没翻转，真格！”

李季的长诗终于完成初稿，在石印的《三边报》上一期接着一期刊出。后间，他调至三边地委工作，利用业余改了好多遍。抗战最后一年的春天，他带着诗稿专程第三趟回到镇边，征求高先生郭学文王宝仪雨枝一股人的意见。高先生夸他严谨为文，有大家风范！又说诗文的开头一句“公元一九三〇年，有一件伤心事出在三边”，就提到“三边”两个字，听着就亲切嘛！郭学文说，折腾了几年，党铁匠的镰刀，打到这个弯弯就行哩！王宝仪和雨枝两个婆姨却嘀嘀咕咕，说诗名里头有个“死羊湾”，不大好听，不如换个名堂。李季也有同感，后间改定为《王贵与李香香》。解放战争头一年的秋天，《王贵与李香香》在《解放日报》上连续刊登，未久国内诸多报刊转载，震动了中国文艺界，文学作品的时效性和社会功用性得到充分展示。

日本国宣布无条件投降不久，一则消息在十一旅内部传扬开来：蒋委员长有令，为统一指挥、从西北线封锁陕甘宁边区，将着手整饬西北各驻军——驻榆林的二十二军将缩编为一个整编师，编余部队和十一旅合编为一个新编师，一道与驻绥西姚力民（内蒙古旧县名）的国军二十六师组建为一个新军，由何文鼎出任军长。后续消息又称，二十六师将开赴三边地区担负扼守边区西北大门的重任；十一旅因反共不力调防绥西改编整训，史虎城将出任新编师师长。军官和士兵们议论纷纷，军心不安，乱象纷呈。

曹雨僧陷于持续的焦虑。自陈国民去年春期病殁，他代理了旅长一职，面对这个绝非空穴来风而又关系十一旅官兵前途命运的大事，一时瞻前顾后没了主张。经与牛振武几个人反复商议，决计亲赴榆林面见邓先生讨个主意。农历九月的一天，曹雨僧召集一团各营、连长开会，宣布一团军务暂由牛振武副团长全权负责，自己动身去了榆林。

就在这个节骨眼上，魏高参从绥西过来，幽灵似的在柠条原、安边绕了一圈，又匆匆返回去了，于是，军官们心头的阴影更浓重了些。过了两天，张鼎臣带着两个卫兵骑着马来到安边城，住进万发店。章家的这爿骡马店已抄没充公，由牛振武李子竹冯孝先几个人盘过来合伙经营，专门接待南来北往的商客和军政过客，也是各种情报的集散地。客店兼做生意，烟土、皮毛、布料、咸盐、药材等等应做的都做，满院子拴着骆驼、骡马、毛驴。这儿还是十一旅一些军官聚赌、酗酒和抽大烟的地方，经常是灯火通宵，酒味扑鼻，烟气腾腾，聒噪不绝。当晚，一个消息传到牛振武的耳朵里：张鼎臣与吴峰、阎家骥几个人在后院西屋的三号房聚会，推杯换盏，张鼎臣口气浮狂，大谈换防改编之事，称魏高参已做专门联络，史团长憋了多年的一口鸟气终将发泄，并向各人传达了史虎城以军统随军组组长名义下达的关于密切注视一团动向的命令。

第二天，这股人开始四出游说，公开鼓吹改编为嫡系正规军的种种好处，到处封官许愿，称表现积极的军官，在接受改编之后，均可官升一级，掌握实权。

张鼎臣携带重礼，亲自上门拜访了冯孝先，说："冯营长，咱们交情不错，你是军统试用员出身，现时档案还在，又是十一旅的元老，兄弟情知你不是共产党，给你掏句心窝子话：蒋委员长的命令即刻下达，胡长官、何师长均有电示，并专门遣人摸底联络，你只要表态同意，改编之日，一团团长的交椅非你莫属！"冯孝先做出感激、谄媚的样子，说："多谢张副团长还记挂着，这些年也真是憋屈！识时务者为俊杰，军人以服从命令为天职，我这头没事，你大放宽心，只怕军中还有一些人持不同意见。"张鼎臣颇为不屑："这一回不同以往，天要下雨喽！"冯孝先探询所以，他说："再过一周，我们二团将以长途拉练为名进驻安边，一团若不接受改编，恐怕只有武力解决了！"冯孝先一脸惊讶，压低声音说："张副团长，这可不是闹着玩耍，小心隔墙有耳！"张鼎臣意识到自己失口，拍着他的肩头笑道："冯营长，我这是和你开玩笑，试探你的反应，当然是不至于施用武力的。不过，大势如此，我们又握了尚方宝剑，连邓长官也只能干瞪眼！"

冯孝先已于年初经牛振武、李子竹二人介绍秘密加入了党组织，觉得风头不对，当即找到牛振武做了汇报。这天夜里，地下党总支部在西关外的一个瓜庵里召开临时紧急会议。牛振武分析认为，十几年来，党在十一旅的力量从小到大、由弱到强，今天的局面来之不易，如若让敌方的阴谋得逞，党的事业将会蒙受重大损失，甚至影响到三边地委以至党中央对敌斗争的战略决策。鉴此，他主张立即起义。几个在会的支部成员都认为起义的时机和条件均已成熟，全票支持。散会后，牛振武派联络员带着冯孝先星夜赶往定边城。

冯孝先向贺钧年详细汇报了各方面的情况。谈到起义成功的把握性时，他急切地说，一团的三个营长中已有两个是共产党员，十二个连长中有十一人是共产党员，而二营营长李安桥虽保持中立，也多支持共产党的政见，起义胜券在握！贺钧年深感事关重大，随即召集了由地委和警三旅负责同志参加的联席会议。经研究讨论，一致同意起义。贺钧年向兼任陕甘宁晋绥联防军政委的高岗致电请示；第二天回电，称中共中央和中央军委已做批准，毛泽东同志称这是具有火车头意义的一次重大行动，只能成功，不能失败！随即，研究了起义的具体时间等问题，并决定起义前夕派警三旅新编番号的八、九两个团向安边进发声援，同时震慑柠条原之敌。

牛振武陷于情绪激越的状态，连着几天几夜不合眼，依靠吸食烟土保证精力和体力。在加紧酝酿起义方案和琢磨行动中可能出现的各种情况及宜采取的应急处置措施的同时，安排冯孝先派出特务队，严密监视柠条原二团的动向，并派人前往白泥井和四十里铺向李子竹等人下达紧急通知。他不放心二营，特意去了一趟四十里铺。李安桥对国共两党的战与和表示担忧，对换防改编颇有微词，说果真那样，自己打算辞去职务，回家侍奉父母。牛振武放下心来，称二团或有异动，准备临时抽调五连去安边城加强防卫，李安桥同意。牛振武又暗中嘱咐五连谢连长于起义前一天后晌以野营拉练过路歇息为名率部进入安边城，作为机动力量。

依预定时间，谢连长带五连入城，不事声张，入驻一营营房。牛振武随即在自己家中召集了紧急会议。会议制定了起义方案，决定成立指挥部，由牛振武担任总指挥，冯孝先担任副总指挥。牛振武说张鼎臣枪法好，歹毒凶悍，得先除掉。冯孝先提议夜里由自个儿出面宴请，伺机拿下。牛振武同意，叮嘱千万小心。

挨到天黑，冯孝先带几个亲随来到万发店，在一间房子摆下酒席。他特意放了两个酒壶，在一个里头装了冷水，吩咐随从如此如此，打算先把张鼎臣灌醉。少顷，张鼎臣带两个虎背熊腰的卫兵过来，冯孝先迎入，张鼎臣大模大样入坐首席，两个卫兵站在身后。冯孝先注意到卫兵除了武装带上别着的机头大张的匣子枪，衣襟里鼓鼓囊囊的，想是另外别了枪或掖了手榴弹，晓得这家伙已有防备，不禁头皮发麻。他客气地请两个卫兵也入座，张鼎臣哼了一声，二人纹丝不动。冯孝先斟了三杯酒，说先干为敬，一一喝下；又斟起三杯，双手端着一一敬给张鼎臣，一边说着客套话。张鼎臣饮过三杯，盯着冯孝先，操着山西腔问道：“听说后晌时有一个连进城了？”“是二营五连，野营拉练路过。天黑时谢连长请我去喝酒，我推辞哩。这个李营长呆头呆脑的，什么时候哩，还瞎折腾。”冯孝先淡淡地说着，一边劝酒。张鼎臣噢了一声，紧张的神情顿时松弛下来；称他前几天去过二营驻地，李安桥对换防改编有怨言，又称此人漠视政治，孤芳自赏，不堪重用。冯孝先极力附和。二人边说话边吃菜边碰杯，甚是投机。张鼎臣一时兴起，亲自斟酒，装冷水的那个酒壶派不上用场，冯孝先已有些头晕。正苦恼、焦躁间，张鼎臣说：“老兄，谢谢你的盛情款待，明天一早我就赶回去了，你好自为之！咱碰了这一杯早些睡觉吧。”二人碰过酒，张鼎臣起身告辞，已然半酣微醺。冯孝先见两个卫兵滴酒未沾，保持机警，只得作罢，急忙去了牛振武家。

指挥部调整计划，决定拂晓时派突击队实施突袭，拿下张鼎臣；枪响为号，各路一起行动。深夜四点钟左右，牛振武将一把崭新的三保险的匣子枪交给突击队长夏文俊，安顿说：“张的枪法好、身手快，为人厉害，若一枪打不死，你就有危险，要特别注意，不行上去就扫他一梭子！”夏文俊说：“他狗日的喝了酒，这会儿一定睡得跟死猪一样，怕甚！”

夜幕里，夏文俊一股子攀着梯子悄然占据了万发店后院的东西房顶，在东房顶上架起一挺轻机枪，瞄准对面的四号房间，里头住着两个卫兵。布置妥当，夏文俊从怀里掏出几个夹肉的蒸馍，丢向狗圈，一条大狗蹿起，“汪”了半声，叼着肉馍跑回窝里去了。夏文俊从墙头滑入院子，左手握着手电筒，右手拎着机头大张的匣子枪，摸到三号房前，他深吸一口气，猛地一脚将门踹开，手电筒一晃，抬手向炕上扫了一梭子——张鼎臣没有喊叫，躺在被窝里一动不动。夏文俊揩了一下额头上的冷汗，从腰间拔出另一把匣子枪，上前扯脱被子：张鼎臣浑身是血，两只手各握一把匣子枪！他还不放心，照准脑袋又连开两枪，这才长舒一口气。这时，对面房上轻机枪响起，两个扑出门的卫兵被打成了烂瓜。

早先，冯孝先带三个连悄悄包围了旅部大院。万发店枪响后，下令开枪，击毙岗哨七八人，蜂拥而入，将旅部警卫连堵在几间大房子里。一阵暴雨般示威的枪声之后，数百人呐喊：“十一旅起义哩！缴枪不杀！”警卫连王连长吓得双腿打战，脑瓜还精明着，命令不许开枪，喊话谈判。冯孝先喊道：“只要放下武器，保证你们的人身安全！”王连长不信，要求牛副团长说话。一会儿，牛振武赶来，担心有诈，立在墙角喊话：“兄弟们，蒋介石要打内战，准备把我们这支杂牌部队换防改编、清理整饬后推上战场，而共产党主张和平建国，反对内战，为了十一旅弟兄们的前途命运，我们已决定起义，走向光明！只要你们缴械，我们绝不为难——

愿意留下来的，我们欢迎；不愿意留下来的，我们发放路费盘缠，想回家的回家，想到榆林的到榆林去。我牛振武代表共产党，说话算数！”一间屋子里抛出十几杆长枪，接着，呼啦啦尽数抛出，王连长和士兵们举着双手走了出来。许多人还穿着裤衩，冷得瑟瑟发抖，牛振武让他们赶快回去穿上衣裳。

石佩云参谋长住在北街的一处院子里，牛振武派夏文俊前去捉拿，专门交代不得伤其性命，说他是邓先生的人，也没干过坏事。夏文俊带人包围了院子，多次喊话，他才出来，神情忧怨。夏文俊举枪对准他，下令搜身。石佩云冷冷地说：“不用搜，手枪在家里——你把我打死算了！”夏文俊说：“石参谋长，我们起义哩。牛副团长交代，只要你不反抗，就给你一条生路。”石佩云长叹一声，自言自语：“我对不起邓长官的栽培！这里死不了，就到榆林负荆请罪！”一周后，石佩云被释放，去了榆林。据说，邓先生没有怪罪，说天要下雨，娘要嫁人，由他们去吧！后来，石佩云追随邓先生起义。

吴峰和阎家骥同住一个宅院，枪响后带卫队突围，与北门守卫士兵发生激烈枪战，全部被打死。安边城内的国民党党政机关也被谢连长的五连一举端掉，一一生俘了县党部书记长和公安、税务、邮电等部门的头目，唯有李道庵县长只身缒城逃走。随后，警三旅张参谋长带两个团入城。日头一竿子高低，李子竹和李安桥各带所部先后入城。警三旅与起义部队在北大操场联合举行了庆祝大会，数千市民、商人参加。

这一天前晌，安边起义的消息就传到了柠条原镇。张桂生吭哧吭哧跑颠回家，冲张太太说：“赶紧的！赶紧的！”张太太说：“老和尚，天塌咧？”张桂生揩着光脑袋上的汗珠子，惊魂稍定，说：“十一旅一团反水哩，投了共产党！凭我的老经验，只怕共产党的部队今夜就过来攻打柠条原！”张太太吃了一惊，说：“那……那咱再跑？”张桂生说：“赶紧的，只收拾硬通货，其他的都不要×哩！”

张太太自张自立死后就跟张桂生勾了一腿，并很快正式成为太太，许是天缘巧遇，连“张太太”的“张”字都不用改。过了几个月，她身子出现异样，先是不来例假，接着开始呕吐，张桂生领着去了济世堂。李函玉号过脉象，说有喜哩。张太太多年不孕，不敢相信，愣怔半晌，说：“老先生不是哄人吧？”李函玉感慨地说：“恭喜二位，真是不易，今后多多做些善事吧！”张桂生曾娶过一房年轻婆姨想留个子嗣却多年不能如愿，干脆休了断去念想，做梦也想不到老之将至自己还能有个后人，他当场犍牛似的号啕一声，老泪纵横，当着李函玉的面，竟跪在地上给张太太磕了三个响头，哭喊说好婳婳你就是我张家的大恩人！张太太也不曾想到红颜褪去门前冷落之时意外得子，自是喜极而泣。自此，二人一门心思扑在腹中小儿身上，三六九朝庙里跑颠，烧香、许愿、上布施，张桂生发誓再也不做伤天害理的戹黑水事了。这一年，二人得了一个小子，张太太心无旁骛，张桂生似换了一个人，名声渐渐好起来。前些日子，联保处副主任史炳耀夜里逛窑子时被一个蒙面人抹断脖子，尸体上贴了一张白纸，写着“叛徒的下场”五个大字。张桂生惶惶不可终日，萌生了流亡之意。他买回两匹骡子，捣鼓来几套庄户人的破旧衣裳，时刻准备溜之大吉。

晌午光景，二人换上破衣裳，张太太从炉坑里掏了一把灰土正往脸上抹，却瞥见张桂生朝内衣的带子上别手枪，嗔怒道：“你个灰圪泡你个蠢蛋猴，想连累咱儿子？那是凶物，快扔得远远的！”张桂生一想也是，把手枪扔进炉坑里。他背了褡裢，又抱着一个毛线口袋出门，搁在骡背上，小心翼翼绑扎好，朝屋里吼喊：“赶紧的！”张太太背着小儿，拎着一个包裹出来，张桂生撅起尻子弓起脊梁做成一个马架，张太太踩着跷上了骡背。张桂生牵过另一匹骡子，跨上骡背，压低帽檐，嘚儿啾一声，一家三口悄然出了院子。他们加入混乱的人流，直出镇子朝东北方向去了。从此消失，谁也不晓得去了哪里，是死是活。

# 第三十六章

安边起义后的第三天夜晚，淅淅沥沥的秋雨中，警三旅七、八、九三个团主力和起义部队一部经一路急行军于午夜时分将柠条原镇四面合围。拂晓前，由警三旅张参谋长指挥，从西、南两个方向组织了一轮偷袭，城里早有准备，史虎城一声厉喝，城头十多挺机枪喷出火带，手榴弹麻橛子一样落下，攻城部队数十人伤亡，被迫撤出战斗。第二天，贺钧年从定边兼程赶来，张参谋长报告了情况，贺钧年说："打下这个地方，三边就一片红哩。三边战略位置重要，柠条原必须拿下！"

打这一仗是贺钧年自作主张。他认为十一旅起义部队是一支没有经过改造的旧军队，普通官兵对新民主主义革命缺少认识，目光短浅，以为国民党势力强大、共产党势力弱小，起义后仍处于彷徨观望的状态，甚至少数人对之前国民党方面推出的改编计划抱有幻想，企望升官发财，对起义心怀不满，牢骚连连，因此，存在着严重的不稳定因素；同时，他们对八路军严格的纪律和艰苦的生活必定不习惯，对不发军饷还要自己动手搞大生产运动的行为还不能够理解和适应，这又时刻影响着起义部队的走向和成长；而如果史虎城的二团不消灭、柠条原的旧政权和旧制度不颠覆，一种毒品一样的诱因就不会消除，甚而发酵膨大，则起义成果就不能得到巩固，甚至会发生小股哗变、叛逃等等的难以预测的可能。另一方面，他认为三边战略位置极其重要，拔掉柠条原这根钉子，既可稳固陕甘宁边区的西北大门、有效缓解中共中央驻地延安所承受的压力，又可震慑甘肃、绥西、宁夏、榆林等方面的国军各部，从而夯实中国革命心脏地带的外围以应对变局。基于这几个方面的认识，在果断采取军事行动的同时，他向陕甘宁晋绥联防军总部和中央军委发电报请示，并请求调拨两门三七战防炮，提升部队的攻坚能力。而中央军委的回电却令他失望，大意说，柠条原易守难攻，可巩固安边，以待时机。贺钧年仔细分析电文，认为中央军委并没有明令制止，只是担心打不下来。作为三边地区党、政、军的最高领导，他觉得只有自己才最清楚最熟悉实际情况，这一仗具有迫切的现实意义，同时具有战略性的影响，排除万难，必须打！

之前，贺钧年对攻打柠条原的艰难度已做了充分的分析，并对实战的战术打法、兵力投送、纵深推进等各方面也进行了研判、预测和推演。柠条原的防御设施已今非昔比，从前充作屏障的一圈海壕被一座底宽三丈、收顶两丈、高约三丈六尺的长方形土城所取代，是由史虎城与刘庚午于去年春季实施军政联手抽派民工两千余人历时八个月筑成的；同时，在镇子东西主街两侧和几条主要街道修筑了明碉暗堡，形成纵横交错的火力网，防守阻击优势明显。此外，史虎城苦心经营，所部装备精良，官兵训练有素，战斗力很强，是一支虎狼之师。贺钧年不为表象所惑，不为艰难所惧，他认为，从前，攻坚战是己方的短板，而今，八路军的装备水平和军事素质、战斗力均有大幅提升，同时在兵力上数倍于敌，占绝对优势，而守军处于孤立难援、四面楚歌的境地，因此，只要给敌方造成巨大的精神压力，瓦解其军心，集中优势火力覆盖城头一部、实施爆破轰塌一角，一鼓荡平的可能性极大。

暮秋的陕北三边，一早一晚寒气咄咄。围城部队的指战员们住在临时搭建的帐篷里，周围都是连绵起伏的沙丘草地，西北风尖啸着阵阵掠过，一场薄雨早被吹干，沙尘卷起，昏天黑地。他们自己动手割来野草，铺在帐篷里头凉寒的沙地上，枕戈待命，昼夜轮值，渴了喝冷水，饿了一人一碗冷水拌炒面——部队的大灶只能每天提供一顿洋芋谷米汤，一个连队几大桶，一人保证喝足两碗。

守城的二团刚打了一个胜仗，士气高涨，官兵得意，不时鼓噪叫骂。城头岗哨和巡逻队无所顾忌，远远瞄见目标就开枪射击，攻城部队组织还击，双方互有零星伤亡。夏文俊带三个枪法好的战士受命配合一个炮兵排行动，埋伏在距西门二百多米、长了一丛丛柠条的沙丘下，任务是防备守军从西门冲击或逃出。前晌光景，城门突然大开，八九十人悄然杀出，炮兵猝不及防，排长被打死，几个战士受伤。危急之际，夏文俊临时接替指挥，放了一个排子枪，击毙五个抢上前来的士兵，其余的见有防备退了回去。守军骄横，城南指挥部为了减少伤亡，命令围城部队后撤至安全地带，围而不攻。一团在北线位置担任协攻和警戒，牛振武派夏文俊带两个人去传达命令。三人途经西门外的野地，被城头巡逻队发现，一齐开枪，两个战士被打死，夏文俊躲在一丛柠条下不敢动弹。这股敌兵嚣张至极，一齐吼喊："一团的灰小子，当了红军脑子，头上溜了几个壕子，过来三个兵蛋子，两个见了阎王老子，一个也缩成了龟孙子！"不一会儿，从西门驰出十二骑，直冲过来捉活的。待距离约十步，夏文俊突然跃起开枪，三枪击毙三个，其他的受惊，勒转马头撤回去了。夏文俊趁机逃出险境，一边跑一边回骂："二团的愣驴小子，不识时务的瞎眼窝羔子，跟上你蒋介石老子，日塌你们的亲娘老子，吹牛还有两下子，倒叫爷爷下了三个骷子！"

贺钧年不敢轻敌，一边加紧部署，从各县调集部队和担架队，筹备粮食，一边派人与伊盟蒙汉支队取得联系，请求派出骑兵支援。第三天黄昏时分，他带着几个警卫员环绕城周观察地形。几个人时而猫着腰身行走时而匍匐运动，几次遭遇城头机枪扫射，警卫员用铁锅遮挡，毫发无损。经过实地勘测、侦察，贺钧年随即召集团级以上指挥员开会研究。他分析认为，城西地势平坦，城北地势低洼，大规模突击进攻均难以展开；城东民房多，地形有利，可城外百米外的三官楼内驻扎了敌方的一个排，与城头形成犄角之势，若从此处下手，则有腹背受敌之虞。他说，唯有城南可作为主攻位置，而城东南角则是一个最为理想的主攻突破点——距城墙四五十米外有一道高坡，可以布置重火力压制城头，实施爆破强攻，撕开缺口。张参谋长、牛振武和三个团长都察看过地形，一致赞同。牛振武机敏地提出了如何就近迅速完成突击队调动、集结的问题。张参谋长骨碌着眼珠说："挖战壕！"贺钧年恍悟，捣了一拳炕桌说："还是老张脑瓜子灵光！这样一来，攻城部队火力组织、兵员运动转移和集结就不受开阔地形的限制，还可以实施多点攻击突破！"当下，根据城头投弹有效距离，贺钧年下令部队在距城墙根五十米外，环绕西、北、南三面，连夜开挖一道主壕堑。张参谋长补充命令，说挖出来的浮土朝城墙方向堆起，这样便于隐蔽，可预防手榴弹滚入，又可给敌方造成视觉障碍。当天夜里，千数百号指战员为一班，轮班挖掘，一条半圆形战壕竟夜而成。赶至黎明前，又从斜向挖掘了梳子形的交通壕，与主壕连通，并铺设了电话线。

曙色朦胧中，史虎城带一批军官登城察看，个个惊得瞠目结舌。守城士兵发现遥远处红旗飘摇，不断有部队开来，陷于惊惶，自此不敢放肆地叫骂鸣枪，更不敢出城示威骚搅。

晚间，镇边县保安大队和担架队携带大批粮食赶到柠条原城南三里的一个村庄。徐壮民带着早先由王仓转出的一张柠条原城内敌方指挥部、据点、防御工事位置及兵力、火力布防配置详图，来到临时指挥部。贺钧年几个人极是欣喜，经仔细研究，对作战方案进行了有针对性的实战调整和补充。这天深夜，巴特尔率领蒙汉支队骑兵大队从鄂托克旗城川方向赶来。鉴于柠条原城只有东、西两道城门，如若城破，守军只会直出东门或出西门绕道向东北方向突围，贺钧年将这支快速反应部队布置在必经之地设伏，同时配合柴向东独立营等打援部队对横山、榆林方向进行游巡侦察。

第五天早上，为了给守军进一步施压，围城部队组织了一轮声势浩大的喊话劝降，数百号担架队员也加入其中，一时呐喊震天，惊得天空中一排人字形的飞鸟乱了阵脚散飞而去。守军指挥部害怕瓦解军心，调集机枪扫射，枪声大作。张参谋长传令各连队神枪手进入主壕堑，瞄准城头机枪手开枪。没过几袋烟的工夫，接连打死七八个，弹无虚发，城头岗哨吓得再不敢探头探脑。警三旅八团三个远投手展示身手，于距离城墙根六十余米的壕堑一齐向城头炮台投掷手榴弹，一一在炮台上空爆炸，守军士兵抱头乱窜，惊呼八路军里有异人！晌午，张参谋长下令迫击炮阵地向城头门楼、哨楼、炮台进行了一轮密集轰击，声势撼天动地。随即，又抽调了两门迫击炮，抬入西门外的娘娘庙里，从背墙上穿开两个洞，把炮筒斜伸进去架好。炮手在大练兵运动中学会了红军时期所创造的迫击炮直射法，瞄准西门楼，从炮屁股撞击发射机关，连开五六炮，一时砖瓦纷飞，尘土滚滚，楼顶被掀去半边。守军自此以为警三旅拥有平射炮，大大出乎意料，愈发惊惶。夜里，大规模的喊话劝降又进行了两轮，搅得守军官兵一夜未睡，个个绷紧了神经。

第六天早晨，降落在柠条原小学操场上的一层白霜刚刚消去，几列官兵赳赳地开进来。体格高大威猛的史虎城戎装笔挺，头戴一顶钢盔，手执一柄寒光四射的大号鬼头刀，牵着心爱的坐骑立在操场中央。威严而简短的训话之后，史虎城从兜里抽出一块黑绸子，转身小心翼翼蒙住马头，轻轻摩挲着马脖子，眼泪扑簌簌流下来。倏地，他剑眉倒竖，一个疾旋，双手抡起大刀向马脖子凶悍地砍去，扑通一声，马头落地，一腔血雨斜飞出去，射落在七八步远的地上，红涔涔洒了一片。官兵们脸色煞白，神情骇异。史虎城舔了一舌头刀刃上的鲜血，向马尸深深鞠了三躬，揩去眼泪，虎声虎气地吼道："弟兄们——今天本团长杀马明志，誓与柠条原共存亡！不成功便成仁，誓死效忠委座！"在场的官兵受到感染，齐声高呼口号。四下城头的官兵远望这一场面，人人心惊，窃窃议论。史虎城命令将马肉下锅，全体官兵每人一块。这一天，甘愿效死的官兵个个精神振奋，拎着马肉桶，到处发散，加油打气，称史团长已多次致电求援，南京国防部督令横山、榆林、绥远方面的国军火速增援，再坚守三日，援军必到，到时候咱们都是党国的功臣，人人官升一级，白花花的赏银花也花不光！而多数官兵却一簇一簇嘀嘀咕咕：这马肉是吃哩，可不能当死食子吃，家里还有三老四少！

这天夜里，贺钧年接到曹雨僧从白泥井派快马送来的一封急信。曹雨僧接到牛振武发出的“二团企图火并一团，现两军处于对峙状态”的电报，从榆林匆匆赶回，因情况混沌不明，先去了白泥井，得知梗概，才有此举。贺钧年看罢信，示意张参谋长、牛振武和几个团长传阅。曹雨僧要求贺钧年把部队撤回，柠条原的问题不用动武，让他去和平解决。贺钧年说：“给老子的，总攻在即，我已扣下了中央军委的电报,这封信也压下,不得外传,一切责任由我来担!”当即,指挥部组织召开攻城部队营以上指挥员会议,逐项查询落实了战前的准备工作,决定于拂晓前发起总攻。

凌晨三点五十五分，贺钧年拨通了担任东南角爆破突破和南城主攻前线指挥的八团郭宝山团长的电话，厉声问道：“咋样?”

“一切就绪!”

“给老子的，上不去你拿什么来见我?”

“打不进去，我提头来见!”

四点整，一声地动山摇的爆炸传来。贺钧年立在指挥部的窑顶上用望远镜观察，只看到影影绰绰闪闪烁烁的火光和西北风扬起的沙尘、翻卷弥漫的硝烟，接着传来密集的枪炮声、手榴弹的爆炸声和喊杀声。贺钧年紧盯着怀表，十五分钟后，电话铃响了，指挥攻打西门的七团长报告称：“冯副团长亲自率领突击队攀登云梯攻占了城头，正在扩大战果。敌人组织反扑，双方展开激烈的白刃战!”贺钧年情知西城不是主攻方向，只有两个连，喊道：

“不惜一切代价守住突破口！牵制敌人!”刚放下话筒喘了一口气，电话铃又响起，八团郭团长报告说：“外部爆破效果不理想，只炸塌半边城墙！重火力已将敌人的火力压住，第一梯队已登城!”“命令第二梯队火速跟上!”贺钧年大喊。“报告旅长，担负南城正面进攻的第一梯队也已登城!”电话里传来郭团长兴奋的喊叫，显然也是刚刚获知。贺钧年长舒一口气，拿起望远镜朝八团发起进攻的战壕大步走去，几个警卫员和传令兵从尻子后头撵来。

天色亮白。贺钧年从望远镜里真真切切看到了城头上肉搏厮杀的惨烈场面：战士们用刺刀，敌兵用大刀，斗牛一样疯狂扑窜，或一对一搏杀或两个扑杀一个或一个刺杀几个，寒光闪闪，血水喷溅，喊杀、惨叫混搅在一起。轰隆一声，东南角半边残墙被炸开，冲锋号里，攻城部队潮涌入城，传出稠密的枪声和喊杀声。工夫不大，三官庙插起红旗，东城门方向响起爆炸声，九团突击队拔取据点、爆破得手。

贺钧年从东南角突破口入城，迎面碰上担架队，一副担架上躺着一个昏迷不醒的伤员，头上戴的一顶厚毡帽被剁开一道道的裂口，沾满血水。他过去查看，抬担架的老乡叹道：“这人命大，头上不知挨了多少刀，医生说没事!”随行的卫生员报告说：“这个排长连着刺死四五个敌人，头上挨了十一刀，多亏戴了边区特制的毡帽，只伤了头皮，没伤骨头，是震晕的!”贺钧年眼眶潮湿，说：“这是咱的英雄哪!”

巷战进行时，徐壮民带人抢入保安队大院，见一杆红旗已插上屋顶，刘庚午以下县政府、县党部各部门官员被悉数拿下，集中在后院里，一个个反缚双手，灰头土脸；五十多名保安队员臂上扎着一圈红布条持枪看押，王仓东张西望，显然是在等候八路军过来接收处理。“满仓!”徐壮民大喊一声扑上前去，王仓转身扑上，二人搂抱在一起，久久摇撼着，徐壮民唏嘘不已，王仓泪流满面，泣不成声。

至十一点钟，街巷内的明碉暗堡被一一攻克、拔除，隐藏在民房里阻击的守军官兵基本肃清。粗略统计：俘虏守敌八百余人，毙伤一百五六十人；我方伤亡二百余人。

北城一隅和西北角的战斗仍在持续，子弹飞啸，掷弹筒的轰击声和手榴弹的爆炸声不绝于耳。贺钧年考虑到史虎城系黄埔出身且为军统特务重要头目，治军有方，为官清廉，与多地国军军官均有联络，若能劝降，必定会产生很大影响，特意传令务必活捉！接近晌午，战斗进入尾声。只有史虎城带十几个卫兵还据守着西北角炮楼，面对重重包围，全然不惧，接连打退三次偷袭，打死打伤十几名战士。多次喊话无果，又召来史虎城的胞兄劝降，却招来史虎城亲手射来的一串子弹，贺钧年大怒，一声“给老子的”，下令强攻。掷弹筒、手榴弹一轮轰击之后，发起冲锋，战士们抢入炮楼，逐层争夺，十几个卫兵被一一击毙。史虎城子弹打光，扔掉压死驴冲锋枪，拎着鬼头大刀窜至炮楼顶上，哧溜溜贴墙滑下，使出红拳刀法，似一股凌厉的旋风，顺着北巷向自家宅院卷去。战士们前堵后截，数十把刺刀向他逼去，史虎城困在核心，左劈右挡，毫无惧怯，忽地虎啸一声腾空而起，大刀翻飞，连伤数人。一个战士忍无可忍，朝他胸脯上连开三枪，史虎城一口一口喷着鲜血，趔趄倒地，一双眼睛睁得圆溜溜的，放着光芒。后间，贺钧年派人购置了一口上好的棺木，将尸体殓入，由他的小老婆和胞兄等亲属用骡车运回山西河津老家埋葬。据说停尸期间史虎城的头颅被泄愤的战士割去，最后也没有找到，只得雕琢了一颗木人头接上。

这天后晌，贺钧年在史虎城团部亲自给中央军委拟了一份电报，又给曹雨僧写了一封回信。中央军委回电表示祝贺，并不见批评之言。据说，曹雨僧看到回信时说：“他真的打进去哩！”原来，曹雨僧是不相信警三旅能攻下柠条原才想和平解决的。在听说了史虎城之死的经过后，他叹息说：“这人太厉害！我去也枉然，只有靠硬打哩！”

黄昏的时候，警三旅九团越过红柳河，与包围小桥畔堡寨的一个营会合。十一旅二团二营驻守这里，营长赵子和遣人登上城头喊话，要求与牛振武见面。牛振武匆匆赶去；赵子和出现在城头。二人于寨墙上下对望半晌，赵子和号啕一声，涕泪俱下，说："终于回到娘家哩！"下令集体缴械，率四百余人投诚。赵天孝部教堂保安团不敢抵抗，缴出武器投降。

十一旅二团有一半人不愿留在部队，经集体劝诫教育，领取了发放的路费盘缠，被分头遣散，各自返乡。据说，其中几小股绕道溜往榆林去了。处置了战后事宜，根据贺钧年的安排，十一旅起义、投诚、归降部队分批连夜开回安边。

柠条原镇留驻部队，交由地方接管。

牛振武派冯孝先去了白泥井。曹雨僧见面就问："孝先，这到底是咋回事?"冯孝先说："正式起义哩！邓先生也抵不住调防改编，不起义就等于伸长脖子等刀砍！"曹雨僧说："我也不是不同意起义，为甚不等我回来?"语气里明显含了几分落寞和埋怨。冯孝先详细叙述了不得不立即起义的原因和起义的经过，曹雨僧这才说："对对的，起义是一条光明的出路！"并表示马上赶回去。第二天，部队出西关列队迎候，曹雨僧带卫队驰来，当众宣布退出国军阵营，参加起义！欢呼声中，一同入城。

第三天，延安《解放日报》上发表了国军新编十一旅起义通电，新华社电台对外做了广播。经中央军委批准，部队随即改编为陕甘宁晋绥联防军新编十一旅。联防军总部颁发命令，任命曹雨僧、牛振武、冯孝先分别为旅长、副旅长、旅参谋长，李子竹、赵子和分别为一团团长、二团团长，部队仍驻防安边、柠条原一带。事后，曹雨僧当众坦诚地说："当初我赴榆请命，以为虚此一行，实则是成功之举。如果我待在部队，瞻前顾后，也许会成为起义的绊脚石。宿命地讲，请命这步棋我算是走对哩！"不久，朱洪英兼任旅政委。根据政治工作的需要，三边军分区从警三旅抽出一批骨干，向十一旅各团、营、连分别派任了政工干部。

牛振武专程赴定边向三边地委汇报了关于赵子和的情况，将之前的种种疑点和地下党总支部所做出的结论一一表明。朱洪英说："赵子和同志已主动向组织详细汇报了情况，并做了深刻的检查，不掖不藏，态度端正、诚恳、积极。"牛振武不觉一惊，瓷在那里。朱洪英说："赵子和同志是一名老地下党员，为党的早期的兵运工作做出过贡献，给组织提供了许多情报，也是二团唯一坚持下来的同志；他与章廷芝系连襟关系，但从无往来，当年曾出兵助剿，这是有目共睹、人所共知的，足以佐证他的人品和党性；加入军统组织是经过请示和批准的，这与冯孝先同志的情况有类似的地方。我们应当记取'抢救失足者'运动扩大化的经验教训，不能用怀疑一切的眼光对待同志，不应当因为一些误会和疑点就把人一棍子打死。退一步讲，就算他有一些说不清楚的地方，那是环境所迫造成的，而选择率部投诚本身就是大功一件，符合我党我军的优待政策；同时，无论如何，我们也不能剥夺一个人选择重新做人的权利。"牛振武吃惊地感觉到朱书记的思想明显滑到"左"的反面去了。他辩不过他，又疑虑难释，焦躁地说："这是两码事，如果他真的叛变投敌，那性质就严重哩!"朱洪英让他拿出确凿的证据，牛振武摇头叹息，说："我们掐断联系已好几年哩，他如果是个双面特务，到底姓国姓共，恐怕只有天知道!"贺钧年说："投诚、投降的部队刚刚完成改编，情况复杂，赵子和在军中威望高，暂时还得任用。"又叮咛再做一些秘密调查，在原则问题上不可马虎。

牛振武、冯孝先、李子竹三人商议，决定把各自这些年置买的土地和合伙盘下的万发店等财产全部献出。这个捐献计划得到朱洪英的充分肯定，称赞这既是一种义举，又是共产党员先锋模范作用的具体表现，意味着他们已回归为一个真正的无产者了。消息传开，曹雨僧和二团副团长李安桥及七八个营、连长受到影响，相继表示愿意献出各自在安边置买的田产、房产。接着，又影响了王文舫。据说，王克恭在街上听到这个消息，回家说给了父亲，王文舫连吃饭的心思也没有，呆坐了一后晌。当天晚上，父子二人商量，决定将安边东滩的一千多亩上好的耕地全部献出。王文舫一改闭门不出的习惯，一连奔走几天，劝诫乡绅富户认清形势，志愿献地，很快有三十九家报了名。

初冬的一天，十一旅与定边县委、县政府在安边城北大操场联合召开公开捐献大会，全体官兵和数千市民、商人及城周群众参加。会议宣读了地委书记贺钧年所致的贺函。朱洪英做了慷慨激昂的讲话。牛振武代表部队捐献者宣读了捐献书，共计献出水地、旱地、林地九百三十垧，骡马店二处，商行一处，铺面六十间，住房五十四间。他说："除了占大头的个人财产部分，其余的原本是党的财产，是过去党的地下组织开展活动的经费源头，现在交还党和政府，正是物归其主！"接着，王文舫代表乡绅富户宣读了献地书，共计献出水、旱地一万三千五百多亩。会场气氛热烈，响起"共产党万岁""人民政府万岁""十一旅万岁"的口号。参加大会的城周庄户人个个眼含泪水，一簇一簇圪蹴在地上，掐着指头算计自家将要分到手的水地、旱地的亩数。

王文舫在讲话中说：安边刚刚解放，土改尚未开始，就初步实现了孙中山先生"耕者有其田"的主张，共产党顺天意、得民心，安边的明天将更好！他认为献地行动给农家带来了极大的好处，对地主之家也有裨益，并坦诚地说："从前咱们一年到头不耕不织，非租子不能过活，一天到晚不是骑着马闲串门、瞎溜达，就是聚在赌场、烟馆耍赌博、抽洋烟，这样下辈儿孙从小濡染，好吃懒做，也不能长进。我们这些人虽然有地有粮有钱，但家道门风却一代不如一代，一个重要的原因就是十个指头不抠地皮！从今而后，人人参加劳动，儿孙后人也不会变成二流子！"一个姓韩的地主代表说："自从决定把地献出，不再剥削人，政府的人就是半夜里带着枪来哩，我也不心惊！"轮到农民代表发言，几个从未经见过偌大阵势的庄稼汉个个慌里慌张，浑身哆嗦，你推我，我搡你，没有人敢率先登台，最后得到允许结伙上去。一个结巴着说："我家人老几辈子都没……没炕皮大小的一块地，靠共产党得……得了地，实在是闹……闹×好哩，我就想等……等把地分到手，趴……趴下来……亲一口！"说完大哭，台上台下一片叹息，许多人流下眼泪。又一个说："咱庄户人不能丧了良心，得一个心眼跟着共产党走！我回去就磨一把杀猪刀，当一个自卫兵，保护分到手的土地！"另一个姓刘的农民代表懂些礼数，在向主席台上的军、政领导们躬身行礼后，又向一股子献地的地主打躬致谢，说："你们的地都是老先人挣下的业产，如今白白送人，我们打心眼里感谢！你们没种过地，不是把式，劳力也不如我们扛硬，我们受苦人有的是人手和苦力，只是缺少籽种、牛犋、家具，以后咱两下好好合作，互相帮衬，来个驴啃脖子工变工！"会场响起哄笑声。

几天后，十一旅二团出了一宗大事：一营长带着一百多号人夜间从驻防地堆子梁的寨墙滑下逃往榆林，营教导员带几十号人追了一程，遭受攻击，无功而返。事件震动了三边地委，贺钧年要求迅速开展改造工作。针对部队中存在的少数官兵耍赌博、抽大烟的现象，朱洪英政委决定首先从戒赌戒烟抓起。在连级以上干部整顿作风会议上，他情绪激动，枚举了"吃喝嫖赌，抽拐骗坑"的种种现象，说："共产党所领导的军队是一支纯洁的队伍，有着钢铁一般的纪律，不能容忍这种旧军队遗留下来的恶习长期存在，非得下猛药从根本上扭转改变！"又郑重宣布，"将用一至两个月的时间，从戒烟戒赌入手，进行集中整顿改造，使人人脱胎换骨，成为真正的八路军战士！"话音一落，一些沾有不良嗜好的干部歪着嘴斜着眼龇着牙发泄不满，却不敢提出异议。一个角落里，几个连长拘谨不安，嘀嘀咕咕，犯愁戒不了大烟。曹雨僧自己染了大烟瘾，神色尴尬，不好说话，保持沉默。牛振武、李子竹二人也极不自然。二团政委高坡发言，认为十一旅绝大多数指战员出身贫苦，是积极向上的，主流是好的，许多基层干部军事素质过硬，立有战功，是值得八路军兄弟部队学习的；但是，他们过去在国民党部队里所受的教化、熏陶、影响与红军、八路军截然不同，普遍存在着吃谁家饭给谁家干的雇佣思想，虽然有党的组织存在，毕竟长期处于地下状态，影响有限，因此，沾染一些毛病是在所难免的，也是必然的。据此，他认为部队改造工作须得积极、稳妥、慎重地推进，循序渐进，不能期望一个早上就将这支部队改造成真正的人民军队。同时，方式方法也要讲究，对于公开聚赌，应当在宣传教育、劝诫说服的基础上，采用递进式的惩治手段予以禁绝；对于戒除烟毒，应当在严打严查、堵死源头的同时，充分考虑“受害者”生理、心理反应的因素，依照科学、人道的办法逐步进行。他建议在各营设立戒烟疗养所，免费提供戒烟丸，尽可能多地提供肉食、细粮加以照顾、慰藉；同步开展各种体育、文娱和竞技、识字、辩论等活动，争取在最短的时间内，在轻松自由、活泼愉快的环境里，戒掉不良嗜好。高坡最后说：“咱们部队里普遍把改造叫作灌红水子，我个人今后竭力避免使用改造这个有伤自尊的字眼，灌红水子力求做到润物无声，请各位政委、政治部主任、教导员、指导员、党小组长能注意一下！”会场爆发出热烈的掌声，干部们纷纷发言，认为高政委说得在情在理，所提建议切实可行。曹雨僧、牛振武、冯孝先几个领导也表示赞同。朱洪英觉得自己又犯了简单、急躁的老毛病，做了态度和缓的总结讲话，同意了这个做法，强调政工干部要与军事干部紧密配合，在抓好戒赌戒烟的同时，加强政治宣传和思想教育。

会议将要结束时，牛振武站了起来，从衣襟里摸出一杆枸杞木的大烟枪，一脚踩成两截，扔出窗外，红头涨脸地说：“我第一个戒！从此再抽一口，我就不姓牛！”曹雨僧和李子竹深受感染，当即表示三天之内实施个人的戒烟计划，接受同志们的监督。

贺钧年和牛振武陪同曹雨僧去了一趟延安，近一个月头上才返回。曹雨僧开阔了眼界，重塑了自信，精神头十足，见天（每天）下部队视察，检查军事训练，督办戒烟戒赌，亲自参加政工干部组织的各项活动，全旅上下由是呈现出勃勃生机。据说，毛泽东在枣园小礼堂和他见了面，听罢贺钧年的介绍，毛泽东握住他的手，笑着说："好，好，你来了好，我们欢迎！以后，不分你我，都是一家人！"并称赞十一旅在国民党军队序列里开了个好头，把起义投诚的口子拉开了。朱德总司令和彭德怀副总司令专门设宴款待，贺龙司令员还特地组织了一场欢迎晚会，演出了评剧《逼上梁山》。

贺钧年心中的忐忑彻底放下了。据说，在中央大礼堂里，贺钧年碰到了刘少奇，刘少奇笑着说："你胆子不小！我们发了电报，担心你们打不下来，又得罪了榆林的邓先生。现在打下来了，好！原本也不是不让你们打的嘛。"

而牛振武也受到了特别的"待遇"，以至终生不能忘记。他专程去陕甘宁晋绥联防军司令部汇报相关情况，贺龙司令员特意让人在他的房间摆放了烟具。牛振武受到刺激，浑身奇痒，痛苦不堪，却没有打动。贺龙说："戒烟可不容易，想抽就在这里抽上一口，不要到外面去抽。""老总，你放心，我已戒掉哩！"牛振武脸憋得通红，从口袋里掏出戒烟丸晃了晃，说，"从前是为了麻痹、蒙哄敌特分子沾上了这瞎东西，从此后，就是脱上两层皮，我也得戒了它！"贺龙晃着自己的烟斗笑眯眯地调侃说："我这是短枪，你那是长枪，戒不了，我拿短枪毙了你。"牛振武立正敬礼，大声喊道："是！"两人都哈哈笑了。

延安之行不久，贺钧年作为中央制定实施抢占东北战略决策的执行者之一，随同高岗去了东北，从此再没有回过三边。捎带说一句，他起初负责剿匪，就是追剿那先抗日后降鬼子又投国民党官至中将的谢文东所部十万山匪，小说《林海雪原》中剿匪指战员杨子荣等的人物原型就出自他的部队。

王仓出任柠条原区区委书记，废保建政筹备委员会随即成立，展开工作。全区划分为四个乡，非教民区的三个乡一齐行动，村政权和各种组织很快建立起来，开始了土地改革。

教民区所属的四乡因情况复杂，牵涉太多，没有人愿意去当乡长、乡干部，只进行了调查摸底。

筹委会委员李函玉拄一根拐棍，步履蹒跚，进了区委院子，找到王仓。老人明显带着一种历史的民族的情绪，口气沧桑地说："改朝换代啦，天地不同啦，咱中国人的脊梁挺直啦，我堂堂大族就要走向复兴啦，外国鬼子则一家一家溜跑啦！"接着表现出愤慨与不满，"洋教羽翼已然剪除，正是一雪国耻之日，政府为何迟迟不动手？"王仓给他倒了一杯水，请他坐下，解释说是县委尚未给出明确指示，缓后一步解决。李函玉既不落座又不喝水，神情悲怆地说："我已是风烛残年，大限到时，唯愿见到国土收回、还地于民，一雪前耻！"他继续发泄着不满，并认为应当采取霹雳手段，没收教堂全部教产，将洋教士扫地出门，将二洋人绳之以法，只有这样才能根除洋教之害，张扬中华精神。王仓脸色阴沉，不吭气。——十年的卧底经历，缄口沉默，他的语言能力似乎减弱了许多。李函玉叨叨了半晌，摇着头走了，拐棍杵得地皮噔噔作响。

教民区的农户看到毗邻村庄实施了新政，各家各户都分得了土地，开始自发地联结。这一天，教民王老汉、贾老汉等数十人结伙来到柠条原区委院子喊冤叫屈，王仓显得很兴奋，亲自接待。王老汉哭诉自己在清宣统三年以两岁的女儿作抵押向教堂借了五块银圆，本生利，利滚利，脊梁熬弯也还不光，后来女儿被扣作修女，像坐禁闭一样一直圈禁在教堂里，失去了找婆家的权利；如今自个儿已是黄土埋到半脖子的人，觉得一辈子对不住女儿，想为她赎身，而女儿也厌倦了修女的清苦日子，正有这个愿望，却受教规约束不得脱身。他要求新政府替自己和女儿主持公道。贾老汉哭诉自家儿子前些年从外头带回来一房非教民出身的媳妇，结果被教堂二掌柜赵天孝派人抄了家，将儿子打了个半死，把儿媳妇撵出了家门，活活拆散一门婚姻；赵天孝还以惩戒为名，强迫儿子给教堂做了三个月的苦役。他哭求新政府不能撇下教民不管，站出来给他撑腰说话，让儿媳妇回来过活。同来的教民更多的是控告教堂强占土地逾期不还，教民区百姓一辈一辈人被迫租种过活，鼓噪让新政府做主，废除《和约》，把土地划分给他们。王仓询问了一些情况，让他们推选几个人出来当乡长、副乡长、乡干部，配合区委、区政府开展前期工作，并承诺对王家、贾家的事情将着手调查，会给他们一个满意的交代。这股人一个瞪一个，眼里流露出胆怯，无人敢于出头，又害怕被选中，一哄散去，连王老汉、贾老汉也不见了帽盖子。王仓气鼓鼓地嘟哝了一句："想吃油糕，又怕油嘴！"

王仓憋了一肚子气，专程向县委进行了汇报，请求给出司法、行政和土地管理等方面的政策，彻底解决教民区积淀的问题。在县委专题会议上，徐壮民陈述了自己的看法。他说："已查阅了柠条原旧县政府的档案资料，发现有三边教区民众自发赴省赴京告状、请愿的多项记载，而近期的申冤叫屈不断涌现，表明长期以来教区民众对收回土地的愿望和期盼是十分强烈和迫切的。此外，还发现有民国二十四年天主教驻宁夏教区主教与陕西省政府和中华民国外交部条约委员会代表在北平共同签订的《整理陕西三边天主堂教产协定》一文，共计十条，规定采用'让卖'等几种办法逐步收回教区土地，只因时局混乱，三边地区红、白角力，终未执行。这表明民国政府虽然委曲求全，但基本的原则立场还是有的。"他认为，"改朝换代，时过境迁，《三边教案和约》早成一纸废约，而由于各种原因，导致这桩大事耽搁了几十年；现在，我们终于取得了对柠条原地区的控制权，从而具备了清算历史旧账的现实条件。"说到这里，他神情激奋，站了起来，"同志们，国共和谈眼见破裂，形势严峻，解放区更应执行土地革命时期的既定政策，我们应当也必须采取强制手段将天主教势力彻底清除，还地于民，从而赢得民心，进一步稳固边区政权！更重要的是，我们要雪洗耻辱、有脸面对祖宗！”会场响起拉磨雷一样的掌声，与会人员纷纷表态支持。

王振国认为：“清算这笔历史旧账的时机已然成熟，没收教产只是迟早的事情，但还需请示三边地委、专署和陕甘宁边区党委、政府。”谢宝堂提议一边请示，一边动手，也可给上级提供一个决断的实践经验。徐壮民积极支持，请求亲自带队前往，说：“哪怕这是一个乱蜂窝，我也要捅一捅！”

王振国终于下了决心，主持做出了正式的书面决议。决定由徐壮民全权负责，起草正式文件，拟定条文细则，试行处理；要求尽可能地采用非暴力手段解决，外籍传教人员只要不持械对抗，就不要伤害他们的性命；要求对信教群众不能施用强迫、威吓手段，尊重其自由选择信仰的权利。随后，徐壮民抽调干部组成工作组，根据柠条原区委、区政府反映的实际情况，参照《整理陕西三边天主堂教产协定》的基本精神，起草制定了《镇边县人民政府关于收回教区土地的决定》，并拟定了相配套的土地分配实施细则，经县参议会特别会议讨论通过。

寒冬时光，工作组一行赶赴小桥畔教区，县保安大队副队长王振军率一小队骑兵全副武装随行。几天后的前晌光景，破袄烂裤的教民和准教民三三两两厮跟过来开会，教堂大院里里外外挤满了人。大胡子神甫格文治、二掌柜赵天孝和十几个神职人员早早出来，立在主席台一侧，个个面无表情。米登英和十几个教堂保安队员混在人群里头，手里虽是不抄家伙，脸上却一色挂着凶相。教堂保安团被八路军收缴武器后队员已大部散去，只这股人留了下来，白天手持棍棒、马刀四处巡查，宣称教区依然享有治外法权，他们是奉神甫之命维持教区秩序的。王振军布置好警戒，工作组一行进入会场。徐壮民入坐主席台正中位置，示意格神甫和赵天孝几个在客席上就座。区委书记王仓脸色冷峻，制止喧嚷，宣布开会，简要说明会议内容、目的。徐壮民代表县政府，宣读了《镇边县人民政府关于收回教区土地的决定》，郑重申明，从即日起，无偿收回柠条原区小桥畔教区天主堂所掌管的全部土地，将划分给各户农家！人群里响起惊呼声和哭喊声，嘤嘤嗡嗡一片嘈杂。格神甫眨巴着一双无神的蓝眼，布满褶皱的脸颊变得灰白，大胡子瑟瑟抖动，额头上的汗珠一滴一滴落在地上。依照仪程，王仓要求他表态发言，他虔诚地在胸前画着十字，呢呢喃喃诵经祈祷，仿佛没有听见。赵天孝一双深陷的眼窝里涌动着深不可测的怨毒，咳嗽一声，站起来，说："当年，中华民国外交部、陕西省政府与我教主所签之协定，允许我方让卖汉蒙界线以南可耕之地，只有非可耕地与可耕地之无人承买者，方可无偿移交地方政府。据在下所知，时至今日，贵县政府仍属于民国政府治下，如何可以公然宣称全部无偿收回？这岂不是国中之国，另搞一套？"徐壮民冷笑一声，反问道："国中之国？请问赵先生父子两代是什么人种什么体肤颜色？又是什么国的国民？"赵天孝被结结实实呛了一句，脸色发黑，宣称教堂一方将前往西安，向省府提起诉讼。徐壮民不慌不忙，朗声说："赵先生请便。需要提醒的是，我们正是在执行民国政府当初所签的协定。——第五条规定，'让卖地价之标准：旱地无论其现为耕地或否，或已经建筑及圈用与否，每亩自一角至二角，即每顷自十元至二十元；水地每亩自一元至二元，即每顷自一百元至二百元。'自民国二十四年至今，已过去整整十个年头，请问，天主堂方面在此期间多收取了多少地租？多少杂费？协定第八条说，'天主堂郑重声明：愿将收入之地价，全数继续用于当地天主教会所立之公益及教育事业，三分之一成归公益，三分之二成归教育，一切遵照中华民国所颁教育宗旨及社会事业章则办理，由各县政府或主管机关监督之。'请问，这十年教堂的收入是否按照协定执行和安排？我们将组织彻查，一笔一笔清算，不能叫百姓的血汗白流！还要请问，当年天主教势力是如何强占我三边的土地的？其所谓的《三边教案和约》抵押期限的截止日期是哪一天？我三边子民有多少人为此舍去了性命？多少人至今过着饥寒交迫的日子？多少人丧失了基本的人权？这就是你们天天挂在嘴上的什么天主的仁慈和救赎？告诉你这个中国人，只有中国共产党才能拯救中国人民，中国共产党从来就不承认这些丧权辱国、丢尽祖宗脸面的不平等条约，包括那所谓的协定！”赵天孝一头冷汗，浑身乏软，为徐壮民对历史陈案的熟悉和他超人的记性、精明的脑瓜惊愕不已，更被他激愤的神情和强硬的态度所震慑，自知一切挣扎必定枉然，于是蔫头耷脑坐了回去，再不发一言。

格神甫终于开口，操着流利的三边腔的汉话，首先表示他们不远万里来到中国是传教的，只想把天主的圣恩和仁爱带给中国，把中国人从信仰凌乱缺失的荒蛮境地拯救出来；他们不应该强占中国人的土地，而这些都是历史的原因造成的罪过，因此对于官方收回可耕之地的政策不持异议，但其他方面尚需商榷，愿意有条件地接受。接着，格神甫展示了传教士的虔诚和口舌的功夫，宣称天主无所不在，广施仁慈，救赎罪人，神圣不可侵犯；认为不论在他国或中国，信仰自由，传教自由，圣恩浩荡，不可妄阻，不可背逆，世界是主的世界，天下是主的天下。又说，天主的子民惶惶不安，日夜祈祷，都害怕天主最忠心的仆人离去。而离去之日，既定的规划和数十年的布教成果将面临崩盘之险，子民们将失去精神依托，原罪无以解脱，灵魂不能救赎，陷入茫茫苦海，遭受虫叮蛇咬，流火炙烤，而领洗、弥撒、婚礼、祷告、告解、驱魔等等仪式也将无人主持，因此希望天主最忠心的仆人在天主恩赐的土地上继续留下来，凭借一定的物质条件和天主赏赐的精神权利，维持布教的规划，净化子民的心灵，打开乐园的大门，而拯救世界，而拯救人类……格神甫在阿门声中结束了他的滔滔讲说。徐壮民耐着性子听完，明白格神甫故作模糊处理的核心想法，铁青着脸说：“我中国国民的活动不受境外势力的干预和影响，我代表政府宣布，天主堂从前享有的一切特权自即日起全部废止！这种殖民主义的披着宗教外衣的压迫、奴役三边人民的历史从此终结！”他稍稍平复情绪，继续说，“格神甫愿意待着就待着，但必须遵守边区颁行的司法条例和行政规则。我们绝不容许教堂散布、传播损害我党主义的言论，教堂所有公益、教育类开支，教堂吃饭穿衣的生活开支，一律由教堂自己承担，不得摊派征取。同时，不准许私设公堂，不准许强迫教民参加敬拜仪式，不准许强迫非教民入教，不准许强行选任修女，不准许限制教民退教，不准许干涉教民个人生活，等等，否则，我们将强制驱离！”格神甫望着徐壮民冰冷威严的面孔，颓然落座。

人群里有一大半人大字不识，听得糊里糊涂，他们最为关心的是自家能分到手多少亩的土地，因此有人发急地吼喊，让政府的人重新宣布一遍土地的事情。徐壮民清了清嗓子，大声说：“我代表镇边县委、县政府郑重宣布，从今天起，小桥畔教区教堂的所有土地一分钱不付全部收回，由区政府和即将组建的乡政府摸底调查，组织评议，全部一分钱不要分给无地、少地的农户，每户少则几十亩，多则上百亩！”院子里动乱起来，哭声嗡嗡，许多人疯癫了似的满院弹跳，许多人画着十字，跪地祈祷。

这时候，格神甫站了起来，悲情地说：“主的孩子们，我们都吃过主的圣体，饮过主的血液，我们不能忘记主的保佑和恩惠。此刻，我从良心深处感受到了主的慈悲的声音和博爱的目光，我将担负起仆人的职责，去抚慰、解救你们仓皇而躁动的灵魂，赴汤蹈火在所不辞！”说罢，径自离去。会场出现骚动。聚在米登英跟前的七八个老教民哭闹起来。他们挤到前边，鼓噪说私分教产就是对天主的不敬和亵渎，就是离经叛道，就是跌进了欲望的深渊，必定会被打入地狱，承受虫叮蛇咬、万劫不复之苦！王仓冷笑一声，高声喊道：“谁家不愿分地，就请上台签名画押，立刻生效！”鸦雀无声，无人应答。老教民们的家属忧心生出变故，忧心政府反悔，纷纷抢上前将他们死拽到一边，一哇声地吼喊：“不敢瞎×闹事，土地当紧还是天主当紧？天天念经能当饭吃？”他们死蔫了。米登英脸色死白，离开了会场。保安队员也一个个垂头奄脑走了。那股涌动的暗流消失了。

分地前几天，教民贾老汉和王老汉搭伙暗地里向徐壮民报告，说米登英一股人私藏了枪弹，要他们千万小心！徐壮民早就察觉他们行踪诡异，已有布置，随即加派人手盯梢。这天后晌，侦察员发现这一股人在一座废庙里秘密聚会，急忙做了报告。徐壮民和王仓、王振军几个人商议，判定米登英夜间可能有所行动，当即吹风出去，称骑兵小队明天就要返回张家畔，今夜喝酒庆功。

冬月天白日苦短，三绕两绕就黑死夜静了。骑兵小队住宿地——教民小学堂教室里传出划拳斗酒的嘈杂声，酒香飘散。游动哨不见了踪影，偌大的堡寨东西套城的墙头上只剩二人巡查，行为懒散。斗酒的嘈杂持续至半夜才止歇，里头传出闷雷一样的鼾声。凌晨三点多的黑暗里，一条黑影从大门外头爬墙而入，悄悄开启大门，十几条黑影钻了进来，分头扑向大教室的门口、窗户——乱枪声和爆炸声骤起，门口斜歪着的木桩子假人应声倒下。当这股人发觉上当扭头撤离之际，一挺轻机枪喷出弹雨封锁了大门，房顶和四下墙头扫来排子枪、掷下手榴弹，十几个人不及反抗悉数倒下。院里院外再无动静，徐壮民打了一个呼哨，战士们从墙头、房顶跃入院内，呼啦啦拥上。手电光下，郑虎娃撕去一个握着两把匣子枪的壮汉的黑布面罩，骂道："姓米的小子不经打，死×哩!"

这一仗打罢，赵天孝崩溃了，乖得像一只秃牙的老猫。两三天后，他又像被天主重新领洗过一回，再塑了宗教情怀，主动来到工作队办公的地方，大彻大悟地说："传教应当建立在自觉自愿的基础上，尊重天赋人权，不能用土地做笼头去强改信仰！不能……"为证实自己认罪悔罪的真诚态度，他主动表示愿意献出自家三千多亩土地分给教民，并揭发米登英在教堂地下储藏室的夹墙里私藏了枪支弹药。徐壮民对他的做法表示了肯定和赞赏。随即组织搜查，起获七九步枪五十杆、德国造匣子枪二十把、捷克式轻机枪两挺、马克沁重机枪一挺、子弹五箱、手榴弹十箱，还有大量军需物资。赵天孝向天主发誓，说自己对工作队遇袭一事毫不知情，私藏枪弹是知道的，因害怕米登英报复才一直不敢报告，又哭诉自己已是将死之人，这几年已将兵权交出，只求托老。其实不需用他做出解释，表达立地成佛的愿望，徐壮民对他的态度已发生了很大的变化：他觉得这人就是一个行将就木、归于尘土的老者，那份埋藏久远的憎恨随风逐散了。而赵天孝其人却没有逃脱新政权的惩罚——六七年后，在镇反运动中，赵天孝被判处死刑，执行枪决。

格神甫和几个外籍传教士年头年尾只待了半年，便离开三边离开中国返回比利时国、荷兰国、意大利国等各自的国家去了，却赖下一屁股账，成为一笔历史的永远的欠账。据说,柠条原区政府只清算了自民国二十四年后十年间小桥畔中心教堂收的地租,教堂只归还了一小部分,尚欠粮七千八百九十四石(八十斤大斗计)，柴草四十万斤……由格神甫打了一张二指宽窄的欠条了事。

这年冬天，陕甘宁边区决定设立安边县，将柠条原区划入。次年春，王文舫以无党派人士身份在安边县召开的首届参议会上当选县长。随即，与王仓、李函玉等十几名议员一道拿出《提请收回教区土地》的提案上报。陕甘宁边区政府准予备案，责成三边专署联合毗邻绥远各旗交涉收回。随后，又批准在安边县成立“三边收回教区土地委员会”，指令在专署的指导下迅速开展工作。一两个月后，即全部收回失盗、易主近半个世纪之久的六千四百八十平方公里的国土。

# 第三十七章

这一年罕见地出现了闰二月，预示着将有重大的事情发生。庄户人在年开头就这么猜断、议说。

二月底的一个黄昏，在定边城的司令部里，由三边地委书记兼军分区政委、十一旅政委朱洪英主持，一个团级以上干部参加的紧急军事会议正在进行中。朱洪英说：“国民党当局发动的针对各解放区的全面进攻接连受挫后，已改变战略意图，重点进攻西北和山东解放区。胡宗南亲率全副美式装备的二十几万大军从关中北进，企图摧毁我党、政、军神经中枢，党中央、毛主席果断决策，撤离延安，转战陕北，胡宗南部付出数千人的惨重代价只得了一座空城。”干部们情绪激动，议论纷纷，有人对放弃延安十分不解，认为应当调集各路野战军不惜一切代价坚守；有人赞同，认为目前敌强我弱，不能硬碰硬，只有放弃延安，才能保住延安。朱洪英见大家认识分歧，说：“党中央和毛主席撤离延安是一种战略决断，即大胆地主动地放弃城市，放弃敌方不计代价、志在必得的核心地带和战略枢纽，诱敌深入至广大的农村，使敌人的战线延长、兵力分散，我军则集结主力，大踏步地进退，在运动中寻找敌人的弱点，以优势兵力消灭其一部，然后各个击破。”他接着分析了三边地区所面临的异常严峻的形势，“据可靠情报，宁夏省主席马鸿逵得悉延安失守，一改徘徊观望的态度，集结一万六千余人，由暂编九旅旅长卢忠良指挥，将于近日进兵三边，从西北线对陕甘宁边区实施进攻，企图与胡宗南部遥相呼应，形成南北夹击之势。我们应当灵活理解和执行毛主席的战略思想，绝不能轻易放弃陕甘宁边区的西北门户，盐池、定边、安边、柠条原几个城镇必须坚守，否则，马家军将长驱直入，越过红柳河、芦子河几条天然屏障，一路向南，将严重威胁党中央、毛主席的安全!”干部们神情激昂，虽觉得这种军事战术部署思路似乎有自相矛盾之嫌，但认为主动放弃城市、放弃核心地带与主动放弃处于拱卫位置的三边各城镇毕竟不同，而保卫党中央、毛主席和保卫边区、保卫三边的思想不会有错，并且是一桩责任重大、意义深远的历史使命，于是不少人表态支持。赵子和用不屑的口气说：“去年冬天马家军三个骑兵团侵占盐池西北兴武营城一带，我军在郭副司令员和李团长的指挥下，雪夜百里奔袭，一举捣毁敌骑十九团团部，毙伤团长以下五十余人，俘虏一百三十余人，缴获武器、战马、辎重无数。马家军铁骑徒有虚名，不过是一支杂牌部队，一战即溃，三个团兔鼠子一样连夜蹦跶回宁夏老窝去嘞!”大伙朗声大笑，有人说马回子不过是一窝灰饼子，宁夏的蛤蟆走三边，也不看看蹄蹄爪爪！郭宝山副司令员脸色灿烂，转而严肃地说：“那不过属于偷袭得手，马家军的装备比我们先进，虽然没有传说的那么厉害，可咱还须小心应对，不可轻敌。”

警三旅七、九两个团已被调往南线加入边区保卫战，只留八团和独立营驻守三边，十一旅只有两个团，二团还是一个缺编团，加上各县新组建的游击大队，三边地区拥有战斗力的部队不足四千人，而且缺少重武器和反应迅速的骑兵。朱洪英分析了敌我军力对比悬殊的状况，认为目前不宜展开大规模的坚固阵地攻防战和野战阵地攻防战，只能进行城市阵地攻防战；只有在坚守战中大量杀伤敌人，给马家军迎头痛击，才能遏制其猖獗之势，逼其退回宁夏境内。他提议由十一旅二团坚守盐池县城，一团坚守定边县城，警三旅八团坚守安边县城，三足鼎立，撑起三边防卫的局面；同时，以八团为机动力量，在敌人立足未稳、安边不受威胁之际，主力可伺机出击，与定、盐守城兄弟部队灵活配合，内外夹击，歼灭来犯之敌。围绕这个具体的军事战术部署意见，会议发生了激烈的争论。郭副司令员、牛振武、冯孝先、李子竹几个一致认为战场瞬息万变，在没有摸清敌军的底细、意图之前，不可分散兵力，机械摆布，陷于被动挨打，而且，也不可给敌人造成实施分割包围、各个击破的机会。建议先行撤出各县城机关人员，向南部山区转移，解除后顾之忧；同时，可根据战情留下精锐轻装部队坚守，吸引敌人主力，主力部队在城周保持游巡、机动状态，加强侦察，知己知彼，以游击战、运动战、伏击战、攻防战相结合的灵活多变的战术策略，袭扰、打击敌军，迫使敌人分兵应对，诱其一部孤军深入，张网以待，合力围歼，断其一臂。曹雨僧司令员闷坐半晌，口气委婉，表态支持。眼见这一方的意见占了上风，朱洪英终于忍耐不住，睃视会场，拍着桌子斥问说："敌人还没有过来，就撤出机关人员，那群众怎么办？谁来保护？延安保卫战也打了七天七夜，这说明什么？延安是我党的心脏，是蒋军志在必得的目标，党中央放弃延安属于主动撤离，是一种战略抉择；而三边的情况截然不同，我们若放弃盐池、定边、安边，那只能叫地方主义、逃跑主义！如果我们一枪不放或小打小闹几下就撅着屁股一走了之，不能迟滞、阻遏敌军，则敌军势必长驱直入，迅速向南，后果不堪设想，这个责任比天都大，谁能担当得起？"会场一时陷于沉寂。

赵子和望了朱洪英一眼，点燃一根纸烟，说："朱书记从大局出发通盘考虑，重兵坚守，这样的部署很有必要。据我军掌握的情况，进攻三边的马家军内部及其与章廷芝的部队之间存在着种种矛盾，并不是铁打的一块，我们要充分利用敌人内部相互间的矛盾和普遍存在的抢占地盘、保存实力的心理，在坚守战中断其一臂，震慑敌军。我团愿意坚守盐池，头一个迎敌，誓死保卫党中央、毛主席！"朱洪英扶了一下眼镜，看着他连连点头，称赞赵团长已经是一个在政治上和军事上都很成熟的指挥员了！西北形势急转直下，上级电令可根据实际情况对西线敌军实施有效阻遏牵制，严防敌军南犯，却没有明确、具体的指示，郭副司令员对整个战局心中无数，只觉得干系重大，沉吟半晌，说：“那好吧，时间紧迫，不允拖沓，在上级没有新的指示和命令之前，可以先这样打一下！”曹雨僧面带忧色，似乎对朱洪英心存畏怯，左思右想，偏倾态度，主张可根据坚守战进行的状况见机行事，实在坚守不住，可主动撤离。牛振武几个人各自大口抽着旱烟卷，觉得没有两全齐美的办法，抱着等待命令和试一试的态度，不再坚持。朱洪英成功扭转了会议走向，神态严肃，目光炯炯，强调要不惜一切代价杀伤敌人的有生力量，杀鸡儆猴，绝不轻言放弃！随即，提议将定边城作为守卫重点，总指挥部设在这里，由牛振武担任守城指挥，二团、八团部署不变。会议通过。这个由非军事主官做出的机械而荒诞的决定，导致了局面的崩塌。

闰二月初一傍晚，马家军大股部队包围了盐池县城，随即组织炮火对城西南角实施轰击，并发动试探性进攻，被二团击退。第二天拂晓前，马家军向南城实施大规模攻击，炮火密集，战斗激烈。赵子和用望远镜观察，发现城周到处是黑压压的敌军，而己方仅五六百人，陷于惊悚，决定放弃坚守，当即下令留下人数较多、战斗力较强的二营六连据守城内制高点和碉堡作掩护，其余部队及县委、县政府机关干部迅速撤离。东门大开，借助夜色的掩护，李安桥副团长带队冲锋，撕开缺口，地方干部和战士们紧跟越出。由于行动仓促，各自为伍，门洞里发生壅塞，乱如群蜂，狼狈不堪，经高坡政委带人组织疏导、断后掩护，总算突了出去。又因为没有明确的突围方向，一股一股各奔东西，腿脚迟慢的被追兵抓了回去。县城很快失守。六连坚持至前晌，数次突围均遭封堵，战死大半，剩余的被迫缴械。

赵子和带一股人一口气逃到苟池附近才止步。至晚间，突围部队渐渐聚拢，辗转来到定边城附近的梁圈一带休整。清点人数，减员三分之一多，仅剩三百数十号人。牛振武得悉战况，骂道："他妈的，没见过这号屃仗！"建议立即撤销赵子和的团长职务。朱洪英也憋了一肚子气，犹豫再三，还是没有同意，说："敌众我寡，二团战斗力不强，这也怨不得他。好歹他是打出第一枪的人，总算把主力和机关干部撤出来了。"

马家军分兵占据了盐池境内各重要堡镇，不及十天，主力向定边城方向移动。朱洪英仍坚持死守城池，下令八团主力和二团开往城南边墙附近的彭滩、暗门隐蔽，待机出击。

这一天早晨，马家军五个团的兵力将定边城团团包围；卢忠良旅长亲自来到前沿阵地，观察地形，部署兵力，准备攻城。这时候，骑兵支队长章廷芝策马而来，报称侦知三边地方部队主力警八团和十一旅二团在暗门一带隐伏，似有从侧翼偷袭之意；献计围点打援，攻城部队分出步兵继续实施包围，做佯攻状，主力骑兵分作两路，向南迂回包抄，一举歼灭共军主力。卢忠良早已闻知章廷芝足智多谋，善于打仗，虽半信半疑，还是采纳了他的计策，旋即抽调三个混成团分兵两路，向暗门一带迅速包抄过去。

八团指战员正在四平八稳地吃早饭，侦察员火急报告村庄阵地两翼发现敌军大批马队！郭副司令员大惊，扔下饭碗，下令全体进入阵地，一时场面纷乱。这一仗从九点钟接火开始，一直打到后晌。马家军凭借骑兵优势，将处于前锋位置的八团截割成数段，几个营的步、骑攻打八团一个营的步兵，战斗异常激烈，八团伤亡惨重，王团长受伤被俘，政治部李主任战死。二团处于边墙后侧山根位置，前方战斗打响后，赵子和下令就地隐蔽，只派小股兵力佯攻呼应，虚张声势，以敌情不明和掩护控制八团背侧位置为由，迟迟不肯加入战斗。一直拖延到三点多，高坡政委忍无可忍，用手枪点着他的脑袋，逼他派兵，赵子和这才派赵教导员带二营一百多人增援。二营越过边墙从侧翼突袭，协助八团打退马家军骑兵一轮进攻，情势稍稍缓解。郭副司令员见弹药不济，随时有全军覆没之险，下令二营借助边墙地势全力掩护，八团集结剩余部队向南山迅速撤退。集中所有火力击退截割阻击的骑兵，八团数百人成功撤出。赵教导员指挥二营沿着边墙从西向东边打边撤。至彭滩附近，马家军的两个骑兵连从一侧追杀过来，抢占山畔位置，架起几挺机枪交叉扫射，截断向南山撤退的道路，部队一下子乱了阵脚，失去控制，战士们各自择小道落荒而逃。

赵教导员收拢几人来到一个叫油坊涧的村庄，陆续有五六十号指战员聚拢过来，草草吃过老乡们送来的便饭，分住在几处土窑院里歇息。夜半时分，这边窑院外头有人突然小声喊道："发生情况！"呼啦啦一通乱响，二十几个战士跑出院子。赵教导员拎着匣子枪去窑门口察看，四连乔副连长和司务长双双从背后扑上，扭住他的胳膊下了枪，拽拉着向外头疾步跑去。拽出二三百步，松手，乔副连长说："赵教导员，我们这一股人的家都在滩里，叫敌人占哩，我们害怕老人和婆姨娃娃受牵连，不干哩，回家种地去咧！你放心，我们毕竟受过党的教育，不会再给国民党当兵去。你革命多年，还是革命去吧，我们不害你，强行带你出来是怕你吼叫、阻挡，你回去吧！"赵教导员焦躁地说："你们以为今天打了一个败仗，革命就完哩？还是跟我回去吧！"他们一股人早已私下商量好了，主意铁定，噼里啪啦扔下枪，作鸟兽散去。赵教导员返回庄子，集合队伍，捡拾起弃枪，连夜转移。直至第二天晌午，才在一个叫孙克崾崄的村庄找到团部。二团仅存二百几十人。高坡政委眉头拧成疙瘩，派人四处收拢失散的战士。赵子和团长圪蹴在炕上，脸上覆盖了灰暗的气色，眼神呆滞，一个劲闷头抽烟。部队随后继续向东南转移。

朱洪英和牛振武已带着一团主力和三边地委、专署及定边县委、县政府等机关干部撤出定边城，机关干部有组织地继续向南转移，部队在南山一个叫崔涧的村庄休整。他们是接到西北野战军彭德怀司令员发来的放弃定边的急电才迅速撤离的。暗门滩战斗进行的同时，卢忠良又从盐池调来一个团，向定边城实施了猛烈攻击，牛振武和李子竹指挥全团投入战斗，接连打退三轮强攻，毙伤敌兵二三百人。撤离之时，牛振武亲自带领特务营从南门发起冲锋，朱洪英和曹雨僧、冯孝先组织机关人员有序撤出，居中随行，李子竹率一个营断后，经过一个多钟头的苦战，伤亡近二百人，终于成功突围。几天后的前晌时光，赵教导员孤身一人来到崔涧，一进司令部，哭丧着脸说："赵子和已叛变投敌!"所有人都吃了一惊。牛振武气得咆哮不止。朱洪英脸色蜡黄，闷声不响。赵教导员叙说了叛变经过——

二团抵达一个叫姚家峁子的村庄住下来。赵子和下令取消营级建制，各连队由团部直辖。第三天后晌，正在连队了解情况、分发宣传品的赵教导员接到团部命令，要各连做好准备，夜间部队将要继续转移。麻麻黑时，团部通讯员通知开会，赵教导员刚抬脚出门，即听到三声枪响，嘟哝说："游击习气!"当走到团部窑洞门口时，赵子和的警卫员和传令兵突然上前用枪抵住他的脑门，下了佩枪。二人随即向隔壁高坡和李安桥住的窑洞扑去。赵教导员惊愕间恍悟过来，乘机溜进茅圈躲藏。只听见院子里脚步杂沓拥入一股人，呵斥、推搡间，押着高坡和李安桥几个匆匆出了大门。赵子和边走边问："各连都得手哩？赵教导员咋不见哩?"有人回答："都得手哩。赵教导员怕是溜跑哩!"赵子和说："夜长梦多，赶紧集合，向定边城开拔!"

很快有消息传到崔涧：二团直奔定边，归降了卢忠良部，赵子和被封为骑兵第二支队队长；高坡拒降，被押往银川；李安桥妥协，承诺脱离十一旅，但不愿加入叛军任职，被关进监狱。消息还说，在叛变投敌的路上，赵子和没有为难李安桥，只命令将他双手捆住，拨给一匹马骑着。高坡却被五花大绑拖在马后，随马一路小跑，一回又一回摔倒，胸脯、肚腹磨破，血水淋漓，胳膊也扭伤脱臼，吃尽了苦头。朱洪英十分痛苦，说："责任在我，盐池失利后就应听取牛振武同志的意见!"牛振武没好气地说："朱书记，那你说赵子和到底是不是早就叛了党?"朱洪英蹙起眉头，说："这个……这个还难说!"

据有关党史资料记载，高坡在银川监狱里承受了坐老虎凳、钉竹签子、灌辣椒水等毒刑，半口牙被打掉，拒不投降，怒骂不休。一天，马鸿逵听说有一个硬茬，很是好奇，于是来到监狱，亲自提审。他递给高坡一根美国造的纸烟，高坡摆手，说：“我只抽边区造的烟，不抽美国造。”马鸿逵说：“你在边区不过是一个小小的团级，在我这里可以给你比团级大得多的官，你的内人和小孩也都可以接来嘛。”高坡说：“你的算盘打错哩，我这个共产党可不是为了升官发财，说了你也听不懂，要杀要剐就请亮招吧！”后来，高坡被辗转押往甘肃兰州、江苏镇江等地，始终不向敌人屈服，并多次组织了狱中斗争。第二年深秋的一个夜晚，在南京雨花台被秘密杀害，时年三十六岁。他是陕北米脂县人，青年时追随杜斌丞先生，曾做过警卫员和副官。西安事变后赴延安，加入共产党阵营。

李子竹在回忆录里说，赵子和最终还是落在了牛振武手里，吃了枪子。叛变不久，他手下的二百多号人大都偷跑回家去了，仅剩四五十人，归入连襟章廷芝部。解放大西北那一年的仲秋时光，赵子和在随军溃退途中被传令兵缴枪，胁迫之下，只得率部脱离章廷芝，向牛振武率领的解放军剿匪部队主动投诚，后终因罪行不可饶恕，被执行枪决。令牛振武窝心憋气的是，他至死都不承认自己老早就叛了党。

马家军势不可当，向东一路推进，很快占领了安边城和柠条原镇。闰二月下旬，马鸿逵亲率宁夏党、政、军各界头面人物来到盐池、定边慰问视察，并带了四姨太随行。有小道消息说，视察过定边城，他马鞭一甩，说：“这一片地盘从此就姓马嘞！”随后，马鸿逵委任了盐池、定边、镇边各县县长，号令恢复政权、恢复地权、恢复保甲制度，同时下令展开搜捕共产党员和吃红饭分子的清剿行动。

章廷芝带骑兵支队在定边南山的追剿中发现边区一处仓库，

里头储存了六七万斤羊绒毛、中药材和其他大批的土特产，下令全部运回定边城。他专程拜见了马鸿逵的四姨太，将这批财物悉数赠送。经四姨太美言，在地方人士推举下，章廷芝再度迎来了跋扈、煊赫的日月——马鸿逵委任他为三边保安司令，挂陆军少将衔。章廷芝握了尚方宝剑，派人四处搜罗旧部、强抓壮丁，很快组建起一个整编的步兵团和一个骑兵大队，并以马家军装备标准配备了精良的武器，同时统领了盐、定、镇三县的地方团队，手下兵力一度达三千人左右。

三月下旬的一天，章廷芝在定边城的司令部摆下一桌丰盛的酒席，派人从监狱中提出李安桥。他在司令部大门口亲自迎候，见李安桥还戴着镣铐，叱令卸除，又一路导引，进入饭厅，恭请上坐。李安桥这些日子成天喝着稀菜汤、啃着发霉的窝头，见到肥酒大肉也顾不得儒雅的形象，狼吞虎咽吃喝一气，直至饱嗝连连，才揩了揩油嘴说："廷芝老弟，谢哩！"

章廷芝也不绕弯子，说："安桥仁兄，世伯大人给共产党当参议员的事我已摆平，不作追究，现已出狱还家，你放心好哩。"李安桥立起，眼中落泪，朝他深深鞠了一躬，说："大恩不言谢！"章廷芝扶他坐下，说："不知仁兄有何打算？"李安桥神情凄惨："哀哀父母，生我劬劳，孝子之至莫大乎尊亲，我已厌倦官场军旅，只想回到父母跟前尽守孝道！"章廷芝搜索出一句斯文话："曾经沧海难为水，除却巫山不是云，仁兄是想跳出三界外，不在五行中？怕是一厢情愿！"李安桥说："不知廷芝老弟是什么意思？"章廷芝真诚地说："天下大势已定，好男儿志在高远，敢问仁兄可否屈尊出任三边保安副司令一职？"李安桥摇了摇头："老弟的美意我心领哩！国军、共军我都干过，为人处世，岂能二三其德？安桥栖身军旅，只图报国，今外寇既除，愿心已了……老弟如若顾念旧情，不杀我，就请放了我，自此金盆洗手，不红不白，唯愿回家伺候老父老母、抚育儿女！"章廷芝面色艰难，沉思少顷；亲自斟了两半碗酒，二人碰饮；他长叹一声，说："人各有志，也不勉强。好吧，闲言不说，这就放你回家!”当下派一队快马将李安桥一路护送回柠条原家中。

李安桥随后向曹雨僧写了一封辞职信，备述其详，托人捎去。从此不问政治，跟随父亲凿研家传秘方，终成一名良医。数年后，在镇反运动中被揪出，判刑十年。“文化大革命”运动中又被扣上“投机变节分子”等几顶帽子，大会小会挨批几十回，下放生产队劳动改造。因为经常给人和牲口看病，社员们都善待他，从不欺侮。粉碎“四人帮”后平反摘帽，寿至八十八岁。

王文舫的人生以悲剧谢幕。安边陷落未久，身为县长的王文舫陷于心灵困境，彷徨迷惘，撇下县政府的一摊子事，躲藏到南山一户亲戚家中。不几天，被反水的干部告发，章廷芝亲自带马队将他抓回安边，软禁在家里。章廷芝说：“马鸿逵主席已许诺，只要你在投降书上签字，公开宣布脱离共产党阵营，即可出任宁夏省政府高级参事”王文舫不从。章廷芝恼羞成怒，以抓扣王克恭婆姨汉和两个娃娃解送银川要挟，王文舫老泪长流，提出以自首的方式处理而不就职的条件，哭求通融。王雅芝又以死相逼吓，章廷芝只得罢手。待履行了手续，章廷芝将岳父、岳母和妻儿送往银川，另外置了一处宅院安顿。王文舫自此患了忧郁症，银川解放后，病情加重，汤水不进，不久死去。

与王文舫命运相似的人还有一茬。据解密的党史资料记载，从马家军侵入三边之日至农历七月中旬，除去未陷落的吴旗县，三边分区仅只区级以上党员领导干部和非党员领导干部叛变、投降、自首者即有数十人之多。这茬人在后间的镇反运动以及再后间的“文化大革命”中一色吞食了苦果，不曾听说哪个侥幸得脱或者走了鸿运，其子女后人也一度受到极大的牵累。而且，在粉碎“四人帮”之后的拨乱反正中，他们捅下的乱子也不存在“平反”一说。

柠条原陷落前夕，区委、区政府组织民工挖毁了土城。王仓下令销毁了部分文件，将区委、区政府与区小队合并为武工队，撤出镇子，游弋四乡。武工队散发解放军必胜、马家军必败的宣传品，发动群众藏匿牲畜、粮草，叮嘱党员和乡村干部自行转移，同时派侦察员哨探柠条原敌方动向，及时向安边县委和镇边县委报告。

三月底一天的傍黑，侦察员报告从安边方向开来大批部队，携带迫击炮、掷弹筒、重机枪等重武器，先头部队已进驻柠条原镇。王仓分析认为敌方可能要越过红柳河向张家畔方向进攻，当下派区小队队长邹根根骑快马连夜去往张家畔报告敌情。他深为不安，命令机关干部迅速向东南转移，自己带二十多个游击队员摸下南山梁，向北边的柠条原镇靠近，希图进一步摸清底细。下半夜时分，王仓一股人潜入临近柠条原的庙畔庄，在巷口发现一个醉汉，像一只死狗蜷卧在墙圪塄，酒气扑鼻，也没在意。他们分头找到几个老乡，经打问得知后晌时章廷芝的主力部队、地方团队和马家军的一个步、骑混成团陆续进驻镇子，黑压压一片连一片，有三四千号人，扬言要打过芦子河，进兵芦关岭，活捉毛泽东。王仓陷于焦虑。他曾听说一支人数不多的神秘部队就活动于安塞县与镇边县交界的芦关岭地带，并去过青杨岔。小道消息还说，一个叫李得胜的大高个头，骑一匹小青马，操一口南方话，下巴长一颗瘊子，长相极似画像中的毛泽东。而这个消息被视为至高的机密，三边地委和各县县委已采取严密措施予以封锁。党中央和毛主席的安全面临严重的威胁！王仓决定立即带区小队过河，再次向镇边县委作紧急的报告。

公鸡陆续打鸣，天色朦胧，一行人摸出庄子向东快速运动。这时候，从通往河沟的西向驮道上驰来一队骑兵，双方遭遇，旋即枪声大作。王仓下令拼死过河，带五个人抢占了一座沙峁子，掩护队员突出。敌方承头的队长是宗云鹞，他一边指挥骑兵堵截、包抄、追杀，一边狂喊：“这是一伙土八路，没×甚本事，一个也不能放走!”“宗队长，保准是王仓的区小队，我喝醉了也能认得!”带路的赵二霉大呼小叫，手舞足蹈。王仓探起身子，瞄准他的脑瓜扣动扳机，赵二霉应声落马。宗云鹞一梭子扫来，王仓腹部中弹，倒在坡上。两个队员抢过来要背他走，王仓厉声骂道：“你几个快给老子突围，把手榴弹留下，不要管我!”他连抛四颗手榴弹，炸得追兵人仰马翻，烟尘里，却见五个突围的队员一一中弹倒地。马背上噌噌噌跳下十几个人，手拎大刀扑了过去，将爬蠕挣扎的队员一一劈死。王仓眼中扑火，斜操匣子枪照准这股凶残的家伙扇子形扫了一梭子，立时撂倒五六个。在他换装弹夹的一刻，后脑勺被冷森森的枪管抵住，宗云鹞狞笑着说：“你就是那个卧底的老探子?”话音未落，王仓霍地就地一滚，甩脱匣子枪砸向他的秃脑袋，宗云鹞惨叫一声，连发击来，王仓身中十几弹，倒在血泊里。宗云鹞揩去额头上的血水，将匣子枪别进武装带，从背腰抽出大马刀，抡过头顶，嗨地一声暴喝，王仓的头颅滚落一边。

此刻，张家畔县委的一孔大窑洞里一个小范围的紧急会议正在举行，由三边地委副书记王振国主持。他已兼任三边军分区政委和十一旅政委，朱洪英因指挥不当造成全局被动而被免职调离。参加会议的除了镇边县工委书记谢宝堂、代县长徐壮民、镇边区委书记白宝霖等地方领导，还有军分区、十一旅和一团的主要领导及警八团副团长兼独立营营长柴向东、伊盟蒙汉支队副支队长巴特尔等。王振国脸色严峻，在传达了西北野战军司令员彭德怀和中央西北局书记、野战军副政委习仲勋下达的命令后，强调说：“党中央、毛主席没有离开边区，正在陕北指挥着西北战役和全国自卫战争，现在，已转战到镇边县一带。彭德怀司令员和习仲勋书记要求我三边分区所有地方武装，要不惜一切代价，坚决堵住来自西北线的敌人，绝不容许其中任何一股敌人危及中央和毛主席的安全!同时，要严守机密，绝不容许泄露中央的行踪，违者就地处理!”王振国威严地扫视了一下会场，接着传达了毛主席早先时候的口头指示：对于胡宗南、马鸿逵部主力的行动，你们地方上不要管，主要是对付马家军中、小股部队，特别是行动没有规律的惯匪和还乡团，不要让他们窜进来。会场肃静，抽烟的踩灭烟头，端正姿势，个个早已是又惊又喜又忧的神色。自从西北进入战争状态，已经有近两个月没有听到党中央和毛主席的准确音讯了，其间传说纷纭，有一个小道消息说党中央和毛主席已经东渡黄河到晋西北解放区去了，大伙万万没有料到，毛主席不但没有离开陕北，而且就在自己身后百十里甚至几十里的地方！

王振国对眼下敌我双方力量做了对比分析，说："敌人此次行动出乎我们的预料，投入重兵突然南犯，主力是章廷芝部一个整编步兵团和一个营级骑兵大队、一个炮兵加强连及地方团队，另加马家军一个步、骑混成团，总兵力三千多人，而我们刚刚经历了几场残酷的战斗，兵员锐减，警八团又调往吴旗后方休整，包括镇边县大队和镇边区区小队在内，各部能投入这次战斗的不足一千五百人，而且十一旅一团还有不少伤员，兵力上处于明显的弱势；从武器装备上讲，敌人配有重武器，弹药充足，而我方既缺少重武器，又缺少弹药，区小队的一半人手里只有大刀、长矛。据此，我认为在战术上重视敌人的同时，应当看到我们的优势，即我们打的是一场阻击战，从地形地势上占有绝对优势，凭借芦子河天然屏障，一定能够筑起一道铜墙铁壁，挡住来犯之敌。"分析到这里，王振国站了起来，用充满自信的口气说，"同志们，我们肩负着保卫党中央、保卫毛主席的重大历史使命和责任，打的是一场正义之战，身后拥有广大干部、群众的全力支持，占有天时地利人和，就是天大的困难也能克服，一定能够取得胜利！"参加会议的干部个个精神振奋，纷纷表态，表示就是用大刀砍、长矛刺、枪托砸，战至一兵一卒，也不能让一个敌人越过芦子河！经过讨论，会议决定由曹雨僧担任总指挥，牛振武担任前线指挥，立即动手制订作战方案。同时，由谢宝堂牵头，白宝霖配合，地方上负责提供后勤保障。

散会后，谢宝堂、白宝霖几个分头组织县、区、乡干部到张家畔滩周边、芦子河两岸二三十里的范围去做宣传动员，同时安排部署送水送饭、担架队组织等后勤、战地服务工作。

曹雨僧带领指挥员们对张家畔渡口周边和芦子河上下游河滩及两岸二三十里的地况地形地势进行了仔细勘察。河湾宽窄从二三十米至百十米不等，除了下游毛嘴子坝头一带汪洋的水面，河水畅流，没有沙洲，深度在一至两米之间，两畔滩涂皆是烂泥，沟槽深三十至五十米，两边崖壁陡立，骑兵、步兵均难涉越。曹雨僧决定以张家畔渡口东岸为中心阵地，两侧为副阵地带，同时炸毁木桩桥阻遏迟滞敌军。他当即给各部队下达命令，在东岸沿线构建防御工事和临时据点，并一一分派据守阻击、预备队组建、纵深防御、策应增援、战情传报、游动警戒及炸桥等任务。徐壮民建议扩大防御范围，炸毁上游近二十里处的镇边城东河湾木桥，同时在下游二三十里外的石底子渡口和毛嘴子坝头构筑工事，分兵把守，以防敌人骑兵绕道偷袭。曹雨僧、牛振武、冯孝先几个一致赞同，认为他的想法谨慎、细密，随即布置实施。

四月初一前晌,章廷芝的保安部队和马家军步骑三千多人从烟墩山脚的驮道和西沙红柳滩、海子畔两个方向源源开来。一里外即展开炮火覆盖式轰击,震天动地,气势逼人。接着步、骑配合,实施两面冲锋攻击,枪声似煸麻子炒豆子爆玉米一样稠密。张家畔滩已空无一人,被迅速占领,两军隔河对峙,一时陷于寂然。

工夫不大，西岸响起一声凌厉的军号，密集的炮弹尖啸着袭来，东岸硝烟弥漫、黄尘飞扬，埋伏在战壕里的守军数十人伤亡，几处简易据点被炸毁，腾起明火黑烟。接着，炮火延伸；西岸多处临时工事里的二十几挺轻、重机枪吼叫起来，封锁了河槽，盖住了岸头。一个营的敌兵拥下岸坡，涉水强渡。独立营据守渡口东岸主阵地，柴向东用望远镜观察着，待敌兵半渡之际，高喊一声：“打!”几挺轻机枪一齐开火，排子枪响起，数十个敌兵中弹毙命，扑通扑通倒在水中，水面红乎乎一片。敌兵扭头奔回，却遭到督战队的射杀，又扑下水去。西岸加强火力，骤雨似的子弹打得东岸工事里的战士抬不起头来。这一刻，已有二百多号敌兵强渡成功，猫着腰、端着枪边打边往岸坡上冲杀，而西岸又拥下大批敌兵，形势危急。柴向东下令投弹，百十颗手榴弹嗖嗖飞出落入敌群，密集的爆炸声里，敌兵血肉横飞，惨叫不绝。战士们瞄准射击，过河的敌兵大部被歼，剩余的乱哄哄退了回去，西岸鸣号收兵。

而就在这一刻，却发生了意外——柴向东探出半个身子，擱起望远镜观察对岸，被一颗流弹击中头部。当王贵福和两个儿子用担架将他抬回老房滩的指挥部时，已然气绝。王振国和曹雨僧几个不忍目睹，黯然伤神。牛振武端来一盆清水，用湿毛巾将他头上的血迹一点一点擦拭干净，哽咽不已。徐壮民和白宝霖闻讯，急惶惶骑马赶回，抱着尸体失声痛哭。哭了一阵子，二人骑上马匆匆返回毛嘴子坝头阵地去了。巴特尔和巴雅尔带游击队据守石底子渡口，得知消息，弟兄俩蹲在战壕里哇哇地号啕了半晌。

李子竹脸色青灰，要求撤下独立营做预备队，自己带三营接防主阵地，曹雨僧允准。当天深夜，章廷芝以渡口及两侧河岸为主要突破点，组织了一轮大规模的偷袭。敌兵从二三里长的岸边同时下水偷渡，七八百人越过河滩，旋即转为强攻，多点突破，十一旅一团全部投入战斗。闪烁的枪火中，主阵地前拥上二百多嗷嗷叫着的敌兵，手榴弹告罄，李子竹带领战士们从沟坡上发起反冲，混群肉搏，暴喝、惊唳摇撼夜空，十几个战士抱着敌兵从坡上滚下，一起落入水中。混战近半个时辰，才将这股敌兵击退，三营死伤六十多人，李子竹胳膊、大腿多处受伤。二营七连据守南侧阵地，数十个敌兵扑来，指导员陈乾治带两个排冲出战壕，双方展开白刃战，他一连刺死四个敌兵，身中三刀，当场口喷血水死去。战士们发疯一样冲上，经过惨烈的厮杀，将这股敌兵全部歼灭，两个排仅剩三十余人。另一个老红军出身的指挥员也结束了多舛的命途。一营四连连长马雄佑带全连从主阵地以北二里的战壕出击，将一股百十号的敌兵射杀大半，追杀至崖畔，两个敌兵反身扑上将他死死抱住，马雄佑大吼一声，拽着两个敌兵一同跳下漆黑的悬崖，同归于尽。

石底子渡口阵地一度被马家军骑兵冲击突破，机枪手战死，巴特尔负伤。危急之际，巴雅尔抱起机枪吼叫着冲上，向敌群猛扫，巴特尔乘机组织突击队截断敌骑后援，终将突入的这股敌人全歼。担任敌方向导的骑兵中队长景凌隐伏在对岸沙草圪堵下，指挥火力压制对方掩护后撤，巴雅尔端着机枪涉水追杀，被机枪弹击中胸脯落水死去。巴特尔抢回哥哥的尸体，下令坚守不出，凭河阻击。双方对射相持，马家军骑兵营再未发动冲锋。

坝头方向却只响了清脆的一枪即结束了战事。宗云鹞在对岸坡上张狂呼叫指挥马队沿坝头穿行的时候，徐壮民心间闪过王仓血水淋漓的头颅和柴向东惨白的脸孔，再也控制不住自己，影影绰绰里，他循声打了一枪，宗云鹞肩头中弹，惊叫一声，险些落马。徐壮民狂怒地吼道："姓宗的，长三个腰子你过来，看老子今夜活剥了你的人皮！"宗云鹞听出是徐壮民的声音，心胆俱裂，勒转马头就跑，马队一枪未放呼啦啦全跑走了。

徐壮民辨听枪声，判断章廷芝部系大举出击且偷袭战线拉得很长，而河西必定不防，觉得与其被动防守，不如主动进攻，见偷袭的敌兵远走，决定立即出击，扰乱敌营。于是当下派人去向指挥部报告己方的意图和行动方向、路线，命令白宝霖带区小队原地埋伏，以防敌兵掉头返回。布置妥当，一声低喝，县大队骑兵中队和两个步兵中队越过坝头，沿对岸小道向西南摸去。

二百多人赶至上游石底子渡口附近，夜色朦胧中，远远望见马家军大队骑兵正从渡口撤出。徐壮民分兵左右两处沙坡埋伏，待敌兵一半人马过去，他瞄准敌方营长扣动扳机，敌营长脑袋中枪落马。两边一齐开火，投掷手榴弹，形成夹击，敌军猝不及防，数十人落马，炸伤的马匹长声惊唳，到处扑窜，一时大乱。前头导路的景凌见火力猛烈，率先逃走，马队一哄而去。后头百十骑抵抗一阵子，死伤过半，王振军带骑兵中队从前侧发起冲锋，巴特尔带一队骑兵也冲过河来，敌兵各顾逃生，仅二十几骑突出包围。战斗只持续了一顿饭的工夫即告结束，县大队伤亡十八人；俘虏敌兵二十五人，缴获战马八十余匹，轻机枪三挺，马枪、马刀二百几十杆（把），还有大批手榴弹和子弹。徐壮民留一中队善后，将二中队就地改为骑兵，与巴特尔的一个骑兵中队合兵一处，大张声势，向张家畔方向杀去。

牛振武接到县大队通讯员的报告，认为这是出奇制胜的一着，见北边方向枪声大作，提出改攻势防御为全线出击。曹雨僧来回踱步，陷于犹疑。牛振武大吼大叫："徐壮民的县大队已从河岸北边打响，战机稍纵即逝！"王振国和冯孝先几个人稍作计议，一致支持发起反攻。曹雨僧捣了一拳桌子，说："兵无常形，水无常势——打！"下令集中十多门掷弹筒向西岸实施一轮猛烈轰击！密集的炮击声中，吹锋号震响河谷，东岸全线出击。在二十几挺机枪的掩护下，近千号人抢渡过河，潮涌上岸，喊杀声撕天裂地。敌方分兵多处，战线过长，不及调整部署，又两面受敌，不明底细，很快陷于混乱。当马家军骑兵带头西撤后，地方团队仓皇而逃，阵地全线崩溃。章廷芝恼羞成怒，赤膊上阵，手持两把匣子枪，亲率预备队阻击，传令不得丢弃重武器，梯次交叉掩护，向柠条原方向撤退。敌兵在督战队的威吓下，后队变前队，边打边撤。战斗进行了一个多钟头，追击二十多里，曹雨僧命令鸣号收兵。

胡宗南与马鸿逵部南北对进合击的战略意图就此破灭。之后，三边西北地区争战不断，而东南山区再没有发生大规模的战事。

六月中旬的一天，县工委书记谢宝堂从芦关岭山区的小河庄回到张家畔，兴冲冲地向徐壮民和几个县工委委员讲述了毛主席的小故事。

一个多月前，中央机关从芦关岭山区天赐湾庄的拐沟成功避开追踪的胡宗南部中央军，在庄里住了一个多星期，又七拐八弯第二次转移到了小河庄。

毛主席婆姨汉被安排到贾家，长住下来。有一天，江青到坡峁上的赵家串门儿，赵家正在吃饭，一家人赶紧让座请吃。江青见炕桌上搁一瓷盆苦菜，搛了一筷子品尝，说："这野菜真好吃！你们是怎么弄的？"赵家婆姨说："把苦菜炸熟，拿腌洋蔓菁（菊芋）的酸汤盘好，清油炸仄茉一炝就行哩。"江青说："我们家老李也喜欢吃苦菜。"赵家婆姨是个喜辣好客的人，说："苦菜遍地都是，只是到了夏上老了些，不如开春的嫩。吃罢饭叫这两个女子到沟湾拔一筐回来，我给你们调一大盆子。"江青很是感激，拉了一会儿闲话，干脆和她认了干姊妹。第二天早饭时光，江青在下院喊赵家两个女子的小名，让两人下来，姊妹俩怕生，不敢去。江青说："小姑娘，不要怕，解放军和农民是一家人。"姊妹俩壮着胆子下去了。毛主席刚刚睡起来，一边打着哈欠，一边笑眯眯地说："就是你两个小鬼给我挖的苦菜？"姊妹俩勉强听懂湖南话，一个劲地点头。毛主席让江青给她俩拿些洋糖、冰糖吃，说是得酬谢一下两个小鬼。又问道："你两个小鬼识字不识字？"两人一齐摇头，毛主席说："没文化可不行哟，先从识字开始吧。"吩咐江青一人发给一个识字本、一支铅笔，让她俩每天下午都下来学习。姊妹俩不懂什么是下午，毛主席说就是咱陕北人说的后晌。过了几天，邻居卜家的女子过来厮混，江青也给发了纸笔，一块儿教识字、写字，毛主席还和三个女娃照了相。一回，毛主席叫三个女娃和他一起听收音机。卜家女子说："匣匣里头咋咔嚓咔嚓地响？"毛主席说这是咱新华社在广播青化砭、羊马河、蟠龙战役的胜利消息，敌人用电波干扰捣乱，害怕传播出去。三个娃娃不懂，只稀罕这么个小匣子里头竟然圪蹴了一个说洋话的碎人。后间，毛主席让江青把赵家婆姨汉和卜家婆姨汉叫过来，给了他们几块白洋布和格子布，让给三个娃娃一人做一身衣服。又对他们说："西北战场、全国战场形势大好，胡宗南、蒋介石的日子长不了了，最多三五年，你们就能过上安生日子喽。”

有一天，毛主席正在院子里饶有兴致地观看三个娃娃跳格儿、踢毛儿，一个警卫员回来，报告了一件事：本村王老汉上午锄地时，把上衣脱下放在地畔，衣兜里装了四块银圆，他不放心，又用一块土圪垯压住。锄地中途，猛然从村东头悬崖上飞下一只花鸨，把衣服抓去垫窝了，老汉急得捶胸顿足，大骂花鸨是个坏板肠！警卫员还说，这窝花鸨经常俯冲下来抓鸡娃儿，祸害了许多人家。毛主席当即让想办法除掉那个祸害，帮老乡找到钱。两个警卫战士从老乡家借了一根麻绳，攀上崖畔，一个缒着一个下去，掏了那窝花鸨，找回了布衫。王老汉的银圆一块不少，逢见庄里人就说：“我的大钱找回来哩，多亏了解放军里头的那个李得胜老汉，是他发的命令！”

谢宝堂还郑重其事地讲了一桩事：前两天，中央在小河召开了前敌委员会扩大会议。会场布置简单，设在一棵大槐树下，只搭了一个凉棚，放了十几把椅子、凳子。参加会议的有毛泽东周恩来任弼时贺龙习仲勋林伯渠陈赓王震等十七八人。会议全面研究分析了战争形势，决定将全国自卫战争导入解放战争态势，由战略防御转入战略进攻！中国共产党所领导的军队改称中国人民解放军！大伙听了个个精神崛起，徐壮民说：“胡儿子给爷跳！——全国大反攻的序幕拉开哩，终于盼到了这一天！”

散场时，白宝霖骨碌着眼珠问道：“谢书记，你有没有见到毛主席？”谢宝堂处在炽烈的情绪里，说：“见哩见哩，毛主席还跟我握过手哩，盘问了许多情况！”白宝霖说：“那你还愣着干甚？还不请客？”众人触触打打烧骚，让他贺一贺，谢宝堂笑呵呵地说：“好好好，我今儿掏腰包，咱喝几口烧酒庆贺庆贺！”他翻遍所有口袋，只找到够打半葫芦酒的钱，一时陷于尴尬，说几块钱捎给家里哩。徐壮民几个人一人凑了点，终于打回足足一葫芦酒。大伙说说笑笑，一人轮着干抿一口。谢宝堂只抿了两口就不再沾了，说是酒量小，又怕误事。徐壮民晓得他酒量其实蛮大，是有意节省给大伙喝的，也不客气，说："好好好，又少了一个喝家，咱一人还能多抿几口！"

谁也没有料到，这竟是一顿诀别酒。几天后，谢宝堂书记在青杨岔检查支前工作时，被尾随追击中央机关的胡宗南部搜山部队抓捕。敌军情报人员严刑拷打，逼问中央机关的去向，谢宝堂铁嘴钢牙一字不吐，后间被解往延安杀害。

未久，徐壮民接任县工委书记，白宝霖担任副县长。一天，两人说起和老谢喝酒的事，心中难过，一人出一半钱打了一葫芦酒，奠洒在谢宝堂的衣冠冢前。

两年后。

仲秋的一天，龙王庙广场人头攒动，密密匝匝。在集会仪式上，县工委书记徐壮民做了简短的讲话，说："中国人民解放军陕北三边独立一师、独立二师组成的北线西进兵团，在三天时间内，连克柠条原、安边、定边、盐池四地，蒋介石、马鸿逵集团对这一地区的统治从此宣告终结！今天，我们在这里举行隆重集会，庆祝三边全境解放！同时，欢送我县二百名入伍的青年和一百名支前的担架队员，愿他们在解放大西北的征程中勇敢向前，无愧三边！"

随后，秧歌会演开场。一声哨子，鼓乐粗犷地喷射起来，广场哄哄地沸腾了。在长流水或短流水或连二锤或凤凰三点头的乐牌声里，各队伞头高擎彩伞、虎铮，带领一身彩衣一脸脂粉的队员们入场献艺，一队一队摇着扇子、纸花、花枝，掮着彩镰、彩斧、彩镢，扭打起来喊唱起来。秧歌场子各有不同，什么黑驴滚轴、野马分鬃、十字梅花、凤凰展翅，什么圈白菜、辫蒜辫、双交叉、剪子股，四乡庄户人看得呆了傻了愣了憨了，没见识过这么大阵势的红火热闹。王贵福老弟兄俩、赵石匠老弟兄俩、白云山老婆老汉、柴皮匠老婆老汉，或是送孙子参军或是送孙子支前或是捐款献物，哄伙在一搭，噙着旱烟锅子一边看红火，一边谝闲传。史兰兰雨枝梨花王宝仪白茭茭柴大嫂冯老婆一股女人簇到一起，一人牵着两三个小子女子，伸长脖颈，指指戳戳，嘁嘁喳喳，后间一齐鼓噪说老郭亲自出马哩，镇边区秧歌队稳拿第一！

秋气氤氲的夜间，戏台上又开场说书，韩书匠是由王贵福打发大儿子专程去横山县请来的。三弦响铮铮，竹板呱呱叫，韩书匠展示手段，挤眉弄眼伸舌头，花腔眉户随口来，说唱了新书《王贵与李香香》。台下千数百人听得痴痴迷迷，不时爆起喝彩之声。而令人惊奇的是书案两头蜷坐了几个不请自来的瞎子书匠，一个个奓起耳朵谛听，间隙里，还竞相表演了撩拨人的荤段子。第二天，王贵福慷慨地给这股书匠开书钱，韩书匠坚决不取，其他的也都推拒，说他们是结伙过来跟韩大书匠学说新书的。

前晌，在新兵和支前队员即将开拔时，王贵福弯腰马趴一路小跑着咳喘着赶了过来。他从队伍里喊出大孙子，将一沓汗溻的票子塞到他手里，安顿说："孙娃子，把这一百来块法币带上，到了白军的地盘还能花！"大孙子把钱扔在地上，嘲笑说："愣爷爷哟，法币贬值了几千几万倍，早成了废纸，这些钱即便是白区新发行的金圆券，到了那边连半个洋糖蛋蛋也买不来！"后生们都嘲笑起来，说这是个灰老汉！王贵福傻了眼，懊悔万分，拍着大腿说："爷爷把钱压在箱底七八年，忘得光光的！早知今天，当初籴它二十来只大羊多好！"他愣怔一刻，从地上捡拾起纸币，嘟哝说："那爷爷拿回去糊炕围子或者裱纸缸子，总不能白白糟蹋哩！"大孙子幸灾乐祸："叫你灰老汉再抠！"

这年晚秋，中央西北局决定派遣大批干部开辟新区，王振国调任绥远省公安厅厅长，徐壮民调任伊克昭盟盟委副书记，兼札萨克旗工委书记。临行，王振国带走了郑虎娃作警卫人员，徐壮民带走了赵康。

徐壮民直接负责剿匪工作，巴特尔出任伊盟支队支队长。用了几个月时间，平息了境内匪患，治安形势趋稳。与此同时，全盟行动，废除王公制度、保甲制度下的政权机构，建立蒙汉联合自治政权，在蒙古族聚居区建立达尔古政府，在汉族聚居区建立区政府，分别下设乡、村政权，伊盟及札萨克旗进入新时代，成为绥远省的一面旗帜。

转眼到了第二年的腊月。

章廷芝的下落成了徐壮民的一个解不开的心结。他的烟瘾愈来愈大，手不离烟，以至右手食指和中指熏得焦黄焦黄。而脾气也坏起来，动不动发凶，众人都躲着。他经常把自己一个人圈禁在房子里，一天不出门。有时候，又会一个人骑马去到旷野，走入大风，跑进雪中，漫无目的地游荡徘徊，偶尔会发一声两声绝望的狼嚎。章廷芝的逍遥法外，令他产生了一种强烈的失败感和耻辱感，从而陷入一种深沉的阴郁和痛苦中，甚至觉得自己被剥去了皮，挑断了筋，拔起了根。他期望证明自己，再次实现自我价值，让那囚禁在生命樊笼里的灵魂获得自由，畅享爽适，回归淳朴。而实现夙愿之后，即便是放下手中的权力和头顶的荣耀，回到家里，去当一个农人，他也心甘情愿。

白宝霖曾专门捎来书信，提供了一些线索，称正月十九，章廷芝带百余骑，枪杀了甘肃华池县元城子区政府干部十多人，抢走步枪十多杆。这股土匪于一个暗夜潜入吴旗县银佛坪村，掘开章家旧宅院一孔石窑的炕皮，挖出一口大棺材，将里头藏着的两箱金银和数十杆崭新的步枪、两挺轻机枪及子弹、手榴弹尽数取走。章廷芝还认真地办了一桩事：将专程潜往安边城北山挖取的随身携带的父亲、叔父和兄弟的干骨，倒埋在了章氏老坟园他爷爷嬷嬷坟丘下不同的地方，并依次各个堆起了象征着挂脚的小坟头。吴旗县民兵营闻讯前往追击，毙伤土匪数人，活捉二人。之后，这伙人曾窜至镇边县旧伙场，掳走供销合作社骡马十多匹、现金二千元，经白城子向北逃去。又称，据乌审旗公安局消息，二月间，章匪在乌审旗境内频频作案，抢走解放军某后勤分队汽车一辆、机织布四十余匹，并在十八口子等村庄掳走牧民骡马五十余匹、胶轮车四辆。

王振国也在加紧部署追踪章廷芝股匪，并不时给徐壮民发来一些消息：去年八月及今年五月，这股土匪曾两次混入绥远起义部队，章廷芝用了化名，我军政工人员不明其底细，均以一般起义、投诚人员对待，进行收抚教育。章廷芝自知血债累累、难逃法网，两次哗变为匪，流窜各地，大行抢劫。在此期间，章廷芝与国民党潜伏特务组织勾连，曾派匪徒宗云鹞、景凌二人化装成商人潜入包头市，建立水萝卜情报站，收集我党、政、军情报，勾结恶霸地主、旧保甲长，为潜伏特务头子和土匪头目往来传送，并组织实施暗杀、爆炸等恐吓、破坏活动，后被公安机关破获捣毁，宗云鹞、景凌潜逃。今年八月，章廷芝被军统西北特派员刘子衡任命为绥远军区反共救国信义纵队司令，所部配置了电台，与境内外敌人频频联络，四处放风说第三次世界大战即将到来，台湾国军在美国的支持下即将反攻大陆，成为一班蛊惑人心、煽动叛乱的吹鼓手。九月间，章廷芝纠集一伙匪徒，在包头市至固阳县的公路上劫走市水利局的一辆汽车，杀害干部四人……

这天晚间，徐壮民伏在办公桌上，就着玻璃罩子灯，翻阅王振国新近寄来的材料，企望捋掐出一些线索，分析判断出章廷芝最新的落脚点。这时候，传来叩门声，机要员进来，递上一份电报。徐壮民仔细看过，一时血脉偾张。电报是由王振国发来的，称章部受到重创，逃往武川。徐壮民当即吩咐警卫科长赵康去找巴特尔，让多准备几匹马，随他连夜直奔归绥城（今呼和浩特市）。赵康急了眼："那我咋办?"徐壮民笑道："你脑瓜里装了糨子? 你也去!"赵康嘿嘿笑着，奔跑而去。徐壮民去了一趟盟委，做了汇报请示，盟委主要领导同意了他的请求，并安排以盟委名义向省公安厅拍发了电报。

三个人，六匹马，一路换乘，不日抵达归绥城。在去往省公安厅的路上，天色已晦暗下来。巴特尔兴冲冲地说："徐书记，壮民老弟，一路上熬累得够呛，咱今夜和王振国厅长好好喝他几壶!”徐壮民笑道:“二哥,没麻达!”赵康说:“那我一会儿就去街上打酒。”徐壮民说:“愣瓜瓜,到了老王的地界,还用咱掏腰包?叫他好好破费一回!”

省公安厅领导的单身宿舍里。王振国和徐壮民紧紧拥抱,又和巴特尔拥抱了一回。他拍了拍赵康的肩膀,说:“愣头后生,跟你就不抱哩。”警卫科长郑虎娃进来,向徐壮民和巴特尔行了军礼,和赵康拥抱在一起,几个人都开心地笑了。徐壮民顾不得喝水,转头问说:“老王,情况到底咋样?急死我哩!”王振国:“吃饭、喝酒!”徐壮不依:“快说!”王振国笑道:“好好好,情况是这样的——绥远特务头子刘子衡手下的一个重要头目,刚刚被剿匪部队活捉,据他交代,章廷芝部在几天前受到重创,仅剩七八人,逃往武川县去哩。”徐壮民问:“那章廷芝呢?”王振国说:“据说,章廷芝本人伪装成一个鞋匠,昼伏夜出,计划收罗武川一带的散匪壮大力量,而后逃往外蒙古。”徐壮民焦躁起来:“绝不能叫他逃走!为甚还不动手?”王振国强拉他坐下:“不能打草惊蛇,他跑不了的,我的老伙计,你放心!——吃饭喝酒!”

王振国果然备下一只烤全羊和奶茶、炒米、酥油、奶酪齐全的蒙餐,还有一坛子烧酒,他朝徐壮民和巴特尔、赵康兜里各塞了几包纸烟,苦着脸,对徐壮民说:“老伙计,花了我一个多月的津贴!”徐壮民说,我们路上就谋算着吃你哩!几个人围着桌子吃喝中间,徐壮民打问有没有锁定章廷芝的具体位置?王振国说:“吃了饭,喝了酒,美美睡上一觉再说。”徐壮民狠狠扭掐了他一下,王振国咧着嘴,只得说:“刚刚接到内线报告,章廷芝就隐藏在武川县二份子区小花窑子村,他四姨太的娘家就在那里;身边只有六七个人,白天潜伏,夜间出来活动,打算在那里过春节。”徐壮民撂下饭碗站起来,说:“后天不就是大年三十?”“武川县不远,明天出发也能赶到。”王振国强捺他坐下,说:“你如今也是大官哩,还这么急火?你是要亲自去?即便你亲自去,一来人生地不熟找不到地方,二来也不能就让你们三个人去吧?咱得合计合计!”

第二天清早。王振国拗不过徐壮民，只得同意他亲自去。郑虎娃带了王振国的一封亲笔信，和赵康各挎着一挺压死驴冲锋枪，四个人上了马。

后晌两点多到达武川县城，天上飘开了雪花。先到县公安局。很不凑巧，公安战士大都配合工作队下乡去了，只留下十几个负责县委、县政府机关的警卫。县委曹书记接到报告，亲自接待了他们。他是本地人，在详细叙说了通往小花窑子的路径及村庄附近的地形情况之后，恳请徐壮民书记不要亲自去，以免不测，请求由县公安局剩余的人去执行这次任务。徐壮民脸上显出沉静的自信，笑着说：“老曹，王厅长也放手哩，没你的责任，放心吧!”曹书记看他态度坚执，只得同意，说：“人手你全部带走!”又亲自出去布置，十几个公安战士很快集合起来，一人牵一匹马。徐壮民说：“这里的土匪还没有肃清，县委、县政府的安全更重要。我只要一两个人带路。”曹书记显然受惊不小，愣怔一刻，见徐壮民神色严肃，只好再次妥协。他来到公安战士队伍前，从中挑选了四个熟悉情况、身体壮实、战斗经验丰富的战士，叮咛由他们负责保护首长的安全！曹书记还不放心，又给每人另外配发了短枪、备足了弹药和干粮。直至马队消失在雪地里，曹书记还有些犯傻，立在路口，搭起手棚瞪视着。

二份子在武川县的西北方向，相距约一百二十里。一行人马一路疾驰。雪愈下愈大，又起了大风，旋即化作白毛风，一股一股铁扫帚一样扫来，发出狼嚎似的声音。飞扑的雪花像白石子，迎面打人，眼睛都睁不开，二三十步外一片模糊。田野、川道、山峁披上雪装，变成混沌的白色世界，气温骤降，各人的手脚都快冻僵了。战马在坎坎坷坷的羊肠小道上奔行，屡屡发生前蹄打滑而跌入雪坑的情况。徐壮民座下的赤骛已上了岁数，耐力尚好，浑身冒出的热气濡湿被毛，又冻成细密的冰穗。他心疼不已，默默祈祷：“老伙计，坚持住！这一仗下来，你就好好歇息吧，我再也不骑你哩，给你养老，为你送终！”看着四个公安战士在选择道路时毫不迟疑的神情，他由衷地感激，甚至暗暗庆幸：若不是有这四个熟悉地理的同志带路，在这白毛风肆虐的冰天雪地里，自己一行人只怕早就迷失了方向。

三个钟头过去，他们赶到了二份子区政府。武川县公安局赵局长刚从乡下回到这里，犯了胃病，原打算天明返回县城去。他听说了情况，当即请求带身边的两个公安战士加入行动，徐壮民同意了。吃过饭，喂了马，稍事休息即连夜出发。路上，徐壮民用轻松的口气说：“章廷芝的活动规律是昼伏夜出，咱们不急着赶路，得伺等到天明他回到小花窑子睡觉时才好动手。”

拂晓前，雪稀风弱，他们赶到了大花窑子。在庄子西头下马，悄悄叫开一户老乡的门，想了解一下小花窑子的有关情况。叙说的老乡是一个老婆子，只长几颗牙，嘴碎，走风漏气地说小花窑子就一个孤圐圙，住一户姓李的财主，他家的二女子前一阵子回了娘家，还带着一个吃奶娃娃。又说二女子可是个俊人，从前出嫁到榆林，男方是个商人，后来死了，改嫁给安边的一户姓章的富汉。老婆子絮叨一气，摇摇头说：“十里路上没真言，什么富汉，不过是个穷鞋匠！”徐壮民问道：“这个鞋匠在不在家?”老婆子说：“昨儿还远远地照见过，今儿过年，能去哪里?”她的儿子精明而木讷，不多说话，却主动提出给他们带路。

小花窑子在东北面，只有二三里地。徐壮民下令全体进入临战状态，战马佩戴笼嘴；十二个人催马冲去。一眨眼冲至庄子西头，在几堵破墙前停下来观察，果然是个独户庄院：庄院背靠山坡，前面是一条干涸的河槽；偌大的东西院子串连到一起，西院扎着羊圈、马棚、柴草垛，有两间破破烂烂的草房；东院一排塞着小灰瓦的起脊房，坐北朝南，玻璃窗子上贴了鲜艳的窗花，窗花周围覆盖了一层热汽冷凝成的冰纹冰花。徐壮民异常冷静，擱起望远镜再细细观察——不见暗哨。又观察马棚，里头拴了七八匹马，一匹马高大雄健，正是神驹青云！正在这时，从房后的北坡上下来一个穿白茬皮袄的老汉，慌慌张张，朝院子方向跑来。这人显然发现了他们，却没有大喊大叫，也没有鸣枪报警，看样子有所顾忌，也不带武器。徐壮民问老乡是否认识？老乡说是财主老汉。他随即命令赵局长带两个战士前去堵截，嘱咐得手后登上山坡高处，负责警戒接应，以防不测。余下的八个人子弹上膛，悄悄转至庄子南边，在东院大门口附近下马，用缰绳绊住马腿。隔着墙头觑瞅，院内不见岗哨，没有一点动静，徐壮民小声说："章廷芝可不是等闲之辈！无论发生什么情况，一定要沉住气，见机行事，猛猴上树，下手要狠，尽量捉活的！"他让巴特尔带一个公安战士负责把守大门、封锁出口，另三个战士负责东边三间房子，自己和赵康、郑虎娃负责西头三间。

一股人踩着一拃厚的雪，蹑手蹑脚进入院子。徐壮民靠近西头一间，隔着模糊的玻璃窗户向里张望：一盘顺山大炕上只坐着一个美貌的婆姨，脸色憔悴，怀里抱着一个吃奶娃儿，一边摇晃一边轻轻拍打。他约莫这女人就是四姨太，推门进去，盯着她小声问道："章廷芝在哪间房子？"她浑身打战，一脸惊恐，没有回答，却用手向西指了指。"西院？"徐壮民见婆姨点头，惊出一身冷汗，迅疾退出，向东头三个战士打了个继续搜查的手势，自己朝西院摸去。赵康和郑虎娃像两只狸猫，脚底无声，抢在前边。两间草房各有一门一窗，门口挂着谷草帘子，窗户上各遮了一条破麻袋，东头一间传出粗细混杂的鼾息。赵康瞪起眼睛，飞脚踢开门板，大吼一声闯了进去，郑虎娃也端着冲锋枪冲了进去。与此同时，徐壮民一脚踹向另一间的门板，门却虚掩着，一个踉跄扑至炕沿——章廷芝一骨碌爬起，已抄枪在手，却慢了半拍，砰的一声，右臂中弹，匣子枪掉落一边。他眼里闪出电光，霍地一个疾滚飞脚踢来，徐壮民胸口中脚，抡起的手枪已砸下，咔嚓一响，击断小腿骨，章廷芝哼了一声，左手却从被子下边又掣出一把匣子枪来，徐壮民一枪打去，击中左臂，匣子枪当啷落地。"章鞋匠，还有甚本事都使出来，再过过招儿！"徐壮民抚着剧痛的胸口，冷笑着说。回旋激荡的灰尘和枪烟里，章廷芝脸色惨白，强撑着坐起，双臂垂耷，血流如注，他扫了一眼炕头上的钉鞋箱子，突然哈哈大笑："我章廷芝半辈子从大风大浪中过来，不料竟憋死在这个牛蹄窝子里头！不过，栽在你小子手里，我服！"徐壮民呵呵地笑了，心里有一种卡在嗓眼的鱼刺忽然滑落的爽适和快活。他侧歪了脑袋，打量着章廷芝：这个和自己同龄的人也无可奈何走到了中年，眼角爬满皱纹，宽大的额头不再油亮平展，潇洒风流的大背头因为刚才激烈的打斗显得凌乱毛糙；一双倒三角的大眼里现出懊恼和沮丧，却不露一缕的痛苦和畏怯。他忽然感觉到浑身上下疲乏懒散了，像斩获归来背着一身尘土的猎人。劫波渡尽，恩仇消泯！仿佛灵魂经受了一次庄严的洗礼，身心里一种悲悯的情绪涌生出来，郁结的冰雪块垒化释成水，他与世界和解了。此刻，徐壮民觉得面前的这个人很是可怜，对这个人说什么话都失去了意义，便点燃两根烟卷，给他嘴里塞了一根，自己叼了一根，大口吸着，转身出了屋门。

徐壮民款步走入左边的草房，举手下炕的宗云鹍骇然变色，突然低头撞向郑虎娃，被一串子弹击碎秃脑瓜，脑浆、血水四溅。景凌疾如泥鳅滑向后窗，赵康扫出一梭子，打成一蓬烂蜂窝。剩余的五个匪徒筛糠打战，老老实实举高了双手。

公安战士完成搜查，除了财主一家老小，再不见一个土匪。赵局长三人押着财主老汉回到院子里，报告说："这老家伙是个望风的，周围没有任何情况。"除了章廷芝瘫卧雪地，几个匪徒已被五花大绑。他们立在院子里，竟还凶巴巴地瞪着财主老汉，老汉早已吓得尿湿了棉裤，耷拉下脑袋，不敢对视。

当天，章廷芝和几个匪徒被押回武川县城，关进监狱。晚上时光，徐壮民安排医生给章廷芝取出子弹，处理了枪伤和腿伤。武川县城炮仗声稀落之时，徐壮民拎着一瓶烧酒和一只烧鸡进入章廷芝单独的监舍，搁下东西，说："今儿过年。"章廷芝显然觉得对方的行为和口气里似乎隐含了一种招呼亲戚的意味，他那略显瘦削的脸上现出感激之色，滑闪过一丝羞惭。他动作艰难地擱起酒瓶，用牙齿咬开瓶盖，一仰脖子灌了一大口，望着徐壮民的背影大声喊道："徐家妹夫，雨枝还好吧？"徐壮民没有理会。

不久，押往归绥。两年后的正月天，荒寒空旷的市郊外，章廷芝在打破冷寂的枪声里倒地而死，那副无畏的表情晦黯下来。

初稿：2012年5月25日至2013年9月28日

成稿：2013年10月至2015年12月初

定稿：2016年10月至2017年10月21日

附一

# 百年之殇：矗立在高原大地的壮丽诗碑

## ——读李丹长篇小说《走三边》

李　星

无论是从地域政治、社会、经济、军事、自然、人文，中国共产党领导的人民革命史，还是从长篇小说创作艺术方面，李丹先生的《走三边》都有着非同一般的意义和价值，无疑是二十一世纪以来陕西长篇小说的一个重要收获。

## 一

由于复杂的历史原因，特别是在“文革”时期，李建彤的《刘志丹》受到批判，致使陕北革命根据地的创造者刘志丹、谢子长等革命先烈虽然仍被主流媒体颂扬着，但关于他们是在什么样的社会环境和地域历史背景下创造发展陕北革命根据地；陕北革命根据地为撤离江西，进行了雄伟的两万五千里长征的中央红军及领导机构，提供了落脚点；并以此为出发点，实现了国共合作，进行了抗日战争、解放战争，直至夺取了全国的胜利……这些历史过程和珍贵记忆，却成为党史、军史的政治敏感区，特别是与高岗有关的陕甘宁蒙边界地区的武装斗争史实际上成为文学的禁区。因此，正面表现陕北三边地区从清末到二十世纪上半叶的社会面貌，以及政治、军事斗争和在刘志丹、谢子长、高岗领导下的革命武装斗争，创建革命根据地，迎接中央红军；在党中央、毛主席领导下，三边人民推翻封建、殖民、官僚统治，瓦解国民党、军阀的地方武装，粉碎旧制度，建立新制度的艰苦卓绝的历史进程，就有了填补党史、军史、制度史的重大意义。

《走三边》利用不断开放的党史、军史、战争史等资料文献及当事人的回忆，形象地再现了刘志丹等先烈遵照党的路线、方针、政策，为了发动群众，进行武装革命，甚至曾经在旧军队任职，建立秘密党组织，借壳生蛋，建立独立的革命武装等过去鲜为人知的历史细节，从而让今天的人们知道在旧军阀、地方民团、地主土匪林立的陕北三边，建立一支革命队伍的艰难和不易。小说从多个方面还原了历史，写到了如红军主力东征前后，地方反动武装、政治土匪武装的反扑，血洗县区乡苏维埃政府，造成重大财产人员损失；红军为打通国际路线，为解救受共产国际派遣、联络党中央的陈平信（真名谭忠余），进攻安边城五十四天不下，损失惨重，陈终被害的失败的战争；还有抗战胜利后，警三旅贺钧年部在中央明示和未明示的情况下，周密部署，与十一旅协作一举拿下反动堡垒安边城，取得安边起义、解放柠条梁的重大胜利，并受到毛主席、党中央嘉奖等战争战役史。另外，人们都知道，蒋介石大举进攻延安，党中央、毛主席战略性地撤离延安，指挥我西北野战军，通过青化砭、羊马河等战役，打败胡宗南二十余万中央军的辉煌胜利，却很少知道作为蒋介石南北夹击党中央的战略，宁夏马家军以万数骑兵疯狂进攻三边，并被陕北地方革命武装遵照彭德怀命令予以坚决阻击以至彻底粉碎，为保卫党中央立下奇功的历史。

与全国、陕北中共历史并存的是陕北榆林（含三边）国统区的政治、军事历史。长期任榆林最高军政长官，被称为“榆林王”的井岳秀曾经是追随其弟井勿幕积极反清的“辛亥元老”，在政治属性上虽非蒋介石嫡系，却仍是维护旧秩序的一支军阀反动势力的代表人物，他曾收留并支持过爱国将军杨虎城和地方民主爱国人士杜斌丞等，而又积极反共，镇压民主运动，围剿刘志丹、谢子长、高岗等领导的革命武装，同时不断培植羽翼，扩展实力，使如章鸿儒、章廷芝父子的反动地主武装得以发展壮大，形成铁腕统治的局面。

这种严酷的形势，迫使石云秀、陈国民、曹雨僧、王文舫乃至徐壮民等三边地方同情或倾向于红色革命的民间精英西投甘军。正是在这支政治色彩驳杂的队伍里，刘、谢、高等传播了革命思想，拉出了一支支力量虽小却具有较高军事素养的赤色武装，星火燎原，为开创红色革命根据地打下了基础。而也正是在这里，成长壮大了以陕北三边子弟为骨干，并建立了中共支部的以石云秀为旅长的地方进步武装十一旅，成为刘志丹等革命力量可资借力的“友军”。后来，这支队伍进驻陕甘宁边区西北门户地带，与八路军保持着“暧昧关系”，而与章家发生利害冲突，便又成为顽固反共的章鸿儒、章廷芝的眼中钉、肉中刺，以致旅长刘锦堂等军官或被杀或被扣，危机四伏。十一旅其实是在军中党组织及贺钧年旅帮助下才勉强保留下来，并最终起义，加入革命洪流的。如果不是这部《走三边》，这些你中有我，我中有你，可歌可泣的军事斗争历史只能永远沉睡在历史档案中。

除此而外，小说还以较大的篇幅，充分展示了西方宗教势力在陕蒙边界的渗透和强加给三边人民的割地赔款的不平等条约，以及洋教与地方反动势力相勾结，非法强占大片土地，强收地租，引起广大民众反抗并最终被我人民政权彻底颠覆和驱逐的前因后果和衍变轨迹。这种在沿海地区司空见惯的洋宗教与广大民众冲突的故事，竟然在陕蒙边界的大陆腹地再现，真是匪夷所思。同时，这也是爱国主义精神在小说中的凸现和彰显，十分值得肯定。

以家族血缘为纽带的乡土中国，在三边表现得最为充分。在三边特殊的人文地理背景下，小说表现了三边等地以大户为中心的特殊复杂的血缘、人际关系，以及由此切入和引发的种种斗争。如刘志丹竟与章廷芝系姑舅亲；开明的商会会长王文舫却是章廷芝的岳丈人；徐壮民之父曾是章家的马倌，他的外婆、母亲都是章家用人，而他自己最后竟成为章家的女婿；另一出身于医药世家奉行中庸的老贡生及其子李函玉、其孙李安桥也竟在敌我之间多有人际牵连。此外，章家、冯家、李家、石家、白家、杨家、徐家、赵家等相互之间又有远近亲疏爱恨情仇的种种关系。下面便是这些关系之外的另一个典型的例子：惠书记在党员名册上查到的老党员“郑彪”，其姐却是我部队营长柴向东的大嫂，而通过柴大嫂终于很快找到当年被殷书记安排在阎家寨卧底，久已失联的郑虎娃，以他为内应，才顺利攻破防守严密，多次攻击失利的阎家寨，俘虏了忠实为阎家守寨的骨干史子平。而史子平竟是我方县长王振国的妻子县妇救会主任史兰兰的叔父。

同时，这种由血缘、干亲等构成的社会关系网络却有另一重意义上的表现：哥老会前龙头大爷白文翰起于对义子（刘志丹）和儿子（白志坚）的亲情和对革命的同情，虽然没有加入革命队伍，却为我党我军做了诸多支持与襄助的好事，还有李函玉的对我方的许多真诚帮助，王文舫的支持革命和前后摇摆的态度，而更为典型的是刘志丹、徐壮民与章家你死我活的斗争，等等。“亲不亲，阶级分”，这话现在很少说了，但在《走三边》的故事中，他们却表现得如此鲜明，发人深省，雄辩地证明了人心所向的阶级分野和社会历史发展是有其自身规律的。

## 二

其实，《走三边》更像一部散文作品的名字；作者像一位采访者和行吟诗人，哼唱着信天游或陕北说书，一路走来，将很少为正史所载的故人往事、奇事记录下来，将正史所不及或所缺漏的掌故、风情及人情世故也记录下来，以传后世。然而却因为章氏家族三代人的人生命运本身所具有的故事性与传奇性质，因为它与百年三边的军阀割据史，刘、谢、高的闹红史，中央红军到达陕北后的土地革命史、抗日战争史、解放战争史联系得如此紧密，与国共在陕北、陕甘宁蒙边区的斗争如此息息相关，它就不能不从历史的深处或夹缝中打捞出如徐壮民、冯孝先、白文翰、王振国，以及杂色的十一旅石云秀、陈国民、刘锦堂等人物；就不能不写到如井岳秀、高桂滋、邓先生、牛钦誉、张自立、李道庵、宗云鹗等旧政权沿革中的复杂之人、高洁之士或反动鹰犬。我毫不怀疑章家马倌的儿子徐壮民是有原型的，也不怀疑他的命运经历及他的章氏家族掘墓人、埋葬者的宿命还有着虚构、集合、丰富的艺术加工。怀着国仇家恨的徐壮民为报仇曾投向旧军队和旧政府，与被委任为上校、少将的悍匪的章家第三代章廷芝、章廷祥很难构成一对实力相当的矛盾冲突，即使后来他假冒刘志丹的游击队组起一支小骑兵队伍，对付得了宋百万这样的土财主，却也在与章家的对抗中不堪一击。然而，当他作为阶级队伍中的一员，同与阶级革命为敌、与人民为敌的章家斗争时，却终于由被动到主动，并战而胜之，章家终于万劫不复，与其所依托、投靠的封建军阀势力、反动派一起灭亡。尽管这部小说人物众多，历史背景环境如此复杂、开阔，场面如此浩大，涉及历史事件又如此之多,徐壮民的复仇故事却是《走三边》中最激动人心的主干线索和主要情节,徐壮民、章廷芝也因而成为小说中两个最为成功的典型人物形象,在他们的命运和故事中蕴含了丰富深刻的社会历史及人性内容和伟大真理。

说起这两个人物典型，我就不能不谈到作家、诗人霍竹山先生关于《走三边》的评价文章。它以感想、点评的方式，画龙点睛地戳破了这部长卷最为突出的艺术及美感特征，如全作所具有的三边大地的苦腥味，土腥味，这片大地所具有的深重的悲哀和痛苦，以及三边人民生生不息、奋斗不已，在黑暗中寻找光明的牺牲和悲哀……作为与作者同样的三边子弟，他（霍竹山）敏锐地嗅到了这部作品社会历史层面以上的精神和灵魂，并把它与写出了拉丁美洲的孤独的《百年孤独》相比较，不是说《走三边》可得诺奖，而是从中捕捉到了那种类似孤独的悲哀和痛苦的生命信息。在谈到徐壮民和章廷芝两个心灵、立场、精神完全对立的人物塑造时，竹山的洞见卓识又令我惊叹不已。对于徐壮民，他认为李丹的深层探索是触及他“鲜见而难得的敬畏心理和悲悯情怀，有时甚至表现出腐败、灰色的情绪”，写出了“一个有七情六欲的人……棱角毕现直达读者的灵魂”。对于章廷芝，竹山肯定了李丹写出了他性格中的狠毒、残忍、自大、暴虐与对父亲、妹妹的柔软的爱与关怀的“双重性”，且突出了他“性格统治方面”的残酷暴虐，“这一人物形象在复杂中鲜活、圆润了”。并引申出：“称赞腐朽的人……你的梦就没有破碎，你（指李丹）算是触摸到文学之核心的作家了！”……面对如此有感觉有力度的评论，我感觉到自己的贫乏，只能有一句可以概括的发挥：章廷芝这个反动武装土匪的形象，让我想起肖洛霍夫《静静的顿河》中农民出身的白匪军官葛里高里，他们有一样的反共立场，更有着同样的男人的血性和英雄情结。“云彩之上是阳光”（贾平凹语），阶级政治之上是深邃奥秘的人性。顿河流域哥萨克的富农后代，与陕北三边的反动土匪章廷芝竟在精神上如此相通！当年，《静静的顿河》曾因这个堪称反动的英雄形象受到激烈的批评，全赖斯大林的肯定而得以保全。今天，李丹对章廷芝这个武装土匪形象性格上对立方面的表现和处理，更加圆润鲜活，更具有大时代背景下一代枭雄的典型价值。甚至可以进一步说，血性与英雄情结，闯荡天下的勇气，是三边、陕北这片高原厚土孪生的两极人物共有的人格底色。如徐壮民、冯孝先，如章金升、章鸿儒、章廷芝、宗云鹞。正因为如此，他们的对抗和碰撞，才是那样尖锐激烈，强大漫长，那样惊心动魄。

## 三

作为一部有着如此性格、精神、心灵和审美内涵、艺术魅力的长篇小说，《走三边》的结构、叙事、写法并非没有可以怀疑之处。史志材料和各方当事人回忆的参考和引用，固然给这部大视阈、跨越几个历史时期的长篇带来叙事的方便，并可扩充它的历史容量，增强人物、故事的真实性，但众多历史事件和人事变迁的交代，却也削弱着小说叙述的统一性和文学性，使一些人物有概念苍白之嫌。尽管作者也努力将一些史志资料故事化、场景化、文学化，但并不是所有讲话、资料都可以轻易化开，它们或成为整体叙述中的硬块，或成为未必需纳入小说结构的边角废料。我完全相信，在如陈忠实、贾平凹、高建群这样的大家手中，经过他们大胃口的消化和提炼，它完全可以是另一种面貌，可以更精粹、也更富诗情画意，如张承志浩荡的《心灵史》等。

虽然有这些所谓更高要求的长篇艺术的硬伤之嫌，但我仍然为以半生的积累，只写这一部小说的李丹小说结构的平衡而激情澎湃，也为他有极强的掌控能力，均衡的用笔，始终一致的从容、稳定的叙述叫好。实在说，叙事的心态和把握能力，在许多大家、大作品都未必能做到。如路遥的《平凡的世界》三卷的气脉和力量实际上呈逐步滑落之势，虽然这是由他日益严重的疾病造成的，但从长篇艺术上看，究竟留下些许遗憾。当之无愧的诗情作家高建群的《最后一个匈奴》，上卷可称为当之无愧的经典，然而下卷却留下了不可同日而语的遗憾。而《走三边》上部、下部竟如此的平衡和气血饱满，尤其在下部最后几章围绕章氏家族的崩塌失败，章廷芝父子的逃亡，展现了那么广阔和跨地域、跨时代的空间场域，将徐壮民、章鸿儒、章廷芝等主要人物推向一个那么深邃邈远的新高度，如此内心活动、人性内涵，实在不易。

在结构和叙事的均衡、稳定以外，还有大小战争、杀戮与日常以及和平生活章节的平衡；借用戏剧艺术的说法，也可说文场面和武场面均显示出李丹非同一般的笔墨和功力。

战争是政治斗争的继续，和平局面又常常是激烈战争后的结果。全书三十七章，除了个别章节，几乎每章都有从各色势力人物的日常矛盾的积累到激烈冲突，甚至发生大规模战争的从量到质的激化与演变。在新生代替腐朽，光明战胜黑暗的大的历史背景下，杀伐、攻略成为新常态，而和平生产、建设，伦理日常更显得十分宝贵，并且常常酝酿着新的暴风骤雨。由于李丹自己就是三边生、三边长的三边大地的儿子，对三边的生产生活、地理环境、民俗风情十分熟悉；且从小就为父兄辈关于百年三边的苦难与生存、压迫与抗争、军阀之战与共产党领导的人民革命，失败与胜利的传说耳濡目染；成年工作后又用心搜索这方面的信息与野史，方志与记忆，占有丰富的资料与信息，并多次考察相关的战争遗址，从而对如章家三代和如王振国、徐壮民、冯孝先、白文翰这样的风云人物，以及普通农牧民、擀毡者、贩盐者、熟皮者、打铁钉掌者、说书匠、吹鼓手、剪花妇女的形象与神态烂熟于胸，所以在写作中得心应手，形神兼备。不仅如攻城拔寨、杀人放火、排兵布阵这些武场面写得如临现场、井然有序，而且在日常生产生活，吃饭穿衣，生老病死的文场面上也写得充满艺术的情趣与滋味，表现出亲情之欢与三边的各种吃食，各行各业的手工技艺之美。徐壮民脱离县衙和旧军队之后，为组织自己独立的游击队的北地之行，在伯父家和各个同志朋友家的家庭的所见所闻，他任县大队长和区县负责人之后领导组织农民发展生产，活跃经济的经历和生活，似乎是容易枯燥的，但李丹却写出了和平建设、生产经济生活，家庭生产生活的无比美感。二十世纪七八十年代陕西曾有几个以新闻记者、作家身份写陕北，写黄河两岸、长城内外的写家，但我从中却很快发现了其中的破绽，这就是不能并不敢涉及先进人物的家庭、窑洞之内的日常。李丹是柳青《种谷记》，欧阳山《高干大》之后，少有的以那么多的笔墨和篇幅表现根据地和解放区革命政权以那么大的努力抓生产、促经济、活跃内外运输贸易的作家。在对战争、杀伐以及和平生产、生活的叙述中，李丹忙里偷闲，常常以极为动情的笔触，极尽三边、蒙汉交界之地壮丽辽阔或风雪肃杀或生机无限的四季风光景色，不仅烘托着小说中人物的行为和心情，更寄寓着自己对这块土地的无限热爱。这才是真实的三边。她以这一切和她英雄美丽的儿女的生生不已，求索不已、战斗不已，有力地否定和驳斥着封建官僚和到此一游的旧文人在《七笔勾》中对她的丑化和抹黑。

苦难、孤独、悲伤的土地，勤劳、坚忍、顽强而生生不已的人民，血性、刚硬，敢于斗争、善于斗争、不甘屈服的一代又一代英雄儿女，这或许正是在霍竹山所说“闹红”主题之后，《走三边》的又一宏大而高蹈的主题，并必将成为作者李丹为陕蒙之边，长城内外，大河上下的高原土地和儿女所立下的一通沉雄高大，壮丽庄严的诗碑。

2016 年 7 月 20 日于西安

附二

# 一部叙述陕北闹红的史诗

——读李丹的长篇小说《走三边》

霍竹山

“我是没资格来为别人集子写序的”，这是巴金在回复一位读者来信时说到的话。我辈自然不用说了。可李丹对我来说不是“别人”，他是我最为要好的朋友，所以我说的这些话，可以全然不当文章来看待，更适合当作是给一位酒友说的一些醉话，给一位探讨文学以及同样做着文学梦的文友说的疯话，也是一位“赌友”感觉的“大和”而想到的一些心里话。

在这浮躁的年代里，李丹似乎无声息地隐匿了几年。扑猛之间，居然完成了一部七十余万字可以当枕头的历史题材的叙事长篇——《走三边》！小说多角度、多侧面、全景式展示了清王朝末期至辛亥革命、大革命、土地革命、抗日战争及解放战争不同时期五十余年间发生在陕北三边这块土地上的冰火沉浮的人事场景，涉及自然、政治、军事、经济、社会、文化等各个层面，在忠于历史的基础上，实现了深度、广度与总体性的融合，主题意蕴多重复杂，大气雄浑，深沉厚重。

在一口气读完《走三边》后的那天下午，李丹邀我喝酒。几杯酒碰过，便开始聊他的小说。“清明无雪，谷雨无霜，谷雨节气的到来，意味着庄户人就要淹瓜点豆了。”我喜欢他小说里这样描述时间的方式，这也是我在诗作里经常使用的“农历”意象，让我想起陕北的土地和人，我说：“这样的表达不光有传统的节气味道，更有三边农历光景里特有的那种土腥气息。”李丹说：“啊，不论歪好，总算是完成了，收集材料，构思布排，整整一年；一屁股坐下，不分春夏秋冬，写了三年半。现在，堆出来了，这才觉得乏累了！”我知道李丹对他的长篇《走三边》的感情，多少年都在为这部长篇小说准备着，一生就准备写这一部大书，可想而知！我作为他小说《走三边》的第一个读者，信任、责任、使命随之也就压在肩上了。我也理解李丹所说的乏累，就像《走三边》里主人公徐壮民最终完成宿命的任务时那种浑身上下的疲乏懒散，以及枭雄章廷芝被困进“牛蹄窝子里头”的无奈叹息。李丹端起桌上一杯刚刚斟好的烈酒，一饮而尽。他喝酒时，我看见酒桌上的灯光反射在他的酒杯里，当他喝下那杯酒时，那光便随着酒的流动，进入了他的喉咙、身体、文学的梦想……我想着，这酒里流动的光焰应是文学的呼啸了。

李丹平时沉默寡言，笑也好像地下工作者担心暴露了身份，而把喜悦都存在银行的保险柜里。要听他畅所欲言，除非酒后。一次我们都醉了，他难得地跟我讲起了正在写作中的《走三边》：章金升如何心力枯竭而死，徐壮民与章廷芝持续半生的仇恨与不同信仰的斗争，以及章雨枝与徐壮民主仆之间的旷世之恋，三边的贫穷与悲哀……说着说着，他仿佛也陷入了小说中的情节、人物、场景，说章廷芝时，他时而阴邪着脸，时而暴怒，一下子又是一匹脱缰的野马了。说到章雨枝和徐壮民的恋情，他的神情又变得温柔多情，那脱缰的野马一下子又好像成了一只温顺的小绵羊；不，是两只正在缠绵着的温顺的小绵羊；不，是他小说里的那一对鸳鸯戏水的窗花。而说到三边的贫穷与悲哀，他的眼光挪向了远方，眼神忧郁而空旷。我知道，他在被他的小说，他的创作折磨着。乔治·普林敦描述海明威生活时这样写道：“清早起床后，海明威会全神贯注地站在读写板前，唯有将重心从一只脚换到另一只脚时，才会挪动一下身体。写作顺利推进时，他大汗淋漓，兴奋得像个小男孩；而当艺术家的触觉突然消失，他便会感到烦躁、痛苦，备受折磨。”李丹也一样经受着写作的折磨，他说，曾经一连半个月一个字也写不出来，一个人喝闷酒。

艾青在诗作《北方》里说："北方是悲哀的。"李丹在《走三边》里也凝重地叙述了北方的悲哀，年馑、干旱、匪乱、鸦片、战争、蝗灾……天灾抛外，重在人祸。其中有两个情节让我印象深刻，一个是说监狱要开监放人，却接二连三地发生怪事，犯人们死皮赖脸装猫赖狗或喊肚子疼胯子疼拽住监狱的铁门铁窗就是不走，原来这些人是担心一旦前脚踏出狱门后脚就会活活饿死——这便是那个悲惨年代的写实！他们都是绞尽脑汁才终于被抓入狱的。活在外面的自由世界却不如在监狱里被拘押着舒坦，出去就可能被饿死。另一个情节更是让我泪流满面，"而在今年春天里，这个家终于迎来了雪亮的光明——赵刘氏在嗷呜嗷呜的啼声里气竭而死"。一句话写到悲哀的核心里了，写到了骨子里面，写到了针尖上锋利的疼。死去亲人本是令人伤心难过的事情，月娥却觉得家里终于迎来了光明，母亲死了，她也难过，可她大哭一场之后，会笑眯眯地瞅着儿子换上一套新衣和一双半新的纳底鞋，因为省下一个人的饭菜，省下一个人的医药，省下照顾一个人的力气，她的儿子也许就有读书的机会了，那一丝的光明照进了她心里。尽管一切还只是一个也许，是一个"也许"什么都不会有的盼头，这个"也许"确实是因为一个亲人的死去，而竟成了这个家庭的光明——这是多么使人伤心多么黑暗的光明！

这种悲哀是真实存在的，即便是中华人民共和国成立之后的多少年，这块土地上还发生了类似的一件事：一位老人喝了农药，临死他嘱咐生产队长，不能下了他的口粮，他长身体的孙子还等着这一口饭活命哩——这与李丹在《走三边》里所写的悲哀如出一辙。月娥除了告诉儿子徐壮民要用贡爷起的官名外再无多言，只是大哭罢了，笑眯眯地瞅着，这种悲哀是属于陕北这方贫瘠土地的。

我们再从另一个角度去看章氏家族的发达史。"镇边县衙门的典史章金升心间潜藏了一宗玄秘之事。由此衍生了一种持久的折磨，令他的脾性疯张起来，体现在吃饭睡觉说话行事上，与正常人形成一种既明显又不甚明显的反差，于是人送外号‘章疯子’；但他时刻坚强地把握、掩藏着自己，可见尚处于神魂正常的阶段”。作者一句“既明显又不甚明显的反差”中，包含着多少隐忍。章金升革职后经历了失落，到只想谋个衙役捕头差使的希望，再到当上捕头后用各种手段拉拢赵伯成、宗刀客、景麻子三人成为自己心腹，然后是从绥德、榆林的黑市分批购置了枪支弹药。他做事小心谨慎，连买枪支弹药也是分批，而且换了地点，是从绥德、榆林两地购买，章金升做事机关算尽密不透风，李丹写得更是“十面埋伏”。买到枪支弹药之后，章金升接下来以打猎为名练习枪法，又十余年缄默其口，隐介藏形，潜往阿拉昭寺探察，直到天下崩乱之际，直到黑脸喇嘛体力不如从前，总之，在不具有干成心中大计所必备的所有内部及外部条件之前，他都在处心积虑地默默等待暗暗筹划，像一只捕食的猎豹，我们只看到一双闪着绿光阴诡的眼睛。机会终于来了，章金升还要趁伙计、家丁赶脚出门或回家过年的空当亲自动手挖建隐秘的地下暗室，连老婆都瞒着；而事成之后，毅然决然灭了赵伯成、宗刀客、景麻子的口，竟都天衣无缝……看到章金升“十年磨一剑”的老谋深算，我开始欣赏作者这种“既明显又不甚明显的反差”叙述里的缜密，更感受了一种彻骨的悲哀。

——这显示了李丹滴水不漏的布局定力和文学功力！

不得不说，李丹这一段写得高明至极。我甚至想起马尔克斯《百年孤独》中那个享誉世界的第一段：“多年以后，面对行刑队，奥雷良诺·布恩地亚上校将会回想起，父亲带他去见识冰块的那个遥远的下午。那时的马孔多是一个二十户人家的村落，篱笆和芦苇盖成的屋子，沿河岸排开，湍急的河水清澈见底，河岸里暖石洁白光滑宛如史前巨蛋。世界新生伊始，许多事物还没有名字，提到的时候尚需用手指指点点。”我甚至产生一种错觉，马尔克斯笼罩在《百年孤独》的“孤独”，在李丹的《走三边》里变成了一种深层的“悲哀”。我并没有要把《走三边》和《百年孤独》

相提并论的意思，但我确实推崇李丹这种贯穿始终的写法。

李丹的文学功力同时体现在对人物的塑造上，特别是一号人物徐壮民——这是我们很少见过的小说人物形象，他具备一位革命者的忠诚、顽强和坚忍，直爽如竹，悍猛如虎，又古道热肠，更具有鲜见而难得的敬畏心理和悲悯情怀，有时甚至表现出腐败、灰色的情绪——我以为这是李丹对人物性格描写的一种深层探索。在徐壮民独游匈奴故都时，是这样写的："这座创造并承载了匈奴民族和北方民族辉煌成果的古城，怎么就如一艘残破的古舰沉没于波涛汹涌的沙海之中？似一具白森森的骷髅沉睡了千数百年……这一刻，他真切地感悟到了一种历史的沧桑浩渺和生命的弱小卑微……"触景生情的徐壮民，"心里涌入丝丝蔓蔓纠缠不清的悲伤、忧郁和无奈"。另一场景，火烧张家崖窑后："大火足足烧了一个早晨，炙烤得人脸额辣痛，毛发似要着火。红砂石悬崖焦黑如炭，热气烘烘，把试图接近察看的人一拨一拨逼跑。""徐壮民表情复杂，叹了一口气，没有言传。他的脸上浮现了明显的困惑：除了张拐子，这一家老小十几口和十来个团丁与自己素昧平生，毫无仇怨，而眨眼工夫都死在了自己的一个主意之下！这算不算杀人放火、灭绝人性的暴行？这种情绪还在滋蔓，他心里浮现了白城子沧桑的历史画面，甚至于滋生了一种负疚和悲凉。"即使在杀人嗜血的章廷芝落网时，还是这样贯穿的笔法："身心里一种熟悉的怜悯的情绪涌生出来，郁结的冰雪块垒化释成水。"——但我以为这才使得徐壮民的形象真正丰满高大起来了。一个有七情六欲的人，才可能棱角毕现直达读者的灵魂，人物性格的多重性、丰富性和复杂性才能更好地凸显出来。人不是神，是人都有人性的一面，我们不能把小说人物都塑造成不食人间烟火冷酷的庙俑。这里我不能一一列举，我们看到，从章金升到章鸿儒、章杰儒，再到章廷芝、章廷祥；从徐二驹、月娥到徐壮民、章雨枝，可谓是百人百面，一人一脸，各有方圆，每个人从小的性格喜好不同及所处的环境不同，造就了后来各自整个人生的轨迹及各自的命运。

二号人物章廷芝的塑造也极为成功。“只有一个模糊却是合理的解释，那就是动荡混沌的年代国家也有既定之规，一支四处打劫的黑军终归没有前程，国共双方不论哪一家最终都是容不得的，必须从中做出抉择，加入利害相系的一家去打另一家，只有这样才能保全章家的地位、权势和财富”。章廷芝心里没有国家未来和民族前途的概念，何况他一生发的其实都是国难财，所以他单纯而简单的愿望便是保全章家的地位、权势和财富，以至于要他东渡黄河打鬼子，他坚决不去——在他人生的字典里，这与他的家庭荣耀扯不上一丁点关系，还可能赔了夫人又折兵。他一生心狠手辣、杀人如麻，而对他的家人却表现出很人性的一面。“章廷芝凑到父亲跟前，他晓得刚才饭桌上的事惹得老爷子不高兴，一边摩挲着大郎猫，一边赔着笑脸搭讪：‘大，这猫子身上光溜溜肉腻腻的，一派虎相，是咱家的福星。’章鸿儒长叹一声，说：‘银佛坪老祖宗的百年基业也丢哩，还福个甚！’说着耸了耸脊背，去找竹手挠痒痒。‘我给你挠。’章廷芝脱鞋上炕，跪下来，待父亲侧歪在枕头上，撩起衣襟，把手伸进后背，轻轻挠起来……”而当鬼子侵犯了他的蔺姑娘，他就会阴笑着骂道：“这帮狗日的把咱中国人不当人，当汉奸真是个驴日的营生！”并拿出男人所具有的尊严及血性，哪怕是在他落魄到无处落脚之时：“章廷芝大摇大摆走近，揪起他的头发，一拳照门面打去，安倍昏死，口鼻流血。章廷芝拔出匕首划破他的裤裆，嚓地割了鸡巴，随手丢向门外……”即便在章氏家族日落西山后，“章廷芝还认真地办了一桩事”，“将专程潜往安边城北山挖取的随身携带的父亲、叔父和兄弟的干骨，倒埋在了章氏老坟园他爷爷、嬷嬷坟丘下不同的地方，并依次各个堆起了象征着挂脚的小坟头”。章廷芝这种性格的分裂，与其生长的家族环境及一个固有大一统秩序日趋消解的乱世民国是分不开的，从他的身上我们可以清楚地看到章金升的影子。

章廷芝人格的双重性表现得从始至终。“三岁看大，七岁看老”，章廷芝这种霸道性格在他年少时就已体现出来了：“这天夜里，周秀才尚未歇息，突然窑门大开，旺子眼露凶光，拎着一只癞蛤蟆进来。他一声不响，跪在地上朝周秀才磕了三个响头，站起身来，当着周秀才的面用手撕剥了蛤蟆的皮囊，把两根钉子噌噌插进鼓凸的眼珠，严肃地说：‘咱师生从此恩断义绝！——你若敢多取我家一个铜子，说上我家一句瞎话，小心你的另一只眼！’”他年少时已经有了维护家族钱财与名望的意识，不让周秀才取走家里一个铜子，说自家一句坏话。直到章廷芝被抓到武川县城监狱，还有精彩一笔：过年那天他望着徐壮民的背影大声喊道：“徐家妹夫——雨枝还好吧?”

——这一性格统治方面所产生的便是他枭雄式的性格特征。章廷芝这一人物形象在复杂之中也鲜活、圆润了。

还有小说里关于徐壮民、章廷芝几人一起打獾的情节描写，不仅是对少年章廷芝高傲、残暴性格铺垫的完成，同时也初显了徐壮民勤劳、正义的形象，雨枝的善良与单纯也在这一事件中露出雏形，一个情节中交代出几个不同人物的几种不同性格特征，且又描述得极为清晰明了，这是作者的真功夫。黑格尔在《美学》里说道：“性格的特殊性中应该有一个主要的方面作为统治方面”，“这种个性就是所言所行的同一泉源，从这个泉源派生出每一句话，乃至思想、行为举止的每一个特征。”可以肯定，李丹把握好了这一性格的“统治方面”。

《走三边》还成功地运用了大量的陕北方言，极具张力的地方特色语言与陕北闹红时代曾经发生过的真实故事和谐统一，使小说平添了一种诙谐的情感色彩和阅读快感，也是作者挖掘陕北方言艺术精粹的一大呈现。同时，宏大严峻的战争场面与粗犷而又细腻的“引水拉沙”、赶牲灵、打盐等生产建设融为一体的情节描写，以及人物心理分析，情感表现，等等，又使小说不失严谨、端庄、儒雅的气韵，让我们感觉到了李丹独特而硬实的语言风格。

北岛在散文《波兰来客》里絮叨起他一位叫老刘的朋友，据说是过去“先锋派”的“联络副官”，他写下这么一段：“话说回来了，那时我们有梦，关于文学，关于爱情，关于穿越世界的旅行。如今我们深夜饮酒，杯子碰到一起，都是梦破碎的声音。”我想起那晚和李丹一起喝酒时，酒杯子和酒杯子碰在一起，酒在李丹的喉结上滚动、落下……醉眼蒙眬里，我看到李丹身体里一种文学的光芒，它带着闪电的颜色和雷霆的声音，并在我眼前模糊着，然后又清晰着。我跟李丹说：“称赞腐朽的人，心里一定堆满了垃圾——我不是捧你，你的梦没有破碎，你算是触摸到文学之核心的作家了，我非常看好《走三边》！”

我还在跟李丹絮叨：《走三边》中角色人物、过场人物二百多，具有广泛的社会阶层和生活层面的代表性。以陕北三边地方历史作为大背景，并从侧面反映了刘志丹、谢子长、高岗等新中国革命先驱们的奠基历程，这其实是中国革命史的一个缩影，无疑是一部充满爱国主义精神和乡土情结的力作。作品用血与泪的人物故事和客观、历史的眼光，回答了中国革命如何历经艰难曲折和拼搏创造走向胜利彼岸的诸多历史疑问，以真实的历史故事和人物原型为依据，演绎了三边人民推翻封建、殖民、官僚统治的漫漫征途及旧秩序、旧制度的动摇、崩塌过程，故事情节跌宕起伏，离奇曲折，悬疑重重，引人入胜，既有惊心动魄、血染黄土的惨烈悲壮，也有刻毒阴险、机关算尽的运筹算计。

春天本是充满希望的季节，在春天有光明的感觉是自然而然的事情，可在春天有这种光明的感觉是因为“亲人的死去”，这样一来，因这种不合理的冲突而产生的文本空间瞬间就膨大了许多，凡此种种，独辟蹊径，放浪野怪，我说这也是李丹这部长篇小说《走三边》的优秀之处。

《走三边》这部大书付梓前，我跟李丹说：“前途无量，好好写吧！”他只说了三个字：“不写了。”语气淡定，他显然进入了一个新的境界。

2016年1月16日于四有堂